『歌枕名寄』伝本の研究

研究編
資料編

樋口百合子 著

和泉書院

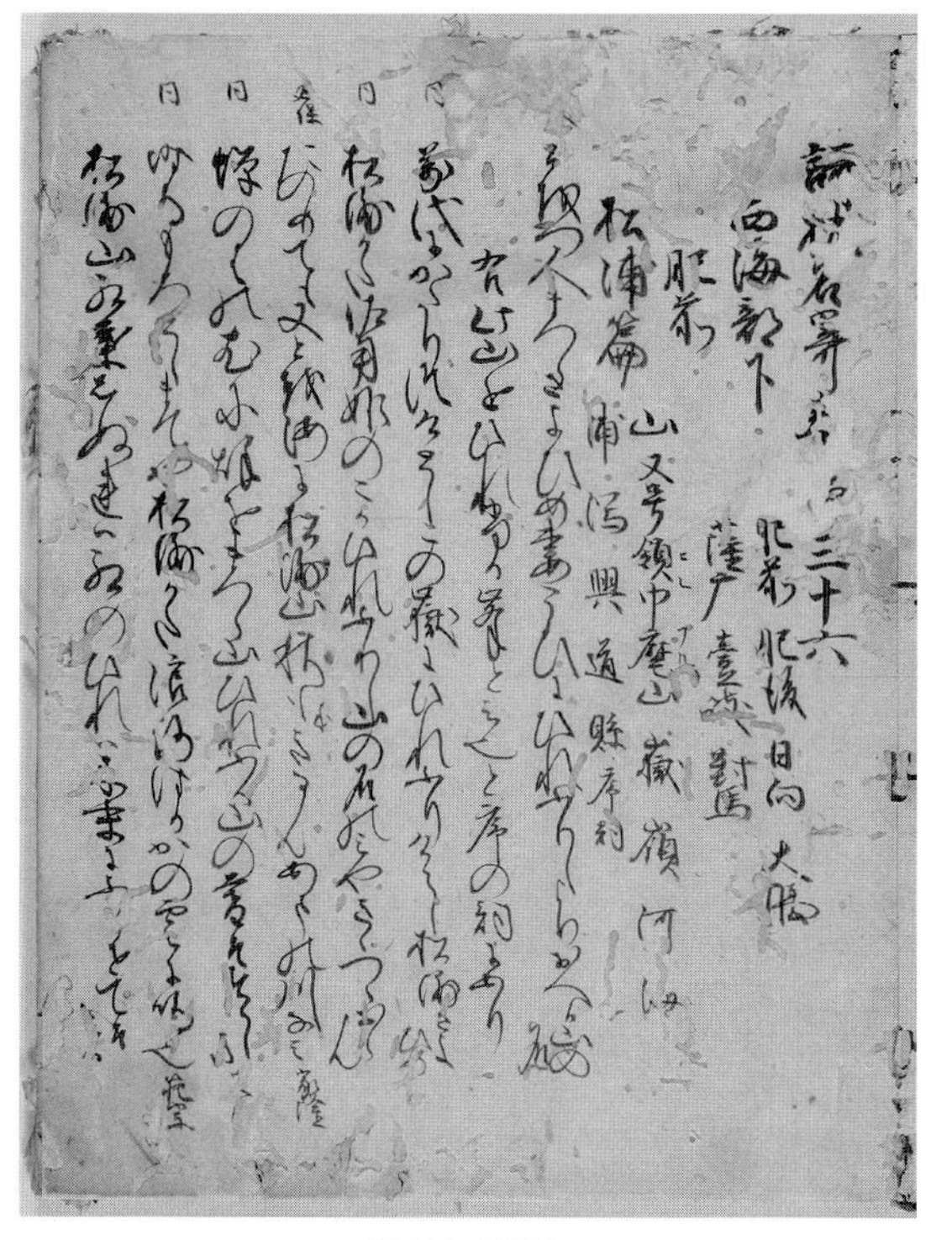

陽明文庫蔵本

（巻三十六巻頭部分。目録はなく、四首目の四句の「も」の右に「本」と記されている。研究編第一部第四章参照。）

宮内庁書陵部蔵本

（巻十「十市里」の裏書部分。一三一丁表の八行目に「当今ノ御製ニ（以下略）」と記されている。研究編第二部第三章参照。）

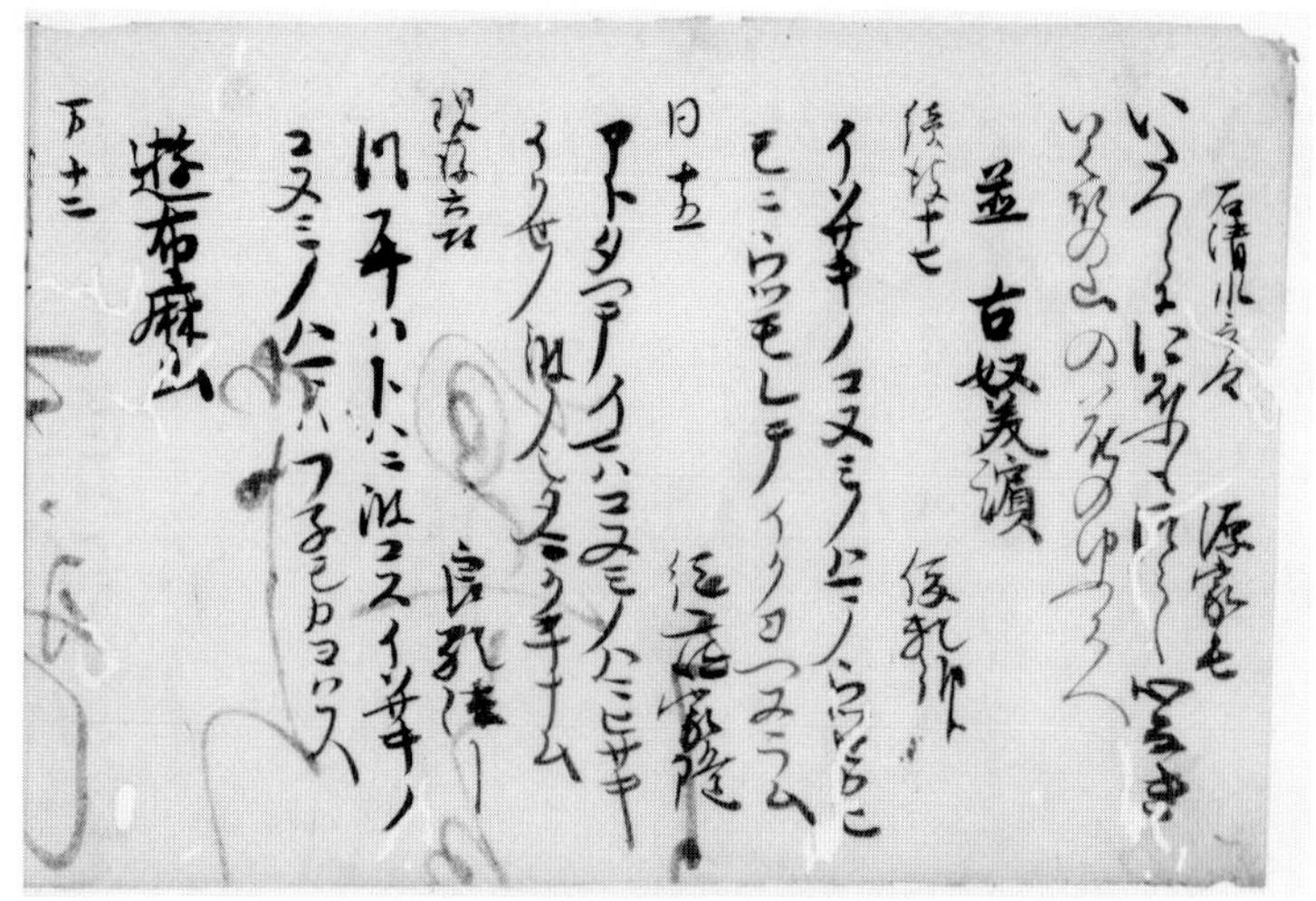

冷泉家時雨亭文庫蔵本

（巻三十六軸外（未勘国部上）の六丁裏。一首目が平仮名で二首目以下が片仮名で記されている。研究編第一部第五章参照。）

序にかえて

長い間大学教育に携わっていると、時には教師冥利につきるようなことに出会う。著者樋口百合子氏との出会いがそれである。

樋口百合子氏は、大阪教育大学で渋谷虎雄氏の薫陶のもとに学んだ学究である。すでに大学教員として武庫川女子大学で教鞭を取っておられた樋口氏が、奈良女子大学大学院博士課程に入学したのは、彼女が五十の齢を過ぎてからのことであった。学位の取得と、さらなる研鑽を目的としての入学であったが、社会人として主婦業と教職の仕事をこなしながらの大学院生活は容易ではない。しかしながら、樋口氏は淡々と容易でない学究生活を送り、若い大学院生たちの範となってくれた。そればかりではなく、指導教員とは名ばかりで、中世歌学に疎い私を啓蒙してくれたのである。樋口氏の研究の手助けをしつつ、「歌枕」について学ぶことができたことは、奈良女子大学大学院生として樋口氏を迎えた私にとって、望外の幸いであった。

樋口氏の研究は、恩師である渋谷虎雄氏の方法を受け継ぎ、厳密な諸本校訂を基本としたものであり、丹念に『歌枕名寄』の諸本を調査し、校訂を加え、その系統を明らかにした上で論を展開する地道で堅実な研究である。渋谷虎雄氏は、その著『古文献所収万葉和歌索引』（一九六三年、文教書院刊。のちに『古文献所収万葉和歌集成』として結実）において、万葉集の歌が後世の歌書等の文献にどういう形で引用されているかを調査し、時代により変遷する歌風と歌との関係についての考察資料を提供され、万葉歌の訓詁についての新しい視点を提示したが、さらに『中世万葉集の研究』（一九六七年、風間書房刊）において、訓詁注釈的研究につながり、それに資するものとしての中世における万葉集研究・享受の広がりと奥行きを明らかにされた。著者樋口氏はその姿勢を受け継ぎ、『歌枕名寄』についての徹底的調査と研究をこの書において行っている。

中世は万葉集研究に於ける画期をなす時代であった。それは主として、鎌倉時代の学問僧仙覚の万葉集校本（仙覚本）とそれをもとにした万葉集註釈（仙覚抄）による。そして、仙覚が偉大であるだけに、仙覚以外の中世の万葉集研究についてはあまり顧みられることがなかったといえる。それゆえ、江戸時代の万葉集研究に比して中世の研究は立ち遅れたものとなっている。いわば万葉研究史の上でのデッド・スポットになっているのである。しかしながら、万葉歌の受容と、後世への万葉歌の影響を考える時、中世における万葉集研究・享受の様相を明らかにすることは極めて重要である。本書はその意味で、今後の万葉集研究に広がりを与える一書といえよう。

万葉集に詠まれた地名が、歌枕として後の勅撰集に詠まれ、以後多くの歌人に詠み継がれ固定化してゆく。そのことによって付着したその土地固有の情緒は、日本文学の根幹をなして脈々と、重層的に受け継がれてきたものである。万葉集に詠まれた故地に訪れて西行が歌を詠む。その地をさらに宗祇が訪れ、芭蕉が訪れと、数々の詩歌が残されて、日本独自の旅の文化が生み出されてきた。その脈々とした流れの中にあって、本書の持つ意義は大きいといえる。一書として結実した樋口氏の研究の成果を喜ぶとともに、今後のさらなる展開を期待して、序にかえさせていただく次第である。

二〇一三年一月七日

坂本信幸

目次

序にかえて……坂本信幸……i

研究編

例言……二
序章……三
第一部　諸本とその系統
第一章　諸本の解題……九
第二章　流布本系諸本の系統……一五
一　歌数の比較……一五
二　流布本系六写本……一五
三　流布本系甲類……一八
四　流布本系乙類……二三
五　おわりに……二六
第三章　非流布本系諸本の系統……二七
一　歌数と略抄……二七
二　陽明本の概観……三五
三　おわりに……三八
第四章　陽明文庫蔵『歌枕名寄』の性格……四〇
一　はじめに……四〇
二　陽明文庫蔵『歌枕名寄』について……四一
三　地名の拡充と整理―陽明本と宮内庁本・刊本の比較より―……四二
四　陽明本所収万葉歌について……四四
五　おわりに……五〇
第五章　冷泉家時雨亭文庫蔵『歌枕名寄』の性格……五三
一　冷泉家時雨亭文庫蔵『歌枕名寄』の概観……五三
二　歌数と地名の出入……五三
三　注書・裏書の検討……五八
四　冷泉本所収万葉歌について……六一
五　おわりに……六七
第二部　編者と成立
第一章　編者と成立年代……七三
一　編　者……七三

二　成立年代……七七
三　おわりに……八〇
第二章　原撰本……八三
一　地名と歌の増減……八三
二　写本の位置の決定……八七
三　おわりに……九一
第三章　裏書注からみた成立……九三
一　はじめに……九三
二　裏書の写本間の異同……九三
三　裏書と『名寄』成立年代……九四
四　「裏書」と引用名所歌集─『五代集歌枕』を中心に─……九八
五　おわりに……一〇二

第三部　所収万葉歌の諸相

第一章　漢字本文表記の万葉歌……一〇九
一　はじめに……一〇九
二　所在不明の地名……一〇九
三　『名寄』五写本共通の万葉歌─写本間に異同のない場合─……一一一
四　『名寄』五写本共通の万葉歌─写本間に異同のある場合─……一一三
五　おわりに……一一七
第二章　細川本所収万葉歌─朱の書き入れをめぐって─……一二四
一　はじめに……一二四
二　細川本『歌枕名寄』について……一二四
三　仙覚新点歌と『歌枕名寄』所収万葉歌……一二五
四　細川本『歌枕名寄』の朱の書き入れ……一二八
五　漢字本文表記と朱訓……一三三
六　おわりに……一三六
第三章　裏書中の万葉歌……一四一
一　はじめに……一四一
二　訓への疑問……一四一
三　国分けへの疑問……一四六
四　おわりに……一四九

附論　和歌における歌枕表現─歌人伊勢の表現から─

第一章　伊勢と歌枕……一五七
一　歌枕の成立……一五七
二　伊勢の歌に用いられた地名……一五八
三　伊勢にみる地名表現の諸相……一五九
四　おわりに……一六七

第二章　伊勢の表現……一六九
一　伝　記……一六九
二　和歌の表現……一七〇
三　おわりに……一七三
終　章……一七五
初出一覧……一八一

資　料　編

第一部　宮内庁書陵部蔵本
凡　例……一八七
歌枕名寄第一
巻第一（山城国一）……一八九
巻第二（山城国二）……一九五
巻第三（山城国三）……二〇一
巻第四（山城国四）……二〇九
巻第五（山城国五）……二一九
歌枕名寄第二
巻第六（大和国一）……二二五
巻第七（大和国二）……二三八
巻第八（大和国三）……二五〇
巻第九（大和国四）……二六一
巻第十（大和国五）……二七二
巻第十一（大和国六）……二八二
歌枕名寄第三
巻第十二（河内国・和泉国）……二九三
巻第十三（摂津国一）……三〇一
歌枕名寄第四
巻第十四（摂津国二）……三一六
巻第十五（摂津国三）……三二八
巻第十六（摂津国四）……三三八
歌枕名寄第五
巻第十七（伊勢国上）……三四八
巻第十八（伊勢国下）……三五六
巻第十九（伊賀国・尾張国・参河国・遠江国・甲斐国）……三六三
巻第二十（駿河国・伊豆国・相模国）……三七〇
巻第二十一（武蔵国・安房国・上総国・下総国・常陸国）……三八二

歌枕名寄第六

巻第二十二（近江国上）……三九四
巻第二十三（近江国中）……四〇二
巻第二十四（近江国下）……四一〇
巻第二十五（美濃国・飛騨国・信濃国）……四二一
巻第二十六（上野国・下野国・出羽国）……四二九
巻第二十七（陸奥国上）……四三五
巻第二十八（陸奥国下）……四四〇

歌枕名寄第七

巻第二十九（若狭国・越前国・加賀国・能登国・越中国・佐渡国）……四四七
巻第三十（丹波国・丹後国・但馬国・因幡国・伯耆国・出雲国・石見国・隠岐国）……四六二
巻第三十一（播磨国）……四七三
巻第三十二（美作国・備前国・備中国・備後国・安芸国・周防国・長門国）……四八二

歌枕名寄第八

巻第三十三（紀伊国）……四九〇
巻第三十四（淡路国・阿波国・讃岐国・伊予国・土佐国）……五〇五
巻第三十五（筑前国・筑後国・豊前国・豊後国）……五一一
巻第三十六（肥前国・肥後国・日向国・大隅国・薩摩国・壱岐国・対馬国）……五二三

歌枕名寄第九

調巻三十六軸外（上）（未勘国上）……五三〇
調巻三十六軸外（下）（未勘国下）……五四四

第二部　陽明文庫蔵本

凡　例……五五九

歌枕名寄

巻三十六（肥前国・肥後国・日向国・大隅国・薩摩国・壱岐国・対馬国）……五六一
調巻三十六軸外（上）（未勘国上）……五六五
調巻三十六軸外（下）（未勘国下）……五七四

第三部　重要文化財　冷泉家時雨亭文庫蔵本

凡　例……五八七

歌枕名寄

調巻三十六軸外（上）（未勘国上）……五八九

索　引

凡　例……六〇四
和歌初句索引……六〇五
地名索引……六六〇
あとがき……六八一

研究編

例言

①『歌枕名寄』は写本により、また題簽・外題・内題で「哥枕・歌枕・謌枕」と異なるが、統一して「歌枕」を用いた。なお略号『名寄』を用いた。

②『歌枕名寄』は「宮内庁書陵部蔵本」「陽明文庫蔵本」「冷泉家時雨亭文庫蔵本」は翻刻したものを用いた（本書資料編に所収）。刊本（万治二年整版本）は『新編国歌大観』および「古典文庫本一～八」（吉田幸一・神作光一・橘りつ編、一九七三年五月～一九七六年八月）を用い、適宜大阪府立図書館蔵本（万治二年整版本）を用いた。その他は『校本謌枕名寄　本文篇』（渋谷虎雄編、桜楓社、一九七七年三月）と写真版を併用した。猶写本は佐野本と冷泉本を除き全て実見した。

③勅撰和歌集・私撰集・私家集は『新編国歌大観』及び『新編国歌大観CD-ROM版　Ver．2』（角川書店）、『新編私家集大成CD-ROM版』（エムワイ企画）による。『万葉集』は『校本萬葉集』『校本萬葉集　新増補』『校本萬葉集　別冊』および佐竹昭広・木下正俊・小島憲之『補訂版　萬葉集本文篇』（塙書房）、井手至・毛利正守『新校注萬葉集』（和泉書院）を用いた。それぞれ必要に応じて表記を改めることもある。

④歌学書・歌論書は『日本歌学大系』（風間書房）による。

⑤『歌枕名寄』写本の略号は以下の通りである。

細川本―細　高松宮本―高　宮内庁本―宮　内閣本―内
京大本―京　沢瀉本―沢　天理本一―天一　天理本二―天二
静嘉堂本―静　陽明本―陽　佐野本―佐　冷泉本―冷

⑥万葉集古写本の略号は『校本萬葉集』に倣った。『歌枕名寄』の略号と区別するために万葉集古写本の略号には「西」のように右に傍線を付した。神田本は紀州本とし、略号「紀」を用いた。

⑦歌番号は『新編国歌大観』番号を用いたが、『万葉集』は旧国歌大観番号、『歌枕名寄』写本は『校本謌枕名寄　本文篇』の番号を用いた。漢数字のものは『校本謌枕名寄　本文篇』の底本とした細川本のそれを示す。また、アラビア数字の歌番号は校合に用いた写本で補った歌（補遺歌）の番号を表す。但し、宮内庁本・陽明本・冷泉本は新たに番号を付したものを用いる時もある（資料編参照）。その際は、巻数は漢数字、歌番号はアラビア数字で表し、また『校本謌枕名寄　本文篇』の補遺歌と区別するために写本名を記す（例　宮一・５、陽三十六・１２　冷２３７　※巻数を省略することもある）。なお、巻三十六軸外上・下二巻は、巻三十六と混同されるのを避けるため巻三十七・三十八と記すこともある。

⑧「地名」「名所」「歌枕」の語は同じ意味で用いられることがあるが、本書では「地名」の語を用い、「場所を表す」のみならず、「特定の観念を伴う」地名として用いる時は「歌枕」の語を用いた。

⑨『名寄』所収の『万葉集』については「万葉仮名」で記されているものを「漢字本文表記」（略号　本文表記）、「平仮名漢字交じり・片仮名漢字交じり」で記されているものを「かな表記」とした。

⑩引用については、濁点、仮名遣いなど表記が統一されていない箇所もあるが、全て原典の記述に従った。

序章

本書は『歌枕名寄』の写本の系統、成立年代、撰者、原撰本、および所収万葉歌の特質について論じるものである。

「歌枕」とは、現在「和歌に詠まれた名所」或いは単に地名を意味する語である。本来は地名に限らず歌語全般を指す語であり、歌語を解説する書物をいう語でもあった。地名も歌語の一つとして扱われていたが、歌語の中から、地名だけを指す語、或いは地名を類聚・解説した書物の意味で用いられるようになる。それは歌語の中でも地名の数が増え、和歌に占める地名の意義の拡大・深化に伴い、地名の知識が作歌に必要となっていったことを意味するであろう。

「地名」の和歌における重要性を、初めて具体的に論じたのは藤原公任である。公任は和歌の創作の指針を示した『新撰髄脳』において

凡そ歌は心ふかく姿きよげにて心にをかしきところあるをすぐれたりといふべし。(中略)心姿あひ具することかたくば先づ心をとるべし。遂に心深からずは姿をいたはるべし。(中略)ともに得ずなりなば、古の人多く本に歌枕をおきて末に思ふ心をあらはす。

と述べ、「心姿」の両方を具えた歌を理想とした。それが困難である場合は、どちらか一つでもよいが、「心姿」のどちらも具することができなければ、「本(上)の句に歌枕を詠み、末(下)の句に思う心を表せばよい」と作歌の手法を解説している。つづいて公任は理論に適った歌を挙げるが、最初に挙げられた二首の歌はいずれも本(上)の句に「立田山」「難波なる長柄の橋」という地名を詠んでいる。

風吹けば沖つ白波立田山よはにや君がひとりこゆらむ

是は貫之が歌の本にすべしといひけるなり

難波なる長柄の橋もつくるなり今は我が身を何にたとへむ

是は伊勢の御が中務の君に、かくよむべしといひける歌なり。

地名(歌枕)を詠むことが歌の理想に近づくと公任は考えていたのである。また公任は『九品和歌』の中で最高位の「上品上」を「詞たへにして余りの心さへあるなり」とし、「余情」を最も重んじている。「上品上」と評価された歌は

ほの〳〵とあかしの浦の朝霧に島がくれ行く船をしぞ思ふ

春立つといふばかりにやみ吉野の山も霞みて今朝は見ゆらむ

の二首である。ともに「あかしの浦」「吉野」という地名を上句に詠んでいる。「詩的言語特有の機能の認識者」[1]である公任は、「詩的言語」の一つとして、歌における地名の機能について深く認識していたのであろう。公任の歌名の高まりと共に、地名は場所を示すだけではなく、公任の理想とする「余情」を生み出す歌語として、和歌の創作上、学ぶべき必須の知識となっていくのである。公任は自らの作歌の理論に従い、歌を詠むために必要な地名を集めた名所歌集を編んだのは当然のこととい

えるであろう。公任は『四条大納言歌枕』（佚書）という名所歌集（地名だけなのか、歌を伴っていたかは不明）を編んだと言われている。また『新撰髄脳』の最後に「又歌枕貫之が書ける、又古詞、日本紀、国々の歌によみつべき所なんど、これらを見るべし」と述べていることから、貫之にも「歌枕」と称すべき著作があったことがわかる。

源俊頼は『俊頼髄脳』において

世に歌枕といひて、所の名書きたるものあり。それらが中に、さもありぬべからむ所の名を、とりて詠む常のことなり。それは、うちまかせて詠むべきにあらず。常に人の詠みならはしたる所を詠むべきなり

と記している。公任は作歌に地名の知識が重要であることを述べたが、俊頼は歌に詠む地名は「人の詠みならはしたる所」でなければならないとした。俊頼は場所を表すのみの地名ではなく、特有の属性を付帯させる歌語として地名を認識し、そのためには多くの歌が「詠みならは」されることが必要であると論じた。

このような「歌枕」についての理論の深化の中で、『能因歌枕』のように「地名」のみを類聚した書では不十分で、「歌枕」として「特有の属性、固定した映像」を把握するために、多くの証歌を集めた歌集―名所歌集の必要性が認識されるようになるのである。こうして藤原範兼によって『五代集歌枕』が編まれることとなり、これを嚆矢として名所歌集が次々と編まれた。名所歌集の数は、井上宗雄氏や渋谷虎雄氏によって調査されている。井上氏は「名所歌集（歌枕書）伝本書目稿[2]」「同補遺1」「同補遺2」において、平安中期から江戸初期に至るまでの六十六の名所歌集（地名のみのものも含む）を挙げている。渋谷氏は「名所（歌枕）歌集諸伝本の類別稿」において室町末期までを扱い、三十七を挙げる。猶両氏ともに『津國名所景物和歌集』などの一地方のみの名所歌集は省いているので、それを加えれば更に数は増えるのである。

地名だけではなく、証歌を集め、その数が増えていくと、逆に証歌を絞った歌集が要求されるようになり、抄出本が編まれ、また多くの地名が集まると、同名異所の所属を論じるようになり、「同名名所」を類聚した歌集が編まれるなど、名所歌集の数は増えていくのである。このような内容的深化だけではなく、領域的拡大も行われ、外国の地名までも加えていった。

有馴河

き、わたるありなし（れ欤）河の底にこそ影をならへてすま、ほしけれ　　顕照（『名寄』陽明本306　未勘國下）

「有馴河」は中国と北朝鮮の国境を流れる鴨緑江のこととされる。また「死にたる人あらはれてあふ」という島「み、らくの島」（現在の五島列島福江島とされる）の名も見える。

美弥良久嶋

み、らくの我日（マ）の花の嶋ならはけふも御かけにあはまし物を　　俊頼（『名寄』宮内庁本6920　巻三十六　肥前國）

このように北は陸奥国から南は薩摩国や肥前国、また佐渡・壱岐・対馬・福江島などの島、さらに大陸の地名までを類聚していったのである。

『名寄』は多く編まれた名所歌集の中で、国別に地名を類聚し、証歌を集めた体裁を持つものとしては最も古く、また大部である。成立は十三世紀末、歌数は宮内庁本で七四五一首である。歌のみに限らず、地名

や歌についての豊富な注書・裏書を持ち、名所歌集の集大成ともいうべきものである。現在写本は十数本伝えられているが、書写伝来の過程で異同を生じ、内容は錯綜している。編者は「澄月」と『名寄』に明記されている以外は不明で、これだけの大部な歌集を編纂するには後援者或いは依頼者がいたと思われるが、背後関係も全く不明である。

『名寄』は中世以降歌人に広く愛用され、近世に至るまで、名所歌集に影響を与えた書であるが、大部である上に、写本間の異同も大きく、研究は岡田希雄氏や小島憲之氏の論考(3)からあまり進んでいないと言わざるを得ない。『名寄』の豊富な地名・証歌・注書・裏書は『古風土記』逸文を含むなど古典研究上での貴重な資料でもあるが、内容に立ち入るためには写本の系統と再善本の比定が必要である。

本書では『名寄』の写本の系統を明らかにし、それぞれの写本の性格を検討した。また、成立年代や編者についても考察したが、その際に『名寄』に最も多く引用されている『万葉集』を手がかりとした。『名寄』には一四〇〇首以上の万葉歌が引用され、写本ごとに異なった様相を呈している。近年小川靖彦氏や田中大士氏(4)によって『万葉集』の受容史が注目されている。『名寄』は仙覚の『万葉集』校訂作業が一段落し、本格的に流布するまでの十三世紀末に成立した。その書写伝来の過程は仙覚の業績が受容されていく過程とほぼ時代を共有する。『万葉集』研究が始まる近世を迎えるまで、『名寄』の筆者が『万葉集』とどう向き合ってきたのかを、『名寄』所収の『万葉集』から見ようとすることも、本書の目的の一つである。

さらに、公任によって作歌の規範とされた歌人伊勢の歌から、「歌枕」表現の形成の過程を考察し、平安中期に「歌枕」が重んじられていく流れの源流を探ってみたい。

注

(1) 藤平春男「日本の文学理論〈古代から中世へ〉」(『文学論叙説』冬樹社、一九六五年十一月)

(2) 井上宗雄「名所歌集(歌枕書)伝本書目稿」(『立教大学日本文学』十六号、立教大学日本文学会、一九六六年六月)、「同補遺1」(同十九号、一九六七年十一月)、「同補遺2」(同二十三号、一九六九年三月)、渋谷虎雄「名所(歌枕)歌集諸伝本の類別稿」(『青須我波良』十七号、帝塚山短期大学日本文芸教室、一九七八年十一月。後に『古文献所収万葉和歌集成　室町後期』(桜楓社、一九八五年二月)所収)

(3) 岡田希雄「澄月の「歌枕名寄」考」(『文学』創刊号、一九三三年四月)、小島憲之「室町期に於ける萬葉集」(『國語國文』第二十巻第十号、一九四二年十月)

(4) 田中大士「長歌訓から見た万葉集の系統—平仮名訓本と片仮名訓本」(『和歌文学研究』八十九号、和歌文学会編、二〇〇四年十二月)をはじめとする一連の論考および小川靖彦『万葉学史の研究』(おうふう、二〇〇七年二月)

第一部　諸本とその系統

第一章　諸本の解題

『歌枕名寄』は、平安末期から鎌倉・室町を通じて数多く編まれた名所歌集(1)の中で、最も大規模で整備されたものである。その中に多くの価値を含むものであることは、本書を披見すれば明らかである。ところが、『名寄』の基礎的研究は殆どされることはなかった。

古くは黒川春村(2)が『名寄』に注目して『碩鼠漫筆』(3)の中で、成立年代、撰者について言及している。しかし撰者「澄月」に対する混乱(第二部第一章で詳述)から、一般に江戸時代の成立と考えられていたことや、またその書の持つ寄せ集め的性格から、顧みられることは少なかった。

僅かに、岡田希雄氏の「澄月の「歌枕名寄」考」(4)、井上宗雄氏の『中世歌壇史の研究　南北朝期』(5)、井上豊氏の「『歌枕名寄』論考」(6)等があるが、何れも現存写本の一部しか見ていないところに憾みがある。

そこで、第一部では『名寄』現存諸写本のうち十二本を比較検討し、これら諸写本の系統とその価値について、考察を進める。考察に入る前に十二本の解題について述べることとする。

『名寄』の写本について、『国書総目録』(7)には　内閣・静嘉(伝清水谷実任写十六冊)・宮書・学習院(雕虫居写本のうち抜書)・京大(文政八写)・竹柏(三十五帖)・天理(西荘文庫本三十八巻十二冊)・陽明・旧浅野の九本が掲げられている。このうち、抜書である「学習院」と、所在不明の「旧浅野」の二本を除いた七本に、熊本大学付属図書館蔵本(細川幽斎自筆本)・高松宮家旧蔵本・故澤瀉久孝博士蔵本・新潟大学付属図書館蔵本(佐野文庫本)・冷泉家時雨亭文庫蔵本の五本を加えた十二本を、考察の対象とした。

(1)　細川本　細川家北岡文庫〈永青文庫〉蔵、現熊本大学付属図書館蔵(略号　細)

表紙薄紺色、表紙左肩に題簽「歌枕名寄一之三」等とあり。また表紙右上部に、「第一山城国、第二同国二、第三同国三」等と所収国名を記す。縦二五・五糎、横二〇糎、料紙楮紙。一面十二行一首二行書、袋綴十五冊本。歌の上部に集付、下部に作者名、また巻十七の一部には「杉下道・鹿」の頭書あり。細川幽斎の次の奥書がある。

此哥枕名寄卅六巻并未勘国上下
為十五冊年来所望之処如今御下国之
時申請三条羽林御家本不日遂
書写加校合卒猶非無不審求
類書重而可令改正耳
文禄三年初秋之天
丹山隠士玄旨(花押)

幽斎以下数人の書写と思われる(幽斎自筆は六～八冊か)。朱の書き入れがあり、特に万葉歌に著しい。

第一冊(巻一～三)墨付八十二丁、第二冊(巻四・五)墨付五十丁、第三冊(巻六～八)墨付三十九丁、第四冊(巻九～十一)墨付四十六丁、第五冊(巻十二～十四)墨付四十三丁、第六冊(巻十五・十六)墨付三十一丁、第七冊（巻十七～十九）墨付五十六丁、第八冊（巻二十・二十一）墨付五十八丁、第九冊（巻二十二～二十四）墨付四十五丁、第十冊（巻二十五～二十八）墨付五十九丁、第十一冊（巻二十九・三十）墨付六十八丁、第十二冊（巻三十一・三十二）墨付四十丁、第十三冊（巻三十三・三十四）墨付五十四丁、第十四冊（巻三十五・三十六）墨付四十七丁、第十五冊（未勘国上・下）墨付六十一丁、墨付合計七七九丁。

(2)　高松宮本　高松宮家旧蔵　国立歴史民俗博物館蔵（略号　高）

書誌は、『国立歴史民俗博物館資料目録［8-1］「高松宮家伝来禁裏本目録」［分類目録編］』によれば以下の通りである。

澄月。三十六巻。室町後期写。七冊。

［装丁］袋綴（七ツ目綴）。［法量］二八・五×二二・〇。［表紙］藍色。［外題］なし。［内題］謌枕名寄巻第一（～三十六）。［その他の題］歌枕名寄　乞食客澄月撰（目録題）謌枕名寄巻第一（～扉題）。［本文］半丁一六～一八行。和歌一首二行書。片仮名書。朱墨書入、イ本校合。［付訓］墨朱　傍訓　朱句読・声。［丁数］全五七九丁。［印記］「阿野家蔵」「（印文不明）」。［備考］各冊丁数①九五②八六③七六④八四⑤七六⑥八六⑦七六丁。

これに以下の諸点を付け加える。各冊の所収巻は第一冊（巻一～五）、第二冊（巻六～十一）、第三冊（巻十二～十六）、第四冊（巻十七～二十一）、第五冊（巻二十二～二十八）、第六冊（巻二十九～三十二）、第七冊（巻三十三～三十六）であり、「未勘国上・下」を欠く。さらに歌の上部に集付、頭書（歌中の語の抜書など）下部に作者名を記し、さらに朱墨の書入に加えて貼紙による訂正・書入もあるという特徴がある。猶、片仮名書は管見に入った限りでは高松宮本と冷泉家時雨亭文庫蔵本の二冊である。

(3)　宮内庁本　宮内庁書陵部蔵（略号　宮）

表紙薄茶色、表紙左肩に題簽「歌枕名寄第一」等とあるが、二・七・八冊の題簽は後補で紙色、筆共に異なる。他は成立当時からのものであろう。また表紙右に所収国名を記す。縦二五・三糎、横二〇・二糎、料紙楮紙。一面十二行一首二行書、袋綴九冊本。歌の上部に、集付・頭書、下部に作者名を記す。中院通勝等四・五人の書写とされている。見セ消チや細字補入歌が多い。また第二冊の巻八の最後の一丁（八四オにあたる）が前の二枚目の遊紙の間にあり。綴じ忘れと考えられる。現在は押紙となり安定している。

第一冊（巻一～五）墨付八十五丁、第二冊（巻六～十一）墨付一六〇丁、第三冊（巻十二・十三）墨付五十八丁、第四冊（巻十四～十六）墨付七十七丁、第五冊（巻十七～二十一）墨付一〇七丁、第六冊（巻二十二～二十八）墨付一二九丁、第七冊（巻二十九～三十二）墨付九十九丁、第八冊（巻三十三～三十六）墨付九十一丁、第九冊（未勘国上・下）墨付六十二丁、墨付合計八六八丁。資料編第一部「宮内庁書陵部蔵本」に全巻の翻刻を所収。

(4)　内閣本　国立公文書館蔵（略号　内）

表紙紺色鳥の子、表紙右肩に薄茶色鳥の子に金泥の模様のある題簽あり。「歌枕自一至五山城」等とあるが、判別しにくい文字が多い。料紙楮紙。縦二六・九糎、横二〇・三糎、一面十行一首二行書、袋綴十冊本。歌の上部に集付・頭書、下部に作者名を記す。各冊第一丁に「林氏蔵書」「浅草文庫」「日本政府図書」等の印記、最後の丁に「昌平坂学問所」の印記あり。第五冊巻十五の九丁目より「九・十・十一・十二」となるところを「九・十二・十・十一」と綴じ違えている。また第六冊にのみ朱の書き入れがある。

第一冊（巻一～五）墨付一〇四丁、第二冊（巻六～八）墨付一〇三丁、第三冊（巻九～十一）墨付九十六丁、第四冊（巻十二・十三）墨付六十六丁、第五冊（巻十四～十六）墨付九十三丁、第六冊（巻十七～二十一）墨付一三五丁、第七冊（巻二十二～二十八）墨付一五八丁、第八冊（巻二十九～三十二）墨付一二七丁、第九冊（巻三十三～三十六）墨付一一三丁、第十冊（未勘国上・下）墨付七十七丁、墨付合計一〇七二丁。

(5)　京大本　近衛家旧蔵　京都大学付属図書館蔵（略号　京）

表紙紺色、料紙楮紙。縦一八糎、横一三・七糎、一面十三行一首二行書、袋綴九冊本。歌の上部に集付・頭書、下部に作者名を記す。落丁と思われる所が三ケ所ある。

第一冊（巻一～五）墨付八十一丁、第二冊（巻六～十一）墨付一五六丁、第三冊（巻十二・十三）墨付五十七丁、第四冊（巻十四～十六）墨付七十五丁、第五冊（巻十七～二十一）墨付一〇八丁、第六冊（巻二十二～二十八）墨付一三二丁、第七冊（巻二十九～三十二）墨付九十六丁、第八冊（巻三十三～三十六）墨付八十七丁、第九冊（未勘国上・下）墨付五十九丁、墨付合計八五一丁。

(6)　沢瀉本　英王堂（バジールホール・チェンバレン）旧蔵　故澤瀉久孝博士蔵（略号　沢）

表紙薄茶鳥の子に金泥の模様あり。裏表紙銀ちらしあり。表紙右肩に題簽「山城国一」等とある。料紙鳥の子。縦二三・三糎、横一六・四糎、一面十行一首二行書、大和綴三十八冊本（一巻一冊）。歌の上部に集付・頭書、下部に作者名を記す。各冊第一丁に「英王堂蔵書」の印記あり。

第一冊　墨付十九丁、第二冊　墨付十六丁、第三冊　墨付二十五丁、第四冊　墨付二十九丁、第五冊　墨付十八丁、第六冊　墨付三十七丁、第七冊　墨付三十五丁、第八冊　墨付三十四丁、第九冊　墨付三十四丁、第十冊　墨付三十二丁、第十一冊　墨付三十三丁、第十二冊　墨付二十五丁、第十三冊　墨付三十九丁、第十四冊　墨付二十五丁、第十五冊　墨付二十七丁、第十六冊　墨付二十九丁、第十七冊　墨付二十三丁、第十八冊　墨付二十丁、第十九冊　墨付二十四丁、第二十冊　墨付三十四丁、第二十一冊　墨付三十五丁、第二十二冊　墨付二十四丁、第二十三冊　墨付二十四丁、第二十四冊　墨付三十三丁、第二十五冊　墨付二十二丁、第二十六冊　墨付十七丁、第二十七冊　墨付十七丁、第二十八冊　墨付二十丁、第二十九冊　墨付四十五丁、第三十冊　墨付三十五丁、第三十一冊　墨付二十五丁、第三十二冊　墨付二十一丁、第三十三冊　墨付五十丁、第三十四冊　墨付二十一丁、第三十五冊　墨付三十三丁、第三十六冊　墨付二十一丁、第三十七冊　墨付四十二丁、第三十八冊　墨付三十六丁、墨付合計一〇八九丁。

(7)　天理本一　西荘文庫旧蔵　天理図書館蔵（略号　天一）

『天理図書館稀書目録和漢書之部』第三の二七九頁に

詞枕名寄　写三十八巻十二冊
澄月著、袋綴　茶色表紙　縦二五・五糎、横十九糎、用紙十行、題簽左肩「山城国一二三四五巻（——以下国名巻数）」「西荘文庫」「小津桂窓の『花廿五全十二』と墨書せる紙箋に捺印」江戸時代初期
第一巻初に「乞食活計客澄月撰」とあり　十二冊。

と記されている。朱の書き入れ、貼紙あり、虫損甚しき所もあり。

第一冊（巻一～五）墨付一一二丁、第二冊（巻六～八）墨付一〇八丁、第三冊（巻九～十一）墨付一〇一丁、第四冊（巻十二～十六）墨付一六〇丁、第五冊（巻十七～二十一）墨付一四一丁、第六冊（巻二十二・二十三）墨付八十二丁、第七冊（巻二十五～二十八）墨付七十八丁、第八冊（巻二十九～三十）墨付八十一丁、第九冊（巻三十一・三十二）墨付四十七丁、第十冊（巻三十三・三十四）墨付六十七丁、第十一冊（巻三十五・三十六）墨付五十五丁、第十二冊（未勘国上・下）墨付八十丁、墨付合計一一一二丁。

（8）天理本二　竹柏園文庫旧蔵　天理図書館蔵（略号　天二）

『天理図書館稀書目録和漢書之部』第二の一〇六頁に

詞枕名寄
写三十五冊闕　澄月著、和綴葉装白茶色表紙　用紙布目鳥の子　七寸九分・五寸七分十行　題簽左肩金砂子短冊「詞枕第一（—第卅五）」内題「詞枕名寄　乞食活計客澄月撰」近世中期写校合あり、
第三十六冊闕　歌枕を道国別に部類し作者と出典をあぐ。

と記されている。一巻一冊であるが、巻三十六・三十七・三十八巻はなく、また巻三十四の第十二丁が巻三十一の第十二丁に綴じ違えられている。

第一冊　墨付十八丁、第二冊　墨付十六丁、第三冊　墨付二十六丁、第四冊　墨付二十九丁、第五冊　墨付十七丁、第六冊　墨付三十七丁、第七冊　墨付三十一丁、第八冊　墨付三十一丁、第九冊　墨付三十四丁、第十冊　墨付二十七丁、第十一冊　墨付三十二丁、第十二冊　墨付二十五丁、第十三冊　墨付三十八丁、第十四冊　墨付三十四丁、第十五冊　墨付二十七丁、第十六冊　墨付三十丁、第十七冊　墨付二十四丁、第十八冊　墨付二十丁、第十九冊　墨付二十三丁、第二十冊　墨付二十二丁、第二十一冊　墨付二十二丁、第二十二冊　墨付二十四丁、第二十三冊　墨付二十四丁、第二十四冊　墨付三十三丁、第二十五冊　墨付二十一丁、第二十六冊　墨付十七丁、第二十七冊　墨付十六丁、第二十八冊　墨付十八丁、第二十九冊　墨付四十五丁、第三十冊　墨付四十四丁、第三十一冊　墨付三十二丁、第三十二冊　墨付二十二丁、第三十三冊　墨付四十九丁、第三十四冊　墨付十九丁、第三十五冊　墨付三十三丁、墨付合計九六〇丁。

（9）静嘉堂本[8]　静嘉堂文庫蔵（略号　静）

表紙薄水色、その真中に幅二糎の「第二山城二・一」と記された紙が張られている。その表紙の下に薄茶色の本文と同じ料紙の表紙があり、題簽はなく、左上部に打付書で「詞枕名寄巻第二　山城国二」と書かれている。（もとは題簽があったらしく、跡がある。）縦二四・一糎、横一六・三糎、料紙鳥の子。一面九行一首二行書、十六冊本。歌の左肩に集付、下部に作者名を記す。稀には頭書もあり。薄水色の表紙は薄茶色の表紙にくらべて新しく、後に付けられたものらしい。しかし、本文と共に綴じられていることから、古くなって糸が切れた際表紙を付けて綴じ直され

たのであろう。同時頃行われたらしい虫損に対する補修もある。巻二十四の錯簡（巻二十四は九丁裏までで、その次の十丁表以後は巻一の後半部分にあたる。）はその時生じたものと思われる。なお巻五まで見られた朱の合点が、この十丁表より以後に見られることから、合点が付けられた後で、綴じ直し錯簡が生じたとも思われる。また巻十一の最後が、「万十、つはいちのやそのちまたに（細川本巻十一・一七六一）」の歌で終り、一七六二番の歌や、目録には存する地名「帰市、弓弦葉御井、礒城嶋」と一七六三番〜一七七四番の歌がないので、これも綴じ直しの際の落丁か。巻十三の十六丁と十七丁の間に挿入紙があり、別筆で他写本に見られぬ歌二首がある。現存本は残闕十六冊であるが、もとは一巻一冊の三十八冊本であったのであろう。

第一冊（巻二）墨付三十八丁、第二冊（巻三）墨付四十六丁、第三冊（巻四）墨付三十九丁、第四冊（巻五）墨付三十五丁、第五冊（巻九）墨付四十三丁、第六冊（巻十一）墨付三十八丁、第七冊（巻十二）墨付二十九丁、第八冊（巻十三）墨付四十一丁、第九冊（巻十四）墨付三十七丁、第十冊（巻十五）墨付二十七丁、第十一冊（巻十六）墨付三十二丁、第十二冊（巻二十二）墨付三十七丁、第十三冊（巻二十三）墨付三十二丁、第十四冊（巻二十四）墨付三十四丁、第十五冊（巻三十四）墨付三十七丁、第十六冊（巻三十六）墨付二十五丁、墨付合計五七〇丁。

(10)　陽明本　陽明文庫蔵（略号　陽）

縦二五糎、横二〇・二糎。表紙、紺色楮紙、料紙楮紙。巻三十六墨付七丁、巻三十七・三十八（未勘国上・下）墨付三十一丁、墨付合計三十八丁。前後に遊紙各一枚。一面十二行一首一行書。巻三十六と未勘国上下の三巻一冊本。全歌数四六八首。三巻とも目録はなく、本文のみ存する。紺色無地の表紙に題簽はなく、左上に朱で「哥枕名寄」と打付書されている。「未勘国軸外上」の最後の歌につづいて歌一首分の空白の後に「未勘国軸外下」が始まっているところから（二十四丁表）「未勘国軸外上・下」は一冊であり、巻三十六を併せて一冊としたと思われる。火災などの事故にあい被害を受けて、残存する末尾三巻を一冊とし補修したか。糸が切れ表紙も破損したため、綴じ直しその上に新たな表紙を付したらしく糸は見えない。水に浸かった跡か、茶色の変色が上部に見られ、奥にいくに従って変色部が減じているが、紙が癒着して剝がすことのできない箇所があり、虫損も多く（表紙にも及ぶ）判読不可能の箇所が多く存するが、墨色は鮮明である。書写は室町末かと思われる。資料編第二部「陽明文庫蔵本」に三巻の翻刻を所収。

(11)　佐野本[9]　新潟大学付属図書館蔵（略号　佐）

表紙茶色、題簽は左肩に「哥枕自一至五（以下巻数）」とあり、内題は「謌枕名寄」、蔵書印も奥書もない。料紙楮紙。縦二八・八糎、横二一・二糎、一面十行一首一行書、袋綴三十八巻八冊本。第一冊巻初に「乞食活計客澄月撰」とある。四人ほどの筆になる、江戸初期写。歌の上部に、集付・頭書、下部に作者名を記す。また各地名の肩に朱の合点のある巻もあり、所々貼紙に、歌句を書いたもの、集付の所に「態集付畧」と書いた所など、書写者の加筆がある。

第一冊（巻一〜五）墨付九十六丁、第二冊（巻六〜十一）墨付一二八丁、第三冊（巻十二〜十六）墨付一〇五丁、第四冊（巻十七〜二十一）墨付八十五丁、第五冊（巻二十二〜二十八）墨付一〇八丁、第六冊（巻二十九〜

三十二）墨付八十二丁、第七冊（巻三十三～三十六）墨付八十一丁、第八冊（未勘国上・下）墨付四十九丁、墨付合計七三五丁。

(12) 冷泉本　冷泉家時雨亭文庫蔵（略号　冷）

『冷泉家時雨亭叢書第八十四巻』（朝日新聞社、二〇〇九年二月）所収。

同書の解題によれば以下の通りである。

　大和綴一冊。重要文化財に指定されている。大きさは一四・六センチ、横二四・四センチ。表紙は本文共紙の楮紙で、後表紙を欠く。こよりで袋綴に仮綴じされており、全丁に紙背文書がある。本文全丁三十四丁だが、おそらく本文部分も数丁失われていると思われる。（中略）前表紙には「謌枕名寄／未勘国上」と中央に直書きされ、（中略）また六オの一部の和歌の歌句や訂正部、七オの集付の一部などに、青墨の書き入れが見えている。

　その他は、各丁によって異なるが、概ね一面十五行書、和歌は一首二行書である。また初めから五首は平仮名漢字交じりで書かれ、六首から以下終わりまで片仮名漢字交じりで書かれる。解題にもあるが六丁表と七丁表に、青墨の見セ消チや書き加えがあるが墨が薄い箇所と見分けにくくなっている。また墨で書いた文字の訂正を重ね書きし、判読しにくくなって右或いは左に改めて訂正の文字と同じ字を書いている箇所（歌番号2の結句）や、もとの字が判読し難く右あるいは左に改めて同じ文字を書いているので、もとの字と訂正の字が同じである（歌番号122・172の左注など）などあり、肉眼では判読し難い箇所も存在する。資料編第三部「冷泉家時雨亭文庫蔵本」に翻刻を所収。

注

（1）『五代集歌枕』・『名所歌枕』・『同名名所』・『勅撰名所和歌要抄』など。序章注（2）参照。

（2）寛政十一年（一七九九）生まれ。慶応二年（一八六六）没。国学者、狂歌作者。狩谷棭斎に学び、伴信友、本居宣長の影響を受けた。

（3）黒川春村の随筆。森銑三・北川博邦監修『続日本随筆大成七』（吉川弘文館、一九八二年四月）に所収。

（4）序章注（3）参照

（5）明治書院、一九六五年十一月（改訂新版一九八七年五月）

（6）『國語と國文學』五十巻三号、一九七三年三月

（7）岩波書店、一九六三年十一月（補訂版一九八九年九月）

（8）福田秀一・杉山重之・千艘秋男編『謌枕名寄上　静嘉堂本』（古典文庫597、一九九六年八月）、『謌枕名寄下　静嘉堂本』（同601、一九九六年十二月）に翻刻と解題を所収。

（9）渋谷虎雄「新潟大学蔵佐野文庫本『歌枕名寄』について」（『学大国文』二十号、大阪教育大学国語国文学研究室、一九七七年三月）。後に『校本謌枕名寄研究索引篇』（桜楓社　一九七九年二月）所収。以下本書中の佐野本については渋谷氏の論による。

第二章　流布本系諸本の系統

一　歌数の比較

細川本を底本とし、これに静嘉堂本、高松宮本、宮内庁本、陽明本の順に校合し、内閣本、京大本、沢瀉本、天理本一、天理本二を比較調査したものを加えて資料とし、以下の考察を進めていく。猶、陽明本については、第三章第二節と第四章で、冷泉本については第五章で詳述することとする。

諸写本間の異同の実態を最も簡明に把え得るのが、総歌数及び歌の出入である。そこで、「名寄」各巻の各写本別の歌数を調査した結果、表（1）のようになった。

「名寄」は全三十八巻、歌数六千首余り（底本の細川本の歌数六〇四三首）という大部なものであるので、歌数も各写本間でかなりの異同がみられる。その中で、**宮内京沢天一天二**の六写本間の歌数の差が殆どないということは注目すべきである。表（1）中、歌数の下に線を引いた箇所以外はすべて同じであり、しかも、その下線部でさえも、巻二、二十九、三十の**京**、巻二十の**内**を除けば二、三首の僅かな違いでしかない。従って、これら六本をもって流布本系統の本として扱うこととする。

次に、巻一～五、巻十七～三十六で**細**と**高**との歌数がほぼ同じであること（巻六～十五では、**細**の歌数が極端に少ないが、この点については後述する）、また、巻十七～二十一、巻三十～三十二、巻三十四～三十六では、**細高**及び**宮**以下六本の歌数の差が少ないこと、更に、**静**は巻二～五で**細高**と歌数の差が少ないが、巻九以後は甚だしく異なっていること、**陽**は、他のどの写本とも異なっていること等が注目すべき点である。

二　流布本系六写本

前節では、**宮**以下六写本の歌数から、その緊密さが窺えたが、これらの関係は、その歌の出入や歌順等においてはどうであろうか。次にそれらを調べてみよう。

（1）歌の出入の検討

これは、便宜上、次のように（イ）（ロ）に分けて調査した。結果は次の通りである。

（イ）底本の**細**にはあるが他の写本にはない歌の場合

（a）底本の**細**にはあるが他の写本にはない歌の総数　九六三首

（b）このうち、**宮**以下の六写本の一本以上にない歌の数　七三三首

（c）六写本ともない歌の数　七〇二首

（d）**宮内京**三本共通にないもの二、**沢天一天二**三本共通にないもの二、**内**にのみないもの五、**京**にのみないもの二十二　計　三十一首

（ロ）底本の**細**にはなくて、他の写本にはある歌の場合

（e）底本の**細**にはないが他の写本にはある歌の総数　二五〇一首

表（1）

	細	高	宮	内	京	沢	天一	天二	静	陽
一	213	−3, +4 214	−101, +5 117	〃	〃	〃	〃	〃	−86, +17 (144)	
二	225	−3, +2 224	−118, +6 113	〃	−128, +5 102	−118, +6 113	〃	〃	−4, +14 235	
三	278	−1, +2 279	−113, +8 173	〃	〃	〃	〃	〃	−23, +17 272	
四	234	+3 237	−54, +1 181	〃	〃	〃	〃	〃	−21, +7 220	
五	180	+2 182	−72, +5 113	〃	〃	〃	〃	〃	−2, +7 185	
六	84	+148 232	+232 316	〃	〃	〃	〃	〃		
七	99	−2, +112 209	+199 298	〃	〃	+200 299	〃	〃		
八	112	−2, +104 214	−2, +167 277	−4, +167 275	−2, +167 277	−2, +168 278	〃	〃		
九	103	−2, +138 239	−1, +193 295	〃	−1, +192 294	−1, +193 295	〃	〃	−22, +188 269	
十	109	−3, +62 168	−3, +100 206	〃	〃	−2, +100 207	〃	〃		
十一	137	−2, +77 212	−2, +125 260	〃	−3, +124 259	−1, +125 261	〃	〃	−18, +116 235	
十二	98	+65 163	−15, +80 163	〃	〃	〃	〃	〃	−19, +78 157	
十三	117	+127 244	−4, +169 282	−4, +172 285	−4, +171 284	−4, +169 282	〃	〃	〃	
十四	125	−1, +111 235	−3, +141 263	〃	〃	〃	〃	〃	〃	
十五	81	+102 183	−2, +118 197	−3, +117 195	−2, +118 197	〃	〃	〃	−8, +109 182	
十六	136	−12, +40 164	−23, +58 171	〃	〃	〃	〃	〃	−25, +54 165	
十七	185	−18, +3 170	185	〃	〃	〃	〃	〃		
十八	130	−8, +1 123	130	−1, 129	130	−1, 129	〃	〃		
十九	152	−13, +1 140	152	〃	〃	〃	〃	〃		
二十	235	−6, +4 233	+1 236	+12 247	+1 236	〃	〃	〃		
二十一	247	−10, +3 240	+1 248	〃	〃	〃	〃	〃		
二十二	111	〃	−29, +91 173	〃	〃	〃	〃	〃	−8, +173 276	
二十三	121	〃	−15, +41 147	〃	〃	〃	〃	〃	−28, +111 204	
二十四	135	〃	−10, +71 196	〃	〃	−10, +70 195	〃	〃	−111, +15 (39)	
二十五	119	+2 121	−24, +39 134	〃	〃	〃	〃	〃		
二十六	86	〃	−12, +28 102	〃	〃	〃	〃	〃		
二十七	124	〃	−38, +24 110	〃	〃	〃	〃	〃		
二十八	105	〃	−21, +46 130	〃	〃	〃	〃	〃		
二十九	287	−2, +8 293	−1, +9 295	−1, +8 294	−8, +9 288	−1, +8 294	〃	〃		
三十	204	+4 208	−7, +4 201	〃	−13, +4 195	−7, +4 201	〃	〃		
三十一	196	+1 197	−9, +5 192	〃	〃	〃	〃	〃		
三十二	128	+1 129	−10, +1 119	−10, 118	〃	〃	〃	〃		
三十三	303	+4 307	−8, +57 352	〃	〃	〃	〃	〃		
三十四	126	+3 129	+3 129	〃	〃	−1, +3 128	〃	〃	−10, +13 129	
三十五	194	+1 195	−2, +12 204	〃	〃	〃	〃	〃		
三十六	108	+1 109	−1, +8 115	〃	〃	−1, +6 113	〃		−11, +13 110	−22, 86
三十七	220		−2, +42 260	−4, +42 258	−2, +42 260	〃	〃			−28, +6 198
三十八	196		−3, +23 216	〃	〃	〃	〃			−17, +5 184

※・　−＋は細川本を基準として数えた出入の歌数である。
・　上の句のみ、或いは下の句のみ、及び長歌の場合はその一部分のみ存するものも、すべて１首として数えた。
・　「〃」はすべてその左の写本の歌数と一致することを表す。
・　静嘉堂本の巻一、巻二十四は、それぞれ後半、前半のみ存するので（　）で囲んだ。
・　空欄は欠巻を表す。
・　流布本系写本の歌数の下線は宮内庁本と異なることを表す。

（f）　このうち、**宮**以下の六写本の一本以上にある歌の数　　二一一七首

（g）　六写本ともある歌の数　　二〇九四首

（h）　**宮内沢天一天二**五本にあるもの二、**宮京沢天一天二**五本にあるもの二、**宮内京**三本にあるもの三、**沢天一天二**三本にあるもの二、**内**にのみあるもの十四

　計　二十三首

以上の通り、六写本間で数の差異のあるものは、（イ）の場合で僅か四％、（ロ）の場合では一％に過ぎないのである。このように、**宮**などの六写本が同じ系統（流布本）に属することは明らかといえよう。

(2)　歌順の検討

底本の**細**に対する歌の配列の異同にも、同じく**宮**などの六写本が同一系統に属することが顕著に現れている。配列の異同とは、例えば、**細**では「（神備南）森、（神南備）里」と配列されているのに対し、他の写本のいずれかでは、「（神南備）里、（神南備）森」と配列されている場合をさすものである。そのような例は全部で三十四あるが、そのうち、実に二十六例にわたって六写本が一致しているのである。（残りの八例のうち、四例は**天二**が存せぬ巻のものであり、**宮内京沢天一**五写本では一致している。また、他の四例は六写本以外の写本にみられるものである。）

　更に、この配列の異同で注意しておきたいことが二点ある。一つは、巻二十三と巻二十四にみられる異同である。即ち、底本の**細**と**高**では、巻二十三の「海津里」の後は「白雲山、石根山、蔵部山、河嶋、高野村、高槻村、青柳原」の順に歌が配列されているのに、この**宮**以下の六写本では「海津里」で終っていて、この部分はない。そして、巻二十四の「醒井」の後に、「従是以下者書本落之他本校合之時書入之也仍次第不同暫一所書之了白雲山以下至高田村是也」と注書があり、その後に歌が「白雲山、蔵部山、石根山、青柳原、河嶋、船木浜、屏風浦、高槻村、佐野船橋、高野村、高田村」の順に配列されているのである（目録も同じく「自是以下以他本書入之卒」としその後に「白雲山」以下の地名が記されている）。一つは、巻二十七と巻二十八に見られる同様の異同である。底本の**細**及び**高**に存在する、巻二十七の「宮城野」以下が、**宮**など六写本にはなく、巻二十八の「武隈」の前に補入されているのである（但し、注書はない）。（1）（2）で述べたことから、**宮内京沢天一天二**の六写本が系統を同じくするものであることは十分察せられよう。

(3)　目録の地名の出入・配列・用字の検討

さて、これら六写本の関係は、更に、「目録」においてはどうであろうか。まず、地名の出入から検討してみる。それは、具体的には、（イ）底本の**細**にはあるが、他の写本にはない地名と、（ロ）底本の**細**にはないが、他の写本にはある地名の、二つに分類できる。

（イ）　巻二芹生里、巻三佐江野沼、今里、巻四小竹峯、松崎、柏森、
　他九十三例

（ロ）　巻一鴨羽河、巻五来背森、阿弥陀峯、巻六雪消沢、宜木河、他
　五十例

前者は九十九例、うち六写本が揃っている巻の巻三十五までで、六写本間に異同のみられるものは四十八例である。そのうちわけは、**宮内京**の三写本にはその地名はないが、**沢天一天二**の三写本にはあるもの三十二

（巻四小竹峯など）、逆に、宮内京にはその地名はあるが、沢天一天二にはないもの五（巻二芹生里など）、その他十一、となっている。即ち、この六写本が更に、宮内京と沢天一天二の二類に分かれているようである。次に、後者は全部で五十五例で、このうち、巻三十五までで六写本間に異同のあるものは八例である。そのうちわけは、宮内京にはないが、沢天一天二にはあるもの七（巻九神崎佐野渡など）、宮内京にはあるが、沢天一天二にはないもの一（巻二十九大芋山）、となっている。前者と同様、やはり、二類に分かれているといえるであろう。

次に地名の配列の異同（地名の位置が前後に入れかわっているもの）であるが、この六写本間で三十一例ある。それらは、宮内京に共通して表われているもの二十六（巻五宮内京では、「清水瀧、椎嶺瀧」と配列されているが、底本及び沢天一天二ではその逆となっているなど）、沢天一天二に共通して表れているもの四（巻二十九沢天一天二では「越菅原、奈古継橋」と配列されているが、底本及び宮内京ではその逆となっているなど）、その他一となっている。ここにも、宮内京と沢天一天二の二類の別がみられるのである。

終りに、地名の用字の異同（巻四、一本では「岩倉山」とあるのに、他本のいずれかでは「岩楽山」とあるものなど）についてみると、二十五例ある。このうち二十三例において、例えば——巻四で宮内京では「笠置山」沢天一天二では「笠着山」、巻八で宮内京では「朝小竹原」沢天一天二では「浅小竹原」となっている——即ち、二類に分かれている。

以上をまとめると、流布本系統六写本は、更に、宮内京（これを甲類とする）と沢天一天二（これを乙類とする）との二類に分けることができるのである。

三　流布本系甲類

流布本系統六写本が、甲乙二類に分けられることは既述の通りであるが、さて、甲類乙類それぞれについてみると、これらは全く同一というわけではなく、かなりに異同が存する。次に、それらの異同を集付、作者名表記、書写の実態に限って調べ、各写本の特性を明らかにしてみたい。まず、甲類の三写本について検討してみる。

(1)　集付

宮内京三写本における集付の有無と異同を類別すると、次の六つに分けられる。

（イ）宮内にはあるが京にはないもの、二一三例（巻三・四六六は、宮内では「万十七」と集付されているのに、京にはそれがないものなど）。

（ロ）宮京にはあるが内にはないもの、五十九例（巻一・四三「新古」など）。

（ハ）内京にはあるが宮にはないもの、四例（巻二十一・三二四一「同（建保百）」など）。

（ニ）内京にはないが宮にはあるもの、一例（巻二十三・1990「続古六」）。

（ホ）宮内京相互に異同のあるもの、十三例（表（2）の通り）。

（ヘ）単なる脱落又は写誤と思われるもの六十六例（巻二・二四三「堀百」（宮内）→「堀」（京）（宮内では「堀百」と集付されて

いるが、**京では**「堀」となっているもの）など」
（イ）（ロ）（ハ）（ニ）から、**京**の集付の欠落が極めて多く、次いで**内**であるが**京**の三分の一以下であり、**宮**には殆どみられないことが注目される。次に（ホ）の宮内京の異同を表（2）に示した。これをまとめたのが表（3）である。

「**宮**が正しいもの」とは、例えば（1）において、**京**では「同」と記さ

表（2）

番号	巻	歌番号	宮	内	京	歌（上二句）	出典
（1）	七	一二四四	古	古	同（新古）	よしの河きしの山ふき	古二・一二四
（2）	八	一四〇一	万九	万九	万二	神なひのかみよりいたに	万九・一七七三
（3）	十一	1036	続古	続古	続後	人よりもまつきけとてや	続古三・二一八
（4）	十六	1717	同（続後）十二	同（続後）十一	同（続後）十二	いたつらにおもひこかれて	続拾十二・八三六
（5）	二十	二九三一	続後	続後	続拾六	秋の色をはらふとみえし	続拾六・四四〇
（6）	二十二	1880	続後九	続後八	続後九	いにしへのつるのはやしに	続後撰九・五六〇
（7）	二十七	2249	後拾十九	後拾十九	後拾十四	みちのくのあたちのまゆみ	後拾十九・一一三八
（8）	二十九	四一六三	後撰三	後撰三	後拾三	夏かりの玉えのあしを	後拾三・二一九
（9）	二十九	四一七三	拾四	拾八	拾四	こしのしら山	拾四・二四九
（10）	二十九	四二一八	同（万）十九	同（万）十九	同（万）十八	あさことにきけははるけし	万十九・四一五〇
（11）	二十九	四二四二	後十四	後十七	後十四	ありそうみのはまのまさこを	後拾十四・七九六
（12）	二十九	四二七一	万十九	万十九	万十八	たこの浦のそこさへにほふ	万十九・四二〇〇
（13）	三十一	四七一二	新勅十九	新勅十九	新勅十二	波たかきむしあけのせとに	新勅十九・一三二四

表（3）

宮が正しいもの	九例　（1）（2）（3）（6）（7）（9）（10）（12）（13）
内が正しいもの	七例　（1）（2）（3）（7）（10）（12）（13）
京が正しいもの	四例　（5）（6）（8）（9）
三本とも誤りのもの	二例　（4）（11）

※　括弧内のアラビア数字は表（2）の通し番号（1）～（13）である。

れているが、一二四四番の前の376番の集付は三本とも「新古」であるのでこの「同」は「新古」を意味する。ところが一二四四番は『古今集』の歌であるので、**宮内**が正しいという意を表すものである。(2)の一四〇一番も『万葉集』九・一七七三番歌で、これも**宮内**が正しい。(10)の四二一八番とその直前の四二一七番は、それぞれ『万葉集』の「十八・四二一六」「十九・四一五〇」番歌である。四二一七番歌は**宮内京**とも「万十八」となっているので四二一八番の「(同)」は「万」を意味し、「同十九」とある**宮内**が正しく、「同十八」となる**京**は「同」は正しいが「十八」とある『万葉集』の巻数が誤っているということになる。また(4)の1717番はその前二首の集付をみると、1715番は「続後十四」1716番は「同十一」となっており二首とも『続後撰集』に存在し、それぞれ九三三番、六九二番の歌である。従って、1716番の「同十一」の集付はこのままで正しいが、1717番はこれでは1716番と同じく「続後撰」を意味することになる。ところが、これは『続拾遺集』十二・八三六番歌であるので、三本とも誤りである。

(ヘ)においても、六十六例のうち、**宮**がよいもの六十四例、**内**がよいもの四十四例、**京**がよいもの二十四例となっている。

以上、集付の検討から、①**宮**の表記が他の二本に比べて詳しく、また、正確度においても優っていること、②次いで**内**がよく**京**が最も劣ること、③**宮**と**内**とが、**宮**と**京**及び**内**と**京**より近い関係にあること、の三点が明らかになった。

(2)　作者名表記

(1)の場合と同様、三本における作者名表記の有無と異同を次の六つに分けて検討してみると、結果はつぎの通りとなる。

(イ)　**宮内**にはあるが**京**にはないもの、三十二例(巻一・七八「和泉式部」など)。

(ロ)　**宮京**にはあるが**内**にはないもの、二十四例(巻三・五三二「知家」など)。

(ハ)　**内京**にはあるが**宮**にはないもの、一例(巻十九・二七六八「定家」など)。

(ニ)　**宮内京**相互に異同のあるもの、二十一例(表(4)の通り)。

(ホ)　単なる脱落又は写誤と思われるもの二十例(巻七・460「俊恵」(**宮内**)→「俊」(**京**))

(イ)(ロ)(ハ)より、数こそ少いが、やはり(1)と同様、**宮**の詳細さが窺える。次いで(ニ)の二十一例を一覧表にしたのが表(4)で、それをまとめたのが表(5)である。ここでも、**宮**が他の二本よりまさるといえる。また、(ホ)も、**宮**がよいもの十三例、**内**がよいもの十二例、**京**がよいもの八例となって、**京**の表記がやや不備であるといえる。

以上の通り、作者名表記の検討の結果は(1)と全く同じであった。

(3)　書写の実態

これは、三本にみられる、(1)落丁、(2)錯簡、(3)歌句の欠落等についての検討である。

①落丁　**内**の巻八の最後が一四二三番の上の句で終り、一四二三番の下の句及び一四二四番・一四二五番はない。**宮**においては、第二冊の八十三丁裏が一四二三番の上の句で終っている。そして、一四二三番の下

表（4）

番号	巻	歌番号	宮	内	京	歌（上二句）	出典・作者名
(1)	一	九五	従二位頼氏	従二位頼氏	従六位頼氏	音羽山ゆふゐる雲を	寛喜四年石清水若宮歌合、頼氏
(2)	二	二七三	俊成卿	俊成女	俊成卿	ふるさとも秋はゆふへを	新古九五七、皇太后宮大夫俊成女
(3)	四	八〇四	賀茂成明	賀茂成明	加茂内待	君か代はきふねの宮に	夫木〔明玉〕六一五二賀茂成助
(4)	五	一〇七〇	俊成	俊成	俊盛	下草は葉すゑはかりに	続後撰二〇二、皇太后宮大夫俊成
(5)	六	一一八七	成茂	成義	成茂	千代にあはむまつとやこれを	出典不明
(6)	十	992	後京極	後京極	後鳥羽院	風のをとも神さひまさる	続後撰一〇〇五、後京極摂政前太政大臣
(7)	十三	一九四一	従二位家隆	従二位家隆	従二位家持	たつた山夕こえくれて	洞院摂政家百首一五二三、従二位家隆
(8)	十六	1745	従三位頼氏	従三位頼氏	従三位頼政	ゆきてみぬおもひはかりを	続後撰七二九、従二位頼氏
(9)	十八	二五四七	恵京（慶イ）	恵京（慶イ）	恵慶	つらかりし人のこゝろを	恵慶法師集二五三、恵慶
(10)	十九	二六六一	秀（季イ）能	秀（季イ）能	秀能	さ夜千とり声こそちかく	新古六四八、正三位季能
(11)	二十二	1869	中納言師俊	中頼	中納言師俊	からさきやなからの山に	保安二年関白内大臣歌合二〇、師俊
(12)	二十九	四二八一	家隆	家持	家隆	さなへとる田子の浦人	建保三年名所百首二二三、家隆
(13)	二十九	四三六二	家持（隆）	家持	家持（隆）	恋しくはなとかはとはぬ	壬二集〔光明峰寺入道摂政家百首〕六七三、家隆
(14)	三十一	四六〇七	俊成卿	俊成女	俊成卿	草しけき野中の水も	最勝四天王院和歌二〇四、俊成卿女
(15)	三十一	四六四五	俊成	俊成	経盛	あかしかたゑしまをかけて	続古四九、皇太后大夫俊成
(16)	三十一	四九三五	北・—（マヽ）	北・—（マヽ）	菅原朝臣	秋風のふきあけにたてる	古二七二、菅原朝臣
(17)	三十三	五〇〇九	長能（公実イ）	長能（公実イ）	長能	いもせ山峯の嵐や	金二三四、春宮大夫公実
(18)	三十三	五〇一九	実伊	実仲	実伊	霧はるゝ川上遠く	夫木〔明玉〕四七七三実伊
(19)	三十三	五一五三	後三条大臣	後三条大臣	後二条大臣	おもふ事くみてかなふる	千一二五五、後三条内大臣
(20)	三十四	五二三七	俊成	俊頼	俊成	哀なる野嶋かさきの	千五三〇、皇太后宮大夫俊成
(21)	三十五	五四四一	重之	重之	重元	幾代にか語つくさん	拾五九一、重之

※・（13）作者名の右傍線は見セ消チを表す。・出典・作者名は『新編国歌大観』『新編私家集大成』による。出典が『名寄』以後のものでも参考までに掲げた。

・（16）の「マヽ」は稿者が私に付した。・（3）（18）の「明玉」は『夫木』中の、（13）の「光明峰寺入道摂政家百首」は『壬二集』中の集付である。

表（5）

宮が正しいか、ややましと思われるもの	十三例（4）（6）（7）（8）（10）（11）（12）（13）（15）（17）（18）（20）（21）
内が正しいか、ややましと思われるもの	十例（2）（4）（6）（7）（8）（10）（14）（15）（17）（21）
京が正しいか、ややましと思われるもの	五例（11）（12）（13）（18）（20）
三本とも正しいもの	二例（9）（16）
三本とも誤りのもの	二例（3）（19）
不明のもの	二例（1）（5）

表（6）

五丁表	五丁裏	六丁表	六丁裏
浦	四〇九七	四〇八二	四〇八九
四〇九二	の下の句	四〇八三	四〇八八
音羽山	四〇九八	四〇八四	四〇九〇
四〇九三	四〇九九	四〇八五	四〇九一
四〇九四	四一〇〇	四〇八六	四一〇二
四〇九五	三形海	四〇八七	浦
四〇九六	四一〇一		四一〇三
四〇九七	若狭国		
の上の句	後瀬		

の句、一四二四番、一四二五番と続く八十四丁表があるはずであるが、八十三丁裏の次にはなく、第二冊の二枚目の遊紙の間にそれが挿入されてある（但し本文と同筆である。現在は押紙となっている）。これは、本文と同時に書写したが、綴じ忘れて挿入したものか、もともとなくて後から書き加えたものか明らかではないが、**京**にはその部分があることを考えると、**宮**と**内**とが、**宮**と**京**、**内**と**京**に比べてより近い関係にあるといえるであろう。また、**京**には、**宮内**にはみられぬ次の三箇所の落丁があ

る。①巻二・三九六から40まで（**宮**の第一冊二十五丁裏二十六丁表にあたる。）②巻二十九・四二六〇の下の句から四二六七まで（**宮**の第七冊二十二裏二十三丁表にあたる。）③巻三十・四五六五の下の句から四五七二まで（**宮**の第七冊六十二丁裏六十三丁表にあたる。）これらは、三ケ所とも**宮**の見開き一枚にあたるもので、或いは書写する際、誤って二枚捲ってしまったためかもしれない。

②錯簡　**内**において、巻十五の九、十、十一、十二枚目が、九、十二、十、十一の順に綴じ違えられている。**京**では綴じ違いはないが、巻二十九の巻頭が表（6）のようになっている。即ち、四〇八二番～四〇九一番は、**宮**の見開き一枚分にあたるが、書写の際、二枚捲ったための脱落に、四一〇一番まで書いた時に気づき、そこで脱落部分四〇八二番～四〇九一番を書き加えたものと思われる。

③歌句の欠落

㋑上の句の欠落　**内**一例（巻三十七・五七五〇）

㋺下の句の欠落　**宮**一例（巻十四・1542）、**内**五例（巻六・167、巻十・994、巻十三・1275、巻三十六・五六一九、巻三十七・五六五二）、**京**六例（巻一・七八、巻十一・一六七七、巻十五・

二一四三、巻十七・二三四一、巻三十三・五一八五、巻三十八・五九二〇）計十二例。

㈧部分的欠落　**宮**一例（巻二十一・三〇六七）、**内**二例（巻六・135、巻十七・二四六二）、**京**三例（巻十七・二三八五、二四〇三、二四〇六）計六例

㈡その他の欠落　**京**一例（巻十八・二六一九の下の句と二九二〇の上の句）

これらの歌句の欠落においても、やはり**京**の不備と**宮**の丁寧さが窺われ、これまでの調査の結果と異なるものではない。

以上、甲類三写本―**宮内京**―についての調査から、各写本別の性格は次の通りとなろう。

(4)　まとめ

①**宮**は、集付、作者名表記の欠落が最も少なく、それらに異同がある場合でも宮が正しいことが多い。また、錯簡や落丁もなく、歌句の欠落も少なく、従って、三写本中、最も書写が丁寧で、内容もよいといえる。

②**京**は、集付、その他の欠落が、**宮内**に比べてかなり多く、異同の箇所でも誤っているものが多い。それに落丁や写し誤りもあり、歌句の欠落も多い。しかし、数こそ少いが、**宮内**の誤りを補正しうるものもままあり、その価値は存するものと思われる。

③**内**は、**京**ほどではないが、集付等における欠落が少くない。更に、巻八の最後を欠き、巻二十に巻十三の十一首が混入し（巻二十・二九五〇の後に宮内庁本第三冊十丁表・裏一枚が誤入している）、また、巻十五の錯簡（第一章諸本の解題（4）内閣本の項参照）など、不備な点がそこここにみられるが、**宮**と非常に近い関係にはある。

こうしてみると、**宮**は見セ消チや細字補入歌が多いという欠点はあるが、甲類三写本中では、もっとも信頼できるもののようである。

四　流布本系乙類

次に、甲類三写本の場合と同じく、集付、作者名表記、書写の実態等の異同から、乙類の三写本―**沢天一天二**の特性を明らかにしてみたい。乙類の三写本は、甲類三写本に比べて、非常に近い関係にあり、―一部をのぞいて一丁に書かれている範囲までも同じであるという事実からも明白であるが―その間の異同は少ない。また、**天二**の巻四までは、墨の書き入れが多くみられ、それが時には、本文と墨色、筆跡までも酷似して見分けにくくなっている箇所がかなり多く、どちらか一方に決めることが困難な場合があるので、すべてこれらをも含めて考察の対象とすることにする。

(1)　集付

三写本間の集付の有無と異同は、次の（イ）～（ヘ）に類別される。

（イ）**天一天二**にはあるが**沢**にはないもの、十五例（巻十一・1332「六帖」（**天一天二**には「六帖」と集付されているのに、**沢**にはそれがないもの）など）。

（ロ）**沢天一**にはあるが**天二**にはないもの、五例（巻十三・一八八九「万十六」など）。

（ハ）　天一天二にはないが沢にはあるもの、一例（巻十八・二六二二「後」）。

（ニ）　沢天一にはないが天二にはあるもの、六十八例（巻一・七三「千」など）。

これら（イ）～（ニ）から次のことが考えられる。①沢の集付は他の二本のそれより少なく（十五例）おそらく欠落によるものであろう。②天二はこれに反して、他の二本より集付が多く（六十八例）詳細であるといえる。ところが、既述のように、天二には、同じ墨色の書き入れがあって（例えば巻二・二二五で、他本にはないのに天二には「続古二入」（傍点稿者）とある、など十一例）、この場合、それもこの数の中に入れてある。また『名寄』の成立（第二部で詳述）以後のもの（例えば、巻四の七二四番「新拾」など十二例）も集付されており、明らかに、後の増補による書き入れと考えられるものもある。従って、この集付の詳細さは、むしろ、後の増補、書き加えによるもので、天二の価値を低めこそすれ高めるものとはならない。③天一については、この沢天二のような集付の有無の異同（天一のみあり、天一のみなし）は全くない。即ち、ここでは、天一においては、欠落や書き加えは見られないということである。

（ホ）　見セ消チのために異同を生じたもの、二十三例（巻三・六六九「続後」（沢天一）→「続〔古〕後」（天二）（正しくは「続古五・四九二」）など）。

天二には、見セ消チが全巻にわたってあり、しかも、見セ消チのもとの表記が沢天一と一致する場合がかなりに多いので、これらとそれに類するもの二十三例について検討してみる（表（7））。見セ消チは、天一に四、天二に十九あるが、天一のそれが殆ど誤りであるのに対し、天二のそれは、八割までが正しく付けられているので、かなり、信頼できるものと言えるであろう。

表（7）

	天一	天二
見セ消チの数	4	19
それが正しいもの	1	15
それが誤りであるもの	3	4

表（8）

	沢	天一	天二
書き入れの数	1	1	4
それが正しいもの	1	1	4
それが誤りであるもの	0	0	0

表（9）

	天一	天二
見セ消チの数	4	5
それが正しいもの	3	4
それが誤りであるもの	1	1

※　沢には見セ消チはない。
※　不明―出典不明のため、正誤決め難いもの。

（ヘ）　脱落又は増補と思われるもの、十六例（巻四・七八七「後」（沢天一）→「後撰」（天二）など）。

このうち、沢の表記が丁寧と思われるもの四、天一のそれは九、同じく天二のそれは十で、天一天二がややまさるかと思われる。

この（イ）～（ヘ）に掲げたもの以外に「**沢天一天二**相互に異同のあるもの」が四例あるが、僅かな数で何とも決めかねるので、略することとする。

以上の集付の検討から、①**天一**が欠落、増補も少く、乙類三写本中、最も信頼できるものであること、②**沢**は**天一**と類似しているが、やや**天一**に劣ること、③**天二**は**沢天一**とやや趣きを異にし、不備な点がそここに見られること、の三点が明らかとなった。

(2)　作者名表記

次に、三写本間の作者名表記の有無と異同を調べ、次の（イ）～（ヘ）に類別し考察してみる。

（イ）**天一天二**にはあるが**沢**にはないもの、八例（巻九・一五一一「人丸」など）。

（ロ）**沢天一**にはあるが**天二**にはないもの、二例（巻六・一一五二「忠峯」巻十七・一二三五四「人丸」）。

（ハ）**沢天二**にはないが**天一**にはあるもの、一例（巻二十七・三九二〇「兼盛」）。

（ニ）**沢天一**にはないが**天二**にはあるもの、三例（巻二・三〇七「中宮大夫」など）。

（イ）～（ニ）をまとめると、さきの集付の場合と同様に、ここでも沢の欠落が八例あり、**天一**（なし）**天二**（二例）のそれよりも多いこと、**天一**にはそれがないこと等が注目されるのである。なお、**天二**の書き入れは、ここでは少い。

（ホ）見セ消チ・書き入れのため異同を生じたもの、十五例（巻二・七八七「仲興母」（**沢天一**）→「平なかき女となん仲興母」（**天二**）（正しくは「後撰十二・八三三　平なかきが女」、巻四・八八三「能因」（**沢天一**）→「能因元輔」（**天二**）（正しくは「拾遺十・六〇七清原元輔」）など）。

（ヘ）脱落又は増補と思われるもの、十例（巻二・二七三「俊成卿」（**沢天一**）→「俊成」（**天二**））。

次に（ホ）についてまとめると、前頁表（8）（9）のようになる、見セ消チや書き入れのもとの表記の正しいものは、**沢天一**がなし、**天二**が一であり、三写本間に殆ど差はないが、見セ消チや書き入れの正しいものを加えると、**沢**一、**天一**四、**天二**八となり、**天二**が最もよいということになる。つまり**天二**の正しさは、後の書き入れによるものであり、**天二**の価値を高めることにはならないであろう。（ヘ）では、**沢**がよいと思われるもの六、**天二**がよいと思われるもの四に対し、**天一**のそれは九となっていて**天一**の表記がやや丁寧のようである。

この（イ）～（ヘ）に掲げたもの以外に、「**沢天一天二**相互に異同のあるもの」が八例ある。**沢**が正しいもの三、**天一**が正しいもの六、**天二**が正しいもの五と殆ど差がなく、僅かな数でもあるので**沢天一天二**のいずれがよいかは何とも言えない。

上記の通り、作者名表記の検討においても、結果は、集付の検討におけるそれと殆ど変わるところがないと言えよう。

(3)　まとめ

以上、乙類三写本—**沢天一天二**についての調査から、その結果をまとめると、各写本別の性格は、次の通りになるであろう。

①**沢**は、集付、作者名表記において、欠落が最も多いが、見セ消チ、書き入れ等が、三本中最も少なく、後の手のあまり加わっていないものと考えられる。

②**天一**は欠落が最も少なく、見セ消チ、書き入れ等の後の手が入ったと見られるものも少なく、三本中、最もよいもののようである。

③**天二**は、**沢天一**とは性質を異にし、見セ消チや増補、書き入れが多く、かなり原撰本より下った後のものと思われる。しかし、その書き入れは、正しいものが多いようである。

なお、この他に気付いた点を二、三拾ってみると、目録中の地名の傍訓が**天一**に最も丁寧に付されていること。また、**天二**は巻三十四の十三枚目が巻三十二の十二枚目に綴じ違えられていること、同じく、**天二**の巻三十一の目録は、これだけが乙類と異なり、甲類の目録と類似していること、また、更に、本文中の地名表記において、例えば「御室山、御室岸、御室神」と続くとき、甲類や**天二**、その他の写本の多くは「御室山、岸、神」と記しているが、**沢天一**では「岸、神」の右肩に小さく、「御室」と記し、「御室岸、御室神」と書いていること、そして、この右肩の地名が、**天一**では全巻にわたって朱で記入され、**沢**では墨で巻四まで記入されていること、等があげられる。

以上を要するに、乙類三写本は非常に近似しているが、**天一**が最も信頼できるものであり、**沢**は**天一**とよく似ているがやや**天一**に劣るものである。そして、**天二**は、巻三十五までしかなく、しかも、後の手も入って不純のようであるが、一応、**沢天一**を補える所もあり、参考とするには足りるということである。

五　おわりに

以上、第一節から第四節において考察してきたことから、

（1）宮内庁本、内閣本、京大本、沢瀉本、天理本一、天理本二の六本が系統を一にし、流布本をなすものであること。

（2）この流布本系統六写本は、更に、甲類（宮内庁本、内閣本、京大本）と、乙類（沢瀉本、天理本一、天理本二）との二類に分けられること。

（3）甲類三写本では、宮内庁本が最も信頼できる写本であり、これと非常に近い関係にあるのが内閣本であること。

（4）乙類三写本は非常に近似しているが、中でも天理本一が最も信頼できる写本であり、これと密接な関係にあるものが沢瀉本であり、天理本二は、やや趣きを異にする後のものであること。

等の諸点が結論づけられる。

第三章　非流布本系諸本の系統

一　歌数と略抄

(1)　総歌数の異同

ここでは、三写本（**細**・**高**・**静**）—これを**宮**以下六写本の流布本に対して、ひとまず非流布本とする—の系統や性格、及びこれらと流布本（**宮**をその代表とする）との関係について（1）総歌数の異同、（2）「略抄」、（3）歌の出入、（4）書写の実態の諸点から検討することにしたい。**陽**は、三巻のみであるので、本章第二節及び第四章で別に扱うことにし、まず、**細高静宮**四写本の考察から入ることにする。

『名寄』各巻の各写本別の歌数の異同から、**細高静宮**四写本の関係について概見すると次の通りである。

①**細**は巻一～五、巻十七～三十六においては、**高**とほぼ同一であり、特に巻二十二、二十三、二十四、二十六、二十七、二十八では全く同じ歌数である。但し、巻六～十六では、**細**の歌数は、他の三写本に比べて極めて少なく、どの写本とも異っている。

②**高**は巻一～五、巻十七～三十六において**細**に近いが、巻六～十六では**細**より著しく歌数が多い。尚、この巻六～十六では**静宮**も歌数が多いが、**高**は巻十二～十六で**静**にやや近い他は、歌数の相違がかなりあって似てはいない。

③**宮**は巻一～五において、甚だ歌数が少いので、他のどれとも異なる。反対に巻六～八では、**細**はもとより**高**に比べても歌数が目立って多くなり、やはり近似するものではない。そして、巻九と巻十一～十六では**静**に近いが（巻十三、十四では**静**と全く同じ）、巻十七～十九では**細**と全く同じ、巻二十・二十一では僅差である。しかし、巻二十二～二十八では三写本と相違があり、巻二十九～三十二、三十四～三十六では、**細高**と近似している。

④**静**は巻一については後半しか存せぬので何とも言えない。巻二十四も同様である。巻二～五では**細高**に近いが、巻九以後では寧ろ**宮**に近く、巻十三、十四では全く**宮**と同一である。但し、巻二十二以後では**宮**とはやや相違しているようである。

以上①～④の諸傾向をまとめると、表（10）のようになる。この表も物語っている通り、四写本ともいずれかの巻で他の写本のどれかと近似しているが、全写本が一致する巻は一つもなく、また、全巻を通して近

表（10）

	高	静	宮
細	1～5、17～36	1～5	17～21
高		1～5、12～16	17～21、29～36
静			11～16

※　数字は二写本間で近い関係にある巻を表す。

い関係にあるという写本もなく、各写本間において、互いに相異なる複雑な関係を呈しているということである。即ち、これは、各写本それぞれに独自性を持つとともに、また、相互にある関連性を持っているということに他ならない。

(2) 略抄

次に問題は、**細**の巻六～十六と**宮**の巻一～五における歌数が、他写本に比べて非常に少なく、各巻とも一〇〇首近くの差が存在するということである。以下歌数の差について考えてみよう。

さて、このことを考える上で一つ注目すべきことがある。それは各巻の歌本文に入る前の標題（内題、目録と続き、歌本文の前に置かれる「美濃国歌」「歌」などを「標題」とする。これは巻により異同があり、全くない巻もある）である。『名寄』の内題は、「謌枕名寄巻第一」という表記の仕方であって、これは各写本各巻ほぼ同じである。ところが、目録のあとの歌本文に入る前の標題は、各写本各巻によって、必ずしも同一ではない。例えば、**細**の巻四では、「歌枕名寄巻第四、畿内都四、山城国四」と記されているが（**高**もこれに同じ）、**静**では単に「謌」とのみあるだけであり（**宮内京**も**静**に同じ）、**沢天一天二**では、ともに「山城国和歌」となっている。このように、各写本間で異同がある。なお、これと同じ異同の一、二例を挙げると次の通りである。巻二十四では、**細高**は「近江国下」**静宮京内**は「謌」**沢天一天二**は「近江国和歌」、巻三十四では**細**は「歌枕名寄巻第三十四、淡路国謌」、**高**は「淡路国」、**静宮京内沢天一天二**は「淡路国謌」となっている。

即ち、写本によって標題の簡略化、或いは増補化が行われたということである。従って、歌についても、これがあったのではないだろうか。歌の略抄、もしくは増補があったとすれば、歌数の甚だしい相違も解明されるであろう。そこで、この点を、さらに調べて、各写本の各巻ごとの標題をみると、巻十から巻二十一までの間に於いて表（11）のように「略」の語が記されているものが見受けられた。

表（11）から明らかな様に、「略」の語がみえる巻の歌数ははたして他本のそれと比べて極めて少なく（巻十八は歌数に差はない故、比較はできないが、全ての写本の標題に「略」があるので、「略抄」が行われたとする）、**細**では巻十～十四、十八、**高**では巻十七、十八、二十、二十一、**宮**では巻十八において、「略抄」が行なわれたとみてよい。（**静**にはこの「略」が見あたらないが、欠巻の巻にこれがあったかもわからず、何とも言えない。）従って、三写本それぞれ、少くとも以上の巻において、おそらく親本を書写する際、煩を厭うて、歌の「略抄」が行われたものであろう。或いは「略抄」が行われた親本によったとも考えられる。さきに後の増補の可能性について述べたが、これらの巻においてはこの増補は考えられない。

このことが認められれば、他の場合、例えば巻十七においては、**細宮**に標題はないが、**高天一**には次のように、「謌枕略名寄巻第十七」「伊勢国謌略抄」とそれぞれ「略」が記されているし、しかも、**細宮天一**の歌数が同じであり、**細宮**と**高**との歌数の違いも僅かであるので、やはりこの**細宮**においても「略」とはないが、「略抄」があったと推測される。同様にして、巻二十、巻二十一においても、**高**にのみ「略」が記されているが、巻二十の**細宮天一**の歌数が二三五首、**高**のそれは二三三首であり、巻二十一ではそれぞれ二四七首、二四〇首と、ほぼ同じであるので、細宮のここにも「略抄」があったと考えてよいであろう。

さて、さきに指摘した細の巻六～十六の歌数の激減は、巻十～十四については、原本の「略」によるものであることがわかったが、残る巻六～九、十五、十六も「略」の明記こそないが、他写本に比べて歌数が著し

表(11)

	細	歌数	高	歌数	宮内京	歌数	沢天一天二	歌数	静	歌数
十	哥枕略名寄巻第十 畿内部十 大和國五	109	謌枕名寄巻第十 畿内部十 大和國五	168	歌	206	大和國和歌	207	／	／
十一	哥枕略名寄巻第十一 畿内部十一 大和國六	137	謌枕名寄巻第十一 畿内部十一 大和國六	212	歌	260	大和國和歌	261	謌	235
十二	謌枕略名寄巻第十二 畿内部十二 河内和泉摂津	98	謌枕名寄巻第十二 畿内部十二 河内和泉	163	謌	163	河内國和歌	163	河内国謌	157
十三	謌枕略名寄巻第十三 畿内部十三 摂津國一略抄	117	謌枕名寄巻第十三 畿内部十三 摂津國一	244	謌	282	摂津國和謌	282	謌	282
十四	謌枕略名寄巻第十四 畿内部十四 摂津二	125	謌枕名寄巻第十四 畿内部十四 摂津國二	235	歌	263	摂津國歌	263	謌	263
十七	／	185	謌枕略名寄巻第十七 東海道部一 伊勢國上志摩	170	／	185	伊勢國歌略抄	185	／	／
十八	謌略抄	130	謌枕略名寄巻第十八 東海道部二 伊勢國下志摩摂之	123	歌略抄	130	伊勢國歌略抄	129	／	／
二十	駿河国謌	235	謌枕略名寄巻第二十 東海道部四 駿河伊豆箱根	233	駿河国歌	236	駿河國謌	236	／	／
二十一	／	247	謌枕略名寄巻第二十一 東海道部五 武蔵安房上総下総常陸	240	／	248	武蔵國謌	248	／	／

※・「宮内京」及び「沢天一天二」の各三本は、ここに挙げた巻の表題がすべて同じであるので、ひとまとめにして表示した。但し、三本間において歌数に異同がある場合は、便宜上「宮」「天二」の歌数を掲げることにする。
・その写本のその巻に、標題が存在しない場合は「／」で表すことにする。また、標題及び歌数両欄共「／」は、その写本にその巻が存在しないことを示すものである。
・「略・略抄」の右傍線は稿者が私に記したもの。

表（12）

写本＼巻数	一	二	三	四	五	六	七	八	九	十	十一	十二	十三	十四	十五	十六	十七	十八	二十	二十一
細						×	×	×	×	○	○	○	○	○	×	×	△	○	△	△
高																	○	○	○	○
宮	×	×	×	×	×												△	○	△	△
天一	×	×	×	×	×												○	○	△	△

※・流布本六写本は、この「略抄」については甲類（宮内京）と乙類（沢天一天二）とで、異同があるので、参考のため乙類も掲げることにした。
・巻十九及び巻二十二以後は「略抄」等の明記がなく、四写本間に歌数の差異もなく、何とも言えないので取り扱わなかった。
・○印は「略」と明記されているもの、△印は他の写本のその巻に「略」と記されていて、歌数もほぼ同じことから「略」と推定されるもの、×印は「略」と記されてはいないが、他写本に比べて歌数が極めて少なく「略」と推定されるものを表す。

く少なく、これも「略抄」によるものかもしれない。すると、同様にして**宮**の巻一～五も「略」とは記されていないが、歌数からして、やはり「略抄」のためと考えられる。しかし、他方この歌数がかなり少ないということは、時代が下るに従って歌が増補されていくのが常識であるという点から鑑みると、原撰本により近いという可能性もあるが。以上述べたことをまとめてみると表（12）のようになる。

（3）歌の出入

次に歌の出入から、この×印をつけた巻について念のため調べ、併せて四写本間の関係を考えてみよう。

巻一～三十六を①四本揃っている巻「巻（一）二～五、九、十一～十六、二十二、二十三、（二十四）、三十四、三十六」と、②**静**を除く三本揃っている巻「巻六～八、十、十七～二十一、二十五～三十三、三十五」とに分けて考えてみることにする。（巻一及び二十四は①②いずれにもあてはまらないが、一応①に入れて参考とすることにする。）

まず、①であるが、これを、（a）**細**にはあるが**高宮静**のいずれかにない歌と、（b）**細**にはないが**高宮静**のいずれかにある歌との二つに分けて、さらに（a）を、（イ）**高**のみなし、（ロ）**宮**のみなし、（ハ）**静**のみなし、（ニ）**高宮**なし、（ホ）**高静**なし、（ヘ）**宮静**なし、（ト）**高宮静**なし、（b）を、（チ）**高**のみあり、（リ）**宮**のみあり、（ヌ）**静**のみあり、（ル）**高宮**あり、（ヲ）**高静**あり、（ワ）**宮静**あり、（カ）**高宮静**あり、にそれぞれ類別してまとめてみると、表（13）の通りとなる。（アラビア数字はすべて歌の数、巻一と巻二十四の合計歌数は、**静**が完本でないため括弧を付した。）

①—（a）から次のことが考えられる。巻二～五まででは、「（ロ）**宮**のみなし」でみる通り、**宮**の歌数が他の三本より著しく少なく、①—（a）の合計の六十九％を占めている。従ってこれらの巻では、**宮**はどの写本とも異なり、或いは宮においてここに「略抄」があったかもしれない。また、「（ヘ）**宮静**なし」が十九首あるのに対し、「（ニ）**高宮**なし」が四首、「（ホ）**高静**なし」はなく、**高**と**宮**、**高**と**静**とに比べて、**静**と**宮**とがやや近い。他方「（ロ）**宮**のみなし」（三二九首）や「（ハ）**静**のみなし」（二十八首）に比べて、「（イ）**高**のみなし」がなく、その上全体を通してみても、**細**にある歌で**高**にはないものが、僅か五首である

ので、**細**と**高**とはかなり近い関係にあると言える。

巻九以下では、「(ロ)**宮**のみなし」が巻十一、二十二、二十三、二十四にしか存せず、その数も四十六首と、巻二～五とは傾向を異にしている。そして、「(イ)**高**のみなし(五首)」や、「(ロ)**宮**のみなし(四十六首)」に比べて「(ハ)**静**のみなし」が八十七首と多く、これは**静**の独自性を示すものといえる。**宮静**の関係については、「(ニ)**高宮**なし」が五

表(13)

①—(a)**細**にはあるが、**高宮静**のいずれかにない歌の数

巻＼類	(イ)高のみなし	(ロ)宮のみなし	(ハ)静のみなし	(ニ)高宮なし	(ホ)高静なし	(ヘ)宮静なし	(ト)高宮静なし	合計
一	0	99	0	0	0	0	0	(99)
二	0	115	2	3	0	1	0	121
三	0	100	13	1	0	8	1	123
四	0	45	12	0	0	9	0	66
五	0	69	1	0	0	1	0	71
九	1	0	14	0	0	0	0	15
十一	2	3	17	0	0	0	0	22
十二	0	0	4	0	0	15	0	19
十三	0	0	0	0	0	4	0	4
十四	1	0	0	0	0	3	0	4
十五	0	0	5	0	0	2	0	7
十六	0	0	2	0	0	11	12	25
二十二	1	23	4	5	0	4	0	37
二十三	0	11	17	0	0	7	0	35
二十四	0	9	2	0	0	1	0	(99)
三十四	0	0	10	0	0	0	0	10
三十六	0	0	12	0	0	1	0	13
合計	5	474	115	9	0	67	13	

①—(b)**細**にはないが、**高宮静**のいずれかにある歌の数

巻＼類	(チ)高のみあり	(リ)宮のみあり	(ヌ)静のみあり	(ル)高宮あり	(ヲ)高静あり	(ワ)宮静あり	(カ)高宮静あり	合計
一	1	3	15	0	0	2	0	(21)
二	2	3	10	0	0	4	0	19
三	1	5	11	0	0	6	0	23
四	2	1	6	0	1	0	0	10
五	1	4	6	0	1	1	0	13
九	0	8	7	23	14	62	103	217
十一	2	9	8	10	2	42	64	137
十二	4	2	1	3	2	17	57	86
十三	10	2	4	2	0	52	112	182
十四	9	0	0	0	0	39	102	150
十五	11	3	0	0	0	30	84	128
十六	4	4	1	1	1	17	34	62
二十二	0	15	97	0	0	77	0	189
二十三	0	12	66	0	0	41	1	120
二十四	0	43	3	0	0	12	0	(58)
三十四	3	2	14	0	0	0	0	19
三十六	1	2	6	0	0	5	0	14
合計	51	118	255	39	21	407	557	

表（14）

②―（a）**細**にはあるが、**高宮**のいずれかにない歌の数

類＼巻	（ヨ）高のみなし	（タ）宮のみなし	（レ）高宮なし	合計
六	0	0	0	0
七	2	0	0	2
八	2	0	0	2
十	3	3	0	6
十七	18	0	0	18
十八	8	0	0	8
十九	13	0	0	13
二十	6	0	0	6
二十一	10	0	0	10
二十五	0	24	0	24
二十六	0	13	0	13
二十七	0	38	0	38
二十八	0	21	0	21
二十九	2	1	0	3
三十	0	8	0	8
三十一	0	9	0	9
三十二	0	9	0	9
三十三	0	6	0	6
三十五	0	2	0	2
合計	64	134	0	

②―（b）**細**にはないが、**高宮**のいずれかにある歌の数

類＼巻	（ソ）高のみあり	（ツ）宮のみあり	（ネ）高宮あり	合計
六	7	90	141	238
七	3	90	109	202
八	4	66	100	170
十	2	41	60	103
十七	3	0	0	3
十八	1	0	0	1
十九	1	0	0	1
二十	4	0	0	4
二十一	2	1	0	3
二十五	2	39	0	41
二十六	0	28	0	28
二十七	1	46	0	47
二十八	0	25	0	25
二十九	0	2	8	10
三十	1	2	3	6
三十一	0	4	1	5
三十二	1	0	0	1
三十三	1	54	3	58
三十五	0	12	1	13
合計	33	500	426	

首、「（ホ）**高静**なし」はなく、「（ヘ）**宮静**なし」が四十八首とかなり多く、やはり、この両本は近いと言える。しかし巻三十四、三十六では「（イ）**高**のみなし」「（ロ）**宮**のみなし」はともにないが、「（ハ）**静**のみなし」が二十二首で、寧ろ**宮**は**細**と近いようである。また、**高**は「（イ）**高**のみなし」が少なく（五首）巻一～五と同じく、**細**と近いと思われる。

ついで、①―（b）についてみると、ここでも①―（a）と同じく、巻九以下では「（チ）**高**のみあり」が四十四首、「（リ）**宮**のみあり」が五十九首に対し、「（ヌ）**静**のみあり」が二〇四首と多く（巻二十四は除く）、**静**の独自性が窺えること、「（ル）**高宮**あり」が三十九首、「（ヲ）**高静**あり」が十九首、「（ワ）**宮静**あり」が三八二首（巻二十四を除く）で、**高**と**細**、**宮**と**静**とがそれぞれやや近い関係にあることが窺える。

次に、②の**静**を除く三写本の揃っている巻についても、①と同様、（a）（b）に分け、さらに（a）を（ヨ）**高**のみなし、（タ）**宮**のみなし、（レ）**高宮**なし、（b）を（ソ）**高**のみあり、（ツ）**宮**のみあり、（ネ）**高宮**あり、に類別してまとめたものが表（14）である。

この②―（a）からみると、巻二十一までは、「（ヨ）**高**のみなし」が六十二首、「（タ）**宮**のみなし」が三首、「（レ）**高宮**なし」はなく、**細**と

宮とが近く、巻二十五以下は、「(ヨ) **高**のみなし」が二首、「(タ) **宮**のみなし」が一三一首、「(レ) **高宮**なし」はなく、**細**と**高**とが近いということがわかる。

一方、②—(b)では、巻六〜十までは、**細**そのものの歌数が少なく、「(ネ) **高宮**あり」が四一〇首と両本に共通して存在する歌数が多くなっていることや、「(ソ) **高**のみあり」が一六首、「(ツ) **宮**のみあり」が二八七首と、**高**のみにある歌より**宮**のみにある歌がかなり多いこと等が、注目される点である。即ち、これらのことから、既述した通り、これらの巻で**細**には「略抄」が、**宮**には「増補」があったのではないかと思われる。巻十七以後は②—(a)と同じく、巻二十一までは**細**と**高**(両者の出入は一一首)、**高**と**宮**(両者の出入は一二首)に比べて、**細**と**宮**(両者の出入は一首)とこちらが寧ろ近く、巻二十五以後は**細**と**高**との出入が少なく(六首)、両本は近いと考えられるが、**細**と**宮**とは出入が多く(二一二首)、かなり異なっているものと言えよう。

(4)　書写の実態

次に書写の実態にも、各写本の性格や相互の関係が現れている箇所が多くある。そこで、ここにその主なものを列記し、参考としたい。

①脱落と補入

巻十の目録において、「鷲山」の次が、**細**では「吉志美我高嶺」であるが、**高**ではその間に、「稲淵山、御廟山、橘嶋、嶋宮、佐太岡、檀岡、佐檜隈、檜隈河、盧入野宮、大嶋峯」の十の地名があり、**宮**ではこの十の地名のうち、「佐檜隈、檜隈河、盧入野宮」を欠く七の地名がある。ところが、**細**では、これらの地名が巻十一の「内大野」と「越大野」の間に入っている。しかし、歌本文では、**細**を含めた三本とも、巻十の「鷲山」の次に地名及び歌があるので、もともと巻十にあったが、**細**が書き落とした後に気付いて巻十一に書き加えたものであろう。

巻二十三と二十四、巻二十七と二十八の間にも、これとは少し違うが、やはり脱落と補入がみられる。**細高**の巻二十三の目録にある「白雲山〜青柳原」が、**宮**では巻二十四の「醒井」の次に「従是以下以他本書入之卒」という注書があって、その後にある。歌本文も目録と同じく、**細高**では、巻二十三の「海津里」の次にあるが、**宮**では、巻二十四の「醒井」の次に注書(従是以下者書本落之他本校合之時書入之也仍次第不同暫一所書之了白雲山以下至高田村是也)とともにある。**静**では、巻二十三は、目録歌本文とも「塩津」(「海津里」の直前)で終わっていて、「白雲山」以下はない。ところが巻二十四の目録では、「醒井」で終わっていて**宮**にみられるような注書補入はない。歌本文も巻二十四の後半が存在しないので確かめようがないが、おそらくなかったであろうと思われる。同じく、**細高**の巻二十七にある「宮城野〜荒御牧」が**宮**では巻二十八の「武隈」の前にある。歌本文も同様である。但し、両本ともさきのような注書はない。

以上の三例では、巻十・十一は細の書き落とし、後の二例は宮の書き落とし、後に他本をみて気づき補入したもの、静は書き落とされ、補入前の状態(巻二十三・二十四のみ、巻二十七・二十八は静は欠巻)を伝えているということになろうか。勿論、静宮が原撰本に近く、細高を後に増補されたものという考えも成り立つが、今は静宮の書き落としとしておく。そうすると高のみがこの三例に関する限り、脱落も補入もなく、最も整っているということになろう。

②歌句の欠落

歌句の一部が欠落しているものや、作者名や集付があっても歌がなく、しかもそこに一首分の空白があるという場合もある。

細五例（巻五・一一一七、十一・一六四二、一七六〇、十三・一九五六、二十九・四一〇二）

高二十例（巻十三・1270、1273、1280、一九四四、十四・二〇一三、二〇四八、二〇八五、1458、1464、1472、1491、1574、1575、1580、二十一・三〇八九、三一四三、二十七・三九一五、二十九・四二三二、三十一・四七一〇）

宮三例（巻十一・1140、十四・二〇六九、二十九・四二六二）

以上がそれであるが、これによると**細**が五例、**宮**が三例に比べて**高**が二十例と、**高**における欠落が多い。しかもこの中、巻十四の二〇四八、1491、1574等は作者名或いは集付はあるのに歌がないもの（但し、一首分の空白がある）である。即ちこれらは、**高**の書写の杜撰さを示すものであろう。**静**は巻数の少ないこともあってか、このような欠落は見られない。

③「新入」「追加」について

これは、**高**と**宮**の二本だけであるが、この「新入」「追加」という語が、目録或いは歌本文中に見られる。

新入　巻七・438、十・970、十一・1138、三十四・2400（以上**高**）五・目録「阿弥陀峯」（**宮**）

追加　巻六・目録「水屋河」（**高**）

これらはすべて、その写本にのみ存し、他本にはないものであり、また巻の最後に書かれたり、細字補入されたりしているものが多く、その本独自の後の増補であろう。従って、このような「新入」「追加」の語は、後に増補が行われたことを明らかに証明するものである。

上記の①②③に述べた書写の実態に見る限り、各写本とも一長一短があり、特にどの写本が良くて、どの写本が悪いということはなく、互いに不備な点を補い合っているもののようである。つまり、四写本は、それぞれが独自の性格を持ち、その独自な性格故に、それぞれに価値を持つものであるともいえようか。

これまで考察したところを要約すると、

①四写本（**細高宮静**）それぞれに独自性があるとともに、また相互にある関連性を持っている。

②**細**の巻十〜十四、十八、**高**の巻十七、十八、二十、二十一、**宮**の巻十八には、それぞれの標題に、「略」或いは、「略抄」の明記があり、歌数からも歌の略抄があったことが認められる。

③**細**の巻十七、二十、二十一、**宮**の巻十七、二十、二十一には、標題に「略」とは記されていないが、他のいずれかの写本に「略」と記されており、歌数から判断しても「略抄」があったと考えられる。

④**細**の巻六〜九、**宮**の巻一〜五も、他写本に比べて著しく歌数が少なく、「略」等の明記はないが、恐らく「略抄」があったと考えられる。

⑤**細**と**宮**とは巻六〜八においては、その歌数が、**細**は少なく**宮**は逆に多く、従って**細**には「略抄」があり、**宮**には「増補」があったのかもしれない。

⑥**細**と**高**とは巻一〜五、十七〜三十六において他写本よりも近い関係

にあるようである。

⑦**宮**と**静**とは、巻一～五、九、十一～十六、二十二、二十三においては近似の関係にあるようである。

⑧**細**と**宮**とは巻十七～二十一、三十四、三十六においては近似の関係にあるようである。

⑨**静**はこれのみにある歌数、これのみにない歌数がともに多く、他の三写本とは異っているようである。

⑩**高**と**宮**には、後の増補が行われたことを明らかに証明する「新入」「追加」の語がみられる。

以上から、これら四写本は巻々によって、ある巻は近く、ある巻は遠く、それぞれ交錯しており、さらにその間に、略抄があり増補がありして、かなり複雑な関係にあること、従って、この一写本と他の一写本とが同一系統とか、これを写本単位に類別し、位置づける等のことは困難で、結局は入りくんだ性質を内包する別々の本であるというほかはない。

二　陽明本の概観

次に、さきに保留していた「陽明本」について考察を加えたい。陽明本は、①巻三十六と未勘国上・下（巻三十七、三十八）の三巻しか存在しない、②三巻とも目録を欠いている、③一首一行書である、等の外形的特徴からも、特異な一本であることが窺われるが、その特色と価値を知るには、目録を欠いている以上、歌本文による他はない。また、**高静**には巻三十七、三十八がないので、巻三十六を中心に考察しなければならない。そこで、これを、歌数、歌の出入及び歌本文（特に万葉歌の歌句）から検討してみることにする。

（1）　歌数

表（15）は、**細高宮静陽**五写本の巻三十六、三十七、三十八の歌数一覧表である。これでみると巻三十六では、**細高宮静**の四本の歌数はほぼ類似しているが、**陽**は五写本中最も歌数が少なく、どれとも似ていない。また、巻三十七、三十八を加えた三巻の総数でも、**細**より五十六首、**宮**より一二四首も少いのである。歌数からみてもやはり特異な一本のようである。

表（15）

巻＼本	細	高	宮	静	陽
三十六	108	109 ＋1	116 －1 ＋9	110 －11 ＋13	86 －22、
三十七	220	／	260 －2 ＋42	／	198 －28、＋6
三十八	196	／	216 －3 ＋23	／	184 －17、＋5
計	524		592 －6 ＋74		468 －67、＋11

※「－」の数字は細川本にあって、その写本にない歌の数、「＋」の数字は、細川本になくて、その写本にある歌の数をそれぞれ示す。

表⑯

類＼巻	三六	三七	三八	計
(イ)細のみなし	0	0	0	0
(ロ)高のみなし	0	／	／	(0)
(ハ)宮のみなし	0	0	3	3
(ニ)静のみなし	6	／	／	(6)
(ホ)陽のみなし	14	26	14	54
(ヘ)細陽なし	0	0	0	0
(ト)高陽なし	0	／	／	(0)
(チ)宮陽なし	0	2	0	2
(リ)静陽なし	5	／	／	(5)
(ヌ)細のみあり	0	0	0	0
(ル)高のみあり	1	／	／	(1)
(ヲ)宮のみあり	2	38	23	63
(ワ)静のみあり	6	／	／	(6)
(カ)陽のみあり	0	2	2	4
(ヨ)細陽あり	0	0	0	0
(タ)高陽あり	0	／	／	(0)
(レ)宮陽あり	0	4	0	4
(ソ)静陽あり	0	／	／	(0)

表⑰

番号	歌番号	細	高	宮	静	陽
(1)	五五三二	みれは	ミレハ	見れは（るに）	みるに	みるに
(2)		しられぬ	シラレヌ	しられぬ（すイ）	しられぬ	しらへぬ
(3)		むまひとのこら	ムマヒトノコラ	むまの人のこと（人のことイ）	むまひとのこと	むまひとのこら
(4)	五五三三	ひかり	ヒカリ	ひかり	ひかり	はしる
(5)		あゆつると	アユツルト	あゆつるを（はとイ）	あゆつると	あゆつると
(6)		いもか	イモカ	いもか	いもく	妹か
(7)	五五三四	こひめかも	コヒメカモ	こひぬかも（めやイ）	こひめやも	こめやも
(8)	五五三五	よとむ	ヨトム	よとむ	いとむ	よとむ
(9)		よとます	ヨトマス	よとまぬ	よとます	よとます
(10)	五五三六	かはせを	カハセヲ	かはのせ	かはのせ	かはのせ
(11)		あゆか	アユカ	あゆや	あゆか	鮎か
(12)	五五三七	みふね	ミフネ	ふね	みふね	御舟
(13)		いてけん	イテケム	いてけむ	はてけん	はて□ん
(14)		とき	トキ	とき	とき	舟
(15)	五五四七	も、かしま	モ、カシマ	も、かしま	も、かしも	毛々可斯毛（も、かしも）

※・五写本中一本以上に異同のあるものをすべて掲げた。但し、仮名遣いの違いや漢字と仮名の違いは取り扱わない。
・最上欄は、通し番号、その下の漢数字は『名寄』歌番号、その下に五写本の歌句の異同をそれぞれ示す。
・万葉集の歌番号は以下の通り。
　五五三二―五・八五三、五五三三―五・八五五、五五三四―五・八五八、五五三五―五・八六〇、五五三六―五・八六一、五五三七―十五・三六八五、五五四七―五・八七〇、五五五九―五・八六三、五五六二―五・八五九、五五九六―三・二四八、五六〇六―十五・三六八九、五六〇七―十五・三六九一、五六一一―一・六二、五六一八―十五・三七一六、五六二四―十五・三六九七、五六二六―十一・二四四九、五六二七―十・二二三四六

(16)		さやしる	サヤシル	さやしる（かれるイ）	さやれる	さやれる
(17)	五五五九	みてん	ミテン	みてん（らイ）	みらん	みらん
(18)	五五六二	わきへの	ワキヘノ	わきはの	わきへの	わきへの
(19)		かわとには	カハトニハ	かひとをは（はにイ）	川戸には	かはとには
(20)		あゆこ	アユコ	あゆこ	あゆこ	鮎ね
(21)		まちかてに	まちかてに	まてかたに（ちイ）	まてかたに	まてかてに
(22)	五五九六	雲井なす	雲井ナス	雲井なる（いもイなすイ）	雲井なす	雲ゐなす
(23)		みつるかな	ミツルカナ	みつるかな（もイ）	みつるかな	みつるかも
(24)	五六〇六	せん	セム	せん（いはイ）	いはん	いはん
(25)	五六〇七	ならへる	ナラヘル	ならへる	ちらへる	ちら□る
(26)		野への	野ヘノ	野への	野への	野のへ
(27)		かりほにへきに	カリホニフキテ	かりほにふきて	かりほにふきて	かりほにふきて
(28)		いもはなれ	イモハナレ	いもはなれ	はなれ	たもはなれ
(29)		とおくにへの	トオキクニヘノ	とおきくにへの	とおきくにへの	とをき國への
(30)	五六一一	あかねよし	アカネヨシ	あかねよし	ありねよし	ありねよし
(31)		わたなかに	ワタナカニ	渡なくに（かイ）	わた中に	渡中に
(32)		ぬさとりむけて	ヌサトリムケテ	ぬさとりむけて（のイ まてイ）	ぬさとりむけて	ぬさとりむけて
(33)		こね	コネ	こね（むイ）	こむ	こね
(34)	五六一八	たゆたひゆけは	タユタヒユケハ	たひたひ行は（ゆ くれイ）	たゆたひくれは	たゆたひくれは
(35)		なか月	ナカ月	なか月	あか月	長月
(36)	五六二四	もみたひにけり（ちしにイ）	モミチニシケリ	もみたひにけり（ちしにイ）	もみたひにけり	もみたひにけり
(37)	五六二六	ことを	コトヲ	ことを（こらイ）	こらを	ことを
(38)		おほゝしく	オホヽシク	おほゝしく（悉欤）	おほゝしく	おほゝしく
(39)	五六二七	いもか名の	イモカ名	いもか名	いもか名	いもか名

(2)　歌の出入

歌の出入から、**陽**と他の四写本との関係をみると、表（16）のようになる。これも（1）と同様、「（ホ）**陽**のみなし」が五十四首で、他の写本とは趣きを異にしている。また、「（ヲ）**宮**のみあり」が六十三首と多いが、**陽**は「（カ）**陽**のみあり」が四首だけである。これは（ワ）の**静**に近い数であるが、**静**は巻三十六のみの数であり、**陽**は巻三十六は「（カ）**陽**のみあり」はなく、やはり異なるようである。ここでも特に、**陽**に近い写本は一つもないといえる。

(3)　歌本文

ここで、さらに、**陽**の特色や他写本との関係をみるため、歌本文の、特に万葉歌の歌句の異同を調べ、検討してみることにする。但し、考察の対象とするものは、巻三十六の五写本共通して存在する万葉歌に限る。表（17）が、その万葉歌の歌句の異同一覧表である。

さてこの中、一写本のみの独自の歌句となっているものは次の通りである（括弧内の数字は表（17）の通し番号である）。

細三例（27）（29）（39）、**高**なし、**宮**九例（3）（5）（7）（9）（11）（12）（19）（22）

（31）、傍書六例（2）（5）（16）（21）（22）（32）（傍書の歌句が独自であるもの）、**静**五例（6）（8）（25）（28）（35）、**陽**八例（2）（4）（7）（20）（21）（26）（28）

即ち、**宮**が九例で最も多く、次いで**陽**の八例、**静**の五例で、**陽**はかなり他と異なる独自の歌句を持っていることとなる。

また、**陽**と他の一写本との二本だけで、一致するものは、**陽**と**細**、**陽**と**高**、**陽**と**宮**の相互にはないが、**陽**と**静**とでは六例「（1）（15）（16）（17）（24）（34）」あり、**静**とはやや近いといえようか。

なお、この他に注目すべきことは、巻三十六においては、五六〇〇、五六〇一、五六〇二、五六一〇の四首が他の写本ではすべて本文表記であるが（**静**では五六〇一、五六〇二がかな表記である）、**陽**ではすべてかな表記となっていることである。また、巻三十七、三十八では、五七九五、五八一〇、六〇三六、六〇四二が他の写本では本文表記であるのに、**陽**ではかな表記である。

以上から、陽明本の特質としては、

①五写本中、最も歌数が少なく、例えば、巻三十六では、他の四写本の歌数の差が十首以内であるのに、**陽**はその差が二倍近くもあり、最も特異な写本となっている。尚、この歌数が最も少ないということ、さらに虫損のやや多いこと、等を考えれば、**陽**はその書写年代が古いのかもしれない。或いは、親本が原撰本に近い写本であったかもしれないのである。

②歌数、歌の出入及び万葉歌句の異同からみて、**陽**と特に近似関係にある写本は見当たらず、独自のもののようである。強いて言えば、**静**と少し近いようであるが、これと異なる要素もかなりにある。

③他の写本では、漢字本文で表記されている万葉歌が、**陽**ではすべてかな表記となっている。

これら三点があげられる。

さきに考察した、**細高宮静**の四写本は、各々がそれぞれに独自性を持つと同時に、相互にまた関連を持っていたが、この陽明本はこれのみ独自性が強く、他の四写本との関連性が薄い一本であるということとなるであろう。しかし、万葉歌やその注書等、他の写本にみられぬ貴重なものを含んでいて、歌数こそ少いが、価値のある一本であるとはいえよう。

三　おわりに

以上の考察から、

①細川本、高松宮本、静嘉堂本、陽明本、及び宮内庁本（流布本の代表）は、個々、独自性を持つ別本であるが、他方相互に関連性を持ち、入り組んだ関係にあること。

②強いて言えば、細川本と高松宮本が近く、宮内庁本と静嘉堂本とが、やや近い関係にあること。

③略抄及び増補が行われたことを明らかに示す、「略」「略抄」「新入」「追加」の語が、前者二例は、静嘉堂本、陽明本を除くすべての写本で、後者二例は、高松宮本と宮内庁本以下流布本系六写本にみられること（但し、静嘉堂本、陽明本は、他写本で「略」のみえる巻は、すべて欠巻である）。

の結論を得ることができる。

そこで、第二章の流布本系六写本の考察に佐野本[1]を加え、更に本章の考察から、この『歌枕名寄』十一写本は、一応次のような系統に分類されるであろう。

A　非流布本系

第一種　細川本

第二種　高松宮本〔一〜三十六〕[2]

第三種　静嘉堂本〔〈一〉、二〜五、十一〜十六、二十二、二十三、〈二十四〉、三十四、三十六〕

第四種　陽明本〔三十六〜三十八〕

B　流布本系

（い）（甲類）宮内庁本・内閣本・京大本

（乙類）沢瀉本・天理本一・天理本二〔一〜三十五〕

（ろ）佐野本

注

（1）佐野本については、渋谷虎雄「新潟大学蔵佐野文庫本『歌枕名寄』について」（第一章注（9）参照）による。

（2）〔　〕内の数字は、その写本の現存する巻名である。ないものは全三十八巻が揃っていることを示す。猶〈　〉で囲んだ数字は、一部分しか現存しない巻数であることを示す。

第四章　陽明文庫蔵『歌枕名寄』の性格

一　はじめに

『歌枕名寄』には一四〇〇首を超える万葉歌が所収されている[1]。漢字本文に訓が付されているもの、本文表記のみのもの、かな表記のもの、一部本文表記（傍訓付もあり）のものなど所収形態はさまざまであるが、中には貴重な中世の万葉歌の姿を伝えているものもある。古くは岡田希雄氏が、刊本と近衛本（現京大本）を比較しつつ、撰述年代と価値について考察し[2]、

万葉集を夥しく引用して居り、その引用率に於いては万葉集研究の専書ならざるものとしては最高のものと思われる程である。（中略）万葉集校勘上の材料と成る資格は充分にあるのだと信じる。

と『名寄』所収の万葉歌を評価した。また井上豊氏は、成立や刊行の事情について吟味し[3]、

「万葉集」については、特に異訓や考証についての注記が多く、著者が「万葉集」に特別な関心をもっていたことがわかる。

「歌枕名寄」の歌枕研究史上における意義についてはいうまでもないが、万葉学とも特殊な関係がある。

と注目した。そして『校本萬葉集（新増補版）』では『古今和歌六帖』『夫木和歌抄』とともに、『名寄』を『万葉集』の校勘上有用と認め、旧校本にならい、上欄にこれらの所収する万葉歌を載せている。但し三書とも刊本を資料とし、『名寄』も万治二年の刊本による。そして「このうち謌枕名寄の刊本は一部新点の混入が認められ、殊に本文・訓を併せ引いた類において寛永版本萬葉集による修正の跡が著しい[4]。」と解説している。

『名寄』に多くの万葉歌が所収され、それが『万葉集』研究史上意義のあることに言及はされたが、『名寄』は諸本間で異同が多く、特に万葉歌において著しく、膨大な所収万葉歌を対象とすることは煩雑を極めることから、その内容について論じられることは少かった。『名寄』の成立年代や成立の過程は明らかでないこともあるが、刊本所収の万葉歌が『名寄』の原撰本に所収された万葉歌から最も離れていることだけは確かであろう。原撰本により近い伝本によってこそ『名寄』の編者澄月が多大な関心を寄せた万葉歌の中世の姿が明らかになるはずである。たとえそれが杜撰で現代の万葉学が辿り着いた万葉歌の訓詁に遠いものであったとしても、それは中世の万葉歌の享受の実態なのである。

陽明文庫蔵『歌枕名寄』は零本ではあるが、『名寄』写本の中でも特色ある本であり、原撰本に近いと推定される。このたび陽明文庫のご尽力により、長らく所在不明であった陽明本を漸くにして見ることができた。かつて校本を作成した時には見ることができず、写真による（その写真は不鮮明な箇所、撮影に失敗して判読不明の箇所を数箇所含む）不本意な校合に終わった。第三章でも陽明本について述べたが「概観」であり、陽明本を実見する以前の写真によるもので、十分とは言えないものである。本章では第三章と重なる部分もあるが、実見による資料に基づき、陽明本所収の万葉歌を中心として、陽明本の特色と価値、流布本や

刊本との関係、さらに万葉歌享受の実態を、内容から明らかにしたい[5]。

二　陽明文庫蔵『歌枕名寄』について

陽明文庫蔵の『歌枕名寄』の写本は、「陽明」として『国書総目録第一巻』[6]にも見える。巻三十六（肥前・肥後・日向・大隅・薩摩・壹岐・對馬）と「未勘国上・下」を所収する軸外上・下（刊本では巻三十七・三十八とする）のみの三巻一冊の残闕本であるが、一首一行書などの特徴を持っていて、古態を留めている写本であると思われる（第一章諸本の解題 及び資料編第二部「翻刻陽明文庫蔵本」参照）。この陽明本には以下の特徴がある。

1　一首一行書であること。

2　他本では巻頭に付されている目録がないこと。

3　歌数が最も少いこと。

巻三十六と軸外上下の合計歌数を比較してみると

①**陽明本　四六八首**　②細川本　五二四首　③**宮内庁本　五九二首**　④内閣本　五九〇首　⑤京大本　五九二首　⑥沢瀉本　五九〇首　⑦天理本一　五八九首　⑧天理本二　巻三十六　軸外上下欠　⑨高松宮本　軸外上下欠　⑩静嘉堂本　軸外上下欠　⑪佐野本　五七九首　⑫**刊本　六五八首**

となる。①の陽明本と⑫の刊本との差は二百首近くあって、この二本の距離を窺わせるかのようである。⑧天理本二と⑨高松宮本、⑩静嘉堂本は欠巻があるので対象としなかったが、⑨⑩二本も加えて巻三十六のみを比較してみると（天理本二は巻三十六も欠巻であるが、流布本系乙類に属し歌数も類似しているので、流布本系乙類に含めて処理する）、

①**八六首**　②一〇八首　③**一一五首**　④一一六首　⑤一一六首　⑥一一四首　⑦一一四首　⑧欠　⑨一〇九首　⑩一一〇首　⑪一一三首　⑫**一三二首**

となって、これも①の陽明本が最も少なく⑫の刊本が最も多いという結果となった。さらに

4　万葉歌がすべてかな表記であること。逆に刊本のそれは、本文表記が最も多い。このことについては後に詳述する。

5　他本に記されている注書や後書がないものや、あっても簡単なものが多いこと。

などの特徴が見られる。これらの特徴は陽明本が古態を留めるものであり、原撰本に近いことを示すことを想像させるものであると、第一部第三章で述べた。但しそこでは所収歌の内容にまで踏み込んで調査していないので、このように結論づけるには異論もあろう。しかし原撰本に最も近い写本でなかったとしてもこの陽明本の特異性は十分に価値のあるものといってよい。

『名寄』の写本については、十一の写本のうち六本が同一系統にありこれらを流布本系とし、流布本六本の中では宮内庁本が最も善本であるとした。刊本を作成するにあたり、さしあたり最も入手しやすい流布本に基づいたのではないかと思われるが、果たしてそうであろうか。この点についても考察するために「陽明本・宮内庁本・刊本」を比較し、適宜必要に応じて他の写本も参考とする。この考察にあたり、宮内庁本は『校本謌枕名寄　本文篇』によらず新たに翻刻した資料編第一部「翻刻宮内庁書陵部蔵本」、刊本は『新編国歌大観巻十』[7]により、必要に応じ

て刊本（万治二年整版本、大阪府立図書館蔵）を参照した。

三　地名の拡充と整理
――陽明本と宮内庁本・刊本の比較より――

第一節で陽明本の歌数が最も少く、刊本のそれが最も多いことを述べ、それは陽明本が原撰本に近いことの証ではないかと述べた。歌数が少ないということは地名の数も少いことが当然ながら予想される。そこで地名の数と類聚方法を調べ、陽明本の特徴を見ていくことにする。

（1）陽明本・宮内庁本・刊本の編纂方法

陽明本の巻三十六は西海部下で「肥前・肥後・日向・大隅・薩摩・壹岐・對馬[8]」の七国を含み、「肥前松浦篇」で始まる。（□は虫損により不明の箇所を示す）

陽明本　巻三十六　松浦篇　巻頭部分（二十首のうち十首）

松浦篇　山又号領巾麾（ヒレフル）山　嶽　嶺　河　海
浦　潟　興　道　縣　序詞

1[9] □□　とをつ人**まつらさよひめ**妻こひにひれふりしよりおへる**山**の名
（9093）**〈5・871〉**
右此山をひれふる峯と云也と序の詞にあり
（9089）**〈5・873〉**

2 同　万代にかたりつけとしこの嶽にひれふりけらし**松浦さよひめ**
（9095・9117）**〈5・868〉**

3 同　**松浦かた**佐用姫のこかひれふりし**山**の名のみやき、つ、おらん
（9098）

4 建保　たのめても又とを海に**松浦山**秋もき（本）なんあまの川なみ　家隆
（9100・9122）

5 同　蟬のはの衣に秋を**まつら山**ひれふる山の暮そす、しき　□□
（9101）

6 同　時鳥もろこしまてや**松浦かた**浪路はるかの雲に鳴也　範宗
（9102）

7 　**松浦山**紅葉しぬれは紅のひれは木末にふらせてそみる　□□法師
（9103）

8 　さよ姫の袖かとみれは**松浦山**すそ野にまねく尾花也けり　□□
（9090）

9 堀百　木の間よりひれふる袖をよそにみていか、はすへき**松浦さよひめ**
（刊本なし）**〈5・853〉**

10 万五　あさりする海士のこともと人はいへとみるにしらへぬむま人のこら

陽明本では、始めに「松浦」に関わる地名「山」以下を一括して掲げ、歌を二十首載せるが、このように「松浦さよ姫・松浦山・松浦かた」が混在する。刊本の巻頭部は、

松浦篇　山　又号領巾麾山　河　海　浦　潟　沖　道
（9086）**〈5・874〉**
万五　うなはらのおきゆく舟をとまれとかひれふりけらし**まつら**

　　　　さよひめ

で始まり、歌が四十二首続くが、はじめに「松浦さよ姫・松浦舟」という「松浦」に関わるが、地名を持たない歌をあげ、そのあと「山・河・海・浦・潟・沖・道」の項目を立て、それぞれの歌が並ぶ。そして「3（9095・9117）」のように「松浦かた・山」と二つの地名を持つ歌はそれぞれ「山・潟」の項に重ねて載せる一方、「10（刊本なし）」のように地名を持たない歌は省くのである。陽明本から刊本への過程で利用者が検索利用しやすいように、項目を別立し歌を充実する一方、地名を持たない歌は省くという拡充と整理を行っている。宮内庁本は松浦篇の歌数は三十一首[10]で、このことから陽明本が原初的形態で、宮内庁本がそれに続き刊本が最も整備された形であるといえよう。

(2)　項目の細分・増補と歌の整理

「未勘国上」の「筒木山」部をみると、陽明本では

　　管木山　嶋

167　あら礒の**つゝきの山**は風さえてをちかた人にかへるしらな
　　み　（9321）

168　あふことの**つゝきの嶋**にひく鯛のたひかさならは人もしり(本)
　　なん　（9322）

となっていて、「筒木山・筒木嶋」をまとめて所載しているが、刊本では「筒木山」の直後に、「嶋」を別立して168「あふことの」を所載する。また陽明本は「嶋部」に再び「筒木嶋」を立て168の歌を載せるが、刊本は「筒木嶋」という項目は立てるが「筒木嶋　哥在上巻山之処仍略之」とあり歌は載せない。宮内庁本は刊本と同じく「嶋」部「筒木嶋」を別立し、「筒木嶋　鯛山ノ哥上巻書之」として歌を載せる。これは、陽明本から宮内庁本、刊本と細分・整理されていく過程を表しているといえるであろう。他にも陽明本で一括しているが、宮内庁本・刊本で細分し、別立している地名が十六例ある。

　このように陽明本から宮内庁本へそして刊本へと移っていく過程で、陽明本にもともと存在した地名や歌を、利用者の便宜を図るという編集方針のもとに、編纂し直していくだけではなく、新たに地名も多く加えている。その中でも陽明本になくて他本に存在する地名は、「未勘国上・下」だけでも「宇良野山（未勘国上）」など併せて二十五例に及ぶ（宮内庁本のみ一・刊本のみ二十一）。これにより、刊本の増補が圧倒的に多いことがわかる。

　また細分・増補だけではなく、利用者の便宜を考慮し、簡便化を図って整理を行うこともある。巻三十六壹岐国「伊波多野」では陽明本は

70　万五　**いはた野**にやとりする君いゑ人のいつらとわれをとはゝい
　　かにいはん　（9194）**〈15・3689〉**

71　同　長　秋萩のちらへる野のへ(本ノマヽ)初尾花かりほにふきてたもはなれ
　　とをき國への露霜のさむき山へに　（刊本なし）**〈15・3691〉**

　　右天平八年遣新羅使等到壹岐嶋雪連宅
　　満死去之時作哥内　葛井連(カツライノムラシコ)子老(オキナ)作哥

と二首の歌が並ぶが、刊本ではこのうち「伊波多野」という地名を詠

みこんでいる70を残し、詠んでいない71を削除し、さらに『万葉集』の巻十五の目録を参考にして作成された「右天平八年」以下の左注も削除した。つまり「伊波多野」に一見関わりがなさそうなものは削除するという編集方針である。宮内庁本では、71の歌の最後の二句を補い（原撰本にはあるが、陽明本で削除か）、左注を簡略化した。原撰本では歌も省略されず左注も詳細であったが、写されていく過程で、歌の一部や左注の削除・簡略化が行われたことが推測される。

刊本は地名や証歌の充実という主張を持つ一方で、参考にならないものは切り捨てるという合理的判断を示している。宮内庁本はある時は陽明本に近く、ある時は刊本に近く一貫性がないが、原撰本から陽明本へさらに刊本へと移っていく過程にあるのが、宮内庁本なのであろう。

(3) 陽明本・宮内庁本・刊本の関係について

さらに三本の関係を明らかにするために　万葉歌以外の歌について三本を調べてみた。四六八首のうち、万葉歌は一一五首、残りの三五三首が対象である。このうち宮内庁本あるいは刊本に歌が存しないもの（七首）と三本間で異同のないもの（一四〇首）を除いた二〇六首を対象とし、仮名遣いの違いや虫損箇所を省くと、異同箇所は二七七箇所であった。これらの三本間の関係をみると

A陽明本と宮内庁本で一致・四十箇所
B陽明本と刊本で一致・五十四箇所
C宮内庁本と刊本で一致・一六七箇所
D三本とも不一致・十六箇所

となる。これをみると宮内庁本と刊本の関係が他のそれよりも強く、刊本作成に当って最も入手しやすい流布本に依拠したことは十分考えられる。しかしこれらの異同は書写の際の単純な誤写も一様に扱っているので、これのみで結論とすることはできないであろう。続いて万葉歌について、三本の関係を見ると、予想とは異なるものであった。

四　陽明本所収万葉歌について

(1) かな表記から漢字本文表記へ

陽明本所収の万葉歌は長短歌併せて一一五首である。この一一五首の歌がすべてかな表記であるという、他の写本にはみられない特徴を備えている（但し一部本文表記のもの「賊守・伴部」（陽明本番号111）はわずかながら存在する）。刊本はこの一一五首のうち二十七首が本文表記になっている（一首全体が本文表記のもので、一部だけ本文表記の歌はここに含まない）。宮内庁本やその他の写本ではこの二十七首のうち六首が本文表記であり、残りの二十一首はかな表記である。陽明本・刊本がかな表記で他の写本が本文表記のものは一首のみであった。

この刊本で本文表記になっている万葉歌をみると興味深いことに気付く。稿者は陽明本においてかな表記であったものが、刊本に至る過程か或いは刊本で本文表記に変わったと考えているのだが、この二十七首は

A訓みに問題がある歌―難訓であるとか異説があるとかで訓みが定まらないもの

B国分けに問題がある歌―後に詳述するが、たとえば陽明本歌番号66（刊本９１８７）の歌は壹岐国（刊本では壹岐嶋とする）に部類されているが、そのことに疑問を持っているというもの

のいずれかに分けられる。つまり書写の過程でかな表記であったものが、疑問を解決するために『万葉集』にあたり、より正確を期するために本文表記に改め、さらにそれに訓を付して記すという過程が浮かびあがる。細川本以下の写本の本文表記の数が、陽明本より多く刊本より少ないということは、これら写本が陽明本刊本二本の間に位置することを表しているといってよい。次にいくつかの例を挙げ、確認してみたい。

（2）　地名の検証

未勘国下に「遊布麻河」（ゆふまがは）という地名があるが、ここでは奇妙な現象が見られる。所収歌は「ゆふは河」となっていて地名にあわないのである。

〈7・1114〉

287　我ひもを妹が手もちて**ゆふは河**又かへりみん万代までに

当該歌以外の歌二首も「ゆふは河」とある。ところが宮内庁本では地名「遊布麻川」の下に「定の上載之」という注書があって「万七　我ひもを妹か手もちて**ゆふま川**またかへりみん万代までに」と地名と歌が一致し、当該歌以外の歌四首も「ゆふま・ゆふ間川」となっている。刊本では地名が「結八川」となり、歌が「万七　吾紐乎（ワカヒモヲ）妹（イモカテ）手以而（モチテ）結八川（ユフハカハ）又（マタ）還見万代（カヘリミンヨロツヨ）左右荷（マテニ）」と本文表記となった。宮内庁本とは逆に地名を歌に合わせたのである。当該歌を除く六首もすべて「ゆふは川」である。

陽明本では地名が「遊布麻川」となっているが、歌は「ゆふは河」であった。「遊布麻川」では「ゆふは河」とは読めない、歌はすべて「ゆふは河」であるが、このことについて疑問を持たなかったのかそのままに放置された。宮内庁本では地名と歌が合わないので「定の上載之」と注書にあるように「歌」を改めた。刊本に至り、「地名に誤りがあるのか、それとも歌か」と疑問を明らかにするために『万葉集』を見ると、そこには「結八川」とあったので、地名を改め、そのことをより明確に表し、誤りが今後起きないように歌も本文で表記したのである。刊本の七首のうちの一首に「ゆふは（まイ）川」とあることから、「ゆふま川」も広く流布していたらしい。また「山哥在上巻」（佐野本）や「寄上載之」（沢瀉本）という注書は、「上巻」の影響を受けていることを指している。この上巻とは「未勘国上」のことである。「未勘国上」には「木綿間山」があり、刊本には万葉歌も所収され（十二・三一九一、但し『名寄』のどの写本も欠く。万葉歌以外の歌は所収する）、地名の下に注書「河哥在下巻」とあって「木綿間山」と「遊布麻川」の関係を示している。陽明本も「木綿間山」の下に注書「河哥下巻河部ニあり」があり、その他の写本も万葉歌は欠くが、注書は「下巻河部」と記している。

これは「ゆふはかは」という訓みに馴染まなかったのか「木綿間山」にひかれて「ゆふまかは」と訓み[11]、それにあわせて地名も「遊布麻川」と書くようになったということであろうか。但し、「ゆふは川」は「ゆふは山」の用例も多くあり、馴染みがない地名とは思えない。しかし『名寄』の編者にとっては『五代集歌枕』だけでなく『袖中抄』にも用いられている[12]「ゆふま山」に惹かれたのかもしれない。それでも「遊布麻川」に納得したわけではないのは、宮内庁本の注書に明らかである。そこで刊本に至り、『万葉集』を見て確かに「結八川」ということを確認した。木綿間山と無関係ということがわかればもはや注書は不必要で、刊本では地名「結八川」に注書はない。しかし上巻の木綿間山の注書「河哥在下巻」を削除することまでは思い至らなかった。この写本間の異同から「地名と歌の矛盾を放置する」陽明本が古く、矛盾に気がついたが、原本に当たって改めることはせず、所収歌を地名に合わせて改めた宮内庁本がついで古く、矛盾を『万葉集』に当たって解決し、再び理解に苦しむことのないように漢字本文及び傍訓を引用した刊本が最も新しいと思われる。

　また巻三十六の「壹岐嶋」部には陽明本では

〈19・4232〉

66　ゆき嶋の岩ほにおふるなてしこは千世にさきぬか君か挿頭に

が所収されるが、左注に「右越中国之名所歟」と記し、当該歌が「壹岐嶋」部に所属することへの疑問を呈している。「雪嶋」は「壹岐嶋」ではない。『万葉集』を見れば大伴家持の越中在任中に、介内蔵忌寸縄麻呂の館で催された正月の賀宴で詠まれた、遊行女婦蒲生娘子の歌で、「壹岐嶋」とは全く関わりのない歌であることは明らかである。陽明本は「ゆき嶋」は「越中国」に所属する地名ではないかという疑問を左注で明らかにした。しかし、それ以上踏み込んで調べ、解決しようとはしなかった。宮内庁本は「雪嶋　巌尓植有奈泥之故波千世尓開奴可君之挿頭二」と漢字本文を掲げ傍訓を付し、更に左注「右哥今案云非二壱岐嶋一以雪作山植花歟　可レ見二本集一　若越中國名所歟　彼国載之云々」を記す。刊本では「雪島　巖　爾殖有奈泥之故波千世尓開奴可君之挿頭尓」で、左注も「右遊行女婦蒲生娘子歌　今案云右一首非二壹岐嶋一以雪作山植花歟　可見本集若越中國名所歟彼國載之」と作者名を加えた他は、ほぼ宮内庁本と同じである。作者名も記しているところから『万葉集』を見たことは間違いない。しかも題詞にある作者名を左注にもってきたので「右」を付すなどの配慮が見られる。「可見本集」というのは「疑問に思う人がいれば万葉集を見よ」という意味であろう。宮内庁本も『万葉集』を見たが、刊本は改めて見た。漢字本文を見ることによって「雪」であり「壹岐」ではないことを確定したのである。二句が寛永版本『万葉集』では「殖有」となっていて、宮内庁本・刊本両本と若干の相異があり、また宮内庁本・刊本両本の間にも若干の異同が存する。

　二例を挙げたに過ぎないが、このように陽明本でかな表記の歌が、宮内庁本や刊本で漢字本文（傍訓付も含む）となっていくのは、歌の訓みや地名に対する疑問から『万葉集』を見て確認することで、改められたといってよい。他にもこれは地名、つまり固有名詞なのか、あるいは普通名詞なのかという疑問を持つ地名が多くあり、地名に注書をつけてそのことを記している歌に、かな表記から改められた例が多くあった。疑問を解決するために『万葉集』を見、その結果を示そうとしたのである。そのために漢字本文に改めたり、すでに漢字本文であったものには異訓があればそれを書き加えたりした。『名寄』のかな表記を本文表記に改めていく過程にはそれぞれの時代の地名と『万葉集』に寄せる深い関心が表れていると言えるであろう。

　猶、宮内庁本と刊本の左注に「彼國（稿者注越中国）載之」と記されているとおり、当該歌は巻二十九の越中国の「雪嶋（刊本雪島）」部に所収されるが、両本ともかな表記で、地名の下に「名所　在所可詳」（宮内庁本他）、「此島為名所歟在所不詳」（刊本）という注書が見られる。陽明本には「彼國載之」の左注もなく、巻二十九が欠本であるので実態は不明である。

（3）仙覚新点歌について

仙覚の新点歌は一五二首とされている[13]。陽明本所収万葉歌にはこの新点歌が三首（十一・二四五七大野、十三・三二四七沼名河、十六・三八七五押垂小野）ある。上田英夫氏は詳細に調査を施され[14]、仙覚以前にすでに訓のあった歌があり、それを除くと純粋に仙覚の新点歌と考えられる歌は五十六首とされた。陽明本にみえる三首のうち「十一・二四五七」を除く二首はこの五十六首にも入っているので、陽明本は新点歌の影響を受けている事実は動かしがたいように思われる。この三首は細川本・宮内庁本にも所収され、陽明本独自の増補歌というわけでもない。まず上田氏の言う「純粋の新点歌」ではない十一・二四五七番歌から所収状況を検討してみよう。

大野

陽　大野らの小雨ふりしく木の本に時とよりこよ我思ふ人

細　大野小雨被敷木本　時依来　我念　人

宮　大野　小雨被敷木本　時依来我念　人

西　大野　小雨被敷木本　時　依来我念　人（**西**は西本願寺本を表す。）

陽明本のみ西と訓が一致するが、細川本・宮内庁本では、初句二句四句にそれぞれ異同がある。原撰本編纂時に仙覚本系の万葉集古写本を見ていたならば、この異同は生じないのではなかろうか。陽明本或いはその親本が仙覚本系の写本を参照し改めたと思われるが、（5）で述べる陽明本の書写態度からすると、陽明本が改めた可能性は少ないようである。猶、刊本は西と漢字本文・訓とも同じである。

十三・三二四七番歌は九句の長歌であるが、『名寄』写本により、所収歌句が異なる（傍線は稿者が私に付す）。

陽　ぬな河のそこなる玉はめしめつゝえてし玉かもひろひつゝ
　　えてし玉かもあたらしき君かおひらくおしみ

細　ぬま川のそこなるたま○

宮　ぬま川のそこなるたまこころ

西　沼名河之底奈流玉　求　而得之玉可毛拾　而得之玉可毛安多良思
　　吉君之老落惜毛

細川本・宮内庁本は所収歌句も少なく、当該歌句は難訓ではないので訓が施されていない万葉集古写本を典拠としたとしても訓めるであろう。地名を含む二句までを引用し、第三句以下が訓み辛く必要もないと判断して、引用を控えたと思われる。細川本・宮内庁本のこの引用歌句のみで仙覚本系によるとするのは早計である。では陽明本は如何であろうか。陽明本は全歌句を引用し、初句の川名の訓み方も西と同じであることから、仙覚本系によったのではないかと思われるが、三句・九句の訓は西とは異なっている。西以外の仙覚本系写本にもこのような訓は見えない。

十六・三八七五番歌であるが、これも陽明本の引用歌句が多いのである。

陽　琴酒をゝしたれ小野に出る水ぬるくはいてす寒水の心もけやに
　　おもほゆる　略之

細　ことさけをゝしたれ小野にいつる水ぬるくはいてすは

宮　ことさけをおしたれをのに出る水ぬるくはいてすは

西　琴酒乎押垂小野従出流水奴流久波不出寒水之心　毛計夜尓所　念

細川本・宮内庁本の引用歌句数は同じで、訓も仮名遣いの違いを除いては変わらない。地名の含まれる歌句を引用し、訓み辛い歌句にさしかかると引用を中止するという姿勢は三二四七番歌と同じである。陽明本は細川本・宮内庁本よりも三句多いだけであるが（三八七五番歌は全十九歌句）地名を含む歌句を既に引用していることから、難訓歌句の多い八句以下を引用することを中止したと思われる。

『名寄』に所収された仙覚の新点歌は、引用状況を見る限り、陽明本を除いては必ずしも仙覚本系の写本を典拠としたと言えないであろう。陽明本は後に訂正を加えていることは確実である。それは仙覚本系の写本による可能性は考えられるが、訓に異同が存在し、全く同じではない。

またこの三首とも『名寄』以前の文献には一切見られず(15)、この新点歌を所収したのは『名寄』が初めてであった可能性が高い。『名寄』以降も所収する歌集・歌書は多くなく、あっても名所歌集に偏在している。名所歌集を除いては、あえて難解な新点歌を採取する必要はなかったのであろう。『名寄』は地名への執着のために新点歌を看過することはできなかったが、新点歌の内容を十分に理解していたかは疑問である。次に仙覚の改訓はどの程度取り入れているのかを検討したい。

（4）仙覚改訓の影響

陽明本所収万葉歌で仙覚の改訓(16)の施された歌は一一五首のうち十八首・三十三箇所である。これをみると、ある歌は改訓を採用し、ある歌は採用せず、また同じ一首の中でも改訓と仙覚以前の訓が混在するというねじれ現象もみられ、現存するどの万葉集古写本にもない訓であったり、原文を離れた意訳的な訓であったりとなかなかに複雑であるが、この統一性の無さが中世的ということになるのであろうか。

〈1―47〉

214万一　みくさかるあら野にはあれとはすき**行**君か丶たみの跡より
　そかし

この歌では三句が仙覚以前の訓では「葉過去（ハスキサル）」であるが、「サル」が「ユク」と改訓された。陽明本・刊本（本文表記傍訓付）では改訓を取り入れているが、宮内庁本では「葉すきさる（過去）」である。しかし漢字本文が傍書されていることから、訓に疑問を抱いていたことが窺われる。この句は契沖の『萬葉代匠記初稿本』(17)によって「葉」の上に「黄」が脱落したとされ「黄葉過去（モミチハノスキニシ）」と改められ、現在も「モミチハノ」の訓が踏襲されている。『名寄』間の異同にも、納得のいく訓ではなく疑問を抱いていることが表れている(18)。

〈10―2193〉

191万十　秋風の**日にけに**ふけは水茎の岡の葛葉も色つきにけり

二句「日異（ヒニケニ）」は仙覚以前の訓では「ヒコトニ」であったが、「ヒニケニ」と改められた。『名寄』では宮内庁本・刊本とも「日ことに」のままである。一方四句は本文「岡之木葉毛（ヲカノコノハモ）」で万葉集古写本も仮名遣いの違い以外は一致しているが、陽明本は「葛葉」とする。宮内庁本・刊本は「木の葉」である。「木葉」からは「葛葉」とは訓めないが、『和歌童蒙抄』にも「くすは」とあり、また『夫木和歌抄』にも「くすはら」とあって「くすは」という訓みが存在したことがわかるのである。それにしても二句を改めながら四句は原文を離れた訓をそのままにし、一方宮内庁本と刊本は二句を改めずに四句は「木の葉」となっているのはどういうことなのだろうか。三本ともに集付も「万十」とあって万葉集から採取したことを窺わせるのであるが。刊本には「水茎岡」に所収される歌は十七首あり、このうち「葛葉・真葛・葛原」を詠む歌は万葉歌二首をはじめ『新古今集』二、『新後撰集』一、『千五百番歌合』一、『内裏名所百首』一など九首ある。その中に「木の葉」を詠む歌は一首もない。「水茎岡」には「葛葉」の取合わせが多く「木の葉」がむしろ例外であった。『万葉集』から採取した時は「木の葉」であったが、書写されていく過程で意図的か過失かは明らかではないが、記憶にある「葛葉」に変わってしまったのであろう。(19) このような一首の中での改訓の恣意的採用は『名寄』だけではなく、『夫木抄』などの中世の文献でよく見られることである。(20)

以上は一例に過ぎないが、十八首三十三箇所で陽明本が改訓を取り入れていないのは六箇所、残り二十七箇所が改訓を取り入れていたのであった。これを宮内庁本・刊本と比較してみると

	改訓	旧訓	省略その他のため不明
宮内庁本	四	十六	十三
刊本	十六	五	十二

となり、刊本が改訓率の高いのは予想できるとしても、意外にも陽明本のそれが多いことは注目してよい。従ってここでは先の万葉歌以外の歌の三本の関係とは異なり、陽明本と刊本が近く、宮内庁本が旧訓を多く保存していることになる。書写の過程で筆者の関心や知識の程度により、次第に異同を生じていく。忠実に直接の親本を書写する者もいれば、煩を厭うて省略する者もいる。また賢しらな改変を加える者もいるだろうし、疑問に思う歌は原典に当たって調べ直し、書き変える者もいる。それらが写本間の異同を生じることとなった。さらに寄合書であるので、同一写本でも巻による異同が加わるのである。

（5）陽明本の書写態度

陽明本は万葉歌においても独自性を強く示しているが、現存三巻を見る限り恣意的に改めることを極力避け、親本を忠実に書写する態度が窺える。三巻の中に二十四箇所存在する傍書がそれを物語っている。第一節の（2）で引用した陽明本歌番号71の二句目「野のへ」に傍書「本ノマ、」が付されているが、これは「陽明本」の筆者が「野のへ」に疑問を抱いたが、原本通りに書写したことを表している。刊本にはこの歌はない。宮内庁本は、傍書はなく「野への」となっている。また左注も『万葉集』には見られないもので、この歌の理解を促進するために「遣新羅使人歌群」の三六九一番歌の前後をよく読み、集中の目録や題詞・左注を用いて独自に作ったものである。『名寄』の編者が地名のみに注目して機械的に抽出していったわけではないことを示している。「葛井連子老」の作者名に訓みがつけられているが、「壹岐嶋　保都手浦（マヽ）」部に引用された十五・三六九六番歌の「六鯖（ムツサバ）」にも訓みがつけられている。これは万葉集古写本でも少なく、「葛井連子老」は「西本願寺本・温故堂本」（カツラヰムラシコヲキナ—西本願寺本は別筆）と「大矢本・京大本」（カツラヰノムラシコオキナ）のみ、「六鯖」は「西本願寺本・大矢本」のみに「ムツサハカ」とある。いづれも陽明本に近いか同じである。『名寄』の原撰本或いは陽明本の親本が、これらの系統に近い写本を見て記したのであろう。歌枕に注目して抽出することで歌の流れが見えなくなり、理解されないことを恐れて左注にも配慮したのであった。猶この作者名とその訓みは陽明本にのみ見えるものである。第三節の（1）・（2）で引用した歌の傍書「本」二箇所（陽明4・168）も陽明本書写者の疑念を表すものであると言ってよい。

遠津濱　〈7―1188〉

401　山こえてとをつの濱の岩つゝし我くるまてにふゝ[本]みてありまて

この結句は漢字本文「含而有待」で現在「ふふみてありまて」と訓まれているが、万葉集古写本でも「つほみてありまて・つゝみてありまて」があり、また『古今和歌六帖』では「ふふみて」、『五代集歌枕』では「ふくみて」、『夫木抄』では「つほみて」など訓みがなかなか定まらなかったようである。「ふふむ」は『万葉集』では四例みられるが、平安以降は『名寄』以前に歌に用いられた例は見当たらない語であった。陽明本は訓みとしては全く正しいわけだが、「ふふむ」という語が理解できなかったのか、「本」と傍書し疑問を呈している。刊本は陽明本と訓みは全く同じであるが傍書はない。一方宮内庁本は「浪こえてとを津のはまの岩つゝしわかみるまてにふるゐありけり」となっていて初句と結句が全く異なっている。結句は「ふふむ」を理解できないので、恣意的に改変したのか、見誤りかと思うが、「ふるゐありけり」と「ふ・あり」が共通しているので、やはり恣意的改変のようである。二句に「濱」とあり、「山」より「浪」がふさわしいという判断が誤らせたのかと思うが、『名寄』では陽明本以外の写本はすべて宮内庁本と同じで、写本では陽明本のみが『万葉集』を忠実に伝えていることになる。これはどの『名寄』写本に原因があるのかもわからないが、筆者の知識不足と『万葉集』に忠実でない態度によって、『万葉集』本文から著しく遠ざかってしまった。このように疑問を持ちながらも原本を忠実に書写したことを示す「本・本ノマヽ」は、陽明本の中に全部で十九箇所ある。他に「―歟」が四箇所、傍書のみが一箇所合計二十四箇所あり、それは歌本文に限らず地名にも及んでいる。『名寄』他写本や刊本では傍書を持つものはあるがこれほど多くはない。

これら傍書に、陽明本の親本に忠実な書写態度が表れている。陽明本の筆者は恣意的に本文を改変したり、編集したりすることなく書写した、たとえそれば筆者の持つ知識から考えて疑問を持つことはあっても、そのことを傍書に記すのみであった。陽明本の本文が杜撰なものであったとしたらそれは陽明本の書写によるものではなく、親本によるものと考えてよいであろう。

五　おわりに

陽明本は『名寄』諸本の中にあって、編纂方法や地名、また所収する歌数どれをとっても、最も古態をとどめ、親本を忠実に書写していた。また陽明本・宮内庁本・刊本の関係についても陽明本が古く刊本が新しく、宮内庁本がその過渡期にあり、宮内庁本と刊本が近いという結論を得た。そして刊本は宮内庁本をはじめとする流布本の一本に拠ったと思われるが、詳細は刊本の内容的な調査に待たねばならない。

万葉歌に関しては、『名寄』の写本はどれも、仙覚の新点歌を所収しているが、所収状況を見るに、陽明本をのぞいては必ずしも仙覚本系の写本によったと言えないのではないかと思われた。陽明本自身か否かは不明であるが、陽明本は仙覚本系の写本を典拠とし、改めたようであるが、訓に異同が存在する。改訓については、陽明本は改訓の影響が大きく、仙覚以前の訓を多く残す宮内庁本よりも刊本に近い。しかしこれをもって陽明本と刊本の近似性を結論とすることはできない。原撰本において仙覚以前の訓であった歌句が、書写の過程でそれぞれの筆者の問題意識によって、『万葉集』を参考とし、改訓を取り入れていった結果、万葉歌に関して陽明本が刊本と類似してしまったのである。多くの歌集・歌書から万葉歌を採取していて、『万葉集』だけを典拠とするのではないため、『名寄』の万葉歌の訓みは、統一性がなく、それを更に書写の過程で書き改めていった結果、写本間に錯雑さを増していった。改訓を受け入れている歌もあれば、仙覚以前の訓に拘る歌もあり、また一首の中である句は改訓、ある句は仙覚以前の訓というねじれ現象もみられ、一貫性がない。書写の過程で筆者の関心や知識によって手が加えられ、それがさらなる異同を生み出したのである。それは現在の『万葉集』理解から見れば浅薄であるかもしれないが、地名への疑念を明らかにするために『万葉集』を根拠とし、より正しい形を求めようという姿勢が見られる。「歌枕」の世界を形作るものが『古今集』や『新古今集』などの勅撰集以外に、それ以上のものとして『万葉集』があることに気づき、『万葉集』を深く理解したいという境地に入っていったことが、中世の特に名所歌集の『万葉集』回帰につながっていった、その嚆矢として『名寄』があると言えよう。

末尾三巻だけでは『名寄』所収万葉歌の全貌を把握したことにならないのはいうまでもないが、『名寄』所収の万葉歌は名所歌集の特徴を持つ万葉歌であることは確かである。そのことについては第三部であらためて論じたい。

注

（1）渋谷虎雄『古文献所収万葉和歌集成　南北朝期』（桜楓社、一九八三年四月）によると一四五一首。冷泉本所収歌を加えると一四五三首。
（2）序章　注（3）参照
（3）第一部第一章　注（6）参照
（4）佐竹昭広・木下正俊・神堀忍・工藤力男『校本萬葉集〔新増補版〕十一』（岩波書店、一九八三年九月）
（5）陽明本については第一部第三章、第二部第二章でも触れている。
（6）第一部第一章注（7）参照。
（7）『新編国歌大観巻十』（角川書店、一九九二年四月）
（8）陽明本の特質を検討するために、資料編第二部は旧字体、異体字、畳字などもそのままに翻刻したので、本論でもそのままに使用している。
（9）1から始まるアラビア数字は陽明本の歌番号、その下のゴチック体のアラビア数字は刊本の歌番号、括弧内のアラビア数字は『万葉集』の巻数と歌番号である。但し、論中の『万葉集』歌番号は漢数字を用いた。
（10）宮内庁本は歌数だけではなく編集の体裁も陽明本から刊本への過渡期を示すものであるが、具体例については省略した。
（11）『新編国歌大観』によれば「ゆふま山」の使用例は十八例、そのうち『万葉集』を除き『名寄』以前の使用例は『五代集歌枕』『袖中抄』をはじめ十六例、「ゆふは川」の使用例は三十四例。そのうち『万葉集』を除き『名寄』以前の使用例と考えられるものは『五代集歌枕』『頼政集』をはじめ十九例。『五代集歌枕』には「ゆふま山」「ゆふはがは結八―」両項目が立てられている。「ゆふは山」は三十四例、「ゆふまがは」の使用例はない。
（12）『名寄』には『顕昭歌枕』の名が頻繁に見える。『袖中抄』所収の一首、また『五代集歌枕』所収の二首のうち一首は万葉集十二・三一九一番歌である。
（13）橋本進吉「仙覚新點の歌」（『萬葉集叢書第八輯　仙覚全集』複製版、臨川書店、一九七七年十一月）
（14）上田英夫『万葉集訓点の史的研究』（塙書房、一九五六年九月）

（15）渋谷虎雄『古文献所収万葉和歌集成　総索引』（桜楓社、一九八八年六月）

（16）『校本萬葉集』において西本願寺本で「青・モト青・モト青カ」と記されているものを改訓として取り扱った。

（17）久松潜一監修　築島裕・林勉・池田利夫・久保田淳編集『契沖全集第一巻』『萬葉代匠記一』（岩波書店、一九七三年一月）

（18）仙覚の『萬葉集註釈』では他に初句「マクサカル」を古点とし『ミクサカル』と改め、また二句は「アラノハアレト」を古点とし「アラノニハアレト」と改めた。

（19）他には例えばかなのくずし字「こ→く」の誤りが原因とも考えられる。

（20）渋谷虎雄は『中世萬葉集研究』（風間書房、一九六七年四月）第一編第二章に『色葉和難集』について「仙覚改訓以前のものと仙覚改訓、ないしは仙覚新点の訓を持っているが、仙覚以前にあったと思われる訓もあり、仙覚がそれに従って改訓したものかとも考えられる。」（第一編第二章）と、古次点新点の混在することと、改訓新点といえども、仙覚以前にすでに存在した可能性を述べ、さらに同氏は『古文献所収万葉和歌集成　南北朝期』（注（1）に同じ）の『夫木和歌抄』の考察において、「一つは古・次点訓のものを、いま一つは新点を含む西本願寺本の祖本の文永本を、この両者によりながら、一方また別の資料をも参照しつつ万葉歌を採っていったと考えられるのである。」と述べている。このようにいくつかの系統の訓が混在するのが、中世歌集の万葉歌の一傾向であると思われる。

第五章　冷泉家時雨亭文庫蔵『歌枕名寄』の性格

一　冷泉家時雨亭文庫蔵『歌枕名寄』の概観

冷泉家時雨亭文庫蔵『歌枕名寄　未勘国上』は『名寄』全三十八巻（写本）のうち、僅かに「未勘国上」のみの零本であるが、重要文化財に指定されている。『冷泉家時雨亭叢書第八十四巻』（以下『時雨亭叢書』とする）の『古筆切　拾遺二』[1]に所収され、解題（三木麻子）によると「『歌枕名寄』成立後の一つの形態を留める写本として、残闕本ながら（A）非流布本系の一本に加えられるべきものであろう。」とされている。所収地名を概観するに、独自性が強く、流布本系とは異なるものと思われる。非流布本系写本の中で、同じく零本ながら、古態を留めていると思われる陽明本との関係や、歌数・地名の出入、万葉歌の享受のあり方などから、冷泉本の『名寄』写本中での位置を検討してみたい。

『時雨亭叢書』の解題では

> 大和綴一冊。（中略）大きさは縦一四・六センチ、横二四センチ。表紙は本文共紙の楮紙で、後表紙を欠く。こよりで袋綴に仮綴されており、全丁に紙背文書がある。本文三十四丁だが、おそらく本文部分も数丁失われていると思われる。（以下略）

とある。[2]

細川本をはじめとする『名寄』十一本の写本の大きさは、縦が二五センチ前後、横が二〇センチ前後の縦長の体裁である（京大本のみ縦一八センチ、横一三センチと例外的に小さい）が、冷泉本は横長である。紙背文書があり、紙縒で綴じられていることなども他の写本には見られないものであり、見セ消チや塗抹なども多い。急いで書かれた覚書、もしくは草稿本であったかもしれない。

片仮名漢字交じり書（以下片仮名書とする）であることも冷泉本の特徴の一つである。『名寄』写本では高松宮本が、三十六巻全巻（高松宮本は未勘国上・下二巻を欠く）が片仮名書であるが、冷泉本は初めの五首のみが平仮名漢字交じり書（以下平仮名書とする）で、続く六首から後が片仮名書である。五丁裏で目録が終わり、六丁表から本文が始まるが、六丁表の四首と六丁裏のはじめの一首、つごう五首が平仮名書となっている。巻頭の地名「磐城山」に所属する歌を平仮名で書き、次の地名「古奴美浜」から片仮名書に変えているのである。片仮名書は僧侶によって書かれたことを想像させ、また冒頭の一部分が平仮名書で書かれているのは親本が平仮名書であり、そのことを伝えるためであるらしい。[3]

このように、冷泉本は形態や表記において『名寄』写本中では特異な一本であると言えよう。内容については如何であろうか。

二　歌数と地名の出入

（1）歌数と歌の出入

第二章において、総歌数及び歌の出入を調査し、七写本（宮内庁本・内閣本・京大本・沢瀉本・天理本一・天理本二・佐野本）の歌数・出入に殆ど差が無く、この七写本を流布本とした。地名や所収和歌の調査も、七写本が類似していることを証する結果となった。流布本系七写本以外の四写本（細川本・高松宮本・静嘉堂本・陽明本）は、細川本と高松宮本が類似する巻が多くあるが（高松宮本は未勘国上下二巻を欠くので、残りの巻を対象とした）、「略抄」のある巻もあり、歌数や歌の出入だけでは結論を出すことはできなかった。また静嘉堂本・陽明本はともに欠巻があり、現存する巻のみでは四写本相互の関係、また流布本との関係について、結論を出すことは困難ではあり、さらに流布本系諸本に見られる顕著な類似性を持たない故に、これら四写本を非流布本系としたのである。

第四章では陽明本を実見し調査したが、歌数の調査は『名寄』写本の系統や特質を考察するには有効であることを確認するものであった。写本十一本に刊本を加えた十二本のうち、最も歌数が少ないのが陽明本、最も多いのが刊本であった。陽明本は編纂方法も古態を留めていて、歌数の少ないほど、原撰本『名寄』に近いのではないかと推定したのである。

このことを踏まえて次に、冷泉本の歌数を検討してみよう。冷泉本の歌数は二四九首である。他の写本及び刊本の未勘国上の歌数と比較してみると以下の如くである（欠はその写本が未勘国上を欠くことを表す）。

①冷泉本　二四九首　②細川本　二二〇首　③高松宮本　欠
④静嘉堂本　欠　⑤宮内庁本　二六〇首　⑥内閣本　二五八首
⑦京大本　二六〇首　⑧沢瀉本　二六〇首　⑨天理本一　二六〇首
⑩天理本二（巻二十五・未勘国上・下を欠く）　⑪佐野本　二五〇首
⑫陽明本　一九八首　⑬刊本　二八五首

これをみると刊本が最も多く、ついで流布本系写本、次に細川本が少なく陽明本が最も少ない。冷泉本は二四九首であるから、佐野本とは一首の違いで、流布本に近い歌数なのである。これを「未勘国上」に限り、細川本との歌の出入に注目して見れば

㋑細川本にあって冷泉本にない歌　四十首
㋺冷泉本にあって細川本にない歌　六十九首

となり、かなりの異同がある。歌数の近い流布本系写本は

㋩細川本にあって流布本にない歌　二首～四首
㋥流布本にあって細川本にない歌　四十二首

であり、冷泉本と比較すると㋩㋥どちらも少ない。これは冷泉本は細川本と共通する歌がどの写本よりも少ない、つまり強い独自性を持つ写本であり、流布本系と歌数が類似しているものの、内容を詳細に見なければ冷泉本の『名寄』写本における位置を明確にし得ないのである。『時雨亭叢書』の解題にある如く、冷泉本が古態を留めているものであれば、陽明本との類似も推測されるが、陽明本とは総歌数も異なり、

㋭細川本にあって陽明本にない歌　二十八首
㋬陽明本にあって細川本にない歌　六首

と歌の出入も大きく異なっているのである。

（2）地名の出入

冷泉本には目録に一六九の地名、本文にも一六九の地名が所収されている[4]。目録と本文の地名の数は同じはずであるが、『名寄』においては数の多少はあるが、目録と本文の地名の数は異なっていることが多い。これは目録には書いたが本文で脱落した、本文を削除したが、目録を削除するのを失念した、目録を書いてから、本文に地名を増補し、目録を

訂正しなかったなどの理由によるものであろう。従って地名の出入は写本の系統や性格を示すことが多くある。そこで冷泉本に陽明本・細川本・宮内庁本及び刊本を加え地名の数を比較してみよう（特に断らない限り流布本として宮内庁本を用いる。また＋の下の数字は小地名の数を表す）。(5)

	目録	本文
冷泉本	一六九（＋二十四）	一六九（＋七）
陽明本	（目録を欠く）	一五八（＋十三）
細川本	一四九（＋十）	一五九（＋二）
宮内庁本	一六二（＋十）	一六七（＋四）
刊本	一六八（＋六）	一七六（＋三）

冷泉本の地名の数は、目録・本文とも歌数に比べて他本との差は大きくはない。(6) ところが内容をみると、本文では「山」部の末尾に目録にない七地名を加え、目録にある末尾「茂森」以下十七の地名を欠き、また「古岡・味経原・宮・雄鹿原」の目録にはある四地名（他本にも見えない）を欠くなど、地名の出入の結果の数であり、数だけではどの写本の系統に近いかは推測し難いのである。そこで、冷泉本の目録と本文の「地名の出入」を検討してみると、他のどの写本とも異なる、冷泉本の特徴が窺えるものであった。

（A）目録に地名があって、本文には地名・歌ともないもの

①古岡

②味経原　宮　万葉六哥　幸難波宮時作也然者摂津國欤或抄山城云々

③雄鹿原

④〜⑲　茂森・青柳森・原・橋・花薗森・風森・雪森・溜森・名越森・往合森・出入森・吉忠森・何然森・山本森・田中森・雪林

④〜⑲は目録の末尾に所収されているので、本文においても末尾であると思われる（末勘国上を持つ他写本はこれらの地名はすべて目録・本文とも末尾にある）。本文は森部の初めの「嘆森」（冷泉本目録にはない）で終わるので、続く「茂森」以下の地名が失われた可能性が高い。「嘆森」及び歌が巻末三十四丁裏の最終行に記され、その左に仮綴の紙縒りの結び目がある。遊紙も裏表紙もない。綴紐が切れ、バラバラになったのを集め整理し、綴じ直したのであろうが、その時に末尾の数丁が失われたと思われる。④〜⑲の地名は末勘国部を持つすべての写本に存在するが、①②③は存在しない。①②③はそれぞれ岡部・原部に所収されていて一箇所に纏まっているわけではない。このことから、①②③には脱落ではない他の理由があると考えられる。

「味経原」の注書中の「摂津國欤或抄山城云々」はこの地名が未勘国に所属するものの、「摂津」「山城」に所属する可能性を述べている。未勘国部は、所属する国を決めることができないので、一時的に置かれる歌々を集めた巻である。所属する国が決まれば該当する国に移動し、未勘国部より削除されるものであろう。そこでこれらの地名が他の巻に移動しているかを調べてみることにする。冷泉本は未勘国上のみであるから、当該巻を持つ他の写本を調べると、「味経原」は注書にあるように宮内庁本の巻十六摂津国に存在した。

宮内庁本

味経原　今案云風土記味原野同所欤万葉哥當國難波宮作哥也

万六　おほつとりあちふの原に物のふのやそとものをはいほりして
みやことなりぬたひにはあれとも

（宮内庁本歌番号３４１０）

右神亀二年十月幸難波宮時笠朝臣作哥

万三　御食向（ケムカフ）味原（アチハラノ）宮（ミヤ）○

（宮内庁本歌番号３４１１）

「おほつとり」は『万葉集』巻六・九二八番（長歌）の末尾七句で、「味経原」前後を引用したものである。次は同じく巻六・一〇六二番の長歌で、「味原宮」を含む二句のみを本文表記で引用している。こちらは「味原宮」で訓も「アチハラノミヤ」であるが、「味経原」の注書中にあるように「味経原」と「味原野」を「同所」とし、ここに所収した(7)のであろう。これらは宮内庁本以外の流布本にもあり、異同は殆どない。

宮内庁本にはこの「味経原」の直前に「味野原」の地名と歌が所収されている。

味野原　風土記云味原野云々文字上下如何又本異本ニあけの、原とあり旁不審

堀百　月清みあち野のはらのゆふ露にさゝめわけくる衣さぬれぬ

顕仲朝臣（宮内庁本歌番号３４０９）

冷泉本の目録には「味経原」の前に「味野原」があり、本文では地名と次の注書のみが残されている（宮内庁本の目録は地名のみである）。

本哥堀川院百首異本勝野原云々仍雖可□甎載之追可詳摂津国ニ入之

この注書は証歌が『堀川百首』中の歌であること、さらに「摂津国」に移動したことを説明しているものである。また注書の下部に「藤原顕仲朝臣」の名が記され、墨線で消されている。冷泉本が親本を見て書写する時には「味野原」は摂津国に移動していたとしても、未勘国上にはまだ残っていたのではないか。或いは冷泉本の筆者が摂津国に移動させたのかもしれない。既に摂津国に移動したのであるから、未勘国には不要として消去したが、作者名だけを書いてしまい、消したということであろう。親本の未勘国上から「味野原」が完全に消去されていたら、作者名だけを書くということはありえない。「味経原」は未勘国上にあったが所属国が決まり移動した。本文から削除したが、目録を削除することをしなかった。「味野原」も同様に目録から削除せず、本文も書きかけて削除すべきことに気づき、地名のみを書いて終ったのである。

猶、この歌は『堀河百首』(8)の歌題「野」（雑）において詠まれた歌（１３９９番）で、作者は「仲実」であって「顕仲」ではない。『夫木和歌抄』『題林愚抄』にも所収されているが、作者はすべて「仲実」、『名寄』の刊本も「仲実」である。「顕仲」とあるのは『名寄』の写本のみということになる。これは『堀河百首』から歌を採取する時に、一つ手前の歌（１３９８番）の作者が「顕仲」であったので、誤って記したのではないだろうか。刊本は訂正したと思われる。また宮内庁本と冷泉本の注書の内容に共通性がないので、歌を所収したあと、注書は書写の過程で付加されたものと思われる。

この「味経原・味野原」の例は、かつて未勘国上に存在した地名が、所属国が決定し、移動していくことがあったことを示すものであった。所属国が決まり移動していく地名、増補される地名と未勘国部は常に流動的であったのである。細川本と高松宮本の巻十六には「味経原・味野原」は所収されていない。細川本の未勘国上（高は欠巻）には痕跡はないので、巻十六に移動したが略されたのか、もともと細川本の未勘国上にはなかったのかと思われる。その場合は冷泉本と宮内庁本の系統において増補されたことになり、冷泉本の新しさを証するものとなろう。

①③「古岡」「雄鹿原」は写本及び刊本の未勘国上だけではなく、他

の巻々にも見えないので所属国が決り移動したのではなく、増補されたものの「非名所」と判断し削除されたのかもしれない。

（B）目録に地名があって、本文には地名のみあり歌のないもの

「味野原」と同じく目録に地名があるが、本文中に地名のみで歌がないものは、他に「（遊布麻）河（葦間）池（狩路）池」がある。この三地名は「（遊布麻）河—哥下巻分載之」「（葦間）池哥下巻分載之」「（狩路）池—哥下巻載之」と地名の下の注書がほぼ同じであるが（資料編参照）、細部は異なっている。細川本以下の写本では「（遊布麻）河」は注書の通り未勘国下の「河」に歌と共に所収されている。「（葦間）池」は注書の右肩に「摂州ナニハニ入之」と小さく書かれている。これは「下巻分載之」と矛盾する内容であるが、細川本以下の写本では巻十三摂津国に地名歌とも所収されている。未勘国下には目録本文ともにない。下巻「池」部に移す筈が、所属国が「摂津国」に決定し移動したので、「摂州ナニハニ入之」と記し、検索の便を計ったのかもしれない。但し細川本には「蘆間山」の注書に「（略）池ハ摂州難波云々能因歌枕可検之」という注書がある。「（狩路）池」は冷泉本には「池哥下巻載之」とあるものの細川本以下では「狩路小野」に続いて「池」と歌二首が所収されているのである。これは他の写本も同じである。ところが未勘国下にも目録に地名があり、本文の「池」部には「狩路池」と歌一首（未勘国上所収の歌の一首）が所収されている。刊本ではやはり未勘国上に地名と歌二首（細と同じ）が所収されている。しかし下巻では地名のみで「上巻野下記之　万十二歌略之」と注書がある。既に上巻にあるので、省略したということである。上巻に歌が省略されているのは冷泉本と流布本系の一本佐野本のみであった。陽明本の所収状況をみると以下の通りである（「狩路小野・池」のどちらにも注書はなく下巻「池」にもない）。

木綿間山　河哥下巻河部ニあり（下巻　遊布麻河として歌三首あり）
芦間山　或云常陸国云々池ハ摂州難波云々（巻十三を欠き確認できず）
狩路小野　池（別立せず各一首を所収。細以下は小野と池を別立する。下巻には地名「獦路池」と歌一首〈上巻所収の歌と重複〉を所収）

これら写本及び刊本の所収状況を比較すると、「木綿間山」と「芦間山」は諸本間に異同はないが、「狩路小野　池」は異同がある。陽明本の「狩路小野」と「池」が未分化である状態が最も古く、つづいて「小野」と「池」を別立する細川本以下の状態が古い。そして未勘国上下両巻にあることに気付いてどちらかを削除しようとし、「下巻載之」として上巻から省略した冷泉本の形になるのではないだろうか。刊本は逆に下巻の歌を省略したのである。但し冷泉本の未勘国下は失われているので、実際にどのような状態であったかは確認できない。

（3）地名の移動

冷泉本にのみあり、他の写本に見えない地名のうち、所属国が決定し、移動していったことが確認できる地名（他写本によってであるが）が十を超える。特に冷泉本の未勘国上において注書に「朝気山　今案伊勢歟」のように国名が記され、細川本以下の写本で注書に記された国に移動している地名は「朝気山・雨降山・野路山・手枕野・小野篠原」の五地名である。注書に国名が記されていないが、移動したことが確認できる地名が「笛吹山・宮崎山副石瀬渡・身住山・朝野・上小野」の五地名があった。これは所属国を決定しかねてとりあえず未勘国に所収したが、

後に決定することができ、当該の国に移動させたことを示すものである。このことに関する限り、冷泉本は他の写本より確かに古いと言えるであろう。しかし次の「井塞山」の例は冷泉本の増補の可能性がある。

井塞山　冷　ナカレイツルナミタハカリヲサキタテ、ヰセキノ山ヲ
ケフコユルカナ　　道命法師
右ヰセキノ山ヲコユルト家集ニイヘリ

刊本　（井関山）
ながれ出る涙はかりをさきたて、ゐせきの山を今日こ
ゆるかな　　道命法師
右井関の山をこゆとてと云々

「井塞山」は冷泉本を除いては刊本のみにあり、冷泉本と刊本は歌、左注とも殆ど異同がないのである。

他に他の写本にはあるが、冷泉本で消えた地名がある。「引野山」は細川本・宮内庁本の目録にあり、本文では「引野山　八雲御抄拾遺元輔哥云々」と地名に注書が付されているが歌は所収されない。他の巻にもないので、削除されたことを窺わせるのであるが、冷泉本には目録にも本文にも全く見えない。「伊奈岡」は細川本・宮内庁本において目録にあり、本文は陽明本も含めて万葉歌一首とともに所収されている。冷泉本は目録にあるが、本文では「伊奈岡　或云非岡只是詞也云々但先達哥枕立之」とあるのみで歌はない。「伊奈岡は地名ではなく歌詞である。先達歌枕にはあるが」という意味である。先達歌枕に従い地名として扱ったが、結局地名ではないと判断し、削除したということであろう。宮内庁本にも「或云非名所只詞也云々」という冷泉本と類似する注書がある。細川本にはない。疑問を抱きつつ、伝えられた「伊奈岡」は冷泉本に至って遂に削除されたということであろう。この二つの地名については、冷泉本は他の写本より古いとは言えないであろう。

地名の出入の検討は、古態を伝える側面と新しい側面の両方が冷泉本に存在するということを示すものであった。歌数同様地名の出入の検討によっても、冷泉本が『名寄』写本の中で最も古いとは断定できない結果となったのである。

三　注書・裏書の検討(9)

(1)　注書の検討

名所歌集の中で豊富な注書・裏書を持つことが『名寄』の特徴の一つである（裏書については第二部第三部で詳述）。冷泉本にも注書・裏書が多く、『名寄』写本の中で最も詳しく記されている裏書も存在する。この注書・裏書を、他の写本のそれと比較検討することにより、冷泉本の性格を考えてみよう。

冷泉本及び他の三写本（細・宮・陽）のいずれかに地名・歌・注書（裏書は後で纏めて検討する）があるものは六十一例である。その中で四本とも地名・歌・注書があるものは十七例あった。

①四写本の注書に全く異同のないもの一例②小異があるもの(10)三例で、残りの十三例の注書の内容は、詳細度を比較すると「冷が簡素四、陽が簡素五、冷・陽二本が簡素二、陽・細二本が簡素一、冷・陽・細三本が簡素一」である。このうち「熱佐山」と「半山」の二例をあげてみよう。

熱佐山（冷が簡素である例）

冷　今案―長門國厚佐郡欤
陽　今案云長門國厚郡也或云梓山欤懐中云々
細　今案云長門国厚佐郡也或云梓山欤懐中抄可尋
宮　今案云長門國厚佐郡也或云梓山欤懐中抄可検也

冷泉本から陽明本・細川本・宮内庁本と少しずつ（細・宮は殆ど変わらない）詳細になっていくことが見てとれる。

半山（ハシタ）（細宮が簡素である例）
冷　習俗抄美作云々俊頼於近江田上詠之也　但田上並入之了　可尋
陽　右半山習俗抄美作國云々此哥近江入之
細・宮　習俗抄美作云々

こちらは細川本・宮内庁本が全く同じで「習俗抄では美作とある」とだけである。陽明本では「この歌は近江に入っている」という説明が加えられ、細川本、宮内庁本から陽明本、冷泉本へと次第に詳細になっていくことが窺える。「半山」は『名寄』では巻二十三「近江国中」の「田上篇」にもあり、そこでは未勘国上の「半山」と同じ俊頼の歌（歌句に異同がある）一首のみが所収されている。この歌は俊頼の家集『散木奇歌集』『田上集』に「たなかみにてはした山をみてよめる」という詞書とともに見え、冷泉本の注書はこのことを参考にして記されたと思われる。

注書から見て、冷泉本と陽明本ではどちらが古態をとどめているかを断定することは難しい。第四章で述べたが、陽明本は万葉歌では新しい側面をみせていたが、万葉歌以外は古態をとどめているという特徴を持っていた。冷泉本についてもすべてが古い、原撰本に近いというのではなく、ある所は古く、ある所は新しいというねじれ現象を引き起こしていると思われる。書写の段階で筆者によって加筆訂正が行われ、原撰本から遠ざかり、それぞれの写本に個性が加わっていくのはやむを得ないことである。特に『名寄』では編者「澄月」が識語で後の加筆訂正を願っているのであるから、筆者は書写していく過程で、親本よりも内容の優った『名寄』を伝えていかねばならないという義務感を抱きつつ、筆写していったのではないだろうか。そのために歌集・歌書の文献を参考とし、有効と考えたことを記していった結果、写本間に異同を生じたのである。あるところは加筆訂正し新しくなり、あるところは原撰本そのままに伝わり、新旧混在することとなってしまったのであろう。

つぎに四写本のうち、古態を留めていると思われる冷泉本と陽明本の二本について、それぞれにのみ「注書があるもの」を見ると、「冷のみに注書があるもの五例　陽のみに注書があるもの一例」であった。冷泉本により多くの注書が書き加えられているので、陽明本よりは後の手が加わっていると考えられるのである。但し冷泉本のみに注書があっても増補とは限らない。他の写本では所属国が決定して移動し、未勘国から削除されたが、冷泉本には残る「小野篠原」の例がある。こちらは冷泉本の古さを表すと思われる。「巣立小野」という地名は冷泉本にのみあり「岡哥上載之」と注書がある。これは「巣立岡」は「岡」部にあるということを述べているが、「岡」部を見ると、「巣立岡」の後に「（巣立）小野」も歌とともに所収されている。ところが陽明本・細川本・宮内庁本には「小野」部に「（巣立）小野」はないのである。これは重複していることに気がつき、削除されたのであろう。四本の中では、未整理の状態である冷泉本が古いのでないかと思われる例である。

では一写本にのみ「注書がない」のは何を表しているのであろうか。

「冷のみに注書がないもの二例、陽のみに注書がないもの七例、細のみに注書がないもの四例　宮のみに注書がないものなし」となっている。さらに「冷・細二本にのみ注書がないもの二例、陽・細二本にのみ注書がないもの六例」であった。注書が『名寄』成立後に加筆訂正されていくと考えるならば、冷泉本よりも陽明本が古態を留めていることを表していると思われる。先の「注書があるもの」の検討の結果と逆になるのである。注書の検討では冷泉本と陽明本が細川本・宮内庁本より古態を留めていると思われるが、どちらがより原撰本に近いのかを結論づけることは困難であろう。「裏書」ではどうであろうか。

(2)　裏書の検討

裏書は冷泉本の未勘国上「籬山・志古山・水茎岡・和射美野」の四箇所にある。「籬山」の裏書は冷泉本のみで、他の三写本は地名と歌のみである。次の「志古山」の四写本の注書・裏書は以下の通りである。

冷　志古山　雖不審立之證本可詳於久知之原
クモトリヤシコノ山チハサテヲキテヲクチカハラノサヒシカラヌカ
西行法師
裏書云阿比中山志古山等西行家集任所見本載之了
但彼本無支度計若相違事有之歟以證本重可詳之
陽　志古山　付小口原
細　志古山　付小口原西行家集説本可詳也
宮　志古山　付小口村西行家集説本可詳也（陽細宮は歌を省略）

これをみると、陽明本が最も簡素でこれは注書というよりも小地名を書き記したというだけのものである。細川本と宮内庁本は殆ど同じで、詠まれている地名に疑問を抱いたのか、西行集を参考にすべきことを書き記している。そして冷泉本はその西行集をみたが、「支度計なし」と記し、確信が持てないので、重ねて調べるべきことを書き記したのである。陽明本から細川本・宮内庁本そして冷泉本へと詳細になっていったことがわかる。

「水茎岡」の裏書は四本ともあるが、陽明本が最も簡素で、冷泉本・細川本・宮内庁本は殆ど内容に変わりはない。「和射美野」は、陽明本は地名の注書として「今案云　美濃國　和射美原也」、細川本・宮内庁本も地名の注書として「今案美濃國和射美原歟阿波國入」があるのみで裏書はない。ところが、冷泉本は「裏書云或云カサノカリテノワサミノトイヘルハ三ノ野ノ名也而ヲ公実卿哥ハ笠ト蓑トニソヘテヨメル也カリテ野トイヘルハ笠ノ緒ツクルモノヲカリテトイフナリ而モ野ノ名ナレハカタ〳〵ソヘテヨメル也云々或云三共ニ野ノ名ニアラスワサミノトイヘルハアタラシクヨキ蓑也而ヲ笠ノ緒ツクル所ヲカリテトイフ輪ヲシテ其ニ緒ヲツクル也故ニワサミノトイフワトイハムレウニカサノカリテトイタ、キモノニイヘル也而モ蓑事ナレハイヒツラネタルハカリ也云々今案云和射美野先達歌枕ニ野名ニ立之歟美濃國ニ和射美原ト云名所アリ彼所歟但苅手野ト笠野トハ不重万葉哥野名ト不見歟和射美野ハ野字ヲ用笠乃借手之ハ共テニハノ字ナルヘシ」と、証歌の歌句「カサノカリテノワサミノ」について三百字以上におよぶ説明を記すのである。これは『名寄』のどの写本にもみられない。「和射美野」は、『奥義抄』中の「古歌万葉集」の「十九」で十一・一七二一番歌に説明が加えられて以降、『奥義抄』をそのまま引用しただけの『色葉和難集』、『奥義抄』の「野」説に加え、「かさにぬふすけをばよきをすぐりてわろきをばかりすつる也。そのすぐりすてたるすげにてつくりたる蓑をばわざみのといふ也」という「茇」説を付加した「和歌色葉」などで説明されている。冷泉本の裏書は「カサノカリテノワサミノ」は「三ノ野ノ名也」とか、「三共ニ野ノ名ニアラスワサミノトイヘルハアタラシクヨキ茇也」という『和歌色葉』説と異なる説明をするなど内容は多岐にわたっている。筆者が独自に考案したのではなく、幾つかの文献を集め、纏めたと思われるが、他の『名寄』写本にはなく、冷泉本の独自性を示すものである。

注書と裏書は冷泉本が古態を留めているところと新しく手が加わっているところが混在することを表していると思われるものであった。また「和射美野」の裏書に見るように他の『名寄』写本と全く関りを持たない冷泉本は、『名寄』写本のどれとも関りが薄く、独自性が強いことを示しているものである。親本以外はどの『名寄』写本を見ることもなく、また冷泉本が親本になることも、異本として参考にされることもなく、どの『名寄』にも痕跡を残していない。このような冷泉本の独自性は所収されている歌にはどのように表れているのであろうか。所収万葉歌を検討し、それを考察してみることにする。

四　冷泉本所収万葉歌について

(1)　仙覚新点歌について

次に所収万葉歌を検討し、冷泉本の特質や位置を検討してみることにする。冷泉本には全部で六十首の万葉歌が所収されている。これを陽明本・細川本・宮内庁本と比較してみると、

冷泉本　六十首

陽明本　四十八首
（冷にあって陽にない歌十五首　冷になく陽にある歌三首）

細川本　五十二首
（冷にあって細にない歌十一首　冷になく細にある歌三首）

宮内庁本　六十一首
（冷にあって宮にない歌一首　冷になく宮にある歌二首）

となり、冷泉本の所収万葉歌は宮内庁本と一首しか変らない。また冷泉本所収の六十首の中には、渋谷虎雄氏の『古文献所収万葉和歌集成　南北朝期』にない歌が二首含まれており、ここでそのことについて述べておきたい。(11)

飛播松原（トハノマツハラ）　或抄載之

万十二（十三・三三四六）

冷　雲井ニミエテウツクシヤトハノマツハラミトリコノ○

西　雲居所見愛（クモヰニミエテウツクシキト）　十羽能松原小子等（ハノマツハラミトリコト）

（紀細温矢京宮近(12)「ウツクシキ」。紀細温矢京宮近「ミトリコト」。）

平群山

万十六（十六・三八八五）

冷　ヤヘタ、ミヘクリノ山ニウツキサツキノホトニ　○

西　八重疊（ヤヘタヽミヘクリノ）　平群乃山尓四月与五月間尓（ヤマニウツキトヤサツキノホトニ）

（紀細温矢京「ウツキトヤ」。）

共に長歌であり、地名の前後のみを引用する形で所収されている。十三・三三四六番歌は、所収文献は『名寄』以前にはなく、『名寄』の後は室町時代の成立とされる『十四代集歌枕』までない（全部で五書）。また十六・三八八五番歌は所収文献が少くはないが（九書）、『名寄』以前

には『仙覚抄』が所収している二句のみで、冷泉本所収の歌句と異なる。この二首は新点歌であり、特に三八八五番歌は「純粋の新点歌」(13)である故に引用されることが殆どなかったのであろう。「飛播松原」も「平群山」も、冷泉本のみに所収された地名である。刊本にもみられないところから、この二地名および万葉歌は冷泉本独自の増補と思われる。

訓について万葉集古写本（引用歌句の上の**西**は西本願寺本を表す）と比較してみると、万葉集古写本と全く同じではないが、異同は僅かである。「飛播松原」の注書にある「或抄載之」から、冷泉本が『万葉集』から直接採取したのではなく、「或抄」を典拠として増補したのであろう。僅かの異同は「或抄」によるものであろうか。「平群山」には注書はない。

冷泉本は他に二首の新点歌がある。この二首については第四章でも述べたが、再度冷泉本を加えて検討してみることとする。

大野　十一・二四五七

冷　大野（オホノラニコ）小雨被敷木本（サメフリシクコノモトニ）　時（トキ）　依来我念（トヨリコヨワカオモフ）　人（ヒト）

陽　大野らの小雨降ふりしく木の本に時とよりこよ我思ふ人

細　大野（ヲホノ）小（コ）雨被敷木本（サメフリシキコノモトニ）　時依来（トキヨリコヨ）　我念（ワカヲモフ）　人（ヒト）

宮　大野（オホノ、ニコ）　小雨被敷木本（サメフリシキコノモトニ）　時依来我念（トキヨリコヨワカヲモフ）　人（ヒト）

西　大野（ヲホノラノコ）　小雨被敷木本（サメフリシクコノモトニ）　時（トキ）　依来我念（トヨリコヨワカオモフ）　人（ヒト）

（細西宮「野」ノ左ニ「ノラニ」アリ。京左赭「オホノラニ」。細「コサメフリシソ」。細西漢字ノ左赭「コサメニフラル」。京「コアメフリシク」。京左赭宮左「コサメニフラル」。細西宮「時」ノ左「トキシ」アリ。京「木本時」ノ左赭「コノモトニトキシ」アリ。）

押垂小野　十六・三八七五

冷　コトサケル（ヲ）ヲシタレヲノニイツル水ヌルクハイテス○

陽　琴酒を丶したれ小野に出る水ぬるくはいてす寒（ヒヤ）水の心もけやに
おもほゆる　略之

細　ことさけを丶したれ小野にいつる水ぬるくはいてすは

宮　ことさけをおしたれをのに出る水ぬるくはいてすは

西　琴酒乎（コトサケヲ）押垂（オシタレヲ）小野（ノ）従（ニ）出（イツル）流水（ミツヌ）奴流久（ルク）波不出（ハイテス）寒水之（ヒヤミツノ）心（ココロモ）毛計夜尓（ケヤニ）所念（オモホユル）

（細宮「ヲシタレヲノ、ニ」。紀細「ヲシタレヲノニ」。温「イツルミ」。紀「ヌルクハイラス」。京「ヌルクハイテヌ」。仮名遣の異同は省く。）

十一・二四五七番歌の冷泉本の訓と、陽明本は初句のみ異同があるだけで他は全く同じで、西と比べても、初句の異同があるだけである。初句は冷泉本が西細宮の「野」の左訓及び京左赭と同じ、陽明本は西以下と同じである。細川本と宮内庁本は本文表記で所収しているが、初句だけでなく、二句、四句にも万葉集古写本と異同があり、西以下の仙覚本系とはやや隔たりがあるのではなかろうか。二四五七番歌は所収文献が極めて少なく、『名寄』を含め四書で『名寄』以前の引用文献はない。

十六・三七八五番歌は冷泉本の初句が、「コトサケル（ヲ）」とある以外は、陽明本・細川本・宮内庁本との間に異同はない（細宮の歌句の最後に「は」があるが、なにかの誤りと思われる）。また西以下の万葉集古写本との間にも仮名遣いと、誤字脱字と思われるものを除いては異同はない。引用歌句が少ないので、『名寄』写本間の優劣や万葉集古写本との関係については判断がつきかねるが、引用歌句は、漢字本文を見るに、訓むのに難解な句ではなく、仙覚の新点によらなくても訓むことは可能であったと思われる。三八七五番歌は引用文献は少くはないが（九書）、『名寄』以前の引用文献はない。

以上の冷泉本に所収された四首の新点歌は、短歌である二四五七番歌を除いて長歌であり、引用歌句は少なく、その歌句は訓むに難解なものではない。冷泉本と陽明本・細川本・宮内庁本四本では、冷泉本と陽明本がやや西以下の万葉集古写本を忠実に伝えているようであるが、歌数も僅かであるし、引用歌句も少ないので早急に判断できない。仙覚が新点とした一五二首のなかには、仙覚以前に既に訓まれていた歌も多くあるとされてきた。上田英夫氏は仙覚以前に訓まれなかった歌の数を五十六首としたが、さらにそれが少なくなる可能性もあるであろう。この四首から『名寄』原撰本において仙覚の影響を受けているとするには、『名寄』所収万葉歌の更なる検討を要すると思われる。

（2）漢字本文表記の歌について

冷泉本に所収された万葉歌六十首のうち、全歌句本文表記三首（全て傍訓あり）・一部本文表記（一歌句以上のもの）四首（傍訓付が三首、傍訓無が一首）で、残り五十三首がかな表記である。陽明本は所収歌が全てかな表記であったので、この点が陽明本と異なるところである。引用全歌句本文表記三首のうち一首は「（1）新点歌」で扱ったので（十一・二四五七）、残り二首を（三・二九一、十二・二八六三）検討してみる。

志奈布勢山　（三・二九一）

冷　真木葉乃之奈布勢山能之奴波受而吾超去者木葉知家武
陽　槇の葉のしなふせ山　万三
細　真木葉乃之奈布勢山能之奴波受而吾越去者木葉知家武
宮　真木葉乃之奈布勢山能之奴波受而吾越走者木葉知家武
西　真木葉乃之奈布勢能山之奴波受而吾超去者木葉知家武

（紀「能」ナシ。類「なふせのやまの」紀廣「シナフセヤマノ」紀廣「シヌハステ」古「奴」ノ左ニ「ヌ」アリ。類古紀細宮廣「わかこえくれは」宮「去」ノ左ニ「ユケ」アリ。細「去」ノ左「ユケイ」アリ「イ」ハ朱。温「ワカコユハ」西「ユケ」青。類「しけるかも」古「チリケム」漢字ノ左「シケルモ」紀廣「シケルモ」）

誰葉野　（十二・二八六三或本歌）

冷　誰葉野尓立志奈比垂神古菅根惻隠誰故　吾不恋
陽　たかはのにたちしなひたるみわ小菅ねかくれてたれゆへにかは
　　わか恋さらん
細　誰葉野尓立志奈比垂神古菅根惻隠誰故吾不恋
宮　誰葉野尓立志奈比垂神古菅根惻隠誰故　吾不恋
西　誰葉野尓立志奈比垂神古菅根惻隠誰故　吾不戀

（類古訓ナシ。細「タツミツコスケ」。温「ネカクシテ」。紀温「タレユエニカハ」。温「ワカ」ナシ。廣初句二句訓ナシ。）

二九一番歌は初句と二句の一部のみ所収の陽明本は除いて『名寄』写本のなかでは、冷泉本が最も西に近い。三句・四句は細川本・宮内庁本一致しているが、冷泉本のみ「シノハステ」「ユケハ」で西と一致している。「ユケ」は仙覚改訓である。五句も細川本は「しるかも」という漢字本文から離れた訓みをしているが（類「しけるかも」）、冷泉本と宮内庁本は「シリケム」とし、西に一致する。しかし二句は西とは一致せず紀廣と一致する。「勢」の下の「能」を省いた方が地名らしくなると考えて省いたのかもしれないが、訓の一致する紀のみ「能」がないので、『名寄』の改作ではないかもしれない。三句も細川本・宮内庁本は紀廣の訓と一致していてこの二写本とのつながりを考えさせられるが、四・五句では細川本・宮内庁本と紀廣とは一致しない。他に、地名も歌中では「之」を用いているが、立項地名では「志」を用いたのも地名らしくしようという意識故であろうか。二九一番歌では『名寄』写本では冷泉本が西に最も近いが異同もあった。

二八六三番歌は「或本歌」が所収されている。「本歌」は、冷泉本以外は巻二十三「武蔵国朝羽野」巻二十五「信濃国浅羽野」両国に所収されていて（かな表記）で異同も多い。

「或本歌」の「誰葉野尓立志奈比垂」は上二句の異伝を伝えるものである。本歌の上二句「浅葉野立神古菅」の「立」の箇所に「立志奈比垂」を入れたので、「五七五五七七」となっている。細川本・宮内庁本ではそれを解決しようとしたのか、訓の一部を削除しているが（細「ネカクシテタレカ」宮「ネカクレテタレユヘニ」）、冷泉本は訓の一部の削除はしていない。陽明本もかな表記であるが、冷泉本と同じである。四句も冷泉本と陽明本が「コヒサラム」となって西に一致する。二八六三歌においても冷泉本が陽明本とともに西に近いということになる。

（3）仙覚改訓の影響

（2）で取り上げた二九一番歌で冷泉本だけが仙覚改訓の影響をうけていた。前章で述べた陽明本は古態をとどめている一面もあったが、万葉歌においては改訓の影響を多く受けていた。そこで冷泉本の他の万葉歌改訓享受の実態を確認してみることにする。冷泉本の所収万葉歌で仙覚の改訓の施された歌句を持つ歌は、六十首のうち十一首であった。

（2）で取り上げた三・二九一番歌を含め十一首十三歌句に仙覚の改訓が施された根拠となる「青・モト青・モト青カ」が記されている。その十三歌句の改訓と冷泉本以下陽明本・細川本・宮内庁本・刊本の当該箇所の歌句を一覧表にしたのが表（18）である。

冷泉本が改訓の影響を受けていると推測されるのは僅かに二歌句[14]である。しかも（11）は漢字本文が「我妹子之」とあり異同はないのに、何故か万葉集古写本の嘉古京左緒で「ワカセコカ」と訓まれている歌句である。難解でもなく、訓み誤る筈のない歌句で「ワカセコカ」という訓が生じた理由は不明である。仙覚以前に漢字本文に即して「わきもこか」と訓んだ万葉集古写本も存在した可能性はあろう。従ってこの句については改訓の影響をうけたとは言えないのである。そう考えると、冷泉本は改訓の可能性のある歌句は表（18）中の（4）三・二九一番歌のみということになる。陽明本は十三歌句のうち八箇所に改訓がみられ、旧訓は三、不明（漢字本文のみのもの、旧訓改訓いずれとも一致しないもの）一、欠句一、細川本は二箇所に改訓が見られ、旧訓五、不明五、欠一、宮内庁本は改訓一、旧訓六、不明五、そして刊本は改訓八、旧訓二、不明三という結果である。これによると陽明本の改訓は『名寄』写本中で最も多く、刊本と同じである。刊本は『校本萬葉集十一　新増補』の解説[15]に「一部新点の混入が認められ、殊に本文・訓を併せ引いた類において寛永版本萬葉集による修正の跡が著しい。」とあるように、『名寄』の原撰本からかなり遠ざかった内容を持つものである。その刊本の改訓の数と陽明本の改訓の数が殆ど変らないということは、陽明本において万葉歌には後の修正が加わっているということである。細川本や宮内庁本も書写の段階で加筆修正されたであろうが、陽明本の万葉歌のそれは際だっているのである。

改訓を見る限り、冷泉本はもっとも古態をとどめているといってよいであろう。ここでとりあげなかった冷泉本所収の万葉歌においてはどうであろうか。次に（2）（3）（4）で取り上げなかった万葉歌について、陽明本との関係を検討してみることにする。

表（18）

	万葉番号	改訓	冷泉本	陽明本	細川本	宮内庁本	刊本
(1)	一・四七	ハスキ（ユク）・青	葉過去（ハスキサル）	はすき行	葉過去（ハスキサル）	葉すきさる	葉過去（ハスキユク）
(2)	三・二三九	（フセラ）メ・青	漢字本文のみ	ふせらめ	漢字本文のみ	漢字本文のみ	フセテメ
(3)		（モト）ホレ・モト青	漢字本文のみ	もとほれ	モトサレ	モトラレ	モトホレ
(4)	三・二九一	（ユケ）ハ・青	ユケハ	欠句	ユクハ	ユクハ	ユクハ
(5)	七・一四〇四	（カ丶ミナ）ス・モト青	カ丶ミナル	か丶みなる	か丶みなす	か丶みなす	か丶みなる
(6)	十・一九七七	（コユ）ナキワタル・モト青	コ丶ニナクナリ	今夜鳴きわたる	こよなきわたる	こよなきわたる	こよなき渡る
(7)	十・二一七八	ツマ（コモル）・モト青	ツマカクス	つまかくす	つまかくす	つまかくす	妻こもる
(8)	十・二一九三	（ヒニケニ）・モト青カ	ヒコトニ	日にけに	日ことに	日ことに	日ことに
(9)	十・二二八五	（コモリ）ツマ・モト青	カクレツマ	こもりつま	欠	かくれつま	こもりつま
(10)	十・二三三八	（ミソレ）フリ・モト青	霰フリ	みそれふり	あられふり	霰ふり	ミソレフリ
(11)	十一・二七二二	ワ（キモ）コカ・青	ワキモコカ	わきもこか	わきもこか	わきもこか	わきもこか
(12)	十一・二七五二	（ナヒキネ）・青　（フ）・モト青	ナミカフカ	ねふりの木	ネヒキアフ	ナヒアフネカフ	ナヒキネフ
(13)		（シノヒ）エス・青	カクレエス	しのひえす	かくれて	かくれえす	しのひえす

※・改訓欄の括弧内の文字が改訓されたものを表す。西本願寺本に限る。「青・モト青・モト青カ」と記されているものを抽出。
・細川本・宮内庁本・刊本の「平仮名」はかな表記のものを、「片仮名」は漢字本文表記の訓を表す。
・一・四七は冷泉本・刊本が漢字本文表記傍訓付、細川本はかな表記であるが、当該歌句のみ「葉過去（ハスキサル）」、宮内庁本はかな表記「葉すきさる（過去）」、陽明本はかな表記。
・「欠句」は歌は所収されているが、当該歌句を欠くもの。「欠」は当該歌を欠くもの。

（4）　陽明本との関係

冷泉本所収万葉歌六十首のうち（1）（2）（3）で扱った万葉歌は十六首、これに冷泉本にあるが、陽明本にない歌九首、両者に異同がない歌十七首を除いた十八首が対象である。十八首において冷泉本と陽明本、そして細川本・宮内庁本との間の異同歌句は四十二である。この異同歌句において冷泉本と陽明本・細川本・宮内庁本とそれぞれ一致するものをみると（漢字と仮名、仮名遣いの相違は考慮しない。以下も同様であ

る)、

冷泉本と陽明本が一致するもの　十二
冷泉本と細川本と一致するもの　二十
冷泉本と宮内庁本が一致するもの　十八

となり、冷泉本と陽明本との関りは細川本・宮内庁本に比べて浅いようである。陽明本の万葉歌には細川本・宮内庁本とは異り、仙覚本系の影響が見られるということは前章で述べたが、この陽明本との関りが浅薄であることは、冷泉本の万葉歌が古態を留めている、『名寄』原撰本に近いのではないかと思われる。

万葉集古写本との関係をみると、万葉集古写本のいずれかと一致するのは、冷泉本は二十八、陽明本は三十で大きな差はない。そこで、もう少し、万葉集古写本との関係をみるために、冷泉本と陽明本との間に異同のある歌句が、万葉集古写本のどれと一致するかを調べてみた。次の①〜⑧がそれである。

万葉集番号	冷泉本		陽明本	
①三・四二七	モ、タラヌ	類西矢京宮	百(モ、)たらす	古紀細温廣
②十・二一八七	アサツユニ	元西細温宮近	朝霧に	類紀矢京春
③十・二一九五 *(1)	キコユル	元類天	声きく	紀西細温矢京宮陽
④十二・三〇四八 *(2)	コヒソマサレル	西右	恋こそまされ	元類古紀西細温矢京宮近
⑤十四・三四四四	クキミラ	廣	く、みら	元類古紀西細温矢京宮
⑥十四・三四七三	サヌ山ニ	元類古廣	さの山に	紀西細温矢京宮陽
⑦	オユニミエツ、	元西細温矢京宮陽	おゆにみえつる	古紀廣
⑧十四・三五七五	ヲカヘ	細宮	すかへ	元類古紀西温矢京廣

(＊(1)廣この歌欠　＊(2)西右―「コソマサレ」ノ右ニ「ソマサレル」アリ。廣「コヒハマサレル」)

これをみると冷泉本と一致する万葉集古写本の数が少く、③④⑤⑧などがそれである。④については廣では「コヒハマサレル」とあり、冷泉本に近い。また④は巻十二で、西のこの巻は他の巻と異なり、仙覚本系でないとされる巻である。僅かな数であるが、ここでも冷泉本の万葉歌は仙覚本系の影響を受けている陽明本よりは、古態を留めていると言えるのではないだろうか。冷泉本には陽明本・細川本・宮内庁本にない万葉歌を所収していて、それらは後の増補かもしれず、一概に冷泉本が、原撰本成立時所収された万葉歌に近い形を伝えているとは言えないのであるが。

他に冷泉本所収万葉歌の特徴を表していると見られる一首を挙げてみよう。

安騎野　大野　一・四五
サカトリノアサコエマシテアラレフリユフサリクレハミユキフル
アキノオホノニハタス、キシノヲ、シナミクサマクラ○

細川本・陽明本になく、冷泉本以外には宮内庁本のみにある歌である。この「アラレフリ」(宮「あくれふり」とあるが、連綿体で「ら」と「く」を見誤ったのであろう)という歌句は万葉集古写本では「玉限(タマキハル)」と訓まれ異同はなく(宮のみ「タマキハル」を消して「カケロヒノ」)、「アラレフリ」との繋がりは、見いだせない。しかし紀のみ漢字本文が「玉浪」（訓はタマキハル）となっている。これは「限」と「浪」の崩し字の類似による紀の誤りであろうと思われる。『名寄』の巻九（細高宮三本とも）に同じ歌が本文表記で所収され、そこでは「玉浪」（訓は「アラレフリ」）とある。この歌を所収している『名寄』の全写本において異同がないのであるから、原撰本においても「玉浪」が用いられていたと思われる。引用部分が全句本文表記ということは万葉集古写本からの引用と推測される。当該歌は『袖中抄』『万物部類倭歌抄』『色葉和難集』『顕照陳状』など多くの文献に所収されているが、『定家卿長歌短歌説』のみが、当該歌句を引用していて、かな表記で「たまきはる」である。集中には「玉限」は当該歌以外に二首用いられているが、漢字本文にも訓にも異同はない。「玉限」から「玉浪」に誤られ、「丸雪」を「アラレ」と訓む例もあることから「アラレフリ」と訓むようになったのではないだろうか。当該歌に詠まれた「安騎野」への軽皇子の行啓は、持統天皇六年（六九二）の冬と推定されている。「三雪洛（ミユキフリ）」という歌句も「夕去来者」を挟んで続くことから、「アラレフリ」とすることに違和感はないと判断したのかもしれない。

猶この歌は類には訓がなく、元も「別行平仮字ノ訓ナシ」とある。漢字本文のみで伝えられていて、「玉浪」に誤写され、それにあわせて「アラレフリ」と加点されたと考えられるであろう。万葉集古写本や『名寄』以前の万葉集古文献には全く見えないが、「玉浪」という漢字本文を持つ万葉集古写本が存在したのは確かと思われるのである。なお刊本は巻九も未勘国上も「たまきはる」（巻九は本文表記「玉限」未勘国上はかな表記で「玉きはる」）である。後に何らかの文献を参照して、訂正したと思われる。

五　おわりに

第四章で論じた陽明本は、歌数や地名の編纂方法のどれも、古態を留めて原撰本に近いと判断されるものであった。その陽明本も万葉歌は、『名寄』写本中、最も刊本に近いという事実が存在した。つまり新旧の特徴が混在するというものである。冷泉本も同様のことが言えるのではないだろうか。

歌数は流布本に近いものの、それは省略と増補の結果の偶然であり、『名寄』の他の写本と共通しない歌が多くある。地名の数も他の写本とほぼ同数であるが、これも削除と増補の結果であることは、歌数と同様であった。ここでは所属の決定し難い未勘国の地名が、所属が決定し、その国に移動し（冷泉本は未勘国上のみであるので、移動先の国を調べることができないので、他の写本を用いての推測である）、また新たな地名を増補する。常に流動的であるという未勘国部の性格（多くの名所歌集の中で『名寄』だけかもしれないが）を冷泉本は顕著に表していた。移動と増補、両方の地名が存在する冷泉本は、新旧の両面を持つ写本であり、注書裏書の検討も同じ結果であった。その上、『名寄』の他の写本との関わりが希薄で、独自性の強い写本でもある。

万葉歌については、仙覚の新点歌を四首所収しているが、所収歌句の少い歌が多く、引用歌句は難訓でもなく、これだけで仙覚本系の写本からの採取とは断定できない。仙覚の改訓については陽明本・細川本・宮内庁本・刊本と比較すると、冷泉本が改訓の影響が殆どなく、万葉歌については古態を留めていると推測される。また一・四五番歌は、誤写から生まれた訓「玉浪（あられふり）」を伝えていた。

このように、新旧混在する冷泉本であるが、古態を留め、原撰本に近い一面を持っていることは確実で（特に万葉歌）、未勘国上のみの零本であるが、『名寄』の成立と伝来を考える上での貴重な一写本であると言えよう。

注

（1）朝日新聞社、二〇〇九年二月

（2）現在「冷泉家時雨亭文庫」は実見を許可していないので、『時雨亭叢書』の影印本を調査し、不明な点は同文庫主任調査員の藤本孝一氏・事務局の井出冨光子氏の御教示を得た。

（3）『時雨亭叢書第七巻・平安中世私撰集』（朝日新聞社、一九九三年八月）所収の『秋風和歌集』の解題（赤瀬信吾）によると、上下巻とも冒頭を平仮名漢字まじり書であることについて「（上略）本文の殆どが片仮名漢字まじりで記されていて、あるいは書写した人物が僧侶であったかと想像させる。（中略）それぞれの冒頭部分を平仮名漢字まじりで記しているのは祖本の面影をいくらかでも伝えようとしたのであろうか。」とある。

（4）地名の数え方　目録の地名の数え方―「磐城山幷古奴美浜」「遊布麻山　河」はそれぞれ一と数える。本文の数え方―目録に「磐城山幷古奴美浜」とあり、「古奴美浜」を別立てしていれば一と数える。別立てしていなければ数えない。

（5）巻二「小倉山」の下部地名（小倉山の麓野辺、小倉山の麓里、小倉山の裾野）として「麓野辺・麓里・裾野」を「小倉山」の下に小さく書いているが、これを小地名とした。

（6）『名寄』では歌数が増減しても、地名数の増減は少いという傾向にある。これは一地名に属する歌の数の増減であって、地名そのものを削除・増補することは少いからである。

（7）「味原（宮）」の万葉集古写本の訓について―元紀細「アチハラ」。廣「アチハラ」ノ「ハラ」ヲ消シテ「フノ」西矢京近「アチフノ」西「フノ」モト青カ。矢京「フノ」青。京「原」の左ニ緒「ハラ」宮「アチラノ」温陽「アチコノ」陽「コノ」青。元類「別行平仮字の訓ナシ。」元「漢字ノ右ニ緒片仮字ノ訓アリ。コレニテ校ス。」類「漢字ノ右ニ少シ墨片仮字ノ訓処々アリ。今コレヲ記入ス。」

（8）橋本不美男・滝澤貞夫『校本堀河院御時百首和歌とその研究』（笠間書院、一九七六年三月）

（9）注書裏書の違い―目録の地名の下、本文中の地名の下、歌の前後に記された、地名・歌に関する記述のうち、「裏書」で始まる注書を裏書とし、その他は注書とする。但し、歌の詞書（題詞）、左注のみは注書としない。

（10）「云々」「也」の有無、「云々」と「也」の異同、「美濃国」と「美濃」の異同など、意味内容に影響のない異同を表す。

（11）『時雨亭叢書』の解題で三木麻子氏が「本書には、他の本には全く見えない歌も載せられている。次の九首である。」として挙げた歌の中にもこの二首は含まれている。

（12）ここには訓を持つ万葉集古写本名のみを挙げた。

（13）第四章第四節及び注（14）参照。

（14）漢字本文のみで訓がなく、どちらか判断できない歌句が二ある（そのうち一箇所は細宮にもある）。三・二二三九番歌で、これは漢字本文表記と仮名表記が混在している歌である。難訓のため訓が付されず、そのまま書写したものと思われるので、ここに改訓の影響を考えなくてもよいであろう。

（15）岩波書店、一九八〇年九月。「新増補版に採擇せる諸注釋書諸説の概要」の「附載　萬葉集を引用せる書籍の古寫本」による。

〔**注書異同一覧**〕

四写本異同がないもの　一例　思子山

四写本間で異同があるもの　十三例

冷泉本が簡素　四例　礒辺山・葦間山・熱佐山・阿比中山
陽明本が簡素　四例　志奈布勢山・入佐山・大野・小竹野
冷泉本・陽明本が簡素　二例　借香山・鞘方山
陽明本・細川本が簡素　一例　宇野原
細川本・宮内庁本が簡素　一例　半山
陽明本・細川本・宮内庁本が簡素　一例　住坂
四写本の注書の有無
冷泉本のみに注書があるもの　五例　五百隔山・照月山・誰彼山・雪
　気山・吹明峯
陽明本のみに注書があるもの　一例　誰葉野
冷泉本のみに注書がないもの　二例　中山・入野
陽明本のみに注書がないもの　六例　面影山・和夫加山・管木山・志
　古山・真井隈・入日岡
細川本のみに注書がないもの　一例　佐奴山
宮内庁本のみに注書がないもの　なし
冷泉本・細川本に注書がないもの　二例　原山・安治麻野・
陽明本・細川本に注書がないもの　五例　挿頭山・渚原山・伊奈岡・
　押垂小野・狩場小野

第二部　編者と成立

第一章　編者と成立年代

一　編　者

（1）澄月の混乱

『名寄』の編者は、首巻の存する写本及び刊本とも一致して、内題の下に「乞食活計客澄月撰」と記し、『江戸時代書林出版書籍目録集成』[1]にもすべて「卅九冊　哥枕名寄、名所ノ哥ヲ集ム　澄月作」とあるので、「澄月」と称する人物であることは疑問の余地はないであろう。ところが、「澄月」とは如何なる人物かということになると、その伝記については全く不明である。編者は、成立年代の考察にも当然のことながら深く関るものである。『名寄』の成立年代の振幅の度合が大きいことは、編者について不明の点が多いことが主因の一つといえよう。

しかし、いかに、振幅の度合が大きいといっても、今では『名寄』の成立年代を江戸時代と考えることはないが、その様に考えられていた時代があった。それは、『名寄』の編者澄月と、江戸期平安和歌四天王の一人として著名な「澄月」（以下混乱を避けるため「垂雲軒澄月」と称する）との混同に起因するものである。

この垂雲軒澄月は、正徳四年（一七一四）に生まれ、寛政十年（一七九八）に八十五歳で没し、俗姓西山、澄月は法号で、隔阿、翠雲軒（翠は垂とも）、酔夢庵とも称した人である。家集『垂雲和歌集』（宮下正岑撰録）、歌論書『和歌為隣抄』及び柿本・玉津嶋・住吉三社奉納歌『澄月法師千首和歌』があり、二条派地下歌人の代表として、また平安和歌四天王の一人として著名である。[2]

最近まで澄月と垂雲軒澄月とはしばしば混同された。『国書解題』[3]では、『名寄』の項で、著者を「僧澄月」とし、末尾に「『澄月』の伝記は『澄月千首』の下にあり」と記されている。『大日本歌書総覧』[4]では、著者を「澄月」としている他は何も記されていないが、『類字名所和歌集』[5]の次の書として配列され、『群書一覧』[6]でも、宗碩の『勅撰名所和歌抄出』[7]の後にある。また『上世歌学の研究』[8]でも、『歌枕秋の寝覚』[9]等とともに江戸時代の書として扱われている。

『日本文学大辞典』[10]第二巻』では、「垂雲軒澄月」の略伝に続いて、その著書として、前掲三書とともに、『名寄』が掲げられ、「初め惣目録に、乞食汚計客澄月撰とあるから、生前完成してゐたものと思はれる。」とある。

『和歌文学大辞典』[11]には、「垂雲軒澄月」はあるが、『名寄』及び澄月の項はない。しかし「歌枕」の項に、名所としての歌枕を類纂したり説明したりして作歌の便に供した書として幾つかの書を掲げているが、『名寄』は、契沖の『勝地吐懐編』[12]の次に「澄月の『歌枕名寄』*」としてその名がみえる。澄月に＊印が付してあるのをみれば、「垂雲軒澄月」の意かとも思われる。「垂雲軒澄月」の項には『名寄』はないのだが、『勝地吐懐編』の後に位置づけられているのは、やはり編者を「垂雲軒澄月」と誤ったものといえよう。

こうした混乱は、両者が同名であり、『名寄』の編者澄月に比して「垂雲軒澄月」が著名であったことから、澄月を「垂雲軒澄月」に結びつけてしまったことによって生じたものであろう。

しかし、『名寄』は万治二年に刊行されているのであるから、その編者の生年が正徳四年である筈もなく、刊本の識語を一瞥すれば容易に解ける誤解である。

このような誤解は何時生じたのであろうか。万治三年刊の『松葉名所和歌集』(13)にも『名寄』は引用されていることや、正徳期以前の書籍目録(14)も、編者を澄月としているのであるから、少なくとも「垂雲軒澄月」が著名になるまではそのような誤解や混乱は生じなかったであろう。他の名所歌集が注目され、『名寄』への関心が弱まった後、混乱が生じた様に思われる。

そして、江戸期までとは異なった観点で、名所歌集が注目を浴び始め、それまで、顧みられることもなかった『名寄』が、中世の類書の中でも最大のものであることなどが明らかとなるに伴い、改めて編者澄月に関心が寄せられるようになった。けれども、現在でも、編者と成立について確実なことは何一つ明らかでなく、未だに黒川春村の考察の域を出ていないといえる。春村は『碩鼠漫筆』（第一部第一章注（3））の中で、

名所寄の書は、これかれあれども、歌枕名寄ばかりいみじきは又もあらじ、さるを撰者の澄月法師は、いかなる人とも伝へなければ、其の時代をすらしるべき由もなし、ふとなほざりに打ちおもふ所は三百年許りの物かなども思へど、猶よくおもふに然るべからず、恐らくは六百年余りのそのかみ、南北朝頃の撰なるべし、しかおもひとらるゝ故は、新後撰集まで引用したれば、夫よりはやゝのちなるべく、又応永三十三年に、中山大納言定親卿（時宰相中将）、所持の名寄を仰ごとによりて、仙院にたてまつりしこと見ゆれば、此彼を照しあはせて、そのかみなるべくいへるにこそあれ、此の中山家蔵本のことは、薩戒記に明文見えたり、応永三十三年十一月十六日、藤中納言並雲客両三祗候、下二賜宸筆水鏡一帖於予一、此抄中山内大臣殿御作也、正本紛失、而今賜二此御本一、頗家宝也、可レ秘可レ秘、又歌枕名寄、可二借進一之由、被二仰下一了、十八日今日歌枕名寄四冊、借二進仙洞一、一昨日被二仰下一之故なり、とあるがごとし、猶ほ文安二年の壒嚢抄巻三(15)に、名寄歌曰とて、〽守ル人ハマダツタナキニ（名寄には守人もまだ絶なくにと見えたり）、河口ノ関ノ釘貫早朽ニケリ、と見え、また花鳥余情巻二十六（総角）に、大野は、名寄の未勘国に入りたり、と引かさせたまへるも、しかるべき書なればぞかし、また按ふに、本朝書籍目録（仮名部）に、澄月上人渡唐記一巻(16)と見ゆるも、恐らくは同人ならむを、此の書も後世につたはらぬにや、猶ほ識者考ふべし

と記している。岡田希雄氏はこれを承けて

本書の撰述年代の事は、当然本書の著者の問題とも関係があるのである。で此の方へ暫く目を転ずると、先づ本書は「乞食活計客澄月撰」とあるから、本書が、澄月と云ふ信施により生きる世捨人であった事は明らかである。ところが此の澄月の伝記が不明である。（中略）澄月は世捨人であったとしても、歌道にかけては、万葉集学者と云ふ可き種類の人、例へば権少僧都成俊や、由阿のやうな類の人であったと見たい。万葉集を愛読して居た事一つで、彼れが師範家流歌道に満足する人では無かったらしい事が考へられるやうである。勅撰集作者でも無い。尊卑分脈索引にも見えない人である。菟玖波集にたゞ一度其の名が見えて居るが、是れ一つでは時代は判らぬ（以下略）。

（「澄月の『歌枕名寄』考」序章注（3））

と述べておられる。更に井上宗雄氏は、『名寄』の内容から

いわゆる反御子左家の人々やそれに関する書が多いことである。或いは、この名寄成立に反御子左派またはその中の歌道家たる六条家末流の誰かが関与したのではあるまいか。

（『中世歌壇史の研究　南北朝期』第一章注（5））

と考察された。

これらによっても明らかなことは、『菟玖波集』[17]巻二十に

雲居寺の花盛りなりける時の連歌に、

峯ならで雲居る花の梢かな　　澄月法師

と記されている「澄月法師」が『名寄』の編者「澄月」であるらしいということのみである。井上氏は『名寄』に『万葉集』の引用が多いことや、反御子左派の人々が多いことから、編者を反御子左派に属する人物ではないかとされたが、この二点からその様に断定することには少し疑問が残る。次に項を改めてこれを考えてみよう。

（2）作者の偏向

『万葉集』が、地名という観点から重要視されてきたのは平安後期からであり、『五代集歌枕』[18]には既に一千首以上の万葉歌が所収されている。また『夫木和歌抄』[19]（以下『夫木抄』とする）や『勅撰名所和歌要抄』[20]も『名寄』と同数或いはそれ以上の万葉歌を載せている。『万葉集』は、『古今集』他の勅撰集よりは総歌数も地名を詠み込んだ歌の数も多い故に、名所歌集に『万葉集』が多く入るのは、当然といえよう。

更に反御子左派の人物が多いということであるが、六条派の光俊・知家・基家等は、為相の依嘱によって長清が編纂したといわれる『夫木抄』においても採録歌が多い。『夫木抄』と『名寄』における採録歌の多い作者二十四人を次に掲げて比較してみよう。

夫木抄			名寄		
①	為家	1336首	①	俊頼	269首
②	定家	782首	②	家隆	173首
③	家隆	592首	③	人丸	149首
④	俊頼	462首	④	定家	136首
⑤	慈円	447首	⑤	家持	106首
⑥	俊成	427首	⑥	西行	98首
⑦	西行	396首	⑦	宗尊親王	92首
⑧	良経	392首	⑧	知家	91首
⑨	信実	378首	⑨	匡房	85首
⑩	家良	345首	⑩	家良	83首
⑪	光俊	333首	⑩	為家	83首
⑫	知家	323首	⑫	光俊	80首
⑬	基家	317首	⑬	俊成	76首
⑭	寂蓮	255首▽	⑭	後鳥羽院	57首
⑮	人丸	238首	⑮	信実	56首
⑯	公朝	236首▽	⑯	仲実	54首○
⑰	仲正	202首▽	⑰	好忠	45首
⑱	後鳥羽院	194首	⑰	順徳院	45首
⑲	好忠	189首	⑲	慈円	41首
⑳	為相	185首▽	⑳	貫之	40首○
㉑	宗尊親王	180首	㉑	良経	39首

㉒	匡房	137首	㉒	赤人	38首○
㉓	順徳院	134首	㉓	恵慶	36首○
㉔	家持	121首	㉔	基家	36首

（山田清市『作者分類夫木和歌抄研究索引篇』）(21)　（細川本による。補遺の歌を含まない）

このように、『夫木抄』において採録歌の多い人物と『名寄』のそれとは二十四人のうち十六人が一致している。（『夫木抄』の▽印と『名寄』の○印を除いたもの）。これをもってみても『名寄』は六条派・反御子左派に偏したものではなく、反御子左派の光俊・知家・基家らが『夫木抄』・『名寄』の両書に多数採録されていることからも、これは証明される。

『名寄』は、現存資料に関する限り、『勅撰名所和歌抄出』が先行の『勅撰名所和歌要抄』を利用したように、これという参考にしたものはなかったようである。従って、編者は、数多の歌集・歌書を実際に見て編纂したであろうから、それは膨大な資料を披見可能な人物でなければならない。

文安三年（一四四六）成立の『壒囊抄』(22)の巻五〈四十〉「紙屋事付紙屋川事」の項に「……二条摂政家の卅八帖ノ名寄ニモ紙ノ字ニテ侍リ」（稿者注　「紙屋川」は『名寄』巻五にある）という記載があるが、これを岡田氏は、「二条摂政家に秘書として伝えられて居り、世間に余り流布せざるの義であるとも先づ解釈せられないことはない云々」と述べられた後、「二条摂政家の述作したる」義と解され、この「二条摂政家」は「良基」であろうが、『名寄』の編者とするには不適当であるという結論を下された。ところが『壒囊抄』には他に春村も指摘した巻三〈三十四〉の項に『名寄』の引用があり、『壒囊抄』の著者が参考としたであろう、それは「二条摂政家」に伝えられていた『名寄』であったかもしれない。

『花鳥余情』(23)にも「大野は名寄の未勘国に入たり」（稿者注　「大野」は『名寄』巻三十七「未勘国上」にある）と『名寄』の名が見え、一条兼良(24)も『名寄』を参考としていたことが窺える。従って二条家所伝の『名寄』があり、書写・参考とされていたことが推定される。そして、二条良基の撰した『菟玖波集』に澄月の名が見えるのである。

『名寄』の諸写本中、奥書の存するのは、細川本唯一つであり、この細川本は第二章で述べるが、原撰本にかなり近いものである。この親本が、奥書によると「三条羽林御家本」即ち「三条西実条」所有の『名寄』である。また実条の高祖父にあたる実隆の『実隆公記』(25)文明十一年（一四七九）後九月の項に「哥枕名寄不審之所々依仰直之」或いは「歌枕名寄依勅定少々直付之進上了」、という記事があり、実隆の頃から、三条西家にも所伝の『名寄』があったことは確実である。

二条摂政家にも三条西家にも『名寄』があったこと、二条家（歌学）が衰微の後、二条派が地下の隠者や武家歌人によって支えられており、やがて三条西実隆が二条派を受け継ぐという背景等から、『名寄』の編者は二条家の援助を受けた二条派関係の人物ではないかとも思われる。為相が長清に『夫木抄』を、実隆が宗碩に『勅撰名所和歌抄出』をそれぞれ編纂せしめた様に、二条家関係の某が澄月に『名寄』を編纂せしめたとは考えられないであろうか。

そこで、『夫木抄』と『名寄』における二条、京極・冷泉家関係の歌人の採録歌数をみると表（1）のようになっている。

『夫木抄』は所収歌数一万七千首余りと『名寄』諸写本の二～三倍の

表（1）

	夫木抄	名寄
為家	530/1336	37/122
為氏	22/33	8/23
為世	0/2	2/5
為道	3/6	0/1
為顕	9/48	—
為教	4/4	2/3
為兼	4/68	1/2
為実	30/88	—
為相	71/185	—
為守	3/3	—
為秀	—	1/1

※・『名寄』の為秀の一首は、高松宮本のみの増補歌である。
・『夫木抄』の分母はその歌人の所収総歌数、分子はそのうちの地名を詠み込んだ歌の数である。
・『名寄』は分母が総歌数、分子がその中の補遺の歌数である。
・『名寄』の場合は、諸本にその名がみえても、誤りであると判明しているものは全て除いた。

歌数を持っていること、また『名寄』は地名を含む歌のみを所収していることなどを考慮に入れなければならないが、『夫木抄』に一八五首入集し、「海道宿次百首」や数々の名所歌を詠み、歌枕に並々ならぬ関心を寄せていたに違いない為相や、長清とも交渉があり冷泉家と親しかった為顕、為氏の子であっても為世に対して異端児的立場をとり、むしろ冷泉家と親しかった為実の歌を『名寄』は載せていない。

　為顕（為家の男）は為相よりは年長であり、為実や為相は為世とほぼ同時代の人々であって、ともに地名にも関心があったであろうが、これらの人々の歌を所収していないのは何故であろうか。為実、為相、為守はともに一二六〇年代の生まれで（為顕は生没年未詳）『名寄』の成立時は歌を詠み、流布する程の年齢には達していなかったのかもしれない。

　このようなことから、『名寄』の編者は、二条派所縁の地下の歌人で、二条家関係の人物の意図を受けて、編纂したものではないかと推定しておく。

二　成立年代

（1）『夫木和歌抄』との関係

次に、成立年代について考えてみる。これについては江戸時代に早くも黒川春村が「……恐らくはそのかみ南北朝頃の撰なるべし」（前掲『碩鼠漫筆』参照）と、推定した。また刊本の総目録に、「自古今至新後撰之部立」が付されていること、静嘉堂本を除くすべての写本及び刊本に『新後撰』の明記があること等の二点から、『新後撰』以後の成立であることは諸家の一致した見解であった。

　かって藤井紀久子氏は、『名寄』所収の作者の生存年代を主眼として、

一、『名寄』にとられている勅撰集では『新後撰集』が最後であるので、その成立は『新後撰集』（一三〇三年）以後である。

二、勅撰集以外の出典名で成立年代のもっとも下るものは『懐中抄』であるので、懐中抄の成立（弘安・正応頃―一二七八〜一二九三年頃成立）以後である。

三、『夫木抄』（一三一〇年成立）との関係は認められず、従ってそれは『夫木抄』と同時頃かそれ以前である。

四、『名寄』にとられている歌の作者についてみると、それは一三一〇年前後と思われる。

の四点を指摘され、「新後撰以後玉葉以前」と推定された。[26] 本節では、

この成立年代が妥当かどうか、検討してみたい。

まず、『夫木抄』との関係であるが、『名寄』が『夫木抄』を見ていないということは間違いないようである。

『名寄』で『夫木抄』の集付があるのは、藤井氏のあげられた天理本一の他に、高松宮本、静嘉堂本、宮内庁本を初めとする流布本、及び刊本の各本である。

高松宮本では、巻六に「源六夫木ニ見」(一一三五番)、「六帖夫木ニ見」(一一八六番)の二箇所がある。「夫木ニ見」という表記や、この二首が、『源仲正集』『古今六帖』にそれぞれ所収の歌であることは、これらが『夫木抄』からではなく、『仲正集』『古今六帖』から直接採歌し、『夫木抄』は後に書き加えられたことを意味することになろう。静嘉堂本は、巻十三に二首あるが、他写本にない歌であり、添紙別筆であるので、明らかに後の追加である。

流布本(宮内庁本他)には、巻二に三首(補遺26(宮132)・38(宮133)・40(宮210))、巻五に一首(補遺86(宮697))がある。これらは、すべて細川本にない歌であること(26のみ静にもあり。他は宮をはじめとする流布本にのみあり)、『夫木抄』以外の出典を持ち、26・38は「朧清水」の後に「(朧)里」を立項し所収した歌であり、40は「亀山」の最後に、86は巻五の巻末に「阿弥陀峯」を立項し所収した歌である。以上から『夫木』が追記されたか、或いは歌そのものが後に増補されたかのいずれかと推定される。

また天理本二では、これ以外に巻一の一六六番に他本『千五百』のところを『夫木抄』と記されている。しかし、天理本二には『新続古今』の集付もあり、これも追記とみて差し支えない。

刊本には、流布本の四首に加えて、巻一の68(刊本一四八)の、併せて五首に『夫木』の集付があるが(静嘉堂本の追加二首のうち一首は刊本にもあるが、夫木の集付はない)、天理本二と同様に、『新続古今』の集付もあり(他に『玉葉』『風雅』『新拾遺』などもあって)、やはり、後の追記と看做される。

刊本独自の歌で、『夫木』と集付されているものは七首(三一、四一、八六、一四二、一六四、一六七、一八九)あるが、巻一に集中している。これは、『夫木抄』によって証歌を増補しようとしたのが、中途で終わったことを物語るもののようである。

以上から、『名寄』は原撰本編纂時においては、『夫木抄』はみていなかったとほぼ断定してよいように思われる。

しかし、『名寄』は、『夫木抄』と幾つかの類似点は持っている(それは、成立年代が接近していることや、両書とも膨大な歌の数を収めていることに起因するのかもしれないが)。そこで、この編者、成立年代、成立事情が明らかである『夫木抄』は、『名寄』のそれらの考究に参考となることも少くない。

『名寄』に見える集付で、成立年代の明らかなものは勅撰集では『新後撰』を除くと、『続拾遺』(弘安元年奏覧)がその下限であり、歌合・百首歌では『弘長百首』『文永五年中務卿親王家歌合』『弘安百首』等が最も時代の下るものである。

一方『夫木抄』は、弘安以後の正応、永仁、正安、嘉元、各年間成立の歌合、百首歌をも採録している。そのうちで最も時代が下るのは、嘉元四年(一三〇六)十一月『当座百首』(為実)であろう。『夫木抄』成立を延慶三年(一三一〇)としても三年余りの空白期間である。そうすると、『名寄』の成立を『新後撰』以後とすれば弘安年間からの空白は二十年以上となる。その間、名所歌が全く詠まれなかったわけではあるまい。また弘安以前の歌合、百首歌の採歌状況から鑑みて、以後のものは入手不可能であったとも考えられない。そこで、現在まで、『新後撰』以後の成立ということには誰も疑念を挿まなかったのであるが、それを改めて検討してみる必要があるのではなかろうかと思うのである。

(2)『新撰後』との関係

ところで、『名寄』所収の『新後撰』の歌は一一二首であるが、このうち、細川本所収は五十六首である。この五十六首のうちで、諸写本に『新後撰』と明記されているものは僅か六首である（このうち一首は天理本二のみにあり）。これが非常に少ない数であることは、他の勅撰集と比較してみれば容易に察せられる。

『新後撰』以外の勅撰集から『名寄』に収められた歌数は、『新古今』の二九五首、『続古今』の二八〇首を筆頭に『詞花』の五十三首まで、名所歌の数によって異るが、その中でいずれも出典明記がないのは、所収歌数の十分の一程度に留まっている。『新後撰』ではそれが五十六首のうち五十首もあり、他と比較にならぬといえよう。また、他の勅撰集の名所歌の概数は八代集に限っていえば、『古今』二九〇首、『後撰』二九〇首、『拾遺』三六〇首、『後拾遺』二四〇首、『金葉』一三〇首、『詞花』九〇首、『千載』三〇〇首、『新古今』五〇〇首であり、『名寄』は、その二分の一から三分の一を収めている。（補遺の歌を加えるとこの割合は更に高くなるであろう。）ところが、『新後撰』は、名所歌二八〇首のうち、『名寄』所収は五十六首であり、五分の一程度に終わっている。

参考のため『玉葉』をみると、細川本所収の『玉葉』歌数は十一首で、そのうち九首に集付がなく、残りの二首は天理本二のみ「玉葉」の集付がある。

以上のことから、『名寄』は『新後撰』から直接採歌していなかったと考えられる。

静嘉堂本では、この新後撰の歌は、五十六首のうち三十六首が欠巻中の歌となっているが、この残りの二十首中十九首もこれには存在しない。他本では、宮内庁本が八首、高松宮本では四首を欠くだけである。

表(2)

	名寄所収歌数	内集付のないもの	総歌数（概数）
古今	95	10	1100
後撰	136	9	1400
拾遺	137	16	1350
後拾遺	123	8	1200
金葉	113	7	650
詞花	53	5	400
千載	178	15	1300
新古今	295	29	2000
新勅撰	167	13	1400
続後撰	147	15	1400
続古今	280	28	2000
続拾遺	123	22	1500
新後撰	56	50	1600

※・いずれも細川本にある歌で補遺の歌は含まない。
・集付があってもそれが誤りであるものは含まない。

静嘉堂本にある唯一の『新後撰』の歌「鹿のねを聞くにつけてもすむ人のこゝろしらるゝをの、やまさと」(二・二六〇)は、『夫木抄』『西行集』にもある。即ち、この一首は、『名寄』も『夫木抄』も『西行集』[27]から引用したのではないだろうか。静嘉堂本には『新後撰』の集付は当然のことながらない。

そこで、補遺の歌をも静嘉堂本についてみると、四十六首のうち、欠巻中の歌が十九首、存在しない歌二十五首で、残りの二首(補遺1946、2001)が静嘉堂本に存在する『新後撰』の歌である。これも1946は『現存六帖』の集付があり、2001は集付はないが『夫木抄』にあり、それに『現存六帖』の集付がある。従って、この二首も、新後撰からではなく、『現存六帖』からの引用という推定も成り立つ。

この様に、『新後撰』の歌が一つの写本に殆ど存在しないということは、後の増補を想定させる一根拠となる。意識的に『新後撰』の歌を排除することは不可能であろう。また原撰本にあった歌ならば、その殆どを欠くという現象は起こりえないからである。

静嘉堂本については、井上宗雄氏も集付を調査されて、『続拾遺』までと述べておられる(『中世歌壇史の研究　南北朝期』)。それでは、静嘉堂本が最も古く原撰本に近いのではないかということになるが、細川本や高松宮本には見られない新しい内容を含んでいて、簡単に結論を下すことは出来ない。しかし、一部古態をとどめていることも事実である。なお原撰本については、次章で詳述したい。

ともかく、『名寄』の成立を、『新後撰』以後とすることには疑問が残るのである。

また巻二十一・三二一一番の「春かすみたちの、す、きつのくめは冬たちなつむ駒そいはゆる」(作者、通平・但し通平(方イ)(佐)、集付細なし、伊平家哥合(高)・伊平家哥(宮))について　藤井氏は、

この巻廿一の「春かすみ……通平」は天理本(稿者注天理本二)では「伊平家哥」の歌としてのこっている。伊平は「建長三出家、弘長二(一二六四)没、64歳」である。(中略)、伊平が死んで二十四年経ってから通平(一二八六〜一三三五)が生まれていることになる。天理本の「伊平家歌」を重視すると「伊平」の生きていた時代に「通平」という名の人がいたとも考えられる。静嘉堂本では「春かすみ……」の歌がのっている巻廿一は残っていないので参考にすることができない。それでここでは「通平」は未詳としておく。

(前掲注(26))

と述べられた。通方(佐のイ)とすると「暦仁元(一二三八)年没　五十歳」で伊平と同時代であり問題はない(藤井氏は佐野本を見ていない)。ところが「応徳三年若狭守通宗朝臣女子達歌合」(「経平大弐家歌合」とも呼ばれる)に「春がすみたちの、薄つのぐめばふゆうちなづむ駒ぞあれける」(隆源阿闍梨)という三二一一番と酷似する歌がある。出典が、「通宗朝臣女子達歌合」とすると「応徳三(一〇八六)年」のことであるから、『名寄』の成立年代に影響を与えない。従って生存年代不明の人物を除けば、いずれも、新後撰以前から既に活躍していた作者ということになる。

三　おわりに

以上のことから、これをまとめると、

①『名寄』は『夫木抄』をみていない。『夫木抄』以前の成立と推定される。
②『新後撰』以外の出典で、成立年代の明らかなものは、弘安を最下限とする。
③『名寄』所収の歌人は、生存年代の不明のものを除けば、すべて『新後撰』以前から活躍していた人物である。
④『新後撰』の名所歌で、『名寄』所収の歌の数は、他の勅撰集に比して少く、集付も殆ど記されていない。また、静嘉堂本には補遺の歌を含めて三首しかなく、それもすべて他に出典を持つ。従って、『名寄』原撰本成立時には『新後撰』は成立していなかったと推定することができる。

などの諸点が導かれる。これらによって、『名寄』は『新後撰集』成立以前に成立したものと考えられる。

注

（1）慶應義塾大学附属研究所斯道文庫編『江戸時代書林出版書籍目録集成』（井上書房、一九六二年十二月）によると、「寛文十年・寛文十一年・延宝三年・元禄五年」各刊の『書籍目録』はすべて「卅九冊　哥枕名寄　名所ノ哥ヲ集ム　澄月作（澄月）」とある。
（2）『和歌文学大辞典』（明治書院、一九六二年十一月）、『日本古典文学大辞典』全六巻（岩波書店、一九八三年十月～一九八五年二月）、『和歌大辞典』（明治書院、一九八六年三月）以下歌集・歌人の説明は上記の書による。
（3）佐村八郎『増訂国書解題』（吉川弘文館、一九〇九年四月）
（4）福井久蔵『大日本歌書総覧』（不二書房、一九二六年八月）
（5）里村昌琢撰。元和三年（一六一七）刊。勅撰二十一代集中より、諸国の名所和歌を抄出し、類聚した名所歌集。
（6）尾崎雅嘉『群書一覧』享和二年（一八〇二）刊。
（7）宗碩編。永正三（一五〇六）年脱稿、三条西実隆の一覧を経て成立。『古今集』以下の勅撰集から名所を詠んだ歌を抄出。
（8）中島光風『上世歌学の研究』（筑摩書房、一九四五年一月）
（9）有賀長伯編。元禄五年（一六九二）刊。『八雲御抄』の分類方式に従って歌枕を挙げ、概説と例歌を記す。
（10）藤村作編。全三巻、新潮社。第三巻は一九三三年四月。
（11）注（2）参照
（12）契沖著。元禄五年（一六九二）成立。『類字名所和歌集』の誤謬の訂正と拾遺、項目及び証歌の増補を意図したもの。久松潜一監修　築島裕・林勉・池田利夫・久保田淳編集『契沖全集』（岩波書店　一九七三年八月）「第十一巻　名所研究一」所収。
（13）六字堂宗恵撰。万治三年（一六六〇）刊。名所をイロハ別にし、万葉集、二十一代集その他から、例歌を収集したもの。神作光一・村田正男『松葉名所和歌集』（笠間書院、一九七七年十二月）
（14）注（1）参照
（15）正宗敦夫『壒嚢鈔』（日本古典全集、一九三六年三月）巻三　三十四　「釘抜（クギヌキ）ノ事　付名寄歌（ナヨセノウタノ）事」
（16）『本朝書籍目録』（『日本書目大成　第一巻』（汲古書院、一九七九年十二月）には「證月上人渡唐記一（日記イ）」とある。「證」と「澄」と字が異なるので別人の可能性もある。
（17）福井久蔵『菟玖波集下』（日本古典全書、朝日新聞社、一九七二年二月）
（18）藤原範兼編。一一〇〇年代の半ばに成立か。『万葉集』より『後拾遺集』に至る五歌集より名所を詠み込んだ歌を抄出し、名所毎に分類したもの。
（19）藤原長清撰。長清は和歌を冷泉為相に学ぶ。延慶三年（一三一〇）頃の成立か。一七三八〇余首の歌を三十六巻約六〇〇の題に分類したもの。為相が、勅撰集撰者となるための資料蒐集を長清に依頼したものとされる。

(20) 編者未詳。南北朝初期から中期にかけて成立か。『万葉集』から『風雅集』までの歌集を対象とし、名所を詠み込んだ歌を抄出したもの。

(21) 風間書房、一九七〇年三月

(22) 注(15)参照。

(23) 室松岩雄『花鳥余情』(国文註釈全書第三巻、すみや書房、一九六七年十一月)

(24) 応永九年(一四〇二)～文明十三年(一四八一)。祖父は二条良基。『尊卑分脈』に「博学大才人」と記され、『花鳥余情』をはじめ、多くの著作がある。

(25) 『実隆公記　巻一ノ上』(続群書類従完成会、太洋社、一九七九年九月)

(26) 「『歌枕名寄』の成立年代に関する考察」(『国語と教育』一号、大阪学芸大学国語国文学研究室、一九六五年二月)。猶『懐中抄』は同名異書が幾つかある(『和歌大辞典』)が、『名寄』所引のそれは、久保木秀夫氏の「勝命作『懐中抄』―佚文の整理と考証―」『中古中世散佚歌集研究』(青簡舎、二〇〇九年十一月)によると編者は勝命(天永二年(一一一二)の生、元暦元年(一一八四)以降の没)で、成立は平安時代末とされている。

(27) 『私家集大成』の陽明文庫蔵『山家集』の四四一番歌である。

第二章　原撰本

一　地名と歌の増減

『名寄』の刊本の識語[1]には「世号澄月謌枕者、不頗一様、或有哥数些少者、或有名所乱雑者、不全足執信……（以下略）」と記されている。これは「消薀子」[2]なる人物が、万治二年に『名寄』を書写した以前から、種々の写本が存在し、その形態と内容に著しい異同がみられたということである。それは、刊本を含む現存諸本についても同様で、各々独自性を持つ別本でありながら、他方相互に関連性を持ち、更にその間に略抄があり、増補がありして、入り組んだ関係にあるということは、既に第一部第二章第三章で述べたことである。

現在、『名寄』の成立年代、編者についても不明の点が多いのであるが、この考察には、成立時の形態を最もよく伝えるもの—即ち原撰本もしくは原撰本と至近距離にある一本を対象として行われるべきである。従って、『名寄』写本の中で原撰本に近い写本を推定する必要があると思われる。しかし、万治二年の刊行以前に、それまでの書写の段階で、既に種々の異本を生じ、写本の数は多くともその内容は全く信用できない、とまで断定されている『名寄』の原撰本を比定することは、困難が予想され、判断を急ぐことは危険でもあるが、現存諸写本十一本に刊本を参考として、可能な限りこれを推定してみることにしたい（冷泉本は除く。）。

考察に用いた十一の写本と刊本は次の通りである。（十一写本については第一部第一章を参照。）

流布本系　宮内庁本、内閣本、京大本、沢瀉本、天理本一、天理本二、佐野本

非流布本系　細川本、高松宮本、静嘉堂本、陽明本

万治二年整版本　刊本（略号刊）

以上の諸本の書写年代は、細川本が奥書の「文禄三年」、刊本が識語の「万治二年」と、それぞれの書写及び刊行の年代を示している他は、室町末期、或いは江戸初期など概ねの時期が想定されているだけである。ここでは書写年代は参考とする程度で、専らその内容によって、考察を進めていきたい。また、流布本系七本は一括して扱い、宮内庁本をその代表とし、刊本を参照する。即ち、**細高宮静陽刊**の六本を比較検討していくこととする。

(1)　地名数の増減

『名寄』を初めとする名所歌集は、伝来を重ねるに伴い、地名と歌の数が増加していく、つまり地名による類聚がより細密に複雑になり、証歌も豊富になっていくものである。そこで、地名及び歌の数が原撰本比定の資料となるのであるが、『名寄』においては、「略抄」が随所にみられるため、その数による判断は慎重でなければならない。

『名寄』現存諸本の中で、全三十八巻が揃っている、細川本、宮内庁本、刊本のその総歌数は、細川本六〇四三首、宮内庁本七四五一首、刊本九七四三首である。また、高松宮本を加えて、巻一～三十六までの歌

数は、細川本五六二七首、宮内庁本六九七五首、刊本九二一八首、高松宮本六六七五首であり、いずれも細川本の歌数が最も少ない。ところが、細川本は諸本中で略抄巻数が最も多く（細十五巻、高四巻、宮九巻）、総歌数のみによる判断は不可能である。

それでは、地名の方は如何であろうか。二、三の巻について調べてみると、宮内庁本に略抄があると思われる巻二では、「大原山、大原河」以下、地名の数は細三十八高三十八宮三十八静三十三刊四十四である。細川本に略抄があると思われる巻七では、「吉野」以下、細三十三高三十四宮三十二刊三十二、同じく巻十六では、「敏馬」以下、細八十二高七十七宮七十七静七十七刊八十四となっていて、いずれも諸本間に大差はなく、略抄による地名の減少は殆どみられない。それに加えて、例えば、巻二において、細川本で証歌一首だけの地名は、「（大原）河、（小野）渡、上野、芹生里、（嵯峨）原、（大井）淀、（大井）岸、（桂）渡、（嵐山）麓寺、（嵐山）麓里、（小倉山）裾野、（小倉山）里」の十二であるが、これらは、宮内庁本にも、地名、証歌とも存在する。しかし、「小倉山」では、細川本二十二首のところ、宮内庁本僅か七首、「亀山」では細川本十九首のところ宮内庁本九首で、その上「戸難瀬川」や「（小倉山）麓野辺」では細川本でも証歌が三首であるのに、宮内庁本ではそのうちの一首を省略しているのである。これによって、巻二の宮内庁本の略抄は、偶然の不注意等による無作為的なものではなく、意識的にかつ巧妙に行われたことは明白である。先に、宮内庁本の巻一～五は「略抄が行われているかもしれない。」と述べたが、「略抄」があったと断定してよいであろう。宮内庁本に限らず、他本においても「略抄」と明記がなくて、歌数の著しく減少している巻については同様と見うる。従って、地名の数は、「略抄」の影響を受けていないと看做しうるので、この地名の増減によって考察を進めていくことにする。

（2）　地名の細分化

まず六本すべてが揃っているのは、巻三十六唯一つであるので、この巻三十六の巻頭「松浦篇」所収の地名類聚の様相を、簡略ながら記してみると次の通りとなる。

陽明本では、国名「肥前」の後に「松浦篇」とあって、二十首の歌を一括して未整理のまま所収しているのだが、これを、他本では、いずれも「山、河、海、浦、潟、瀛、道」と地名を記して細分している。この様な現象は他にも見られる。例えば陽明本の「玉嶋河浦里」が、他本では「玉嶋河」「浦」「里」と三つに分けられ、同じく陽明本で「千香浦嶋」が、「千香浦」「嶋」に、「葦北野坂浦」が、「葦北野坂浦」「里」に、「阿蘇山」が、「阿蘇山」と「阿蘇真瀛」に、などがそれである。

「日向国」では、陽明本、細川本、高松宮本にはない「高千穂嶽」（所収歌は万葉集巻二十・四四六五のみ）が宮内庁本、静嘉堂本、刊本（宮では細字補入。所収歌句数は宮静刊で異なる）にあるなど、これらのことから、陽明本が最も原初的な形態になるのではあるまいかと予想される。

これに加えて、これまで陽明本について述べてきた、

①他本では巻頭に付されている目録がこれにはないこと。

②歌数が最も少いこと。

③万葉歌がすべてかな表記であること。

④他本には記されている後書、注書がないものや、あっても簡単なものが多いこと。

というこれらの諸点も、すべて、陽明本が古態を止めていて、「原撰本に近いこと」を意味するかのようにも思われる。では、陽明本の残りの巻三十七、三十八ではどの様な様相を呈しているであろうか、次にそれをみよう。

巻三十七と三十八で、地名による類聚が、陽明本より他本において細分化されているもの—所収歌は変らないが、地名が次のように詳細となっているもの—をみると次の十二例がある（このことは第一部第四章でも述べた）。

松原山里（**陽**）→松原山・（松原）里（**宮刊**）、入佐山原→入佐山・入佐原、管木山嶋→管木山・管木嶋、水茎岡→水茎岡・（水茎岡）漆、巣立岡小野→巣立岡・（巣立）小野（以上**細宮刊**）、加気嶋→加気嶋・可家漆（**宮刊**）他六例

また陽明本にはなくて、他本には存在する地名及びその歌としては次の通りである。

宇良野山、畑焼山、井関山、阿津野、左幾野、阿後尼原、島原、針原、加利布原、眠森、波良路河、早龍川、豊河、剣池、子難海、許曽里、緒里、田中里、船瀬橋、八信井、井上、小野原（以上**刊**のみ）水沙児、籠沼（以上**宮**のみ）牛屋岡、夢路川（以上**宮刊**）枝池（**細宮刊**）

の二十七例がある。これは陽明本の名所歌集としての未発達性を表すと同時に、刊本の完成度の高さを示唆するものであろう。

ここで、先に挙げた①③④について再考すると、まず、①の陽明本には全く目録のないことであるが、巻三十六では、細川本、宮内庁本にも目録はない。但し、この二本は、巻三十五に巻三十六の目録がある。従って陽明本にも巻三十五に目録があった可能性はある。しかし、刊本には、写本にはない伊呂波分けの部類表が新たに付されていることなどから鑑みると、目録は検索の便を図るために後に付されたとも考えられるのである。

次に、④の後書・注書の有無についてであるが、写本の識語にも、「不審雖多之先立置土代也追可令添削也」とあり、編者も不審な点について、後に改められることを望んでいることから、書写する際に、所拠した歌集の原典や『名寄』以外の名所歌集を折に触れてみて、その度に改めたり、後書、注書が書き加えていったのであろう。また、後の増補と看做される歌に万葉歌が多いのは、万葉集は殊に調べられる機会が多かったに違いない。とすれば、③のかな表記が本文表記に改められていった可能性は強くなろう。巻三十七では、本文表記の歌は細川本・宮内庁本では四首であるが、刊本では十五首（刊本独自の歌で本文表記のものは除く）即ち、細川本・宮内庁本でかな表記の十一首の歌が、刊本では本文表記で記されているのである。同様に巻三十八では、本文表記が細川本で二首、宮内庁本で三首のところ、刊本では十首である。勿論、細川本、宮内庁本で本文表記のものが、刊本でかな表記となっている歌もあるにはあるが、巻三十六～三十八では、五六〇〇、五六〇一番の二首でその数は極めて少なく、しかも、この場合、他本すべてが本文表記のところ、刊本のみがかな表記であるというものではない（五六〇一番歌では陽のみ、五六〇二番歌では静・陽がかな表記で他の写本は本文表記である）。故に、陽明本に本文表記の万葉歌が一首もないこと、逆に刊本で本文表記が著しく増加しているということは、『名寄』において万葉歌は原撰本より遠ざかるに伴い、本文表記に改められていくことを意味

すると考えられる。

（3） 歌の増補

巻三十六～三十八の内容は陽明本が原撰本『名寄』の形態を最もよく伝えるものであること、刊本がより整備されたもの――つまり原撰本と最も遠ざかったものであることを示唆するものであった。刊本はその書写年代（万治二年）より後の書写と推定される、内閣本、京大本、天理本二などと比較してもなおその内容は新しい。従って、ここで刊本が、原撰本と最も遠ざかったものであることが決定されれば、刊本を基準として、陽明本を除く四本（細川本、高松宮本、宮内庁本、静嘉堂本）の位置を推定することが可能となる。そこで次に歌数や集付等を資料として、この考察を進めていくこととする。

総歌数による判断は略抄という問題が存在するので、信頼できないことは先にも述べたが、ここでは各本独自（他本にないもの）の歌数に着目してみたい。

刊本には独自の歌が二〇一四首ある。『校本謌枕名寄　本文篇』で、底本の細川本になくて他写本によって増補される歌が二五〇〇首あるが、この刊本一本によるこれだけの増補はかなりの数といえよう。各写本におけるその本独自の歌数をみると、**細**十三首（十二＋一）**高**三十首（十七＋十三）**宮**二十一首（十五＋六）**静**一二〇首**陽**一首（括弧内の＋の数字は**静**欠巻中のもの）で、刊本とは比較にならない。これらの独自歌数を合計しても、一八五首にしかならない。つまり残りの一三〇〇首余りは二写本以上に共通して存在するということである。伝来を重ねるに従い、歌が増補されていくものとすれば、その増補が古ければ古い程、後の写本にも書き加えられるので、その本一本にしか存在しない歌は少なくなっていく筈である。よって、刊本独自の歌がこれ程多いということは、その新しさを証明する有力な証拠となろう。

（4） 集付・作者名表記の異同

又集付や作者名表記の異同も刊本の新しさを証明するものである。五写本揃っている十五の巻で、すべての写本に集付があり、しかも一本でも異同のあるもの（但し、集付が二つ以上あるもの〈傍書も含む〉、集付が散佚歌集・歌書で比較不可能なものは除く）は、四十一例ある。それの一部が表（3）に示すものである。

この中で、刊本が正しいもの三十九（九五％）、同じく**静**三十一（七六％）、**宮**二十三（五六％）、**高**二十二（五四％）、**細**十八（四四％）例となり、刊本の正確さが窺える。これらは識語に「不審雖多之先立置土代也追可令添削也」とあるように、集付や作者名表記も調査の可能なものは、他の文献によって誤りを正していったであろうから、刊本の正確度が高いことは、その新しさを物語るものとなろう。

作者名表記についてもこれと全く同様で、異同の比較可能な一三〇例についてみると、刊本が正しいもの一〇四（八〇％）、同じく**静**九十二（七一％）、**宮**七十七（五九％）、**高**六十一（四六％）、**細**五十六（四三％）例となっている。即ち、『名寄』では集付や作者名表記に誤りが多いのは、書写が杜撰であるということも考えられるが、一方原撰本に近いともいえるのではないだろうかということである。

以上のことから、まず刊本が、原撰本と最も隔たっていると断定してよいであろう。しかも、陽明本に次いで原撰本に近いのが細川本で、それとよく似た位置にあるのが高松宮本で、宮内庁本は刊本にやや先立つなど、各写本と原撰本との関係も推測されるのである。

二　写本の位置の決定

（1）細川本の独自歌

細川本には独自の歌が十三首あったが、これについて、いま一度調べてみる。細川本は、巻十六摂津国雑篇の「御前崎」の後に、「葦屋二、里三、海付瀛三、灘田二、小屋一、小屋渡二、浦一、松原一」の八地名と十五首の歌がある。これは、巻十三摂津国難波篇にも重出の歌枕である。宮内庁本、静嘉堂本、刊本には、巻十三にはあるが、巻十六には全く存在しない。しかし、高松宮本には、「葦屋　前難波篇在之哥多在前仍略之残哥少載之」という注書を伴って、「里三、小屋渡二」（このうち三首は、細にもあり）の四首がある。この注書から、もとは、巻十六のこの箇所に「葦屋」以下の地名及び歌があったが、巻十三にも同じものがあるので、整理して次第に省いていったと推定される。従って、むしろ未整理の形態を留めているのが、この細川本ということになる。

次に、細川本が原初的形態であることを確認し、更に他写本の位置をも決定するために、巻一（静の残闕部分のみ）、二、九、十二、十三、十六、二十三、二十四、三十四の九巻を対象として、更に考察を進めてみよう。

表（3）

巻数	歌番号	細	高	宮	静	刊	整定
二	三二一	後拾	後拾	後拾	新古六	後拾五	後拾五・三六五
	四三八	続古	続古	続古	続後	続後七	続後七・三八七
四	七七六	後拾	続拾	続拾	後六	後六	後撰六・二七一
十五	二二〇三	金	万六	万六	万六	万六	万六・一〇六六
二十四	五二六七	新古	新古	新古	勅廿	新勅廿	新勅二十・一三六六
							他　三十六例
二	三五四	俊頼	皇太后宮大夫俊成	俊頼	俊成卿	俊成	新勅　十三・八一一　皇太后宮大夫俊成
三	五五一	為光	経光	為光	民部卿為光	民部卿経光	続拾十・二六三　民部卿経光
四	八六九	忠岑	忠岑	忠岑	法橋忠命	法橋忠命	後拾十・五四四　法橋忠命
十一	一七五五	家持	定家	定家	定家卿	定家	六百番・一一九五　定家
十四	二〇九五	道円	道円	道因法師	能因法師	道因法師	広田哥合・一一四　道因法師
							他　一二五例

（2）地名の整理と増補

巻十二の河内国交野篇をみると、表（4）に示した様に、細川本、高松宮本にある、「渚、岡、森、宮」（高は地名「波瀲・渚」を欠く。）が、宮内庁本、静嘉堂本、刊本にはない。「渚」部の「かたのなるなきさのさくらいく春かたえてとい〻しあとにさくらん」（一八〇四）には、「渚」と共に「交野」も詠み込まれている。しかし、「岡、森、宮」三部の歌はすべて「渚」だけで、「交野」は詠まれていないので、これらを交野篇に置くことに不審を抱き、同じ河内国の雑篇に移動させたのが、宮内庁本、静嘉堂本、刊本であろ

表（4）（河内国）

細川本	高松宮本	宮内庁本	静嘉堂本	刊本
交野篇	交野篇	交野篇	交野篇	交野篇
波瀲	なし※	なし	なし	なし
渚	なし	なし	なし	なし
一八〇四	一八〇四	なし	なし	なし
		雑篇	雑篇	雑篇
岡	岡	岡	汀岡	渚岡　森　或波瀲
一八〇五	一八〇五	一八〇五	一八〇五	一八〇五
一八〇六	一八〇六	一八〇六	一八〇六	一八〇六
なし	1203	1203	1203	1203
森	森	森	森	森
一八〇七	一八〇七	一八〇七	一八〇七	一八〇七
宮	宮	なし	なし	なし
一八〇八	一八〇八	なし	なし	なし
雑篇	雑篇			

※高松宮本は「波瀲・渚」の地名なく歌（一八〇四）のみあり。直前は、細川本は「天河」であるが、高松宮本は「天河」に続いて「高安里」と歌二首（うち後の一首は初句・二句のみ）があり、一首ほどの空白を置いて一八〇四の歌が続く。

う。また、「（渚）宮」は紀伊国の地名でもあるため、それと解して省いてしまったのであろうか、雑篇にもみえない。

同じく、巻十二河内国雑篇の「佐比隈、檜隈河　入野宮」の三地名は、細川本、高松宮本では、歌と共に「因可池」の次にあるが、次の表（5）に示す様に、宮内庁本ではそれぞれ、「清書止之云々」の注書があり、歌があったことを意味するらしい「哥」という文字が書かれているだけでその歌はない。

これらの地名及び歌は、もとは河内国雑篇にも所載されていたが、巻十の大和国雑篇にもあるので整理し省いていったものであろう。巻十二には嘗て存在したことは、宮内庁本、静嘉堂本、刊本のそれぞれの注書、特に静嘉堂本に残る「自余哥略之卒」という注書によって明らかである。なお巻十「大和國五」では、細川本、高松宮本は三地名共、宮内庁本、刊本は「檜隈河、廬入野宮」の二地名を記載している（細宮は目録になし。静は欠巻のため不明）。

「都富羅江」は、巻十三にある地名であるが、巻十六にもある。巻十六では、細川本、高松宮本は「難波篇書之」という注書のみで歌はない。宮内庁本、静嘉堂本、刊本では、地名、歌共存在しない。目録をみると、細川本では、「縄浦」の次に「都富羅江」が独立しているが、高松宮本では「縄浦」の下に小さく、「付津冨羅江難波坎」とあり、静嘉堂本、宮内庁本では、同じく「縄浦津冨羅江難波坎」と書かれ、刊本では目録にもみえない。

第一部第三章第一節でも述べたが、巻二十三と二十四にも脱落と補入がある。巻二十三の近江国雑篇の「海津里」の次は、細川本、高松宮本では、「白雲山、石根山、蔵部山、河嶋、高野村、高槻河、青柳原」と続くが、これが静嘉堂本では、「海津里」の一つ手前の「塩津」で終っている。宮内庁本、刊本も「海津里」で終っていて、「白雲山」以下はない。代って、宮内庁本では、巻二十四、近江国雑篇「醒井」（細高の巻二十四はここで終っている。）の次に、「従是以下者書本落之他本校合之時書入之也仍次第不同暫一所書之了白雲山以下至高田村是也」という注書があり、先の七地名と「屏風浦、佐野船橋、高田村」の地名及び歌が記されている。刊本でも、やはり「醒井」の次に宮内庁本の十地名に加えて、「花垣里、新居郷、長沢池、益原里」が記載され、巻末に注書「従白雲山以下至益原里者写本落之他本校合之時書入之仍次第不同暫一所載之了」がある。これは、もとは巻二十三の巻末にあったものが、書き落され、後に他本と校合した時その欠落が発見されたが、巻二十三の書写が終っていた為なのか、巻二十四の巻末に書き加えられたものであろう。静嘉堂本には巻二十四の後半部が存在しないので、確認することは出来ない。しかし、巻二十四の目録は、静嘉堂本の後半部を予測する資料となる。即ち、宮内庁本の目録には注書「自是以下他本書之卒」があって、「白雲山」以下の歌枕が記されているし、刊本には注書はないが、これらの地名が記されている。ところが静嘉堂本の目録は「醒井」で終っている。従って、静嘉堂本は一度書き落とされ、復元される前の状態にあるといえよう。

以上述べてきたことは、細川本、高松宮本が、宮内庁本、静嘉堂本、刊本に比べて、『名寄』として、原初的形態にあることを示すものであること、そして、高松宮本より細川本がより原撰本に近いことを示唆するものでもあること、この二つである。

次に、地名の増補に着目して、更に各本の位置を考えてみよう。まず各本に共通して存在しない地名を纏めたのが、次の資料（1）である。

資料（1）　地名の増補（○印—地名のみの増補、×印—地名・歌の増補。

（　）内の数字は巻数である。）

（A）**高宮静刊**にあるもの（一）（宇治）里　真木嶋（九）巻向河　三輪里（二十三）神山　以上五例

（B）**細高宮刊**にあるもの（二十三）高嶋河（二十四）横田山　以上

表（5）

細高	佐比隈　古今ニ佐々隈八雲御抄大和國入之	檜隈河	入野宮　大和國載之両國交際坎仍重載之
宮	佐日隈（哥）　清書止之八雲抄大和国云々	檜隈川（哥）　清書止之云々　八雲抄奥州云々	廬入野宮（哥）　清書止之　大和国入之云々
静	→（なし、但し目録にあり）	檜隈河　清書本止之　八雲御抄陸奥ト云々　（歌一首）　自余哥略之畢	廬（付）入野宮　同止之　大和国入之畢
刊	佐日隈（哥）　清書止之八雲御抄大和国云々大和国入之　佐々隈	檜隈河（哥）　清書止之八雲御抄奥州也云々大和国入之	廬入野宮（哥）　大和入之

二例

（C）**宮静刊**にあるもの（二）朧里（九）神埼并佐野渡（十二）（射駒）高嶺（十三）姫嶋　三穂浦　下樋山（二十三）三尾山　三神嶽（伊吹）嶺（伊吹）嶽（伊吹）森（伊吹）里（二十四）白月山

以上十三例

（D）**宮刊**にあるもの（十六）味野原　味経原（味経）宮（二十三）桜山　鏡山（二十四）（伊香）海　野路山　野路玉河　八橋渡　石根村　石根池　青柳森　青柳橋　屛風浦　佐野船橋　高田村

以上十六例

（E）**静刊**にあるもの（二十四）松帆浦　以上一例

（F）**細高**にあるもの（十二）唐崎　高志瀛（十六）佐比江橋　以上三例

（G）**細**のみにあるもの—なし

（H）**高**のみにあるもの（十二）高安里　以上一例

（I）**宮**のみにあるもの（二十三）三尾小松　以上一例

（J）**静**のみにあるもの（九）（布留）掛橋　高円峯（二十四）十市池

以上三例

（K）**刊**のみにあるもの（一）太田沢　斎院　有巣河　仮寝野辺　四宮（二）八瀬（桂）宮（十六）御前河（二十三）守山峯（伊吹）外山　鏡山峯（二十四）野州郡　青柳村　花垣里　新居里　長沢池　益原里　以上十七例

これで明らかな様に、宮内庁本、静嘉堂本、刊本によって増補されたものである（C）（D）（K）が圧倒的に多い。しかも（G）の細川本独自の地名はなく、（H）の高松宮本のみにある「高安里」も何かの誤りで、そのすぐ前に、重複して書かれているものである。

従って、地名の増補という観点からも、宮内庁本、静嘉堂本、刊本よりは、細川本、高松宮本がより古態を留めていることが推定されるであろう。

(3) 追加・新入

これまでも、細川本が高松宮本よりも、原撰本に近いことは、集付、作者名表記の正確度及びその他から予測されたことであるが、また高松宮本には、次の資料（2）に掲げた①〜⑤の様に、細川本にはみられぬ「追加、新入」という語を伴う地名や歌があり、これも高松宮本の位置を証する材料となろう。

資料（2）

①（六）大和国　目録　水屋河追加　（本文に地名と歌一あり。高のみあり）

②（七）大和国　瀧浦　438 チルハ雪ノコルハ雲トミユルカナヨシノヽ山ノ花ノサカリハ　人丸新入（高のみあり）

③（十）大和国　檀岡　970 モノヽフノヤシホニミユル紅葉ハヤマユミノヲカノ梢ナルラン　中務卿親王新入（高のみあり）

④（十一）大和国　標之野　1138 新入君ニニル草トミシヨリ我シメシ野山ノアサチ人ナカリソネ　人丸（高のみあり）

⑤（三十四）淡路国　絵嶋　2400 桜サクエシマノ松ヲムラ〳〵ニ色トル物ハカスミナリケリ　源仲正新入（高のみあり）

これらはすべて、高松宮本独自のものであるが、後人の補入ではない。筆跡も他と同一であり、①〜④は巻末或いは地名の末尾に記されているが、⑤は地名「絵嶋」の最初に記されている。故に、これらは、高松宮本の書写の段階での補入である。更に前章でも述べた様に、高松宮本には、巻六・一一三五、一一八六番に、「夫木ニ見」と記されている（第二部第一章第二節）。これも書写の段階の書き加えであり、原撰本にはなかったものである。

以上の諸点から、高松宮本は細川本に比べてやや原初的形態を崩してきているが、略抄の多い細川本を補うという価値は持つものである。

次に、宮内庁本と静嘉堂本をどう位置づければよいであろうか。前章でも触れた様に、静嘉堂本に『新後撰』の集付がないことや、『新後撰』の歌が少いことは、細川本や高松宮本より古態を留めているといえるかもしれない。また、巻三十六で、静嘉堂本において細分化された地名や増補された地名がないこと、表（5）にみる様に、宮内庁本、刊本を加えた三本中、静嘉堂本のみが歌一首を残していること、巻二十三の欠落部分が巻二十四で補われていないこと、などは宮内庁本より古いことを示すものである。一方諸写本中、静嘉堂本の独自歌数が欠巻数の多さにもかかわらず、刊本に次いで多いこと、集付、作者名表記が刊本について正確であることなどは、宮内庁本の方が古いことを物語っているようである。この様に、静嘉堂本の内容は複雑であり、正確な位置を知るためには、更に詳細な検討を必要とする。しかし、宮内庁本には、静嘉堂本にはみられぬ「夫木」の集付が四箇所ある（表（6））。この中補遺38と40には、それぞれ「山部哥」「洞に」などの頭注があり、86は目録に「新入」と記されているので、『夫木抄』によって後に増補されたものであろう。故に、宮内庁本は静嘉堂本よりは新しい内容を持つといえるかもしれない。が、なお静嘉堂本の位置を決定することは困難であることに変りはない。

表（6） 歌番号の左は宮内庁歌番号

巻	歌番号	静	宮	刊	整定
（二）	補遺26（宮132）	正治百首	夫木　八	夫木　八	夫木三十一　雑部十三（正治二年百首）
	補遺38（宮133）	ナシ	夫木第五　山部哥	夫木　五	夫木二十　雑部二（千五百番哥合）
	補遺40（宮210）	ナシ	夫木　五　洞に	夫木　五　緑洞	夫木二十一　雑部三
（五）	補遺86（宮697）	ナシ	夫木　五	夫木　五	夫木二十一　雑部三

三　おわりに

以上の考察によって、静嘉堂本を除く五本の位置をほぼ確定しえた。最も原撰本に近いものが陽明本、次いで、細川本、高松宮本、宮内庁本と続き、最も新しくて整備された内容を持つものが刊本である。しかし陽明本は、かく『名寄』として原初的形態を留めている貴重な一本ではあるが、僅か三巻であるので、これによって、原撰本に遡及することは、よしその一資料とはなりえても不可能である。従って全巻を完備する諸本の中では、結局細川本が最も原撰本に近いものということになる。

ところが、細川本は、集付、作者名表記に限らず、その内容に誤りが多いことは、既に述べた通りで、これは原撰本編纂時の誤りもあろうが、細川本自体の書写態度による点も少くないのである（細川本の親本となった「三条羽林御家本」は原撰本にかなり近く、略抄も少い善本であったかもしれないが)。

また、刊本においても、例えば巻十八において、略抄のある細川本以下の歌数が一三〇首、刊本のそれは一三六首で、刊本にも略抄があったと類推せざるを得ない。

故に、略抄が全くなく、しかも巻一から未勘国上下までを完備したものがこのように一本も現存しない現在、『名寄』の原撰本の形態を求めることは困難であるというほかはない。冷泉本は、第一部第五章で述べたが、内容は新旧混在し、しかも未勘国上一巻のみであるので、写本間の位置は決定し難い。

さて、『名寄』写本の識語には、「調巻之外未勘国二巻未勘歌部一巻」とあるので、もとは三十六巻に加えて三巻があった様である。ところが、現在「未勘歌部」は存在しない。「未勘国部」は未だ所在の明らかでない国分されていない地名を「山」部、「谷」部……と類聚したものであるので、「未勘歌部」は、まだこの類別すら行われていない歌を集めたものであったのだろうか。しかし、歌に地名が詠まれていれば、類別することは容易である。従って、これらは次第に、類別が施され、消滅していったものかもしれない。

また、刊本の識語には、「素雖有未勘歌部一巻為不当用」とあり、細川本の識語にも、「調巻之外未勘國部二巻未勘哥部一巻(以下略)」とあるので原撰本成立時には、「未勘歌部」一巻は存在したと思われるが、その内容、形態は全く不明である。

地名の類聚は、原撰本ではかなり錯綜していた様である。『五代集歌枕』や『八雲御抄』その他の先行名所歌集を参考として、地名を収集して国分けをし、類聚していったのであるが、それらの先行名所歌集の間にあれこれ異同があるので、編者も当惑したものであろうか、両説をとって重出にした場合が多くある。それが、後に一方が削除されたりして、所謂「名所乱雑」の原因ともなっている。従って、これら誤りの多いことは、編者も識語で認めて居り、即ち後人によって正されることを望むとも書かれているわけである。

以上原撰本『名寄』は、かく略抄もなく、全巻揃った写本もない以上、これに遡及することは不可能に近いが、まず細川本を核として、陽明本にならいつつ、諸本の比較考察によって、僅かでも、原撰本に近付いていくほかに方法はない。そしてその過程で、また編者や成立年代も、更に明らかとなるであろう。

注

(1) 古典文庫本『歌枕名寄八』の吉田幸一氏による解説に詳しい。刊本には識語が三箇所あり、それぞれ第一、第二、第三識語と仮称された。但し写本にも首巻の存するものには識語があり、刊本の第三識語にあたるものと思われるが、内容にかなりの相違が見られる。

(2) 刊本の板行に際し識語を記した「城北乞食沙弥消滋子」なる人物については、かつて「浅井了意」ではないかとされた(詳しくは『歌枕名寄八』〈古典文庫357・一九七六年八月〉所収「刊本『歌枕名寄』解説」参照)。その後上野洋三氏は「伊藤南可」とする説を詳細に論じた(『近世文芸』五十六号、一九九二年七月)。また『古典文庫総目録』(一九九一年十二月)において「野間光辰氏より垂教を賜り「京の町人伊藤宗貞の子にして、仏道に入って南可と号した人物消滋子で、消滋山人とも号し(以下略)」と訂正されている。

第三章　裏書注からみた成立

一　はじめに

『名寄』の特徴の一つに注書がある。(1) 例えば『名所歌枕（伝能因法師撰）』(2) は二六八〇首の歌を所収するが、地名にも歌にも注書は全くない。これに比べて『名寄』は目録を初めとして、本文の地名・歌に多くの文献を参照した膨大な注書を付している。その中に「裏書云」で始まる注書が、宮内庁本だけでも四十九箇所ある。(3)

『名寄』の編者「澄月」は「巻一の総目録（首巻）」の後に識語を記し(4)、地名の国分けは、「先達類聚」に従ったが、「就胸臆區哥暫抄出之許也」と自身の考えによっても処理したことを述べている。それについては「不審雖多之先立置土代」と「不審も多いと思われるが、自身の国分けを土台」とし、「追可令添削也」と「後に添削し正されること」を期待して識語を結ぶ。名所歌集の「国別」編纂方式は『名寄』が嚆矢であり(5)、三千近い地名を国分けすることは困難を伴うことであった。特に多くの同名異所は、編者澄月を悩ませたようである。

宮内庁本に存在する裏書四十九箇所のうち国分け・地名の是非について述べるものが三十三箇所ある。(6) この数は、裏書筆者が識語に記された澄月の期待を常に意識し、それに応えようとしていたことを表していると言えよう。そのために可能な限り多くの文献にあたったことは、裏書に残る三十を超える、歌集・歌書・歴史書・物語・歌合・百首歌などの文献名によって推測される。

本章は『名寄』の裏書を、宮内庁本を中心に、細川本・高松宮本・静嘉堂本および刊本を加え比較検討し、『名寄』の成立年代や写本間の関係、裏書に引用された文献の特質などを考察するものである。

二　裏書の写本間の異同

裏書は「原則として紙背に表書の後に記された」(7) ものであるから、『名寄』原撰本成立後に記されたと考えるのが妥当であろう。『名寄』を見て、疑問を持ったことや不備と考えたことについて、歌学書・歌集などの他の文献を参照し、時には自説を述べ記した。その後、巻子本から冊子本に体裁を変えるときに裏から表に移動し、原撰本にあった注書と区別するために「裏書云」を付し書写されたものと思われる。初めは、裏書は本文と区別されていたが、書写されていく過程で次第に本文に紛れて行く場合があった。裏書中の歌が本文中の歌と、文字の大きさや歌の書かれた位置が同じになったり、歌だけが抜き出され別行に記されたりしてしまうのである。その例を挙げてみよう（以下引用は特に断らない限り、宮内庁本による）。

巻二十三　近江国中

本文　比良山　高山　遠山

（中略）

都

やとりするひらのみやこのかりいほにおはなみたれて秋かせそふ

く　光俊朝臣（宮4619）

　　裏書云、万葉集第一明日香河原宮

秋の、のおはなかりふきやとれりしうちのみやこのかりいほしそおもふ　（宮4620）

右山上憶良大夫類聚歌林曰、一書戊申年、幸比良宮大御哥云々、記云三月三日庚辰天皇幸近江之平浦云々

（句読点は稿者が私に付す。以下同）

「近江国中」の「雑篇」の「比良」部は、細川本・高松宮本では「比良」の下に小字で「高山　遠山　高嶺　湊　浦　都」とあり、「比良」に関る歌を一括して所収するが、宮内庁本では「比良山　高山　遠山」となる。「比良」の下位分類の「高山　遠山」を「比良山」を含め「山」部として立項し、更に「高嶺」以下をそれぞれ独立して立項し、歌を所収したのである。これは静嘉堂本・刊本も同じで、歌枕の細分化が行われたと言えよう。[8]『名寄』は書写の過程で歌枕を細分化していく傾向にある。[9]従ってここでは細分化されていない細川本・高松宮本が宮内庁本・静嘉堂本・刊本よりも原撰本に近いことになる。[10]また細川本・高松宮本は「比良篇」を「やとりする」の光俊詠で終り、裏書以下はない。「（比良）都」が立項された後に、『万葉集』を見て裏書が書かれたと考えられる。この歌は「うちのみやこ」を詠むが、『万葉集』の当該歌（巻一―七）の左注には、「幸比良宮」[11]とあり、「比良都」に関りがあると考えて裏書に記すことにした。歌だけでなく、左注も引用したのは、誤解を避けるためであろう。裏書では、「紀」が「記」になり、「庚辰」の前に「三月三日」が加わるなどする。これは、裏書筆者の参考とした『万葉集』或いは歌集に既にそうであったとも考えられるが、「紀温湯」や「吉野宮」の記事を削除し「比良」を中心に編集しているので、裏書筆者に拠る改作が加わっていると思われる。その後、「裏書云」として裏から表へ移され、さらに当該歌が本文の歌として扱われることとなる。[12]刊本では地名が更に整備され歌が増補され、[13]新たに『万葉集』を見て、「河原宮」の後に「御宇天皇代額田王歌」を書き加えるなど、最も充実した内容となっているが、それは原撰本から遠ざかったことでもある。

裏書中に歌が含まれるのは全部で十八例あるが、本文中に歌が紛れてしまう例は他に一例ある。[14]この『名寄』の裏書の写本間の異同の検討により、細川本・高松宮本が原撰本に近いこと、原撰本の成立後に書かれた裏書が、巻子本から冊子本に体裁を変える際に表に移動し、その後に裏書中の歌が本文に組み込まれていくという過程をたどったことを確認した。

三　裏書と『名寄』成立年代

『名寄』の成立年代については既に幾つかの論考がある。[15]八木意知男氏は写本系『名寄』所収大嘗会歌と勅撰集との関係を調査され「勅撰集から直接採歌したのは続拾遺集まで、新後撰集と『名寄』が共通して所収する大嘗会歌一首（宮内庁本他の流布本系諸写本所収）は原撰本『名寄』には存在せず、後の増補である。『名寄』は続拾遺集以後に成立し、新後撰集は採歌対象とはしていない。」とされ、『名寄』の成立を『続拾遺集』以後『新後撰集』以前とされた。[16]本書でも第二部第一章で『名寄』の成立を『新後撰集』成立（一三〇三年）以前としたが、裏書の記述からそれをさらに遡ることが明らかとなる。

（1）内裏御会

巻十　大和国五

本文　（十市）里

（歌二首省略）

新古　十市には夕たちすらし久方のあまのかく山雲かくれゆく

俊頼（宮2039）

（歌二首省略）

春かすみたえまを分てなかむれはとをち（マヽ）の木すゐなつなあをしな

裏書云、俊頼朝臣詠ル二十市里与天香具山ノ一堺、遥隔眺望之便宜如何《イカン》。只是指ス二遠《トヲキ》方ヲ一歟。必ス非サル二十市郡ニ一哉。彼哥題雲隔ツ二遠キ望ヲ一云々。可レ思レ之。（中略）石清水哥合ニ、幸清法印ノ哥ニ、三吉野ノ里モ十市ノ山桜夕ヰル雲色ニソウツロウ　吉野与十市各別ノ郡《クン》名也。此哥只指二吉野遠キ地ヲ一歟。又当今ノ御製ニ　ネヤノ内ニ月ノ光ハサシ入テ十市ノ空ヲ過ルカリカネ　是只遠キ方也。（中略）可然十市者非二遠字ニ一。若非二彼所ニ一者只是遠キ方也。其字不可監ス。張行之条無キ二所拠一歟。能々可弁也

（引用部分の（マヽ）・傍線・句読点は稿者が私に付す。以下同）

これは大和国の地名「十市里」の所収歌の後に記され（細高刊にも存在する。静は欠巻）、現存する『名寄』の全ての写本に存する裏書である。内容に影響を及ぼさない表記の違いは数箇所あるものの、大きな異同はないことから、『名寄』成立に近い時期に書かれた裏書と思われる。「とをち・十市」が固有名詞なのか普通名詞なのか、つまり「地名」なのか「遠方」を指す語なのかについて検討考察している。その中の「当今ノ御製ニ」に続く「ネヤノ内ニ」の一首は、『永仁元年内裏御会』[17]（以下『内裏御会』とする）所収の伏見天皇の歌と、小異があるが一致するので（後掲）、この「当今」は伏見天皇を指すということになる。伏見天皇は後深草院第二皇子で弘安十年（一二八七）十月二十一日に践祚、永仁六年（一二九八）七月二十二日に譲位された[18]。即ち伏見天皇が「当今」と呼ばれるのは在位中の十一年間であり、裏書は、「御会」の催された永仁元年八月十五日から譲位される永仁六年七月二十二日の間に記されたのである。

『内裏御会』はこの「永仁元年八月十五夜」に催された「御会」の出詠歌を、一首を除き所収するものである。孤本で、簗瀬一雄氏の解題によると「記録には明証がないが、廷臣の位署によってもこの折のもの（稿者注　永仁元年八月十五夜）であることは推察される」とあるので、それに従って考察を進めたい。出席者は二十一人で、伏見天皇を初めとし、京極派の有力歌人である女房「権大納言典侍・藤大納言典侍・新宰相」に加えて「関白従一位臣藤原朝臣家基・従一位臣藤原朝臣実兼」等の権門歌人、「為世・為兼・雅有・隆博・為道」等の専門歌人、「俊光・定成」等の伏見天皇の侍臣であった。題は「月前風・月前雁・月前鹿・月前待恋・月前恨恋」で、それぞれ五首ずつ出詠したので百五首あるはずだが、「隆博」のみ四首で都合百四首である。

（2）出詠歌の流布状況

この裏書は「御会」の催された永仁元年八月十五夜以降、伏見天皇が譲位される永仁六年七月二十二日までの五年弱の間に書かれたと思しい。伏見天皇の譲位直前に『名寄』が成立し、直ちに裏書が書き始められた可能性もありはするが、『名寄』の内容に検討が加えられているの

であるから、譲位直前に成立した可能性は低いと言えるだろう。従って、『名寄』は、第二部第一章で「新後撰集成立以前」と述べたが、「新後撰成立よりかなり遡る時期」に編集を終えていたのではないだろうか。

孤本である『内裏御会』は、簗瀬氏の解題によると、「他の撰集に採られている若干を除いては新資料（以下略）」であり、著名な歌人の歌を百首以上所収しているにも拘わらず、広く流布していたという明証があるわけではない。

次の五首は「御会」で詠まれた伏見天皇の五首である。

一　月前風
　影きよき月も身にしむ色そひぬ夜さむにかはる秋風のころ

二　月前雁
　閨のうちにかたぶく月はさし入りてとほ（マヽ）ちのそらにすぐる雁がね

三　月前鹿
　しかの音よいかがかなしき月のすむいづくも秋の野原しの原

四　月前待恋
　待ちわたるその久しさの程よりはまだよひすぎぬ月ぞうれしき

五　月前恨恋
　恋ひうらみうれへつくしてながむるにつれなの月のおなじ光や

これらの歌の流布状況を見てみよう。「閨のうちに」は『新編国歌大観第七巻』(19)所収の『伏見院御集』及び『新編国歌大観第十巻』所収の『伏見院御集』には見えない。『新編私家集大成』(20)では『伏見院御集Ⅰ・Ⅱ』には見えず、『伏見院御集Ⅲ（伏見院詠草）』にのみ、当該歌と「月前風・月前鹿』の三首が「永仁元年九月十三夜五首内」という詞書とともに収められている（九月十三夜は誤りか）。当該歌の二句と四句には『名寄』所収の歌と異同がある。残り二首のうち「月前待恋」の一首は『金玉歌合』(21)にも収められる。但し初句は「待ちわぶる」となっている。『金玉歌合』は伏見天皇と為兼の歌を六十番に番わせたもので、井上宗雄氏によって「嘉元元年（一三〇三年　稿者注）以後、為兼かその一門の人が、上皇と為兼の秀歌を結番した」ものかと推測されている(22)。

伏見天皇以外の出詠歌の流布状況をみると、目立ったところでは「俊光」で、五首すべてが『俊光集』に収められている。初めの三首が「同御会に（「永仁元年内裏御会」を表す）」として収められ（二七四番〜二七六番。語句に若干の相違有）、「月前待恋」が「終夜待恋」として「四二六番」に、「月前恨恋」が、題そのままに「四四一番」に収められている。『俊光集』の奥書(23)によると「玉葉集撰集にあたり、俊光自身が撰び、撰者為兼に付託したもの」とされ、「俊光」の自撰ということになる。

他には「権大納言典侍」の「月前恨恋」の一首は『続千載集』の「恋」の部に入集し、それを資料とする『題林愚抄』に選ばれている。また「為世」の「月前雁」の歌が『玉葉集』の「秋」の部と『題林愚抄』に、雅有の「月前風」の歌が『夫木抄』に、「為道」の「月前待恋」の歌が『拾遺風体和歌集』にそれぞれ入集した。

このように「御会」の出詠歌を入集した歌集は、いずれも「御会」の出席者、或いは出席者に近い人物の編纂によるものなのである。伏見天皇や俊光の歌は家集に収められた。小林大輔氏の解題によると『伏見院御集Ⅲ（伏見院詠草）』は「本書の筆跡は、広沢切を始めとした伏見院のそれに酷似する。大きな弓形の削除符号や消し線なども、広沢切と共通する。おそらく本書は伏見院の手になるものと見て過たないと思われる。」とあり、『俊光集』は奥書によれば俊光自身の撰である。『金玉歌合』と『玉葉集』は為兼、『続千載集』は為世の撰であり、『拾遺風体和歌集』は為相、『夫木抄』は藤原長清の撰による。為相と為兼は親しく、「御会」に出席できなかった（永仁元年は鎌倉に滞在していたようである）為相が、後に為兼に依頼し記録を見たのではなかろうか。また長清は為相の門人であった。

出席者以外にはほとんど流布していないと思われる、この「御会」の記録を、永仁元年の八月から、伏見天皇の譲位する永仁六年七月までの五年弱の間に、見ることができたのは、「御会」の出席者か、それに近い周辺の人物の可能性がある。

（3）歌句の異同

『内裏御会』の出詠歌は、他の歌集に所収される際に異同を生じている。先述したが、『名寄』の裏書に収められた伏見天皇の歌「ネヤノ内ニ」も二句と四句に異同があった。

まず二句であるが、「月ノ光ハ」と「かたぶく月は」を比較してみると、「月」とほぼ同義の「光」を省き、「かたぶく」に変えた。「月の光」では時間的推移を表すことはできないが、「かたぶく」は「西にかたぶく」を意味し、虚しい閨の衾をながめつつ、長い時間が過ぎたことを表す事が可能となり、「閨怨」の雰囲気をより濃厚に漂わせた歌に変わったといえる。四句の異同も僅かに「ヲ」と「に」の違いではあるが、「に」の方が広がりを持つ。

このように『名寄』よりも『内裏御会』所収歌の歌句が優れるとするならば、そのことから、『名寄』所収歌が、「御会」開催時の歌の形で、推敲を加えたのが『内裏御会』所収歌といえるのではないだろうか。『伏見天皇御集Ⅲ』も『内裏御会』と同じ歌句である。このことから、裏書筆者は「御会」出詠時の形を知っていたことと推測される。或いは裏書筆者の記憶によって記されたために、異同が生じたとも考えることもありえるが、いずれにしても裏書筆者は「御会」出席者に近い人物ということになろう。

また『金玉歌合』所収の歌も初句に「待ちわたる」と「待ちわぶる」の異同がある。「わたる」では時間的な長さを表すのみであるが、それは二句の「久しさ」によって十分に表れているので、不必要である。「わたる」を「わぶる」に変えることによって「待ち」つつ千々に思い乱れる心情をより強く表すことができ、「よひすぎぬ月」をみる喜びが際立つ。こちらは『内裏御会』よりも『金玉歌合』の方が優れているといえよう。『内裏御会』から『金玉歌合』に所収するにあたって、改めて推敲を加えたということかもしれない。

裏書は『名寄』の成立の時期を判断する一つの重要な根拠を残していた。この裏書は伏見天皇譲位以前に記されたものであり、『名寄』はそれよりも前に成立していたのである。さらに「御会」の歌の異伝を一首ではあるが、伝えるものでもあった。永仁の末年に、『名寄』を所持し、「御会」の記録を見ることができた人物が、当該裏書を記すことが可能であったと思われる。

四　「裏書」と引用名所歌集
——『五代集歌枕』を中心に——

（1）『名寄』と範兼

『名寄』全巻の注書からすれば、裏書はわずかな数であるが、その中に『万葉集』や『古今集』をはじめとする勅撰集、また私撰集、歌合・定数歌、『奥義抄』『八雲御抄』などの歌書に至るまで、三十以上の書が引用されている。その中で、『名寄』が編纂に際して参考としたであろう名所歌集に注目してみたい。名所歌集を示す語としては普通名詞としては「先達歌枕・或歌枕・或類聚」があり、固有名詞としては「能因歌枕・五代集歌枕・範兼卿類聚・範兼卿・顕照歌枕・八雲御抄」などがある。この中で裏書に最も多く引用されていたのは、「五代集歌枕・範兼卿類聚・範兼卿」と記される藤原範兼の著作と思しい書である。範兼[24]は平安時代末期の歌壇において活躍し、歌学書『和歌童蒙抄』や名所歌集『五代集歌枕』を著し、「大嘗会歌」も詠んでいる。『名寄』では、裏書以外の注書でも多く引用され（後述）、編者が深く信頼していることが窺われる。裏書の依拠資料として最も重要なこの『五代集歌枕』を取り上げ、裏書における引用の実態を検討し、『名寄』と引用歌書との関係をみることにする。久曾神昇氏の解題[25]によると、『五代集歌枕』は「八雲御抄・萬葉集註釋・歌枕名寄」に引用され「五代名所・範兼・範兼抄・五代集歌枕・五代集・範兼類聚・範兼卿・類聚」などさまざまな名称で呼ばれているが、これらは同一の書とみなせるという。裏書中でも名称は一定していない。例えば、次に挙げる巻三十五の豊後国の「三穂浦」の左注の「裏書云」以下に、「範兼卿類聚・五代集ノ歌枕・範兼卿」が続けて見える。

巻三十五　豊後国　三穂浦

本文　裏書云、万葉ノ第二第七多首哥。範兼卿類聚、駿河三穂浦載之。但和銅四年河邊宮人姫嶋松見娘子屍作哥也。仍當國載之。凡五代集哥枕、同名ノ所ノ歌一所載之事不限之欤。越中ノ多胡浦哥、駿河田児浦載之。範兼卿更不可誤。有別所極欤。末学不可是非者也。

裏書はすべて同じ人物によって同時に書かれたのではないかもしれないので、作者や記した時期が異なればありえるが、この部分の裏書は内容が不可分であり、同人によって同時期に書かれたようである。とすると同じ書を別の名で記すのは不自然であろう。範兼には『五代集歌枕』に先行して著された『和歌童蒙抄』もあり、それを指すのか、或いは他にも現存しない範兼の著書があり、それの引用であるのか、そのことを検討するために、裏書の中の「範兼」関係の記事を、現存する『五代集歌枕』[26]の該当部分と比較検討してみよう。

（2）裏書における『五代集歌枕』引用の実態

裏書中で「範兼」に関係あると思われるものは、

範兼卿類聚三例（「目録」とあるのは目録の、その他は本文中の記事を表す。）

①巻二十六　上野国佐野渡　目録　②巻三十五　筑前国安野
③巻三十五　豊後国三穂浦

範兼卿二例

④巻三十五　豊後国三穂浦　⑤巻三十七　未勘国水茎岡

五代集歌枕一例
⑥巻三十五　豊後国三穂浦
の四箇所六例である。『日本歌学大系別巻一』の解題は「類聚」も『五代集歌枕』の別名としていたが、『名寄』の宮内庁本では裏書以外の注書を含めても「類聚」は用いられていない。③④⑥を含む「三穂浦」の裏書をみると「範兼卿更不可誤」とまで言う。この「範兼卿」は人名書名いずれにしても「決して誤ることはない」という意味であり、裏書筆者は「範兼」あるいは「範兼」の著作を深く信頼していたようである。それを異る名で記すのは、『五代集歌枕』と『和歌童蒙抄』を、区別するための意図であろうか、それを裏書の内容の検討から見てみることにする。

①巻二十六　上野国
目録　神崎　裏書云、神前佐野渡在所説々多之。近江山城摂津丹
後此等國々有其名歟。但範兼類聚大和國入之。仍彼
國三輪篇載之了。然而管見在于当國。仍重所載之也。

『名寄』では「神崎」を「上野国」としたが、種々の説があり、「範兼卿類聚」では「大和国」に国分けしていることを裏書で付加した。「近江」以下の他の説は、何によるかは記していない。『五代集歌枕』には「崎」部に「みわ（神）のさき　大和」とあり、『名寄』の引用と相違しない。さきにあげた「豊後国」部の「三穂浦」についても「範兼卿類聚駿河三穂浦載之」とあり、『五代集歌枕』の「浦」部では「みほの浦　駿河」とある。また「五代集歌枕同名所哥一所載之」は、「三穂の浦」「たこの浦」など同名異所は一箇所に所載するという(27)『五代集歌枕』の編集方針を述べる。『五代集歌枕』は「山・嶺・坂・野」などの標目別に類聚し、同名異所は分けていないので、この記述と矛盾していない。

②巻三十五　筑前国安野
本文　裏書云範兼卿聚安野ハ近江國野洲也。尚万歌於筑紫詠之。
推之筑前國夜須郡歟。

「安野」は『名寄』では「筑前国」であるが、裏書には「範兼卿聚安野ハ近江国野洲也」（「類」の脱落か）とある。『五代集歌枕』では「やすのゝ　同」であり、「やすのゝ」は「むらさきの　近江」「つくまの」に続いて所載される。「つくまの」には国名を記していないが、『名寄』では「近江国」とするので、恐らく『五代集歌枕』の「同（近江を表す）」の脱落と推測され、「やすのゝ　同」も「近江」を指すといってよいであろう。

⑤巻三十七　未勘国　水茎岡
本文　或土佐國云々。未決。八雲御抄近江云々。範兼未勘國
ウラ書云、今案（中略）範兼卿未勘國載之仍且用之ヲ。

本文の注書に「範兼」、裏書に「範兼卿」と記されているが、どちらも「水茎岡」を「未勘国」とすることで一致している。『五代集歌枕』では「みつくきのをか　以下其国不分明」とある。『五代集歌枕』は国の定まらない地名については「未勘国・不分明・其国不定・国不審・国不詳」などいくつかの語を用いている。これは『五代集歌枕』の注記が範兼によって書かれたものだけではなく、書写の過程で数次にわたり記されたため、用語の統一がなされていないことを表していると思われる。用語の異なりはあるが、一応『五代集歌枕』の記述と一致しているといってよい。

以上のように、明らかに『五代集歌枕』の記述と異なる例はなかっ

た。「範兼卿類聚・五代集ノ歌枕・範兼卿」と異なる名で記されているものの、すべて『五代集歌枕』の内容に一致し、『和歌童蒙抄』に一致するものはなかった(28)。裏書の範兼関係の引用は、範兼に他に名所関係の著作がなければ、『五代集歌枕』によると考えてよいであろう。

　では『名寄』自体の引用ではどうなのか、『名寄』中の範兼関係の記事はすべて『五代集歌枕』によるのかを、現存する『五代集歌枕』は多くの脱落が認められていること(29)も考慮に入れつつ、確認してみることにする。

(3)『名寄』注書中の『五代集歌枕』

『名寄』の注書に、『五代集歌枕』を引用していると思われる箇所は、「範兼卿類聚十六例、範兼類聚二例、範兼卿十一例、範兼一例、五代集十例」の四十例であった。「三穂浦」の裏書に用いられていた「五代集ノ歌枕」という名称は、例外的であったらしい。

　この『名寄』中の範兼関係の引用には、明らかに『五代集歌枕』と一致しないものがあり、また或いは一致するかどうか判断に迷うものがあった。次の四例がそれである(30)。

①巻二十六　上野国

本文　伊香保　嶺

同（万十四）いかほろのそひのはりはらねもころにおくをなかね
　そまさかしよかは　（宮5040）

同（万十四）いかほろのそひのはりはらわかきぬにつきよらしめ
　よたへとおもへは　（宮5041）

　右二首蘇比之波里原、範兼卿類聚原部立之

「伊香保　嶺」部には『万葉集』巻十四の東歌から五首の歌が所収されている、そのうち左注にある「蘇比之波里原」が詠まれている二首である。この「蘇比之波里原」が「範兼卿類聚」の「原」部に見えると記す。「蘇比」は「沿ひ」で「そば」の意、「そひのはりはら」は「山のそばにある榛の木の茂っている原」という意味で地名ではない。東歌は『万葉集』の中でも特に耳慣れない語を含むため、普通名詞を地名とするなど誤解を生じることが多かったその一つである。『五代集歌枕』の「原」部には「蘇比之波里原」はない。今は焼失したとされる『五代集歌枕』上巻を調査された久曾神昇氏によると、「原」部の最後から二首目の後（巻二の八十四丁裏より八十五丁表）に十七行分の空白があり、そこには八項目の「原」名があったとされた(31)。また『五代集歌枕目録』(32)（以下『目録』とする）によると、版本・神宮文庫本ともに「はり原」がある。それとも思われるが、『名寄』注書では「右二首蘇比之波里原」とあり、「はり原」ではなく「蘇比之波里原」であり、『目録』とは完全に一致しない。『目録』では地名を補うことはできても所収歌までは補うことはできないが、『名寄』によって、脱落した『五代集歌枕』の地名と所収歌を補う可能性が存在すると言えよう。

②巻三十七　未勘国上

目録　磐城山　範兼卿類聚幷顕照歌枕未勘國、八雲御抄駿川國
　入。或云陸奥ト云々。今案云陸奥磐城郡歟。或云伊与國也
　云々。今案云、伊与國岩木濱幷嶋在之、彼所歟。但先達多
　未勘国也。仍未決也問調巻之外置之矣。

　本文の地名にも「範兼卿類聚」で始まるほぼ同じ注書が記されている。「範兼卿類聚」には「磐城山」を「未勘国」としているとあるが、

『五代集歌枕』の「山」部には「磐城山」は存在しない。久曾神氏によれば「山」部には二十箇所ほどの地名が脱落しているということであるが、氏があげられた山名に「磐城山」は含まれない。『目録』は版本・神宮文庫本ともに「磐城山」はない。これも現存『五代集歌枕』の脱落と思われ、『名寄』は脱落の生じる前の『五代集歌枕』によったことになる。

③巻十五　摂津国

本文　万七　貝　（茅渟）浦　万葉海哥五代集浦部入之
　　いもかためかひをひろふとちぬの浦にぬれにし袖はほせ
　　とかはかす　（宮3241）

「茅渟海」に続く「茅渟浦」では、「万葉集では海であるが五代集では浦部に入る」ので「浦」部を立て、歌を所収したという注書がある。所収歌は「茅渟海」部にも所収されている「いもかため」（『万葉集』巻七・一一四五）の「海」を「浦」に変えただけで、他の歌句は全く同じである。静嘉堂本は宮内庁本と同じで、細川本・高松宮本は「茅渟浦」部を欠く。刊本は「浦」部を欠くが、注書「五代集浦部入之」が漢字本文表記で書かれた一一四五番歌の左にある。『五代集歌枕』の「浦」部には「茅渟浦」はなく「海」部に「ちぬのうみ　陳奴―」があり、『万葉集』から一一四五番歌と「ちぬのうみの（『万葉集』巻十一・二四八六）」の二首を所収する。『目録』は版本・神宮文庫本ともに「ちぬのうみ」「ちぬのうら」がある。原『五代集歌枕』（脱落の生じる以前の『五代集歌枕』を原『五代集歌枕』とする）には、「ちぬの海」部と「ちぬの浦」部両方が立項されていたということが、『名寄』の裏書によって証明されたことになる。さらに『名寄』原撰本には「茅渟浦」部はなかったと思われ、『五代集歌枕』によって増補されたのが宮内庁本・静嘉堂本であり、その後「海」部「浦」部の所収歌が同じと判断し、「浦」部を削除、注書のみを左注として残したのが刊本ということになる。

④巻二十二　近江国上

本文　都　付宮　又云近江宮　又云大津宮
　故郷　五代集云、佐々名實都、又副國津御神浦八雲御抄入
　　之
万　いにしへの人にわれあれやさゝなみのふるきみやこをみれはか
　　かなしも　（宮4493）
同　さゝなみやくにつみかみの浦さひてあれたるみやこみれはか
　　なしも　（宮4494）

『五代集歌枕』の「都」部では、

　ささなみのみやこ　近江国
万一　いにしへの人にわれあれやさゝなみのふるきみやこをみれはか　高市黒人
　　なしき
同　さゝなみのくにつみかみのうらさひてあれたるみやこみれはか　同人
　　なしき（モ）
同　このゆへにみしといふものをさゝなみのふるきみやこをみせ　小弁
　　つゝもとな

と三首の万葉集を所収するのであるが「佐々名実都」という表記は、どこにも用いられていない。万葉集においても「さゝなみ」の表記は「佐左浪・左佐浪・左散難弥・神楽浪・神楽声浪・楽浪」であり「佐々名実」はない。『五代集歌枕』の表記が特異であったので記したのであろうが、現存する『五代集歌枕』には見られない表記である。また引用し

た『万葉集』にも異同があり、『名寄』が現存『五代集歌枕』を見たとは言い難い。

猶、これまで①〜④に挙げた例のいずれも『和歌童蒙抄』からの引用は認められなかった。裏書・注書とも、『名寄』引用の『範兼卿類聚』『範兼類聚』『範兼卿』『範兼』『五代集』『五代集ノ歌枕』は『五代集歌枕』を指すと考えてよいであろう。その『五代集歌枕』は現存する『五代集歌枕』ではなく、脱落の生じる前の原『五代集歌枕』であり、『名寄』は原『五代集歌枕』に近い姿を伝えていると推測される。現存『五代集歌枕』は、上巻を伝えていた彰考館本は消失し（謄写本が志香須賀文庫に現存）、下巻も天理図書館蔵の一本のみである。しかも「彰考館本、天理本ともに脱落や混乱が少からずあり、これを対校する伝本が出現しない現在、これを補完するために様々な角度からの検討が必要である。(33)」とされており、『名寄』は原『五代集歌枕』を、一部であるが伝えている可能性はあるだろう。

『名寄』中の範兼関係の記述を注書まで拡げて見た結果、明らかに『五代集歌枕』以外の範兼の著作からの引用と思われるものは存在しなかった。ただし『名寄』が典拠とした『五代集歌枕』は現存『五代集歌枕』ではなく、脱落の幾つかを補うことが可能な原『五代集歌枕』であった。

同じ書を異なる名称で記す裏書筆者の意図を見いだすことはできない。裏書だけでなく、歌の作者名や引用文献の書名については、すでに『名寄』においても異同があった。編者澄月は人名・書名については厳密に統一するという意識はなく、裏書筆者も同様であったかもしれない。歌の作者名において、例えば顕昭について「顕照・顕昭・法橋顕昭・顕昭法師」などが用いられている。また清輔の著作については『名寄』では「奥義抄・一字抄・清輔抄・初学抄」の名称が用いられ、それぞれ『奥義抄』『和歌一字抄』『和歌初学抄』をさし、「清輔抄」は『袋草紙』を指すと推測される例もあるが、『袋草紙』に一致しない例がむしろ多くあり、それらは『奥義抄』或いは『和歌初学抄』と一致するのである。(34)猶、裏書には『奥義抄』一例、『清輔抄』一例が見られ、また散佚とされる『習俗抄』や『良玉集』も引用されている。(35)

五　おわりに

『歌枕名寄』は、中世の名所歌集として、最も多くの地名と歌を所収し、注書の豊富さも他に類を見ないものである。地名と歌に直接関わるものだけではなく、周辺の知識を取り込み、理解を深めるための便宜をはかったのであった。書写の過程においてもその努力は続けられたことが、裏書によって推察できるであろう。

『名寄』原撰本は『新後撰集』成立よりはさらに遡る、伏見天皇の譲位以前の永仁年間には成立していたという可能性が極めて高くなった。また細川本・高松宮本の二本が類似し、宮内庁本・静嘉堂本よりも原撰本に近いことを、第二部第一章・第二章において、地名と歌数の比較から述べてきたが、裏書の有無と内容からも同様であり、この二本は親本を同じくするものかと思われる。さらに『名寄』の裏書・注書に見られる「範兼卿類聚・範兼卿・範兼・五代集ノ歌枕・五代集」はいずれも『五代集歌枕』をさすものであった。ただし、それは多くの脱落を持つとされる現存『五代集歌枕』ではなく、その脱落を補うことができるものを含んでいる原『五代集歌枕』である。『名寄』も書写の過程で地名や歌が増補されていくので、『五代集歌枕』も増補され、脱落ではなく、地名や歌を欠くことが、原『五代集歌枕』に近いと考えることも可能であるが、『五代集歌枕』の完本の成立後、程なく書かれたとされる『五代集歌枕目録』が現存『五代集歌枕』にない地名を伝えていることから、『名寄』の見た『五代集歌枕』が原『五代集歌枕』に近い姿を伝えている可能性が大きいと思われる。

『名寄』は名所歌集として初めて国別編纂方式を取り入れ、多くの地名と歌を収集し、書写の過程でも増補整理を行い、少しずつ変容していった。注書においても裏書という形で、原撰本『名寄』の編者澄月の識語に記した期待を意識しつつ、地名や歌について読者の理解を進めるべく、多くの文献を参考とし、新たに書き加えていった。この注書・裏書を丹念に読めば、成立と編纂についてのいまだ不明の事々も少しは明らかになるのではないかと考えるのである。

注

（1）ここでいう「注書」とは、「目録の地名、本文の地名・歌」に付せられた「地名の国分けについての異説・同名地名・歌の題詞・詞書・左注を引用しての説明、歌語の解釈」などについて記した、編者・筆者の編集の手の加わっている記事をさし、「題詞・詞書・左注」をそのまま引用しただけのものは含まない。

（2）井上宗雄・片桐洋一・川村晃生・小町谷照彦・杉山重之・滝澤貞夫『名所歌枕（伝能因法師撰）の本文の研究』（笠間書院、一九八六年四月）

（3）第三部第三章末に裏書一覧表を掲載。

（4）資料編第一部「宮内庁書陵部蔵本第一冊」参照。

（5）名所歌集の編纂方式としては他に「山・川・野」などの標目別（『五代集歌枕』他）、いろは別（『名所風物抄』他）がある。名所だけを類聚したものとしては国別は『能因歌枕』（広本）が古い。

（6）第三部第三章末裏書一覧表の「内容欄」に「A」と記したもの。裏書の中には複数の主題があるものもあるが、代表的な一つに絞っている。

（7）井上宗雄・片桐洋一・岡雅彦・尾崎康・鈴木淳・中野三敏・長谷川強・松野陽一編『日本古典籍書誌学辞典』（岩波書店、一九九九年三月）

（8）目録では宮内庁本を初め細川本・高松宮本・静嘉堂本とも「比良」の下に小字で「山〜都」を記す。目録の形が原撰本に近い形で、その後本文が改編されていくが、目録はそのままの形を留めたと思われる。

（9）第一部第四章

（10）第二部第二章

（11）「幸比良宮」には万葉集古写本間での異同はない。

（12）静嘉堂本では当該歌は左注にあり、この箇所については、細川本・高松宮本から宮内庁本への過渡期にあると思われるが、他の箇所では静嘉堂本が宮内庁本の後であることを表す例もあり、一定してはいない。

（13）刊本は地名が一、歌が二首増補されている。

（14）宮内庁本のみについて言えば一例であり、この裏書は細川本・高松宮本にはない。

（15）①藤井紀久子「『歌枕名寄』の成立年代に関する考察」第二部第一章注（26）。②井上宗雄『中世歌壇史の研究　南北朝期』第一部第一章注（5）参照。

（16）八木意知男「写本系『歌枕名寄』入集大嘗会和歌―成立にもかかわって」（『神道史研究』第三十八巻、一九九〇年十月）

（17）『新編国歌大観第十巻』に所収の書陵部蔵「永仁元年内裏御会」。永仁元年（一二九三年八月五日に正応から永仁に改元）八月十五夜に催された歌会。簗瀬一雄『未刊和歌資料集第八冊』（碧冲洞叢書第八十八輯、一九六九年一月）、後に『碧冲洞叢書第十四巻』（臨川書店、一九九六年二月）及び『新編国歌大観』に収められた。

（18）藤井譲治・吉岡眞之監修『天皇皇族実録67　伏見天皇実録第一巻』（ゆまに書房、二〇〇九年三月）

(19)『新編国歌大観第七巻』所収の『伏見院御集』は「巻子本の形態を残すものと、宸筆御集を書写したと認められる写本」とに限って収め、合計歌数一三七三首。『新編国歌大観第十巻』所収の『伏見院御集』は『第七巻』に所収されない巻子本一巻を収め、歌数一〇〇首。

(20)『新編私家集大成』には「Ⅰ・Ⅱ・Ⅲ」の三種の『伏見院御集』が収められ「Ⅰ」は「巻子本の形態を残すものと、宸筆御集を書写したと認められる写本」とに限って収め、『新編国歌大観』第七巻・第十巻に重なるものが殆どである。合計歌数二五〇一首。『Ⅱ』は『冷泉家時雨亭叢書　中世私家集十』所収『伏見院春宮御集』で歌数八十首。「Ⅲ」は『東京国立博物館蔵（伏見院詠草）』で、歌数二八八首。

(21)『金玉歌合』『続千載集』『題林愚抄』『夫木和歌抄』『玉葉集』『拾遺風体和歌集』は『新編国歌大観』、『俊光集』は『新編私家集大成』による。

(22)井上宗雄『中世歌壇史の研究　南北朝期』（第一部第一章注（5）参照）第一編第二章「嘉元・徳治期の歌壇」

(23)鹿目俊彦「俊光集」解題（『新編国歌大観第七巻』所収）

(24)久寿二年（一一五五）守仁親王の東宮学士となる。二条天皇の即位に伴い、平治元年大嘗会主基方作者となり、以後二条院歌壇の有力歌人。長寛三年（一一六五）没。五十九歳。（『和歌大辞典』明治書院、一九八六年三月）

(25)久曾神昇編『日本歌学大系別巻一』（風間書房、一九五九年六月）、「範兼著五代名所について（上）（下）」（『立命館文学』第三巻十一号、一九三五年十一月）及び（同第四巻二号、一九三六年二月）

(26)黒田彰子編『五代集歌枕』（愛知文教大学叢書8、みずほ出版、二〇〇六年三月）による。なお下巻については、天理図書館蔵『五代集歌枕下』を併せて参照した。

(27)『五代集歌枕』では「みほの浦　駿河」として三首を所収。「たこの浦」として七首を所収するが、駿河と越中両所の「たこの浦」を区別せず所収する。

(28)宮内庁本『名寄』には一箇所、巻十四に「童蒙抄」の集付を持つ歌があるが、現存『和歌童蒙抄』にはない歌である。

（武庫）崎　童蒙抄 読合　猪名野 有間山　しなかとりゐなのをゆけはありま山ゆふきりたちぬ
むこのさきはも　（宮３０４１）

(29)久曾神昇氏の解題（注（25）参照）によると「山・原・浦」の誤脱が多い。

(30)残りの三十六例は『五代集歌枕』の記事と矛盾しない。

(31)久曾神昇氏の解題（注（25）参照）による。

(32)黒田彰子「『五代集歌枕目録』について」（『愛知文教大学論叢4』二〇〇一年十一月）

(33)黒田彰子「天理図書館蔵五代集歌枕注記考」（『神女大国文十三』二〇〇二年三月）

(34)［裏書中の『奥義抄』］

巻六　大和国（春日野）森

若菜つむとしはへぬれと春日の、森はけふをやはるとしるらん

右亭子院――　　　忠房

けふにてそわれはしりぬる春はなをかすかの野へのもりならねとも

ありへても春日の、森春にあふはとしもわかなもつめるしるしか

右二首同時女房返　廿首内即廿番被番也

裏書云、春日野森幷飛火森事如密勘抄者（中略）抑勅哥、続後撰、延喜三十一（マヽ）年京極御息所春日社詣日、国司代テ躬恒哥　今年ことに若菜つみつゝ春日野に野守もけふや春をしるらん　亭子院臨幸、此時事歟。同風情哥両人条不審。但忠房哥　奥義抄裏書云、森被注之此哥載タリ。又顕昭森哥用之。今又載之、能之可詳。

裏書中に「奥義抄裏書云」とある。『奥義抄』の下巻「古今歌百十六首」の「とぶひ」の項を指すと思われる。「春日野のとぶひの野もり出

で、見よ今いくかありてわかなつみてむ」を挙げ、「とぶひ」について説明しているが、「此哥」（忠房詠）は見当たらない。『袖中抄』の「トブヒノ、モリ」の項に「奥義抄云　追考云」として忠房詠を引用しているが、『奥義抄』にはこの「追考」以下はないとされてきた。橋本不美男・後藤祥子『袖中抄の校本と研究』（笠間書院　一九八五年二月）および川村晃生『歌論歌学集成第四巻　袖中抄上』（三弥井書店　二〇〇〇年三月）は「現存の奥義抄に見えない」とする。川上新一郎「奥義抄伝本考」（『斯道文庫論集24』一九九〇年三月）によれば「国立公文書館内閣文庫蔵本・内閣文庫本〈古今和歌灌頂部〉・初雁文庫本〈古今集灌頂部秘歌百十六首注〉にのみ「裏書追勘」として「忠房詠」をあげ、「とぶひ」についての説明が増補されている。しかし内容は『袖中抄』とは一致せず、冒頭は「追考」である。『名寄』は「森被注之此哥ヲ載タリ」のみで、増補の内容は「国立公文書館内閣文庫蔵本」以下の『奥義抄』か『袖中抄』引用の『奥義抄』のいずれに近いのかは不明であるが、増補部を持つ『奥義抄』の伝本を参照したと思われる。

裏書中の「清輔抄」

巻十二　和泉国　吹居浦

天津風　鶴

天津風ふけ井の浦にゐるたつのなとか雲井にかへらさるへき

藤原清正

右哥殿上はなれ侍てよみけるとなん。裏書云清輔抄云、哥仙晴哥ヲ人ニ請事、花山院哥合時、高遠哥合（マヽ）読テ好忠。永承哥合時、相模申請堀川右大臣哥。清正拝任紀伊守之後申兼昇哥忠見読之彼集見タリ。随テ清正家集無之云々。

この内容は『袋草紙』「雑談」の「歌仙モ晴時哥ヲ人ニ乞常事也」以下の部分とほぼ同じであるので、ここでは「清輔抄」は『袋草紙』を指すものであろう。但し注書中の「清輔抄」は『袋草紙』と一致せず、用例はすべて「国分け」に関する記述であるので、『奥義抄』の「出万葉集所名」か『和歌初学抄』の「所名・万葉集所名」によるものと思われる。

（35）　裏書では宮内庁本で『習俗抄』・『良玉集』各一例、本文・注書を含めると『習俗抄』十二例、『良玉集』五十例ある。

第三部　所収万葉歌の諸相

第一章　漢字本文表記の万葉歌

一　はじめに

『万葉集』では、凡そその半数の歌に地名が詠まれているが、『古今集』以下の八代集のどれもその割合は、二十〜二十五％程度である。従って、万葉集の地名表現が実景実情的で、「歌枕表現」とは程遠いものであるとしても、「歌枕」の形成と確立の過程に万葉歌の影響を無視することはできない。『奥義抄』や『和歌初学抄』に「出万葉集所名」「万葉集所名」として、万葉集の地名が類聚されていることや、『五代集歌枕』や『名寄』等の名所歌集に多くの万葉歌が所収されていることに、その影響の多大であることが表れている。そして、これら名所歌集の万葉歌は、地名中心に引かれているため、歌集・歌書等のそれとは異なった特徴を持っているのである。

二　所在不明の地名

『名寄』には、一四〇〇首以上の万葉歌が所収され[1]、その形態は（1）漢字本文表記（以下本文表記とする）のもの（2）漢字本文を書き、その傍訓を付したもの（3）本文表記とかな表記が混じっているもの（4）かな表記のみのものなどが混在し、そのうえ『名寄』諸本間においても同じ歌が、ある写本では（1）のものが他本では（4）であるなど、異同が多くある。

『名寄』写本の細高宮静佐（本章では『名寄』の写本名を多く用いるので、便宜上略号も用いることにする）のいずれか一本に存在し、それが本文表記（傍訓付を含む）であるものは約一六〇首（重出歌は一首として数える）である。その中に一四九の地名が詠まれている。これらの地名は、現在所在が明らかなものが殆ど（雷丘・飛鳥川・棚倉野他一二八箇所）であるが、残りの二十一の地名が所在不明である。この所在不明の地名の発生の所以について、考えられるものを次に幾つか述べてみることにしよう。

(A)　普通名詞を固有名詞と解したもの

①青垣山（一・三八）、②此美豆山（一・五二）、③船瀬浜[2]（六・九三五）、④三垣山（九・一七六一）、⑤下檜山（下樋山　九・一七九二）、⑥岡崎（十一・二三六三）、⑦須蘇未山（十七・三九八五）、⑧卯花山（十七・四〇〇八）（漢数字は『万葉集』の巻数と歌番号。以下同）がそれである。例えば「船瀬浜」は船着き場、「卯花山」は卯の花の咲いている山の意であり、他もすべて普通名詞なのであるが、『名寄』では地名として立項されている。ところが、これは『名寄』固有の現象ではなく『名寄』成立より遙かに溯る平安時代から既に地名として取り扱われてきているものである。即ち「須蘇未山」以外は、『奥義抄』『和歌初学抄』『五代集歌枕』『八雲御抄（名所部）』のいずれかに所載されている地名である。しかし『能因歌枕』には見られない。これらだけではなく、以下に挙げる所在不明の地名は「箕之里」（これについては後述）を除いて、『能因歌

枕』には存在しないのである。「万葉集の地名」を類聚した『奥義抄』や『和歌初学抄』等の平安後期成立の歌書によって、これらの地名が普及するようになったものと思われる。「歌枕」は類型的表現の積層の上に成り立つものであるが、その結果、やがては沈滞していかざるを得なくなる。そのため、歌人たちにとっては、沈滞した歌風を打破するのに、『万葉集』の地名が必要であったに違いない。そこで、『万葉集』からの地名の採取が行われたのであるが、万葉歌の訓みや解釈が不充分であったため、山・川・道等を含む部分を地名と見做し、普通名詞を固有名詞とするようなことが起こった。そして歌人たちがそれに疑念を挿まず用いたため、流布し定着してしまったのである。それ故にこれは平安時代に生じた「涙川」(3)や「思川」という地名が、普通名詞から固有名詞に転じた現象とは性格を異にするものであり、万葉歌の訓み・解釈の誤りから発生した地名なのである。

(B)は二語が結合して一つの地名となったもの

⑨志奈布勢山—真木之葉乃之奈布勢山(三・二九一)↓「しなふ」+「勢の山」、⑩信夫川原—我幾許師努布川原乎標結勿謹(七・一二五二)↓「しのふ」+「川原」、⑪敷可牟の嶺—之多具毛安良南敷可牟能祢(十一・三五一六)↓打消の助動詞「なふ」の一部「ふ」+「可牟の嶺」、⑫保都牟の浦(「牟」は「手」の誤写か)—由吉能安末能保都手乃宇良敝乎(十五・三六九四)↓「秀つ手の」+「占」の四例がある。⑨と⑩は、『名寄』にこの万葉歌を本歌とする「よひのまに雪つもるらし真木の葉のしなふせ山に風もをとせず(知家)(4)」「人めのみしのふかはらにゆふしめのこころのうちにくちやはてなん(家隆)」も所収される。⑪は『五代集歌枕』及び『八雲御抄』に見えるので、これらも平安期から地名として成立していたことがわかる。⑫の「保都手の浦」(「牟」は「手」の誤写か。但し万葉集古写本の類に「牟」とある。但しこの歌では類は訓を持たないので、どう訓んでいたかは不明である。)の「浦」は『万葉集』では「宇良」と表記され、「占」の意で、『名寄』も静宮佐では「宇良」となっている。「浦」は地名らしくするための改作であろう。そしてこれは、『奥義抄』他の書にも見えず、『名寄』においても「宇良」「浦」の異同があるので、新しく加えられた地名と思われる。

(C)は固有名詞が二語に分裂し、新たに地名を生じたもの

⑬古衣又打山従(六・一〇一九)の「又打山(マツチ)」を「又(マタ)」と「打山(ウチヤマ)」の二語と解し、「打山」を地名とした。猶これは『八雲御抄』に存する。

(D)は訓みの誤りから地名と看做されたもの

⑭多未足道(十一・二三六三)は、仙覚改訓後「タミタルミチ」と訓まれ、「廻り廻った道」とされているが、それまでは「オホミアシチ」と訓み、地名として『和歌初学抄』にも見え、また俊頼の「秋萩をこころにかけてをかさきのおほみあしちをなつみてそゆく(5)」の一首もある。同じく⑮水江能野宮(ミツノエノヨシノノミヤ)は『名寄』の巻三十出雲国に所収されるが、証歌の『万葉集』巻十二・三一七二番歌は「浦廻榜能野舟附」とあり、水江能野宮という地名は詠まれてはいない。出雲国にも「能野」という地名はないのである。契沖は『万葉代匠記(6)』(精撰本)に「能ハ熊ニテクマノフネツキ、或クマノフネツクト読ベシ」と述べ地名ではなく舟の名とした。契沖が「熊野」に改めて以来、現在の注釈書もすべて「熊野」とす

る。万葉集古写本はすべて「能野」である。季能と実朝[7]に類歌がある。

（E）地名として存在したと思われるが、現在所在不明のもの

⑯打廻里（四・五八九）⑰佐伯山（七・一二五九）⑱小椋嶺（九・一七四七）⑲箕之里（十一・二五四一）⑳浮田森（十一・二八三九）㉑誰葉野（十一・二八六三或本歌）の六例がある。⑰の「佐伯山于花以之」は「五月山（摂津）」と「佐伯山（安芸）」の二国に所収されている（五月山は存在するが、佐伯山は所在不明）。「佐伯」という訓みは万葉集古写本にはないが、『八雲御抄』の「摂津さへき万七五月山とも卯花」の注が「佐伯」と訓まれていたことを示しているし、また『名寄』の五月山の注書にも「佐伯山者安藝國名所佐倍伎山也右先達哥枕万葉哥五月山ニ載之不室万葉證哥佐伯山サヘキ山と詠セリ」[8]（マヽは稿者が私に付す）とあり、「佐伯」と訓んだ先行名所歌集の存在を証明している。細川本の裏書に「若仮名のへ書誤歟」とあるように、「へ」を「つ」と見誤り「さつき」と訓んだが、佐伯山より五月山の方が都に近く親しみ易いことや、貫之等の証歌[9]もあり、「佐伯」が流布するようになったのであろう。⑲は『万葉集』では「個俳往箕之里尓」であるが、『名寄』は「箕之里」で、『能因歌枕』の山城国部の「みのさと」がこれであろうか。『五代集歌枕』や『八雲御抄』では「往箕之里」である。どちらも、所在は明らかでない。以上の佐伯山・箕之里及び、打廻里・小椋嶺・浮田森は先行名所歌集にも所載されているものであるが、㉑「誰葉野」はどれにも見えない。これは『万葉集』巻十一・二八六三番歌の「或本歌曰」によるものである。『名寄』は両者をそれぞれ「浅葉野」（武蔵国・信濃国に重出）「誰葉野」（未勘国上）として所収している。「浅葉野」は多くの名所歌集に見えるが、「誰葉野」は『夫木抄』に見られるくらいであるから、地名として注目されるのは「浅葉野」よりは後である。

所在不明の地名の多くは、訓みや解釈の誤りから生じたものであるが、それらの多くは『名寄』に先行する名所歌集にある。和歌を詠むために、新たな地名を必要とする動きが盛んになる平安後期から既に、地名とするための故意の改作も行われていた。これは『名寄』および名所歌集所収の万葉歌の、特徴の一つである。『名寄』の万葉歌をみるとき、それは現在の万葉学がたどりついた訓みや解釈からは誤りとなるが、万葉歌が受容されたそれぞれの時代の訓や解釈を伝えるものであること、地名中心であるため、故意に手を加え地名に合わせてある（⑫は「保都牟の浦」だけでなく、その上の「由吉能安末」も「由吉能志摩」（壹岐嶋）と地名に改作、万葉集巻二・一〇九番歌の津守の占（この津守は人名）を「津守の浦」として「津守」部に所収、また万葉集巻十九・四二三二番歌の雪嶋は普通名詞であるのに、「壹岐嶋」部に所収など例は多い）ことなどを念頭に置く必要があろう。そうでないと『名寄』所収の万葉歌は実に杜撰であるということになってしまうのである。

三 『名寄』五写本共通の万葉歌
——写本間に異同のない場合——

次に『名寄』の細高宮静佐に共通して存在する本文表記の歌を取り上げ、五写本間で異同のない歌句から、『名寄』所収万葉歌の特性と価値を考察することにする。

対象とした歌句と現存万葉集古写本との関係を表したのが章末の表（1）である。この表（1）より気付くことは、巻十までの紀州本との関係である。三十一例のうち紀を含む写本と一致のもの（⑦⑨⑩⑯⑰㉓㉖㉗）と、『名寄』の脱落と考えれば、紀を含む写本と一致するもの（①④⑤⑧⑬⑮㉑㉘㉚㉛）を除く十三例について考えてみると、紀とのみ一致のものは②⑱㉔の僅か三例であるが、これに⑦を加え、更に⑥をみると、その間に強い関連を想起せざるを得ない。⑪も紀と関わりがありそうであり、③は「所」と「取」の『名寄』の誤写、㉒は紀の誤写と見做しうるし、㉙については、『名寄』では「婆（濁音）」と「波（清音）」を区別せず書写している例が少なからず存在するが、「波」と「婆」の混同は万葉集古写本間にも例が多く、これも紀の誤まりと見做しうる。巻十四・三五一二、十七・三八九三等。更に⑲も大きな相違ではない。とすると巻十までの三十一例のうち二十七例までが紀と関係がありそうである。⑫⑭⑳㉕の四例において、『名寄』と紀は明らかに異なるが、『名寄』は紀から直接万葉歌を採取したというのではなく、『名寄』の所拠した文献が、紀（但し巻十までの）系統に属する一本によるもので、異同は歌を採取・書写をする過程で生じていったと思われる。

次に、巻十一以下を含めて、万葉集古写本との異同をみると、現存万葉集古写本のいずれとも一致しないものについては、脱落が非常に多く二十七例のうち十四例と半数を超える。しかし、明らかに書写の際の書き落としと思われるのは、⑤の「照」と㉑の「山」で、後は㉛を除くとすべて助詞であるから訓み添えとしたともとれる。㉛は「忘」を「ワスレ」と訓む例集中にあり（一・五十「家忘」一・六八「忘貝」など）、或いは『名寄』は『万葉集』の漢字本文を忠実に写すことが主たる目的ではないのだから、煩を厭うて故意に省略可能な箇所を書かなかったのかも知れない。続いて、集中にその用例がみられるものが①㉕㊱㊶㊿の五例、誤写と思われるのは③と㊴である。

他に、以上のどれにも入らないものが七例ある。⑳は『五代集歌枕』や『八雲御抄』で「フタイ」（但し、『五代集歌枕』は、地名・歌ともかな書「ふたい」（六・一〇五一、一〇五五）であり、『八雲御抄』では「布当」を用う）と訓まれ、また『名寄』の「布對宮」の注書に「万布当」とあることから、「布對（フタイ）」と記すのは、名所歌集等の慣用で、それに従ったものであろう。㊾は『五代集歌枕』に「しのばも（ばん）」とあり慣用による改作、㊿「由伎能志摩」は地名とするための改作である。㊽は『名寄』では濁音と清音を厳密に区別せず、また「多奈妣久」「多奈毗久」等の用例があることから「比」としたものと思われる。(52)は助詞「ト」は「土」よりも「登」を用いる例が圧倒的に多く、しかも「由吉能安末」の直前に「由可牟登」という歌句があり、それに影響されたとも思われる。(58)は集中に「伽」の用例はないが、『日本書紀』に「伽」が見られることから、『万葉集』にも「伽」が用いられていた一本があったのかもしれない。最後に⑪「玉多須寸」であるが、集中で「タスキ」（玉—、珠—、木綿—を含む）をみると「手次・田次・田須吉」の三例がある。これらは古写本間で異同は殆どなく、僅か十三・三三二四「珠手次」で「珠多次（西温矢京）」「珠手須吹（類）」があるだけである（「次」と「吹」の異同はままあるが）。五・九〇四の「多須吉」（古写本異同なし）の「吉」と⑪「玉多須寸」の「寸」は共に甲類「キ」であり、単なる改作ではなく、「多須寸」とある一本が存在したことも考えられるであろう。

四　『名寄』五写本共通の万葉歌
――写本間に異同のある場合――

『名寄』五写本間で異同のある歌句から、『名寄』所収の万葉歌の価値と特色、それに加えて、五写本間の関係やそれぞれの特質についても探ってみることにしたい。異同のある歌句は章末の表（2）の通りである。

まず宮と佐の密接な関係が注目される。七十六例中僅か三例（④㉑㉒）において異同がみられるにすぎない。それも誤写か脱落であり、しかも⑩の「所」と「不」の誤写、⑰の「兒」の書き加え、⑲の「射」の脱落といったところまで同一である（他にもこの種の例はあるが、煩を厭うて略す）。渋谷虎雄氏の指摘の通り、佐は流布本系統に属することを万葉歌の内容も示していることになろう[10]。宮と佐ほどではないが、細と高もかなり近く、この二本のみが一致している歌句は二十二例とどの二写本の場合よりも多い（宮と佐十八、静と高四、宮と高四、細と佐一、静と佐一など）。異同も細高二本の場合は特殊である。六・一〇五〇番歌は細高には訂正の痕跡がある。そのうち、㉙㉛㉜㉝㉞㊲は、訂正前も訂正後も細高は同じである。他に㉟㊱㊴は訂正前は細高は同じであるが、細は訂正をしていない。また㊳は細の「乎呼利」の「呼」は重ね書きをしているが、下の字は「〻」であるように見える。そうするとこれも訂正前が高と一致することになる。「(62)(66)(67)(68)」でも高は「○咲、和多○、○登瀬尔○宇…」となっていて、初めは細と同じであったが、後に高のみが何か他の文献を参考に書き入れた形跡があり、両本の並々ならぬ繋がりを思わせるのである。他に見落としてはならないのは、静の独自語句が多いことである。静のそれは三十六と静に次いで多い細の約二倍であり、宮佐高とは比較にならない（宮佐共に四、高は五）、それに細の独自語句は誤写が多いが、静はそれが少ない。

先に挙げた六・一〇五〇番歌（㉘～㊴）、そして六・一〇五九番歌の（㊵㊶）を見ると五写本の特徴が表れている。六・一〇五〇番歌は細「…秋去者○男鹿○妻呼○春去者…布當原」、高は「秋去者○男鹿妻呼々春去者…布當原」とあり、上欄に「山裳動響尓左男鹿者」と記すが、すべて墨で消し、貼紙で「…秋去者山裳動響尓左男鹿者妻呼令響春去者…布當原甚貴大宮處」を書く。静は「…秋去者男鹿妻呼○春去者…布當原○」宮佐は「…秋去者男鹿者妻呼口春去者…布當原」とある。細高は訂正前が同じでその上に書入れたことが分かる。高は書き入れたが、見にくくなることを恐れ、貼紙を用いる。静宮は書入れない前の状態である。

六・一〇五九番歌もほぼ同様である。細は「名夜東敷在異石…」と「夜東」二字を見セ消チし、「夜」の右に「東」を記す（「ナツカシクアリカホシ」と訓を朱で記す）。高は「名□敷在□石」と書く。「□」二字は摺消しをし、その上に「東・果」を書いたようである。もとの字は「東・異」であった可能性が高い。そしてこれも「夜」以下を朱線で消し、「東敷在果石」とある貼紙がある。静は「名夜東敷在異石」、宮佐は「名東敷在異石」である。細高静はもとは同一であるのに、細高はそれを訂正し、静はそのままで、一方宮はその訂正したものを所載している（「異」は訂正前のまま）。僅かな例であるが、『名寄』の原撰本に近いのは宮佐よりも細高静であり、（それは逆に『万葉集』から遠いかもしれないが）静には後の訂正が加わっていないのである。宮佐は、一つは訂正後、一つは訂正前の漢字本文を伝えていて、過渡期にあるようである。

訓は細は朱で書かれ、訂正もないので（ナツカシク、アリカホシ）、無訓であったが、後に訓を付されたと思われる。宮佐も訓は細と同じである。『名寄』写本中の静の存在はやや特異なものと言えるであろう。

次に各々の歌句を異同因子によって類別してみよう。

（1） 万葉集古写本のいずれかと一致するもの

万葉集古写本のいずれかと一致するものは、細二十五、高四十五、宮佐三十五、静四十八例で、万葉集古写本別にみても、特にどの系統を引いているというものはない。唯、前節で述べた紀との関係については、⑮で『名寄』（高を除く）は紀と同じく「塡」であること、同じく⑬で『名寄』（静）と紀が「沽」を用いていること、㊵で紀が「名東敷」となっていること、また、㊶を紀の「異」の誤写と考えると（現に紀は『名寄』と同じく「コト」と訓んでいる）、紀の㊵㊶の箇所は「声名東敷在異石」となり、『名寄』（静、細高は後に訂正）は「声名夜東敷在異石」であることなど他の万葉集古写本に比べて、紀が『名寄』と何らかの繋がりのあることを思わせるものである。更に、㉚の「刹」は「叙」の異体字であり、⑲は紀の「狭」の誤写、㉖も紀の「夷」の誤写、㊴は紀の誤写とすると、③㉒を除くすべてにおいて、『名寄』五写本のいずれかと紀とが一致することになり、さきと同様、巻十までの紀の系統を間接的に伝えるものと思われる。

（2） 万葉集古写本のいずれとも一致しないが、集中に他に用例もあり認められるもの。

宮二（㊱(55)）佐三（㉒㊱(55)）静二（㉒㊱）細四（①㉒㊱(55)）高二（㉒(55)）である。例えば㊱で、万葉集古写本すべて「裳」であるが、係助詞「モ」の表記には「裳・毛」共にあり、集中では「毛」の方が遙かに多く用いられている（高では「裳」は貼紙に書かれていて、その下は「毛」となっている）等がこれである。

（3） （2）と違って集中に用例はないが、仮名遣い・訓みからみても正しく、認められてよいもの

宮佐八（⑭⑱㉟㊳㊸㊺(56)(73)）静四（㉟㊴(59)(73)）細九（⑭⑱㉟㊳㊸㊺(56)(60)(71)(75)）高六（⑭⑱㊸㊺(56)(60)）である。このうち、いくつか例を挙げてみよう。

⑭—『類聚名義抄』や『色葉字類抄』では「瓶」が、また集中（十六・三八八六温）でも「瓶」が用いられ、「甁」は「瓶」の俗字である。『名寄』では漢字の偏と旁の左右を入れ替えて書くということがしばしばある。万葉集古写本では類「瓩」廣「瓩」を除いて「瓺」であるが、「缶」は「缶」の俗字である（『龍龕手鑑』[11]）。「瓶」は意味も「缻」と類似しているので、「瓶」が用いられ、さらに偏と旁を入れ替えた「甁」が用いられたのであろう。猶『万葉集目安』[12]は「木甁」となっていることからも「甁」が用いられた万葉集古写本が存在した可能性はあるだろうと思われる。また静は廣に一致し、『詞林采葉抄』[13]にも「瓩」とあり静に類似する。一九六番歌のこの歌句は書写の過程で字形が変化していったことが窺えるのである。『名寄』は『万葉集』を一字一句違えずに書写するということが目的ではない。また崩し字が読み取りにくいことも多い。そのために筆者の記憶にある字形の類似している文字を選んで書くということもあろう。その際には万葉歌の意味はあまり考慮しな

かったのではないだろうか。

澤瀉久孝氏は『萬葉の作品と時代』(14)の中で「当時の筆者がかなり不用意に筆写してゐたものである事を思はせるものがあり、(以下略)」と述べている。『万葉集』の書写においてさえ不用意な書写も存在したのである。まして名所歌集の『名寄』所収の万葉歌は、利用目的が異なるのであるから、万葉集古写本と同程度に親本に忠実に書写された可能性は低い。『名寄』は大部であり、どの写本(零本は除く)も寄合書である。知識の水準、万葉集への興味の深浅は筆者により大きく異なっている。従って書写の疎密は巻ごとに異なり、明らかに『万葉集』の基礎知識の欠如した筆者によって書写されたと思われる巻が存在するのである。

⑱―「アレ」の表記は、「有」以外には「安礼・阿礼」だけであるが、「連」は「レ」の表記に用いられるから「安連」でもよいということになる。

㉟―「繁」は「シジ」と訓み、意は「繁」の字義の示す様に「ものの密集し、繁茂すること」であり、「繁、密」の他に「重」があげられるが、「茂」の用例はない。しかし、①「シゲキ・シゲク・シゲミ」等には、「繁・茂」両者用いられていること、②両者とも、字義はほぼ同じであること、③静宮佐では「シケニ」と訓んでいるので、集中の「シケニ」の用例とその異同をみると、三・二五七、茂爾「シケニ」=西細温矢京、「シケミ」=紀、三・四七八繁爾「シケニ」=細、「シミニ」=紀、「シケミ」=紀右朱、「シ、ニ」=西温矢京、八・一四九四繁爾「シケニ」=細矢、「シケキニ」=類紀京左赭、「シシニ」=西、「シノニ」=温京などとあり、「繁」に「シシ」「シケ」両方の訓みがあり、更に十九・四二三九「繁」も古写本すべて「シシ」と訓んでいる。現在「シケニ」と訓むのが妥当であるとされていることなどから(15)「茂(シジ)」の訓みも認められてよいのではないかと思われる。しかも、高では「繁」となってはいるが、これは貼紙に書かれているもので、その下には、「茂」と書かれている。即ち、もとは五写本共「茂」であったことになり、「茂」とある『万葉集』の一写本から採取した可能性は高いと思われる。

㊴―集中の「アハレ」の表記をみると、「阿怜(一例)」「何怜(八例)」とともに、「安波禮」も一例ある。「禮」は「礼」の旧字、「安」と「阿」は通用するので(安波と阿波「相」安蘇倍と阿蘇倍「遊」など)、「阿波礼」は認めてよいということになる。

以上は一例にすぎないが、これらは、現存万葉集古写本以外の写本が存在し、『名寄』がそれを伝えていることを示すものである可能性がある。

(4) 改作と思われるもの

(イ)慣用による改作―宮佐四(⑨⑪㉘㉚)静二(㉚(65))細高四(⑨⑪㊼㊿)と(ロ)地名に合わせた改作―宮佐一((57))静二(㉕(57))細高二((57)(58))の二種ある。(イ)はともかく、(ロ)は名所歌集ならではのもので、『名寄』所収万葉歌の特質の顕著なものである。

(イ)の例として㉘の「山代」を「山城」と改作したものがある。万葉集古写本では、「ヤマシロ」の表記として「山代・開木代・山背」の三例があるだけである。延暦十三年(七九四)十一月八日の詔に「宜しく山背国を改め、山城国となすべし」(『日本紀略』(16))とあり、平安京遷都をきっかけに国名を改めた。後世は、専ら「山城」と表記されていたので、慣用によって改作したものであろう。(ロ)としては、(57)の「對馬能祢」の「祢」を地名らしく「峯」或いは「嶺」と改作したものや、(58)の「宇良」を「浦」としたものがある。

(5)　は一部省略或いは簡略にしたもの

宮佐一（⑧）静三（㉜㉝㉞）細高五（⑤⑧㉜㉝㉞）で、この中、例えば⑧は静では「在立見之賜者」であるが、宮佐では「在之」、細高では「在」で終わり、地名を含まない箇所を省略してしまうものがこれである。また、先にも述べたが、六・一〇五〇（㉜㉝㉞）の「秋去者山裳動響尓左男鹿者妻呼令響」の箇所を地名に関係ないので、「秋去者男鹿妻呼」と細高静宮佐では省略している。但し、細高は後に訂正し省略を補っている。

(6)　上の歌句或いは下の歌句の影響を受けたもの

宮佐静なし　細二（⑬㉗）高一（㉗）で、うち⑬「旦露尓玉裳者湿而夕霧尓衣者沾而」の「沾」が上の「湿」と見誤って書かれたり、㉗の「…天離夷部尓退古衣又打山尓従還来奴香聞」の「退」を「還」と表記することがこれである。字義が類似しているときや歌句が類似しているときに起こるようである。

(7)　添加・書き加え

宮佐一（⑰）静一（(54)）細高なしは、⑰で宮佐が「吾妹子」とある箇所に、何かを参考にして「吾妹○子」と「兒」を書き加えたり、（『名寄』他写本及び万葉集古写本は「吾妹兒」）、(54)で静が「打靡」の下に「留玉」（万葉集古写本にはない）を添加したものをさす。(54)は静のみ「留玉」を添加している。この歌が所収されている静の巻十一を見ると、この十三・三二六六番歌と一首挟んで後に二・一九六番歌が所収されていて「生靡留玉藻毛叙」で終わっている。所収された場所が近接し、三二六六番歌は「生玉藻之打靡」で終わっているので、見誤り不用意に記してしまったと思われる。この一九六番歌は静のみに所収され、他の写本は三二六六番歌のみを所収するので、この添加は生じなかったのである。

(8)　脱落

これも、（イ）明らかに脱落と思われるもの　宮七（②③⑤⑬⑲㉙㉛）佐八（宮＋㉑）静三（㉙㉛㊳）細十（②③⑬㉔㊾(62)(66)(68)(70)(76)）高六（②③⑬㉔㊾(76)）と、（ロ）訓み添えともとれるもの―宮二（⑫㉑）佐一（⑫）静一（㊲）細三（⑫㉑(57)）高二（⑫㉑）の二種がある。

(9)　誤写と思われるもの

宮十（③⑥⑦㉒㉓㊹㊻(71)(72)(74)）佐九（③⑥⑦㉓㊹㊻(71)(72)(74)）静三（⑯㊹㊽）細十二（③④⑥⑦㉓㉖㊷㊻(52)(53)(61)(69)）高五（③④⑥㉖(53)）である。（8）（9）は共に細の数が多く、細の書写の杜撰さが窺われる。

(10)　何とも不明のもの

㊵については『名寄』各写本のこの箇所は、先に引用したが、それによると、細高も、もとは静と同じく、「名夜東敷」であった。そして、万葉古写本でも、紀細廣は「名東敷」で、元紀細京左緒廣も訓が「ナトシケル」となっている。澤瀉久孝氏は「集中「東」を「ト」と訓む例はない」（『萬葉の作品と時代』[17]）と述べておられるが、「名東敷在」とある

写本が存在したことは明らかである。しかし「名夜東敷」は見あたらず、「ナヤトシ」という語もないので、これは不明という他はない。次に㊶も、高の「果」は貼紙に書かれているもので、もとは、「在□（コト）石」で□の部分が墨で消され、はっきりしないが、訓から「異」であったことが推定される。そうすると、『名寄』はすべて「異」であったことになり、また元紀細京左赭では「コト」と訓んでいることや　十・二一六六では「異」とあるところ、類では「果」、逆に三・四六一では「果」とあるところ、京では「異」となっていることなどから、「在異石」とある一本も存在したとも考えられるが、やはり詳しくは不明であり、(51)の細高の「夕奈議」も不明である。

『名寄』は大部であるので、全巻一人で写すことはなく、寄合書である。筆者の『万葉集』や和歌についての知識の程度は一様ではないであろう。各写本の各巻を見ていると、達筆であるが、写し方が実に杜撰という巻もある。また書写を重ねていくうちに原撰本から離れ、意味が通じなくなると、解釈するために改変し、改変した漢字本文に合わせて訓み、ますます離れてしまうのである。本文表記の歌にはその傾向が強く、理解できない異同が少なくない。

五　おわりに

『名寄』所収の万葉歌の特質と価値は、『万葉集』の研究校勘の一資料としてみる場合と、「歌枕表現」との関り、或いは「名所歌集」中の万葉歌としてみる場合とでは異るものである。『名寄』所収の万葉歌は誤字・脱字が多いが、『名寄』は万葉歌を忠実に引用することが主たる目的ではなく、専ら地名に焦点を絞っているため、地名を含まない部分の引用については『万葉集』と一致しない歌句が多くみられる。そのうえ省略、慣用における書き換え、地名に併せた改作、『万葉集』の知識の欠如からくる誤り等も多くある。これなどは前者の視点からみれば、信用できないものとなる。しかし後者からみれば、例えば万葉歌を必要に応じて改作するということが、「歌枕表現」の特異性を示すものとなるのである。他にも訓みや解釈が誤っているにもかかわらず、その万葉歌を本歌とする歌が詠まれたり、万葉歌だけで一項目を形成していたり、万葉歌がその地名の最初の歌となっているものが多くあることなどは、「歌枕表現」における万葉歌の影響の大きさを示しているといえるであろう。

『名寄』は現存しない万葉集古写本（それは巻十までの旧紀州本系統と推定できるのであるが）の系統を間接的に引いていることについては既に述べた。『名寄』は、現存するどの万葉集古写本にもみられない漢字本文や、万葉歌の訓みや解釈が十分でなかった中世の『万葉集』の姿を伝えているのである。また知識の不足から、『万葉集』を十分に理解できないにも拘わらず、『万葉集』に執着する姿勢が見られ、万葉歌でない歌を万葉仮名で記す例が『名寄』にも見えるなど、中世の『万葉集』受容の有様を伝える資料が多く残されているのである。

注

（1）『名寄』所収万葉歌数は渋谷虎雄『古文献所収万葉和歌集成　南北朝期』によれば刊本も含めて一四五一首。これに第一部第五章で述べた『冷泉家時雨亭文庫蔵歌枕名寄』の二首を加えると、一四五三首となる。

（2）『万葉集』巻六・九三五番歌は『名寄』の「巻三十一播磨国雑篇」の「船瀬浜」に所収されているが、『万葉集』では「船瀬従所見」とあり、「船瀬浜」は詠まれていない。『名寄』では漢字本文も「船瀬尓所見」と改変されている。

（3）附論第一章「伊勢と歌枕」参照

（4）知家の歌は『現存和歌六帖』に、家隆の歌は『続古今集』巻十二「恋二」に所収される。

（5）『散木奇歌集』巻三「秋」に「秋情寄萩」の題で所収。

（6）久松潜一監修　築島裕・林勉・池田利夫・久保田淳編集『契沖全集』第五巻『萬葉代匠記五』（岩波書店、一九七五年一月）

（7）実朝の歌は『続後撰集』巻一「春上」に「鎌倉右大臣」の名で「朝かすみたてるをみれはみつのえのよしの、宮に春はきにけり」、季能は『千五百番歌合』で「水の江のよしの、宮は神さひてよはひたけたる浦の松風」と詠み、『新古今集』巻十七「雑歌中」に入集。『名寄』では作者を「秀能」とする。

（8）この注書は宮内庁本の地名「五月山」に付されたもの（静嘉堂本にも有り。内容ほぼ同じ）。細川本は所収歌三首の後に「裏書」として「佐伯山万葉詠本さえき山と訓せり而先達歌枕五月の准に入之若仮名のへ書誤欤五月山安芸国名所也仍彼国入之卒」と若干異なる注書を載せる。高松宮本も「裏書」として所収歌五首の後に細川本とほぼ同じ注書を所載。また細川本と高松宮本は七・一二五九番歌の後に「右哥佐伯とみえたり正しくはさえき山と和せり而先達哥枕さつきに載之」という注書も所載する。

（9）貫之の歌は『古今集』巻十二恋二の「さつき山こすゑをたかみほと、きすなくねそらなる恋もするかな」で、『拾遺集』にも一首ある。『新撰六帖』には「五月山雲ははれぬとほと、きす卯花月夜さやかにそなく（知家）」の『万葉集』の影響を受けた歌がある。

（10）第一部第一章注（9）

（11）杉本つとむ編『異体字研究資料研究集成　一期　別巻二』（雄山閣、一九七三年十二月、二版、一九九五年十二月）所収『龍龕手鑑』「巻五缶部」

（12）佐佐木信綱編『萬葉集叢書第十輯　万葉学叢刊　中世編』所収『万葉集目安』（古今書院、一九二八年二月、複製版二刷、臨川書店、一九七七年十一月）

（13）『萬葉集叢書第十輯　万葉学叢刊　中世編』所収『詞林采葉抄』注（12）参照

（14）澤瀉久孝『萬葉の作品と時代』（岩波書店、一九四一年三月、第四刷、一九七九年八月）「校勘資料としての金澤本萬葉集」

（15）『萬葉集注釋巻第十九』（一九六八年二月）、青木生子『萬葉集全注巻第十九』（有斐閣、一九九七年十一月）、伊藤博『萬葉集釋注十（巻第十九・巻第二十）』（集英社、一九九八年十二月）もすべて「シケ二」と訓む。

（16）『日本紀略』（黒板勝美『新訂増補国史大系10』吉川弘文館、一九二九年八月、新装版第二刷、二〇〇四年五月）

（17）注（14）に同じ。

表（1）

通し番号	万葉集歌番号	歌枕名寄	歌枕名寄と一致の古写本	備考欄
1	一・四五	隠乃	なし	「隠口乃」元冷文紀西細温矢京廣
2		玉浪・	紀	「限」元冷文紀西細温矢京廣
3		夜所・世須	なし	「取」元冷文紀西細温矢京廣
4	五〇	食國	なし	「食國乎」元古冷文紀西細温矢京廣
5	五二	高	なし	「高照」古元冷文紀西細温矢京廣
6	七九	栱	なし	「拱」類紀「棋」古廣「供」冷「緋」文西細温矢京

7	二・一九四	越能・	金紀	「乃」類西細温矢京廣
8	一九九	白妙	なし	「白妙乃」金類紀西細温矢京廣
9		赤根刺・	類紀西金細	「判」温「刾」矢京廣
10	二〇七	軽路・	金類紀西細温矢廣	「跡」京
11		玉多須寸	なし	「玉手須」紀「玉手次」金類西細温矢京廣
12		喧・鳥	金類西細温矢京廣	「嗔」紀矢京
13		音	なし	「音母」金類紀西細温矢京廣
14	三・三二二	極此凝・	西温矢京廣	「禄比敷」紀「極比疑」・細
15		伊与・	なし	「伊与能」紀「伊豫能」西細温矢京廣
16		岡	紀細温矢京廣	「崗」西
17		立而	紀西温矢京廣	「立之而」細
18	六・九九七	開落・不見	紀	「藻」元類古西細温矢京廣
19	九九七	恋渡・南	京	「度」元類古紀西細温矢廣
20	一〇五〇	布對・乃宮	なし	「當」元類紀西細矢京廣
21		近見	なし	「山近見」元類紀西細矢京廣
22	一〇五九	三諸・	元類西細温矢京廣	「諸」紀
23	七・一三七六	著者・	元類古紀西温矢京廣	「者」なし細
24		吾	紀	「吾乎」元類古紀西細温矢京廣
25		事・将成	なし	「言」元類古紀西細温矢京廣
26	一四〇三	伐	元古紀西温矢京	「代」細
27	九・一七七〇	三諸乃・	元古紀西細温矢京廣	「山」類
28		神	なし	「神能」元類古紀西細温矢京廣
29		於婆・勢流	元類西細温矢京廣	「波」古紀
30		不断	なし	「不断者」元類古紀西細温矢京廣

31		忘	なし	「忘禮」元類古紀西温矢京廣 「忌禮」細
32	十一・二三六二	来背・	嘉文古紀西細温矢京廣	「皆」矢
33		来背・	嘉文古紀西細温矢京廣	「皆」矢
34	二五四一	徊・徘・	嘉類文紀西細温矢	「徊徘」京廣 「俳徊」古
35		徃・箕之里	嘉類古文西細温矢京廣	「箕」紀
36	十三・三二三六	平山	なし	「寧」細矢「寗」京「常」元矢西紀温
37	三二四三	麻・笥・	元類紀細矢京	「床笥」西温 「麻匂」天廣
38		垂・有	元類紀西細温矢京廣	「葉」天
39		練麻成	なし	「績麻成」紀「續麻代」天「續麻成」元類西細温矢京廣
40		彼・塩	類	「波」元天紀西細温矢京廣
41		伊也布敷二	なし	「伊夜敷布二」元天紀西細矢京廣
42		阿胡海	なし	「阿胡之海之」温「阿胡乃海之」元天類西紀細矢京廣
43		於丹	元天類西紀矢京	「於尓」温
44	三二三六	向而・	元紀西細温矢京廣	「而」なし天
45	三二六六	帯	なし	「帯丹」元天紀西細温矢京廣 「帯舟」類
46		河	なし	「河乃」元類天紀西細温矢京廣
47		玉藻	なし	「玉藻乃」元類天紀西細温矢京 「玉藻之」廣
48	十四・三五一六	多奈比・久	なし	「婢」元類紀西細温矢京廣
49		志能波牟	なし	「思奴波毛」元類温「思怒波毛」細「思努婆毛」西紀矢京廣

62	61	60	59	58	57	56	55	54	53	52	51	50
	十九・四二五七		三九〇八					十七・三九〇七				十五・三六九四
立之・奴	持	都可・倍	水緒・	都伽・倍	我欲・比	佐・礼婆	乎々・理	久迩・	伊米能其等	由加武登・	保都牟・	由伎能志摩
元類廣	なし	元類古紀西細温廣	元古紀西細温矢京廣	なし	元紀西細温矢京廣	紀西細温矢京	元類紀西細矢京廣	元廣	古紀西細温矢京廣	廣	類	なし
「去」文紀西細温矢京	「持而」元類文紀西細温矢京廣	「下」矢京	「法」類	「可」細「加」元類紀西温矢京廣	「歟」類	「左」元類廣	「乎乎理」温	「爾」紀西細温矢京「迩」類	「伊末能其尓」類	「土」紀西細温矢京	「手」古紀西細温矢京「乎」廣	「由吉能安末」類古紀西細温矢京廣

※・備考欄には、歌枕名寄と一致しない万葉集古写本名とその歌句を掲げた。
・万葉集古写本名の略符号はすべて『校本万葉集』によるものである。（但し神田本（略号神）は紀州本（略号紀）とする。）

表（2）

通し番号	万葉集歌番号	歌枕名寄	備考欄
1	一・五〇	大王・ 皇（細）	「王」冷文天古元紀西細温矢京廣「皇」なし
2		日之皇・ 皇子（静）	「皇子」冷文天古元紀西細温矢京廣「皇」なし
3		索耳・登 賣賜耳登（静）	「賣之賜牟登」冷文天古元紀西細温矢京廣「索耳登・賣賜耳登」なし
4	五二	鹿・妙 磨（佐）麁（静）庚（細高）	「庇」類「麁」古元冷文紀西細温矢京「麁」廣「磨・庚」なし
5		藤・井・尓 藤井我原尓（静） 藤原尓（細高）	「藤原我原尓」類「藤井我原尓」古元冷文紀西細温矢京廣「藤原尓・藤井尓」なし
6		始賜与・ 而（静）天（細）	「而」古類廣元紀西冷細温文矢京「与」「天」なし
7		項安・ 填（静）埴（高）	「填」元「填」古紀「垣」京「埴」冷文類西細温矢廣「項」なし
8		在・之・ 在立（見之賜者）（静） 在（細高）	「在立見之賜者」古元冷文類紀西細温矢京廣「在」なし
9	二・一六二	清見・原宮 御（静）	「御」紀金古類西細矢京温廣「見」なし
10		不・知食之 所（細高静）	「所」紀金古類西細矢京温廣「不」なし
11	一九四	大野丶・ 之（静）	「之」金類紀西細温矢京廣「野」なし
12		衣 衣者・（静）	「衣者・」金類紀西温細矢京廣「衣」なし
13		沾・ 沽而（静）涅（細）	「沾而」金細温矢「沽而」類紀西矢廣「涅」「沽」なし
14	一九六	木廼・之宮 廷（静）	「廷」類「廼」金紀西古細温矢京「廷」廣「廼」なし
15	一九九	填・安 埴（高）	「填」紀「埴」細温京廣「埴」矢「垣」金類西
16		晝・麻 畫（静）	「晝庚」類「晝鹿」金紀西細温矢京廣「晝」「麻」なし
17	二〇七	吾妹兒子之・ なし（細高静）	「吾妹兒之」金類紀西細温矢京廣「吾妹兒子之」なし

18		安連者 有（静）	「有者」金類紀西細温矢京廣「安連者」なし
19	三二二	狭庭乃 射狭庭乃（静細高）	「射狭庭乃」西細温矢京廣「射残庭乃」紀「狭庭乃」なし
20		辞思為師 なし（静）	「辞思爲師」紀西細温矢京廣「爲師」なし
21		三湯上乃 三湯乃（佐）三湯之上乃（静） 三陽上乃（細高）	「三湯之上乃」紀西細温矢京廣「三湯上乃・三陽上乃」なし
22		宗利 家利（佐静細高）	「家里」紀西細温矢京「家利・宗利」なし
23		追代尓 遐代尓（静高）逃代尓（細）	「遐代尓」紀西細温矢京廣「追代尓」「避代尓」なし
24		将往 なし（細高）	「将往」紀西細温矢京廣「将」なし
25	三・三二三	岡尓 山岡尓（静）	「罡尓」紀西温矢京「崗尓」西「山岡尓」廣
26	六・一〇一九	夷部 郡（細高）	「来部」紀「夷部」元西細温矢京廣「夷郡」なし
27		退 還（細高）	「退」元紀西細温矢京廣「還」なし
28	一〇五〇	山城 代（静細高）	「山代」元類紀西細温矢京廣「山城」なし
29		高知（細高） 高知爲（細高）*	「高知爲」元類紀西細温矢京「高知」なし
30		湍音劔 叙（静）釼（細高）	「叙」元類紀西細温京「釼」矢「叙」矢左「劔」なし
31		鳥鳴（細高） 鳥賀鳴（細高）*	「鳥賀鳴」元類紀西細温矢京廣「鳥鳴」なし
32		山裳動響尓（細高）* なし（細高静）	古写本すべてあり。
33		左男鹿者（細高）* 男鹿（静細高）	「左男鹿者」元類紀西細温矢京廣「男鹿」なし
34		呼口 「呼」（細静）*「呼く」（高） 令響（細高）	「呼令響」元類紀西細温矢京廣「呼口」「呼」「呼く」なし
35		茂尓（静細高） 繁尓（高）*	「繁」元類紀西細温矢京「茂」なし
36		岡邊毛（静細高） 裳（高）*	「裳」元類紀西細温矢京廣「毛」なし
37		巖者（細高）* なし（静細高）	「巖者」元類西細温矢京「教者」紀「巖」なし
38		乎丶利（高） 乎利（静）乎呼利（細） 乎呼理（高）*	「乎呼理」元紀西温矢京廣「乎理」類「乎呼理」細「乎呼利」「乎利」「乎丶利」なし
39		呵怜（高）* 阿波礼（静細高）	「阿怜」紀「呵怜」元類西細温矢京廣「阿波礼」なし
40	六・一〇五九	名東敷（細高）* 名夜東敷（細高静）	「名東敷」紀細廣「名東敷」元類西温矢京「名夜東敷」なし
41		在異石 果（細高）	「果」元類西京緒「黒」紀「杲」矢廣「呆」細温「異」なし
42	七・一三七六	真赤土 跡（細）	「赤」元類古紀西細温矢京廣「跡」なし
43		左耳 丹（静）	「丹」元類古紀西細温矢京廣「耳」なし
44	一四〇三	三弊 三弊帛（静）三幣（細高）	「三幣阜」古「三幣帛」元西細温矢京「三弊」なし
45		焼 燎（静）	「燎」古元西細温矢京「焼」なし

46	十一・二三六二	相狭尼・ 丸（静高）	「丸」嘉文古紀西細温矢京廣 「尼」なし
48 47	二五四一	蹈・鞆・ 踰鞊（静）踏鞆（細高）	「蹈」嘉文類古紀細矢西温京 「蹈」廣 「踰」「踏」なし 「鞆」嘉文類古紀細矢西温京廣 「鞊」なし
49	十三・三二三六	石田之杜・ なし（細高）	「石田之杜之」矢京 「石田之社之」天元西紀温廣 「石田之森之」細 「石田之」なし
50		相・坂 曾坂（細高）	「相」天元紀西細温矢京廣 「曾」なし
51	三二四三	夕奈祇・ 議（細高）	「祇」元紀西天類細温矢京廣 「議」なし
52		伊夜・ 衣（細）	「夜」元紀西天類西温矢京廣 「衣」なし
53		領・巾 飲巾（細高）	「領」元紀西天類細温矢京廣 「飲」なし
54	三二六六	打靡 「靡」の下に「留王」あり（静）	「留王」古写本すべてなし。
55	三三一四	朝毛・吉 裳（静）	「裳」元天類紀西細温矢京廣 「毛」なし
56		見管・ 乍（静）	「乍」元天類紀西細温矢京廣 「管」なし
57	十四・三五一六	對馬能・峯・ 能嶺（静）峯（細）	「對馬能禰波」元類紀西細温矢京廣 「對馬峯」「對馬能峯」「對馬能嶺」なし
59 58	十五・三六九四	宇・良・敞・ 宇良獘（静）浦敞（細高）	「宇良」類古紀西細温矢京 「浦」なし 「敞」類古西紀温矢京 「敝」細 「獘」なし
60		和歌・礼 可（静）哥（細高）	「可」類古紀西細温矢京廣 「哥」「歌」なし

61	十七・三九〇七	春佐礼播・ 擣（細）	「播」元類紀西細温 「幡」矢京廣 「擣」なし
62		花・咲 なし（細）	「花咲」元紀細温 「花笑」類廣 「花嗅」西 「花嗅」矢京 「咲」なし
63		美・於・波勢流 婆（静）	「於婆勢流」元類紀細温矢京廣 「美ミイ於婆勢流」西 「美於波勢流」「美於婆勢流」なし
65 64		宇・知・橋 宇治（静）定知（細）	「宇知橋」元類紀西細温矢京廣 「定知橋」「宇治橋」なし
66		和多之・ なし（細）	「和多之」元類紀西細温矢京廣 「和多」なし
67		余・登瀬 なし（細）	「余登瀬」元類紀西細温矢京廣 「登瀬」なし
68		尓波・ なし（細）	「爾波」元類紀西細温矢京廣 「尓」なし
69		安・里我欲比 西（細）	「安」元類紀西細温矢京廣 「西」なし
70		麻都良武・ なし（細）	「麻都良武」元類紀西細温矢京廣 「麻都良」なし
71		麻豆・尓 弖（静高）氐（細）	「弖」元類西紀温矢京 「底」細 「之」廣 「氐」「豆」なし
72	三九〇八	稲 楯（静細高）	「楯」元類古紀西細温矢京廣 「稲」なし
73		河 河波（細高）	「河波」元類古紀西細温矢京廣 「河」なし
74		多要愛・ 受（静細高）	「受」元類古紀西細温矢京廣 「愛」なし
75	十九・四二五七	朝莸・ 獦（静高）狩（佐細）	「獦」元文西紀温京廣 「獦」類 「獦」矢 「狩」「莸」なし

76		太奈久良能野尓・ なし（細高）	「多奈久良能野尓」元類文紀西細温矢京廣　「太奈久良能野尓」「太奈久良能野尓」なし

※
・『名寄』は便宜上宮内庁本を底本とし、他写本との異同はその左に記した。
・備考欄には、万葉集古写本との関係を記す。
・『名寄』欄の「なし」は「・」を付した字がないことを表す。
・備考欄の「なし」は『名寄』の用例が万葉集古写本にないことを表す。
・『校本萬葉集　新増補』との異同は、論中で必要に応じてとりあげるにとどめた。
・廣瀬本は表中に異同を記した。
・新旧漢字の異同はとりあげない。標準字体と異体字は異同として取り扱わないが、写本間の関係を知るために、標準字体に統一*はしなかった。
・㉙～㊵の細高には訂正が多くある。（細高）となっているのは訂正後の歌句を表す。訂正前の歌句がある時はそれを表すため（細高）で表す。

第二章　細川本所収万葉歌
——朱の書き入れをめぐって——

一　はじめに

細川本は、『名寄』写本中、唯一の奥書を持つ写本である（第一部第一章「諸本の解題」）。また全巻完備している写本の中では最も原撰本に近いと思われる。この細川本の所収万葉歌五十四首に、「朱の書き入れ」が見られる（高松宮本にも朱の書き入れは見られ、細川本と一致する歌もあるが、高松宮本独自の朱の書き入れもある）。かな表記の歌句の左に朱で見セ消チを施し、右に訂正の訓を記したものや、本文表記の訓全体が朱で書かれたもの、欠落した歌句を朱で書き加えたもの、訓を朱線で消したものなどである。細川幽斎は奥書において「加校合卒」と記していることから、この「朱の書き入れ」は幽斎による加筆訂正を含むと推測されるのである。

この「朱の書き入れ」は、細川本『名寄』の筆者（幽斎を含む寄り合い書）が万葉歌について疑問を抱き、万葉集古写本や他の文献にあたって調べ、書き直したり、書き加えたりしたものであろう。本章では、この「朱の書き入れ」を検討し、『名寄』所収万葉歌の特質及び中世の万葉集享受の状況などについて考えてみたい。

二　細川本『歌枕名寄』について

奥書の筆者細川幽斎(1)は、古典の書写に精力的に関わったことは夙に知られている。『萬葉代匠記』(2)（以下『代匠記』とする）には「幽斎本萬葉集」の名も見え、『万葉集』を所持していたのである。

此哥枕名寄卅六巻并未勘國上下為十五冊　年來所望之処如今御下國之時申請三条羽林御家本不日遂書冩加校合卒猶非無不審求類本重而可令改正耳

文禄三年初秋之天　　丹山隠士玄旨（花押）

この奥書によると、幽斎は「文禄三年（一五九四）の七月」に、「長年所望していた歌枕名寄を、三条西実条(3)が丹後に下るに際して、借り受けることを申請し許可を得、数日で書写し、校合を加えた」ということである。また同年に幽斎から実条にあてた手紙(4)もあり、七月に先立つ五月に「以前よりお願い申し上げていた大名寄哥枕を書写したい」と実条に願い出ている。そして実条の丹後における文禄三年六月から十月までの詠草(5)も残っていて、実条の文禄三年の丹後滞在は確かであり、幽斎が文禄三年に『名寄』を書写したことを補強するものである。

実条の高祖父である実隆の日記『実隆公記』(6)には『歌枕名寄』『名寄』の名が十一度見える。その中から幾つかの記事を見てみよう。

①文明十一年（一四七九）後九月十五日

丁酉晴、今日猶候番、**哥枕名寄**不審之所々依仰直之、（以下略）

②文明十一年後九月十七日

己亥、**哥枕名寄**依勅定少々直付之進上了、（以下略）

③永正七年（一五一〇）三月二日

戊午天晴、宗碩法師来、宗哲、宗坡等同道、**名寄**哥不審所々以愚本之万葉以下比校之帰了（以下略。ゴチック体は稿者による）

原撰本の成立から二百年ほど経つと、『歌枕名寄』には「不審の箇所」が生じていた、これについて後土御門天皇からご下問を受けたことや、宗碩らが実隆に『歌枕名寄』中の万葉集に関する不審の箇所を尋ね、それを実隆が所持する万葉集によって比校したことなどが記されている。(7)

さらに『北岡文庫蔵書解説目録―細川幽斎関係文学書―』(8)には「歌枕名寄　大十五冊　外題　歌枕名寄　内題　謌枕名寄」とあり、また『御歌書目録』にも「「おほなよせ」内六―八　幽斎御筆」の書名が見え、『名寄』を指し、十五冊あるうちの「六―八冊」を幽斎が書写したことを記したと推測される。

以上から三条西家には実隆以来伝来の『名寄』があって、幽斎はそれを借り受け写したのである。もしこの『名寄』が、実隆が書写したものとすれば、『万葉一葉抄』(9)も著した実隆であるから、『万葉集』については信用してよいのではないかと思われるが、細川本には「不日遂書写加校合卒」による瑕疵も少なからずあることも事実である。

三　仙覚新点歌と『歌枕名寄』所収万葉歌

（1）　先行研究から

「朱の書き入れ」といえば、「仙覚の新点」（以下新点とする）を想起するが、ここで『名寄』所収の万葉歌と新点との関係についての先行研究を検討し、『名寄』と新点との関係の有無について確認しておきたい。

『名寄』所収万葉歌と仙覚の新点については、小島憲之氏が「室町期に於ける萬葉集」(10)の中で、

五首仙覚新点歌が見えるが、仙覚と別訓。（中略）仙覚訓と思はれるもの二、三みえるが、筆写の誤りが偶然仙覚新点と一致したらしく、後は全て仙覚の青訓をさけてゐる。（中略）従つて本書は新点本ならざる本よりの抄出と思はれる。猶「名寄」は岡田希雄氏も指摘せられている如く〈「文学」創刊号〉刊本と近衛家本（現京大本〈流布本系甲類〉稿者注）と系統は違ふが、澤瀉博士本（流布本系乙類　稿者注）は近衛家本と同系の善本である。刊本と二写本は何れが稿本系なるか不明であるが、何れにしても「名寄」が仙覚本ならざる事は断定できる。（傍線部は稿者が私に付す。以下同）

と新点の影響を受けていないと述べた。小島氏が述べた五首のうち、例として挙げている七・一一六九番歌は仙覚の新点とは別訓である（後に詳述）。一方渋谷虎雄氏は『古文献所収万葉和歌集成　南北朝期』(11)の中で

仙覚以前の古次点のものがその主体となっていること、ただし仙覚新点についても、これに拠ったものが（特に長歌に）見られること、（中略）特に三二一三番（歌を略す／稿者）、三二一七番、四〇九四番など全歌句が新点と同訓になっている。

と新点の影響を否定していない。

両氏は、『仙覚律師奏覧状』(12)の中で仙覚自身が言及している「（略）因茲寛元四年夏比、抄出諸本無点歌、長短旋頭合百五十二首、同年七月十四日、終以加推点畢。（以下略）」をもとに、橋本進吉氏が調査(13)（一首全体が朱訓になっている歌を調査）し確認した「新点歌百五十二首」に基づ

き論じている。しかしその後武田祐吉氏は、

（略）現存せる文永本に於ける新点の歌に、漢字の、右に朱もて訓を下しているのはなるほど仙覚の新点であろう。その中に漢字の左に墨もて訓を下しているものがあるのはこの弘長以後に発見した先人の訓点では無いだらうか。（中略）仙覚の新点の歌百五十二首は畢竟仙覚が寛元四年までに見ることを得ざりし歌の総数であって、事実上次点に洩れた歌が百五十二首と解すべきではない[14]。

とし、仙覚以前に加点されなかった歌の数は百五十二首より少いであろうとした。上田英夫氏は、武田祐吉氏の調査を更に進め、九十六首を新点歌から除くべきであるとし、

残りの五十六首のみが純粋の仙覚新点歌―仙覚以前の如何なる人によつても訓点らしいもの一つ付けられず空白のまま見送られたものといふことにまづなるのである[15]。

とした。

仙覚が寛元四年の時点で、校訂する際に見たどの万葉集古写本にも加点されていない歌は「百五十二首」であったが、仙覚の見ていない万葉集古写本には、加点されていた可能性もあり、また逆に「百五十二首」以外にも加点されていない歌もあることも考えられる。この「百五十二首」中の歌を訓とともに引用していたとしても、漢字本文や訓、引用の状態を検討しなければ、仙覚の影響を受けていたと断定できないであろう。

小島氏が例に挙げた万葉集巻七・一一六九番歌は、『名寄』写本間で異同がなく[16]、『名寄』原撰本に所収された時点の訓と思われる。『名寄』では、

1[17]　七・一一六九（『名寄』番号巻二十二・三三四一[18]高宮あり。静欠巻）

新点歌[19]

近江國　八十湊

名寄　あふみの海みなとはやそ《八十》ありいつ《何》くにか《尓加》きみかふねとめむ
くさむすひかね

とあるが（以下『名寄』所収万葉歌の引用は特に断らない限り細川本によるものである）、万葉集古写本[20]では

B　近江《アフミ》之《ノ》海湖《ウミミナト》者《ハ》八十《ヤソチ》何《イツク》尓《ニ》加《カ》君之《キミカ》舟《フネハ》泊《テ》草結《クサムスヒ》兼《ケム》

（ABC朱訓異同なし。D訓なし）

とあり、『名寄』の訓と新点とは明らかに異なる[21]。『類聚古集』や『古葉略類聚鈔』にも訓は存在し（『名寄』とは異なるが）、仙覚の加点以前に訓は付されていたことは確かである。仙覚が新点とした当該歌を『名寄』は所収しているが、仙覚本系の影響を受けているとはいえないのである。次に渋谷氏が挙げた三首のうち二首について（残り一首十三・三二二七は細川本にはなく高松宮本・宮内庁本にある歌である）万葉集古写本と比較してみよう。

2　十三・三二二三（『名寄』番号巻八・一三九八　高宮あり。静欠巻）

新点歌

大和國　御田　付垣津田池

名寄　甘南《カミナ》備《ヒ》乃《ノ》清《キヨキ》三《ミ》田屋《タヤ》乃《ノ》垣津《カキツ》田《タ》之池《イケノ》之堤之百不足世槻枝丹水枝
指秋黄葉

B　甘南《カミナ》備《ヒ》乃《ノ》清《キヨキ》三《ミ》田屋《タヤ》乃《ノ》垣津《カキツ》田《タ》之池《イケノ》之堤《ツヽミノ》　之百不足《モヽタラス》卅《ミソノ》　槻《ツキ》枝《エ》丹《ニ》水《ミツ》
枝《エ》指秋《サスアキノ》　赤葉《モミチハ》

『名寄』の訓のある部分だけを比べてみれば新点歌との間には異同はない。しかし、この部分を訓むことは容易であり、仙覚以前に加点されていた可能性はあろう。また漢字本文では『名寄』で「世槻」となっている句がABでは「卅槻」となっていて、『名寄』の誤写を推定させるのであるが、Dも「世槻」で『名寄』単独の誤写とは思われない。また『名寄』宮内庁本ではこの部分が「ヨツキ」と訓まれ、「世槻」に合わせた訓となっている。宮内庁本の親本によるものか、書写時の宮内庁本の書き加えかは明らかでないが、『名寄』の書写の過程で訓が付されることがあった可能性や、宮内庁本の書写の新しさを示唆するものといえよう。

3　十八・四〇九四（『名寄』番号巻二十七・三八五三　高宮あり。静欠巻）

新点歌

陸奥國　陸奥山

名寄　鶏鳴東之國之美知能久乃小田在山尓金　有登麻宇之多麻敝礼（トリカナクアツマノクニノミチノクノヲタナルヤマニコカネアリトマウシタマヘレ）（宮「東國之」宮「麻宇之多麻敝礼」なし）

この歌は、細川本では訓が朱書されていて、後の書き入れと思われる。[22]

また漢字本文に異同が四箇所あるが（東之国之①②「①之」宮なし。万葉集古写本全てなし。「②之」『名寄』異同なし。元類廣「乃」西以下「能」。有登『名寄』異同なし。万葉集古写本全て「等」。敝―元類西紀温矢京文廣「敝」細陽「敞」）、全て『名寄』と一致する万葉集古写本はない。渋谷氏は朱書と墨書を区別せず論じているが、朱書は後の書き入れであり、原撰本成立時に無訓であったと思われる。新点歌を所収し、訓が付されていたとしても『名寄』原撰本が、仙覚本系の影響を受けていることにはならないであろう。

（2）　漢字本文表記とかな表記の並立から

『名寄』所収の万葉歌の中には重出歌が見られる。多くは同名異所によるもので、国名を異にするが、その中に同国で続けて引用されている歌がある。しかも表記が一方が本文表記、一方がかな表記と異なる。これは別の資料から引用されたことを示唆すると思われる。

4　十七・四〇〇〇（『名寄』番号巻二十九・四二九二　高宮あり。静欠巻）

新点歌

越中國　新河篇　並立山載之

名寄　須米加美能宇之波伎伊麻須尓比可波能曾能多知夜麻尓○如下（スメカミノウシハキイマスニヒカハノソノタチヨマニ）（宮のみ「須賣加美」）

5　十七・四〇〇〇（『名寄』番号巻二十九・四二九三　高宮あり。静欠巻）

立山

名寄　すめかみのうしはきゐますにひかはのそのたち山にとこなへに雪ふりしきて於婆勢流かたかひかはのきよきせにあさよひことにたつきりの

B　須賣加末能宇之波伎伊麻須尓比可波能曾能多知夜麻尓等許（スメカミノウシハキイマスニヒカハノソノタチヤマニトコ）

奈都尓由伎布理之伎弖於波勢流可多加比河波能伎欲吉瀬尓（ナツニユキフリシキテオハセルカタカヒカハノキヨキセニ）

安佐欲比其等尓多都奇利能（アサヨヒコトニタツキリノ）

（ABC訓異同なし　ABC訓を朱書　D訓なし　元のみ「須賣加末」）

4・**5**は共に万葉集巻十七・四〇〇〇番歌であり、所謂「純粋の新点歌」である。細川本では**4**は「新河篇」、**5**は「立山」と地名を異にするが、続いて所収されている。**4**は本文表記に訓の付されたもの、**5**はかな表記と表記を異にし、「多知夜麻尓（タチヨマニ）」「たち山に」と異同がある（仮名遣いの違いや異体字との異同は省く）。続いて「立山」という地名が立項されていれば「夜麻」の傍訓の異同に気付かないはずはないが、『名寄』写本間ではすべて「夜麻」なのである。4の訓は朱ではないので後から書き加えたものではなく、『名寄』写本間に異同もないことから、原撰本において「夜麻」とあったのであろう。とすれば、4と5が別の資料をもとに『名寄』に引用されたということになろう。一方4の歌句の後に「○」が記されている。これは以下を省略した印であり、また「如下」は以下の歌句が次に引用されている、つまり5にあることを意味している。当然細川本の筆者は同じ歌が続けて引用されていることを認識していたと思われるが、原撰本を尊重して、「夜麻」を改めることはしていない。次にBと比較してみると（仮名遣いの違いは除く）、訓については4「夜麻」5「とこなへ」に異同がある。「とこなへ」は「つ」と「へ」の類似による誤写であろう。漢字本文においては「須米加美」5「於婆勢流」に異同がある。誤写ではない異同であるから、『名寄』原撰本において仙覚本系を典拠としていたならば起こりえない。また5では、難訓とも思えない「於婆勢流」（『名寄』写本異同なし）のみを漢字本文としているのは、『名寄』が典拠とした本に倣ったということであろうか[23]。

以上から、当該歌は異なる資料を典拠として『名寄』に所収され、それはどちらも非仙覚本系であったと推測される[24]。その資料は4は『万葉集』、5は万葉歌を所収する先行名所歌集の類であったと思われる[25]。

細川本の五十四首に見られる「朱の書き入れ」と仙覚本系の関係はどうであろうか。次にその検討に入る。

四　細川本『歌枕名寄』の朱の書き入れ

（1）東歌への偏在

朱の書き入れは全部で五十四首（重出歌を含む）にみられるが、便宜上以下の如く分類した。

（Ⅰ）漢字本文表記に朱の訓が付されたもの　七首

①新点歌　四首　三・三二二（重出）、十三・三三〇二、十八・四〇九四

②改訓歌　二首　六・一〇五〇、一〇五九

③新点歌・改訓歌いずれでもない歌　一首　六・九三五

（Ⅱ）漢字本文表記に朱の訓が付され、一部がかな表記であるもの　二首（新点歌なし）

④改訓歌　一首　六・九四二（重出―（Ⅲ）⑦）

⑤新点歌・改訓歌いずれでもない歌　一首　六・一〇一九

（Ⅲ）かな表記に朱で見セ消チ訂正が施されたもの、または朱で書き入れ・補充が施されたもの　四十五首

⑥新点歌　一首　十八・四一一六

⑦改訓歌　八首　六・九四二、七・一一九一、一二五二、一三五〇、九・一七九五、十一・二四五六、十二・三〇七一、十四・三三六三

⑧新点歌・改訓歌いずれでもない歌　三十六首

㋑東歌・防人歌　二十八首

十四・三三五九、三三六〇、三三六一、三三六二、三三六六、三

三三七〇、三三七一、三三七四、三三七五、三三七六、三三九八、三三九九、三四〇二、三四〇八、三四一七、三四二三、三四二五、三四二六、三四二八、三四三一、三四三二、三四三三、三四三四、三四三六、三四五一、三五〇九、三五七五、二十・四三三八（防人歌）

㋺東歌・防人歌いずれでもない歌　八首

三・三九一、六・九四〇、十・二三四八、十一・二五三九・二六四五、十五・三六二一、三六三〇、一六・三八二四

五十四首の中では「Ⅲ」が四十五首と八割以上を占め、そのうち㋑の東歌・防人歌（一首のみ）だけでも全体の五割を占める。何故これほどまでに東歌に拘ったのであろうか。東歌は「駿河・武蔵野」などの幾つかの地名を除いては一字一音で表記されるので、訓みが困難でなく、巻十四には新点歌は一首もない(26)。

『幽斎君御事蹟并御和歌等抜抄(27)』（永青文庫蔵）によれば、

慶長四年八月、丹後より伏見に御上り被成、兼而家康公より御頼みの御分国名所の和歌を御書抜被進候に付、家康公甚御喜悦被成候

右御書抜の奥に

此一冊者、去比内相府御分国之歌枕可書進之由蒙仰故、如此今在丹陽田辺、幽斎得閑暇之日、［以大名寄抄之］、古歌等及数首者略奉両首、元来載一首者重而不及求之、［万葉集歌等猶不審繁多宜加改正耳］

慶長第四己亥暦仲秋初六

丹山隠士玄旨判

と見える（枠は稿者記す）。幽斎は家康に、領地の歌枕や歌を収集することを依頼され、「大名寄」より抄出し献上したところ、大変喜ばれたということである。さらに『万葉集』の歌については不審な点が多いので改正を加えたとも述べている。

これが、細川本に朱の書き入れが多く存することの理由であろう。それはともかく、幽斎が不審に思った東歌の訓はどのような訓であったのか、また訂正に用いたのはどの系統の万葉集古写本であったのか、この二十八首から考えてみたい。

（2）東歌の朱の書き入れ

6　巻十四・三三六三（『名寄』番号巻二十・二九五二　高宮あり。静欠巻）

相模國　足柄山

［名寄］　我せこをやまとへやりてまつしたす（ちをそし）あしから山のすきの木のまか

（「ちをそし」ヲ朱ニテ消ス—稿者注）

［B］　和我世古乎夜麻登敝夜利弖麻都之太須安思我良夜麻乃須疑乃木能末可（ワカセコヲヤマトヘヤリテマツシタスアシカラヤマノスキノコノマカ）

第三句は『古今和歌六帖』に既に「まつしたす」と訓まれているが、解釈は難解であった。そこで「まちをそし」という漢字本文を離れた訓が考えられていたようで、その訓を『名寄』は異点として傍書した。これは宮内庁本にも傍書されている（「まちをそし」）。高松宮本は「マフシタス」であるが、「フ」は文字をなぞったような跡があるので、「ツ」と「フ」の類似による誤写かと思われるので、親本は「まつしたす」ではなかったかと思われる。高松宮本には「まちをそし」という傍書はない。細川本は、「朱の書き入れ」の際に、典拠とした万葉集古写本には「まちをそし」という訓もなく、また漢字本文からも「まちをそし」と

訓むことは不可能と考え、不要とし朱線を施し消したのであろう。

細川本の東歌には漢字本文から離れた特異な訓が多く残っている。それは現在では万葉集古写本や古文献からも姿を消してしまったもので、この「まちをそし」という訓もその一つである。猶当該歌の結句は「木(コ)能末可(ノマカ)」の「コ」が西で改訓を示す青訓となっているが、『名寄』は元類と同じ「キ」であったのか改訓「コ」であったのかは「木」と記されているので判断はできない。

このように特異な訓を残していると思われる『名寄』所収の東歌には、朱で見せ消チを施し訂正訓を記したもの、朱で傍書を記されたもの、欠句を朱で補われたものなどがある。このうち『名寄』原撰本の訓を伝えるものと推測される、見せ消チを施された訓と、見せ消チの後に朱で記された訂正訓の性格を検討することにする。対象とする東歌・防人歌は二十八首四十九歌句である。

細川本の朱の見せ消チで訂正される前の歌句（見せ消チがなく訂正が施されたものも含む）について次のように分類してみた（傍線部は見せ消チ箇所を表す）。

Ⅰ万葉集古写本のいずれかと一致するもの　三例

三三六六しほみちなんか（類朱）・三三七六いつな夢（元）・三四二五あそのかはらに（類）

Ⅱ万葉集古写本とは一致せず、古文献と一致するもの　一例

三三七四むさし野の（『五代集歌枕』）

Ⅲ万葉集古写本・古文献いずれとも一致しないもの　四十五例（以下の六例以外は章末一覧表（表3）参照）

三三七五　おくきかきけを・いかによひより・ころにあはなふね（宮ころも）・三四〇八　つかる、（宮つかなく）・りによそり（宮わに）・はしなるこゑも（宮こらし）

万葉集古写本と一致しているものは数は少く、一致していてもいずれも「元・類」という古次点系の写本である。そして一致しないものが圧倒的に多く九割を超える。このことからかな表記の万葉歌について、原撰本『名寄』が典拠としたのは古次点系のかなり特異な訓を持つ写本もしくは抄出本であったと考えられるのである。

7　巻十四・三三七五（『名寄』番号巻二十一・三〇三八　高宮あり。静欠巻）

武蔵國　武蔵野

名寄　むさし野、おくきかきけを(し)たち別いか(にし)によひよりころ(せ)にあはなふね(よ)

B　武蔵野乃乎具奇我吉藝志多知和可礼伊尓之与比欲利世呂尓安波奈布与（ムサシノヲクキカキケシタチワカレイニシヨヒヨリセロニアハナフヨ）

三句とも漢字本文を見れば、訓むことは困難ではないと思われる。この細川本の特異な訓は高松宮本とは一致し、宮内庁本とは「ころに」の「に」と「も」との異同のみで、三写本がほぼ一致しているのである。このことは『名寄』の原撰本の訓を伝えているものと思われ、『名寄』の訓は東歌特有の語を理解するために、漢字本文から離れた訓みを試みた、それを伝えているのではないだろうか。『名寄』以前に当該歌を唯一所収している『袖中抄』(28)では、「ムサシノヲ具(ク)キ我(カ)キケシタチワカレイニシヨヒヨリヨロニアハナフヨ」と訓み、『名寄』よりも漢字本文に忠実に訓んでいる。このことから、初めは漢字本文に即して訓を付したが、歌句の難解さから、後に漢字本文から離れた訓を試みるということ

があったのではないだろうか。『名寄』の訓は、その漢字本文から離れた訓を伝えているのではないかと推測されるのである。

漢字本文から離れた訓を多く持つ細川本であるが、独自の訓は少ない。四十九歌句のうち細川本独自六例に対して細川本・高松宮本二本一致は十九例、細川本・宮内庁本二本一致は九例、細川本・高松宮本・宮内庁本三本一致は十五例である。漢字本文から離れた訓も単なる誤写は少ないといえよう。

東歌の訓は、歌意を得ようと漢字本文から離れた訓となっていき、漢字本文と全くかけ離れた訓になるが、最も遠ざかったのが中世、仙覚本系が流布するまでの時期であろう。仙覚本系が流布していくことにより、再び漢字本文に即した訓に立ち帰ることになったのである。その変遷の過程を細川本の東歌に付せられた朱の書き入れが示していると考えられる。

万葉集古写本と一致せず、古文献と一致するものとして三三七四番「むさし野の」が『五代集歌枕』とのみ一致する例があるが、これを以て『名寄』所収万葉歌に『五代集歌枕』の格別の影響があるとはいえないであろう。『名寄』は編纂にあたっては『五代集歌枕』を参考とし、書写の過程でも裏書に「範兼卿更不ニ可誤[29]」とあるように『五代集歌枕』に信頼を寄せてはいたが、それは名所歌集の先行文献としての信頼であった。万葉集においてはむしろ訂正後の歌句が『五代集歌枕』と一致することが多いのである。これは『五代集歌枕』と『名寄』との関係を詳細に検討する必要があるが、万葉歌を所収する時に、『五代集歌枕』から引用するということはなかったのではないだろうか[30]。

（3）訂正後の歌句について

東歌の難解さは訓の誤りによるものではないかと考え、『万葉集』の一本をもって訂正することを考えた細川本の朱の筆者（幽斎と思われるが）の、典拠とした『万葉集』の系統を次に考えてみる。

Ⅳ万葉集古写本と一致するもの　四十六例（以下の六例以外は章末の表（3）参照）

三三六一　をてもこのもに（廣を除く）・かなるましつみ・ころあれひもとく、三三六二　をみねみそくし（高）、三三六六　さねにわは行・しほみつなんか

Ⅴ万葉集古写本と一致せず、古文献と一致するもの　なし

Ⅵ万葉集古写本、古文献のいずれとも一致しないもの　三例

三三六二　わをねしなくに（廣ワレヲネシナクニ・元古われをねしなくな　類われをねなくな）、三四〇八　つかなく（「な丶」の「丶」を見セ消チしその右に「く」を記す）、三五〇九　あろこそ忘（忌）[31]しも

朱の見セ消チ訂正・傍書では圧倒的に万葉集古写本との一致が多く、万葉集古写本・古文献とも一致しない三例も、三三六二番は「われ」と「わ」の相違を除けば廣に一致し、また三四〇八番は「な」と踊り字「丶」を続けた文字を「く」と見誤ったと考えられ、これら二例を万葉集古写本に一致すると考えれば、一例を除く四十八例すべてが万葉集古写本に一致することになる。

ではどの万葉集古写本を典拠として朱の書き入れを行ったのであろうか。Ⅳの万葉集古写本と一致する四十六例のうち、万葉集古写本間に異同がない四十例からは、典拠とした万葉集古写本の系統を特定すること

はできない。残りの六例は万葉集古写本間に異同があるが、その場合は古次点本とは一致せず、仙覚本系に一致するのである。これにより、朱の書き入れに用いた万葉集古写本は仙覚本系の一本であったといってよいであろう。

東歌に用いられた東国特有の語への無理解は漢字本文を離れた訓を生み出していった。しかし、その訓によって東歌を理解できるわけではなかった。そこで漢字本文に即す訓へと回帰していったのであるが、その拠り所となったのは仙覚本系であった。仙覚本系のどの写本によるかは一例であるが、三三九八番の例が参考になるのではないか。三三九八番の結句「許登奈多延曾禰」の訓は「ことなたえそね」で大矢本を除いて万葉集古写本に異同はない。大矢本のみ「カトナタエソネ」なのである。『名寄』は細川本の訂正前と高松宮本が「ことなたへそね」、宮内庁本が「ことなたえそね」であるが、細川本は朱によって二箇所訂正され「かとなたえそね」となり、大矢本とのみ一致するのである。一例のみであり、朱の書き入れを施された歌句以外の歌句を検討してみなければならないが、大矢本は寂印成俊本系であるので、文永十年本の流れを引く一本ではないかと推測される。東歌の朱の書き入れを行ったと思われる幽斎の所持していた『万葉集』は、前述したように、阿野本系統とされ（注（2）参照）、阿野本は西本願寺本の流れをくみ、文永三年本であるから、大矢本の系統とは異なることになる。『代匠記』中の幽斎本の名が見える箇所と、朱の書き入れの箇所を比較してみたが、一致するものは少なく、『代匠記』にいう幽斎所持の『万葉集』を典拠としたとは思われない。『代匠記』に見える幽斎本万葉集は『名寄』に朱の書き入れを行った後に書写したか、入手したものであったということであろうか。

猶、刊本は、細川本の訂正前と一致するもの一例、訂正後に一致するもの四十四例、いずれとも一致しないもの四例（但し三例は万葉集古写本に一致）で、『名寄』原撰本と離れ、仙覚本系の影響を受けているといえる。

五　漢字本文表記と朱訓

(1)　新点歌

本文表記に朱の傍訓が記された歌は七首八箇所（一首重出）であり、このうち仙覚の新点歌とされるものは四首（一首重出）である。十三・三三〇二番歌は朱訓であるが、明らかに新点とは異なるものであった。[32]また十八・四〇九四番歌は本文表記に仙覚系写本と異同があったが、訓は新点の影響を受けたか否かは、所収歌句が少ないので判断はできなかった。ここで残る三・三二二番歌について検討してみたい。当該歌は「純粋の新点歌」である。

8　三・三二二（『名寄』番号巻三十四・五三〇一　高宮静あり）

新点歌

伊予國謌　伊与高嶺　幷射狭庭岡

名寄

嶋山之（シマヤマノ）宜國跡（ヨロシキクニト）極此凝伊与能（イヨノ）高嶺乃（タカネノ）射狭庭乃（イサニハノ）岡尓（ヲカニ）立而（タチテ）歌（ウタヒ）

思（オモヒイ）辭思為師（ヲモヒテ）三陽上乃（ウヘノ）樹（コ）村乎（ムラヲ）見者（ミレハ）巨木生（ミノキモ）継尓（ツキニ）家利（ケリ）鳴鳥之（ナクトリノ）音毛（コヱモ）

B

不更逃代尓神左備将行幸處

嶋山之（シマヤマノ）宜國跡（ヨロシキクニト）極此凝（コヽシキ）伊豫能（イヨノ）高嶺乃（タカネノ）射狭庭乃（イサニハノ）崗尓（ヲカニ）立而歌（タヽシテウタフ）

思（オモヒ）辭思（イフオモヒセ）為師（シ）三湯之（ミユノ）上乃（ウヘノ）樹（コ）村乎（ムラヲ）見者（ミレハ）臣（オミノ）木（キ）毛（モ）生継尓（オヒツキニ）家（ケ）里（リ）鳴鳥（ナクトリ）

之音毛不更遐 代尓神左備将往行幸處（傍線部の訓Aコ、シキ　ウタオモヒコトオモヒセシ　Cコ、シキ　ウタフオモヒイフオモワセシ　Dサネコ、リ　ウタオモヒコトハオモヒシ　ABC訓を朱書）

これを万葉集古写本と比較してみると多くの異同がみられる。まず漢字本文では「凝」「伊与」「岡」「陽」「巨」「家利」「逃代」である。このうち「伊与」は万葉集古写本では紀のみ「与」、「凝」（宮では「疑」）は万葉集古写本では西温矢京（文永三年・文永十年本）が「凝」、廣（訂正前）陽（文永十年本）細宮（寛元四年本）が「疑」、紀が「敷」と万葉集古写本でも不安定である。「家利」は万葉集古写本は「家里」で異同はなく、『名寄』写本は宮内庁本のみ「宗利」である。「崗」は「岡」の俗字であり、「陽・逃」は「湯・遐」の誤写（『名寄』の「陽」は高宮静異同なし）、「逃」は高松宮本は細川本に同じ、宮内庁本は「追」、静嘉堂本は「避」である（「遐」の崩し字を見誤り異同を生じのであろう）。

当該歌は「純粋の新点歌」であり、細川本が朱で訓を付したのは、原撰本において訓がなく、細川本の書写時、或いは後に書き加えられたことを推定させるものである。仙覚本系に拠ったのであるならば、なぜ「極此凝」の歌句のみ訓を付していないのであろうか。「極此凝」は仙覚以来「コゴシキ」と訓まれたが、Dでは「サネコ、リ」と訓まれた。『島原松平文庫本赤人集』(33)では「みねこゝり」と訓まれ、Dと何らかの関係を推測させる。或いは古次点において既に部分的に訓まれ、それを受け継いでいる訓であるかもしれない。他に「巨木」、ABCは「臣木」で異同はない。これは「臣」と「巨」の崩し字の類似による誤写と思われるが、『名寄』間で異同はないことや、Dには「巨木」とあることから『名寄』独自の誤写ではなく、原撰本が典拠とした万葉集がそうであったということであろう。そして「巨木」の訓として『名寄』は細川本・高松宮本とも「ミノキ」で、これは「オ」の脱落かと思われるが（静オミノキ）、「巨木」ではなく「臣木」の訓である。無訓の歌句に後から訓をつけたのであるが、漢字本文と訓との不一致に気付かなかったのであろう。一方宮内庁本では「フテキ」とあり、こちらが「巨木」にふさわしい。D『島原松平文庫本赤人集』ではともに「オホキ」で、Dの漢字本文が「巨木」である。『名寄』の「巨木」も単なる誤写とは思えない。宮内庁本の「フテキ」は無訓であったこの歌句に「巨木」に合わせた訓を付したと思われる。宮内庁本は他に「遐代」の誤写と思われる「追代」に「ツキヨ」という訓を付して（宮のみ「不更」以下の訓あり）いるが、これも「追代」に合わせた訓といえる(34)。

更に当該歌は、四首後に再度「山岡」部（『名寄』歌番号巻三十四・五三〇五）に所収されるが、細川本では「射狭庭乃岡尓立而　○如上」（細の訓は朱。引用部分は高宮静同じ。高は訓を欠く。訓に小異あり）だけで、省略の「○」印があり、「如上」は先に既に引用されているので煩を厭うて省略したということである。この歌（『名寄』番号五三〇五）の左注に注目すべきことが記されている。

右哥或抄山岡之本哥出之而万葉異本無山字只射狭庭之岡とあり故に射狭庭をもて岡の名所に出より可詳（高宮静にもあり。但し異同あり）

これによると「或抄」には「山岡」とあるが「万葉異本」には「山」の字は無かったということが記されている。「山岡」とある本によって「山岡」を立項したが万葉歌には「山」の字がないので「射狭庭之岡」

とするというのである。万葉集古写本ではACが「岡」、Bが「崗」、Dが「山岡」とあり、万葉集古写本の間でも「山」の有無があった。この歌を採取するにあたって『名寄』の編者は、「或抄」と「万葉異本」という二つの資料を見ていたのである。「或抄」とは「山岡」系の万葉集古写本を典拠とする名所歌集の類であり、「万葉異本」とはそれとは別の『万葉集』であったということである。

当該歌は『島原松平文庫本赤人集』に全歌が仮名書で所収されている他は『八雲御抄』(35)に「名所部　根」に「いよの高ね　萬。」、『万葉集註釋』(36)に「伊豫能高嶺乃射狭庭乃崗尓立而」のみ引用されているだけで、十七句もの歌句を引用したのは『名寄』以前にはない。

これらの異同より、『名寄』は原撰本において「純粋の新点歌」とされる当該歌を無訓で所収し、後に細川本において仙覚本系とは異なる万葉集（一部は無訓であった）を参考として訓を付けたと推測される。現存の『名寄』諸写本中、三条西家伝来の『名寄』を親本とする細川本は原撰本に近いと思われるが、その中に全く訓のない万葉歌が十五首ある。これは訓はなくても、地名を表す「山・嶺・河・海」などの語によって、地名を特定し国分け・所収したことを表している。『名寄』の編集目的が、歌の意味はさておいて「歌枕」の収集にあり、それが無訓の歌をも所収していったのであろう。

（2）改訓歌

六・一〇五〇番歌は、改訓歌句が『名寄』引用箇所に四箇所あり、すべて改訓と同訓である。細川本が朱訓を記すに際して典拠としたのは、仙覚本系の一本であると思われるが、この歌も『名寄』成立時は仙覚本系でない『万葉集』を典拠とし、無訓であったと思われる。『名寄』における当該歌は漢字本文に多くの省略歌句があり、朱訓書き入れ時に省略歌句が補われたようである。細川本と同じく高松宮本も朱訓で、細川本と漢字本文の異同も少なく、省略歌句も重なっている。高松宮本では訂正歌句があまりに多く処理しきれなくなり、一度始めた作業を中止し、改めて貼紙を用いて訂正しているのである。

9　六・一〇五〇（『名寄』番号巻三・四五〇　高宮静あり）

山城國　布對宮　（○＝挿入・【　】＝挿入された歌句を表す）

山並之宜　國跡河○【次】之立合郷跡山代乃鹿脊○【山】際尓宮　柱
太敷奉　高知○【為】布對乃宮者河近見湍音叙清　山近見鳥○【賀】
鳴慟　田秋去者○【山裳動響尓左】男鹿○【者】妻呼○【令響】春
去者崗辺毛茂尓巌　者花開乎呼利○【痛】阿波礼布當　原　以下略之
坎（朱）（慟—高「慟○（朱）」・乎呼利—高「乎、利」訂正「乎呼理」）

この【　】の歌句は細川本において挿入を意味する「○」を書き、左右の隙に書かれたものである。この挿入歌句は高松宮本も殆ど同じであり、『名寄』原撰本においてすでに多くの歌句が省略されていたことを示すものである。長歌を書写する煩雑さから、細川本があるいは高松宮本が恣意的に省略したものならば、二写本間で一致はしないだろう。また「慟」の下の「田」は衍字と思われるが、高松宮本・宮内庁本にもあり、細川本高松宮本には見セ消チが施されているのである。宮内庁本にも「田」はあるがこちらは見セ消チはない。細川本高松宮本二本がこれほど類似していることは、この歌句の欠落が恣意的ではなく、忠実に親本を写した結果といえよう。後に訓を付する時に、典拠とした万葉集古写本の一本と漢字本文があまりに相違するので、省略を補い訓を記した。猶改訓箇所は「ヤマノマニ」「タテ、」「タカシラス」「シ、ニ」の四箇所ですべて改訓を取り入れている。宮内庁本は脱落歌句を補っている歌句、補っていない歌句があり、また訓も「キワニ」「タテ、」「タカシラス」「シケニ」と旧訓と改訓が相半ばしている。刊本はすべてかな表記になっていて（省略・脱落はない）、「きはに」だけが旧訓である。

省略歌句以外にも、仙覚本系と漢字本文が異なる箇所がある。地名「布對」と「布當」、「湍音釼」と「湍音叙」、「茂」と「繁」、「乎呼利」と「乎呼理」、「阿波礼」と「何怜」に異同があり、これらは貼紙をもって訂正された高松宮本においてはすべて仙覚本系と同じ漢字本文に改められているのである。このことから原撰本編纂時に典拠としたのは仙覚本系ではなく、後に朱訓を加える時に参照した本は仙覚本系であると推測できる。

当該歌は地名「布對」部に所収されているので、地名以外の歌句は省略を交え所収された。無訓であったから、歌句を多少省略しても歌意に影響はないとしたのかもしれない。

当該歌は新点歌ではないが、元に「別行平仮字ノ訓ナシ」、類でも同じく「別行平仮字訓ナシ」と『校本万葉集』の頭注にある。元類のように訓を持たない状態で伝えられていた写本があり、『名寄』はその類の万葉集古写本を典拠としたのであろう。

10　六・一〇五九（『名寄』番号巻三・四五六　高宮静あり。）

三諸著鹿脊山（ミモロツクカセヤマ）　際尓開花之色目列敷百鳥之声名夜東敷在異石住吉里（ノマニサクハナノイロメツラシクモヽトリノコヱナ東シクアリカホシスミヨキサト）

乃（ノ）　以下略歟（朱）

元類ともに『校本万葉集』の頭注に「別行平仮字ノ訓ナシ」とあり、続いて元「漢字ノ右ニ赭片假字ノ訓アリ」、類「漢字ノ右ニ墨ニテ少シ片假字ノ訓ヲ附セリ」とあり、元類に僅かに訓が記されている歌である。「ミモロツク」「ヤマノマニ」「イロメツラシク」「コヱナツカシクアリカホシ」が改訓箇所である。当該歌も無訓で所収され、後に仙覚本系によって訓を記された歌であろう。訓を記す時に漢字本文も手を加えられた跡が窺える。もとは「声名夜東敷在異石」であったが「夜東」では「ナツカシク」と訓めないので、漢字本文を見て「夜東」を「東」に改めた。典拠とした万葉集古写本の「異」にあたる字がはっきりとみえなかったのかそのままで「カホシ」と訓んだので漢字本文と訓があわないままになっている。高松宮本では細川本と同じく「夜東」を「東」に改めた。「異」ははっきり訓めたのか「異」を磨り消し「果」と書いたが、何を書いているかわかりにくくなったので、改めて貼紙を用いて書き改めた。宮内庁本は「東」に改められているが、「異」はそのまま「カホシ」と訓まれている。細川本の訂正後によったかのようである。万葉集古写本では紀細廣が「東」とあり（但し夜はない）、訓は元紀細京左赭廣（訂正前）が「ヲトナトシケル」とある。なお廣では「東」の左に「東」を書き訓も「コヱナツカシク」と改めている。「異」については元類西京左赭「果」、紀「黒」、細矢京廣「杲」温「杲」とし、訓は元紀細京左赭廣（訂正前）「コトイシ」となっている。このことは「異」の漢字本文をもつ万葉集古写本が確かにあったことを示すものであろう。但し『名寄』と同じく「夜」を持つ万葉集古写本は存在しなかった。

一〇五〇・一〇五九番の二首より『名寄』原撰本編纂時に用いた万葉集古写本は仙覚本系ではなく、元類紀などの古次点系の一五二首以外にも無訓の歌を持つ一本であったと推測される。そして細川本・高松宮本において訓を記す時に用いたのは仙覚本系の一本で、『名寄』の漢字本文と訓との乖離が甚だしいので、漢字本文の訂正も行ったということであろう。

六　おわりに

『歌枕名寄』細川本に施された朱の書き入れについて述べてきた以上のことから凡そ次のことが言えるであろう。

①『歌枕名寄』細川本は、細川幽斎が文禄三年に丹後において、下向してきた三条西実条に依頼して借り受け、書写したものであり、現存写本では原撰本に近いと思われる。奥書に「加校合」「求類本重而可令改正耳」とあるように書写の後「書き入れ」をした可能性があり、それが「朱の書き入れ」と思われる。

②『名寄』は編纂において、万葉歌に関しては異なる複数の資料によったものと思われる。それは『万葉集』であり、また名所歌集の類であった。『名寄』所収万葉歌は現存万葉集古写本との間に異同は多く、それは典拠とした文献によるものか、編者あるいは筆者の『万葉集』に対する知識の欠落によるものか、また書写態度の杜撰さによるものかは明らかではない。

③仙覚新点歌は、仙覚自身が記した一五二首よりかなり数が少ないことはすでに先学によって明らかにされている。一五二首中の歌を所収していたとしても、仙覚本の影響のもとに『名寄』原撰本が成立したことにはならないであろう。特に朱訓は『名寄』の原撰本成立後に付したものであり、訓の朱書と墨書を区別せず、新点の影響を受けたと論じた渋谷説は訂正されなければならない。また『名寄』写本によっても万葉歌は異なる様相を呈している。まして寛永版本によって改めたとされる刊本は新点の影響が著しく、刊本による検討では『名寄』の原撰本から遠ざかることは確実である。

④原撰本『名寄』は、仙覚の新点歌一五二首以外に無訓歌を持つ古次点系の一本を典拠とした。後に細川本では、仙覚本系の一本によって朱で訓を書き入れたが、朱で書き入れられた訓がすべて仙覚本系に一致するわけではない。また仙覚の新点歌は一五二首よりかなり減じることは既に先学によって述べられているが、逆に仙覚新点歌以外にも、古次点本には無訓の歌があったと思われる。

⑤細川本東歌の、朱の書き入れによって訂正される前の歌句は、万葉集古写本のいずれとも一致しないものが多く、一致する場合でも元類などの古次点系である。『名寄』原撰本は、現存する古次点本よりは、かなり特異な訓を持つ一本を典拠とした。また訂正後の歌句は仙覚本系の万葉集古写本と一致し、特に大矢本（仙覚文永十年本系）に近い一本ではなかったかと推測される。

今回対象としたのは千四百首を超える『名寄』所収の万葉歌からみると僅かなものであったが、細川本『名寄』の朱の書き入れの検討は、現存しない古次点を伝える貴重なものが『名寄』所収万葉歌に存在する可能性があることを示唆するものであった。仙覚の影響を受けていない万葉集の完本は廣瀬本のみである現在、万葉歌を多く所収する『名寄』をはじめとする名所歌集の中に、漢字本文・訓ともに古次点系万葉歌が残されている可能性を考慮する価値はあるであろう。その中には杜撰な書写態度による誤写も多いが、それらを排除し、丹念に読むことで、益するものも多く見出せると思われる。

注

（1）天文三年―慶長十五年（一五三四―一六一〇）。名は藤孝。玄旨法印。古今伝授の集大成者であり、古典の夥しい書写を行った。

（2）久松潜一監修　築島裕・林勉・池田利夫・久保田淳編集『契沖全集　第一巻　萬葉代匠記一』（岩波書店、一九七三年一月）中の「萬葉代匠記　物釋　雑説　集中假名ノ事（精撰本）」の「雑説」において「今注スル所ノ本ハ世上流布ノ本ナリ。（中略）三ツニ幽斎本ト注スルハ、阿野家ノ御本ナリ。本是細川幽斎ノ本ナレハ（以下略）」とあり、また『契沖全集　第五巻』中の『萬葉代匠記五』（一九七五年一月）の巻十三―三三〇二番歌の注に「大舟乃　幽斎本、乃作之」という注記がみえる他、「幽斎本」の名は多く見える。

（3）天正三年―寛永十七年（一五七五―一六四〇）。実隆の玄孫。幽斎に和歌を学び古今伝授を受けた。

（4）藤平春男編『早稲田大学蔵　資料影印叢書「中世歌書集」』（一九八七年六月）中の「細川幽斎書状」。

（略）已前申候大名寄哥枕写申度候不足之所ハ［破損］候も相尋写候へく申候先有次第（略）

五月廿八日　玄旨　花押　（以下略）

（5）井上宗雄『中世歌壇史の研究　室町後期』（明治書院、一九七二年十二月）

（6）『実隆公記　巻一ノ上・巻五ノ上』（続群書類従完成会、一九七九年九月・一九八〇年五月）

（7）他に『実条公遺稿』（武井和人「三条西家古今学沿革資料襍攷―幽斎・公条・実条、［附］宮内庁書陵部蔵『実条公遺稿』（部分）翻刻」『埼玉大学紀要（人文科学篇）』第三十四巻、一九八五年度）には「幽斎江借ス本共覚」として百三十部以上の書名があげられているが、『歌枕名寄』の名は見えないものの、万葉集関係は『万葉抜書一冊・万葉作者・万葉抄一冊・万抜書・万第四』の五冊の書名も見え、幽斎が万葉集にも関心を持っていたことが窺える。他に「也足（中院通勝）」や「転法輪（三条家）」に貸した書籍や道具類の覚書もあるが、その中の「遣迎院［九応］」の「覚」の中に『名寄本』の名が見える。

（8）『北岡文庫蔵書解説目録―細川幽斎関係文学書―』（熊本大学法文学部国文学研究室、一九六一年十二月）

（9）『万葉一葉抄』三条西実隆編。『万葉集』の短歌を部類したもので所収歌数は四千首を超える。

（10）小島憲之「室町期に於ける萬葉集」（『國語國文』第二十巻第十号、一九四二年十月）。旧漢字は通行の字体に改めた。以下論文の引用においても同様である。

（11）渋谷虎雄『古文献所収万葉和歌集成　南北朝期』（桜楓社、一九八三年四月）

（12）『萬葉集叢書第八輯　仙覚全集』（複製版、臨川書店、一九七二年十一月）

（13）橋本進吉「仙覚新点の歌」『萬葉集叢書第八輯　仙覚全集』（注12参照）

（14）武田祐吉『萬葉集書誌』（古今書院、一九二八年三月）の後編「萬葉集仙覚本の評論」中の「第五章　仙覚の万葉集校勘の結果　三　新点」

（15）上田英夫『萬葉集訓點の史的研究』（塙書房、一九五六年九月）

（16）細川本・高松宮本・静嘉堂本・宮内庁本の四本の異同を意味する。

（17）本章引用の万葉歌の通し番号をアラビア数字・ゴチック体で表す。

（18）『名寄』歌番号は渋谷虎雄『校本謌枕名寄　本文篇』（桜楓社、一九七七年三月）による。以下同じ。

（19）一五二首中の歌を「新点歌」で表し、上田英夫の「純粋の新点歌」は「［新点歌］」で表し、改訓を含む歌は「改訓歌」で表す。

（20）万葉集古写本との比較にあたっては、仙覚本系を代表するものとして次のABCを、次点本を代表するものとして廣瀬本を用い、必要に応じて他の写本も参考とした。略号は『校本萬葉集』による。但し、神田本については「紀」を用いた。論文中にはBを掲げ、他は主な異同のみ掲げるにとどめた。猶、文中ではABCDの略号を用いた。

A仙覚寛元四年本―神宮文庫本萬葉集（室町後期写）『古典資料類聚1～4　神宮文庫本萬葉集一～四』（勉誠社、一九七七年四月～十二月）

B仙覚文永三年本―西本願寺本萬葉集（鎌倉後期写）『西本願寺本萬葉集普及版』（おうふう、一九九三年九月～一九九六年五月）

C仙覚文永十年本―大矢本萬葉集（室町末写）『校本萬葉集』（岩波書店、一九七九年六月～一九八〇年一月）

D廣瀬本万葉集『校本萬葉集』別冊一～三、一九九四年九月～十一月。『校本萬葉集新増補版追補』一九九四年十二月。

(21) 万葉集古写本の他の異同及び『萬葉集略解』の当該部分の注を参考までに掲げる。

・みなとはやそあり―類みつかみはやそち　古ミツウミハヤソチ　廣訓なし。

・ふねとめ―類ふねとめ　古フナトメ　紀フナハテ

・略解「者」ハ「有」ノ誤ニテ訓「ミナトヤソアリ」トスル（周防守康定説）ヲ可トス。

（橘千蔭『万葉集略解』国民文庫刊行會、一九一〇年五月）

(22) 『名寄』の編者が仙覚本にならって新点の訓を朱で記したならば、『名寄』に所収された他の新点歌も訓が朱で記されていることになるが、朱訓ではない新点歌も『名寄』には所収されている。

(23) 『名寄』にはかな表記の一部が本文表記、本文表記の一部がかな表記の万葉歌が多く所収される。

(24) 他に『万葉集』巻十七・四〇〇八番歌が、かな表記と本文表記（傍訓なし）と異なる表記で同じ丁数に引用されているが、やはり現存する新点本系ではない資料を典拠としていると推定される異同がある。

(25) 巻十七・四〇〇〇番歌を引用した古文献は『名寄』以前にはない（渋谷虎雄『古文献所収万葉和歌集成　総索引』桜楓社、一九八八年六月による）。

(26) 前野貞男によれば「或本・一本・一書の中に朱訓を施したものも新点とし、新点歌は合わせて一七〇首」である。これによれば、巻十四の東歌にも八首の新点歌を数えることになる。（『万葉訓点史』忍書院、一九五八年十一月）

(27) 土田将雄『細川幽齋の研究』（笠間書院、一九七六年二月）の「資料篇」による。

(28) 橋本不美男・後藤祥子『袖中抄の校本と研究』（笠間書院、一九八五年二月）

(29) 「範兼卿」は『五代集歌枕』もしくは『五代集歌枕』の筆者「藤原範兼」を指す。

(30) 拙稿『歌枕名寄』と『五代集歌枕』―所収万葉歌の比較を中心に―」『古代学』第四号　奈良女子大学古代学学術研究センター　二〇一二年三月

(31) 「い」を見セ消チ・訂正後は「忘・忌」のいずれかは識別しがたい。西本願寺本その他はいずれも「要・エ」で異同はない。

(32) 十三・三三〇二番歌は朱訓であるが、「江辺―エノヘ（名寄）・ウミヘ（西本願寺本）」と新点と異なる訓の歌句がある。

(33) 『古文献所収万葉和歌集成　平安鎌倉期』（桜楓社、一九八三年二月）所収『赤人集』に拠る。松平文庫本のみでしかも巻末にあるので、後の増補かと思われる。参考までに全歌を掲げる。

（略）嶋やまのよろしき国とみねこゝりいよのたかねのいさにはの山岡にたちて哥おもひことはおもひし三湯の上にきむらをみれはおほきはもいきつきにけりしま鳥のをともかはらすとをきせにかみさひゆかんみゆきところは

(34) 2の巻十三・三二三番歌においても宮は「世槻」に「ヨツキ」という訓を付していた。

(35) 久曾神昇『校本八雲御抄とその研究』（宮内省図書寮桂本を底本とする）（厚生閣、一九三九年九月）

(36) 『萬葉集叢書第八輯　仙覚全集』（注（12）参照）。

（表3）その他の細川本「東歌」の朱の書き入れ一覧

A	B	C	D	E	F	G	H
	万葉集歌番号	**漢字本文歌句**	**訂正前の歌句**		**万葉集歌番号**	**漢字本文歌句**	**訂正後の歌句**
1	三三六〇	伊豆乃宇美尓	いつのうみ	1	三三六〇		いつのうみ**に**
2		美太礼志米梅楊	乱れしめ**に**や・**やはイ**	2			みたれしめ**め**や
3	三三六一	乎弖毛許乃母尓	を**ち**もこのもに	3	三三七〇		はなつゝま**な**れや
4		可奈流麻之豆美	**や**なるましつみ	4	三三七四	武蔵野尓	むさし野**に**
5		許呂安礼比毛等久	ころあれひもと**き**	5	三三七五	乎具奇我吉芸志	おくきかきけ**し**
6	三三六二	乎美祢見所久思	を**ふ**ねみそく**れ**	6		伊尓之与比欲利	い**にし**よひより
7		吾乎祢之奈久奈	**我**し**み**しなくに	7		世呂尓安波奈布与	**せ**ろにあはなふよ
8	三三六六	佐祢尓和波由久	**つ**ねには行**か**	8	三三七六	伊呂尓豆奈由米	色につな夢
9	三三七〇	波奈都豆麻奈礼也	はなつゝまれや	9	三三九八		ひと**み**なの
10	三三九八	比等未奈乃	ひと**し**なの	10			石井の**て**こか
11		伊思井乃手児我	石井の**ち**こか	11			**か**となた**え**そね
12		許等奈多延曾祢	**こ**となた**へ**そね	12	三三九九		くづはけ**わか**せ
13	三三九九	久都波気和我世	くつはけ**かは**せ	13	三四〇二		こゆる**日**は
14	三四〇二	古由流日波	こゆる**と**は	14			**さや**にふらしつ
15		佐夜尓布良思都	**さか**にふらしつ	15	三四〇八	和尓余曾利	**わ**によそり
16	三四一七	伊麻許曾麻左礼	いまこそまさ**し**	16		波之奈流児良師	はしなるこ**らし**
17	三四二三	伊可抱乃祢呂尓	いかほの**み**ねに	17	三四一七		いまこそまさ**れ**
18		遊吉須宜可提奴	ゆきすきか**ねつ**	18	三四二三		いかほのね**ろ**に
19	三四二五	安素乃河泊良欲	あそのかはら**に**	19			ゆきすきか**てぬ**
20		蘇良由登伎奴与	そ**うよ**ときぬよ	20	三四二五		あそのかはら**よ**

21	三四二六	久尓乎佐杼抱美	くに**里はみつ**	21			そ**らゆ**ときぬよ
22		安波奈波婆	あは**さらし**	22	三四二六		くに**ヲサトホミ**
23		斯努比尓勢毛等	しのひ**と**せ**し**と	23			あは**なは**ゝ
24	三四二八	祢尓布須思之能	ねにふす**今**の	24			**し**のひ**に**せ**も**と
25		安里都々毛	ありつ**か**も	25	三四二八		ねにふす**しゝ**の
26		安礼波伊多良牟	あ**は**れいたらん	26			あり**つゝ**も
27		祢度奈佐利曾祢	ねと**ま**さりそね	27			**あれは**いたらん
28	三四三一	斯利比可志母与	しりひかし**め**よ	28			ねと**な**さりそね
29		許己波故賀多尓	こゝ**ろ**かたに	29	三四三一		しりひかし**も**よ
30	三四三二	可頭乃木能	か**へ**の木の	30			こゝ**はこ**かたに
31		可豆佐可受等母	か**へ**さかすとも	31	三四三二		か**つ**の木の
32	三四三三	許太流木乎	こ**く**る木を	32			か**つ**さかすとも
33	三四三四	安是加多延世武	あせかた**へ**せん	33	三四三三		こ**た**る木を
34	三四三六	乎尓比多夜麻乃	**こ**にひた山の	34	三四三四		あせかた**え**せん
35	三四五一	可奈之伎我	かなしき**は**	35	三四三六		**を**にひた山の
36		古麻波多具等毛	こまはたつとも	36	三四五一		かなしき**か**
37	三五〇九	古呂賀於曾伎能	ころ**や**をそきの	37			こまはた**つ**（**く**）とも
38		安路許曾要志母	あろこそ**い**しも	38	三五〇九		ころ**か**をそきの
39	三五七五	莫佐吉伊弖曾祢	なさ**け**いて**か**ね	39	三五七五		なさ**き**いて**そ**ね
40	四三三八	多々美気米	たゝみ**ちの**	40	四三三八		たゝみ**けめ**

※・漢字本文は西本願寺本に拠る。ゴチック体の文字はD欄は見セ消チされた箇所、H欄は訂正された箇所を表す。
・D欄にゴチック体の文字がないものは見セ消チをせず歌句を補ったことを表す。補った文字はH欄のゴチック体の文字で表す。
・8・Hは訂正前が「いつな」である。
・37・Hは見セ消チせず右に「く」を書き加える。
・G欄の空欄はC欄に既出のものである。

第三章　裏書中の万葉歌

一　はじめに

澄月の識語に、「自身の編集には不備が多いことを認識していて、後世『歌枕名寄』を見た人が添削することを望んでいる」と記され、この期待に応えたのが、『名寄』に残された「裏書」であると第二部第三章で述べた。その裏書の中に「万葉集・万葉・万」などの『万葉集』を表す語を含む例が九例、「人丸・赤人」や「遣新羅使」等の『万葉集』に関る語を含む例が四例あり(1)、『万葉集』に関する裏書が最も多い。

『名寄』は名所歌集の中でも所収万葉歌の数が多く、『万葉集』に特に関心が深かった。その所収万葉歌や注書には、今は伝わらない古次点系の訓や仙覚新点歌の仙覚以前の訓を伝えているものもあると推測される。本章では、特に『万葉集』に関わる裏書を対象とし、裏書筆者の『万葉集』への態度、裏書に用いられた『万葉集』の特質を検討し、さらに識語に記した澄月の期待にどう応えたかを、裏書の写本間の異同や、万葉集古写本との比較によって考察することを、目的とするものである。

全三十八巻完備している『名寄』写本の中で、流布本中の最善本である、宮内庁本に存在する裏書（章末の表（6）参照）を対象とし、写本中で唯一奥書を持ち、原撰本に近いと推定される細川本や、刊本との比較を加え、適宜高松宮本や静嘉堂本を参考とする。なお、特に記さない限り『名寄』の引用は宮内庁本によるものである。

二　訓への疑問

（1）　異点と異本

①巻十八　伊勢國　伊良虎之嶋(2)

目録　伊良虎之嶋　崎

本文　伊良虎之嶋

万　うてるをくをのみおほきみあまなれやいらこかしまのたまもかります　（一・二三）(3)

同　うつせみのいのちをおしみ波にひちいらこかしまの玉もかりしく　（一・二四）

（歌二首省略）

しほさひにいらこか嶋にこく舟にいものるらんかあらきしまはを　人丸（一・四二）

崎

（歌四首省略）

波のよるいらこか崎をいつるふねはやこきまはせしまきもそする　国信

裏書云、人丸哥五十等児嶋ト云リ。異点ニハイトコノ嶋ト和セリ。先達歌枕紀伊国入之。仍彼国載之云々。但伊良虎為正歟。（句読点は稿者私に付す。以下同）

この裏書は、本来歌枕「伊良虎之嶋」の最後に所収の、「しほさひに」

（『万葉集』一・四二）の後にくるべきであるが、「崎」の最後の「国信」の「波のよる」の後に置かれた。これは初めは四二番歌の裏に書かれていたが、巻子本から冊子本に体裁を変え、表に写し直される時に、位置を誤ったものと思われる。地名も「崎」で、明らかに万葉歌ではない「国信」詠の後に置かれたのである。刊本は改めて『万葉集』を見て、四二番歌を、漢字本文片仮名傍訓表記に書き換え、題詞も『名寄』に併せて書き直す（4）などをしているが、裏書の位置は改めていない。

裏書の内容は、①「伊良虎之嶋」部所収の人丸の歌（四二番歌）は「五十等児嶋」と表記し②異点に「イトコノ嶋」とある③先達歌枕では「紀伊国」に国分けされている④「五十等児」より「伊良虎」と表記するのが正しいかもしれない、の四点である。四二番歌の「いらこか嶋」の表記と訓に疑問を持ち、『万葉集』と先達歌枕（5）にあたってみたということである。

『万葉集』には「いらこのしま」は題詞・左注も含めて五例あり、「伊良虞島二例・射等籠荷四間一例・伊良虞能嶋一例」と四二番歌の「五十等児乃嶋」である。「五十等児」という漢字本文は他にはない。四二番歌以外では漢字本文に異同はなく、訓も「いらこ」については異同はない。四二番歌は本文には訓に影響を及ぼす異同はなく、訓は万葉集古写本では「冷文類紀西細温矢京宮廣」のうち、類「イトカ」紀「イトコ」で、他は「イラコ」である。裏書中に「異点ニハイトコノ嶋ト和セリ」とあるのは、裏書筆者の見た『万葉集』には「イラコ」の訓以外に「イトコ」の訓が書き入れられていたことを意味する。それを裏書筆者は「異点」という語で表し、所収歌は「イラコ」であるが、「イトコ」の訓もあることを確認し記したのである。さらに名所歌集『先達歌枕』も参照、そこでは「紀伊国」に国分けされていたので、そのことも記し、それに従い、「五十等児嶋」は「紀伊国」に国分けをしたと記した。『万葉集』を見た時には当然「一・二三、二四番歌」をも見たであろうから、題詞や左注にも「伊良虎」と表記されていることを知り、「伊良虎」が正しいのかもしれないと考えそれも記したと推測される。

『先達歌枕』に「紀伊国」に国分けされているとあるので、『名寄』巻三十三「紀伊国」をみると、

目録　五十奉（マヽ）児嶋　或伊良虎嶋也　然者伊勢

本文　五十等児嶋　或云、伊良虎嶋也云々。然ハ伊勢カ。但万葉ノ
　　哥ニハ、幸シ紀伊国時の哥也。
　　しゐさすにいとこの嶋へこく船のいものからんかあしき嶋は
　　を　　人丸（一・四二）
　　　右幸紀伊国ニ留京作哥三首内

とある。地名の表記は「五十等児嶋」で引用歌は「いとこ」と訓まれている。「伊良虎之嶋」に所収された（四二番）歌と少なからぬ異同があり同じ出典を有するとは思えない。また目録及び本文の地名には注書があり、それには「伊良虞（虎）かもしれない、そうすると伊勢国ということになる、しかし万葉集には幸紀伊国時哥とある」とし、また「しゐさすに」（四二番歌）の左注には「右幸紀伊国ニ留京作歌三首内」と記されている。ところが四二番歌は現存する『万葉集』を見る限り、すべて題詞は「幸伊勢国」で、「幸紀伊国」という題詞を持つものはない。地名「五十等児嶋」の注書にも、歌の左注にも「幸紀伊国」と記されていることから、単なる誤写とは考えられない。『名寄』の参考とした

『万葉集』あるいは万葉集抄出本かもしれないが、「幸紀伊国」とある本が、存在した可能性はあるのではないだろうか。少し前の三四番歌が「幸紀伊国」という題詞を持つので抄出本を作るときに、見誤って書写してしまいそれが伝わったのかもしれない。例えば『秘府本萬葉集抄』[6]は、四二番歌の直後に「幸于紀伊国時河嶋皇子御作哥」という題詞と一・三四番歌を所収するが、このような抄出本を参考とした時に、「幸于紀伊国」を直前の歌の左注と見誤るという可能性は皆無ではない。

また『柿本集』[7]には「いつしの浦・いつものうら・いつらこのしま（いちしのうら）」と異同があり、『綺語抄』[8]では「いとこ」であり、『古来風体抄』も俊成自筆本[9]は「いとこ」と訓む。さらに『五代集歌枕』では「嶋」部に「いらこのしま　伊良虞─伊勢」「いとこのしま　紀伊」として両方を所収しているのである。そして「いとこのしま」の下に「伊勢国イラコノシマ、紀伊国イトコノシマ　同哥也、共以有第一巻。不審（句読点は稿者が私に付す）」と注がある。『名寄』は「いらこのしま」には『万葉集』巻一・二三、二四、四二番歌を、「いとこのしま」には四二番歌のみを所収する。

以上から「伊良虎嶋」は訓みは「イラコ」で異同はなかったが、「五十等児嶋」には平安期を通じて「イラコ・イトコ」の二つの訓みが伝わっていたと考えられる。そして「イラコ」は伊勢国、「イトコ」は紀伊国と理解されるようになり、国分けしていたが、四二番歌が両方に所収されることに疑問を抱く者もいた。

裏書はこれらの疑問を記しつつ、参考とする文献の説を紹介し、自己の説については僅かに「伊良虎」を「正」とすべきかもしれぬと消極的に述べるに過ぎないが、四二番歌について「イトコ」と訓み、「幸紀伊国」の題詞を持つ『万葉集』（抄出本か）の存在を示唆しているといえるであろう。筆者が、編者澄月の識語にある「国分け」を意識し、明確にしようと努めたようであるが、四二番歌が伊勢国か紀伊国かについては、入手可能な文献からは両説のどちらをとるべきかの手がかりは得られなかったのである。

②　巻二十　駿河國　師歯逼山

目録　師歯逼山

本文　師歯運山

宝治百　君すまはをくれんものかあらくまのしはらのやまをいくかこゆとも　頼政

新六　しけりゆくしはらの山のくまかつらくることなきやみな月の空　衣笠─

裏書云、万師歯山哥異本ニ師歯運ト和セリ。或御伝ニ、サヤクト云詞ノ本哥ニ此哥ヲ出セリ。然者非山名欤。可詳。

宮内庁本の裏書にのみ「万師歯山」とあるが、「師歯逼（運）山」の「逼（運）」の宮内庁本における脱落（省略）である。所収する二首の歌は『万葉集』ではない。『万葉集』には「荒熊之住云山之師歯迫山責而雖問汝名者不告」[10]（巻十一・二六九六）の一首があり、この歌をさすと思われる。とすれば、もともとは万葉歌が所収されていたはずであるが、『名寄』写本のどれにも所収されていない。『名寄』原撰本にあったとすれば、裏書が書かれたときには万葉歌が存在したが、その後失われたことになる。「或御伝にサヤクト云詞ノ本哥此哥ヲ出セリ」とあるのも明らかに二六九六番歌を指している（後述）のだか、『名寄』写本のどれにもないということは、かなり早い時期に脱落したということになる。刊本には二六九六番歌があるのだが（かな書）、原撰本成立時からなくて、刊本が独自に補ったという可能性は、万葉歌に付せられたと思しいこの裏書から考えられないのではないだろうか（刊本には裏書はない）。二六九六番歌と「君すまは」「茂り行」の三首を所収し、裏書のないものが、原撰本に近い形であり、転写されて行くに従い裏書が記され、万葉歌を失い、「師歯逼山」の「逼（運）」に誤写が起こり、異同を生じていったのであろう。

　万葉集古写本（嘉文類古紀西細温矢京宮陽廣）では漢字本文は「師歯迫山」で異同はなく、訓は類廣「しはをやま」古「シハサヤキ」以外は「シハセヤマ」である。

　「迫」では誤写の可能性は少ないが、『名寄』の表記である「逼」は「通・運」と崩し字が類似し誤写の可能性はある。『名寄』の異同は「逼」を用いていたことから起こったのである。とすると、『名寄』が典拠とした万葉歌は「師歯逼山」と記されていたことになるが、現存する万葉集古写本はすべて「師歯迫山」なのである。訓については、仙覚以前には「しはをやま」「シハセヤマ」「シハサヤキ」の訓が存在した。『八雲御抄』でも巻五名所部「山」部の「已上古万葉集」中に「しはを（同 師歯迫）或しはせとも　あらくまのすむ」とあることからも訓に異同があったことがわかる。都人には親しみのない「駿河国」の地名であるので、「せ（世）」と「を（遠）」の草書体の類似から誤り、さらに「を（悪）」と「ら（良）」の類似から『名寄』の「しはらやま」という訓が生じたようである。『名寄』写本がすべて二首とも「しはらやま」で異同がないのは、原撰本に「しはらやま」とあったのであろう。刊本では写本にない二六九六番歌を含め、すべて「シハセヤマ」とあるのは、『万葉集』を見て地名と訓を「師歯迫山―シハセヤマ」と改めたのである。目録・地名・裏書の「師歯逼山」の異同は次に示す通りである。

	目録	地名	裏書
宮内庁本	師歯逼山	師歯運山	万師歯山・異本師歯運
細川本	師歯逼山	師歯通（逼）山	万師歯通山・異本師歯通
高松宮本	師歯通山	師歯通山	万師歯通山・異本師歯通
刊本	師歯迫山	師歯迫山	（裏書なし）

宮内庁本では目録と地名では表記が異なるし、細川本では「通・逼」のどちらにすべきか決めかねている、「逼」の崩し字の読みに苦労しているようである。

　このように「師歯逼山」の表記に疑問を持った裏書筆者は、『万葉集』を見て確認しようとした。「異本」とあるのは一つの『万葉集』を見て、さらに別の『万葉集』―異本を見た、すると「師歯運」と「山」を欠く漢字本文であったのでそのことを記したのである。「運」も恐らくは楷書で書いていたわけではないので、「運」のように見えたということであろう。しかし『万葉集』を見たのなら、何故重要な証歌である万葉歌を記さなかったのか、地名以外は難訓歌でもないし、理解しやすい歌であるにも関わらず、『名寄』の写本はすべて万葉歌を欠くのである。裏書が記された時には、二六九六番歌が存在したということであろう。刊本に至って漸く万葉歌を補充し、「師歯迫山（シハセヤマ）」に落ち着き、疑問を解決した刊本は、この裏書を必要とせず削除したのであった。

　さらに裏書は「サヤク」という訓を持つ「或御伝」について記している。古も同様の「シハサヤキ」の訓を伝えているが、これは「逼（迫）」

を「サヤク」と訓んだということであろうか、「或御伝」には「サヤク」という詞の本歌にこの歌を用いていると述べ、そのように訓むならば山名ではないと述べている。「サヤク（サヤキ）」と訓む場合は漢字本文は「師歯逼（迫）」で「山」はなかったであろう。『和歌童蒙抄』[11]にも同じ訓が見え、『色葉和難集』[12]巻八には次のように記されている。

一　さやぐ

万　荒熊の住むてふ山のしはせやませめてとふともながなはいはじ

和云、さやぐとはそよぐ、同じことにや。

（しはさやき—志香須賀文庫本・無窮会文庫本　しはさやく—彰考館本・岸本由豆流旧蔵本）

「さやぐ」という歌語の註解に万葉歌を例としてあげているが、「しはせ山」では例としての用をなさない。これは『日本歌学大系別巻二』による本文であるが、『色葉和難集』には、他に「さやき・さやく」という訓をもつ写本があり、こちらが「さやぐ」の説明として引用されたが、後に「しはせやま」と万葉集の訓にあわせて歌句が改められたのであろう。「しはせやま」では「さやぐ」の説明にならないが、第三句を改めただけでそのままにされたのが「しはせやま」の訓を持つ『色葉和難集』諸本である。つまり「さやき・さやく」の訓を持つ本が『色葉和難集』の祖本に近いということであろう。『色葉和難集』の写本は三系統に分けられるが、すべての系統に「さやぐ・さやき」の訓をもつ写本があることも「さやき・さやく」系が『色葉和難集』の祖本の形であったことを示しているようである。そして『名寄』裏書にも「或御伝ニサヤクト云詞ノ本哥ニ此哥ヲ出セリ」とあることから、「サヤク（キ）」という訓が存在し、流布していたことは否定できないであろう。

裏書は、「師歯逼」という漢字本文をもつ『万葉集』の存在を異本という形であるが示唆し、「サヤク（キ）」という訓が、『古葉略類聚鈔』『色葉和難集』『和歌童蒙抄』以外に、『或御伝』と呼ばれた書にも存在したことの痕跡を残していることを、伝えているのである。

『名寄』は名所歌集であるので、地名に関わる事であれば見過ごしにはできなかった。この裏書では、筆者は、「師歯逼山」の表記から生じた「山か否か」についても、入手可能な文献については極力参考とし、疑問を解こうとするが、結論を急がず、裏書として記すにとどめた。後世の『名寄』の読者による添削を期待しているのが「可詳」の語に表れている。

③巻二十七　陸奥國上　金山

目録　金山　和曰古加祢山又云加奈山又云安騎山

六帖云加奈山、散木云安騎山、今案万葉秋雑哥也。

本文　金山　和曰、古加祢山又云加奈山又云安騎山、

六帖哥加奈山云々。

万十　かな山のしたひかしたになく鳥の声たにきかはなにかなけかん　（細高　こかね山）

六帖　かな山のしたひかしたになくかはつ声たにきかはなにかなけかん

裏書云、万葉哥秋雑哥也。秋山と詠者有其便歟。和云、此哥以万葉為本哥歟。但六帖ニ加奈山といへり。先達哥枕金ハ秋方西也。詩ニ以秋之金商。故テ随俊頼詠云、我ことくよにすみかねて秋山のしたひかしたにさをしかなくも

皆如斯仍守之。

「金山」部では「万十」と「六帖」から一首ずつ歌を所収しているが、

この二首の歌は第三句「鳥の・かはつ」の違いだけで他は全く同じであり（細川本・高松宮本では初句「こかねやま」）、『万葉集』巻十・二二三九番歌によるが、「俊頼詠」に『万葉集』を本歌として「秋山の」と詠まれていることから、訓について疑問に思い、『万葉集』を見たのであろう。そこで「あきやま」と訓むことを確認し、それは「秋雑歌」に所収されていることによるものであると記している。但し「雑歌」ではなく「秋相聞」の最初の歌である。「秋雑歌」に続いていたので見誤ったものであろうか（部立名「秋相聞」が、二二三九番歌の直前に記されているので『名寄』原撰本が『万葉集』から直接採取したとすると、見誤りはないと思われるが）。また『万葉集』の漢字本文では「金山」であるので、「金」が何故「あき」と訓むのかについて「和云」以下に説明する。「和」とは何を指すのであろうか。『色葉和難集』でも二二三九番歌が、「ことのしたひ」の註解として引用されているのであるが、『名寄』の「和云」以下の内容と一致しないので『色葉和難集』を指しているとは思えない。『色葉和難集』も「和云」が多く見え、久曾神昇氏の『日本歌学大系別巻二』の解題には「著者自身をさすやうに思はれるが、具体的に明確にすることはできない。」とある。散逸した『和語抄』とか、「私云」の誤りで自説を述べたとも考えられるが、明らかではない。裏書はさらに万葉歌を本歌とする俊頼詠を引き、「あきやま」説を補強するのであるが、最後は『古今和歌六帖』や『先達歌枕』によって「かなやま」説を守旧するという結論に至る。

細川本の目録に注書はなく、本文の地名の注書もかなり異なるものであり、裏書もない。俊頼詠だけは、注書ではなく、本文の二首の歌に並べて、「我ごとく世にすみかねて秋山のさほ鹿なくも　本ま、　俊頼」と記されている。高松宮本も細川本と同じである(13)。刊本は少異はあるが宮内庁本に近い。

「金山」は本文表記は、万葉集古写本間で異同はない。訓については元類は「かなやまの」、西温金では左に「カナ」を記し、廣はこの歌を欠くので不明である。古くは「かなやま」という訓が流布しており、また『名寄』の地名の注書から「こかねやま」という訓もあったことがわかる。

裏書筆者は、目録・本文の注書にある「安騎山—あきやま」と訓めば地名にはならないと考え、『万葉集』を見た。それは「あきやま」と訓むことを示していたが、地名でなくなり、削除しなければならなくなると考え、『先達歌枕』に従い「守之」と改めることはしなかったのである。

三　国分けへの疑問

①普通名詞か固有名詞か

巻二十七　陸奥國上（信夫）原

本文

（ア）万七　人こそはいほにもいはめわかこゝたしのふかはらをしめゆふなゆめ　（七・一二五二）

（イ）続古十一　人めのみしのふかはらにゆふしめのこゝろのうちにくちやはてなん　家隆卿

（ウ）裏書云、今案云、考万葉第七巻曰問答。

佐保(サホ)河尓(カハニ)鳴成(ナクナル)智鳥(チトリ)何師(ナニシ)鴨(カモ)河原乎(ハラヲ)思努(シノ)比(ヒ)益川上(イヤハカノホル)

（エ）　人社者意保尓毛言目我幾許師努布河原乎標結勿謹
（七・一二五一）
（七・一二五二）

此哥、只河原恋慕之心歟。哥枕原部立之條如何。但家隆卿原哥幷八条院高倉里哥、以此本哥示結ト詠セリ。可思之。

（オ）雲集　あらはれて露やこほる、みちのくのしのふかはらに秋風そふく
入道摂政左大臣光明峯寺

「陸奥国上」の「信夫」には「山　岡　原　森　浦　渡　里」の地名が立項され、そのうち「原」部には（ア）～（オ）の五首が所収されているが、（ア）（イ）（エ）（オ）の四首は「原」ではなく「河原」であり、残る（ウ）は「佐保河」と「河原」が詠まれていて「信夫原・信夫河原」とは全く関係のない歌である。この「佐保河」の歌の前に「裏書云今案云考万葉第七巻曰問答」という「佐保河」の歌の題詞の如く記されている裏書がある。「今案」から（ウ）（エ）の歌及び（エ）の左注のようにみえる「此哥～可思之」までを含む裏書である。

裏書筆者は「しのふかはら」について地名ではなく、「河原を慕う」という意味ではないか、そうすれば地名ではないので「原」部を立項するのは如何なものかという疑問を持ち、『万葉集』を見た。（ア）の歌（一二五二番歌）の題詞に「問答」とあるので、それを裏書に記した。続いて「問答」は唱和形式を構成する歌であるから、「問」にあたる（ウ）の歌を引用し、さらにわかりやすくするために（ア）と重なることになるが、（エ）の歌も引用したのである。同じ歌を繰り返すことになるが、本文表記であり、裏書であれば気にはならなかったであろう。自身の備忘録として書き写したのかもしれない。しかし、裏書が表にそのまま記され、同じ歌が一首をはさんで繰り返し所収されることになったのである。はじめ裏書として記されたこれらの『万葉集』からの引用は、巻子本から冊子本に体裁を変えた時に表に移動し、書写の過程で本文に紛れてしまうのである（宮内庁本では裏書は本文より低く書かれているが、（ウ）（エ）は本文の歌と同じ高さに書かれている）。そして大和の「佐保河」を詠んだ一二五一番歌は陸奥に所収されることとなった。

裏書筆者は『万葉集』を本文片仮名傍訓表記で記したのであるが、そこまで熱心であったにも関わらず、漢字本文については「河」を「川」とするなど『万葉集』を忠実に写していないことを窺わせる異同が存在する。『名寄』は、参照した『万葉集』によるとも考えられるが、『万葉集』の書写については杜撰なところもある（特に本文表記についてはこの傾向があるといえる[14]）。

なお、裏書以下は細川本・高松宮本両本にはなく、流布本には存在する。裏書を記したのは流布本系諸本の祖本となった『名寄』の筆者であった。

裏書筆者は「しのふかはら」に対して「普通名詞か固有名詞か」という疑問を抱き、『万葉集』を見て、まず「問答」という語に注目し、二首の歌を記した。「しのふかはら」は『万葉集』をみることで、地名ではないと考えるに至った。しかし裏書筆者の時代は、既に（オ）や家隆・八条院高倉の歌にみるように、地名として扱われ、七・一二五二番歌を本歌とする歌も詠まれていることから、地名説が否定し難いことを理解したのである。

②同名異所の問題

巻二十三　近江國中　手向山

目録　手向山　又在大和國　子細在奥　載大和國部―

本文　手向山　又在大和國

裏書云、万葉第六哥詞之、大伴坂上郎女奉拝賀茂社之時、便越相坂山望近江海、而晩頭送来作哥云々。然者相坂山邊在手向山欤。随或先達哥枕近江國入之。但古今集北野御詠朱雀院幸奈良時也。然者又大和國在之欤。随或記云、大納言兼武蔵守良峯安世卿墓所武蔵塚、春日社以南有大森是也。崇彼卿而為神矣。素性法師於彼所所詠云、手向仁波綴之袖母可切仁云々、然者彼塚号手向山也云々。今案云、所見両方也。仍両國共載之。古今以下哥多大和國載之了。或云手向之山者近江、手向山者大和、之字存没名別也云々。此分別證據何事哉。就杜本哥稱今案之議欤。彼之哥大和手向山多有之字如何。建保名所百首題手向山所詠哥、之字有無相交、可思之。哥大和載之。

裏書の中でも二六九字に及ぶ長い裏書である。「手向山」の国分けについて「近江国」説と「大和国」説の当否を述べたものである。「近江国」説の根拠として挙げられたのが、『万葉集』巻六・一〇一七番歌である。この歌の題詞「夏四月大伴坂上郎女奉拜賀茂神社之時便超相坂山望見近江海而晩頭還来作歌一首」をほぼそのまま引用し（数箇所の異同はあるが、意味に影響を及ぼすものではない）、「近江国」説の根拠とする。目録にも「又在大和國　子細在奥　載大和國部―」とあり、「手向山」が「大和国」に所収されていること、「子細在奥　載大和國部―」は子細を本文中に記し、また同じことが「大和国部」にも所載されていることを意味するものである。

そこで、『名寄』巻十「大和国」部「手向山」を見ると、こちらは、目録に「又近江在之　万第六大伴坂上郎女」以下の注書がある。「近江国」説の根拠に『万葉集』を、「大和国」説の根拠に「古今集」をあげている骨子は変わらないが、細部には異同がある(15)。それは基準が「大和国」にあるか「近江国」にあるかの違いである。また本文は「言書雖多先立注之間今略之」と述べ、目録に詳細な注書が存することを指し、大伴坂上郎女の歌の後に題詞を左注として記すのみである。『名寄』の筆者は、巻二十三を書写する時に、巻十の「手向山」に注書があることに気づき、それを利用し、裏書を書いた。但し骨子は変わらないが、細部は「近江国」部に相応しく編集しなおしたのである。巻二十三の裏書が巻十の後で書かれたことは、両者を比較して見れば明らかであろう。巻十の方は漢字本文の間に片仮名を交えているが、巻二十三の方はそれが一切省かれている。また素性法師の『古今集』巻九羇旅部の四二一番歌、

　　朱雀院のならにおはしましたりける時にたむけ山にてよみける

　　　（一首省略）

　たむけにはつづりの袖もきるべきにもみぢにあける神やかへさむ

を「手向仁波綴之袖母可切仁」と巻十の「ニハ」を「仁波」とし、「袖(モ)可切(キルベキニ)」を「袖母可切仁」とするなど、体裁を整えようとする姿勢が見られるのである。

この「手向山」の注書を細川本についてみると、巻十では目録には「手向山」のみで注書は一切ない。高松宮本には「又在近江国在之、万第六大伴坂上郎女」以下の注書がある。素性法師の四二一番歌も宮内庁本と同じ表記である。本文をみると細川本は地名「手向山」の下の注書も、大伴坂上郎女の歌の注書も宮内庁本と変わらない。猶、細川本と近似する高松宮本は目録に宮内庁本とほぼ同じ詳細な注書を持ち、本文は

地名「手向山」の下の注書だけはなく、歌の注書は存在する。

（表4） 巻十

	目録	本文（地名）	本文（歌の注書）
宮内庁本	○	○	○
細川本	×	○	○
高松宮本	○	×	○
刊本[16]	×	○[17]	×

（表5） 巻二十三

	目録	本文（地名）	本文（裏書）	歌注書
宮内庁本	○	○	○	○細字
細川本	×	○	×	×
高松宮本	×	○	×	×
刊本	×	○	○	○

これらから、巻十の目録に詳細な注書のあるのが、古い形であり、細川本はそれを煩を厭うて省略したのである。本文ではそのことを見過ごし地名「手向山」の下に「先立注之間今略之」と親本そのままに記した。この巻十の目録の注書をもとに巻二十三の本文の裏書は記された。「手向山」の国分けについては『万葉集・古今集・建保名所百首』などを参照し、考察を試みているが、両国に存在してよいのではないかとし、何れかに決定しなければならないとは考えていないようである。

『万葉集』に関わる裏書のうち、残りの八例について簡単に触れておきたい。章末の表（6）裏書一覧の29は『万葉集』巻九・一八〇八番（一八〇七番の反歌）の歌の左注として付せられたものである。同じく「勝鹿・真間」という地名を詠んでいるにもかかわらず、所収されなかった一八〇七番の本文表記のみ（傍訓はなし）を裏書として記した。一八〇七番歌の歌句の多さを厭うて『名寄』の編者は省略したのかもしれないが、裏書も、傍訓も付さず、歌句も全四十三句中、初めの六句を省略し、続く十三句のみを引用し、残りの二十四句も省略している。「勝鹿・真間」前後のみが必要ということであろうか。しかし引用された十三句も誤字脱落が多く杜撰きわまりないものである。裏書に歌句のみを記すというのは他にはみられない。

22は「縄浦」の所在、30は「御神浦」の立項の可否、31は「比良都」の存疑であり、残りの四例10「信土山」、21「阿胡浦」、46「安野」、48「三穂浦」はすべて国分けに関するものであった。

四　おわりに

以上、宮内庁本の『万葉集』に関する裏書について述べてきた。『名寄』の編者澄月が識語で記した「地名の国分け」を中心とする「不審」を「添削」し明確にするという期待を受けて、その大半は地名の「国分け」であった。「国分け」への疑問を解決するために『万葉集』を拠り所としていたのである。裏書筆者の『万葉集』の知識が十分ではないためか、時に杜撰な引用もみられるが、しかし、その中には古次点を伝えるものがあり、仙覚本系が主流となっていく中世において、裏書筆者の周辺には、なお古次点系統の『万葉集』も存在し、『名寄』の裏書はその一端を伝えるものであった。これは「不審」を考察するという過程で残されたものである。中世最大の名所歌集として、多くの地名と歌を類聚し提供するという役割だけではない、『名寄』の特色として評価されるべきものであると考える。

注

（1）他に「古今三・後撰一・拾遺二・後拾遺二・続後撰一・散木集一・良玉集二・能因歌枕一・六百番歌合一・千五百番歌合四・奥義抄（清輔抄）二・密勘抄一・八雲御抄五・伊勢物語一・源氏物語一」などが見られる。猶「範兼関係」の名は六例見えるが、それについては第二部第三章で述べた。

（2）刊本は以下の通り。

伊良虞嶋　崎

万一　打麻乎麻續王　白水郎有哉射等籠荷四間乃珠藻苅麻須

右麻續王流於伊勢國伊良虞島之時人哀傷作歌

麻續王聞之感傷和歌

同　空蟬之命乎惜美浪爾所湿伊良虞之島之玉藻苅食

（二首省略）

万一　潮左為二五十等児乃島邊榜船荷妹乗良六鹿荒　島回乎

右持統天皇幸于伊勢國時留京柿本朝臣人麿作歌

崎

（四首省略）

堀百　波のよるいらこがさきをいつる船はやこきまはせしまきもそする

裏書云人麿哥五十等児嶋ト書リ異點イトコノ嶋ト和セリ而先達哥枕紀伊國入之仍彼國亦載之但伊良虎為正欤。

（3）私に記した『万葉集』の巻数と国歌大観番号（旧）である。以下同。

（4）刊本では題詞を左注としたため「右」を加え体裁を整え、さらに天皇名を加え作歌の状況を理解しやすくしている。注（2）参照。

（5）宮内庁本には「先達歌枕・先達類聚・先達」の語が六十以上用いられており、名所歌集の類と思われるが、具体的に何を指すかは明らかではない。

（6）佐佐木信綱『秘府本萬葉集抄』（古今書院、一九二六年七月）。後に『萬葉集叢書　第九輯』（臨川書店、一九七二年十一月）に所収。

（7）和歌史研究会編『私家集大成　中古Ⅰ』（明治書院、一九七三年十一月）所収「人麿Ⅰ・人麿Ⅱ・人麿Ⅲ」による。

（8）久曾神昇編『日本歌学大系別巻一』（風間書房、一九六九年六月）によると「いらご」（志香須賀文庫本〈荒木田久老手沢本〉を底本に愛知教育大本〈二條家旧蔵本〉で校合）、『校本萬葉集巻十増補』では「いとこ」（津軽家旧蔵本）である。

（9）『冷泉家時雨亭叢書』第一巻『古来風躰抄』（朝日新聞社、一九九三年二月）

（10）『万葉集』の引用は『西本願寺本　普及版』（おうふう・主婦の友社、一九九五年十月）による。（但し書き入れや貼紙別筆などは省く）。

（11）『校本万葉集巻七』所収。前田侯爵所蔵本による。

（12）『日本歌学大系別巻二』及び渋谷虎雄『古文献所収万葉和歌集成　平安・鎌倉期』（桜楓社、一九八二年二月）

（13）高松宮本の歌本文は「我コトク世ニスミカネテ秋ノ山サヲ鹿鳴くモ」と小異がある。

（14）第三部第一章参照

（15）宮内庁本　巻十大和國

[目録]　手向山　又近江在之

万第六大伴坂上郎女奉拝賀茂社之時、便越相坂山望見近江海而晩頭還来作哥云、木綿畳手向山今日越云々。然者此山會坂之異名欤。仍近江又載之。但古今第九如北野御製者朱雀院幸奈良時於手向山読云々。當國在此山欤。或云春日社以南在大森、大納言兼武蔵守良峯安世卿墓所也。仍号武蔵塚。崇彼卿而為神。素性法師手向綴袖可切ノ哥於彼所詠之。彼塚号手向山也云々。或云、會坂之者云手向之山當國之者只手武氣麻云々。此儀證據何事哉。付根本哥成今案儀欤。後之哥未必然如件。

[本文]

手向山　言書雖多先立注之間今略之

万　木綿畳手向の山をけふこえていつれの野へに廬せんこら

右大伴上郎女奉拝賀茂社之時使城相坂山望欤。近江海之晩頭還来作哥。

(16) 刊本は目録には全巻一切注書はない。
(17) ここの刊本の注書は宮内庁本以下の目録にある詳細な注書を指す。目録にあった注書を「目録に注書を一切記さない」という編集方針に従って削除し、本文に記したということである。地名「手向山」の下の注書も宮内庁本の「言書雖多先立注之間今略之」と同じでは齟齬をきたすことから「峯　神　近江有同名」と変えている。

表（6）裏書一覧

	所在	宮	細	静	高	刊	内容	影響文献名
1	巻一　山城　音羽川	○	○	○	○	○	A　音羽川の所在	拾遺・古今
2	巻三　山城　小塩山	○	○	×	○	×	A　小塩山の所在	拾遺
3	巻四　山城　暗布山	○	○	×	○	×	B　出典	千五百番・野宮左大臣歌合
4	巻四　山城　御輿岡	○	○	○	○	○	C　御輿岡・御輿男の是非	後撰・六帖・新撰六帖
5	巻六　大和　春日野	○	○	欠	○	○	A　御手洗川の国分け	
6	巻六　大和　春日野森	○	○	欠	○	○	C　作歌事情	密勘・続後撰・奥義抄
7	巻七　大和　吉野山	○	○	欠	○	○	C　作歌事情	
8	巻七　大和　吉野川	○	なし	欠	○	○	C　歌評	千五百番
9	巻八　大和　神南備里	○	○	欠	○	○	A　神南備森の所在	
★10	巻十　大和　信土山	○	なし	欠	○	○	A　信土山の所在	八雲御抄
11	巻十　大和　十市山	○	○	欠	○	○	A　地名の是非	石清水歌合
12	巻十　大和　十市里	○	○	欠	○	○	A　地名の是非	石清水歌合
13	巻十二　河内　片岡山	○	×	○	×	○	C　作歌事情	拾遺
14	巻十二　和泉　吹居浦	○	×	○	×	○	C　作歌事情	清輔抄
15	巻十三　摂津　長柄橋	○	なし	○	○	○	C　歌句の意味	古今
16	巻十三　摂津　葦屋いさこ山	○	○	○	○	○	A　地名の是非	伊勢物語
17	巻十三　摂津　灘田	○	×	○	×	○	C　歌評	千五百番
18	巻十四　摂津　住江	○	○	○	○	○	C　歌評	住吉社歌合・八雲御抄

19	巻十四　摂津　名児海	○	○	○	○	○	C　歌評	古歌連歌
20	巻十五　摂津　三嶋	○	×	○	○	○	A　地名の是非	孤嶋歌合・遠島歌合
★21	巻十五　摂津　阿胡浦	○	×	○	○	○	A　国分け	万葉・或類聚・拾遺・八雲
★22	巻十六　摂津　縄浦	○	×	○	×	○	A　縄浦の所在	万葉
23	巻十六　摂津　闘鶏野	○	○	○	○	○	A　闘鶏野氷室の説明	日本紀・風土記・習俗抄
★24	巻十八　伊勢　いらこが崎	○	○	欠	○	○	A　地名のよみ	先達歌枕・万葉
25	巻十九　参河　八橋	○	○	欠	○	なし	A　国分け	
★26	巻二十　駿河　師歯逼山	○	○	欠	○	×	A　地名の表記	万葉
27	巻二十　相模　朝倉山	○	○	欠	○	×	A　国分け	神楽歌
28	巻二十一　武蔵　荒藺崎	○	○	欠	○	○	A　崎と磯	
★29	巻二十一　下総　真間の井	○	○	欠	○	×	C　歌の表記	万葉
★30	巻二十二　近江　都	○	なし	○	なし	○	A　地名の所在	八雲御抄
★31	巻二十三　近江　比良都	○	なし	○	なし	○	C　題詞	万葉
32	巻二十三　近江　不知也河	○	なし	○	なし	○	A　地名のよみ	後拾遺序
★33	巻二十三　近江　手向山	○	×	○	×	○	A　国分け	万葉・先達歌枕・或記・建保名所百首
34	巻二十五　信濃　穂屋	○	なし	欠	なし	○	A　地名の是非	
35	巻二十六　上野　佐野渡	○	○	欠	○	○	A　国分け	範兼卿類聚
36	巻二十六　上野　阿素河原	○	○	欠	○	○	A　国分け	八雲御抄
37	巻二十六　上野　美加保関	○	○	欠	○	○	A　国分け	八雲御抄
★38	巻二十七　陸奥上　金山	○	×	欠	○	○	A　国分け	万葉・和云・先達歌枕
★39	巻二十七　陸奥上　信夫河原	○	なし	欠	なし	○	C　題詞	万葉
40	巻二十八　陸奥下　武隈	○	○	欠	○	○	C　武隈松の由来	或伝
41	巻二十八　陸奥下　緒絶橋	○	○	欠	○	○	A　国分け	源氏物語

42	巻二十九　越中　三嶋野	○	○	欠	○	なし	C　歌語の説明	六百番
43	巻三十二　美作　勝間田池	○	○	欠	○	○	A　国分け	良玉
44	巻三十四　淡路　野嶋崎	○	○	欠	○	○	A　国分け	或歌枕　顕輔歌
45	巻三十五　筑前　竈戸山	○	○	欠	○	○	A　国分け	散木集
★46	巻三十五　筑前　安野	○	○	欠	○	○	A　国分け	範兼卿類聚
47	巻三十五　豊後　木綿山	○	○	欠	○	○	A　地名の是非	
★48	巻三十五　豊後　三穂浦	○	○	欠	○	○	A　国分け	範兼卿類聚・五代集ノ歌枕他
49	巻三十七　未勘国　水茎岡	○	○	欠	欠	○	A　国分け	古今・八雲御抄・現存六帖・範兼卿

※・宮内庁本にある裏書のみを取り上げた。また他本には「裏書」とあり宮内庁本には「裏書」の語がない場合、内容の有無にかかわらず取り上げなかった。

・○—裏書があるもの　×—歌或いは地名はあるが、裏書はないもの　なし—歌、地名、裏書ともないもの　欠—欠巻

・内容の分類　A国分け—所属国の相違　所在—同一国内での相違　地名の是非—固有名詞か否か
　B出典　C作歌事情　歌語その他の説明

・引用文献名—引用された文献名

・巻の数は『名寄』の巻数である。

・★は『万葉集』に関する裏書を示す。

附論　和歌における歌枕表現

――歌人伊勢の表現から――

第一章　伊勢と歌枕

一　歌枕の成立

かく人のむこになりにければ、いまはとはじとおもひて、ありしやまとにしばしあらむとおもひて、かくいひやりける

三輪の山いかに待ちみむ年ふともたづぬる人もあらじとおもへば

（『伊勢集』[1]三　『古今集』恋五巻十五・七八〇）

この伊勢の歌に詠まれた地名「三輪山」は、『万葉集』にも、

三輪山をしかも隠すか雲だにも心あらなも隠さふべしや

（『万葉集』巻一・一八）

三諸つく三輪山見ればこもりくの泊瀬の檜原念ほゆるかも

（『万葉集』巻七・一〇九五）

と詠まれ（他に二・一五七など『万葉集』中に三輪山は六例ある）、古くから著名な地名であった。しかし、「歌枕」を「特定の観念を伴う地名」と定義づけるならば、『万葉集』の「三輪山」はいまだ「歌枕」とは言えないであろう。

では伊勢の歌における「三輪山」はどうであろうか。『俊頼髄脳』には

三輪明神の歌、恋しくばとぶらひ来ませ千早振る三輪の山もと杉たてるかど、これは三輪の明神の住吉の明神にたてまつり給へる歌とぞいひ伝へたる。（中略）伊勢が枇杷の大臣に忘られたてまつりて、親の大和の守、継蔭が許へまかるとてよめる歌　三輪の山…（中略）是はかの三輪の明神の御歌を思ひてよめるなり。（中略）杉をしるしにて三輪の山をたづぬとよむもみな故あるべし。（以下略）

とあり、伊勢の歌は三輪明神の歌「恋しくば」を本歌としていることがわかる。いま少し他の歌書を引用してみよう。

古今云、我いほはみわの山もとこひしくはとぶらひ来ませ杉たてるかど、と云ふ歌は、この明神の歌となむ申つたへたる。みわの山をたづぬ、又は杉をしるしなどよむことはこの歌よりはじまれるにや。（『奥義抄』　引用歌は『古今集』雑歌下巻十八・九八二　読人不知）

三輪明神御歌、恋しくばとぶらひ来ませわが宿はみわの山本杉たてる門、古今集歌か、但し、上下せり、また彼集不注此由

（『袋草紙』）

恋しくばとぶらひ来ませちはやぶる、みわの山もと杉たてるかど、古今にはわがいほはみわの山もと恋しくばとふらひ来ませ杉たてるかどとあり。この歌は三輪明神の住吉明神にたてまつり給ふ歌也と申伝へたり。三輪の山をたづぬ、又杉をしるしなんどとよむことは、この歌によりてはじまれり。

（『和歌色葉』）

これらの解説によれば、「恋しくば」も「我いほは」も、ともに三輪明神の歌であり、このように二種の歌が伝わっているということは、後に述べる伝説とともに、この歌が、かなり以前から流布していたことを表している。この歌により「三輪山」と「たづぬ」という語の結びつきが生じたのである。

伊勢の歌は、「正体がくちなわである男が、その姿を知られたことを

恥じ、長年親しんだ女と泣く泣く別れて去っていった、ところが、女は恋しさに男の後をつけて行くと、男は三輪明神の洞に入っていった。」という伝説を根拠とし、「恋しくば（我いほは）」の「後に心を残してはならないが、残さざるを得ない不本意な悲しい別れ」の概念を、「三輪山」と「待つ」と「たづぬ」という語を結合させることによって表現した歌である。即ち、ここに「三輪山」という歌枕が成立したと思われる。

『古今集』には、「三輪山」を詠んだ歌は、さきの七八〇番歌と巻十八・九八二番歌以外に、貫之の

みわ山をしかもかくすか春霞人に知られぬ花やさくらむ　（春下巻二・九四）

の一首があるが、これは言うまでもなく、『万葉集』十八番歌の本歌取にすぎない。つまり、まだ歌枕としては成立していない。同様に

みわ山の山したとよみゆく水の身をしたえずばのちもわがまつ　（『古今和歌六帖』巻五・二九三四『万葉集』十二・三〇一四結句「わがつま」）

たがまきしくれなゐなれかみわ山をひたくれなゐにほはせるらん　（『古今和歌六帖』巻五・三四八三）

では「三輪山」は地名に過ぎないが、

みわ山のしるしの杉もかれはててなき世にわれぞきてたづねつる　（『元真集』[2]三一四）

忘れずはたづねもしてんみわの山しるしにうゑし杉はなくとも　（『古今和歌六帖』巻六・四二七八）

では歌枕として、三輪明神や伊勢の歌と共通する観念を付随させているといえよう。

その後、平安時代を通じて「三輪山」と「杉」、「待つ」及び「たづぬ」とを結合させた歌は、凡そ百首あり、「三輪山」は歌人に愛好された歌枕であったに違いない。『万葉集』では単なる地名に過ぎなかった「三輪山」が、『古今集』読人不知の歌を濾過し、伊勢に至って歌枕として成立したのである。

「三輪山」だけではなく、伊勢の歌には、種々の地名が見られ、「長柄橋」や「涙川」のように、後世多くの歌論書に引用されたものも存在する。それに、伊勢の時代は、歌枕が形成されつつあった時代である。伊勢はその中で、歌枕の形成と発展に少なくない貢献をしたのである。それを探り、また歌枕の種々相を少しでも明らかにしてみたい。

二　伊勢の歌に用いられた地名

『伊勢集』中の伊勢の作と目される歌に用いられた地名は次の二十九である。（伊勢の歌以外の歌群の混入（三七九～四四三）と考えられている歌は、後にまとめて扱うのでここでは省いている。）

飛鳥川　Ⅱ四七三・五一七・五一九　逢坂関　四九　近江　三三六　荒磯海　二二二　伊勢（伊勢海を含む）　二一九・二七七・四六一・四六二　和泉　二九三（三七八重出）　伊豆　二一七　稲荷山　二〇五　宇治殿　二五三　音羽川　四六三　思川　三〇四・四五六　春日野　二〇四　嵯峨野　二六八　しでの山　二七・四五〇　塩釜浦　二一一　住吉（住江）　八五・二六〇・四〇七　都留郡　二一三　長柄橋　三一三・一五三・四五二　灘の海　七九二　涙川　一六

一・二七三・二七七・三一三　深草（深草山を含む）　Ⅱ四八二・五二〇　富士山　二〇七　伏見里　二三四　松山　四八〇　御手洗川　Ⅱ五〇五　水江　三五八　三輪山　三　山の辺　一三三　吉野　一

三

これらを概観すると、伊勢の用いた地名は涙川・三輪山・しでの山・深草・飛鳥川・長柄橋など悲恋・死・無常など「悲哀」のイメージを象徴するものが目立つ。他にも涙と結びつく和泉、雪や花ではなく隠遁の地としてとらえた吉野など哀感を伴う地名が、好んで用いられている。「祝」や「喜び」の地名は「稲荷山」や「都留郡」くらいである。これは、伊勢が多くの男性に愛された、表向きは華麗な生涯を送ったようであるが、仲平との初恋が破れた時から、早くも男性の愛の頼みがたさや無常を認識せざるを得なかったことや、父継蔭をはじめとして、母、主人の中宮温子、夫の敦慶親王、宇多帝を見送り、子供たちも中務以外は、すべて伊勢に先立ったことなどが、影響しているのであろう。

先に挙げた地名を使用数の多い順に示すと次のようになる。

四例　伊勢の海

三例　飛鳥川　住吉（住江）　長柄橋

二例　深草

一例　逢坂関他

伊勢の海、飛鳥川、住吉（住江）、長柄橋などは、『古今集』にも頻繁に用いられた地名であり、伊勢が地名表現においても古今的歌人であったことを表している。また『古今集』に限らず、これらの地名は平安時代を通じて、歌人たちに愛好された地名であった。伊勢の歌も地名の証歌として、歌人たちの拠り所となったことは、「なにはなる長柄橋」の歌が、藤原公任によって高く評価され、歌書にしばしば引用されてきたことに表れている(3)。

三　伊勢にみる地名表現の諸相

では、地名は伊勢の歌において、どのように用いられ、いかなる役割を演じているのだろうか。個々の歌の表現の実際に当たって、その機能を見ていきたい。

伊勢の使用した地名について、その表現の類型を見れば(4)、凡そ四つに分類される。

（Ⅰ）単に場所を表す地名として詠み込まれたに過ぎないもの。

山のへにて

草まくらたひゆくみちのやまへにもしらくもならぬみちやとりけり　（一三三）

「山のへ」は『万葉集』に「山辺の御井」（一・八一）、「山辺の五十師の原」（十三・三二三四）「山辺の五十師の御井」（十三・三二三五）など存するが、これらはいずれも三重県所在とされている。「大和の山辺」は平安時代の『能因歌枕』をはじめとする地名を類聚した書には登場しないし、『平安和歌歌枕地名索引』(5)にも伊勢のこの一首が所収されているだけである。従って伊勢の歌初見の地名と言えようか。

ここで、用いられている地名は特定の観念を伴うものではない。「山のへにて」という詞書によっても明らかなように、実景的ではあり、歌枕として成立する以前の状態にあるといえよう。それは「山のへ」は平安時代になって用いられた地名であり、少なくとも伊勢以前にはみることのできない地名であるからである。地名は「常に人の詠みならはしたるところを詠むべきなり」と『俊頼髄脳』に記されているように、頻用されることによって、共通概念が生まれ、歌枕として成立していくのであるから、その地名が使用された初期の段階では、歌枕として完成するに至っていないのである。

（Ⅱ）地名が掛詞として用いられたもの

うぢどのにて
みづもせにうきぬるときはしがらみにうぢのとのともみえぬもみぢば　（二五三）

宇治橋、宇治山、宇治渡は多くよまれたたが、宇治殿はこの一首のみである。『大日本地名辞書』(6)の「平等院」の項に

宇治町の東北、宇治橋の南二町に在り、宇治河東畔を流る。此地初め、左大臣源融の別館にして、陽成天皇行幸あり、勝景を以って称せられ、宇治院と曰付（以下略）

とある源融の別荘をさしたものであろうか。「宇治殿にて」という詞書から現地に臨んで詠まれた歌であるが、「内の外のとも（しがらみの内の紅葉とも外の紅葉とも）」を掛けていて、実景実情を離れた歌となっている。

我やどはいまぞふるすとなりぬなる君よるさとのさがのななれば　（二六八）

この地名も『万葉集』や『古今集』には見えず、在原行平の歌に
さがの山みゆきたえにしせりかはのちよのふるみちあとはありけり　（『後撰集』恋巻十四・一〇七五）

があり、また『能因歌枕』にも「さが山」はあるが、「嵯峨」はない。「嵯峨野」は『八雲御抄』「第五名所部」の「野」部「さがの」に「後拾遺　賀茂成助」と注され、『後拾遺集』にある賀茂成助の
小萩咲く秋まであらば思ひいでんさがのをやきし春はその日と　（春上巻一・八〇）

によって後によく歌われている。「嵯峨」に「性―さが」を掛けて「古びて新鮮さのない性質の里」を意味する。他に

よるこゆとたれかつげけむあふさかのせきかたむめりはやくかへりね　（四九）

わかれてはいつあはむとかおもふらむかぎりあるよのいのちともなし　（二一七）

こころにやのりてこがれしあふみてふなはいたづらにみづかげもせで　（三二六）

せきとむるなみだいづみにたえせずばながるるみをぞとどめざりける　（二九三・三七六）

そらめをぞ君はみたらし河のみづあさしやふかしそれはわれかは　（Ⅲ五〇五）

これらでは、それぞれ、「逢坂に逢ふ」「何時に伊豆」「近江に逢ふ身」「泉に和泉」「御手洗川に見た」が掛けられている。「逢坂関」は後には「清水」「望月の駒」等の景物と結びつけて詠まれ、「御手洗川」は「恋せじと御手洗川にせしみそぎ神はうけずもなりにけるかな」（『古今集』恋一巻十一・五〇一読人不知）を本歌として、「みそぎ」及び「恋」の語と共に詠まれることが多くなり、また「見た」は「年を経てうき影をの

みみたらしのかはる世もなきみをいかにせん」（『新古今集』神祇歌巻十九・一八八八　周防内侍）のように、「影」という縁語を伴うようになるなど、歌枕としての体裁を整え完成していくのであるが、これらはその前段階のものである。

　なにたちてふしみのさと、といふことはもみちをとこにしけばなりけり　（一三四）

「伏見」は「大和」「山城」両国に存在する地名である。『八雲御抄』に「二有、宣陽門院也、一は大和をはつせみゆるすがはら」と注されているように、「大和の伏見」は「すがはらやふすみのさと」と「すがはら」を冠して用いられたり、「をはつせ山」と共に詠まれることが多かった。『名寄』においても「すがはら・をはつせやま」が詠まれているか否かによって所属国を決定したようである。「名にたちて」は「山城の伏見」に所収されている。『大日本地名辞書』の「大和の伏見」の項に

　伏見村は、今総名となり、菅原其小名となる、古に反す。此地名義は、臥身の人あるを以てと為せど付会の語なり、釈書云、伏見翁者不知何許人、或日竺士来、翁臥平城菅原寺側崗、三年不起又不言、人呼為唖者、天平八年、行基迎婆羅門僧菩提、帰於菅原寺設供、三人甚歓、其臥所因名臥身云々。

とあり、「伏見」は「臥身」より生じた地名ということになる。一方「山城の伏見」は「伏見日本書紀俯見に作る云々」とあり、「臥」は「ねる、うつふせにねる」、「俯」は「うつむく、うなだれる」の意であるので、「床」という語があることから、「名にたちて」の歌は、「臥し身」即ち「大和の伏見」ということになり、[7]『名寄』は所属を「山城」としているが、誤りであるということになる。[8]紅葉が詠まれているので、掛詞としては「臥し身」よりは「臥し見」が、適切であろう。

　なだのうみあれぞまさらんはまちどりなごむるかたのあとをたづねよ　（一九二）

この歌は、「なだのうみきよきなぎさにはまちどりふみおくあとをなみやけつらん（一九一）への伊勢の返歌であるので、これをうけて「なだのうみ」を用いたのであれば、（Ⅰ）の類型に入ると考えられるが、掛詞とすると「灘」の字義から、上の句は「波が激しく逆巻いている、海がますます荒れている」つまり「それほど激しく相手の愛を拒絶している」という意になり、伊勢らしい歌となろう。『大日本地名辞書』には「鳴尾の武庫川口より神戸の港川口までの広湾を土俗灘と称す云々」と解説されている。猶「灘の海」は平安和歌では、この贈答歌群にしか見られない。[9]

　君がよはつるのこほりにあえてきねさだめなきよのうたがひもなく　（二一三）

「都留郡」に「つる」を掛け、「長齢」「長久」を表す歌枕である。『和歌初学抄』にも「イハヒニ」という注がある。『万葉集』東歌にも「都留」は見られるが（十四・三五四三）、掛詞として用いられたのは、当該歌や、壬生忠岑の「きみがため命かひへぞわれはゆくつるてふこほりちよをうるなり」（『忠岑集Ⅱ』五三）[10]がその初めであろう。

以上の地名は「都留郡」以外は、いずれも単なる掛詞として機知の面白さを狙ったものであり、ある特定の観念を歌枕が有するまでには至っていない。つまり歌人たちがその歌枕に共通の概念を持つほどに頻用されていない段階のものという点では（Ⅰ）と同じである。

（Ⅲ）特定の景物と結合して用いられているもの

かすがののわかなのたねはのこしてむちとせのはるもわれぞつむべき　（二〇四）

「春日野」は『万葉集』でも多く詠まれたが、「粟—三・四〇五　萩—七・一三六三　十・二一二五　浅茅十・一八八〇　十二・三〇五〇、三一九六　藤十・一九七四　尾花十・二一六九　十六・三八一九」など景物は種々である。ところが『古今集』になると、

春日野は今日はな焼きそ若草のつまもこもれり我もこもれり　（春上巻一・十七　読人不知）

春日野の飛火の野守いでて見よいまいく日ありて若菜つみてむ　（春上巻一・十八　読人不知）

春日野の若菜つみにや白妙の袖ふりはへて人のゆくらむ　（春上巻一・二二　紀貫之）

春日野に若菜つみつつ万代をいはふ心は神ぞしるらむ　（賀巻七・三五七　素性法師）

春日野の雪間をわけておひいでくる草のはつかに見えし君はも　（恋一巻十一・四七八　壬生忠岑）

の様に、「春日野」はすべて「若草（若菜・草）」という景物を伴って詠まれる。「若草」は必ずしも「春日野」を伴うわけではないが、（十九・二〇他）[11]、「春日野」は「若菜」を抜きにして詠まれることはない。「春日野」は、その表記から「藤」や「萩」やその他の景物よりも、「若草」が最もふさわしいものとして選ばれ、古今集十七番歌や十八番歌が証歌となって、伊勢の時代、即ち撰者時代には、その結合が「浅き春」を具現する地名として定着していったのであろう。

はてはみのふじの山ともなりぬるかもえぬなげきのけぶりたえねば　（二〇七）

「富士山」と「燃ゆ」の結びつきで、「激しい思ひ」「つきぬ思ひ」を表す。

伊勢のうみにとしへてすみしあまなればいづれのもかはかづきのこせる　（二一九）

おぼろげのあまやはかづくいせのうみのなみたかいそにおふるみるめは　（四六一）

おきつなみあれのみまさるみやのうちに年へてすみしいせのあまもふねながしたる心ちして（以下略）　（四六二）

「伊勢」も『万葉集』では「浜荻・波・鶴・海士」など、景物との結びつきが一定していないが、『古今集』読人不知の歌

伊勢の海に釣する海人のうけなれや心ひとつを定めかねつる　（恋一巻十一・五〇九　読人不知）

伊勢の海の海人の釣り縄うちはへてくるしとのみや思ひわたらむ　（恋一巻十一・五一〇　読人不知）

伊勢の海人の朝な夕なに潜くてふみるめに人を飽くよしもがな　（恋四巻十四・六八三　読人不知）

等によって「海人」との結びつきが固定した。しかし、読人不知の歌はすべて序詞として用いられているもので、特に六八三番歌は『万葉集』十一・二七九八番歌[12]と全く同じ序詞であり、『万葉集』の残り香が強く、歌枕とは言えないが、伊勢の歌になると「伊勢のあま」によって二一九番歌では「伊勢自身」を表し、四六一番歌では「相手の男性」を表すなど、歌枕として、形成されつつある状態に発展した。

飛鳥川ふちせもしらぬわがやどもせにかはりゆく物にぞありける　（Ⅱ四七二）

これは「飛鳥川」と「淵瀬」の結びつきで「無常」を表す。

きしもなくしほもみちなばまつやまもしたにてなみはこえむとぞ思ふ　（四八〇）

「松山」と「浪越ゆ」の結びつきで「ありえないこと」を表す。

すみのえのはまのまさごをふむつるはひさしきあとをとむるなりけり　（八五）

すみよしのきしにきよするおきつなみまなくかけてもおもほゆるかな　（二六〇・四〇七）（二句「よすなる」）

八五番歌は、「住江の浜」と「鶴」の結びつきで「長久」を表す。また二六〇番歌は、序詞として用いられているが、「住吉の岸」と「波」で「間断ないこと」を表す。

しでの山こえて来つらんほとゝぎすこひしき人のうへかたらなん　（二七）

「しでの山」は「冥土」を表す架空の地名で、「ほととぎす」と結びつく。

以上の「春日野」「富士山」「伊勢」「飛鳥川」「末の松山」「住吉（住江）」「しでの山」は、その景物との結びつきが撰者時代には既に固定していて、歌人の共通理解となっていたもので、伊勢はそれにならって詠んだのである。

つのくにのながらのはしもつくるなりいまはわがみをなにゝたとへん　（一五三・四五二（初句なにはなる））

ふるゝみはなみだのかはにみゆればやながらのはしにあやまたるらん　（三一三）

一五三番歌は、後に『新撰髄脳』を初めとして、『奥義抄』『古来風躰抄』『和歌色葉』『井蛙抄』など多くの歌学書に引用されている。そのうち、『奥義抄』に

此集雑部に世の中にふりゆくものはつのくにのながらのはしと我身なりけり、といへる歌をもとにてよめる也（以下略）

と記されているので、この歌は『古今集』八九〇番歌（雑歌上　巻十七）を本歌としたものであることがわかるが、『新撰髄脳』の

此は伊勢の御が中務の君にかくよむべしといひける歌なり

或いは『奥義抄』の

これは伊勢の御の中務の君になからむ世にはかやうに歌はよめといひたる也

等の記述から、専ら歌の規範とされていたことが察せられる。それは『新撰髄脳』に、

古の人多く本に歌枕をおきて末に思ふこゝろをあらはす、さるを中頃よりは、さしもあらねど、はじめに思ふことを言ひあらはしたるはなほわろきことになむある云々

とあり、この歌を「本に歌枕をおきて末に思ふこゝろをあらはは」した歌として引用しているのである。つまり、歌枕を詠む場合の模範とすべき歌として、読人不知歌よりも、伊勢の歌が爾来長く尊重されることになる。伊勢は読人不知歌を本歌としながらも「長柄橋」を歌枕として成立発展させたのである。

しほがまのうらこぐふねのおとよりも君をうらみのこゑぞまされる　（二一一）

『古今集』の東歌「陸奥はいづくはあれどしほがまの浦漕ぐ舟の綱手かなしも」（東歌巻二十・一〇八八）を本歌とし、「塩竈の浦」と「舟」とを結びつけ、「悲しみ・恨み」を表す。

前栽うゑさせたまひてすなごひかせけるに、いへ人にもあらぬ人のすなごおこせたれば

ありそうみのはまにはあらぬにはにてもかずしられねばわすれてぞつむ　（一二二二）

『古今集』の読人不知歌「荒磯海の浜の真砂と頼めしは忘るゝことの数にぞありける」（恋五巻十五・八一八）を本歌とし、「荒磯海の浜」と詞書の「すなご」の結びつきで、「数しれぬこと」を表す。

以上に挙げた、「塩竈の浦」「荒磯海」及び一節で述べた「三輪山」は、「長柄橋」と同じく、『古今集』読人不知人歌を本歌とするものである。しかし、「飛鳥川」や「春日野」などのように、撰者時代に既に景物や特定の語句との結びつきが固定化し、歌枕として完成していたものではない。伊勢を含む撰者時代の歌人たちが、積極的にその地名を詠むことによって、やがて景物、語句との結びつきが固定し、特定の観念をも有する、歌枕として成立していくのである。伊勢はそれに多大な貢献をしたということになろう。

次に『古今集』読人不知歌以外の歌を典拠としているが、やはり歌枕としての成立に大きく影響を与えたと思われるものを挙げてみよう。

みづのえのかたみとおもへばうぐひすのはなのくしげもあけてだにみず　（三五八）

「水の江」は、『万葉集』では九・一七四〇番歌の「水の江の浦嶋子」の歌に見えるだけである。『古今集』にはない。伊勢は説話か或いは古歌かは不明であるが、「水の江の浦嶋子」に関するものを典拠とし、「くしげ」「あく」と結びつけ、「歌枕」として成立させようとしたものである。

おとはがはせきれておとすたぎつせに人のこころのみえもするかな　（四六八）

特に典拠としたと思われるものは詳らかでないが、「音羽川」と「せきいる」「せきとむ」とを結びつけて「深さ」を表す。後に「あさからぬ心をぞみるおとは川せきいれし水のながれならねど」（『周防内侍集』五七）など多く読まれた地名である。

（Ⅲ）の特定の景物・語句と結合して用いられる地名は、（Ⅰ）や（Ⅱ）と異なり、その地名が歌に詠まれることによって、空間的拡がりを加えるだけではなく、特定の観念をも提示するという機能を持ち、歌枕となる。この二つの機能を持つという点では掛詞的とも言えるが、地名の持つ特定の観念は、その地名が頻用されることによって生じ、歌人たちの共通理解となるに及んで、その機能を発揮するという、他のどの歌語とも異なる特性を持っている。

そして、特定の景物・語句と結合し、特定の観念を持った歌枕は、さらに発展すると、特定の景物・語句を伴うことなく、その観念を表現できるまでになる。「歌枕の観念化、抽象化、記号化の度合」[13]が進んだものである。即ち、歌人たちに、その歌枕と観念が共有されることによって、歌枕は一種の記号、略号となりうる。

（Ⅳ）　特定の景物・語句との結びつきを離れ特定の観念を表す、歌枕表現の最も進んだもの

ふかくさに君まどはしてわぶる身のなみだにそむる比とやはみぬ　（Ⅱ四八二）

世の中を夢のごととは聞きしかど現ながらに深草の山のけぶりとわが君をしらぬ雲居に守りあげて（以下略）　（Ⅱ五二〇）

「深草」は俊成の歌で知られているように[14]、「うづら」と共に詠まれ、「閑寂」を表す歌枕として有名であるが、それは後のことである。古今集には「深草」を詠んだ歌は四首ある。そのうち一首は掛詞的に用いられ、（Ⅱ類型）、残りの三首は伊勢の歌と同じく哀傷歌である。この場合は「深草」と特定の景物・語句が結びついて、「死」という観念を生み出し、それが頻用されるに及んで、「深草」のみが、その観念を表すようになったというよりは、葬送の地であるということが、「深し」と掛詞として用いられ、「人を失った深い悲しみ」を表す地名として、用いられたのである。

うきことのかくわくときはなみだがはめのまえにこそおちたぎりけれ　（一六一）

なみだがはわがなきよめむも丶しきの人のこころをまくらにもがな　（一七三）

ふ丶るみはなみがのかはにみゆればやなかからのはしにあやまたるらん　（三一三）

「涙川」は他の語を必要とせず、「離別・悲恋」等の悲しみを表す歌枕である。これも頻用されることによって記号化したのではない。

古今集には、「涙川」の歌が六首あるが、どれも「流る、うく、ひる、ぬる」などの縁語と共に詠まれ、「涙が多く流れること」を川に喩えた歌語に過ぎない。伊勢の時代から、離別や恋の悲しみを端的に表現することができ、縁語も豊富な「涙川」は理想的歌語として流行し、平安時代を通じて二百首あまりも詠まれた。そして、この普通名詞としての涙川に空間性が付与され、「伊勢国」という所在地までも与えられるようになる。

『能因歌枕』や『和歌初学抄』では、「涙川」は見られないが、『五代集歌枕』や『八雲御抄』では「伊勢国」とされ、『色葉和難集』では「或云伊勢国になみだ川とてあり」という注がある。これより平安後期には「涙川」は「伊勢国」所在とされていたことがわかる。『五代集歌枕』では、伊勢の「いせわたるかは丶そでよりながるれどとふにとはれる身はうきにけり」（一七七）の後に、

後撰十九云、オトコイセヘマカリケルニヨメリ。サレバ伊勢国ト見タリ。又袖ヨリナガルトハ涙トキコエタリ、伊勢ノワタリトヨメルナリ、水溜渡ト文選ニモツクレリ、ワタルトハナガルノ心ナリ（中略）伊勢ニナガル、トヨメルナリ

という注書がある[15]。実際は、この歌は『後撰集』巻十八雑四にあるが、「オトコノイセニマカリケルニ」といった詞書はない（『伊勢集』にもこの詞書はない）が、これは「涙川」が伊勢国にある、証歌とされている。

『後撰集』読人不知の歌

をとこの伊勢国へまかりけるに

君がゆく方にありてふ涙河まづは袖にぞ流るべらなる　（離別巻十九・一三二七）

と混同したのではないかと思われる。が一方「君がゆく」に比して、

「伊勢わたる」は人口に膾炙した歌であったらしく、多くの歌書に引用されている（『奥義抄』『和歌色葉』『色葉和難集』など）ことから、伊勢の歌が、涙川が伊勢国にあることを喧伝する役割を果たしたとも考えられる。

歌枕は、初期の段階では、歌に空間的拡がりを与えるだけであったが、徐々にそれに観念が伴ってくるのである。「涙川」のような架空の歌枕の場合は、それが逆で、最初に観念を伴って生じ、後に空間を要求するに至るのである。この点はつぎの「思川」も同じである。

おもひがはたえずながる、みづのあはのうたかた人にあはできえめや　（三〇四・四五六）（結句「やまめや」）

これも、「思川」のみで、「深き思ひ」を表す歌枕である。やはり架空の歌枕であるが、『五代集歌枕』『八雲御抄』では「筑前国」の所在となっている。なぜ「筑前国」とされるに至ったかは不明であるが、或いは『後撰集』の「つくしなる思ひそめかは渡りなば水やまさらむ淀むときなく」（恋六巻十四・一〇四六　藤原真忠）によるものであろうか。

「思川」は、「涙川」ほど平安歌人に愛好されず、詠まれた歌は二十首足らずと「涙川」の十分の一にも満たないが、伊勢のこの歌は、『奥義抄』を初め、『近代秀歌』『詠歌大概』『桐火桶』『三五記』『定家十體』等、定家関係の書に引用され、特に、『三五記』や『定家十體』では幽玄体の歌とされているなど、「涙川」と同じく歌人の規範となった歌である。

わがやどとたのむ吉野に君しいらばおなじかざしをさしこそはせめ　（一三）

この「吉野」は、『古今集』読人不知歌「み吉野の山のあなたに宿もがな世のうきときのかくれがにせむ」（雑歌下巻十八・九五〇）や「世にふればうさこそまされみ吉野の岩の懸け道踏みならしてむ」（雑歌下巻一八・九五一）にみるように、「世のうきことを厭い隠遁する地」という意味を持つ。伊勢の歌は「吉野」のみで、「隠遁する地」を表現しているが、これは藤原時平の「ひたすらにいとひはてぬるものならば吉野の山にゆくゑしられじ」（十二）の返歌である。従って、歌枕としての発展の結果ではなく、贈歌と重なることで、それが可能になったのであろう。記号化されていく途中の段階にあるということになる。

いとはる、身をばうれしみいつしかとあすかがはにもたのむべきかな　（Ⅱ五一九）

これも「飛鳥川」のみで「無常」を表現しているのであるが、この歌は「淵は瀬になりかはるなる世の中はわたりみてこそしるへかりけれ」（Ⅱ五一八）への返歌であり、贈歌の助けを借りているものである。

以上、一応（Ⅵ）類として五首を挙げたが、これらは①他の事象によって観念化が進んだ歌枕②観念が先立つ架空の歌枕③贈歌の助けを借りている歌枕で、歌枕として、純粋に発展した結果、記号化・抽象化したものではない。これは歌枕の発展展開は共時的に存在するとはいうものの、伊勢の時代ではそこまで進むほど、歌人達の共通基盤となった歌枕がなかったということである。

四　おわりに

伊勢の用いた歌枕には、歌枕の発生から、最も進んだ段階のものまで、様々の相が見られる。それは、伊勢の歌枕への取り組みの意欲的な姿勢を表すものである。伊勢は、歌枕表現に積極的に取り組んだ。それ故、単に地名として詠むに終わらず、類型化したものを一方的に受容し踏襲するに留まらず、自らも地名を発掘し、その表現機能を駆使し歌枕の成立と発展に寄与するところが大きかった。それは、伊勢集に混入したとされる歌群の三分の二以上が、地名を含む歌であるところにも現れている。この歌群を「伊勢が集積したメモ的手本的な歌」[16]とすれば、伊勢が歌枕に対して、どれほどの意欲を持っていたかが明らかである。そして、伊勢の歌には、その努力を反映し、後の歌人の規範となった歌が多くある。

伊勢は、枕詞にもすぐれた技量を発揮し、古今歌人のうちでも最も巧みで、且つ独創的な枕詞を用いた[17]とされているし、また枕詞に限らず、序詞、縁語、掛詞、譬喩など、修辞に巧みであったことも既に知られていることであるが、歌枕という修辞においてもそれを認めることができる。

歌枕は、その発生においては、実質的具体的であるが、発展に伴い、特定の景物・語句と結びつき、特殊な観念を有するようになる。さらに抽象化、記号化が進むにつれて、特定の景物・語句との結びつきを離れ、歌枕のみで、観念を表現することが可能になっていくのである。その省かれた部分を他の語で補えば、歌の内容がより深く複雑になる。しかしその現象が進めば進むほど、現代の我々にとっては、「その表現秩序に従わない限り、当時の和歌が生み出す世界を追体験できないのではないか」[18]ということになって、理解が困難になるのである。従って、歌枕の発生成立発展の過程を詳らかにし、歌における機能を把握することは、歌を深く正しく理解する上で、欠くべからざるものといえよう。歌枕研究の意義もそこにあるものと考えられる。

注

（1）『伊勢集』は『新編国歌大観』の底本である西本願寺本による。そこに所収されない歌は『新編私家集大成』（CD―ROM版）所収『伊勢集Ⅱ』（島田良二氏蔵『伊勢集』）、『伊勢集Ⅱ』になければ『伊勢集Ⅲ』（正保版歌仙歌集『伊勢集』）による。歌番号もこれに従う。歌集名を示さず、歌番号のみは全て『伊勢集』である。

（2）藤原元真の家集。平安時代中期の歌人。生没年未詳。三十六歌仙の一人。

（3）序章参照。

（4）北住敏夫氏は「名所歌の一考察―東北地方の歌枕につきて―」（『國語と國文學』一九六三年十一月）において、歌枕の和歌における表現類型を「（1）名所に特定の景物がとりあわされるもので、ある種の観念を伴うもの（2）地名が掛詞として使用され、ある種の観念を生ずるもの（3）地名が縁語を伴うもの」の三類に分けられた。

（5）片桐洋一監修　ひめまつの会編『平安和歌歌枕地名索引』（大学堂書店、一九七二年二月）

（6）吉田東伍『大日本地名辞書』第二巻上方（一九〇〇年三月、増補版一九六九年十二月）

（7）関根慶子・山下道代『伊勢集全釈』（『私家集全釈叢書16』風間書房、一九九六年二月）によると、「生駒山脈の東北山麓、西大寺の南方一帯」とし、大和と解釈する。『伊勢集』の歌の解釈は同書による。

（8）『平安和歌歌枕地名索引』（注5）も当該歌を「山城」とする。「大和の伏見里」の注に「明ラカニ大和ト思ワレルモノミココニ入レ、他ハ次項（山城）ニ入レタ」とある。

（9）『伊勢集』ではこのあと「返し、またをとこ　なだの海荒れまさるべきものならばこがるる舟をうち寄せよ波」の返歌があり、つごう三首が平安和歌の「なだの海」のすべてである。

（10）『新編私家集大成』所収『西本願寺本三十六人集「た、みね」』による。

（11）　み山には松の雪だにきえなくに宮こはのべのわかなつみけり　（一・十九　読人不知）

梓弓おしてはるさめけふふりぬあすさへふらばわかなつみてむ　（一・二十　読人不知）

（12）『万葉集』「いせのあまの　あさなゆふなに　かづくといふ　あはびのかひの　かたもひにして」

（13）小町谷照彦「古今集の歌枕」（『日本文学』一九六六年八月）

（14）「夕されば野べのあきかぜ身にしみてうづら鳴くなりふか草のさと」（皇太后宮大夫俊成）千載集秋上巻四・二五九が初出で以後歌集・歌書に多く引用されている。「うづら」と「深草」をともに詠む例は『新編国歌大観』で一〇九例を見、平安末期から多くなるが、『伊勢物語』一二三段（『古今集』『業平集』にも所収）の

年をへて住みこし里を出でていなばいとど深草野とやなりなむ　男

野とならば鶉となりて鳴きをらむかりにだにやは君は来ざらむ　女

の贈答歌を本歌とする。また『万葉集』には「うづら」と「古る」を詠む歌が「うづらなく　ふりにしさとゆ　おもへども　なにぞもいもにあふよしもなき」（巻四・七七五）をはじめ、四首ある。すでに「うづら」の「荒れた野、里に鳴く」という固定観念の定着が見られる。『古今集』の「哀傷」の部に

ほりかはのおほきおほいまうち君（藤原基経）身まかりにける時に、深草の山にをさめてけるのちによみける　僧都勝延

空蟬はからを見つつもなぐさめつ深草の山煙だにたて

かむつけのみねを

ふかくさののべの桜し心あらばことしばかりはすみぞめにさけ

（巻十六・八三一・八三二）

の歌があり、葬送の地であったらしい。

（15）『五代集歌枕』ではこの注書は和歌上部の余白から行間にかけて書かれている。

（16）関根慶子『中古私家集の研究』（風間書房、一九六七年三月）

（17）滝澤貞夫「枕詞私見　その二―平安時代の歌枕―」（『長野工業高等専門学校紀要』一九六七年十二月）

（18）注（13）小町谷照彦前掲論文

第二章　伊勢の表現

一　伝　記

「まことに名を得ていみじく心にくくあらまほしきためしは、伊勢の御息所ばかりの人はいかで昔も今もはべらむ」と『無名草子』[1]に称揚された伊勢は、平安朝を代表する閨秀歌人である。『古今集』に二十二首、『後撰集』に七十二首、『拾遺集』に二十七首という三代集の採録歌数は、女性歌人の筆頭であり、歴代勅撰集には併せて一八四首採録されている[2]。

伊勢は華麗な恋愛遍歴にもかかわらず、小野小町のような零落譚、和泉式部のような好色譚は伝えられず、先引の『無名草子』をはじめ、『俊頼髄脳』や『今昔物語集』[3]の伊勢の逸話は、歌名の高さを物語る話が殆どであることは、伊勢が歌人としていかに尊敬されていたかを示すものである。

伊勢の伝記については既に曾沢太吉氏をはじめとする諸先学の詳細な論考[4]があるので、それに依拠し、概略を述べるにとどめたい。

伊勢は藤原北家の流れをひく左大臣冬嗣の兄真夏の曾孫継蔭の女である。生年は貞観末年から元慶初年の間と推定される[5]。真夏が薬子の変に、平城上皇側に加担し失脚して以来、家運は奮わなかった。しかし、祖父家宗は蔵人頭を経て参議佐大弁に至り、日野法界寺の開基として著名な人物である。伯父弘蔭その子繁時[6]は共に大学頭を務め、父継蔭も文章生から式部丞となり、蔵人を兼ねるという文筆の才ある道を選んだが、やがて、三河、伊勢、大和の受領を歴任した。また真夏の五男関雄は古今集の歌人であり、継蔭の従兄弟有隣も歌人であったという。受領階級出身で学問文芸に関心の深い環境に恵まれていたことは、平安中期の女流文学者と同様である。

伊勢は長じて宇多天皇中宮温子のもとに出仕する。出仕の動機については「家宗が皇太后亮として温子の叔母明子に仕えたこと[7]」或いは「弘蔭の妻が、温子の父基経の弟高経の女房子であること[8]」等が挙げられている。出仕の時期は仁和末年から遅くとも寛平元、二年頃[9]であろう。

出仕の後、温子の弟仲平との初恋、その挫折、父の任国大和への下向、再出仕、平定文、源敏相らとの交流を経て、やがて宇多天皇の寵愛を得る。皇子を生むが、程なく宇多天皇は退位し、皇子は夭折する。そして温子の落飾、崩御によって伊勢の宮仕えは終わる。この間の事情は『伊勢集』[10]冒頭に歌物語風に構成され伝えられている。温子崩御の後は宇多天皇皇子敦慶親王に仕え、女流歌人中務をもうけた。これらの宮廷貴紳との恋愛は、伊勢が女性として、また歌人として比類なき優れた資質の持ち主であったことを想像させる者である。中でも敦慶親王は、『河海抄』[11]に「号玉光宮好色人也」と見え、美貌の風流貴公子であり、しかも伊勢より十歳以上は年少であったが、凡そ二十年間伊勢との仲が絶えることがなかったのは、伊勢が才色兼備えた魅力的な女性であったに違いないと言えよう。敦慶親王薨後は、中務と共に平穏な生活を送り、天慶二年頃世を去ったらしい[12]。

二　和歌の表現

①歌合・屏風歌

伊勢は、寛平御時后宮歌合出詠から陽成院七十の賀歌詠進まで、四十五年間に渡って作歌活動を続けた。この間、伊勢は専門歌人として第一線で活躍し続けたのである。

伊勢が関与した歌合は（1）寛平御時后宮歌合（2）東宮御息所小箱合（3）亭子院女郎花合（4）宇多院物名歌合（5）陽成院歌合（6）亭子院歌合（7）京極御息所褒子歌合（8）式部卿敦慶親王前栽合である。[13]

（1）の「寛平御時后宮歌合」には、十七、八歳という若さで唯一人の女性として出詠、次の一首を残している。

みづのおもにあやおりみだる春雨や山のみどりをなべてそむらん
（一〇三『新古今集』春上巻一・六五）

春雨によって水面に生じる波紋を織物、山の緑を染め物に見立てた、繊細で理知的な歌である。これが伊勢の歌合への初参加とするならば、歌人達の注目を集めたことであろう。

（6）の「亭子院歌合」は「歌合史始まって以来の最初の整備した行事形式を有する」歌合であったが、伊勢は唯一人の女性歌人として出詠、しかも一番の左という重要な位置に据えられ、当日の仮名日記も執筆したとされる[14]また（7）の「京極御息所褒子歌合」の仮名日記の作者にも擬せられている。[15]

屏風歌は十九度七十首が『伊勢集』に見える。この数から伊勢が専門歌人として高く評価されていたことが認められる。

この中で、温子の依頼によって詠まれた、四季の風物に寄せて男女の贈答が恋物語風に構成された十八首の屏風歌は、屏風歌が物語りを生む契機になったと指摘され[16]、伊勢の物語形成力を表している。また、宇多天皇の求めに応じて詠まれた長恨歌の屏風歌は、『源氏物語』に「明暮れ御覧ずる長恨歌の御絵、亭子院のかゝせ給て、伊勢貫之に詠ませたまへる云々」[17]と引用された。

②自然詠

伊勢は撰者時代の歌壇で、貫之や躬恒に比肩して活躍した唯一の女性歌人である。そして抒情的な恋愛歌を得意とする女性歌人が殆どある中で、自然詠にも秀歌を残している。

先引の「みつのおもに」と同工異曲の歌として、次の歌がある。

あをやぎのえだにかゝれる春さめをいともてぬけるたまかとそみる
（一〇一）

あをやぎのいとよりかけておるはたはいつれの山のうぐひすかきる
（四五七）

前者は遍昭の「あさみとり糸よりかけて白露を玉にもぬける春の柳か」（『古今集』春上巻一・二七）を本歌とし、後者は、新緑を織物に見立てたところが新鮮である。

年ごとに花の鏡となる水はちりかゝるをやくもるといふらん
（九七『古今集』春上巻一・四四）

春ごとにながるゝ水を花と見て折られぬ浪に袖やぬるらん
（九八『古今集』春上巻一・四三）

この二首は、『伊勢集』に「京極院に亭子のみかどおはしまして、花の宴せさせたまふに、まゐれとおほせらるれは、みにまゐれり。池に花ちれり」という詞書がある。前者は後者の「咲く花」と対照的に散る花を詠んでいるが、水面に映っている花の上に更に花が散りかかっていく華やかな情景を「花の鏡」という比喩と「散り（塵）かかる」という掛詞を用いて機知を利かせて表現した。後者は咲いている梅ではなく、遣水に揺れている花影への着目と「折られぬ水」という表現が斬新である。

伊勢の自然詠の多くは公的な場で詠まれている。歌合や宴などの晴れの場で、男性歌人と競いながら、自然に対する把握の技術、理知的技巧的表現の方法を錬磨していったのであろう。

③漢詩文の影響

水の上に浮かべる舟の君ならばここぞ泊りといはましものを

（Ⅱ四七五　『古今集』雑歌上巻十七・九二〇）

この歌は『荀子』の「君は舟なり庶人は水なり　水能く舟を載せ、水能く舟を覆す」を典拠とし、「泊り」に宿泊する所と停泊地を掛けて、宇多天皇のご帰還を惜しんだ歌である。伊勢には長恨歌の屏風歌を始め漢詩文の影響を受けた歌が多い[18]。他にも「明日香川淵にもあらぬ我か宿も瀬にかはりゆくものにそありける」（『伊勢集Ⅲ』四二七『古今集』雑歌下巻十八・九九〇）では「淵」に「扶持」を、「瀬に」に「銭」を掛けているが、このように漢語を用いた歌や「久方の中に生ひたる里なれは光をのみそ頼むへらなる」（『伊勢集』二三『古今集』雑歌下巻十八・九六八）のように、訓点語「べらなり」の使用（『伊勢集』では他に三例）などにも漢詩文の影響が認められる。

④古歌・伝説の影響

三輪の山いかに待ち見む年経ともたづぬる人もあらじと思へば

（三　『古今集』恋五巻十五・七八〇）

これは、伊勢が仲平との初恋が破綻した後の大和下向に際して詠んだ歌である。『古今集』読人不知の「わが庵は三輪の山もと恋しくばとぶらひ来ませ杉たてる門」（雑歌下巻十八・九八二）と三輪明神の伝説[19]を背景に据え、仲平との恋の現在から未来への微妙な心理を言い尽くしている。

「裁ち縫はぬ衣着し人もなきものをなに山姫の布さらすらむ」（七『古今集』雑歌上巻十七・九二六）は竜門寺の仙人伝説を典拠とし、「まつかけてたのめし人もなけれども波のこゆるはなほぞかなしき」（一五六）や「岸もなくしほもみちなばまつやまをしたにてなみはこさむと思ふ」（『伊勢集』四八〇）は『古今集』東歌の「君をおきてあだし心を我が持たば末の松山波も越えなむ」（東歌巻二十・一〇九三）を本歌とする。このように古歌や伝説を典拠とし、歌の内容を複雑に構成しようとしたのである。

なお、伊勢の歌の特徴として「万葉調的古典志向」という点が指摘されている[20]。しかし、その証歌はすべて『伊勢集』の伝承歌群[21]（『伊勢集』以外のものの混入とされる）中に存在する。この歌群には『万葉集』の歌が六首あるが、『万葉集』とはかなり相違しているので、『万葉集』から直接採取したのではなく、古歌として流布していたものを収録したのであろう[22]。従ってこの歌群が、伊勢自身の集積したものであるとしても、『万葉集』を意識していたことにはならない。

まちわびてこひしくならばたづぬべくあとなきみづのうへならでい

け　（二一二）

これは『万葉集』沙弥満誓の「世の中を何に喩へむ朝開き漕ぎ去にし舟のあとなきがごと」（巻三・三五一）を本歌とするが、『古今集』に藤原勝臣の「白波の跡なきかたに行く舟も風ぞたよりのしるべなりける」（恋一巻十一・四七二）もあるので、沙弥満誓の歌は当時愛好され流布していたのであろう。特に『万葉集』を意識して本歌としたというわけではない。むしろ伊勢は『古今集』読人不知の歌や六歌仙時代の歌を参考としたようである。

⑤歌枕と枕詞

難波なる長柄の橋もつくるなりいまはわが身を何に譬へむ
（四五二　『古今集』雑体巻十九・一〇五一）

この歌は、『新撰髄脳』に「是は伊勢の御が中務の君にかくよむべしといひける歌なり」とあり、『奥義抄』にも同様の記述があり、『古来風躰抄』『和歌色葉』『井蛙抄』にも引用されている。『新撰髄脳』にはまた「古の人多く本に歌枕をおきて末に思ふこゝろをあらはす、さるを中頃よりはさしもあらねどはじめに思ふことを言ひあらはしたるはなほわろきことになむ云々」とも記されているので、歌枕を詠む場合の規範として尊重されたのである。

伊勢は畿内を中心に陸奥から筑前に至るまで、三十近い歌枕を四十首あまりの歌に詠み（附論　第一章）、歌枕表現に意欲的に取り組んでいる。単に地名として詠むに終わらず、自らも地名を発掘し、その表現機能を駆使し、歌枕の成立と発展に寄与したのである。

枕詞においても伊勢は既成の使用方法には飽きたらず新しい試みをしている。

山川の音にのみ聞くももしきをみをはやながら見るよしもがな
（三二一　『古今集』雑歌下巻十八・一〇〇〇）

「山川の」は『万葉集』では「激つ心」にかかる枕詞であるが、ここでは「音」を被枕詞とした。また「ももしき」は元来「大宮」にかかる枕詞であるが、ここでは「大宮」の異名として用いられている。「みを」に「水脈」と「身を」を掛け、「水脈」「はや」が「山川」の縁語となり、修辞技巧を駆使した歌である。伊勢は多くの枕詞を用いているが、滝澤貞夫氏は「独創的であり、古今集的なもっともすぐれたもの[23]」と評された。

「ももしき」の如く、被枕詞を枕詞に包含し、被枕詞の異名として用いる例は、『万葉集』に既に見られ、「あしひきの岩根ここしみ」（巻三・四一四）、「たらちねの新桑繭」（巻十四・三三五〇或本歌他二例）などの例がある。遍昭にも「垂乳根はかかれとてしも」（『遍昭集』十一）の用例があって、伊勢が最初ではないが、敷衍したと言えよう。他にも

ぬきためてかずもみるべくあらたまのをはりにだにもあひみてしかな（「年」）　（一八一）

たきつせとなのながるればたまのをのあひみしほどをくらべつるかな（「短い間」）　（三三二）

ひさかたのなかにおひたるさとなればひかりをのみぞたのむべらなる（「月」）　（二三三　『古今集』雑歌下巻十八・九六八）

のように枕詞が被枕詞の異名として用いられた例がある。中でも「ももしき」は先に挙げた『伊勢集』三二一番歌以外にも次の五首すべてに、「大宮」の異名として用いられている。

ももしきの花のにほひはくれたけのよよにもにずときくはまことか　（二二七）

白露のおきてかかれるももしきのうつろふあきのことぞかなしき　（二三八）

わかるれどあひもおもはぬももしきをみざらんことのなにかかなし
き　（二三九）

なみだがはわがなきよめむももしきの人のこころをまくらにもがな　（二七三）

ももしきの花ををりてもみてしかなむかしをいまにおもひくらべて　（四八二）

他に被枕詞を変えたものや

沖つ波　あれのみまさる　宮のうちに　としへてすみし　いせのあ
まも（以下略）　（四六二『古今集』雑体巻十九・一〇〇六）

被枕詞が枕詞の上にくるものや

あけぬともたたじとぞおもふからにしき君がこころしかたならず
は　（四七七）

伊勢の創作による枕詞の例に、伊勢の独創性が認められるのである。

玉簾あくるも知らでねし物を夢にもみじとゆめ思ひきや　（五五）

霜雪に消てうき身のしつくこそ袖たはむまてさえかゝりけれ　（Ⅱ三四二）

三　おわりに

伊勢は天与の才に加えて、常に切磋琢磨を怠らない歌人であったことは、以上述べてきたことから首肯できるであろう。既に関根慶子氏は、源氏物語や後宮文学サロンにおける伊勢の先駆的役割について指摘されたが(24)、歌の表現―漢詩文・古歌伝説の摂取、歌枕・枕詞の援用等における伊勢の先駆的役割についても付加したい。

注

（1）本文は鈴木弘道『校注無名草子』（笠間書院、一九七〇年四月）による。

（2）勅撰集における入集歌数は『和歌文学大辞典』（明治書院、一九六二年十一月）所収の「勅撰作者部類」による。

（3）小峯和明『今昔物語集四』（新日本古典文学大系36、岩波書店、一九九四年十一月）「巻二十四第三十一　延喜御屏風伊勢御息所読和歌語」「同第四十七　伊勢御息所幼時読和歌語」など。

（4）曾沢太吉「『伊勢の御』考」（『國語國文』第四巻三号、一九三四年三月）、岡崎知子「伊勢傳考―宮仕時代を中心に―」（『大谷学報』四十一巻四号、一九六二年三月）、「伊勢傳考―敦慶親王と伊勢―」（同四十三巻一号、一九六三年九月）、「伊勢傳考―晩年の伊勢―」（同四十三巻二号、一九六三年十二月）、村瀬敏夫「伊勢の御と紫式部」（『源氏物語と和歌　研究と資料』武蔵野書院、紫式部学会編、一九八二年四月）

（5）曾沢太吉「貞観十七、八年説」、岡崎知子「貞観十七年説」、関根慶子「貞観末から元慶元年頃説」（「伊勢」久松潜一・西下経一編『平安朝文学史』明治書院、一九六七年三月）

（6）萩谷朴『平安朝歌合大成一』（復刊、同朋舎、一九七九年八月）によれば、繁時は「寛平御時菊合」で右方殿上童をつとめた。

（7）曾沢太吉前掲注（4）論文

（8）原国人「伊勢御の出仕について」（『中古文学』五号、一九七〇年三月）

（9）曾沢太吉「仁和四年温子入内以前」、岡崎知子「寛平元年」、村瀬敏夫

「寛平二年頃」などの説がある。

(10) 関根慶子『中古私家集の研究』（風間書房、一九六七年三月）、島田良二『平安前期私歌集の研究』（風間書房、一九六八年四月）によれば、『伊勢集』は西本願寺本、類従本、歌仙本の三系統に分けられる。本稿引用の『伊勢集』は第一章「注（1）」の通り。

(11) 『河海抄』（玉上琢彌『紫明抄・河海抄』角川書店、一九九一年二月七版）の「桐壺」の巻に「敦慶親王　亭子院御子　母同延喜帝　号玉光宮　好色人也」とある。

(12) 『伊勢集』元慶元年の四宮勤子内親王の薨去の詠から推定される。また権中納言敦忠に関する詠から没年を天慶五、六年まで下げる説もある。

(13) 注（6）『平安朝歌合大成一』による。

(14) 注（6）による。

(15) 注（6）による。

(16) 玉上琢弥「屏風絵と歌物語と」（『國語國文』第二十二巻一号、一九五三年一月）

(17) 『源氏物語一』『新日本古典文学大系19』、岩波書店、一九九三年一月

(18) 金原理「歌人伊勢」（『香椎潟』一九八一年三月）に拠れば、漢詩文の影響を受けた歌は、長恨歌屏風歌の他に十数首ある。

(19) 『俊頼髄脳・奥義抄・和歌色葉』では三輪明神の歌とある。

(20) 臼田甚五郎「伊勢」（『平安歌人研究』三弥井書店、一九七六年七月）、保坂都「伊勢」（『和歌文学講座六　王朝の歌人』桜楓社、一九七六年七月）

(21) 『伊勢集』末尾の六十五首（西本願寺本）をさす。「伊勢自身が集めた」「他歌群が混入した」「後人が伊勢の歌と誤って入集した」など諸説ある。関根氏前掲書によれば「伊勢自身とは無関係の他歌群としておく。何れにしても伊勢集に入るべき歌群ではない（以下略）」とある。

(22) 『伊勢集』所収の万葉歌は以下の通り。『万葉集』歌番号は『古文献所収万葉和歌集成　平安鎌倉期』（桜楓社、一九八二年二月）による。

『万葉集』二・一四一（『伊勢集』四二五）

　岩城の野中のまつをひきむすび命しあらば帰りきてみむ

『万葉集』四・七〇九（『伊勢集』四三七）

　夕闇は道たど〳〵し月待ちてかへれわがせこそのまにもみむ

『万葉集』八・一六三〇（『伊勢集』四一三）

　春日野のなかのあさがほ面影にみえつゝいまもわすられなくに

『万葉集』九・一七三〇（『伊勢集』四〇〇）

　山城の岩田のもりのはゝそ原みつゝや妹がいへぢゆくらん

『万葉集』十・一八二一（『伊勢集』三八九）

　わがせこをならしの山のよぶこ鳥いもよび返せ夜の深けぬとき

『万葉集』十四・三三七三（『伊勢集Ⅱ』四〇三）

　玉河にさらすてつくりさら〳〵に昔のむかし恋しきやなそ

(23) 滝澤貞夫「枕詞私見その二―平安時代の枕詞―」（『長野工業高等専門学校紀要』一九六七年十二月）

(24) 関根慶子「伊勢」（『日本歌人講座第二巻　中古の歌人』弘文堂、一九六〇年十二月）

終　章

「特定の概念を伴う地名、固有の情緒が付着する地名」として、「詩的言語特有の機能」を持つ歌語の中でも、地名の占める地位は平安中期以降高まっていった。それに付随して地名の知識を得ることのできる書物が必要とされるようになる。陸奥から、壱岐・対馬、外国までも居ながらにして学ぶことができる書として、名所歌集はつぎつぎと著され、歌人に愛好されていった。初めは『能因歌枕』の「国々の所々名」や『奥義抄』の「出万葉集所名」、『和歌初学抄』の「万葉集所名」のように地名のみを類聚したものであった。『能因歌枕』はすでに六六七箇所を国別にして集めている。しかし「常に人の詠みならはしたる所を詠む」（源俊頼『俊頼髄脳』）ためには多くの証歌が必要であり、地名だけではなく、歌も類聚した書物が要求されるようになった。『五代集歌枕』は証歌を伴う名所歌集の嚆矢である。八三八の地名と一八九〇首の歌を集めている。地名は一つ一つが「固有の情緒」を持つ歌語であり、それを理解・習得するために、地名に関る多くの知識が必要となる。また地名の所属国の混乱や同名異所など、錯綜する地名についての知識を整理することも必要であった。そのために地名と証歌に注書が付されることになる。

中世最大の名所歌集と言われる、『歌枕名寄』は地名の数二八〇〇余りあり、歌数七四五一首（宮内庁本）である。地名の数としては『能因歌枕』の四倍、『五代集歌枕』の三倍、歌数としては『五代集歌枕』の四倍近い数であり、さらに地名、歌に多くの注書を持つ、名所歌集の集大成というべきものであった。岡田希雄氏は「見方によっては歌枕辞典とも見られる」（「澄月の「歌枕名寄」考」序章注（3））と述べている。

岡田氏は「近衛本（京大本）・刊本」を披見し、小島憲之氏は「室町期に於ける萬葉集」（第三部第二章注（10））で『名寄』の「近衛本（京大本）・沢瀉本・刊本」を披見し、特に所収万葉集の価値を述べたが、両氏とも『名寄』の写本の一部を見たに過ぎない。

本書は『名寄』の現存する写本の全てを見て（実見の許可されたものに限る。また抄出本は除く。零本でも抄出でない本は対象とした）、校定作業を通じてその系統を明らかにし、撰者・成立年代・原撰本・裏書注の意味・所収万葉歌の特質を解明することを目的としたものである。

第一部は「諸本の系統」と題して五章を立て、細川本、高松宮本、宮内庁本、内閣本、京大本、沢瀉本、天理本一、天理本二、静嘉堂本、陽明本、佐野本、冷泉本の十二の写本を比較検討し、これら写本の系統と価値について論じた（佐野本については渋谷虎雄氏の論考による）。

第一章は「諸本の解題」について述べた。十二の写本のうち、佐野本（写真による）と冷泉本（実見を許可していないので、影印本による）を除き、すべて実見調査を行った。なお調査の後、校本を作成したが、この度の加筆訂正にあたっては、流布本の最善本である宮内庁書陵部蔵本、初めて実見をした陽明文庫蔵本、二〇〇九年に出版された重要文化財『時雨亭叢書第八四巻』所収の冷泉家時雨亭文庫蔵本は翻刻をし、資料編とした。

第二章は総歌数、歌の出入、歌順、集付、作者名、書写の実態の比較検討により、佐野本を除く十一写本のうち、宮内庁本・内閣本、京大本、沢瀉本、天理本一、天理本二の六写本は系統を一にし、流布本をなすものであること、この流布本系は、さらに甲類（宮内庁本、内閣本、京大本）と乙類（沢瀉本、天理本一、天理本二）の二類に分けられること、甲類三写本では宮内庁本が最も信頼できる写本であること、乙類三写本では天理本一が最も信頼できる写本であること、そして、流布本六写本中では宮内庁本が最善本であることを結論として得た。

第三章は細川本、高松宮本、静嘉堂本に宮内庁本（流布本を代表する写本として）を加え、四写本の関係を検討したが、陽明本は現存する巻数が少ない（末尾三巻のみ）ので、別に検討をした。

四写本については、総歌数の異同、歌の出入、書写の実態を比較検討したが、その過程で、『名寄』には全ての写本に「略抄」が行われていることを指摘した（静嘉堂本・陽明本・冷泉本は除く）。「略抄」の行われている巻の標題に「略」「略抄」と明記され、その巻の歌数が甚しく少ない。「略」「略抄」と標題になくても、歌数が目立って少ないのは「略」された可能性が高い。『名寄』の原撰本は現存する写本よりも遙かに大部であった可能性もあるのである。

四写本は流布本系のように、類似する写本はなく、それぞれの写本がある巻は近く、ある巻は遠く、互いに入り組んだ関係である。その中でも細川本と高松宮本は類似点が多く親本（三条西実条所持本）を同じくする可能性が高いと思われる。

陽明本は歌数、歌の出入、歌本文の比較から細川本、高松宮本、静嘉堂本、宮内庁本のどれとも異なり、独自性の強い写本であるが、古態を留めているようで、零本ながら価値ある写本であると考えられる。

第四章は陽明本の実見を経て、再度詳細にその性格について検討した。流布本として宮内庁本および刊本を加えた三本の歌数、編纂方法、地名項目の細分・増補の検討の結果、陽明本は、古態を留める原撰本に近い写本ではないかという結論を得た。宮内庁本はある時は陽明本に近く、ある時は刊本に近く、原撰本から刊本へと移って行く過程にある写本であると推測した。万葉歌を除く三本の所収歌の歌句の異同を調べると、宮内庁本が陽明本よりも刊本に近いと思われた。ところが、三本の万葉歌の歌句と万葉集古写本の関係をみると、陽明本が、仙覚新点歌や改訓の影響を受けていて、宮内庁本よりも刊本に近いという結果となった。さらに陽明本の万葉歌については一首の中で、新旧混在するというねじれ現象が起こってもいるが、陽明本の筆者の書写態度は、親本に忠実であるので、親本以前の書写において、万葉集に深い関心を持ち、万葉集古写本を入手可能な人物が、万葉歌の歌句を書き改めたのであろうと推定した。

第五章では『名寄』の写本の中で唯一、重要文化財の指定を受けている、冷泉家時雨亭文庫蔵本（末勘国上（巻三十七のみ））の性格について考察した。冷泉本は横長（他写本は縦長）で紙背文書があり、紙縒で綴じただけの体裁で、平仮名漢字交じり書が途中で片仮名漢字交じり書に変わるという、外見的に他の写本にはない特徴を持っている。

流布本と変わらぬ歌数であるが、流布本とは異なり（省略と増補の結果である）、歌の出入も、どの写本とも類似しない強い独自性を持つ写本であった。注書・裏書には、古態を留めている部分と新しい部分が混在し、他の写本にはない詳細な裏書が記され、ここにも独自性が見られた。冷泉本の地名の出入に着目すると、所属国が決定せず未勘国に所収されていたが、所属国が決定し、移動していったことが、推測できる地名が十ほどあった。地名の仮住まいともいうべき「未勘国」部の持つ役割が確認できたわけである。「未勘国」部に所収し、手付かずで放置するのではなかった。『名寄』の編者「澄月」の識語「追可令添削也」に答えるべく、所属国の決定を常に意識しつつ、『名寄』の内容の充実に努める筆者たちの、地名に寄せる強い思いを、冷泉本に残る「未勘国」部に見ることができたのである。

次に所収万葉歌について、冷泉本に加え、陽明本、細川本、宮内庁本の四写本の異同を考察した。この中に渋谷虎雄氏の『名寄』所収万葉歌の調査に、新たに加えることのできる万葉歌が二首あり、二首とも新点歌で、他にも新点歌が二首ある。つごう四首のうち、三首が長歌であり、その中の短い歌句の引用だけであるので、新点歌とはいうものの、これだけでは仙覚の影響を受けたと断定できないものであった。仙覚の改訓の影響も、十一首十三句のうち一箇所のみに見られるだけで、最も少なく、刊本は最も多く、万葉歌については、冷泉本は四写本の中で古態を残していると言えるであろう。同じく古態を残していると思われる陽明本との関係は、特に類似点は見出せなかった。

他に『名寄』所収万葉歌の中で、万葉歌の漢字本文表記の誤写から、その誤写に合わせた訓が付せられ（一・四五「玉限→玉浪→アラレフリ」）、かな表記として訓だけが伝えられていくという例があった。この漢字本文の誤写はすでに紀州本に見られるので、かなり古くからあったようである。誤写に合わせた訓が、何時から存在したかは不明であるが、万葉集古写本には存在していたようにも思われる。

以上の第一部の考察により『名寄』十二写本の系統について次のように推定した。

A非流布本系
- 第一種（三条西実条所持本）
  - 細川本
    - 高松宮本
- 第二種　静嘉堂本
- 第三種　陽明本
- 第四種　冷泉本

B流布本系
- 第五種（流布本系祖本）
  - （甲類）宮内庁本・内閣本・京大本
  - （乙類）沢瀉本・天理本一・天理本二
  - 佐野本

（　）内は現存しない本

第二部は「編者と成立」として三章を立て、従来誤解や不明な点が多かった「編者と成立」二点を再検討し、「原撰本」と『名寄』写本との距離について考察した。

第一章では「編者」と「成立年代」について、従来の説を再検討した。『名寄』は『万葉集』の引用が多いことや、所収歌人に「反御子左派」に属する人が多いことから、「反御子左」派の人物ではないかという説がある。『万葉集』は総歌数が多く、そのうえ地名を詠んだ歌の割合が高いので、名所歌集に『万葉集』が多く所収されるのは、当然のことである。それをもって、「反御子左派」の人物が編者とはいえないであろう。

また採録歌数の多い人物を『夫木抄』と比較したが、両本に顕著な違いはなく、「御子左派」の人物も多く採録され偏向はみられなかった。『名寄』を編纂するには膨大な文献を要したであろうから、学識はあっても無名の地下人には困難で、有力な後援者・依頼者がいたはずである。それは二条良基の編纂による『菟玖波集』に「澄月」の名が見え、二条家に『名寄』があり、一条兼良の「花鳥余情」にも『名寄』の名が見えるなどから、二条家関係の人物かも思われるが、今は明らかにしえない。

「成立年代」については藤井氏の「新後撰以後玉葉以前」という説があるが、これを再検討した。『名寄』と成立年代の近い『夫木抄』については、『名寄』写本に見える『夫木抄』の集付を検討した結果、すべて後の書き入れと判断し、『名寄』は『夫木抄』を見ていないと推定した。『新後撰集』との関係については『新後撰集』以前の勅撰集の地名を詠んだ歌の数、そのうち『名寄』に所収された歌の数、その歌の集付を調査し、『名寄』は『新後撰集』から歌を採取していない、従って『新後撰集』以前の成立という結論を得た。

第二章では『名寄』の十一の写本について、地名数の増減、地名の細分化、歌の増補、集付・作者名表記の異同、地名の増補の検討により原撰本との距離を考察した。全巻揃っているものとしては細川本が最も古いと思われ、高松宮本（末尾二巻を欠く）は、細川本に非常に近いが、やや後の手が加わっているようで、宮内庁本がこれに続く。静嘉堂本は宮内庁本より古いと思われるが、新しさを示すところもあり新旧混在していて、その位置は決めがたく、欠巻の多いこと（十六巻のみ残存）も難点である。陽明本は細川本よりも古いと思われるが、万葉歌だけが新しい。また冷泉本も『名寄』写本中で最も古い一面を持ちながら、地名の出入に新しさを示す一面もある、新旧混在する写本であるが、『名寄』の伝来過程を知る上では、「未勘国上」一巻のみというものの、貴重な写本である。

『名寄』の写本は、書写伝来の過程で筆者の加筆がある部分と、そのままに伝わっている部分があって、新旧混在する内容を持つものがあり、それが写本間の入り組んだ関係の根源であろうと思われる。

第三章では『名寄』に多くある注書の中の「裏書」に着目した。その中の『名寄』の成立年代に関わる裏書「又当今ノ御製二」（宮内庁本）に注目し、「当今」が伏見院であること、この裏書は伏見院の譲位する永仁六年（一二九八）七月二十二日以前に書かれたもので、『名寄』はそれ以前に成立しているという結論を得た。また裏書に見る「範兼」関係の記事から『名寄』は『五代集歌枕』ではなく、原『五代集歌枕』を引用しているが、それは現存する『五代集歌枕』ではなく、原『五代集歌枕』であり、今は欠落した『五代集歌枕』の記事を、補うことができるものもあることを示し得た。

第三部は「所収万葉歌の諸相」として三章を立て、『名寄』所収万葉歌の特質と価値を論じた。

第一章「漢字本文表記の万葉歌」は『名寄』写本の細川本、高松宮本、宮内庁本、静嘉堂本、佐野本に共通する漢字本文表記の歌を取り上げ、五写本間に異同のない歌句と異同のある歌句に分け、万葉集古写本との関係を考察した。その結果紀州本（巻十まで）との類似点が多く、『名寄』原撰本は非仙覚本系によるものと推測された。しかし『名寄』

の万葉歌は、万葉集古写本だけを資料とするのではなく、先行名所歌集も資料としているので、系統を明らかにすることは困難であるが、なお漢字本文表記の歌に、万葉集古写本によるものが多くあると思われる。

次に所収万葉歌は、地名を主眼として採取されるので、地名以外の引用については『万葉集』の一字一句を忠実に写すというものではなく、そのため脱落、誤写、省略、地名とするための改作などが頻繁に行われているという、名所歌集所収万葉歌の特質を指摘した。しかしこれらの欠点も持ちながらも一四〇〇首を超える万葉歌は、中世の『万葉集』受容を考える上で、貴重な資料であることには変わりはない。

第二章は『名寄』写本中、唯一奥書を持ち、三条西実隆の玄孫実条所持の『名寄』の写しである、細川本に見る五十四首の万葉歌に施された「朱の書き入れ」に着目した。

五十四首に見られる「朱の書き入れ」は、「かな表記の歌句の左に朱で見セ消チを施し、右に訂正の訓を記したものや、漢字本文表記の訓全体が朱で書かれたもの、欠落した歌句を朱で書き加えたもの、訓を朱線で消したもの」などで、細川幽斎によるものと推定される。

漢字本文表記の傍訓が朱で書き入れられているものは、無訓である万葉集古写本によったと思われ、原撰本成立時から無訓であったと思われる。朱の傍訓の付された、その無訓の歌には、仙覚新点歌一五二首と一致するものとしないものがあり、朱の傍訓が仙覚の新点を写したとはいえないものであった。仙覚新点歌の中に、仙覚以前に既に加点されていた歌があり（既に武田祐吉氏や上田英夫氏によって指摘されている）、また逆に一五二首以外に加点されていない歌がある万葉集古写本もあったと考えてよいであろう。『名寄』は無訓であっても地名だけに注目し、地名の前後のみを切り取って引用したと考えられる。

朱で見セ消チが施され、訓が訂正されている歌は、かな表記の東歌が大半であった。慶長四年（一五九九）、幽斎が徳川家康の「領地の歌枕や歌を収集する」依頼を受けて、『名寄』より歌を抄出し献上したという記録から、この「朱の書き入れ」は幽斎が歌を抜き出す時に疑問を持ち、『万葉集』古写本と校合したものであると推定した。見セ消チで訂正される前の訓は万葉集古写本のどれとも一致せず、東歌特有の語を理解できず、何とか意を得ようとして、漢字本文表記から離れていった訓ではないかと考えられる。見セ消チで訂正された訓は仙覚本系によるものであった。

第三章は裏書の中にみる『万葉集』の記事に注目した。万葉歌に詠まれた地名や訓に疑問を持った筆者は、疑問を解決すべく『万葉集』を見たようである。裏書には現存万葉集古写本には存在しない、万葉歌の訓が見られ、裏書筆者が見たのは現存しない万葉集古写本であったと思われる。裏書筆者の『万葉集』の知識が十分でないため、杜撰な引用も見られるが、仙覚本系が主流となっていく中世後期にあって、裏書筆者の周辺にはなお古次点系の万葉集古写本が存在し、『名寄』はその一端を伝えているのである。

以上第三部では『名寄』に引用された万葉歌について考察した。一四五三首の中には『名寄』に初めて引用された万葉歌もあり、また初めてではないが、僅かの文献にしか引用されていない万葉歌もあった。地名周辺を抜き出すという引用方法が許されていた名所歌集は、無訓であっても、意味が理解できなくても「山」や「川」の語によって地名と判断し、収集していった。それが所在不明の地名を多く生むことになるのだが、歌人はそれをもとに歌を詠み、誤解の上に生まれた地名が定着することとなるのである。『名寄』所収万葉歌は、『万葉集』校勘の資料となると、すでに岡田氏によって早くから指摘されているが、名所歌集の特殊性を考慮しなくてはならないだろう。なお刊本所収の万葉歌は新点の影響が大きく『校本萬葉集　新増補版』に所収されているのも刊本であるが、刊本所収の万葉歌よりは、写本所収の万葉歌の中に、中世の万葉集受容の有様が表れているのである。写本をこそ資料とすべきであろう。

最後に附論として「和歌における歌枕表現—歌人伊勢の表現から—」として、伊勢の和歌に着目した。地名が場所を示す語から「特定の観念、特有の属性」を持つ「歌枕」へと変貌し、歌語として機能していく過程を、「伊勢」の歌に用いられた地名を通じて明らかにした。公任によって作歌の規範とされた伊勢の歌から、歌枕表現の形成の過程を考察し、平安中期以降、歌枕が重んじられていく流れの源流を探った。伊勢は、歌枕が形成されつつあった時代を四十年以上にわたって、歌人として活躍し、歌枕の形成と発展に少なくない貢献をしたのである。

本書はまだ道半ばである。『名寄』の撰者や成立、原撰本にはまだ多くの問題があり、所収万葉歌と仙覚との関係も十分な結論を得たとは言い難い。『名寄』に所収された全ての新点歌の所収状況など、検討すべき課題は多くあろう。また本書で取り上げなかった『名寄』抄出本の検討も必要と考えられる。それを今後の課題としたい。

【付記】本書をなすにあたり、貴重な資料の閲覧・公表の許可を頂き、宮内庁書陵部、陽明文庫、冷泉家時雨亭文庫、大阪府立図書館の諸機関の方々に種々御配慮を賜わりました。末筆ながら心より謝意を申し上げます。

初出一覧

第一部　諸本とその系統

第一章　諸本の解題

第二章　流布本系諸本の系統

第一章第二章「『歌枕名寄』諸本の校定とその系統について」

『大阪教育大学紀要』第二十四号、一頁～九頁、一九七五年三月、渋谷虎雄と共著。後に渋谷虎雄編『校本謌枕名寄研究索引篇』（桜楓社、一九七九年二月）に「第一章　諸本の解題　第二章　１「流布本系諸本の校定とその系統」（十三頁～三十三頁）として所収。加筆訂正。

第三章　非流布本系諸本の系統

「『歌枕名寄』諸本について」

『大阪教育大学紀要』第二十五号　一四七頁～一五七頁　一九七六年三月　渋谷虎雄と共著。後に『校本謌枕名寄研究索引篇』第二章　３「非流布本系諸本について」（七十二頁～九十一頁）として所収。加筆訂正。

第四章　陽明文庫蔵『歌枕名寄』の性格

「陽明文庫蔵『歌枕名寄』の性格—『万葉集』の享受を一視点として—」

『叙説』第三十七号、三〇五頁～三二〇頁、奈良女子大学国語国文学会、二〇一〇年三月。

第五章　冷泉家時雨亭文庫蔵『歌枕名寄』の性格

「冷泉家時雨亭文庫蔵『歌枕名寄』の価値」

『國語と國文學』第八十九巻第一号、東京大学国語国文学会、二〇一二年一月。

第二部　編者と成立

第一章　編者と成立年代

第二章　原撰本

第一章第二章『編者・成立・原撰本について』

『校本謌枕名寄　研究索引篇』第三章　１「編者・成立年代」（九十三頁～一〇七頁）２「原撰本について」（一〇七頁～一二四頁）として所収。樋口稿・渋谷虎雄補。加筆訂正。

第三章　裏書注からみた成立

「『歌枕名寄』の裏書注について」

『和歌文学研究』一〇一号、二十二頁～三十六頁、和歌文学会　二〇一〇年十二月。

第三部　所収万葉歌の諸相

第一章　漢字本文表記の万葉歌

「『歌枕名寄』所収万葉歌について—その原文表記のものを中心に—」

『学大国文』二十一号、一一五頁～一三五頁、大阪教育大学国語国文学研究室、一九七八年二月。加筆訂正。

第二章　細川本所収万葉歌

「歌枕名寄所収万葉歌の価値—細川本に見る朱の書き入れから—」

『國語國文』第八十巻第五号、京都大学文学部国語国文学研究室、二〇一一年五月。

第三章　裏書中の万葉歌

「『歌枕名寄』裏書の意義―残された万葉集の断片より―」『古代文学研究』第二次第十九号、八十八頁～一〇一頁、古代文学研究会、二〇一〇年十月。

附論　和歌における歌枕表現―歌人伊勢の表現から―

第一章　伊勢と歌枕

『古代文学研究』二号、三十四頁～四十五頁、古代文学研究会、一九七七年八月。加筆訂正。

第二章　伊勢の表現

『一冊の講座　古今和歌集』「日本の古典文学4」三五七頁～三六二頁、有精堂、一九八七年三月。加筆訂正。

資料編

はしがき

「宮内庁書陵部蔵本」（全巻）は、流布本七写本のうちの最善本であるが、これまで細川本を底本とする『校本謌枕名寄　本文篇』の校合に用いられたのみで、翻刻はされていない。また「陽明文庫蔵本」（巻三十六・未勘国上・下）は三巻のみの零本であるが、古態をとどめているとされる特徴を持っている。重要文化財に指定され、『冷泉家時雨亭叢書　第八十四巻』に影印本と解題が所収されている「冷泉家時雨亭文庫蔵本」は、「未勘国上」一巻のみであるが、紙背より『歌枕名寄』成立に近い時期の書写と推定される。

三写本とも『歌枕名寄』の研究や、そこに所収されている文献の研究にとって重要な資料と思われるので、三写本を翻刻することとした。個々の書誌については「研究編」で述べるのでここでは省略する。

最後に御所蔵本の翻刻を御許可くださった、

宮内庁書陵部、陽明文庫、冷泉家時雨亭文庫、および種々御高配を賜った関係者各位に対し謝意を表します。

第一部　宮内庁書陵部蔵本

宮内庁書陵部蔵『歌枕名寄』（略号―宮内庁本・宮）は次の基準に従って翻刻した。

凡例

翻刻にあたっては原本の形態を忠実に伝えるように努め、以下の方法を採った。

1、字体は原本通りとしたが、旧字体、異体字、俗字、略体字、変体仮名は通行の字体に改めた（但し研究編においては写本の比較の必要から、これらをこのまま用いることもある）。なお、漢字の字体の統一をはかったものは左記の通りである。

凢→凡　蒱→蒲　罡・罡・崗→岡　叓→事　匽→匣
篋→篋　穪→称　嗣→嗣　皈→帰　蒼→蒼　獲→獲
舩→船　烁→秋　攝→摂　叫→叫　鶴→鶴　薗→園
後→後　羕→承　枩→松　虎→虎　菴→庵　畧→略
俻→備　嗅→喚

但し「瀧・蹔・哥・謌・鴈」や「太宰師・皇大后宮・大政大臣」など特徴を表すと考えられるものはそのままとした。国名・地名は検索の便宜上ゴチック体で表した。

2、宛字、誤字、脱字、畳字、見セ消チや仮名違い、送り仮名、振り仮名、振り漢字等はすべて原本通りとした。

3、踊り字については漢字は「々」、平仮名は「ゝ」、片仮名は「ヽ」を用いた。

4、集付（出典注記）、作者名、地名の注書（目録・本文とも）、歌の詞書（題詞）・左注（裏書を含む）、頭書（歌句の一部を歌の上部に抜き書きしたもの）、細字補入の地名・歌もできるだけ原本通りとした。概ね原本通りに翻刻したが、集付・頭書については行数を改めたものもある。

5、歌は原則として二行書としたが、長歌は引用歌句数によって行数が異なる。歌の上に集付と頭書を記す。集付と頭書の先後は巻によって異なるが、そのままとした。作者名は、全て一行とし、歌の最終行の下に記す。できるだけ原本を忠実に伝えるように努めたが、わかりやすくするためや統一性を持たせるために変更した箇所もある。

6、歌の上部に記したアラビア数字は宮内庁本の歌の通し番号である。猶、注書・裏書中の歌は①②で示した（但し、細川本において本文中の歌と記されているものは歌番号で記した）。また研究編の考察の必要上、巻三十六の万葉歌にのみ、私に国歌大観番号（旧）をアラビア数字で記し〈　〉で括った。

7、虫損・見セ消チの箇所は次のように処置をした。

（ア）虫損で判読が困難な場合は、□を以て表した。

（イ）見セ消チは、明らかな誤字の場合は、訂正した文字を本文に示した。

8、誤字・脱字・衍字は原本通りとしたが、誤読、誤植の疑いを持たれそうな箇所には「（マヽ）」と私に付した。原本に「本マ、」「マ、」が書かれている場合は（　）を省き区別した。

例　原本にある場合

829万四　かすかのゝ山辺のみちをよそ（本ノマ、）はなく

例　原本になく私に付した場合（原本において第四句空白）

886恋一　三笠山もりくる月のきよければは
　　神の（マヽ）すみやしぬらん　顕輔

9、地名の注書、歌の詞書（題詞）や左注が多く、どちらか区別が付きにくい箇所も多いので、地名の注書は文字を小さくし、題詞（詞書）・左注は歌と同じ大きさの文字とした。また地名の下の小地名の文字も小さくした。注書・詞書・左注の位置は様々であるが（目録を除く）、地名の注書は当該地名の下に、左注は歌より二字下げに統一した。

例　「或云」以下は地名の注書

朧清水　或云　能因哥枕西の大原也云々／多北大原詠之

例　「河・瀧・岸」を小地名とし、それぞれ「戸難瀬河・戸難瀬瀧・戸難瀬岸」を表す。

戸難瀬　河　瀧　岸

例　「下野国」以下は左注

122あさ衣　おほはらやほた丶くしつかあさころも
うらやましくもぬれぬそてかな　　源顕国
下野国にて煙をみてよめるとなん

10、地名の注書（目録・本文とも）・歌の詞書（題詞）・左注は改行も原本通りとしたが、注書・詞書（題詞）・左注が数行にわたる場合は「／」で改行を示し、改行箇所を改めた。

例　31志賀浦　昨日までみたらし川にせしみそき
千　しかのうらなみたちそかはれる　　八条入道太政大臣
右一首詞云上西門院賀茂いつきと申／けるをかはら
せ給てからさきの／はらへしける御時女房のもとに
を／くりけるとなむ

11、補入記号（○）による補入は指示する位置に入れ、細字補入の地名・歌は翻刻本文と同じ大きさとし、右肩に（細字補入）と記し、その範囲を「　」で示した。

例　細字補入の句
5451反哥　こしのうみ○（のイ）たゆひの浦を旅ね（にイ）して

例　細字補入の歌
3067（細字補入）「続古六　木の葉ちる生田の森の初しくれ
秋より後もとふ人もかな　　後鳥羽院御哥」

12、地名・歌、注書等の字の大きさが異なる場合も統一した。

13、丁数は各丁の表裏毎に（1オ・1ウ）で表した。宮内庁本は各冊の前後の遊紙の有無に異同があり、また巻や国名が改まる時に白紙が入る場合がある。丁数が「2オ」から始まったり、丁数が飛んでいる場合があるのはそれを表す（例　第三冊巻十二　17オの次に17ウが飛んで18オに続くのは、17ウが白紙であることを表す）。

14、宮内庁本は全九冊から成り、各冊の表紙には「歌枕名寄第一（〜九）」と所収国名を記す。表紙以下にはそれを記し、本文以下には墨付の内容を記す。目録以下には目録を、歌以下には所収歌を記す。表紙・本文・目録・歌は私に記したものである。

翻刻

第一冊

表紙

歌枕名寄第一
山城

本文

目録

謌枕名寄　　乞食活計客澄月撰

総目録　　調巻三十六軸

畿内部　十六巻　山城国　五巻　大和国　六巻
河内　和泉　一巻　摂津国　四巻
東海部　五巻　伊勢国志摩摂之　二巻　伊賀　尾張　参河　遠江
甲斐　一巻　駿河　伊豆　相模　一巻　武蔵　安
房　上総　下総　常陸　一巻
東山部　七巻　近江　三巻　美濃　信濃　飛騨　一巻
上野　下野　出羽　一巻　陸奥　二巻
北陸部　一巻　若狭　越前　加賀
能登　越中　越後　佐渡
山陰部　一巻　丹波　丹後　但馬　因幡
伯耆　出雲　石見　隠岐
山陽部　二巻　播磨　一巻　備前　備中　備後　美作
安芸　周防　長門　一巻
南海部　二巻　紀伊　一巻　淡路　阿波　讃岐
伊予　土佐　一巻
西海部　二巻　筑前　筑後　豊前　豊後　一巻
肥前　肥後　日向　大隅　薩摩　一巻

2オ

調巻之外未勘国部二巻未勘哥部一巻／若悉令勘入者終其部不可存仍調巻／
数中不入之別所部類也或先達類／聚或就胸臆区哥暫抄出之許也不審／雖多
之先立置土代追可令添削也

2ウ

謌枕名寄巻第一
畿内部一　　山城国一

目録

賀茂篇
神山　其神山／結神山　御祓山　日影山
賀茂社　御祖神／下社　別雷神／上社
賀茂河　付河原　鴨羽河　石河
[三]瀬見小河　御手洗河　神　[并一]片岡　森／付神二　多田須宮　正字／可詳
一言神
山階篇　山　里　宮
木幡　山　峯　河／里　森　音羽　山　河　里／付瀧　鏡山三　笠取山
磐田　小野付柞原／森　山吹尾
宇治篇　山　河　渡　橋／付橋姫　国吏(マヽ)云孝徳天王二年／道昭和尚造宇治橋云々
[并一]朝日山　真木小山　椐山　真木島　橘小島　崎　隈　里／関異説歟

3オ

巨椋入江　森　　山吹瀬

3ウ

歌

賀茂篇

神山

1 水　神山のやましたとよみゆく水の
万葉十二　水をしたえすは後もわかつま

2 葵かる比にもあれはかみやまの
もとあらのかつらかくれかもなし　信実

3 堀百　神山のふもとをとよみみたらしの
水　岩うつ波はよろつよのかす　匡房

4 卯花　神山のふもとにさけるうの花は
金葉　たかしめゆひしかきねなるらん　八条太政大臣実行

5 神山のこのて柏をとりかさし
卯月になれは君をこそいのれ　光明峯寺―

4オ

6 郭公　ほとゝきすその神山のたひまくら
新古　ほのかたらひし空そわすれぬ　式子内親王

御所生山　又三形山云々

7 月　みあれ山いはねをいつるみたらしに
やとる月さへ神さひにけり　若水

8 千五百　たれもみなたのみをかくるみあれ哉
神のめくみにあふひとをしれ　法橋顕昭

日影山

9 堀百　日かけやまおふるあふひのうらわかみ
葵　いかなる神のしるしなるらむ　中納言国信

10 現六　其神のひかけの山のもろはくさ
けふはみあれのしるしにそとる

4ウ

賀茂社

11 姫小松　ちはやふるかものやしろのひめこまつ
古今　よろつ代ふとも色はかはらし　藤原敏行

12 後拾　とゝのへしかものやしろのゆふたすき
かへるあしたそみたれたりける　安法々師

13 瑞籬　さりともとたのむ心は神さひて
千　ひさしくなりぬかものみつかき　式子内親王

御祖神　下社

14 六百番　いまはさは恋のやつこのゆくすゑも
たのむみおやの神もいのらむ　大蔵卿有家

15 万代　もろ人のみおやの神にましませば
はくゝむうちにこの身もらすな　若水

5オ

別雷神　上社

16 千　君をいのるねかひを空にみて給へ
わけいかつちのかみならは神　賀茂重保

17 続拾　ちはやふるわけいかつちの神もあれと
おさまりにけるあめのしたかな　後京極―

賀茂河　付河原

18 万葉十一　鴨川の後瀬静(シツケ)みのちもあはん
いもにはわれよ今日ならすとも

19 ちはやふるかもの川原のふちなみは
かけてわするゝ時のなきかな　参議兼房女

20 新　かも川ののちせしつけみさてさして
あゆふす淵をねるは誰か子そ　為家

21 後撰　賀茂川のみなそこすみててる月を
ゆきてみむとや夏祓する

5ウ

22 六帖　春雨のふりはへ行て人よりは
我まつつまんかもの川せり　読人不知

23 紫　あすよりはかもの川なみたちかへり
六百番　むらさきのにや色をそふらん　隆信

24 同　むかしよりいつきのみやに吹きそめて
今日はすゝしきかもの川風　前大僧正慈円

25　賀茂川原かはらにさらす百(白イ)いしを
あすやわか身とみるそかなしき　顕昭

鴨羽河

26 続後　さかのほるかものはかはのその神を
おもへはひさし代々のみつかき　常磐井入道

6オ

石河　瀬見小河

27　石川やせみの小川のきよけれは
月もなかれをたつねてそすむ　鴨長明

28 井串　石川やせみの小川のいくしたて
ねきしあふせは神にまかせつ　顕昭

29 竹　雪ふりにせみの小川をみわたせは
たゝすの竹は下おれにけり　慈鎮

御手洗川

30 古　恋せしとみたらし川にせしみそき
神はうけすも成にけるかな　読人不知

31 志賀浦　昨日まてみたらし川にせしみそき
千　しかのうらなみたちそかはれる　八条入道太政大臣
右一首詞云上西門院賀茂いつきと申／けるをかはら
せ給てからさきの／はらへしける御時女房のもとに
を／くりけるとなむ

6ウ

32 千五百　よろつ代とみたらし川の夏の夜に
秋ともすめる山のはの月　後鳥羽院

33 拾　劫つくすみたらし川の亀なれは
法のうき木にあはぬなりけり　斎院

34 月　石間ゆくみたらしかはの音さえて
月やむすはぬこほりなるらん　権中納言師時

35 拾　そらめをそ君か(八欤)みたらし川の水
あさしやふかしそれはわれかは　伊勢

7オ

36 神　恋すともつゐにあふせをいのるかな
これをはうけよみたらしの神　野宮左大臣

片岡森　付神

37 時鳥　ほとゝきすこゑ待程はかたをかの
新古　森のしつくにたちやぬれまし　紫式部

38 紅葉　秋かけてもりの時雨やふりぬらん
我かたをかのもみちしにけり　実方

39　さりともとたのみそかくるゆふたすき
我かたをかの神とおもへは　賀茂政平

多田須宮　正字可尋

40 木綿たすき　いつはりをたゝすのみやのゆふたすき
新古　かけつゝちかへわれをおもはゝ　平貞文

41 玉垣　君をいのるこころの色を人とはゝ
同　たゝすのみやのあけの玉垣　慈鎮

7ウ

一言神

42　君をいのるたゝひとことの神の宮
ふたこゝろなきほとをしるらん　賀茂氏久

山科篇

山

43 拾　やましなの山のいはねに松をうへて
ときはかきはにいのりつるかな　平兼盛

里

44 後拾　かへるさをまちこゝろみよかくれなき
よもたゝにては山しなの里　和泉式部

8オ

宮

45 後廿　はかなくて世をふるよりも山しなの

朽木　みやのくち木とならましものを　三条右大臣
46同　やましなのみやのくち木と君ならは
われはしつくにぬるはかりなり　藤原兼輔朝臣

並一 **木幡**

山

47万十　山しなのこはたの山に馬はあれと
馬　かちよりそくる君をおもへは　人丸
48新六　こはた山あるはさなからくちなしの
やとかるとてもこたへやはせん　知家

8ウ

峯

49宇治詠合　雪ふかきこはたのみねをなかめても
秋風　うちのわたりに人やまつらん　小宰相

河

50拾　こはた川こはたかいひしことの葉そ
瀧　なき名す、かん瀧つ瀬もなし　読人不知
51　よそにみてふしみもしらぬこはた川
こはたかゆへにぬる、たもとそ　寂蓮

里

52拾　山しろのこはたのさとに馬はあれと
馬　かちよりそくる君をおもへは　人丸
53千　我こまをしはしとからは山しろの
駒　こはたのさとにありとこたへよ　俊頼

9オ

54森　馬　山しなのこはたの森に馬はあれと
六帖　おもふためにはあゆみてそくる

音羽

山

55後拾　あふさかの関をや春のこえつらん
霞　をとはの山のけさはかすめる　橘俊綱朝臣

56短歌　霞　あまひこのをとはの山の春かすみ　紀貫之
57古来　なにとかはをとはのやまの夕かすみ
ひとめはかりの関かたむらむ　俊恵法師
58夕ゐる雲　音羽山ゆふゐる雲を吹く風に
石清水哥合　さくほとみゆる花さくらかな　従二位頼氏

9ウ

59堀後百　逢坂のかけひの水になかる、は
紅葉　をとはの山のもみちなりけり　源兼昌
60金葉　音羽山もみちちるらし逢坂の
紅葉　関の小川ににしきをりかく　俊頼

河 付**瀧**

61雪　朝日　をとは川たきのみなかみ雪消て
続古　あさ日にいつる水のしらなみ　光明峯寺入道
62新古　あさからぬこ、ろそみゆるをとは川
せきいれし水のなかれならねと
63拾　音羽川せき入ておとす瀧つ瀬に　周防内侍
人のこ、ろのみえもするかな　伊勢

右一首権中納言敦忠の西坂本の山
庄ニをとは川をせき入て侍りけるに／まかりていは

10オ

に書付侍けるとなん／裏書云音羽川は会坂の西ニあ
り／とみえたり一説には清水の瀧の／流是也といへ
り　而如拾遺集又比叡／山麓に同名河在之欤　敦忠
若／山庄ニ関入川是也　随而古今集七ニ／忠峯哥の
詞書にもひえのやまなる／音羽の瀧をみて読といへ
①り躬恒／もおなしき瀧にて読といへり　忠峯／哥お
ち瀧つ瀧のみなかみ年つもりおいにけらしなくろき
すち
②なし　躬恒哥風吹と所もさらぬ白／雲はよをへてお
つる水にそあり／ける彼大原の如く両所ニ雖可立／

10ウ

之就同名覧哥所載之矣　已上裏書

64花　千五百番
山風のふきぬるからにをとは川
せき入れぬ花も瀧のしらいと　雅経

里

65紅葉
とはすともをとはの里のはつ時雨
こゝろの色はもみちにもみよ　後嵯峨―

66時鳥　一字抄
ほとゝきすいかてきかましをとはやま
ふもとの里にやとらさりせは　藤原成房

鏡山　并三

67万
山科乃(ヤマシナノ)鏡(カヽミノ)山尓(ニ)夜(ヨ)者(ハ)毛(モ)夜之(ヤシ)　右額田王作哥

11オ

笠取山

68雨　六帖
雨ふれはみちはまよひぬやましなの
かさとり山はいつこなるらむ

69古今
雨ふれはかさとりやまのもみち葉は
ゆきかふ人の袖さへそてる　忠岑

70後拾
いかて猶かさとり山に身をなして
露けきたひにそはんとそおもふ　読人不知

磐田小野　付**柞原**

71雉　千
きゝすなくいはたの小野のはゝそ原
しめさすはかり成にけるかな　修理大夫顕季

72薄　千金
いまはしもほに出てぬらんあつまちの
いはたのおのゝしのゝ小すゝき　仲家

73万葉九
山しなのいはたのおのゝはゝそ原
みつゝや君が山ちこゆらん　式部卿宇合

11ウ

森

74万葉
山しなのいはたの杜にこゝろおそく(鉾イ)
たむけしこれはいもにあひかたき　人丸

75同短哥
山城のいはたの杜のすめ神にぬさとりむけて
われはこえゆくあふ坂やまを

76月　詞
山しろのいはたのもりのいはすとも
こゝろのうちをてらす月かけ　輔尹

山吹尾　并六

77鹿　六帖
山しろのやま吹の尾にふす鹿の
あさふしかねて人にしらるゝ

12オ

宇治篇　裏書云々

78万七
宇治人のたとつの網代我ならば
今は君らそ木積(コツミ)こ(不来)すとも

79万　続古
うちま山あさ風さむし旅にして
衣かすへきいもにあらなくに
右哥持統天皇吉野宮に幸給時／佐保左大臣詠とみたり而宇治間或／類聚に大和国名所云々或抄には只／是宇治山云々

山

80紅葉　後
うち山のもみちをみすは長月の
すきゆく日をもしらすそあらまし　大江千里女

12ウ

81霧　堀百
川霧のみやこのたつみふかけれは
そこともみえすうちの山もと　権中納言匡房

82雲葉
むかしみし人のなみたや露ならん
世をうち山のあきの花その　慈鎮

河

83万七
うち川に生る菅藻を川はやみ
とらてきにけりつとにせましを

84千金
おち瀧つやそうち川のはやき瀬に
岩こす浪は千代のかすかも　俊頼

85霧　千
あさほらけうちの川霧たえ〳〵に
あらはれわたるせゝのあしろ木　中納言定頼

13オ

86 船 万葉　うち川はよとむ瀬もなしあしろ人
ふねよふこえは遠こちにきこゆ

87 家集　雨ふらて宇治の川なみ立まさる
しかのうら風ふきやこすらむ　仲実

88　なかめやるうちの川瀬の水くるま
とことはにこそ君はかけゝれ　中務卿親王

89 新古　くれてゆく春のみなとはしらねとも
かすみにおつるうちのしはふね　寂連

90 霞 新勅　朝戸あけてふしみのさとをなかむれは
かすみにむせふうちの川なみ　俊成

91　うち川のあしろのひをのこの比は
あみた仏によるとこそきけ　実方

13ウ

92 鳥 日本紀　あふみの海せたのわたりにかつくとり
田上すきてうちにとしへつ　武内宿祢

93　きりたをす田上やまの楠の木は
宇治の川瀬になかれきにけり

渡

94 万葉十一　ちはや人うちのわたりのはやき瀬に
あはすありとものちもわかつま　人丸集中

95 雪 秋風　雪ふかき木幡の峯をなかめても
うちのわたりに人やまつらむ　小宰相

橋 付橋姫　橋守

96 古今　わすらるゝ身をうちはしのなかたえて
人もかよはぬ年をへにけり　読人不知

14オ

97 金葉　かすならぬ身をうちはしのはし〱と
いはれなからもこひわたるかな　源雅光

98 詩歌合 雪 花　みねの雪みきはの波に立なれて
花にそちきる宇治のはし姫　藤業時

99 新古　年へたるうちのはしもりことゝはん
いく世になりぬ水のみなかみ　藤原清輔

里

100 夢浮橋 正治百　波の音うちのさと人よるさへに
ねてもあやうき夢のうきはし　定家

101 月　あしろもるうちのさと人いかはかり
いさよふなみに月をみるらむ　後京極—

102 霧　川霧のみやこのたつみふかけれは
そこともみえぬうちの山さと　中納言匡房

14ウ

都

103 尾花 万　秋の野の尾花かりふきやとれとも
うちのみやこのかりいほを（レイ）そおもふ

104 鹿　おはなふくいほりの露やしけからし
うちのみやこにさをしかのこゑ　光明峯寺入道—

105 仙洞哥合　ゆふされはまねく尾花をかりしきて
うちのみやこにかりいほさしつる　左京権大夫国経

朝日山（並一）

106 新十四　ふもとをはうちの河霧たちこめて
雲ゐにみゆるあさ日山哉　公実

107　いさ行てあさ日のたけにやとりなん
をくらの山は春くれぬへし　道命法師

15オ

108 卯花 万代　朝日さすふもとのさとの卯花を
さらせる布とおもひけるかな　顕輔

真木小山（并一）

109 現六　はれやらぬ真木の小やまの五月雨に
ぬれ〱くたすうちのしはふね　小宰相

裾山

110　河そひや真木の裾山いしたてり

そま人いかにすゝしかるらむ　西行法師

真木嶋

111 万代　たかためにいそくなるらん夜もすから
まきのそま人衣うつなり　顕輔

112 千五百　もの丶ふの八十氏川のはし〲ら
のとかにおとせ真木の嶋舟　宮内卿

15ウ

橘小嶋　**崎**　**隈**　**関**　**里**

113 古今　いまもかもさきにほふらんたち花の
こしまかさき（クマイ）の山ふきの花　読人不知

114 堀百　さきぬれは人をとめけり山吹は
こしまかさとにあらぬやとにも　隆源

巨椋入江

115 雁　おほくらのいりえひゝくなりいめ人の
万葉九　ふしみか田居に鴈わたるらし

森

116 紅葉　うち山のもみちの色をかとふかな
をくらのもりのおほつかなさに　女蔵人左近

16オ

山吹瀬　或説云　秋風山ふくせゝのなるなへにと云々／非名所とみえたり

117 万　金風の山吹の瀬の響苗（ナルナヘ）
あさくもかけるかける鴈にあへるかも

謌枕名寄巻第二

畿内部二　山城国二

目録

大原篇　山　河　里

清和井水　一説云城西之大原野在之云々／今就異説載之可祥

朧清水　付里　能因哥枕城西大原野入之／但哥多北詠之如何

小野　堀河百首　師頼卿　大原之小野炭竈云々／仍此篇入之

山　山田　道　細―／古―　渡

篠原　小野　篠原　才田範兼卿　当国名所入之而哥／多詠旅行　城北　小野
但定家卿　正城北　小野／詠之可思

上野　或説城西之大原野在之云々　但城北大原現在之

芹生里

16ウ

嵯峨篇

山　或云在納言詠非城西之嵯峨其方未定之由見／能因哥枕云々又芹河詠合之条旁不審
也然而／後哥詠成城西之嵯峨歟仍載之但於芹河者尚／不審之間載于雑篇者也

野　原

野宮　大沢池　大覚寺／池是也　広沢池　遍昭寺／池是也　大井河　淀

戸難瀬　河　瀧／岸　桂河　渡／里　亀山　嵐山　麓寺

小椋山　麓野辺／裾野里

17オ

歌

大原篇

山

118 後拾　おもひやる心さへこそさひしけれ
大原山のあきのゆふくれ　藤原国房

119 雪　おほはらはひらのたかねのちかけれは
新勅　雪ふる程をおもひこそやれ　西行

120 後拾　こりつみてまきのすみやくけをぬるみ

17ウ

おほはら山の雪のむらきえ　和泉式部
121 新古　世をそむく方はいつくもありぬへし
おほはら山はすみよかりけり　同
122 あさ衣　おほはらやほたゝくしつかあさころも
うらやましくもぬれぬそてかな　源顕国
下野国にて煙をみてよめるとなん

18オ

河

123 拾　世の中にあやしきことは雨ふれと
おほはら川のひるにそ有ける　恵慶

里

124 柴　おほはらのこの市柴のいつしかも
万四　わかおもふいもに今夜あへるかも　田原天皇
125　おほはらはゆきてやみましいつしかと
さくいちしはの春のしるしに　信実
126 高野　あはれさはかうやと君をおもひやれ
秋くるかたのおほはらの里　寂然法師

並**清和井水**　一説云　西大原ニ在之云々

127 催馬楽　おほはらやせか井の水をてにくみて
六帖　とりはなくともあそひてゆかん

18ウ

128 五月雨　まとゐしていかゝあそはむ五月雨に
千五百　せか井の水も岩こえてけり　顕昭

朧清水　或云　能因哥枕西の大原也云々／多北大原詠之

129 同　みくさいしおほろのしみつそこすみて
後拾　こゝろの月のかけはうかふや　素意
130　程へてや月もうかはんおほはらや
おほろのしみつすむなはかりそ　良暹
131 葎　やえむくらしけみか下にむすむてふ
堀百　おほろのしみつなつもしられす　匡房

里

132 夫木八　まれにこしおほろのさとにすみなれて
里部哥　老はしみつのあるしなりけり　丹後

19オ

133 夫木第五　あり明も秋そなこりはおほはらや
山部哥　月をおほろのやまのはの空　家隆

小野山

134 霧　柴　つま木こるをのゝ山へに霧こめて
堀百　しはつみくるまみちやまよへる　肥後
135 炭　みやこにもはつ雪ふれは小野山の
後拾　まきの炭竈たきまさるらし　相模
136 深山木　太山木をあさなゆふなにこりつめて
拾　さむさをこふる小野のさと人　好忠
137 堀百　すみかまのくちやあくらん小野山の
けふりのたかくたちのほるかな　隆源
138 煙　すまのうらに塩やくあまの煙かと
堀　みそまかへたる小野のすみかま　河内

19ウ

139　都ちかきおの大原をおもひいつる
しはのけふりのあはれなるかな　西行

山田

140　はかなしなおのゝ小山田つくりかね
てをたにも君はてはふれすや
これははなをたつねてみはやと／いふ折句の沓冠也
141 色こきいね　さと人はおのゝ山田にいまよりや
古来　色こきいねのさなへとるらむ　鷹司院師

里

142 卯花　雪のいろをうはひてさける卯花に
金　おのゝさと人冬こもりすな　公実

20オ

143 雪　すみかまのそこともみえすふる雪に
堀百

堀　みちたえぬらん小野のさと人　顕季
144 鹿　鹿のねをきくにつけても住人の
こゝろしらるゝ小野の山さと　西行

道　細―／古―

145 卯花　やみなれと月の光そさしてくる
堀　うの花さける小野のほそみち　基俊
146 真柴　真柴かるおのゝほそ路あとたえて
新六　ふかくも冬のなりにける哉　為家
147 卯花　卯花のおりもや人のかよふらん
阿宣集　雪ふみわけし小野のふるみち　平時村
20ウ
148 柴　しら露にたえぬ秋萩おれふして
万代　柴かるおのゝみちたにもなし　経信

渡

149 同　この比は小野のわたりにいそくらん
冬まちかほにみえしすみやき　相模

篠原　加賀国　近江国にもあり／或惣野　径之通名也

150 浅茅　あさちふの小野のしのはらしのふとも
後　あまりてなとや人のこひしき　源等
151 堀後　しのひかねをのゝしのはらをく露に
あまりてたれをまつむしのこゑ　家隆
152 新古　ふるさとも秋はゆふへをかたみにて
風のみおくる小野のしのはら　俊成卿
21オ
153 千五百　夢なれや小野のしのはらかりそめに
露わけし袖はいまもしほれて　定家

上野　或云西の大原野在之云々但北大原ニ又現上野と云所／在之如何

154 萩　をのつからすきかてにするおほはらの
万代　すかる　上野の萩にすかるなくなり　仲実

丼 **芹生里**

155 門出　世をそむく門出はしたり大原や
同　せりふのさとの草の庵りに　後徳大寺

嵯峨篇

山

156 後　さかの山御幸たえにし芹川の
千代のふるみち跡は有けり　行平
21ウ
古哥詞云仁和御門さかの御門の御例にて／芹河の行
幸し給ける日となん更孝／したやらひにてきぬのた
③もとに／鶴のかたをぬいておきなさひ人な／とかめ
そかり衣けふはかりとそたつは／なくなるとよめる
同時の事と／みえたり
157 駒　さかの山千代のふるみち跡とめて
新古　また露わくる望月のこま　定家

野

158 萩　小萩さくあきまてあらはおもひ出ん
後拾　さかのをやきし春はそのひと　成助
22オ
159 女郎花　こゝにしもなにゝほふらん女郎花
拾　人のものいひさかにくき世に　遍昭
160 新古　さらてたに露けきさかの野へにきて
むかしの跡にしほれぬるかな　俊忠
161 同　いまはさはうき世のさかの野へをこそ
露きえはてし跡としのはめ　俊成卿女

原

162 紅葉　みわたせはさかもかれ野に成にけり
堀百　いまはをくらにもみちるらむ　師時
163 雉　さかのはらはしるきゝすのかたあとは
丼一 六百番　けふのみゆきにかくれなきかな　正三位経家

丼一 **野宮**
22ウ

164 月　たのもしな野宮人のうつるはな
新古　うつる花　しくる丶月にあらすなるとも　源順

165 琴　琴の音にみねの松風かよふらし
拾　いつれの緒よりしらへそむらん　斎宮女御

166 琴　松風にひ丶きかよへることの音を
同　ひけはねのひのこ丶ちこそすれ
右二首野宮の庚申会侍ける松風入／夜琴云題を読る

167 榊　榊さす柴のかきねのかす〱に
続古　猶かけそふるゆきのしらゆふ　常盤井入道

大沢池　寛平菊合名所第二番

168 後　ねぬなはのねぬなはおほく立ぬれと
なをおほさはのいけらしや世に　読人不知

169 大和物語　おおさはのいけの水くきたえぬれは
なにかうらみんさかのつらさを

23オ

廾三 **広沢池**

170 月　ひろさはのいけにはしつむ月かけの
六百番　をとはの山をたちのほるかな

171 正治百　五月雨に岸の松かねなみこえて
汀そせはきひろさはのいけ　讃岐

172 月　浮草　風吹はみさひうきくさかたよりて
新宮哥合　月になりゆくひろさはのいけ　季景

173 千　なみかけは汀のゆきもきえぬへし
こ丶ろありてもこほるいけかな　守覚法親王

23ウ

廾四 **大井河**

174 篝火　おほ井川うかへる船のか丶り火に
後　をくらの山も名のみなりけり　業平

175 紅葉　おほ井川夏もあらしの山風に
建保名所　筏　もみちのなみのた丶ぬはかりそ　範宗

176 筏　大井川岩なみたかしいかたしよ
金　紅葉　きしのもみちにあからめなせそ　経信

177 瀧　水の上に紅葉なかれて大井川
後拾　むらこにみゆる瀧のしらいと　堀川右大臣

178 同　水もなくみえこそわたれおほ井川
峯の紅葉は雨とふれとも　中納言定頼

179 後拾　大井川しもはかつらのもみち葉も
ひとつあらしの山のあきかせ　白河院

180 松　もみちはいりえのまへにふりぬれと
続古　千代のみゆきの跡はみえけり　光明峯寺入道

24オ

181 大井川きしにかすさす殖松の
風にや瀬々のなみも立らむ　恵慶

182 おほ井川ゐせきの水のわくらはに
今日とたのめし暮にやはあらぬ　元輔

183 家集兼盛　大井川そま山風のさむけきに
大井家にて　岩うつなみをゆきかとそみる　小大君

淀

184 よもすからあらしの山に風さえて
大井の淀にこほりしてけり　西行

廾五 **戸難瀬**　寛平菊合第四番名所

185 堀百　松かけのとなせの水にみそきして
ちとせのいのちのへて帰らむ　匡房

186 霧　いかにして岩間もみえぬ夕霧に
千　となせのいかたおちてきぬらん　親隆

187 鵜舟　となせよりくたす鵜舟のみなれさほ
井くゐをとなふこ丶ろしてとれ　俊頼

川

188 筏　となせ川岩間にた丶むいかたしや

24ウ

新勅　なみにぬれてもくれをまつらん　俊頼
189 紅葉　とな瀬川もみちをかくるしからみも
続拾　よとます水に秋そくれ行　入道二品親王性助

瀧　仲実哥序詞云となせの瀧このもかのものあし云々
190 金　大ゐ川ちるもみち葉にうつもれて
となせのたきの音のみそする　公長
191 続古　あらし吹山のあなたのもみち葉を
となせの瀧におとしてそみる　経信

岸

192　大井川かはせのもみちちらぬ間は
となせのきしになかゐしぬへし　恵慶

桂河

193 魚　かつら川てる月かけのやとる夜は
堀百　もにすむうほそ底にみえける　師時
194 月桂　久方の月のかつらのちかけれは
良玉　篝　ほしかとみゆるかゝり火の影　道命

195 新古　久方のなかなる川のうかひふね
いかにちきりて闇をまつらん　定家
196 柳　かつらのや川そひ柳なみかけて
詩哥合　梅つはやく春めきにけり　蓮性
197 鮎　あさな〳〵日なみそなふるかつらあゆ
六帖　あゆみをはこふ道もかしこし　信実

渡

198 葵　しらねともかつらわたりときくからに
万代　かものまつりのあふひとらせん　元良

里

199 古　久方のなかに生たるさとなれは
光をのみそたのむへらなる　伊勢

200 月　今夜わかかつらの里に月をみて
おもひのこせることのなきかな　経信
201　さきの日にかつらのやとをみしことは
けふ月の輪にくへきなりけり　輔親

亀山

202 旅　かめやまにいくゝすりのみありといへは
とゝめん方もなきわかれかな　戒秀法師
203 桜　名にたてゝ万代ふへきかめのをの
続拾　山のさくらはけふさきにけり　経信
204 六帖　大井川いせきにふせるかめやまの
いのちのかきりあひみてしかな

205 榊　かめやまにとるさかき葉のときはにと
良玉　さしても君をいのりつるかな　経信
206 万代　亀山のうへのふるくさ焼ならし
大井のかたにけふりたつみゆ　好忠
207 小松　よろつよのためしにひかんかめやまの
すそのゝはらにしける小松葉　西行
208　百しきはかめのうへなる山なれは
千代をかさねよつるの毛衣　土御門内大臣
209　四のうみおさまれる世はおとにきく
かめのをやまもなみやよすらむ　俊成卿
210 夫木五　亀の尾のみとりの洞にかよふらん
洞部　我たつそまの法のひかりは　為家卿

嵐山

211 鹿　世の中を秋はてぬとてさをしかの
いまはあらしの山になくなり　仲実
212 新古　おもひいつる人もあらしの山の端に
ひとりそいつる有明の月　静賢

213 紅葉　あさまたきあらしの山のさむけれは
拾　ちるもみちはをきぬ人そなき　公任

214 後拾　大井川ふるきなかれをたつねきて
あらしの山の紅葉をそみる　白河院—

215 千　けふみれはあらしの山は大井川
もみちふきおろす名にこそありけれ　俊忠

216　夜もすから嵐の山の風さえて
大井のよとにこほりしにけり　西行

麓寺

217 月　又たくひあらしの山のふもと寺
雲葉　杉庵　すきのいほりに有明の月　俊成

麓里

218 紅葉　ちりまかふあらしの山のもみちはは
永承四年　ふもとの里の秋にそ有ける　広経

27ウ

小倉山

219 後　大井河うかへるふねのかゝり火に
小倉の山も名のみなりけり　業平

220 鹿　あやしくも鹿の立とのみえぬ哉
拾　小くらの山に我やきぬらむ　兼盛

221 万葉　夕されは小倉の山になく鹿の
続古　今夜はなかすいねにけらしも　舒明天皇

222 夕霧　小倉山ふもとをこむる夕霧に
新勅　たちもらさるゝさほしかのこゑ　西行

223 新古　いつくにか今夜の月のかくるへき
小倉の山も名をやかふらん　千里

224 御幸　をくら山みねのもみちはこゝろあらは
万代　今一たひの御幸またなん　貞信公

225 露　露しくれそめはてにけり小倉山

28オ

新勅　けふやちしほのみねのもみちは　範宗

麓野辺

226 雁　雲井よりかりのなみたやをくら山
千五百　ふもとの野へのはきのうへの露　忠良

227 轡虫　駒とめてふもとの野へをたつぬれは
堀百　小倉にすたく轡虫かな　匡房

28ウ

麓里

228 新古　をくら山ふもとの里に木の葉散は
梢にはるゝ月をみるかな　西行

裾野

229 一字抄　をくら山すそのゝすゝきまねきけり
こよひはこゝにやとをからまし　時房

里

230 擣衣　小倉山すそ野の里の夕霧に
続古　やとこそみえね衣うつなり　順徳院—

29オ

歌枕名寄巻第三
畿内部三　　山城国三

目録

三香原篇
久迩都　布対 宮 山／野 原　鹿脊山　泉 里 杣／八雲御抄和泉／国入之
木津河 渡　狛 萍 渡／付瓜生　柞 山 森／或別所也　沢田河
雑篇
井手 河 沢 渡 山 山田／中道 里　玉河 里 玉川／同名有
三所一奥州卯花哥又能因詠野田玉河同奥
州也俊頼詠野路玉川是近江国歟一武蔵国／曝手乎作謌一当国歟冬哥
29ウ
玉井 一説云井手有玉井仍堀河院百首／師時卿款冬一説云文応元年大嘗会悠／紀方御
屏風哥篤光卿詠之然者近江国／有之但大嘗会哥山城国名所少々有之歟／又同名
歟
大原野 神 野／山 里　小塩山 峡／野　佐江野沼　火野杉村
30オ
男山 又云八幡／八幡宮　若宮　石清水
水無瀬 山 河 里 最勝四天王院障子用水成瀬字／寛平菊合名所第一番山城国皆
瀬菊
鳥羽 山田 里 渡／並秋山 池／里　深草 山 野 里／並霞谷 藤杜
伏見 山 里 村 田 沢 八雲有之／小田 田居 櫝川 岸 橋

歌

三香原篇

231 三香容之屋取珠栫ノ道去相尓天雲之拝身乍
石幸三香原籬宮時娘子作哥　自余哥下置之／処ニ載之

232 内大臣家百　長月の十日あまりのみかのはら
川なみしろくすめる月かな　　家隆

久迩都

233 万六　みかのはらくにのみやこはやまたかみ

30ウ

234 同四　川の瀬きよみ行きてはやみん
いまつくるくにのみやこは山川の
きよくみゆるはうつしうるらし

235 同八　いまつくるくにのみやこは秋のよの
なかきにひとりねしかくるしさ

236 新六　みかのはらくにのみやこはあれにけり
万六　おほみや人のうつりいぬれは

237 万十七　山背乃久迩能美夜古波春佐礼橋花咲
乎理秋左礼婆黄葉尓保皆　以下泉川載之

238 郭公　まきの立あらやまいつるほと丶きす
荒山　くにのみやこに五月つくなり　　洞院摂政

239 明玉　さひしとも誰かはきかんいつみ川
泉川 松　くにのみやこのまつのあき風　　法印尊海

31オ

布対 宮 山 野 原

240 万六　山並之宜国跡河次之立合郷跡山城乃鹿／脊山際尓宮
柱太敷奉高知布対乃宮者河／近見湍音劔清山近見鳥
鳴動田秋去者○男／鹿妻呼口春去者岡辺裳茂尓巌者
花／開乎丶利痛怜布当原

241 夏哥　ふたみ山やまなみみれはもゝよにも
万六　かはるへからすおほみやところ

242 現存　みかのはらふりにしさとの宮ところ
山と川とのあとのこりけり

鹿脊山　万第十六哥如次上

243 万六　乙女子か績麻繋といふかせ山の
ときのよけれはみやことなりぬ

244 同　かせの山木立をしけみあさゝらす
鶯　鳴そとよますうくひすのこゑ

31ウ

245 万六　三諸著鹿脊山際尓開花之色自列敷百

鳥之音名束敷在異石住吉里乃

246 中務卿親王家　河なみのたちあふさかのほと、きす
会坂哥合　郭公　かせ山よりやなきてきぬらん　藤原雅経

247 雪　みやこいて、あさこえくれは風ませに
雪ふりむかふころもかせ山　俊恵

泉河

248 万一　いつみ川に持こせる真木の綱手を
百たらす筏につくりのほすらん

32オ

249 万六　いつみ川ゆく瀬の水のたえはこそ
おほみやところうつりもゆかめ

250 郭公　こま山になくほと、きすいつみ川
狛山　わたりをとよみこ、にかよはす
右二首布対宮哥云々反哥也

251 万九　いもか門入出見河のとこなめに
みゆきのこれるいまた冬かも
右本集云泉作哥

252 孫皇額刺の王のいも、こそと
みたれにけらしこの川のせに
右本集泉河辺作哥云々為同載之

32ウ

253 万一　いつみ川わたる瀬ふかみわかせこか
旅行ころもぬれぬらんかも

254 万十七　山背乃久迩能美夜古波春佐礼播花／咲乎々理秋佐礼婆黄
葉尓保比美於波／勢流泉　河乃可美都瀬尓宇知橋和多／
之余登瀬尓波宇招橋和多之安里我欲／比都迦倍麻都良武
万代麻弖尓
反哥

255 同　稲並而伊豆美乃河乃水緒多要愛都／加倍麻都良武大宮所
右本集云讃三香原訴都哥一首幷短哥

256 駒　同長哥　あをによしなら山かけていつみ川
奈良山　きよきかはらに駒をと、めて

33オ

257 拾　いつみ川のとけき水のそこみれは
ことしはかりそすみまさりける　兼盛

258 柞杜　舟　船とめぬ人はあらしないつみ川
六百番哥合　は、そのもりの紅葉しぬれは　兼宗

259 紅葉　いつみ川日もゆふ暮のこまにしき
狛錦　かたへおちゆく秋のもみち葉　定家

里

260 万四　いゐ人はこひすきぬかもかはつなく
蛙　泉のさとにとしのへ行けは

261 現六　夏ちかくなりにけらしな山しろの
いつみのさとにかはつなくなり

33ウ

杣

八雲御抄和泉国入之仍彼国載之但万葉哥和泉河詠／次たり可勘入之

262 万十一　みや木ひくいつみの杣にたつたみの
杣　やむときなくもこひわたる哉

263 雪　宮木ひく民の通路たえにけり
いつみのそまの雪のかよひ路　光行

木津河

264 君こすはたれにかみせんこつ川の
せ、にうつまく瀧のしらいと

渡

265 桃花　も、の花さくや三月のみかのはら
新六　こつのわたりもいまさかりなり　光俊

狛山

266 鎌倉　こま山にいしふむみちのほと、きす
右大将家哥合　きく人かたき音をや鳴らむ　信生法師

34オ

267 万六　こま山になく雲公いつみ川

わたりをとをみこゝにかよはす

野

268 撫子 万代
やまとゝもからともみえす山城の
こま野にさけるなてしこの花

269 松
染かけていかなる露ののこるらむ
こま山の野のまつの下草　前摂政―

渡 付**瓜生**

270 瓜 拾
(山城イ)をとにきくこまのわたりの瓜つくり
となりかくなりなるこゝ(世イ)ろ哉　朝光

271
さためなくなる〳〵うりのつらにても
立やよりこんこまのすきもの
右二首贈答詞云三倍周章か妻ち／いさきをうり於扇ニ並て藤原兼茂／にもたせて大納言朝光か兵衛佐／にて侍ける時つかはしたりけると／なむ

34ウ

272 宝治百
いまたにもひく人あれや山しろの
こまのうりふにおふるした草　知家

杵山 或山者別所也

273 後撰十八
はゝそ山みねのあらしの風をいたみ
ちることの葉をかきそあつむる　貫之
右詞云左大臣の草子かゝせける奥に／書付侍りけるとなん

35オ

森

274 紅葉
いかなれはおなし時雨にもみちする
はゝそのもりのうすくこからん　堀川右大臣

275 六百番
船とめぬ人はあらしないつみ川
はゝそのもりに紅葉しぬれは　兼宗

276
わひ人のそてははゝその森なれや
しくるゝまゝに色かはりゆく　俊頼

沢田川　狭鰭河

277 催馬楽
さはた川袖行(ツク)はかりあさけれは
くにの宮人かたはしわたす

278 金葉
五月雨に水まさるらしさはた川
まきのつき橋うきぬはかりに　顕仲

35ウ

279
さはた川せゝのしらいとくりかへし
君うちはへて万代やへん　躬恒
右一首延喜御時女一宮もき侍り／けるに装束調て遣とて裳に／かくへき哥めされけるによみ／て奉けるとなむ

雑篇

井手

280 万十一
玉藻かる井手のしからみうすきかも
恋のよとめる我こゝろかも

281 款冬 古
かはつなく井ての山吹ちりにけり
花のさかりにあはましものを

282 現六
あをによしならちも近し山城の
井てのやまふきみてもわきもこ

283 後
かくれぬとしのひかねぬるわか身かな
いてのかはつとなりやしなまし　忠房

36オ

河

284 拾
春ふかみ井ての河なみ立かへり
みてこそゆかめ山吹のはな　順

285
井手川の夕なみの音きこえねは
冬のはしめの氷すらしも　恵慶

286
かよひこし井手の岩橋たとるまて
ところもさらすさける山ふき

36ウ

沢

287　春ふかき井手の沢水かけそはゝ
いくへかみえん山吹のはな　匡房

渡

288 浜栗　山吹もかさしにさせははまくりも
井手のわたりのものとみる哉
右散木集ニ家綱が許より浜栗を／おこすとて山吹を
かさして書付／侍りけるとなむ

289 堀百　おりてこそにほひもまされもろともに
井てのわたりの山吹の花　肥後

37オ

山

290　井手の山よそなからたにみるへきに
みねのしら雲たちなへたてそ　好忠

山田

291　かはつなく井手の山田にまきし種は
みまつゝなつとをちたちにけり　忠峯
右家集四宮屏風に山田書所

292　かはつなく井手の小山田しめはへて
これなはしろにおもひうつらん　知家

中道

293　人しれぬこゝろへたつないはてのみ
年月すくる井手の中道　中務卿親王

37ウ

里

294 拾　山吹の花のさかりに井手にきて
このさと人となりぬへきかな　恵慶

295　あちきなく井手へもゆかし此里も
やへやはさかぬ山吹のはな　伊勢

296 堀百　我やとを井手の里人きてもみよ
おなし八重さく山吹のはな　公実

玉河[並]　同名有三所一奥州卯花能因詠野田玉川一武蔵布／曝手作哥一当国款冬哥

297 駒　駒とめて猶水かはんやまふきの
花の露そふ井手の玉川　新古　俊成

298 千　つらゝゐてみかける影のみゆる哉
まこともいまや玉川の水　崇徳院―

299 堀　手縄　玉川のせゝかひのほるかゝり火に
さはくたなはのかすをしりぬる　仲実

38オ

300 下帯　ときかへし井手の下おひ行めくり
あふ瀬うれしき玉川の水　俊成

里　範兼卿類聚玉川里ハ奥州立之但卯花哥勿論也詠手／作布曝哥武州玉川里欤当国哥今
所載哥暫付同名／注之未決

301 衣　松風のおとたに秋はさひしきに
衣打なり玉川のさと　千　俊成

302 霧　しら波のおとはかりしてみえぬかな
霧たちわたる玉川のさと　堀百　顕季

303 霰　月さゆるこほりのうへにあられふる
こゝろくたくる玉川のさと　千　俊成

38ウ

玉井[並二]

304 款冬　玉井にさけるをみれは山ふきの
花こそやとのかさしなりけれ　堀百　師時

305 続拾　すゝしさに千とせをかねて結哉
玉の（井の水イ）いつみのまつのした風　為光
右一首文暦元年大嘗会悠紀方／御屏風哥

里

306　みつはよをあたりもしめよふきすくる
風さえさゆる玉の井のさと　俊成

307 夕立　夕立のひとむらすくる草の葉に
をくしら露の玉の井の里　中務卿親王

39オ

大原野

308 神　おほはらの神もしるらん我恋は
けふうき人のこゝろやらなん　謙徳公

野　准余所山吹云雖可並之大原野之字野為本故山前／立之矣

309 おほはらや野への御幸にところえて
そらとるけふのましらふの鷹

山

310 松　ひめ小松おほはら山のたねなれは
千とせをたゝにまかせてそみる
右藤原敦敏少将子むませて侍り／ける七夜によめる
となん

311 続拾　こからしもこゝろしてふけしめのうちは
ちらぬ梢もおほはらの山　周防内侍

39ウ

里

312 世の中　世の中をそむきにとてはこしかとも
猶うきことはおほはらのさと　読人不知
右能因以下大原野にまうてゝ侍り／けるに山里のあ
やしきにあらぬ／さまなる人の侍りけれはいつこ／
わたりよりすむそとゝひ侍りけれ／は読といへり能
因返哥小塩山の哥に／あり

小塩山

313 花 現六　小塩やま神代の春のちきりけん
にほひもつきぬ花のしらゆふ　小宰相

40オ

314 新古　あひをいのおしほの山の小松原
いまより千代のかすを待らむ　大弐三位

315 新勅　大原や小塩のこまつ葉をしけみ
いとゝ千歳のかけとならなん　朝忠
右一首天暦御時みこたちはかま／き給けるに

316 をしほ山梢もみえすふりつみて
こやすへらきの御幸なるらん　少将井尼
裏書云如和泉式部贈答哥者少将／井尼北大原に住と
みえたり

317 をしほ山ほかより人をみてくらの
おほぬさとこそおもひかけつれ　二条宣[旨歟]有弁乳母

40ウ

峡

318 松　春ことに若菜つみてそいのるへき
をしほのかひに色ふかきまつ　元輔

野

319 榊　榊さすをしほの野へのひめ小松
かさすちとせのすゑそ久しき　定家

火野　**杉村**

320 ここにかくひのゝ杉はらうつむ雪
をしほのやまに色やまかへる　紫式部

321 小塩山まつのうはゝにけふやさは
みねのうす雪花もみゆらん
右二首贈答紫式部家集ニこよみに／は初雪ふると書
付たる日めにち／かきひのたけと云山雪いとふかく
／みやらるれはとなん

41オ

男山　又八幡山

322 月 続後　猶てらせ代々にかはらぬおとこ山
あふくみねよりいつる月影　後久我―

323 続古　久かたの月のかつらのおとこやま
さやけきかけはところからかも　兼直

324 松 石清水哥合　いのりこせしるしあらせはおとこ山
岩にもまつのおふるためしに　範家

325 花　おとこ山かさしの花もはるなれは

41ウ

堀河百　おみのころもゝはゆるなりけり　仲実
326 鳩杖　おとこ山老のさかゆくひとはみな
老坂　はとの杖にもかゝりぬるかな　衣笠内大臣

八幡山

327 石清水哥合　やはた山神やきりけんはとの杖
老てさかゆく道のためとて　家長
328 月　後の世のやみをもてらせ八幡山
神のふもとのありあけの月　頼氏

宮

329 石清水　いのりくるやはたのみやの石清水
古　よろつ代までにつかへまつらん

若宮

330 石清水哥合　数ならてわか身はふりぬおとこ山
老せぬみやもあはれかけなん　知家

石清水

331 後　こゝにしもわけていいてけん石清水
神のこゝろをくみてしらはや　増基
332 続古　松も老いはもこけむす石清水
行末とをくつかへまつらん　貫之
右朱雀院御時石清水臨時祭始て／おこなはせ給て被
召ける哥となん
333 たゝしきをまもるときけは石清水
いとゝたのみのふかくもあるかな　中務卿―
334 続古　つかふへき我をもすつなすへらきの
もゝよとまもる神とこそきけ　六条入道
335 月　石清水きよきなかれのたえせねは
千　やとる月さえくまなかりけり　登蓮
336 すゝみするところをはみついはしみす

42オ

42ウ

なこしのころはすこさゝらなん　元輔
右一首内御屏風にすゝみたる所に
337 花　いはし水かさしの花のさしなから
堀後百　いのるこゝろをくみてしらなん　大進
338 日吉　日よしのや光をやとす石清水
こゝろを分てたのみそめてき　後鳥羽院―

水無瀬　摂津国風土記彼国嶋上郡也山背堺云々／寛平菊合名所一番山崎皆瀬菊

339 桜　此さとはさくらのちかきみな瀬山
石清水哥合　程はむかへのゆふくれの雲　経光
340 交野　わすれめやかたのゝみかりかりくれて
雲葉　月　御狩　かへるみなせのやまのはの月　家長
341 水蔭草　鹿　みなせ山水蔭草のした露や
建暦大裏哥合　秋行鹿のなみたなるらん　後久我―

河　最勝四天王院障子哥題水成瀬川云々

342 万　こひにもそ人はしにするみなせ川
下にわれやす月に日ことに
343 同十　久かたのあめのおもて（しるし）のみなせ川
七夕哥也　へたてゝおしき（をきし）神代のうらみ
344 古十一　ことにいてゝいはぬはかりそみなせ川
したになかれてこひしきものを　友則
345 人こゝろなにをたのみてみなせ川
瀬々の古株くちはてぬらん　基俊
346 浪花　みなせ川おちくる水の岩ふれて
堀百　折る人なしに波そ花さく　基俊
347 霞洞　春の色をいくよろつ代かみなせ川
建保百　霞のほらの苔のみとりに　定家
348 花とのみなかるゝ水をみなせ川
袖つく浪におりやかぬらん　行意

43オ

43ウ

349 万代　君をわれかたのゝさとにたのめをきて
渡　幾夜みなせのわたりしつらん　憲盛

里

350 続拾　年をへてみしも昔に成にけり
さとはみなせの秋の夜の月　隆親

351 月　軒はあれて誰かみなせの秋の月
遠所歌合　すみこしまゝの色やさひしき　後鳥羽院

44オ

352 時鳥　八幡山むかひのさとのほとゝきす
同　しのひしかたのこゑもかはらす　家隆

鳥羽

353 古　つのくにのなにはおもはす山城の
とはにあひみん事をのみこそ　読人不知

354 新勅　つのくにのみつとはいひ(なイ)そ山しろの
とはぬつらさは身にあまりつゝ　宮内卿

355 現六　山城のとはにあひみるあきの月
よとのわたりに影そあけゆく　花山院内大臣

356 松　いけ水のたえすすむへき御代なれは
続拾　松の千年もとはにあひみん　為家
右一首宝治元年鳥羽殿にて／池上松

44ウ

山　或抄云飛転(マヽ)浦出之云々雖然近代先達哥枕山城国被入之矣

357 松　白鳥のとは山まつのまちつゝそ
万四　わかこひわたるこの月ころを

358 続古　やすらひに出けんかたもしら鳥の
とは山まつのねにのみそなく　定家
右光明峯寺入道摂政家百首哥名所恋

359 鹿　鳥羽山の尾にたつしかのこゑきゝて
かはゝなれてもぬるゝそてかな　恵慶
右九同嵯峨野にまかりて鹿をよめ／ると家集にいへり

45オ

田

360 秋風　山城のとはたのおもをみはたせは
ほのかにけさそあき風はふく　好忠

361 淀　秋風のとはたのおもをふくなへに
建保百　ほなみにつゝくよとの川水　行意

362 正治百　友雀ひきゐておちぬやましろの
とはの田面に落穂拾ふと　左大臣実房静空

里

363 月　擣衣　雲井とふかりの羽風に月さえて
鳥羽田のさとに衣うつなり　後鳥羽院—

364 続後　さとの名もひさしくなりぬ山城の
鳥羽にあひみん秋の夜の月　後嵯峨院—

45ウ

渡

365 瓜　山城のとはのわたりのうりつくり
万代　駒　こまほしとおもふときそおほかる　読人不知

秋山　**山里**

366 月　君か代にひかりをそへよ末とをき
千年のあきの山のはの月
右宝治二年鳥羽殿五首哥合

367 千五百　霧はるゝとはた面をみわたせは
行末とをき秋の山さと　家隆

池

368 月　いにしへもこゝろのまゝにみし月の
あとをたつぬる秋のいけ水　後鳥羽院—
建永元年八月十五夜鳥羽殿に行幸／時御製

46オ

369 **今里**(並二)　日くるれはおちのいま里かひたてゝ

とはたのにしにけふりたなひく　覚助法親王

深草山

370 時鳥　夏くれはふかくさ山のほとゝきす
拾　なくこゑしけく成まさる哉　読人不知

371 鶉　ふかくさの山のすそのゝあさちふに
続後　夕風さむくうつらなくなり　寂超

372 古　うつ蟬はからをみつゝもなくさめつ
ふかくさのやまけふりたにたて　勝延

373 古　年をへてすみこしさとを出ていなは
いとゝふか草野とやなりなん　業平

374 続後　ふか草の竹のはやまの夕霧に
人こそみえねうつらなくなり　家隆

里

375 新古　ふか草の露のよすから（をイ）ちきりにて
さとをはかれす秋はきにけり　後京極―

376 月　ふか草のさとの月影さひしさに
同　すみこしまゝの野への秋風　通具

377 鶉　夕されは野へのあき風身にしみて
千　うつら鳴なりふかくさのさと　俊成

378 鶉　あきをへてあはれも露もふか草の
新古　里とふものはうつらなりけり　慈鎮

379 鶉　鶯　ふか草やうつらの床はあとたえて
春に里とふうくひすのこゑ　後京極摂政

霞谷　深草ニ有此谷名也雖未決作哥暫立之

380 草ふかきかすみのたにゝかけかくれ
てる日のくれしけふにやはあらぬ　文屋康秀

381 **並ニ藤森**　ふか草は名のみ成けり藤の森

46ウ

47オ

春をかけてそ花はさきける　信実

伏見山

382 松　ふしみ山松のかけよりみわたせは
新古　あくる田のもに秋風そふく　俊成

383 鹿　萩　最勝　ふしみ山つまとふ鹿のなみたにや
四天王院　続千　かりほのいほのはきのうへの露　定家

野

384 菫菜　草枕　草枕たひねをしつゝひとそつむ
堀百　ふしみの野へにおふるすみれは

里

385 宇治　朝戸あけてふしみの里をなかむれは
新勅　かすみにむせふうちの川波　俊成

386 梓弓　うらやましいかみとも哉あつさ弓
後拾　ふしみの里の春のまといに　美作

387 杜若　もろともにふしみのさとのかきつはた
こゝろはかりはへたてさりけり　肥後

388 女郎花　ゆふされはふしみの里の女郎花
堀　おらて過へきこゝちこそせね　国信

389 紅葉　名にたてゝふしみの里といふことは
後　もみちをとこにしけはなりけり　読人不知

390 雪　夢かよふみちさえたえぬくれ竹の
新　ふしみのさとの雪のしたおれ　有家

391 木幡川　よそにみえ伏見もしらぬ木幡川
万代　こはたかゆへにぬるゝたもとそ　寂蓮

392 最勝四天王院　ひとりふす伏見のさとのおかへなる
障子哥　岡　わさたもかりにしかそなくなり　通光

村

393 中務卿親王　みわたせはふしみのむらの夕かすみ

47ウ

48オ

48ウ

哥合　たかかへるさのみちまよふらん　基良

田　小田　田居

394 新六　あさひ山かすむこなたのふしみ田居
うちおこすへき時はきにけり　光俊

395 早苗　さなへとるふしみの小田に雨過て
続後　むかいの山に雲そかゝれる　土御門院—

396 古来　ほにいつるふしみの小田をみわたせは
稲葉につゝくうちの川波　冷泉太政大臣

397 万　巨椋の入江ひゝくなり射目人の
伏見か田井に鴈渡らし

49オ

右一首宇治河作哥二首内

398 雁　鴈のくるふしみの小田に夢覚て
新古　ねぬ夜のいほに月をみるかな　慈鎮

沢　八雲御抄俊綱哥云々可勘云々

399 鴫　あはてのみふしみのさはにたつ鴫の
保延時御哥　は風におつるわかなみたかな　俊成

匱河　並一

400 橋　みやこいてゝふしみをこゆる明かたに
新勅　まつうちわたすひつ河のはし　俊成

401 六帖　年ふれと袖ひつ川のうつふきに
こひしき人のかけなかりけり

49ウ

岸

402 樺桜　櫝川のきしにゝほへるかはさくら
新六　ちるこそ花のとちめなりけり　衣笠内大臣

橋

403 良玉　なをさりにふみとゝろかすをとすれは
あけてたにみすひつ川のはし　出雲

歌枕名寄巻第四

畿内部四　山城国四

目録

常盤山　森　里／奥ノ岩屋　相楽山　岩楽山　小野或／吉野有／之
八塩山　或大和国／泊瀬麓　長谷河　御室戸山　又云将見円山／八雲御抄
別有之
来背　森　河原　野原／玉久世河原　鷺坂山　又云細比礼之鷺坂山／又云白鳥鷺
坂山

50オ

馬咋山　暗布山　鞍馬山　貴船山　川／神
阿太故山　峯　高雄山并一　清瀧　大内山
松尾山　稲荷山　付神／坂　花山　粟田山
鳥戸山　野　笠著山　或大和国　瓜生山　坂　里　瓜生山者基俊判／詞但
顕昭哥枕云山城狛渡欤／清輔抄同之志賀山辺也恵慶家集浄土寺上山云々又屛風絵志賀
山／越云所詠之是正義欤瓜生里者或云若狭国也云々可詳之
牛尾山　小松峯　氷室山　長坂
紫野　寛平菊合第三／名所　栢森　藤生野　形原　内野

50ウ

栗栖小野　神楽小野　加具良　佐々良両説／不同也或云岡ハ別所也　平野
北野　御輿岡　船岡野　並岡　池
衣笠岡　付／天宮　梅之原　志津原　綴喜原　武蔵有／同名宮
山背河　芹河　嵯峨山詠合然嵯峨篇雖可入之非其便／故別立之詠合哥有子細欤可
尋
竹田原

歌

歌

常盤山

404 金　あさみとり霞める空のけしきにや
ときはのやまは春をしるらん

405 款冬　こゝのへにさかぬはかりそ我宿に　内大臣公教母

51オ

ふるきときはの山吹のはな　元輔
406 古　おもひいつるときはのやまの岩つゝし
いはねはこそあれこひしきものを　読人不知
407 松虫　ときは山ふもとの野へにとしをへて
堀後百　色はかはらぬまつむしのこゑ　忠房
408 鹿　もみちせぬときはの山に立鹿の
拾　をのれなきてや秋をしるらん　能宣
409 秋くれと色もかはらぬときはやま
よそのもみちを風そかしける
今案云古今集無名如目録者貫之哥／坎或云忠峯歌集
有之
51ウ
410 松　秋くれはときはの山のまつ風に
新古　うつるはかりに袖そぬれける　和泉式部
411 時雨　としふれとしるしもみえぬ我恋や
ときはのやまのしくれなるらん　清輔
412 椎柴　ときは山椎のした柴かりすてん
かくれておもふかいのなきかな　西行
413 あら玉のとしのみ袖に（とせに）あらさりし
ときはの山の山さむみ風もさはらぬ
ふち衣二たひ立し秋きりに　順

森

414 時鳥　ほとゝきすふりいてゝなけ思ひいつる
続拾　五月雨　ときはのもりの五月雨の比　一条前関白―
52オ
415 新勅　ふきそむる音たにかはる山しろの
ときはのもりの秋のはつ風　常盤井入道
416 夕時雨　山しろのときはのもりのゆふ時雨
建保百　そめぬもとかに秋そくれぬる　行意
417 雁　はつ鴈のきなくときはの杜の露
同　そめぬしくれも色はみえけり　定家
418 時雨　時雨のあめ染かねてけり山城の
新古　ときはのもりの真木の下葉は　能因
419 木葉　ちりもせす色にもいてぬ我恋や
正治百　ときはの杜の木葉なるらん　丹後

里

420 新古　春秋もしらぬときはの山さとは
すむ人さへや思かはりせぬ　元方
52ウ

奥岩屋

421 古来　ときは山かすみわたれる明ほのや
おくのいはやもこゝろすむらん　前内大臣基
422 月　たれすみてあはれしるらんときは山
雲葉　おくのいはやのあり明の月　道済

相楽山

423 万三　やましろの相楽山の山際を往過／ぬれは
吾妹子之／入尓之山乎因鹿論釼念

岩倉山

424 拾　うこきなきいはくら山に君か代を
はこひをきつゝ千代をこそつめ　読人不知
右本集ニ大嘗会御屏風哥岩倉山
53オ
425 同　いまよりはいはくら山によろつ代を
うこきなくのみつまんとそおもふ　能宣
426 あし引のいはくら山の日かけ草
かさすや神のしるしなるらむ　頼
右貞応元年大嘗会御屏風哥

小野　或抄云万葉哥詠小野者在大和吉野云今案云／万葉哥詠岩倉小野秋津坎吉野秋津坎
仍彼立之／蹔任先達哥枕当国載之
427 時雨　いはくらやおのゝ秋つにたちわたり

428　雲にもあれや時雨をしまたん
いはくらのをのにたちいてゝなかむれは
あきつのかたはなをしくれけり　雅成親王

八塩岡　或大和国泊瀬山麓也云々

429 紅葉　いはくらや八しほそめたる紅葉はは
なかたに川におしひたしたる　西行

430 堀百　あさからぬやしほの岡のもみちはを
なにあやにくにしくれそむらん　顕

長谷山　並二

431　みわたしのをかのやしほの散過て
なかたに山にあらし吹なり　伊実

432　なかたにはしりかほにせよ山ひこも
むかしのをとはきゝしれるまて　伊勢

河

433 紅葉　いはくらやゝしほ染たるもみちはを
なかたに川におしひたしたる　西行

御室戸山　八雲御抄御室戸山ニ外見円山在之但／万第二将見円山ノ哥続古在之美武呂／土山ト書テ入之仍一所書之

434 万葉　続古　玉匣将見円山乃狭石葛
さねすはつゐにありとみましや　大織冠

435 万七　たまくしけみむろと山をゆきしかは
おもしろくしてむかしおもほゆ

436 紅葉　くれはつる秋のかたみにしはしみよ
もみちちらすやみむろとの山　西行

来背

437 万十一　開木代来背若子欲(ヤマシロノクセノワカコカホシラトイフワレアヒアハニ)　云余相狭尼
吾欲(ワレホシトイフヤマシロノクセ)　一云開木代来背

森

438 同七　開木代のくせの杜なる草なおいそ
おのときたてさゆとも草なたおりそ

河原　玉久世々々或云称美詞也

439 万十一　たまくせのきよき河原にみそきして
いはふ(ノル)いのちも君かためなり　人丸

野原

440 篠薄　山しろのくせの野はらのしのすゝき
玉ぬきあへぬかせの下露　定家

鷺坂　在久世郡歟

441 万葉　山しろのくせの鷺坂神代より
新古　春はもえつゝ秋はちりけり　読人不知

山　付小竹峯

442 万九　細比礼のさき坂山のしらつゝし(管仕)
われににほはえいもにしめ(示)さむ

443 雪　堀百　しら鳥の鷺坂山をこえくれは
小篠かみねに雪ふりにけり　顕季

444 白躑躅　良玉　かきりなき鷺坂山のつゝし哉
色てるまてにはやさきにけり　好忠

馬咋山

445 春草　万九　春草の馬くゐ山をこえくれは(なる)
かりのつかいはやとりすく也
右哥本集云泉河辺作哥

446 現六　夏きてはいとゝしけみにかる草の
まくゐのやまのさかりとそみる

暗布山

447 梅　古今　梅の花にほふ春辺はくらふ山
やみにこゆれとしるくそ有ける　貫之

448 桜　我恋にくらふの山のさくらはな

同　まなくちるともかすはまさらし　是則

449 郭公　君かねにくらふの山のほと、きす
続拾　いつれあたなるこゑまさるらん

450 秋霧　秋きりのたちいるときはくらふ山
同　おほつかなくもみえわたるかな　貫之

451 古　秋の夜の月のひかりしあかけれは
紅葉　月　くらふのやまもこえぬへらなり　元方

56オ

452 金　神無月しくるゝまゝにくらふやま
したてるはかりもみちしにけり　師賢朝臣

453 女郎花　くらふ山ふもとの野への女郎花
野宮哥合　露のしたよりうつしつるかな　有忠
右一首源順判詞云さか野を過て／くらふ山まて尋ん
けんもあひなし云々／裏書云千五百番哥合／野宮左
大臣哥合

454 時雨　あひなくもしくれの音のつらき哉
まつ人の来ぬ夜はのねさめに
顕昭判詞略之千五百番のことし

56ウ

455 桃　くらふ山したてるみちはみちとせに
家集　なるてふもゝの花にそ有ける　匡房

鞍馬山

456 後　すみそめのくらまの山にいる人は
たとる〱もかへりきなゝむ　仲興母
右浄藏くらまへまいるへしと云侍り／けれはよめる
といへり

457 同　むかしよりくらまの山といひけるは
わかこと人もよるやこえけん　亭子院合子

458 おほつかなくらまの山の道しらて
かすみのうちにまよふけふ哉　安法々師

57オ

459 五月雨にくらまの山のほと、きす
たとる〱やなきわたるらむ　道命

460 孫姫式　感ありて人のまうつるくらま山
おこなふのりはそはかなりけり

461 目潰　いとおしやくらまの目潰いかなれは
良玉　ふつとみえすといふにか有けん　二条宣旨
右一首鞍馬別当なりける人にい／もうとめつけと申
物おほかたなし／と云けれはよめるとなん

462 雲珠桜　霞たつくらまのやまのうすさくら
薄　てふりをしてなおりそわつらふ　顕季

57ウ

貴船山

463 鹿　秋風のふくゆふくれはきふねやま
万代　こゑをほにあけて鹿そ鳴くなる　賀茂成助

464 鼓　さよふくるきふねのおくの山風に
妓女がつゝみそかたおろしなる　寂蓮

河　付神

465 後拾　おもふことなる川上にあとたれて
きふねは人をわたす成けり　時房

466 河上神　おほ御田のうるほふはかりせきかけて
井せきにおとせ川上の神　賀茂業平
右賀茂社司とも貴舟にまいりて雨／こひしける次に

467 瀧　奥山にたきりておつる瀧つせの
後拾　玉ちるはかりものなおもひそ

58オ

右和泉式部男にわすられて貴／舟に詣てみたらし川
④に蛍の飛／けるをみてものおもへはさはのほたる／
も我身よりあくかれいつる玉かと／そみるとよめり
ける其夜夢／のうちにしめし給ひけるとなん

468 氷　月　貴舟川玉ちるせゝの岩なみに

賀茂社哥合　こほりをくたく秋の夜の月　俊成
469 新古　いくよわれなみにしほれて貴舟川
そてに玉ちるものおもふらん　後京極―
470 良玉　君か代はきふねの宮にまかせたり
しつまは神の名こそたちなめ　賀茂成明

58ウ

阿太胡山

471 榿原　しくれつゝ日数ふれともあたこやま
堀百　しきみかはらは色もかはらす　顕仲
472 雪　あたこ山しきみかはらに雪つもり
花つむひとのあとたにもなし　好忠
473　我といへはあたこの山にしほりする
もき木の枝のなさけなの世や　俊頼

峯

474 拾　なき名のみたか尾の山といひたつる
人はあたこの峯にやあるらん　八条院大君
右詞云高雄ニまかりかよふ法師に
名たち侍りけるを少将滋幹かま／ことかと侍りけれ
はよめるとなん

59オ

高雄山　なき名のみたかおの山と云々如上

475 新勅　きよたきの瀬々の岩波たかを山
人もあらしの風そ身にしむ

清瀧　きよたきのせゝのいはなみ云々如上

476 古今　きよ瀧の瀬々のしらいとくりためて
山分ころもおりてきましや　神退法師
477 建保百　おとまかふ木葉しくれをこきませて
岩瀬にそむる清瀧のなみ　行能

河

478　ふりつみしたかねの深雪とけにけり

59ウ

新古　きよ瀧川のみつのしらなみ　西行
479 水　こほりゐし水のしらなみ岩こえて
続古　きよ瀧川にはるかせそふく　後京極―
480 藤　にこりなき清瀧河のきしなれは
六帖　そこよりさくとみゆる藤なみ　忠峯
481 款冬　岩ねゆくきよ瀧川のはやけれは
新古　なみおりかくるきしの山吹　国信
482　雲のなみかゝらぬさよの月影を
きよ瀧川にうつしてそみる　斎院六条
483 筏　月　いかたおろすきよ瀧川にすむ月は
同　さほにさはらぬこほりなりけり
484 月　舟　もみちちるきよ瀧川に舟出して
紅葉　名になかれたる月をこそみれ　俊頼

60オ

大内山

485 新勅　しら雲のこゝのえにたつみねなれは
おふうち山といふにそありける　兼輔
486 月　人しれぬ大うちやまの山もりは
木かくれてのみ月をみるかな　頼政
487 雪　かめ山やおふうち山をみわたせは
正治　ふたせにみてりとよの雪かも　俊成
488　ゆるきなき大うち山の石なれは
ちとせとるともおちしとそおもふ　俊頼
右一首伊勢斎宮に侍ける比石な／とりの石合と云事
せさせ給ける
によめるとなん

60ウ

489 新古　もゝしきや大うち山のうしとらに
おりへのつかさあやたてまつる　光俊
490　世ゝにたえぬ大内山のかたなしに

ふるきからかの木すゑをそみる　信実

松尾山

491 ちはやふる松尾山のかけしけみ
けふそ千年のはじめなりける　兼隆[澄欤]
右一首一条院御時始て松尾の行幸／侍けるにうたふ
へき哥つかうま／つりけり

492 年をへて松の尾山のあふひ草
色もかはらぬかさしなりけん　祐子内親王紀伊

493 いふかけて雲の上をやいてぬらむ
まつのお山に夜そ深にける　惟方

494 雪
玉かきはあけもみとりもうつもれて
雪おもしろき松の尾のやま　西行

峯

495 仏法僧
新六
松の尾の峯しつかなるあけほのに
あふきて聞は仏法僧なく　光俊

496 亀山殿哥合
くれないに秋や手向て染つらん
松尾やまの峯のもみちは　為家

稲荷山 付神山 裙

497 瀧水
拾
たきの水かへりてすまはいなりやま
七日のほれるしるしと思はん
右稲荷の宝殿にして書付けるとなん

498 いなり山やしろの数を人とはゝ
つれなき人をみつとこたへよ　貞文

499 後拾
いなり山みつの玉かきうちたゝき
わかねきことを神もこたへよ　恵慶

500 杉
いなり山しるしの杉も年ふりて
三の御やしろ神さひにけり　有慶

501 灯
われたのむ人のねかひをてらすとて

61オ　61ウ

うき世にのこる三のともし火
右一首明神の御哥となん申

502 花
けふみれは花もすきふに成にけり
風はいなりにふくとおもへと　俊頼

503 時鳥
金
いなり山たつねやせましほとゝきす
まつはしるしもなきとおもへは　公長

504 同
我といへはいなりの神もつらき哉
人のためとはいのらさりしを　長能

505 烏
正治百
いなり山みねのすき原たち出て
明ぬとつくるともからすかな　経家

坂

506 都人
堀後百
おそくとく山を行つゝいなり坂
のほれはくたるみやこ人かな　兼昌

花山

507 鳥
拾
まてといはゝいともかしこし花山に
しはしとなかん鳥のねもかな　遍昭
右哥亭子院花山にみゆきし給／てかへらせ給ける時
よめるとなん

508 藤
古
よそにみてかへらん人にふちの花
はひまつはれよ枝はおるとも

509 かくはかりさくてふ藤の花の山を
なとよそにみて人かへるらむ　光俊

510 雪
花山の跡をたつぬる雪の中に
としふるみちの光をそみる

511 年をへていたくなめてり花山の
菩提のたねにならぬものゆへ　静観
右一首遍昭かもとにをくるとなん

粟田山

62オ　62ウ　63オ

512 古　うきめをはよそめとのみそのかれ行
雲のあはたつ山のふもとに　凡綾茂
右そめとのあはたをよめる

513 拾　みるまゝにけふりのみたつあはた山
はれぬかなしき世をいかにせん

鳥戸山　今案ニ鳥部所詠哥未必指一所歟／暫任先達哥枕載之

514 同　鳥辺山たにゝけふりのもえたゝは
はかなくきえし我としらなん　読人不知

515 詞　おもひかねなかめしかともとりへ山
はてはけふりもたゝすなりにき　円融々々

野　哥雖多略之

516 薪つき雪ふりつめる鳥へ野は
つるのはやしのこゝちこそすれ　忠峯

63ウ

517 月　鳥辺野やわしの高ねのすそならん
けふりをわけていつる月影　西行

笠置山　或云大和国也

518 桜　しらせはやかさきの山のさくら花
おほふはかりの袖ならすとも　定家

瓜生山　基俊判詞云山城狛渡歟清輔抄同之但顕昭／哥枕志賀山越辺也恵慶家集浄土寺上
山云々彼／集十月廿七日庚申夜浄土寺和哥会序詞云／霧の立うりふの山のふも
と月のひかりきよ／きみやまてらにくれぬへき神無月廿日／七日のよといへり
又屏風の絵志賀山越／書たる所ニ瓜生山と詠けり如右載之

64オ

519 鹿　ゆく人をとゝめかねてはうりふ山
新勅　みねたちならし鹿もなくらん　謙徳公

520 なにおもへとなれるもみえすうりふ山
春のかすみのたてるなりけり　頼基

521 雉　うりふ山朝たつきしのかりもりに
露けきめをもみつるけふ哉　恵慶

右二首或所の屏風の絵に志賀／の山越書きたる所を
よめる

坂

522 名に高くなりはしめするうりふ坂
きりのみたてはみえすもある哉

64ウ

里　或云　若狭国也云々　可祥

523 女郎花　雲のたつうりふの里のおみなへし
くちなし色にいひそわつらふ

牛尾山

524 柴車　嶺高きうしのお山にゐる人は
堀百　しはくるまにてくたる也けり　顕季

小松峯

525 鹿　くれてゆく秋やかなしきあらし吹
こまつかみねに鹿のなくなる　定家
右山里にて鹿の鳴をきゝてよめる

氷室山

526 遅桜　したさゆるひむろの山の遅さくら
千　雪　きえのこりける雪かとそみる　仲正
右哥詞云小野氷室山の方に残花／尋侍りける日澄観
か坊にてこれ／かれ哥よみ侍けるによめると

65オ

527 あたりますゝしかりけり氷室山
まかせし水のこほるのみかは　土御門左大臣

松崎

528 拾　千年ふる松かさきにはむれゐつゝ
たつさえあそふこゝろあるらむ　能因

529 堀百　氷ゐて千とせの夏もきえせしな
松かさきなるひむろとおもへは　肥後

長坂

530 氷室　堀百
君かへん御代なかさかのひむろには
うつむこほりのとけぬなりけり　国信

65ウ

紫野 寛平菊合第三名所
531
あかねさすむらさきのゆきしめのゆき
野もりはみすや君か袖ふる
右天智天皇七年五月五日遊獦蒲生／野時額田王作哥
也今案云蒲生野／在近江国標野在大和国然者自近江
／蒲生野至山城大和有御遊獦坎是／一義也右伝云蒲
生野在紫生云々是／無所見不信用

532 雪　堀後百
むらさきの御かりはさむしましろなる
くちのはかひに雪ちりほひて　忠房

66オ

533 後拾
白妙の豊のみてくらとりもちて
いはひそそむるむらさきの野に　長能
右哥世中はゝしく侍りけれは／船岡の北ニ今宮と
云神をいはひて／おほやけ神馬せ給さとのとね／宣
旨にて祭つかふまつるへき／哥なんいへるへきと云
侍りけれ／はよめるとなん云伝へたり

534 葵　堀百
もろ人のかさしにかくるあふひ草
紫野にてみとりなるかな　兼昌

535 六帖
あすよりはかもの川なみ立かへり
むらさき野にや色をそふらん

536 寛平菊合
名にしおへは花にほふなりむらさきの
一もと菊にをけるはつ霜

66ウ

栢森
537 新六
しめの雪むらさきのなるかへのもり
はかへすなからうつもれにけり　為家

藤生野 付形原
538 催馬楽
ふちふ野のかたちか原をしめはやし
いつらいはひし時にあへるかも

539 千五百
大かたの春の日影ものとけくて
ときにそあへるふちふ野の原　野宮左大臣

67オ

内野
540 芝
いかにせんうち野のしはふ年をへて
あらぬつくりにせはくなる世を　為家

栗栖小野
541 萩　万六
指進（サシスキ）のくるすの小野の萩の花
ちりなんときにゆきてたむけん　旅人

542 鶉　良玉
かり人のたえすもきゝしくるすのゝ
いつまてとてかうつらなくらむ　山田法師

543 虫　新宮哥合
たつぬともなくてくるすの夕暮に
こゝろとゝむるむしのこゑかな　伯耆

544 荻　若菜　続古
みわたせは若菜つむへく成にけり
くるすの小野の荻のやけ原　長方

545 新六
なかき日もくるすの小野の青蘿
末葉さしそひしけるころかな　衣笠―

神楽小野 加久良　佐々良　両説不同正義可決
546
雨にある神楽の小野にちくさかる
苅苅婆可尓鶉をたつも

岡 或云　岡別所也
547 鈴虫　新宮哥合
ふりたてゝならしかほにそきこゆなる
かくらのおかのすゝむしのこゑ　範光

548 松　新六
君か代をいのるいのりの神楽おか
松も千年の色やそふらん　衣笠―

平野
549 松　拾
ちはやふるひら野の松の枝しけみ
千代も八千代も色はかはらし　能宣

67ウ

550 拾　右始て平野社ニおとこ使立し
時うたふへき哥よませしに
おひしけれひら野の原のあや杉は
こきむらさきに立かさぬへく　元輔

551 松　若葉さすひら野の松はさらにまた
枝に八千代のかすをそふらん　西行

552 雪　難波つに冬こもりせし花なれや
平野の松にふれるしら雪　家隆

553　しら玉のみかとのおやのおほちこそ
平野の神もひゝこなりけれ
右平野御哥也

68オ

北野

554 続古　ちはやふる神の北野に跡たれて
のちさへかゝるものや思はん　家隆

555 芝生　あふちさく北野のしはふ五月きぬ
現六　みもせぬ人のかたみはかりに

556 時鳥　ほとゝきすなく音きかんと尋つる
樗　北野のあふち花さきにけり　衣笠―

557 雪　神もみよ北野の雪の朝ほらけ
跡なきことにうつもるゝ身を　中務卿―

68ウ

御輿岡

558　御こしをか幾その代々に年を経て
けふの御ゆきを待てみつらん　枇杷左大臣
此哥延喜御時北野の行幸に御輿／岡にて読となん

559 新六　御ゆきせしふるき北野のみこし岡
あはれむかしはさそなこひしき
裏書云御輿岡事後撰哥詞書ニ／異本ニみこしをかきてと
あり／又みこしおかにてと云後十六本／もあり是に

69オ

付異儀侍りみこ／し岡と云也哥句に行幸の／御輿に
供奉也それをみこし男／と云一義には御輿男也北野
行幸／の駄所也云々後撰哥六帖岡部ニ入リ随之新撰六
帖岡部為家卿是を／詠す岡義治定歟

69ウ

船岡野

560 女郎花　舟岡の野中にたてる女郎花
後　わたさぬ人はあらしとそ思　読人不知

561 子日　舟岡に若菜つみつゝ君かため
子日のまつの千代を送らむ　元輔

562 常葉百首　春毎にこかれやすらん舟岡は
わらひもえいつるわたり成けり　俊成

563 良玉　舟岡のとをきわたりに子日して
つなきに人の松やひくらん　二条宣旨乳母

564 松　千代をへて御ゆきあるへき舟岡の
松ならぬ身の老そかなしき　躬恒

565　舟岡のすそ野のつかの数そへて
むかしの人に君をなしつる　西行

70オ

566 承久忠隆　秋くれと舟岡山のしのすゝき
哥合　たれにしのひてほに出さるらん
判者仲実朝臣詞云しのすゝきと云／は五六月秋もこ
ぬさきにほも出ぬ／をいふなり又秋をもしらてすく
／るなるへし本哥にも心々に／そよめる

並岡

567 菫菜　おもふとちならひの岡のつほすみれ
うらやましくもにほふ花かな　河内

568 苅萱　秋風におもひみたれてあやしきは
君とならひのおかのかるかや

70ウ

池

569 後　おなしくは君かならひのいけにこそ
身を捨つとも人にきかれめ　読人不知

570 月　世中にしつむとならはてる月の
影とならひのいけにすまはや　俊頼

衣笠岡　付天宮

571 蘭　秋ことに誰きてみよとふちはかま
堀百　きぬかさおかに匂なるらむ　師時

572 続古　おとにきく衣かさ岡をまたみねは
待つゝそふる雨のみやには
右一首詞云雨の宮にきぬかさを奉
らんと願を立て遅くしける／程に神のしめし給ける
となん

71オ

梅原

573 おもひかねこしけき梅のはらゆけは
いもかたもとにうつりかそすれ　恵慶

志津原　正字未決

574 新古　宿しめてなに山かつらしつはらや
しつかなるへきあたらすまひを　信実

綴喜原　武蔵野有同名

575 万十三　長哥　青丹吉平山越而山代之管木原

576 秋草　長月のつゝきかはらの秋草に
続古　ことしはあまりをける露かな　行家
右潤九月山階左大臣家十六首哥人々／読侍りけるに
よめる

71ウ

宮

577 日本紀　山しろのつゝきの宮にものまふす
我世をみれはなみたくましを
右仁徳天皇御宇門持臣参太后／宮時其妹国依媛詠之

山背河

578 兎芸泥越椰莽之呂我波
焉簡破能朋利

芹河　嵯峨山詠合然者彼篇雖不可入之非其便故／別立之詠合哥其意難知矣

579 さかの山御ゆきたえにしせり川の
千代のふるみち跡はありけり　行平

580 せり川のなみもむかしに立かへり
御ゆきたえせぬさかの山風　後京極—

野　清輔等哥枕以在納言哥野部立之仍載之

581 さかの山御ゆきたえにし〳〵如上

竹田原

582 早苗　今朝たにも夜をこめてとれ芹川や
続古　たけたのさなへふし立にけり　俊頼

583 万四　打渡ス竹田之原尓鳴鶴之
間無時無吾恋良久波

里

584 心からたけたのさとにふしそめて
幾夜くゐなにはかされぬらむ　俊頼

72オ

72ウ

歌枕名寄巻第五

畿内部五　　山城国五

目録

淀　野　沢／渡　川　美豆　野　上野　御牧川／小川　渡　里　森　白河
瀧　渡／野　里
梅津　川　鳴滝　西川　或大井川　衣瀧
清水　瀧　椎嶺瀧　名木川　堀川
紙屋川　洛中云々　耳敏川　七瀬内　中川　或東京也　有巣川　本後辺
水名川　市河　或幡州／飾磨川上云々　草川　白川辺　袖　河原本ノ如
73オ
大荒木野　森　浮田森　神南備森　又在／大和　羽束志杜
久我森　衣手森　里　高槻村　葉室里
吉田村　或近江／也　箕之里　桜井里　或云／三川国　桜本
今里　岡崎　多未足道　出雲道　唐橋
戻橋　可尓波乃田居　木嶋　高浜
河合　七瀬内　祇園　園韓神　雲林
月林　月輪　雲居寺　龍門
県井戸　宮　新入阿弥陀峯
73ウ

歌

歌

淀

585 真薦　山しろのよとのわかこもかりにたに
古今　こぬ人たのむ我そはかなき　読人不知

586 千　よのほとにかりそめ人やきたりけん
よとのみこもの今朝みたれたる　和泉式部

野

587 拾　しけることまこものおふるよとのには
露のやとりを人そかりける　忠見

588 菖蒲　ねやのうちにねさしとゝめよあやめ草
74オ
後拾　たつねて引もおなしよとのそ　輔弘

589 金　あやめ草淀のにおふるものなれは
ねなから人はひくにやあるらん　公実

沢

590 雨　まこもかるよとの沢水雨ふれは
古　つねよりことにまさる我恋　貫之

河

591 拾　よと川のよとむと人はみるらめと
なかれてふかきこゝろある物を

592 川長　朝なきにさほさすよとの川長に
新勅　こゝろとけてはみるそみたるゝ　好忠

593 霧　みやこをは秋とゝもにそ立そめし
よとの川きり幾代へぬらん　匡房

594　あはれなと恋にて世をはつくせとや
身はよと川の底にすまねと　俊頼

595 鯉　世の中はよとのいけすのつなき鯉
新六　身をもこゝろにまかせやはする　知家
74ウ

渡

596 郭公　いつかたへなきて行らんほとゝきす
拾　よとのわたりのまた夜ふかきに　忠親

美豆野

597 千　時しもあれみつのまこもをかりかねて
ほさてくたしつ五月雨の空　清輔

598 建保　わたりするをち方人の袖かとよ
夕顔　みつ野にしろき夕かほの花　定家

上野

599 詩歌合　ひはりたつみつのうへ野になかむれは
雲雀　かすみなかるゝよとの川なみ　長明
75オ

御牧

600 駒　よとのなるみつのみまきにはなつてふ　こまいはゆなり春めきにけり　恵慶

601 菖蒲　ひきかくるみつのみまきのあやめ草　ねにねをそへて玉につらぬく　俊頼

602 建保　螢　草ふりてほたるむなしく立ぬめり　みつのみまきの夕やみの空　行能

森

603 後　あふことを淀にありてふみつのもり　つらしと君をみつるけふかな　読人不知

604 石清水哥合　いたつらにかけしおもひそくちぬへき　ねかゐをみつのもりのしめ縄　行能

河

605 石清水　行かへりみつの河おさゝすさほの　みなれし跡もかすむ春かな　為家

606　かりのこすみつのまこもにかくろへて　かけもちかほになく蛙かな　西行

渡

607 渡守　おもへともかひなきみつのわたしもり　をくりむかへし年のくれかな　西園寺―

里

608 船　山しろのみつのゝ里にいもをゝきて　幾たびよとに舟よはふらん　従三位頼政

白河

609 花　しら川のなかれ久しき宿なれは　金　花もにほひものとけかりけり　太政大臣

610 詞　しら川の春の梢をみわたせは　まつこそ花のたえまなりけり　俊頼

611 吉野山　しら川の梢をみてそなくさむる　よし野のやまにかよふこゝろを　西行

612 古　ちの涙おちてそたきつしら川は　君か代までの名こそ有けれ　素性

瀧

613 後　白川の瀧のいとみまほしけれと　みたりに人はよせしものをや　中務卿―

614　白川のたきのいとみなみたれつゝ　よるをそ人はまつといふなる　貞信公

渡

615 花　春のこぬ所はなきを白河の　詞　わたりにのみやはなはさくらん　小式部―

野

616 撫子　なてしこの花はあたなる種なれは　いさしら川の野へにちりにき　小町

里

617 花　ゆく水のそこにやとれる花の色を　やかてなにおふしら川の里　宮内卿

618　風あらみこすゑの花のなかれきて　庭になみたつしら川のさと　西行

梅津

619 桃　もゝそのゝもゝの花こそさきにけれ　金葉　連哥　梅つのむめはちりやしぬらん　頼家法師　公治左大臣

河

620 井セキ　名にはいへとなるともみえす梅津川　拾　いせきの水のもれはなりけり　読人不知

621 鵜舟　梅つ河ともすう舟のかゝり火に　そこのもくつもかくれさりけり　恵慶

鳴瀧河
622 新古　おもふこと身にあまるまて鳴瀧の
しはしよとむとなにうらむらん
623　しはしこそ人めつゝみにせかれけれ
はては涙やなるたきの川　西行
西河　或云是大井河也
624 続古　なるたきやにしの川瀬にみそきせん
岩こす波に秋やちかきと　俊成
衣瀧
625 霧　石はしる春はかくれす河霧の
堀　衣の瀧をたちかくせとも　国信
椎嶺瀧
626　わかきものなかるゝ瀧の末むせふ
きこえやすらんしゐのおの瀧

清水瀧
627 一字抄　きよ水のこほりを分る瀧の音は
いとゝよるこそむすほゝれけれ　永源
名木河
628 万九　衣手のなきの川辺を春雨に
つれたちぬるといへおもふらん　為
629 同　あふりほす人もありやといへ人の
春雨すらを間使(マツカヒ)ニする
堀河
630 詞　皆神のさためてけれは君か代に
ふたゝひすめるほり川の水　好忠
631 千五百　うれしくもその人数のなかれにて
ことをたつぬるほり河の水　野宮左大臣
紙屋河　洛中云々

632 古今　むは玉のわかくろ神やかはるらん
かゝみの影にふれるしら雪　貫之
633 千鳥　かりにても別とおもへはかみや川
瀬々のちとりもみたれてそ鳴
耳敏河　七瀬内
634　みゝと河きけとおほしく大ぬさの
かくいふことを誰かたのまん　躬恒
中河　或東京也
635 後拾　行末をなかれてなにかたのみけん
たえけるものを中河の水　式部命婦
636 千　いかなれはなかれはたえぬ中河の
あふ瀬のかすのすくなかるらん　顕家

有巣河
637　ちはやふるいつきのみやのありす川
まつとともにそかけはすむへき　京極前―
638　君まさぬみうちはあれてありす川
いくすかたをもうつしつるかな　西行
水名河
639 懐中　みな河のみなはさかまき行水の
ことかへすなよ思ひそめたり
市河　或播州　飾磨河上云々
640　みなかみもしろくそみゆる市河は
をの〳〵浪のたてはなりけり
草河　白川辺也
641　ゆふすゝみかへるさやすむますらおの
かりてすゝける草川の水　衣笠―
袖河原
642　都をは今朝そ立つるたひ衣

そての川原のきりのまよひに　同

大荒木野

643 万七　かくしてや猶や老なん深雪ふる
おほあらきの丶さ丶(小竹)ならなくに

80オ

森

644 下草　大あらきのもりの下草生ぬれは(とイ)
古　こまもすさめすかる人もなし

645 後　人につくたよりたになし大あらきの
もりのしたなる草の名なれは　躬恒

646 新古　大あらきの森の木葉をもりかねて
月　人たのめなる秋の夜の月　俊成卿女

浮田杜 原

647 万　続拾　如是為哉猶八成牛鳴大荒木(カクシテヤナヲヤミナムオホアラキノ)
うきたの森の標尓不有尓(シメナラナクニ)　読人不知

648 五月雨　下草は葉すゑはかりに成にけり
続後　うきたの杜の五月雨の比　俊成

649 常葉百首　おほあらきの杜の下草朽ぬへし
浮田のはらに蛍とひかふ　同

80ウ

来背杜

650　山しろのくせの森なる草なた折そ
おのかときたちさかゆとも草なた折そ

神南備杜

651 時雨　神無月時雨もいまたふらなくに
古　かねてうつろふ神なひのもり　読人不知

652 拾　うきくらししくる丶空をなかめつ丶
思こそやれ神なひの森　貫之

653 時雨　下はまてこ丶ろのま丶に染てけり
新勅　時雨にあける神なひのもり　西園寺―

81オ

羽束志杜

654 金　家の風ふかぬものゆへはつかしの
もりのことの葉ちらしはてぬる　顕輔

655 続拾　もらしても袖やしほれん数ならぬ
身をはつかしの森のしつくは　俊成

久我森

656 紅葉　いとはやも鳴つるかりのこかの杜
六帖　木丶の梢ももみちあへなくに

657　うちむれてこん人はなをこかの森
木丶のもみちのまたちらぬ間に

衣手杜

658 紅　秋ことに誰かそむらんぬしらぬ
続拾　からくれなゐの衣手のもり　顕輔

659　たつたひめ秋のみけしやこれならん
もみちかさねの衣手のもり　伊勢

81ウ

里

660 万代　春は花秋はもみちとさそはれて
人も立よるころもてのもり　馬内侍

661 紅葉　夕されはみねのまつ風をとつれて
正久　もみちちりしく衣手の里

高槻村

662　とくきてもみてましものを山しろの
たかつきむらのちりにしけるかも

吉田村 或近江

663　しくれせぬよしたのむらの秋をさめ
かりほすいねのはかりなきかな　匡房

82オ

箕之里

664　佪俳 往箕之里尓妹乎置而(タチワカレユクミノサトニイモヲヲキテ)

665 早苗
心空在土者蹈鞆（ココロソラナルツチハフメトモ）
五月雨にぬるともしらすみの里の
かと田のさなへいそきとるなり　師時

桜井里　或云三川国名所云々

666
みわたせは春のけしきに成にけり
かすみたなひくさくら井の里　西行

667 紅葉
秋風の吹にちりかふもみちはを
花とやおもふさくらゐのさと　実方

82ウ

桜本

668
けふはいと桜もとこそゆかしけれ
春のかたみに花やのこると　周防内侍

葉室里

669
この山のふもとにそみるくれ竹の
はむろのさとのよゝのおも影　光俊

今里

670 蚊火
日くるれはおちのいまさとかひたてゝ
とはたのおもに煙たなひく

岡崎　多未足道

671 万十一
岡前多未足道乎人莫通（ヲカサキノオホミアシチヲヒトナカヨヒソ）
在乍毛公之来曲道為（アリツヽモキミカキマサンヨケミチニセム）

672 萩
秋はきを心にかけておかさきの
おほみあしろをなつみてそ行　俊頼

83オ

出雲道

673 花
花の色はいつもち草にみゆれとも
ちれはひとつものこらさりけり

唐橋

674 浮世
うき世には行かへりなん世の中に
懐中
なからはしのふ人もありやと

戻橋

675 懐中
かきりなき人にあふ夜の暁に
なくとも鳥はしのひねになけ

可尓波乃田居

676 芹
ますらをとおもへる物をたちはきて
かにはの田井に芹をつみけり
万廿　井手左大臣

83ウ

高浜

677 鶴
きてみれは千代もへぬへし高浜の
松にむれゐるつるの毛衣
万

木嶋御社

678 ワカメ
水もなく舟もかよはぬこの嶋に
いかてかあまのわかめかるらん　輔相
拾

河合　七瀬内

679 月
そのかみを思ひそいつる川あいの
なみにもなれし冬のよの月　為綱
万代

県井戸

680 蛙　款冬
みやこ人きてもおらなむかわつなく
あかたの井との山吹の花　倚平女
後

84オ

681 杜若
こなきつむあかたの井との杜若
花の色こそへたてなりけれ　俊成
万代

宮

682 鏡
我かたのむあかたのみやのます鏡
くもらぬ空をあふきてそ待　師光

祇園

683 松
ちはやふる神のそのなるひめこ松
よろつ代ふへきはしめなりけり　経衡
後拾

園韓神

684 後
ちかき人きかぬみをなにかその
懐中

84ウ

からかみまてはとをくいのらん　中将内侍
返事によめる
みそきすれとこのよの神はしるしなけれは
そのからかみにいのらんといひて

雲林

685 浮世 さはきなき雲の林に入ぬれは
古 いとゝうき世のいとはるゝかな
686 千 この世をは雲の林に門出して
けふりとならん夕をそまつ　良暹
687 樗 むらさきの雲の林をみわたせは
新古 のりにあふちの花さきにけり　肥後
688 わひ人のわきて立よる木のもとは
たのむかけなくもみちちりけり　遍昭

月林

689 拾 むかしわれおりしかつらのかいもなし
月の林のめしにいらねは　文章博士俊生

月輪

690 後拾 さきの日にかつらの宿をみしことは
けふ月のわにくへき成けり　輔親

雲居寺

691 久堅のてにとるはかり成にけり
雲のゐるてふ寺にやとりて　恵慶

龍門　或大和国歟

692 くもとみえ日をまとはすはなかれ出し
たつの門よりきたる水かも　素性
693 たちぬはぬきぬきし人もなきものを
なに山ひめの布さらすらん　伊勢
右龍門の瀧にてよめるといへり

85オ　85ウ

694 千 あしたつにのりてかよへる宿なれは
あとたに人はみえぬ成けり　能因
右龍門寺ニ詣て仙室に書付ける
695 後拾十八 物いはゝとふへき物をもゝの花
いく代かへぬる瀧のしらいと　弁乳母
右龍門の瀧の下にて桃花をよ／めるとあり
696 仙人のむかしの跡を来てみれは
むなしきゆかをはらふ谷風　清輔
右龍門にてよめるとなん

阿弥陀峯

697 夫木五 今よりは阿弥陀か峯の月影を
千世のさかまて頼むへき哉　公任

已上山城畢

謌枕名寄巻第一　幷二　三
四　五

一校了

86オ　86ウ

表紙

歌枕名寄　二

近江　美濃　飛驒　信濃　上野　下野

出羽　陸奥

本文

歌枕名寄巻第六

畿内部　大和国一

目録

奈良篇

山　坂　里　都 付宮　道

春日 部類多之雖須立一篇与奈良依為所並所副立也
伊勢物語云奈良之京春日里云々仍以春日為奈良之所属矣

山　野　原　里 付故郷　森　神

三笠山　野　原　杜　里

羽買山　若草山　飛火野 原森　雪消沢

宜木河

佐保　山　河　渡　道

2オ

歌

奈良山篇

698 万葉四　あをによしならの山なるくろ木もて
山　黒木屋　つくれる宿はみれとあかぬかも　聖武天皇―
新勅　右左大臣の佐保の家に御幸をさせ給ける日の御製

699 小松　同　君にこひいともすへなみなら山の
こまつかしたにたなゝけきつる

700 子松　ひら山の子松かすゑにあれはこそ
わかおもふいもにあはてやみなん　人丸

701 黄葉　同八　平山のみねの黄葉はとれはちる
しくれの雨のまなくふるらん

2ウ

702 児手柏　同十六　なら山のこの手かしはのふたおもて
とにもかくにもねちけ人かな
右一首謗佞人哥

703 籬下雪　同十　なら山の峯の猶きるあふむつらこそ
まかきかもとの雪はけすけん

704 菟茅　春日野はをはきつみけりなら山の
このめはる風ゆるくふくならん

705 古哥　さほをすきならの手向にをくぬさの
いもをめかれのあひ見しめとそ

706 **坂**　奈良さかをきなきとよます郭公
にはにはとそをちかへりなく
奥義抄此哥万葉云々而彼集無之

3オ

里

707 萩　我やとの萩さきにけりちらぬまに
はやきてみへしならの(平城)さと人

708 梅花　梅の花われはちらさしあをによし
ならなる人のきつゝみるかね　為家

都 付宮

709 桜花　万三　あをによしならのみやこのさくら花
にほふことくいまさかりなり

710 さくらさくならのみやこを見わたせは
いつくもおなしあまのしら雲　匡房

711 花　ふるさとゝ成にしならの宮こにも
色かはらすは花そさきける　平城天皇

712 八重桜　詞花　いにしへのならのみやこの八重さくら
けふ九重ににほひぬるかな　伊勢大輔

713 新勅　いにしへのいく世の花に春くれて
ならのみやこのうつろひぬらん　家隆

3ウ

714 藤波花　万三
ふち波の花はさかりに成にけり
平城京を御念（ヲモホスヤ）は君（キミ）　旅人

715 藤花　現六
おもひ出よならの宮このふちのはな
むかしをいまにさきにほふなり　洞院左大臣

716
すみれさくならの宮この跡たえて
いにしへの世そかたみなりける　仲正

4オ

717 玉柳　建保名所百首
あをによしならのみやこのたま柳
色にもしるく春はきにけり　定家

718 菟芽　新六
をはきつむ春のゝみれは青によし
ならの宮こもにきはひにけり　光俊

719 落葉　万八
あきされはかすかの山のもみちちる
ならの都のあれまくをしも

720 万
神無月しくれふりをけるならの葉の
名におふみやのふることそこれ　文屋有季
右一首貞観御時万葉集はいつはかりつくれるそと／
とはせ給ひけれは奉りけん哥となん

721 沫雪　万八
あは雪のほとろ〳〵にふりしけは
ならのみやこしおほゆるかな　旅人

4ウ

722 郭公
あをによし奈良の都はふりぬれと
もとほとゝきすなかさらなくに　家持

723 楢葉　続拾
郭公
ならの葉の名におふ宮のほとゝきす
よゝにふりにしことかたらなむ　公朝

724 万十五　拾
あまとふやかりのつかひをえてしかな
ならのみやこにことつてやらん　人丸
右一首万葉集云天平八年遣新羅国使／於筑紫誦詠
云々拾遺集云もろこしにてよめる／人丸云々今案之
遣新羅使中無人丸只是彼／使等令詠吟人丸所詠之古
今歟例証多之／抑如拾遺詞者人丸渡唐之由見之人丸
家集／於大唐詠哥在之不審

5オ

725 龍馬　同五
たつのむまも今もえてしか青によし
ならの都に行て見むため　旅人
返事

726 同　同
たつの馬をあれはもとめむ青によし
ならのみやこにこん人のため　憶良

727
うなはらをやふしまひさきぬれとも
ならのみやこにわすれかねつも

728
山川のきよき川せにあそへとも
ならのみやこはわすれかねつも

729 万
あをによしならのみやこにたなひける
あまのしら雲みれとあかぬかも

730 同六
くれなゐにふかくそめにしこゝろかも
ならの都にとしのへぬれは　憶良

5ウ

731 古
人ふるすさとをいとひてこしかとも
ならのみやこもうきなりけり　二条

732 後撰
身はやくならの宮ことなりにしを
つれなき人のまたもふりぬる　読人不知

733 拾
しろかねのめぬきの太刀をさけはきて
ならのみやこをねるはたか子そ

道

734 万五
君か行けなかく成ぬならちなる
しまのこたちもかんさひにけり

735 現六
青によしならちもちかし山しろの
井ての山ふき見にこわたもと

6オ

736 万
あをによしならのおほちはゆきよけと
許能（コノ）山みちは行あしかりけり

並一
春日　部類多之雖須立一ヶ篇依所奈良之並所別立也／伊勢物語云奈良之京春日里云々

仍奈良為春日之／所属矣

山

737 霞　万十　冬すきて春はきにけり朝日さす
かすかのさとにかすみたな引　読人不知

738 古　峯たかき春日の山に出る日は
くもる時なくてらすへらなり　同香大臣

右一首本集詞云東宮の生れ給ひける時まいりてと云り／八代集ニハ延喜ノ御哥前坊生れ給ける時といへり

739 拾　きのふこそとしはくれしか春かすみ
かすかの山にはやたちにけり　赤人　6ウ

740 後　春たつときゝつるなへにかすか山
消あへぬ雪の花と見ゆらん　躬恒

741 拾十一　春日山おとろの道も中たえぬ
身をうち橋の秋の夕くれ　家隆

742 鶯　新後　はるきぬとたれかはつけん春日山
きえあへぬ雪に鶯そなく　後鳥羽院

743 万　うくひすの春にあるらむかすか山
かすみたなひく夜めにあれとも

744 万七　真葛這(マクスハウ)春日之山者打靡(ウチナヒキ)
春去往(サリユクト)　山上(カミニ)　霞タナヒク高ねニハ鶯ナキヌ○

745　かすか山さかゆるふちにいとゝしく
うくひすなきつ春の明ほの　俊頼　7オ

746　春日山みやこのみなみしかそおもふ
北の藤なみはるにあへとは　後京極

747　春日山北のふちなみさきしより
さかゆへしとはかねてしりにき　師頼

右一首詞ニ新院位におはしましゝ時后宮の／御方ニ上達めうへのをのこ とも召て藤花歳／久しといふ事をよませ給けるになん

748　春日山めくみもしるき松かえに
さこそさかへめきたのふちなみ　業平

749 続拾　かすか山たにのまつ戸はくちぬとも
木すゑにかへれ北のふち波　俊成

右哥五社ニ百首哥よみて奉りける比／夢のつけあらたなる由注侍とて書副／侍哥あり三代集の筆跡をみて書侍し／とて為氏卿哥あり依繁略之可見続拾遺集　7ウ

750 新後　春日山木たかきみねの藤のはな
末葉もはるにあはさらめやは　行意

751　ふた葉よりたのもしきかなかすか山
木たかき松のたねとおもへは　能宣

752　かすか山岩ねのまつは君かため
千とせのみやは万代やへむ　能宣

753 新六　かすか山谷のむもれ木くちぬとも
君につけこせみねのまつかせ　家隆

754 万　あまはれの雲にたくひて郭公
春日をさしてこゝに鳴わたる

755 新勅　いまそこれいのりしかひよ春日山
おもへはうれしさほ鹿のこゑ　光明峯寺―

756 同建保六　内裏哥合　かすか山やまたかゝらし秋きりの
うへにそ鹿のこゑはきこゆる　行意

757 万　かりなきてさむきあさけの露ならし
春日の山をもみたすものは

758 同　けさのあさけ鴈かねなきつ春日山
もみちしにけり我心いたみ

759 同十七　九月のしくれのあめのぬれとをり　8オ

春日の山は色つきにけり　8ウ

760 同四　春日山かすみたなひき情具久
てらす月夜にひとりかもねむ

761 同四　かすか山やまたかからし石の上
菅のねみんと月まちかねつ

762　春日山みねのさか木葉ときはなる
代々のひかりも月にみえつゝ　行能

763　春日やま手向してのをとさえて
木のまの月に秋風そふく　常磐井入道

764 金二　かすか山みねよりいつる月かけは
さほの川瀬のこほりなりけり

765 万四　春日山あさたつ雲のゐぬ日なく
見まくのほしき名にもあるかな　家持　9オ

766 同十一　拾　かすか山雲井かくれてとをけれと
家をはおもはす君をこそおもへ　人丸

767　春日山いかになかれし谷水の
すゑをこほりにとちはてぬらん　俊成

768 **蕀**　内裏歌合　宇治橋
春日山おとろのみちも中たえぬ
身を宇治はしの秋の夕くれ　家隆

769 **水葱**　六帖　霞たつかすかの山にうつしなき
なへなりといひしねはなりにけり

770 **水室**　かすか山みつやの水のすゑまても
神にまかせてなをたのむかな　衣笠

771 **峯**　洞院摂政家　君か代はかすかのみねのあさ日かけ
行すゑとをき春のそらかな　下野　9ウ

野　付**小野**

772 万十　見わたせはかすかの野へにたつ霞
みまくもほしき君かすかたか

773　春霞かすかの野へにたちわたり
みちても見ゆる都人かな　忠房

774　右亭子院京極御息所春日社ニ詣給時之哥
春かすみたちての後に見わたせは
かすかの小野はみ雪さむけし　伊勢

775 後　いつのまにかすみたつらん春日野に
雪たにきえぬ冬とみしまに　読人不知

776 古　春日の、雪まをわけて生いてくる
草のはつかにみえし君はも　忠峯　10オ

777 新古　堀百　春日野のしたもえいつる草のうへに
つれなくきえぬ春のあは雪　国信(サネ)

778　春日野に朝たつきしのはねをとは
雪のきえ間にわかなつめとや　重之

779 後拾　しら雪のまたふる里のかすか野に
草うちはらひ若菜つみてん　能宣

780 同　春日野は雪のうつむとみしかとも
生いつるものはわかなゝりけり　和泉式部

781 金　かすか野の雪をわかなにつみそへて
けふさへ袖のしほれぬるかな　俊頼

782 古　かすか野のわかなつみにやしろたへの
袖ふりはへて人のゆくらん　貫之　10ウ

783 同　春日の、若なつみつゝよろつ代を
いはふ心は神そしるらん

784 六帖　かすか野に若菜のたねは残してん
千歳の春は我そへぬへき

785 拾　春日野におほくのとしはつみつれと
おいせぬものはわかなゝりけり　円融院御製

786 続後　年ことにわかなつみつゝ春日野に

野守もけふや春をしるらん　躬恒
787 花にむかふ峯のあは雪きえもせす
かすかの野へはわかなつみけり　俊成卿女
788 若菜つむ春のたよりにかすかの、　11オ
花のこゝろはしりにし物を　貫之
789 万十 春日野にけふりたつみゆをとめしも
はるの、小萩つみて煮らしも
790 かすか野の若菜もしるく春霞
かすみわたれりかたをかの原　恵慶
791 春日野の草ははやくもみえなくに
したもえわたる春のさわらひ　公実
792 古 かすか野はけふはなやきそ若草の
妻もこもれり我もこもれり　読人不知
793 春日の、荻のやけ原あさるとも
みえすぬき名をおほすはかりそ　内侍少将
右人に物いふときゝてとはさりける男の
もとにいひつかはしける　11ウ
794 新勅 春日野はまたもえやらぬわか草の
けふりみしかきおきの焼原　道助法親王
795 続古 かすか野やまた下もえのはる草に
青葉すくなき荻のやけはら　順徳院御製
796 建保百 春日の、かすみかくれのおもひ草
したのおもひのはるゝまそなき　忠定
797 金 春日野の子の日の松はひかてこそ
神さひゆかむかけにかくれめ　公長
798 続古 春日の、松のふる枝のかなしきは
子の日にあへとひく人もなし　俊成
799 かすか山ふもとの野へにねのひして　12オ
かことを神にまかせてそみる　俊頼
800 続後 うくひすのは風をさむみかすか野の
かすみの衣いまはたつらん　読人不知
801 鶯のなきつるなへにかすかの、
けふのみゆきを花とこそみれ　忠房
右一首亭子院京極御息所春日社／詣給時哥
802 かすか野の松のかれすはみたらしの
川のなかれてたえしとそおもふ
裏書云御手洗川不限賀茂如此今詠之作者可定／名所
否雖為物名所専為別事管見委細在賀茂篇
803 万十九 春日野にいつくみむろの梅の花　12ウ
続古 さきてあるまてかへりくるまて　清行
右哥遣唐使にて罷渡らんと侍ける比／春日祭の日よ
めり
804 朝日さすかすかの小野のをのつから
ひらけぬ梅にうくひすそなく　定家
805 万十 見わたせは春日の野へに霞たつ
さきにほへつるさくら花かな
806 新古 春日の、わかむらさきのすりころも
しのふのみたれかきりしられす　業平
807 千五百 春日野のわかむらさきの妻こひは
あふとそみしになとかへりけん　小侍従
808 万十 かすかの、藤はちりはてなにをかも　13オ
みかりの人のおりてかさゝむ
809 弘長百 みかり人いまやかさゝむかすかの、
さかりしらるゝ春のふち波　為氏
810 夕たちの雨うちふれは春日野の
尾花がうへにしら露おほゆ

811 同七　かすか野のあさちかうへにおもふとち
あそふけふとはわすられぬやも

812 同十二　春日の、あさちかうへにをくれゐて
ときそともなしわかこふらくは

813　かすかの、野へのあさかほおもかけに
みえつ、いもはわすれかねつも

814　君か代のためしにひかん春日の、
石の竹にも花さきにけり　俊頼

13ウ

815 栗　万三　かすか野に粟まけりせは夏しかも
つきてゆかにしおりしりかほに　赤人

816　唐にしきたれたむけ、ん大和なる
みさかのもみちかすかの、はき　家隆

817 万七　春日野にさきたる萩の片枝には
いまたふ、めるあとなたへ行平（コソ）

818 同十　春日野の萩ちりぬれは朝東の
風にたくひてこ、にちりこね

819 続後　おく露もあはれはかけよかすかの、
のこるふるえの秋はきの花　常磐井入道

820 万八　続古　春日野にしくれふるみゆあすよりは
紅葉かさ、んたかまとの山　真盾

14オ

821 同十二　朝日さすかすかの小野にをく露の
けぬへき我身おしけくもなし

822　かすか野にたつあさきりは君かため
松の千歳をこむるなりけり　俊頼

823 万三　春日野にあさゐる雲のしく／＼に
我は恋ます月に日ことに

824　かすかのにあさゐる雲も山風に
しくれてわたる冬はきにけり　家隆

825 新古　春日野のおとろのしたのわすれ水
すゑたに神のしるしあらはせ　俊成

826　すきゆけと忘れぬものを春日の、
おとろにか、る露のめくみは　前太政大臣

14ウ

827 六帖　旅人にやとかすかの、ゆつり葉は
もみちせむとや君をわすれん

828 続後　千五百　くれ行はさほ風さむしたひ人の
やとかすかのやいつくなるらん　顕照

829 万四　かすかの、山辺のみちをよそ（本ノマ、）はなく
かよひし君かみえぬころ哉

830　すききぬる跡にまかせん春日の、
おとろのみちは雪ふかくとも

原

831　わかなつむ春日の原はなになれや
よしの、山にまた雪のふる　躬恒

832 後拾　わか菜つむかすかの原に雪ふれは
心つかひをけふさへそやる　法興院

15オ

833 新古　いつれをか花とはわかんふるさとの
春日の原にまたきえぬ雪　躬恒

834 最勝四天王院障子　またきえぬ雪かとそみむふるさとの
かすかの原のむめのはつ花　後久我—

835　こ、にきて春日の原を見わたせは
小松かうへに霞たなひく　人丸

836 新勅　枝かはすかすかの原のひめこまつ
いのるこ、ろは神もしるらん　実定

837 万　ちはやふる神のやしろのなかりせは
かすかの原にあはまかましを

838 後拾　みかさ山春日のはらのあさ霧に

15ウ

森

839 かへりたつらんけさをこそまて
若菜つむとしはへぬれと春日の、
森はけふをやはるとしるらん　忠房
右亭子院—
840 けふにてそわれはしりぬる春はなを
かすかの野へのもりならねとも
841 ありへても春日の、森春にあふは
としもわかなもつめるしるしか
右二首同時女房返哥廿首内即廿番被番之／裏書云春
日野森幷飛火森事如密勘抄者定家卿／大分交但所載
哥ハ後一首者可俣尋載前二首廿何又森／載之不分明
欤暫一説載之許也抑勅哥続後撰ニ延喜
16オ
三十一年京極御息所春日社ニ詣日国司ニ代テ躬恒哥
⑤／今年ことに若菜つみつゝ春日野に野守もけふや春
をしるらん／亭子院臨幸此時事欤同風情哥両人詠之
条不審但忠房哥／奥義抄裏書云森被注之此哥ヲ載タ
リ又顕昭ヵ森／哥ニ用之今又載之能々可詳

里 付故郷

842 万三 春かすみ春日の里にうつしなき
なへなりといひし一はさしにけり
843 同八 霜雪もいまたすきねはおもはすに
かすかのさとの梅の花見つ
844 同 かすみたつ春日のさとの梅の花
山下風にちりうすくなん
845 拾 いまはともいはさりしかは八をとめの
かすかのさとにかへりやくると
16ウ
846 信土山 まつち山まつほとすきて郭公
雲のよそにもきこえねは 本ノマヽ

神

847 めつらしきけふの春日の八をとめを
神もうれしとおもはさらめや　忠房
右亭子院行幸
848 誰か又あはれをかけむゆふたすき
たのむかすかのちかひならては　後一条入道
849 古 かすか野にわかなつみつゝ万代を
いはふこゝろは神そしるらん
右定国四十賀素性集
17オ
850 春日山ふもとの小野に子の日して
かことを神にまかせてそみる　俊頼
851 神も又君かためとやかすかやま
ふるき御幸の跡のこしけむ　雅経
852 新後 春日野の子の日の松に契りをかむ
神にひかれて千代ふへき身は　院御製
853 万 ちはやふる神のやしろのなかりせは
春日の原にあはまかましを
854 二月のはつさるなれやかすか山
峯とよむまていたゝきまつる　俊頼
855 すへらきのいたゝきまつるかすか山
けふ旅の日と神もしるらん　俊忠
856 おちはてしわかみちひらけ春日山
神の御戸てるあり明の月　前内大臣基
17ウ
857 拾 ましてかすかの椙村にいまたかれたる枝は／あらしおほ
はらのへのつほすみれつみをかし／ある物ならはてるを
も見よといふ事を　東二条太政大臣
右長哥円融院御時大将はなれて
858 春日なる行あひ人にをく霜の
ふりていくとし神さひぬらん　知家

859 **三笠山**
万十
かすかなるみかさの山に月も出ぬ
さき山にさける桜の花もみえゆく

860 拾
さくら花みかさの山のかけしあらは
雪とふるともぬれしとそ思ふ　読人不知
18オ

861
またれこしみかさの山のさくらはな
久しき春のかさしにそさす　万里小路左大臣

862 宰相中将家哥合
さくらさくみかさの山のかはゆみを
はるのまとゐにぬるとこそきけ

863 新後
三笠山たかねの花やさきぬらん
ふりさけ見れはかゝるしら雲　前関白―

864 金
いつよりか神もあはれとみかさやま
ふた葉の松の千代のけしきは　周防内侍

865 千五百
雲ならぬ花とはたれかみかさやま
かすめるそらに雪はふりつゝ　宮内卿

866
年をへてなをいくはると三笠山
木たかくかゝれ松の藤なみ　前関白―
18ウ

867
藤なみのかけさしならふみかさ山
人にこえたる木すゑとそ見る　後鳥羽院下野

868
おもひやれみかさの山の藤の花
さきならへつゝみつる心を
右二首左大将あひくして最勝講に／参ける時贈答

869 万十
鴈かねの唱て後よりかすかなる
みかさの山は色つきにけり

870 同四
すへらきのみかさの山のもみち葉は
けふのしくれに散やすきなん　家持

871 古
君かさすみかさの山の紅葉はの色
神無月しくれの雨のそめる也けり　貫之
19オ

872 続拾
いくとせかかさしきぬらんみかさ山
おなしふもとの秋の紅葉は　隆将

873 続古
露しくれもらぬみかさの山のはに
森のもみちの色はみえけり

874 続後
はつ時雨ふりさけ見れはあかねさす
みかさの山はもみちしてけり　家長

875
時雨にはぬれぬ木の葉もなかりけり
山はみかさの名のみふりつゝ　知家

876
からにしき誰たむけゝんやまとなる
三笠のもみち春日野の萩　家隆

877 万六
雨かくれみかさの山をたかみかも
月の出こぬ夜はふけきつゝ

878 同
まちかてにわかする月はいもかきる
みかさの山にかくれたるかも

879
春日なるみかさの山の月まち出て
遊士（アシヒヲ）のゝまんさか月にかけのみえつゝ
19ウ

880
さほ川にちる紅葉はをてにさへて
みかさの山の月をこそみれ　俊頼

881 千五百
よろつよもみかさの山の秋風に
のとかにみねの月そすみける　後鳥羽院御製

882 古
あまの原ふりさけみれはかすかなる
みかさの山に出し月かも　仲丸

883 新勅
いつくにもふりさけ今やみかさ山
もろこしかけて出る月かけ　家長

884
もろこしの空もひとつに雲きえて
たれかみかさの山のはの月　家隆
20オ

885
いかなれは秋は光のまさるらん
おなしみかさの山のはの月　永縁

886 恋一
三笠山もりくる月のきよけれは

神の（マヽ）すみやしぬらん　顕輔
887 みかさ山道ふみ分けし月かけに
いまそこゝろのやみははれぬる　定家母
一首定家少将にて月あかき夜悦申
侍けるを見てつかはしけるとなむ
888 いかさまにちきりをきてかみかさ山
かけなひくまて月をみるらん　常磐井入道
20ウ
889 続拾 かけなひくひかりは身にもあまるらん
のほるみかさの山のはの月　冷泉太政大臣
890 永保二歌合 みかさ山ほそ谷川に影さして
続古 さやかに見ゆる冬のよの月　頼綱
891 三笠山月さしのほる雲はれて
峯よりたかきさをしかのこゑ　光明峯寺入道
892 みかさ山神のちかひにたつ鹿の
こゑかすかなるふち原のさと　聖信法師
893 万 君かきるみかさの山にゐる雲の
立はて継るこひもするかな
894 後拾 みかさ山春日の原のあさ霧に
かへりたつらんけふをこそまて　公任
21オ
895 同 三笠山さしはなれぬといひしかと
雨も代々にはおもはぬ物を　和泉式部
896 新勅 さしはなれみかさの山を出しより
身をしる雨にぬれぬ日そなき　慈鎮
897 我たのむ山はみかさのなそもそかく
身をしる雨に袖ぬらすらん　隆祐朝臣
898 拾　万代 こゐたかくみかさの山をよはふなる
古今 あめのしたこそたのしかるらん　仲法師
899 金 君か代はかきりもあらしみかさ山
峯のあさ日のさゝんかきりは　匡房
900 千載 三笠山さしてきにけりいその上
たかきみゆきの跡を尋て　上東門院
21ウ
901 同 天か下のとけかれとや榊葉を
みかさの山にさしはしめけむ
902 続後 春日なるみかさの山の宮はしら
たてしちかひは今もふりせす　素俊法師
903 後拾 ふかきうみのちかひはしらす三笠山
こゝろたかくもみえし空かな　堀川左大臣
904 新後 みかさ山いのる心はくもらねは
月日とともに千代やへぬらん　法皇
905 拾 名のみして山はみかさもなかりけり
朝日ゆふ日のさすをいふかも　貫之
906 堀河百 駒なへてみかさの山に行人は
天の下いのるつかひなりけり　兼昌
907 三笠山さしける使けふみれは
杉まにみゆる袖の色々　定家
22オ
908 後 ふるさとのみかさの山はとをけれと
こゑはむかしのうとからぬかな　兼輔
909 拾 あやしくも我ぬれ衣をきたるかな
みかさの山を人にかられて　義孝
910 万十二 いもまつとみかさのやまの山すけの
やますやこひん命しなすは
911 それとみるおなし三かさの山の井の
影にも袖のぬれまさるかな　師氏女
右一首高光横川に住けるに恒徳公兵衛／佐に侍ける
あかりに少将に成て悦ニ大納言の
もとにまうて侍を見てよめる
22ウ

912 万七　おほ君のみかさの山のおひにせる
ほそ谷川のをとのさやけさ　人丸

913 能登山　同十　のと山のみなそこなへててるまでに
みかさの山はさ（マヽ）にけるかも

914 かしわ木のもりのあたりをうちすきて
みかさの山に我はきにけり　貞則

右一首作者右兵衛府生より右近衛／将曹ニ成てとね
りらに酒たうへけるつゐてに

915 六帖　雨ふれはみかさの山の木のもとに
ぬれぬいほりはあらしとそ思ふ

916 雪ふらはたちもかくれんかすかなる
三かさの山のすゑの松原　家持

917 洞院摂政家　三十首　千代にあはむまつとやこれをみかさ山
日よしのかけもさしてしるらん　成茂

918 春の日乎かすかの山乃高座の三笠の山尓
朝不離雲井多奈引容鳥能間無数鳴

919 高鞍之三笠の山尓鳴鳥
止者継流恋喪為鴨

920 東路のふしのたかねにあらねとも
みかさの山もけふりたつなり　公任

右雪にて富士を作て其もとより煙を／たてけるかさ
をさしおほひたるをよめる

921 万二　伎多久母あれにけるかもひさにあらなくに

922 かけろふの春になれはかすかなる三笠の
野へに桜花木晩窂　皃鳥はまなくしはなく

923 さと人もわかなつむらしあさ日さす
みかさの野辺も春めきにけり　為家

原

924 おほそらにかりそなくなる春日山
三笠の原に紅葉しぬかも

925 **杜**　おもはぬをおもふといはゝおほのなる
みかさの森の神そしるらん　大伴百世

926 くりかへし三かさのもりに引しめの
なかきめくみをなをいのるかな

927 さすかなを春のめくみやをよひけむ
三かさの森の藤のすゑ葉に　衣笠内大臣

928 **里**　堀百　けふまつるしるしにとてやいその神
三かさの里にあまくたりけん　常陸

929 春日有羽買山従佐保之内なき行なるは
たれよふことり

930 大鳥之羽易之山東尓我恋流
妹者伊座等人云者

右哥人丸妻死ニハ後而長傷作哥

931 万代　はし鷹の羽かひの山をあさゆけは
とふ火のはらにきゝす鳴なり　経信

932 はらひかねうきねにたえぬ水鳥の
羽かひの山も霜やをくらん　衣笠

933 かさゝきの羽かひの山の山風に
はらひもあへぬ霜の夜の月　定家

934 **若草山**　春日のゝ若草山にたつきしの
けさの羽をとにめをさましつる　好忠

935 いまもなを妻やこもれるかすかのゝ
わか草山にうくひすそなく

936 **飛火野**　春日のゝとふ火の野守いてゝみよ

いまいく日ありてわかなつみてん　読人不知

937 後　かすかのゝとふ火の野もりみし物を
なき名といはゝつみもこそすれ

938 新古　わか菜つむ袖かとそみる春日のゝ
とふ火の野への雪のむらきえ　教長

939 千　うらやまし雪のした道かきわけて
たれをとふ火の若菜なるらん　通俊

940 続古　きえそむる雪間もあらは飛火のゝ
はや下もえの若なつみてん　山階入道

941 卯杖 後拾　卯つえつきつまゝほしきはたまさかに
君かとふひの野もりなりけり　伊勢大輔

942 建保名所百　わかなはやさもあらはあれかすかのゝ
とふひの野もりさくや梅かえ　家隆

943 続拾　たちなるゝとふひの野守をのれさへ
かすみにたとる春の明ほの　定家

944 後拾　春日野は名のみなりけり我身こそ
とふ火ならねともえわたりけれ　範永女

945 現葉　郭公今いく日とかしのひかね
とふひの野もり五月まつらん　為氏

946　奈良山をゆふこえくれは故郷の
とふ火の野へに鹿そ鳴なる　尊海

947　うくひすのとふ火の野もり君かため
いま幾千代のわかなつみてん

原

948 堀百　ひはりあかるとふ火の原に我ひとり
野もせにさけるすみれをそつむ　仲実

森　古今哥一説飛火野守一説飛火野森今就一説載之
但密勘抄定家卿大不覚之或書古哥一首是同名異所歟云々

25オ　25ウ　26オ

949 古今　春日野のとふ火の野もり出てみよ
いまいくかありて若なつみてん　読人不知

950 古哥　たまさかにとふひの野守梢より
なのりてすくるほとゝきすかな

951 **雪消沢**（並六）　かすかのゝ雪けのさはに袖たれて
君かためにとこせりをそつむ　仲実

952 **宜木河**（並七）　わきも子に衣かすかのよしき河
よしもあはぬかいてかめを見む

953 **佐保**（並八） 万四　佐保渡わかいへのうへになく鳥の声
なつかしきおもひつまの児（コ）

954 同　わきもこか衣もうすしさほ風は
いたくなふきそ家にいたるまて

955　くれ行はさほ風さむし旅人に
やとかすかのやいつくなるらん　顕照

956 万十　春日なるはかひの山よりさほのうちへ
なき行なるはたれよふことり

957 万二　梅柳すくらくおしみさほのうちに
あそひことをみやもとゝろに

958 同十　我門に禁田（モル）をみれは沙穂（サホ）の内の
秋はきすゝきおもほゆるかも

山

959 万三　さほ山にたなひく霞はることに
いもをおもひ出てなかぬ日はなし　旅人

960 続拾　さほひめの名におふ山も春くれは
あけてかすみの衣ほすらし

961　さほ山のみねのかすみはたな引て
川そひ柳春めきにけり　為家

962　さほ山に柳のいとをそめかけて

26ウ　27オ

こゝろのまゝに風そくるなる　顕季

963　誰か又あかす見さらんさほ山の　霞にもれてにほふさくらを　俊頼

964　きのふまてみとりに見えしさほ山の　春のかひには花そさきける　六条左大臣

965　さほ山に花さきぬれはしろたえの　あまのは衣ぬきかけてみゆ　俊頼

27ウ

966　万十　こたへぬになきなとよみそよふこ鳥　さほの山へをのほりくたりに

967　同八　卯の花のいまたさかねはほとゝきす　さほの山辺をきなきとよます　旅人

968　同十七　おもひ出るときはすへなみ浮山に　たつあさ霧のけぬへくおもほゆ

969　古　誰かためのにしきなれはか秋霧の　さほの山辺をたちかくすらん　友則

970　古　秋霧はけさはなたちそさほ山の　はゝそのもみちよそにても見む　読人不知

971　同　さほ山のはゝその色はうすけれと　秋はふかくも成にけるかな　是則

28オ

972　新古　入日さすさほの山辺のはゝそ原　くもらぬ雨と木葉ふりつゝ　好忠

973　後　あまの原かりそとわたるさほ山の　木すゑはむへも色つきにけり　躬恒

974　続古　ふく風に散たにおしきさほ山の　もみちこきたれ時雨さへふる　家持

975　万代　大和路のさほ山あらし吹ぬらし　しまのうら葉にもみち散しく

976　新古　神無月しくれふるらしさほ山の　まさきのかつら色かはりゆく　読人不知

977　新六　さほ山のならのかしはきまたはえの　もとつはしけみ紅葉しにけり　信実

28ウ

978　万六　さゝ竹のおほみや人のいつとすむ　さほの山をはおもふかもきみ

979　同　さほ山をよそにみしかと今みれは　やまなつかしも風ふくなゆめ

980　六帖　さほ山にたなひく雲のたゆたひに　思ふこゝろをいまそさたむる

河　寛平菊合名所第六番奈良椋河菊云々

981　万一　青尓(アヲニ)吉楢(ヨシナラ)ノ京師(ミヤコ)ノ佐保河尓(サホカハニ)伊去至(イソキタリテ)而我宿有(ワカヤトアル)

982　歴木　同十　さほ川のきしのわたりのわかくぬき　ありつゝも張(ハル)しきたらはたちかへるかに

983　伏歴木　新六　さほ川の岸くたりなるふしくぬき　なをしけれとやかりはやすらん　知家

984　同　高瀬さすさほの川原のくぬき原　色つくみれは秋のくれかも　衣笠

29オ

985　堀百　さほ川のきしのまに〳〵むらたちて　風になみよる青柳のいと　師頼

986　六帖　うちのほるさほのかはらの青柳の　もえ出る春に成にけるかな

987　うちわたすさほの河橋中たえて　した枝をつたふきしの青柳　光明峯寺入道

988　六帖　故郷のならにあるてふさほの河原の　河柳色付ぬらし春のきぬれは　知家

989　万四　狭穂川(サホ)之(ノ)小石(ヲシ)踐度(フミワタリ)むはたまの　黒馬(コマ)のくるよはとしにもあるかな　大伴良女

990　同　新勅　千とりなくさほの河原のきよき屋を

29ウ

こまうちわたしいつかかよはむ　家持

991 千鳥なくさほの川原のさゝら波
やむときもなし我こふらくは　大伴良女

992 古 千鳥なくさほの河霧たちぬらし
山の木の葉も色かはり行　忠峯
古今集無名如目録者躬恒哥但／拾遺集作者忠峯又在
忠峯家集

993 拾 夕されはさほの河原の川きりに
友まとはせる千鳥なくなり　友則

994 千 あかつきのねさめの千とり誰かためか
さほの川原におちかへりなく　長能

30オ

995 故郷の河原の千とりうちつれて
さほ風さむし有明の月　中務卿

996 万七 さほ川のきよき川原になく千鳥
かはつとともに忘れかねつも

997 同 おもほえすきませる君をさほ河の
かはつきかせてかへしつるかな

998 後八 ゆふされはさほの川原にゐるたつの
ひとりねかたきねをそ鳴つる　読人不知

999 ふる里の佐保の川水けふもなを
かくてあふせはうれしかりけり　閑院左大臣
右一首詞ニさほ河のへにてあひなれて／六七年ニ女
車のはせよりとてまかりけるに
あひてよめるとなむ

30ウ

1000 続古 このころは時雨も雪もふるさとに
衣かけほすさほの川かせ　惟家

1001 文治女御入内屏風 けふまつる神のこゝろやなひくらん
したに浪たつさほの川かせ　後法性寺入道

1002 堀百 底清みなかれたえせぬさほ河の
瀬きりの波やよろつ代のかす　顕仲

1003 万連歌 さほ川の水をせきあけてうへし田を　上句尼
かる早飯はひとりなるへし　下句家持

31オ

1004 千とりなくさほ川原をとめくれは
みなそこよりもさける花かも

1005 金 さほ川のみきはにさけるふちはかま
波のをりてやかけんとすらん　忠峯

1006 あさてさすさほの川風さえぬらし
こほりをかくるいてのしからみ　常磐井入道

1007 千鳥鳴其(ソノ)佐保川丹(ニ)石(イハ)ニ生(オフル) 菅根(スカノネ)
伎里弓之能布草肆(キリテシノフクサツカサ) 深麻志乎(ワキミシヲ)

渡

1008 新後 よとむなよさほの川水むかしより
たえぬわたりのあとにまかせて　内大臣

1009 続古 みるまゝにならの葉かしは紅葉して
さほのわたりの山そしくるゝ　信実

1010 さほのわたりわか家のうへなく鳥の
こゑなつかしきおもひつまのこ(愛妻之児)

31ウ

道

1011 ゆふきりに千鳥のなきしさほ路をは
あらしやすらん見るよしをなみ

1012 万八 わかせこか見らんさほちの青柳を
たをりてたにもみる色もかな

1013 おもひかねゆくやさほちのさ夜千鳥
いもにあふ夜を八千代ともなけ　洞院摂政

32オ

謌枕名寄巻第七

畿内部七　　大和国二

目録

吉野篇　又云三吉野

野　野字即依為／其名先立之　山　付奥　嶽　高嶺　谷

河　付川原　瀧　付宮瀧　里　付故郷　宮　象山　小川

高城山(タカキノ)　三船山　水分山(ワケ)　丹生山(ニフ)　拾山／河小川

青根峯(ネカミネ)　金御嶽(カネノミタケ)　耳家嶺(ミミカノミネ)　或云御金嶺／同哥也　蜻(カケ)

蛉野(ロウノ)　小野川里紀伊国入之／加多知已上三所同哥和州不同也何哥載之

宮　付瀧宮

安喜都(アキツ)　賀気呂布(カケロウ)

岩倉小野　或先達哥枕山城国入之或抄曰吉野也云々覧(ク)／就(テ)二異説(ニ)一両国共載之但岩倉

山ハ山城也就二同名(ニ)一入之歟

御垣原　夏箕河　大河淀　又辺　六田淀　川

清河原　今案之不限二一所歟／暫任先達哥枕矣　十津河(トツ)　瀧浦(タキノウラ)　御抄／立之

32ウ

歌

歌

吉野篇

野

1014 万　みよしの、玉松かえははしきかも
君か御言を持てかよはく
右従二吉野(ヲ)一折取蘿生(トラコケムセル)松枝(マツカエヲ)遣時(ツカハストキ)／額田王(ヌカタノヲホキミノ)奉入
哥

1015　雪もとき春にはあへすみよしの、
玉松かえにかゝるしらなみ　家隆

1016 拾　ひく人もなくてやみぬるみよしの、
松は子日をよそにこそきけ
右一首詞云除目比子日ニあたりて按密／更衣局より

33オ

松をはしにてたへ物を出し／て侍ける時よめるとな
ん

33ウ

1017 後拾　みよし野は春のけしきにかすめとも
むすほゝれたる雪の下草　紫式部

1018 拾　みよし野のかまふを見れはいとはやも
まひくさもえてあさみとりなり　光俊

1019 現六　みよし野も若菜つむらんまきもくの
檜原かすみて日数へぬれは　元輔

1020 正治百　みよしの、花のさかりを待ほとは
ふもとの野へのわかなをそつむ　丹後

1021　すその焼けふりそ春はよし野山
花をへたつるかすみなりける　西行

1022 新古　幾年の春に心をつくしきぬ
あはれとおもへみよしの、花　俊成

1023 六帖　梅の花さくもしらてやみよしの、
風に友まつ雪はふるらん

1024 六帖　みよし野の木々のもみちし心あらは
まれの御ゆきを色かへて見よ　忠房

34オ

1025 同　みよしの、たのむの鴈もひたふるに
君か方にそよるとなくなる

1026　我方へよるとなくなるみよしの、
たのむのかりをいつか忘ん

1027 万　みよしの、みくまかすけをあまなくに
かりのみかりてみたれなんとや

1028 新勅　御吉野にみくまかすけをかりにたに
見ぬものからやおもひみたれん　雅経

1029 万一　よき人のよしのよくみちよしといひし
吉のよくみよよき人よきく　天武天王

34ウ

1030 新勅　みよしの丶花のさかりとしりなから
なをしら雲とあやまたれつ丶　後京極

1031 新古　世をいとふよしの丶おくのよふこ鳥
ふかき心のほとやしるらん　幸清

山 付奥
雖為山哥交二古郷等詞哥里分載之

1032 古　春霞たてるやいつこみよしの丶
よしの丶山に雪はふりつ丶　読人不知

1033 拾　吉野山みねのしら雪いつきえて
けさはかすみのたちかはるらん　重之

1034 同　春立といふはかりにやみよしの丶
山もかすみてけさは見ゆらん　忠峯

35オ

1035 続後　年のうちに春立ぬとやよしの山
かすみか丶れるみねのしら雲　俊成

1036 同　あさみとり春もきぬとやよしの山
山のかすみの色もみゆらん　忠見

1037 後　いつくとも春のひかりはわかなくに
またみよしの丶山は雪ふる　躬恒

1038 新勅　さかぬ間は花を友とやみよしの丶
山のしら雪きえかてにする　讃岐

1039 拾　わかやとの梅にならして御よしの丶
山の雪をも花とこそみれ　読人不知

1040 新古　芳野山さくらか枝に雪ちりて
花をそけなる年にもあるかな　西行

35ウ

1041 新勅　三芳野の山井のつら丶むすへはや
花の下ひもをそくとくらん　基俊

1042　こひ（ゑ）ぬ間はよしの丶山のさくら花
人つてにのみき丶わたるかな　貫之

1043 雲葉　をとにきく吉野のさくら見てゆかむ
つけよ山もり花のさかりは　人丸

1044 古　みよしの丶山へにさける桜花
雪かとのみそあやまたれける　友則

1045 後　御よしの丶吉野の山のさくらはな
しら雲とのみ見えまかひつ丶　読人不知

1046 拾　よし野山たえすかすみのたな引は
人にしられぬ花やさくらん　中務卿親王

36オ

1047 拾　よしの山きえせぬ雪とみえつるは
峯つ丶きさくさくらなりけり　読人不知

1048 後拾　吉野山八重たつみねのしら雲に
かさねてみゆるさくら花かな　清家

1049 金　さくら花さきぬるときはよしの山
たちものほらぬ峯のしら雲　顕季

1050 千五百　雲のなみけふりの波にまかへつ丶
よしの丶花のおくをみるかな　定家

1051 同　時しもあれ雨にあらそふさくら花
つゐにさきぬるみよしの丶山　惟明親王

1052　ほの〳〵と花のよこ雲あけそめて
さくらにしらむみよしの丶山

1053 金　吉野山みねのさくらや散りぬらん
ふもとのさとにゝほふ春かせ　法性寺入道

36ウ

1054 千　みよしの丶花のさかりをけふみれは
こしのしらねにはる風そふく　俊成

1055 同　みよし野の山下風やはらふらん
木すゑにかくる花のしら波　俊恵

1056 同十七　いつくにて風をも世をもいとはまし
よしの丶おくも花はちりけり　定家

1057 新古　吉野山こそのしほりの道かへて

また見ぬ方の花をたつねん　西行

1058 同　いくとせの春に心をつくしきぬ
あはれとおもへみよしの丶花　俊成

37オ

1059 同　いまは我よしの丶山の花をこそ
やとの物とは見るへかりけれ　俊成

1060 同　吉野山やかて出しとおもふ身を
花ちりなはと人やまつらん　西行

1061　花ならてた丶柴の戸をさして思ふ
こ丶ろのおくもみよしの丶山　慈鎮

1062 新勅　花ゆへにふみならすかなみよしの丶
よしの丶山の岩のかけみち　長方

1063 同　むかしたれか丶る桜のたねをうへて
よしのを春の山となしけむ　後京極―

1064 新勅　いかはかり花さきぬらんよしの山
かすみにあまるみねのしら雲　寂蓮

37ウ

1065 同　立まよふよしの丶桜よきてふけ
雲にまたる丶春の山風　洞院摂政

1066 同　春はみなおなしさくらに成はて丶
雲こそなけれみよしの丶山　家隆

1067 続後　あすもこん風しつかなるみよしの丶
山のさくらはけふくれぬとも　行能

1068 同　桜花さきにし日よりよしのやま
そらもひとつにか丶るしら雲　定家

1069 同　みてもなをおくそゆかしきあしかきの
よしの丶山の花のさかりは　後嵯峨院

1070 同　名にたかきよしの丶山の花よりや
雲にさくらをまかへそめけん　俊成

38オ

1071 同　いにしへの代々の御幸の跡ふりて
花の名たかきみよしの丶山　資定

1072 続後　見わたせはふもとはかりにさきそめて
花もおくあるみよしの丶山　後鳥羽院宮内卿

1073 同　よしの山さくらにか丶るゆふかすみ
花もおほろの色はありけり　後鳥羽院御製

右御製亀山殿ニ吉野山の桜をうつし／植させ給へる
か花さきけるを御覧して

1074 後拾　春はまた花の都となりにけり
さくらにほふみよしの丶山　俊成

1075 同　よしの山いく世の春かふりぬらん
おのへは花を雲にまかへて　為氏

38ウ

1076 同　風かよふおほしよそめの花の色を
雲もうつろふみよしの丶山　為世

1077 千五百　みよし野の御山や花をへたつらん
雲に松ふく風のをとかな　越前

1078　吉野山さくらのひまのみねの松
雪にもえ出し草かとそみる　中務卿親王

1079　夢にたにまた見ぬ物をもろこしの
よしの丶さくらいか丶さくらん　後嵯峨院

1080 花嶺　はなか根のよしの丶山のおくのおくに
わか身ちりなはうつめとそ思ふ　西行

1081 千五百　くれぬともなを春風はふきかへよ
よしの丶おくの花は青葉に　俊成女

39オ

1082　花にあかぬよしの丶おくのさ丶枕
いとはぬ月の雲かくれかな

1083　風ふけは花のしら雲や丶きえて
よな〳〵はる丶みよしの丶月

1084 万一　みよしの丶山下風のさむけきに

新勅　またやこよひもわかひとりねん

1085 六百　吉野山すゝのかりねに夢さめて　松風さむしふけぬこの夜は　顕昭

1086 松（紅欤）葉庵 良玉集　よしの山もみちのいほりいかならん　夜半のあらしの音のはけしさ　山田法師

39ウ

1087 古　冬されは衣手さむしみよしのゝ　よしのゝ山にみ雪ふるらし　読人不知

1088 同　御芳野の山のしら雪ふみわけて　入りにし人のをとつれもせす　忠峯

1089 同　あさまたき在明の月とみるまてに　よしのゝ山にふれるしら雪　是則

1090　白雪のふりしく時はみよしのゝ　山下風に花そちりける　貫之

1091 後　神無月しくるゝ時そみよしのゝ　山のみ雪もふりはじめける　読人不知

1092 同　けさの嵐さむく（けくもあるかイ）も吹かみよしのゝ　山かきくもり雪そふるらし

40オ

1093 同　都にてめつらしくみるはつ雪の　よしのゝ山はふりやつむらん　重明

1094 後　見わたせは松の葉しろし吉野山　いく代つもれる雪にかあるらん　兼盛

1095 六帖　みよしのゝ山より雪はふりくれと　いつともわかぬ我やとの竹

1096 同　みよしのゝ雪にこもれる山人も　ふるみちとめてねをやなくらん　重明

1097 同　年をへてよしのゝ山にみなれたる　めにめつらしきけさのはつ雪　義忠

1098 新古　みよしのゝ山かきくもり雪ふれは　ふもとのさとはうちしくれつゝ　俊恵

40ウ

1099 続古　外山にてよしのゝ奥をおもふかな　み雪ふるらししくれふる也　行意

1100　みよしのゝ真木の下葉のかれしより　外山も雪のふらぬ日はなし　家隆

1101　ましてかのよしのゝ山はいかならん　しのたの森の雪たにもあり　恵慶

1102 六帖　みよしのゝよしのゝ山はもゝとせの　雪のつもれるところなりけり

1103 新六　春は花冬は雪とてしら雲の　たえすたな引みよしのゝ山　西園寺入道

1104 万二　山きはにいつものこらはきりなれや　よしのゝ山の峯にたなひく　人丸

41オ

1105　わか恋はよしのゝ山のおくなれや　おもひいれともあふ人もなし　顕季

1106 古　みよしのゝ山のあなたにやともかな　よのうき時のかくれ家にせん　読人不知

1107 同　世にふれはうきこそまされ三吉のゝ　岩のかけみちふみならしてん

1108 同　もろこしの吉のゝ山に入ぬとも　おくれんとおもふ我ならなくに　枇杷大臣

右一首伊勢か三輪の山いかに待見むと云返事也

1109 後　ひたすらにいとひはてぬる物ならは　よしのゝ山に行ゑしられし　本院贈

41ウ

1110　我やとゝたのむよし野に君し入は　おなしかさしをさしこそはせめ

右二首贈答

1111 後　かすならぬ身をもちかへてよしの山

1112 新古　たかきなけきを思ひこそぬる
世をいとふよしの、おくのよふこ鳥　読人不知

1113 同　ふかき心のほとやしるらん
いとひてもなをいとはしき世なりけり　幸清

1114 続古　よしの、おくの秋のゆふくれ
みよしの、岩のかけちをならしても　宇衡

1115 六帖　なをうき時や秋の夕くれ
吉野山なけきこるといふおの、えの　後鳥羽院

1116 千五百　ほと〳〵しくもありし比かな
もろともにすめはなりけりあしたつも

1117 同　よしの、おくの松の木の下
仙人のすむめかしこきよしなれや　俊成

1118 新六　よし野の山のおくの松かけ
みよしの、かけ路をつたふ山ふしの　慈鎮

1119 雲葉　す、かけ衣露にぬれつ、
冬こもるよしの、山の岩屋には　衣笠

1120　苔のしつくに春をしるらん
しら川の木すゑを見てそなくさむる　頼政
よしの、山にかよふ心は　西行

⑥裏書云僧都宗信大峯神童子石崛（ニテ）よめる哥雲間より（其義金葉）
／出てみれは霞けり神のいわやの春の明ほの行尊宗
⑦信神童子／石崛にてよめる哥草の庵をなに露けしと
思けんもらぬ岩屋も袖はぬれけり
⑧押札云雲間なき音は（吉野）の山にたつねても心のかよふ跡
たえめやは

42オ　42ウ

1121 小野中将　吉野山月は高ねにかたふきて
建仁哥合　嵐に残る鐘の一声　慈円

嶽　薄雲　吉野山ノ鐘　俊成卿

1122 万十三　み雪ふるよしの、たけにゐる雲の
よそ見しことはこひわたるかな

1123　今夜たれす、吹く風を身にしめて
よしの、たけの月を見るらん　頼政

1124 香具山　かこ山のたきのこほりもとけなくに
吉野のたけは雪きえにけり　好忠

1125 千五百　雪ふかきよしの、たけをいつる日の
外山にかすむ春はきにけり

高嶺　最勝四天

1126 王院障子　新古　みよしの、高ねのさくら散にけり
あらしもしろき春の明ほの　後鳥羽院

1127 続古　今夜われよしの、山のたかねにて
雲もをよはぬ月をみるかな　行意

1128 新勅　雪ふかきよしの、山のたかねより
そらさえ〳〵ていつる月かけ　顕輔

1129 古来哥合　みよしの、雪ふるみねのちかけれは
秋よりうつむ月の下草　定家

谷

1130 現六　御芳野はたにのふるさとちかけれは
まつなれそむる鶯のこゑ　光明峯寺入道

河　付**原**

1131 万一　旅　みれとあかぬよしの、川のとこなへに
たえぬ時なくゆきかへりこん　人丸

1132 同三　八雲たついつものこらかくろかみは
よしの、川のおきになつさふ　同

1133 同七　駒なへてよしの、川を見まほしに
うちこえきてそたきにあそひつる

1134 同十八　もの、ふのやそうち人もよしの川
たゆるときなくつかへつ、みむ

1135　いにしへのかしこき人のあそひけむ
よしの、川は見れとあかぬかも　人丸

43オ　43ウ

1136 足引之御山毛清 落多芸都芳野
河之河 瀬之清 見者上 辺者千鳥数鳴
下 辺者河津妻呼百礒城乃大宮人毛越
乞尓有 毎 見文丹 乏 山葛 絶 事無

1137 同 ちとりなくみよしの川の河をとの
やむことなしにおもほゆる君

44オ

1138 同 みよしのゝいはもとさらすなくかはつ
むへもなきけり川のせくたるきよみ

1139 続後 みなそこに春やくるらんみよし野の
よしのゝ川にかはつなくなり　延喜—

1140 万十 かはつなくよし野の川の瀬の上の
馬酔の花はちりこすなゆめ

1141 新六 吉野川たきつ岩ねのしろたへに
あせみの花もさきにけらしな　衣笠

1142 続拾 よしの川たきのうへなる山さくら
岩こすなみの花と見るらん　行家

1143 よし野川雪けの水の春の色に
さそふともなき花の下風　順徳院

44ウ

1144 続古 吉野川花にも水やまさるらん
ちれはおちそふ瀧のしらいと　成茂

1145 続後 いまはたゝ風をもいはし吉野川
岩こすなみのしからみもかな　式子内親王

1146 同 芳野川とまらぬ春もけふはかり
花のしからみかけてたにせよ　土御門

1147 千五百 山風に花の浪たつみよしのゝ
よし野の春やしほかまのうら　慈鎮

1148 新古 よしの川きしの山ふきさきにけり
峯のさくらはちりはてぬらん　家隆

1149 古 よし野河きしの山ふきふく風に
そこのかけさへうつろひにけり　貫之

45オ

1150 道助法親王家 五十首 よしの川おられぬ水に袖ぬれて
波にうつろふきしの山ふき　行家

1151 新勅 吉野川たきつ岩ねの藤の花
たをりてゆかむ波はかくとも　越前

1152 一字抄 芳野川きしの白菊さきにけり
おりしく波に露やをくらん　行家

1153 新勅 よしの川かは波はやくみそきして
しらゆふ花のかすまさらまし　光明峯寺

1154 山たかみしらゆふ花に落瀧つ
たきつかうちはみれとあかぬかも

1155 続後 芳野川わたりもみえぬゆふきりに
やなせの波のをとのみそする　師頼

1156 続古 吉野川そらやむら雨ふりぬらん
岩間にたきつをとよむなり　基俊

1157 建保名所百 よしの河岩こす波ははやけれは
をとこそたえね峯の松風　康光

45ウ

1158 続古 月かけはこほりとみえて吉野川
いはこす波に秋風そふく　越前

1159 万七 よし野川石迹柏のときはなる
われはかよはむよろつ代までに

1160 建保名所百 よしの河いはとかしはをこす浪の
ときはかきはの我君の御代　定家

1161 新勅 つれなさのたのみもありとよしの河
いはとかしはをあらふしら波　頼氏

1162 万代 瀧つなみたつかときけは吉野河
いはとかしはに時雨ふるなり　顕昭

46オ

1163 続古　吉野川瀧つ川せのをとさえて　いはとかしはにしほるしらなみ　為氏

1164 百首　芳野川いはとのなみの玉かしは　たれにかくれてたちすさむらん　小宰相

1165　みよしの丶吉野の川のあしろには　たきのみなはそたちまさりける

1166 新六　故郷のよしの丶川のはやくより　くちやしにけんせ丶のあしろ木　知家

1167 続古　な丶たひのよしの丶川のみをつくし　君か八千代のしるしともなれ　行意

右一首大峯とをり侍とて

1168 古　よし野川岩なみたかく行水の　はやくそ人をおもひそめてし　貫之

1169 同　吉野川いはきりとをしゆく水の　をとにはたてし恋はしぬとも　読人不知

1170 同　あふ事は玉のをはかり名のたつは　よしの丶川のたきつせのこと

1171 新勅　吉野川はやきなかれをせく岩の　つれなきなかに身をくたすらん　後京極

1172 古　吉野の川のよしや世中　なかれてはいもせの山の中におつる

1173 千五百　我なみたよしの丶川のよしやさは　いもせの山の中になかれよ　慈鎮

裏書云千五百番哥合顕昭判　心巧也木々形をゑらは　野匠か／をのもをよふへからす絵をか丶は長康か筆　もならひかたし云々

瀧　付宮瀧

1174　斧取而丹生檜山木折来而筏尓作一梶

貫礒傍廻仁嶋伝　雖レ見不レ飽三吉野乃　瀧動二落白浪

1175 同二　三吉野のたきのしら波しらねとも　かたりしつけむ昔おもほゆ

1176 同六　か丶かしらみまほしからんみよしの丶　たきのかうちはみれとあかぬかも

又上句山たかみ白ゆふ花に落たきつ

1177 万　隼人のせとのいはほもあゆはしる　よしの丶瀧になをしかすけり　旅人

1178　はつせめの袖かとそ見るみよしの丶　瀧のみなわの波のゆふはな　後鳥羽院

1179　三吉野のよしの丶瀧にうかひ出る　あはをかたまのきゆとみつらん　友則

1180　よしの丶川岩間のいせきわきかへり　しらゆふ花やたきの玉水　俊頼

1181　こほりこそいまはすらしもみよしの丶　山の瀧つせこゑもきこえす　読人不知

1182 拾　冬さむし氷らぬ水はなけれとも　よしの丶瀧はたゆる世もなし

1183 後　みよしの丶瀧つはや瀬に澄月や　山のたきつせこゑまさるなり

1184 続古　ふる雪はかつそけぬらしみよしの丶　冬もよとまぬ氷なるらん　素暹

1185 千　みよし野の瀧の岩ふちなれをしそ　いかにかめもたのみそめけん

本ノマヽ

1186 新古　よそにのみありと聞こしみよしの丶　瀧はけふこそ袖におちけれ

1187 同　よそにきく芳野の瀧もよしやさは　袖に落けるなみた也けり　後嵯峨院

1188　いつの間にふりてつみけんみよしの、山のかひよりくつれおつる雪
　右二首寛平法皇吉野瀧御覧／時哥と云へりける

1189　同　奥山にまとふ心を見やのたき瀧つしらあはにけちやはてなん　素性

1190　続拾　水ひきのしらいとはへてをるはたのたひの衣にたちやかさねん　小野

1191　みやたきの瀧のみな上たつねみむふるき御ゆきの跡や残ると　光明峯寺

1192　新六　なにかそのなみはか、れとみやの瀧の鵜のゐる石のうへそかくれぬ　信実

48ウ

里　付故郷

1193　万　雖(トモ)二為(ト)山哥(ノ)一帯(ヒテ)二故郷詞(ヲ)一哥載(テ)　茲天
忍照難波国者葦垣(ヲシテルナニハノクニハアシカキノ)　吉野郷

1194　古　あさほらけ在明の月とみるまでによしの、さとにふれるしら雪　是則

1195　同　故郷はよしの、山しちかけれは一日もみ雪ふらぬ日そなき　読人不知

1196　同　みよし野の山のしら雪つもるらしふるさとさむくなりまさるらし　是則
　右一首ならの京ニまかれりける時やとれる／所にてよめるとなん然者古郷ハ奈良の京を／よめるとこそ

1197　千　雪ふかきいはのかけ道あとたゆるよしの、さとも春はきにけり　堀川

1198　新古　みよし野の山もかすみてしら雪のふりにしさとに春はきにけり　後京極

1199　同　三吉野の花やさかりになりぬ(にほふイ)らんふるさとさらぬ峯のしら雪

49ウ

49オ

1200　同　故郷に花はちりつ、みよしの、山のさくらはまたさかすけり　家持

1201　同　よしの山花のふるさとあとたえてむなしき枝に春風そふく　後京極

1202　続後　かすみたち木のめ春雨ふるさとのよしの、花に(マ、)　後鳥羽院

1203　同　みよし野は花にうつろふ山なれは春さへ雪のふるさとのそら　定家

1204　石清水哥合　みよし野の里もとをちの山さくらゆふゐる雲に色そうつろふ　幸清

1205　新古　時しもあれたのむの鴈のわかれさへ花ちる比のみよしの、里　具親

1206　同　みよしの、山の秋風さ夜ふけてふる郷さむく衣うつなり　雅経

1207　古長哥　はつしくれ紅葉と共に故郷の吉野の山の山あらしもさむく日ことにいそきたて、こ、はかりねの草枕　躬恒

1208　なをおくふかしみよしの、さと　高倉

宮

1209　万六　神代よりよしの、宮のありかよひたかくしくれ(れるはイ)るは山川きよし　赤人

1210　同　万代にみるともあかんやみよしの、たきつかうちのおほみや所

1211　新古　花そみる道のしは草ふみ分てよしの、宮の春の明ほの　季能

1212　新勅　ふりぬれとよしの、みやは川清み峯のやまふきかけもすみけり　俊成

1213　乙女子が袖ふる雪のしろたへによしの、宮はさえぬまもなし　洞院摂政

50ウ

50オ

1214 **象山**（キサ）並一　三芳野のきさ山きはの木すゑより
万一　こゝにもさわく鳥の声かも　赤人
1215 詞　みよしのゝきさ山きはにたてる松
いく秋風にそなれきぬらん　好忠

51オ

1216 五月雨ににふの川原の杣くたし
ひかぬによするきさの山きは　後鳥羽院
1217 **中山**　やまとにはなきてかくらんよふこ鳥
万　きさの中山よひそこすなる
1218 万代　故郷はさむくなるらしみよしのゝ
きさの中山しくれふるなり　実行
1219 **小河**　むかし見しきさの小川をけふみれは
万三　いよ〳〵きよく成にけるかな　旅人
1220 同　吾命（ワカイノチ）も常（ツネ）に有（アラ）ぬ可（カ）昔見し
きさの小河のゆきてみもせん
1221 **高城山** 並二　御芳野のたかきの山のしら雲は
万二　ゆきははかりてたなひきてみゆ

51ウ

1222 古　夕されは衣手さむしみよしのゝ
たかきの山にみゆきふるらし　読人不知
1223 現六　天原見れはたかきの山さくら
そらにたなひく雲はそれかも　知家
1224 みよしのゝたかきの山の花さかり
ならふものなき色とこそみれ　経家
1225 **三船山** 並三　みよしのゝ三舟の山にたつ雲の
万三　新勅　つねにあはむとわかおもはなくに　人丸
1226 同　おほきみは千とせにまさむしら雲の
みふねの山にたへてあらなん
1227 同　瀧のうへのみふねの山にゐるくもの
つねにあらんとわかおもはなくに

52オ

1228 同九　たきのうへのみふねの山よりあきつへに
なきてわたるはたれよふこ鳥
1229 秋きりにしとろにぬれてよふこ鳥
みふねの山をなきわたる也
1230 同十　瀧のうへのみふねの山の山さくら
風にうきてそ花もちりける　鎌倉
1231 現六　ちりもせぬ花とや見らんみよしのゝ
みふねの山の瀧のみなはゝ　光明峯寺
1232 堀百　たきの上のみふねの山のもみち葉は
こかるゝほとになりにけるかな　隆源
1233 雲葉　比ころはみふねの山にたつ鹿の
声をほにあけてなかぬ日そなき　俊頼
1234 鴈かねは御ふねの山や越つらむ
かちかけたりとあまつ声する　恵慶

52ウ

1235 瀧上之御船乃山尓枝指尓生有刀我能樹能弥別継尓
万代如是二二知三芳野之蜻蛉宮者神柄香
右養老七年五月幸吉野宮金村作者反歌二首　一首河
載之　一首吉野／秋津河載之
1236 **水分山** 並四　神さふる岩ねこりしくみよしのゝ
万葉七　水分山をみれはかなしも
1237 **丹生山**（ニフノ）　**檜山**　越中有同名
万十三　斧取而（ヲノトリテ）丹（ニ）生檜山（フノヒヤマノキ）木折（キリキ）来而（テ）筏尓（イカダニ）
1238 同十九　我ひとりきけはかなしもほとゝきす
にほふ山辺にいたりなくかも　家持
右一首作者於越中国詠之仍彼国／載之今暫就同名書
之許也

53オ

1239 **河**　小川　にふの川せをはわたりてゆく〳〵と

1240 万二　恋痛　管乞通　来祢
斐太人の真木なかすてふにふの川
あとはかよへと船はかよはぬ

1241
水まさるにふの川せの五月雨に
杣人しらぬまきなかるなり　中務卿

1242
五月雨に丹生の川瀬の杣下し
ひかぬによするきさの山きは　後徳大寺

1243 詞
今更に丹生の小川をたえしとて
木葉の下にをしそなくなる　隆頼

1244
まきなかす丹ふの川せにゐるかもは
めなりけりなたちもさはかす

53ウ

青根峯（並六）

1245 万七
みよし野のあをねかみねの苔筵
たれかをりけんたえぬきなしに

1246 堀百
苔むしろ青ねかみねも見えぬまて
よしのゝ山はみ雪ふりしく　頼仲

1247 同
さほひめのあそふところかおく山の
あをねかみねのこけのむしろは　公実

1248 千
よしの川みかさはさしもまさらしを
青根をこすや花のしら波　顕昭

1249 万十四
青根路にたなひく雲のいさよひに
ものをそおもふとしのこの比

54オ

1250 **山**
青ね山こけのむしろのうへにして
ゆきはしらねの心こそすれ

1251 **御金嶽**
三吉野之御金　高尓間無曾
雨者落　云不時序雪者落　云

1252 万代
よしの川ふきこす風のさえしより
かねのみたけは雪そつもれる　覚性法親王

1253
あさもよひ紀の川上をみわたせは
かねの御たけに雪ふりにけり　顕昭

1254 **耳家嶺**
三吉野之耳家嶺尓時無曾
雪落家留間無曾雨零計類

秋津野　今案云　安伎津　加氣呂布加多知／只是　和訓不同欤仍哥一所載之

1255 万二
みよし野のかけろふをのにかるかやの
おもひみたれてぬるよしそなき

1256
蜻　野叫人之懸　者朝蒔　君之
所思而嗟　歯不病

1257 同
蜒　野之尾花苅副あきはきの
花ヲ葺椀キミカ借庵

1258 同十二
留　西人乎念　尓蜻　野居白雲　止時　無

1259 同
秋津野尓朝居雲ノ失生者前　今　無人毛念

1260 同四
かくてのみ恋やわたらんあきつ野に
たなひく雲のすゑとはなしに

1261 同
三吉野乃飽津之小野乃野上尓波
路　見居並
御山　者射目立渡　朝獦尓十六腹起　夕狩尓
十里踏立　馬並而御獦遠曾為留春之茂野尓

1262 **河**　万
みよし野の秋津の川の万代に
たゆる事なく又かへり見む

1263 **里**　紀伊国／載之
みな月のことしも見えぬ草葉かな
あきつのさとの道の露けき　定信

1264
山川之清川内跡御心乎吉野乃国之花散相
秋津乃野辺尓宮柱太敷座者百磯城乃大宮人者
船並而旦河渡　舟競　夕川渡　此川乃絶　事奈久此山乃
弥高　良之珠水　激瀧之宮者見跡不飽可聞
反哥吉野川／載之人丸

1265
花さかりあきつの野へに宮はしら立し時まて

54ウ

55オ

も丶しきのおほみや人はふねならへあさ川わたり
船ことにゆふ川わたりこの川のたゆることなく
この山のいやたか丶らしたま水のいさきよき瀧の
宮こはみれとあかぬあきつしまかな　人丸

55ウ

1266 万代　月かけのやとりてみかく玉水の
たきつみやこに秋風そふく　光明峯寺

1267 **賜大野**
同七　蜻（カケロウノ）野叫人懸（ヨヒヒトカクレハ）者朝蒔（アサマキシキミカ）君之
所思而（オホエテ）嗟（ナケキハ）歯不病（ヤマス）

1268 蜻野之尾花苅副（カリソヘ）あきはきの
花を葺（フキサネ）椀キミカ借廬（カリイホ）

1269 万十二　みよしの丶蜻の小野にかるかやの
おもひみたれてぬるよしそなき

1270 しられしなかすみにこめてかけろふの
をの丶わか草したにもゆとも　為家

56オ

1271 **形小野**
万十二　三芳野のかたちのをのにかるかやの
おもひみたれてぬるよしそなき

1272 堀百　みよしの丶かたちの小野のをみなへし
たはれて露に心をかるな

1273 **石蔵小野**　或先達哥枕山城入之
いわくらのをの丶あきつにたちわたる
雲にしあれや時をしまたん

御垣原　付野辺

1274 詞　ふるさとは春めきにけりみよしの丶
みかきかはらを霞こめたり

1275 続後　霞たち雪もきえめやみよしの丶
御かきかはらに若なつみけん　俊成

56ウ

1276 現六　せりつみしみかきか原のうくひすは
おなしむかしの音にや鳴らん

1277 いかにせん御かきかはらにつむせりの
ねにのみなけとしる人のなき　読人不知

1278 あつまのそまに宮木ひきみかきか原にせりつみし
昔をよそにき丶しかと我身の上に成はてぬ俊頼

1279 ふるさとのみかきの柳春ことに
たかそめかけしあさみとりそも　源暹法師

1280 おもふ人こさせまほしきところかな
みかきかはらの花のさかりは　恵慶

1281 花さかはゆかむとおもふふるさとの
みかきか原のかすみぬるかな　行家

57オ

1282 良玉　も丶しきや御かきかはらのさくら花
春したえすはにほはさらめや　経信

1283 新六　君すみてちはやすきなん故郷の
みかきにさける山ふきの花　為家

1284 故郷の御かきか原のはしもみち
心とちらせ秋の木からし　家隆

1285 ふるさとのみかきかはらのはなれこま
うき世にあれて宿もさためす　俊頼

1286 現六　うちひさすみかきか原のあさ霞
つかへし道をなとへたつらん　為家

夏箕河　吉莫張夏箕同所欤暫就順詞別立之

1287 万四　新六　吉野なるなつみの河の川よとに
かもそなくなる山かけにして　倫原王

57ウ

1288 ふけ行は山かけもなしよしのなる
なつみの川の秋の夜の月　行実

1289 万九　山たかみしらゆふ花におち瀧つ
なつみの川門みれとあかぬかも

1290 大瀧をすきてなつみの傍（ソヒ）てゐて

清川瀬をみるかさやけさ

並十三
大河淀　辺

1291 万代　今敷は見めやとおもひしみよしの、
おほ川よとをけふみつるかな　読人不知

1292 古　みよしの、大川のへのふち波の
なみにおもは、わか恋めやは

1293 新古　みよし野の大河野へのふる柳
かけこそみえね春めきにけり　輔仁—

1294 新六　さと人のほたきる谷のふしくぬき
おほ川のへのあれまくもおし　信実

1295 堀百　よし野なる大河のへのよそほひは
世、にもさらにたえしとそ思ふ　隆源

1296 建保百　うちわたす大川のへのせをはやみ
をよはぬ枝に千鳥なく也　行意

58オ

六田淀　河

1297 万七　をとにき、めにはまた見ぬみよしの、
六田の淀をけふ見つるかな

1298 かはつなく六田のよとの川柳
ねもころみれとあかぬ君かも

1299 新古　たかせさすむつたのよとの柳原
みとりもふかく霞む春かな　西園寺

1300 新勅　五月雨は六田のよとの川柳
うれこすなみや瀧のしらいと　後徳大寺

1301 これをみむ六田のよとにさてさして
しほれししつかあさ衣かは　俊頼

1302 ふしつくる六田のよとのあさこほり
とくれは袖そぬれまさりける　孝基

58ウ

清河原　今案云清河原古詠不限吉野然者／不定一所名歟但先達哥枕以久木生清／河原之哥立テ名所而未勘国云々今暫就

59オ

万葉第九哥吉野篇入之矣

1303 万九　わひしくもくれゆく日かもよしの川
きよき河原をみれとあかなくに　光仁天王

1304 新古　うは玉の夜のふけ行はひさきおふる
きよきかはらに千鳥なく（しはなくイ）也　赤人

1305 堀百　よくたちに千とりなくなり楸おふる
きよき川原に風や吹らん　顕季

1306 現六　ひろふてふたまにもかにも楸おふる
清河原にほたるとふなり　信実

1307 月影もきよきかはらの川おろしに
ちりてひさ木のしたもくもらし　衣笠

1308 続後　楸おふる清きかはらの霜のうへに
かさねてさゆる冬の夜の月　経朝

並十六
十津川

1309 掘百　よし野川とをつかは上霜ふかみ
けふりをたみの家ゐなりけり

1310 雲葉　遠津川よしの、くたすいつしかと
つかへそまつる春のはしめに　匡房

並十七
瀧浦

1311 万九　八雲御抄名所入之
よしの川かは波たかしたきの浦を
見すかなりなん恋しくなへに

59ウ

歌枕名寄巻第八

畿内部八　　大和国三

60オ

目録

葛城篇

山　峯 付高嶺　石橋 付神　久米道 橋 谷／川

高 山 峯 河 森 原／草野 八雲抄立之　大坂 二上山

豊浦寺 山万哥云々／可尋

龍田篇

山 付奥麓／相野　河 河原　岸　道　森　里

小椋峯　竹原　石井

神南備篇

山　岡　河　淵 付瀬　里　森 山城有／同名　神

御田 付塩津(マヽ)／田池

60ウ

御室 山 峯／神　岩瀬 森 山／河　神道山 今案云／神南備山同哥欤

御垣山　占手山　浅小竹原

歌

葛城篇

1312 **山**

万
青柳のかつらき山にたつ雲の
たちてもゐてもいもをしそ思ふ　読人不知

1313 新勅
みふゆつき春しきぬれは青柳の
かつらき山にかすみたなひく

1314 新古
しら雲のたえまになひくあをやきの
かつらき山に春風そふく　雅経

1315 建保名所百
青柳のかつらき山のなかき日に
そらものとかにあそふいとゆふ　家隆

61オ

1316 続拾
春くれは桜こきませ青柳の
かつらき山そにしき也ける　同

1317 続古
さくら花さきぬるときはかつらきの
山のすかたにかゝるしら雲　同

1318 同
しら雲や花よりうへにかゝるらん
さくらそたかきかつらきの山　順徳院

1319 現六
かつらきや雲にかすみにやとりきて
花をかたしく春の山ふし　光明峯寺

1320 建保百
さほひめのかつらき山の玉かつら
霞をかけて春風そふく　範宗

1321
玉かつらかつらき山のもみち葉は
面かけにのみおほゝゆるかな　貫之

61ウ

1322 千
はつしくれふる程もなくしもといふ
かつらき山は色つきにけり　道助法親王

1323 続古
染てけり露より後はしもといふ
かつらき山の秋のもみち葉　道氏

1324 洞院摂政哥合
色かはるいまや木の葉のうへにをく
しもとゆふへのかつらきの山　家隆

1325 続古
秋の色にしくれぬ松もなかりけり
はふ木あまたのかつらきの山　西園寺

1326 「続拾(細字補入)
時雨行雲のよそなるもみち葉も
夕日にそむるかつらきの山」

1327 新古
うつり行雲に嵐のこゑすなり
ちるかまさきのかつらきの山　雅経

1328
かつらきやまさきの色は秋に似て
よその木すゑはもみちなる哉　西行

62オ

1329 万
あすか川もみちはなかるかつらきの
山の秋かせ吹そしぬらん　人丸

1330 新古　あすか川せゝになみよるくれなゐは
かつらき山の木からしのかせ　長方

1331 千　たをやめの衣をうすみ秋やたつ
あすかに近きかつらきの山　俊頼

1332　照月の旅ねのとこやしもといふ
かつらき山の谷川の水　同

1333　よそにみし雲たにもなくかつらきや
あらしふくよの山のはの月　忠定

1334 新勅六　しもといふかつらき山のいかならん
みやこも雪は間なく時なし　後京極

62ウ

1335 古　しもといふかつらき山にふる雪の
まなく時なくおもほゆるかな

1336　衣手のさえ行まゝにしもといふ
かつらき山に雪はふりつゝ　俊頼

1337 続後　神さふるかつらき山のたかけれは
あさゐる雲のはるゝまそなき　公実

1338 同　よそなからかけてそおもふ玉かつら
かつらき山の峯のしら雲　後京極

1339 万　青旗(アヲハタ)ノ葛(カツラキ) 木山尓(ヤマニ)多奈(タナ)引流(ヒケル)白雲隠(シラクモカクル)
佐左目漢留夷(ササメカルヒナ)ノ国辺尓(クニヘニ)直向(タヽムキニ)

1340　葛(カツラキ) 木之(ノ)其津彦(ソツヒコマ)真弓荒木尓毛(ユミアラキニモ)
憑也君之(ヨライヤキミカ)吾之(ワカ)名(ナ)告兼(ツケケム)

63オ

1341 六帖　かつらきのそつひこまゆみあらきにも
よらめや君かわかなつみけむ

1342　かつらきや木かけにひかるいなつまを
山ふしのうつ火かとこそみれ　兼昌

1343 日本紀竟宴　よき事をよろつ代かけてみつるかな
かつらき山のけふの御かりに　清蔭

峯

1344 詩哥合　葛木のみねよりいつる春の日に
なこの浜辺のこほりとくらん

1345 続拾　よそまてはなにかいとはんかつらきや
月にかゝらぬ峯のしら雲　中務卿親王

高嶺

1346 新勅　かつらきやたかまの花をにほひにて
まかへし雲の色そうつろふ　隆祐

63ウ

石橋　付神

1347　いは橋のよるの契りもたえぬへし
明るわひしきかつらきの神　蔵人左近
右詞云堀川大納言左大臣顕光忍テまうてきて／帰らんとしけれは

1348 同　いにしへの月かゝりせはかつらきの
神はよるともちきらさらまし　為佐

1349 後拾　中たゆるかつらき山の岩はしは
ふみ見る事もかくそ有ける　相模

1350 続古　かつらきやわたしもはてぬ岩橋を
よるの契りはありとこそきけ　家隆

1351　身をはつとわたしもはてぬ我恋や
かつらき山の岩のかけはし　俊頼

寺

1352 催馬楽　かつらきや寺のまへなるや　在下

64オ

久米道　付橋

1353 後　かつらきやくめちのはしにあらはこそ
おもふこゝろを中そらにせめ　読人不知

1354 同　葛木やくめちにわたすかけはしや
なか〳〵にてもかへりぬるかな

1355 新古　いかにせんくめちのはしの中空に
わたしもはてぬ身とや成なん　実方

1356 千　かつらきやわたしもはてぬもの故に
くめの岩はしこけ生にけり　師頼

1357 続後
葛城や花ふきわたす春風に
とたえも見えぬくめの岩はし　西園寺

1358 万代
ふる雪にとたえもみえす成にけり
わたしはてたるくめの岩はし　兼宗

64ウ

1359 六帖
かつらきやわたす久米のつき橋の
こゝろもしらすいさ渡りなん

1360 **谷** 正治百
かつらきやくめちのはしのむら霞
とたえはしにかきらさりけり　隆房

1361 **河** 日本紀竟宴
御かりする君かへるとてくめ川に
ひとことぬしをいてまさりけり　有恒

1362 **高天山** 新古
よそにのみみてややみなむ葛城や
たかまの山の嶺のしら雲　読人不知

1363 新六
よそなれとたかまの山のやまひこは
雲にこたふる声そかくれぬ　信実

1364
かつらきやたかまの山の雲間より
そらにそかすむ鶯のこゑ　後京極

65オ

1365 続後
かつら木や高間の山のあさ霞
春とともにもたちにけるかな　匡房

1366 新古
かつらきやたかまの桜さきにけり
たつたのおくにかゝるしら雲　寂蓮

1367 続古
かつらきやたかまの山の花さかり
雲のよそなる雲をみる哉　有家

1368 続拾
立まよふおなしたかまの山さくら
雲のいつくに花のちるらん　為家

1369 建保名所
かつらきや嵐はいまそかすむらん
たかまの木すゑ雲そ色つく　忠定

1370
しら雲はよそにもみえすかつらきや
たかまのつきに嵐ふく也　家隆

65ウ

1371 文永将家哥合
よそにのみ秋そくれ行かつらきや
たかまの時雨雲にわかれて　光俊

1372 続古
久方のそらもまかひぬ雲かゝる
たかまの山に雪のふれゝは　後

1373 **峯** 石清水哥合
なかめやる雲のはたてやにほふらむ
たかまの山の花のさかりは　但馬

1374 **河**
行人のたむけもみえす高間川
水のみなとの五月雨の比　行家

1375 **原** 現六
あさちかるけふはなこしのはらへ草
たかまの原の神も見そなへ

草原（野イ）　八雲御抄賀部入之家隆卿哥非野欤

1376 万七
かつらきやたかまの草ははやふけて
しめさましをいまそくやしき

1377
かつらきやたかまの草にさすしめの
よそにのみやはこひんと思し　家隆

66オ

1378 **森**
よそにみるたかまの森の五月雨に
雲よりつたふほとゝきすかな　教経

1379 万代
久堅の高間のもりのしくれてや
雲のはたてに錦なるらん　家隆

1380 **宮** 雲（並）
うくひすのこゑもたかまの宮木守
山にしめゆふむかしこふらん　行能

大坂　**二上山**　越中有同名

1381 万十
大さかをわかこえくれはふたかみの
もみち葉なかる時雨ふりつゝ

66ウ

1382
うつせみの人にあるをやあすよりは
ふたかみ山を弟世（トヨ）とわかみむ

1383
玉くしけ二かみ山の雲間より
いつれは明る夏のよの月　親房

1384 万十二　ふたかみにかくろふ月のをしけれは
いもかたもとをかくるこの比

1385 新六　春されは友まとはせるはこ鳥の
ふたかみ山に朝な〳〵なく　衣笠

右三首今案ニ越中国有同名此哥詠何哉未決

並四 豊浦寺

1386 続古　かつらきやとよらの寺の秋の月
西になるまて影をこそみれ　具氏

67オ

1387 催馬楽　かつらきの寺のまへなるやとよらの寺の
にしなるやえのは井に白玉しつくや

1388 古来　葛木や豊浦のてらのしくるゝは
にしなる枝やまつもみつらん　定周

1389 雲　建保百　かつらきやとよらの寺のえのは井に
なをしら玉をのこす月影　長明

1390 みしまつにたれなかむらんかつらきや
とよらの寺の春の明ほの　行意

1391 石清水哥合　けふも又とよらの寺の入あひに
花にやととふかつらきの山　下野

1392 **山**　葛 木哉豊浦山之風越尓
普本 芸細立散 良紫

67ウ

龍田篇

山 付奥 麓 稠竹

1393 万九　白雲乃立田山乎夕晩尓打越去者瀧 上之
1394 桜 花者開有者」 暇 有莫津紫計渡 向
1395 峯之桜 花毛折麻思物乎」 我去者七日者
不過龍田彦動此花乎風 莫落

1396 同廿　たつた山見つゝわかこしさくら花
ちりやすきなんわかかへるとて　家持

1397 古　花のちることやわひしき春霞
たつたの山のうくひすのこゑ　俊蔭

1398 新古　ゆかむ人こむ人しのへはるかすみ
たつたの山のはつさくら花　家持

68オ

1399 同　白雲のたつたの山の八重さくら
いつれを花を分ておりけん　道命

1400 同　かつらきやたかまの桜さきにけり
たつたのおくにかゝるしら雲　寂蓮

1401 万七　あさ霞やますたなひくたつた山
ふな出せん日はわれこひんかも

1402 金　年ことにかはらぬものは春かすみ
たつたの山のけしき也けり　顕輔

1403 良玉　夏衣たつたの山のほとゝきす
袖かたしきてまたぬ夜そなき　正家

1404 万代　から衣たつたの山のほとゝきす
うらめつらしきけさのはつ声　基俊

68ウ

1405 古　誰かみそきゆふつけ鳥か唐衣
たつたの山におりはへてなく　読人不知

1406 建保百　龍田山なをうすころもたかみそき
ゆふつけ鳥も風うらむなり　家持

1407 新勅　白妙のゆふつけとりもおもひわひ
なくやたつたの山のはつ霜　同

1408 龍田山もみちのにしきおりはへて
なくといふ鳥の霜のゆふして　行全法師

1409 たつた山ねくらの木の葉散はてゝ
ゆふつけとりの色そのこれる　家隆

1410 万七　後　鴈かねのなきつるなへにから衣
たつたの山はもみちそめたり　読人不知

69オ

1411 後 鴈なきてさむき朝けの露ならし
たつたの山をもみちす物は

1412 同 いもかひもゆふとむすふとたつた山
やまは紅葉のにしきなりけり
又ハいまこそもみちはしめたりけれ

1413 から衣たつたの山のもみち葉は
はた物なしのにしきなりけり　貫之

1414 同 からにしきたつたの山もいまよりは
もみちなからにときはならなむ　同

1415 六帖 唐衣たつたの山のもみち葉は
くれなゐなからときはならなむ

69ウ

1416 からにしき秋のかたみやたつた山
ちりあへぬ枝に嵐ふく也　後鳥羽院

1417 秋きりのみねにも尾にも立田山
紅葉のにしきたまらさりけり　能宣

1418 古 龍田山にしきをりかく神無月
しくれの雨をたてぬきにして　読人不知
右一首家持家集さほ山となり

1419 新古 たつた山あき行人の袖をみよ
木々の梢はしくれさりけり　慈鎮

1420 あしひきの大和にあらぬからにしき
たつたのしくれいかてそむらん　雅経

1421 くれなゐの八しほの雨そふりぬらし
たつたの山の色つくみれは

70オ

1422 続拾 たつた山木の葉色つくほとはかり
しくれにそはぬ秋風もかな　藻壁門院少将

1423 同 立田山木の葉ふりしく秋かせに
おちて色つく松の下露　順徳院

1424 千 龍田山松のむらたちなかりせは
いつれかのこるみとりならまし　清輔

1425 新古 こゝろとやもみちはすらんたつた山
松はしくれにぬれぬ物かは　俊成

1426 続後 たつた山よその紅葉の色にこそ
しくれぬ松のほともみえけれ　為家

1427 龍田山木すゑまはらに成まゝに
ふかくも鹿のそよくなる哉　俊恵

70ウ

1428 正治百 たつた山すそ野の霧はへたつれと
そらにもみちそあらはれにける

1429 同 たつた山木すゑはなをも緑にて
すその丶萩に秋をみるかな　丹後

1430 六帖 から衣たつたの山のはきよりも
いもとそ我はめつらしみせむ

1431 たつた山ふもとににほふ藤はかま
誰きてなれしうつり香そも　肥後

1432 民部卿経房卿家哥合 紅葉せし梢に神をやるまてに
たつたの山は雪ふりにけり　重政

1433 なき名のみたつたの山のあをつゝら
またくる人もなき我やとに　読人不知

71オ

1434 万七 君によりわか名はすてに立田山
たえたる恋のしけき比かな

1435 六帖 なき名のみ立田の山のさねかつら
くる人ありとたれかいひけん

1436 万 みなを(わたつうみィ)このおきつしらなみたつた山
いつかこえ出て君かあたりみん

1437 古 風ふけはおきつしら波たつた山
夜半にや君かひとり行らん　読人不知

1438 拾 ぬす人のたつたの山に入にけり
おなしかさしの名をやなかさん
右三條左大臣家かみゑに人のぬす
人にあひたるかたかける所
71ウ
1439 古 おほともの水のとまりに舟うけて
たつたの山をいつかこえゆかむ
1440 たつた山ゆふこえくれはおほともの
水のとまりに舟やまつらん　家隆

1441 **河** 付／**河原**

古 たつた河もみちみたれてなかるめり
わたらはにしき中やたえなん　奈良帝
1442 新古 竜田川あらしや峯によはるらむ
わたらぬ水も錦たえけり　後鳥羽院
1443 古 ちはやふる神代もきかすたつた河
からくれなゐに水くゝるとは
1444 紅葉はにうつもれてこそたつた川
72オ
ふるきみゆきの跡は見えけれ　家隆
1445 時雨には立田の川もそめにけり
からくれなゐに木葉くゝれり
右一首宮瀧御幸御共にてよめるとなん
1446 続拾 たつた川ちらぬもみちのかけみえて
くれなゐこゆるせゝの白なみ　後京極
1447 新勅 秋はけふくれなゐくゝるたつた川
いくせの波の色かはるらん　雅経
1448 古 もみち葉のなかれさりせは立田河
水の秋をは誰かしらまし　是則
1449 ちりつもるもみちならねと龍田川
月にも水の秋は見えけり　能清
72ウ
1450 古 年ことに紅葉はなかすたつた川
みなとや秋のとまりなるらん　貫之
1451 六帖 もみち葉のなかるゝ時はたつた河
みなとよりこそ秋はゆくらめ
1452 後 たつた川秋にもなれは山たかみ
なかるゝ水も紅葉しにけり　貫之
1453 同 龍田川秋は水なくあせなゝむ
あかぬもみちのなかるれはなし(り歟)　読人不知
1454 古 神南備の山を過行秋なれは
たつた川にそぬさはたむくる　深養父
1455 「古(細字補入) 龍田川もみちはなかる神なひの
みむろの山にしくれふるらし　人丸」
1456 嵐ふくみむろの山のもみち葉は
たつたの川のにしきな也けり　能因
73オ
1457 金 柵 龍田川しからみかけて神なひの
みむろの山の紅葉をそみる　俊頼
1458 正治百 けさみれはたつたの川の河おろしに
さそふ紅葉を猶そおりける　守覚法親王
1459 古 神なひの御むろの岸やくつるらん
たつたの川の水そにこれる　高田利春
1460 石清水哥合 たつた川みむろのきしのふる柳
いかに残りて春をしるらん　家長
1461 あさまたき霞のみおもしら波の
立田の川をわたるかち人　頼氏
1462 千五百 秋風のたつた河原の柳かけ
春のみとりも色つきにけり　土御門内大臣
73ウ
1463 夏ころもたつた河原の柳かけ
すゝみにきつゝならす比かな　好忠
1464 文永将軍家哥合 龍田川わたる瀬しらぬ卯花の

岸にもまさる波にまかへて　　行家

1465 後拾　卯花のさけるさかりはしら波の
たつたの川の井せきとそみる　　伊勢大輔

1466 古来哥合　これもまた神代はきかす立田河
月のこほりに水くゝるとは　　後京極

1467 後拾　たつた川岸こすなみの氷かと
またきなき名の月にみゆらん　　典侍親王

1468　あやなくてまたき無名のたつた河
わたらてやまん物ならなくに　　読人不知

74オ

1469 後　たつた川たちなは君か名をおしみ
いはせの森のいはしとそ思ふ

1470 唐衣　から衣たつたの川にゐくしたて
かみさひわたるわれか恋哉　　基俊

1471 六帖　たつた川たきのせはきにはらへつゝ
いはふ心は君かためとそ

1472 家集　唐衣たつたの川にあやしくも
つゝりさせてふきり〳〵すなく　　家持

1473 六帖　なかれてはたつたの川のそこにすむ
かめのこうともきかはたのまん　　同

1474 **岸**
続後　春風のたつたのきしの柳かけ
なかれもやらぬ浪の下草　　西園寺—

74ウ

1475 千　駒なへていさ見にゆかむたつた川
しら波よする岸のあたりを　　雅重
右一首二条院時といたしきといふ事を／句の上にをきて仕れる

1476 **道**　冬木成春去行者飛鳥　早　御来龍田道之岳辺
路　管仕花にほはむ時に桜花咲なん時ニ山多頭之

1477 **森**　山ひめのちへのにしきをゝりはへて
雲葉　たつたの森は神さひにけり　　信時

1478 古来　あさみとり松にかすみのたつた山
森のしつくや氷とくらん　　後京極

1479 **里**
新古　朝きりやたつたの山のさとならて
秋きにけりと誰かしらまし　　法性寺入道

75オ

1480 正治　きりふかき立田のさとの夕まくれ
木すゑをわけて鴈わたる也　　忠良

1481 雲葉　いさ行てなみたつくさむ秋ふかき
たつたの里にもみちちる比　　慈鎮

1482 古来　なかめわひぬたつたの里の神無月
もみちふみわけとふ人はなし　　同

1483 堀百　龍田山ふもとのさとは遠けれと
あらしのつてに紅葉をそみる　　肥後

1484 千五百　たつた山こえしむかしの面かけは
ふもとの里の有明の月　　西園寺

1485 並一 **小椋嶺**
1486 万九　白雲之龍田之山之瀧上之小椋　峯尓開　為
桜花者」吾去ハ七日者不過龍田彦動此花乎風莫落

75ウ

1487 新古　しら雲の春はかさねてたつた山
をくらのみねに花にほふらし　　定家

1488 **竹原石井**　たかはらの石井の水やあまるらん
たつたの山の五月雨の比　　光俊

神南備篇

山　備中丹後有同名

1489 万　たひにしてつまこひすらし時鳥
神なひ山にさ夜ふけてなく

1490 新古　をのつから恋つゝなくや五月やみ
神なひ山のやまほとゝきす　　読人不知

1491 続後　幾年かなきふるしてしほとゝきす

神なひ山の五月雨のそら　76オ
1492 万十　神南備の山下とよみ行水の　家隆
かはつなくなり秋といはんとや
1493 里人之吾丹告楽汝恋 愛 妻者黄葉之
散乱 有神名火之彼山辺柄焉玉之里
駒尓乗而河瀬乎七瀬渡 而裏触而
妻者会登人曾告鶴
1494 反哥　ひとりのみみれは恋しみ神なひの
山の紅葉をたをりこむ君
1495 古　ちはやふる神なひ山のもみちはに
おもひはかけしうつろふ物を　読人不知
1496 同　神なひの山を過行秋なれは
たつた河にそぬさはたむくる　深養父　76ウ
1497 続拾　冬のくる神なひ山のむらしくれ
ふらぬ友にとちる木の葉哉　弁内侍
1498 新勅　ちはやふる神なひ山のならの葉を
雪ふりさけて手をる山人　好忠
1499 枝槻　万　みむろつき神なひ山にもゝゐさし
しけくおひたるつきのいやつき／＼に　赤人
1500 みむろ木の神なひ山のもゝゐより
しけきおもひの色に出ぬる　土御門
1501 万代　木からしも時雨もしらしいほえさす
神なひ山のときは木の陰　光明峯寺
1502 万　何南山 陣 雲之青雲之星離去月乎
1503 離而」大夫乃出立 向 故郷 神南備山　77オ
1504 **岡**　ならの葉にゆふとりかけてちはやふる
文永将軍家哥合　神なひをかにつもるしら雪　行家
1505 **河**　かはつなく神なひ川にかけみえて

万八　新　いまやさくらむ山ふきの花　原光王
1506 六帖　春ふかみえたさしひちて神なひの
川へにさける山吹の花
1507 新勅　かはつなく神なひ河にさく花の
いはぬ色をも人のとへかし
1508 金　春ふかみ神なひ川にかけ見えて
うつろひにけり山ふきの花　長実
1509 続後　夏くるゝ神なひ川のせをはやみ
みそきにかくる波のしらゆふ　為信　77ウ

淵　付**瀬**
1510 万六　須臾ゆきて見ましか神なひの
淵はあさくてせにかはるらん
1511 神名火打廻前乃石淵に
隠 而耳八吾恋居

御田　付**垣津田池**
1512 甘南備乃清 三田屋乃垣津田乃池之
堤之百不足世槻枝丹水枝指秋黄葉

里
1513 万七　きよき瀬に千とりつまよふ山きはに
かすみたつらん神なひのさと　78オ

森　山城国有同名哥悉彼所載之哥以聊／有拠於当国哥々許
1514 正治百　たつたひめちへのにしきを染たてゝ
木すゑにさらす神なひの森
1515 現六　冬のくるけしきなるらし神なひの
ふもとの森の木からしの風
裏書云神南備森者山城国山崎辺也而今龍田／姫之哥
ハ大和国有無便故載之麓杜之哥者神／南備山又有
便故当国載之但龍田姫者惣掌／秋神也仍山城国衣手

詠之又山城国神南備森辺／有山麓森哥有何相違哉
雖就龍田姫惣為秋／神遠国等未詠之専為大和国又
山城国神南備森／辺不称神南備山之上者

78ウ

1516 **神**
万九　神なひのかみよりいたにする杉の　おもひにかけす恋のしけきに

1517 **御室山**
千　みむろ山谷にや春のたちぬらん　雪の下水岩たゝくなり　国信

1518 同　神かきのみむろの山は春きてそ　花のしらゆふかけてみえける　清輔

1519 続後　榊葉に卯月の御しめひきかけて　みむろの山は神まつる也　行家

1520 古　神かきの御室の山のさかき葉は　かみの御前にしけりあひつゝ　読人不知

1521 新六　ちはやふる御むろの山のかへの木の　葉かへぬ色はきみかためかも　光俊

79オ

1522 新古　神なひの御むろの山のくすかつら　うらふき返す秋はきにけり

1523 建保百　みむろ山神のいかきにはふくすの　うらふきかへす秋のゆふかせ　順徳院

1524 同　御室山そもその尾花しもかれて　嵐のそこによはる虫の音　俊成

1525 拾　神南備のみむろの山をけふみれは　下草かけて色付にけり　好忠

1526 新勅　みむろ山下草かけてをく露に　木の間の月の影そうつろふ

1527 同　榊とりかけしみむろのますかゝみ　その山の端と月もくもらす　人丸

79ウ

1528 万十一　味酒(アヂサケ)のみむろの山にたつ月の　見むと思ふ君か馬のあしをとそする　人丸

1529 我きぬる色にそわたる味酒の　御室の山はもみちしにけり　同

1530 新勅　しくれつゝ袖たにほさぬ秋の日に　さこそみむろの山はそむらめ　定家

1531 古　神なひのみむろの山を秋行は　にしきたちきる心こそすれ　忠峯

1532 良玉　色々のみむろの紅葉見てしより　花の都のあくかれぬへき　永覚

1533 古　拾　龍田河もみち葉なかる神なひの　みむろの山に時雨ふるらし　人丸

80オ

1534 後拾　嵐ふく御むろの山のもみち葉は　たつたの川のにしき也けり　能因

1535 金　龍田川しからみかけて神なひの　みむろの山のもみちをそみる　俊頼

1536 同　御室山もみちちるらし旅人の　すけのをかさに錦をりかく　経信

1537 続古　みむろ山しくれこきくし吹風の　ぬれなからちる峯の紅葉は　後鳥羽院

1538 続拾　御室山秋の木の葉のいくかへり　下草かけて猶しくるらん　為教

1539 同　みむろ山秋のもみちにそめかへて　冬かれのこる木々の下草　順徳院

80ウ

1540 建保百　ちらすなよ秋の葉守の神かきの　みむろの山のあらしふくとも　知家

1541 冬のきて紅葉ふきおろす御室山　あらしのすゑに秋そ残れる　後鳥羽院

1542 千　堀百　御室山おろす嵐のさひしきに

妻よふ鹿のこゑすたく也　肥後

1543　見わたせはみむろの山の石穂菅(イハホスケ)　側隠(シノヒ)に我はかた思ひそする

1544　万代　よそなからみむろの山の岩こすけ　いはねはいと、くるしかりけり　経家

1545　建保哥合　神南備のみむろの山の岩小菅　それともみえす霜さゆる比　後鳥羽院

81オ

1546　金　神垣のみむろの山に霜ふれは　しらゆふかけぬ榊葉そなき　師時

1547　新勅　さゆる夜はふるや霜の玉くしけ　みむろの山の明ほの、空　成実

1548　同　くれやすき日かすも雪もひさにふる　みむろの山の松の下をれ　光明峯寺

1549　同　神なひのみむろの山にかくれたる　すきしすきんや苔おふるまて

1550　同　月も日もかはりゆくともひさにふる　みむろの山の礪津宮地

1551　現六　さゆる夜はみむろの山のおひにせる　あすかのこほりむすほ、れつ、

81ウ

1552　新六　明けはつるみむろの山のはこ鳥は　ふた〳〵とこそ飛わたりけれ　信実

1553　なくこゑをぬさにたむけよちはやふる　神のみむろの山ほと、きす

岸

1554　拾　神なひの御室のきしやくつるらむ　たつたの川の水のにこれる　高田利春

1555　万代　龍田川みむろのきしのふる柳　いかにしくれて春をしるらん　家長

1556　現六　はふりこか衣の色やまかふらん　かみのみむろのきしの山ふき　知家

1557　千　あすしらぬ御むろのきしのねなし草　なにあたし世に生はしめけん　小大進

1558　万代　姫小松みむろのきしにひきつれて　千代世をいのるけふのたうとさ

82オ

神

1559　万七　ゆふかけてまつるみむろの神さひて　いむにはあらす人目おほみそ

1560　甘甞備(カミナヒ)乃三諸(ミモロ)乃神之帯(ヲヒニセル)　為　明日香(アスカ)之河(カハ)之水尾(ミヲ)速(ハヤミ)

1561　反哥　神名備能(ノ)三諸之山母(モ)隠蔵(カクレタル)　杉(スキシ)思将過哉(スキンヤ)蘿生(コケヲフルマ)左右(テ)

1562　五十(イ)串立神酒座(クシタテカミハ)奉神主之(スヘタテマツルカミヌシノ)　雲聚(ウスノ)玉陰見者(タマカケミレハ)乏文(トモシモ)

1563　みむろのや神のをはせるはつせ川　水尾のたえすはわれ忘れめや

1564　現　みむろ山とをつ宮居の神さひて　風のみかみの手向をそする　知家

82ウ

岩瀬森 並一

1565　万　神なひの岩瀬のもりのよふこ鳥　いたくな鳴そわか恋まさる

1566　同　新勅　神なひの岩せのもりのほと、きす　ならしの岡にいつかきなかむ

1567　同　もの、ふのいはせの森のほと、きす　いまもなきぬる山のとかけに

1568　建保百　神なひのいはせの森のいした、み　わかこひまさる鳥の音もうし　家隆

1569　同　しのふるをねにたてよとやさそふらん　岩せのもりの鶯のこゑ　俊成女

1570　六帖　かつ見つ、いはせのもりにすむ蟬も

83オ

ときもしらすやなき渡らん

1571 新勅 夕くれは夏よりほかに行水の
いはせの森の陰そ涼しき　知家

1572 続拾 をのつからかけても袖にもらすなよ
岩せのもりの秋の下草　行意

1573 続古 声たて丶鹿そ鳴なる神南備の
いはせの森はもみちすらしも　為氏

1574 けふこそは岩せのもりの下紅葉
色に出れはちりもしぬらん　兼昌

1575 神なひの岩瀬の森のはつ時鳥
忍ひし色は秋かせそふく

1576 ちらはちれ岩せのもりの木からしに
つたへやせましおもふことのは　俊成

83ウ

1577 ふく風になひきやすらん思ふこと
われにいはせのもりの下草　大伴女娘

1578 つらしともいはせの杜の下におふる
草のたもとそ露けかりける

1579 龍田川くちなは君か名をおしみ
いはせの森のいはしとそ思ふ　元方

1580 **山**

後 岩瀬山たにの下水うちしのひ
人のみぬまは流てそふる

1581 うちしめり岩せの山のたにかくれ
水の心をくむ人そなき

1582 六帖 いはせ山谷したかくれ行水の
人の見ぬまになかれ出にけり

84オ

1583 新古 かくとたにおもふ心をいはせ山
した行水のしたかくれつ丶

1584 我をのみいはせの山にこるなけき
くやしと思はぬ日そなかりける

神辺山　或抄云神南備山也今案云神之辺之山ニ／可和歟是只神南備山之双本也但先達／哥枕ニハ神南備山之外無之神ノ山と云々／就文字異一往分之歟

1585 並四 **三垣山**

三諸山之神辺山尓立向三垣ノ山に
秋草子之妻巻六跡朝月

1586 並五 **占手山**

ふく風にすまひやすらん神なひの
うらての山の峯のもみちは　恵慶

（以下押紙。もとは挿まれていたが、現在は押紙となって安定している。84ウまでと同筆。）

84ウ

並六 **朝小竹原**

1587 万十一 神なひのあさ丶さ原のをみなへし
おもひし君かこゑのするへく

1588 ゆふかけておらはおしけむ神なひの
あさ丶さ原の秋萩の花　衣笠

（85オ）
（85ウ）

謌枕名寄巻第九

畿内部九

目録

雑篇

石上 寺 布留 山 野 河 瀧 里 都 田／中道 高橋
高円(タカマト) 山 峯 野 宮 付尾上宮 野上宮／高円寺 高松同名歟仍哥一所載之
巻向 山 河 檜原 山 宮 痛足 山 川
弓槻嶽(ユツキノタケ) 珠城宮(タマキノミヤ) 三輪 杉村 河 里／檜原 田 市 神
泊瀬 山又云泊瀬河 道禮(ミチトヨ) 和田波都世／又云騰麻世(トマセ) 只是字訓不同也仍哥一所載之
並忍坂(ヲシサカ) 並古河辺

86オ

歌

歌

1589 **石上**
万七 春日山やまたかゝらしいその神
菅の根みむと月まちかねつ

1590 拾遺一 春くれは先そうちみるいその神
めつらしけなき山田なれとも

1591 後拾九 みしよりもあれこそまされ(そしにけるイ)石の上
秋の時雨のふりまさりつゝ 藤原永範

1592 **寺**
むかしよりうへけむ年(時イ)を人しれぬ
花にふりぬるいその神寺 後鳥羽院御哥宮内卿

86ウ

1593 新撰六 いその上名におふ寺の鐘のねに
ふるくなる世をきくそかなしき 為家

1594 **布留**
いその上ふるく住こしきみならて
山のかすみはたちや(めイ)わたらん 貫之

1595 同 続後 ぬしなくてふるの山辺の春霞
いたつらにこそたちやわたらん 躬恒

右二首哥素性法師みまかりて後贈答哥

1596 続後 石の上ふるの山辺もはるきぬと
霞やそらにたちわたるらん 弁内侍

1597 建保百 うちきらしなを風さむし石の上
ふるの山への春のあは雪 光明峯寺

87オ

1598 後 石の上ふるの山へのさくら花
うへけんときをしる人そなき 遍昭

1599 春雨のふるの山辺の花みても
むかしを忍ふ袖はぬれけり 権中納言公雄

1600 新六 ふる山の岩ねにふせるいはさくら
かすみのうちをえこそ立いてね 知家

1601 続拾 雪とのみふるの山へはうつもれて
青葉そ花のしるしなりける 順徳院

1602 万三 いその上ふるの山への杉むらも
おもひすつへき君ならなくに

1603 続後 我身さてふるの山辺に木かくれて
月のしるへに出にけるかな 信実

右二首九月十三夜十首哥合に老後に／始て召出されて名所の月と云事をよめる

87ウ

1604 現六 さしされのたく火(ひイ)やいつく檜原もる
ふるの山辺の秋の夕くれ

1605 (細字補入)「古山にたゝ見わたすか都にて
いねすりこふるとをかくなへに」

野 付**古橋** **小野**
今案云古橋小野ハ非前名所ニ歟

1606 続拾 いその上ふる野のさはの跡とめて
春やむかしと若なつみつゝ 前内大臣基

1607 千三 焼すてしふるの小野の真葛原
玉まくはかり成にけるかな 定通

1608 したにのみいはてふるのゝ思くさ
なひく尾花はおもひいつれと 国通

1609　春雨のふるの、若菜生ぬらし　ぬれ〳〵つまんかたみ　本ノマヽ　西行

88オ

1610　春雨のふる野の道のつほすみれ　みつてやゆかん袖はぬれつゝ　定家

1611　新六　はる雨のふるの、千原けふみれは　つはなぬくへく成にける哉　衣笠

1612　新古　いその上ふるの、さくら誰うへて　春は忘れぬかたみなるらん　通具

1613　続拾四　弘長百　石の上ふるの、松のをとまても　むかしを残す秋のはつ風　前内大臣基

1614　新後　これも又老の友とそ成にける　聞て布留の、さほしかの声　兵部卿

1615　古来　五月雨にふるの、小篠みかくれて　雲に空なき三輪の山もと　慈鎮

88ウ

1616　古十七　いその上ふるからをの、もとかしは　もとの心はわすられなくに　読人不知

1617　続後二　日にそへてみとりそまさる春雨の　ふるからをの、道のしはくさ　中納言長方

1618　新六　雨やまぬふるから小野のをちかたに　なかめかしはも名にしおふらし　行実朝臣

1619　新後　むかしみしふるの、沢のわすれ水　なに今更におもひいつらん　寂照法師

河　古川辺　古河小野　袖振川

1620　具平親王　御哥合　いその神ふる川野への柳かけ　めくみもあへぬ春のくれかな

1621　いそのかみふる川小野のかきつはた　春の日かすはへたてきにけり

89オ

1622　吾妹児(ワキモコ)哉(カ)安(ア)乎(フ)忘(ワスレム)　為莫(ナ)石上(イソノカミ)　袖振河之(ソテフルカハノ)将絶跡(タエント)念倍也(ヲモヘヤ)

瀧

1623　続拾　いまも又行てもみはやいそのかみ　ふるの瀧つせ跡をたつねて　後嵯峨院御哥イ
右御製白河殿七首哥ニ名所瀧

1624　古　あかすしてなかるゝ涙瀧にそふ　水まさるとやしもはみるらん　兼芸法師
右仁和帝みこにおはしましける時ふるの／瀧御覧しおはしまして帰らせ給けるによめるとなん

里　古野里　古山里

1625　日の光やふしわかねはいそのかみ　ふりにしさとに花さきにけり　布留今道
右いその神のなんまつか宮つかへもせて／石上と云所ニこもり侍けるを俄にかうふり／給けれは悦つかはすとてよめるとなん

89ウ

1626　千五百番　いそのかみふるの、さとをきてみれは　ひとりすみれの花さきにけり　小侍従

1627　堀　朽にけり人もかよはぬいその神　ふるの、里にわたす丸橋　顕仲

1628　寛平哥合　内裏　はつしくれふるの山さといかならん　すむ人さへや袖のひつらん　曾祢好忠

都

1629　万九　ふるのやまにたゝに見わたす宮こにも　いねすてこふるとをからなくに

1630　堀百　石上ふるのみやこに春くれは　かすみたなひくたかまとの山　師頼

1631　新古　いそのかみふるき都をきてみれは　むかしかさし、花さきにけり　読人不知

1632　新勅　しき嶋やふるの都はうつもれて　ならしの岡に雪はつもれり　長方

90オ

1633 古　いそのかみふるきみやこのほとゝきす　こゑはかりこそむかし也けれ　素性
右哥詞云ならのいその上寺にて時鳥のなくをきゝて

1634 六百番　恋そめし心はいつそいそのかみ　都のおくのゆふくれの空　慈鎮

90ウ

1635 神楽哥　いそのかみふるのや(やイ)おとこたち(のイ)もかな　みこのをしてゝみやちかよはむ　読人不知

1636 拾　おほつかなそとはなからにいその神　ふるき都はいつこなるらん　公任

1637 **同社**　付**森**
いその神(よそにのみイ)ふるの社のゆふたすき　かけてのみやはこひんと思し　読人不知

1638 宮居せしそのはしめにもいそのかみ　ふるの社と人やいひけん　知家

1639 石の上ふるのやしろのそのかみも　ふるき心はいまも忘れす

1640 万代　いその神ふるのやしろのたちのをの　なかきためしもわか君のため　兼直

91オ

1641 同　この森をふるの社ときくからに　神さひてなくほとゝきす哉　大宮前太政大臣

1642 ひはらもるふるの社の神やつこ　春きにけりとしるらめやそも　好忠

1643 亭子院哥合　いその神ふるのやしろのさくら花　こそみし春の色やのこれる

1644 石上ふるの神杉かみさひて　われやさら〳〵恋にあひにける

1645 石上(イソノカミ)振(フル)神杉(ノカミスキ)神卜成(ナル)　恋(コヒヲシ)我(ワレハ)早(ハヤク)為鴨(スルカモ)

1646 新古　いそのかみふるの神杉ふりぬれと　色にはいてす露もしくれも

91ウ

1647 同　ふかみとりあらそひかねていかならん　まなくしくれのふるの神杉　後鳥羽院

1648 洞院摂政家百首　いくとせかふるの神杉しくれつゝ　白のもみちには残りそめけん　中宮但馬

1649 新勅　あれにけるふるの社のもみちはや　秋はかりするあけの玉かき　経正

1650 新勅　はつ雪のふるの神杉うつもれて　しめゆふ人は冬こもりせり　長正

1651 けふいくかふるの神杉見えぬまて　手向にあける雪のしらゆふ　経親

1652 **田**　**早田**　**荒田**
万七　いその上ふるの早田のひてすとも　つなたにはへよもりつゝをらん

92オ

1653 千五百番　石の上ふるの早田にしめはへて　ひく人あらはものはおもはし　讃岐

1654 万　いその上ふるのわさ田の穂には出す
新古　心のうちにこひやわたらん　人丸

1655 後　打はへて(かへしイ)君そ恋しき(人イ)大和なる　ふるの早田におもひ出つゝ　読人不知

1656 新古　石の上ふるのわさ田をうち返し　うらみかねたる春のくれかな　俊成

1657 三輪川哥合　三輪川の水せき入て(あけイ)大和なる　ふるのわさ田は早苗とる也　行家

1658 続後　いまは又五月きぬらしいその神　ふるのあら田にさなへとるなり　基氏

92ウ

1659 新六　いそのかみふるのあら田の草わかみ　ひとりかはつの時となくらん　真家

1660 **中路**　石の上ふるのなかみちなか〳〵に

古　見すは恋しとおもはましやは　貫之

1661 続拾　いその神ふるの中みちいまさらに
ふみわけかたくしける夏草　資季

1662 千五百番　いその神ふるの中みちたちかへり
むかしにかよふ大和ことの葉　具親

1663 千波破ふるの中道過かてに
いくたひこえぬおはつせの山　後鳥羽院

高橋　又懸橋

1664 万十二　いそのかみふるの高橋たか〳〵に
いもかまつらん夜そふけにける

1665 万代　石の上ふるの高はしたかしとも
みえす成行五月雨の比　讃岐

1666 さえわたる風もいくかになりぬらん
けふこそ雪のふるのたかはし　中務卿親王

1667 千早振神　ちはやふる神もしるらんかけてたに
ふみゝぬ物をふるのかけはし

高円山　高松同音也　八哥摂之

1668 万代　春雨のしくのゝ（き〳〵イ）ふるに高円の
山のさくらはいかにあるらん

1669 同　梓弓はるの心に入ものは
たかまと山のさくら也けり　大炊御門左大臣

93ウ

1670 万　春日野にしくれふるみゆあすよりは
もみちかさゝんたかまとの山　真楯

1671 万十　里ことに霜はをくらしたかまとの
野山おなしく色つくみれは

1672 同　獦高能高円山を黨賀身閑裳
移てくる月のをそくてるらん

1673 しき嶋やたかまと山の雲間より
ひかりさしそふ弓はりの月　堀川院

1674 続後　師季志満也高円山濃松風任
雲なき峯を出る月かけ　後鳥羽院

1675 同　わか恋はたかまと山の雲まより
よそにも月のかけをみる哉

1676 しきしまや高円山のもみち葉の
からくれなゐにいかて見ゆらむ

1677 万十　夕されは衣手さむしたかま（松イ）との
山の木ことに雪そふるらん（レイ）　中務卿

1678 六　摩須羅緒我（マスラヲカ）高円山にせめくれは
さとにおちくるむさゝひそこれ　坂上良女

1679 ともしする高円山のしかすかに
をのれなきてそなへはしるらん　順徳院

1680 万代　高円の山の瀧つ瀬いはこめに
こゑをきゝてもぬるゝ袖かな　顕輔

1681 万十　たかまとの古能峯散辺に風立て
みちさかりなる秋のかのよさ

1682 野　梓ゆみ手にとりもちてますらおか
ともやたはさみ立むかひゐる高円に

同　春野ゆく野火（ノヒ）に見るまてももゆる火を
いかにととはゝ玉鉾のみちくる人の裏に
あれは白妙の衣はひちて

1683 同　春霞たなひくけふの暮三伏（ユフツク）
百夜きよくてるらん高松の野に

1684 同　春雉（キヾス）なく高円野辺にさくら花
散流歴（チリナカラフル万葉ニ此如和仁勘）見ん人もかな　六帖ニハハルノキシノナク／タカマトノ
トアリ

1685 同　たかまとの野辺のかほ花面影に

94オ　94ウ

みえつゝいもは忘れかねつも

1686 同　高円の秋の野上（カミ）の瞿麦の花
下壮香（サカリカ）見人（ミシヒト）乃かさせる瞿麦花

95オ

1687 同　たかまとの野への秋萩いたつらに
さきか散るらんみる人もなしに

1688 同　高円ののへのあき萩この比の
あかつき露にさきにけるかな

1689 同　秋かせは日ことにふきぬ高円の
野へのあき萩ちらまほしくも

1690 同　我きぬをすれるにはあらす高円の
野へ行鹿は萩のすれるそ

1691 万　鴈かねのなきつるなへに高円の
野の上の草そ色つきにける　人丸

1692 同　天雲に鴈そなくなるたかまとの
萩の下葉はもみちあへんかも　少進大伴

95ウ

1693 同　たかまとの尾花ふきこす秋風に
ひもときかけてたゝならすとも　清丸

1694 同　をみなへし秋萩しのきさほしかの
露分（のそイ）なかむたかまとの本

1695 現六　高円の秋野のすゝき穂に出て
小鹿妻よふ比はきにけり　忠兼

1696 万　たかまとの秋のゝうへの朝霧に
妻よふ小鹿出てたつらん

1697 同　高円の野へはふくすのすゑつゐに
千代に忘れむわかおほきみも

1698 新古　たかまとの野ちのしの原末さはき
そゝや秋風けふふきぬなり　基俊

96オ

1699 大そらにかゝれる月もたかまとの
野辺にくまなき草の上露　定家

1700 建保百　ゆふされは秋かせふきてたかまとの
おはなかうへの露そこほれる

1701 高円の野辺の卯花さきしより
さとのしるへの月そのこれる　資宣

1702 **宮**　付尾上宮
なかめても幾歳ふりぬたかまとの
野上の雪のあけほのゝそら

1703 万　都人の袖つけ衣あき萩に
にほひよろしきたかまとの宮　家持

1704 同　高円のみやの須蘇未能奴都可伴尓（スソミノツカサニ）
いまさけるらん女良（ハイ）花かも

1705 たかまとの野上の宮はあれぬれと（ともイ）
たゝしき君か御代（なイ）わすれめや

96ウ

1706 雪をれのうつしけるなるたかまとの
宮の木すゑやあれまさるらん　家隆

1707 弘長百　たかまとの尾上の雪に跡たえて
ふりにし宮は人もかよはす　行家

1708 続後　いたつらに花やちるらんたかまとの
おのへの宮の春の夕くれ　行能

1709 新古　萩か花ま袖にかけて高円の
尾上の宮にひれふるやたれ　顕昭

1710 新勅　ゆふされは衣手さむしたかまとの
おのへの宮の秋のはつ風　鎌倉右大臣

97オ

1711 同　高円の尾上のみやの月かけの
たれしのへとてかはらさるらん　道清

1712 麗　さ夜ふけてさひしくもあるか高円の
尾上の宮のむさゝひのこゑ　仲業

1713 **巻向山**　現六　こらかてをまきもく山に春されは

万　木の葉しのきて霞たなひく　人丸

1714 同　いもか手（袖イ）をまきもく山の朝露（きりイ）に
にほふもみちのちらまくお（もイ）しも

1715 同　三毛呂之其山中にこらか手を
まきもく山は継てよろしも

1716 同　あしひきの山かもたかきまきもくの
木すゑの松にみ雪ふりけり

97ウ

1717 同 拾　まきもくの山辺とよみて行水の
みなはのことく世をは（のひとことはイ）われみる　人丸

河

1718 万　むは玉のよるさりくれは真木もくの
川をとたかし荒之（アラシ）鴨疾（カモトキ）　同

並 **檜原山**

1719 同　なる神のをとにのみきくまきもくの
ひはらの山をけふ見つるかも　同

1720 拾　真木もくの檜原にたてる春かすみ
はれぬ思ひはなくさまんやは

1721 万　みよし野（のイ）は若菜つむらし槙もくの
ひはらかすみて日かすへぬれは　元輔

1722　まきもくの檜原もいまたくもらねは
小松かはらにあは雪そふる　家持

98オ

1723 恋百首　たれか代につれなき種をまきもくの
ひはらの山の色もかはらぬ　家隆

1724 雲葉　夜もすからなにを時雨のそめつらむ
ひはらの山のみねの椎柴　覚性法親王

1725 万代　まきもくのひはらの嵐さえ〳〵て
ゆつきかたけに雪ふりにけり　鎌倉右大臣

1726 六帖　まきもくの檜原の霞たちかへり
みれとも花におとろかれつゝ

1727 現六　真木もくに檜原すきはらうつもれて
山のはみえぬ雪の空かな

1728 同　花ならてはなるものはまきもくの
檜原のうれにかゝるしら雲

98ウ

1729　まきもくのひはらのしけみかき分て
むかしの跡を尋てそみる　定家

1730 宮　よそにみしふるき梢の跡もなし
ひはらのみやの秋の夕霧　家隆

痛足山

付**檜原**

1731 万十三　纒向（マキモク）の痛足（アナシ）の山に雲ゐつゝ
雨はふれともぬれつゝそくる

1732 同七　あなし山海石榴さけるや嶺こしに
しかまつ君はいはひつまかも

1733 古　まきもくのあなしの山の山人と
人もみるかに山かつらせよ

1734　桜さくあなしの山の花かつら
ひ原をかけてにほふ春風　中務卿親王

99オ

1735　まきもくのあなしの檜原春くれは
花か雪かと見ゆるゆふして　好忠

1736　雲かゝる檜原とみれはまきもくの
あなしの風に散さくらかな　明教法師

1737 新後　郭公いつるあなしのやまさくら
いまやさと人かけてなくらん　定家

河

1738 万　まきもくのあなし河より行水の
たゆる事なく又かへりみむ　人丸

1739　あなし川かは波たちぬ真木もくの
ゆつきか嶽に雲ゐたつらん

1740 新勅　まきもくのあなしの川（河イ）の波風に
なひく玉ものみたれてそ思ふ　忠信

99ウ

1741　みなは（まイ）やきとこなめはしる痛足河

ひまこそなけれ波のしらゆふ

弓槻嶽（並三）

1742 万　あなし川々波たちぬまきもくの
ゆつきかたけに雲ゐたつらし　人丸

1743 同十　かけろふのゆふさりくれは伊豆（さつイ）人の
ゆつきかたけに霞たなひく　同

1744 現六　里人のゆつきかたけの春かすみ
たなひく比に成にけるかな

1745　嵐ふくゆつきか嶽に雲きえて
檜原かくれに月わたるみゆ　前内大臣基

1746 万代　まきもくの檜原の嵐さえ〳〵て
ゆつきかたけに雪ふりにけり　鎌倉右大臣

100オ

玉城宮（並四）

1747 続古　池水にくにさかへけるまきもくの
たまきの風はいまも残れり　清慎公

右日本紀竟宴歌活目入彦五十晈弟天皇

1748 同　日にみかく玉きの宮のさくら花
春のひかりに植やをきけん　定家

1749 現六　ふりにける跡みえぬまてまきもくの
玉きの宮は霞たなひく

1750　まきもくの玉きの宮に雪ふれは
さくらに（らにイ）春のあらし（したイ）をそみる　俊成

1751　まきもくの手巻の宮に跡たれて
宮ゐふりぬるいすゝ川なみ

100ウ

三輪山　付**杉原**　**檜原**

1752 万九　春山は散すきゆけと三輪山は
いまたつほめり君まてかてに

1753 古　三輪山をしかもかくすか春かすみ
人にしられぬ花やさくらん　貫之

1754 万代　春くれはしるしの杉もみえぬかな
霞そたてる三わの山もと　顕輔

1755　御室山みわ山さくらさきにけり
杉ふ（ま）にたかくかゝるしら雲　法眼源全

1756 金　三輪の山すきかてになけほとゝきす
たつぬるけふのしるしとおもはん　祐隆

1757 続拾　故郷のみわの山へをたつぬれは
杉間の月に影たにもなし　素意法師

101オ

1758 金　三輪の山杉にもりくる影みれは
月こそ秋のしるしなりけれ　敦隆

1759　とふ人もあらしとおもふをみわの山
いかてすむらん秋の夜の月　藻壁門院中将

1760 万代　みわの山（山のイ）ふもとめくりのよこかすみ
しるしの杉のうれなかくしそ　仲正

1761　三輪の山杉の夕霜かきわけて
いかに待みる人をたつねん　家隆

1762 金　ふる雪に杉の青葉のうつもれて
しるしも見えぬみわの山もと

1763 続後　下おれのをとのみ杉のしるしにて
雪のそこなるみわの山もと　信実

1764 古　我庵はみわの山もと恋しくは
とふらひきませすきたてる門　読人不知

右一首或云三輪明神御哥也相濫觴此哥也／但古今ニ
不注其旨

101ウ

1765 拾　なにをかもしるしと思はむ三輪山の
ありとも有は杉にてそありける　貫之

1766 後拾　杉むらといひてしるしもなかりけり
人もたつねぬみわの山もと

1767 新古 こゝろこそ行ゑもしらねみわの山
六百番 杉の木すゑの夕くれの空　慈鎮
1768 尋ぬれは杉の葉こえて三輪の山
末こそ松そ生か(そイ)はりけ(ぬイ)る　素性
1769 万七 いにしへにありけむ人も我ことや
拾八 みわのひはらにかさしおりけん　人丸
1770 千八百番 幾代へぬかさし折けむいにしへの
みわのひはらの苔の通路　定家
1771 龍田姫みわのひはらのしら露に
をるやかさしの玉そみたるゝ　家隆
1772 続拾 あられふる三輪のひはらの山風に
かさしの玉のかつみたれつゝ　定伊
1773 しき嶋やみわの檜原の木の間より
まれなる花をふく嵐かな　僧正行意
1774 むかしおもふみわのひ原か風くれて
峯にをしかのこゑをくる也　通具
1775 新古 はつせ山ゆふこえくれて宿とへは
みわのひはらに秋風そ吹　禅性法師
1776 御室つきみわ山見れはかくらくの
はつせのひはらおほゝゆるかも
1777 古来 五月雨はふる野の小篠水こえて
雲に空なき三輪の山もと　慈鎮
1778 万 みわ山をしかもかくすか雲たにも
こころあらなんかくさふ人もや
1779 同 神山之(カミヤマノ)山辺(ヤマヘ)真蘇木綿(マソユフ) 短木綿(ミシカキユフ)
如此故(カクノミユヘニ) 人尓長(ナカシト) 等思(ヲモヒキ) 伎同
1780 六帖 みわ山のやましたとよし行水の
よをしまたすはのちにわかつま

102オ　102ウ　103オ

1781 古 みわの山いかて待見むとしふとも
たつぬる人もあらしと思へは　伊勢
返事
1782 もろこしのよし野の山に入ぬとも
をくれんとおもふ我ならなくに
1783 新後 いたつらにまちける人もなかりけり
とひてくやしきみわの山もと
1784 **杣山** たつぬへきしるしは色にみえねとも
現六 三輪の杣山秋そきにける
1785 同 杣人のいかに待見むみわの山
しけきなけきを引世なりせは
1786 **茂山** かさしおるみわのしけ山かき分て
新古 あはれとそおもふ杉たてる門　殷福門院大輔
1787 **河** ゆふさらす河津なくなり三わ川の
万　秋雑 きよきせのをときけはしよしも
1788 続古 三輪川のきよき流にすゝきてし
わか名をこゝに又はけかさし
1789 新宮旗 清き瀬のしるしとこれをみわ川の
哥合 きしの杉村色もかはらす　為家
1790 六帖 三輪川の水せきあけて大和なる
ふるのわさ田は早苗とる也　行家
1791 現六 五月雨に水まさるなりみわ川の
となせの井くひ波かくるまて　為家
1792 **山田** をしねほす三輪の山田に鴈なきて
入日しくるゝ杉のむら立　行意
1793 **里** 杉の葉もまた霜氷る三わのさと
仙洞哥合 なにをしるしに鶯のなく　経朝
1794 夜さむなるしるしにはみわの里人の

103ウ　104オ

ありとしあるは衣うつなり

1795 **市**

万代　かきくらしおもひもあへぬ夕立に
市人さはく三わの山もと

1796 きゝわかむ人すみてなけ時鳥
すき行三わの市とよむ也　家隆

1797 **神**

1798 万葉　味酒　三輪祝　忌　杉手触之罪歟君にあひ
かたゝ　三弊取神之祝　我鎮斎杉原焼木伐
殆之国手斧　所取奴

104ウ

1799 万代　御ぬさとる三輪のはふりに事とはん
いく代に成ぬいはふ杉村　盛方

1800 続古　御しめひく三わの杉むらふりにけり
これや神代のしるしなるらん　隆信

1801 土御門内大臣家哥合　あさみとり霞にけりないその上
ふる野にみゆる三輪の神杉

1802 続古上　御幣とるみわの祝やうへをきし
ゆふして白くかゝる卯花　定家

1803 ほとゝきすみわの神杉すきやらて
とふへき物とたれをまつらん　後久我大政大臣

1804 同五　色かへぬみわの神杉しくれつる
しるしはよその紅葉也けり　則俊

105オ

1805 万　あち酒のみわのはうりか山てらす
秋のもみちのちらまくおしも

1806 現六　つかねつゝたてかさねたるあしやさは
みわの社のしるしなるらん

1807 新後　おもふ事みわの社にいのり見む
杉はたえぬるしるしのみかは　俊成

崎　幷**佐野渡**

1808 万三　くるしくもふりくる雨かみわのさき
さのゝわたりに家もあらなくに　読人不知

1809 新古六　駒とめて袖うちはらふかけもなし
さのゝわたりの雪のゆふ暮　定家

105ウ

泊瀬山　和田　波都世又云騰麻世字訓不同也哥一所摂之

1810 万三　かくれぬのはつせの山の山きはに
いさよふ雲はいもにかもあらん　人丸

1811 同七　かくらくのとませの山に霞たち
たなひく雲はいもにかもあらん

1812 同十　あま小船はつせの山にふる雪の
消長こひしきみかをとする

1813 六帖　かくらくのとませの山にすそつくと
ときぬすかみのまきしくれなゐ

1814 はつせ山谷そはかけていたひさし
したふく風に梅かそする　光明峯寺

1815 新六　ふきをくる風のたよりのあまを船
とませの山は花のかそする　知家

1816 金　はつせやま雲ゐに花のさきぬれは
あまの川なみたつかとそみる　匡房

106オ

1817 続拾　はつせ山うつろはむとやさくら花
色かはり行峯のしら雲　家隆

1818 千五百　泊瀬山花に春風ふきはてゝ
雲なきみねに有明の月　後京極

1819 なかむれは四方のしらくもかくらくの
はつせの山に花にほふらん　光明峯寺

1820 初瀬山うつろふ花に春くれて
まかひし雲そ峯に残れる　後京極

1821 いつもみし松の色かははつせ山
さくらにもるゝ春の一しほ　定家

106ウ

1822 現六　大和川さくらみたれてなかれきぬ
はつせの山に嵐ふくらし

1823　あまを舟はつせの山のほとゝきす
いさよふ雲のほのかにそきく　行家

1824 万　こもりえのはつせの山は色つきぬ
しくれの雨のふりにけらしも　良女

1825 続後
正治百　籠江の杉のみとりはかはらねと
はつせの山は色つきにけり　土御門内大臣

1826 建保百　はつせぬのならすゆふへの山風も
秋にはたえぬしつのをたまき　定家

1827　初瀬山松の戸ほその明方に
袖ふきそむる秋のはつ風　忠定

107オ

1828　はつせ山入あひのかねの声すなり
はるかにをくる峯の松かせ　家長

1829　夕きりに木すゑもみえすはつせ山
入相のかねのをとはかりして　兼昌

1830 新古
六百番　年もへぬいのるしるしははつせ山
尾上のかねのよその夕暮　定家

1831 千　うかりける人をはつせの山おろしよ
はけしかれとはいのらぬ物を　俊頼

1832 新勅　泊瀬山あらしの道のとをけれは
いたりいたらぬ鐘のをとかな　道助法親王

1833　泊瀬風如此吹三更者火及何
時衣片敷吾独 宿

107ウ

1834　はつせ山みねの鹿の音さそひきて
ふもとのゝたにそよく秋風　俊頼

1835　かくらくのはつせの山に照月は
みちかけするを人のつねなき

1836 続後　はつせ山ゆつきかしたもあらはれて
こよひの月の名こそかくれね

1837 万　長谷弓槻 下 吾隠 在 妻赤根刺所
照月夜尓人見点鴨　人丸

1838 現六　はつせ山苔のころもに露おちて
たれ秋のよの月をみるらん

1839 万十三　かくらくのはつせの奥に妻しあれは
いしはふめともしゐてきにけり

108オ

1840 同　ことしあらは初瀬の山の石木にも
かくれはともに思ふわかせこ

1841 同　角障 石材もすきすはつせ山
いつかはこえん夜はふけつゝも

1842　三諸就三輪山みれはかくらくの
はつせのひはらおもほゆるかな

1843　泊瀬山ゆふこえくれて宿とへは
三輪のひはらに秋風そふく　禅性法師

1844　なかめつゝ夕こえくれははつせ山
ふしみの里もふもと也けり　家隆

1845　時雨行秋にしられぬこもり江の
はつせの山のみねの椎柴　西園寺左大臣

108ウ

1846　泊瀬山岩ねそつゝくふたらくの
契りうれしき北の藤なみ　光明峯寺

1847 新古　かくれぬのはつせの山の岩小こすけ
いはぬそなかきねはなかれける　衣笠―

1848　隠 乃泊瀬山者真木立荒山道乎石
根禁 樹押靡坂鳥乃朝越座而玉 浪夕
去来 三雪落阿多日夜所世須古昔念 而
右軽皇子宿于安騎野時作哥

1849 **小泊瀬**
後　すか原やふしみのくれに見わたせは
かすみにまかふをはつせの山

1850 霧はるゝふしみのくれの秋風に
月すみのほる小はつせの山　後京極

1851 花はみなかすみの底にうつもれて
雲に色つくをはつせの山　同

1852 続古 千五百　春風にしられぬ花や残るらん
なを雲のこる（かイ）をはつせの山　宜秋門院丹後

1853 たちかへる春のしるしはかすみして
をはつせ山の雪のむらきえ　俊頼

1854 堀百　夕附日さすゆふ暮に見わたせは
雲そかゝれるをはつせの山

1855 ちはやふる布留の中道過やらて
いくたひこえぬ小泊瀬の山

1856 **峯**
続古　をはつせやみねのときは木吹きしほり
あらしにくもる雪の山もと　定家

1857 あまを船とませの山にふる雪の
けなく思ひし君かを（そイ）とする

1858 **河**
万六　石はしる瀧そなかるゝはつせ河
たゆることなく又もきて見む

1859 万　はつせ川しらゆふ花におちたきつ
せきさやけしと見にこし我を

1860 同七　泊瀬川なかるゝみおのせをはやみ
ゐてこす波の音のさやけさ　読人不知

1861 続後　はつせ川ゐてこす浪のをとよりも
さやかにすめる秋の夜の月　光俊

1862 初瀬川夕わたり来てわきも子か
家の御門はちかつきにけり

109オ　109ウ　110オ

1863 三諸乃神 於婆勢流泊瀬河
水尾之不断吾忘 米也

1864 後　はつせ川わたる瀬たえやにこるらん
世にすみかたき我とおもへは

1865 六帖　祈つゝたのみそわたるはつせ川
うれしき世にもなかれあふやと

1866 同　泊瀬川いくせかわたるわきも子か
おきてしくれはやせこそわたれ

1867 良玉集　はつせ川きしの岩ねのしらつゝし
しらしな人はみにこふるとも　俊頼

1868 万一　隠国乃泊瀬乃川尓枻 浮而○
右持統天皇和銅二年二月従藤原宮遷于寧楽宮時哥

1869 天雲之影寒所見隠 来矣長谷之川者浦
無蚊船之依不来礒無蚊海部之釣不為○

1870 石はしるはつせの川のなみまくら
はやくもとしの暮にける哉

1871 古来哥合　山もとの霞なかれてはつせ川
はや籠江のこほりとくらし　頼重

1872 建保百 続拾　初瀬川花の波わのきえかてに
春あらはるゝせゝのしら浪　常磐井入道

1873 現六　はつせ川花のさゝなみ岩こえて
まさらぬ水にぬるゝ袖かな

1874 **泊瀬道**
はつせちやありしやとりのむめの花
人はいさとそ香にゝほひける　光俊

1875 **豊泊瀬道**
万十一　隠口乃豊泊瀬道者常滑乃
恐　道を恋よるなゆめ

1876 君か代におほはつせ路のもゝゐつき

110ウ　111オ

もゝゐなからもさかへます哉

1877 並一 **忍坂山**
隠来之長谷之山　青幡之忍坂山者走　出之
宜山之出立之妙剱幡山之荒巻借毛

1878 並二 **古河辺**
はつせ川ふる河のへに二本ある杉年をへて
又もあひみむ二もとある杉

1879 続古
契なき又わすれすよはつせ川
ふる川のへの二もとある杉　寂蓮

1880 続拾
年をへて古川のへに立杉の
いつかは人に又はあひ見む　資季

1881 同
五月雨はふる河のへに水こえて
なみまにたてる二もとの杉　雅有

1882
五月雨のふる川のへのみをつくし
かねてそたてる二本の杉　花山院内大臣

1883 新古
すゝしさは秋やかへりてはつせ川
ふる川のへの杉の下風

111ウ

謌枕名寄巻第十
畿内部十　大和国五

目録
信土山　山河　角太河原

範兼卿類聚　角太河原入于駿河国但当国／信土山辺在角太河原今幸詠合不
有不審歟／或可為紀伊国分云々抑先達駿河国入之同名之／所歟源家長哥曰
⑨廬原之角太河原之礒枕／度々雖見不飽浦哉万葉哥曰廬原之清見／崎三穂浦云々彼
浦辺在此河可詳

112オ

椋橋　山　峯／岡　川　或云椋橋立之椋橋川丹後国云々但或／先達ハ当国入之然者
就異説両国共／載之幷詳之後可治定者也
吉魚張野　猪養山　岡　夏箕上野　浪柴野
今案之夏箕上野者吉野夏見河辺歟然者吉／野篇之並一雖有之斬之雑篇載也
又伊勢夏見浦辺歟可詳今暫入当国
着猶山　里　今案之万葉哥着猶就猶与楢／之字和訓不同歟仍哥一所摂之或云　楢
是正也／則奈良山也着字者也例如神山詠其上矣楢／者悞也然者後哥二共用之

112ウ

香具山　天神
範兼卿類聚云此山在所無知人大和国之由詳／見万葉第一高市岡本死皇登香具山望国
之／時　御製云々今私後御製奥載之此山在所／或ハ陰陽家有習伝事不及披露

手向山　又近江在之
万第六大伴坂上郎女奉拝賀茂社之時便／越相坂山望見近江海而晩頭還来
作哥云／木綿畳手向山今日越云々／然者此山会坂山之異名歟仍近江又載之但／古
今第九如北野御製者朱雀院幸奈良／時於手向山読云々当国在此山歟／或云
春日社以南在大森大納言兼武蔵守良／峯安世卿墓所也仍号武蔵塚崇彼卿而
為／神素性法師手向綴袖可切ノ哥於彼所／詠之彼塚号手向山也云々／或
云会坂之者云手向之山ハ当国之者只手武／気麻云々此儀証拠何事哉付根本哥成
今案儀歟後之哥未必然如何

113オ

袖振山
範兼卿類聚未勘国或云在対馬不見可尋或云当／国布留山也管見相叶万葉哥詠布

113ウ

留之河上／石上袖振河袖振河已石上也袖振山又可尓／欤八雲御抄在吉野云々
是則神・女降臨而／振袖之所欤五節之退是也彼是未決之間／載于雑篇

南淵山　並細河山　遍日　可詳矣
範兼卿類聚等先達哥枕当国入之而安嘉／門院右衛門佐長哥曰阪磨与明石中アル細
川／山谷水云々然者又播磨有同名名所欤

114オ

耳梨山　池　高山
三山哥所詠之高山其読有子細欤又八雲御／抄又常陸国在之欤云々今検万葉第三
云丹比／真人登鑁波岳作哥鶏之鳴東国尓高山者／佐波尓雖有云々今案是只惣高山
也非別名一所名欤

青垣山　在吉野欤然者／彼篇可入之如何　青香〇山　畝火山　先達／近江
国入之

此美豆山　八雲立之／橿原宮　青菅山　借香山　八雲／立之
村山　或云非名所云々／但先達哥枕入之　宇治間山　是宇治也但／先達当国
云々

114ウ

引手山　或云在越前但／先達当国入之　雷山　矢釣山　笠山
神岡山　多武山　付細川　与良山　阿保山
嶋山　伊与国／在同名　十市山　口無山　鶯山　或泊瀬云々
御廟山　稲淵山　瀧　橘嶋　或云／在河内　嶋宮　付／在池
佐太岡　檀岡　大島嶺　吉志美嶽
毛無山　平岡云々／異説欤　嶺奈良是岡　茂岡　下檜山
和豆香山　付杣山　石村山

歌

歌

信土山　或紀伊国立之万哥木道入立真土山云々当国交隆也今覧新古今詞当国入之

1884 万
朝毛吉木人乏母マツチ山
雪雲見らむきひと、もしも
淡海公

1885
麻裳吉木道入立真土山越良武公者
黄葉乃散飛見乍

115オ

1886
朝裳吉木方往君我信土コユランケフソ雨ナフリソネ

1887
橡之衣解洗又打山古人者猶不如家利

1888
古衣又打山従還来奴

裏書云八雲御抄云打山土佐国名所也石上乙丸配所云々

1889 後十八
いつしかとまつちの山のさくらはな
まちてもよそにきくか恋しさ
読人不知

115ウ

1890 拾十三
こぬ人をまつちのやまの時鳥
おなし心にねこそなかるれ

1891 六帖
夕されは君をまつちの山とりの
なく〳〵ぬるとたちもきかなん

1892 新古十六
たのめこし人をまつちの山かせに
さ夜ふけしかは月も入にき
右一首能宣朝臣大和国まつち山ちかく／すみける女
のもとによふけてまかりて侍／けるにあはさりける
をうらみ侍けるに女のよめるとなん

1893
わかせこかまつちの山のくすかつら
たまさかにたにくるよしもなし
鎌倉―

1894
たれをかはまつちの山のをみなへし
秋とちきれる人そあるらん
小町

116オ

1895
山河
万
白妙ににほふまつちの山川に
わかむまなつむいもこふらしも

1896
うちわたす駒なつむなりしろたへに
こほる信土の山川の水
知家

角太河　範兼駿河国入之但安田国信土山辺在之／同名所欤家長哥駿河国摂之

1897
亦打山暮越行庵前角太河原ニ独カモネン
いほはらやすみた河原の礒まくら

1898
たひ〳〵みれとあかぬ浦かな
家長
盧原ハ駿河国在之万哥盧原之清／見之崎乃三穂也此

河原後盧原ニ在之
範兼卿入二駿河名所一同名之所歟可詳

1899 **椋橋山** 橋立倉橋者或云丹後国云々未決同両国共載之
倉橋の山をかたみ(たかイ)か夜窄(ヨカクレ)に
出くる月の光ともしき
右哥同集第九在之末句云片待(カタキ)難イニ／六帖同之又此哥猿
丸大夫家集在之

1900 万
橋立の倉橋山にたてる白雲
みまほしみ我するなへにたてる白雲

1901 拾
五月やみくらはし山のほとゝきす
おほつかなくもなきわたる哉　実方

1902
くらはしの山の雪にもあらなくに
まつ人さへに身のふりぬらん

1903 **峯** 六帖
こゝにのみこもといひてしくらはしの
峯のしら雪たゆたひにけり

1904 **岡** 文永将軍家哥合
行かよふ人たにみえぬくらはしの
をかへのみちにつもるしら雪　隆博

1905 **河** 万
橋立のくらはし河のしつすけを
われかりてかさにもあまぬしつすけを　人丸

1906 続古
はしたての倉橋川にかる草の
永日くらしすゝむころかな　後鳥羽院

1907 **吉魚張野**
橋立倉橋河原石走裳壮子(ハシタテクラハシカハラノイシハシモ)(者イハ)時我度(ミサカタリニワカハシルイシハシハ)石走者裳(モ)

1908 万
吉名張乃野木尓零覆(フナハリノノキニフリヲヽフ)白雪(シラユキノ)市白(イチシロク)霜将恋(シモコヒシワ)吾鴨(レカモ)

1909 **岡**
ふる雪は安幡(アハ)に勿(ナ)ふりそ吉隠(ミコモリ)の
猪養の岡の塞(セキ)に為巻(セマク)に

1910 **猪養山** 万
ふなはりのゐかひの山にふす鹿の
つまよふこゑを聞かともしさ　郎女

1911
みこもりのゐかひの岡のせきもせす
あはれや春の雪はきゆらん　行家

1912 **夏箕(ナツミノ)上山** 吉野夏見川辺歟彼篇可見如何
ふなはりのなつみの上の山を出て
にしをさしける月のかけみゆ

1913 万
我やとのあさち色つくふなはりの
なつみの上にしくれふるにも　家持

1914 **浪柴野** 万
わかやとのあさち色付ふなはりの
浪のしはの、紅葉すらしも

1915
あさましやなみの柴野に立鹿の
つめのわれのみぬるゝ袖かな　俊頼

着楢山 言書始ニ有之間略之卒

1916 万
恋衣きならの山になく鳥の
まなく時なしわかこふらくは

1917 **里**
韓衣(カラコロモキ)服楢(ナラ)ノ里ノ嶋待尓(シママツニ)
玉をしつけむ好人も欲得(カナ)

1918
なきをくれこち山のほとゝきす
きならのさと(をイ)の松の枝まに　俊成

1919
松ならぬ柳か枝に玉つけて
きならの里(をイ)に春雨のふる　中務卿

1920
竹の葉もたもとそおちて唐衣
きならの里はゆふへ露けし　衣笠

1921 さほひめの霞の衣たちこめて
きならのさとに春雨そふる　中務卿

香具山　天神

範兼卿類聚之此山在
新之知人在大和国之由詳見二言書(コトカキ)一如前如仍略之／本集第一高市景天
皇北香具山望二国之一／体御製哥云々今案者岡本天皇舒天皇也／御製思
古此本在或陰陽家新有二口伝一也

1922 万 新勅 久方のあまのかく山このゆふへ
かすみたなひく春たつらしも　読人不知

119オ

1923 新古 ほの〳〵と春こそそらにきにけらし
あまのかく山霞たなひく　後鳥羽院

1924 続古 春かすみしのに衣をおりかけて
いくかほすらん天の香具山　後京極

右一首和哥所ニテ釈阿ニ九十賀給はせける屏風哥

1925 名にたかきあまのかく山けふしこそ
雲ゐにかすむ春やきぬらん　同

1926 続古 あさ明のかすみの衣ほしそめて
春たちなるゝあまのかく山

1927 あまにすとよをかひめの夕かつら
かけてかすめる天のかく山　後鳥羽院

1928 天降付(アマクタル)天之(アマノ)芳来山(カクヤマ)霞(カスミ)立(タチ)春尓(ハルニ)至(イタレハ)者

119ウ

松風(マツカセニ)池浪(イケナミ)立而(タチテ)桜花木乃(コノ)晩茂(クレシケシ)奥(オキツニ)尓者(ハ)
鴨妻喚(カモツマヨヒテ)辺津方(ヘツカタハ)味村(アチムラ)左和伎(サワキ)

1929 いつしかも神さひにけり香具山の
鉾(ム)杉かもとに苔生る左右(マテニ)　人丸

1930 新六 かく山のみねのむすきの本つはに
みとりをそへてこけ生にけり　光俊

1931 あまのくる天(神イ)のかく山うちなひき
春さりくれは桜木暗茂き

1932 松風に池なみ腰辺つかたはあちむら
さはきおきへにはかもそつまこそ

1933 花さかりかすみの衣ほしそめて
峯しろたへの天のかく山　定家

120オ

1934 正治百 みねは花ふもとのかすみ久かたの
雲井に見ゆるあまのかく山　慈鎮

1935 続拾 白妙に夕かけてけり榊葉は
さくらさきそふあまのかく山　俊成

1936 春過て夏きにけらししろたへの
ころもほすてふあまのかく山　持統天皇

1937 堀百 久堅のあまの端(ひこイ)山のほとゝきす
玉ゆらきなけ雲もまに〳〵　師時

1938 新古 遠ちには夕立すらし久かたの
あまのかく山雲かくれ行　俊頼

1939 堀百 かこ山の葉ゝかゝしたうらとけて
かたぬく鹿はつま恋なせそ　匡房

120ウ

1940 かく山のしら雲かゝる峯たにも
おなし高さそ月はみえける　大江嘉言

1941 現六 岩戸明て面白といふためしにや
あまのかく山月はいつらん

1942 続後 冬きては衣ほすてふひまもなく
しくるゝそらの天のかく山　後嵯峨

1943 白妙の衣ふきほす木からしに
やかてしくるゝあまのかく山

1944 かこ山の瀧のこほりもとけなくに
よし野のたけは雪きえにけり　雅任

1945 民部卿仁頼 哥合 雲わけし谷のこすゑもふる雪に
底にそみゆる天のかく山　好忠

121オ

1946 真榊　雪ふれはみねのまさかきうつもれて月にみかける天のかく山　俊成

1947 かこ山の榊葉分ていつる月影しますみの鏡をそみる　重家

1948 五月雨のあまのかく山そらとちて雲そかゝれる峯のまさか木　家隆

1949 榊葉も夏の色とやさためましみとりはふかき天のかく山　範宗

1950 君か代はあまのかく山出る日の照らんかきりはつきしとそ思　大宮大政大臣

1951 続古　天くたるあまのかく山今しもそ君かしためとみるそかしこき　為家

1952 続後　風のをとも神さひまさる久方のあまの香具山幾代へぬらん　後京極

121ウ

1953 忘（ワスレ）草吾紐（クサワカヒモニ）付（ツケテ）香具山（カクヤマノ）古之里（フリニシサトノ）忘之為（ワスシカタメ）

1954 君にわかつけし心やわすれ草日もゆふくれの天のかく山　家隆

1955 建保百　夏ころもいつかは時をわすれくさ日もゆふくれのあまのかく山

1956 懐中　旅人の袖の香にしむかく山はいかなる春に匂ひそめけん

1957 山常庭（ヤマトニハ）村山有等（ムラヤマアリト）取与侶布（トリヨロフ）天（アマノ）香具山（カク）騰（ユネノタテ）立　国見乎（クニミヲ）為者（スレハ）国原波（クニハラハ）煙（ケフリ）立籠（タチコメ）海原波（ウナハラハ）加万目（カマメ）立多都（タチタツ）

袖振山　言書如前仍略之

122オ

1958 万　拾　乙女子か袖ふる山のみつかきの久しき代より思そめてき　人丸

1959 堀百　千　をとめ子か袖ふる山も春きてそかすみの衣たちわたりける　匡房

1960 続後　をとめ子か袖ふるやまをきてみれは花のたもとはほころひにけり　清輔

1961 乙女子かかさしのさくらさきにけり袖ふる山にかゝるしら雲　為氏

1962 此ねぬるあさけの風のをとめ子か袖ふる山に秋やきぬらん　後鳥羽院

1963 秋ははや夜寒に成ぬをとめ子か袖ふる山のすゝむしの声　知家

1964 後鳥羽院　神代よりいく世かへにしをとめ子か袖ふる山のみつかきの松　家隆

哥合

122ウ

手向山　言書雖多先立注之間今略之

1965 万　木綿畳（ユウタヽミ）手向の山をけふこえていつれの野へに庵せんこら

右大伴上郎女（ウヘヲトメ）奉拝㆓賀茂社㆒（ヲ）之時使城／相坂山望坎近江海之晩頭（ハントウニ）還（ヘリ）来作（ルツクリ）㆒哥

1966 同　よそにのみ君をあひ見て夕たすきたむけの山をあかすこえなむ

1967 建保百　白妙になひきにけらしゆふたゝみ手向の山に花や散らん　順徳院

1968 同　秋の色にたちやはおとる手向山かすみの袖の花の錦は　家隆

123オ

1969 同　立嵐いつれの神にたむけ山春のにしきのかたもさためす　定家

1970 さほ姫に霞の真袖手向山みたすな嵐うすき衣を　忠之

1971 佐保姫のたむけの山の春風に雲にもなひく花のしらゆふ　景侘

1972 万代　ゆふたゝみたむけの山のさくら花

ぬさもとりあへす春風そふく　光明峯寺

1973 古　このたひはぬさもとりあへす手向山
紅葉のにしき神のまに〳〵　菅家

1974 千　唐錦ぬさにたちもて行秋も
けふやたむけの山にこゆらん　膽西上人

123ウ

右雲居寺結縁講後裏哥合九月盡

1975 続拾　手向山ぬさはむかしになりぬとも
なを散残れ峯のしら雲　師光

1976 手向山霜もしくれもそめ〳〵て
もみちにあまる神無月かな

1977 紅葉をも花をもおれる心をは
たむけの山の神そしるらん

1978 なけかしなたむけの山のほと、きす
青葉のぬさもとりあへぬまて

南淵山

1979 万　御倉向　南淵山乃巌　天
落浪誰　削　遺勢㐬

124オ

1980 同　ますか、みみなふち山はけふもかも
しら露をきて紅葉ちるらん

1981 おもふ事しらすはくちねなく涙
みなふち山の谷のむもれ木　家隆

細川山　言書如前仍略之

1982 南淵のほそ川山にたつまゆみ
弓束まくまて人にしらるな

1983 みなふちの細川山をしくれなる
まゆみの紅葉いまさかりかも　中務卿

1984 人しれすもみちしにけり南淵の
ほそ川ま弓夕しくれけむ　知家

1985 けさみれはま弓のもみち色そこき

124ウ

細川山に時雨ふるらし　後鳥羽院

耳梨山

1986 高山者雲根火雄男志士耳梨与
相諍　伎神代従

1987 たかまと、みゝなし山とあひしとき
たちて見にこしいなみくにはら

1988 古　みゝなしの山のくちなしえてしかな
おもひの色のしたそめにせむ　読人不知

1989 後　うたの、は耳なし山かよふこ鳥
よふこゑにたにこたへさるらん

1990 返事　耳なしの山ならねともよふこ鳥
なにかはきかむ時ならぬねを

1991 小夜なかに耳梨山のよふことり
こたふる人もあらしとそ思ふ　顕季

1992 足引のみゝなし山にたつ鹿も
妻恋すらし聞人なしに　師時

1993 懐中　あた人は耳なし山のもみちかな
待てふ年をきかて散ぬる

1994 みゝなしの池にうらみしわきもこか
きつゝかくれは水はかれなむ

右本集云或云昔有三男同娉一女也／娘女歎息曰女之身易滅如露三雄之／志難平如在難遂乃彷徨池上沈没／水底於是三作哥云々

125オ

高山　三山幷所詠之高山其続有子細歟八
雲御抄　常陸在之万葉言書如上仍略之／第五之丹真人登筑波岳作哥鶏　鳴東／国
高山忘佐波尓雖有　云々業之只之高／山歟作別名所歟

125ウ

1995 万　かくはかり恋つゝあらすたか山の
岩ねきまきてしなまし物を

1996 同　高山に出くる水のいはねふし

1997 同 われてそ思ふ妹にあはぬ夜は
たか山の岩もとたきつ行水の
音にはたてし恋はしぬとも

1998 我ゆへにいはれしいもは高山の
峯の朝霧すきてけむかも

1999 同 高山の岩ねにおふるすかの根の
続後 ねもころ〳〵にふりをくしら雪
続後末句ネモ白妙ニフレル白雪

2000 同 高山のみね行完のともおほみ
袖ふりこぬを忘れておもふな

2001 たか山にたかへさわたるたか〳〵に
わかまつ君をまち出んかも

2002 虎子 たか山に峯ふみならす虎の子の
のほらん道の末そはるけき

2003 高山に千尋の海ものこりなく
おほふみ袖のわかこゝろかな　家隆

2004 **青垣山** 吉野篇入之歟
畳 有青垣山之神乃奉 御調等上 瀬鵜
川乎立下 瀬尓小網刺渡山河母依而 奉
流神 御世鴨

2005 反哥 山川毛因而奉流神長拘多芸津河内尓船クタスカモ

2006 **青香具山** 右幸 吉野宮時作哥
日本の青香具山ハ日経乃上下美豆山載也

2007 **畝火山** 付橿原宮
万 玉手次畝火山ノ橿原ノ日知之御代従阿礼座師　人丸

2008 たまたすきうねひの山に鳴鳥の
こえし 本ノマヽ きこえすは

2009 現六 秋かけて露やはそむる玉たすき

2010 うね火の山の峯のかし原
あめつちの神代はしらすかし原の
宮居そ国のはしめなりける　法印定円

2011 **紫美山**(マヽ) 言書如上仍於是略之
日本乃青香具山者日経乃大御門尓春
山路之美作備立有畝火乃此美豆山者日
緯能大御門尓弥豆山跡山佐備伊座耳
高之青菅山者背友乃大御門尓宜 名
倍神佐備立有名細 吉野山者影友乃大
御門尓雲井尓曾遠 有家留高知也天之
御蔭天知也日御影乃水許曾婆常 尓
有米御井清水

2012 **青菅山** 哥如上載之
万 やまとにはむら山ありとけふよりそ天の
かく山のほりたちくにみをすれは

2013 **借香山** 言書如上仍於是略之
雁かねのきこゆるなへにあすよりは
かりかねの山はもみちそめけん
右舒明天皇登二借香一望国時御製哥／以下香具山載
之

村上 言書如上仍於是略之
2014 万 やまとにはむら山有と鳥そよふ也

宇治間山 言書如上
2015 万 うちま山あさ風さむみ旅にして
続古 衣かすへきいもゝあらなくに　佐保右大臣
右持統天皇吉野宮御幸の時哥

2016 新六 白妙の衣手さむし宇治間山
朝風ふきて秋は来にけり　衣笠

2017 **引手山**　或云在越前ニ先達ハ当国ニ入ヲ之
万
衾道ひきての山にいもをゝきて
山路を行はいけりともなし

2018
くれなゐにふかくそ見ゆるふすまちの
引手の山の峯の紅葉は　顕季

2019 **矢釣山**　八雲御抄載之万哥異本ニ矢釣山或云矢釣山ハ染也云々
やつり山木たちもみえす散なから
ゆきのうさきにあしたゝの霜

2020 **河**
やつり川みなそこたえす行水の
継てそこふるこのとし比は

2021 **雷山**
皇者神にしませはあまくもの
いかつちのうへにいほりするかも
右天皇御遊雷岳時作哥

2022 同
玉神者神　座者雲隠　伊香土山尓宮敷座

2023 **和豆香山**(ママ)　**杣山**
白妙のとねりよひたちはつか山ニ道たゝすして

2024
我おほきみあめしらんとおもはゝおほにそ
見えけるはつかそま山

2025 **石村山**
朝裳吉城於道従角障経石村乎見乍

2026
角障経石村山ニ白妙にかゝれる雲ハ皇にかも
今案に皇異本欤　星皇就両字和訓不同欤

2027
つのさふるいはむらも過ぬはつせ山
いつかもこえん夜はふけにつゝ

2028 **下檜山**
マス鏡夕ゝメニハアラス下檜山下遊水ノ上
舟不出吾念　虚檣

2029 **笠山**
雨ふれはきむとおもひし笠山の
人になきせそぬれはひつとも

2030 **神岡山**
神岡之山之紅葉ヲ今日ニモ鴨問給　麻思

2031 **多武山**　付細川
右明日香清御原天皇崩　玉シ時作哥
うちたをるたむの山きりしけきかも
細川の瀬に波たつらしも

2032 **与良山**
万十七
梓弓よらの山辺のしけかくに
いもろをたてゝさねとはらまし

2033 **阿保山**
あを山の佐宿木の花はけふもかも
ちりまかふらん見る人なしに

2034 **嶋山**　伊与国有リ同名或云万葉哥土常世国事也／非当国名所云々
しま山にてれるたちはなうすらなし
つかへまつるはまうちきみたち

十市山⑩裏書云石清水哥合幸清法印哥ニ吉野の里もとをちの山桜夕ゐる雲に色そうつろふ此哥十市山欤

2035
春ふかみ又かすみなはふるさとの
とをちの山をほの見ましやは　国基

2036 **池**
現六
いまははやとをちの池のみくりなは
くるともしらぬ人に恋つゝ　為家

2037 **里**
くれはとくゆきてかたらんあふ事の
とをちのさとのすみうかりしを　謙徳公
右春日祭使ニテ帰テ女ニツカハシケルトナン

2038 堀百
雲かゝる十市のさとの蚊遣火は
けふりたつともみえぬなりけり　師時

2039 新古
十市には夕たちすらし久方の
あまのかく山雲かくれゆく　俊頼

2040
ふけにけり山の端ちかく月寒て
とをちのさとに衣うつなり　式子内親王

2041
行て見む駒に草かけいし原や
とをちの里に萩さきにけり　仲正

2042 春かすみたえまを分てなかむれは
とをちの木すゑなつなあをしな
裏書云俊頼朝臣詠二十市里与天香具山一堺遥隔眺望之
／便宜如何只是指二遠方一欤必非二十市郡一哉彼哥題
雲隔二／遠望一云々可レ思レ之随八雲御抄云狭衣詞 都
嵯峨／十市トイヘリ只トヲキ方ヲ可云欤而花下連哥
衆等とをち／と云へるを多分行之事可二斟酌一欤不レ
⑪指二彼所一者可レ謂二／遠方一也石清水哥合幸清法印哥
三吉野里十市／山桜夕キル雲ニ色ソウツロウ吉野与
十市各別ノ郡名也／此哥只指二吉野遠地一欤又当今ノ
⑫御製ネヤノ内月ノ光ハ／サシ入テ十市ノ空ヲ過ルカ
リカネ是只遠キ方也難者ノ云／高沙ハ雖レ為二山惣
名一又為二播磨名所一故名所ノ指合何／准レ之雖レ為二遠
方一已有二名所一之上者尤可行名所指合／哉如何之欤
取高砂者雖二宜物別一名字不異一仍松監
故行也可然十市者非二遠字一若非二彼所一者只是遠方／
也其字不レ可レ監張行之条無二所拠一欤能々可弁也

2043 **口無山**
大和なるくちなし山のやま人は
いはてそ思ふ心ひとつに

鶯山　又鶯岡浦里等哥可勘注也／能因哥枕鶯関河内国也

2044 懐中
わかやとの花そのにまたをとせぬは
うくひす山を出ぬ也けり

2045 建保名所百
春よいかて花うくひすの山よりも
霞むはかりのしほかまのうら
右哥只是哥花之山鶯之山欤一旦載之

2046 **稲淵山**
秋ははやいなふち山のきり〳〵す
こゑよはり行声そかなしき

2047 **瀧**
年をふるなみたをいかにあふ事は

続古　具氏
なをいなふちの瀧まされとや

2048 **御廟山**
万代　花山院入道左大臣
きえにしをうしとはかりはみはか山
さきたつ雲の行しらせよ
左近中将真信みまかりて後太子御廟ニ／まうて丶よめ
るとなん

2049 **橘嶋**　或云河内国
たちはなのしまにしをれは河とをみ
さらさてぬひし我した衣

嶋宮　付勾池　上池

2050 万二
たちはなのしまの宮にはあかされは
さたのをかへにとのゐしに行

2051 たかく照る我ひのみこは万代に
くれしれま丶しまの宮かも

2052 高照 吾日皇子のいましせは
しまの宮とはあれさらましを

2053 嶋のみや池のおもなるはなち鳥
荒備勿行そ君まさすとも

2054 御立ゐし嶋の宮いそおもみれは
おひさりし草おひにける哉

2055 旦覆 日之夜入者みたちせし
嶋におくゐてなひきつるかも

2056 よしもなくさたの岡へに帰り居は
しまの御橋に誰かすまはむ

2057 嶋宮 勾 池之放 鳥人目尓恋而池尓不潜

2058 うへこほり底は霜をく嶋の宮の
まかりの池の秋のよの月
右哥今案云万ノ勾ノ池マカリノ池ハマチノ池両説訓
異義也

2059 **佐太岡**
万二　あさ日さすさたのをかへにむれゐつゝ
わかなく涙やむ時もなし
2060 同　朝日さすさたの岡へになく鳥の
よなきかへさにこのとし比を
右哥等慟傷卅三首内子細見上
2061 **池**
六帖　わかせこかおふるかおしささたの池の
こもにかにもかりつゝはやさん
2062 **檀岡**　万二　真弓乃岡尓宮柱太布座御有香乎　人丸

133オ

2063 反哥　嶋宮乃勾池なる放鳥如上
2064 鳥垣立かひしかりの子すたちなは
まゆみのをかにとひかへりきね
2065 よそにみしまゆみの岡も君ませは　同
常都御門とのゐするかも
2066 **山**
堀百　ひきつれてまとゐせんとやおもふとち
秋はまゆみの山に入るらん　祐子内親王家紀伊
2067 **檜隈河**　八雲御抄ニ又奥州と云説有云々
夢にても見さりし物をおほつかな
みやいてもゆるさひのくまはに
2068 万　さひのくまひのくま川のせをはやみ
君か手とらんよらんこもかも

133ウ

2069 同　篠のくま檜の隈川に駒とめて
駒に水かへ我よそに見む
2070 続後　駒とむるひのくま川のそこ清み
月さへかけをうつしつるかな　長方
2071 駒とめしひのくま川の水きよみ
よわたる月の影のみそみる　定家
2072 堀百　今よりはひのくま川に駒とめて
かしらの雪のかけうつるなり　匡房

2073 雲葉　なきわたる声うつりせはほとゝきす
ひのくま川に駒とめてまし　顕国
2074 **廬入野宮**
檜隈の入野の宮のさゆる日は
川せこほりて駒もわたらす　光俊

134オ

2075 **大嶋峯**
万　いもか家もつきて見ましを大和なる
おほしまみねに家もあらましを
2076 新六　大和なる大しまみねの朝あらし
はけしかれともふる時雨かな　同
2077 **吉志我高嶺**
あられふる吉志美我高嶺険分
草取かなは妹か手をとる
2078 **毛無岡**　八雲御抄在之
万　神南備のいはせの森のほとゝきす
毛なしのをかにいつかきなかむ　志貴皇子
右八雲御抄今載之此哥新勅撰ニナレノ
岡と云リ異点歟

134ウ

奈良師岡
2079 万　新勅　神なひのいはせのもりのほとゝきす
ならしのをかにいつか来なかむ
2080 拾　故郷のならしのをかのほとゝきす
ことつけやりきいかにつけきや
2081 同十三　わかせこをならしのをかのよふ子鳥
君よひかへせ夜の更ぬ間に
2082 をとにのみならしのをかのさねかつら
人しれすこそいらまほしけれ　真性法師
2083 新六　かりにても契りあれはやから衣
きつゝならしのをかの草ふし　信実

135オ

2084 千五百
秋風におもひみたれてくるしきは　越前
君をならしのをかのかるかや

2085
たちよらん事やはかたき春霞
ならしのをかの花ならすとも　実方

返事

2086
かけにたにたちよりかたき花の枝を
ならしかほにもくらへけるかな

2087
しき嶋やふるの都はうつもれて
ならしの岡に雪つもりつゝ　長方

2088 **茂岡**
万
しけをかに神さひたちてさかへたる
千代の松の木としのしらなく

2089 古来哥合
色かへぬ松のみとりはしけ岡の
神さひ立て幾代へぬらん　兼倫

135ウ

歌枕名寄巻第十一

畿内部十一　大和国六

目録

内大野(ウチノヲホノ)　宇智郡／在之欤　越大野(コスノヲホノ)　阿太大野(アタノ)
阿太師野(アダシノ)　或云山城国也俊頼玉河詠哥何処哉或哥合(ノ)／判詞(ハ)阿太師野(ノ)名(ハ)不審也高者哉
知人少之云々／八雲御抄委引之清輔抄名所入之
宇陀野(ウタ)　大野　百済野(クタラ)　原　河　司馬野(シハノ)
標野(シメ)　万　蒲生野遊獦之時詠合紫野子細山城国／紫野載之或云現在河内国云々
標之野(シメシ)　野沢　太奈久良(タマクラ)野　又云手枕野
磐余野(イハレノ)　池　朝原(アシタノハラ)　野辺　真野芽原
三宅原(ミヤケノ)　野　道　高野原(タカノヽハラ)　見染崎　岡
飛鳥篇　已為一篇雖須置雑篇之抄調巻枚数無便故中間河初之一也
河　井　里　都　寺
檪廻岡(往イ)　真神原　清見原宮

136オ

雑篇
広瀬河(ヒロセ)　神　能登河(ノト)　見馴河(ミナレ)　弓削河原(ユケノ)　或河内
玉井沼(タマノヰノヌマ)　埴安池(ハニヤスノ)　和田宇未也須／又曰波尓也須　猿沢池(サルサハノ)　益田池(マスタノ)
菅田池(スカタノ)　清澄池(キヨスミノ)　迦留池(カルノ)　社　道／市　軽嶋明宮(カルシマノアカリノ)　付鹿人／池
藤原池　里　藤井原(フチキノ)　高市宮(タケチノ)　小墾宮(コカメノ)
城上宮(キノウヘノ)　菅原里(スカハラノ)　伏見里(並フシミノ)　田　小田／田赤宮　打迴里
山辺森　柏木杜(カシハキノ)　龍市　売間志水(ウルマノ)
帰市　海石榴市　弓絃葉　御井
磯城　磯城嶋大和者惣名也／然而先達又名所入之

136ウ　137オ　137ウ

歌

歌

2090 **内大野**
たまきはるうちの大野に駒とめて

2091 **越大野**　あさふますらんその草深野(クサフカノ)
玉垂乃(タマタレノ)越能(コスノ)大(ヲホ)野々旦露尓(アサツユニ)玉裳(タマモ)者(ハ)逕打(ヒチテ)夕霧尓(ユフキリニ)衣沾(コロモヌレテ)
反哥
2092 しきたへの袖易(カヘ)し君たまたれの
こす野を過て又もあはんかも　人丸
2093 このねぬるあさ露かけて玉たれの
こすの大野に秋はきにけり　中務卿―
2094 現六　玉たれのこすの大野のゆふかすみ
ひまもる風は花の香ぞする　知家
2095 **阿太大野**　まくす原なひく秋風ふくなへに
万　あたの大の、萩の花ちる

138オ

2096 形見こそあたの大の、萩の露
うつろふ色はいふかひもなし　匡房
2097 金　真葛原あたの大野のしら露と
ふきなはらひそ秋のはつ風　長実
2098 続後　をく露のあたのおほの、真葛原
うらみかほなる松むしの声　後鳥羽院
2099 堀百　心からあたの大野におひたちて
風におらる、女郎花かな　師時
2100 現六　しけり行あたの大野の夏草の
みのなきかたや我身なるらん
阿太師野　清輔抄名所入之八雲御抄不審也俊頼朝臣八雲分之
西川詠合之或哥八雲御抄哥合判詞之名不高上哉知人少云々

138ウ

2101 堀百　あたしの、こ、ろもしらぬ秋風に
あはれかたよる女郎花哉　基俊
2102 金　あたしの、露ふきむすふ秋風に
なひきもあへぬをみなへしかな　公実
2103 新古　くる、まもまつへき世かはあたしの、
末葉の露にあらしふく也　式子内親王
2104 聞をきし名をあたしの、しのすゝき
いつなれかほにまねくけしきそ　小侍従
2105 新後　あたし野や風まつ露をよそに見て
きえん物とも身をは思はす　為通
2106 誰とてもとまるへきかはあたしの、
草の葉ことにすかるしら露　西行

139オ

2107 あたし野の萩の末こす秋かせに
こほる、露や玉河の水　俊頼
2108 心からあたしの野辺にたつ鹿は
妻さたまらぬ音やなくらん　雅光
2109 命かはなにそは露のあたし野に
あふにもかへぬまつ虫のこゑ　家隆
2110 結ひをく露しもふくむあたしの、
よもきかもとをはらふ秋風　慈鎮
宇陀野　**大野**
2111 万　山跡(ヤマト)之宇(ナルウ)陀乃真(タノマ)赤土(ハニ)左(ノサ)耳(ニ)著者(ツカハ)曾(ソ)許(コ)裳(モ)
香(カ)人之(ヒトノ)吾事将成(ワカコトナサム)
2112 毛衣をはる冬かけて御ゆきせし
うたの大野はおほ、えんかも

139ウ

2113 同　宇陀の、の秋萩しのきなく鹿も
つねにこふらく我にまさらし　猿丸大夫家集
2114 万代　さきにけりうたの大野の小萩はら
妻とふ鹿も今やなくらん　行意
2115 現六　宇陀の野に柴かるをのこ心せよ
御狩の鳥たちあせもこそすれ
2116 千　屋形尾のましろの鷹を手にすへて
堀百　うたのとたちを狩くらしつる　仲実

2117 続古　はし鷹のみよりのつはさ身にそへて
なを雪はらふうたの御かり場　家隆

140オ

2118　狩くらすうたのかりはのかへるさに
雪より出る山のはの月　公雅

2119　草をなみうたの焼野に住雉の
なにゝかくれて恋をしのはむ　長方

百済野

2120 万　くたら野の萩の古枝に春たつと
おりし鶯なきにけんかも　山辺赤人

2121 堀百　くたらのゝちかやかしたにひめゆりの
とし比人にしられぬそうき　仲実

2122 **原**　百済之原　神葬々伊座而朝毛吉木上　宮乎常宮跡

2123 **河**　くたら川かはせをはやみあかこまの
あしのうくまにぬれにけるかも

司馬野

2124 万　国栖等之春菜つむらん司馬の野の
しはしは君を思此侍

140ウ

標野　或哥枕近江国在之現在河内

2125 万　あかねさすむらさきのゆき標野ゆき
野もりはみすや君か袖ふり
右蒲生野遊獦之時頭田王作哥子細／山城国紫野載之

2126　ねられすや妻をこふらんしめの行
むらさきのゆき鹿そなくなる　後嵯峨院

2127 堀百　わか物としめ野にかひし春駒の
手にもかゝらすあれにけるかな　国信

標之野　付野沢

2128 万　新古　明すからは若菜つまんとしめし野に
きのふもけふも雪はふりつゝ

141オ

2129 続古　たかためのわかなならねと我しめし
野さはの水に袖はぬれつゝ

2130 万　いもにゝる草とみしよりわかしめし
野への山ふき誰か手折し

2131 万廿　後一　人しれす我しめしのゝとこなつは
花さきぬへき時そきにける　現六

2132 万廿　なてしこはさかてちりぬと人はいへと
わかしめしのゝ花ならめやも

2133　分ゆかはたかたもとにもうつるらん
我しめしのゝ萩か花すり　高見親王

2134 続古　人よりもまつきけとてやほとゝきす
わかしめし野の方になくらん　行家

141ウ

太奈久良野　或類聚　**手枕野**

2135　手束弓手尓取持而朝獦尓君者立之奴太奈久良能野尓

2136 続古　しら露の手枕のゝのをみなへし
誰とかはせるけさの名残そ　経平

2137　敷たへのたまくら野の梅の花
ねての朝けの袖にほふらん　実弘

磐余野

2138 後拾　いはれのゝ萩の朝露わけゆけは
恋せし袖の心ちこそすれ

2139 続古　萩か花たれにかみせんうつらなく
いはれの野への秋の夕くれ　師継

2140　いはれ野や萩のふる枝にさく花を
したきそたてる面白の駒　顕仲

142オ

2141　いはれ野の萩かたえまのひま〳〵に
このてかしはの花さきにけり

2142 続古　あたにのみいはれの野への女郎花
うしろへたくもさける花かな　読人不知

2143 堀百　けふこそはいはれの野へのしの薄
忍ひもあへすほのめかしつれ　続忠

2144　ともかくも人にいはれの野へにきて　千くさの花をひとりみる哉　隆源

2145　行人に秋のあはれはこれそとも　いはれのゝへのむしのこゑ〱　後久我―

池

2146　万　もゝつてのいはれの池になくかもを　けふのみ見てや雲かくれなむ

142ウ

2147　現六　冬されはこゑをしけみにもゝつての　いはれの池に鴨そなくなる　秀守

2148　拾　なき事をいはれの池のうきぬなは　くるしき物は世にそありける

2149　六帖　あたなりと名にしいはれの池なれは　人にねぬなはたのまさりけり

2150　同　ひとりのみいはれの池のあやにくに　あとなれ（ことなしイ）草のやとへさそはむ

朝原　片岡也

2151　拾　春たちてあしたの原の雪みれは　またふる年の心ちこそすれ　祐挙

2152　金　いつしかと春のしるしにたつものは　あしたの原のかすみ也けり　長実

143オ

2153　千　春のくるあしたの原を見わたせは　霞もけふそたちわたりける　俊頼

2154　拾　あすからは若なつまんとかたをかの　朝のはらはけふそやくめる　人丸

2155　続古　片岡のあしたのはらの雪きえて　草はみとりに春雨そふる　衣笠―

2156　堀　千　春雨のふり初しよりかたをかの　あしたの原そ浅みとりなる　基俊

2157　同　我ならぬ人きくらめやめつらしき　あしたのはらの鶯の声　紀伊

2158　古　霧たちて鴈そなくなる片岡の　朝の原はもみちしぬらん　読人不知

143ウ

2159　古来哥合　露むすふをかへの小篠明る夜の　あしたの原に秋はきにけり　為家

2160　花すゝきほの〱明るをちかたの　あしたの原に秋風そふく　経平

2161　金　さきそむるあしたの原の女郎花　秋をしらするつまにそありける　兼雅

2162　堀百　露しけき朝の原のをみなへし　一枝おらん袖はぬるとも　師時

2163　霜さゆるあしたの原の草かれに　ひと花さけるやまとなてしこ　定家

2164　かへるさのあしたの原の青つゝら　くるしき道といまそしりぬる

144オ

2165　わかれぬるあしたの原の忘れ水　行かたしらぬわか心かな　兼昌

2166　わかなつむ朝のはらの袖ぬれて　あしたの空にあは雪そふる　光明峯寺

野

2167　正治百　あちきなやあしたの野への草かれに　むしこそかゝる音をは鳴しか　経家

真野芽原

2168　万　いさやこらやまとへはやゝ（くイ）しらすけの　まのゝはき原たをりてゆかん

2169　同　白すけのまのゝ萩原ゆ（往）くさ（来）く　君こそみらめまのゝはき原

右高市連人寺里人妻贈哥

144ウ

2170　同　いにしへにありけん人のもとめつゝ　きぬにすりけむまのゝ萩原

2171 同 白菅之真野榛原こゝろにも
おもはぬ君か衣にそする

2172 同 しらすけのまのゝ萩原露なから
おりつる袖そ人なとかめそ　長実

2173 新勅 白すけの真野のはき原さきしより
あさ立鹿のなかぬ日そなき　基継

2174 新古 をく露もしつ心なき秋かせに
みたれてさけるまのゝ萩原　紀伊

2175 堀百 にしき野やひもとく花とみゆるかな
みたれてにほふ真野の萩原　隆源

145オ

2176 「(細字補入)我涙露ももらすな枕たに
またしらすけのまのゝ秋風　後」

2177 続拾 うつり行心の色のあきそとも
いましらすけのまのゝ萩原

2178 **三宅原** 万 打久津三宅原 ○

2179 習俗抄 跡ともにみやけの原の女郎花
おりつゝぬへき心ちこそすれ

2180 **野** 新六 うち久すみやけの野へのあさ霞
つかへし道をなとへたつらん　為家

2181 **道** 父母にしられぬ子ゆへみやけ路の
夏野の草をなつみつるかな

高野原

2182 秋されはいまもみることつまこひは
鹿なく〳〵(鳴イ)そたかのはらの上

145ウ

2183 「(細字補入)**野** みわたせは高のゝのへのうつき原
みな白妙にさきにけらしな」

見染崎　**岡**

2184 六帖 いもかめを見そめのさきの秋萩は
この月比はちりこすなゆめ　郎女

飛鳥篇　已為一篇雖須置雑篇之前為調巻中間何物置之

2185 万 味酒乎神名火山之帯　為留明日香之河　速
瀬尓生　玉藻打靡

返事

2186 あすか川せゝの玉ものうちなひき
こゝろもいもによりにけんかも

2187 飛鳥　明日香乃河　之上　瀬石橋渡　下　瀬尓打橋
渡　石橋生靡　留玉藻毛剱

反哥

146オ

2188 拾八 あすか川しからみわたしせかませは
なかるゝ水ものとけからまし

2189 万七 年月もいまたえなくにあすか河
瀬ゝにわたせるいは橋もなし

2190 同十 今もゆきて聞ものにもかあすか川
春雨ふりて瀧つせのをと

2191 同 あすか河かはよとさらすたつ霧の
思ひすくへき恋にあらなくに

2192 同 けふもかもあすかの川にゆふさらす
かはつなく瀬のきよくあるらん

2193 明日香川なゝせのよとにすむ鳥の
こゝろあれはそ波たゝさらめ

146ウ

2194 飛鳥川したにこれるをしらすして
せなゝとふたりさねてくやしき

2195 古 きのふといひけふとくらして飛鳥河
なかれてはやき日かす也けり

2196 けふもうしきのふもつらしあすか河
身をいたつらに月日かそへて　家隆

2197 古　あすか川淵はせになる世なりとも
思そめてし人は忘すれし　読人不知

2198 同　たえす行飛鳥の川のよとみなは
心ありとや人のおもはむ

2199 同　世中はなにかつねなるあすか川
147オ
きのふの淵そけふはせになる

2200 拾　古　飛鳥川ふちにもあらぬわかやとも
せにかはり行物にそ有ける　伊勢

2201 後九　外の瀬はふかくなるらしあすか川（マヽ）

2202 同　飛鳥川わか身ひとつのふちせゆへ
なつての世をもうらみぬるかな

2203 同　あすか川ふちせにかはるこゝろとは
みなかみしもの人もいふなり

2204 新古　故郷へかへらんことはあすか川
わたらぬさきに淵瀬たかふな
右初瀬にまうてゝよめるとなむ
147ウ

2205 千五百　飛鳥川せゝの岩はし水こえて
道たと〳〵し五月雨の比　西園寺—

2206 続後　五月雨の日かすまされはあすか川
さなから淵と成にける（マヽ）　重家

2207 同　五月雨のつきてしふれはあすか川
おなしふちにてかはるせもなし　雅成

2208 飛鳥川ふち瀬もいかゝわきもこか
ねくたれかみの五月雨の比　土御門

2209 続古　明日香川ゆく瀬の波に御祓して
はやくそとしの半すきぬる　定家

2210 新勅　あすか河かはせのきりもはれやらて
いたつらにふく秋の夕かせ　真照法師
148オ

2211 堀百　あすか川うき木につもるあは雪の
なみたちくれはたのもしけなし　俊頼

2212 続古　さえくれぬけふふく風に飛鳥河
なゝせのよとや氷りはてなむ　光明峯寺

2213 同　淵瀬こそさためなからめあすか川
こほりてかはる波のをとかな　良教

2214 年月はさてもよとまぬあすか川
行せの浪のなに氷るらん　花山院前大臣

2215 飛鳥川なゝせのよとに吹かせの
いたつらにのみ行月日かな　順徳院

2216 我のみやかけもかはらんあすか川
ふち瀬もおなし月日すめとも　後嵯峨—
148ウ

2217 明日香川もみちはなかるかつらきの
山の秋風吹そしぬらん　人丸

2218 新古　あすか川せゝになみよるくれなゐや
かつらき山の木からしの風

2219 六帖　あすか川瀬ゝのうきあはの流ても
やすきゐをぬる我とやはしる

2220 建保百　さゝれ石のいはほとなりて飛鳥川
ふちせの声をきかぬ御代哉　定家

2221 あすか川かはらぬ雲のいろなから
都の花といつにほひけん　同

井　一説洛中云々仍山城国載之卒今又一説載之追可詳

2222 催馬楽　あすか井にやとりはすへし陰もなし
みもひもさむしみまくさもなし
149オ

2223 千五百　駒とめてこゝにはしはしやすらはむ
みまくさもよしあすか井のかけ　野宮左大臣

2224 かりそめとおもひし物を飛鳥井に

みまくさかくれ幾代へぬらん

2225
たえ〳〵に影をは見せてあすか井の
みまくさかくれとふほたる哉　中務卿親王

2226
秋までもいか、はまたんあすか井の
みつはくむまてなれる身なれは　俊頼

里 付**故郷**

2227 万　新古
飛鳥のあすかのさとをおきていなは
きみかあたりはみえすかもあらん　元明天皇
右万云和銅三年二月従藤原宮遷于寧楽宮時長座主望
故郷作哥

149ウ

2228
わかせこをふるいへのさとのあすか庭
千鳥なく也嶋（シマ）待不得而（マチカネテ）

2229
君によりことのしけきを故郷の
あすかの川のみそきしに行
一説云龍田越三津浜辺之右一首八代女王就天皇哥

2230 続古
ふりにけるあすかのさとのほと、きす
なく音計やかはらさるらん　岡屋入道

2231 建保三首哥
おもひ出て君かあたりし恋しきは
あすかの里ににほふたちはな　隆輔

2232
冬はた、あすかのさとの枕まくら
をきてやいなむ秋のしら露

2233
故郷や冬はあすかの川かせに
いたつらならすうつ衣かな　家隆

150オ

都

2234 万
采女（タヲヤメ）ノ袖吹反（ソテフキカヘス）　明日香（アスカ）風京師乎（ミヤコヲ）遠見無　用（イタツラニ）布久（フク）

2235 続古
あすか川河音ふけてたをやめの
袖にかすめる春の夜の月　中務卿―

2236 同
たをやめの袖もほしあへす飛鳥風
た、いたつらに春雨そふる　為家

2237
たをやめの衣をうすみ秋やたつ
あすかに近きかつらきの山　匡房

2238 現六
青によしならのあすかにいたつらに
なを八重桜いまもさかなむ

寺

2239 仙洞哥合
飛鳥のあすかの寺はあれにけり
誰うへをきし春の青柳　光俊

2240 現六
いかはかりひかりをそへん朝日まつ
あすかの寺の法のともし火　知家

150ウ

逝廻岡 並 万 暫勘

2241
あすか川ゆき、のをかのあき萩は
けふふる雨に散や過なむ

2242
飛鳥川行来のをかのくすかつら
くるしや人にあはぬうらみは　普光園

2243
明日か川ゆき、のをかの花す、き
まねくたもとに露そこほる、　中務卿―

2244
あすか川行往の人やかさすらん
岡辺のつ、し今さかりなり　同

2245 続古
まつ人のゆき、のをかもしら雪の
あすさへふらは道やたえなむ　家隆

151オ

真神原

2246 万
明日香（ナル）　真神　原尓（マカミカハラニ）久堅能（ヒサカタノ）天都（アマツ）御門乎（ミカトヲ）　懼　母（カシコクモ）定　賜　而（サタメタマイテ）

2247
三諸之（ミモロノ）神奈備山従（カミナヒヤマニ）登能陰（トノクモリ）　雨者（アメハ）落来奴（フリキヌ）雨霧相（アマキリアヒ）
風左倍（カセサヘ）吹奴（フキヌ）大口之（ヲホクチノ）真神之原従（マカミカハラニ）思　管（ヲモヒツヽ）還　尓之（カヘリニシ）
人家尓（ヒトイヘニ）到伎也（ユキヽヤ）

2248
大口之真神之原従（ニ）フル雪ハイタクナ降ソ家モアラナクニ

2249 万代
あすか風むへさえけらしけさみれは
ま神か原に雪はふりつ、　良清

清見原

2250 万
明日香能（ノ）清見原之宮尓（キヨミハラノミヤニ）天　下不　知食（アメノシタシロシメスナリ）―

151ウ

雑篇

広瀬河

2251 万　続古
ひろせ川袖つくはかりあさき瀬を
心ふかめて我おもふらん　読人不知

2252
広瀬川あさきは人のこころにて
袖行なみはほすひまもなし　中務卿―

2253 古来
ひろせ川あたりの小田にせき入て
袖つく計とるさなへ哉　定円

神

2254 現六
手むけする広瀬の神のかひあらは
こひの涙のふちもあさ（らせイ）なん

2255 千五百
みそきして神のめくみも広せ川
幾千代まてかすまんとすらん　隆轉

152オ

能登河

2256
のと川の後もあひ見むしましくも
わかれといへはかなしくもあるか

2257
のと川のみなそこなへて照までに
みかさの山はさきにけるかも

見馴河

2258 新勅
世中はなと大和なるみなれ川
みなれそめすそあるへかりける　読人不知

2259
玉さかにあふせはなくて見馴川
涙のふちにしつむ比かな　宗雲

大和河

2260
やまと川さくらみたれてなかれきぬ
はつせの山に嵐ふくらし　衣笠―

弓削河原　或云納内

2261 万
真（マ）鉋持（カナモチ）ゆけのかはらのむもれ木の
あらはるましきことならなくに

152ウ

2262 千五百
五月雨に弓削のかはらの埋木も
あらはれてこそ流きにけれ　野宮左大臣

玉井沼　**填安池**　和田宇免也　又曰波尒世須

2263
しき嶋や玉井のぬまのあやめ草
つらぬく千代のかすもこそみれ　相模

2264 万
白妙（シロタヘノ）麻（アサノ）衣（コロモ）著（キ）填安乃（ハニヤスノ）
御（ミ）門之（カトノ）原尓（ハラニ）赤根（アカネ）刺日之（サスヒノ）盡（クレヌルヤラン）　麻　人丸

2265
はにやすの池のつゝみのかくれぬの
行ゑもしらすとねりはまとふ　同

猿沢池

2266 拾
わきも子かねくたれかみを猿さはの
池の玉もとみるそかなしき　同

153オ

2267
さるさはのいけの柳はわきも子か
ねみたれかみのかた見なるらん　小宰相

2268 拾
わきも子が身を捨しより猿さはの
池のつゝみや君はこひしき
右物名つゝみかき

2269
猿沢の玉藻の水に月さえて
いけにむかしの影そ残れる　後京極

益田池

2270 拾
ねぬなはのくるしかるらん人（君）よりも
我そます田のいけるかひなき　読人不知

2271 弘長百　続拾
ねぬなはのねぬ名はかけてつらさのみ
ますたの池のみつからそうき　為氏

2272 後拾
わか恋はます田の池のうきぬなは
くるしくてのみ年をふるかな　小弁

153ウ

2273 六帖
みるまゝにおもひます田の池におふる
あさくのうきて世をはへよとや

2274 建保百
なみたのみます田の池の身をつくし
なけくしるしやみえてたつらん　範宗

2275
おもひのみ益田の池のみかくれに
しられぬあやめ根にみたれつゝ　順徳院

2276
波まくらいかにうきねをとかむらん
氷りますたの池のをし鳥　前斎宮内侍

2277 建保百
おもふ事われそ益田の池にすむ
をしのうきねもさやはくるしき　兵衛

2278
跡やなきあはて年ふるおもひのみ
ます田の池のにほのした道　同

154オ

里　近江国在之歟

2279 大嘗会哥
としことにますたの里のいねなれは
つくともつきし千代の秋まて

菅田池

2280 堀百
乙女子かすかたの池の蓮葉は
心よけにも花さきにけり　師頼

2281 千
恋をのみすかたの池にみ草ゐて
すまてやみなむ名こそをしけれ　安芸

2282 正治百
しらせはやすかたの池の花かつみ
かつみるからに波にしほると　式子内親王

2283 現六
つれもなしすかたのいけのまこも草
かりのうき世に猶みたれつゝ　小宰相

154ウ

2284 堀百
をく霜におひたるあしのかれふして
すかたの池のあらはるゝかな　師時

2285
ひるは出てすかたの池にかけうつす
声をのみきく山ほとゝきす　西行

2286 **清澄池**
みきはにには立もよられす山かつの
かけはつかしききよすみの池　顕仲

2287 **迦留池**
かるのいけ入江にめくるかもすらに
玉ものふねにひとりねなくに

2288 古来
鴨のたつをとも寒けしかるの池の
上てのつゝみ人やすくらん　尊海

2289 新宮哥合
月さゆる夜半にさなからこほりゐて
冬のけしきをかるの池水　季景

155オ

2290 **社**
天飛也(アマトフヤ)軽(カルノ)　社(ヤシロノ)　斎　槻(イハヒツキ)
いく代まであらんかくれつまそも

2291 **道**　万
天飛也(アマトフヤ)軽(カルノ)　路者(ミチニハ)吾妹児(ワキモコ)之(カ)里尓(サトニ)思(シ)安連者(アレハ)
吾妹子(ワキモコ)之(カ)不止(ヤマ)出見(スイテミ)之(シ)軽(カルノ)　市尓(イチニ)吾立聞者(ワカタチキケハ)
玉多須寸(タマタスキ)畝火(ウネヒ)乃(ノ)山尓(ヤマニ)喧鳥(ナクトリノ)之音母(コエモ)不所聞(キコエス)

2292 **市**

高市郡　応神天皇御在

軽嶋豊明宮　付**唐人池**

2293 新六
かるしまの豊の〔イ無之〕あかりの宮の昔より
つくりそめてしから人の池　衣笠

藤原宮

2294
藤原之(フチハラノ)大宮都加倍(ヲホミヤツカヘ)安礼(アレ)衝哉(ツクヤ)
処女之(ヲトメノ)友者(トモハ)之(シ)吉召賀(ヨシメスカ)聞(モ)

2295
八隅知之(ヤスミシル)吾大王(ワカオホキミヲ)　高照(タカテラス)　日之皇(ヒノミコノ)　荒妙乃(アラタヘノ)藤原(フチハラ)
我宇倍尓(カウヘニ)食国(ヲシクニノ)　索(メシタマハ)　耳登(ント)
　右藤原宮乃役民作哥

里　付**故郷**

2296 楽家哥合
三笠山神のちかひにたつ鹿の
こゑかすかなる藤原のさと

2297 万
ふち原のふりにしさとの秋萩は
さきてちりにき君まちかねて

2298 現六
藤原のふるさと人になれる身を
しまゝつかへのさこそしるらめ　忠定

藤井里

2299
八隅知和(ヤスミシルヲ)都(カ)大王(ヲホキミ)高日(タカテラス)　之皇子(ミコノ)鹿乃(アラタヘ)藤井尓
大御門始賜而填安乃　堤上尓在之

木［石＋進］宮

2300 御食向木瓲之(ミケムカウコカメノ)宮乎(ヲ)常宮跡(トコミヤト)
2301 朝毛吉(アサモヨ)城於(キノソヘ)道従(ミチニ)角障(ツノサハフ)　経石村乎(イハムラヲ)見管(ミツヽ)

城上宮

2302 万三　百済原にたまふりはふりいまして
あさもよひ木の上の宮をとこ宮ところ

高市宮

2303 万　しらさりしむかしさへこそ恋しけれ
たけちの宮につきをなかめて　寂蓮法師

156ウ

菅原里

2304 万　おほうみのみな底ふかくおもひつゝ
もひきならしゝすか原の里

並 伏見里

2305 古　いさこゝに我世はへなんすかはらや
ふしみのさとのあれまくもおし

2306 後　菅原やふしみのさとのあれしより
かよひし人の跡もたえにき

2307 すかはらやふしみのさとのあれまくに
ゆふかひもなき草の霜かな

2308 ほとゝきすしはしやすらへ菅原や
ふしみの里のむら雨の空　定家

157オ

2309 続古　すか原やふしみのさとのさゝまくら
夢もいく夜の人目よくらん　順徳院

2310 新古　衣うつをとはまくらにすかはらや
ふしみの夢をいく夜のこしつ　慈鎮

2311 続後　くれ竹のふしみのさとのすかむしろ
ねにのみなきてひとりかもねん　光明峯寺

2312 拾　恋しさをなくさめかねてすかはらや
伏見にきてもねられさりけり　読人不知

2313 千　わするなよ世ゝの契りをすかはらや
ふしみのさとの在明のそら　俊成

2314 同　なにとなく物そかなしきすかはらや
ふしみのさとの秋の夕くれ　俊頼

157ウ

2315 新古　荒ぬるか衣手さむしすかはらや
ふしみのさとの秋の夕くれ　家隆

2316 六　秋の野のうつろひゆけはすかはらや
ふしみのさとのおほゝゆるかな

2317 正治百　秋くるゝかねのひゝきはすかはらや
伏見のさとの冬のあかつき　後鳥羽院

2318 後　菅原やふしみの暮に見わたせは
霞にまかふをはつせの山　読人不知

2319 続拾　みわたせはかすみ(マヽ)ほとの山もなし
ふしみのくれの五月雨の比

外山

2320 かきくもりしくれふるなりすか原や
ふしみの外山色かはるまて　実伊

158オ

田

2321 万代　ときくれはたみもいとなし菅原や
ふしみの小田にさなへとりつゝ　仲実

2322 あけ方に夜はなりぬらしすかはらや
ふしみの田井に鴫そたつなる　季源

宮

2323 すかはらやふしみの宮に跡ふりて
いくよの冬の雪つもるらん

打廻里

2324 万四　衣手をうちわのさとにあるわれを
しらてそ人はまてとこすける

2325 てにならすおなしうちわのさと人は
夏のなかはの月やみるらん　前内大臣基

龍市　建保百首　名所用辰字

158ウ

2326 六百番 たつの市や日を待しつのそれなから あすしらぬ身にかへてまたまし 定家

2327 拾 なき名のみたつの市とはさはけとも いさまた人をうるよしもなし 人丸

2328 建保百 玉ほこやおほくの民のたつの市に くるれは帰る数もみえけり 順徳院

2329 同 しきしまの道に我名はたつの市や いさまたしらぬ大和ことの葉 定家

2330 龍市や千とせをかへてたつ民も 国のみやこの我君のため 家隆

2331 新六 ときしあれはたつの市しのいちしろく さけとも花をうることそなき

159オ

売間清水

2332 たつの市うるまのし水すゝしさに けふはかひある心ちこそすれ 俊頼

2333 建保百 たつの市うるまの清水底すみて 人のこゝろのくまも残らす 康光

2334 同 たつの市や行かふ人もくれゆけは うるまのし水影もとゝめす 知家

海石榴市

2335 万 つは市のやそのちまたに立ならし むすへるひもをとかまくをしも

2336 同 紫ははいさすものをつは市の やそのちまたにあひしこやたれ

159ウ

帰市

2337 六百番 やまと路やかへるの市めことゝはむ あふにつらさをいかゝかふへき 季経

山辺

2338 後 草枕たひになれなは山の辺に 白雲ならぬ身もやとりけり 伊勢
右泊瀬に詣とて山辺にてよめるとなん

2339 懐中 うちなひき春さりくれは山の辺の 真木の梢のさき行みれは

2340 いつしかと人をはこひん山のへの あせみの花もさきて散ぬる 知家

2341 **森**

新六 山のへのもりの木すゑのむらからす ねくらあらそふ夕くれの声 同

柏木杜

160オ

2342 続古 かしは木のもりのした草おいぬとも 身をいたつらになさすもあらなん 監命婦

2343 後拾 春雨のふるめかしくもつくるかな わかゝしは木のもりにし物を 馬内侍

2344 をしなへてしくるゝまてはつれなくて あられにうつるかしは木の森 土御門

2345 柏木のもりのあたりをふりすてゝ みかさの山に我はきにけり 新白井公則

2346 六帖 これも又すさめぬ物をかしは木の 森のした草なにしけるらん

弓絃葉御井

2347 万 いにしへにこふる鳥かもゆつり〈るイ〉葉の

160ウ

御井のうへよりなきわたり行

返事

2348 いにしへに恋らん鳥はほとゝきす ましてかなしき我こふる事 額田王

礒〈磯イ〉城嶋

礒城嶋大和者惣名也仍哥雖多不載之／但先達哥枕名所入之暫一首載之

2349 おほかたはしき嶋のとやいひてまし 恋しきことのやまとならすは

161オ

以上大和国卒

表紙

歌枕名寄第三

河内　和泉　摂津上

本文

目録

謌枕名寄巻第十二

畿内部十二　河内国

射駒篇

山　嶽　高嶺

飛火隈　万葉哥飛火賀塊或和云登／不比賀久礼云々而先達哥枕隈／部入之在射駒山

云々然者塊隈／字相濫欤今暫就一説載之

秋篠　外山／里　高安里

1ウ

交野篇　山　野　御野／小野

原　里

並天河　付川原　最勝四天王院障子哥森建保名所／百首用片字但或名目等交名也

雑篇

片岡山　鶯関　佐野（八雲御抄　紀伊国）　岡也

汀岡　森（大和国入之）　玉田横野　佐比隈（大和国入之又佐々隈）　八雲／御抄／大和

檜隈河　廬入野宮／大和又入之　斑鳩富緒河

2オ

因可池　片足羽河（カタカスハ　カハ）　大橋

高瀬　河　淀／里　能登瀬河　近江有同名八雲／御抄河内摂津／高湍河也云々

竹河　橋或入伊勢／御抄当国入

通河　伊加之崎　讃良　郡名也

楠葉宮　可詳／或山城　草苅里

2ウ

稲葉里　会賀市　正字／可詳

3オ

歌

謌

射駒篇

山

2350 万三　矢駒山こたちもみえすちりみたれ（まかふイ）

雪乃（ユキ／ユキモ）驎（ウサヽ／ハタラ）朝（マアシタ／ニマイテ）楽（タノシ／クラ）毛（クモ）

右献新田部皇子哥云々異本／矢釣山云々大和国名所

也

2351 万十　馬　いもかりと馬に鞍置（クラヲキ）而いこまやま

落葉　うちこえくれはもみちゝりつゝ

右秋雑詠哥

2352 槙　もみちせぬいこまの山のまきの葉も

秋は下葉そけしきはむらし　恵慶法師

2353 建保名所百首　なみたにも色こそみえねはつかりの

いこまの山はきりかくれつゝ　藤原康光朝臣

4オ

2354 同　嵐　手初糸　いこま山あらしも秋のいろにふく

手そめのいとのよるそかなしき　権中納言定家

2355 新勅十九　麓霞　久かたの雲井にみえしいこまやま

春はかすみのふもとなりけり　後京極摂政太政大臣

2356 飛火陰　朝ほらけとふひかくれのいこまやま

それともみえす春のかすみに　従二位家隆

2357 武庫浦　むこのうらをこきいてゝみれは朝ほらけ

かすむいこまの山もはるけし　小宰相

2358 いこま山花やさくらんなにはとを

こきいてゝみれはかゝる白雲　中務卿親王

2359 尾越桜　いこま山あたりの雲とみるまてに

おこしの桜花さきにけり　入道摂政左大臣光明峯寺

4ウ

2360 新六帖　いこま山おこしにさけるさくらはな
おりゐる雲と人やみるらん　藤原有綱

2361 馬酔花　神さふるいこまの山のあせみはな
さもこゝろなきさきところかな　藤原光俊朝臣

2362 わかやとの木すゑの夏になる時は
いこまの山そみえすなりける　能恩(マヽ)法師
右一首津国古曾部といふ所にてよ／めるとなん

2363 万十五　ゆふされは日くらしなきついこま山
こえてそあかくるいもかめをほり

2364 同十五　いもにあはすあらはすへなみ岩ねふみ
矢駒の山をこえてそあかくる

5オ

2365 万十二　きみかあたりみつゝをおらんいこま山
新古十三　雲雨　雲なかくしそ雨はふるとも　読人不知

2366 月　続拾八　いこま山雲なへたてそあきの月
あたりのそらはしくれなりとも　順徳院御哥

2367 新勅六　袖ぬらす時雨なりけり神無月
時雨村雲　いこまの山にかゝるむら雲　源師賢朝臣

2368 いこま山みねにあさゐるしら雲の
へたつる中はとをさかりつゝ　従二位行家

2369 後拾九　わたのへやおほえのきしにやとりして
雲井にみゆるいこま山かな　良暹法師

5ウ

2370 堀川院百首　あらし吹いこまの山に雲はれて
長井浦月　なか井のうらにすめる月かけ　中納言国信

2371 いこま山よそになるおのおきにいてゝ
めにもかゝらぬみねのあま雲　源家長朝臣

2372 現存六帖　はれやらぬいこまの山のあま雲に
読合　御津浦　舟こきかへすみつのうら人

2373 堀百　いこま山手向はこれかこのもとに
いはくらうちてさかきたてけり　源兼昌

嶽

2374 新古六　あきしのやと山の里や時雨らむ
いこまのたけに雲のかゝれる　西行法師

2375 建保百首　秋の色をかたの、暮にみわたせは
いこまのたけもしくれしにけり　正二位忠定

6オ

高嶺

2376 万　続後十九　なにはとをこきいてゝみれは神さふる
いこまたかねに雲ぞたなひく　読人不知

2377 難波人ふりさけみらむふるさとの
いこまたかねのはつさくら花　従二位行家

飛火隈（并一）　万葉飛火賀塊哥載哥枕隈部入之／家隆詠飛火隠云々隈隠其体無違欤

2378 万六　露霜の秋さりくれはいこまやま
飛火賀塊に芽の枝をしからみ
ちらしさをしかはつまこひとよむ

2379 朝ほらけとふひかくれの矢駒山
それともみえす春のかすみに　従二位家隆

6ウ

秋篠　外山　里

2380 新古六　秋しのやと山のさとや時雨らん
いこまのたけに雲のかゝれる　西行

2381 秋しのやと山の薄ほの〳〵と
あくる嶺よりおろす秋風　常盤井入道前太政大臣

2382 宝治百首　風ふけはたけの葉しのく秋しの、
さともさひしきゆふけふりかな　源家長朝臣

高安里（并三）

2383 射駒山　詠合　雲はれぬいこまの山のいかならん
雲雪　ふもとも雪はたかやすのさと　同

2384 新六帖　たかやすのみもとははやくなれにけり

てつからけふのそなへをそする

7オ

交野篇　最勝四天王院障子哥幷建保名所百首用片字

山

2385 六帖　雪花　かうちのやかたの丶山のかたきしに
雪か花かとなみそちりける

野

2386 あまの川秋の一夜のちきりたに
かた野に鹿のねをやなくらん　家隆

2387 新古五法性寺入道関白家哥合櫨紅葉　うつらなくかたのにたてるはしもみち
ちりぬはかりに秋風そふく　前参議親隆

2388 同六　狩　真柴　淀川　かりくらしかたの丶ましはおりしきて
よとの川せの月を見るかな　左近中将公衡

2389 雲葉　水無瀬山　詠合　月　わすれめやかたの丶みかりかりくらし
かへるみなせの山のはの月　家長朝臣

7ウ

2390 狩人　雪　豊明　かり人のかたの丶み雪うちはらひ
とよのあかりにあはんとやする　定家卿

2391 良玉　身をしれはあはれとそきくあふ事の
かたの丶きしのつまこふるねは　藤原隆頼

2392 同　き丶すなくかたの丶のへの花す丶き
かりそめにくる人なまねきそ　藤原時房

2393 さくらかりかたの丶き丶すつまこめて
なくやうつろふはなのした草　家隆

2394 最勝四天王院障子　ふる雪に冬もかたの丶さくらかり
花ならなくにぬれ〳〵そゆく　慈鎮

2395 堀百　みかりするかたの丶野へのす丶むしの
こひすることゑかふりたて丶なく　中納言国信

8オ

2396 建保百　みかりするかたの丶くれはす丶むしの
かれにしこゑも猶そきこゆる　兵衛

2397 焼野　みかりせし人そ恋しきけふみれは
かたの丶やけのあれにけるかな　能因法師
右一首片野をすき侍けるに故公忠か／家のあれたる
をみてよめるとなん

2398 建保元年　夕立　頼保哥合　松　ゆふたちのすくるかたの丶松風に
あかてくれぬるむら雲の空　信仲

2399 建保百首　秋の色をかたの丶くれにみわたせは
いこまのたけもしくれしにけり　忠定

2400 新後撰十三　あふ事のかたのへとてそわかれゆく
身をおなしなに思なしつ丶　為世

2401 金八　あふ事のかたのにいまは成ぬれは
おもひやりのみ行にやあるらん　読人不知

8ウ

御野

2402 詞四　あられふるかたの丶みの丶かり衣
ぬれぬやとかす人しなけれは　藤原長能

2403 新古六　みかりするかたの丶みのにふるあられ
あなかしかまし鳥もこそたて　崇徳院御哥

2404 新勅十　不殺生戒　けふよりはかりにもいつなき丶す鳴
かたの丶みのは霜むすふなり　法眼宗円

2405 続拾五　村雨　いかにせんぬれぬやとかす人もなし
かたの丶みの丶秋のむら雨　前内大臣基

9オ

2406 続後四　天河とをきわたりとなりにけり
かたの丶みの丶さみたれのころ　為家卿

2407 新古二　又やみんかたの丶みの丶さくらかり
花の雪ちる春のあけほの　俊成卿

2408 新宮撰哥合　よもぬれしかたの丶みの丶かり衣
花の雪にはやとからすとも　慈鎮

小野

2409 新勅十一
あふ事のかたの、をの、しのす、き
ほにいてぬこひはくるしかりけり　藤原仲実朝臣

2410
いそきつるひなみのあかり雪ふかし
かたの、をの、冬のあけほの　定家卿

2411 堀百
日かけさすとよのあかりのみかりすと
かた野の小野にけふもくらしつ　俊頼朝臣

9ウ

原

2412 堀百
やかたおのたかてにすへて朝たては
かたの、はらにき、す鳴なり　基俊

2413 同
みかりするかたの、原に雪ふれは
あはするたかのす、そきこゆる　権中納言師時

里

2414 堀百
御かりすとならのま柴をふみしたき
かたの、里にけふもくらしつ　大納言師頼

2415 新古十三
あふ事はかたの、里のさの、いほ
しのに露ちるよはのそてかな　俊成卿

2416 片時雨
色わかぬいり日の影もみねさひて
かたの、里はかたしくれつ、　忠定

10オ

天河 付河原

2417 古九　七夕
かりくらし七夕つめにやとからん
あまの川原にわれはきにけり　業平朝臣
右惟高親王狩し給時哥

2418 新古十六 無跡波
むかしきくあまの川原をたつねきて
あとなき波をなかむはかりそ　後京極摂政太政大臣
右哥天川原を過とてよめるとなん

2419 続拾十四 渡瀬
あふ事はけふもかたの、あまのかは
このあたりこそうきせなりけれ　読人不知

2420 続後四 五月雨
天河とをきわたりに成にけり
かたの、みの、さみたれのころ　前大納言為家

2421 続古　鹿
あまの川秋の一夜のちきりたに
かたのに鹿の音をやなくらん　家隆

10ウ

2422
みをよとむ天の河きし浪たえて
月をはみるやさくさみの神　西行法師

2423 千鳥 霧
ちとりなくあまの川辺にたつ霧は
雲とそみゆる秋のゆふくれ

雑篇

片岡山

2424 拾廿
しなてるやかた岡山にいひにうへて
ふせる旅人あはれいへなし　聖徳太子
右太子かた岡山のほとりの道人の家に／おはしける
にうへたる人のみちのほとに／ふせりけるにのり給
へる黒駒ととまり

11オ

てのかす太子むまよりおり給て紫の／うへの御そを
ぬきてうゑ人におほひ給／とてよみ給となん／裏書
云飢人ノ報哥富緒川ニ載之／ウヘ人カシラヲモチア
ケテ御カヘシヲタテマ／ツルトイヘリ拾遺集ノ奥ニ
ハ文殊ノウヘ人ニナ／リテ聖徳太子ニタテマツルト
⑬イヘリ／達磨和尚トモ申太子ノ御哥句オホ／哥也シ
ナテルヤカタヲカ山ニイヒニウヘテフセルタ／ヒ人
アハレオヤナシニナレナリケメヤサスタケノ／キミ
ハヤナキヲイヒニウヘテコヤセルソノタヒ
人アハレトイフヘシ

11ウ

2425 古来哥合 千五百番哥合
いまそおもふかた岡山の旅人も
身をかくしけるむらさきの袖　寂蓮法師
右如裸者得衣之夕

2426
あふことはかた岡山にはふくすの

なをうらめしき身のちきりかな　中務卿親王

鶯関

2427 明玉　わかおもふ心もつきぬゆく春を
こさてもとめようくひすの関　康資王母

佐野

2428 松浪　月　わすれすよ松の葉こしに浪かけて
夜ふかくいてしさの、月影　後鳥羽院御哥

12オ

岡

2429 秋風　秋風のさむきあさけにさの、をか
こゆらん人にきぬかさましを　山辺赤人

2430 続古六　雪　さの、岡こえゆく人の衣手に
さむき朝けの雪はふりつ、　光明峯寺入道摂政左大臣

2431 宝治百首　さの、岡ひとりやこえんあき風の
篠の葉さやきさむき朝明　花山院師継内大臣

2432 同　今夜もやさの、をか辺の秋風に
さ、葉かりしきひとりかもねん　正三位知家

池　清書本止之　佐野同名多何処哉未決可詳

2433 けさみれはうきねのかもはあくかれて
こほりそゐたるさの、池水　藤原実清朝臣

12ウ

岡

2434 堀百　旅宿　あふ事はなきさの岡に旅ねして
うらかなしかるこひをするかな　祐子内親王家紀伊

2435 万代　花薄　わたつ海のなきさの岡の花すすき
まねきそよるす奥津しら浪　信明朝臣
右哥宗于家集ニもあり但しのすゝ／きまねきそまさ
るとあり可詳

2436 天暦御時　名所屏風　松風　うちつけになきさの岡の松風を
空にも浪のたつかとそきく　同
反哥

森

2437 秋風抄　紅葉　むらしくれいくしほ染てわたつ海の
なきさのもりのもみちしぬらん　従二位為継

13オ

玉田横野　山榴岡　又奥州在之

2438 堀百　躑躅　馬酔花　とりつなけ玉田よこの、はなれこま
つ、しかけ（枝イ）たにあせみ（家集ニハ思とアリ）花さく　俊頼朝臣

2439 雲さそふ嶺の木からし吹なひき
玉田よこ野にあられふるなり　家隆卿

佐日隈　哥　清書止之云々／八雲抄大和国云々

檜隈川　哥　清書止之／八雲抄　奥州云々

廬入野宮　哥　清書止之　／大和国入之云々

斑鳩富緒川

2440 拾廿　いかるかやとみのを川のたえはこそ
わかおほきみのみなはわすれめ　達磨和尚
右聖徳太子片岡山哥返哥也

2441 金五　きみか代はとみのを川の水すみて
ちとせをふともたえしとそおもふ　源忠季

13ウ

2442 後拾十八　亀井水　万代にすめるかめ井の水やさは
とみのをかはのなかれなるらん　弁乳母

因可池

2443 万十二　斑鳩（イカルカ）のよるかの池のよろ（ゐイ）しくも
君をいはねはおもひそわかする

2444 正治百首　いかるかのよるかの池のよるへにそ
いひたにとをせおもふこ、ろを　皇太后宮大夫俊成

2445 **片足羽河**　付大橋　級照（シナテル）片足羽河（カタアシハカハノ）之左丹塗（サニヌレル）大橋之（オホハシノ）
上従（ウヘニ）紅（クレナヰノ）之赤裳（アカモ）数十引（スソヒキ）山藍用（ヤマアヰモテ）摺（スレル）衣（コロモノ）○

14オ

2446
大橋之頭尓家有者心悲久独
去児尓屋戸借申尾　已上万九
右見河内大橋独去娘作哥

高瀬河

2447 万代　霞　袖湊
したさはくたかせの川の浪まより
かすむや袖のみなとなるらん　信実朝臣

2448 続後四　五月雨
みわたせはすゑせきわくるたかせ川
ひとつになりぬさみたれのころ　源師光

淀

2449 催馬楽　菰枕
こもまくらたかせのよとにたかにへ人そ
あみおろしきつきのほるさてさしのほる

2450 六百番哥合　鴫
こもまくらたかせのよとをたつしきの
はをともそよやあはれかくらん　法橋顕昭

2451 続古十六　小網
こも枕たかせのよとにさすさての
さてや恋ちにしほれはつへき

2452 同
いくとせかたかせのよとのこもまくら
かりそめなからむすひきぬらん　勝命法師

14ウ

2453 堀百　五月雨
いかにしてまこもをからんさみたれの
たかせのよとも水まさるなり　中納言師時

2454 続後十五
水まさるたかせのよとのまこも草
はつかにみてもぬるゝそてかな　殷富門院大輔

2455 同四　篝
かゝりさすたかせのよとのみなれさほ
とりあへぬ程にあくるしのゝめ　教雅朝臣

里

2456 懐中　五月雨
さしのほるたかせの里のいたつらに
かよふ人なきさみたれのころ

15オ

並能登瀬河
近江有同名先達哥枕或河内或大和入立之八雲／抄云河内国又摂津国有云一
説有高湍河ナリ云々

2457 万十二
高湍尓有のとせの河の後もあはん
いもにはわれはけふならすとも

竹河　或先達哥枕又伊勢在之可詳／八雲抄河内也

2458 拾遺十七　紅葉　淵
もみち葉のなかるゝときは竹川の
ふちのみとりも色まさりけり　凡河内躬恒

2459 催馬楽　橋
竹川のはしのつめなるはなそのに
われをははなてめさしたくへて

2460 款冬　花園
やまふきの花さへ千世とこたふなり
こゑやからるゝ竹川の浪　家隆卿

15ウ

通河

2461 堤　船
はなちてのとおりの河のあさほらけ
つゝみむかひに舟よふやたれ　中原師光

伊加賀崎

2462 古十　物名哥
かちにあたる浪のしつくをはるなれは
いかゝさきちる花とみさらむ　兼覧王

讃良　郡也

2463 新六帖詠合　小竹
河内道　駒
さゝわくるをともさらゝのかうちゝに
駒をはやめてけふも暮しつ　信実朝臣

楠葉宮　山城国内欤／久須波宮　正字可詳

2464 続古十八　真澄鏡
春夜月
くもらしとますみのかゝみかけそふる
楠葉の宮の春の夜の月　普光園入道関白左大臣
右日本紀を見侍て継体天皇ヲ

16オ

草苅里

2465 万代　古川入江　葦
ふるかはのいりえのあしは霜かれて
さひしくなりぬ草かりの里　中原師光

稲葉里

2466
たちわかれいなはの里になかゐして
さやは契しまちそわひぬる　光俊朝臣

会賀市（エニカノ）　正字可詳

2467 懐中　花桜　はなさくらにほへるなかはすゐにかの
いちなるえたをとりてこそみれ

16ウ

和泉国
信太杜（篠田トモ）　里　奥津浜　高師浜（志）　浦／遠江有同名亘摂津国
吹居浦　濵　寛平菊合／名所第七番　余迹湊　遠玟可詳
横山　上野　日根郡　吉見里
平松　泉杣　或山城　泉河辺玟／八雲御抄当国入之

17オ

和泉国哥

信太森

2468 堀川院百首　さ月こはしのたの森のほとゝきす
郭公　こつたふちえの数ことになけ　源俊頼朝臣
2469 後拾三　夜たにあけは尋てきかんほとゝきす
しのたの森のかたに鳴なり　能恩法師
2470 新古三　すきにけりしのたの森の郭公
溜　たえすしつくを袖にのこして　藤原保季朝臣
2471 建保名所百首　ほとゝきすいまや都へいつみなる
しのたのもりの明かたのこゑ　正三位知家
2472 同　郭公いまやみやこへいつみなる
しのたのもりにこゑを手向て　従三位行能

18オ

2473 千載三　堀百　おもふことちえにやしけきよふこ鳥
呼子鳥　しのたのもりのかたになくなり　中納言匡房
2474 建保百首　下露　ちえにもるしのたの森のした露に
蛍　あまるしつくやほたるなるらむ　僧正行意
2475 続古三　風　風さはくしのたのもりのゆふたちに
夕立　雨　雨をのこしてはるゝむら雲　常般井入道太政大臣

2476 秋風　日をへつゝをとこそまされ泉なる
しのたのもりのちえのあき風　藤原経衡
2477 同十八　葛　うつろはてしはしのたのもりをみよ
かへりもそするくすのうら風　赤染衛門
右一首詞書云いつみ式部道貞に／わすられて後程な
く敦道親王かよふと
きゝてつかはしけるとなん／和泉式部返事

18ウ

2478 秋風はすこくふくともくすの葉の
うらみかほにはみえしとそおもふ
2479 小竹　さゝの葉のしのたの森も秋くれは
露にはあへすいろそうつろふ　家隆卿
2480 六帖　いつみなるしのたのもりのくすのきの
ちえにわかれて物をこそおもへ
2481 桜　いさゝくらしのたの森にうつしうへて
ちえにや花のさきそふとみむ　大蔵卿有家
2482 詞花九　月　くまもなくしのたの森のしたはれて
ちえのかすさへみゆる月かけ　徳大寺左大臣実能

19オ

2483 秋の月しのたのもりのちえよりも
しけきなけきやくまになるらむ　西行法師
2484 続拾六　時雨　溜　時雨ともなにしかわかむ神無月
千五百番哥合　いつもしのたのもりのしつくを　土御門内大臣
2485 詠合　吉野山　ましてかの吉野の山やいかならむ
雪　しのたのもりの雪たにもあり　恵慶法師
右百首家集詞云或所屏風絵しの／たのもりに雪おほ
かり云々
2486 ほしわひぬおもひしのたのもりの露
ちえにくたくるたまくらの袖　源具親

里

2487 懐中　いつみなるたかしの浜の波しあれは
しのたのさともあらはれにけり

19ウ

奥津浜

2488 古十七　鶴　君をおもひおきつの浜になくたつの
たつねくれはそありとたにきく　藤原忠房朝臣
右哥貫之和泉国に侍けるとき／大和よりまうてきて
よみけるとなん／返哥高志浜に載之

2489 千鳥　月　ことゝへよおもひおきつのはまちとり
なく〱いてしあとの月かけ　権中納言定家

2490 明玉　浪たてるくぬきかはらにこまとめて
おきつかはらにしはしすゝまむ　紫金台寺入道法親王

高志浜　万葉第一文武天皇幸難波宮哥云大伴之／高師浜云々然者摂津国在之但貫之哥
当国詠之随八雲御抄云摂津国通／和泉云々仍両国共載之

20オ

2491 古十七　拾十九
浜松　奥津浪たかしの浜のはま松の
名にこそ人を待わたりつれ　紀貫之
右忠房朝臣哥返也

2492 続拾十七　塩風
浜松　霞　夕波　しほかせのをともたかしのはま松に
かすみてかゝるはるのゆふなみ　平親清女

2493 真砂地
松之根　うつ波のたかしのはまのまさこちに
おひたる松のねこそあたなれ　従三位家隆

2494 続古十三　曾馴松
建保百首　あた波のたかしの浜のそなれまつ
なれすはかけてわれこひめやも　権中納言定家

2495 同六　千鳥　しほ風も夜さむなるらし奥津波
たかしのはまにちとり鳴なり　源雅言朝臣

20ウ

浦　遠江国有同名

2496 金八　をとにきくたかしの浦のあた波は
かけしや袖のぬれもこそすれ　紀伊

吹居浦　寛平菊合名所第七番／⑭哥ケフ〱トシモオキマサルフユハタ、ハナウツロフトウラミニユカム／越中
有同名浜吹飯浜云々但千五百番／哥合詠吹飯浦　判詞万葉哥同ク浦ト云ヘリ

2497 天津風　鶴　天津風ふけゐの浦にゐるたつの
なとか雲井にかへらさるへき　藤原清正
右哥殿上はなれ侍てよみけるとなん／裏書云清輔抄
云哥仙晴哥ヲ人ニ請／事花山院哥合時高遠哥合読テ
／好忠永承哥合之時相模申請堀川右大臣
哥清正拝任紀伊守之後申兼昇哥／忠見読之彼集見タ
リ随テ清正家／集無之云々

2498 待かねてさ夜もふけゐのうら風に
たのめぬ波のをとのみそする　二条院参川内侍

21オ

2499 千十六　千鳥　さ夜千鳥ふけゐの浦にをとつれて
ゑしまかいそに月かたふきぬ　藤原家基

2500 続古十八　月　月影のふけゐのうらのさ夜千鳥
のこるあとにもねはなかれけり　素俊法師
右一首哥詞書云千載集ニ素覚法／師がさよちとりふ
けゐのうらにをと／つれてとよめるを思てよみ侍け
るとなん

2501 新勅六　月
久安百首　月きよみちとりなくなり奥津風[浪イ]
ふけゐのうらのあけかたの空　皇太后宮大夫俊成

21ウ

2502 余波　おきつ風ふけゐのうらのはけしさに
なこりとゝもにちとり立也　俊頼朝臣

滷

2503 建保百首　月　いたつらに我世の秋もふけゐかた
袖なる月もかたぶきにけり　従三位行能

余遠湊（ヨヲノ）　正字可詳

2504 懐中　つねならぬよをのみなとかうらむらん
人の心もさためなきをは

横山

2505 新六帖　炭

なにとしていかにやけはかいつみなる
よこ山すみのしろくなるらむ　光俊朝臣

22オ

上野

2506 雨　萩

雨ふれはあさふく風にいつみなる
うへのゝ萩はちりやすきなん　衣笠前内大臣

日根郡

2507 六帖

いつみなるひねの郡のひねもすに
こひはくらす（シヌトモ）とおもひはしけん

2508

故郷の旅ねの夢にみえつるは
おもひやすらん又とゝはねは　橘長利

右一首水尾帝御出家の御とも／にて和泉国日根と云
所にてよ／めるといへり

22ウ

吉見里

2509 月
松風

月をたによしみの里の秋のくれ
松風ならてとふ人もなし　俊成女

平松

2510 正治百首
難波渡　鐘

ひらまつはまた雲ふかくたちにけり
あけゆくかねは難波わたりに　後鳥羽院御哥

泉杣　或云　山城

泉河辺欤　八雲御抄当国入之

2511 万十二
宮木

宮木ひく泉の杣にたつたみの
やむときなくもこひわたるかな

2512 雪

みやき引民のかよひち絶にけり
いつみのそまの雪のあけほの　源光行

23オ

哥枕名寄巻第十三

畿内部十三　摂津国一

目録

難波篇
海　瀛　江副入江／堀江　浦
湍　崎　付並浜　津　湊
渡　道　里　都
宮　又云忍照宮／付浜　寺　副亀井

24ウ

一 並御津　又云大伴御津
浜　浦　崎　湊
二 高志
泊　松原　堀江　寺
浜　八雲御抄云通和泉云々／仍彼国又載之　浦　和泉載之
三 高津
海　宮
四 長柄　国史云嵯峨天皇御宇弘仁十三年造長／柄橋云々或伝云行基菩薩造長柄橋云々／
時代相違如何　管見在別紙

25オ

橋　付橋下寺　浜　浦　道
五 田蓑嶋　寛平御時菊合名所第五番
六 葦屋
里　海　灘田　詳
七 児屋　昆陽

25ウ

渡　松原　池　猪名篇載之
八 葦間池
九 小松崎
十 円江　顕昭哥詠奈波乃津富羅江而万葉赤人／哥縄浦云々彼浦在此江欤但現在難波辺／
然者縄浦者只是難波浦欤可詳
十一 澪漂　澪津串　貫之土佐記云ミヲツクシヨリイテヽナニハヲ／スキテカハシリニ入云々或云

26オ

十二 直越　多田也　安法々師家集名所詠／之云々或云忠見家集在之云々可検之

歌

詞

難波篇

2513 万八　難波辺に人のゆけれはをくれゐて
わかなつむこそみるしかなしき

2514 同四　菅　押照　難波乃菅之根毛許呂尓○　坂上郎女

2515 同十一 菅笠　臨照　難波菅笠置古之ノチハタカキ
ムカサナラナクニ

2516 万廿　葦　うなはらのかしこきみつゝあしかちる
なにはにとしはへぬへくおもほゆ　中納言家持

2517 古十一　同　つの国の難波のあしのめもはるに
しけきわかこひ人しるらめや　紀貫之

26ウ

2518 後十三　葦裏葉　人ことのたのみかたさはなにはなる
あしのうら葉のうらみつへしや

2519 新勅七　寛喜元　ちよふへき難波のあしのよをかさね
年女御入内屛風　霜のふりはのつるの毛衣　西園寺入道前太政大臣
霜　鶴毛衣

2520 拾十四　葦火　難波人あし火たく屋はすゝくれと
をのかつまこそとこめつらなれ　読人不知

2521 新古十　後法性　なには人あし火たくやにやとかりて
寺関白家哥合　すゝろに袖のしほたるゝかな　俊成卿

27オ

2522 続拾五　擣衣　うら風やなをさむからし難波人
あし火たくやにころもうつなり　権僧正実伊

2523 続古六　雪　難波人あし火たくやにふる雪の
正治百首　うつみのこすはけふりなりけり　守覚法親王

2524 新古十七　難波　なにはめか衣ほすとてかりてたく

27ウ

女衣干　あし火のけふりたゝぬ日そなき　紀貫之

2525 千十一　渚久藻　難波人すくもたくひのしたこかれ
うへはつれなきわか身なりけり　藤原清輔朝臣

2526 後撰十一　つの国のなにはたゝまくおしみこそ
すくもたくひのしたにこかるれ　同

2527 続拾一　読合　うら遠き難波の春のゆふなきに
淡路嶋　いり日かすめる淡路しまやま　中務卿宗—親王

2528 玉柏　うつもれぬこれやなにはの玉かしは
藻　蛍　もにあらはれてとふほたるかな　如願法師

2529 新古四　八月十五　わすれしな難波の秋の夜半の空
夜和歌所歌合　月　ことうらにすむ月はみるとも　宜秋門院丹後

2530 津の国のなにはの春は夢なれや
あしのかれ葉に風わたる也　西行法師

28オ

2531 続拾七　なにはめかあしのまろやもいつくそと
葦円屋　雪　たつぬはかりにふれるしら雪　前斎宮河内

2532 万四　網引　わかきぬを人になきせそあひきする
難波壮士のてにはふるとも

2533 読合　生田杜　秋は今朝いく田のもりを過ぬらん
なにはのあしに風をのこして　慈鎮和尚

2534 日本紀十一　難波人すゝふねとらせこしなつみ
鈴船　そのふねとらせおほみふねとれ
右一首仁徳天皇御時皇后遊行紀伊／国天皇幸大津待
皇后之船時御製

2535 後拾廿　法　津の国のなにはのことかのりならぬ
遊戯　あそひたはふれまてとこそきけ　遊女宮木

28ウ

2536 続拾十一　縄手　つなてひくなたのを舟や入ぬらむ
難波小舟　鶴　なにはのたつのうらわたりする　中納言国信
堀川院百首

2537 読合　草香山　をしてるや難波を過てうちなひく
草かの山をくれにわれこゆ　読人不知

2538 古十四　山城詠合　津の国のなにはおもはす山しろの
鳥羽　とはにあひみんことをのみこそ　読人不知

2539 拾十五　人をとくあくたかはてふ津の国の
なにはたかはぬ物に(こ歟)そありけれ
右元良のみこたえて後つかはしけると　承香殿中納言

2540 良玉集　池藤　風ふけは池のふちなみ松ならて
松　なにはの木にもさきかゝりけり
右一首天王寺ニ詣けるに藤花松なら／ぬ木ともにさ
きかゝりたりけるとみてよ／めるとなん

29オ

海

2541 万六　読合　直越(タヽコエ)の此径(ミチ)にしてをしてるや
なにはのうらになつけゝらしも
右越草香山明神社忌寸老麿作哥

2542 同廿　読合　さくら花いまさかりなり難波の海
桜花　忍照宮　をしてるみやにきこしめすなへ
右述私払憐哥　中納言家持

瀛

2543 むかしよりあはれをみする津の国の
なにはのおきのはるの明ほの　俊成卿女

29ウ

江

2544 万十六　忍照八(ヲシテルヤ)難波乃(ナニハノ)小江尓(ヲエニ)廬作(イホツクリ)難(カタ)
葦蟹　麻理(マリ)居(ヰタル)葦何(アシカ)尓乎(ニヲ)王(オホキミ)召跡(メスト)何(ナニ)
為牟(セン)尓(ニ)吾乎(ワレヲ)召良(メスラ)米(メ)○
右哥為蟹述痛作之

2545 拾九　駒　難波江のあしのはなけのましれるは
つのくにかひのこまにやあるらん　恵京法師

右哥三条のおほいまうちきみの／家の絵に白馬引所

2546 一字抄　葦　難波江のあしもまこもゝしらすけも
白菅　真菰　つのくむほとはえこそみわかね　中納言匡房

2547 堀百　駒　つのくめるあしのわか葉をはむこまの
あるしはみるやなには江の人　権中納言公実

2548 詩歌合　新古一　ゆふ月夜しほみちくらし難波江の
夕月夜　水江春空　あしのわか葉にこゆるしら波　藤原秀能

2549 後拾一　雪　花ならておらまほしきはなには江の
あしのわか葉にふれるしら雪　藤原範永朝臣

2550 続古一　射去火　難波江のしほひのかたやかすむらん
あしまに遠きあまのいさり火　順徳院御哥

2551 続拾七　建保二年　なには江やかすみのしたのみをつくし
内裏哥合　澪漂　春のしるしやみえてくちなん　家隆卿

2552 堀百　草　蛍　なには江の草葉にすたくほたるをは
篝　あしまのふねのかゝりとやみん　大納言公実

2553 続古六　朝霜　難波江やよるみつしほの程みえて
あしのかれ葉にのこるあさ霜　後鳥羽院御哥

30ウ

2554 詞九　なには江のしけきあしまをこく舟の
さほのをとにそ行かたをしる　大蔵卿行宗
右一首崇徳院御時御前にて水草／隠舟といふ事を

2555 金八　千十一　難波江のもにうつもるゝ玉かしは
堀百　玉柏　あらはれてたに人をこひはや　俊頼朝臣

2556 新勅十一　なには江のこやに夜ふけてあまのたく
しのひにたにもあふよしもかな　読人不知

2557 続後十二葦苅　難波江のあしかりを舟行かへり
小舟　うきにこかれてよをやつくさむ　衣笠内大臣

2558 同九　難波江に人のねかひをみつしほは
にしをさしてそ契をきける　大僧正慈鎮

31オ

右天王寺にまうて丶よめるとなん

2559 詩歌合　露
なには江のあしのかれはのはる風に
秋見し露の袖にこほる丶　同

2560 読合　葦
雪
なにはえのあしのしのやも雪ふれは
花のみやこにおとらさりけり

2561
難波江のあしまにやとる月みれは
わか身ひとりはしつまさりけり　顕輔

2562 夏苅葦
五月雨
夏かりのあしふみわくる難波江の
さみたれなからぬる丶そてかな　権中納言経通

入江

2563 続後十六
水まさる難波いり江のさみたれに
あしやをさしてかよふふな人　平長時

2564 葦鴨
玉藻舟　床
難波かた入江をめくるあしかもの
玉もの舟(床イ)にうきねすらしも　崇徳院御哥

2565 鴨
なにはかた入江かくれにむらねして
ころ浪たつるかもそなくなる　吉野左

31ウ

堀江　河

2566 万十二
いもかめをみまくほり江の小浪(サヽラナミ)
しきてこひつ丶ありとつけこせ

2567 同七　摂津国作
松浦舟
さ夜ふけてほり江こくなる松浦舟
梶音たかし水をはやみかも

2568 同十二
松浦舟乱(ミタレホリ)穿江の水を早み
かちとるまなくおほほゆるかも　柿本人丸

続古十八
ほり江にはたましかましをおほきみの
みふねこかむとかねてしりせは　井手左大臣

2569 同十八
2570 同　河瀬
ほり江よりみをひきしつ丶み舟さす
しつをのともはかはのせまおせ
右二首天平廿年太上天皇御／在難波宮時作哥

32オ

2571 続拾五　露
玉敷　月
みふねこくほり江のあしにをく露の
玉しくはかり月そさやけき　平政村朝臣

2572 万二十
伊豆手舟
ほり江こく伊豆手の舟のかちつくみ
おとしはたちぬみをはやみかも

2573 同　都鳥
ふなきおふ(はイ)ほり江の河のみなきはに
きゐつ丶なくはみやこ鳥かも

2574 新撰六帖　氷
都鳥　霜夜
みやこ鳥こゑもさむけくふなきほふ
ほり江の川のこほる霜夜に　衣笠内大臣

2575 万　読合　奈良
堀江よりみをさかのほるかちをとの
まなくそならはこひしかりける

2576 万二十　木積
貝
ほり江よりあさしほみちによるこつみ
かひにありせはつとにせましを

2577 同　大宮人
あしかりにほり江こくなるかちをとは
おほみや人のみなきくまてに　中納言家持

2578 同十　鴈
霜
をしてるや難波ほりえのあし辺には
かりねたるかも霜のふれるに

2579 拾八　真菰
鴨
まこもかるほり江にうきねするかもの
こよひの霜をいかにわふらん　読人不知

2580 古十四
棚無小舟
ほり江こくたな丶しをふねこきかへり
おなし人にやこひわたりなん

2581 拾九
君こふるふかさくらへにつの国の
ほり江みにゆく我にやはあらぬ　平貞文
右一首土佐か贈百哥の荅也彼哥潟載云々

2582 後拾九　綱手
すきかてにおほゆる物はあしまかな
ほり江の程はつなてゆるへよ　藤原国行
右舟にてのほりけるにほり江と云／所にてよめると
なん

2583 葦裏葉
命あらは又かへりこん津の国の

33オ

32ウ

なにはほり江のあしのうら葉に　大江嘉言
右哥対馬になりてくたり侍ける／に津国のほとより
能因法師かもと／へつかはしけるとなんそのうちつ
ゐに／のほらすして国にてみまかりにけ／れは能因
かよめる哥

33ウ

2584
あはれ人けふの命をしらませは
難波のあしにちきらさらまし

2585 現存六帖　豊葦原
をしてるやなにはほり江をいまみれは
とよあし原そにきはひにける

2586 霞　小舟
ほり江こくかすみのを舟行なやみ
おなし春をもしたふころかな　定家卿

浦

2587 古十八　読合　御津
われをのみ難波のうらにありしかは
うきめをみつのあまとなりにき
右哥昔女の男とはすなりに／けれはなにはなるみつ
のてらにまかり／てあまになりてよみて人につかは
し／けるとなん返哥滷載之

34オ

2588 拾九
きみなくてあしかりけりとおもふにも
いとゝ難波のうらそすみうき

2589 同
あしからしとてこそ人にわかれけめ
なにか難波のうらはすみうき
右二首贈答子細本集幷大和物語／在之依繁不書可見
彼矣

34ウ

2590 後拾十　葦之浮根
おもひやるあはれなにはの浦さひて
あしのうきねはさそなかれけん

2591 詞一
心あらん人にみせはやつのくにの
なにはのうらの春のけしきを　能因法師

2592 千二
こゝろなきわか身なれとも津の国の
難波の春にたへすもあるかな　藤原季通朝臣

2593 千五百番哥合　夏苅葦　小屋
夏かりのあしふくこやにかよひきて
軒はすゝしきなにはうら風　正三位季能

2594 続拾三　夏草
夏草のかりそめにとてこしかとも
なにはのうらに秋そくれぬる
右一首摂津国に侍けるころ道済か／もとにつかはし
ける哥となん

35オ

2595 同　郭公　栲縄
さ月まつなにはのうらのほとゝきす
あまのたくなはくり返しなけ　能因法師

2596 新六帖　千鳥
風ふけはなにはのうらのはまちとり
あしまに浪のたちゐこそなけ　源顕国朝臣

2597 同　一橋
津の国のなにはのうらのひとつはし
きみをおもへはあからめもせす

2598 古来哥合　読合　児屋松原
をしてるやなにはのうらにみわたせは
ゆふ日かゝれるこやの松はら　源仲業

江之浦

2599 露
露のほるあしのわか葉に月さえて
秋をあらそふ難波江のうら　西行法師

2600 霜
霜にあひて色あらたむるあしのね（ハイ）の
さひしくみゆるなには江のうら

2601 月之望塩
あまのはら空行月のもちしほの
みちにけらしな難波江の浦　道済

35ウ

潟

2602 万二
なにはかたしほひなありそしつみてし
いもかすかたをみまくくるしも
右和銅四年河辺宮人姫嶋松原／見嬢女屍悲歎作哥

2603 同六
なにはかたしほひのなこりまこくみん
いへなるいもかまちとはゝいかに

右越草香山時老丸作哥／二首内

2604 同廿
よそにのみみてやわたらん難波かた
雲井にみゆるしまならなくに

36オ

2605 同九　玉藻
難波かたしほひにいてゝ玉もかる
あまをとめらになかなつけさね

2606 古十七（同）
なにはかたおふる玉もをかりそめの
あまとそわれはなりぬへらなる　貫之

右一首なにはにまかれりけるとき／よめるとなん

2607 同十八　読合　御津
難波かたうらむへきまもおもほえす
いつこをみつのあまとかはなる　読人不知

右哥浦分にあるわれをのみな／にはのうらにありし
かはといへる哥の
返しなり

36ウ

2608 後九　海松和布
うらわかすみるめかるてふあまのみは
なにかなにはのかたへしもゆく　土佐

右貞文かもとよりなにはのかたへまか／るとゝふら
ひ侍けれはよみてつかはし／けるとなん返哥江分に
あり

2609 堀百　遠方　家居　葦分小舟
をちかたに家ゐやすらん難波かた
あしわけをふねしけく行かふ　紀伊

2610 綱手
なにはかたつなてになひくあしのほの
うらやましくも立なをるかな　俊頼朝臣

2611 後十　葦管
難波かたかりつむあしのあしつゝの
ひとへも君をわれやへたつる　藤原兼輔朝臣

37オ

2612 新古十一
難波かたみしかきあしのふしのまも
あはて此世をすくしてよとや　伊勢

2613 続拾十一　篠屋
なにはかたあしのしのやの忍ねに
ぬるゝ袖さへほすひまそなき　春宮大夫実兼

2614 広田社哥合　玉藻小舟
あしの葉も霜かれにけりなにはかた
玉もかり舟ゆきかよふみゆ　寂念法師

2615 後拾一
難波かた浦ふく風に浪たては
つのくむあしのみえみ見えすみ

2616 千十一
なにはかたしほちはるかにみわたせは
霞にうかふあまのつり舟　円玄法師

2617 新古一　朧月夜
なにはかたかすまぬ波もかすみけり
うつるもくもるおほろ月夜に　源具親

2618 六帖　山端月
なにはかたしほみちくれは山のはに
いつる月さへみちにけるかな

37ウ

2619 続後六
難波かたあまのたくなはなかくとも
おもひそはてぬ秋の夜の月　右大将通忠

2620 新古十六
難波かたしほひにあさるあしたつも
月かたふけはこゑのうらむる　俊恵法師

2621 月　瀛　白渚　千鳥
あり明の月影さむみなにはかた
おきのしらすにちとり鳴なり　同

2622 松風　月氷　鴛
難波かた松のあらしに雲きえて
月のこほりにをしそなくなる　前大僧正慈鎮

2623 新勅十七　雪
なにはかたあしまの氷けぬかうへに
雪ふりかさぬおもしろのよや　俊頼朝臣

38オ

2624 正治百首　難田　捨舟
難波かたみきはの風もさえぬれは
こほりそつなくなたのすて舟　讃岐

2625 千鳥
なにはかたあさみつしほにたつちとり
うらつたひするこゑきこゆなり　相模

2626 続拾十一　群鳥
なにはかたむれたる鳥のもろともに
たちゐる物とおもはましかは　紫式部

右一首詞書云つの国にまかれりける／時女ともたち
のもとにつかはしけるとなん

2627 新勅十九　塩満浜　鶴
難波かたしほみつはまのゆふくれは
つまなきたつのこゑのみそする　太宰権帥公頼
右亭子院の御共にてなにはの／浦にてよめるとなん

2628 万七　続古十八　淡路嶋　読合
難波かたしほひにたちて見わたせは
あはちの嶋にたつかけるみゆ　読人不知

38ウ

2629 読合　夕霧　武庫
あしの葉にゆふきりたちぬ難波かた
武庫の山辺も色つきぬらん　従二位家隆

2630 後十四　読合　住吉
われならぬ人すみよしのきしに出て
なにはのかたをなかめつるかな　源整朝臣
右一首ふみつかはしける女のこと人に／つきぬと
きゝてよめるとなん

2631 六条大相国家哥合　交浪
難波かたさゝ浪よするうら風は
てるみな月もすゝしかりけり　琳賢法師

2632 白渚崎　小貝
なにはかたしほひはむれていてたらん
しらすのさきにこかひひろひて　西行法師

39オ

崎　付並浜

2633 赤曽朋舟
忍照(ヲシテルヤ)　難波乃(ナニハノ)崎尓(サキニ)別登(ワケノホル)　赤(アケノ)　曽朋(ソホ)
舟(フネ)曽朋(ソホ)舟尓(フネニ)綱取繋(ツナトリカケテ)　引豆良比(ヒキツラヒ)〇

2634
をしてるやなにはのさきのならひ浜
ならへんとこそそのこはありけめ
右一首仁徳天皇八田女を納将妃／御製

津

2635 古　木花
難波つにさくやこの花冬こもり
いまは春へとさくやこのはな
右おほさゝきのみことをそへたて／まつりて王仁か
よめるといへり

39ウ

2636 新勅一　梅花
なにはつにさくやむかしの梅の花
いまも春なるうらかせそふく　後京極摂政―

2637 弘長七　玉梅下風
難波津にいまやはるへとさきぬらん
うらわたりする梅のしたかせ　常磐井入道―

2638 続古七　平野社哥合　読合　平野松
なにはつに冬こもりける花なれや
ひらのゝ松にふれるしら雪　家隆

2639 万二　御船
なにはつにみふねとまりぬときこえには
ひもときさけてたちはしりせん　山上憶良

2640 万二十
をしてるやなにはのつよりふなよそひ
あれはこきぬといもにつけこせ

2641 後十四
なにはつをけふこそみつのうらことに
これやこのよをうみわたるふね　業平朝臣
右一首身のうれへ侍けるころつの国に／まかりてす
みはしめける時よめるといへり

40オ

2642 拾
なにはつはくらめにのみそふねはつく
あしたの風のさためなけれは　藤原輔相
右物名つはくらめを

湊

2643 千六　千鳥
霜かれのなにはのあしのほの〳〵と
あくるみなとにちとり鳴なり　賀茂成保

2644 拾七　田　葦　苗
津の国のなにはわたりにつくる田は
あしかなへかとえこそみわかね　輔相
右物名あしかなへ

渡

2645 正治百首　平松　鐘
ひらまつはまた雲ふかくたちにけり
あけゆくかねはなにはわたりに　後鳥羽院御哥

40ウ

2646 万廿　後拾十九
なにはとをこきいてゝみれは神さふる
いこまたかねに雲そたなひく　読人不知

2647
いこま山花やさくらんなにはとを
こきてゝみれはかゝるしら雲　中務卿親王

道

2648 万二十　紐緒
なにはちをゆきてくまてとわきもこか
つけしひものをたえにけるかな

里

2649
つの国のなにはの里の夕すゝみ
あしのしのひに秋風そふく　藤原信実朝臣

41オ

2650
おもひいてゝいまもことゝへほとゝきす
なにはのさとのゆふくれの空　小宰相

2651 月
波かくる難波のさとのあれまくら
月みんとてやむすひ初けん　中宮少将

都

2652 万三　井中　都
むかしこそなにはゐ中といはれしか
いまはみやことそなはりにけり　式部卿宇合
　右被造難波都時作哥

2653 新六帖　古都
あともなきむかしかたりのふる都
のこるなにはゝうらさひにけり　信実朝臣

2654 続後六　月　秋浦風
すむ月もいく夜になりぬなにはかた
ふるきみやこの秋のうら風　前内大臣基家

41ウ

宮　又称忍照宮

2655 万六　入渚　千鳥
名庭　宮者久知良取海片就
納渚尓波千鳥妻呼○
　返哥

2656
かりかよふなにはの宮は海ちかみ
あまをとめらかのれる舟みゆ

2657
おほみやのうちにてきこゆあひきすと
あことゝのふるあまのよひこゑ

又云**忍照宮**

2658 万廿　桜花
さくら花いまさかりなり難波の海
をしてる宮にきこしめすなへ　中納言家持

42オ

浜

2659 千五百番哥合　松原
をしてるやはまのみなみの松原も
いくきのちよを君にそふらん　尺阿

寺

2660 続後十　人忘貝
いまさらにたもとはあまとなりぬらん
なにはの寺の人わすれかひ　常磐井入道―
　右天王寺に戒師はしめておく／とてよみ侍けるとな
ん

亀井　現在天王寺故以／寺次載之

2661 新古廿
にこりなきかめ井の水をむすひあけて
こゝろのちりをすゝきつるかな　上東門院

2662 後拾十八
万代にすめるかめ井のみつやさは
とみのを川のなかれなるらん　弁乳母

2663 続後
しらいしの玉ゐの水をてにくみて
むすふちきりのすゑはにこらし　常磐井入道―
　右一首天王寺にてよめるといへり

42ウ

2664
もろ人の契りむすはゝわするなよ
亀井の水にこしはへぬとも　定家卿

御津　又云**大伴御津**

2665 続古一
こゝろある人のためとやかすむらん
なにはのみつの春の明ほの　後鳥羽院御哥

2666 続後四　月　葦根
難波なるみつとはいはしあしのねの
みしかき夜はのいさよひの月　正三位知家

2667 古十一
君か名もわか名もたてしつの国の
みつとないひそあひきともいはし　読人不知

43オ

2668 同十七焼塩
をしてるやなにはのみつにやくしほの
からくもわれは老にけるかな

又はおほとものみつのはまへに

2669 新勅十二
うらみしなにはのみつに立けふり
心からやくあまのもしほ火
参議雅経

2670 万十五　読合　何嶋
おほとものみつにふなのりこきいては
いつれのしまにやとりせんこら
右天平八年遣新羅使等各悲／別作哥内

2671 同四　月夜
おほとものみつとはいはしあかねさし
てれる月よにた、にあへりとも

2672 同七　月
鞁懸流伴(ユキカクルトモノヲ)　雄広伎(ヒロキ)大伴尓(オホトモニ)国　将(クニサカヘシ)
栄常月(トツキハテルラ)　照良思(シ)

2673
白細(シロタヘ)　沙(シラスナコ)の三津の黄土(ハニフ)の色にいて、
いはすてきみをわかこふらくは

2674 同三
しほかれのみつのあま人く、つもて
たまもかるらんいさ行てみん

2675
ふる雪にみつのむらあし下おれて
をともかれゆく冬のうら風
源親行

浜

2676 万一　新古十　松
いさこともはやひのもとへおほともの
みつのはままつまちこひぬらん
右在大唐憶本郷作哥
山上憶良

2677 続古一　松
おほとものみつのはま松かすむ也
はや日のもとに春やきぬらん
中務卿親王

2678 万七
おほとものみつのはまへをうちさらし
よせくる浪の行ゑしらすも

2679 同一　忘貝
おほとものみつのはまなるわすれ貝
いへにあるいもをわすれておもへや

2680 建保百首
みつのはますゑこす浪の忘れかひ
わすれてみつる松かねの夢
順徳院御哥

2681 続後八　千鳥
難波津にわかまつふねはこきくらし
みつのはまへにちとりなくなり
読人不知

2682 続拾六　松　干潟　千鳥
松さむきみつのはまへのさ夜ちとり
ひかたの霜に跡やつけつる
土御門院御哥

2683 万十五
ぬはたまの夜あかして舟はこきゆかん
みつのはま松まちこひすらん
右一首天平八年遣新羅国／使等廻来入京到播磨国家
嶋作／哥　五首内

2684
きみによりことのしけきをたつたこえ
みつのはまへに身潔(ミソキ)しにゆく
右八代女王献天皇(日本欤)哥

2685 堀百　読合　鶴　上小々竹野
あひきするみつの浜辺にさはかれて
あけをさ、のへたつかへるなり
俊頼

浦

2686 万十五
ますか、みみつのはまへに大船(オホフネ)に
まかちしけぬき○

2687
春の日は今日こそみつのうらわかみ
あしのうら葉をあらふしら波
右最勝四天王院障子難波浦哥
権中納言定家

2688 現六
神さふるいこまの山のあま雲に
舟こきかへすみつのうら人

崎

2689 万八
難波方三津ノ崎ヨリ大船(フネニ)○

2690 同三
三津崎浜矣(ミツノサキハマヲ)　恐(カシコミ)　隠(コモリエ)　江乃(ノ)　舟(フネコク)　公(キミノ)
宣奴(ユクカタノ)　嶋尓(シマニ)
人丸

湊

2691 玉垣
玉かきのみつのみなとに春くれは
花手向
行かふ人のはなをたむくる
曾祢好忠

泊

2692 万十五　読合　おほとものみつのとまりにふねいて、
龍田山　たつたの山をいつかこえゆかむ
右天平八年遣新羅使等廻来入京／到播磨国家嶋作哥
五首内

2693 たつた山夕こえくれておほとものみつのとまりに舟や待らむ　従二位家隆

松原

2694 万五　大伴のみつの松はらかきはきて
われまちまさんとくかへりませ　山上憶良
右好去好来哥一首略之／反哥天平五年五月一日山上
憶良上云々

2695 同七　あさなきにまかちこきいて、みつ、こし
みつの松はらおもほゆるかも

46オ

堀江

2696 六帖　鴭　ひとりのみみつのほりえに住鴭の
そこはたえすも恋わたるかな

寺

むかし女のをとことはすなりに／けれはなにはなる
みつのてらにまかり／てあまになりてよみて人につ
かはしける

2697 古十八　われを君なにはのうらにありしかは
うきめをみつのあまとなりにき

返し

2698 なにはかたうらむへきまもおもほえす
いつくをみつのあまとかはなる

難波のみつ寺にてあしの葉／のそよくをき、て

2699 新古　葦　あしそよくしほせの浪のいつまてか

46ウ

塩瀬　うき世中にうかひわたらん　行基菩薩

高志浜（並二）　八雲御抄摂津国通和泉云々／貫之於和泉詠之仍両国共載之

2700 万一　新勅八　大伴のたかしのはまの松のねを
松　まくらにぬれといつしおもほゆ
右文武天皇幸難波宮時置始東／人作哥

2701 久安百首　おほともの松のはひねを枕にて
たかしのはまにまろねしてけり　大納言隆季
白余哥和泉国載之

47オ

浦（並三）**高津**　哥和泉国載之

2702 万三　ひさかたの天（アマ）の採女（サウメ）か石船（イハ）の
泊（トメ）し高津（タカツ）は浅（アセ）にけるかも

海

2703 万三　名にたかき高つの海の奥津浪
ちへにかくれぬやまとしまねは

宮

2704 新勅一　守覚法
親王家五十首　はるの夜の月にむかしや思ひいつる
たかつの宮ににほふ梅かえ　覚延法師

2705 同三　郭公　あれにけるたかつの宮のほと、きす
たれとなにはのことかたるらん　権中納言長方

2706 万代　虫　いにしへのたかつのみやは跡ふりて
むしのねのみや秋をわすれぬ　醍醐入道太政大臣

47ウ

2707 金三　いにしへのなにはの事をおもひ出て
たかつのみやにすめる月影　大納言師頼

2708 葦　松風　むかしおもふ高津の宮の跡ふりて
難波のあしにかよふまつかせ　前大僧正慈鎮

2709 正治百首
氷室　かしこきはなにはのこともおほかれと
たかつの宮のひむろをそおもふ　源師光

48オ

長柄（丼四）

2710 千十四　あしの屋のかりそめふしはつの国の
なからへゆけとわすれさりけり　藤原為真

2711 新古十八　津の国のなからふへくもあらぬかな
みしかきあしの世にこそ有けれ　花山院御哥

橋　国史云嵯峨天皇御宇弘仁三年六月造長柄橋／或記云長柄橋行基菩薩所造云々時代相
違不審／若嵯峨御宇被興古跡歟古今序幷伊勢／哥心如何

2712 古十七　世中にふりぬる物はつの国の
なからのはしとわれとなりけり　読人不知

2713 同　難波なるなからの橋もつくるなり
いまはわか身をなにゝたとへん　伊勢

2714 後十七　人わたすことたになきをなにゝかも
なからのはしと身のふりぬらん　七条后

2715 同　ふるゝ身はなみたの川にみゆれはや
なからのはしにあやまたるらん　伊勢

右二首贈答寛平法皇御出家之後云々

2716 拾八　あしまよりみゆるなからのはしく〳〵ら
むかしの跡のしるへなりけり　藤原清正

右天暦御時屛風絵長柄橋之柱残所

2717 新古十七　くちにけるなからの橋をきてみれは
あしのかれ葉に秋風そふく　後徳大寺左大臣

2718 新古六（続歌）　月も猶なからにくちしはしく〳〵ら
ありとやこゝにすみわたるらん　後嵯峨院

右御製九月十三夜十首哥合昔／なからの橋のは
しく〳〵らにてつくりた／る文台にて講せられける時
名所月／といふ題をよませ給けるとなん申

49オ

2719 残木　むかしよりなからの橋のこりきを
ふみみることになをそなかるゝ　清原元輔

2720 続後一　津の国のなからのはしの跡なれと
猶かすみこそたちわたりけれ　法性寺入道前関白太政大臣

2721 千十六　けふみれはなからのはしは跡もなし
むかしありきと聞わたれとも　道因法師

2722 千十六　ゆくすゑをおもへはかなしつの国の
なからのはしも名はのこりけり　俊頼朝臣

2723 続古八　行すゑもなからの橋のくちすして
つくるよもなく人をわたさん　読人不知

右一首哥分別功徳品願我於未来／長寿度衆生の文を
よめるとなん

49ウ

2724 同廿　君か代はなからのはしをちたひまて
つくりかへても猶やふりなん　従三位頼政

2725　君か代にいまもつくらは津の国の
なからのはしやちたひわたさん　従二位家隆

2726　きゝわたるなからの橋もくちにけり　常磐井入道
身のたくひなるふるきなそなき　常磐井入道前太政大臣

裏書云古今集ふしの煙もたえすな／りなからのはし
もつくるなり云々就之
謂之富士煙有不立不断之両説／長柄橋為造也尽之異
儀而今如／頼政家隆等詠者造議治定歟但古今／読人
不知哥分別品心若存尽之儀／歟又只自然之詠歟可思
之

50オ

橋下寺（付）

2727 現六　なからなるはしもと寺も作るなり
おこさぬ家をなにゝたとへん　光俊朝臣

2728 新古十七　春の日のなからのはまに舟泊めて
いつれかはしとゝへとこたへす　恵慶法師

2729 拾十七　恋わひぬかなしきこともなくさめん

いつれなからのはまへなるらん　平貞文

2730 建保百首　よろつ代をなからのはまのさゝれゐしの
こよひよりこそこけはむすらめ　正三位忠定

2731 正治百首　君か代に猶なからへてともちとり
なからのはまにこゑきこゆなり　従二位家隆

浦

2732 万代　あし火たくなからの浦をこき分て
いくとせといふにみやこみつらん　能因法師

道

2733 新六帖　あまのすむ里のなからの道つゝき
かきりあらはやうらみあくへき　前大納言為家

宮

2734 万六　長柄宮尓真木柱太高敷[フトタカシキテ]　○
右神亀二年十月幸難波宮／時笠朝臣金村　作[本]哥

並五 **田蓑嶋**　寛平菊合名所第五番

2735 古十七　拾六　雨により田蓑のしまをけふ行は[ニキタレトモ六帖]
六帖　雨　なにはかくれぬ物にそありける　貫之
右なにはへまかりけるときたみのゝし／まにてあめ
にあひてよめるとなん

2736 同　なにはかたしほみちくらしあま衣
たみのゝ嶋にたつ鳴わたる

2737 続後十九　道助　あま衣たみのゝしまにやとゝへは
法親王家五十首　夕しほみちてたつそなくなる　常磐井入道前太政大臣

2738 堀百　難波かたたつそなくなるこれやこの
たみのゝしまのわたりなるらん　大納言師頼

2739 千五百番哥合　誰かきくなにはのしほのみつなへに
たみのゝしまのつるのもろこゑ　慈鎮和尚

2740 建保百首　うちはらふわか袖かけてさえにけり
雪　たみのゝしまの雪のしらなみ　正三位忠定

2741 同　雪　さかえゆく国のたみのゝしま人も
雪ふるめくみまつあふくらん　従三位行能

2742 同　あられふる田みのゝ嶋のとまやかた
なにはさはらすぬるゝ袖かな　俊成女

2743 寛平菊合　たみのともいまはもとめしたちかへり
花菊也　花のしつくにぬれんとおもへは

並六 **葦屋**

2744 古十六　はるゝ夜のほしか河へのほたるかも
わかすむかたのあまのたくひか　業平朝臣
右哥あしやといふ所にてよめると／見たり為濫觴故
載之

2745 続後十四　あしの屋にほたるやまかふあまやたく
おもひも恋もよるはもえつゝ　権中納言定家

2746 続拾三　あしの屋のあまのなはたくいさり火の
それかとはかりとふほたるかな　正三位知家

2747 新勅十九　みしか夜のまたふしなれぬあしのやの
つまもあらはにあくるしのゝめ　従二位家隆

2748 建保百首　津の国やかすむあしやのみこもりに
したねも春のうら風そふく

2749 遅桜　あしの屋のわかすむ方のをそさくら
ほのかにかすむかへるさの空　定家卿

2750 あしの屋のいさこの山のうへになる
瀧のしらいとみてもかへらん　具氏朝臣
裏書云いさこの山のうへになるといふは／伊勢物語
の詞也一義には沙山[イサコ]といふ山の／名なり一儀には
たゝこれ去来此山[イサコノ]といふ詞／也是彼物語習事也未決

里

2751 続拾三　弘長元年百首　ぬれてほすひまこそなけれ夏かりのあしやのさとのさみたれのころ　衣笠前内大臣

2752 千五百番哥合 月　月のこるあし屋のさとの在明にむかしににたるあまのいさり火　後鳥羽院

53オ

2753 新古　いさり火のむかしの光ほのみえてあしやのさとにとふほたるかな　後京極摂政

2754 現六　あしの屋のさとの入江による草のみるめにうきて行ほたるかな

2755 続拾三　ほの〳〵とわかすむかたは霧はれてあしやのさとに秋風そふく　定家

2756 続古四　建保元年五十首哥合　いつもかくさひしき物かつのくにのあしやのさとの秋のゆふくれ　家隆

2757 同六　九月十三夜十首哥合　とへかしなあし屋のさとのはるゝ夜にわかすむかたのつきはいかにと　少将内侍

2758 続古十一　一条前関白家百首　よしやこゝあし屋の里の夏の日にうきてよるてふその名はかりは　為家

53ウ

2759 雲葉　このころのみなみの風にうきみるのよるそすゝしきあしの屋の里　定家

2760 建保百首　こゝろありて誰かきくらん津の国のあしやのさとのうくひすのこゑ　兵衛

2761 同　なにはめかすくもたくひもうちしめりあし屋のさとに春雨そふる　知家

2762 春の夜のなみにもかよふほたるかなあしやのさとのあまのたく火に　家隆

2763 あしの葉の霜かれはてし里の名をかすみにこむるそらのやえかき　俊成女

2764 現六　かきくらすあしやのさとの五月雨にこのころやかぬしほそみちくる　隆祐朝臣

54オ

海

2765 読合　木路遠山　明わたるあしやの海の波まよりはるかにめくるきちの遠山　為家

瀛

2766 新勅十八　はるかなるあしやの奥のうきねにも夢ちはちかきみやこなりけり　俊成

灘　可詳

2767 古十七　あしの屋のなたのしほやきいとまなみつけのをくしもさゝすきにけり　業平朝臣

2768 続古十一　あしの屋のなたのしほくむあま人もしほるか袖のいとまなきまで　後鳥羽院

裏書云千五百番哥合御製生蓮／判詞云俊恵法師と申しものあしの／屋のなたとをきてたけたかくいみ／しかるへきにすゐの句のかなう程な／るかかたきなりそれよみかなへたら／むはめてたかるへしとつねに申侍し／おもひあはせられ侍ていみしくおほ／え侍り云々

54ウ

2769 続古一　建保哥合　あしのやのなたのしほやのあまのとをしあけかたそ春はさひしき　順徳院

並七 **児屋**

2770 拾十四　津の国のなにはわたりにつくるなるこやといはなんゆきてみるへく　読人不知

2771 後拾十二　つのくにのこやとも人をいふへきにひまこそなけれあしのやへふき　和泉式部

55オ

2772 同十六　これもさはあしかりけりや津の国のこやことつくるはしめなるらむ　上総大輔

右一首子細可見

2773 続後十一　なにはめかこやにおりたくしほれあしの

しのひにもゆる物をこそおもへ　殷富門院大輔

2774 新勅十一　難波江のこやに夜ふけてあまのたく
しのひにたにもあふよしもかな　読人不知

2775 続古十一　しらすへきかたこそなけれ難波なる
こやのしのひにおもふこゝろを　中務卿親王

55ウ

2776 新勅一
久安百首　霜かれはまはらにみえしあしの屋の
こやのへたてはかすみなりけり　待賢門院堀川

2777 建保百首　なにはかたこやのやへふきもりかねて
あしまにやとる夏の月かけ　従三位行能

2778 古来哥合　なにはなるこやとは人をまねくらん
お花ににたるあしのむら立　権律師円勇

2779 続拾四　あしの葉のをとにもしるし津の国の
こやにふきそむる秋の初かせ　院少将内侍

2780 続古十二　津の国のこやのあしかき野分して
ひまこそあれと人につけはや　光俊朝臣

2781 千五百番哥合　あしの葉のかれゆくみれはつの国の
こや秋はつるしるしなるらん　越前

56オ

2782 拾四　あしの葉にかくれてすみし津の国の
こやもあらはに冬はきにけり　曽祢好忠

2783 続後八　雪　承暦
四年後番哥合　難波かたあしの葉しのきふる雪に
こやのしの屋もうつもれにけり

渡

2784 あしの屋のこやのわたりに日はくれぬ
いつちゆくらんこまにまかせて　能因法師
右哥或類聚八雲御抄同名所哥／勘之而野部入之

松原

2785 古来哥合　をしてるやなにはのうらにみわたせは
ゆふ日かゝれるこやの松はら　源仲業

56ウ

池　猪名篇載之

並八 **葦間池**

2786 明玉集　なにはかたあしまの池の水の色も
あさみとりにそはるはみえける　伊勢大輔

2787 蛍　水くらきあしまの池のゆふやみに
よをしるむしのかけそほのめく　中務卿親王

2788 現六　氷　ねぬる夜はむへさえけらしけさはまた
あしまの池もつらゝゐにけり　知家

2789 なにとわれあしまの池のみくりなは
人くるしめのよにましるらん　中務卿親王

57オ

山　非一所歟仍／未勘部載之

小松崎

2790 万代　難波かたうら風さむみしほみては
こまつか崎にちとり鳴なり　勝命法師

2791 正治百首　ふた千代をかさねてゆつれ君を祈
こまつのさきのつるの毛衣　守覚法親王

並九 **円江**

2792 経房卿家哥合　雪ふれはあしのうら葉もなみこえて
なきさもわかぬなはのつふらえ　法橋顕昭

並十 **直越**　多田也

2793 万六　たゝこえのこのみちにしてをしてるや
難波の海となつけゝらしも
右越草香山時神社忌寸老丸
作哥

並十一 **澪漂**

澪津串　貫之土佐記云云々／或云安法々師家集名所詠之可勘／或云忠見家集
在之可勘

57ウ

2794 後十二　拾十二　わひぬれはいまはたおなし難波なる

みをつくしてもあはんとそおもふ　　元良親王

一校了

58オ

表紙

歌枕名寄　第四
摂津下

本文

謌枕名寄巻第十四

目録

畿内部十四　摂津国二

住吉篇
江 付細江　浦　浜　岸　岸野
岡　田 小田／岸田　里　神
並
津守 瀛　浦／神　浅鹿浦　敷津浦
出見浜 原　粉浜　得名津　名児 海越中有／同名／浜　浦
長居浦 浜／潟　浅沢小野 沼　名越岡
霞松原　遠里小野

2オ

猪名篇 万葉名無両様也　但建保／名所百首用名字矣
山 後山　麓山／中山　青山　野　原 小竹原／栗原
河 河原／河岸　渠河　海　浦
湊　渡

2ウ

並
有間山 馬 付出湯／浦　武庫 山　海　浦　入江／崎　渡　河
小屋池 児

3オ

歌

歌

住吉篇

2795 万七　旋頭哥
住吉之波豆麻公之馬乗衣離豆
藹漢女座而縫衣紉

2796 同　忘貝
住吉にゆくといふみちにきのふみし
こひわすれかひことにしありけり

2797 新古十五　忘草
すみよしのこひわすれ草たねたえて
なきよにあへるわれそかなしき　藤原元真

2798 万代　身潔
すみよしのあさみつしほにみそきして
こひわすれくさつみてかへらん　紀貫之

2799 後拾八　松
おきつかせ吹にけらしな住よしの
松のしつえをあらふしらなみ　大納言経信
右一首延久五年三月住吉行幸時作哥

3ウ

2800 拾遺八
音にのみきゝわたりつるすみよしの
松の千とせをけふみつるかな　紀貫之

2801 後拾八　杉
さもこそはやとはかはらめ住吉の
松さへ杉になりにけるかな　読人不知
右一首山口重之が女につかはしける哥

2802 現葉　花
さく花もひさしくにほへすみよしの
松に千とせの色をちきりて　前内大臣基

2803 千五百番哥合　百草花
君か代にひさしくにほへすみよしの
松にちきりしもも草の花　慈鎮和尚

2804 金葉　藤
住よしの松にかゝれるふちのはな
風のたよりに浪やおるらむ　修理大夫顕季

4オ

2805 続拾七
すみよしの松の梢のふちのはな
いくとしなみにかけてさくらん　澄覚法親王

2806 新古四　月
月は猶もらぬ木の間もすみよしの
松をつくして秋風そふく　寂蓮法師

2807 新勅十九
すみよしの有明の月をなかむれは

とをさかりにしかけそこひしき　和泉式部

2808 読合　淡路嶋
住吉の松の木間よりなかむれは
月おちかゝるあはちしま山　従三位頼政

2809 建保名所百首
あはちしまむかへの雲のむらしくれ
そめもをよはぬすみよしの松　権中納言定家

2810 後拾十三　紅葉　桂
もみちするかつらのなかに住よしの
松のみひとりみとりなるかな　津守国基

4ウ

2811 続拾十
すみよしの松かねあらふ波の音を
梢にかくるおきつしほかせ　西行法師

2812 読合　若浦
すみよしの松もすゝしくおもふらん
君のおきてのわかのうら風　皇大后宮大夫俊成

2813
身のうさを和哥の浦はになかむれは
こゝろにうかふすみよしのまつ　慈鎮和尚

江

2814 万七
くやしくもみちぬる塩かすみのえの
きしのうらはにゆかましものを
右摂津作

2815 古十二
住のえの岸による波よるさへや
夢のかよひち人めよくらむ　読人不知

5オ

2816 後十
すみのえの波ならねともよとゝもに
こゝろを君によせわたるかな　貫之

2817 万三　松原
清江乃木笑松原遠神我（スミノエノキシノマツハラトヲカミニワカ）
王之幸行処（オホキミノミユキシトコロ）

2818 万廿　浜松枝　小野草
すみのえのはま松かえの之多婆倍弓
わかみるをのゝ草なかりそね　中納言家持

2819 古七　拾十七　松　奥津白波
すみのえの松を秋風ふくからに
こゑうちそふる奥つしらなみ　凡河内躬恒
右一首古今無名拾遺躬恒哥也／内侍のかみの右大将

藤原朝臣の／四十賀しける時ひやうふ絵哥／なり両
首の哥躬恒家集に
みえたり

5ウ

2820 古十五　葦鶴
すみのえの松ほと久になりぬれは
あしたつの音になかぬ日そなき　兼覧王

2821 同十七　姫松
われみてもひさしく成ぬ住のえの
岸のひめ松いくよへぬらむ　読人不知

2822 同
すみのえの岸のひめ松人ならは
幾世かへしとゝはましものを

2823 新古十九
いかはかりとしはへねとも住のえの
松そふたゝひおひかはりぬる
⑮右一首本集詞云或人住吉に／まうてゝ人ならはとは
ましものを／すみよしの松はいくたひおひかはる
らんとよみてたてまつりける御返／ことゝなん

6オ

2824 後三　浜松
春ふかき色にもある哉すみのえの
そこもみとりにみゆるはま松　躬恒

2825 同十
すみのえの松にたちよる白波の
かへるときにやねはなかるらむ　忠峯
右一首人のもとへまかりたりけるに／門よりかへし
けれはよめるとなん

2826 拾十一
あふことをまつにて年のへぬるかな
身はすみのえにおいぬものゆへ　読人不知

2827 同十二
忍ひつゝおもふもくるしすみのえの
松のねなからあらはれなはや

2828 同十八　衣玉
ときかけつ衣の玉はすみのえの
神さひにける松のこすゑに　増基法師

6ウ

2829 後拾二　藤
すみのえの松のみとりもむらさきの
色にてかくる岸のふちなみ　橘為仲朝臣

2830 後七　玉藻
すみのえのうらの玉もを結ひあけて
なきさの松のかけをこそみれ　清原元輔

2831 嵐　霧　月
あらし吹松の梢に霧はれて
神もこゝろやすみのえの月　寂蓮法師
裏書云住吉社哥合嵐哥判詞云浜松なとには／嵐と云へからすむへ山風をあらしといふらんと／いへる哥にてしるへき事也云々八雲御抄有／此沙汰歟可見海
嵐不可有難之由侍歟

7オ

2832 千廿
ふりにける松ものいはゝとひてまし
むかしもかくやすみのえの月　後徳大寺左大臣

2833 同　霜
すみのえの松のゆきあひのひまよりも
月さえぬれは霜はをきけり　俊恵法師

2834 郭公
すみの江のまつとしりせはほとゝきす
うらみぬさきにとはましものを　藤原重基

2835 忘草
うちしのひいますみのえにわすれ草
わすれて人のまたやつまぬと　読人不知

2836 新勅十一　網
いとへとも猶すみのえの浦にほす
あみのめしけきこひもするかな

2837 澪漂
数ならてよに住のえのみをつくし
いつをまつともなき身なりけり　源俊頼朝臣

7ウ

2838 千十八　長哥
すみの江の塩にたゝよふうつせかひ
うつしこゝろもうせはてゝ　同

2839 万十六
墨江之小集尓出而（スミノエノヲスヘニイテヽ）うつゝにも
をのか妻すらを鏡とみつも
右一首本集云伝云昔鄙人郷／里男女衆野遊中鄙人夫
婦／其容端正秀於衆諸彼鄙人増愛／妻之情作此哥
云々

2840 六帖　白菊花
なみとのみうちこそみつれ住のえの

延喜御時菊合哥
岸にのこれるしら菊のはな　坂上是則

2841 散木集連哥　鵜
あらふとみれとくろきとりかな　僧
さもこそは住のえならめよとゝもに　俊頼朝臣

8オ

2842 千五百番哥合　唐琴
すみの江の松風かよふからことを
なみのをかけて塩やひくらん　土御門内大臣

2843 広田社哥合　読合　武庫
すみのえにむこのうらなみ立そひて
ふたゝひ神のめくみをそしる　道因法師

細江

2844 詞花九
すみの江のほそ江にさせるみをつくし
たかきしるしもなき世なりけり　相模

2845 万代　氷
すみよしの岸の松風わたるなり
ほそ江のみきはこほりしぬらん　覚性法親王

浦

2846 後拾十八
すみよしのうら風いとゝ吹ぬらむ
きしうつなみのこゑしきるなり　兼芸法師

2847 新勅十九
すみよしのうらに吹あくるしらなみそ
塩みつときの花とさきける　二条右大臣恒佐
右一首亭子院の御ともつかうまつ／りて住吉にてよ
み侍けるとなん

8ウ

2848 最勝四天王院　障子
すみよしのうらこく舟のたえ〳〵に
かすますとても跡はみえしな　順徳院御哥

2849 若洲　塩干　鶴
すみよしのうらのわかすのしほかれに
神さひわたるつるのこゑかな　衣笠内大臣

浜

2850 万三　小松
しめゆひてわかさためこし住吉の
はまの小松はのちもわかまつ

2851 同十一
すみよしのはまによるてふ打背貝
みなきこともてわれこひんやも

9オ

2852 万七　礒崎　白波之五十(イソ)関廻(セキメクル)　住吉ノ浜
2853 新古七　すみよしの浜のまさごをふむたつは
ひさしき跡をとむるなりけり
右一首七条后宮五十賀屏風哥
2854 六帖　注連　すみよしのはま松かねをしめはへて
小野草　わかみしをの、くさなかりそね
2855 新古十九　住吉のはま松かえに風ふけは
白木綿　なみのしらゆふかけぬ間そなき　藤原道経
2856 続拾廿　すみよしのはま松かえのたえ間より
ほのかにみゆる神のゆふして　後徳大寺左大臣
2857 伊勢物語　菊　雁なきて菊の花さく秋はあれと
春のうみへにすみよしのはま

9ウ

岸　帯江字哥悉／江分入置卒

2858 万七　住吉のきしの松根をうちさらし
よりくるなみのをとのさやけさ
右摂津作
2859 拾十　すみよしの岸もせさらん物ゆへに
ねたくや人にまつといはれん
右住吉明神の御哥となん
2860 万六　萩　駒のあゆみしはしと、めよ住吉の
きしのはに(キイ)ふにゝほひてゆかん
2861 同　しらなみのちへにきよする住吉の
岸のはに(キイ)ふにゝほひ(本)ゆかむは

10オ

2862 同七　すみよしのきしにいへもるおきにへに
よするしらなみみつゝしのはん
2863 同十七　住吉のきしの浦箕(ウラミ)尓(ニ)布浪(シクナミ)の
かすにもいもかみるよしもかな
2864 後九　すみよしのきしのしらなみおり〳〵は
あまのよそめにみるそわひしき　読人不知
2865 同十二　すみよしのおきにきよする奥つなみ
まなくもかけておもほゆるかな
2866 同　すみよしのめにちか、らはきしにゐて
なみのかすをもよむへきものを　伊勢
右二首贈答

10ウ

2867 なみかすにあらぬ身なれとすみよしの
きしにもよらすなりやはてなん　読人不知(伊勢イ)
右かしらしろき女をみてよめるとなん
2868 万七　新勅十九　いとまあらはひろひにゆかん住吉の
忘貝　きしによるてふこひわすれかひ
2869 古十七　みちしらはつみにもゆかんすみよしの
忘草　きしにおふてふ恋わすれ草
2870 拾八　住吉のきしにおふてふわすれ草
みすやあらまし恋はしぬとも
2871 後拾十八　わすれくさつみてかへらん住吉の
きしかたのよはおもひてもなし　平棟仲
2872 拾二　藤　すみよしの峯のふちなみ我宿の
円融院御屏風哥　松のこすゑに色はまさらし　平兼盛

11オ

2873 天徳　われゆきて花みるはかりすみよしの
内裏哥合　きしのふちなみおりなつくしそ　同
2874 万十五　住吉のきしにむかへるあはちしま
淡路嶋　あはれと君をいはぬ日そなき
2875 住吉社哥合　すみよしのおまへの岸の松の葉も
月　かすかくれなくてらす月かな　法眼円実
2876 群松　雪　すみよしのきしのむれ松たはむまて
ふりしこりぬるふる郷の雪　恵慶法師
2877 苔　住吉とおもはむ人のためなれや

狭莚
きしにしくてふこけのさむしろ

岸野
2878 万　萩
すみよしのきし野の萩に、ほはせと
にほはぬわれやにほひてゆかん

11ウ

岡
2879 拾七
すみよしの岡の松かささしつれは
あめとふるともいなみのはきし
右物名いなみの

田
2880 万七
住吉(スミヨシノヲ)小田(タ)苅(カルス)為子賤(コハイヤシカモナキヌ)鴨無奴雖在(アレト)
妹(イモカミ)御為(タメニシノ)私(ヒタヲカル)田苅

2881 同十
住吉之(スミヨシノ)岸乎(キシヲ)田尓(タニ)墾蒔(ホリマキシイネノ)稲乃
而苅及不相公鴨(シカモカルマテアハヌキミカモ)

2882 新六帖　網人
すみよしのうらのあみ人いとまなみ
早苗
きし田のさなへけふもとるなり　前大納言為家

12オ

里
2883 万　春花
すみよしの里に得之(エシ)鹿歯(カハ)春花乃(ハルハナ)
益希(マシメツラシミ)見きみにあへるかも

2884 拾九　都
都にはすみわひはて、津の国の
すみよしときく里にこそゆけ　壬生忠見
右一首津の国へまかりけるにしり／たる人にあひて
よめるとなん

2885 新古十七
まつ人はこゝろ行ともすみよしの
さとにのみとはおもはさらなむ　後冷泉院御哥
右御製は大弐三位里にいて侍／けるをきこしめして
となん御返し大弐／三位
⑯すみよしの松は松ともおもほ
えて君か千とせのかけそ恋しき

12ウ

2886 新六帖
をのつからよはうけれとも住よしの
さとをはかれし松もときはに　信実朝臣

2887 続古三　郭公
草の名にわすれやしぬるほとゝきす
さ月もとはぬすみよしのさと　津守国平

神
2888
住吉乃荒人神(アラヒトカミノ)船(フネノ)舳牛吐賜(ヘニウシハキタマモ)○
右石上乙丸配土佐国時作哥三首内

2889 幣
須美乃延能安我須売可未尓奴(ミノエノアカスヘカミニヌ)
佐麻都利(サマツリ)○

2890 同十九　斎祝
すみよしにいつくはふりかかみこと、
ゆくともくともふねははやけむ

13オ

右一首民部少輔丹治真人餞入／唐使日宴作哥

2891 続古七　淡木原
にしの海あはきのはらのしほちより
住吉社三十番
あらはれいてし住吉の神　卜部兼直

2892 荒人神
天くたるあら人神のあひおひを
おもへはひさしすみよしの松　安法々師

松
2893 詞七　可検
すみよしのあら人神のひさしさに
松もいくたひおひかはるらむ　大納言経信

2894 続後九
神代よりうへはしめけん住吉の
松はちとせやかきらさりけむ　宜秋門院丹後

2895 金九　松花
いくかへり花さきぬらん住吉の
松も神代のものとこそきけ　俊頼朝臣

13ウ

右一首一宮御共に住吉に詣てよめるとなむ

2896 白木綿
波たてはしらゆふかゝるすみよしの　後法性寺入道
松　神木
松こそ神のさか木なりけれ　前関白太政大臣

2897 続後九　布浪
住吉の松かねあらふしきなみに
いのる御かけは千代もかはらし　権中納言定家
右一首住吉社にこたふへき求子の／哥とて神主経国

かよませ侍けるとなん

2898 同　宮前　松かねに浪こすうらの宮ところ　常盤井入道
いつすみよしと跡をたれけん　前太政大臣

2899 同　松花　はるかなる君か御幸は住吉の　太宰大弐実政
松に花さくたひとこそきけ

2900 後拾十八　空船　住吉の松はあはれとおもふらむ
むなしき船をさしてきぬれは　後三条院御哥
右二首延久十年三月に住吉に／まいらせ給へる時と
みえたり

14オ

2901 新古　わかみちをまもらは君をまもるらん
千五百番哥合　よはひはゆつれすみよしの松　権中納言定家

2902 千五百番哥合　ゆふたすきよろつ代かけて住吉の
神や種まきし岸のひめ松　後鳥羽院御哥

2903 新古十九　片鈸　よやさむき衣やうすきかたそきの
霜　ゆきあひのまより霜やをくらむ
右一首住吉大明神御哥となん

2904 金四　すみよしのちきのかたそき行もあはて
霜をきまよふ冬はきにけり　俊頼朝臣

14ウ

2905 新勅十二　住吉のちきのかたそきわれなれや
あはぬものゆへとしのへぬらん　藤原為忠朝臣

2906 続後九　建保三年　かたそきのゆきあひの霜のいくかへり
五首哥合　ちきりかむすふすみよしの松　後鳥羽院御哥

2907 新古十九　むつましと君はしらしなみつかきの
瑞籬　ひさしきよゝりおもひそめてき
右住吉大明神御哥となん

2908 緋玉垣　すみよしのきしの松風神さひて
みとりにましるあけの玉かき　蓮仲法師

2909 続古七　宮柱　神よ神猶すみよしとみそなはせ
わか代にたつる宮はしらなり　後嵯峨院御哥
右御製住吉の遷宮の後にみて
たてまつらせ給けるとなん

15オ

津守（並一）

2910 万二　大船(オホフネノ)之津(ツ)守(モリノ)之占(ウラニ)尓将告(ツケント)登波(ハ)
益(マサシニ)而知(シリテ)我二人(ワカフタリ)宿(ネ)之(シ)
右大津皇子窃婚石川郎女時／津守連通占露其事時／
皇子贈娘子御哥

2911 同十一　海人　住吉のつもりのあまのうけのをの
筌緒　うかひかゆかんこひつゝあらすは

2912 同　続後十一　おもひのみつもりのあまのうけのをの
たえねはとてもくるましもなし

2913 古来哥合　すみよしの松のたえ間の紅葉にや　後鳥羽院御哥
つもりのあまは秋をしるらむ　左京大夫顕季

15ウ

浦

2914 新勅十三　たのめつゝこぬ夜つもりのうらみても
まつよりほかのなくさめそなき　平忠康朝臣

2915 続古五　こぬ人を待夜つもりのうら風に
遠里小野　とをさとをのは衣うつなり　源具親

2916 同六　雪　けさみれは雪もつもりのうらなれや
はま松かえの波につくまて　慈鎮和尚

2917 続古九　いたつらにとしもつもりの浦におふる
まつそわか身のためし成ける　従三位頼政

瀛

2918 千八　岸松風　はる〳〵とつもりのおきをこき行は
きしの松風をとさかるなり　法性寺入道前関白大政大臣

16オ

神

2919 千廿　宮居　神代よりつもりのうらに宮ゐして

へにけんとしのかきりしらすも　大納言隆季

2920 続後九　松
わか君を松の千とせといのる哉
代々もつもりの神の御まへに　津守国平

2921 続古廿　法性寺
関白家百首
君か世はつもりのうらにあまくたる
神もちとせをまつとこそきけ　俊恵法師

2922 広田社哥合
月　瑞垣　雪
月さゆるつもりのうらのみつかきは
ふりつむ雪に色もかはらす　斎宮大輔

浅鹿浦（並一）

2923 万二
夕されはしほみちきなん住吉の
あさかのうらに玉もかりてな
右弓削皇子思紀皇女御哥四首内

16ウ

2924 続後十一
すみよしのあさかのうらのみをつくし
さてのみしたにくちやはてなん　従三位行能

2925 万代　扇風
しほかなふあさかのうらのおひ風に
かちもとりあへすいつる舟人　安倍惟範朝臣

敷津浦

2926 万十二
神馬藻
すみよしの敷津のうらのなのりその
なはつけてしをあはぬあやしも

2927 続後一
たとふへきかたこそなけれ春かすみ
敷津のうらのあけほのゝ空　法性寺入道前関白大政大臣

17オ

2928 千八
もしほ草敷津のうらのねさめには
時雨にのみや袖はぬれける　俊恵法師

2929 旅宿
住吉社哥合
すみよしのしきつのうらに旅ねして
松の葉風にめをさましつる　俊頼朝臣

2930 新古廿
舟なからこよひはかりはたひねせん
しきつの浪に夢はさむとも　実方朝臣

2931 広田社哥合
ほのみゆるかたや敷津のうらならん
波間にうかふ松のむらたち　藤原憲盛

2932 住吉社哥合
月
すみよしの松のむらたち風寒て
敷津のなみにやとる月かけ　権大納言実家

2933
かねてより雪をしきつのうら路まて
さそすみの江の月もみるらむ　前内大臣基

17ウ

出見浜（並四）

2934 万七　柴
すみよしの出見のはまのしはなかりそ
おとめとかあかものすそのぬれてゆかんみん　人丸

2935 真柴
まし葉おりしきたれすゝむらん
夏はまたいてみのはまをすみよしと　前内大臣基

原　清輔抄　原部入之仍重載之

2936 万七
すみよしのいてみの原のしはなかりそ
あまをとめらかあかものすそのぬれてゆかんみん　人丸

粉浜（並五）　**古浜**　**古波麻**　異点也

2937 万
住吉乃粉浜之四時美開　落不見
隠耳哉恋度南　藻 サクモ

2938
よそへてもみるかひそなきまつ人は
こすのとこなつ花にさけとも　権中納言定家

18オ

得名津（並六）

2939 万三
続後十六
すみよしのえなつにたちてみわたせは
むこのうらよりいつる舟人

名児海（並七）　越中有同名奈呉海也

2940 万七
礒浦
奈呉乃海能あさけの奈凝けふもかも
いそのうらはにみたれてあらん
右摂津作

2941 同十
名児海乎朝榜来者海中に鹿子
曾鳴成何怜其水乎

2942 新古一
なこのうみの霞の間よりなかむれは
入日をあらふおきつしらなみ　後徳大寺左大臣

18ウ

2943 続後十一　なこのうみやとわたるふねのゆきすりに
ほのみし人のわすられぬかな　権中納言俊忠
右両三首哥越中与当国何所詠／乎未決／裏書云後嵯峨院御時古哥連哥に／なこの海の霞のまよりなかむれはと云句出来ニ／月おちかゝるあはち嶋山と被付けり同座ニ／又後ニ住吉の松のこまよりなかむれはと／出来けれはいる日をあらふ奥津しらなみと／被付けり人々入興云々

浜江

2944 住吉のなこのはまへにこまなめて（とイ）
たまひろひしくつねわすられす
右摂津作

2945 同　舟ことにかしふりたてゝいかりする
なこのはまへはすきかねぬかも
右羇旅作

2946 詩歌合　かつらきの峯のかすみをいつる日に
なこのはま江のこほりとくらし　後嵯峨院御哥

浦

2947 六帖　きてみれはなこのうらまてよる貝の
ひろひもあへす君そこひしき

長居浦（並八 井イ）　天平八年遣新羅使海路誦詠哥詞書云／備後国水調郡長井浦船泊云々同名所／欤但未詠哥

2948 古十七　すみよしとあまはつくともなかゐすな
こひわすれ草おふといふなり　壬生忠峯

2949 現存六帖　すみよしのきしもせしとやさよ千鳥
なかゐのかたへうらつたふなり　信実朝臣

2950 堀川百　射駒山　あらし吹いこまの山に雲はれて
月　なかゐのうらにすめる月影　中納言国信

2951 同　君か代のなかゐの浦にむれゐつゝ
ともに千とせをちきるたつかな　肥後

2952 霜寒てさ夜もなかゐのうらさむみ
あけやらぬとやちとりなくらむ　法印静賢

浜

2953 良玉　小石　君か世はなかゐのはまのさゝれ石の
良玉　小石（マヽ）　いはほの山となりはつるまで　顕綱朝臣

潟

2954 現六　すみよしのきしもせしとやさよ千鳥
なかゐのかたへうらつたふらん　信実朝臣

浅沢小野（並九）

2955 万七　杜若　すみよしのあさ沢をのゝかきつはた
きぬにすりつけきん日しらすも

2956 詞八　すみよしの浅沢をのゝわすれ水
家成卿家哥合　たえ〳〵ならてあふよしもかな　藤原範綱朝臣

2957 続後四　五月雨　さみたれはあさゝはをのゝなのみして
ふかくなりゆくわすれ水かな　前大納言隆房

2958 新六帖　秋沙　あきさゐる浅沢をのゝ人はなれ
さひしくとをき水のおもかな

沼

2959 堀百　すみよしのあさゝはぬまのかきつはた
あかぬ色ゆへけふもとまりぬ　藤原顕仲朝臣

2960 同　かきつはた浅沢ぬまの沼水に
かけをならへてさきわたりけり　大納言師頼

2961 正治百首　心さしあさゝぬまのあやめくさ
いかゝはねやのつまとなるへき　正三位経家

2962 金八　人こゝろ浅沢ぬまのねせりこそ
こるはかりにもつまゝほしけれ　前中宮越前

2963
いかて猶しはしも人にすみよしの
あさゝはぬまのするはたゆとも　参議雅経

遠里小野（並十）　一説云土保利／一説云土保佐土

2964 万七
すみよしのとをさとをのゝま萩もて
すれる衣のさかりすきゆく

2965 続古五
ま萩さく遠里をのゝ秋風に
花すり衣いまやうつらむ　中務卿親王宗

2966 同
こぬ人をまつ夜つもりのうら風に
とをさとをのは衣うつなり　源具親

2967 続後五
すみよしの松のうれよりひゝきゝて
とをさとをのに秋かせそふく　後徳大寺左大臣
右一首文治六年女御入内屏風哥

2968 新勅一　守覚法親王家五十首
すみよしの松のあらしもかすむなり
とを里をのゝ春のあけほの　覚延法師

2969 続拾七
かへるさはとをさとをのゝさくらかり
花にやこよひやとをからまし　藤原仲敏
右一首前大納言為家住吉社哥合野花

2970 郭公
住吉のまつをはしらてほとゝきす
とをさとをのゝかたになくなり　寂念法師

2971 萩花
みれとあかぬとをさとをのゝ萩か花
袖にかゝれるかさへなつかし　修理大夫顕季

名越岡（並十一）

2972
すみよしのなこしの岡のたまつくり
かすならぬ身は秋そかなしき　曾祢好忠

霰松原（並十二）

2973 万　霙
みそれふるあられ松はらすみよしの（マヽ）
さ夜ふけてあられ松原住吉の

2974 千鳥
うらふく風にちとりなくなり　権中納言定家

21オ　21ウ　22オ

2975 建保百首　雪
冬もいま日数つもりの浦さひて
雪にもなりぬあられ松原　僧正行意

猪名篇　万葉或無字或名字而建保名所百首用名字矣

山　**後山　麓山／中山　青山**

八雲御抄青山在播磨云々今者／非別名只擬書許也

2976 万十一　逝水
四(シ)長鳥(ナカトリ)居(ヰ)名(ナ)山響(ヤマトヨミ)ゆく水乃名耳(ナニノミ)
所縁内(ヨレルカクレツマ)　妻はも

2977
しなかとりゐな山ゑすりゆく水の
なのみなかれてこひわたるかも(モスルイ)
右一首猿丸大夫家集に名たつ
女につかはしけるといへり返し青山／の哥在下

2978 後拾六　雪
いかはかりふる雪なれはしなかとりも
ゐなのしは山みちまとふらん　藤原国房

2979 降吹
ねらひするゐなのしは山ふゝきして
たえてまつへき心ちこそせね　俊頼朝臣

2980 堀百　風名也　日方
しなかとりゐなのは山に旅ねして
夜はのひかたに夢さましつる　同

2981 八条前大政大臣家哥合
風さむみゐなの中山こえくれは
ならのかれ葉にあられふるなり　藤原道経

2982 猿丸大夫家集　栞　青山
しなか鳥ゐなふしはらの青山に
ならんときにやいろはかはらん
右猿丸大夫家集に女の荅哥と見／たり贈哥在上

野

2983 万七　新古　有間山　夕霧
志(シ)長鳥(ナカトリ)居(ヰ)名(ナ)野(ノ)乎(ヲ)来者(ユケハ)有間山(アリマ)
夕霧立(ユフキリタチヌ)　宿(ヤト)　者(ハ)無而(ナクシテ)

2984 万三　名就山　角松原
わきもこにゐなのはみせつなつき山
つのゝ松原いつかしめさむ

2985 続古
霧はるゝゐなのをゆけはむこかさき

2986 現存集　御前　月をそみつるやとはなくして　信実朝臣
奥　ゐなのよりおまへのおきをみわたせは
霞にきゆるあまのつりふね　登蓮法師

23ウ

2987 建保百首　よをこめてゐ名のゝをさゝふしのまも
郭公　なくやさ月のやまほとゝきす　従三位行能

2988 同　蛍　ゐなのゆく風にほたるやみたるらん
こほれてきえぬ玉さゝの露　正三位知家

2989 良玉　鹿　鹿の音の身にしむよひはいにしへの
狩人　ゐなのかり人うらめしきかな　三宮

原　付**小竹原**　**罘原**

2990 続古十　苅藻掻　かるもかくゐなのゝはらのかりまくら
宝治二年百首　月　さてもねられぬ月をみるかな　藤原隆祐朝臣

2991 後拾十二　ありま山ゐなのさゝはら風ふけは
いてそよ人をわすれやはする　大弐三位
右一首かれ〳〵なる男のをとつれたり／けるによめ
るとなん

24オ

2992 建保二首　夏かりのゐなのさゝ原おりしきて
夏苅　みしかき夜はのいやはねらるゝ　従二位家隆

2993 古来　みわたせはましるすゝきも霜かれて
みとりすくなきゐなのさゝはら　土御門院御哥

2994 続拾九　しなかとりゐなのさゝやのかりまくら
みしかき夜はもふしうかりけり　前大納言資季

2995 拾十　しなか鳥ゐなのふしはらとひわたる
神楽哥　鳴　鳴かはねをとおもしろきかな　読人不知

2996 堀百　むかしみしみちたえはてゝなかりけり
ぬるてましりのゐなのふしはら　藤原基俊

2997 金四　堀百　しなかとりゐなのふしはら風さえて
こやの池水こほりしにけり　藤原仲実朝臣

24ウ

2998 猿丸大夫　しなか鳥ゐなふしはらの青山に
家集　女哥　ならむときにや色はかはらん

河　付**河原**　**渠河**　**川岸**

2999 万十六　奥　かくのみにありけるものをゐな川の
おくをふかめてわかおもへりける
右本集云昔壮士為駅使被遣遠／境娘子感慟沈疾累年
之後壮士還／来視娘子姿疲羸甚異壮士哀／歎作此哥

3000 六帖　千鳥なくゐなの河原をみることに
千鳥　○

3001 古来　さみたれにゐなの川きし水こえて
をさゝかはらやいつくなるらむ　後法性寺太政大臣

25オ

3002 年ふともさのみはまたしゝなかとり
ゐなのみそかはすましとならん　俊頼朝臣

海

3003 正治百首　しなかとりゐなのゝ海に舟とめて
をさゝかはらに風をまちみん　大納言隆房

瀛

3004 おほみふねゐなのゝおきのやしほちに
八塩道　からろはかりそまかちしけぬく　神祇伯顕仲

浦

3005 万七　夕霧　志（シ）長鳥居（ナカトリヰ）名浦廻（ナノウラワ）乎（ヲ）榜来者（コキクレハ）
夕霧立宿　無而（ヌヤトハナクシテ）

25ウ

湊

3006 万七　嵐　大海にあらし（荒）な吹そしなかとり
ゐなのみなとにふねはつるまてに

3007 千五　うきねするゐなのみなとにきこゆ也
しかのねおろす峯の松風

3008 続古四　さしのほるゐなのみなとの夕塩に

弘長三年百首
ひかりみちたる秋の夜の月　常磐井入道太政大臣

3009 貞永元年八月十五夜哥合　武庫山
雲おくるむこ山おろしふきにけり
ゐなのみなとにはるゝ月かけ　光俊朝臣

3010 万代　鶴
うつたへのたつのもろこゑきこゆなり
ゐなのみなとにしほやさすらん　藤原親盛

3011 堀百　千鳥
風さむみ夜やふけぬらんしなか鳥
ゐなのみなとに千鳥なくなり　藤原顕仲朝臣

26オ

渡

3012 仙洞哥合
おほつかなゐなのわたりの夕暮に
たれをこやとてまねく薄そ　素覚法師

並一 **有間（馬）山**　付出湯

3013 万七　新古十
しなかとりゐなのをゆけはありま山
夕霧たちぬ宿はなくして　読人不知
六帖末句云きり立わたり明ぬこのよは

3014 後拾十二
ありま山ゐなのふしはら風ふけは
いてそよ人をわすれやはする　大弐三位

3015 雲葉
つの国のむこのおくなるありま山
ありともみえす雲そたなひく　兵衛督基氏

26ウ

3016 鴈
初鴈のうきておもひのありま山
たつゆふきりの空になくなり　中務卿親王

3017
なけきのみありまの山にいつるゆの
からくてよをもふる我身かな　源忠房朝臣

3018
わたつうみははるけき物をいかにして
ありまの山にしほゆいつらむ

3019 六帖
あひおもはぬ人をおもふそやまひなる
なにかありまのゆへもゆくへき

3020 千廿　三輪神
めつらしくみゆきをみわの神ならは
しるしありまのいてゆなるへし　按察使資賢
右一首詞書云有間温泉御幸御共／し侍けるに此明神
をは三輪明神と
申となん申けれはよめるといへり

27オ

浦

3021 木葉
こゝろあるありまのうらの浦風に
わきてこの葉をのこすなりけり　廬主

3022 万十二　拾十四
菅笠
みな人のかさにぬふてふありますけ
ありてのゝちもあはんとそおもふ　人丸

3023 同十一
おほ君のみかさにぬへる有間すけ
ありつゝみれとことなきわきも
右二首雖非浦哥以次載之

村

3024 明玉　花
神まつる花の時にやなりぬらむ
ありまのむらにかゝるしらゆふ　光俊朝臣
白木綿

27ウ

並二 **武庫　山**

3025 広田社哥合
神木　社　雪
さか木とるむこの山かせさえ〳〵て
やしろもしろく雪ふりにけり　道因法師

3026 万代
難波　紅葉
あしのはに雪ふりたちぬ難波かた
むこの山へも色付にけり　従二位家隆

3027 谷岩水
なかれくる谷の岩水おなしせを
わたれと、をきむこの山みち　前大納言為家

3028 万十五
むこの海にはよくあらしいさりする
あまのつりふねなみのうへにみゆ
右天平八年六月遣新羅使於海路／当所誦詠古哥内

28オ

浦　入江

3029 万三　粟島
むろのうらをこきまふ小舟あはしまを
そむきにみつゝともしきをふね

3030 広田社哥合
むこのうらをなきたるあさにみわたせは

まゆもみたれぬあはのしまかな　後徳大寺左大臣

3031 現六　むこのうらやあさみつ塩の追風に
あはちしまかけてわたるふな人　正三位知家

3032 雪　波かくるむこのうら風をとさえて
あはしましろく雪ふりにけり　中務卿親王

3033 むこのうらをこきて、みれは朝ほらけ
射駒　かすむいこまの山もはるけし　小宰相

3034 広田社哥合　すみのえにむこのうらなみ立そひて
住江　ふた、ひ神のめくみをそしる　道因法師

28ウ

3035 万十五　すみよしのえなつに立てみわたせは
得名津　むこのうらよりいつるふな人

3036 続後九　たひにして秋さり衣さむけきに
秋去衣　いたくなふきそむこのうら風　待賢門院堀川

3037 万十五　あさひらきこきいて、みれはむこの浦の
塩干潟　鶴　しほひのかたにたつなきわたる
右一首天平八年遣新羅使誦詠哥

3038 嶋つたひ千鳥なくなりつのくにの
むこのうらしほいまやみつらん　中務卿親王

3039 万十五　むこのうらのいりえのすとりはく[本]、もる
入江　洲鳥　きみをはなれてこひにしぬへし
右一首遣新羅使誦詠哥

3040 万代　夕されはむこのうらしほみちぬらし
いりえのすとりこゑさはくなり　藤原基俊

29オ

崎

3041 童蒙抄　猪名野　しなかとりゐなのをゆけはありま山
読合　有間山　ゆふきりたちぬむこのさきはも

3042 霧はる、ゐなのをゆけはむこかさき
月をそみつるやとはなくして　信実朝臣

渡

3043 万三　玉　玉はやすむこのわたりにあまつたふ
天伝　日　ひのくれゆけはいへをしそおもふ

河

3044 万七　むこ河の水をはやみか赤駒の
あかくそ、きにぬれにけるかも
右羇旅作

29ウ

3045 正治百首　き、しよりみまくほしけれかほよとり
容好鳥　堪　まてともきゐすむこかはのせき　後鳥羽院

3046 千五百番　むこ川に跡もと、めぬかほよとり
ゐくひもみえす五月雨の比　源家長

3047 なかしくる谷のいは水おなしせを
わたれと遠きむこの山み[河]ち　為家

小屋池　並三

3048 後拾六　かもめこそよかれにけらしゐなのなる
鷗　上氷　こやの池水うはこほりつ、　僧都長算

3049 千六　鴛　をし鳥のうきねの床やあれぬらん
つら、ゐにけりこやの池水　権中納言経房

30オ

3050 古来　鴨　こやのいけにおりゐるかもの一つかひ
たかぬく、つのすかたなるらむ　惟明親王

3051 金四　しなかとりゐなのふしはら風さえて
こやのいけ水こほりしにけり　仲実朝臣

3052 続拾八　小屋の池のあしまの水に影さえて
葦　月　氷をそふる冬の夜の月　権律師仙覚

3053 法性寺入道関白家哥合　楽浪　かるもかくゐなの、はらの秋風に
こやのいけ水さ、なみそたつ　源雅光

3054 詞二　こやの池におふるあやめのなかきねは
ひくしらいとの心ちこそすれ　待賢門院堀川

3055 雲葉　菖蒲
小屋のいけのあやめにましるかきつはた
花ゆへ人にしられぬるかな　後鳥羽院御哥

30ウ

3056　杜若
小屋の池のみきはにたてるかきつはた
なみのをれはやまはらなるらむ　清輔朝臣

3057 建保百首
五月雨にをさゝかはらをみわたせは
ゐなのにつゝくこやのいけ水　兵衛

31オ

哥枕名寄巻第十五
畿内部十五　摂津国三

目録

生田篇　六帖哥或云播磨有生田浦或云／津国生田山云々若両国交際歟
森　山　小野　河　池
海　浦　里

並
布引瀧　河　湊河　山　或云湊山者紀伊国／由羅辺也云々可詳

雑篇
三嶋　裏書云後鳥羽院孤嶋御哥合御製曰不／数真嶋隠仁年於経天塩垂佗土問者／答与如此

31ウ

御製者只惣遠嶋又号真／嶋歟例如深山云カ真山但当国別有／名所之条者勿論矣
江　付入江　浦　渡　原　越州三嶋野可立之／建保内大臣家百首家隆卿／
詠就同名載之一所歟未決
玉江（並）　越中有同名　沼　芥河（阿久刀）
諏磨
海　浦　浜　関　付浪関

並
籠江　上野

32オ

阿胡海　浦　或抄云奈古海同事也云々又浦者或先達／哥枕長門国入之歟未重可決之
茅渟海　浦　或抄云難波海又号弥奴海云々可尋
四八津（並、シハツ、ヤ八津イ本）　或抄云住吉辺也云々可尋
真野　浦　池　真野浦　近江有同名／継橋　淀継橋

32ウ

歌

哥
生田篇
森

3058 後拾十三
心をはいくたの森にかけしかと
こひしきにこそしぬへかりけれ　　読人不知

3059 続古十七　秋風
春曙
秋風に又こそとはめつのくにの
生田の森の春の明ほの　　順徳院御哥

3060 新古四
きのふたにとはむとおもひしつの国の
いくたのもりに秋はきにけり　　従三位家隆

3061 詞三
君すまはとはましものをつのくにの
いくたのもりの秋のはつかせ　　僧都清胤
右一首つのくに丶侍ける比大江為基
任はて丶のほり侍けれはいひつかはしけるとなん

3062 続拾五　月
弘長元年百首
夜さむなるいくたの森の秋かせに
とはれぬさとも月やみるらむ　　衣笠内大臣

3063 続古十
おもひやれいくたの森の秋かせに
ふるさとこふるよはのねさめを　　左京大夫修範
右一首福原の都へまかれりけるに／生田と云所にて
古郷をおもひやりて／人のもとにいひつかはしける
となん

33オ

3064 最勝四天王院
障子
露の色をしはし袖にはとおもへとも
生田森に秋かせそふく　　慈鎮

3065 続古五　露
下草
秋とたにふきあへぬ風に色かはる
いく田の森の露のした草　　定家

3066 続後五
時雨ふるいくたのもりのもみちは丶
とはれんとてや色まさるらむ　　藤原景綱

3067 (細字補入)「続古六
木の葉ちる生田の森の初しくれ
秋より後もとふ人もかな　　後鳥羽院御哥」

3068 現存六
うらかる丶生田の森の神無月
とはむといひしことのはもなし

3069 堀川院百首
いろ〳〵の木の葉たむけて秋はけふ

33ウ

生田のもりにかとてしてけり　　中納言国信

3070 続古六
木のはちるいくたの森の初しくれ
秋よりのちもとふ人もかな　　後鳥羽院御哥

3071 洞院摂政家卅首
読合　難波
秋はけさいくたの森も過ぬらん
なにはのあしに風をのこして

3072 読合　明石
しなはやとおもひあかしの浦をいて丶
いくたの森をよそにこそみれ　　俊頼朝臣

34オ

山

3073 六帖
つのくにのいくたの山のいくたひか
わかいたつらにゆきかへるらむ

小野

3074 堀百　若菜
旅人のみちさまたけにつむものは
生田の小野のわかななりけり　　大納言師頼

3075 千五
みなとかはうきねの床にきこゆなり
いくたのをの丶さをしかのこゑ　　刑部卿範兼

3076
まくすはふ生田のをの丶秋風に
やかて色つく袖のうへかな　　定家卿

河

3077 千十五
こひわひぬちぬのますらをならなくに
いくたの河に身をやなけまし　　藤原道経

池

3078 拾十四
つのくにの生田の池のいくたひか
つらき心をわれにみすらむ　　読人不知
右哥異本には生田浦とあり／範兼卿類聚浦部載之

3079 建保百首　月
人すまはさらにやとはんつのくにの
いくたの池の秋の月かけ　　順徳院御哥

3080 同
月やとるいくたの池のあしの葉に
霜をきかぬる秋のかせかな　　藤原康光朝臣

34ウ

3081 同
しくれゆくいくたの森の秋風に
いけのみくさも色かはるころ　定家

3082 同　鷺
暮ぬとて生田の池をたつ鷺の
ねくらやさむきもりのあき風　家隆

35オ

海

3083 後九
いくたひか生田の海にたちかへり
なみにわか身を打ぬらすらむ　読人不知

3084 六帖
風吹はいくたのうみのいくたひか
あるゝこゝろをわれにみすらむ

浦　六帖云播磨有生田浦云々／若為両国交際欤

3085 後九
たちかへりぬれてはひぬるしほなれは
いくたのうらのさかとこそみれ
右以上海哥之返哥也贈答共海浦／異説也然而多分贈哥海答哥浦云々猶可詳

3086 古来哥合
水のあはのよるへきかたもおもほえす
いつちいくたのうらとなるらむ　柿本人丸

35ウ

3087 海人　釣舟
はりまなるいくたの浦によをつくす
あまのつり舟こかるれはなと

里

3088 万代
あはれなりいくたのおくのさと人も
つきによな〳〵衣うつなり　権大納言通方

3089 続古五　弘長元年百首
夜さむなる生田の森の秋風に
とはれぬさとも月やみるらむ　衣笠内大臣

3090 現存六帖
いまよりやとはれんものとたのむらん
生田のもりの秋のさと人　小宰相

3091 **布引瀧**[並一]
たちかへりいくたのおくのいくたひも
みれともあかぬ布引の瀧　久我大政大臣

36オ

3092 擣衣
布引の瀧も夜さむにこゑふけて
いくたのおくに衣うつなり　家隆

3093 岩　桜敷浪
岩つたふ山のさくらのしきなみに
風にかけたるぬのひきのたき　同

3094 古十七　七夕
ぬしなくてさらせるぬのをたなはたに
わか心とやけふはかさまし　橘長盛

3095 建保百首
たちぬはぬもみちの衣染はてゝ
なに山ひめの布引のたき　順徳院御哥
右哥詞書云朱雀院布引の瀧御覧／せんとてふむ月の七日おはしまして
ありけるにさふらふ人々哥よませ／給けれはとなん

3096 同
まきちらす瀧のしら玉ひろひ置て
よのうき時のなみたにそかる　行平朝臣

36ウ

右哥布引瀧にてよめるとなん

3097 金九　天河
あまの川これやなかれのすゑならん
空よりおつる布引のたき

3098 詞九
雲ゐよりつらぬきかくるしら玉を
たれぬのひきの瀧といふらん　大納言隆季

3099 新古十一　最勝四天王院障子
久かたのあまつをとめか夏ころも
雲ゐにさらすぬの引のたき　有家

3100 千十六
水の色のたゝしら雲とみゆるかな
たれさらしけん布引のたき　六条右大臣

37オ

3101 続古三
さみたれに水のみなかみすみやらて
さらすかひなき布引のたき　行能

3102 続後十五
布引の瀧のしらいと打はへて
たれ山かけにかけてほすらむ　後鳥羽院御哥

3103 続古十八　山姫　月
山人[姫イ]の衣なるらししろたへの
月にさらせるぬのひきの瀧　後京極摂政太政大臣

3104 同　山姫のみねの梢にひきかけて
さらせるぬのやたきのしら糸　俊頼朝臣
右一首布引瀧みにまかりて／よめるとなん

3105 建保百首　山風に雲のはたてやみたるらん
露のぬきちる布引のたき　正三位忠定

37ウ

3106 あらし吹雲のはたてのたえ〳〵に
露のぬきちるぬのひきのたき　藤原範宗朝臣

3107 続古十八　水上はいつくなるらんしら雲の
なかよりおつるぬのひきのたき　祭主輔親

3108 現六　みなかみの雲のはたては霧こめて
秋はみしかきぬのひきの瀧　藤原季茂

3109 新勅十九　天の河雲のみおよりゆく水の
あまりておつるぬのひきのたき　従二位頼氏

3110 千十六　音にのみきゝしはことの数ならて
名よりもたかき布引の瀧　藤原良清

3111 いくとせのあまつ日影にさらすらん
たか手つくりのぬの引の瀧　後鳥羽院御哥

38オ

河

3112 みなかみは瀧のみをにてはやけれは
布引河のすゐそこほれる　従二位行家

湊河 並二

3113 秋ふかき我とも船やみなと川
いくたの森の木のはなるらん　慈鎮

3114 千五　みなと川うきねの床にきこゆ也
いくたのをのゝさをしかのこゑ　刑部卿範兼

3115 詞五　みなと川よふねこきいつる追風に
鹿のこゑさへせとわたるなり　道因法師

3116 新六帖　みなと河わかすのさきも心せよ

38ウ

3117 同　下築　なきさの舟もちかつきにけり　衣笠前内大臣
みなと川ゆくせの波のくたりやな
はるのひよりにはやさしてけり　為家

山　或云紀伊国湯羅辺也云々

3118 新勅十　みなと山とことはにふく塩風に
ゐしまの松はなみやかくらむ　後徳大寺左大臣

39オ

雑篇

三嶋

3119 万十二　三嶋菅未　苗在時待者
不著也将成三嶋菅笠

3120 現六　みしまゝなからとけぬつれなさ
夕きりにみしまかくれしをしのこの　知家

3121 ものゝふのゆつかにまけるみしますけ
あとをみる〳〵まよはるゝかな　紫式部
右一首なくなりにし女のおやのて／かきつけたりし
物をみていひたり／しとなん

3122 新勅十二　かすならぬみしまかくれにこく舟の
跡なきものはおもひなりけり　行能

3123 続古十八　友つるのむれゐしことはむかしにて
みしまかくれにねをのみそなく　従三位成実

3124 宝治二年百首　数ならぬみしまかくれに年をへて
しほたれわふととはゝこたへよ
裏書云遠所十首御哥合御製
今案云御製之三嶋有隠岐国事欤然者／
深山如云真山只惣遠嶋又可云真嶋欤

39ウ

江 付入江

3125 万十一　みしま江の入江のことをかりにこそ
われをは君かおもひたちけれ

40オ

3126 新古三　みしまえの入江のまこも雨ふれは　いとゝしほれてかる人もなし　大納言経信

3127 堀百　こしとのみ人の心をみしま江の　いりえのこものおもひみたれて　大納言公実

3128 同　みしま江の入江におふるしらすけの　しらぬ人をもあひみつるかな　基俊

3129 新勅十四　みしまえのかりそめにたにまこもくさ　ゆふてにあまるこひもするかな　中納言俊忠

右一首堀川院御時艶書哥

3130 新宮撰哥合　みしま江のにほのうきすのみたれ葦の　すゑ葉にかゝるさみたれのころ

3131 なかれあしのうきことをのみみしま江に　跡とゝむへき心ちこそせね　俊頼朝臣

40ウ

3132 みしまえにつのくみわたるあしのねの　一よの程に春はきにけり　曾祢好忠

3133 新古一　みしま江や霜もまたひぬあしのはに　つのくむほとの春風そふく

3134 建保百　三嶋江やなきさにしつむ松のえの　いつよりふかき春のかけかは（なイ）　順徳院御哥

3135 同　みしま江の波にさほさすたをやめの　はるの衣の色そうつろふ　定家

3136 かへるかり雲にきえゆく有明の　空にかすみてみしまえの月　俊成卿女

浦

3137 続後十八　なみのうつみしまのうらのうつせかひ　むなしきからにわれやなりなん　好忠

41オ

3138 風ふけは花さくなみのおるたひに　さくらかひよるみしま江のうら　西行法師

3139 現六　うかりけるみしまのうらのもしほ火の　もえてこかれてよをつくせとや

渡

3140 詞九　春かすみかすめるかたやつのくにの　ほのみしまえのわたりなるらむ　俊頼朝臣

玉江（並一）　越前国又有同名先達哥枕見夏苅／玉江葦哥是也但有異儀

3141 万七　拾十九　みしま江の玉えのこも（あしイ）にしめしより　をのかとそおもふいまたからねと　人丸

3142 後十八　玉江こくあしかり小舟さしわけて　たれをたれとかおもひさためん　読人不知

41ウ

3143 拾十一　玉江こくこもかりふねのさし分て　浪まもあらはよらむとそおもふ

3144 続後十一　いかにせん玉江のあしのしたねのみ　よをへてなけとみる人のなき　顕輔

3145 続拾十一　建保六月十五夜鳥羽殿哥合　みこもりの玉江のあしのとにかくに　おもひみたるゝほともしられし　右兵衛督為教

3146 金二　永保二年内裏哥合　さみたれに玉えの水やまさるらん　あしの下葉のかくれゆくかな　源道時朝臣

3147 永保二年斎宮哥合　むら〳〵にさらせるぬのとみえつるは　玉江のあしの花にそありける　源頼綱

3148 新勅十六　みしまえの玉江のまこもかりにたに　とはて程ふるさみたれの空　行能

42オ

3149 金二　みかけるやとのつまとみゆるは　玉江にやけふのあやめはひきつらん　公実

3150 みかきもるえしの玉江におり立て　ひけるあやめのねもはるかなり　俊頼朝臣

3151 新勅一　しら露の玉江のあしのよひ〳〵に

秋風ちかくゆくほたるかな　　道助法親王

3152 金二　山のはを玉えのみつにうつしもて
月をもなみの下にまつかな　　俊頼朝臣

3153 堀百　霜かれの花はちりぬとみえしかと
玉江のあしは雪そたえせぬ　　中納言匡房

42ウ

3154 同　玉藻かるたまえのあしは霜かれて
ふかくも冬に成にけるかな　　中納言国信

3155　しきの居る玉江におふる花かつみ
かつよみなからしらぬなりけり　　俊頼朝臣

3156　たむけくさしけき玉江のそなれ松
よにひさしきも君かためなり　　同

沼

3157　みこもりにあしのわかねやもえぬらん
玉江の沼をあさる春こま

阿久刀河　並二

3158 拾十九　ほのかにも（月かけに六帖）われをみしまのあくた河
あくとや人のをとつれもせぬ　　読人不知

43オ

3159 同十五　人をとくあくたかはてふ津の国の
なにはたかはぬものにそ有ける　　承香殿中納言
右一首元良のみこたえてのち／つかはしけると

3160　あくた河みくつとなりしむかしより
なかれもやらぬものをこそおもへ　　俊頼朝臣

3161 金八　つのくにのまろやは人をあくた川
君こそつらきせにはみえしか　　読人不知

諏磨

3162 万六　すまのあまのしほたれ衣なれなはか
ひとひも君をわすれておもはむ　　山辺赤人
右過諏磨馬浦時作哥

3163 古十五　すまのあまのしほやき衣をさをあらみ
まとをにしあれや君かきまさぬ　　読人不知

43ウ

3164 新古十三　なれ行はうき世なれはや諏磨のあまの
しほやき衣まとをなるらむ　　徽子女王
右一首詞書云天暦御時まとをに／あれやと侍けれは
となん

3165 同十一　すまのあまのなみかけ衣よそにのみ
きくはわか身になりにけるかな　　道信朝臣

3166 同十三　すまのあまの袖にふきこす塩風の
なるとはすれとてにもたまらす　　定家

3167 新勅十三　恋をのみすまのしほひにたまもかる
あまりにこえて袖をぬらしそ　　権中納言長方

3168 万十七　諏磨人　海士人のうみへつねならすやくしほの
海辺　からきこひをもわれはするかな
右一首大伴家持任越中守時平／群氏女贈哥十二首内

44オ

3169 新勅十八　朝夕になけきをすまにやくしほの
からくけふりにをくれにしかな　　中納言国信

3170 拾十一　もしほやくけふりになるゝすまのあまは
秋たつ霧にわかすやあらん　　読人不知

3171 続古五　まとをにそをともきこゆるすまのあまの
しほやき衣うちすさむなり　　藤原隆輔朝臣

3172 新勅四　月　すまのあまのまとをの衣よやさむき
うら風なから月もたまらす　　家隆

3173 続後六　月　すまのあまのしほたれ衣ほしやらて
さなからやとす秋の夜の月　　源俊平

44ウ

3174 千十六　はりまかたすまの月よめ空さえて
えしまかいそに雪ふりにけり　　参議親隆

3175 同　はりまかたすまのはれまにみわたせは

なみは雲井のものにそ有ける　太宮内大臣

3176 正治百首
月影を袖にかけてもみつるかな
すまのうきねの有明のなみ　慈鎮和尚

海

3177 釣人
松
すまのうみつりせし人もけふよりや
ちとせを松のえにわたるらむ　恵慶法師
右兵部卿親王はしめていをまいり
けるによめるとなん

45オ

浦　難為浦哥交関字哥者／悉関分載之

3178 古十四
すまのうらにやくしほけふり風をいたみ
おもはぬかたにたなひきにけり　読人不知
右哥伊勢物語むかし男ねんころに／いひちきれる女
ことさまになりに／けれはとなん

3179 古十
わくらはにとふ人あらはすまの浦に
もしほたれつゝわふとこたへよ　行平
右哥田村の御時にことにあたりて／つの国のすまと
いふ所にこもり侍／ける時都に侍ける人につかはし
けるとなん

45ウ

3180 後十二
風をいたみくゆるけふりの立いてゝも
猶こりすまのうらそこひしき　読人不知
右哥人のむすめのもとにしのひて／まかりておやの
いたういひけれはかへり／まうてきてつかはしける
となん

3181 新古十二
恋をのみすまのうら人もしほたれ
ほしあへぬ袖のはてをしらはや　後京極摂政大政大臣

3182 同十一
すまのうらにあまのこりつむもしほ木の
からくもしたにもえわたるかな　藤原清正

3183 千五百番哥合
雨
すまのうらの波におりはへふる雨に
しほたれ衣いかにほさまし　後京極摂政

3184 続古十二
すまのうらに玉藻かりほすあま衣
袖ひつしほのひるときやなき　読人不知

46オ

3185
しら波はたちさはけともこりすまの
うらのみるめはからんとそおもふ

3186 そなれ松
延枝　汀
すまのうらやなきさにたてるそなれ松
はひえをなみのうたぬ日そなき　俊頼朝臣

3187 堀百
つの国のすまのうら風ふくたひに
しほれしあしの音のみそする　大納言師頼

3188 続古十八
すまのあまのうらこく舟のかちをたえ
よるへなき身そかなしかりける　小野小町

3189 後拾十一
すまのあまのうらこく舟の跡もなく
みぬ人こふるわれやなになる　西宮左大臣

3190 同九
すまのうらをけふすき行とこしかたへ
かへるなみにやことをつてまし　大中臣能宣

3191 拾八
しらなみはたてと衣にかさならす
あかしもすまもをのかうら〳〵　人丸

3192 新古十七
すまのうらのなきたるあさはめもはるに
かすみにまかふあまのつりふね　藤原孝善

46ウ

3193 続後一
すまのうらにしほやくけふり春くれは
空にかすみのなをやたつらん　大納言延光

3194 詞九
すまのうらにやくしほかまのけふりこそ
春にしられぬ霞なりけれ　俊頼朝臣

3195 都芳門院哥合
五月雨
もしほやくすまのうら人うちたえて
いとひやすらんさみたれの空　権中納言通俊

3196 千三
崇徳院百首
さみたれにたくものけふり打しめり
しほたれまさるすまのうら人　俊成卿

47オ

3197 続後六
すまのうらのとまやもみえぬ夕霧に

3198 新古十六　たえ〳〵てらすあまのいさり火　後京極摂政
うしほくむ袖の月影をのつから
よそにあかさぬすまのうら人

3199 古来哥合　松嶋のあまのとま屋もいかならん　定家卿
源氏哥　すまのうら人しほたるゝころ

3200 岸　すまのうらのたくものけふりたなひけは　俊頼
きしうつ浪のたえぬ日そなき

3201 建保百首　すまのうらに秋やく塩のはつしほの　家隆
けふりそきりの色はそめける

3202 同　旅ころもまたひとへなるゆふきりに　定家
けふり吹やるすまのうら風

47ウ

3203 新六帖　すまあかしうらのみわたしちかけれは（と）　光俊朝臣
あゆみくるしきたかすなこかな

3204 旅ねするあまのうら路の友千とり　家隆
こゑこそ袖のなみはかけゝれ

3205 続古十八　はま千鳥あとをみるにも袖ぬれて　月花門院
むかしにかへるすまのうらなみ

3206 同　いまさらにすまのうら路のもしほくさ　醍醐入道前大政大臣
かくにつけてもぬるゝ袖かな
右二首贈答源氏物語すまの巻／書てたてまつりける
にといへり

3207 建保百首　すまのうらのあまのとわたるかりかねの　順徳院御哥
こゑすみのほるいさよひの月
恵慶家集云障子の絵にすまの／うらのかたかき神の
社にふねより／ゆく人なみかゝりけれはたかせに／
ふしおかみてみてくらたてまつるを

48オ

3208 **嶋主神**　白浪の色にてまかふみてくらも
たかせにうけよしまぬしの神

浜

3209 まちとをにみやこの人はおもふらん　恵慶法師
すまのはまへはすみうかりけり
右或所の屏風に須磨のうらに／旅人ゆく所をよめる
となん

48ウ

関　付浪関

3210 続古七　旅人はたもとすゝしく成にけり　中納言行平
せきふきこゆるすまのうら風
右つのくにすまといふ所に侍ける／時よみ侍けると
なん

3211 新古十七　秋風のせきふきこゆるたひことに　忠峯
こゑうちそふるすまのうらなみ

3212 新勅四　もしほやくけふりも霧もうつもれぬ　慈鎮
須磨のせき屋の秋のゆふくれ

3213 続古五　すまのあまのもしほの煙たちそひて　月花門院
ゆくかたしらぬせきのゆふきり

3214 堀百　月影にあかしのうらをきてみれは　肥後
こゝろはすまのせきにとまりぬ

49オ

3215 千八　はりまちやすまの関屋の板ひさし　中納言師俊
月もれとてやまはらなるらん

3216 建保百　月もゝれ風も戸たゝけすまの浦の　従三位行能
あれたるせきや秋にまかせん

3217 続拾五　すまのうらやせきの戸かけて立浪を　前大納言為氏
月に吹こす秋のうらかせ

3218 千八　いつもかく有明の月のあけかたは　法眼兼覚
ものやかなしきすまのせきもり

3219 続後三　九月　秋の夜は須磨の関もりすみかへて
十三夜十首歌合　月やゆきゝの人とゝむらむ　入道内大臣通成

3220 新勅廿 すまのうらや秋をとゝめぬせきもりも
のこる霜夜の月はみるらむ　信実朝臣

3221 須磨の関有明の空に鳴千とり
かたふく月はなれもかなしや

49ウ

3222 金四 あはちしまかよふちとりのなくこゑに
いく夜ねさめぬすまのせきもり　源兼昌

3223 千五 山おろしにうらつたひするもみちかな
いかゝはすへきすまのせきもり　後徳大寺左大臣

3224 堀百首 いとゝしくみやこ恋しきゆふされに
波のせきもるすまのうらかせ　俊頼朝臣

3225 はりまちや心のすまにせきすへて
いかてわか身の恋をとゝめん　西行法師

3226 六帖 すまの関あきはきしのきこまなめて
たかゝりをたにせてやわかれん

右一首六帖に大鷹狩の歌と／みえたり作者業平とい
へり可詳之／家持歌みしまのに秋はきしのき／とい
へる歌あり如何

50オ

3227 さくら花たかよに若木ふりはてゝ
すまのせき屋の跡うつむらん　定家卿

籠江

3228 六帖 こりすまのこもりえにおふるうきぬなは
うき身に物をおもはすもかな

入江

3229 続拾六 よもすからすまの入江にたつちとり
空さへこほる月になくなり　権律師公猷

50ウ

上野

3230 千五百番哥合 すゝふねをよする音にやさはくらん
鈴舟　雑 すまのうへ野にきゝす鳴也　法橋顕昭

3231 仙洞哥合 ゆふされはすまのうへのを吹風に
あはれをまねく花すゝきかな　朗覚法師

阿胡海　或抄云奈古海同事也云々

3232 万七 ときつ風ふかまくしらすあこのうみ
あさけのしほにたまもかりてな

3233 万十二　読合
長門浦

右摂津国作哥

処女等之麻笥垂有績麻成長
門之浦丹朝奈祇尓満来塩之
夕奈祇尓依来波乃彼塩乃伊夜
益舛二彼浪乃伊也布敷二吾妹
子尓恋乍来者阿胡海之荒礒之
於丹浜菜採海部処女等纓有
領巾文光蟹手二巻流玉毛湯良
羅尓白栲乃袖振所見津相思羅霜

51オ

3234 反哥 阿胡乃海之荒礒之上之少浪
吾恋良久波息時無

浦　或先達哥枕長門国立之／可尋決之

3235 万十五　拾八 あこのうらにふなのりすらん乙女子が
あかものすそにしほみつらんか

右天平八年遣新羅使等於海路
当所誦詠古哥内
裏書云拾遺集作者人丸也然者遣新／羅使等今詠吟人
丸所作之古哥歟但人丸／家集ニハ伊勢国ニおほん行幸
ありけるに／京にまかりとまりてよめるといへりあ
み／のうらとあり又またものすそとあり／伊勢にあ
みの浦と云所有歟／或類聚には伊与国にありとみえ
／たり又八雲ノ御抄ニハアミノ浦讃岐国／といへり

51ウ

茅渟海　或云難波海又号珎奴海云々

3236 万七　貝　いもかためかひをひろふと陣奴の海に
ぬれにし袖はほせとかはかす

3237 同　弥奴海（チヌノウミ）のはまへのこ松ねふかめて
わかこひわたる人のこゆえに

3238 同　血沼のうみのしほひのこ松ねもころに
こひやわたらん人のこゆえに

3239 現六　ちぬの海のはまへのこ松しほこえて
なみの音にそ秋かせはふく

3240 ちぬのうみの浪にたゝよふうきみるの
うきをみるはたゆゝしかりけり　俊頼朝臣

浦　万葉海哥五代集浦部入之

3241 万七　貝　いもかためかひをひろふとちぬの海に
ぬれにし袖はほせとかはかす

四八津（並シハツ）　**八津**（ヤツ）　異本或云八津恒（本ノマヽ）也シハツト読也

3242 千沼廻よりあめそふり来　四八津のあまの
あみの手綱乾将堪哉

真野　近江有同名彼詠浦幷入江等

3243 続後十三　小菅　露むすふまのゝこすけのすかまくら
久安百首　菅枕　かはらてもなを袖ぬらすらん　俊成卿

浦

3244 万十一　わきもこか袖をこのみてまのゝ浦の
続後十九　こすけのかさをきすてきにけり　人丸

池

3245 万十一　まのゝ池のこすけをかさにぬはすして
人のとを（遠）を名をたつへきものを

3246 堀百　かはつなくまのゝ池辺をみわたせは
きしの山ふき花さきにけり　仲実朝臣

3247 橋　まのゝいけにこほりしぬれはあしまなる

嶋伝　はしもたつねてしまつたひしつ　俊頼朝臣

3248 現六　ゆふされはまのゝ池水こほりゐて
まかれかちなるあちのむらとり

継橋

3249 後拾十五　ふみみても物おもふ身とそ成にける
まのゝつきはしとたえのみして　相模

淀継橋

3250 万四　まのゝうらのよとのつき橋こゝろにも
おもふやいもかいめにしみゆる

3251 続古十五　まのゝうらのよとのつき橋つきもせす
つらしと人をきゝわたるかな　従三位経朝

3252 金七　しるらめやよとのつきはしよとゝもに
つれなき人をこひわたるとは　贈大臣長実女

3253 続拾十五　としへぬるよとのつきはし夢にたに
わたらぬ中とたえやはてなん

3254 千五百番哥合　さみたれによとのつきはし跡もなし
これもなからの名をなかしつる　源家長

謌枕名寄巻第十六

畿内部十六　摂津国四

目録

敏馬 崎／礒　三犬女浦　縄浦 津富羅江／難波㳂

箕面浦　名立浦　大輪田浜

輪田入江 御崎／笠松　広田 浜／神　並西宮 南宮 海老主／御前浜 難

田 瀛 津

秋野浜　佐比江　刀造江 或云／非江名

長渚 浜　鳴尾 瀛　香嶋

安倍嶋 山 安倍嶋山者範兼卿未勘国／或云／下総国在之云々可尋

嶋熊山 八雲御抄／当国入之　姫嶋　三穂浦

奥嶋　河嶋　浦初嶋　御弊嶋

渡辺大江岸 橋／浦　河尻　一渚

玖岐渡 崎／或崎者駿河也　国府渡　原池

絶間池　横野堤　垂水 社　嶋下

小墾田宮 坂田橋／沼　名就山　並角松原

三国山　草香山　佐伯山 又号五月山／子細在奥　下樋山

豊嶋 邂逅山 玉坂　待難山　羽束 山里

処女塚 大和物語并堀川院／百首之求塚　上小竹葉野

味野原　味経原 宮

本朝習俗抄伊賀国云々未決間両国共載之

闘鶏野 氷室起／裏書在奥　夢野　岩手杜

依羅杜　手倉山　御陰杜 水イ

鳥養 御牧名也　室　間手　船寺

謌

歌

敏馬 或云敏馬者和之三犬女也騰志麻者誤也

然而彼哥皆導詠於今者無子細㳂

3255 万十三　同十五　たまもかるとしまをすきて夏草の

野嶋かさきに船ちかつきぬ　柿本人丸

右本集第十五巻遣新羅使誦詠／古来末句云いほりす

われは

崎

3256 万三　嶋つたふとしまかさきをこきまへは

やまとこひしくつるさはになく　山辺赤人

3257 万三　いもとこしとしまのさきをかへるさに

ひとりしみれはなみたくまなし　大納言旅人

右一首天平二年十一月大宰帥

大伴卿向京上道過敏馬崎作哥

3258 風はやみとしまかさきをこく行は

ゆふなみちとりたちゐなくなり　神祇伯顕仲

3259 正治百首　あらし吹としまかさきのいりしほに

友なしちとり月になくなり　守覚法親王

礒

3260 金八　よと、もに袖のかはかぬわか恋や

としまかいそによするしら波　藤原仲実朝臣

鳥羽殿哥合

3261 新古六　風たゆるとしまかいそのむらちとり

たちゐはなみのこ、ろなりけり　正三位季能

右一首文治六年女御入内屛風哥

三犬女浦

3262 万六　神馬藻　御食向 淡路嶋 直向 三犬女乃浦

奥部 深海松採 浦廻なのりそかきて○　赤人

右過敏馬浦時作哥

3263 万六　百船　八千桙之神乃御世自百船之泊 停 跡

白沙　八嶋国百船純乃定 而師三犬女乃浦

者朝風尓浦左和伎○ 白沙 清 浜部者

3264 同　ますか、みみぬめのうらはも、ふねの

すきてゆくへきはまならなくに

3265 続後六　ますかゝみみぬめのうらはなのみして　おなしかけなる秋の夜の月　右兵衛督為教

3266 秋風抄 夕霞　しほこさぬ松たにしつむゆふかすみ　みぬめのうらの名にやたつらん　常磐井入道前大政大臣

57オ

3267 続後十四　はま千鳥跡たにいまはかきたえて　みぬめのうらにぬるゝ袖かな　読人不知

3268 同十一　まれにたにみぬめの浦のあま小舟　いかなる風によるへさためむ　大僧都有果

3269 同十二　いたつらにおもひこかれてとしもへぬ　人をみぬめのうらのもしほ火　源親行

3270　秋のしかわか身こすなみ吹風に　つまをみぬねのうらみてそなく　権中納言定家

縄浦

3271 万三 山　なはのうらにしほやくけふりゆふされは（夕去者）　行過（ユキスキエ）不得（ステ）而山にたなひく　赤人

57ウ

3272 同　なはのうらに背（カネテ）しみゆる奥のしま　ときまふ舟はつりをするかも　同

裏書云今案云顕昭哥

3273　雪ふれはあしのうらはもなみこえて　なきさもわかぬなはのつふらえ

此なはのつふらえといへるは難波浦にあり／然者万葉ニなはのうらといへるも難波浦歟／又別有所歟可詳

箕面浦

3274 後拾三　うかりけるみのおのうらのうつせかひ　むなしきなのみたつはきゝきや　馬内侍

58オ

名立浦

3275 遠近抄 潜　かつきするなたちのうらのあま人は　なみのぬれきぬいくよきぬらん

大輪田浜 八雲御抄以志賀之大和多渡部入之／然者可用渡字歟但所名ハ別事也

3276 万六　はまきよみうらなつかしみ神代より　ちふねのとまるおほわたのはま

3277　君か世はちふねのとまる大わたに　たつさゝなみの数もしられす　俊頼朝臣

輪田入江

3278 万代　しほ風はなるおの松にをとつれて　わたの入江にのこる月影　覚性法親王

3279　てる月にみおのしるしもあらはれて　やすらひもせぬわたのいり舟　中原師光

58ウ

3280 都鳥　なにしおはゝしらしをわたの都鳥　こゝろつくしの方はとことも　俊頼朝臣

御崎

3281　にしけにはわたのみさきもあるものを　かけさかりぬる身をいかにせん　俊頼朝臣

3282 郢曲 車船 牛窓　くるまふねわたのみさきをかいめくり　としまとかけてしほやひくらん

3283 六百番哥合 蔦 紅葉　しつえまてかゝれるつたはもみちして　にしきをはるはわたのかさ松　従三位季経

広田浜

3284 広田社哥合　人はいさわれとはふまし神かきや　ひろたのはまにふれるしら雪　惟宗広言朝臣

59オ

3285 同　ひろたよりあはちをかけてみわたせは　えしまかいそにさはくしら浪　性阿法師

神

3286 同　をしなへて心ひろたの神ならは

かゝるうき身をめくまさらめや　二条院三河内侍

3287 同
むかしよりめくみひろたの神ならは
さりともあさの心なるらん　権大納言定家

3288 同
しらはまのまさこの数にあらねとも
めくみひろたの名をたのむ哉　藤原隆信朝臣

3289 同　武庫山
神木　社雪
さか木とるむこの山風さえ〳〵て
社もしろく雪ふりにけり　道因法師

59ウ

3290 同　村薄
ふる雪のゆふしてかくるむらすゝき
みてくらしろにたむけてそゆく　皇后宮少進藤原懐能

3291 同
すみのえにむこの浦なみ立そひて
ふたゝひ神のめくみをそしる　道因法師
右道因法師宿願にて住吉社哥合／し侍て後又広田社
哥合し侍／時の哥也此広田即武庫浦と聞たり

並一 **西宮**

3292 広田哥合
なにしおへはたのみそかくるにしの宮
そなたにわれをみちひくやとて　性阿法師

3293 同
なにしおはゝにしてふ神を頼をかん
そなたにつゐにたのむ身なれは　俊恵法師

60オ

3294 後　小船
風祭
しはをふねまほにかけなせゆふしてゝ
にしの宮にとかさまつりしつ　俊頼朝臣

並二 **南宮**

3295 広田哥合
けさみれははまのみなみの宮つくり
あらためてけりよはのしら雪　前左大臣

並三 **海老主**

3296 同
よをすくふえひすの神のちかひには
もらさしものを数ならぬ身も　安心法師

3297 同
おもへたゝ神にもあらぬえひすたに
しるなるものをものゝあはれは　従二位頼政

右一首彼哥合判詞云俊成云閭巷／の郢曲にえひすた
に物のあはれ
しるなといふ事侍へし云々

60ウ

並四 **御前浜**

3298 広田哥合　雪
あとたるゝとたえの神やこれならん
おまえのはまの雪のむらきえ　藤原憲盛朝臣

3299 同　雪松
雪ふかきおまへの浜に風ふけは
松のうれこすおきつしらなみ　前大納言実守

3300
神かきやおまへの浜の松かうれを
ふゝきにあらふ雪のしらなみ　皇后宮少進藤原懐能

3301 同
いさきよき光にましるちりなれや
おまへのはまにつもるしら雪　俊成卿

灘田 洋

3302
しまきするおまへのなたはすきねとも
けさのおきこそおもひわひぬれ

61オ

瀛

3303 千十六
広田哥合
はる〳〵とおまへのおきをみわたせは
雲井にまよふあまのつりふね　左衛門督頼実

3304 現葉
ゐなのよりおまへのおきをみわたせは
霞にきゆるあまのつりふね　登蓮法師

3305 北気
をとめつるおまへにかゝるしは舟の
きたけになれやよるかたもなし　俊頼朝臣

3306
さのみやは人のなけきをしらなみの
たつはおまへのしわさとそきく　同
右一首散木集云つくしよりのほり／けるにおまへと
いふ所にて風ふき／なみたちけれはそのかみにみて
くら
たてまつるとてかきつけると

61ウ

秋野浜

3307 六帖
つのくにの秋の、はまのわすれかひ
われはわすれすとしはふれとも

佐比江

3308 後十六
としをへてにこりたえせぬさひえかは
たまもかへりていまそすむへき　壬生忠峯
右哥忠房朝臣つのかみにて新司／春方かようけに屏風した、めて／かのくに、あるところ〳〵か、せて／侍けるさひ江といふ所をよめるとなん

刀造江

62オ

3309 後拾十九
万代を君かまもりといはひつ、
たちつくりえのしるしとをみよ　法輿院入道前大政大臣
右

長洲浜

3310 拾十
恋わひぬかなしき事もなくさめん
いつれなかすのはまへなるらん　読人不知

3311
人しれすおとすなみれはつのくにの
なかすとみえて袖そぬれける

3312 新六帖
わか袖の海となるをはつのくにの
なかすなみたのつもりなりけり　為家

鳴尾

3313 千十八　松
うきにたへたるためしにはなるをの松の

62ウ

つれ〳〵といたつらことをかきつめて○　俊頼朝臣

3314 無友松
なるをなる友なき松のつれ〳〵と
ひとりもくれにたちにけるかな　同

3315 一株松
さらてたにさひしくみえし一もとの
雪
なるをの松に雪ふりにけり　中務卿親王

3316 鹿　夕音
風ふけはなるをの海（松欤）のをのれのみ
こと、ひかはす鹿の夕こゑ　西園寺入道前大政大臣

3317 読合　月
塩かせはなるをの松に音つれて
和田入江
わたのいりえにすめる月影　覚性法親王

瀛

3318 千十六
けふこそはみやこのかたの山のはも
広田哥合
とをくなるおのおきにいてぬれ　権大納言定家

63オ

3319 続古十九
いこま山よそになるをのおきにいて、
洞院摂政家百首
めにもか、らぬみねのあま雲　源家長朝臣

香嶋　今案云三名部者紀伊国名所也詠合其便宜如何／彼国又香嶋ト云所有之欤可詳

3320 万九
みつなへにうらしほみつなかしまなる
つりするあまをみてかへりこむ

3321 三名部
かしまへはあそひしにやはつきつらん
たはふれにてもおもひかけぬを　俊頼朝臣
右一首家集云かしまをすきけるに／ゆう女のきたりけれはよめると

安倍嶋

3322 万三
安倍の嶋うのすむ石による波の
まなくこのころやまとしおもほゆ

63ウ

3323 鵜居岩
あへ嶋やうのゐるいはにふる雪の
雪
なみにいくたひきえつもるらん　後鳥羽院御哥

3324
岩のうへに波こすあへの嶋つ鳥
うき名にぬれて恋つ、そふる　家隆

3325 千鳥
阿倍のしまいはうつなみのよるさえて
すむともきかぬ千鳥なくなり　中務卿親王

山　範兼卿類聚国未勘云々今暫就名同／載之或云下総国云々可尋

3326 万十二
たまかつまあへしま山のゆふ露に
たひねしかねつなかきこの夜を

3327 続古十
阿倍嶋の山の岩かねかたしきて

3328
さぬるこよひのつきのさやけさ　為家
みやこおもふ袖もかた〳〵ほしあへす
あへ嶋山は露ふかくして　通具
64オ

嶋熊山　八雲御抄当国入

3329 万
たまかつま嶋くま山のゆふくれに
ひとりや君か山ちこゆらん

姫嶋

今案云先達哥枕入于豊後国矣而考／摂津国風土記曰比売嶋松原右昔軽／嶋豊阿伎罪宮御宇天皇世新羅国／有神女遁去其夫来暫住筑紫国伊／波比売嶋地名乃曰此嶋者猶不是達若／居此嶋男神尋来乃更遷来亭此嶋／故取本所住之地名以為嶋号已上然者此嶋名本在筑紫若豊後国欤而今万／葉集所載之姫嶋者筑紫欤摂津国／欤未決彼哥河辺宮人之所作也河辺／又筑紫当国共在之希難決之間暫／両所共載之是非追可決矣
64ウ

3330 万二
いもかなはちよになかさんひめしまの
こまつかうれに苔おふるまて
右和銅四年河辺宮人姫嶋松原／見娘女屍悲歎作哥二首内

3331
ひめしまや小松かうれにゐるたつは
千とせをふともとし老すけり　鎌倉右大臣
65オ

三穂浦　今案云五代集駿河国載之但万葉集／哥姫嶋松原作哥也仍以次載之正在所未決矣

3332 万二
かさはやのみほのうらわのしらつゝし
みれともあかすなき人おもへは
右和銅四年河辺宮人姫嶋松原
見娘女屍悲歎哥二首内

3333 万七
かさはやのみほのうらはをこくふねの
ふな人さはく波たつらしも

3334 新六帖
なみかくるみほのうらへのしらつゝし
いつれを花とみてかたをらん　光俊朝臣

3335 同
たえすのみもしほやくてふかさはやの
みほのうらわにけふりたつなり　信実朝臣
65ウ

奥嶋

3336 万三　縄浦
なはのうらにそむきにみゆるおくの嶋
こきまふをふねつりをすらしも　赤人

河嶋　或先達哥枕摂津国山城国共入之但信実朝臣／哥海辺詠之津国有便欤

3337 千十八
君にのみ人のおもひは川しまの
水のこゝろはあさからなくに　従三位季行

3338 続古十三
あひみては心ひとつをかはしまの
水のなかれてたえしとそおもふ　業平朝臣

3339
みなといりおきつしほかせさむき夜に
川嶋かくれ千鳥なくなり　信実朝臣

3340
よそなからあはれとそおもふ河嶋の
草のはつかにみゆるなてしこ
66オ

浦初嶋　後撰本哥摂津国紀伊国両義也／彼哥又両国共詠之仍又紀伊国載之

3341 後十一
あなこひしゆきてやみましつの国に
いまもありてふうらのはつしま　戒仙法師

3342 続後一
ゆきてみぬおもひはかりをしるへにて
よそにやこひんうらのはつしま　従三位頼氏

3343 続拾一　霞
みるまゝに浪路はるかに成にけり
かすめはとをきうらのはつしま　常磐井入道前大政大臣

3344 同五　月
おもひやるうらのはつしまおなしくは
ゆきてやみまし秋の夜の月　平清時

3345 新六帖　霧
こきいつるきりのたえまにみわたせは
けさめつらしき浦のはつしま　正三位知家

3346 万代
つのくにのうらのはつしまはつかにも
みなくに人のこひしきやなそ　雅成親王
66ウ

御幣島

3347 河上
なみかけてみてくら嶋を過ゆけは

手向　その川上にたむけてそゆく　俊頼朝臣
3348 民部卿経房　ふる雪のちへにもゝへにつもりゐて
哥合　しろたへなりやみてくらのしま　正三位経家

渡辺大江岸

3349 後拾九　わたのへやおほえのきしにやとりして
くもゐにみゆるいこま山かな　良暹法師
右つのくにゝくたり侍けるに旅宿遠望
3350 万代　舟よはふこゑもをよはす成にけり
おほえのきしのさみたれの比　源長俊朝臣

橋

3351 堀百　さみたれは日数つもれとわたのへの
大江のきしはひたらさりけり　隆源法師
3352 はるかなる大江のはしはつくりけん
人のこゝろそみえわたりける　俊頼朝臣

浦

3353 六帖　たまもかるおほえのうらの浦風に
つゝしの花はちりぬへらなり

河尻

3354 読合　長柄　涙のみおほかはしりのかたなれは
よもなからへはゆかんとそおもふ　俊頼朝臣
右かはしりにてなからといふ所に
たつぬれはくま河のかたになん侍と

船人のいふをきゝてよめると
3355 散木集連哥　川しりにふねのへとものみゆるかな　俊頼
しほのひるとてさはくなるらん　俊重

一渚

3356 酒　いりぬるをよろこひかほにのむましや
いちのすさけをとひこともなく　俊頼朝臣
右一渚に入たるに問か酒心さし
たりけれはよめるとなん

岫渡　玖岐　哥詠茎渡

3357 堀百　はかへせしあしもまはらに成はてゝ
くきのわたりもさひしかりけり　修理大夫顕季

崎　或云駿河国也云々

3358 懐中　人をわく心はうしとそむけとも
にくきかさきにまつもたつなり

国府渡

3359 万代　都人　みやこ人ありやとゝはゝつのくにの　法成寺関白入道
こふのわたりにわふとこたへよ
右住吉にまうて侍けるによめる

原池

3360 後拾六　むはたまのよをへてこほるはらの池は
春とゝもにや浪もたつらむ　藤原孝善
3361 六帖　はらの池におふるたまものかりそめに
君をわかおもふものならなくに
3362 原の池のあしまにやとる月影は
わかれし秋の形見なりけり　俊頼朝臣

絶間池

3363 良玉集　恋わひておつるなみたの積りてや
あはぬたえまの池となるらん　常陸

横野堤

3364 続古六　入塩　霜かれのよこのゝつゝみ風さえて
千鳥　いりしほとをく千鳥なく也　光俊朝臣

垂水

3365 万七　いのちさらひさしきよしもいはそゝく
たるみの水のむすひてのみつ

3366 同八　右摂津作
いしはしる垂水の水の早敷八師(ハシキヤシ)
君にこふらく我こゝろから

3367 千五百番哥合
むすふてのすゝしきのみか岩そゝく
たるみのをとも夏はしられす　顕昭

3368 万
岩そゝくたるみのうへのさわらひの
もえいつる春に成にけるかな　志貴皇子

3369 続古
さわらひは今はおりにもなりぬらん
たるみのこほりいはそゝく也　俊成卿

3370 現六
けさみれはたるひのうへのうすみとり
それかとはかりもゆるわか草

3371 千五百番
いはそゝくたるひのうへにさす日影
うちとけにける春のはつ空　土御門内大臣

69オ

社

3372
おりのほる人のためとやこゝにしも
あとをたるみのあけの玉かき　俊頼朝臣
右たるみの明神の社をみてよめる

69ウ

嶋下

3373 和泉式部抄
ふく風やのとけかるらんかのみゆる
しまの下よりふねのほるなり

小墾田宮

3374 続古十九
をはたゝの宮のふるみちいかならん
たえにしのちは夢のうきはし　土御門院御哥

並 **板田橋**

3375 万十一
をはたゝのいたゝの橋のこほれなは
けたよりゆかむこふなわきもこ

3376 堀百
夜はくらしいもはた恋しをはたゝの
いたゝのはしをいかてふまゝし　基俊

70オ

3377 同
あさゆふにつたふいたゝのはしなれは
けたさへおちてたちろきにけり　俊頼

3378 千十九 勧持品
くちはてゝあやうくみえしをたはゝの
いたゝのはしもいまわたすなり　法橋泰覚

沼

3379 堀百
けたおちてこけむしにけりをはたゝの
いたゝのぬまにわたすたなはし　仲実朝臣

名就山

3380 万三
わきもこかゐなのはみせつなつき山
角松原いつかしめけむ

並 **角松原**

3381 万十七
あまをとめいさりたくひのおほゝしく
つのゝ松原おもほゆるかな
右天平二年大宰帥大伴卿任大納言兼帥如旧／上京之
時侍従人等別取海路入京／於是悲傷羇旅各陳所心作
哥／十五首内

70ウ

三国山

3382 万七
みくに山こすゑにすまふむさゝひの
とりまつることわかまちやせん

草香山

3383 万八　続古七
をしてるやなにはを過て打なひく
くさかの山をくれにわれこゆ

3384 現六
露ふかきくさかの山を秋こえて
しほるはかりに袖そぬれぬる　前摂政左大臣

71オ

五月山　佐伯山者安芸国名所佐倍伎山也右先達／哥枕万葉哥五月山ニ載之不審万葉／証哥
佐伯山サヘキ山ト詠セリ

3385 万七　卯花
佐伯山(サツキヤマウノ)于花以之(モテシ)哀(アハレワカミ)　我子鴛取而(ヲシトリテ)
者(ハ)花　散鞆(ハナハチルトモ)

3386 同十　新古三　五月山うのはな月よほとゝきす
なけともあかすまたかれんかも
3387 古十二　さつき山こすゑをたかみ郭公　貫之
なくね空なるこひもするかな
71ウ
3388 さ月山このしたやみにともす火は
鹿のたちとのしるへなりけり　同
右一首延喜御時月次御屛風哥

下樋山　万葉本哥先達歌枕大和国入之但考摂津／国風土記曰昔太神之天津韓鷲尓成而下
止／此山十人往者土人去五人留○久彼乎人名麻久／取乎人名二人此山尓下樋伏而厝
於神許後此樋／内通而禱祭由是曰下樋山云々今案之若／同名欤未決之間聢両国
共載之
3389 万九　下檜山下逝水乃上丹不出吾念情
安虚欤毛

豊嶋　玉坂　彼所正字可詳之／今暫用哥詞矣
3390 てしまなるなをたまさかのたまさかに
おもひいてゝもあはれといはなん　読人不知
72オ
右津のくにたまさかといふ所に／すみわたりけるに
兵部卿親王元良／かよはすなりにけれはつかはしけ
るとなん

山
3391 いかにせんをのかさ月をまちえても
なをたまさかの山ほとゝきす

待難山　正字可詳今暫用哥詞云々
3392 六帖　つのくにのまちかね山のよふこ鳥
なけといまくとよふ人もなし
3393 詞一　堀百　こぬひとをまちかね山のよふことり
おなし心にあはれとそおもふ　肥後
3394 良玉　夜をかさねまちかね山のほとゝきす
72ウ

3395 鹿　雲のよそにて一こゑそきく　周防内侍
よもすからまちかね山になく鹿は
3396 おほろけにやはこゑをたつらん　俊頼朝臣
夜もすからたまりておつる涙かな
こやまちかねの山川の水　同

羽束山
3397 秋はつるはつかの山のさひしきに
有明の月をたれとみるらん　中納言匡房
右頼綱朝臣つの国はつかといふ／所に侍けるときつ
かはしけるとなん
3398 堀百　いてしよりむまやのかすをかそふれは
けふそはつかに草枕する　中納言国信
73オ

里
3399 まつ人ははつかの里のよひの間に
たれあらましに衣うつらむ　前内大臣基
3400 和泉式部抄　つの国のはつかのさとにすむ人は
けふかあすはとよをもなけかん

処女塚　大和物語
3401 掘川院百首哥云求塚／今案之毛於韻同故欤
古之益荒丁子各競妻問為祁牟
葦屋乃菟名日妻女乃奥城矣吾
立見者永世乃悟尓為乍○
3402 反哥　古乃小竹田丁子乃妻問志菟奈
日妻女乃奥城紉此
右過葦屋妻女墓時作哥又／見兎原女墓哥略之
73ウ
3403 堀百　もとめつかおまへにかゝるしはふねの
きたけになれやよるかたもなし　俊頼朝臣
大和物語云つのくにのおとこの姓は菟／原といふい

つみのくにのおとこの姓うか／ねといふかのつかの
なをはもとめつかと／そいひける女の哥

3404
住わひぬ我身なけてんつの国の
いくたの川はなにこそ有けれ
或曰おとこつか左右にあり血沼おとこ／菟原おとこ
か事也となん

74オ

上小竹葉野　万葉云あけさゝは野／六帖云あくるさゝ野／堀川院百首云あけをさ野

3405 万十一　放駒
いもかゝみ上小竹葉野のはなれこま
蕩(タハレ)にけらしあはぬおもへは

3406 六帖　同
いもかかみあくるさゝのゝはなれこま
あけゆくけらしあはぬおもひに

3407 万代　女郎花
いもかゝみあけさゝはのゝをみなへし
あさをく露の玉かつらせり　源秀広

3408 堀百　網引
あひきするみつのはまへにさはかれて
あけをさゝのへたつかへるなり　俊頼朝臣

味野原　風土記云味原野云々文字上下如何又本／異本ニあけのゝ原とあり　旁不審

3409 堀百
月清みあち野のはらのゆふ露に
さゝめわけくる衣さぬれぬ　顕仲朝臣

味経原　今案云風土記味原野同所歟／万葉哥当国難波宮作哥也

3410 万六
おほつとりあちふの原に物のふのやそとも
のをはいほりしてみやことなりぬたひにはあれとも
右神亀二年十月幸難波宮／時笠朝臣作哥

74ウ

宮

3411 万三
御食向(ケムカフアチハラノミヤ)　味原　宮○

闘鶏野　習俗抄云伊賀国云々今案云彼国在／榴殖(ツケイ)云所是歟但当国之条風土記明白也／又
曰夢野在次下矣又氷室之起在于／此野矣見日本記

闘鶏野氷室事
裏書云日本記云仁徳天皇六十二年五月／おほなかつひこの皇子(額田皇子也)闘鶏野に狩し給ふ／
時に山上より野中をのそみみるに其形廬
のことくなる物あり使をして是をみせし／む還来云窟(ツチクレ)なりと因テ闘鶏野乃稲(イナ)／量大(キオホ)
山主(ヤマモリ)を喚て之を問曰野中にある／物は何の窟そと啓曰氷室也皇子曰其／蔵如何又奚(ナニヽカ)矣
用答曰土ヲ掘コト丈余にして／草をもて其上に蓋にしあつく茅荻を／しき氷をとてそ
の上にをく夏の月を経て／とけす其用即熱月酒をひたして／用也皇子則其氷ヲ持来て
御前に献するに天皇これを悦給是より後季冬ニあたて／必氷を蔵て夏分に至て氷を散(アカツ)
也已上

75オ

3412 堀百　太山守
つけ野ゝに大山もりかさためたる
ひむろそいまもたえせさりける　仲実朝臣

3413 明玉　氷室
をしてるやみつのほりえに船とめて
つけのゝしかのこゑをきくかな　浄忍法師

家成卿家哥合

3414
をのか身にしもをく夢やみえつらん
こゝろほそえに鹿のなくかな
判云顕仲つけのゝ鹿の夢あはせの／まゝなるはその
時の人のことわさ／になん申けるそれをよまれたら
は／心ほそけになん事ことはりにこそ／されとあま
りみゝとをき事はいかゝ／侍らん云々

75ウ

夢野　当国風土記云父老相伝云昔者刀我／野有牡鹿其婦牝鹿居此野其妾／牝鹿居淡路国
野嶋牝鹿宿婦所明旦／語其婦云今夜夢吾背尓霜零(於都利上)見支／又(由都諸久記)村生(多利上)見支
此夢何祥其婦／悪夫彼向妾所而詐相之曰背生草／者矢射背上之祥又霜零者春塩塗
／完之祥汝渡淡路嶋者必遇船人射死／謹勿往其牡鹿不勝感涙後渡野嶋／海中遇逢
行船終為射死故各此野曰／夢野俗説云刀我野尓立留直牡鹿母夢相(乃麻尓麻尓)已上

76オ

3415
夜をのこすねさめにきくそあはれなる
夢のゝ鹿もかくやなきけん　西行

依羅杜

3416 松杉
君かよはよさみの森のことのはに
松と杉とや千たひうつらん　定家卿

76ウ

右住吉幷依羅社に求子の哥よみ／て奉へきよし神宮
ニ申しかはたて／まつりし哥と家集ニみえたり

3417 **岩手森**
続古十三
君にしも秋をしらせぬつのくにの
いはての森を我身ともかな　馬内侍
右とき〳〵物申ける人のすみよしに／もうて、いは
てのもりもみちこそ
またしかりつれといひおこせて侍ける／返事によめ
るといへり

77オ

3418 続拾十一
よしさらはことの葉をたにちらさはや
さのみいはてのもりのしたかせ　太上天皇御哥

3419 **手椋杜**　正字可詳
古哥
月夜にはてくらの森もくらからす
ましてしら、のはまいかならん

3420 **御陰松**
よにあらはまたかへりこむつのくにの
みかけの松よおもかへりする　藤原基俊

3421 **鳥養**　累代御牧名也
懐中
ふかみとりかひある春にあひぬれは
かすみならねとたちのほりけり

77ウ

3422 舼
をきえなきたかせの舟をさしすへて
とりかひにてもくらしつるかな　俊頼朝臣

3423 **室**
六帖　早稲
つのくにのむろのはやわせひてすとも
しめをははへよもるとしるかね

3424 **間手**　正字可詳
おもひきやうかりししほをすこしきて
けふまて人にみえんものかは　俊頼朝臣

3425 **船寺**
ふな寺にのりうかふなり夜もすから
こゑをほにあけてよみすましつゝ　俊頼朝臣
右船寺にて僧の経よむ所　或人天王寺／堂障子絵

78オ

一校了

78ウ

表紙

歌枕名寄第五
伊勢　志摩摂之　伊賀　尾張　参河
遠江　甲斐　駿河　伊豆　相模　武蔵
安房　上総　下総　常陸

本文

歌枕名寄巻第十七
東海部一　伊勢国上　志摩

目録

天照篇
神 昼目　山 又云神道山　渡会 斎宮／大河辺
五十鈴河 付礒宮　御裳濯河 岸　宮河
鈴鹿河 八十瀬瀧／伊勢雄宮　山　関　内外宮
月読神 森　桜宮　風宮　朝熊宮
鏡宮　竹都 斎宮御所也　山田原 里

2オ

伊勢海辺 浦浜雖多之謌詞不帯伊勢海之／字者悉雑篇在之
海 付浜荻　小野古江 漆／流江　苧生浦 建保百首／用生之一字
海 付篠間海人　河　千刃浜 紀州又／在之　星合浜
高浜　阿野遠山
伊勢嶋辺
嶋　若松原　一志浦 池　二見浦 潟　葦浦

2ウ

歌

天照辺

神　昼目

3426 神楽哥
いかはかりよきわさしてか天てるや
ひるめの神をしはしと、めん

3427 京極大相国哥合
みつかきのひさしかるへき君か代は
あまてる神や空にしるらん　藤原為忠

3428 長承内裏哥　宮柱
君か代はあまてる神の宮はしら
やをよろつたひあらたまるまて　贈左大臣時信

3429 堀百
くりかへしあまてる神のみやはしら
たてかふるまてあはぬ君かな　中納言国信

3430 雲集
久かたのあまてる神の宮はしら
うきなたてよといのりやはせし　雅成親王

3431 新後
くもりなきあまてる神のますか、み
むかしを今にうつしてしかな　伊忠

3オ

3432 正治百
久かたのあまてる神のますか、み
かけていく代を恋わたるらん　定家

山

3433
かくしつ、そむかんまてもわするなよ
あまてる山の秋の夜の月　後鳥羽院

神道山

3434 続後
神ち山みねの朝日のかきりなく
てらすちかひや我きみのため　荒木田延季

3435 新勅
なかめはや神路の山に雲きえて
ゆふへの空にいてん月かけ　不審 僧正行意

3ウ

3436 続拾
す、か河やそ瀬しらなみ分すきて
神ちの山のはなをみるかな　後京極―

3437 杉下道
鹿
かみち山杉のしたみちふみ分て
いくたひなれぬさをしかの声　同

3438 続古
小車錦
小車のにしきたむくる神ち山
又めくりあふ年もきにけり　太上天皇

3439 千載
ふかく入て神道のおくを尋ぬれは
又うへもなきみねのまつかせ　円位法師

右一首詞書大神宮御山ヲハ神道山ト／申大日御垂跡思
出テ読侍トナム

3440 神道山月さやかなるかひありて
あめかしたをはてらす也けり　西行

3441 神ち山百枝の松もさらに又
いく千代君にちきりをくらん　伊勢

4オ

3442 かみちやまかひある春の手向草
玉松か枝に先なひくらん

3443 神ち山松の梢にかゝる藤の
はなのさかへをおもひこそやれ　定家

3444 下津岩根　神道山したつ岩根の宮はしら
ちきりたかえぬ御代とこそきけ　季経

3445 いすゝ河その水上をたつぬれは
神ちの山にかゝるしら雲　越前

3446 かきつくる神道の山のことのはの
むなしくくちん事そかなしき　長成

4ウ

3447 君か代をいのれはまもる神ち山
ふかきちかひをいふもかしこし　円位法し

度会　**斎宮**　**大河辺**

3448 万一　度会(ワタラエ)乃斎(イツキ)の宮と神風に伊吹(イフキ)マトヒシ
天雲ヲ日ノ目モオホヒタマヒテサタメテシ
水穂ノクニヲ　人丸

3449 万十二　若歴木　わたらゐの大河のへのわかくぬき
わかくしあれはいもこふるかも　同

3450 新古　君か代は久しかるへしわたらひや(ゑ欤)
いすゝの河のなかれたえせて　匡房

五十鈴川　付礒宮

3451 神風　新古　宮柱　神風やいすゝの河の宮はしら
5オ
いく千代すめとたてはしめけん　俊成

3452 続古　下津岩根　五十鈴河したついは根の宮はしら
万代すまん末そひさしき　同

3453 礒宮　常世浪　神かせやいすゝの河のいそのみや
とこよのなみの音そのとけき

3454 新古　やはらくるひかりにあまる影なれや
いすゝの河の秋の夜の月

3455 継本　続後　鏡　五十鈴河神代のかゝみかけそへて
今もくもらぬ秋の夜の月　為家

3456 五十鈴河空(ソヽイ)やまたきに秋の声
したついはねの松の夕かけ　明親

3457 跡たれていく代になりぬかみ風や
いすゝの河のふかきなかれに　有家

5ウ

3458 神もしれ月すむ夜半のいすゝ河
なかれてきよき底のこゝろを　覚助―

3459 花鏡　ちりかゝるくもりもあらし神風や
いすゝの河の花のかゝみは　家隆

3460 年ふとも色はかはらし神かせや
いすゝの河のみつのしらなみ

御裳濯河

3461 後拾　君か代はつきしとそ思ふ神かせや
みもすそ河のすまんかきりは　経信

3462 続後　千木ノカタソキ　久かたの天の露霜いく代へぬ
みもすそ河のちきのかたそき　後鳥羽院

6オ

3463 建保　月やとるみもすそ河のほとゝきす
秋のいく夜もあかすやあらまし　定家

3464 千はやふる神代もおなし影なれや
みもすその河の秋の夜の月　京極前太政大臣

3465 神風やみもすそ河のそのかみに
ちきりしことのすゑをたかふな　後京極―

3466 立かへり又もみまくのほしきかな
みもすそ河の瀬々のしら波

3467 よろつ代とみもすそ河の春のあした
なみにかすみてたつかすみかな　後鳥羽院

3468 神かせやみもすそ河の石清みつも
君かためにやすみはしめけん　家隆

6ウ

岸

3469 なかれたえぬなみにや世をはおさむらん
神風すゝしみもすそのきし　西行法―

宮河

3470 ちきり有てけふみや河のゆふかつら
なかき代までもかけてたのまん　定家
右後京極摂政少将ニ侍ケル時勅使ニテ太／神宮ニ詣侍
ケル時読ル

3471 朝夕にあふくこゝろをなをてらせ
神もしつかにみや河の月　後鳥羽院

鈴鹿河　付八十瀬　伊勢雄宮

3472 すゝか河ふりさけみれは神ちやま
さかき葉わけていつる月かけ　行意

7オ

3473 万廿 すゝか河八十瀬わたりてたれゆへに
よこえにこかん月もあらなくに　（イ無）皇嘉門院

3474 五月雨のひをふるまゝにすゝか河
八十瀬のなみそこえまさりける　皇嘉門院治部卿

3475 新勅 ふりそめていく日になりぬすゝか河
八十瀬もみえぬ五月雨の頃　俊成

3476 新古 木葉時雨 すゝか河ふかき木葉に日数へて
山田のはらのしくれをそきく　後鳥羽院

3477 花渕 鈴鹿河八十瀬のなみの春の色は
ふりしく花のふちとこそなれ　定家

3478 続古 老浪 すゝか河我身ふりぬるおひのなみ
八十瀬もちかくぬるゝそてかな　知家

3479 渡会 注連 なかき代のためしにひかんすゝか河
こえていつへきわたらひのしめ　家隆

3480 都いてゝ八十瀬わたりしすゝか河
むかしになれとわすれやはする　待賢門院御匣

7ウ

3481 岩越浪 わきかへり岩こすなみのたかけれは
山ひゝかせるすゝかかはかな　国信

3482 河原 建保百 底きよきすゝか河原のしきなみに
まなく時なくたのみてそふる　順徳院

3483 棄衣 鈴鹿河いせをのあまのすてころも
しほたれたりと人やみるらむ　謙徳公

3484 すゝか河たか名をたてゝいせの海士の
しほたれころもふりすてにけん　為家

8オ

3485 すゝか河八十瀬の瀧のをとなきは
こほりやとけてむす（ちイ）ひそめけん　好忠

3486 建保百 伊勢雄宮 古道 月影もたえすやすまんすゝか河
いせをの宮の瀬々のふるみち　兵衛

山

3487 拾 おもふ事なるといふなるすゝかやま
こえてうれしきさかひとそきく　天暦―

3488 阿野松原 すゝか山ふりはへこえてみわたせは
みとりにかすむあのゝ松はら

3489 すゝかなる関のやまのはたかけれと
こえて過ゆく秋の夜の月　輔親

8ウ

3490 すゝかやまいせのはまかせさむくとも
千代まつまてに色かふなゆめ

3491 新古 すゝかやまうき世をよそにふりすてゝ
いかになりゆく我身なるらん　西行

3492 神無月しくれの雨のふるまゝに
いろ〳〵になるすゝか山かな

3493 六帖 ものゝふのたつといふなるすゝか山
ならんさかこそきゝまほしけれ

3494 みちほそき関のむまやのすゝか山
ふりはへ過る友よはふなり　為家

3495 秋ふかくなりもゆくかなすゝかやま
もみちは雨にふりまかひつゝ　有家

9オ

関

3496 ふるまゝに跡たえぬれはすゝかやま
雪こそ関の戸さしなりけれ　内大臣良通

3497 こえ過ぬこれやすゝかの関ならん
ふりすてかたき花の色かな

3498 なみこゆる八十瀬やいつこ五月雨に
伊（関イ）勢のすゝかの山河の水　光俊

内外宮

3499 新古 神風やたまくしの葉をとりかさし
うちとの宮に君をこそいのれ　俊恵

3500 続拾 榊葉やけ（チィ）のいはつほふしなをし
君をそいのるうちの宮人　延成

9ウ

3501 神かせやうちとの宮の宮はしら
千度やきみか御代にたつへき　衣笠―

3502 代のためとたてし内外の宮はしら
たかき神道の山はうこかす　前内大臣基

3503 あまてるや内外のみやのくもりなく
はくゝみまもる御代は万代　為家

月読神

3504 月よみの神してらさんあた雲の
かくやうき世もはれさらめやは
右治承四年遷都之時カヘリ給テ太神／宮ニ祈念申侍
テヨメル其後世ノ中ナヲリ侍ケルト云ヘリ

10オ

森　丹後国有同名

3505 新古 さやかなるわしの高ねの雲井より
かけやはらくる月よみのもり　西行

3506 鷲高嶺 影みれは秋にかきらぬ名なりけり
はなおもしろき月よみのもり　同

3507 続後 いかはかりくもりなき世をてらすらん
名にあらはるゝ月よみのもり　西園寺

第八 **桜宮**

3508 神かせにこゝろやすくそまかせつる
さくらのみやのはなのさかりは　西行

第九 **風宮**

3509 この春ははなをおしまてよそならむ
こゝろを風のみやにまかせて　西行

10ウ

第十 **朝熊宮**　付鏡宮

3510 続古 神さひてあはれいく代になりぬらん
なみになれたるあさくまのみや　越前

3511 続拾 跡たれていく代へぬらんあさくまの
みやこをてらす秋の夜の月　延季

3512 神代よりひかりをとめてあさ熊の
かゝみの宮にすめる月かけ

竹都　斎宮御所也

3513 くれ竹の代々のみやこときくからに
君か千年はうたかひもなし

3514 おもへたゝ竹のみやこはかすみつゝ
しめのうちなる御代のけしきを　俊頼

3515 ときはなる竹のみやこのいしなれは
うれしきふしをかそへてそとる　俊頼
右一首斎宮石名取合哥

11オ

山田原

3516 新古　神かせや山田のはらの榊葉に
こゝろのしめをかけぬ日そなき　越前

3517 続拾　神代よりかすみていく世へたてきぬ
やま田のはらの春のあけほの　西園寺

3518 なかすともこゝをせにせんほとゝきす
山田のはらの杉のむらたち　西行

3519 たれか又山田のはらの雪わけて
神代の跡にわかなつむらん　前内大臣基

里

3520 古来哥合　ほとゝきすしのはぬ声をきくよりも
山田のさとにさなへとるらん　堀河左大臣

11ウ

伊勢海辺

海

3521 万三　新勅　玉　家ツト　いせの海の奥津しらなみ玉にかも
つゝみていもか家つとにせん　安貴王

3522 同四　伊勢の海のいそもとゝろによする波
かしこき人に恋のしけらん

3523 蚫玞　同七　蝮玉　いせの海のあまのしまつかあわひ玉
とりてのゝちもこひわたるかも

3524 新勅　いせの海のあさなゆふなにかつくてふ
あわひの貝のかたおもひして　読人不知

12オ

3525 建保百　いせの海の玉よるなみのさくら貝
かひある浦のはるのいろかな　定家

3526 伊勢の海のあまのまてかたかきつめて
くみほすしほのいとまなの世や　衣笠—

3527 万十一　いせのうみになくなるたつのをと声も
きみかきこえは我こひめ(かイ)やも　人丸

3528 六帖　忘貝　いせの海にあまのとるといふわすれ貝
わすれにけらし君もきまさぬ

3529 同　釣魚　伊勢のうみにつりするあまの魚をなみ
うけもひかれぬ恋もするかな

3530 古今　いせの海につるするあまのうけなれや
こゝろひとつをさためかねつる

3531 いせのうみのあまのうけなはうちはへて
くるしとのみやおもひわたらん

3532 後拾　いせのうみにはへてもあまるうけなはの
なかきこゝろは我そまされる

12ウ

3533 古　いせの海士のあさなゆふなにかつくてふ
みるめに人をあくよしもかな

3534 後撰　塩焼　海士藤衣　伊勢の海にしほやくあまの藤ころも
なるとはすれとあかぬきみかな　躬恒

3535 おほろけのあまやはかつくいせのうみの
なみたのうらにをふるみるめを　伊勢

3536 いせの海に年へてすみしあまなれは
いつれのもをかかつきのこせる　同
右一首亭子院御時ヲロシ給ハセタリケレハヨメルト
ナン

13オ

3537 後　いせのうみのあまのまてかたいとまなみ

なからへにける身をそうらむる　豊明朝臣

3538 伊勢のうみのあまのまてかたわつらはし
うらみにあまの袖はぬるとも　家隆

3539 六百 いせのうみのあまのまてかたならねとも
恋のそめ木もいとなかりけり　顕昭

3540 いせのうみのなきさによするうつせかひ
むなしくのみに世をつくしつる

3541 現六 いせのうみのあまのまてかたゆきかへり
いく度おなしもしほやくらん　知家

3542 千 いはおろすかたこそなけれいせの海の
しほせにかゝるあまのつり舟

13ウ

3543 いせの海のかすむしほせのかたをなみ
かへるか鴈の声のきこゆる　順徳院

3544 続後 いせの海のあまのはらなる朝かすみ
うらにしほやくけふりとそみる　土御門―

3545 伊勢のうみの入江の草のしほひ方
尼も蛍の玉はひろはし　家隆

3546 いせの海やはるかにかすむなみ間より
あまの原なるあまのつり舟　行意

3547 いせのうみのあまのもしほ木こりもせて
おなしうらみに年そつもれる（ふりぬる共）　衣笠―

3548 いせの海のいそのなかみちいそけとも
はやあさしほのみちそしにける　知家

14オ

3549 伊勢のうみのしほせになるゝ浜おきの
ほとなきふしになにしほるらん　寂蓮

3550 いせの海のみるめなきさのかひもなし
なみたにひろふそてのしら玉　大納言基良

浜荻

3551 新古 神かせやいせのはまおきおりしきて
旅ねやすらんあらき浜へに　読人不知

3552 すゝかやまいせのはまかせさむくとも
千代まつまてに色かふなゆめ

3553 千 あたらよをいせのはまおきおりしきて
いもこひしらにみつる月かけ　基俊

14ウ

3554 新古　八十瀬浪 しらさりしやそせの波をわけすきて
かたしくものはいせのはまおき　丹後

3555 いく代かは月をあはれとなかめきて
なみにおりしくいせのはま荻　越前

小野古江　雖為海辺哥詞不帯伊勢海浦浜者悉雑篇云々

3556 金 いせの海のをのゝふる江のくちはてゝ
みやこのかたへかへれとそおもふ　師頼
右哥俊頼朝臣伊勢ヘマカリケル時遣ケル

3557 みなとこす夕なみすゝしいせのうみの
をのゝふる江の秋のはつかせ　中務卿―

3558 かけろふのをのゝふる江にこすしほの
みなとやいつこ春の夕暮　光俊

15オ

湊　付流江

3559 続後 いせの海のをのゝみなとのなかれ江に
なかれてもみん人のこゝろは　読人不知

3560 御祓するをのゝみなとの松をこそ
いく代かへしとゝふへかりけれ

3561 いせのうみのを野のみなとのをのつから
あひみるほとのなみのまもかな　衣笠―

3562 新六 塩むかふをのゝみなとのなかれ江に
なをこきかねてとまるいせ舟　光俊

苧生浦　建保名所百首用生之一字

3563 古　おほのうらにかたえさしおほひなるなしの
なりもならすもねてかたらはん

3564 新古　かた枝さすをふのうらなしはつ秋に
なりもならすも風そ身にしむ　後鳥羽院

3565 夏と秋とゆきかふおほのうらなしに
かたえす(へ歟)ゝしき奥津しほ風　中務卿—

3566 はかなくもをふのうらなし君が代に
ならはと身をもたのみけるかな　山階入—

3567 続後　むかしみしかたえもいかゝふりぬらむ
身はいたつらにをふのうらなし　忠—

3568 いせの海のをふのうらみをかさねても
あふことなしの身をいかにせん　長方

3569 新古　さくらあさのをふのうら波たちかへり
みれともあかぬ山なしの花　俊頼

3570 なにゆへかそこのみるめもをふのうらに
あふことなしの名にはたつらん　定家

3571 建保百　ちるははな春の色こそさくらあさの
をふのうら風けふ(に歟)もふく也　順徳院

3572 同　ありそ海にゆく年なみをかさねきて
いく代になりぬをふのうらなし　家衡

3573 なき名のみをふのうらなしいたつらに
ならぬ恋する身こそつらけれ　常盤井入—

3574 をふのうらのかすみを分るあま小舟
いつれのしまの玉藻かるらん　季能

15ウ

海　付篠間海人　ヲフノ浦ノナヲハコソコノ椎ノナリモナラスモヒトエカラメ

3575 をふのうみにしのまのあまのかつくてふ
かせのかゝみのたへかたの世や　俊頼

3576 現六　みるめこそをふのうみとはきゝしかと
あふことなしの花もさきけり　兼遊

16オ

16ウ

河

3577 古来　けふこそはゆふとりしてゝ夏あさの
をふの河瀬にみそきしてけれ　実伊

千刃浜（並三）（尋イ）　又紀伊国詠之

3578 後　いせのうみの千尋のはまにひろふとも　教忠
今はなにてふかひかあるへき　雅忠

3579 右西四条前斎宮々々ニサタマリヌトキ、テヨメル
君か代のかすにくらへはなにならし
千刃のはまのまさこなりとも　公実

星合浜（並四）

3580 雲葉　いせのうみや名にあらはれてなみまくら
かはしやすらんほしあひのはま　九条内大臣

3581 同　伊勢の海のふかき契りの秋ならは
今夜かけみんほしあひのはま　土御門

3582 懐中　ほし合の浜とはなとかなつけけん
もし七夕のかよひところか

3583 良玉　七夕のあかぬわかれの舟路には
ほしあひのはまやとまりなるらん　前斎宮出雲

高浜（並五）

3584 いせのうみはなこりたになくあせにけり
なみたかはまとをとにきこえて　中務卿親王

阿野遠山（並六）

3585 古来　いせのうみの三わたりかくる波間より
かすみかくれぬあのゝとをやま　西園寺—

3586 三わたりの月はあきなる波のうへに
またほにいてぬいせの浜荻　三ハタリア野一所也　寂蓮

17オ

17ウ

伊勢嶋篇

嶋

3587 続後 伊勢嶋やあまのたく火のほのかにも　みぬ人ゆへに身をこかすかな　清輔

3588 続古 いせしまや塩ひもしらす袖ぬれて　いけるかひなき世にもふるかな

3589 伊勢嶋やはるかに月のかけさえて　とをきひかたにちとりなくなり　基政

18オ

3590 続拾 いせ嶋やうらのひかたにふる雪の　つもりもあへすしほやみつらん　政村

3591 あまは又さかひへたてゝいせしまや　かりのつかひのゆきやわたらん　知家

若松原

3592 続古 伊勢嶋やわかの松はらみわたせは　夕しほかけてあき風そふく　光明峯寺入―

3593 いもにこひ若の松はらみわたせは　塩ひのかたにたつなきわたる　聖武天皇―

右万葉之依大宰大弐藤原広副謀反発

軍幸伊賀国川内宮之時　元年十月

18ウ

一志浦

3594 千 いせ嶋やいちしのうらのあまたにも　かつかぬ袖はぬるゝものかは　道円

3595 新古 けふとてや礒なつむらんいせ嶋や　いちしのうらのあまのおとめ子　俊成

3596 新勅 あつさ弓いちしの浦の春の月に　海士のたくなわよるもひく也　家長

池 今案云牟呂山ハ播磨室泊歟将又紀伊牟呂郡歟／池在所未決暫就同名載之

3597 古木 さくらさくむろのやま風吹ぬなり　いちしの池にあまるしらなみ　定円

二見浦（並三） 但馬在同名又在播磨

3598 伊勢嶋や二見のうらのかたし貝　あはて月日をまつそつれなき　康光

3599 金 玉くしけふたみのうらのかいしけみ　まきゑにみゆる松のむらたち　輔弘（親イ）

3600 たま（からイ）くしけなみのかけこをうちよせて　けふやふたみのかひ（い歟）をひろはん

3601 たまくしけふたみの浦にすむ千とり　たゝあけ暮は音をのみそなく　俊頼

3602 さ夜千とりさはくあられの玉くしけ　ふたみのうらもあけぬとやなく　成茂

3603 ゆふはみつ二見のうらの朝こほり　とけぬほとこそかゝみなりけれ　恵慶（京本）

3604 明かたのふたみの浦によるなみの　袖のみぬれて奥津しま人　実方

3605 なみこすとふたみの松のみえつるは　梢にかゝるかすみなりけり　西行

19オ

潟

3606 新勅 わか恋はあふせもしらす二見かた　明くれ袖になみそかけける　家衡

3607 建保百 二見かたいせの浜おきしきたへの　衣手ぬれて夢もむすはす　定家

3608 玉くしけあけゆく空やふたみかた　うらみのあへぬなみの上の月　雅経

19ウ

葦浦（並四）

3609 こきかへりなをみてゆかんいせ嶋や　しまめくりするあしのうら舟　常盤井入道

3610 後 あしのうらのいときたなくもみゆるかな

20オ

なみはよりてもあらはさりけり　読人不知
右本云シル人ノツホネナラヒニ正月オコナ／ヒテイ
ツル暁ニイトキタナケナルシタフツヲ／オトシタリ
ケレハツカハストテヨメルトナン名所／ニ可入事不
審

20ウ

歌枕名寄巻第十八

東海部二　伊勢国下　志摩摂之

目録

雑篇
隠山 野　網児之山 并佐堤／崎　朝香山 或云尾張
朝明山 郡　浜村 日中　御炭山　衣手山
渋久山　牟呂山　林崎 鼓嶽　河口野 関
湯田野　真熊野 浦／浜　麻続浦　飛幡浦
21オ
大淀浦 浜　錦浦　袖師浦　長浜 万水海／詠之
網代浜 寛平菊合／第九番　白良浜 又云真白浜／浦走湯
志賀浦 浜　小浜　藤潟　伊良虎之嶋 崎
酢我嶋 夏見／浦　四泥崎　手節崎　村松岸
三重河原　渡河　櫛田河　笛河　星河
濯河　安磨郡　朝気郡　湯津盤村（磐坎）
幸橋 或云筑前／国　荒城田 宇田　山辺御井
五十鴻原 御／井
21ウ
追都美井（并村イ） 五代集国未勘／或抄当国　忘井　岩手
対馬渡　宗間

歌

歌　略抄

隠山

3611 万一　我せこはいつちゆくらんをのつまの
かくれの山をけふはこゆらん
右本集第一云幸紀伊国之時当麻人／麿妻留京作哥
云々同第四之幷同国之／時当麻大夫妻作哥云々

22オ

3612 **野**
くれにあひてあさかほはつるかくれ野の
はきはちりゆくもみちはやつけ

3613 秋萩にかくれのをの、をみなへし
わかたもとにはにほへとそおもふ　顕季

網児之山　幷佐堤崎

3614 あこし山いほへかくせはさてのさき
さてはへしこの夢にもみゆる

朝香山

3615 万
時まちておつるしくれの雨やまて
あさかの山のうつろひぬらん

朝明山

3616 このねぬるあさけの山の春かせに
かすみを分て花そちりける　定家

3617 さゝ分るあさけの山のした露に
ぬれてすゝしき夏ころもかな　行定法師

22ウ

郡

3618 冬さむみ朝けのこほりとちつれは
岩間の水の音そたえぬる

浜村　日中

3619 行わひぬいさはまむらにたちよらむ
朝け過れは日中なりけり　長明
右ハマ村ト云所ヲ過侍ケルニコノホトハアサケノ郡ト云／浜ノ行サキニミユルハ日中ト云所也ト人ノ云ヲ聞テ

23オ

御炭山

3620 懐中抄
ゆくさきのみすみの山をたのむには
こひをや神のたむけつゝゆく

衣手山

3621 きてみえん事をたのまぬ身にしあれは
たちそひぬへき衣手の山

渋久山

3622 なみのうつ音のみそせしおほつかな
たれにとはまししふく山風

牟呂山　**郡**　今案定　牟呂郡在紀伊国欤

3623 さくらさくむろの山かぜふきぬなり
いちしの池にあまるしらなみ　定円

23ウ

林崎　幷鼓嶽

3624 連哥
はやしさきまはてはいかゝとほるへき
つゝみのたけをうちなかめつゝ　長明

河口野

3625 河口の野へのいほりに夜のふくれは
いもかたもとしおもほゆるかな[も欤]　家持
右大弐広副謀反発軍　聖武天皇幸／川口給之時作哥
或云相模国聖皇云々／甲斐与相模堺頭在之云々

関

3626 六帖
河口の関のあらかきまもれとも
いてゝ我ねぬしのひ〳〵に

3627 雲葉
くもりなく月みよとてや河口の
関のあらかきまとをなるらん　後嵯峨―

3628 堀百
もる人もまたつきなくに河口の
関のくきぬきはやくちにけり　隆源

3629 河口の関のあらかきいかなれは
よるのかよひをゆるさゝるらん

24オ

湯田野

3630 君かすむゆた野を過てひろひつる
ちひきのいしにたれかあふへき　俊頼

真熊野

3631 金　青つゝら
まくま野の駒のつまつくあをつゝら

君こそ先はほたしなりけれ　読人不知

24ウ

3632 水薦
真熊野にかるやみこものあみかけて
ゆふてにはおもふ我ならなくに

3633 塚屋
真くまのゝ雨そほふりて木かくれの
つかやにたてるをにのしこ草

浦

3634 拾
わするなよわするといはゝみくまのゝ
うらのはまゆふうらみかさねん　道命

3635 新後
真くまのゝうらのはまゆふいく代へぬ
あはぬなみたを袖にかさねて　範宗

3636 万四 拾
みくまのゝ浦のはまゆふもゝえなる
こゝろはおもへとたへてあはぬかも　人丸

3637 後拾
みくまのゝうらのはまゆふいくかへり

25オ

春をかさねてかすみきぬらむ

3638 万四
みくまのゝ浦のはまゆふいくかさね
我より人をおもひますらん

3639
みくまのやいくえか雪のつもるらん
跡たにみえぬうらのはまゆふ　季実

3640
とへとおもふこゝろそたえぬわするゝを
かつみくまのゝ浦のはまゆふ　和泉式部

3641
つらかりし人のこゝろをみくまのゝ
うらへにひろふかひのなきかな　恵(慶イ)京

3642 続 六帖
みくまのゝ浦のまつはらみかくれて
ねはひとつにもおひそはるらん

3643 新勅
みくまのゝうらはの松のたむけ草

25ウ

いく代かけきぬなみのしらゆふ　七条院大納言

3644 万代
春かすみたなひきぬれはみくまのゝ
うらのはま松うすみとりなり　為真

3645 新古
御くまのゝうらより遠にこく舟の
われをはよそにへたてつるかな　伊勢

3646 万六
みちくにのしまのあまへかみくまのゝ
をふねにのりて奥へこくみゆ

3647 同
嶋かくれ我こきくれはともしかも
やまとへのほるみくまのゝふね　赤人
右過荷嶋時作哥今案云彼嶋在播州歟

浜

3648 新勅
わたのはら波もひとつにみくまのゝ

26オ

はまのみなみは山のはもなし　西園寺―

3649
みくまのゝはまゆふかけてほとゝきす
なく音かさねよいく夜なりとも　俊頼

3650
みくまのゝはまゆふくれになるほとは
いくえか君をこひかさぬらん　同

麻続浦

3651 万十一
をみの浦にふねのりすらんつまともの
玉ものすそにしほみつらんや　人丸
右持統天皇幸紀伊国時留京作哥

飛幡浦

3652 万十二
ほとゝきすとはたの浦にしき波の
しは〳〵君をみんよしもかな

26ウ

3653
塩たるゝねをやなくらんほとゝきす
とはたのうらの五月雨の比　中務卿親王

3654 貞永八月 十五夜
しら雲のとはたのうらのはま風に
空はれまさるあきの夜の月　頼氏

大淀

3655 斎宮哥合
大よとのよものうらかひひろひもち
(手欤)ちひろはかりのあやめをそひく

3656 拾　大よとのみそきいく代になりぬらん　神さひわたるうらのひめ松　兼隆
3657 同　おほよとの浦にたつなみかへらすは　松のかはらぬ色をみましや　女御徽子―
3658 大よとの松はつらくもあらなくに　うらみてのみもかへるなみかな　読人不知

27オ

3659 建保百　君か代のためしはいつら大よとの　浦に色そふ春のひめ松
3660 大よとのうらめしとなきあけほのも　そてをそほさぬ春のまつかせ　行能
3661 大よとのあまのおとこはるなれは　神のはつものみるめなりけり　家隆
3662 新六　おほよとの浦のみるめもよりぬへし　奥津しほかぜみなみふくなり　衣笠―
3663 建保百　大よとのみるめはしたにかへるかり　声にもなきぬこゝろのみかは　忠定
3664 新古　おほよとのうらにかりほすみるめたに　かすみにたえてかへるかりかね　定家

27ウ

3665 大よとの浦よりおきにゆくかりも　ひとつにかすむあまのつり舟
3666 おほよとの浦にむれゐるともつるの　あそふひかたの空にのとけき
3667 きても又なにをかうしとおほよとの　うらみてかへる春のかりかね　円寺
3668 せとへちにたけるうしほの大よとに　よとむとこひもなきなけき哉　西行
3669 大よとにつみのおもにをおろしをき　うらやましきはくたる河ふね　仲正

浜

28オ

3670 いかにせんけふ大よとのはまにきて　あやめやひかんかひやひろはん

錦浦

3671 後拾　名にたかきにしきの浦をきてみれは　かつかぬあまはあらしとそ思ふ　道命
3672 こきまする柳さくらもなかりけり　にしきのうらの春の明ほの　中務卿親王

袖師浦　正字不詳同先達哥枕重可詳

3673 後拾　から衣そてしのうらのうつせかひ　むなしきこひに年のへぬらん　国房
3674 続古　恋すてふ袖しの浦にひくあみの　めにたまらぬはなみたなりけり　成実

28ウ

3675 新勅　よる波のすゝしくもあるかしきたへの　そてしの浦の秋のはつかせ　信実
3676 あさ夕にかはす袖しのうらなれて　ともにみるめのあかれやはする　同
3677 わひ人のなみたは海のなみなれや　そてしのうらによらぬ日そなき　俊頼

長浜　万水海詠之　又三河国在之

3678 君か代はかきりもあらしなかはまの　まさこのかすはよみつくすとも　右仁和御門伊勢国ノ御哥
3679 後　たかためにわれはいのちをなか浜の　うらにやとりをしつゝかはこし　正輔
3680 新六　朝夕にかゝるてふあまのみるめたに　なをほしたえぬなかはまのうら　信実

29オ

3681 君か代にためしとみゆるなか浜の

なきさのかひのかすもしられす

3682 神代よりいひはしめけんなかはまの
いけるかひをは君やひろはん

網代浜 寛平菊合名所第九番

3683 懐中
わかこふるやそうち人にあひもせて
あしろのはまに日をもふるかな

3684 寛平菊合
いそにさくあしろの菊をしほひなは
玉にそとらんなみのした草

白良浜 又云**真白良浜**

3685 斎宮貝合
月影のしらゝの浜のしろ貝は
なみもひとつにみえわたるかな

3686 同
はる〳〵としらゝのはまのしろ貝は
夏さへふれる雪かとそみる

3687 古哥
月夜にはてくらのもりもくらからす
ましてしらゝのはまいかならん

3688 波よするしらゝのはまのからす貝
ひろひやすくもおもほゆる哉　西行

3689 いく夜ねんしらなみよするしらゝ浜
はま松かねに松葉おりしき　信実

29ウ

浦走湯

3690 堀後百
真しらゝの浦（浜）のはしり湯浦さ（さ）ひて
いまは御幸のかけもうつらす

志賀浦

3691 斎宮貝合
みし方のこひしきまゝにみやこ貝
都貝
あさるとみしかはましらそゆく

小浜

3692 同
をとたかくをはまのなみそきこゆなる
貝うちよするかせそふくらし

30オ

藤潟

3693 同
むらさきのかひある浦のふちかたは
なみのかくるそ花とみえける

3694 藤かたにこきむらさきのいろ貝は
いくしほなみかそめかへしけん

3695 引てこし人わすれすはふちかたの
松もむかしの物かたりせよ　六条左大臣

3696 あらはにも千代のしるしのみゆるかな
いのりかけたるふちかたの松　皇后宮大夫

右内御析権中納言隆俊卿伊勢ニ下テ／藤潟ト云所ノ
松トテ五寸斗ナル松トモノ／イミシフ老木ノ様ニ成
テ苔ムシトントシタル／ヲ奉ケレハヨメル

30ウ

伊良虎之嶋

3697 万
うてるをくをのみおほきみあまなれや
いらこかしまのたまもかります

3698 同
うつせみのいのちをおしみ波にひち
いらこかしまの玉もかりしく

3699 続後
玉藻かるいらこかあまも我ことや
かはくまなくて袖のぬるらん　道経

3700 たまもかるいらこか嶋の夕なきに
うすきりかくれ千とりなくなり

3701 しほさひにいらこか嶋に（へ）こく舟に
いものるらんかあらきしまはを　人丸

31オ

崎

3702 千
玉藻かるいらこか崎のいはねまつ
いく代までにか年のへぬらん　顕季

3703 風わたるいらこか崎のそなれまつ
しつえはなみのはなさきにけり　道性法師

31ウ

3704 あまのかるいらこか崎のなのりその
なのりもはえぬほと、きすかな　匡房

3705 あさりするいらこか崎の海士舟は
あそふかもめを友とみるらん　季経

3706 波のよるいらこか崎をいつるふね
はやこきまはせしまきもそする　国信

裏書云人丸哥五十等児嶋ト云リ異／点ニハイトコノ
嶋ト和セリ先達哥枕紀伊／国入之仍彼国載之云々但
伊良虎為正欤

酢我嶋　**夏見浦**

3707 万十一 我をきみこゝろのまゝにすか嶋の
しらをなつみのうらみてそゆく　俊頼

3708 すか嶋のなつみの浦によるなみの
あひまもをきて我おもはなくに

32オ

四泥崎

3709 をくれにし人をおもはゝしてのさき
ゆふとりもちてすまふとそ思ふ
右幸川口行宮時作哥

3710 新六 けふは又たかみそきをかしてのさき
ゆふとりしてゝなみもこすらん　知家

手節崎

3711 たちはきのたふしのさきにけふもかも
大宮人の玉もかるらん
右持統天皇幸紀伊国時留リ京ニ作哥
第一巻幸伊勢国時トミエタリ如何

32ウ

村松岸

3712 斎宮貝合 せみ貝の声かときけはむら松の
きしうつなみのひゝき也けり

三重川原　範兼卿下野国立之或哥枕大和国云々可詳

3713 万 我たゝ(ゆふイ)むみえの河原のいそ(ふイ)うらに
かはかりなりとなくかはつかも

3714 正治 我たゝ(ゆふイ)みみえの河原にいくしたて
ゆふかたまちて夏はらへしつ　季経

涙河

3715 古 なみた河なにみなかみを尋ねけん
ものおもふときの我身也けり　読人不知

3716 後 君かゆくかたにありてふなみた河
先は袖にそなかるへらなる
右一首男ノ伊勢ヘマカリケルニ女ノヨメル

3717 同十八 いせわたる河は袖よりなかるれは
とふにとはれぬ身はうきめなり

3718 新勅 なみた河みなはを袖にせきかねて
人のうきせにくちやはてなん　光明峯寺入―

33オ

櫛田河

3719 君かすむくした河にやみたれたる
かみのこゝろもうちとけぬらん　俊頼

笛河

3720 笛河のいしなとりすとみえつるは
ねによろつ代をふきならせとや　同

星河

3721 かきりあれはしとはならぬかさゝきの
たてるにしるしほし河の水　長明

33ウ

濯河

3722 あはれてふ人もなき世に名にしほはゝ
身をすゝき河きよくなかれよ

安磨郡

朝気郡

3723 ほとふれはなかめもほしくなりにけり
あまのこほりに行やしなまし

3724 冬さむみあさけのこほりとちぬれは
岩まの水のをとそさえぬる

湯津盤村

3725 万
河上のゆつはの村にくさむさす
ふねもゝかみなとこをとめにて

3726 河上のゆつはのむらのうすもみち
した草かけて露やそむらん

3727 さ夜ふけてなくや湯津はの村千鳥
河上さむく霜やをくらん　家隆

34オ

幸橋　初学抄並ニ八雲御抄ニハ当国立之或筑前国也云々／大弐高遠哥如何懐中抄可極也

3728 たのもしき名にもあるかなみちゆかは
まつさいはいの橋をわたらん　高遠

荒城田　宇田

3729 万十六
あらきたのしゝたのいねをくらにつみて
あなうたく〳〵し我こふらく(ハイ)に

3730 同
ゆたねまくあらきの小田をもとめん(たつねんイ)と
くゝりはぬれぬこの河のせに

3731 明ほのゝうたのくろよりたつ鴫の
はねかく音やよろつ代のかす　俊頼

34ウ

山辺御井

3732 山のへの御井を神とて神かせの
いせのおにめもあひみつるかな

五十瑞原　大和国五年四月遣長田王伊勢国斎宮時作哥

3733 山のへのいそせのはらにうち日さす
おほみやつかへ（マヽ）

35オ

御井

3734 やまのへのいそせのみ井はをのつから
をれるにしきをはれる山かな

3735 建保内裏
十二首哥
をのつからいそせの御井やくもるらん
をれるにしきをはるの山かせ

追都美井　五代集国未勘云々或先達哥枕当国也

3736 万
すゝかねはゆめしまやのつゝみゐの
水をたえなていもかたゝてを

忘井

3737 わかれゆくみやこのたひのこひしきに
いさむすひてん忘れ井の水　斎宮甲斐

岩手

3738 をちかたや外山のすそちこひしとも
いはて思へはしる人もなし　俊頼
右伊勢ニ侍ケル比斎主親言カイハテト云／家見ニマカリテ後ムカシノ山ツライフナリ／ケルヲ思出テヨメルトナン

35ウ

対馬渡

3739 いせ人はひかるとしけりつしまより
かひかはゆけはいつみのゝはら

宗間

3740 たちはなれひとりくるまのいなむしろ
たひねのなかのたひそこひしき

36オ

歌枕名寄巻第十九
東海部三　伊賀　尾張　参川　遠江　甲斐

目録

伊賀国　伊勢国前雖可置之為調両書此載之
誰其森　哀其森　恋滐　正字可詳書用為調／奥哥不見書落之歟

尾張国
音聞山　初学抄立之／哥可極　鳴海　海　瀛　浦　浜　潟　上野／里
星崎　熱田崎／潟　阿波堤浦　森／里　床嶋　萱津原
夜寒里　松風里

36ウ

参河国
二村山　宮地山　花園山　引真野　三川
八橋　渡　河／原　野　安礼崎　然菅渡　建保名所百首／志賀須香用此字
老津嶋　森　童部浦　二見道　矢矧里　豊河
衣里　出生寺

37オ

遠江国
小夜中山　高師山　瀛　浦　浜／摂津国書之　浜名橋　河
白菅滐　引佐細江　大浦　長浜　志流波礒　幷尓間浦／崎
吾跡河　伎倍林　佐留橋　事舞　正字可詳

甲斐国
甲斐嶺　白嶺　山梨岡　哥不見　夢山　同前
小笠原　逸見御牧　美豆御牧
穂坂　小野／駒哥在近江会坂篇　鶴郡　豆留イ／付板野　塩山　指出磯

37ウ

歌

伊賀国哥

3741 **誰其森**
さ夜ふけてたれそのもりのほとゝきす
なのりかけても過ぬなるかな　経家

3742 **哀其森**　依一説入之可詳
かきくらし雨のふる夜はほとゝきす
なきてすくなりあはれその森

3743 **柏野**
なら山のこのてかしはのふるの市
うるもうらぬも君かまに〳〵

尾張国
鳴海

3744 おほつかないかになるみのはてならん
ゆくゑもしらぬ旅のかなしさ　顕仲

3745 建保百　よそにのみなるみのうみの八重かすみ
わすれすとてもへたてはてゝき　定家

瀛

3746 なるみかたおきにとひゐるあちむらの
すたくはかせのさはくなりけり

38オ

浦

3747 いさしらすなるみのうらにひくしほの
はやくそ人はとをさかりにし　為家

3748 続拾　よそにのみなるみのうらのうつせ貝
たれあた人に名をしらせけん

3749 続古　さてもわれいかになるみの浦なれは
おもふ人にはとをさかるらん　安嘉門院左衛門佐

3750 名にたてるあはてのうらの海士たにも
くる日はかつく物とこそきけ　雅光
右一首なるみの宿に書付侍ける

38ウ

浜

3751 新古 君こふるなるみのうらのはまひさき しほれてのみもとしをふるかな 俊頼

3752 あはれなりなにとなるみのはまなれは 又あくかれてうらつたふらん 光俊

潟

3753 新古 をしなへてうき身はさこそなるみかた うちくるしほのかへるのみかは 崇徳院

39オ

3754 堀百 なるみかたあさみつしほやたかゝらし あさりもせてな（はイ）たつなきわたる 顕季

3755 新古 さ夜千とり声こそちかくなるみかた かたふく月にしほやみつらん 秀（季イ）能

3756 同 風ふけはよそになるみのかたおもひ 思へぬなみになく千とりかな 同

3757 同 浦人の日もゆふくれになるみかた かへる袖より千とりなくなり 後久我―

3758 なるみかた鵜のすむ石におふるめの めもかれすこそみまくほしけれ 俊頼

39ウ

上野　**野辺**

3759 鳴海かたしほひにうらやなりぬらん うへのゝみちをゆく人もなし 景綱

3760 ふるさとにかはらさりけり鈴むしの なるみの野への夕暮の声 為仲

里

3761 むかしにもあらすなるみの里にきて みやこ恋しき旅ねをそする 静実
右事アリテアツマヘマカリケルニヨメル

3762 建保百 あまのすむさとのしるへになるみかた 我身つれなきうらみせましや

星崎　**熱田潟**

3763 堀百 ほしさきやあつたのかたのいさり火の ほのもしるめやおもふこゝろを 仲実

40オ

阿波堤浦　正字可詳　建保百首名所用手字

3764 新勅 わか恋はあはてのうらのうつせかひ むなしくのみもぬるゝそてかな 法性寺入道

3765 続古 夜とゝもにくゆるもくるし名にたてゝ あはてのうらのあまのもしほ火

3766 同 かたいとのあはてのうらの波たかみ かなたこなたによる舟もなし 経家

3767 金 名にたつ（てイ）るあはての浦の海士たにも みるめはかつくものとこそきけ 雅光

森

3768 高倉宮哥合 なけきのみしけくなりゆく我身かな 君はあはてのもりにやあるらん

40ウ

3769 建保百 わひはつる身をうつせみのをれのみ あはてのもりに音やなくらん 康光

3770 同 名にしほはゝあはての森のよふこ鳥 うきはためしの夜半のひと声

里

3771 懐中 日くるれはあはてのさとのわらはへの ゆふとゝろきかものもきこえす

床嶋

3772 同 君なくてひとりぬる夜のとこしまは よするなみたそいやしきりなる

萱津原

3773 六百 あつまちのかやつの原のあさ露に

41オ

おきわかるらん袖はものかは

夜寒里

3774　あらしふく夜さむのさとのね覚には
いと、人こそ恋しかりけれ

松風里

3775 懐中　まつかせのさとにむれゐるまなつるは
千とせかさぬるこ、ちこそすれ

参河国哥

二村山

3776 後　くれはとりあやにこひしくありしかは
二むら山もこしてきにけり

3777 同　から衣たつを、しみしこ、ろこそ
ふたむら山のせきとなりけめ　師実
右二首贈答師実官使ニテアツマヘマカリ／ケル程ニ
召返サレテ上テ呉服トイフアヤヲ／フタムラツ、ミ
テ女ノカリツカハシケルトナン

41ウ

服部(ハトリ)違儀也

3778　あつまちのやまにや春ののこるらん
二むらみゆるをそさくらかな　衣笠―

3779 金　詞　いくえともみえぬもみちのにしきかな
たれふたむらの山といひけん　能元

3780 万代　わけゆけは二むらやまのこくれより
は、そましりのあられちるなり　為忠

3781 続古　よそにみしをさ、かうへのしら露を
たもとにかくるふたむらの山　前右大将頼朝

42オ

3782 同　ちかつけは野ちのさ、原あらはれて
又すゐかすむ二むらのやま　泰明

3783 千　五月やみふたむら山のほと、きす
みねつ、きなく声をきくかな　俊忠

3784　ほと、きす二むらやまちたつねみん
いりあやの声やけふはまさると　俊頼

3785　くれはとり二むら山をきてみれは
めもあやにこそ月はすみけれ　同

3786　ともし、てこよひもあけぬ玉くしけ
ふたむら山のみねのよこ雲　順徳院―

3787　雪となり雨となりてや峯わけに
か、れる雲のふたむらのやま　前内大臣基

42ウ

3788 中宮哥合 斎宮　かすみたつふたむら山のいはつ、し
たかおりそめしからにしきそも　俊忠

3789 正治二　二むらのやまのはしらむしの、めに
あけぬとつくるはことりの声　小侍従

3790　明くれていくかきぬらん玉くしけ
みやこにとをきふたむらの山　為氏

3791　ほとちかくころものさとはなりぬらん
二むらやまをこえてきつれは　経衡
右二村山ヲ越テ衣ノ里ヲミヤリテヨメル

宮地山

3792 後　君かあたりくもゐにみつ、みやち山
うちこえゆかん末もしられす　読人不知

43オ

花園山

3793 堀百　ほそ河の岩間のこほりとけにけり
はなその山のみねのかすめる　仲実

引真野

3794　ひくまの、にほふはき原いりみたれ
ころもにほはせ旅のしるしに
右大宝三年太上天皇幸三河国時哥

3795 続古　かり衣みたれにけりなあつさゆみ

3796 堀百
ひくまの、への萩のあさつゆ
ひくまの、かやかしたなるおもひくさ　式子内親王
またふたこ、ろなしとしらすや

43ウ

3797 金
春かすみたちかくせとも姫こまつ　俊頼
ひくまの野へにわれはきにけり

三河

3798 万九
みつかは（本ノマヽ）ふち瀬もしらすさてさして　匡房
衣手ぬれぬほすとはなしに

八橋

3799 拾
もろともにゆかぬみかはのやつはしを
恋しきのみやおもひわたらん

3800 後
うちわたしなかきこ、ろはやつはしの
くもてにおもふ事はたえせし　読人不知

3801 堀百
さ、かにのくもてにみゆる八はしを
いかなる人かわたしそめけん　肥後

44オ

3802
恋せしとなれるみかはの八はしの
くもてに物をおもふころかな　読人不知
右古今集伊勢物語同之詞略之

3803
からころもきつ、なれにしつましあれは
はる〳〵きぬる旅をしそおもふ　業平
右八橋ニテヨメル古今詞略之

3804
ほと、きすまちしわたらはやつはしの
くもてのかすに声をきかせよ　俊頼

3805 原野沢
五月雨ははら野のさはに水こえて
いつれみかはのぬまのやつはし　西行
⑰裏書云西行ハ詠原野名所同詠云ミマ草／ニ原野ノ薄
荊ニキテ鹿ノフシトヲ見ヲキツル哉／
此哥未勘国入之然而如八橋詠入テ当国ニ之入之欤

44ウ

渡

3806 千
やつはしのわたりにけふはきつるかな
こ、に住へき身かはとおもへは　道円

河

3807
春くれはやつはし河をくもてにて
なはしろ水に人のひくらん

安礼崎

3808
いつこにかふなとめすらんあれのさき
こきたちめきしたな、し小舟
右大宝二年太上天皇幸三川国時作哥

45オ

然菅渡　正字可詳
志香須賀建保名所百首用此字

3809 拾
おしむともなきものゆへにしかすかの
わたりときけはた、ならぬかな
右江為基三川国ニ下ケルニ

3810 後拾
おもふ人ありとなけれとふるさとは
しかすかにこそ恋しかりけれ　能因

3811 金
ゆく人もたちそわつらふしかすかの
わたりや旅のとまりなるらん　季経

3812 新勅
ゆけはありゆかねはくるしかすかの
わたりにきてそおもひわつらふ　中務卿親王

3813 建保
あひみてもあはてもなる、しかすかの
わたりものうき夢のうきはし　知家

45ウ

3814
秋かせになく音そたてしかすかの
わたりしなみちおとる袖かは　定家

3815
うしとてもなをしかすかのわたし守
しる人なみのゆくゑをしへよ　行意

老津嶋　幷**童部浦**／江州ニ奥津嶋哥同前

3816
おひつ嶋しまもる神やいさむらん

なみもさはかすわらはへのうら（さきイ）　紫式部
右三河ニオヒツシマト云スサキニ向テワラハヘノ
浦ト云入海ノヲカシキヲ口スサミニト家集ニ云リ

二見道

3817 万三　みかはなるふたみゝちよりわかれなは
我かせもわれも独りかもねん

3818 同　いもゝ我ひとりあるかも三河なる
ふたみゝちよりわかれきぬれは

46オ

矢矧里 并豊川

3819 新六　あつさ弓やはきのさとのかはさくら
はなにのみ入我こゝろかな

3820　かり人のやはきに今夜やとりなは
あすやわたらんとよ河の水　衣笠―

衣里

3821　いまよりはかすみもさこそたちぬらし
ころものさとの春しきぬれは　橘

3822　たちかへりなをみてゆかんさくらはな
ころものさとにゝほふさかりは　具氏

3823　ほとちかくころものさとはなりぬらん
ふたむら山をこえてきつれは　経衡

46ウ

出生寺

3824　たのむかけなをまよはすな有為の世を
いてゝむまるゝ寺とこそきけ　中務卿親王

遠江国哥

小夜（長イ）**中山**

3825 古　あつまちのさよのなか山中〳〵に
なにしか人をおもひそめけん　友則
後撰宗于朝臣哥下句にアイミテ後ソワヒシカリケル

3826　かひかねをさやにもみしかけゝれなく
よこほりふせるさ夜の中やま

3827 新古　あつまちのさやの中山さやかにも
みえぬ雲ゐに世をやつくさん　忠峯

47オ

3828 新古　年たけて又こゆへしとおもひきや
いのちなりけりさやの中やま　西行

3829 続古　故郷をみはてぬ夢のかなしきは
ふすほともなきさやの中やま　雅経

3830 新古　ふるさとにきゝしあらしの声のみは
わすれぬものをさやの中山　家隆

3831　いはかねの床にあらしをかたしきて
ひとりやねなんさ夜の中やま　有家

3832 建保百　篠の葉はさやの中やまふくかせに
をのれねぬ夜の夢もむすはす　順徳院

3833 新古　ひかりそふ木のまの月におとろけは
秋もなかはのさやの中やま　家隆

47ウ

3834 続拾　関の戸をさそひし人はいてやらて
あり明の月のさやの中山　定家

3835　なかめつゝおもへはおなし月たにも
みやこにかはるさやの中やま　為家

3836 建保百　けふも又（また旅）さやの中山こえかねて
しらぬいほりに月をみるかな　康光

3837　かひかねや月はともし火かくしても
あかせはあかすさやの中やま　後京極

3838 続拾　露はらふ朝けのそてはひとつにて
あさ風さひしさやの中やま　中務卿親王

3839 千　旅ねする木のした露の袖に又
しくれふるなりさやの中やま　覚弁

48オ

3840　かひかねははや雪しろしかみなつき
しくれて過るさやの中やま　蓮生法―

3841　堀百　あらしふくこくれの雪をうちはらひ
けふこえかぬるさやの中やま　師頼

3842　続古　さえくらせさやの中山なか〳〵に
これより冬のおくもまさらし　家隆

高師山

3843　新古　あふことをとふたふみなるたかしやま
たかしやむねにもゆるおもひは

3844　堀百　あつまちをけさこえくれは蟬のこゑ
たかしの山に今そなくなる　仲実

48ウ

3845　新勅　雲のゐる　はるかにきりはれて(マゝ)
たかしのやまに鹿そなくなる　鎌倉右大臣

3846　なをしはしみてこそゆかめたかし山
ふもとにめくるうらの松はら　為氏

浦　浜　摂津国計之

3847　万代　おきつかせ高しの浦の夕かすみ
いつくはまなの橋もみえける　長方

3848　はまな河入しほさむき山おろしに
たかしのおきもあれまさりけり　小宰相

浜名橋

3849　新勅　すみわたるひかりもきよししろたへの
はまなのはしの秋の夜の月　光俊

49オ

3850　続古　高師山ゆふこえくれてふもとなる
はまなのはしを月にみしかな　時村

3851　金　うらなみのたちわたるかとみゆるかな
はまなのはしにふれるしら雪　尾張

3852　たちわたるはまなのはしのきりのまに
うきたる舟やみなとなるらん　中務卿親王

3853　続拾　あさほらけはまなの橋はとたえして
月すみわたる春のたひ人　衣笠―

3854　拾　しほみてるほとにゆきかふたひ人や
はまなのはしと名つけそめけん　兼盛

3855　現六　たちやとるたかためならむ東路の
はまなのはしにあまのつりする

49ウ

3856　かせわたるはまなのはしのゆふ塩に
さゝれてのほるあまのすて舟　為家

3857　建保百　うちわたすはまなのはしの入しほに
たなゝし小舟たれをとふらん　家隆

3858　後拾　あつまちのはまなのはしをきてみれは
むかし恋しきわたりなりけり　広経

3859　堀百　あつまちのはまなのはしの橋はしら
なみはをれともまたたてりけり　師頼

3860　新勅　恋しくははま名の橋をいてゝみよ
したゆく水にかけやうつると　読人不知

3861　つくは山ふかくうれしとおもふらん
はまなのはしにわたすこゝろを　肥後

50オ

右一首藤原実景常陸ヘクタリ侍ケル時大／蔵省使ト
テキヒシクセメケレハ匡房卿ニ書テ／遠江ニキリカ
ヘテ侍トキ、テ次テ遣シケルトナン

3862　あつまちやはまなのはしにひく駒を
なをまちわたるあふさかのせき

河

3863　はまな河入しほさむき山おろしに
たかしのおきもあれまさるなり　小宰相

白菅湊

3864 続古
松かけの入海かけてしらすけの
みなとふきこす秋のしほかせ　前内大臣基

3865 五文字白菅歟
たちまよふみなとのきりの明かたに
松はらみえて月そのこれる　中務卿親王

50ウ

引佐細江

3866 万十四
遠江いなさほそ江のみをつくし
われをたのみてあらましものを

3867 千
あふことはいなさほそ江のみをつくし
ふかきしるしもなき世なりけり　清輔

3868 堀百
かりかねははねしほるらんますけ生る
いなさほそ江にあまつゝみせよ　俊頼

大浦　長浜

3869 万八
おふうらのそのなかはまによるなみの
ゆたけき君をおもふころかな　聖武天皇

3870
おふ君の御ことかしこみ大うらを
そかひにみつゝみやこへのほる

51オ

志流波礒

3871 万廿
あつまち（たふたふみイ）のしるはの礒ににへ（ま歟）のうらを
あひてしあらはことしかよはん

3872
あつまちのしるはのいそのいはまくら
しけくもとひてかへるなみかな　家隆

3873
うき事をしるはの礒のしきなみの
いかなる御代にあはれかけゝむ　家長―

崎

3874 懐中
あふ人のこゝろもしらすあつまちの
しるはの崎をみてしとそおもふ

吾跡河

3875 万
あられふるとをつあと河やなきかりぬとも

51ウ

3876
またおふといふあと川やなき
丸雪降遠江吾跡河柳雖苅亦生御余跡河柳
春雨はふりにけらしなとふたふみ
あと河やなきふかみとりなり　中務卿親王

伎倍林

3877
あらたまのきへのはやしになをたてゝ
ゆきかへらましいえさきたゝみ

3878
きへ人のまたらふすまにわたきはた
いりなまし物をいもかをとこえ

佐留橋

3879
つらけれとおもひはなるゝ人しもそ
さるはしく〵もみねは恋しき

事舞　正字可詳

3880
神もまたあはれとみすやおもひこし
事のまゝにはあらぬうき身を　中務卿親王
右コトノマヒト云社ノ前ニテヨメルト云々

52オ

甲斐国哥

甲斐嶺　又云白嶺

3881 古
かひかねをねこし山こしふくかせを
人にもかもやことつてやらん

3882 六帖
甲斐嶺の山さとみれはあしたつの
いのちをもたる人そすみける

3883 後
いつかたとかひのしらねはしらねとも
雪ふることにおもひこそやれ

小笠原

3884 詞
もえいつる草葉のみかはをかさはら
駒のけしきも春めきにけり　覚雅

52ウ

逸見御牧

3885 六帖　みやこにておつけてひくはをかさはら
へみの御まきの駒にやあるらん

美豆御牧

3886 同　小笠原みつの御まきにあるゝ駒も
とれはそなるゝこらか袖とも（にイ）

3887 堀百　をかさはらみつのみまきのはなれ駒
いとゝけしきの春はあれます　顕仲

穂坂　小野　駒哥在近江会坂篇

3888 　春くれはほさかのをのゝはなれこま
秋はみやこにひかんとすらむ　師時

53オ

鶴郡　豆留郡イ／付板野

3889 六帖　君かためいのるかひへそわれはゆく
つるのこほりによはひうるなり

3890 後　きみか代はつるのこほりにあへてきぬ
さためなき世のうたかいもなく　伊勢

3891 六帖　かひのくにつるのこほりの板のなる
しら玉つはきかさにぬひてん

塩山　指出礒

3892 古　しほの山さしての礒にすむ千とり
君が御代をはや千よとそなく

53ウ

歌枕名寄巻第廿
東海部四　駿河　伊豆　相模

目録

駿河国
富士篇
山　嶺 高嶺　裾野 須蘇　河　後山 川
端山 半イ　石花海　鳴沢
清見篇
関 付浪関　潟 崎　三穂浦 或豊後入之 崎　奥津川 河原
雑篇
師歯逼山　木下山　宇津山 社　岡部里
志豆機山　手児呼坂　咲片岡 恵美イ　駿河海
崎守堀江　田児浦　志太浦 浮嶋　牟良自加礒
宇度浜　浮嶋原　三香野橋　木枯森
安倍市 田　美赤利里

54オ

伊豆国
伊豆高嶺 付鳴沢　伊豆小山　伊豆海 付奥小嶋
大嶋 播磨周防在之　三嶋神　玖岐崎 或云／和泉也　古々井杜
由流伎橋 八雲御抄当国／或云伊与

54ウ

相模国
足柄篇
山　関　御坂 付神御坂　八重山　箱根山 嶺／道
秋名山　和乎可鶏山　刀比河内 出湯　竹下

55オ

雑篇
相模嶺　鶴岡　鎌倉山 里　美胡之乃崎 御越イ
美奈乃瀬川 水無能瀬イ　立野山　雨降山　諸越原
砥上原 戸上イ　片瀬川　朝倉山　八松　御浦 三イ 里
余綾浜　小余綾礒　手本浦 袂イ　色川　大礒
小礒浦　江嶋　湯坂　早川

55ウ

歌　**駿河国哥**

富士篇　浮嶋原詠合哥略之

山

3893 万十四　かすみゐるふしの山へに我いなは
いつちむきてかいもかなけかん

3894 新古　あまのはらふしのけふりの春の色の
かすみにまかふあけほのゝ空　慈鎮

3895 現六　わか身いまおもひしふしの山ひこは
こたへやするとためしをそとふ　伊実

3896 古　人しれぬおもひをつねにするかなる
ふしの山こそ我身なりけれ　読人不知

3897 拾　ちはやふる神もおもひのあれはこそ
年へてふしの山はもゆらめ　人丸

3898 同　我恋のあらはにもゆるものならは
みやこのふしといはれなましを　読人不知

3899　くらへはや恋をするかのやまたかみ
をよはぬふしのけふりなりとも　中務卿親王

3900 新古　風になひくふしのけふりの空にきえて
ゆくゑもしらぬ我おもひかな　西行

3901 続後　よそにみていくかきぬらんあつまちは
さなからふしのやまのふもとを　兼朝

56オ

3902 同　時しらぬ山とはきけとふしのねの
みゆきも冬そふりまさりける

3903　明かたのふしのけふりやほしあひの
空のわかれのおもひなるらん　前内大臣基

56ウ

嶺　**高嶺**

3904　あめつちのわけし時より神さひて／たかくたうときする
かなるふしのたかねの／あまのはらふりさけみれはわた
る日の／影もかくろひてる月のひかりもみえす／しら雪
のいゆきはゝかりときしくを／ゆきはふりけりかたりつ
きいひつきゆかん／ふしのたかねは

返哥

3905 新古　田子のうらにうちいてゝみれはしろたへの
ふしのたかねに雪はふりつゝ　赤人

57オ

3906　なまよみのかひのくに〳〵うちよれは／するかのくにと
うら〳〵のくにのなかより／いてゝあるふしの高ねはあ
まくもの／いゆきはゝかりとふ鳥もとひのほらす／もゆ
る火を雪もてけちつゝふる雪を火もてけちかつゝイ／いひ
もえすなつけもしらすかしこくも／まさかもかすかもせ
のうみとなつけてある／もかの山のつゝめるうみそふし
河と人の／わたるもそのやまの水のあたりそ日のもと／
のやまとの国のしつめともませる神かもた
かくともなれる山かもするかなるふしの／たかねはみれ
とあかぬかも

返哥

3907　ふしのねにふりをく雪はみな月の
もちにけぬれはその夜ふりけり

3908 建保　人すまぬ山はふしのねいつとなく
たつるやなにのけふりなるらん

57ウ

3909 続古　ふしのねは雪の中にもあらはれて　うつもれぬ名にたつけふりかな

3910 君といへはみまれみすまれふしのねの　めつらしけなくみゆるわかこひ　藤原忠行

3911 ふしのねのならぬおもひにもえはもえ　神たにけたぬむなしけふりを

58オ

3912 冨のねのもえわたるともいかゝせん　けちこそしらね水ならぬ身は

3913 しるしなき思ひとそきくふしのねも　かことはかりのけふりなるらん　読人不知

3914 よの人のおよはぬものはふしのねの　雲ゐにたかきおもひなりけり　天暦御製

3915 ふしのねのけふりもなをそ立のほる　うへなき物はおもひなりけり　家隆

3916 けふりたつおもひならねと人しれす　わひてもふしのねをのみそなく　深養父

3917 続古　たちかへりみてこそゆかめふしのねの　めつらしけなきけふりなりとも　中務卿―

58ウ

3918 堀百　あしからの山のたうけにけふきてそ　ふしのたかねのほとはしらるゝ　河内

3919 新古　時しらぬ山はふしのねいつとてか　かのこまたらに雪のふるらん　業平

3920 詞　ひくらしに山路のきのふしくれしは　ふしの高嶺の雪にそありける　嘉定

3921 新勅　ふしのねはとはてもよそにしられけり　雲よりうへにみゆるしらゆき　守光（覚イ）―

3922 新六　秋きてはふしの高ねにみし雪を　分てそこゆるあしからの山　光俊

3923 同　するかなるふしのくわ子のにゐ綿は　高ねの雪の色にそ有ける　為家

59オ

3924 同　夜もすからふしの高ねに雪消て　きよみか関にすめる月かけ　清（顕イ）輔

3925 ふしのねにさきける花のならひにて　なを時しらぬ山さくらかな　隆弁

3926 雪きえぬふしのけふりとみえつるは　さくらにまかふかすみなりけり　俊頼

御嶽

3927 万代　舟とむるたこのうらはのゆふしほに　ふしのみたけは霧こめてけり　覚性法―

裾野　須蘇イ

3928 正治百　ふしの山すそ野にもゆるさわらひや　みねには春（はるイ）のけふりなるらん　範光

59ウ

3929 みやこをは山のいくへにへたてきて　ふしのすそ野の月をみるらん　資季

3930 ふしの山みねは雪けの雲なから　すそのゝ原に秋かせそふく　康光

河

3931 続後　朝日さすたかねのみ雪空はれて　たちもをよはぬふしの河霧　家隆

3932 続古　なかれてもおもひしものを富士河の　いかさまにしてすますなるらん　知家

3933 舟よはふふしの河とに日はくれぬ　よるにやゆかんうきしまかはら　藤原基仁

60オ

3934 ふし河の世にすむへくもおもほえす　恋しき人のかけしみえねは

後山（並一）

3935　あまの原ふしのしは山この暮の
時うつりなはあはすかもあらん

3936　新勅　東路のふしのしは山しはしたに
けたぬ思ひにたつけふりかな　信実

3937　あまのはらふしのしは山しはらくも
けふりたえせす雪もけなくに

後川

3938　夏もなを雪けの水に月さえて
こほりしぬへきふしのしは川　仙覚

60ウ

端山

3939　建保百　きえかてのふしのは山の峯の雪
時うつるとやかすみゐるらん　家隆

石花海　万第三長哥上載之

鳴沢

3940　万十四　さぬらくはたまのをはかりこふらくは
ふしのたかねのなるさはのこと

3941　同　まかなしみあらくはしけみさぬらくは
いつのたかねのなる沢のこと

3942　けふりたつおもひもしたやこほるらん
ふしのなる沢をとむせふなり

3943　雲のゐるふしのなる沢かせこえて
きよみか関に錦おりけり　後鳥羽院

61オ

清見篇

関　付浪関

3944　むねはふし袖は清見かせきなれや
けふりもなみもたゝぬ日そなき　平祐挙

3945　良玉　五月までふしのたかねにきえやらぬ
雪にきよみか関そすゝしき　景基

3946　続古　わするなよ清見か関のなみ間より
かすみてみゆるみほの松はら　中務卿親王

3947　詞　よもすからふしの高ねに雲消て
清見か関にすめる月かけ　清輔

3948　堀百　あしからの山のもみちはちるなへに
きよみか関に秋かせそふく　師頼

61ウ

3949　あなし吹清見かせきのかたけれは
なみと友にやたちかへるらん　俊頼

3950　さらぬたにかはかぬ袖をきよみかた
しはしなかけそなみのせきもり　同

3951　清見かたかねの声たになきさうつ
なみの関戸はつきそあけゆく　家隆

潟

3952　新古　清見かた月はつれなきあまの戸を
またてもしらむなみのうへかな　後久我—

3953　続拾　清見かたつきすむ夜はのむら雲は
ふしのたかねのけふりなりけり　登蓮

62オ

3954　清見かたおきの岩こすしらなみに
ひかりをかはす秋の夜の月　西行

3955　清見かた関にとまらてゆく舟は
あらしのさはく木の葉なりけり　三条入道左大臣

3956　新古　みし人のおもかけとめよ清見かた
袖に関もる波のかよひち

3957　同　ちきらねと一夜は過ぬ清見かた
なみにはなるゝあかつきの空　家隆

崎

3958　万二　いほはらの清見かさきのみほの浦の
ゆたにみえつゝものおもひもなし

3959 六帖 なみのたつきよみか崎にゐる千とり
たれみよとてかあとのさやけき

62ウ

三穂浦

3960 続古 わするなよ清見か関のなみ間より
かすみてみゆるみほの松はら　中務卿親王

3961 万七 風はや（カサ欤）のみほのうらはをこく舟の
ふな人さはくなみたつらしも

3962 同 かさはやのみほのうらはの白つゝし
みれともあかすなき人おもへは

右一首哥今案大集和同四年川島宮人／見姫嶋松原美人屍哀侍作哥云々尚姫嶋／先達ノ哥枕ニハ豊前国然ヲ之今三穂浦ノ哥枕／非此国欤暫任先達趣作載之

63オ

3963 新六 なみかくるみほのうらはのしらつゝし
いつれを花とみてか手おらん　光俊

3964 わすれめや山路うち出て清見かた
はるかにみほのうらの松はら　隆祐

崎

3965 清見かた夜ふねこき出てみほか崎
まつのうへゆく月をみるかな　中務卿親王

奥津川　河原

3966 きよみかた月にむかへる奥つかは
なかるゝかけや海にいつらむ　永縁

3967 谷おろしの風もやまねはよとゝもに
おきつかはらにくれぬなみたつ　顕仲

63ウ

雑篇

師歯運山

3968 宝治百 君すまはをくれんものかあらくまの
しはらのやまをいくかこゆとも　頼政

3969 新六 しけりゆくしはらの山のくまかつら
くることなきやみな月の空　衣笠―

裏書云万師歯山哥異本ニ師歯運山ト和セリ／或御伝ニサヤクト云詞ノ本哥ニ此哥ヲ出セリ／然者非山名欤可詳

木下山

3970 万十一 をく霜とこのした山のましはにも
のらぬいもかなたにいてんかも

64オ

宇津山

3971 新古 するかなるうつの山へのうつゝにも
夢にも人のあはぬなりけり　業平

3972 みやこには今やころもをうつの山
夕霜はらふつたのした道　定家

3973 続古 ふみ分し昔は夢かうつの山
あとゝもみえぬつたのした道　雅経

3974 新古 旅ねする夢路はゆるせうつの山
せきとはきけともる人もなし　家隆

3975 故郷のたよりおもはぬなかめかな
はなにこゝろのうつの山こえ　宮内卿

3976 建保百 するかなるうつのやまへにちるはなよ
夢の中にもたれおしめとて　順徳院

3977 同 わひつゝは夢こそあらめちる花の
うつゝもつらきうつの山こえ　知家

3978 同 はらはねとたもとにかろき雪そふる
はなちるころのうつの山みち　康光

3979 同 うつの山わかゆくさきも程とをき
蔦の若葉に春雨そふる　定家

3980 同 をしなへて木のめもはるのうつの山

64ウ

つたのわか葉に春雨そふる（みちたえにけりイ）　家衡

3981 あつまちの春のゆくゑを今夜より
夢にもつけようつの山ふみ　寂蓮

3982 建保百 うつの山みちゆきふりのしら雲に
たかことつてのかりの玉つさ　家隆

65オ

社

3983 新六 をとにきくうつのやしろのうつゝにも
夢にもみえぬ人の恋しさ　為家

岡辺里

3984 同 身をうさの又友もなきたくひかな
をかへのさとの杉のひともと　中務卿親王

志豆機山

3985 続古 今朝みれはかすみのころもおりかけて
しつはた山に春はきにけり　後法性寺入道

3986 建保百 たかためそしつはた山のなかき日に
声のあやをる春のうくひす　知家

65ウ

3987 堀百 しくれの雨まなくしふれはするかなる
しつはた山ににしきをりけり　公実

3988 後堀百 ちりしけるしつはた山のもみち葉を
苔地にをれるにしきとそみる　忠房

手児呼坂

3989 東路のてこのよひさかこえていねは
あれはこひんなのちにあひぬとも

3990 東路の手このよひさかこえかねて
山にはねなんやとりはなしに

咲片岡

3991 長哥 おこなふ事をするかなるゑみの
かた岡をかしとも　俊頼

66オ

駿河海

3992 万十四 するかのうみをしへにおふるはまつゝら
いましをたのみおやにたかはぬ

3993 霧かくれうたふ舟人声はかり
するかのうみの奥に出にけり

崎守堀江　今案未勘在所歟然而先達当国名所立之／或者伊与国立之

3994 万廿 さきもりのほりえこきいつるいつて舟
かちとるまなくこひはしけゝん

田児浦

3995 万三 ひるみれとあかぬたこのうらをおほきみの
みことかしかみよるみつるかも

3996 同十二 をくれつゝ恋つゝあらすたこの浦の
あまならましをたまもかる〳〵

66ウ

3997 古 するかなるたこのうらなみたゝぬ日は
あれとも君をこひぬ日はなし　読人不知

3998 後 我恋をしらんとならは田この浦に
たつらんなみのかすをかそへよ　興風

3999 拾 たこの浦にかすみのふかくみゆるかな
もしほの煙たちやそふらん　能宣

4000 田子のうらなみにかすみの色そへて
はるのみなとにありあけの月　慈鎮

4001 後拾 田子のうら風ものとけき春の日は
かすみそなみにたちかはりける　能因

4002 千五百 松かえにおきつ塩かせ春かけて
かすみになきぬ田子のうらなみ　宮内卿

67オ

4003 続拾 いまはたゝ田子のうらなみうちそへて
たゝぬ日もなき秋の夕きり　行実

4004 新古 奥津風夜さむになれや田子の浦に

あまのもしほひたきまさるらん　越前
4005 続拾　田子のあまのやとまてふれるふしのねの
雪もひとへに冬はきにけり　信実
4006 万三　田児の浦にうち出てみれは白たへの
ふしのたかねに雪はふりつゝ　赤人

志太浦

4007 志たの浦のあさこく舟はよしなくに
こくらめかともよらしこさるらめ

浮嶋　顕昭哥枕志太浦駿河入之―浮嶋ハ常陸ニ入之或者／出羽在之今案出羽不審陸奥ニ在
志太郡若在彼郡欤／但常陸ニ又在信太郡彼欤当国又志太浦在之仍就／同名載之哥
詳可治定之矣

67ウ

4008 古来哥合　うら風にしほちのすゑも霧はれて
月になるゆくしたのうき嶋　保季
4009 六百　恋をのみしたのうき嶋うきしつみ（ムイ）
海士にもにたる袖のなみたか　隆信

牟良自加礒

4010 万廿　たゝみちのむら（めイ）しかいそのはなりその
はゝをはなれてゆくかかなしさ
4011 するかなるむらしか礒のなみたゝは
みるめをからん袖はぬるとも

宇度浜

4012 うとはまのあまのはころもまれにきて
ふりけむ袖やけふのはふりこ　能因
右哥或云江大輔資景伊与守ニ侍ケル時／彼国ノ三嶋
明神アツマア如上哥奉リケルニヨメルトナン
4013 六帖　人しれすおもひするかのうとはまに
あそふ千鳥の声そつれなき
4014 新古　うとはまのうとくのみやは世をはへん

68オ

なみのよる〳〵あひみてしかな　読人不知
4015 新勅　いつとなく恋をするかのうとはまの
うとくも人のなりにけるかな　相模

浮嶋原

4016 同　あしからの関路こえゆくしのゝめに
一むらかすむうきしまかはら　後京極―
4017 建保百　あしからの関ちはれゆく夕日かけ
みそれにくもるうきしまか原　家隆
4018 同　吹くらすふしの山かせさえぬらし
霜かれはつるうきしまかはら　範宗
4019 雲のなみ尾花のなみのはてもなく
霜にかれたるうきしまかはら　行能
4020 雲葉　東路やかれのゝすゝきかせわけて
袖になみこすうきしまかはら　業清

68ウ

三香野橋

4021 うかりけるみかのゝ橋のくちせて（本ノマヽ）
おもはぬみちに世をわたるかな

木枯森

4022 後　木からしのもりのした草風はやみ
人のなけきはをひそひにけり
4023 六帖　人しれぬおもひするかの国（関イ）にこそ
身をこからしの森はありけれ
4024 新古　きえわひぬうつろふ人の秋色に
身を木からしのもりの下露　定家
4025 続後　秋の色をはらふとみえし木からしの
森の木すゑは雪もたまらす　知家

安倍市

4026 君かため三月になれはよつまさえ（へ欤）

69オ

あへの、市には、こつむなり　俊頼

69ウ

田

4027 万十四　さかこえてあへの田面にゐるたつの　ともしき君はあすさへもかも

4028　さなへとるあへのたのもの叢雨に　坂こえてなくほと、きすかな　中務卿親王

4029 古来哥合　さなへとるあへの田面におりたちて　いちに出たる人そすくなき　円尊

美袁利里　赤イ可尋

4030　たちはなのみをりの里にち、をきて　みちのなかきはゆき（マヽ）

伊豆国

伊豆高嶺　付鳴沢

4031 万十四　まかなしみあらくはしけみさなしくは　いつのたかねのなるさはのさと（こ）

70オ

伊豆小山

4032 続後　ちはやふるいつのを山の玉つはき　やをよろつ代も色はかはらし　鎌倉内大臣（右大臣然大将歟）

伊豆海　付**奥小嶋**

4033 万十四　いつのうみたつしらなみのありつ、も　つきなんものをみたれしめにや（やはイ）

4034 続後　はこねちを我こえくれは伊豆の海や　奥の小嶋になみのよるみゆ　鎌倉右大将（内歟臣）

4035　いつのうみ波ちはるかにきりはれて　しま〳〵みゆる秋の夜の月　中務卿親王

大嶋

4036　雪はれて大しま白き朝なきに　さ、の葉うかすおきのつり舟　泰時

70ウ

4037　うらみのみ大嶋なみのいかなれは　なかる、人の又もかへらぬ　長明

三嶋神

4038　あはれとやみしまの神の宮はしら　た、こ、にのみめくりきにけり　安嘉門院四条

玖岐崎　或摂津国ヲクキカ崎然者小字可有之マクキイ

4039 懐中　人をわくこ、ろはうしとそむけとも　をくきか崎（つまイ）に松も立かな

古々井森

4040 拾　こ、にたにつれ〳〵となくほと、きす　ましてこ、井のもりはいかにそ　堀川左大臣

4041 後　さつきやみこ、井のもりのほと、きす　人しれすのみなきわたるかな　兼房

4042　おもひやるこ、井のもりのしつくには　よそなる人の袖もぬれけり

4043　時鳥こ、井のもりになくこゑは　きくよそ人の袖もぬれけり　大弐三位

右一首静範法師イツヘナカサレテ又年五月ニ／ヨメル贈答

71オ

由流伎橋　由留宜イ可検之　八雲御抄当国也或云伊与国云々懐中抄

4044 懐中　みとり色に春はつれなくみゆるき（木）の　はし、も秋はまつもみちけり

相模国哥

足柄篇

山

4045 万五　とふさたてあしから山にふな木きり　木にきりかけつあたら舟木を

4046 同十四　わかせこをやまとへやりてまつしたす（まちをそし）

71ウ

あしから山のすきの木のまか

4047 足からのをちもこのもにさすなはの
やなるましつみころあれひもとき

4048 あしからの山ちはみねとあかれなは
こゝろのみこそゆきてかへらめ　躬恒

4049 堀百 足からの山のたうけにけふきてそ
ふしのたかねのほとはしらるゝ　河内

72オ

4050 あしからの山のもみちはちるなへに
清見か関にあきかせそふく　師頼

4051 こえやらてけふはくらしつあしからの
山かけとをきいはのかけみち　光俊

4052 あしからの山のふもとにゆきくれて
一夜やとかる竹のしたみち　長時

4053 東路のあしからこえてむさし野の
山もへたてぬ月をみるかな　明朝

4054 いかにせんすくにはゆかてあしからの
よこはしりたる人のこゝろを　仲正

4055 あしからの関の山ちをゆく人は
しるもしらぬもなつかしきかな　真静

72ウ

関

4056 鳥の音になを山かけのくらけれは
あけてそいてんあしからの関　土御門—

4057 たゝくれね関の戸さゝぬこゝろなれは
月にもこえんあしからの山　定家

4058 秋まてはふしのたかねにみし雪を
わけてそこゆるあしからの関　光俊

4059 むかしよりかよひし中の跡とめて
こゝろへたつなあしからの関　常盤井入道

4060 手向してこゝろゆるすなあしからの
関の山こえあらしそのみち

73オ

御坂　付神御坂

4061 万十四 あしからの御坂（マヽ）

4062 万廿 あしからの御坂にたちてそてふらは
いはなる雲はさ夜にみもかも

4063 同長哥 とりがなくあつまのくにのかしこきにかみの御坂に

4064 わかた田の」あしからの御坂たにいりうへくみす
あれはくへゆくあられとおもたれ

八重山

4065 あしからのやえ山こえていましなは
たれをかみつゝ君としのはん

4066 ふりつもる雪は八重やま道とめて
ゆくゐそうときあしからの関　中務卿親王

73ウ

箱根山

4067 古来哥合 あしからの御坂にゆかんからくして
箱根のやまの明んあしたに　人丸

4068 万 あしからのはこねとひこえ行くたつの
ともしくみなはやまとおもほゆ

4069 同 旅ころも日もゆふかけてあしからの
箱根とひこえ鴈そなくなる　光明峯寺—

4070 同十四 あしからのはこねの山にあはまきて
みとはなるともあはまくもあやし

4071 堀百 箱根山うすむらさきのつほすみれ
二しほ三しほたれかそめけん　匡房

4072 ともしして箱根のやまに明にけり
二より三よりあふとせしまに　俊綱

74オ

4073 秋の夜の月のひかりしあかけれは

4074 はこねの山の空さへそてる
なかめやるはこねの山をたかためにあくれは雪のふりおほふらん　俊頼

嶺

4075 万十四 足からのはこねのねろのにこくさの はなつゝまなれやひもとかすねん

4076 をく霜にかれにけらしなあしからの ねろにしけれるにこ草もなし　衣笠―

道

4077 続後 箱根路を我こえくれはいつの海や 奥のこしまに波のたつ（よるイ）みゆ　鎌倉右大将

74ウ

秋名山

4078 あしから（り本）のあきなの山にひこふねの しりひかしめよこゝろかたに

和乎可鶏山

4079 あしからのわをかけ山のかへの木の わをかへさねよかへさかすとも

刀比乃河内（並五）　**出湯**

4080 あしからのとひのかうちにいつるゆの よにもたよらにころあひはなくに

竹下（並六）

4081 たけのしたしはしたちよるほとたにも うきふししけき世をいかにせん　中務卿親王

75オ

雑篇

相模嶺

4082 万十四 さかみねのをみねみそくれわすれくる いもか名よひて我をみしなくに

鶴岡

4083 としへたるつるかをかへの松の葉の あをみにけりな春のしるしに　泰時

鎌倉山

4084 薪こるかまくら山のこくる木を まつとなかひ（ぃ）はこひつゝやあらん

4085 堀百 我ひとりかまくら山をふみみれは ほし月夜こそうれしかりけれ　常陸

75ウ

4086 かきくもりなとか音せぬほとゝきす かまくらやまにみちやまとへる　実方

里

4087 たみも又にきはひにけり秋の田を かりておさむるかまくらのさと

4088 続古 宮はしらふとしきたてゝ万代に いまそさかへむかまくらのさと　鎌倉内大（右欤）臣

4089 現六 むかしにもたちこそまされ民の戸の けふりにきはふかまくらのさと　基綱

美胡之乃崎

4090 かまくらのみこしのさきのいはくへに きみかりゆへきこゝろはもたす

76オ

4091 あつまちのみちのなか路を尋きて みこしのさきそこゝろとまれる

美奈乃瀬川

4092 万十四 まかなしみつねにはゆくかかまくらの みなの瀬河にしほみちなんか

4093 東路のみなの瀬河にみつしほの ひるまもみえぬ五月雨の比　後徳大寺

立野山

4094 懐中 さかみなるたちのゝやまのたちまちに

君にあはんとおもはさりしを

雨降山

4095
たちよれは雨ふり山の木のもとは
たのむかひなくぬれぬへらなり

76ウ

諸越原

4096 堀後百
名にしほはゝとらやふすらん東路の
ありといふなるもろこしの原　忠房

4097 懐中
はるかなる中こそうけれ夢ならて
とをくとにけつもろこしの原

4098
まとろまんよ中にしはしむはたまの
夢路そちかきもろこしのはら　長明

砥上原

4099
しはまつのくすのしけみにつまこめて
とかみか原にをしかなくなり　西行
右相模国大近ト云所ニトカミト云所ニテ鹿ヲ聞テ

4100
たちかへるなこりは春にむすひけん
とかみかはらのくすの色かな　長明
右東ヨリカエリノホリケルニトカミカ原ニテ

77オ

片瀬川

4101
浦ちかきとかみかはらに駒とめて
かた瀬の川のしほひをそまつ　同

4102
かへりきて又みん事もかた瀬川
にこれる水のすまぬ世なれは　中務卿親王

朝倉山

4103 六帖
花の色をあらはにめてはあこめきぬ
あさくら山におりてとりてん

4104
雪間よりよそにきくこそあはれなれ
あさくら山のうくひすのこゑ　俊成

77ウ

4105 正治
とはねともなのりて過ぬほとゝきす
あさくら山の雲ゐはるかに　範光

4106
里分すなのるなれともほとゝきす
あさくらやまのたそかれの空　為家
裏書云朝倉木円殿ハ筑前国坎泊瀬朝倉宮ハ／大和国
⑱坎又神楽哥云アサクラヤヲメノ湊ニアヒ／キセハア
マノメサシニアヒキアヒキケリト是何処哉

八松

4107
やつまつの八千代のかけにおもなれて
とかみかはらはいろもかはらし　長明

78オ

御浦

4108 万十四
しはつきのみうらさきなるねつこ草
あひみすあらは我こひんやは

里

4109
我こゝろとをたうみなるはま千とり
みうらのさとのいもかりそゆく　仲正

余綾浜

4110
さかみなるよろきのはまのまなえなす
うらはかなしくおもはるゝかな

小余綾礒

4111 古
玉たれのこかめやいつらこよろきの
いそのなみわけ奥に出にけり

4112 同
こよろきのいそたちならし礒なつむ
めさしぬらすな奥におれなみ

4113 万代
若めかる春やきぬらんこよろきの
礒のあま人なみにましれり　兼澄

4114 後
君をおもふこゝろは人にこゆるきの
いその玉もゝいまやからまし　躬恒

78ウ

4115 同
こゆるきのいそきおきいつるかひもなく
またこそたてれおきつしらなみ　読人不知

4116
みちのくは世をうきしまも有といへは
関こゆるきのいそかさらなん　小町

4117
玉たれのこかめはむなしあま乙女
なみこゆるきのいそあさりして　長明　79オ

4118
とふことをまつにこゝろはこゆるきの
いそにやいてゝいまはうらみん　右近

4119
いかにしてけふをくらさんこゆるきの
磯に出てもかひなかりけり

4120
こゆるきのいそきていてしかひもなく
なみよりこすといふはまことか　顕国

4121
ほともなくいそちのなみもこゆるきの
いそきなれたるとしの暮かな　読人不知

4122
かもめゐる岩ねしらなみこゆるきの
いそくこゝろをとゝめてそみる　長明

4123
こゆるきのいそへに風やたちぬらん
いはほにもさく花のしらなみ　前内大臣頼綱　79ウ

手本浦

4124
なれてきしたもとのうらのかひあらは
千鳥のあとをたえすとはなん

色川

4125
なかれてはよるせになるといふならは
いく世をへてか色かはるらん

大礒　小礒浦

4126
おほ磯やこいそのうらの浦かせに
ゆくともしらすかへる袖（浪放）かな　長明

江嶋

4127
江の嶋やさして塩路に跡たるゝ
神はちかひのふかきなるへし　80オ

湯坂　早川

4128
あつまちやゆさかをこえてみわたせは
しほそなかるゝはや河の水　安嘉門院四条

歌枕名寄巻第二十一
　東海部五　武蔵　安房　上総　下総　常陸

目録

武蔵国
武蔵野篇
　野　向岡　岡辺(部)原　管木(継イ)原
　堀難井　霞関

80ウ

雑篇
　武蔵嶺　横山 多摩横山／野　狭山 池或云河内国
　蝦手山　忍岡 森　朝羽野 原　立野 牧也
　大屋原　多麻川 里　住田川　関屋里
　二俣川　氷川　前玉津　小崎沼
　荒藺崎 笠島／磯　海比 宇奈比　原田里
　入間郡 在里哥　三吉野里

81オ

安房国
　野嶋崎 淡路国名所也万哥先達類聚尓也但顕輔卿詠／海云々依之近江国入之是則万葉粟路可謂近江欤／而今安房国現在野嶋崎幸万葉集之粟路／左京作詠海何宜以宗拠当国載之更非治定／儀矣此哥不審又之可検他本之

上総国
　宇麻具多嶺　海上潟 山　限山　千草浜
　枝浜

81ウ

下総国
　勝鹿浦 早稲　真間入江 浦　継橋／井　千葉野
　許我渡　書巻川　阿取波宮 神

常陸国
鹿島篇
　鹿嶋崎 浦　潟／宮　筑波山 嶺　芝付田居／河信濃有／同名　神
　小筑波　蘆穂山　白雲山　水無能川
　会隈川 又陸奥　莇野橋

82オ

雑篇
　見良石山　阿自久麻山　溜山 森　霞山 浦　崎／里
　　或云霞崎武蔵也云々今案云霞浦先達哥枕当国入之／浦里未決且付同名載之追而可詳
　鳥羽淡海　香取海 瀛　奈佐可浦 浦　高間浦
　佐浦　会瀬浦　田辺浦　久慈河　桜川
　恋瀬川　小野御牧　雄神 筑波根／在之欤　信太浮嶋

82ウ

歌

武蔵野篇

野

4129 古　むらさきの一もとゆへにむさしの、草はみなからあはれとそみる

4130 いかにしてこひはわかいもにむさしの、うけらか花の色にいてすあらん

4131 万十四　むさしの、うらへかたやきまさてにものらぬ君かなた、にいてにけり

4132 同　こひしけは袖もふらんをむさしの、うけらか花の色にいつなゆめ

4133 むさしの、おくきかきけをたちわかれいかによひよりころもあはなふね

4134 むらさきの色になさきそむさしの、はなのゆかりと人もこそみれ

83オ

4135 むさしの、野なかをのけてつみそめし
わかむらさきの色はかきるか

4136 我せこをあをかもいふむ武蔵野の
うけらかはなのときなきものを

4137 むさしの、草葉もろむきともかくも
きみかまに〳〵我はうかりしを

4138 後 むさしのは袖ひつはかりわけしかと
わかむらさきはたつねわひにき

4139 むらさきの一もとゆへにむさしの、
草のゆかりと人もこそみれ

83ウ

4140 玉にぬく露はこほれてむさしの、
草のはむけの秋のはつかせ　西行

4141 むさし野にあらぬかきねのつほすみれ
わかむらさきに色のみゆらん　匡房

4142 堀百 むさし野にこと葉おひよるむらさきの
わらひは草のゆかりとおもへは　河内

4143 同 むさし野はいまたやかぬか春くれは
いそきもえいつるしたわらひ哉　師頼

4144 新古 むさしの、春のけしきもしられけり
かきねにめくむ草のゆかりに　慈鎮

4145 いつれそと草のゆかりもとひわかぬ
霜かれはつるむさし野の原　土御門院―

84オ

4146 春のきるかすみのつまやのこるらん
また若草のむさしの、はら　師頼

4147 あくかれてゆく末とをきかきりをも
月にみつへきむさしの、はら

4148 むさしのは露をくほとのとをけれは
月をころもにきぬ人そなき

4149 六帖 春はまつあつまよりこそわか草の
ことはのつてもむさしの、はら

4150 むさし野はけふはなやきそ若草の
つまもこもれり我もこもれり

4151 後 秋かせのふきとふきぬるむさしのは
なへて草葉の色かはりけり

84ウ

4152 をみなへしにほへる秋のむさし野は
露よりもなをむつましきかな　貫之

4153 建保百 むさしの、あさち色つくいまよりや
夜さむのころも鴈もなくらん　知家

4154 ゆく末は空もひとつのむさしのに
草のはらよりいつる月かけ　後京極―

4155 たか方によるなく鴈の音にたて、
なみたうつろふむさしの、原　定家

4156 むさし野をきりのたえまにみわたせは
ゆくすゑ遠き心ちこそすれ　読人不知

4157 建保百 むさしのは月の入へき山もなし
尾花か末にかくるしらくも

85オ

4158 新古 むさし野はゆけとも秋のはてそなき
いかなるかせの末にふくらん　後久我―

4159 いくかきぬ遠山とりのむさし野は
露かりころもわれそ秋ゆく　定家

4160 続古 むさし野はゆく末ちかくなりにけり
こよひそみつる山のはの月　知家

4161 さをしかの夜半の草ふしあれはて、
かへる山なきむさしの、原　家隆

4162 建保百 なみたさへぬれそふ袖にむしの音も
（マヽ）もみたれてむさしの、露　俊成卿女

4163　たつたみはゆくもかへるもむさし野は
草かくれてや草をかるらん　小宰相

4164　むさしの丶秋のはき原分ゆけは
葉末よりこそ雲はみえけれ　俊頼

85ウ

4165　あふ人にとへとかはらぬおなし名の
いくかになりぬむさしの丶はら　後鳥羽院

4166　むさしの丶草のは山も霜かれて
いつるもいるも月はさはらす

向岡

4167　むさしの丶むかひの岡の草なれは
ねをたつねてそあはれとは思ふ　小町

岡辺原

4168　むさしの丶をかへの原の秋はきも
花さく時になりにけるかな　好忠

86オ

管木原　継イ

4169　むさし野の草のゆかりも問かねつ
つ丶きのはらの雪の夕暮　顕昭

堀難井

4170　むさしの丶ほりかねの井もある物を
うれしく水のちか付にける
右法師品漸見湿土泥決定知近水

4171　ほりかねる水とのみきくむさし野も
みな五月雨のなみのした草　後久我—

4172　六帖　むさしの丶ほりかねの井の底あさみ
おもふこ丶ろをなに丶たとへん

4173　あさからすおもへはこそはほのめかせ
ほりかねの井のつ丶ましき身を　俊頼

86ウ

霞関　濫觴哥可検之在武蔵野之由一説也仍載之

4174　雲葉　春くる丶ゆくゑはいつくしらねとも
空にかすみの関やすへまし　光明峯寺—

4175　暮ぬともはるのなこりをしのへとや
せきにかすみの名をと丶むらん　頼氏

雑篇

武蔵嶺

4176　万十四　むさしねのをみねみかくれ忘れ行
きみか名かけてあをねしなくか

横山　多麻横山

4177　同　いもをこそあひみえこしかまよひきの
よこ山ねろのしけくおもへは

4178　同　あか駒をやまのにはなしとりかひて
たまのよこ山あしふか丶らん

87オ

4179　明かたの御空のほかにほと丶きす
たまのよこ山なきて過なり　顕仲

野

4180　雲さそふみねの木からし吹なひき
たまのよこのにあられふる也　家隆

狭山

4181　五月やみさやまか峯にともす火を
雲のたえまのほしかとそみる　顕季

4182　続古　秋かせになひくさやまの葛かつら
くるしやこ丶ろうらみわひつ丶　後鳥羽院—

4183　ふみ分しさやまは雪にうつもれて
いけのみくりはくる人もなし　秀能

87ウ

池　或者河内

4184　六帖　むさしなるさ山の池のみくりなは
ひけはたえすや我やたえする

4185 さ山なる池のみくりのねもみねと
うちはへ人のくるそまたるゝ　光俊

4186 春ふかきさやまの池のねぬなはの
くるしくもなくかはつなく也

4187 あやめ草さやまの池のふかきねを
これもみくりのならひにそひく

88オ

蝦手山 正字可詳

4188 色かえて野やまたあるときてみれは
萩のした葉はもみちしにけり

忍岡

4189 人めもるしのひの岡にかる草の
あなかま露に袖のぬるらん　知家

4190 たかためにしのひの岡の下わらひ
けふりはたてつもえわたるらん　俊成

4191 良玉　しほるゝやしる人もなきたもとかな
これやしのひの岡のかけ草　河内

4192 待人をなとかたらはてほとゝきす
ひとりしのひの岡になくらん　読人不知

88ウ

森

4193 同　人しれすあはれとそきくほとゝきす
しのひのもりのゆふ暮の声

4194 すゝしさをならの葉かせに先たてゝ
しのひのもりに秋やきぬらん　顕昭

朝羽野

4195 万十二　あさはのにたつみはこすけねかくれて
たれゆへにかは我こひさらむ　人丸

4196 霜かるゝ人のこゝろのあさは野に
たつみはこすけねさへくちめや　家隆

4197 春雨もふりかはりゆくあさは野に
たつみはこすけ色もつれなし　後久我―

4198 万十一　くれなゐのあさはの野へにかる草の
つかのまもなく我わすれめや

89オ

4199 紅のあさはの野らの露のうへに
我しく袖そ人なとかめそ

4200 わか袖はかりにもせめやくれなゐの
あさはの野らにかくる夕つゆ　式子内親王

4201 夕くれはあさはの野らの露なから
こすけみたれてあき風そふく

原

4202 君をこそあさはの原に小萩つむ
しつのいしみもしもふかくおもへ　俊頼

立野

4203 後　あき霧のたちのゝ駒をひくときは
こゝろにのりて君そこひしき　忠房

89ウ

4204 右武蔵駒迎ニマカリテ会坂ヨリ人ニ遣ケル
さをしかのたちのゝまゆみ色付て
やゝはたさむく夜はなりにけり

4205 六帖　あふ坂にひくらんこまをあききりの
たちのかとこそいはまほしけれ

4206 伊平家哥　春かすみたちのゝすゝきつのくめは
冬たちなつむ駒そいはゆる　通平

4207 日をへてはあきかせさむしさをしかの
たちのゝまゆみもみちしにけり　信実

大屋原

4208 日のくれにおほやかはらをわけゆけは
すかもりしたにくひなゝくなり

90オ

4209 **多麻川**
いりまちに大屋か原のいわゐつら
ひるはぬる〳〵わとはたへそね

4210
玉川にさらすてくりのさら〳〵に
なにそこの〳〵こゝたかなしき
（細字補入）「拾遺集当むかしの人の恋しきやなそ」

4211 **里**　先達哥枕玉川里ハ奥州ニ在之仍哥悉載彼所卒但近代哥／当国ノ玉川里詠之然者彼昔
共可宜歟
てつくりやさらす垣ねのあさ露を
つらぬきとめぬ玉河の里　定家

4212 **住田川**
みやことりいく世かこゝにすみた川
ゆきゝの人に名のみとはれて　法印清光

90ウ

4213
名にしほはゝいさ事とはんみやこ鳥
わかおもふ人はありやなしやと　業平

4214 続古
此さとはすみた河はらもほとゝをし
いかなるとりにみやことはまし　中務卿親王

4215
かきりなく遠くなりゆく都かな
すみた河原のわたりしてけり　後嵯峨院―

4216 新勅
我おもふ人にみせはやもろともに
すみたかはらの夕暮の空　俊成

4217 同
住田川瀬きりにわたす水のあはの
あはれなにしかおもひそめけん　成方

4218
ちきりありてかたりそめなはすみた河
かはらぬ水のこゝろともかな　俊頼

91オ

4219
みつくきのあとかきなかす住田川
ことつてやらん人もとひこす　定家

4220
おもひ出ておもへは恋しすみた河
すみしわたりの秋の夜の月　中忠

4221 **関屋里**
いほさきのすみた河原に日はくれぬ
せきやの里にやとやからまし
右住田川ニテヨメルト散木（梅イ）集ニ見エタリ

4222 新六 **二俣川**
しつのめかあつまからけのあさころも
ふたまた川にさそわたるらん　信実

91ウ

4223 懐中 **氷川**
うらさむし月のひかりはさやけくて
こほり河には水もなかれす

4224 **前玉津**
さきたまのつにはうふねの風をいたみ
ふねはたゆともことはたえそね

4225 **小崎沼**
さきたまのをさきの沼にかもそはねきる
をのかをにふる（り欤）をける霜はらふらし
右見武蔵小野沼鴨作哥云々

4226 万十二 **荒藺崎**　笠嶋
草かけのあらゐのさきのかた嶋を
みつゝや君か山路こゆらん

4227 続後
しらなみのあらゐの崎のそ（はイ）なれ松
かはらぬ色の人そつれなき　家長

92オ

4228 現六
奥津かせあらゐのさきによるなみの
うちもたゆます人そ恋しき　信実

4229 **礒**
おきつなみあらゐの礒の岩におふる
松にもわたる袖のうへかな　知家

裏書云荒藺磯哥顕昭判云荒藺崎／トヨメル定家ノ哥
侍レハ磯ト崎トイヒカヨハシテ／読ル事多シトシマ
カサキトシマカイソトモ／ヨメハナン

4230 **海比**
なつそひくうなひをさしてとふ鳥の
いたらんとそよあかのしはふし

92ウ

4231 **原田里**
あつまちのはらたの里になはしろの
水ひきつれし春そ恋しき　仲忠

4232 **入間郡** 哥里也有郡哥欤可尋之
さりともとたのむのかりをたのみにて
いるまのさとにけふそいりぬる　俊成

三吉野里
4233 みよしの丶たのむのかりもひたふるに
君かかたにそよるとなくなる
4234 わかかたによるとなくなるみよしの丶
たのむのかりをいつか忘れん
4235 新古 時しもあれたのむのかりのわかれさへ
はなちるころのみよしの丶さと　具親

93オ

安房国哥
野嶋崎 詞書雖多之先立上ニ載之間略之
4236 万三 東路の野嶋かさきのはまかせに（近江路イ）
いもかむすひしひもふきかへす　人丸
4237 千 東路の野嶋かさきのはま風に
我ひもゆひしいもかかほのみ面影にみゆ　顕仲

上総国
宇麻具多嶺
4238 うまくたのねろのさし葉の露霜に
4239 ぬれてわか名はこふはそも（マヽ）
うまくたのねろにあへるゐかくたに
かくにとほかはなかめほりせん

93ウ

海上潟
4240 万七 なつそひくうなかみかたのすゝ鳥は
すたけと君かをとたにもせす
4241 同十四 夏そひくうなかみかたの奥つすに
舟はとゝめんさ夜ふけにけり
4242 新六 みわたせは玉もはからて夏そひく
うなかみかたに塩やひぬらん　信実
4243 うきねするうなかみかたの奥つすに
たつそなくなる夜やふけぬらん　知家

山
4244 夏そひくうなかみ山のしゐの葉に
かし鳥なきつ夕あさりして　俊頼

94オ

限山
4245 懐中 我ためにうき事みえは世のなかを
いまはかきりの山に入なむ

千草浜
4246 同 色々のかひありてこそひろはるれ
ちくさのはまをあさるまに〱

枝浜
4247 ちりにける花のなこりのこひしさに
えたの浜へをきてみつるかな

下総国
勝鹿浦
4248 続後 かつしかのうらまの波のうちつけに
こそみし人の恋しきやなそ　通経

94ウ

4249 万十四　鵼鳥のかつしかわせ[早稲]をにえすとも
そのかなしきをとりたてめやも

4250　かつしかのわさ田のをしねこきたれて
なきもたゆれとつきぬ涙か　俊頼

真間入江

4251 万三　かつしかのまゝの入江のうちなひく
くもゝかりけんちこなれそおもふ　赤人

4252　かつしかのまゝのうらはをこく舟の
舟人さはくなみたつらしも

4253　かつしかのまゝのうらはのおきつすに
あけのそほ舟からろをすなり　俊頼

95オ

継橋

4254 万十四　あのをとせすゆかんこまもかつしかの
まゝのつきはしやますかよはむ

4255 後拾　ふみみても物おもふ身とそ成にける
まゝのつきはしとたえのみして　相模

4256 千　かきたえしまゝのつき橋ふみゝれと
たてるかすみもはれてむかへるかこと　俊頼

4257　夢にたにかよひし君もたえはてぬ
みしやその夜のまゝのつきはし　常盤井入道

4258　夢ならて又やかよはんしら露の
おきわかれにしまゝのつきはし　土御門—

95ウ

4259 新勅　かつしかのむかし[やイ]のまゝのつき橋を
わすれすわたる春かすみかな　慈鎮

4260 続後　わすられぬまゝのつきはしおもひかね
かよひしかたは夢にみえつゝ　定家

4261　うつゝとてかたるはかりのちきりかは
あたなる夢のまゝのつきはし

井

4262 現六　かつしかのまゝの井つゝのかけはかり
さらぬおもひのあとを恋つゝ

4263 万九　かつしかのまゝの井みれは立ならし
水をくみ[いイ]けんてこなしそおもふ

⑲裏書云万九云勝此鹿ノ真間ノ手児奈／我鹿衣分者祚者直佐麻事裳者織／服而谷母袴者不梳履乎谷不著雖行錦／綾之中丹褁有褒児毛

96オ

千葉野

4264　ちはの野のこのてかしはのほゝまれと
あやにかなしきおきてたかきぬ

許我渡

4265　まくら香のこかのわたりのからかちの
をとたかしもなあはすこゆへに

4266　白たへのころもの袖をまくらかの
あまこきはみゆなみたつなゆめ

4267　相[本]すしてゆかはおしけんまくらかの
こかこく舟に君もあはめやも

4268　霧ふかきこかのわたりのわたしもり
きしの舟つきおもひさためよ　西行
右一首詞武蔵ト下総トノ中ニ有コカノ／渡ストテ霧ノ深カリケレハ

96ウ

4269　唐梠[本]をすをともほのかにゆく舟の
古河のわたりの秋の夕暮

4270　むら雨にうすくもかけてゆく舟の
こかのわたりの夕くれの空

書巻川

4271 懐中　水茎のかきなかせともなかれぬは

97オ

ふみまき河といへはなりけり

4272 同
しらなみの立のほりこしこのかみも
みるかひありきしほのひるまは

阿取波宮 神

4273
いまさらにいもかへさめやいちしるき
あすはの宮にこしはさすとも

4274 万廿
庭中のあすはの神にこしはさし
我はいは、むかへりくきてに

常陸国哥

鹿嶋篇

崎

4275
あられふるかしまの崎のなみたかみ
過てやゆかん恋しきものを

4276
浦人の夜やさむからしあられふる
かしまかさきのおきつしほ風

4277
牡牛《コトイノウシ》ノ三《ミ》宅之《ヤケノ》酒尓《サケニ》指向《サシムカイカ》　茗嶋《シマカ》之崎尓《ニ》狭丹《サニ》
塗《ヌリシ》之小《ヲ》船儲《フネマウケ》　玉纏《タマキ》之《シ》小《ヲ》梶繁貫《カチシケヌキ》

4278 返歌
海津路のなきなんときもわたりなん
かくたつなみに舟出すへきか
右鹿嶋郡苅《本》野指大津卿哥

4279 古来哥合
夜もすからいその松かねかたしきて
かしまかさきの月をみるらん　道因

4280
夜舟こきおきにてきけはひたちの海
かしまかさきに千とりなく也　頼政

浦

4281
しほひるま人はかしまの浦といふ
なみのよるこそみるへかりけれ

98オ　97ウ

潟

4282
宮居するかしまのかたのしほさひは
たのむおもひのみつにそありける　後徳大寺

宮

4283 神　万
あられふるかしまの神をいのりつゝ
すめらみくさに我はきにけり　顕雅

4284
ひたちなるかしまのみやの宮はしら
なをよろつ代も君かためとか　同

4285
我たのむかしまの宮のみつかきの
ひさしくなりぬ世々のちきりは　光明峯寺

4286
かしまのや檜原杉はらときはなる
君かさかへは神のまに〳〵

4287
なそもかくわかれそめけんひたちなる
かしまのおひのうらめしの世や

4288
わかるともおもひわするな千早振
かしまのおひの中はたえせし

筑波山

4289 拾
かしまなるつくはの山のつく〳〵と
我身ひとつの恋をつみつゝ《るイ》

4290 万九
衣手のひたちの国にならひたる
つくはの山をみまくほしみ《本ノマヽ》

4291
人つてにいふことのはの中よりそ
おもひつくはの山はみえける

4292 同十四
いもかやといやとをのきぬつくは山
かくれぬほとに袖はふりなて

4293 同廿
たちはなの下ふく風のかくはしき
つくはの山をこひすもあらめかも

4294
わしの住むつくはの山のしはきつのそのつのゝうへに

99オ　98ウ

いさなひておとめおとこのゆきつかひ

4295 新古
つくはねのは山しけやましけゝれと
おもひ入にはさはらさりけり

4296
つくはねのは山しけ山たつねみん
恋にまされるなけ木ありやと

4297
つくは山しけきまさきの枝よりも
しらぬは人のこゝろなりけり
順徳院

99ウ

4298 後
いまはとてこゝろつくはの山なれは
梢よりこそ色かはりぬれ
読人不知

4299 建保百
あかつきのかねのひゝきもつくはやま
人にかはさぬとこの枕に

4300 同
つくは山しつくにたえぬ谷水の
いかなるひまにもらしそめけん
家隆

4301
つくは山木かくれおほき月よりも
しけき人目はもるかたもなし
前内大臣基

4302 同
つくは山ふかくうれしとおもふらん
はまなのはしにわたす心を
肥後

100オ

4303 堀百
東路やいし（シヌハイ）はさかひにやとりして
雲ゐにみゆるつくは山かな
顕仲

4304
我ならぬ人に心をつくはやま
したにかよはんみちたにやなき
能宣

4305
つくは山しけきめくみにもらさすは
しつ（たイ）をたまきも花やさかまし

4306
そめはつるつくはの山のもみちはゝ
なにゝあかすと露のをくらん
忠光

嶺　芝付田居

4307 万九
けふの日にいかゝをよはんつくはねの
むかしの人の来けんその日も

100ウ

4308 同十九
つくはねのにゐくわまゆのきぬはあれと
君かみけしくあやにきまほし

4309 古
つくはねのこのもかのもにかけはあれと
きみか御かけにますかけはなし

4310 同
つくはねの木のもとことにたちそよる
松のみやまのかけを恋つゝ

4311
君か代はしら雲かゝるつくはねの
みねのつゝきのうみとなるまて
能因

4312 堀百
つくはねのしら雲かゝる松やまの
千とせのかけのさもしけきかな
匡房

4313 万廿
つくはねのさゆりのはなのもとことに
かなしきいもそひるもかなしき

101オ

4314
草枕たひのうれへをなくさむることもやあると
つくはねにのほりてみれは尾花ちるしつの田井に
かりかねもさむくきなきぬにゐはりのとはのあわ
うみも秋風にしら波たちゐつくはねのよけくをみれは
右登（二）筑波ニ（一）云々

4315
つくはねのねろにかすみゐすきかての
いきつく君をいねてやらさね

4316 万四
つくはねにゆきかもふらるいなおかも
かなしきころかにぬをさるかも

4317
つれもなき人にこゝろをつくはねの
みねのあさきりはれすこそおもへ

4318
かきりなくおもふこゝろはつくはねの
このもにいもかあらん（ハイ）とすらん
読人不知

101ウ

4319
をとにきく人にこゝろをつくはねの
みねと恋しきいもにもあるかな

4320
つくはねのすそはの田井に秋田かる

いもかりみせんもみち手をるな

4321　筑波嶺のみねのもみちはおちつもり
しるもしらぬもなへてかなしも

4322 続古　つくはねの山とりのおのますかゝみ
かけていてたる秋の夜の月　家隆

4323　年をへてしけさまされはつくはねの
みねはなけきのほともしられす

4324　つくはねの松のすみ家をゝしなへて
ときはにしけくたつけふりかな　小宰相

102オ

4325 万十四　つくはねにかゝなくわしのねのみをや
なきわたりなむあふとはなしに

4326 六帖　つくはねにわかゆけりせはほとゝきす
山ひことよみなきなましかは

4327 同　つくはねのいわもとゝろにてる日にも
我袖ひめやいもにあはすて

4328　さくら花さきやしぬらんつくはねの
このもかのもにあまるしら雲

4329　つくはねにのほりてみれはおはなちる
しつくの田井にかりかねも（マヽ）

4330　かりほさすしつくの田居に露ちりて
おはなふきしく秋の夜の風

102ウ

河　信乃在同名

4331　はるかなる人にこゝろはつくは川
ふかきにあとはみゆる物かは
右康資王母夫ニクシテ常陸ニ下テ侍ケルニ／下野カモ
⑳トニ遣ケル霜枯ノ野路ノ冬草／シホレニシ跡タニミ
エヌ忘水哉トイヘリケル返事／也今彼集ニミエタリ

神

4332　かしまなるつくはの神のつく〳〵と
我もひとつのこひをつみつる

103オ

小筑波　并二

4333 万十四　さころものをつくはのねろやまのさき
わすられはこそなをかけなはめ

4334　をつくはのしけき木のまをたつ鳥の
めゆるめをみんさねさらなくに

蘆穂山

4335 万　つくはねのそかひにみゆるあしほ山
あしかるとかもさねみえなくに

4336 建保百　さをしかのつのくみぬらしあしほ山
ほにいてゝなく秋はきにけり　家隆

4337　あしほ山やもめこゝろはつくはねの
そかひにたにもみすくなきころ　定家

4338 建保百　あしほ山はなさきぬらんつくはねの
そかひにみれは雲そたなひく　行家

103ウ

4339　さくらはなふくやあらしのあしほやま
そかひになひくみねのしら雲　家隆

白雲山

4340　つくはねのしら雲山のたか〳〵に
我すへらきをあふくなりけり　匡房

水無能川

4341 後　つくはねのみねよりおつるみなの川
恋そつもりてふちとなりけり　陽成院

4342 続拾　筑波ねのみねのさくらやみなの河
なかれてふちとちりつもるらん　雅有

4343　ちりかゝるはなのふちとそなりにける
みなの河瀬の春のみなとは　為家

104オ

会隈川　又陸奥在之

4344　つらくともわすられす恋んかしまなる
あふくま河のあふ瀬ありやと　順

苅野橋

4345　古来　月影はすみわたるらむかしまなる
かり野のはしの秋のしほかせ　定円

雑篇

見只石山

4346　万三　かしこき人とひたちのみかほし山と
神代よりいひつゝ（マヽ）

阿自久麻山

4347　万十四　跡とへはあしくま山のゆつり葉の
ふしまるときにかせふかすとも

104ウ

4348　新六　ゆつり葉のときはの色もうつもれぬ
あしくま山に雪のふれゝは　衣笠—

4349　同　いやましにあしくま山はみ雪ふる
みねのゆつり葉いそきおらなん　光俊

溜山

4350　堀百　夜もすからしつくの山にうらふれて
つまとゝのふるさをしかの声　顕季

森

4351　懐中　いもにより夜はにやこゆるしつく山
なにゝ露けくなりまさるらん

4352　現六　夕たちのしつくの森のした草は
秋のよそなる露やをくらん　衣笠—

105オ

霞山

4353　雲葉　きのふまてさえしけしきをひきかへて
あくるかすみの山そのとけき　後鳥羽院

浦

4354　良玉　春なれはかすみのうらにたちいてゝ
なみのはなをやあまたみるらん　読人不知

4355　春かすみかすみのうらをゆくふねの
よそにもみえす人を恋つゝ　定家

4356　ほのかにもしらせてけりなあつまなる
かすみの浦のあまのもしほ火　順徳院

105ウ

崎

4357　建保百　しらせはやけふりを空にまかへても
かすみのさきのあまのもしほ火　知家

里

4358　祐子内親王哥合　春くれは花のみやこをみてもなを
かすみのさとにこゝろをそやる　式部

鳥羽淡海

4359　新治乃鳥羽能淡海毛秋風尓白浪立奴

香取海　口伝云元ハ陸奥也分出陸奥之時入テ常陸―／仍万十日陸奥ノ香取乙女云々

4360　おほ舟の香とりの海にいかりをろし
いかなる人かものおもはさらむ

瀛

4361　けふよりはぬさとりまつる舟人の
かとりのおきに風むかふなり　家隆

奈佐可海　浦者近江哥嶋在之

4362　万十四　常陸なるなさかのうみの玉藻こそ
ひけはたえぬれなとかたえせぬ

106オ

浦

4363　あつまなるささかのうらにしほみちて
有明の空に千とりなくなり　顕仲

高間浦

4364 続古
よそにみて袖やぬれなん常陸なる
たかまのうらのおきつしらなみ　　読人不知

106ウ

佐浦

4365
たちしきりこれもひとつにさはくなり
あやしのうらの波のこゝろは

会瀬浦

4366
七夕のあふ瀬のうらによるなみの
よるとはすれとたちかへりつゝ　　中務卿親王

田辺磯

4367 懐中
ひたちなるたなへのいそにけふはしけん
風もふかぬになみのたつらん

4368 同
いつくとてふみまとはせる玉つさそ
こらはたなへのいそならなくに

久慈河

107オ

4369 万廿
くし河はさちのあてましふしねに
まかちしけぬき我こへりこむ

桜川

4370 後
つねよりも春へになれはさくら川
はなのなみこそまなくよる（す欤）らめ　　貫之

恋瀬河

4371
恋せ河つれなき中にゆく水は
としもせかれぬなみたなりけり　　家隆

小野御牧

4372
ひたちなる小野の御まきの月草の
うつしはこまのせきにそ有ける　　朝光

雄神　筑波在之欤

107ウ

4373
をの神に雲たちのほり時雨ふり
ぬれそほつとも我かへらめや

信太浮嶋

4374
浦かせに塩路のうへもきりはれて
月になりゆくしたのうき嶋

源氏蛍巻云

4375
草わかみひたちのうらのいかゝさき
いかてあひみんたこのうらなみ

返事

4376
ひたちなるするかのうみのたこの浦に
なみたちいてよはこさきの松

一校了

108オ

表紙

歌枕名寄第六
　大和

本文

歌枕名寄巻第廿二

目録

　東山部一　近江国上

会坂篇
　山　関　関山　関外山　関小山　関小河
　並関川　関寺
　走井　杉杜　又曰杉村杜　2オ
近江海篇　又曰丹穂海　水海
　並浦　浜等雖多哥詞不帯近江之言者／悉雑篇立之矣
　勢多　渡　河　橋　中道　里　打出浜
　奥津嶋山　八十湊　今案云非一所名只是湊／数歟但先達哥枕載之
志賀篇　2ウ
　山　又云長等山　海　水海　浦　浜
　並津　瀛　都　付故郷宮／又云近江宮　花園
　並辛崎　大津　宮／浜　大回田　八雲抄渡部入之然者可用渡字歟　山井
比叡篇
　並社頭　大比叡　小比叡／日吉　七社
　並三津　浜　浦　河付橋　里　3オ
　並山上　我立杣　大嶺／比叡山　日吉山
　横川　長等山　神倉山　3ウ

歌

詞

会坂篇

4377 万十三　石田社詠合　山科之石田之杜之須馬神尓（ヤマシナノイハタノモリノスメカミニ）
奴左取向而吾者越往相坂山遠（ヌサトリムケテワレハコエユクアフサカノヤマヲ）

4378 反哥　近江海　あふさかをうち出てみれはあふみのうみ
しらゆふはなに波たちわたる

4379 後撰九　手向　桜花　あた人のたむけにおれるさくら花
あふさかまてはちらすもあらなん　読人不知

4380 古今八　かつこえてわかれもゆくかあふさかは
人たのめなる名にこそ有けれ　紀貫之

4381 拾遺六　わかれゆくけふはまとひぬあふさかは
かへりこん日の名にやあるらむ　同　4オ

4382 後拾十三　あふさかはあつまちとこそきゝしかと
こゝろつくしの名にこそ有けれ　左京大夫道雅

4383 古今十一　恋〳〵てまれにこよひそあふ坂の
ゆふつけ鳥はなかすもあらなん　読人不知

4384 後十六　あふさかのゆふつけになく鳥の音を
きゝとかめすもすきにけるかな　宗于（敏行イ）

4385 古十八　あふ坂のあらしのかせはさむけれと
ゆくへしらねはわひつゝそふる　読人不知

4386 後十一　木下露　あふさかのこのした露にぬれしより
わか衣手はいまもかはかす　中納言兼輔

4387 詞三　あふさかのすきまの月のなかりせは
いくきのこまといかてしらまし　前中納言匡房　4ウ

4388 後拾十六　園原詠合　あつまちのそのはらからはきたりとも
あふかさまてはこさしとそ思ふ　相模
右一首はらからなといふ人のしのひ／てこんといひ

たる返事にと

4389 拾十
山人杖
あふさかをけさこえくれはやま人の
ちとせをつけてきれるつえなり
右住吉明神の御哥となん

4390 六帖
放鳥
はなち鳥あとたえぬれはあふさかを
ふみまかへたるこゝちこそすれ

山 雖為山之哥於帯関字之哥者／皆関分載之山者猶為惣名故也

4391 万十　古十一
篠薄
わきもこにあふさか山のしのすゝき
ほにはいてすて恋わたるかな　読人不知　5オ

4392 後十一
真葛
名にしおはゝあふさか山のさねかつら
人にしられてくるよしもかな　三条右大臣

4393 古十九
石清水
君か代にあふさか山のいはし水
木かくれたりとおもひけるかな　忠峯

4394 建保名所百首
杉古葉
君になをあふさか山のかひそなき
すきのふるはに色もみえねは　定家卿

4395 郭公
わきもこにあふさか山のほとゝきす
あくれはかへる空になくなり　源定信

4396 堀百
轡虫
なくなるはあふさかやまのくつはむし
こまむかへする人やきくらむ　前中納言師時

4397 六帖　猿
麻志羅
あふさかの山のみねにてなく声は
ましらのみこくあはれなりけり　5ウ

4398 同　源馬神社
すへかみにぬさとりむけて我こひん
あふさか山のやまとをきかな

4399 鳥居
手向神
鳥居たつあふさか山のさかひなる
たむけの神よわれないさめそ　源仲正

関 寛平御時菊合名所第十番

4400 後拾一
音羽山詠合
あふさかの関をや春のこえつらむ
をとはの山のけさはかすめる　橘俊綱朝臣

4401 金一
鶯
あふさかにけふもくらしつうくひすの
なく一こゑや春のせきもり　顕輔卿

4402 続古二
花
ゆくはるの関にしとまるものならは
あふさか山のはなはちらしな　後三条院御哥

4403
逢坂の山さくら戸の関もりは　6オ
ひとやりならぬ花やみるらん　家隆卿

4404 六帖
伊勢物語連哥
かち人のわたれとぬれぬえにしあれは
またあふさかの関はこえなん

4405
ときしもあれゆき逢坂の杉か枝に
山ほとゝきす関かたむなり　俊頼朝臣

4406 建保百首
逢坂の関のいほりのことの音は
ふるきこすゑのまつ風そふく　家隆卿

4407 拾三
あふさかのせきの清水にかけみえて
いまやひくらんもち月のこま　貫之

4408 同
あふさかの関の岩かとふみならし
山たちいつるきりはらの駒　大弐高遠

4409 堀百
あふさかの関路にけふや秋の田の　6ウ
ほさかのこまをつむ〳〵とひく　大納言公実

4410 続古八
けふひけるこまはのりこそかしこけれ
ほとけのみちにあふさかの関　恵心僧都

4411 法住寺殿
北面哥合
あふさかの関の岩かとたゝきあけて
このはもてくる風のつかひか

4412 関風
あふさかのせきの関かせ身にしみて
鳥の名立の音をそなきつる　道信朝臣

4413 続古十八
逢坂の関のあらしのはけしきに
しゐてそゐたる世をすきむとて　蝉丸

4414 後拾十五
これやこのゆくもかへるもわかれては
しるもしらぬもあふさかの関　同

4415 堀百 駅鈴　あふさかの関のせきもりいて、見よ　むまやつたひのす、きこゆなり　匡房卿

7オ

4416 関水　千七　あまた、ひゆきあふさかの関水に　いまやかきりのかけそかなしき　東三条院

4417 洞院摂政家卅首 呼子鳥　あふさかの山をへたて、よふことり　関のこなたにきく空そなき　越前

4418 後拾十六　よをこめて鳥のそら音ははかるとも　よにあふさかの関はゆるさし　清少納言

4419 勅十三 常陸帯詠合　こえはやなあつまちとをくひたち帯の　かことはかりのあふさかの関　郁芳門院

関山

4420 万十五　あかみこそ関やまこえてこ、にあらめ　こ、ろはいもによりにしものを

右中臣朝臣宅守配越前国之時狭野／茅上娘子贈答六十三首内今案云／会坂関山歟未決可詳

7ウ

4421 後十二　関山のみねのすきむら過ゆけと　あふみはなをやはるけかるらん　忠房朝臣

関外山

4422　あふさかの関のと山のほと、きす　あくる雲ゐにはつ音鳴也　中務卿親王

関小山

4423 懐中抄　君をとふみちのなかにはこえかたき　関の小山のなからましかは

関小川

4424 金三　音羽山もみちちるらしあふさかの　関の小川ににしきをりかく　俊頼朝臣

8オ

関川

4425 寛平菊合哥 菊　このはなに花さきぬらし関河の　たえすもみよとおれるきくの葉

4426 勅十四　あさくこそ人はみるともせき川の　たゆるこ、ろはあらしとそおもふ　元良親王

関寺

4427 新六帖　いたつらにゆき、をとむる関寺は　むつのみちをやゆるさ、りけん　衣笠内大臣

並一 **走井**

4428 後拾九　あふさかの関とはきけとはしり井の　水をはえこそと、めさりけれ　忠義公

8ウ

4429 拾十一　はしり井のほとをしらはやあふ坂の　関ひきこゆるゆふかけのこま　元輔

4430 懸樋霧　はしり井のかけひのきりはたなひけと　のとかにみゆるもち月のこま　俊頼朝臣

4431 万七　おちたきつはしり井の水の清けれは　すて、はわれはゆきかねぬかも

並二 **杉杜**　又云**杉村森**　八雲御抄守部入之

4432 千十　霜なれとさかへこそすれ君か代に　あふさか山のせきのすきむら　宮内卿永範

右高倉院御時大嘗会悠紀方御屛風哥

4433 御屛風哥　はふきつ、いまはみやこへほと、きす　すきかてになく杉むらのもり　実方朝臣

9オ

近江海篇　又**丹穂海**　**水海**

4434 万三　あふみの海夕なみ千とりながなけは　こ、ろもしのにいにしへおもほゆ

4435 正治百 桑田　君かためあふみの海をいくそたひ　くはたになせとさためをきけん　小侍従

4436 万十一　白玉　あふみの海しつむしら玉しらすして　こひせしよりはいまそまされる

4437 重石　あふみの海おきこく舟のいかりおろし
同　かくれし君にことまつわれそ
4438 堀百　さゝなみやあふみの海のあしろ木に
網代　なみとともにやひをのよるらむ　匡房
9ウ
4439 後拾十三　みるめこそあふみの海はかたからめ
ふきたにかよへしかのうらかせ　伊勢大輔
4440 拾三　水海に秋の山辺をうつしては
はたはりひろきにしきとそみる　観教法師
右一首竹生嶋にてよめる哥といへり
4441 建仁哥合　にほ海やみきはのほかの草木まて
みるめなきさのゆきの月かけ　定家卿
4442 新古四　にほのうみやつきのひかりのうつろへは
浪のはなにも秋はみえけり　家隆卿

浦

4443 みねたかきこの山もとはかけくれて
夕日のこれるにほのうらなみ　為家卿
10オ

並一 **勢多**　浦浜雖多哥詞不帯淡海之哥者悉雑篇立之

渡

4444 日本紀第九　あふみの海せたのわたりにかつくとり
潜鳥　めにしみえねはいきとほるしも
4445 田上宇治詠合　あふみの海せたのわたりにかつくとり
たなかみすきてうちにとらへつ
右二首武内右大臣宿祢哥子細在日本紀可見之
4446 田上の山のこのはにしくれして
せたのわたりに秋かせそふく　中務卿親王

河

4447 梁　たなかみやせたの河せにやなさして
よるとしなれはうきねをそする　好忠
10ウ

橋　**長橋**

4448 新古十七　まきの板も苔むすはかりなりにけり
真木板　苔　いくよへぬらんせたのなかはし　権中納言匡房
4449 月　ゆく月のかゝみのやまやふけぬらん
鏡山詠合　をとすみわたるせたのなかはし　能因法師
4450 堀後百　にほてるややはせのわたりする舟を
八橋渡詠合　いくそたひみつせたのはしもり　源兼昌

中道（長イ）

4451 和哥九品上下哥　もちつきのこまひきわたす声すなり
せたのなかみちはしもとゝろに

里

4452 せたの里はしのこまふみくちめおほみ
そこのなみたそおもかけにたつ　俊頼朝臣
11オ

並二 **打出**

4453 万十三　あふさかをうちいてゝみれはあふみの海
しらゆふはなになみたちわたる

浜

4454 拾十五　あふみなるうちいての浜のうち出て
うらみやせまし人のこゝろを

並三 **奥津嶋**　付童部浦崎

4455 おきつ嶋しまもる神やいさむらん
なみもさはかぬわらはへのさき　紫式部
右みつうみにおきつしまといふすさきに／むかひて
わらはへのうらといふ入海のおか
しきをくちすさみにと家集にいへり
11ウ

山

4456 万十一　あふみのうみおきつ嶋山おくまけて
わかおもふいもかことのしけゝく

4457 秋風集　さくらさくおきつ嶋山みわたせは　なみにかゝれる花のしら雲　従二位伊忠

並四 **八十湊**　付**磯崎**　今案云如万葉第七哥者湊数歟但先達哥枕幷信実／朝臣哥一所名ト聞タリ磯崎又近江有此名但又他所詠之惣名別名未決

4458 万三　磯崎をこきまひゆけはあふみのうみ　やそのみなとにたつさはになく

4459 万七　あふみのうみみなとはやそありいつくにか　きみかふねとめんくさむすひかね

4460 　風さゆるやそのみなとのさゆる夜に　いそさきかけて千鳥なくなり　信実朝臣

志賀篇

山　又云**長等山**

4461 千二　あらし吹しかの山辺のさくらはな　ちれは雲ゐにさゝなみそたつ　右兵衛督公行

4462 民部卿経房哥合　さくらはなちりそめしまをみるほとに　なぬかになりぬしかの山こえ　性照法師

4463 勅五　かりにのみくる人まつとふりいてゝ　なくしかやまは秋そかなしき　俊子内親王

4464 山川　鶯　こゑたえてよるゆく鹿の山河に　つまこひかねてをしそなくなる　家隆卿

4465 六帖　さゝなみやしかの山ちのつゝらおり　くる人たえてあれやしぬらん

4466 紅葉　志賀の山あらしのつてに紅葉はを　たれおもはすにみて忍ふらむ　俊頼朝臣

長等山　**志賀山**異名也　又比叡篇並入之

4467 勅十六　みせはやなしかのからさきふもとなる　なからの山の春のけしきを　慈鎮

4468 秋風抄　からさきやなからの山にあらねとも

4469 拾三　をさゝなみよるまの、秋かせ　名をきけはむかしなからの山なれと　しくるゝ秋は色まさりけり　中納言師俊

4470 千六　ふゝきするなからの山をみわたせは　おのへをこゆるしかの浦なみ　藤良清

4471 万　なからなるまつふく風のさむき夜に　わかせのきみはひとりかもぬらん

4472 拾十　君か代のなからの山のかひありと　のとけき雲のゐるときそみる　能宣

4473 後十七　世中をいとひかてらにこしかとも　うき身なからの山にそありける　読人不知

4474 建保百首　かりかねはおなしなからの山こえて　帰るもつらししかのうらなみ　藤範宗朝臣

海　**水海**

4475 正治百　しかの海かすみなかるとみえつるは　はなのさゝなみよするなりけり　大納言隆房

4476 　さゝなみやしかの水うみみわたせは　かすみにしつむおきつ嶋やま　権中納言

4477 　夏か秋かえやはわくらむしかのあまの　うらふきかへす月のころもて　家隆卿

浦

4478 千二　さくらさくひらのやまかぜふくからに　はなになりゆくしかのうらなみ　後京極―

4479 詩歌合　あさつまや雲のおちかたかすむなり　花かあらぬかしかのうらなみ　藤業清

4480 続後九　日吉大宮　いにしへのつるのはやしにちるはなの　にほひをよするしかのうらかせ　後京極―

4481 堀百　しかのうらの松ふくかせのさひしさに

4482 新古九　夕なみ千とり立ゐなくなり　大納言公実
しかのうらにいつゝの色のなみたてゝ
あまくたりけるいにしへのあと　慈鎮
4483 夏の日のみそきにすつるしかの浦に
秋をむかふるなみのをとかな　寂蓮法師
4484 建仁哥合　蛍　しかのうらやほたるとひかふ波間より
秋にさきたつほしあひの空　内大臣名可尋
4485 同　にほてるや入江のあしの葉にふれて
ほたるみたるゝしかのうらかせ　藤原景頼
4486 金七　堅田浜詠合　さもこそはみるめかたゝのはまならめ
音たにもせよしかのうらかせ　参議親隆

14オ

浜

4487 万四　草まくらたひゆく君をうつくしみ
たくひてそこしゝかのはまへを　大伴百世
4488 新古一　さゝなみやしかのはま松ふりにけり
たかよにひける子日なるらん　俊成卿
4489 現六　うちわたすしかのはまへに水越て
人もかよはぬ五月雨のころ

14ウ

奥

4490 新宮撰哥合　しかのおきやいつくを霧のへたつらん
なみよりいつる有明の月　大納言通具

津

4491 万　楽浪之(サヽナミノ)しかつのうらかまかりちの
かはせのみちはみれはかなしも
4492 続後十二　みるめなきしかつのあま(一云しかつのか、イ)のいさり舟
君をはよそにこかれてそふる　洞院摂政左大臣

15オ

都　付**宮**　又云**近江宮**　又云**大津宮**／**故郷**　五代集云佐々名実都又副国津御神浦八雲御抄入之

4493 万　いにしへの人にわれあれやさゝなみの
ふるきみやこをみれはかなしも
4494 同　さゝなみやくにつみかみの浦さひて
あれたるみやこみれはかなしも
裏書云御神浦八雲御抄名所浦ニ被入然者／別ニ可立之歟可尋
4495 千六　さゝなみやくにつみかみの浦さひて
ふるきみやこに月ひとりすむ　法性寺入道前関白太政大臣
4496 拾八　さゝなみやあふみ(おほつイ)の宮は名のみして
かすみたなひきみやもり(宮木守イ)もなし　人丸
4497 はなかたみめならふかすの色かれて
身はふるさとのしかの夕暮　家隆卿
4498 洞院摂政家三十首　ふりぬとてしかのみやこを山さとに
たれすみなしてころもうつらん　祝部成茂

15ウ

花園　或云春花園　秋花園ニアリ云々

4499 千二　さゝなみやしかの花そのみるたひに
むかしの人のこゝろをそしる　祝部成仲
4500 新古二　あすよりはしかのはなそのまれにたに
たれかはとはん春のふるさと　後京極―
4501 あれにけるしかのふる郷冬くれは
ところもわかぬ雪の花その　為家卿

辛崎浜　並一

4502 万一　大宮人　さゝなみやしかのからさきさち(さきく)はあれと
大宮人のふねまちかねつ　人丸
4503 六帖　さゝなみや志賀のからさきみゆきして
おほ宮人のふなよそひせり
4504 御祓　拾廿　神　網　みそきするけふからさきにをくあみは
神のうけひくしるしなりけり　平祐挙

16オ

4505 続拾十六　から崎のはまのまさこのつくるまで
はるのなこりはひさしからなん　清原元輔

4506 詞一　右天禄元年大嘗会悠紀方御屏風哥
こほりゐししかのからさきうちとけて
さゝなみよする春かせそふく　匡房卿

4507 勅六　風さえてよすれはやかてこほりつゝ
かへるなみなき志賀のから崎　西行

4508 万代　白鶴　からさきに舟やよすらむしらたつの
むれてしかつのうらつたひする　覚性法親王

大津[並二]

4509 万三　我いのちまことにさちもあらは又もみん
しかの大津によするしらなみ

4510 新六帖　関こえてくるれはかへる大津むまの
をのかひとつれみちいそくなり　為家卿

宮

4511 万一　石走[イシハシル]　淡海国[アフミノクニノ]　楽浪[サヽナミノ]　大津宮[オホツノミヤノ]○
さゝなみや大津の宮はあれぬれと

4512 新六　はるはふるさすたちやとるかな　衣笠内大臣
むかしおもふ袖こそぬるれさゝなみや

4513 橋　大津の宮にほふたちはな　家隆卿

浜

4514 寛治元年　君か代は大津の浜の真砂もて
大嘗会　数とゝるともつきしとそおもふ　匡房卿

大回田[並三]

4515 昔人　さゝなみや志賀の大わたよとむとも
むかしの人にまたもあはめや　人丸

4516 建仁哥合　ほたるとふしかの大わたなみふけて
蛍　あまなきうらにあまのいさり火　慈鎮

4517 続古六　かち人のみきはのこほりふみならし
歩人　わたれとぬれぬしかの大わた　寂蓮

山井[並四]　只在于山之井歟安積山等在之但範兼卿類聚山城／国名所入之或名所五十首会為家卿出題山城国近江国／両国名所被出之内近江国分在之正在所何処哉可尋之／山井湊別所歟

4518 後十六　めつらしきむかしなからの山の井は
しつめるかけそくちはてにける　読人不知

4519 古八　むすふ手のしつくにゝこる山の井の
あかても人にわかれぬるかな　貫之
右一首志賀山越にて石井のもとにて／物いひける人にわかれけるおりによめると／なん

比叡篇

社頭　**大比叡　小比叡　日吉　七社**

4520 続後八　大ひえやをひえのそまに宮木ひき
杣　いつれのねきかいはひそめけん
右日吉の祭にさきたちて午日の御／占の哥になんいひつたへたる

4521 万代　おほひえやをひえの杉もさかへあひて
ときはかきはの木かけなりけり　祝部成茂

4522 拾廿　ねきかくるひえのやしろの夕たすき
くさのかきはもことやめてきけ　僧都実円

4523 後拾廿　あきらけき日吉のみ神君かため
山のかひあるよろつよやへん　藤原実政

4524 現存六　さゝなみやおほやまもりにいますなり
ひのもとてらすなゝのみやしろ

4525 万　六帖　さゝなみや大山もりはたかためか
山にしめゆふ人もあらなくに

4526 もゝくさの花とおもひてたてまつる

なゝます神のみつのひしりに　慈鎮

4527 新後十
あひにあひて日吉の空そさやかなる
七のほしのてらすひかりに　祝部成茂

4528 新六帖
やをとめのふるてふすゝのころ〳〵に
なゝのやしろは宮ゐせりとそ　衣笠内大臣

三津浜[並]

4529 新古十九
もろ人のちかひをみつのはま風に
こゝろすゝしきしてのをとかな　慈鎮

4530 新古七
なゝそちにみつのはま松おいぬれと
千代ののこりはなをそはるけき　清輔朝臣

19オ

浦

4531
あふみかたしかのはま松おるなみに
ふなてやすらんみつの浦人　神祇伯顕仲

河　付橋

4532 六百番哥合
おもひかねそのこのもとにゆふかけて
こひこそわたれみつ河のはし　慈鎮

里

4533 万代
さゝなみやしかのうらかせ吹こして
よさむなるらしみつの里人

山上　**我立杣**　**大嶽**　付水飲
比叡山　**日吉山**

4534 新古廿
あのくたら三藐三ほたいの仏たち
わかたつ杣に冥加あらせ給へ　伝教大師
右比叡山中堂建立之時哥

19ウ

4535 千五百番
君か代を我たつ杣にいのりをきて
ひはら杉原色もかはらす　慈鎮

4536 新古廿
おほけなくうき世の民におほふかな
わかたつそまのすみ染の袖　同

4537
憑めとやむかしひしりの立そまに
たえにしをのゝ又をとのする　同

4538 勅十九
大たけのすゝ吹かせに霧はれて
かゝみの山に月そくもらぬ　同

4539
ひえの山その大たけはかくれねと
なをみつのみはなかれてそふる　俊頼朝臣

20オ

4540 六帖　詠合
むかし聞しみわのひはらの春霞
たなひく末やひえの山かせ　慈鎮

4541 松
色まさる松こそみゆれ君をいのる
春のひよしの山のかひより　同

4542
身のうきは日よしの山も雲やおほふ
心のやみになをまよふらん　俊成卿

横川[並一]

4543 新古十八
都より雲のやへたつおくやまの
よ川の水はすみよかるらん　天暦御哥

4544
九重のうちのみつねは恋しくて
雲のやへたつ山はすみうし　高光少将入道如覚
右二首御贈答

4545 勅十八
君かすむよ河の水やまさるらん
なみたの雨のやむよなけれは　東三条入道前太政大臣
右少将高光かしらおろしてよ河に／すみ侍けるにつ
かはしけるとなん

20ウ

4546 千
世をいとふはしとおもひし横河にて
あやなく人を恋わたるかな　仁照法師
右横河にてすみ侍けるに童の侍ける／をみてよめる
となん

長等山[並二]　又志賀篇載之

4547 法花
おもはさりき命なからの山のはに

4548 勅十六

たひ〳〵のりの花をみんとは　　慈鎮
みせはやなしかのからさきふもとなる
なからの山の春のけしきを

右二首於無動寺詠之然者彼寺ハ長等／山内歟仍載之

21オ

4549 並三 **神倉山**

わすれ草かりつむはかり成にけり　　公任卿
あともとゝめぬかまくらの山

右かまくらに観教のふるき坊に／草おひしける中に
これをなん忘草／といふと人のきえへけれはそこに
こもり／ける弟子に給へりけるとなん

21ウ

歌枕名寄巻第廿三
東山部二　　近江国中

目録

高嶋篇　山　浦　河
並 三尾山　中山／杣山　崎　御崎　海　真長浦
勝野(カチ)　原　小野　香取浦
足利海(アシリ)　阿渡河　湊
万木杜(ユルキノ)

22オ

田上篇　山　杣山　河
並 三尾　神山　板目山
半山(ハシタ)　多師山(オホシノ)　小竹生嶽(サヽフノ)　山
五十師峯(イソシノ)　鷹峯　八嶋　哥日室八嶋
石良瀬(イシラノセ)　小山里　里津里
餅宮　以上処々俊頼朝臣於田上詠之／仍並立之矣

22ウ

雑篇
比良　山　高山　遠山　高嶺　漆　浦　都
滋賀楽(シカラキ)　山　外山　杣山　槇杣山　嶺　里
鳥籠山(トコ)　幷不知也河
手向山　又在大和国　子細在奥／載大和国部―
守山　三神山(上イ)　嶽　桜山
鏡山　野　蒲生野　玉小山(花イ)
朝妻山　渡　伊吹山　外山　嶺　嶽／森　里
塩津山　副菅浦　海津里

23オ

歌 **歌**

23ウ

高嶋篇

4550 金八
あふみてふ名はたかしまにきこゆれと
たれかはこゝにくるもとの里　読人不知

4551 万代
おきつなみたか嶋めくりこき過て
はるかになりぬしほつすかうら　権中納言

山

4552 万九
たひ（客）なれはよなかをさしてて（三更 ひにさしいて・刺 く）る（照 六帖 いるイ）月の
たかしま（高嶋）山にかくら（隠）くおしも（惜毛）

河

4553 弘長―　不見
いかたおろすたかしま河の杣人は
いそくとし木をつみやそふらん　後九条前内大臣

24オ

4554 現六
岩こえて河せのなみもたか嶋や
みをのそまきに秋かせそふく

浦

4555 新六
たかしまの浦まのかせになひきもの
より〳〵世をはおもひしりてき　衣笠内大臣

4556 現六
よそにみてちりや過なん高嶋の
浦まのもみちなみこしにして　正三位知家

三尾山（並一）　**中山**　**杣山**

4557 新六
みほ山のそまのわれ木のたかおちに
すてられなからふしはわすれす　為家卿

4558 拾十
たか嶋やみをの中やまそまたてゝ
つくりかさねん千代のなみくら　読人不知

24ウ

4559
高嶋やみをのそま木の山くたし
くるしき世とていとひやまする　衣笠内大臣

御崎

4560 弘安百首
ひく人もあらはかくやはくちはてむ
さもうかりけるみをのすきくれ　按察使高定

崎

4561 万九
おもひつゝくれときかねてみをかさき
まなかのうらをまたかへりみつ

小松

4562 堀後百
さゝなみや小松にたちてみわたせは
みをのみさきにたつむれてなく　仲実朝臣

海

4563
みをの海にあみひくたみのてまもなく
たちゐにつけてみやこ恋しき　実方朝臣
右家集云近江水海三尾崎と云所／にてあみひくをみてよめるとなん

25オ

浦

4564
風さむみみをのうらまをこく（ヘイ）舟に
山のこのはのきほひかほなる　定家

4565 現六
たかしまのみほのうらなみ春かけて
かすむやひらのたかねなるらん

真長浦（並二）　哥在上仍略之

勝野（並三）　**原**　**小野**

4566 万七
おほみふねきをひてさすてふたかしまの
みをのかちの、なきさしをおもふ

4567 同三　新勅八
いつくにか我やとりせんたかしまの
かちの、はらにこの日暮ゆけは

25ウ

4568 勅八
暮は又わかやとりかはたひ人の
かちの、はらの萩のした露　常盤井入道前太政大臣

4569 続古五
ふくかせにさそさむからしうつらなく
かちの、はらの秋の夕くれ　一条前関白左大臣

香取浦（並四）

4570 万七
いつくにかふねのりすらむたかしまの

4571 建保百　かとりの浦にこきてこしふね
夏ころもかとりの浦のうたゝねに
なみのよる〳〵かよふ秋かせ　定家卿

26オ

並五 足利海

4572 万　足利海有異点蹔任先達哥枕書之
たかしまのあしりの海をこき過て
しほつすかうらいまかこくらん

並六 阿渡河

4573 万九　たかしまのあと河なみはさはくとも
われはいへおもふたひねかなしみ

4574　ひさきおふるあとのかはらのあさちふも
のこらす霜にかれはてにけり　好忠

湊

4575 万　あしりしてこきゆく舟はたかしまの
あとのなみとによりにけんかも

並七 万木杜

4576 六帖　たかしまや（日くるれは）ゆる木のもりのさきすらも
ひとりはねしとあらそふものを

26ウ

4577 千十八　名にしおはゝつねはゆる木のもりにしも
いかてかさきのいはやすくぬる　登蓮法師

4578 良玉　雪ふれはゆる木のもりの枝ことに
よるひるさきのゐるかとそみる　好忠

田上篇

山　杣山

4579 万　ゆふたゝみたなかみ山のさねかつら
あるもいにしもあらしめすとも
一説云のちもかならすあはむとそおもふ

4580 新六　きりたをすたなかみ山のかしの木に（は）
うちの河せになかれきにけり　衣笠内大臣

27オ

4581 堀百　あしろ木ににしきをりかくたなかみの
その杣山にこのはちるらし　大納言師頼

4582 詞十　あし火たくまやのすみかはよのなかを
あくかれいつるはしめなりけり　俊頼朝臣
右一首詞花集云田上ト云所にまかり／てよめるとい
へり

河

4583 拾七 内裏屏風　月かけの田上河にきよけれは
あしろにひをのよるもみえけり　元輔

4584 堀百 井倉　ひをのよるたひにそはらふたなかみや
ゐくらにうてるあしろきのぬき　藤顕仲朝臣

27ウ

4585 新古十　旅ねするあしの丸屋のさむけれは
つま木こりつむ舟いそくなり　俊頼朝臣
右於田上詠之由家集にみえたり

並一 三尾山

4586 続古六　衣手のたなかみ河やこほるらむ
みをの山かせさえまさるなり　山階入道前左大臣

並二 神山

4587　くもりなき夕つくよをもみつるかな
こや神山のしるしなるらん　俊頼朝臣
右田上にて船にて遊に神山のわたり／にてよめると
家集にあり

4588　とへかしなきりまをわけてかみやまの
こしけき谷のしたのくらさを　俊頼朝臣
右田上より都なる人につかはすと

28オ

並三 板目山

4589　いため山いたしやはしもしくるれは
きくのまねして色かはりゆく　俊頼朝臣

4590 並四 **半山**

右田上にて詠之由家集にあり
をく霜やそめはつすらんもみちはの
むらこにみゆるはした山かな　同
4591 しくれするはしたの山はもみち葉の
色つくほとの名にこそありけれ　同
右二首田上にてはした山のやう〳〵 28ウ
色付をみてよめるといへり

4592 並五 **多師山**

いかはかり涙のしくれ色なれは
なけきおほしの山をそむらん　同
右田上にて詠之

4593 並六 **小竹生嶽**

閑居贈答百首
たなかみのさゝふのたけもしくるめり
いまやまゆみのもみちしぬらむ　前内大臣基

4594 **山**

あらし吹さゝふの山のよのほとに
音もそよかすつもるしら雪　衣笠内大臣

4595 並八 **五十師峯**

もゝつてのいそしのさゝふしくれして 29オ
そつひこまゆみもみちしにけり　俊頼朝臣
4596 白たへのはなのこすゑをめにかけて
いそしのみねをおりそわつらふ　同
右田上にて詠之

4597 並九 **八嶋**

かはきりの煙とみえてたつなへに
なみわけかへるむろのやしまに　同
右田上にて舟にのりて八嶋と云所／にてきりのいふ
せかりけれはよめるといへり

4598 並十 **石良瀬**

日をもよをすきかたしとやおもふらん 29ウ
いしらかせにもあしろうつなり　同
右田上にて石らかせにあしろうつ／をきゝてよめる
となん

4599 並十一 **小山里**

散木―
もみちせしを山の里の恋しさに
しくれてのみもあけくらすかな　俊重
右田上よりのほりて俊頼朝臣のもとへ／をくる哥と
みえたり

4600 並十二 **黒津里**

つかなみのうへによる〳〵たひねして
くろつのさとになれにけるかな　俊重
4601 つかなみのうへはくろつになるれとも 30オ
したのねよさにしくものそなき　俊頼朝臣
右二首田上にて問答哥

4602 並十三 **餅宮**

あれこそはもちゐの宮ときくからに
つく〳〵とおもふ事をこそいのれ　俊重
4603 あれとみはさしてそれともまいられし
よそにもちゐの宮つかへして　俊頼朝臣
右田上にて神の社のありけるをとへ／はもちゐの宮
といふをきゝてよめる／問答哥也　已上処々散木集
於田上詠之由見故並立之

雑篇

比良山　**高山**　**遠山** 30ウ

4604 万八
ひら山をにほはすもみちたをりきて

こよひかさしつちらはちるとも

4605 同十一　ひら山の小まつか末にあらはこそ
わかおもふいもにあはてやみなめ
右二首今案云万葉集に平山と書て／比良山奈良山両
様和之いま両首何／哉或先達哥枕比良部載之仍守此
旨／但奈良篇にも書之了

4606 同九　さゝなみやひら山かせのうみふけは
つりするあまの袖かへるみゆ

4607 千二　さくらさくひら山かせのふくからに
はなになりゆくしかのうらなみ　後京極摂政大臣

31オ

4608 続古六　雲はらふひら山かせにすむ月や
こほりかさぬるまのゝうらなみ　大納言経信

4609 堀百　吹わたすひらのふゝきはさむくとも
日つきのみかりせてやまんやは　中納言国信

4610 万代　はれのほるあさゐの雲のしたことに
はつ雪ふゝくひらのたかやま　覚性法親王

4611 現六　みやこまてさむさそみゆる峯こしの
ひらのとを山雪ふりにけり　信実朝臣

高嶺

4612 千五　さゝなみやひらの高ねの山おろしに
もみちを海のものとなしつる　刑部卿範兼

4613 あらし吹ひらのたかねのねわたしに
あはれしくるゝ神無月かな　道因法師

31ウ

4614 新古六　さゝなみやしかのからさきかせさえて
ひらのたかねにあられふるなり　法性寺入道前関白

4615 勅六　おほはらやひらのたかねのちかけれは
雪ふるほとをおもひこそやれ　西行法師

4616 拾一　みわたせはひらのたかねに雪消て
わかなつむへく野はなりにけり　兼盛

漆

4617 万三　わか舟はひらのみなとにこきとめん
おきへなゆきそさ夜ふけにけり

浦

4618 万十一　なか〳〵に君にこひすは牧浦（マキノウラ／牧浦イ本ヒラノウラ）の
あまならましを玉もかりつゝ

32オ

都

4619 やとりするひらのみやこのかりいほに
おはなみたれて秋かせそふく　光俊朝臣
裏書云万葉集第一明日香河原宮

4620 秋のゝのおはなかりふきやとれりし
うちのみやこのかりいほしそおもふ
右山上憶良大夫類聚歌林曰一書戊申／年幸比良宮大
御哥云々記云三月三日庚辰／天皇幸近江之平浦云々

滋賀楽山　外山　杣山　真木杣山

4621 詞一　寛平二年　内裏哥合　きのふかもあられふりしはしからきの
と山かすみて春はきにけり　藤原惟成朝臣

32ウ

4622 勅十六　しからきの杣やまさくら春ことに
いくよみや木にもれてさくらん　藤原頼氏朝臣

4623 現六　なか月の霜夜の月はかたふきて
鹿そなくなるしからきのやま

4624 金四　みやこたに雪ふりぬれはしからきの
まきのそま山みちたえぬらん　隆源法師

4625 万代　しからきのと山のもみちちりはてゝ
さひしきみねにふるしくれかな　秀能

4626 同　かりかねはともまとはせるしからきの
真木のそま山きりたてるらし　鎌倉右大臣

4627 しのゝめのしからき山のほとゝきす
ひはらのうれの雲になくなり

33オ

4628 新六 雨やまぬ外山のみねのこくれより
しからきかさそみえかくれする　信実朝臣

嶺

4629 六帖 しからきのみねたちならす春かすみ
はれすも物をおもふころかな　為家卿

里

4630 春かすみすゝのまかきに風さえて
また雪きえぬしからきのさと　西行

鳥籠山 山川

4631 万四 あふみちのとこの山なるいさやかは
けのこのころはこひつゝもあらん

4632 古十三 いぬかみやとこの山なるいさやかは
いさとこたへてわかなもらすな

33ウ

4633 堀百 つまこふとこの山なるさをしかの
ひとり音をなく声そかなしき　中納言国信

4634 新古五 あたにちる露のまくらにふしわひて
うつらなくなりとこの山かせ　俊成卿女

4635 同 さらぬたに秋のたひねはかなしきに
松にふくなりとこの山かせ　秀能

4636 続古十五 ちりをたにはらはぬとこの山川の
いさやいつよりおもひたちけん　中務卿親王

並 **不知也川** 万葉古今以下哥如上載之

4637 続古十三 なからへむ人のこゝろはいさや川
いさわれはかりこひわたるとも　太上天皇御哥

裏書云後拾遺序云あふみなるいさら川いさゝかに／と云々此いさや同事歟又別所歟

34オ

4638 長能哥云 うしとたにいはゝさらなりいさら川
いさやいかなるわかみなるらん

手向山 又在大和国

裏書云万葉第六哥詞之大伴坂上郎女奉／拝賀茂社之時便越相坂山望近江海而晩頭／送来作哥云々然者相坂山辺在手向山歟／随或先達哥枕近江国入之但古今集北／野御詠朱雀院幸奈良時也然者又大和／国在之歟随或記云大納言兼武蔵守良峯／安世卿墓所武蔵塚春日社以南有大森是也崇彼卿而為神矣素性法師於彼所所詠云手／向仁波綴之袖母可切仁云々然者彼塚号手向山／也云々今案云所見両方也仍両国共載之古今／以下哥多大和国載之了或云手向之山者近江／手向山者大和之字存没名別也云々此分別／証拠何事哉就杜本哥称今案之議歟彼／之哥大和手向山多有之字如何建保名所／百首題手向山所詠哥之字有無相交可思／之哥大和載之

33ウ

4639 万六 ゆふたゝみたむけの山をけふ越て
いつれのゝへにいほりせんこら
右坂上郎女作哥詞先注了

4640 千五 からにしきぬさにたちもてゆく秋も
けふやたむけの山路こゆらん　瞻西上人
自余哥等大和載之間私略之了

守山

4641 万十一 人のおやのをとめこすへてもる山へから
あさな〳〵かよひし君かこぬはかなしも　人丸

4642 後七 あしひきの山の山もりもるやまも
もみちせさする秋はきにけり　貫之

35オ

4643 現六 風わたるみねのこのまのよこしくれ
もる山もりもしたはそむらむ

4644 詞五 秋の夜の月のひかりのもる山は
この下かけもさやけかりけり　藤原重基

4645 新古七 すへらきのときはかきはにもる山の

35ウ

山人ならしやまかつらせり　式部大輔資業
右一首永承元年大嘗会悠紀方屛風／近江国守山

三神山（上イ）

4646 拾十　ちはやふるみかみの山のさかきはゝ
さかへそさむ万代までに　能宣

4647　いのりくるみかみの山のかひあれは
千とせのかけにかくてつかへん　同

4648 拾十　よろつ代をみかみの山のひゝくには
やす河のみつすみそあひにける　元輔
右三首天暦元年大嘗会御屛風哥

4649 寛治元年大嘗会　みかみやま岩ねにおふるさかきはの
葉かへもせすて万代やへむ　匡房卿

36オ

4650 千十　ときはなるみかみの山の杉むらや
やをよろつ代のしるしなるらん　正三位季経
右元暦元年風俗哥

4651 続拾廿　いにしへに名をのみきゝてもとめけん
みかみの山はこれそその山　大蔵卿為長

4652 新後廿　玉つはきかはらぬ色をわか代とて
みかみの山そときはなるへき　民部卿経光
寛元四年年悠紀風俗

嶽

4653 勅十九　はるかなるみかみのたけをめにかけて
いくせわたりのやす川の波　後京極摂政

36ウ

右伊勢勅使にて甲賀の駅家に付侍ける日

桜山　丹波在同名永保大嘗会哥并正家哥彼国載之　今案云丹／波桜山者無之字欤又自然事欤可尋

4654　みかみなる桜のやまははなさかり
ちるてふことはあらしとそおもふ　匡房卿
右寛治元年大嘗会悠紀方哥

4655　大かたのまかはぬ雲もかほるらむ
さくらの山の春のあけほの　定家卿

鏡山

4656 古十七　かゝみやまいさたちよりてみてゆかむ
としへぬる身は老やしぬると　大伴黒主

4657 同廿　あふみのやかゝみの山をたてたれは
かねてそみゆる君か千とせは

37オ

4658 拾十　みかきけるこゝろもしるくかゝみやま
くもりなきよにあふかたのしさ　能宣

4659 堀百　人かけもせぬものからによふことり
なにとかゝみの山になくらん　権中納言師時

4660 拾一　花の色をうつしとゝめよかゝみやま
春よりのちの影やみゆると　坂上是則

4661 後七　かゝみやま山かきくもりしくるれと
もみちあかくそ秋はみえける　素性法師

4662 続拾七　老らくのかゝみの山のおもかけは
いたゝく雪の色やそふらん　徳大寺左大臣

4663 現六　雪ふれはしらぬおきなのかゝみやま
まつもさなからおもかはりせり

37ウ

4664 一条大納言障子哥　うのはなのちりくる夏になりぬれは
かゝみの山はくもらさりけり　元輔

4665　ほとゝきすなく音のかけのうつらねは
かゝみの山もかひなかりけり

4666　かゝみやまみかきそへたる玉つはき
かけにくもらぬ春のそらかな　俊頼朝臣

野

4667　かゝみ野やたかいつはりの名のみして　定家

こふるみやこのかけもうつらす　家隆卿

蒲生野

4668
かまふの、わかむらさきのふちはかま
千世の秋までにほへとそおもふ　匡房卿

38オ

蒲生野玉小山　八雲御抄花小山拾遺哥近江国云々／若此哥異説歟可詳

4669 拾五
かまふの、たまのを山にすむつるの
千とせは君かちよのかすなり　読人不知

朝妻山

4670 万十
けさゆきてあすはこんといふしかすかに
あさつま山にかすみたなひく　人丸

4671 同
こらか石につけのよろしきあさつまの
かた山きしに霞たなひく　同

4672 詩歌合
朝つまや雲のおちかたかすむなり
花かあらぬかしかのうらなみ　藤原業清

渡

4673
くれ舟はあさつまわたりはやめ（せイ）なむ
いふきのたけにゆきしまくめり　西行法師

38ウ

伊吹山　**外山**　或云左志母草詠伊吹山ハ下野国在之／見坤元義云々就異説両国共載之

4674 六帖　指藻草
あちきなやいふきの山のさしも草
をのかおもひに身をこかしつゝ

4675 後拾十一
かくとたにえやはいふきのさしも草
さしもしらしなもゆるおもひを　実方朝臣

4676 明玉　佐勢藻蘰
おもひありといふきの山の春雨に
させもかつらももえ出にけり　前摂政一条左大臣

4677 続後七
よとゝもにもえてとしふるいふきやま
秋は草木の色にいてつゝ　寂縁法師

4678 堀百
秋たつといふきの山の山おろしの
たもとすゝしくふきつなるかな　仲実朝臣

39オ

4679 建保名所百首
秋はさそ吹といふきのやまかせを
なれすかほにも鹿のなくらん　行能

4680 同
夕つくひさすやいふきの玉かつら
露にもゝゆる色はみえけり　僧正行意

4681 同
玉かつらいふきのやまの秋の露
たかおもかけそ松むしの声　順徳院御哥

4682 六帖
春めきぬいまはいふきの山辺にも
またしかりけり山ふきのはな

4683 続古六
冬ふかく野はなりにけりあふみなる
いふきのと山雪ふりにけり　好忠

4684 後鳥羽院御時百首
雪をわけおろすいふきの山かせに
こまうちなつむ関のふち川　秀能

39ウ

4685
おほつかないふきおろしのかささきに
かたやまふねはあひやしぬらん　西行

嶺

4686 新古十二
あふ事はいつといふきの嶺におふる
さしもたえせぬおもひなりけり

嶽

4687 現六
さえまさるいふきかたけの山おろしに
こほりはてたるよこのうちうみ

森

4688 長哥
人をも世をもうらめしといふきの森の
したくさのしけきおもひに　俊頼朝臣

40オ

里

4689 六帖
いつしかもゆきてかたらんおもふこと
いふきのさとのすみうかりしを

4690
おもふたにかゝへぬ山のさくらはな
たれかいふきのさとはつけしそ　清少納言

右一首家集詞書云か、へくたるといふ人／につかは
しけるとなん／今案云若加賀国又伊吹里と云所在之
歟／又里歟只詞歟可詳

塩津 付**菅浦**

4691 万九　たかしまのあしりのうみ(足利湖)をこき過て
しほつすかうら(とのみなとイ)いまやこくらん

4692 同十一　あちかまの塩津をさしてこく舟の
なはいひてしをあはさらめやも

40ウ

山

4693 万三　しほつ山うちこえくれはわかのほる(れ)
こまそつまつくいへこふらしも

4694 続古八　しりぬらんゆきゝにならす塩津やま
よにふるみちはからきものそと　紫式部

右一首詞書云しほつ山といふみちを行／にしつのを
のなをからきみちかなと／いふをきゝてよめると

4695　風ふけはうらはひかたのしほつやま
はなそみちくるおきつしらなみ　前内大臣基

41オ

海津里(カキツノサト)　哥可勘記之

4696 堀後百　あらち山雪けのうらになりぬれは
かきつのさとにみそれふりつゝ　仲実朝臣

41ウ

歌枕名寄巻第廿四

目録

東山部三　近江国下

朝日山 野 里　伊香山 浦／海　百聞山(モヽキヽ 幷) 正字可詳
高見山 杣　木高見山 或抄云高見木高見同山也云々／今案云庄号
児田上寺号云木高見／字者息言歟
弥高山 備中有／同名　連庫山
白月山　大倉 里　餉(カレキヽ)山　横田山

42オ

石山　沙(サシ)石山　三村山　鷹尾山
石戸山　朽木杣 山　梓山 山
音高山　玉松山　桜谷
亀岡　粟津 野 原／森 里　筑磨(ツクマ) 野 江 沼／神
宇祢野　玉野原　依網(ヨサミノ)原
野路山 或云野径惣名也但為家卿／当国名所不被出之仍載之　小野

42ウ

篠原 為家卿出題当国名所被出之／八雲御抄加賀国入之　岡田原
千松原　息礒森　若松森
能登瀬川 礒越道之　野洲川
愛智川　絹(キヌ)河 或云上総国也／八雲御抄近江云々　取古(石イ)池
真野 入江浦／浜　余(ヨ)古(コノ)海 浦　横入江
御物浜(大イ)　下立浜　遠津大浦

43オ

千坂浦　堅田 浦 浜／瀛 池　夜中湎
月出崎　心見崎　筑夫嶋
常盤橋　竹島　小松 先達哥枕／津部入之
轟(トヽロキノ)橋　八橋 河 渡　水底(ミナソコノ)橋
吉田里 村　玉井里 或云山城国也　栗太里
諸神郷　青木里 近江国雖有此名所／詠未決何国事

43ウ

檜物里　千枝村　真木村
玉村　安良村　長等村

板倉山　田　坂田　木綿園
三井寺　醍井
自是以下以他本書入之卒
白雲山　蔵部山　石根山　池／村
青柳原　森／橋　河嶋　船木浜
44オ
屏風浦　高槻河（月イ）　佐野船橋
高野村　高田村
44ウ

歌

歌

朝日山

4697 神
朝日山ふもとをかけしゆふたゝき
あけくれかみをいのるへきかは　実方朝臣
右朝日山麓にて神祭する所屏風絵欤

4698 続拾十
あきらけき御代のはしめにあさ日やま
あまてる神のひかりさしそふ　大蔵卿為長
右仁治二年大嘗会悠紀方風俗哥／朝日山

4699 早苗
さなへとる袖はなをこそしほるらめ
あさ日の山のふもとなれとも　道信朝臣

45オ

野

4700 千十四 小萱
露ふかきあさ日の野へにをかやかる
しつかたもともかくはぬれしを　清輔朝臣

里

4701 金五
くもりなきとよのあかりにあふみなる
あさ日のさとはひかりさしそふ　藤原敦光朝臣

4702 新古七 日影草
あかねさす朝日のさとの日かけくさ
とよのあかりのかさしなるへし　祭主輔親

伊香山

4703 万
いかこやま野へにさきたるはきみれは
君かいへなるおはなしそおもふ

4704 同十五
いもにあはすあらんすへなみいはねふみ
いかこの山をこえてそあかくる

45ウ

4705 同十三
つるきたちさやにぬきてゝいかこやま
いかにわれせんゆくゑしらすて
右一首穂積朝臣老配佐渡時作

海

4706
あひみてし後はいかこの海よりも
ふかしや人をおもふこゝろは
右前大僧正慈鎮に罷合て後つかはし／けると

浦

4707
いはゝやなしらてや人のいそくらむ
いかこのうらはみるめなしとも　俊頼朝臣
右近江の伊香と云所へまかりける人に
つかはしける

46オ

並 **百聞山**　正字可詳

4708 懐中　谷水
いかこなるもゝきゝやまのたに水の
にこらぬ音になかるなるかな

高見山

4709 万代　霰 宮木
あられふるたかみの山にみやきひく
たみよりもけに物をこそおもへ

杣

4710
物おもへはあはれくるしきならひかな
たかみのそまに宮木ひく人　大納言隆房

児田上山　庄号児田上寺号木高

4711 金四
衣手によこのうら風さえ〳〵て
こたかみ山に雪ふりにけり　源頼綱朝臣

46ウ

4712 明玉
こたかみや谷のこぬれにかくろへて
風のよきたる花をみるかな　仲実

弥高山　備中有同名

4713 拾十

あふみなるいやたか山のさかきにて
君か千とせはいのりかさゝむ　平惟文

連庫山

4714 万七　雲　雨

さゝなみやなみくら山に雲ゐてそ
あめそふるてふかへれわかせこ

白月山

4715 同十二　真蘰
新勅十四

ゆふたゝみしらつきやまのさねかつら
のちもかならすあはむとそおもふ
或本たえむといもを我おもはなくに

大倉山

4716 後四　郭公

いかにせん大くら山のほとゝきす
おほつかなしや音（とイ）をのみそなく　小一条左大臣

4717 拾十

みつき物おほくら山はときはにて
いろもかはらすよろつよそへむ　能宣
右一首天暦大嘗会哥

4718 後拾七

うこきなきおほくら山をたてたれは
おさまれるこそひさしかるへき　式部大輔資業
右冷泉院御時大嘗会御屛風近江国大蔵山

里

天暦元年大嘗会御屛風哥

4719 拾十　蚕養

としもよしこかひもえたり大くらの
さとたのもしくおもほゆるかな　平兼盛

枯（甘）飯（餉）山

4720 金八

あふみにかありといふなるかれいひ山
君はこえけり人とねくさし　読人不知

横田山

4721

はやすきよ人の心もよこたやま
みとりのはやしかけにかくれて　鴨長明
右あつまのかたへまかりける時あふみ／のよこた山をこえける時よめると彼記にあり

石山

4722 新古十二

都にもひとやまつらんいしやまの
みねにのこれる秋の夜の月　長能

4723 明玉

かくしつゝいつかはつきむはころもの
たえすきなるゝ石山のいし　法城寺入道関白
右一首東三条院石山詣給時と

砂石山

4724

うこきなきさゝれ石山むへしこそ
ちよにや千代に数もそひけれ　藤原正宗
右寛治元年大嘗会悠紀方哥

三村山

4725 新勅七　紅葉

しくれふるみむらの山のもみち葉は
たかをりかけしにしきなるらん　匡房卿
右寛治元年大嘗会悠紀方哥

鷹尾山

4726 懐中　雉

みかりするたかのを山にたつきしや
千代のひつきのはしめなるらん

4727 新古七　玉椿

とやかへるたかのを山の玉つはき
しもをはふとも色はかはらし　匡房卿
右寛治元年大嘗会屛風鷹尾山

石戸山

4728 続古七　神木

ふかみとり石戸の山のさかき葉を
おりてそかさすよろつ世のため　民部卿経光
右文応元年大嘗会悠紀方神楽哥

4729

石戸山ゆひしてかけていのりこし

さかきをしなみをける霜かな　曾祢好忠

49オ

朽木杣

4730 新古十五　花さかぬくち木のそまの杣ひとの　いかなるくれにおもひいつらむ　藤原仲文

4731 新勅十七　なにとなく朽木のそまの山くたし（いイ）　くたす日くれはねそなかれける　俊頼朝臣

4732 金七　谷埋木　としふれと人もすさめぬわかこひや　朽木のそまの谷のむもれ木　顕輔卿

山

4733 長哥　身をしるあめにおほゝれて朽木の山の　そま人になりゆく身をもいかゝせん○　仲光朝臣

梓杣　或云美濃国曾丹哥／今案云先達哥枕当国入之若堺欤

4734 千八　難波浦　詠合　宮木ひくあつさの杣をかきわけて　なにはのうらをとをさかりぬる　能因法師

右詞書云つの国にすみ侍けるを近江／の国にくたる　事ありてあつさの山にて／よめるとなん

49ウ

4735 同十八　長哥　あつさのそまに宮木ひきみかきか原に　せりつみし昔をよそにきゝしかと○　俊頼朝臣

4736 ほとゝきすあつさのそまの杣人に　こゑうちそへて宮木引らし　同

山

4737 あつさ山みのゝ中みちたえしより　我身に秋のくるとしりにき　曾祢好忠

此哥或云長門国原作山也云々

4738 あまつかせふかすもあるらし夏の日の　あつさの山に雲ものとけし

50オ

音高山

4739 神木　よはふなるをとたか山のさかき葉の　声もかはらぬ君か御代かな　匡房卿

4740 ふくかせは枝もならさてよろつ代を（とイ）　よはふ声のみをとたかの山　俊成卿

玉松山

4741 はる〱とひさしかるへきみよなれは　玉松山に千よをこそまて　式部大輔正家

右長和元年大嘗会哥

桜山　或丹波　以前載了

4742 さくら山花さきにほふかひありて　旅ゆく人もたちとまりけり　藤正宗朝臣

50ウ

4743 大かたのまかはぬ雲もかほるらん　さくらの山の春のあけほの　定家卿

桜谷

4744 春ならてさくら谷にはみにゆかし　こりともこりぬみちのとをさに　俊頼朝臣

亀岡

4745 後拾七　万代にちよをかさねてみゆるかな　かめのをかなる松のみとりは　資業

右後冷泉院御時大嘗会御屛風近江国／亀山松木多生

4746 ちよふへきかめのをかなるをさゝはら　うれしきふしのしけき比かな　前中納言定嗣

51オ

粟津野

4747 簀黒薄　あはつ野のすくろのすゝきつのくめは　冬たちなつむ駒そいはゆる　権僧正静円

4748 堀百　鵜　わかせこかかりにのみくるあはつのに　うつらなくなり草かくれつゝ　肥後

4749 新六帖　とやかへるつみを手にすへあはつのゝ　うつらからむとこの日くらしつ　衣笠前内大臣

4750 同　雉
夏ふかみまたかりそめぬあは津の、
き、すのひなの草かくれつ、
同

4751 同　鈴虫
あはつ野のふかき草葉にかくろへて
き、す物おもふす、むしの声
源家長

51ウ

4752 六帖　小萩
思ひ出て恋しくもあるか粟津の、
こはきかはらにわかゆきしより

4753 三枝草
あはつの、小萩かはなに色そへて
時しりかほにみゆるさきくさ
宮内卿永範
右一首久寿二年月次屏風

4754 萱
あはつの、かやかしたをれわけわひて
うつらなくなり秋の夕くれ
寂蓮法師

原

4755 催馬楽
たかのこはまろにたはらむてにすへてあは
津のはらのみくるすのめくりのうつらからせんや

森

4756 後撰十二
関こえてあはつの森のあはすとも
しみつにみえしかけは忘るな
読人不知

52オ

4757 現六
みるめなき浦より袖のぬれもせめ
うたてあはつのもりのした露
祝部成茂

里

4758 同　明玉
せきあらしよさむにふけやさ、なみの
あはつの里にころもうつ也
右兵衛督基氏

筑磨野

4759 万三
つくまのにおふるむらさききぬにそめ
いまたきすして色にてにけり
家持

江

4760 後拾三
つくま江のそこのふかさをよそなから
ひけるあやめのねにてしるかな
良暹法師

52ウ

4761 六帖　水栗
つくま江におふるみくりの水ふかみ
またねもみぬに人の恋しき

沼

4762 後拾十二
あふみにはありといふなる三くりくる
人くるしめのつくまえのぬま
道信朝臣

4763 堀百
雲まなくふりもすさみぬ五月雨に
つくまのぬまのみくさなみよる
仲実朝臣

神

4764 拾十九
あふみなるつくまのまつりはやせなん
つれなき人のなへのかすみん
読人不知

4765
いかにせんつくまの神もうつもれて
よみけんなへのかすならぬ身を
俊頼朝臣

53オ

宇祢野

4766 古廿
あふみよりあさたちくれはうねの、に
たつそなくなるあけぬこのよは

4767
たつのゐる冬のあれ田のうねの、に
一むらす、きひと夜やとかせ
家隆

4768 良玉
いく秋かつれなきつまをうねの、に
あふみちしらて鹿のなくらん
従三位忠兼

玉野原

4769 同
春ふかみたまの、はらのはなれこま
やよひの草にまかせてそみる
匡房卿

4770
あられふる玉の、はらに御かりして
あまの日つきのにへたてまつる
前参議俊憲
右久安二年大嘗会御屏風哥

53ウ

依網原

4771 万七
あをみつら（青角髪）よさみのはら（依網原）に人にあへるかも（過鴨）
いしはしるあふみのあかた（石走淡海県）に物かたりせん

4772 あふみてふよさみのはらをゆく人は
いもかあたりのことかたらなん　信実朝臣

野路　或云惣野径也不限近江之一所云々／但為家卿当国名所不被出之惣別共用之歟

4773 拾十六　あつまちの野路の雪まをわけてきて
あはれみやこの花をみるかな　長能

4774 新勅八　東路の野路の草葉の露しけみ
ゆくもとまるも袖そしほるゝ　祐子内親王家紀伊

4775 あふみちやのちの旅人いそかなん
やすかはらとてとをからぬかは　西行

54オ

4776 露わくる野路のさゝはらうきふしの
あはれしけきは我よなりけり　中務卿親王

右一首近江のゝちと云所にて読めるとなん

4777 おらてゆく袖にも露はかゝりけり
はきのえしけき野路のほそ道　西行

4778 うちすくる人なき野路のゆふされは
声にてをくるくつはむしかな　同

右二首只詠野径歟凡哥雖多只詠野径／之間悉不載之

山

4779 旅人のおりゐるかともみゆるかな
野路の山辺の雪のむらきえ　顕昭

54ウ

玉川　或云奥州云々

4780 千四　あすもこん野路の玉河はきこえて
色なるなみに月やとりけり　俊頼朝臣

4781 うつらなく野路の玉河けふみれは
萩こすなみに秋かせそふく　家隆卿

小野

4782 うき身よに色かはつゆくあさちふの
をのゝかりねのそての露けさ　中務卿親王

右詞云をのゝ宿にとまりて侍れはなへ／ての秋たにも露けかりぬへき旅ねの／袖はまことにしほるはかりとなん今案云／あさちふのをのはたゝ野径也仍哥雖多不載之今哥ハ臨其所而詠了故載之歟

55オ

山

4783 わすれつゝこれも夢かとおとろけは
なれぬたひねのをのゝ山かせ　参議雅経

右東へ罷けるにあふみのをのといふ／所にて

篠原　八雲御抄加賀国入之為家卿出題当国出之／又小野篠原者範兼卿山城国入之／又高円野路篠原者大和此只野径惣名也

4784 新古　世中はうきふししけし篠はらや
たひにしあれはいもやすくねす　俊成

4785 あさまたき野原しのはら雪ふかみ
旅ゆく人のみちはいつくそ　匡房卿

右寛治元年大嘗会此者当国也

54ウ

岡田原

4786 あつまちに春やきぬらむあふみなる
をかたのはらにわかなむれ摘　恵慶法師

4787 みわたせはをはなかたよりさゝ波や
をかたのはらに秋かせそふく　従二位行家

千松原

4788 続古廿　けふよりはちゝの松はらちきりをきて
花はとかへりきみはよろつ代　大蔵卿為長

右仁治二年大嘗会御屏風哥

息礒杜

4789 金九　かはりゆくかゝみのかけをみるからに
おいそのもりのなけきをそする　源師賢朝臣

56オ

4790 新古三　ほとゝきすなを一声はおもひいてよ
おいそのもりの夜半のねさめを　民部卿範光

4791 勅十六　かくてのみ我身しくれはふりはてぬ
おいそのもりの色もかはらて　源泰光朝臣

4792 続拾八　よそにみるおいそのもりにふる雪の
つもるとしさへ身にしられつゝ　読人不知

4793 千十八　長哥　わすれにしもみちのしたはのこるやと
おいそのもりをたつぬれはいまはあらしに
たくひつゝしもかれ〳〵におとろへて○

4794 あつまちのおいその森のはなならは
帰らん事をわすれましやは　俊頼朝臣

56ウ

若松杜

4795 すへらきのすゑさかゆへきしるしとや
木たかくそなるわかまつのもり
右久寿二年大嘗会悠紀方近江国若松杜　永範

4796 きくにさへすゝしくなりぬわかまつの
もりのこすゑのかせのしらへは　神祇伯顕仲

礒越道　能登瀬川

4797 万三　さゝなみやいそこえちなる能と瀬河
をとのさやけさ瀧つせのこと

野洲河　付河原／五代集野洲載之而管見万葉哥／筑前国夜須郡坎仍彼国載之者也

4798 万十三　わきもこに又もあふみのやす河の
やすきいもねす恋わたるかも

57オ

4799 続古廿　おさまれるときにあふみのやす河は
いくたひみよにすまんとすらむ　宮内卿永範
右一首久寿二年大嘗会哥

4800 秋風　やす河にむれゐるたつのむれなから
としをは君かかすとこそせめ　中納言匡房

4801 堀後百　夏の日もやすのかはらのやなきかけ
ゆふかせたちぬしはしかへらし　仲実朝臣

4802 万代　夕霧にほともおほえすひさきおふる
やすのかはらに千とりなく也　源季広

4803 同　やす河のはつせにさせるのほりやな
けふのひかりにいくらつもれり　好忠

57ウ

4804 六帖　物おもはぬやすの河原にすむ千とり
なにをうしとて音をはなくらん

愛智川

4805 ゑち河に岩こすさほのとりもあへす
おろすいかたのいちはやのよや　俊頼朝臣

絹河　或上総国在之云々八雲御抄当国入之

4806 懐中　なにゝかはかけてみるへきわかるとて
かたみといひし人のきぬ川

取古池　万葉異点

4807 万十　取石（トリシ）池但先達哥枕多取古也
いもかてをとりこ（しィ）の池のなみまより
鳥の音きこゆ秋すきぬらし

58オ

真野

4808 堀百　ふた葉よりあさたつしかはしからめと
まのゝむらはき花さきにけり　大納言師頼

4809 よせかへる波の花すりみたれつゝ
しとろにうつるまのゝうら萩　式子内親王

4810 秋風　からさきやなからの山にあらねとも
をさゝなみよるまのゝ秋かせ　中納言師俊

入江

4811 金三　うつらなくまのゝ入江のはまかせに
尾はなゝみよる秋の夕くれ　俊頼朝臣

4812 新三十六人哥合　あさりするまのゝ入江にすむ月は

かものよかれぬこほりなりけり　平正綱朝臣

4813 六帖
かつらこのまの、入江にうちなひく
玉もかりふねてこなしそおもふ

58ウ

4814 影供哥合
秋をおもふまの、むらはきいかならむ
入江のなみにほたるとひかふ　鴨長明

浦

4815 万
まの、うらの入江のす鳥はく、もる
君をはなれて恋にしぬへし

4816 千
まの、浦をこきて、みれはさ、波や
ひらのたかねに月かたふきぬ　大弐重家

浜

4817 万代
あふみちやまの、浜辺に駒とめて
ひらのたかねの花をみるかな　頼政

4818 正治百
しほみたぬまの、はまへのさゆりはも
いりぬるいそはさみたれのころ　寂蓮法師

59オ

余古海

4819
よこの海にきつ、なれけんをとめこか
あまのはころもほしつらむやは　好忠

内海

4820
さえまさる伊吹かたけに山おろしに
こほりはてたるよこのうち海

浦

4821 金四
衣手によこのうらかせさえ〳〵て
こたかみ山に雪ふりにけり　頼綱朝臣

4822 現六
寒まさるいふきかたけの山おろし
こほりはてたるよこのうらなみ

59ウ

横入江

4823 万代
さ、波やひらのたかねに雲きえて
よこの入江にすめる月かけ　中原師光

御物浜

4824
と、こほるときもあらしなあふみなる
おもの、はまのあまのひつきは　元輔
右哥本集第八云冷泉院御時大嘗会／近江国哥元輔同
第十云安和元年／風俗近江国をもの浜兼盛一集両作
／者不同可詳之以後本可用之

下立浜

4825 懐中
なきなをはす、きやするとおもひしに
いと、おりたちの浜にそありける

60オ

遠津大浦

4826 万十一
みそれふるとをつおほうらによるなみの
たとひよるともにくからなくに

千坂浦

4827 千
君かよのかすにはしかしかきりなき
ちさかのうらのまさこなりとも　参議俊憲
右平治元年大嘗会悠紀方風俗哥近江国／千坂浦　寛治元年大嘗会

4828
我君はちさかのうらにむれてゐる
たつや雲井のためしなるらん　匡房卿

堅田浦

4829 続拾十三
つゐに又うき名やた、むあふことは
さてもかたたのうらのあたなみ　高階宗成

60ウ

4830
うらふれてゆきあふみちのかた、舟
さてもかひなき名こそおしけれ　後鳥羽院御哥

4831 新六
いにしへはいとむかしこしかた、ふな
つ、みやきなるなかの玉つさ　衣笠前大納言

4832
雲ゐよりくるはつ鴈のいつのまに

かた〻の浦にならひゐるらん　　源仲正

浜

4833 金七　さもこそはみるめかた〻のはまならは
をとたにもせよしかの浦かせ　　参議親隆

瀛

4834 万代　みるめなきかた〻のおきにさすさほの
しるへもつらきあまのつり舟　　平政村朝臣

61オ

池

4835 建仁哥合　おもひやるかた〻の池にせく水の
うきやたくひのをしのひとりね　　藤原清範

夜中潟

4836 万七　さ夜ふけてよなかのかたにおほ〻しく
よひしふな人とまりけんかも

月出崎

4837　はる〳〵とくもりなきよをうたふなり
月てかさきのあまのつり舟　　清輔
右大嘗会御屏風哥

心見崎

4838 懐中　あふみなるこ〻ろみのさきとしをへて
よしこ〻ろみよ人わするやと

筑夫嶋

4839 同　ことしおひの竹につくふしまちかくも
よのうき事をき〻わたるかな

4840 日吉社百首　めにたて〻たれかみさらむちくふしま
なみにうつろふあけのたまかき　　隆祐朝臣

竹嶋

4841 懐中　いにしへはかくやはき〻し竹しまの
ふしをへたて〻いまそさゆなる

61ウ

4842 現六　たけしまやよするさ〻なみいくかへり
つれなきよ〻をかけてこふらん

62オ

小松　先達歌枕津部入之

4843 堀後百　さ〻なみや小まつにたちてみわたせは
みをかみさきにたつむれてなく　　仲実朝臣

4844 明玉　あさほらけおもひやるかなほともなく
小松は雪にうつもれぬらん　　馬内侍
右一首小松といふ所にすみける人に遣けると

八（矢イ）橋

4845 万七　あふみなるやはせのさ〻をやにはきて
まことありえんやこひしき物を

4846 万　あまくものかけさすみえてかくれたる
やはせのかは〻うらなきかふねのよりこぬ
いそなきかあまのつりせぬよしゑやし
浦はなくともよしえやしいそはなくともおきつ
なみいそこきいりこあまのつり舟

4847 新六　なかゐせは心してゐよあつさゆみ
やはせの河のさきのひとむら　　信実朝臣

62ウ

渡

4848 堀後百　にほてるややはせのわたりする舟を
いくそたひみつせたのはしもり　　源兼昌

水底橋

4849 雲葉　さみたれはみなそこの橋名において
なみこそわたれひとはかよはす　　俊成卿

4850 懐中　河上にとは〻こたへよみなそこの
はしのうへにやわたる瀬はある

63オ

常盤橋　顕昭歌枕当国入之

4851 字抄　うすくこくしつかににほへしつえまて

ときはのはしにかゝるふちなみ　顕季卿

4852 現六
神無月おつる木のはにうつもれて
ときはのはしももみちしにけり　女御殿大弐顕広

轟橋

4853 古哥
あられふり玉ゆりすへてみるはかり
しはしなふみそとゝろきのはし

吉田里

4854 拾十
なみたてるよし田の里のいねなれは
つくともつきし君かよろつよ　平兼盛
右天暦元年大嘗会哥

63ウ

村

4855
しくれせぬ吉田のむらの秋おさめ
かりほすいねのはかりなきかな　匡房卿

玉井里　或山城井手在之云々可詳両国共載之

4856
水はよしあたりもしみよふきすくる
かせさへさゆる玉の井のさと　俊頼朝臣

4857 続拾十
すゝしさに千とせをかねて結ぶかな
たまの井の水まつのしたかけ
右一首文応元年大嘗会哥

4858 堀百
玉の井にさけるをみれは山ふきの
花こそやとのかさしなりけれ　権中納言師時

64オ

栗太里

4859 金八
あふみてふ名はたかしまにきこゆれと
たれかはこゝにくるもとのさと　読人不知

諸神郷

4860 千廿
いにしへの神の御代よりもろかみの
いのるいのりは君かよのため　藤原経衡
右寛治元年堀川院御時大嘗会悠紀／方神楽哥近江国

諸神郷

4861 同
もろ神のこゝろにいまそかなふらし
君をや千代といのるまことは　正三位季経
右元暦元年大嘗会　異説治承四年／又高倉院御時云々

青木里　当国雖有此名未決所詠哥何国云事

4862
こからしの風はふけともちらすして
あをきのさとやときはなるらむ

64ウ

檜物里

4863 新六
あふみなるひもの、さとのかはさくら
花をはわきておる人もなし　光俊朝臣

千枝村

4864 続古七
さかき葉の千枝のむらにゆふしてゝ
とよのあかりのたむけにそする　正三位家衡
右貞応元年大嘗会悠紀方神楽哥

真木村

4865 続拾十
ときはなるかけはかはらしまきのむら
あまの露しもいくよふるとも　前中納言家光
右嘉禎元年大嘗会悠紀方巳日楽破近／江国真木村

65オ

玉村

4866
うつろはて庭おもしろきはつ雪に
おれし色なる玉のむらきく　藤原義方

安良村

4867
さなへとるやすらのむらのさみたれに
あめのしたこそにきはひにけり　匡房卿

長等村　志賀　長等歟然者彼篇ニ可入之追可詳也

4868
はる〳〵ととしもゆたかにみゆるかな
なからのむらのなるひこのいね　式部大輔正家

板倉山田

65ウ

4869 詞十
いたくらの山田につめるいねをみて
おさまれるよのほとをしるかな　顕輔
寛治元年大嘗会

4870
あしひきのいたくら山の峯までに
つめるかりほをみるそうれしき　匡房卿

坂田

4871 新古七
あふみのやさかたのいねをかけつみて
みちある御代のはしめにそつく　俊成卿
右仁安元年大嘗会稲舂哥

木綿園

4872 千廿
かみうくるとよのあかりにゆふその、
日かけのかつら色まさりけり　宮内卿永範

66オ

三井

4873 文永五年中務卿親王家哥合
さゝなみや三井のふるてら鐘はあれと
むかしにかへる声はきこえす　法印定円

4874 万代
いにしへの御よのはつゆにくみそめて
とをくすむへきわかてらの水　法印良尋

醒井

4875
くみてしる人しもあらはさめか井の
きよきこゝろをあはれとやみん　中務卿親王

4876
むすふ手ににこるこゝろをすゝきなは
うき世の夢やさめか井の水　安嘉門院四条
従是以下者書本落之他本校合之時出入之也／仍次第不同暫一所書事白雲山以下至高田村是也

66ウ

白雲山　常陸在同名

4877
八重たてる白雲山のむめのはな
南のかせににほはさらめや　匡房卿
寛治元年大嘗会悠紀方哥

蔵部山　山城有同名

4878 同
くらふ山したてる道は三千とせに
さくなる桃の花にさりけり　同

石根山

4879 同
いはね山やまあひにすれるをみころも
たもとゆたかにたつそうれしき　同

4880 秋風
洞院摂政家百首
ときはなる岩ねの山のほとゝきす
つれなかれとはまたぬゆふへを　行能

4881 良玉　永保元年
大嘗会哥
久しさのしるへなるへし色かへぬ
いはねの山の松のみとりは　大弐実政

67オ

池

4882 堀後百
くみてしる人はあらしなおもふこと
いはねの池のいひしらせねは　大進

村

4883
わか君につかへまつらんこけのむす
いはねのむらのよろつ代までに　式部大輔資業

青柳原

4884 堀後百
春のうちは霞の色にみえしかと
きりもたつめり青柳のはら　仲実朝臣

森

4885 寛平元年
大嘗会悠紀方
世々をへてたえしとおもふ春ことに
糸よりかくるあをやきの森　匡房卿

67ウ

橋

4886 良玉
暮てゆく春やこれよりすきつらん
はなちりつもる青柳のはし　読人不知

河嶋　船木浜

4887 寛治元年
大嘗会
河嶋やふなきの浜のいそ千とり
をのれかなをはとしとたのまん　匡房卿

4888 **屏風浦**
たてきるや屏風のうらの春かすみ
世にあふさかの関をこさしに　源仲正

高槻（月イ）**河**
4889 寛治元年
大嘗会哥
あふみなるたかつき川の底きよみ
のとけき御代のかけそうつれる　匡房卿

68オ

佐野船橋　上野有同名
4890 同
山もとのさの丶ふなはしなか〳〵と
たのしきことをいひわたるかな　同

高野村
4891 同
わか君の千代のかすかもさみたれの
たかの丶むらのまきのしつくは　同

高田村
4892 同
あめのしたかくこそはみめかつはらや
たかたのむらはえぬときそなき　同

68ウ

歌枕名寄巻第廿五
東山部四　美濃　飛驒
信濃

目録

美濃国

美濃山　美乃小山 付神　美乃中山
美乃中道　不破山 中山／関　並 藤川／関原
和射美嶺 原　田跡河 多芸野
母山　因幡山 峯／或云因幡国云々
船木山 先達哥枕当国也　或云在丹波国云々／如俊頼詠者海辺山歟可思之
席田 幷伊津脱川　正字可詳　櫟津 或云在大野郷云々／五代集武蔵云々
売間渡　垂井　野上 里　今案万葉集非名所歟道世哥名所ニ定
寝覚里　尾総橋

69オ

飛驒国

位山 信乃国　飛驒細江

69ウ

信乃国

信乃道 准余国雖不可立別所為木曾道之／異名故暫載之但木曾道外尚有其歟
木曾 嶺　路　峨橋　並御坂 又云神御坂可尋
風越 嶺　麓　園原 野　並伏屋
佐良科 山　河　里　伯母棄山
一重山 当国雖有此名所／詠之哥此処歟未決　浅間 山／里　巓

70オ

有曙山 峯　高井山　安太師野山
伊倉山 正字可詳　菅荒野　穂野 屋
浅羽野 原　或云武蔵　桐原 正字可詳　野　牧
望月御牧 原　阪波海 渡　湊　山
筑摩河 又在常陸　御言川

70ウ

塩田川　填科石井　伊那郡 憑里
清水里 又播州印南／野在之云々　久米道橋 又大和葛木在之　犬養御湯

71オ

哥

美濃国哥

美乃山

4893 催馬楽
みの山にしくみおひたる玉かしは
とよのあかりにあふかうれしさ

4894 六帖
みの山にしけりさかゆく神さかき
とよのあかりにあふそうれしき　大伴黒主
右一首承和大嘗会悠紀方美乃国風俗哥

4895 古来哥合
三乃山にいつともわかぬすきのはも
しるしはかりの秋かせそふく　祝部成茂

美濃小山

4896 新古十五
おもひいつやみの、を山のひとつまつ
ちきりしことはいつもわすれす　伊勢

4897
みつかきのかきのみたゆる玉つさは
みの、を山の神やいさむる　実方朝臣

4898
を山なる神もいさめすみつかきの
みつからたゆるたまつさとしれ
右二首贈答美乃守　人の女の返哥／のよし実方中将
家集にみえたり

71ウ

美乃中山

4899 続古十四
色かはるみの、中山あきこえて
またとをさかるあふさかの関　定家卿

4900
はるかにそおもひやらる、うとからぬ
わかなか山の松のすゑのよ　清原元輔
右一首清原輔時子うませて侍ける
七夜よめるとなん

72オ

4901
たれか又としへぬる身をふりすて、
旅の中山こえむとすらん
但中山他国にも在之欤然者詠国所／者不可限当国欤
此二首哥可詳

美乃中道

4902
あつま山みの、中みちたえしより
わか身に秋のくるとしりにき　曾祢好忠

不破山

4903 万二
背友(ソトモノ)　国之(クニノ)真木(マキ)立(タテル)　不破(フハ)山越而(ヤマコエテ)狛釼(コマツルキ)
和射見我原乃(ワサミカハラノ)行宮尓(カリミヤニ)○　人丸
右高市皇子尊城上殯宮時作哥

4904 後法性寺左大臣哥合
ふはの山あさこえゆけはかすみたつ
野かみのかたにうくひすそなく　隆信朝臣

4905 六帖
ひとりのみおもふはやまのねさめさと
ねさめて人を恋あかしつる

72ウ

中山

4906
うきにいませきもと、めぬなみたとて
なく／＼こゆるふはの中山　中務卿親王

関

4907 万六
関なくはかへりにたにもうちゆきて
いもかたまくらまきてねましを　中納言家持
右本集云依大宰少弐藤原朝臣広嗣／謀反発軍幸三乃
国不破行宮之時作哥

4908 後十九
いまはとてたちかへりゆくふるさとの
ふはのせきとに都わするな　藤原清正
右女のみの、国にまかりけるにつかはす

4909 新古十七
人すまぬふはの関屋のいたひさし
あれにし後はた、秋のかせ　後京極摂政大政大臣

73オ

4910 千八　あられふるふはのせき屋に旅ねして
夢をもえこそとをさゝりけれ　大中臣親守

4911 しはしともなとかはとめぬふはのせき
いなはの山のいなはいねとや　津守国基

藤河

4912 古廿　みのゝくにせきのふち川たえすして
君につかへんよろつ世まてに

73ウ

4913 ふち河のふちともしらすさてさして
ころものそてをぬらしつるかな　好忠

4914 雪をわけておろすいふきの山かせに
こまうちなつむせきのふち河　秀能

関原

4915 遠近抄　鶯のなきつる声にしきられて
ゆきもやられぬ関かはらかな　作者可尋

和射美嶺

4916 わさみのやみねとひすきてふる雪の
いとひもなしとしるしそのこも

原

4917 万二　ふは山こえて狛釼わさみかはらのかり宮に○　如上

74オ

野

田跡川　多芸野

4918 万六　たと河のたきをきよむる昔より
みやつかへけんたきのゝうへに
右依大宰少弐藤原朝臣広嗣謀反発／軍幸三乃国多芸
行宮時作哥

母山　万葉哥海辺と聞たり如何可尋

4919 万九　おも山にかすみたなひきさ夜ふけて
わかふねとめんとまりしらすも

因幡山　或云稲葉也云々但建保百首ニ用因幡字／最勝四天王院障子同之或在因幡国云々

74ウ

4920 古八　たちわかれいなはの山の峯に生ふる
まつとしきかはいまかへりこん　行平朝臣

4921 建保百首　きのふかも秋の田面に露をきし
いなはの山の松のしら雪　定家卿

4922 同　いなは山すきの松かせさえくれて
むらくもしろくいつる夜の月　従三位行能

4923 千五百番　いなはとていなはの山のほとゝきす
わすれかたみのひと声もかな　顕昭

峯

4924 最勝四天王院
障子　あまの戸やあけはいなはの峯にしも
まつよなふけそありあけの月　後鳥羽院御哥

4925 秋風抄　秋の田になひきしをとはかれはてゝ
建保百首　あらぬいなはの嶺のまつかせ　僧正行意

75オ

船木山　先達哥枕美の国也或云在丹後国云々／如俊頼朝臣詠者海辺山歟可思之

4926 後拾五　いかなれはふなきの山のもみちはの
秋はくれともこかれさるらん　権中納言通俊

4927 なけかしな船木の山のほとゝきす
月のてしほの浦つたひして　俊頼朝臣

席田　催馬楽哥可勘之

4928 千　かすならぬかゝるみくつはむしろ田の
つるのよはひもなにかいのらん　大弐

丼 **伊津脱河**　正字可詳

4929 金五　君か代はいくよろつ世かかさぬへき
いつぬき河のつるの毛ころも　藤道経

4930 千五百番　むしろ田のいつぬき河に年をへて
なみやたつらんつるのけころも　顕昭

75ウ

櫟津　或哥枕云在大野郷云々／五代集武州云々可詳

4931 万十六　さすなへにゆわかせわかせいちひつの　ひは（檜橋）しよりくるきつにあむせん

売間渡

4932 後拾九　あつまちにこゝをうるまといふことは　ゆきかふ人のあれはなりけり　源重之

垂井

4933 詞十　むかしみしたる井の水はかはらねと　うつれるかけそとしをへにける　藤隆経朝臣

右藤原頼経朝臣三乃ゝ守にてくたり／けるともにまかりてそのゝち年月／をへて彼国守に／なりてくたり侍るとて／よめるとなん

76オ

野上　今案云万葉哥未必名所欤後世哥当国名所詠之

4934 かすみたつのかみのかたへゆきしかは　うくひすなきつ春になるらし

4935 ふはの関あさこえゆけはかすみたつ　のかみのかたにうくひすのなく　藤隆信朝臣

里

4936 一字抄　いかてけふのかみのさとをすきゆかむ　よふかくせきのゆきふりにけり　永胤法師

76ウ

寝覚里

4937 六帖　秋風のねさめのさとは秋の夜の　なかきをひとりあかすなりけり

4938 同　ひとりのみおもふは山のねさめさと　ねさめて人をこひあかしつる

4939 万代　風の音におとろかれてやわきもこか　ねさめのさとに衣うつらん　伊勢大輔

尾総橋

4940 新勅六　かりそめにみしはかりなるはしたかの　おふさのはしに恋やわたらん

77オ

飛驒国哥

位山　亘信乃国　六帖哥

4941 拾五　くらゐ山みねまてつけるつえなれは　いまよろつよのさかのためなり　能宣朝臣

4942 同十八　こむらさきたなひく雲をしるへにて　くらゐの山の峯を尋ん　元輔

4943 千十七　位やまはなをまつこそひさしけれ　春の太山に年はへしかと　権中納言実方

右高倉院春宮御時権亮に侍けるを／参議にてほとへ／侍ける比賀茂社哥合に

4944 くらゐ山ひさしき松のかけにゐて　たのむ身さへもとしをふるかな　俊頼朝臣

4945 六帖　衣手の色まさりつゝしなのなる　くらゐの山の君かまに〳〵

77ウ

4946 千五百番　なをさそへ位の山のよふことり　むかしのあとをたゝぬほとをは　釈阿

飛驒細江

4947 万　しらま弓ひたのほそ江のすかとりの　いもにこひめはいをねかねつゝ

信濃国

信乃道　准余国不可立別名所欤但為木曾道之異名故暫／載之木曾道之外有信乃道之名欤　可詳之

4948 万十四　しなのちはいまのはりみちかりはねに　あしふましむなくつはけわかせ

4949 続後十二　しなのちやきそのみさかのこさゝはら　わけゆくそてもかくや露けき　前中納言長方

78オ

木曾

4950 新勅十九　とくさかるきそのあさ衣袖ぬれて　みかゝぬ露も玉とちりけり　寂蓮法師

4951 古哥　かさこしのみねよりおるゝしつのをか　きそのあさきぬまくりてにして

4952 続拾五　さらしなの山のあらしも声すみて　きそのあさきぬつきにうつなり　順徳院御哥

4953　すはのうみこほりすらしも夜すから　きそのあさきぬさえまさるなり　清輔朝臣

嶺

4954 万十四　きそねろはころとさねしかくものうへに　なきゆくたつのまとをくおもゆる

78ウ

路岐橋

4955 拾十四　中〳〵にいひもはなたてしなのなる　きそちのはしのかけたるやなそ

4956 続拾九　わけくらすきそのかけはしたえ〳〵に　ゆくすゑふかき峯のしら雲　後京極摂政

4957　けさみれはきそちの桜さきにけり　風のはふりにすきまあらすな　俊頼朝臣

御坂　又云神々坂

4958 続古二　吹のほるきそのみさかのたにかせに　こすゑもしらぬ花をみるかな　鴨長明

4959 後拾九　しら雲のうへよりみゆるあしひきの　山のたかねやみさかなるらん　能因

4960 万廿　ちはやふる神のみさかにぬさまつり　いわふいのちはいもちゝかため

風越　嶺　麓

4961 詞十　かさこしのみねのうへにそみるときは

79オ

雲はふもとの物にそ有ける　藤家経朝臣

4962 千二　かさこしをゆふこえくれはほとゝきす　ふもとの雲の底になくなり　清輔朝臣

4963 続後八　しろたへの雪吹おろすかさこしの　みねよりいつる冬の夜の月　同

4964 民部卿家房哥合　かさこしのふけぬる月に霜さえて　雲のそこよりかねひゝくなり　前右京大夫

4965 新六　かさこしにたてるやまきのうは枝は　はなももみちもあるときそなき　光俊朝臣

園原　野

4966 金三　はゝきゝのこすゑやいつこおほつかな　みなそのはらはもみちしにけり　源師賢朝臣

4967 堀後百　そのはらや野風にしたくかるかやの　しとろにのみもみたれけるかな　仲実朝臣

79ウ

幷**伏屋**　野辺　又云木曾

4968 新古十一　そのはらのふせやにおふるはゝきゝの　ありとはみえてあはぬ君かな　坂上是則

4969 拾十八　おろかにもおもはましかはあつまちの　ふせやといひし野へにねなまし　読人不知

4970　そのはらのふせ屋にしのふさをしかの　はゝきゝをたにみえすとやなく　俊頼朝臣

4971　山田もるきそのふせ屋に風ふけは　あせつたひしてうつらなくなり　同

更科山　佐良科　建保名所百用此字

4972 拾六　月かけをあかすみるともさらしなの　山のふもとになかゐすなきみ　貫之

4973 新勅十九　さらしなや雪のうちなる松よりも　はるけき物はわかたのむつま　恵慶法師

80オ

河

4974 堀百 いまさらにさらしな河のなかれても うきかけみせんものならなくに

80ウ

里

4975 同 いつくにも月はわかしをいかなれは さやけかるらんさらしなのさと 隆源法師

幷 **伯母棄山**

4976 古十七 わかこゝろなくさめかねつさらしなや をはすて山にてる月をみて 読人不知

4977 後撰九 こんといひし月日をすくすをはすての 山のはつらき物にそありける 同

4978 後拾八 まことにやをはすて山の月はみし よもさらしなとおもふわたりに 赤染衛門

4979 （一重山の次に細字補入としてあり）「千五百 郭公なれも心やなくさめぬ をはすて山の月になく夜は」

一重山 所詠哥当国歟未決

81オ

4980 万四 ひとへ山かさなるものを月よゝみ かとにたちいてゝいもゝ待らむ

4981 同六 ふるさとはとをくもあらすひとへ山 こゆるかからにこひそわかせし

4982 花はなをなのみなりけりひとへ山 やへにかさなる峯のしらくも 中務卿親王

浅間山

4983 万十九 雲はれぬあさまの山のあさましや 人のこゝろをみてこそやまめ

4984 後十九 しなのなるあさまの山ももゆといへは ふしのけふりのかひやなからん 駿河

嶽

81ウ

4985 しなのなるあさまのたけに立けふり をちこち人のみやはとかめぬ 業平朝臣

4986 雲はれぬあさまのたけのゆふくれは けふりをわけてもみちしにけり 俊頼朝臣

里

4987 六帖 鶯の谷をたちいてゝをとつれは あさまのさとに声はふりせす

有曙山

4988 花の色はやよひのすゑにうつろひて 月そつれなきありあけの山 後京極摂政

4989 秋風 夏ふかきみねの松かえ風こえて 月かけすらしありあけの山 慈鎮和尚

82オ

峯

4990 すきぬるかありあけの峯のほとゝきす ものおもふとてもいとひやはせん 後鳥羽院御哥

高井山

4991 そのまゝにやみなはつらししなのちや たか井の山の雲のよそめは 衣笠内大臣

安太師野山

4992 よとゝもにたのまれぬかなしなのなる なにたちにけるあたしのゝ山

伊倉山 正字可詳

4993 わすらるゝ身のうき事やいくら山 いくらはかりそなけきなるらん

82ウ

会地関 正字可詳

4994 しなのちやかよふこゝろはありなから さもそあふちの関はきひしき 衣笠内大臣

菅荒野

4995 万十四　しなのなるすかのあら野のほとゝきす
なく声きけは時すきにけり

4996 秋風　あをいとのすかのあらのゝほとゝきす
またくりかへしよるもなく也　入道前内大臣

4997　しなのなるすかのあらのにはむくまの
おそろしきまてぬるゝ袖かな　俊頼朝臣

4998 正治百　しなのなるすかのあら野にはむ駒は
いはへそまさるかふ人もなみ　源師光

83オ

4999 万代　年をへてすかのあらのにかるかやの
くらへやせまし恋のみたれを　祐子内親王家紀伊

5000　なかき日のすかのあら野にかる草の
ゆふてもたゆくとけぬ君かな　家隆卿

穂屋

裏書云穂屋事　一義云以薄穂造屋／収稲也云々　一義云信乃国有野名也云々／両義共此国有実証分明也用捨可在／心欤但一条関白家已得野鹿之題被詠之／為野名之条治定欤屋義後詠未聞／暫可用野義哉

5001 古哥　しなのなるほやのすゝきに風ふけは
そよさそたれもおなしこゝろそ

83ウ

5002 続古四　夜さむなるほやのすゝきの秋風に
そよさそ鹿も妻をこふらん　前関白大臣一条
右文永二年九月十三夜哥合野鹿

浅葉野　或哥枕武州也云々可詳

5003 万十二　あさは野に立神(タツミワコ)小菅(スケ)ねかくれて
たれゆへにかはわかこひさらむ　人丸

5004 同十一　くれなゐにあさはののちにかるかやの
つかのまもなくわか忘れめや

5005　霜かゝる人のこゝろのあさはのに
たつみわこすけ根さへくちめや　家隆卿

原

5006　君をこそあさはのはらにおはき摘
しつのいしみのしみふかくおもへ

84オ

桐原野　正字可詳

5007 嘉応三年　うちむれておはなあしけの秋の駒の　権中納言
内裏哥合　たちわたりけるきりはらの野へ　国信

牧　駒哥近江会坂篇載之可見

望月御牧原

5008　ひきわたる駒そいはゆるもち月の
みまきのはらや恋しかるらん　俊頼朝臣
自余駒哥会坂篇載之可見

陬波海

5009　すはの海にこほりすらしも夜もすから
きそのあさきぬさえわたる也　清輔朝臣

84ウ

5010 堀百　すはのうみのこほりのはしはちはやふる
神のわたりてとくるなりけり

渡

5011　春をまつすはのわたりもある物を
いつをかきりにすへきつらゝそ　西行法師

5012　またしらぬ月よりうへのかよひちは
こほりをわくるすはのとわたり　藤保季朝臣

湊

5013 九条殿御哥合　月さゆるすはのみなとのかちわたり
こほりのうへにこほりをそふむ　隆信朝臣

85オ

山　六帖哥雖未決暫載之重可詳

5014 六帖　たかまきしくれなゐなれはすはの山
ひたくれなゐにほはさるらん

筑磨川　又常陸在之伯母常陸より下野か／許へ遣哥返ニ下野詠之彼国載之

5015 万十四　しなのなるちくまの河のさゝれいしも
君しふみなは玉とひろはん

5016 六帖　つくま河たゆることなくおもふにも
ひとひもきみをわすれかねつる

5017 堀百　水まさるちくまの河はわれならぬ
きりもいたくそ立わたりける　藤顕仲朝臣

5018　つくま河入江にをしもさはかぬは
あしのうらはにこほりしぬらし　恵京法師

85ウ

御言河

5019 六帖　おはすての月をもめてしみこと河
なかれて君かきゝわたるへく

塩田川

5020　岩たかきしほたの河に舟うけて
さしのほりたる月をみるかな　中務卿親王

塡科石井

5021 万十四　ひとみなのことはたゆれとはにしなの
いし井のてこかことなたえそね

伊那郡　付憑里

5022　しなのなるいなのこほりとおもふには
たれかたのめのさとゝいふらむ　作者所可尋之

86オ

清水里　又播磨国印南野ニ中／清水辺在之

5023　またしらぬ人をこふれはしなのなる
清水のさとに袖そぬれける
右三宮にて初恋を寄所よめるとなん　一品宮宣旨

5024 良玉集　おりたちてしみつの里に住ぬれは
夏をはよそにきゝわたるかな　常陸

久米道橋　能因歌枕在之云々

5025 拾十　むもれ木はなかむしはむといふめれは
くめちのはしは心してゆけ

5026 **犬養御湯**

鳥のこはまたひなゝから立ていぬ
かひのみゆるはすもりなるへし

87オ 86ウ

歌枕名寄巻第廿六
東山部五　上野　下野　出羽

目録

上野国
碓氷山　坂　新田山　小新田山　安蘇山
黒髪山　伊香保　嶺／沼　并八坂井堤　多胡　嶺／入野
久路保　嶺　佐野　田　船橋　渡／中河　神崎
裏書云神前佐野渡在所説々多之／近江山城摂津丹後此等国々有其名／欤
但範兼卿類聚大和国入之仍彼国三輪／篇載之了然而管見在于当国仍重所
載之也
87ウ
横野　可保夜沼　伊奈良沼　利根川
群馬里　并比登祢川　荒船御社

下野国
三毳山　二子山　阿素河原　并美加保関
伊吹山　近江有同名　標茅原　室八嶋
黒戸浜　山菅橋　那須　湯瀧
88オ

出羽国
最上河　或云如古今哥者称陸奥哥此川出自出羽／国最上郡流至于陸奥云々今案云往
古一／国也後割分陸奥内出立出羽国然者為一国／之時称陸奥欤阿古那松同
之
山　恋山　宿世山　伊奈武也関　有耶無耶々／母耶々々／父耶々々
88ウ
阿保登関　澄田川　平鹿　奈曾白橋
蚶方　正字可詳　神　袖浦　湊　加保湊
鶴嶋　別嶋　本哥六帖哥雖不審暫載之追可詳
89オ

歌

上野国哥

碓氷山

5027　万十四　日のくれにうすひの山をこゆるひは
せなのかそてもさやにふらしつ

坂

5028　同廿　ひなくもりうすひのさかをこえしたに
いもかこひしくわすらえぬかも

新田山

5029　万十四　尓比多（ニヒタ）山ねにはつかなゝわによそり
はしなるこらしあやにかなしも

小新田山

5030　同　しらとほふをにひた山のもるやまの
うらかれせなゝとこはにもかも
89ウ

安蘇山　付**真麻村**
範兼卿類聚村部立之或云非名所只／是苧生名所也云々可詳

5031　同　かみつけのあそ山つゝらのをひろみ
はひにしものをあせかたえせん

5032　同　かみつけのあそのまそむらかきむたき
ぬれとあかぬをあとかあかせん

黒髪山

5033　万七
続古十　むはたまのくろかみ山をあさこえて
山のした露にぬれにけるかな　人丸

5034　むはたまのくろかみ山のやますけに
こさめふりしきます〳〵おもふ

5035　堀　旅人のますけのかさやくちぬらむ
くろかみ山のさみたれの比　権大納言公実
90オ

5036　同　むはたまのくろかみ山に雪ふれは
なもうつもれるものにそ有ける　俊頼朝臣

伊香保　嶺

5037　万十四　いかほねにかみなゝりそねわかへには

ゆゑはなけともこらによりてそ

5038 同　かみつけのいかほのねろにふる雪の
ゆきすきかてぬいもかいへのあたり

5039 同　いかほかせふくひふかぬ日ありといへと
あかこひのみしときなかりけり

5040 同　いかほろのそひのはりはらねもころに
おくをなかねそまさかしよかは

90ウ

5041 同　いかほろのそひのはりはらわかきぬに
つきよらしめよたへとおもへは

右二首蘇比之波里原範兼卿類聚原部立之

付 八坂井堤

5042 同　いかほろのやさかの井てにたつぬしの
あらはろまてもさねをさねては

沼　六帖哥陸奥之伊香保沼云々亘両国歟

5043 同　かみつけのいかほのぬまにうゑ（し六帖）こなき
かくこひんとやたねもとめけん

5044 拾十四　いかほのやいかほのぬまのいかにして
こひしきひとをいまひとめみん

5045 建保名所百首　こなきうへしいかほの沼のあやめ草

91オ

なかきたねをはたれもとめけん　僧正行意

5046 同　まこもかるいかほの沼のいかはかり
なみこえぬらん五月雨の比　順徳院御哥

5047 同　水鳥の玉藻のとこやしほるらむ
いかほのぬまの夕たちの空　藤康光朝臣

5048 同　かはつなくいかほの沼にすむほたる
もゆるおもひにねをそあらそふ　従三位行能

5049 六帖　かくされてあはすなりなはみちのくの
いかほのぬまのわれはいかにせん

多胡嶺

5050 万十四　たこのねによせつなはへてよすれとも
あにくやしつしそのかほよきに

91ウ

付 入野

5051 万十四　あかこひはまさかもかなし草まくら
たこの入野のおふもかなしも

5052 万代　葛の葉をふくゆふ風にうらふれて
たこのいり野にうつら鳴なり　源季広

久路保嶺

5053 万十四　かみつけのくろほのねろの久受葉我多（クスハトタ）
かなしけこらにいやさかりくも

佐野

5054 同　かみつけのさのゝくゝたちおりはやし
あれはまたんゑことしこすとも

92オ

田

5055 同　かみつけのさのたのなへのむらなへに
ことはさためついまはいかにせん

5056　秋かへすさや田にたてるいなくきの
ねことに身をもうらみつるかな　俊頼朝臣

今案云佐野田をさやたと令詠歟是／一説也

5057　なかしつるけこのみわもりかすそひて
さやたのさなへとりもやられす　同

船橋

5058 万十四　かみつけのさのゝふなはしとりはなし
おやはさくれとわはさかるかへ

5059 後十　あつまちのさのゝふなはしかけてのみ
おもひわたるをしる人そなき　源等朝臣

92ウ

5060 一字抄　あまきりあひ雪ふりたえぬあつまちに

さのゝふなはしたれにとはまし　権大納言公実

5061 詞九
夕きりにさのゝふなはしをとすなり
たなれのこまのかへりくるかも　左大弁俊雅母

5062 建保百首
もらさはやなみのよそにもみわかさき
さのゝふなはしかけしゝころを　家隆卿

中川

5063 堀百
せきりせしさのゝ中河つらゝゐて
ゐくひになみのをとたえにけり　俊頼朝臣

5064 同
さみたれのいくかになれはせたえせし
さのゝ中川ふねかよふらん　藤顕仲朝臣

93オ

渡　神崎　或云大和国範兼卿仍彼国又載之了或云近江或云丹後／或云摂津説々雖多管見当国為正矣

5065 万　新勅
くるしくもふりくる雨かみわかさき
さのゝわたりに家もあらなくに　読人不知

5066 新古十六
駒とめて袖うちはらふかけもなし
さのゝわたりの雪の夕暮　定家卿

横野

5067 万十四
むらさきのねはふよこのゝ春のには
君をかけつゝうくひすなくも

5068
すみれさくよこのゝつはなおいぬれは
おもひ〳〵に人かよふなり　西行法師

5069 新宮哥合　正治二年
むらさきのねはふよこ野のきり〳〵す
声の色さへむつましきかな　公景

93ウ

可保夜沼

5070 万十四
かみつけのかほやか沼のいはゐつら
ひかはぬれつゝあをなたえそね

5071 堀百　金一
あつまちのかほやかぬまのかきつはた
春をこめてもさきにけるかな　修理大夫顕季

伊奈良沼

5072 万十四
かみつけのいならのぬまのおほゐくさ
よそにみしよはいまこそまされ　人丸

利根川

5073 同
とね河のかはせもしらすたゝわたり
なみにあふのすあへる君かも

5074 新勅九
さゝわけはそてこそぬれめとね河の
いしはふむともいさかはらより　橘仲遠

5075 神楽とりもの哥
とね川はそこはにこりてうはすみて
ありけるものをさねてかへして

94オ

群馬里　付比利根川

5076
みやこよりたつねくるまのさと人は
ひとねかはをはわたらさるらん

荒船御社

5077 拾
草も葉もみなみとりなるふかせりは
あらふねのみやしろくみゆらん　藤輔相

下野国哥

三毳山

5078 万十四
しもつけのみかもの山のこならのす
まくはしころはたかけかもたん

二子山

5079 後十九
ふたこ山ともにこえねとますかゝみ
そこなるかけをたくへてそやる　読人不知
右下野へまかりける女に鏡遣すとてよ／めるとなんみえたり

5080 六帖
しもつけやふたこの山のふたこゝろ
ありける人をたのみけるかな

5081
つはりせしふたこの山のはゝそはら

94ウ

よにうみすきてきえぬへき哉　俊頼朝臣

95オ

阿素河原 幷**美加保之関**今案云三轟坎

5082 しもつけのあそのかはらよいしふます
そらゆときぬよなかこゝろのれ

5083 いはふまぬあそのかはらに行くれて
みかほのせきにけふやとまらん　寂蓮法師
裏書云八雲御抄みかほの関慈覚大師／誕生所也みか
ほの山はふるき名所也但馬国ニ有云々

伊吹山 或云さしもくさのもゆといへるは
当国伊吹也非近江国云々一説載之

5084 六帖
あちきなやいふきの山のさしも草
をのかおもひに身をこかしつゝ

5085 後撰十一
かくとたにえやはいふきのさしも草
さしもしらしなもゆるおもひを　実方朝臣
自余哥皆近江国載之了

95ウ

標茅原

5086 六帖
しもつけやしめちかはらのさしも草
をのかおもひに身をやゝくらん

5087 新古十
なをたのめしめちかはらのさしも草
われよの中にあらむかきりは

5088 清水寺観音御哥
秋くれはしめちか原にさきそむる
はきのはひえにすかるなくなり　俊頼朝臣

室八嶋

5089 詞七
いかてかはおもひありともしらすへき
むろのやしまのけふりならては　実方朝臣

5090 千一
けふりかとむろのやしまをみしほとに
やかてもそらのかすみなるかな　俊頼朝臣

5091 堀百
あつまちのむろのやしまにおもひたち

96オ

5092 こよひそこゆるあふさかのせき　隆源法師
月のこるむろのやしまのあけかたは
おもひありとやちとりなくらん　前内大臣基
㉑散木集云かはきりのけふりとみえてたつなへに
なみわきかへるむろのやしまに
今案云散木集ハ田上にて船にてやし／まと云所にき
りのいふせかりけるをといへ／り然者かのたなかみ
にやしまと云所ある／をよめとみえたり室の字をつ
くることは／下野のむろのやしまに思よせていへる
坎／可尋近江に載之了

96ウ

黒戸浜

5093 良玉
まとろましこよひならてはいつかみむ
くろとのはまの秋の夜の月　菅原孝標女
右下野国黒戸と云所にて月をみてよめるといへり

5094 うへて見るところの名にもにぬものは
くろとにさけるしらきくのはな　中原師光
右黒戸の前なる菊をみてよめるといへり／今案云是
禁中事歟然而名同故暫載之／如彼東宮鳴戸の哥入て
鳴門浦矣

山菅橋

5095 懐中
おいのよにとしをわたりてこほれねは
つねよかりけりやますけのはし

那須

5096 良玉集
しもつけやなすのゆりかねなゝはかり
なゝよはかりてあはぬきみかな　三宮

5097 あふことはなすのゆりかねいつまてか
くたけて恋にしつみはつへき　中務卿親王

97オ

湯瀧

5098 拾九　長哥　なすのゆのたきにふねをもかまへつゝ　大中臣能宣

出羽国哥

最上河　或云如古今哥者称陸奥哥此川出自出羽最上郡流至于／陸奥云々今案云往古一国
也而後割分陸奥内出立／出羽国然者為一国時称陸奥欤阿古耶松同之

5099 万廿　もかみ河（みちのく哥）のほれはくたるいなふねの
いなにはあらすしはしはかりそ

97ウ

5100 堀百　もかみ河うきねはすれと水とりの
したのこゝろはやすけくもなし　藤基俊

5101 同　千十八　短哥　もかみ河せゝのいはかとわきかへり
おもふこゝろはおほかれと　俊頼朝臣

5102 六帖　あはれとはおもひわたれともかみかは
ふちをもせをもえこそさためね

5103 もかみ河つなてひくともいなふねの
しはしのほとはいかりおろさん　崇徳院御哥

5104 つよくひくつなてとみせよもかみかは
そのいなふねのいかりおろさて　西行法師

右二首贈答西行家集云御かむたうありける／ものを
ゆるしたふへきよし申入ける時の
御製也御返事かく申たりけれはゆるし／たひにけり
といへり

98オ

山

5105 もかみ山すかけせしより心ありて
こもりかへせるやかたおのたか　家持家集

恋山

5106 新勅　恋の山しけき人めのつゆわけて
いりそむるよりぬるゝそてかな　神祇伯顕仲

5107 万代　いかはかりこひてふ山のしけゝれは
いりと入ぬる人まとふらん　読人不知

宿世山

5108 すくせ山なをいなむやのせきをしも
へたてゝ人にねをなかすらむ　俊頼朝臣

98ウ

伊那無耶関　今様歌云出羽なる伊那無耶に云々
布耶々関　能因哥枕出羽云々或云伊勢
有耶無耶関　**伊那布耶関**
無耶々々関　**母耶々々関**

5109 古哥　ものゝふのいつさいるさにしをりする
とや〳〵とりのうやむやの関

5110 こしやせんこさてやあらんこれそこの
とや〳〵とりのもや〳〵のせき

5111 むつのくにおもひやるこそはるかなれ
とや〳〵とりのもや〳〵のせき

阿保登関　**澄田川**

5112 六帖　いてはなるあほとの関のすみた河
なかれてもみん水やにこると

平鹿

5113 いてはなるひらかのみたかたちかへり
をやかためにもわしもとるなり　光俊朝臣

99オ

奈曾白橋

5114 懐中　いてはなるなそのしらはしなれてしも
人をあやなくこひわたるかな

蚶方

5115 後拾九　よの中はかくてもへけりきさかたや
あまのとまやをわかやとにして　能因法師

5116 堀百　新古　さすらふる我身にしあれはきさかたや
あまのとまやにあまたゝひねぬ　藤顕仲朝臣

5117 正治百首　きさかたやあまのとまやにさぬる夜は

99ウ

5118
うらかせさむみかりなきわたる
きさかたやいそやにつもる雪みれは　源季広
なみのしたにそあまはすみける　守覚法親王

神

5119
あめにますとよをかひめに事とはん
いくよになりぬきさかたの神　能因法師

袖浦

5120 新古八
いにしへのなきになかるゝ水くきは
あとこそての浦によりけれ　徽子女王

5121 新古十八
袖のうらなみ吹かへす秋かせは
雲のうへまてすゝしからなん　中務
右一首詞書云后宮より内へ扇奉つり／給にとなん

5122 建保百
波にたにぬれてほすまはありそ海の
つりするあまのそてのうらかせ　正三位忠定

湊　**涙川**　伊勢国也　袖湊当国也　就袖詞涙川をそへよめる歟

5123 続後十二
海士小舟よるかたもなしなみた河
袖のみなとはなみのさはけと　常盤井入道前摂政大臣

5124 続古六
なく千とり袖のみなとをとひこかし
もろこし舟のよるのねさめに

5125 千五百（細字補入）
「本哥
おほゝえす袖のみなとのさはくかな
もろこし舟のよりしはかりに」

顔湊

5126 懐中
君をみねはかほのみなとにうちはへて
こひしきなみのたゝぬ日そなき

鶴嶋

5127 同
あしの鶴しましもさはになれぬれは
雲井さへこそ恋しかりけれ

別嶋　本哥六帖哥雖不審暫載之　追可詳之

100ウ

100オ

5128 六帖
わかるれとわかるともおもはすいてはなる
わかれの嶋のたえしとおもへは

101オ

哥枕名寄巻第廿七
東山部六　陸奥国上

目録

陸奥山　金山 和曰古加祢山又云加奈山又云安騎山
六帖云加奈山散木云安騎山今案万葉秋雑哥也
深津嶋山　安積山 石井　沼／里
会津山 嶺　関／河　信夫 山　岡　原　森／浦　渡　里
岩堤(磐手) 山　関／里
安達多良嶺　安達 原　野　黒塚(幷)
松山 末之／又松原　栗駒山　奈古曽 山／関　二方山
不忘山　白河関　衣関 河　憚関　下紐関

歌

哥

陸奥山

5129 鶏鳴東国之美知能久乃小田在山尓金有登○
反哥
5130 すめろきのみよさかへんとあつまなる
みちのく山にこかねはなさく
右賀陸奥出金詔書哥一首幷短哥
天平勝宝元年五月十二日大伴宿祢家持作之
5131 玉ほこのみちの山かぜさむからは
かたみかてらにきなむとそ思ふ　貫之
右陸奥へくたり侍人に装束送とて遣／けるとなん今案云玉鉾之道之山風ハ只是／路頭之山風歟然而陸奥下向ニ送遣之由／云故暫載之又陸者是道也不可有相違歟

金山 和曰**古加祢山**又云**加奈山**又云**安騎山**／六帖哥加奈山云々

5132 万十　かな山のしたひかしたになく鳥の
声たにきかはなにかなけかん

101ウ　102オ

5133 六帖　かな山のしたひかしたになくかはつ
声たにきかはなにかなけかん
裏書云万葉哥秋雑哥也秋山と詠者有其便歟
和云金ハ秋方西也故詩ニ以秋之金商随テ俊頼詠云
5134 我ことくよにすみかねて秋山の
したひかしたにさをしかなくも
此哥以万葉為本哥歟但六帖ニ加奈山といへり先達／哥枕皆如斯仍守之

深津嶋山

5135 万十二　みちのしりふかつ嶋山しはらくも
きみかめみねはくるしかりけり

安積山

5136 万十六　あさか山かけさへみゆるやまの井の
あさきこゝろをわかおもはなくに
5137 新勅八　いにしへのわれとはしらしあさかやま
みえし山井のかけにもあらねは
5138 六帖　あさか山かすみのたにゝかけこもり
わか物おもふはるゝ世もなし　蓮生法師
今案云霞谷所名歟可詳

石井

5139 みくさおひしあさかの岩井夏くれは
あまてるかけのすきかてにする　曽祢好忠

沼

5140 万十四　みちのくのあさかの沼のはなかつみ
かつみる人にこひやわたらむ　読人不知
5141 後拾三　さみたれはみえしをさゝか原もなし
あさかのぬまの心ちのみして

102ウ　103オ

5142 金二　あやめ草ひくてもたゆくなかきねの
いかてあさかのぬまにおふらん　藤孝善

5143 あやめかるあさかの沼に風ふけは
をちのたひ人袖かほるなり　俊頼朝臣

5144 良玉集　君かためなつけし駒をみちのくの
あさかの沼にあれてみえしを　能因法師

5145 春駒はあさかの沼にあさりして
かつみのした葉ふみしたくなり　俊頼朝臣

5146 六帖　ひたちなるあさかの沼の玉藻こそ
ひけはたえすれわれはたえせし

里

5147 堀百　金八　さ夜中におもへはくるしみちのくの
あさかのさとに旅ねしにけり　師頼卿

会津山 付裾野

5148 後十九　君をのみしのふのさとへゆくものを
あひつの山のはるけきやなそ　重基女

5149 ほくしかけしかにあひつの山なれは
いるにかひあるさつをなりけり　法橋顕昭

5150 六帖　しをりしてゆかましものをあひつ山
いるよりまとふみちとしりせは

嶺

5151 万十四　あひつねのくにをさとほみあはなは、
しのひのせもとひもむすはさね

関

5152 くることに会つの関もわれといへは
かたくなしてもぬらす袖かな　俊頼朝臣

河

5153 六帖　こゝろにもあらてわたりし会つ河
うき名を水にうつしつるかな

103ウ　104オ　104ウ

信夫 建保名所百首用忍字

5154 古十四　みちのくのしのふもちすりたれゆへに
みたれんとおもふわれならなくに　河原左大臣

5155 千十一　わか恋はしのふのおくのますけはら
露かゝるともしる人のなき　大中臣定雅

5156 続後十五　跡たえぬたれにとはましみちのくの
おもひしのふのおくのかよひち　前大納言忠良

5157 みちのくのしのふの鷹を手にすへて
あたちのはらをゆくはたかこそ　能因法師

5158 たひのみちしのふのおくもしらるれと
こゝろそかよふちかのしほかま　俊成卿

山

5159 新勅十五　しのふ山しのひてかよふみちもかな
人のこゝろのおくもしるへく　業平朝臣

5160 千三　ほとゝきすなを初声はしのふやま
ゆふゐる雲のそこになくなり　守覚法親王

5161 同十一　いかにせんしのふの山のしたもみち
しくるゝまゝに色のまさるは　二条前皇太后宮常陸

5162 新古十二　人しれすくるしき物はしのふやま
したはふくすのうらみなりけり　清輔

5163 建保百　帰るかりおしむ心のおくもしれ
しのふの山にみちをたつねて　家隆卿

5164 同　をのれのみ春をやひとりしのふ山
はなにこもれるうくひすの声　俊成卿女

5165 同　岩つゝしいはてやそむるしのふやま
こゝろのおくの色をたつねて　定家卿

5166 同　人とはぬ軒のしのふの山のはに

105オ　105ウ

その色となき春雨そふる　家隆卿

岡

5167 堀百　しほるゝもしる人もなきたもとかな　これやしのふの岡のかけくさ

5168 続古四　なに事を忍ふの岡のをみなへし　おもひしほれて露けかるらん　権中納言俊忠

原

5169 万七　人こそはいほにもいはめわかこゝた　しのふかはらをしめゆふなゆめ　前斎宮河内

5170 続古十一　人めのみしのふかはらにゆふしめの　こゝろのうちにくちやはてなん　家隆卿

裏書云今案云考万葉第七巻曰問答

㉒佐保河尓鳴成智鳥何師鴨河原乎思努比益川上

㉓人社者意保尓毛言目我幾許師努布河原乎標結勿謹

此哥只河原恋慕之心欤哥枕原部立之條如何／但家隆

卿〔原哥〕并八条院高倉〔里哥〕以此本哥示結ト／詠セリ可思之

5171 雲集　あらはれて露やこほるゝみちのくの　しのふかはらに秋かせそふく　入道摂政左大臣光明峯寺

森

5172 千十三　いつくより吹くる風のちらしけん　たれもしのふの森のことのは　前大納言隆房

5173 新勅三　中納言　行平家哥合哥　すむさとは忍ふのもりのほとゝきす　このした声のしるへなりけり　読人不知

浦

5174 新古十　家哥合　日をへつゝおもひしのふの浦さひて　なみよりほかのをとつれもなし　後法性寺入道前関白太政大臣

5175 新勅十三　たつねはやけふりをなにゝまかふらん　しのふのうらのあまのもしほ火　家隆卿

5176　うちはへてくるしきものを人めのみ　しのふのうらのあまのたくはなは　二条院讃岐

渡　五代集郡部立之

5177　あさち原あれたるやとはむかしみし　人を忍ふのわたりなりけり　能因法師

右詞云陸奥にまかりくたりけるに／しのふのこほり

と云所にはやうみし／人をたつねけれとその人なく

成に／けるときゝてとなん

里

5178 新勅十一　あつまちやしのふの里にやすらひて　なこその関をこえそわつらふ　西行

5179 秋風抄　おもひやるむかしもとをしみちのくの　しのふのさとににほふたちはな　隆祐朝臣

5180 万代　いはぬまは人こそしらねみちのくの　しのふのさとにしめはゆひてき　八条院高倉

磐堤手

5181 新古十八　みちのくのいはてしのふはえそしらぬ　かきつくしてよつほのいしふみ　右大将頼朝

山

5182 千十一　おもへともいはての山にとしをへて　くちやはてなん谷のむもれ木　顕輔卿

5183 同　人しれぬなみたの河の水かみや　いはての山の谷のしたみつ　顕昭

5184 六帖　いはて山いはてなからの身のはては　おもひしことゝたれかつけまし

関

5185　人めもるいはての関はかたけれと　恋しきことはたまらさりけり　俊頼朝臣

里

5186 詞二　みぬ人にいかてかたらんくちなしの
いはてのさとのやまふきのはな　読人不知

安達多良嶺　範兼卿類聚野部立之／或抄云嶺也云々

5187 万十四　安太多良（アタヽラ）のねにふすしゝのありつゝも
あれはいたらむねとなさりそね

5188 同　みちのくのあたゝらまゆみはしき置て
さらしめきなはつらはかめかも

5189 みちのくのあたゝらまゆみつるかけて
ひかはかひとのわれにことなさん

108ウ

安達原

5190 万廿　みちのくのあたちのまゆみ我ひかは
すゑさへよりこしのひ〱に

5191 拾十四　みちのくのあたちのはらのしらまゆみ
こゝろこはくもみゆるきみかな

5192 後拾十九　みちのくのあたちのまゆみ君にこそ
おもひためたる事もかたらめ　実方朝臣

5193 新古十六　おもひやるよそのむら雲しくれつゝ
あたちのはらにもみちしぬらん　源重之

5194 後拾四　みちのくのあたちの駒はなつめとも
けふあふさかの関まてはきぬ　源縁法師

109オ

野

5195 万代　あたち野ののさはのますけもえにけり
いはゆる駒のけしきしるしも　後徳大寺左大臣

5196 建保百　あたち野も雪ふりにけりかり人の
ひかすまゆみのすゑたのむまて　正二位忠定

黒塚

5197 拾　みちのくのあたちの原のくろつかに
鬼こもれりときくはまことか
右みちのくにのなとりの郡にくろつか／といふ云所に重之か妹あまた侍ときゝて／申つかはしけるとなん

109ウ

5198 建保百　我ためはこれやあたちのくろつかに
冬くさわけて人はいりにき　従三位行能

松山　末之

5199 古廿　君をゝきてあたしこゝろをわかもたは
すゑの松山なみもこえなん

5200 後十　わか袖は名にたつすゑの松山か
うらよりなみのこえぬ日はなし　土左

5201 続後十五　あたなみを君こそこさめ年ふとも
わかまつ山は色もかはらし　祐子内親王家紀伊

5202 金一　いつしかと末の松やまかすみあひて
なみとゝもにや春のこゆらん　俊頼朝臣

5203 建保百　いまは又春のなかめもすゑのまつ
なこりありあけの山のはの月　正三位知家

5204 八条大相国 海橋立亭哥合　花さかり末の松山かせふけは
うすくれなゐのなみそたちける　徳大寺左大臣

5205 古四　浦ちかくふりくる雪はしらなみの
末のまつやまこすかとそみる　興風

5206 ほとゝきすすゑのまつ山かせふけは
なみこすくれに立ゐなくなり　俊頼朝臣

110オ

原

5207 名所百　かよひもや末の松はら春の色に
いま一しほのなみはこえけり　順徳院御哥

栗駒山

5208 六帖　みちのくのくりこま山のほゝのきの

110ウ

5209　まくらはあれと君かたまくら
くり駒のまつにはいと丶としふれと
ことなしくさそおひそはりける

5210 同　くりこまの山にあさたつきしよりも
君をはかりにおもひけるかな

奈古曾山 正字可詳

5211 亭子院哥合　おしめともとまりもあへすゆく春を
なこその山のせきもとめなん　貫之

関

5212 後拾一　あつまちは名こその関もあるものを
いかてか春のこえてきつらん　源師賢朝臣

5213 千二　吹風をなこその関とおもへとも
みちもせにちる山さくらかな　源義家朝臣
なこその関にて花のちるをよめる

111オ

5214 堀百　あつまちのなこそのせきのよふこ鳥
なにゝつくへき我身なるらん　俊頼朝臣

5215 後拾四　ほとゝきすなこその関のなかりせは
君かねさめにまつそきかまし　読人不知
右実方朝臣陸奥の任に侍けるころさ月／まて時鳥き
㉔かぬよし申て都にはきゝ／ふりぬらん郭公関のこな
たの身こそ／つらけれといへりけるかへしにつかは
しける／哥とみえたり

5216 後十　たちよらは影ふむはかりちかけれと
たれかなこその関をすへけん　小八條御息所

111ウ

5217 新勅十一　みるめかるあまのゆきゝのみなとちに
なこその関もわかすへなくに　小野小町

5218 堀百　たちわかれはつかあまりに成にけり
けふやなこその関をこゆらん　師頼卿

二方山

5219　みちのくの二かた山のしら雲は
こなたかなたにたちそわつらふ　作者可尋

不忘山

5220 六帖　陸奥のあふくま河のあなたにや
人わすれすの山はさかしき

112オ

白川関

5221 拾六　たよりあらはいかてみやこへつけやらん
けふしら河の関はこえぬと　兼盛

5222 後拾八　東路の人にとはゝやしら河の
関にもかくやはなはにほふと　民部卿長家

5223 金二　みてすくる人しなけれはうのはなの
さけるかきねやしらかはの関　藤季通朝臣
白川院鳥羽殿にまし〳〵ける時御哥合哥

5224 後拾九　宮こをは霞と丶もにたちしかと
秋かせそふくしら河の関　能因

5225 堀百　白河のせきにや秋のとまるらん
てる月かけのすみわたるかな　権中納言師時

5226 千八　あつまちもとしもすゑにや成ぬらん
雪ふりにけりしら河の関　僧都印性

5227 続古十　おなしくはこえてやみましら河の
せきのあなたのしほかまの浦　従三位行能

5228 秋風抄　月をおもふゐそかちしまに秋かけて
かつ〳〵こよひしら河のせき　慈鎮

112ウ

5229 建保百　白河のせきのもみちのからにしき
月にふき（よはイ）しく秋のこからし　家隆卿

衣関

5230 後十六　たゝけともたのまさらなん身にちかき

5231 詞六　ころものせきもありといふなり　読人不知
もろともにたゝまし物をみちのくの
ころもの関をよそにきくかな　和泉式部
右道貞にわすられて後陸奥守に／くたるときゝてつ
かはしけるとなん

113オ

5232 続後八　風さゆる夜はのころものせきもりは　順徳院御哥
ねられぬまゝの月やみるらん

5233 堀百　しら雲のよそにきゝしをみちのくの　藤顕仲朝臣
衣のせきをきてそこえける

河

5234 拾十二　たもとよりおつるなみたはみちのくの　読人不知
ころも河とそいふへかりける

5235 新古九　衣河みなれし人のわかれには　重之
たもとまてこそなみはたちけれ

113ウ

憚関

5236 後拾十二　しるらめや身こそ人めをはゝかりの　読人不知
関になみたはとまらさりけり

5237 同十九　やすらはておもひたちにしあつまちに　実方朝臣
ありける物をはゝかりのせき
右みちのくにゝ侍ける比中将宣方朝臣／のもとにつ
かはしけるとなん

下紐関

5238 詞六　あつまちのはるけきみちをゆきめくり　太皇大后宮甲斐
いつかとくへき下ひものせき
右橘為仲陸奥守になりて下けるに太皇／太后宮の大
盤所よりとて誰とはなくて／つかはしけるとなん

114オ

歌枕名寄巻第廿八
東山部七　陸奥国下

目録

宮城野　原　六帖美也岐乃池在之若此所歟雖未決
池　暫就名同載之　又六帖本不審証本可詳之
真野萱原　市師原　山榴岡　片恋岡　森
並 荒野牧　武隈　松　阿武隈　河
稲葉渡　名取河　郡　里／御湯　玉河　里
野田玉河　野路玉河　玉造江　河　袖渡
緒絶橋　戸絶橋　朽木橋　小河橋
面和久橋　正字可詳　栗原　姉場松　阿古耶松　当時／出羽也
標葉堺　壺石文　狭布　古伝云郡名也云々而当国／此郡名或云只是布名也

114ウ

云々
素都浜　浅香潟　十符浦　奥井　都嶋
並 小黒崎　美豆小嶋　多胡浦嶋　松嶋　浦／橋
小嶋
血鹿塩竈篇
並 浦　礒
浮嶋　籬嶋

115オ

歌

哥

宮城野

5239 古廿　みさふらひみかさとまうせ宮きのゝ
このした露はあめにまされり

5240 正治百　みやき野のこ萩をわけてゆく水や　正三位季経
このした露のなかれなるらん

5241 古十四　宮きのゝもとあらの小萩露をもみ

115ウ

風をまつこと君をこそまて　読人不知

5242 千三
小萩はらまた花さかぬみやきのゝ
鹿やこよひの月になくらん　藤敦仲朝臣

5243 堀百　千四
秋はきの下葉の露もうつろひて
うつらなく也宮城野のはら　家隆卿

116オ

5244 堀百　千四
さま〳〵にこゝろそとまる宮きのゝ
花の色〳〵むしの声〳〵　俊頼朝臣

5245
宮城のゝやけのゝ萩の二葉より
もとあらにさかむ花を待かな　好忠

5246 建保百
みやきのゝしろあさ衣あさたては
わすれかたみの萩のはなすり　正三位知家

5247
宮きのゝしつくにかへるかりころも
しのふもちすりみたれしぬらん　俊頼朝臣

5248 良玉
みやきのゝ露おひもたる女郎花
あなくるしけの花のけしきや　藤顕仲朝臣

5249 散木
樋口宮御堂供養ニ連哥下句俊頼朝臣也
みやきのゝりんたうくやうことをへぬ
きゝやうのとのをふせとりにして

116ウ

原

5250 堀百　千三
ともしする宮きかはらのしら露に
しのふもちすりかはくまそなき　匡房卿

真野萱原

5251 万三
みちのくのまのゝかやはらとをけれと
おもかけにしてみゆといふものを

5252
夜もすからまのゝかやはらさえ〳〵て
いけのみきはもこほりしにけり　俊頼朝臣
右哥今案云真野池者先達哥枕摂津／国之真野立之如
今俊頼哥者若在奥州／真野萱原歟可詳但異本ニ真野
萱原／といへり然者摂津国真野池無相違歟暫就
萱原本先載之追可詳

117オ

市原　古哥上野云々亘両国歟

5253 六帖
みちのくのいちしのはらのいちしろく
われとはみすと人にしらすな

5254 古哥
かみつけのいちしのはらのいちしるく
こふとはいはすかけぬ日はなし
上野国と聞たり可詳

山榴岡　俊頼玉田横野

5255 六帖
みちのくのつゝしの岡のくまつゝら
つらしと君をけふそしりぬる

5256 堀百
とりつなけ玉田よこのゝはなれこま
つゝしの岡にあせみはなさく　俊頼朝臣
右哥玉田横野在河内国山榴岡又彼所在之歟可詳

117ウ

片恋岡

5257 六帖
みちのくにありといふなるかた恋の
をかをわか身にそふるころかな

森

5258 六帖
かた恋の森のことはのちりぬとも
おもひはやますまつそかはらぬ

荒野牧

5259 千五百
みちのおくあらのゝまきのこまたにも
とれはとられてなれゆくものを　釈阿

武隈松

5260 後十七
うへし時ちきりやしけんたけくまの
松にふたゝひあひみつるかな　藤元善朝臣
右陸奥にまかりてのたちのまへに／松をうへて任は
てゝのほりてのち又／下侍けるに前任にうへし松を

118オ

みてよめ／るとなん

5261 拾六　たけくまのまつをみつゝやなくさまん
君か千とせのかけにならひて
　右陸奥守にて下侍けるに三条太政大臣の／餞し侍け
　れはよめるといへり

5262 後拾十八　たけくまの松はふた木をみやこ人
いかにとゝはゝみきとこたへむ　橘季通朝臣

5263　たけくまのまつはこのたひ跡もなし
千とせをへてやわれはきつらむ　能因
　裏書云或伝曰藤原元善任国之時舘前所殖置之／松也
　其旨見後撰集其後火焼源満任国之時／又殖之其後又
　失橘道貞任国又殖之其後孝義／任国之時切之造橋之
　後永失乎無情之名留後代者也云々

118ウ

5264 六帖　たけくまの松にはいとゝとしふれと
ことなしくさそおひそはりける

阿武隈

5265 古廿　あふくまに霧たちわたりあけぬとも
君をはやらしまてはすへなし　大伴黒主

河

5266 後九　世とゝもにあふくま川の遠けれは
そこなるかけをみぬそかなしき　読人不知

119オ

5267 堀百　名にしをゝあふくま河をわたりみん
恋しき人のかけやうつると　藤顕仲朝臣

5268 詞五　君か代はあふくま河のそこきよみ
千とせをへつゝすまむとそおもふ　御堂関白前太政大臣

5269 (細字挿入)「建保百　あけぬるかをちかた人もあふくまの
河瀬のきりに袖のみえ行　兵衛」

稲葉渡

5270 題古渡月　風そよく稲葉のわたり空はれて
あふくま河にすめる月かけ

名取河

5271 古十三　みちのくにありといふなる名とりかは
なき名とりてはくるしかりけり　忠峯

5272 同　名とり河瀬々のむもれ木あらはれは
いかにせんとかあひみそめけむ　読人不知

5273 金七　あさましやあふせもしらぬ名とり河
またきにいはまもらすへしやは　前斎宮内侍

5274 続後三　名とり河春の日数はあらはれて
花にそしつむ瀬々のむもれ木　定家卿

5275 新古六　名とり河やなせのなみそさはくなる
もみちやいとゝよりてせくらん　重之

5276 六帖　なとり河いくせかわたるなゝせとも
やせともしらすよるしわたれは

119ウ

郡

5277 拾七　あたりなとりの(物名)こほりにおりゐるは
したよりとくることをしらすや

里

5278 現葉　しゐてとふ人はありとも恋すてふ
なとりのさとをそことしらすな　澄覚法親王

御湯

5279　おほつかなくもの(物名)かよひちみてしかな
とりのみゆけはあとはかもなし　平兼盛

玉河　山城武蔵有同名

5280 新勅十九　みちのくにありといふなるたま河の
たまさかにたにあひみてしかな　読人不知

120オ

5281 千三　たま河と音にきゝしはうのはなの

露のかさなる名にこそ有けれ　守覚法親王

里　先達歌枕玉河里者陸奥立之而建保名所百首手作曝哥在之
然者武州之多麻川同詠里欤又就同名引寄而令詠之欤可詳

5282 後拾三　みわたせはなみのしからみかけてけり
うのはなさける玉河のさと　相模

120ウ

5283　なみの音は松のあらしにきこゆなり
うのはなさけるたま河のさと　家隆卿

5284　しろたへのうのはな衣おりはへて
なみにさらせる玉川のさと　為氏卿

5285 続拾三　白妙のころもほすよりほとゝきす
なくやう月のたま川のさと　家隆卿

5286 千六　月さゆるこほりのうへにあられふり
ころもくたくる玉川のさと　俊成卿

5287 崇徳院百首　荻はらやすゑもたはゝにをく露の
かすまさりゆく玉川のさと　行能卿

121オ

野田玉川

5288 新古六　夕されはしほかせこしてみちのくの
のたの玉河千とりなくなり　能因

5289　たえにきとのたの玉河ことよせて
なをあらためぬ人や（マヽ）　周防内侍

玉造江

5290 新古十一　みちのくのたまつくり江（家集ニみなといりの）にこく舟の
をとこそたてね君をこふれと　小野小町

5291　みなとちにいさ舟とめむこよひわれ
玉つくり江にてる月をみて　中納言高定

5292　くすり日のたもとにむすふあやめ草
たまつくり江にひけはなりけり　恵慶法師

121ウ

5293　をく露の玉つくり江にしけるてふ
あしの末葉のみたれてそ思ふ　常盤井入道前太政大臣

河

5294 懐中　ひとつしてよろつ代てらす月なれは
そこもみえけり玉つくりかは

袖渡

5295 入道摂政家百首　なみた河あさきせそなきみちのくの
そてのわたりにふちはあれとも　行家卿

緒絶橋

5296 建保百　あふさかをけふこえぬともみちのくの
をたえのはしの末のしらなみ　僧正行意

5297 後拾十三　みちのくのをたえのはしやこれならん
ふみゝふますみこゝろまとはす　左京大夫道雅
右斎宮事聞て物思ける比よめるとなん

122オ

5298 建保名所百　ことの音もなけきくはゝるちきりにて
をたえのはしも中もたえにき　定家卿

5299　山とりのをたえのはしにかゝみかけ
秋の夜わたる月をみるかな　中務卿親王

5300 建保百首　おもひのみあつまにしめてひく駒の
をたえのはしのみちやまとはむ　兵衛

5301　裏書云源氏物語哥いもせ山ふかき心を／しらすして
をたえの橋にふみまよふかな／彼妹背山ニ又在之欤
又当国有妹背山欤不審

戸絶橋

5302 千十二　あやうしとみゆるとたえのまろき橋
たゝにも人にいひわたるかな　参議親隆

122ウ

朽木橋

5303 堀百　みちのくの朽木のはしも中たえて
ふみたにいまはかよはさりけり　河内

小河橋

5304 懐中　みちのくの小河のはしのあゆみいたの
君もそむかはわれもそむかん

面和久橋　正字可詳

5305　ふま丶うきもみちのにしき散しきて
人もかよはぬおもはくのはし　西行法師
右家集云みちのくへ修行しけるに
ふりたるたなはしをもみちのうつみたり／けるをわ
たりにく丶てやすらはれて人／にたつぬれはこれは
おもはくの橋と申／をき丶てよめる忍の里より奥へ
二日／はかり入てあるなり云々／

123オ

栗原　正字可詳　姉場松

5306 伊勢物語　くりはらやあねはの松の人ならは
みやこのつとにいさといはまし

阿古耶松　当時出羽国也云々

5307 古哥　みちのくのあこやの松にかくろひて
いつへき月のいてやらぬかな

標葉堺

5308　あつまちのしねはさかひにやとりして
雲ゐにみゆるつくは山かな

壺石文

5309　おもひこそちしまのおくをへたつとも
なとかよはさぬつほのいしふみ　顕昭

5310 良玉　日数へてかくふりつもる雪なれは
つほの石ふみあとやたゆらん　懐円法師

狭布　或云只是布名也云々古伝郡名也云々当国無此郡／名如何衣笠内府哥郡名也

5311 堀百　石ふみやけふのせはぬのはつ〳〵に
あひみてもなをあかぬ君かな　仲実朝臣

123ウ

5312 後拾十一　にしき丶はたちなからこそくちにけれ
けふのほそぬのむねあはしとや　能因

5313 新六　みちのくのけふのこほりにをくぬの丶
せはきはひとのこ丶ろなりけり　衣笠前内大臣

124オ

浅香潟

5314 良玉　あさかかたいも恋しきのたつなへに
かたしく袖のつゆしほれぬる　藤顕仲
右三宮にて暁恋寄陸奥之事

素覩浜

5315　みちのくのおくゆかしくそおもほゆる
つほのいしふみそとの浜かせ　西行法師

十符浦　菅鷹哥入之

5316 新古十　みし人もとふのうら風をとせぬに
つれなくすめる秋の夜の月　橘顕仲朝臣

5317 古哥　みちのくのとふのすかこもな丶ふには
君をしなしてみふにわれねん

5318 金四　水鳥のつら丶のまくらいかならむ
むへさえけらしとふのすかこも

5319 堀百　たまさかにあられたはしるをときけは
いと丶そさゆるとふのすかこも　公実

奥井　都島

5320 古十　をきのゐて身をやくよりもかなしきは
みやこ嶋へのわかれなりけり　小野小町

124ウ

小黒崎

5321　をくろさきあさきとたえのみをつくし
たてるすかたにふりぬとはみよ　俊頼朝臣

5322　をくろさきぬまのねぬなはふみしたき
日もゆふましにかはつなくなり　同

125オ

並美豆小嶋

5323 古廿　をくろさきみつのこしまの人ならは　みやこのつとにいさといはまし　読人不知

5324 続古十八　をくろさきみつの小嶋にあさりする　たつそなくなる渡つらしも　太上天皇御哥

5325 同十七　人ならぬ岩木もさらにかなしきは　みつのこしまの秋の夕暮　順徳院御哥

多胡浦嶋

5326 懐中　あまたゝひ君かこゝろをみちのくの　たこのうら嶋うらみてそふる

125ウ

松嶋

5327 詞五　松しまのいそにむれゐるあしたつの　をのかさま〳〵みえし千代かな　清輔

5328 続後七　まつ嶋やあまのとま屋の夕暮に　しほかせさむみころもうつ也　権律師公猷

5329 秋風　松島やこゝろある海士のはまひさし　なみのゝきはに千とりなく也　法橋春誓

5330 建保百　あまの袖あらいそかけてまつしまも　したもみちする秋そかなしき　家隆卿

5331 古来哥合　源氏哥　松しまのあまのとま屋もいかならん　すまの浦人しほたるゝころ

浦

126オ

5332　有明の月に夜舟をこきゆけは　千とりなく也まつ嶋のうら　顕昭

橋

5333 良玉集　ふみわけてわたりもやらすむらさきの　ふちなみかゝる松しまのはし　民部卿忠教

小嶋

5334 後拾十五　まつしまやをしまかいそにあさりする　あまの袖こそかくはぬれしか　重之

5335 新古六　ゆく年ををしまのあまのぬれころも　かさねて袖になみやかくらん　有家卿

5336 同四　秋の夜の月やをしまのあまのはら　明かたちかきおきのつり舟　家隆卿

5337 続古十　袖ぬらすをしまかいそのとまりかな　まつかけさむみ時雨ふるなり　俊成卿

126ウ

5338 堀百　あなし吹をしまかいそのはま千鳥　岩うつなみにたちさはくなり　俊頼朝臣

松浦嶋

5339 後十五　をとにきくまつかうら嶋きてみれは　むへもこゝろあるあまはすみけり　遍昭
右西院后御くしおろしをこなひ給ける時／彼院の中嶋の松をけつりて書付侍中の／哥となん

5340 新勅十九　こゝろあるあまのもしほひたきすてて　月にそあかす松かうらしま

127オ

5341 千六　なみまよりみえしけしきそかはりぬる　雪ふるにけりまつかうらしま　祝部成茂

5342 秋風　こゝろあるあまやうへけん春ことに　ふちさきかゝるまつかうらしま　後嵯峨院御哥

血鹿塩竈篇

5343 万　続後十六　我おもふ心もしるくみちのくの　ちかのしほかまちかつきにけり　山口女王

5344 続後十二　みちのくのちかのしほかまちかなから　からきは人にあはぬなりけり　読人不知
六帖末句云はるけくのみもおもほゆるかな

5345　しほかまのけふりにまよふはま千とり

をのかはかひをなれぬとやきく　俊頼朝臣

127ウ

5346 良玉　さよふけて物そかなしきしほかまは　も丶はかきする鴫のはかせに　能因

浦

5347 古廿　みちのくはいつくはあれとしほかまの　うらこく舟のつなてかなしも　黒主

5348 同十六　君まさて煙たえにし塩かまの　浦さひしくもみえわたるかな　貫之

5349 新古八　みし人のけふりとなりしゆふへより　なそむつましき塩かまのうら　紫式部

5350 続古一　煙たつあまのとまやもみえぬまて　かすみにけりなしほかまの浦　大納言経信

5351 千四　しほかまの浦ふくかせに霧はれて　やそしまかけてすめる月かけ　清輔

128オ

5352 建保名所百　しほかまのうらみてわたるかりかねも　もよほしかほにかへるなみかな　定家卿

5353 新古六　ふる雪にたくもの煙かきたえて　さひしくもあるか塩かまのうら　後法性寺入道前関白

礒

5354 六帖　しほかまのいそのいさこをつ丶みもて　みよのかすとそおもふへらなる

並一 **浮嶋**

5355 新古十五　しほかまのまへにうきたるうきしまの　うきておもひのある世なりけり　山口女王
中納言家持につかはしけるとなん

128ウ

5356 斎宮哥合 長久元年　あさりするうきしまめくるあま人は　いつれのうらかとまりなるらん

5357 拾十九　さためなき人のこ丶ろにくらふれは　た丶うきしまは名のみなりけり　源順

5358 みちのくはよをうきしまもありといふを　せきこゆるきのいそかさらなん　小野小町

5359 拾八　わたつうみの浪のぬれきぬうきしまの　松にこ丶ろをよけてたのまん　能宣朝臣

並二 **籬嶋**

5360 古廿　我せこをみやこにやりてしほかまの　まかきの嶋のまつそかなしき

5361 後十　さてもまた籬のしまのありけれは　たちよりぬへくおもほゆるかな　俊蔭朝臣

129オ

右定国朝臣清蔭朝臣みちの国に／ある所につくして
歌みていまはよむへ／き所なしといへりけれはよめ
るとなん

5362 春かせになみやおりけんみちのくの　まかきの嶋のむめのはなかひ　俊頼朝臣

5363 拾二　うのはなのさける垣ねはみちのくの　まかきの嶋のなみかとそみる　読人不知

5364 いさり舟まかきの嶋のかゝり火に　色みえまかふとこなつのはな　恵慶法師

5365 夕やみにあまのいさり火みえつるは　まかきのしまのほたるなりけり　好忠

5366 心からまかきの嶋の松とたに　みやこにつけよ塩かまの月　家隆卿

129ウ

5367 あまのすむ籬のしまのなみのまに　塩やき衣かけてほすなり　知家卿

5368 秋風　長月の菊のしら露ふちとならは　まかきの嶋は外にもとめし　法印公朝

一校了

130オ

表紙

歌枕名寄　七
若狭　越前　越中　越後　加賀　能登
佐渡　丹後　丹波　但馬　因幡　伯耆
出雲　石見　隠岐　播磨　美作　備前
備中　備後　安芸　周防　長門

本文

目録

北陸道
若狭　越前　越中　越後
加賀　能登　佐渡
山陰部
丹波　丹後　但馬　因幡
伯耆　出雲　石見　隠岐
山陽部
播磨　美作　備前　備中
2オ
備後　安芸　周防　長門
2ウ

詶枕名寄巻第廿九
北陸部
若狭国
後瀬山 浦　青羽山　三形海 浦／原　雲浜
越前国
有乳山 峯／高嶺　矢田野　広野　安伎師里 正字／可詳
浅水橋　黒戸橋　関原　道口
海路山 建保名所／百首用帰字　五幡坂（イツハタ）　角鹿山 浜／浦　越中山
3オ

飼飯海（ケヒノ） 浦　吹飯浜　手結（タユヒノ） 浦／潟　色浜　玉江
加賀国
白山 白嶺　越大山 野／高嶺　都気山 正字／可詳　蓮浦 泊
竹浦 泊　小塩浦　篠原 八雲御抄当国入之／又在近江国　籠渡
能登国
能登海　能登嶋山　香嶋　熊来村
机嶋　珠洲海 御牧／付長浜浦　雲津　饒石河
越中国
射水篇 河　二上山　須蘇未山　渋谷 崎／礒
3ウ
有礒 崎 海 浦／浜 渡　布勢海　乎敷崎 浦
垂姫崎 浦　松田江浜 長浜　宇奈比河　日水江 付／古江村
多沽崎 浦／付古江村　菅山 副／木葉里　三嶋野
新河篇 河　立田 副／気比古宮　片貝河　延槻河
砺波篇 山 関　雄神河　藪波里
婦眉篇 野 河　鸕坂河 森
雑篇　弥彦神　伊都敷山 茂山
見奈疑之山　丹生山 又在／大和　大野道
椙野　石瀬野　伊久里杜　崎田河
叔羅河　奈呉海 江／浦　波久比海　英遠浦
信濃浜　雪嶋　竹泊 浦　越後国可検
4オ

佐渡国

越水海　布勢海欤　雪高浜　副越浦　越松原

越菅原

歌

若狭国

後瀬山

5369 万二　とにかくに人はいへ（ふイ）ともわかさ路の
後瀬の山ののちもあはむ君　坂上大嬢

5370 同　のちせ山のちもあはむと思て（ふイ）こそ
しぬへきものをけふまてもあれ　家持

右二首贈答

5371 空はるゝのちせの山のさくら花
もとより外の物とやは見る　光俊朝臣

5372 けさの間にふりこそかはれ時雨つる
のちせの山のみねのしら雪　侍従為世

5373 現六　時過る（わかぬイ）しゐのさえたも見えわかす
のちせの山につもるしら雪　摂政大政大臣

5374 現六　又もこむ春をそちきるわかさちの
後せの山のふちのしたかけ　祝部成茂

5375 うつろはむものもや人のちきらまし
後瀬の山のあきのゆふ露　知家

5376 椎柴　ふみそめてさらにそまよふわかさ路の
のちせの山のみねのしゐ柴　家隆

5377 恋しなんのとせの山のみねの雲
きえなはよそにあはれともみよ　読人不知

5378 あひみてののちせの山の後もなと
かよはぬみちのしるしなるらん　良覚

浦

5379 ミルメ　長哥　後瀬の浦にかつきするあまのあまたのみ
花カツミ　みるにもはゝからぬまのはなかつみ　俊頼

青羽山

5380 水鳥の青羽の山もかみな月
しくれもあへす色かはり行　仲実

5381 万八　しら露はうつしなりけり水鳥の
青羽の山の色付みれは

5382 千四　常盤なる青羽の山も秋くれは
色こそみえねさひしかりけり　同

5383 真鴨　堀百　まかも色の青羽の山も秋くれは
露のうつしにもみちしにけり

5384 たちよれはすゝしかりけり水鳥の
青羽の山の松のゆふ風　式部大輔光範

右一首元暦元年大嘗会主基哥青葉山

5385 オソ桜　続古　たつねはや青葉の山のおそさくら
花のゝこるか春のとまるか　太上天皇

5386 千五百　ちりのこる青葉の山のさくらはな
風よりのちをたつねさりせは　通具

5387 なかはちる花の木すゑをみわたせは
青葉の山の雪のむらきえ　有家

三形海　付浜

5388 万七　わかさなるみかたの海のはま君は（きよみイ）
ゆき（いイ）かへらんみるとあかぬも

5389 おのつから北にはのこる夜半の雲
月はみかたの浦（うみイ）もさやけし　前内大臣基

浦

5390 ゆふ月夜みかたの浦のいりましに
くもすはゐしてそこ（らイ）もすゝけぬ　俊頼

5391 六帖　**原**
こひしくはみかたの原をいてゝみん
またあさかほの花はさくやと

5392 **雲浜**
はるかにもおもほゆるかな雲のはま
あまの河原にゆきやかよへる

越前国
有乳山

5393 矢田の野のあさち色つく有乳山
みねのあは雪さむくふるらし　人丸

7オ

5394 あらち山時雨ふるらしやたのなる
もゝえのはしのもみちしにけり　僧正実伊

5395 あとたゆるあらちの山の雪こえに
そりのつなての引そわつらふ　顕隆

5396 新勅 神無月しくれにけりなあらち山
行かふ袖も色かはるまて

5397 冬きてはおもひもあけしあらち山
雪おれしつゝ道まよひけり　俊頼

5398 良玉 雪ふかくふりしつもれはあらち山
木すゑに花そ立なつみける　読人不知

7ウ

5399 雲かゝるあらちの山をかりかねの
霧にまとはていかてきつらん　斎宮河内

5400 あらち山ほたるの影をしるへにて
たとるは谷の木すゑなりけり　俊頼

5401 良玉 手向するあらちの山のゆふとまり
ひとりや君かいほりさすらん　読人不知

5402 金九 うちたのむ人のこころはあらち山
こしちくやしき旅にもあるかな　同

5403 おもひやるこゝろさへこそかなしけれ
あらちの山の冬のけしきは
右二首縣答男ニ付手越前国へまかりける女／男心か
はりけれは都に侍ける母の許へおくりけり
返しは母のよめるとなん

5404 有乳山すそ野のあさち枯しより
みねには雪のふらぬ日もなし　中務卿

8オ

5405 はつみ雪はふりにけらしなあらち山
このれたひ人そりにのるまて　兼昌

5406 あらち山雪ふりつもる高ねより
さえてもいつる夜半の月影　雅兼

5407 都出し衣手かれてあらちやま
色かはり行秋風そふく　知家

5408 あらち山夕日かくれのあさち原
色付ぬとやむしのなくらん　家隆

5409 冬こもる夜の間の風のあらち山
いかに木の葉の間なくちるらん　俊頼

8ウ

峯

5410 続拾 矢田の野のあさちか原もうつもれぬ
いくえあらちのみねのしら雪　為家

5411 建保名百 あらち山みねの木からし先立て
雪(くもイ)のゆくてにおへるもみちは　定家

高嶺

5412 あらち山雪ふりつもる高ねより
さらてもいつる夜半の月影

矢田野　或云　矢田野　広野ハ非ス二有乳山ノ辺ニ一云々然而トモ

5413 やたの野のあさち色付あらち―　人丸
如上自余并皆有乳山載之

5414 続後 ものゝふの矢田野のすゝき打なひき

9オ

をしかつまよふ秋は来にけり　寂延

5415 わらひおふる矢田のひろ野にうちむれて
おりくらしつゝかへるさと人　好忠

5416 有乳山しくれふるらしやたのなる
もゝえのはしももみちしにけり

5417 有乳山かりかねさむみやたの野の
あさち色付秋風そふく　中務卿

5418 まくす原なひく秋風ふくからに
やたの大野のはきはちるらし

阿伎師之里　正字可詳

5419 堀百
あらち山雪けの空になりぬれは
あきしのさとにみそれふりつゝ　仲実

9ウ

海路山　建保名所百首用帰字哥心又帰也

5420 古八
かへる山ありとはきけと春かすみ
たちわかれなは恋しかるへし　紀和貞

5421 たちわたるかすみへたてゝかへる山
きてもとまらぬ春のかりかね　性助法師

5422 まてといひてたのめし秋は過ぬれは
かへる山路の名そかひもなき　西住法師

5423 古
しら雪のやへふりしけるかへる山
かへる〳〵も老にけるかな　棟梁

5424 こえかねていまそこしち路のかへる山
雪ふる時の名にそありける　頼政

10オ

5425 千
あともたえしほりも雪にうつもれて
かへる山ちにまよ（と）ひぬるかな　三条入道右大臣兼房

5426 春はこよひ柴の戸ほそにかへる山
あさちの風にたれをまたまし　行意

5427 かへる山名にそはありてあるかひは
きてもとまらぬ名にこそありけれ　躬恒

5428 建保百
かりかねの花の日わけてかへるやま
かすみもみねにのこるものかは　範宗

5429 たひころもなれてもつらき秋風を
袖にうらみてかへる山人　知家

5430 五幡詠合　新古
わすれなむ世にもこし路のかへる山
いつはた人にあはむとすらん　伊勢

10ウ

5431 みやこ人かへる山路にあとたえて
さかひもしらぬ秋の夕きり　順徳院―

5432 かへる山みちゆき人はいつはたの
さかに袖ふれわれをおもはゝ　家持

5433 角鹿浦　後
われをのみおもひつるかの浦ならは
かへるやまにはまとはさらまし　読人不知

5434 みやこ人くるれはやかてかへるやま
なにそはひとりとまるいほりそ　兵衛

五幡坂

5435 万十八
かへる山みち行人はいつはたの
さかに袖ふる（れイ）われをおもはゝ　家持

5436 わすれなむ世にもこし路の帰る山
いつはた人にあはむとすらん

11オ

5437 後十九
君をのみいつはたおもふこしなれは
ゆきゝのみちははるけからまし　読人不知

角鹿山

5438 新撰イ　良玉
あつさゆみつるかのやまを春こえて
かへりしかりはいまそなくなる　為家

5439 良玉イ　新六
引わかれくる空そなきあつさ弓
つるかの山のいはのかけみち　（藤隆頼イ）家親

浜

5440 万三 越海之角鹿浜従大船尓真梶貫下勇
具取海路尓出而阿倍木管我榜行者
大夫乃手結　浦尓海未通女塩焼炎○

浦

5441 後 我をのみおもひつるかの浦ならは
かへる山にはまとはさらまし　読人不知

11ウ

関原

5442 うくひすのなきつるこゑにしきられて
ゆきもやられぬせきの原かな　仲正

黒戸橋

5443 たれそこのねさめてきけはあさむ人の
くろとのはしをふみとゝろかす

越中山

5444 かりかねのかへる山にやまよふらん
こしの中山かすみへたてゝ　西行

5445 馬 現六 冬ふかみこしの中山馬はあれと
雪ふみあらしかちよりそゆく　定家

12オ

浅水橋

5446 あさむつのはし〳〵のひちわたれとも
とゝろ〳〵となるそかなしき

飼飯海

5447 かりこも 万二 けいの海のにはよくあらしかりこもの
みたれてみゆるあまのつりふね　人丸

浦

5448 同十二 けいの浦によするしら白しきに
いもかすかたもおもほゆるかな

吹飯浦 浜イ

5449 おきつ風ふけいのうらにいてゐつゝ
あかついのちはいもかためこそ

12ウ

手結浦

5450 万三 大夫乃手結浦尓海未通女塩焼炎○
5451 反哥 こしのうみ○たゆひの浦を旅ねして
うれはともしみやまとおもひつ

潟

5452 同十四 たゆひかたしほみちわたるいつゆても
かなしきせわたるわかりかよはむ

道口武生国府

5453 みちのくちたけふのこふの我ありと
おやにはかたれこゝろあひの風

色浜

5454 降雪の色のはまへのしろたへに
それともわかぬむら千とりかな　中務卿—

5455 しほくむとますほのこかひひろふとて
いろのはまとはゆふにやあるらん　西行

13オ

玉江

5456 後撰三 夏かりの玉江のあしをふみしたき
むれゐる鳥のたつ空そなき　成重

5457 夏かりのあしのかりねもあはれなり
玉江の月の明かたの空　俊成

5458 新勅 しらつゆの玉江のあしのよひ〳〵に
秋風ちかく行ほたるかな　道助法親王

5459 秋ふかき玉江のおきのうき枕
人はいつくと月を見るらん　家隆

加賀国

5460 よろこひをくわへていそく国なれは
おもへとえこそとゝめさりけれ　俊頼

13ウ

右哥詞花集第六宮左京大夫顕輔加賀守ニテ／下ける
時よみてつかはしけるとなむ

白山

5461 万十四 たくふすましら山かせのねなへとも
ころや（かイ）おふ（そイ）きのあろこゝい（そすイ）しも

5462 よそのみ恋やわたらんしらやまの
雪みるへくもあらぬ我身は　躬恒

14オ

5463 万九 きえわ（はつイ）ふる時しなけれはこし路なる
しら山の名は雪にそありける　同

5464 君をのみおもひこし路のしら山は
いつかは雪のきゆるときある　同

5465 後八 あらたまのとしをわたりてあるか上に
ふりつむ雪のきえぬ白山　読人不知

5466 拾四 雲のゐるこしのしら山おひにけり
百へのとしの雪つもりつゝ　忠見

5467 後 都にて音に降つるしらやまは
ゆきつきかたき雲井なりけり　読人不知

5468 新古 おもひやるこしのしら山しらねとも
ひと夜も夢にこえぬ日そなき　紀貫之

14ウ

5469 同 しら山にこしふる雪やつもるらん
夜半にかたしくたもとさゆなり　公任

5470 新勅 しらやまの雪の下草われなれや
下にもえつゝとしのふるらん　読人不知

5471 六帖 しらやまにふるしら雪のこそのうへに
ことしもつもるこひもするかな

5472 はつ雪にしるしのさほは立しかな
去年とそ見えすこ（もイ）しの白山　右大臣宗

5473 正治百 しら山の松の木かけにかけろひて
かすか（やすらひイ）にすめるらいのとりかな　後鳥羽院

5474 としふともこしのしら山わすれすは
かしらの雪をあはれとはみよ　顕輔

15オ

5475 むかしより名にふりつもるしら山の
雲井の雪はきゆる間もなし　信明

5476 けぬかうへにさこそは雪のつもるらめ
名もふりにけりこしのしら山　安嘉門院甲斐

5477 白山に雪ふりぬれはあとたえて
いまはこし路の人もかよはす　如本

白嶺

5478 後八 としふかくふりつむ雪をみる時そ
こしのしらねにすむ心ちする

5479 三吉野 みよしのゝ花のさかりをけふみれは
こしのしらねに春風そふく　俊成

5480 続古 日吉客人宮奉詠
こゝに又光をわけてやとすかな
こしのしらねや雪のふるさと　後京極―

15ウ

5481 あはれなりこしのしらねにすむ鳥も
松をたのみて世をすくすらん

5482 さくらさく春の山辺は雪きえぬ
こしのしらねの心ちこそすれ

5483 さえのほるこしのしらねの夜半の月
雪はこほりのふもとなりけり　家隆

5484 人こふるかひもはをはいとひけり
われのちゝなくしらねこゆれと　仲実

越大山

5485 み雪ふるこしの大山行すきて
いつれの日にか我さとをみん　通俊

16オ

高嶺

5486
みやこたにあとたゆはかり降雪に
こしの高根をおもひこそやれ　同

都気山　正字可詳

5487 雲葉
かきりなくおもふこゝろをつけの山
山かけ（くちィ）をこそたのむへらなり

蓮浦

5488
つみふかき身はほろふやと音にきく
はちすの浦を行てたにみん

竹浦

5489
音そよく竹の浦風吹たてゝ
まさころ（に）あそふ秋のかりかね　光俊

16ウ

泊

5490
こしのうみの竹のとまりをきてみれは
一夜をこめて雪ふりにけり　藤憲盛

小塩浦

5491 良玉
おもひきやおしほの浦のとまやにて
ねさめに秋の月をみんとは　致頼（隆ィ藤原）

篠原　八雲御抄ニハ常陸国ニ入之　又近江在之

5492 新六
世の中はうきふししけしのはらや
旅にしあれはいも夢にみゆ　俊頼

5493
衣手に夕風さむししのはらや
しくるゝ野へにやとはなくして　行意

17オ

籠渡

5494 現六
いたつらにやすくすきゝぬ山ふしの
かこのわたりもあはれなる世に　衣笠―

能登国

能登海

5495
能登の海のまつり（にィ）するあまのいさり火の
ひかりにいませ月まちかてに（らィ）

能登嶋山

5496 舟木
鳥ふさたち舟木きるといふのと嶋山
けふみれはこそしけしもいくむへそ　家持
右能登郡ニ従リ香嶋津発舟行出熊木村作哥

5497 新六
なきさよりけさこそみつれ鳥ふさ立
船木きるてふのとのしま山　衣笠―

17ウ

香嶋

5498 万十七
かしまよりくまきをさして此ふね（こくィ）の
かちとる間なくみやこしおもへ（りィ）　家持
右能登郡従（リ）香嶋津一発舟行出（フナテシテ）熊木村作哥

熊木村

5499 万十六
階鍤熊来乃夜良尓新羅斧堕　入　和之何毛侶々々
鳴鳥曾祢浮出流夜登将見　和之

5500
階鍤熊来酒屋尓真奴良留奴和之佐酒比立
率　而来奈摩之乎真奴良留奴和之
右二首能登国哥

机嶋

5501
所聞多祢乃机　之嶋能小螺　乎伊拾　持来而
以都追伎破夫利早河尓洗　濯　辛塩尓古胡
登毛美高坏尓盛机　立而母尓奉　都也
目定児乃眉父尓献　都也身女児乃眉
右能登国哥三首内

珠洲海　長浜浦

5502 万十七
すゝの海あさひらきしてこきくれは
長浜浦に月出にけり　家持
右従珠洲郡数舟還（ル）本ノ郡ニ之時泊（テ）長浜浦ニ見（テ）月光ヲ

18オ

5503 同十八
鮑玉
郭公　菖蒲
すゝ山ノおきつみかへ(あまのイ)にゐわたりて
かつきとるといふあわひたまつ心なく
さに郭公きなく五月のあやめ草
花橘にぬきこしくろゝにせよとつゝみてやらん

5504 しら玉をつゝみてやらはあやめ草
花橘にあらもぬひかな　本ノマヽ
右為賜京家題真珠哥

18ウ

御牧

5505 懐中　駒
なつけたるすゝの御牧の駒ならは
かひしふる野をわすれさらなん

雲津

5506 雲津よりすゝめくりするこしふねの
おきのほ(うせイ)をさかるほの〳〵にみゆ　仲実

饒石河

5507 万十七
いもにあはすひさしく成ぬにしき(きイ)川
きよきせことにみな浦はへて　家持

19オ

5508 もみちゝる山下水はそめませの
にしき川とそみえわたりける　仲正

岩瀬渡

5509 舟とむるいわせのわたりさ夜ふけて
みやまき川をいつる月影　定家

越中国
射水河

5510 いみつ川みなとのすとりあさなきに
かたにあさしほみてはつまよひかはす
右布勢海(フセノ)ヲ賦(フス)　止和

19ウ

5511 同十八
射水川雪は上にまして行水の
いましにのみたつかなく奈呉江ノ

5512 同十九
あさことにきけは春けしいつみ川
あさこきしつゝうたふ舟人

二上山(並一)

5513 射水川いゆきめくれる玉くしけ
ふたかみ山は春花のさけるさかりに
秋はのににほへる時に　以下渋谷哥載之

5514 反哥
二首内
玉くしけふたかみ山に鳴とりの
こゑ(のイ)も恋しき時はきにけり
右二上山ヲ賦ス

5515 玉くしけふたかみ山にはふくすの
ゆきはわかれすありかよひ

5516 かきあそふ二上山にかひさひてたてる
つるのきもとしゐりのを夜角やしときはに
右二首ハ布勢水海ヲ賦ス

20オ

5517 同
みしまのをそかひにみつゝふたかみの
山とひこえて雲かゝり
返哥　三首内

5518 同
ふたかみのをき(てイ)も此野(もイ)にあみさして
あかまつたかをいぬ(めイ)につけつも　家持
右射水郡古江村取獲蒼鷹作哥

5519 同十六
しふ谷の二上山にわしそ子うむといふ
さらにも君かためにわしそこむ
右越中国哥四首内

20ウ

5520 同
むはたまの夜はふけぬらし玉くしけ
ふたかみ山に月かたふきぬ　家持

5521 同十八
ふたかみの山におもれる(ニイ)ほとゝきす
いまもなかぬか君にきかせん

須蘇末山

5522　須売加未能須蘇末乃夜麻能之夫多尓能
佐吉乃安里蘇尓阿佐奈芸尓餘須流之良奈美
右二上山賦　射水河　二上山哥也
5523　谷の戸はけふしほさしてあま衣
すそまの山に秋風そふく　光俊朝臣
已上射水河二上山載之

21オ

渋谷崎

5524　すめかみのすそまの山のしふたに崎の
ありそにあさなきによする白浪
5525　反哥　二首　しふたにのさきのありそによする波
いやしく〳〵にいにしへおもほゆ
右二上山賦
5526　しら浪のありそによするしふ谷の
さきたもとをりまつたへのな我は
ますきて　以上布勢海載之
右布勢海賦
5527　しふたにをさしてわし行此はまに
月夜あきてん馬しはしかせ

礒

5528　こむまなへていさうちゆかんしふたにの
きよきいそまによするしら浪　家持

有礒　並四

5529　同　しらなみのありそにかよふたちのさき
しふたにのたにのありそに
5530　同　かゝらんとかねてしりせはこしの海の
ありそのなみも見せましものを　家持
右越中任国之間遥聞ニテ身表感傷ヲ作哥
5531　後十七　しまかくれありそにかよふあしたつの

21ウ

ふみをくあとはなみもうたなん　伊勢

崎

5532　万十七　しふたにのありその崎ニ奥津なみ
右止テ和布勢ノ水海ヲ賦ス　大伴黒主

海

5533　万十七ィ　又伊勢海詠之
こえ人のひたいかみゆふありそ海の
ゆふそめこゝろわれわすれめや　読人不知
5534　古十五　ありそうみのはまのまさことたのめしは
わするゝ事のかすにそありける
5535　後十四　ありそうみのはまのまさこを皆もかな
ひとりぬる夜のかすにとるへく　相模

22オ

5536　同十　わか恋のかすにしとらはありそうみの
はまのまさこもつきぬへらなり　棟梁
5537　後撰十八　むかしよりおもふこゝろはありそ海の
はまのまさこのかすもおほえす　閑院大夫
5538　同十八　わかおもふ人もわするなありそうみの
浦ふく風のやむ時もなく
5539　新古十一　我恋はありそのうみの風をいたみ
しきりによする浪の間もなし　伊勢

22ウ

5540　続古十一　ありそうみのうらとたのめし名残波
うちよせてけるわすれかひかな
5541　堀百　おもふ事ありそのうみのうつせ貝
あはてやみぬる名をやのこさん　師頼
5542　金八　人しれぬおもひありその浦風に
浪のよるこそいわまほしけれ　中納言俊忠
右堀川院御時艶書合哥　紀伊
5543　音にきくたかしの浜のあたなみは
かけしや袖のぬれもこそすれ

23オ

5544 撰十一　かくてのみありその浦の浜千とり
よそになきつゝ恋やわたらん　読人不知

浜

5545　かよひくる名のみありそのはまちとり
あとはしはしもなとかとゝめぬ

5546 後十　いはておもふこゝろありその浜風に
たつしら浪のよるそわひしき

渡　大崎之有礒ノ渡一所歟未決沓就有礒之詞載之

5547 万十二　大さきのありそのわたり霧こめて
をちかたこゑに舟よはふなり

5548 万十二　大さきのありそのわたりはふくすの
ゆくかたなくやおもひわたらん

5549　なみこゆるありそのまくすうとろまて
あわてうらみの露そこほるゝ　前内大臣基

布勢海　並五

5550 万十七　布勢の海舟うちすへてなきさにはあちむら
さはきたまくしけふたかみ山に　如上二上山載之

5551 反哥　布勢の海おきつしら波ありかよひ
いやとしのはにみつゝしのはむ　家持

5552 万十七　布勢のうみにあまをふねに　池主

5553 同十八　玉くしけいつしかあけんふせの浦の
うらをゆきつゝ玉もひろはん

浦

5554 万八イ　いかにあるふせの浦そもこゝたつも
同十八　尓吉民我世武等我をとゝむる

5555　音にきゝめにはまたみぬふせの海を

5556 同　布勢の浦をゆきてもみてはもゝしきの
おほみや人にかたりつきなん

23ウ　24オ

5557　明日の浦に布勢の浦まの藤波に
したしきなかすくらしてんかも　家持
右四首天平廿年三月廿三日左大臣橘家に使者／造泊
司令吏田辺史独丸御食于守伴ノ宿祢／舒爰新哥幷使
誦合詠共述心緒一哥等　奈呉海
于時斯之明将遊覧布勢水海何述懐作哥

乎敷崎

5558 同八　おふのさきまちたもとほるひねもすに
みてもあくへき浦にあらなくに　家持
右子細同上　布勢海哥

浦

5559　おろかにそわれはおもひし大浦の
ありそのめくりみれとあかすけり
右玉水海遊覧時各述懐作哥

垂姫崎

5560 同　やむさふるたるひめのさきこきめくり
みれともあかすわすれん

浦

5561 同　たるひめの浦をこきつゝけふの日は
たのしくあそへいひつきにせむ

5562 奈良詠　同　たるひめのうらをこく舟かち間にも
ならの葉きつを忘ておもふや　家持

多胡崎

5563 万八　たこのさき此くれしけにほとゝきす
きなきとよめはたこひめやも

浦　副古江村

5564 万十九　たこの浦のそこさへにほふ藤浪を
かさしてゆかんみぬ人のため

24ウ　25オ

右子細同前　布勢海哥

25ウ

5565 ぬれつゝもしゐてやおらんたこの浦の
そこさへにほふ松の藤なみ　順徳院—

5566 いさゝかにおもひてましをたこの浦に
さける藤みて一夜へぬへし

5567 藤浪借廬ツクリ湾廻為流ヒ下ハシラヌアマトヤミラシ

5568 藤なみのかけなる浦のそこきよし（ミイ）
つくいしをも玉とそ我見る（しイ）
右四首遊覧布勢水海泊於多祜湾望見／藤ノ花
各述懐作哥

5569 堀百　むらさきのしき波よるとみるからに
たこのうら藤花さきにけり　仲実

5570 おのか浪におなしすゑ葉そしほれぬる
藤さくたこのうらめしの身や　慈鎮

26オ

5571 おとつれよこしのしは山ほとゝきす
たこのうら藤いまさかりなり　家持

5572 松か枝に波のかけたる色みえて
みきはもちかきたこの浦藤　為

建保名所百首

5573 さなへとる田子の浦人夏かけて
なはしろ水に入江せくなり　家隆

5574 千五百　うつりゆく松をはたこのうら見ても
わすれすかけよたこの藤波　雅経

古江村

5575 影供百　五月雨はふるえのむらのとまやかた
水まてかゝるたこのうらなみ　定円

26ウ

菅山　副木葉里

5576 万十七　こゝろにはゆるふ（ことイ）時なくすかの山
すかるゝのみやこひしかるらん　家持
右越中守大津宿祢時水郡古江村取獲／蒼鷹作哥
反三首内

5577 宝治百首　春はなを日影もなかきすかのやま
みえくにあかぬ花の色かな　衣笠—

木葉里

5578 弘長名所百首　色そむる木はのさとのからにしき
あらくなたちそすかの山風　行意（家イ）

5579 現六　ちりまかふ木の葉のさとを立わかれ
さそすみよしと秋もゆくらん

27オ

三嶋野

5580 万十七　屋かた尾のたか手にすへて三嶋野に
からぬひまなくつきそつらける　家持
右取獲蒼鷹　反哥　三首内

5581 後撰　三嶋野のあたちかうは葉秋風に
色付ぬとやうつらなくらん　前内大臣基

5582 六百番　おもかけをほのみしまのにたえぬれは
行ゑもしらぬもすの草くき　隆信
裏書六百番哥合顕照陳状ニモスノクサクキノ事有沙
汰可見ル

5583 みしまのをそかひにみつゝふたかみの
山とひこえてくもかへり　家持

原

5584 夏くれはみしまか原にかる草の
ゆふてもたゆくとけぬ君かな　同

27ウ

新河篇　並立山

河

5585 須売加美能宇之波伎伊麻須尓比

5586 同　可波能草能多知夜麻尓○　如下
すめかみのうしはきいます尓比かはの
そのたち山にことなへに雪ふりしきて
於婆勢流かたかひかわのきよきせに
あさよひことにたつきりの○
5587 たち山にふりをける雪をとこなへに
みれともあかすかんからなしも　家持
右立山賦　短哥
5588 しら雲のちえをおしわけ雨そゝく
たかきたて山冬夏とわくこともな
くしろたへに雪はふりをきては
みねたかみ谷をふかみとおちたきつ
きよきふちにあさゝらす霧たちわ
5589 たるゆふされは雲井たなひきはた
ちやまにふりをける雪のとまなへに
けすきわたるはかむなからとそ　池主
右追加立山賦　並絶内
5590 詞　たち山の雪つくらしもはひつきの
かはのわたりせあふにつかすも　家持
5591 山をきるつるきのみねにのこし置て
神さひにけりけいのふるみや　行意

28オ

28ウ

片貝河

5592 万七　かたかひの川のせきよくゆく水の
たゆる事なくありかよひけん　家持
5593 おちたきつかたかひ川のたえぬこと
いまみる人もやますかよはむ

這槻河

5594 たち山の雪つくらしもはひつきの
川のわたりせあふみつかすも
右近行波郡渡新河郡這槻川時哥

砺波篇　山

5595 みわたせは卯の花山のほとゝきす
みしなかゆあさきりのみたるゝ心
ことにかてゝいはゝゆゝしみとなみ山
手向の神にぬさかへり
5596 同十九　となみ山とひこえ行てあさたては
まつのさ枝にゆふされは

関

5597 同十八　やまたちをとなみの関に明日よりは
もる人よりそへきみをとゝめん　家持
右天平勝宝二年東大寺僧平栄贈泊作哥
5598 堀百　いもか家にくものふるまひしるからん
となみのせきをけふこえくれは　顕季
5599 同　こゝろにはそるひく程に成にけり
となみの関の雪のあけほの

卯花山

5600 見和多婆宇能波奈夜麻乃保等登芸須
祢能未之百里安佐疑里能美左流々許々
呂許登尓伊佐弖伊婆里遊思美奈美夜麻
5601 ほとゝきす卯花山のあるしにて
空にしられぬ月になくなり　守覚―
5602 夏の夜は入ても月はのこりけり
卯花山を雨になかめむ　隆信
5603 日影さす卯花山のおみころも
たれぬきかけて神まつるらん　小侍従

雄神河

29オ

29ウ

30オ

5604 万十七
おかみ川くれなゐにほふおとめらも
あしつきとるとせにたゝすらし　家持
右近行波郡砺波郡雄神河辺作哥

5605 高萱
おかみ川ねしろたかゝやふみしたき
とるあしつきもねなかためみそ
右睦月乃七日中宮仲実ヵ許へ七草菜遣ストテ云へリ

5606 鮎釣
おかみ川かきのはひえにあゆつりて
あそふともさめぬそのねおもへは　俊頼

5607
おかみ川うきつにうつるこいのうくねを
つみしなへてもそこのみためそ　俊頼

藪波里

5608
やふなみのさとにやとかる春雨に
こもりつゝむといもにつけつや　家持
右砺波郡時起風雨不得去作哥

婦眉篇

野

5609
めひの野のすゝきおしなみふる雪に
やとるけふもかなしくおもほゆ　家持
右近行波郡婦眉鸕坂河辺見潜鸕人作哥

河

5610 **鸕坂河** 一所
めひ川にはやきせことにやもりさし
やくともしのをうかひたちけり　家持

5611 万十七
うさかはゝわたりせきをみ此安我馬乃
あかきの水にきぬゝれにけり　同

5612
みるたひに人のこゝろはうさき川
わたるせにほといかゝたのまん

森　右同亍帰不思河哥

5613
いかにせんうさかの森にみをすれと
きみかしもとのかすならぬみを
以上四首篇者四郡名之

雑篇

5614 **弥彦神** 万十六
いやひこのおのれ神さひあを雲の
たなひくとすらみそれそとふる

5615
いやひこの神のふもとにけふこしか
しかのふしなん波服着而角
附ナカラカハ毛キツケテヘノツケ
右二首越中国哥　四首内

伊都敷山

5616 万十九
わかこゝにしのはひしらすほとゝきす
いつくの山をなきかこえらん

茂山

5617
しけ山のたにへにおふる山ふきを
やとにひきうへて朝露にほへる花を　家持

5618
しけ山のそかひのみちの谷あひは
夏とて風のふかぬ日そなき

見奈疑之山

5619 椿花
みなきし山にやつをには霞たなひき
たにゝつはきはなさき○

丹生山

5620
日とりしてきけはさひしもほとゝきす
にふの山へにいゆきなくにも　家持
右越中任国間遊布勢水海時作哥

大野道

5621
大野路はしけらはしけししけくとも
きみしかよはゝみなはひろけん

椙野

5622 同十九
すきの、のさほとるき、すいちしろく
ほ(ね)にしもゆ(な)かんこもりつま(かもィ)しも

石瀬野

5623 白大鷹哥
秋附婆芽子開(アキツキハハキサキ)にほふ岩瀬野ノ馬多池行テ
おちこちに鳥ふしたち白塗(シラヌリ)の、
小鈴もゆふもあわをかり　家持

5624 萩　駒　小鷹
岩瀬野に秋萩しのき駒なへて
小たか狩たにせてやわかれん　家持

5625 自白符　堀百　鷹
しらぬりのすゝもゆらゝにいわせのに
あわせてそみるましらふのたか　顕季

伊久里森

5626 万十七
いもか家にいくりのもりの藤のはな
いまこむ春もつねそ(やくもィ)しみん
右越中守大伴宿祢任国間舒宴僧重時伝誦ス

5627
いつかたにいくりのもりのはるならん
あかぬ藤の花を見すてゝ　知家

崎田河

5628 鮎子　嶋津鳥
春されは花みににほふあしひきの山下
ひゝきおちたきつ流崎田の
河の瀬にあゆこさはしるしまつ鳥
うかひともなくかゝりさし夏なひゆけは

5629 紅衣　反哥
くれなゐの衣にほ(は)ひしさきた川
たゆる時(こと)なくわかかへりみん

5630
としことにあゆしはしれは崎田川
うかへのつきちかはせたつねん

5631
さきた川くたすこふねにさすさほの
音さゆるまて夜はふけにけり　二条院讃岐

殊羅河

5632
しくら川なつさひのほるひとせには
さてさしわたりはやせにはうちしつめつゝ○

5633 千五百
かひのほるこふねをしけみしくら川
せゝの浪ゆくかゝり火のかけ

奈呉海

5634 万七
なこの海あさ(をィ)こきくれは海中に
かこそなくなるあはれそのかこ

5635 万十七
なこの海のおきつ白浪しく〱に
おほはんかもたちわかれなは　家持

5636 同
あいの風いたくなふきそなこの海に
つりするをふねこきかへるみゆ　同

5637 同
なこのあまのつりする舟はいまこくは
ふなはたうちてかつてこきてぬ

5638 同
なこの海のしほのそやひ(は)はあまりにし(しにィ)
いてんとたつはいまそなくなる
右数哥等大伴宿祢越中守時度々宴哥也

5639
なこの海に舟しましかせ奥に出て
なみたちくやとみてかへりこむ

江

5640 続古
なこの浦あれたるあさの嶋かくれ
風にかたよるすかのむらとり

5641 万十七
みなと風さむく吹らしなこの江に
つまよひかはしたつさはになく　家持

5642
みなと風さむくふくらしたつのしま
なこの入江につらゝゐにけり

5643 同十八
たつかなくなこの入江のすけのねは
ころにおもひをほしれ　家持

5644 金　あふことはなこ江にあさるあしたつの
うきねをなくと人はしらすや　法性寺関白—

5645 月出ていまこそかへれなこの江に
ゆふへわするゝあまのつりふね　光俊

5646 雲はらふなこの入江のしほ風に
みなとをかけてすめる月影

浦

5647 万十八　浪たてはなこの浦によるかひの
間なき恋にそとしはへにける

35オ

5648 同十九　あふをいたみなこのうらはによる浪の
いやちけしきに恋わたるかな

5649 浪枕　堀百　こしの海あゆの風ふくなこの浦に
舟はとゝめよ波まくらせむ　仲実

5650 ゆふされはつまよひかはしなくたつの
こえふきをくるなこのうら風　同

渡　住吉歟未決

5651 月　万代　吹はらふあなしの風に雲はれて
なこのとわたるあり明の月　俊成

波久比浦

5652 しほちからたゝこえいれ（くイ）ははくひの海
あさなきしたるふねのかちかも　家持

35ウ

英遠浦

5653 あをのうみ（ら）によするしら波いやましに
たちしきよせてあゆをいたみかも

信濃浜

5654 いつくよりけふ吹そめてこしの海の
しなのゝはまの秋の初風

5655 万十七　こしの海（のイ）しなのゝはまに（をイ）行くれて
なかき春日もわすれて思や

雪嶋　此嶋名所歟　在所可詳

5656 雪嶋のいわほにう（ふ）つるなてしこの（はイ）
千代にさきぬか君かさしに
右大伴宿祢越中任国之時舒宴遊行女婦補生娘女
作哥也其詞云天平勝宝三年正月三日積雪彫
成重巌之載哥巧任発草樹之花（ト）ニ云々

36オ

5657 現六　雪嶋のいはほにたてるそなれ松
まつとなき世にしほれてそふる

5658 恋しくはなとかはとはぬ雪しまの
いはほにさけるなてしこの花　家隆
国未定哥　勘決後可勘入歟

佐渡国

越水海　布勢海歟

5659 うら見てもなにゝかはせんあはてのみ
こしの水海みるめなけれは　俊成

36ウ

雪高浜　**越浦**

5660 ふりつゝく雪の高はまはる〳〵と
木かけもみえぬこしのうら風　為家

越松原

5661 しほ風にえやはむかはん（ぬ）枝も葉も
そむきにたてるこしのまつはら　信実

越菅原

5662 しらさりきこしのすかはら枯はてゝ
かりにもあはぬちきりなりけり（ありとはイ）　家隆

奈古継橋

5663 東路のなこのつきはしわたらねと
世にふるみちもあやうかりけり　式乾門院

37オ

謌枕名寄巻第三十

目録

山陰部　八箇国

丹波　丹後　但馬　因幡

伯耆　出雲　石見　隠岐

丹波国

大江山　千年山 河　水尾山 河　村雲山 河／里

長峯山　鼓山 或山城／或肥後　神南備山 大和国中／有同名

桂山　桜山　高倉山 備中／有同名　韓見山 正字／可詳

常盤山 山城／有同名　藤坂山　石坂山　石根山 村／池

湯羅山　穂津山　生野　神田郷

雲田村　長田村　日置里　瀧郡

松井　大芋山

37ウ

丹後国

与謝篇 海 入海 浦／浜 礒 湊　小嶋　伊祢浦

内外浜　遊浦　海橋立　吹居 浦

椋橋 山／川　大山

雑篇

水江　浦嶋 浦嶋伝云澄江浦嶋云々 万葉之／墨者尓還来 云々但古来詠水江

梶嶋　根蓴浦 沼縄／或題用之　枯木浦　笛浦

子日崎　足占山　穴憂里

但馬国

二見浦 結浦　雪白浜　諸寄河

五師里　朝子山 習俗但馬国名也云々／今案之朝来郡也

38オ

因幡国

因幡山 稲葉云土哥枕当国入之現在也而近／来在美濃国之由勘之間并悉彼国／載之建保百首因幡用此字歟当国稲葉／郷現在也

伯耆国　可検見

出雲国

飯宇海 川原　素鵝河原　出雲浦 森／宮

水江吉野宮　手間関 隈関　能伎郡

蟻通神　佐大浦

三尾浦 現在当／国云々但／後鳥羽院御哥自遠所七条院御方へ云々然者／隠岐在之歟／可詳

38ウ

石見国

石見海 潟　鴨山　高田山　角浦　辛崎

渡山　屋上山　高角山　打歌山　石見河 或抄載之

隠岐国

隠岐海　隠岐小嶋

39オ

歌

丹波国哥

大江山

5664 サネカツラ　万十二
丹波路の大江のやまのさねかつら
たえんのこゝろわれはおほえす　人丸

5665 同　新古
おもふ事大江のやまのさねかつら
くるとあくとはなけきつゝのみ　知家

5666 建保名所
ゆふすゝみ大江のやまのたまかつら
秋をかけたるつゆそこほるゝ　定家

39ウ

5667　大江山夕たちすくる木の間より入日すゝしきひくらしのこゑ　行能

5668　大江山われよりさきにゆく人もやとやかるらん日くらしのこゑ　康光

5669 空蟬　大江山かけゆくみちのやすらひにしはしなれつる空蟬のこゑ　兵衛

5670 堀後百　大江山しけみかもとにましりても人にしらるゝほたるなりけり　順徳院―

5671 猿　おもふこと大江の山に世の中をいかにせましとみこゑなくなり　兼昌

5672　五月雨のはれぬ日数やおほえ山いまさら瀧津こけの下水　知家

40オ

5673 生野 新六　春雨のそむる日数のおほえやまいくのゝ草の色まさるらん　同

5674 海橋立 金　大江山いくのゝみちのとをけれはまたふみもみぬ(すイ)あまのはしたて　小式部

5675 新勅　大江山はるかにおくるしかのねはいく野を過てつまをこふらん　定守

5676 新勅 鳥羽田 鴈　大江山かたふく月のかけすみてとはたのおもにおつるかりかね　慈鎮

5677　大江山しくるゝ雲のすゑみれはいく野もとをきけさの初雪　資兼

5678 六帖　かたときもみねは恋しき大江山なけきしらすな人のこるかは

40ウ

千年山

5679 拾十　ことしより千とせの山はこえたえすきみか御代をそいのるへらなる　能宣
右天暦元年大嘗会之御屛風ノ哥

5680　まさこよりいわほになれる千年山こや君か代のためしなるらん　読人不知

5681　千とせ山これやむかしのさゝれ石いはほにふかきこけの色かな　中務卿

5682　みねつゝき松の間しけくみゆる哉これや千とせの山路なるらん　師時

5683 千廿 榊　千年山神の代ませるさかきはのさかへまさるは君かためとか(やイ)　範光
右一首治承四年高倉院御時大嘗会主／基方　丹波国
千年山

41オ

河

5684 万代　我君のなかれ久しき千とせ川浪しつかなる代々(にイ)つかへつゝ　洞院摂政

水尾山

5685　うちつけに水の尾山のあき風をいは間に瀧津音かとそきく　能宣

神南備山　大和　山城　備中　在同名

5686　ときはなる神南備山の榊葉をさしてそいのる万代のため　義忠
右長元九年後朱雀院大嘗会主基方神楽哥

5687 同　みしめゆふかたにとりかけ神なひの山のさかきをかさしにそする(さす)　兼光
右寿永三年後鳥羽院大嘗会方神楽哥

41ウ

桂山

5688 新勅　照月のかつらの山に家居してくもりなき世にか(あ)へる秋かな　義忠
右後朱雀院御時大嘗会主基方御屛風哥

5689 月日　久かたの月のかつらのやまひとは(もイ)

とよのあかりにあひにけるかな　匡房
右永保元年堀川院大嘗会丹後国桂山

鼓山

5690 金五 音たかくつゝみの山をうちはへて　行成
たのしき御代に（と）なるそうれしき
右大嘗会主基方辰日参音声鼓山ヲヨメル

村雲山

5691 天下としみぬ秋そなかりける　匡房
むら雲山の神のしるしに
右承保元年大嘗会主基方哥

5692 現 秋の雨のなこりの空ははれやらて　法印憲実
おほむら雲の山のはの月

里

5693 懐中 神無月山のけしきはつれなくて
時雨ふりくるむら雲のさと

5694 良玉 むら雲のさとゝしるく／＼やとかりて　読人不知
こゝろと雨にぬるゝ袖かな

長峯山

5695 現六 槙の葉もこけおふるまて成にけり
いく代かへぬる長峯の山
右承保元年大嘗会哥

5696 椎柴のかはらぬ色をたのむかな　匡房
君かよはひの長みねの山

石根山

5697 いはね山やまあひにすれるおみころも　同
たもとゆたかにたつそうれしき
洞院摂政百首

5698 秋風抄 ときはなるいはねの山のほとゝきす

つれなかれとはまたぬ夕を　行能

5699 ひさしさのしるしなるへし色かへぬ　実政
岩根の山のまつのいは（みとり）ねは
永保大嘗会哥

5700 我君（村イ）につかへまつらんこけむせる　資業
いはねの松（むら）のよろつ代までに
右永承九年大嘗会巳日

池

5701 くみてしる人はあらしなおもふこと
いはねの池のいひしらせねは

長尾山

5702 もろ人のさかゆくみちは長尾山　匡房
また行すゑのはるけかりける

二村山

5703 二むらの山のふもとの秋はきは　同
錦をしける野へかとそみる

毛利山

5704 もり山にいのりし事はしるしあれと　同
もみちは神の手向なりけり

高松山

5705 みとりなる高松山をかそふれは　同
いつしかとしの行つもるらん

冨緒山

5706 さかき葉の色しかはらてけふよりは　同
とみのを山に千代とこそふれ

遊布山

5707 よろつ代と千たひ／＼やいはねなる　同
遊布の山こそ数はしりけれ

笛吹山

5708 岩ねさす笛吹山のかひありて
ちとせをふへきこゑそきこゆる　知家

5709 呉竹の笛吹山はあき風に
よろつのあなのしらへこそすれ　匡房

加納山

5710 いのる事かなふの山のさねかつら
くれともつきぬ四方の民かな　同

石坂山

5711 続古 いわさかの山のいはねに（の）うこきなく
ときはかきはにこけのむす（かなイ）まて　同
右承保元年大嘗会主基方御屛風哥

5712 懐中 姫小松 つるのすむいわ坂山のひめこまつ
千代のけしきのしるくもあるかな

44ウ

藤坂山

5713 続後十 君か代にあふかひありてむらさきの
雲たちわたるふちさかのやま　同

5714 むらさきのふちさかやまにさくはなの
千代のため（かさイ）しは君かためなり
右寛元四年大嘗会

5715 音たかき藤さかやまのふちの花
よろつの年の数をそちきる　正家

45オ

桜山

5716 さくら山ちるへきはなもなかりけり
あらき風たにふかぬ世なれは　匡房

5717 さくらやま花さへにほふかひありて
旅行人も立とまりけり　同

高倉山

5718 たかくらの山のふもとのさとなれは
つみをくいねの数もしられす
右元仁元年大嘗会

唐見山

5719 みわたせはかゝ（らイ）みの山のおもしろく
雪そ千とせの数はふりける　匡房

45ウ

常盤山

5720 としことに雪のふかさはときは山
代のたのしさをかねてしる哉

5721 色かへぬときはのやまの榊葉は
いはひかさしつ万代のため　範兼
右平治元年大嘗会神楽哥

湯羅山

5722 ゆらの山ふもとの松のまつかけに
たちよる人も千代をこそまて　匡房

穂津山

5723 筏 こほりわたるいかたのさほのたゆけれは
もちこしてけりほつの山こえ

生野

5724 大江山こえていく野のすゑとをみ
道ある世にもあひにけるかな
右平治元年二条院大嘗会主基方辰日
参入音声生野ヲヨメル

46オ

5725 春雨のそむる日かすやおほえやま
いく野の草の色まさるらん　知家

5726 暮ぬとやわれよりさきにとまるらん
いく野の末にあふ人のなき　西園寺入道
右建仁元年和哥所哥合旅夕暮

46ウ

5727　大江山はるかにをくるしかの音は
いく野をすきて妻をこふらん　実守

5728　尾花
くれぬとていそき生野の道にして
まねく尾花のひまもなきかな　前斎院輔

5729　女郎花
霜さゆるいく野ゝみちのをみなへし
秋みし色は夢かうつゝか　家隆

5730　時鳥
きかはやないく野のみちのほとゝきす
たゝ一こゑのすさみなりとも　賀陽門院越前

5731　大江守[山]しくるゝ雲のすゑみれは
いくのゝとをきけさのはつ雪　西園寺入道

5732　里
さとゝをきいく野のすゑを見わたせは
かすみにかへすはるの小山田　雅経

47オ

5733　堀百　卯花
卯の花のさけるかきねは布さらす
いく野のさとの心ちこそすれ　顕仲

5734　駒
駒なへていくのゝおくの人さとに
みゆるけふりやしるしなるらん　小侍従

本谷

5735　あやめ引しら谷水の底ふかみ
なかきちとせのはしめなりけり　匡房

5736　よもの海もかくこそあらめ大雲川
一日もなみのたつときそなき　同

5737　大雲川ひとたひすめるしるしには
けふそ千とせのはしめなりける
右永保元年大嘗会哥

47ウ

大芋川

5738　おいも川ひとたひすめるしるしには
けふそちとせのはしめなりける　匡房
右承保元年大嘗会哥

神田郷

5739　千廿
ちはやふる神田のさとのいねなれは
月日と共にひさしかるへし　同
右保永元年大嘗会稲舂哥

雲田村

5740　千
天地のきはめもしらぬ御代なれは
雲田のむらのいねをこそつめ　範兼

長田村

48オ

5741　神代よりけふのためとや待かほに
長田のいねのしなひそめけむ　兼光
右元暦元年大嘗会

歌撫村

5742　うたなてのむらに旅人まとゐして
おさまれる代のこゑをきくかな　匡房

泉村

5743　しらきくのいつみのむらにすむ人は
いろかみなからとしをこそふれ　同

稲村岡

5744　君か代はいつれのさともをしなへて
いなむら岡となりにけるかな　同

48ウ

酒井村

5745　わきいつる酒井の水もすみにけり
おほやしましる御代のしるしに　義明

5746　やすみしるわかおほ君の御代にこそ
さか井のむらの水もすみけれ　匡房

日置里

5747　あかねさすひをきのさとをみわたせは
卯花さきてなつかしきかな　知[正イ]家

5748　くもりなき君か御代にはあかねさす
日をきのさともにきはひにけり

瀧郡

5749　懐中　なる瀧のこほりやけふは春ならん
こゝろとけたる音たかくなる

松井

5750　新古今　ときはなる松井の水をむすふての
しつくことにそ千代はみえける　資実
右建久九年大嘗会御屏風

丹後国
与謝篇
海

5751　千　おもふことなくてそ見ましよさの海の
あまのはしたてみやこなりせは　赤染衛門

5752　君か代につくりはてゝむよさの海の
行すゑとをきあまのはしたて　元輔

5753　よさの海のあまのあまたのまてかたに
おりやとるらん波の花なし　和泉式部

5754　続後　いさりするよさの海人こよひさへ
あふ事なみに袖ぬらせとや　後法性寺入道

5755　堀百　ぬれころもいまははつきにかけてほす
かつきしにけりよさのあま人　兼昌

入海

5756　わかめかるよさの入海かすみぬと
あまにはつけよいねの浦風　長明

5757　よさの海のかすみはれゆくたえ間より
木すゑそみゆる松のむらたち　隆信

浦

5758　しほ風によさの浦松音さえて
千とりとわたるあけぬ此夜を　恵京

5759　建仁元哥合　よさの浦やならはぬあまのいさり火は
ほたるとひかふゆふやみの空　長明

5760　松かねはしほのみちひにしつかにて
月になきたるよさの浦風

5761　よさの浦にしまかくれゆくつり舟の
ゆくゑもしらぬ恋もするかな　俊頼

5762　はしたてやよさの浦浪よせくるに
暁かけて千とりなくなり　仲実

浜

5763　おしてるやよさの浜こそこひしけれ
なみたをよするかたしなけれは　慈心上人

礒

5764　明かたのよさのいそ間にふねとめて
かたふく月をうらちにそみる　行家

湊

5765　松たてるよさのみなとのゆふすゝみ
いまもふかなんおきつしほ風　後

小嶋

5766　一字抄　あかつきやをしまかいその松風に
衣かさねよよさの浦人　顕仲

5767　千五百　とまりする小嶋かいその波まくら
さこそはふかめよさの浦風　通具

伊祢浦

5768　わかめかるよさの入海かすみぬと
あまにはつけよ伊祢の浦風　長明

遊浦

5769 懐中
うちよする見るかひありてよさの海の
あそひの浦に比もへつ（ぬイ）へし

内外浜

5770 よさの海の内外のはまに浦さひて
代をうみわたるあまのはしたて　好忠

海橋立

5771 大江山 生野
大江山いく野のみちのとをけれは
またふみも見ぬあまのはし立　小式部

5772 金九
こひわたる人に見せはやまつの葉も
したもみちするあまのはしたて　範永

右一首公任卿家ニテ紅葉海橋立恋三ツヲ一首ニヨメルトナム

51ウ

5773 ふねとめてみれとあかぬは松風に
なみよせかへるあまのはしたて　紀伊

5774 浪たてる松のしつ枝をくもてにて
かすみわたれるあまのはしたて　俊頼

5775 はしたてや松風かすむあけほのに
あまとひかへる春のはりかね　慈鎮

5776 うつろはぬまつにつけてや橋立の
久しき世をはかへそわたらん

右一首村上御時菊合日記云大御所ノカタノツホニ二番人ハイナトスクナリニケリアマノ橋立テシテ松ニ／ツケタリトナン

52オ

5777 よろつ代をまつにつけてやけふよりは
あまのはしたてふりすしてみめ

右同御時　二番カタノ御製也

5778 かすみゆるかりのはたれの霜のうへに
月さえわたるあまのはしたて

5779 君か代につくりはて、むよさのうみの
行えすとをきあまのはしたて

5780 名所哥
みつしほにくちせぬ松やはしはしら
あまのはしたて千代もかきらし　家隆

5781 同
かりてほすあまのみるともいとまなみ
こや世をわたるあまのはしたて　知家

5782 同
わたの原まつふく風にきりはれて
月すみわたるあまのはしたて

5783 むはたまの夜わたるつきのすむ里は
けに久かたのあまのはしたて　定家

吹居

5784 はしたてやよさのふけゐのさよ千鳥
とをきひかたに（ともよふからにイ）さゆる月かけ　衣笠内大臣

5785 建保名所
ほの〳〵とよさのふけゐのあさなきに
あらはれわたるあまのはしたて

椋橋山 或大和国
或当国未決有当国共載之

5786 万 長
はしたてやくらはし山にたてる白雲
みまほしみわかするなへにたてる白雲　人丸

河

5787 万
はしたてやくらはし川に水すけを
わたりてかさにあふ川のみつすけを　同

5788 続
はしたてのくらはし川にかるすけの
長日暮らしす、むころかな　後鳥羽院―

大山

5789 宝治百 雑篇
春霞たちわたるなりはしたてや
松原こしのよさの大山　光俊

水江 幷浦嶋

5790 新古
あしかものさはく入江の水の江の

53オ

52ウ

5791 堀百 世にすきかたき我身なりけり　人丸
水の江のまこもゝいまはおひぬれは
たなれの駒のはなちてそみる　紀伊

5792 **浦嶋**
浦嶋伝云澄江浦嶋子云々万葉集云々墨吉尓
還来然而土来哥多詠水江浦嶋子ト如何可尋習事也
春日霞 時尓墨 吉岸尓出居而釣舟之得乎
良布見者古之事曾所念水之江浦嶋児之堅
真釣鯛釣矜及七日 家 不来而海界乎過而榜
行尓海若 神之女 尓 邂 尓イコキ移 相語ヒテ言成之
可婆加吉結 常代尓至 海若 神之宮 乃内隔之
細有殿尓 携 二人入居而耆 不為死 不為而永 世
尓有物世間ノ愚 人乃吾妹児尓告而 語 久須臾
者家 帰 而父母尓事 告ラヒ如明日吾 来南ト言
ケレハ妹之 答 常世辺復変 来如今日将相トナラハ
此篋 開勿努トソコラクニ堅目師事乎墨 吉尓
還 来 而家見ト宅モ見金手里見 里モ見金 恠 ソコニ
念従家出テ三歳之間尓垣モ無家滅メヤト此筥ヲ
開 而見テハ如 本 家将有ト玉篋 小 披 尓白雲之自
箱出而常世辺棚引去者立之 叫 袖振返 倒足
受利四管 頓 情 消失ヌ若有 皮毛皺ヌ黒有之
髪毛白斑ヌ由奈々々ハ気サヘ絶テ後遂 寿死祁
流水江之浦嶋子之家地見

5793 反哥 とこよつゝすむへき物をつるきにて
おの○心からおそやこの君

5794 後拾 あけたらはなにゝかはせん水の江の
うらしまか子をおもひやりつゝ　中務

5795 夏の夜はうらしまか子の箱なれや
はかなくあけてくやしかるらん　同

53ウ　54オ　54ウ

5796 拾 浦嶋をなみもあけくれうつせ貝
あまのはこのみむなしとおもふに　俊頼

5797 あくるよりふるさとをきたひまくら
こゝろそやかて浦嶋かはこ　定家

5798 続古 みすはいかにくるしからまし水の江の
浦嶋かすむ春の明ほの　後嵯峨院―

5799 よるはきて明るかなしきはこ鳥の
いつうらしまにかよひそめけむ　為家

梶嶋

5800 続古十八 あかつきの夢にみえつゝかちしまの
万九 岩こす浪のしきりてそおもふ　式部卿宇合

根蓴浦

5801 懐中 くる人もなきねぬなはの浦なれは
こゝろとけすはみゆるなるへし

枯木浦

5802 えたもなきからきのうらも風ふけは
波の花とそちりみたるらめ

笛浦

5803 をとたかき浪たちよりてきゝしかは
ふえのうらにも風は吹けり

子日崎

5804 はるかなる子の日のさきにすむつまは
うみ松をのみ引やよすらん

足占山

5805 ゆきゆかすきかまほしきはいつかたに
ふみつたふらん足占やま

穴憂里

5806 をとにきくあなうのさとやこれならん

55オ　55ウ

人のこゝろのなにこそありけれ　頼円法師

右保昌朝臣丹後国になりてくたりける日和泉和泉(マヽ)／
式部思わつらふときゝてつかはしけるとなん

56オ

但馬国

二見浦

5807 古九
ゆふ月夜おほつかなきを玉くしけ
ふたみの浦はあけてこそみめ　兼輔

右但馬国のゆへまかりける時ふたみの浦といふ所に
て／よめるとなん

結浦

5808
たちかへりとくといそけとさしてくる
むすふの浦のかひなかりけり　能宣

右但馬国へ行人結浦ニテ哥よむと家集ニ読ト云リ

5809
よそにきてむすふの浦による浪の
うちとけにける事そくやしき

5810
あしろすきむすふの浦のあさ日影
はるかにいつるあまのつりふね　衣笠―

右哥今案是紀伊国結浦詠歟

56ウ

5811
よそにきてむすふの浦による浪の
うらみやはてん夜半のしたひも

雪白浜

5812 六帖
たちまなる雪のしらはまもろよせに
おもひしものを人のとやみん

諸寄河　正字可詳

5813 懐中
こゝろしてもろよせ川の水ならは
ふちをもわかすおもひわたらん

五師里

5814
但馬なるいつしのさとのいつしかも

57オ

こひしき人をみてなくさまん

因幡国

因幡山　因幡建保ノ百首ニ用此字ヲ但馬国ニ現有稲／葉郷彼山辺也如何右哥枕ニハ当国也随而／現在也而近来ハ為美濃国之由依勘出之／哥悉載彼国

5815
たちわかれいなはの山のみねにおふる
松としきかはいまかへりこん　行平

右哥暫雖載之行平朝臣ハ為当国司リニ正ク下向之／半在
庁等引日記ヲ申之者於当国詠之歟

57ウ

副山

5816 懐中
しるしあれはこれをや神に手向つゝ
いのらはつねに君にそひ山

神御子石

5817
いなはなる神の御子石あるしあらは
過行秋の道しるへせよ

伯耆国

出雲国

飫宇海　家隆詠之ヲ與海之河原千鳥ト云々

5818 万三　千鳥　佐保川
おうの海の川原のちとりなか鳴は
我さほ川のおもほゆらくも(にイ)

右出雲国守国郡王思フヲ京哥

5819 同四
おうの海のしほひのかたの片おもひ
おもひやゆかん道のなか路を

右門郡王出雲守時娶郡内娘子贈哥

5820 新勅
おうの海のおもはぬ浦にこす浪の
さしもあやなくたつけふりかな　寂蓮

5821
はるゝ夜はいく重か霜もおうの海の
河原のちとり月うらむなり　家隆

河原

58オ

5822 新古
さみたれはおふの川原のまこも草
からてや浪のしたにくちなん

素鵝川原

5823 万十三
ますけよきそかの川原になく千鳥
まなくわかせこわかこふらくに

5824 続千十
千とりなくそかの河風身にしみて

正治百
ますけかたしきあかす夜半かな　讃岐

出雲浦　哥可検之

出雲森

5825
千はやふる出雲のもりのみわすへて
我木そかねてもみちちらすな　仲実

宮

5826
はるかなるいくよか雲になりぬらん
いつものみやのちきのかたそき　慈鎮

水江能野宮

5827
浦（ウラハ）通榜能野（コクヨシノ、）船附目（フナツキメ）頬志久（ツラシク）
懸（カケテ）不思月毛（オモハヌツキモ）日毛（ヒモ）無（ナシ）

5828 続後
朝かすみたてるをみれは水の江の
よしの丶宮に春はきにけり　鎌倉右大臣

5829 新古
水の江のよしの丶みやは神さひて
よはひたけぬる浦のまつ風　秀能

手間関

5830
君か代に雲吹はらへあまつ風
こえてかへらん手間の関山　家隆

5831 六帖
八雲たつ出雲の国の手間の関
いかなるてまに君さはるらん

隈関　手間　久麻　両哥体也

5832 六帖
八雲たつ出雲の国のくまのせき
いかなるくまに人さはるらん　俊成伝

58ウ　59オ　59ウ

能伎郡

5833 懐中
雨ふりてやとのしつくのおちくれは
のきのこほりのとくるなるへし

蟻通神

5834
な丶わたにまかれるたまのを丶ぬきて
ありとをしともしらすやありけん
右彼明神ノ御モトニ詣テ立ケル人ニヨルアラハレテ
／ノタヒケルトナン清少納言カ枕草子ニアリ

佐太浦

5835
人こ丶ろおもひいつるも出雲なる
さたのうら浪さためかねつ丶

三尾浦

5836
おもひやれうきねをみをの浦風に
なく〳〵しほる神のしつくを　後鳥羽院―
右御製遠所ヨリ七条院御方へ奉給ト立エタリ
然者隠岐国在之歟当国現在之間載之卒可詳

三穂崎

5837 日本紀
御ことのみかしこみてこそもろたふね
これよりみほのさきにつくせな　師俊

石見国

石見海

5838
つのさふるいわみのうみのふるみるも
ふかきうらみはほす袖そなき　光明峯寺入道

潟

5839 拾十五
つらけれと人にはいわすいわみかた
うらみそふかきこ丶ろひとつに

5840 同十九
いわみかたなにかつらきつらからは　読人不知

60オ　60ウ

うらみかてらにきてもみよかし

5841 新勅
石見かたうらみそふかき奥津浪
よする玉もにうつもるゝ身は

5842
石見かた人のこゝろはおもふにも
よらぬ玉ものみたれかねつゝ　西園寺入道

5843 古今　多賀礒
堀百
いわみかたことかたいそによるなみの
くたけてかへるものとしらすや　俊頼

5844 現六
身のほとはいはてそおもふいわみかた
なにをうらみて千とりなくらん　下野

5845
いはみかた我身をよそにこす浪の
さのみはとはにかけてこふへき　継司円明

61オ

角浦

5846 万三
石見の海つの浦おもふにうらなしと
人こそ見らぬいそなれと人こそ見らめ　人丸
反哥如下高角山ニ載之

5847
夏草思萎而将嘆角里将見靡此山
右別妻上来之哥未也

61ウ

辛崎　万葉長哥如下

渡山

5848
あかねさす日も夕しほにこくふねの
わたりの山ももみちしにけり　家隆

屋上山

5849
角障経石見之海乃言佐教久辛乃崎有
伴久里曾深海松生流大船乃渡 山之黄葉
乃尾上乃山自雲間渡相月之雖 情隠比
来者天伝 入日刺奴礼　人丸
反哥以下打歌山載之
右人丸都臣従石見国別妻上来時作哥

高角山

5850
いわみのやたかつのやまの木の間より
我ふる袖をいもみつらんか　人丸
右従石見国別妻上来時作哥

5851 現六
いわみのやたかつのやまのほとゝきす
この五月雨にぬれつゝそなく

5852 続古廿
いわみのや夕こえくれて見わたせは
たかつの山に月そさやけき　為氏

5853
たつないまたかつのやまもよしさらは
あはぬつらさに我そひれふる

62オ

打歌山

5854
石見の海うつたの山の木の間より
我ひれふるをいもみつらんかも　人丸
右従石見国ニ別妻上来時作哥

5855
風をいたみうつたの山にちる花や
ふりけん袖の名残なるらん　俊頼

5856
すむ月のひかりをよする白浪の
うつたの山にあらしふくらし　隆祐

62ウ

鴨山

5857 万二　拾廿
かも山の岩ねしまけるわれをかも
しらすていもかまちつゝあらん　人丸
右在石見国臨死時自傷作哥

高田山　拾遺異　**手像見山**

5858 拾二
なけやなけたか田のやまのほとゝきす
この五月雨にこゑなおしみそ　読人不知
異本此哥かたゝの山とあり可詳

5859
せきとめてそかひの水に種まきし
たか田の山はさなへとるらん　忠定

63オ

石見河　在所可詳就名載之

5860 新勅十九　あさことに石見の川のみをたえす
恋しき人にあひみてしかな　　読人不知

隠岐国

隠岐海

5861 我こそは新嶋守よおきの海の
あらき浪風こゝろしてふけ

隠岐小嶋

5862 浪間なきおきのこしまの浜ひさし
ひさしくなりぬ都へたてゝ

5863 かすならぬこしまかくれにとしをへて
しほたれわふとゝはゝこたへよ
右一首遠所哥合イ
右三首ハ後鳥羽院之御哥七条院之御方へ／奉せ給哥
也

三尾浦

5864 おもひやれうきめをみほのうら風に
なく〳〵しほる袖のしつくを　　後鳥羽院―

謌枕名寄巻第三十一
山陽部上

目録

播磨国
印南篇　野　河　嶋　日笠浦　藤江浦　入海／岸　可古嶋
清水里　信乃／有同名　辛荷嶋　野中／清水
雑篇
明石　浦　潟　浜／瀛　渡　泊　錺磨　河　浦／市　里　室浦　副鳴／嶋
伊保湊　浜／山
家嶋　屍　歌嶋／嶋　生嶋　津田細江　入江　船瀬浜　里
恋浜　松／原　木綿嶋　楯嶋　崎　出崎　灘田　千引／響
藤渡　武者章陽門　礒　夢前河　木庭
有土山尻　高砂　嶺　山　浦／湊　岸　青山　活道山
多由良伎山　名欲　或大和　奈保利山／或和曰奈与山

山陽部下

美作国
久米佐良山　塩垂山　別名手杜
勝間田池　崎　形橋　或云大和国云々

備前国
小嶋　牛窓　唐琴泊　屍嶋　大河

備中国
吉備中山　吉備小嶋　長田山　神南備山　大和　丹波／有同名
高機山　弥高山　近江／有同名　高倉山　丹波／有同名
石室山　稲絲山　秋佐山　高嶋山　神嶋　紀伊国／有同名

小田渡　里　甕泊石崎　板倉橋　稲井
二万郷
備後国
鞆浦　室野　風早浦　或伊与国　引嶋　口無泊　国／未決
武倍　国／未決　蔀山　密語橋　用哥詞／正字可尋欤
安芸国
長門嶋　寵嶋　我嶋　佐伯山
周防国
磐国山　麻里布山　祝嶋　大嶋　嶋山／又丹波在之
可良浦　勝間浦　宮　室津見　幷　竈戸
長門国
奥津借嶋　時浦　豊浦嶋　里／宮
安武郡　松原　門司関　赤間　筑前国欤　亀頸

65ウ　66オ

歌

播磨国

印南篇

野

5865 万六　印南野のあさちをしなみさねしより
けなかくあれは家ししのふる　赤人

5866 同七　家にしてわれはこひなん印南野の
あさちかうへにてりし月夜を

66ウ

5867 同九　おくれゐて我やは恋むいなみの丶
秋はきみつ丶いなんこゆへに

5868 拾　をみなへしわれにやとかせいなみの丶
いなやといふともこ丶を過めや　能宣

5869　いなみの丶あきの尾花はまねけとも
女郎花にそこ丶ろと丶むる　家持

5870 続古　いなみのや山もととをく見わたせは
尾花にましる松のむら立　土御門院

5871 万廿　いなみの丶あからかしはの時はあれと
君をわかおもふ時はさねなし

5872 後十四　かり人のたつぬる鹿はいなみの丶
あはてのみこそあらまほしけれ　読人不知

5873　すみよしの岡の松かささしいれは
雨はふれともいなみ野はなし　相見

67オ

5874 久米佐良山
六帖　みまさかやくめのさら山いなみの丶
いな〱（まイ）きみはさらにならさし

5875 六帖　いなみ（何）川いなとやさらにいひはてん
なかれて世にもすましとそおもふ

5876 万十二　あすよりは印南の川に出ていなん
と丶むるを恋つ丶我をあらん

5877　いなみ川石のしたなるいしふしの
うほのかすとておとりするかな（めりイ）

海

5878 万三
大和嶋根　名にたかきいなみの海の奥津浪
ちえにかくれぬやまとしまねは　人丸

5879 新六　わきもこはいなみのうみのしら浪の
よるはすからにくたけてそおもふ　衣笠―

67ウ

嶋

5880 懐中　いつしかとおもふあたりへいなむしま
こよひはかりそ舟と丶むへき

日笠浦

5881　いなみのはゆき過ぬへしあまつたふ
ひかさのうらに浪たてるみゆ
5882　あまつたふしくれに袖もぬれにけり
ひかさの浦をさしてきつれは　顕季

68オ

藤江浦　井トモ

5883　万六　稲見野大海原(イナミノヽオホウミノハラノ)荒妙(アラタヘノ)　藤井浦尓(ウラニ)鮪釣(シヒツル)
等海人(トアマ)船散(フネト)約(ヨモ)
5884　同三　あらたへのふちえの浦にすゝきつる
あまとやみらんたひゆくわれを　人丸
5885　新古十六　かもめゐるふちえの浦のおきつすに
よふねいさよふ月のさやけさ　顕仲
5886　ゆふなきのふちえの浦のいりうみに
すゝきつるてふあまのおとめ子　衣笠前—
5887　同反哥　奥津なみへなみをやすみあさりすと
藤江のうらに舟そとよめる　赤人
5888　建長詩歌合　紫の藤江のうらの松かねに
江上春望　続後　よせてかへらぬなみそかゝ(けイ)れる　後嵯峨—

68ウ

可古嶋

5889　いなみのもゆき過かた(てにイ)くおもへれは
こゝろこひしきかこのしまみゆ　人丸
5890　松原　かこの嶋まつはらこしになくたつの
あなゝか〱しきく人なしに　読人不知
5891　かこのしままつはらこしに見わたせは
有明の月にたつそなくなる　後鳥羽院—

辛荷嶋

5892　桜(サクラカハ)皮纏作船二真梶貫(マカチヌキ)ワカキクレハ淡路(アワチ)
乃野嶋(シマ)モ過テ伊奈美嬬辛荷(カラカ)乃嶋(シマ)乃際ヨリ
5893　玉藻　たまもかるからかのしまにあさりする
反哥　かりにしあれやいゐおもはさらん　赤人

69オ

5894　続後　みつしほのからかのしまに玉もかる
あまゝも見えす(ぬイ)五月雨の比　雅経

野中清水

5895　いにしへの野中の清水ぬるけれと
もとのこゝろをしる人そくむ　読人不知
後撰読人不知二首詞花仲実哥続後　西行哥／続古今
後鳥羽院御哥　同集俊成女等略之
5896　続古　影たえて人こそとはねいにしへの
野中の清水月はすむらん　教雅
5897　続　夏草　おのつから野中の清水見る人も
わするはかりにしける夏草　信実
5898　一字抄　女郎花　たちよらむかたこそなけれ女郎花
野中の清水むすふはかりに　成光
5899　草しけき野中の水もたえ〱に
なけくすゑ葉の風をまちつゝ　俊成女

69ウ

清水里　又在信乃

5900　堀川百　おりたちて清水のさとに住ぬれは
夏をは外にきゝわたるかな　常陸
5901　夏くれはふせ屋かしたにやすらひて
清水のさとにすみつきぬへし　大進
此哥信濃国清水里ニ入ヘキ歟フセヤ有伹故也

雑篇

明石浦

5902　万三　見わたせは明石の浦にたける火の
ほにそいてぬるいもに恋しく
5903　新勅　浪間よりあかしの浦にこくふねの
ほにはいてすも恋わたるかな　基俊

70オ

5904 古　ほの〳〵と明石の浦のあさきりに
嶋かくれゆく舟をしそおもふ　人丸

5905 拾　夜とともにあかしの浦の松はらは
浪をのみこそよるとしるらめ　為憲

5906 後拾　おほつかなみやこの空やいかならむ
あかしの浦の月をみるにも　資経

5907 千四　なかめやるこゝろのはてそなかりける
明石の浦にすめる月かけ　俊忠

5908 金　我こそはあかしの浦に旅ねすれ
おなし水にもやとる月影　公実

70ウ

5909 同　月影のさすにまかせて行舟は
あかしの浦やとまりなるらん　実光

5910 同　あり明の月もあかしの浦風に
浪はかりこそよるとみえしか　忠盛

5911 新古　あまをふねとまふきかへす秋風に
ひとりあかしの月をこそみれ

5912 続古　いかなれはすまのせき屋にもる月の
あかしの浦に名をとゝむらん　忠良

5913 同　浪かくるいそのとま屋はあれにけり
明石の浦やふるさとの月　家隆

5914 同　舟とむるあかしの浦のあり明に
浦よりおちにさをしかのこゑ　俊成

71オ

5915 千　夜をこめてあかしの浦をこき出れは
はるかにをくるさをしかのこゑ　俊忠

5916 堀川　月影にあかしの浦をこきゆけは
千とりしはなくあけぬ此夜は　匡房

5917 新古　つく〳〵とおもひあかしの浦千とり
浪のまくらになく〳〵そきく　西園寺入道

5918 続古　こゝろとやひとりあかしの浦千ちとり
友まとふへき夜半の月かは　寂蓮

5919 続拾　ところからひかりかはらははるの月
あかしのうらはかすますもかな　後嵯峨―

5920 堀川　浦風になみやおるらん夜もすから
おもひあかしのあさかほの花　顕季

71ウ

5921 後拾　ものおもふこゝろのやみのふかけれは
明石の浦も名のみなりけり　師内大臣

5922 拾　しら浪はたてと衣はかさならす
すまもあかしもおのかうら〳〵

5923 現六　あまのすむあかしもすまも秋なれは
おのかうら〳〵衣うつなり　人丸

5924 新六　すまあかし浪のみわたしちかけれと
あゆみくるしきたかすなこかな　光俊

5925 生田杜　しなはやなおもひあかしの浦を出て
生田の森をよそにこそみれ　俊頼

5926 現六　朝日影あかしのうらのしほかれに
みるめかりほすあまの袖みゆ　知家

72オ

5927 同　ともし火のあかしの浦のかた波の
よるのほたるはあともさためす　信実

浜

5928 万七　我舟はあかしのはまにこきとめむ
おきへはやるなさ夜ふけにけり

5929 六帖　おもひ出てなけきあかしの浜による
みるめすくなくなりぬへらなり

潟

5930 新古　あかしかた色なき人の袖をみよ
こゝろに月はやとるものかは　季能

5931 新勅 あかしかたあまのたくなはくるゝより
雲こそなけれ秋のよの月　光俊

5932 あかしかたあまのとま屋のけふりにも
しはしそくもる秋の夜の月　順徳院—

5933 続古 名にしほふさかひはいつこあかしかた
なを浦とをくすめる月影　信実

5934 同 あかしかたむかしのあとを尋来て
こよひそ月に袖ぬらしつる　為家

5935 同 あかしかたなみの音にやかよふらん
浦よりおちのお（を）かのあき風　鷹司法師

5936 同 あかしかたゐしまをかけてみわたせは
かすみのうへも奥津しら浪　俊成

5937 拾 我こひははりまかたにもあらなくに
あかしもはてゝ人の行らん　読人不知

72ウ　73オ

瀛

5938 千 なかめやるこゝろのはてそなかりける
あかしの奥にすめる月影　俊直

5939 建保百 ともし火のあかしの奥の友ふねに
行かたたとる秋のゆふ霧　定家

5940 舟出するあかしの奥に霧はれて
嶋かくれなき月をみるかな　中務卿

渡

5941 万三 あまさかるひなの長路を恋来は
明石の戸よりやまと嶋みゆ　人丸

5942 新勅 ゆふなきにあかしのとよりみわたせは
やまとしまねをいつる月影　常盤井—

5943 万三 ともし火のあかしのせとの入日にや
こき別なん家のあたりに　人丸

73ウ

5944 霧の間にあかしのせとに入にけり
浦のまつ風音にしるしも　清輔

泊

5945 新古 二声ときかすは出しほとゝきす
いく夜あかしのとまりなりとも

餝磨

5946 金 いとせめてこひしきときは播磨なる
しかまにそむるかちよりそくる

5947 同 はりまなるしかまにそむるあなかちに
人をこひしとおもふころかな　好忠

74オ

5948 最勝四天王 いにしへのあひよりこき御代なれは
しかまのかちの色をみるにも　慈鎮

5949 詞 我恋はあひそめてこそまさりけれ
しかまもかちの色ならねとも　道経

5950 新勅 かり衣しかまのかちにそめてきむ
野ことのつゆにかへらまくおし

河

5951 万十二 わたつ海のうみに出たるしかま川
たえん日にこそ我恋やまめ　殷冨門院大輔

5952 しかま川はやくさ夜こそ深にけれ
わつかの月の海に出たる　後嵯峨

74ウ

5953 水上はこほりをくるゝしかま川
海にいてゝや浪にたつらん　隆祐

5954 水上にたれかみそきをしかま川
海に出たるあさのゆふして　中務卿

浦

5955 はるかすみしかまの浦をこめつれは
おほつかなしやあまのつりふね　公実

市

5956 千　恋をのみしかまの市にたつ民の
たえぬおもひに身をやかへてん　俊成

5957 こころみよもつらからしはりまなる
しかまの市に人はたゆとも

75オ

5958 建保　草も木もしくる丶ころやあき人の
しかまのかちも色まさるらん　順徳院―

5959 同　はれぬ間にたつあさ霧を立こめて
しかまの市にいつるさと人　定家

5960 同　しかなからしかまの市のかたひさし
ひさしき御代に作りかさねよ　家隆

里　付御園　藍畠

5961 新六　はりまなるしかまのさとにほすあひの
いつかおもひの色にいつへき　衣笠―

5962 堀後百　かちはむるしかまの御園荒はて丶
あひみて過る神無月かな　兼昌

75ウ

5963 はりまなるしかまにつくるあひ畠
いつあなかちのこそめをかきむ　信実

室浦　付鳴嶋

5964 万十二　むろの浦のせとのさきなる鳴嶋の
いそこす浪にぬれぬらんかも

5965 室の浦しほひのかたのさ夜千鳥
なき嶋かけてせとわたるなり　中務卿

5966 室の浦のせとのはやふねなみたて丶
かたほにかくる風のす丶しさ　信実

5967 新六　山のはにほてるせぬ夜は室の浦の
あすはひとりといつる舟人　衣笠―

5968 広田社哥合　なみのうへにすたく千とりとみゆる哉
とをさかり行室の友舟　資隆

伊保湊

76オ

5969 深夜はねさめてきけははりまかた
いほのみなとに千とりなくなり　嘉言

5970 現六　たれもさそものはかなしき友ちとり
いほのみなとになきて過なり

浜

5971 万代　もしほくむいほの浜舟とまくちて
やみちはれせぬ五月雨の空　登蓮

家嶋

5972 うへをきし誰家しまの山桜
春行ふねのとまりなるらん　家隆

5973 家嶋は名にこそありけれうなはらを

76ウ

5974 ありこいきつるあらなくにほとりの
なつさひ行は家嶋は雲井見えぬ○

謌嶋

5975 哥の嶋のきの下にはおとつれて
舟にはのりのこゑそきこゆる　俊成

屍嶋

5976 むかし人いかなるかはねさらされて
此嶋にしも名をのこしけん　同

生嶋

5977 懐中　あさゆふにさためなき世をなけくには
いきしまにこそすむへかりけれ

津田細江　為家卿詠　田津細江　同事歟

77オ

5978 万六　風吹かはなみは（かイ）た丶なんまつ程に
津田の細江にうらかくれゐぬ　赤人

5979 続後　五月雨はつたのほそ（いりイ）江のみをつくし
みえぬもふかきしるしなりけり

5980
奥津なみつたのほそ江の浦かくれ
風も吹やとゝまる舟人

5981
おきつなみ津田のほそ江のしき浪に
かさなるものはうらみなりけり　為家

船瀬浜

5982
名寸隅(ナキスミ)船瀬(ノフナセ)従所見(ニミユル)淡路嶋松帆(マツホノ)乃浦尓
反哥

5983
行かへりみれはあかんやなきすみの
ふなせのはまにしきるしら波

77ウ

恋浜

5984 懐中
人しれすくるしきものとしりぬれは
なをうらめしき恋のはまかな

松原

5985 祐子内親王 哥合
いかにせんあひみし事のふるまゝに
しけりそまさる恋のまつ原

明香潟 朝トモ

5986 万六
あす(サ欽)かかたしほひのみちをあすよりは
したうれしけむいゑちかけ(ツケ)れは　赤人

5987 万十四
あす(サ欽)かかたしほひのゆたにおもへらは
うけらか花の色にてめやも

5988 新六
あさかかたうけらか花のいとゝまた
ひとこそみえねけふもくれつゝ　知家

5989 宝治百
夕浪のたゆたひくれはあさゝかた
しほひのゆたに千とりなくなり　同

5990
ゆきての(みてイ)みきてそこひしきあさゝかた
山こしにをきていねかてぬかも

78オ

二見浦 但馬　伊勢　有同名

5991 新古
明かたのふたみのうらによるなみの
袖のみぬれておきつ嶋人　実方

5992 良玉　里
玉くしけふたみのさとの卯花を
あり明の月とおもひける哉　戒秀法師
右書写にまうてゝかへりけるに二見里と
いふ所にて卯花をみてよめる

78ウ

高潟

5993 後十六
ものおもふと行てもみねは高潟の
あまのとまやはくちやしぬらん　読人不知
右播磨国高潟といふ所におもしろき家もちて／侍け
るを京に母の思にてひさしくまからて／かのたかゝ
たに侍ける人につかはしけるとなん

木綿崎

5994 懐中
神のます浦々ことにこきすきて
かけてそいのるゆふさきの松

楯崎

5995
うつなみにみちくるしほのたゝかふを
たての崎(カイ)とはいふそありける

出崎

5996
はりまかたいてさきめくる夕暮の
ふなこのこゑもあはれなりけり　衣笠―

79オ

比治崎

灘田

5997 万十七
きのふこそ舟出はせしか伊佐魚(ヲ)とる
ひゝき(ちイ)のなたのけふみつる哉

5998
浦人のこるやいさこもたゆむらん
ひゝきのなたの五月雨の比　中務卿親王

5999 万代
しまきふくひゝきのなたの舟千鳥
こゝろまとふも誰とよりくそ　長方

6000
あふことはますみの鏡はなるれは

ひゝきのなたの波もとゝろに

79ウ

6001 恵慶家集
よそ人もかゝるひゝきのなたゆへに
きくに袂のたゝならぬかな　恵慶

6002
かなしさはひゝきのなたにおち（み）にけり
みやこの人のきゝおくるまで　同

右散木集ニツクシヨリノホリケルニフチト云所ニト
マラント／シケルニヲヒ風吹ナントスマタ日モタカ
シトテ過ケレハ

武者章陽門　正字可詳

6003 新勅十九
波たかきむしあけのせとにゆくふねの
よるへしらせよ奥津しら波　後京極

6004 続古十
影うつす袖はうきねのわれからに
月そもにすむむしあけのせと　雅経

6005
雲かゝるむしあけのせとの松風に
たえぬる秋そさをしかのこゑ

80オ

6006
たのもしなむしあけのせとをくるほとは
たつしら浪もよらしとそおもふ　俊頼

礒

6007
舟とむるむしあけのいその松の風
たか夢路にか又かよふらん

夢崎河

6008
うつゝにはさとてもいわすはりまかた
夢崎川のなかれてもあはん　読人不知

木庭

6009
おやみせぬせぬなみたのあめはかゝれとも
きにはとまらぬものにそありける　俊頼

80ウ

高砂　峯

6010 古
かくしつゝ世をやつくさむ高砂の
尾上にたてる松ならなくに　読人不知

6011 同
誰をかもしる人にせんたかさこの
松もむかしの友ならなくに　興風

6012 後
みしか夜のふけゆくまゝに高砂の
みねのまつかせ吹かとそきく　兼輔

6013 拾
尾上なる松の木すゑは打なひき
浪のうへにそ風は吹ける　躬恒

6014
いたつらに世にふるものとたかさこの
松も我をや友とみるらん　貫之

6015 続古
いたつらに我身もふりぬ高砂の
尾上にたてる松ひとりかは　能因

81オ

6016 後拾
鹿の音にあきをしるかな高砂の
尾上のまつはみとりなれとも

6017 同
われのみとおもひしかともたかさこの
おのうへのまつもまたたてりけり

6018 同
高砂とたかくないひそむかしきし
おのへのしらへ松そこひしき　相方

6019
高砂の松にすむつる夕くれは
尾上の霜やをきまさるらん　元輔

6020
松やたついそへのなみやたかさこの
尾上にかよふみねの松風　範宗

6021
うれなから松は雲井に高砂の
かすみのうへの松のひとしほ　定家

81ウ

6022
たかさこのまつはかはらぬみとりさへ
なをあらたまるはるの一しほ　知家

6023
奥風にもとるもたゆしほとゝきす
いさ高砂の松の木すゑに　俊頼

6024 拾
さをしかのつまなきこひを高砂の

おのへの小松きゝもいれなん　師時

6025 古　まつ風もはけしくなりぬ高砂の　尾上の鹿はいまやなくらん　敏行

6026 拾　あきかせのうらふくことに高砂の　おのへのしかのなかぬ日そなき　読人不知

82オ

6027 同　月影にしかの音きこゆ高砂の　おのへの萩の花やさくらん　兼盛

6028 同　高砂のおのへの風やさむからん　すそ野の原にしかそなくなる　清輔

6029 同　高砂の外にもあきはあるものを　たかゆふくれとしかのなくらん　定家

6030 続古　なみ間より入日かゝれる高砂の　松の上葉はかすまさりけり　順徳院―

6031 後　山守はいはゝいわなんたかさこの　尾上のさくらおりてかさゝむ　素性

6032 千　高砂のおのへのさくらさきにけり　外山のかすみたゝすそあらなん　匡房

82ウ

6033 同　たかさこのおのへのさくらさきにけり　木すゑにかゝるおきつしら浪　成保

6034 新勅　高砂の尾上のさくらたつぬれは　みやこのにしきいくえかすみぬ　式子内親王

6035　高砂のふもとのさとはさえなくに　尾上のさくら雪とこそふれ

6036 続拾　たちかへり外山そかすむ高砂の　おのへのさくら雲もまかはす　雅経

6037　高砂のおのへの花に春くれて　のこりしまつのまかひゆくかな　後京極―

6038 続後　立かへりなをみてゆかん高砂の　尾上のまつにかゝる藤なみ

83オ

6039 千　松風もはけしくなりぬ高砂の　おのへの雲に夕立の空

6040 堀川　夜もすからおほしま嵐おろすなり　高砂ふねはいまやいつへき　隆源

山

6041 続古　高砂の山のやまとりおのへなる　はつをの誰をかけてこふらん　為家

応和三年宰相中将家春秋哥合

6042　しかのなく高砂山の木たかきを　千いろのそこになにやたとへん

6043　高砂の山にははるやみつしほの　あらはにみゆる松の葉もなし

83ウ

浜

6044 万代　たちゐなくこや高砂の浜千とり　あとかたなしと世をおもふかな　恵心

漆

6045 一字抄　高砂の松になくなるほとゝきす　このみなとにそふねはとゝめん　読人不知

岸

6046 民部卿経房家歌合　いたつらにいくとせすきぬあふことを　松もとしふる高砂のきし　成家

青山　八雲当国入之

6047 六帖　あを山のさねきの花のいまもかも　ちりみたるらん見る人なしに

84オ

6048 新六　青山と名にこそたてれおのつから　みねのさなきは花さきにけり

6049 万六　から下のしまの嶋よりわかやとの

見れは青山のそことも見えす

6050 六帖　青山のみねのしら雲あさことに
つねにみれともめつらしき君

6051 同　かきこしにいぬよひこしてとかりする
青山のはしきかまへにむまかすめ君

6052　青山のところたになきもみちはを
おりかけてけるしてかとそみる　道念法師

活道山

6053 万三　いくち山木立の繁にさく花
もうつろひにけり(マヽ)

84ウ

絶等寸山

6054 万二　たゆらきの山のおのへのさくら花
さかん春へは君をおもはん　播磨女郎

名欲山　或和曰　**奈保利山**／或和曰　**奈与山**

6055 万九　あすよりは我はこひんな名よ山の
石ふみならしきみかこえなは

6056　命しおしませてねかはゝ名よ山の
石ふみならしまた又もこん

右二首ハ石河ノ大夫ニ遷リ住テ上京之時／播磨女娘
贈答之哥

85オ

謌枕名寄巻第三十二

山陽部下　美作　備前　備中　備後
安芸　周防　長門

目録

美作国

久米佐良山　塩垂山　卯花手杜

勝間田池　並形橋　可詳／或云　大和国　子細在哥裏書

備前国

小嶋　吉備小島／是也　牛窓　唐琴泊

屍嶋　大河

備中国

吉備中山　吉備小嶋　備前小嶋／同歟可尋　長田山

神南備山　大和　丹波／有同名　高機山　弥高山　近江／有同名

高倉山　丹波有／同名　稲総山　石屋山

秋佐山　高竹嶋　宮　神嶋　紀伊国／有同名　小田渡　里

甕泊　借字／正字可詳

石崎　板倉橋　二万郷　稲井

備後国

鞆浦　並室野　風早浦　或伊与／国　引嶋　口無泊　国未決

武倍　国未決　蔀山　密語橋　用詩詞／正字可詳

安芸国

長門嶋　寵嶋　我嶋　佐伯山

周防国

85ウ

磐国山　麻里布浦　祝嶋　大嶋 並鳴門 又阿波/在之
可良浦　勝間浦 宮　室津見 幷竈戸/正字可詳

長門国
奥津借嶋　時浦　豊浦嶋 里/宮
安武郡 松原/古哥枕会/松原播磨也　門司関　赤間　亀頸

86オ

歌

美作国哥

久米佐良山

6057 古　みやさかやくめのさら山さら〳〵に
わか名はたてしよろつ代までに

6058 詞　みまさかやくめのさら山おもへとも
わかのうらとそいふへかりける
右修理大夫顕季美作守ニテ侍ケル時人ニイサナヒテ
右近ノ馬場ニテ郭公侍ケルニ俊子内親王家ノ女房
車ヨリ出シ侍ケル哥ト云々

6059　みまさかやくめのさらやまいなみのに
いな〳〵きみはさらにならさし

86ウ

塩垂山

6060　いつとなくしほたれやまのさゝれ水
くれゆくまゝに音たてつなり　俊頼

卯名手杜

6061 万七　まとりすむうなてのもりのすかのねの(ヲイ)
真鳥　きぬにかきつけきせん間もかな

6062 万十三　おもはぬをおもふといはゝま鳥すむ
うなてのもりの神そしるらん

6063 堀　都いてゝいつかといふにまとりすむ
うなてのもりに今夜きぬらん　公実

6064 正治百　神のすむうなてのもりに明行は
こゑを手向てひはりなくなり　隆房

87オ

勝間田池

6065 万十六　かつまたのいけは水なしはちすなし
蓮　しかゆふきみかひけなきかこと　範家
右本集云或人曰新田部親王語婦人曰今日遊/覧勝間
田池水影濤々蓮花灼々云々尓乃婦人作此/戯哥専輒
吟詠之云々

6066 千　池もなくつゝみもくつれて水もなし
むへかつまたに鳥のゐさらん　肥前

6067　勝間田の池にすむてふこひ〳〵て
まれにはよそにみるそかなしき

6068 六帖　勝間田の池にとりゐしむかしより
世はうきものとおもひしりにき

6069　としをへてなにたのみけんかつまたの
いけにおふてふつれなしの草

6070 新六　勝間田のいけるはなにそつれなしの
草はさてしもおもひける身よ

87ウ

形橋

6071 広田哥合　かつまたのすかたのはしのいかねとも
うき名はなをや世にとまるらん
右哥広田哥合在之而所見本聊有不審暫載之証/本詳
之儀可治定也
裏書云美作国勝間田の郡溜泉アリ池ナシ此池ハ大和
国/奈良ノ西京ノ薬師寺跡ナリ万葉詞新田部ハ王遊
覧
も其便アリ美作トハミエスト云々今者良玉集者はせ
㉕へ参/ナルニ昔ノ勝間田ノ池ヲミテクチタテルクヒ

88オ

ナカリセハ勝間／田ノ昔ノ池ト誰カシラマシ道済此
モ奈良ハ其便アリ／但薬師寺ノ池ヲ勝間田ト名付テ
由緒不審也可尋云／或人云兵衛佐藤ノ顕仲柳花臨水
ト云題ヲ詠云

6072　勝間田のいけもみとりにみゆるかな
きしの柳のかけのうつりて
彼池水ナキ故ニ時ノ人ワライヒテ勝間田ノ兵衛佐ト
実／名ニイヒケリト云々今案昔ハ水有ケルニヤ六帖
哥ニモ池ニスムテフ

備前国
小嶋

6073　万八　波間よりみゆるこしまの雲かくれ
あないきつかしあひわかれなは
右哥拾遺下句云ゆくそらもなし君にわか／れて詞云
かさのなるをか丶もろこしにわたり／侍けるにめの
なか哥よみて侍けるかへし／よめるになん

88ウ

6074　拾　浪間よりみゆる小嶋の浜ひさき
ひさしくなりぬ君にあはすて　人丸

6075　都人おきつこしまのはまひさし
ひさしくなりぬなみちへたて丶　式子内—

6076　はまひさしさせるかひなきすみかにも
みゆる小嶋の月そなれたる　信実

6077　続後　ゆふされはしほ風さむし波間より
みゆるこしまに雪はふりつ丶　鎌倉右大臣

89オ

6078　浪間にはうき深山木もくちぬへし
奥の小嶋のひさきならねと　経家

6079　持哥合　さとわかす花さきぬれとなみ間より
みゆるこしまも雲かくれつ丶　入道太政大臣

6080　大和路のきひの小嶋を過ていなは
つくしのこしまおほえみんかも　旅人

牛窓

6081　万十一　牛窓の波のしほさひしまひ丶き
よられし君はあかすかもあらん

6082　牛窓をた丶くくひなのおとすなり
浪うちあけてたれかとふらん　俊頼

6083　水無瀬殿哥合　わすれすよなみちの月にうかれつ丶
身をうしまとにとまる舟人　定家

89ウ

唐琴泊

6084　万十七　古十　浪の音けさからことにきこゆるは
春のしらへやあらたまるらん　清行

6085　みやこまてひ丶き丶こゆるからことは
なみのをすけて風そひきける

6086　なみのをと風にかけたるからことに
ひきとめられぬ舟人そなき　知家

6087　けふりなをとまりやせましからことに
日かすなかひく五月雨の比　後嵯峨—

6088　からことのきこゆるなみに舟とめて
まよふはうらの松のゆふ風　中務卿—

90オ

大河

6089　懐中　大河のおちかた野へにかるかやの
つかのまもわかわすられんかは

備中国
吉備中山

6090　古　まかねふくきひの中山おひにせる
ほそ谷川の音のさやけさ

6091　後拾　たれか又年へぬる身をふりすて丶

きひの中山こえんとすらん

6092 金　鶯のなくにつけてやまかねふく
きひの中山春をしるらん　顕季

90ウ

6093 新古　ときはなるきひの中山おしなへて
ちとせをまつのふるき色かな　読人不知

6094 正治百　春くれはふもとめくりのかすみこそ
おひとはみゆれきひの中山　小侍従

6095 万代　もと、なききひの中山むかしより
名のふりせぬはいまの世のため

6096 現六　君かあたりみつ、しのはんあまさかる
きひの中山雲なへたてそ　基俊

6097 現六　きひの山まかねのさやをさしそめて
なかきまもりのかひそありける

吉備小嶋

6098 万六　山とちのきひのこしまを過行は
つくしのこしまおもほえんかも　旅人

91オ

長田山　後一条院御時　長和五年大嘗会之備中国長田山哥

6099　千代とのみおなし事をそしらふなる
長田の山のみねのまつ風　為政

神南備山　大和丹後有同名保安四年大嘗会之哥

6100　ちはやふる神南備山のしゐしはの
いやとしのはにいのりまつらん　行盛

6101 堀百　もみちする高機山をあき行は
したてるはかり錦おりけり　顕仲

弥高山　近江有同名大嘗会備中国哥

6102 金　雪ふれはいやたか山の木すゑには
また冬なから花さきにけり　行盛

高倉山　後冷泉院大嘗会御屏風哥

91ウ

6103　うちむれて高倉山につむものは
あらたなき世のとみ草の花　匡房

稲総山

6104 長元九大嘗会　のとかなるあめのしたかないなふさの
山田にたこもさなへとるなり　義忠

石屋山

6105 千　うこきなき千とせをいのる岩屋山
とる榊葉の色かへすして　経衡

6106　ふかみとり玉松か枝の千代までも
いはやの山そうこかさりける　頼資

6107　神代よりあめのおした（てイ）のうこきなき
しるしにたてるいわや山かな　清輔

92オ

秋佐山

6108　はつしくれふりにけらしな明日よりは
秋さのやまのもみちかさゝむ　頼資

高嶋

6109 万十九　たか（け）しまのあとしら波はさわけとも
われは家おもふいほりかなしも

宮

6110　みとせへしこや高嶋の宮はしら
ふとしきたてる（てゝ）後の（もイ）万代　光俊

神嶋　建久九年大嘗会

6111 後拾十　神しまの浪のしらゆふかけまくも
かしこき御代のためしとそみる　資実
右建久九年大嘗会主基方御屏風／備中国神嶋有神祠
右

92ウ

小田渡

6112　有明の月に夜ふけて出ぬれ（たイ）は

をたのわたりにかりそなくなる

6113 **里**
春くれは苗代水をまかすと（てイ）も
をたのさと人いとまあり（なかりイ）けり

6114 **甕泊**　建久九年　大嘗会哥
みつきものはこふ千舟もこき出ぬ
もたいのとまりしほもかつひ（なイ）ぬ　資実

93オ

6115 続後 **石崎**　仁治三年　大嘗会
すゑとをき千代のかけこそ久けれ
また二葉なる岩さきの松　伊光

6116 **板倉橋**
いたくらのはしをはたれもわたれとも
いなをせ鳥の過かてにする　公実

6117 金 **二万郷**　後冷泉院御時　大嘗会
御調物はこふよほろをかそふれは
二万のさと人かすそひにけり　家経

6118 金 **稲井**　同御時大嘗会
なはしろの水はいな井にまかせたる
民やすけなる君か御代かな　時（高イ）頼

93ウ

備後国

鞆浦　幷室野

6119 万三
わきもこかみしともの浦のむろの木は
とこにあれとも見し人そなき　旅人

6120 新勅
ともの浦のいそのむろの木みることそ
あひみしいもはわすれやはせむ　同

6121 同
いそのへにねはふむろの木みし人を
いつくにありととはゝこたへよ　同

6122 新
あつさ弓いそへにたてるむろの木の
とことはにうつともの浦なみ

6123 万代
とものうらに人もすさめぬむろの木の
いたつらにのみとしそへにける　行能

94オ

6124
あまをふねほかもはるゝとみるまてに
とものうらはになみたてるみゆ

6125 現六
ともの浦や浪路はるかにこくふねの
そかひになりぬいそのむろの木　仲孝

6126
たひなれて月はかりこそともの浦の
いその室野に明ぬこの夜は　信実

6127 万七
よく行て又かへりこむますらおか
手にまきもたるとものうらはを

風早浦　或ハ云伊与国在之万第五哥海路哥備後国次又／堀川院百首ニハ武庫ノ浦ニ詠合
此ハ伊与国歟

6128
わか行にいもなけくらし風早の
うらの奥津に霧たなひけり
右天平八年遣新羅国使風速（ハヤ）浦船詠作哥

94ウ

6129 堀百
かさはやの奥津しほさき高くとも
いたてにはしれむろの浦まて　公実

6130 現六
さ夜千とりなみやたちけん風早の
うらのおきすにたちゐなくなり　為家

引嶋

6131
ひく嶋のあみのうけなは浪間より
かうてふさすと夕してゝみん　俊頼

口無泊

6132
くちなしのとまりときけは身にしみて
いひもやられぬものをこそおもへ　同

95オ

武倍

6133
鳥の音もなみたもよをす心ちして

むへこそ袖はかはかさりけれ　同

蔀山

6134 六帖
しとみ山おろしの風のさむけれは
ちるもみちはをきぬ人そなき

6135 堀後百
しとみ山おろしの風のさむけれは
かりのはつ音になきてこそふく(せイ)　同

密語橋

6136 懐中
くまのなる音なし川にわたさはや
さゝやきのはしのひく／＼に

95ウ

安芸国

長門嶋

6137 万十五
わかいのちなかとの嶋の小まつはら
いく代をへてかかくさひわたる

6138 同
こひしけみなくさめかねて日くらしの
なく嶋かけにいほりするかも

6139 同
石はしる瀧もとゝろになくせみの
こゑをしきけは都をもほゆ

6140 同
山川のきよき川せにあらへ(そイ)とも
ならのみやこはわすられかねつ

6141 同
いそのまゆ瀧津山川たえすあらは
又もあひみんあきかた待て
右五首天平八年遣新羅使に安芸国
長門嶋ニテ舟泊テ礒ノ辺ニ作哥

96オ

寵嶋

6142 懐中
あたならん人には見せしいつくしま
なみのぬれきぬきせんものかは

我嶋

6143
わたつみのをき所こそうきたれと
こるわかしまそこれはなか嶋

佐伯山

6144
さつき山卯花わたしあはれ我
子鴛とりては花はちるとも
右哥ハ範兼類聚　摂津国五月山ノ哥同載之

96ウ

周防国

磐国山

6145 万四
すわうなるいわ国山をこえん日は
手向よくせよあらいその道

6146
あふ事は君にそかたき手向して
いわ国山は七日こゆとも

6147 万代
岩国のあら山みちはなをとをし
くれもそかゝるあゆめくろ駒

麻里布浦

6148
まかちぬき舟もゆかすはみれとあかぬ
まりふの浦にやとりしてまし

6149
おほ舟にかしふりたてゝはまきよき
まりふの浦にやとりかせまし
右哥天平八年遣新羅使周防国玖河郡／麻里布浦行之
時作哥

97オ

祝嶋

6150
いゑ人はかへりはやこといわひしま
祝まつらん旅行我を

6151 万十五
草枕たひゆく人をいはひしま
幾夜ふるまで祝きぬらん

大嶋

6152
いつくし(つくし)なかたの(ちのイ)大嶋しまたしく
みねは恋しきいもをゐてきぬ

右遣新羅使摩里布浦作哥　八首内

97ウ

6153 後
大嶋に水をはこひしはやふねの
はやくも人にあひみてしかな　朝綱

6154
みやこにといそくかひなく大しまの
なたのかちゝはしほみちにけり

鳴門　先達歌枕阿波国也自淡路守彼国現在也／継而如可者大嶋門見当国トス

6155
大嶋のなたのかちゝはしほみちて
けふはなるとにとまりぬるかな

6156
これや此名におふなるとによるしほの
玉もかるてふあまをとめかも
右一首天平八年遣新羅使過大嶋鳴門時作哥

浦

6157 堀後百
かさはやな鳴門の浦の舟よりも
とまりさためぬ我身なりけり

98オ

可良浦

6158
奥津よりしほみちくらしからの浦の
あさりするたつ鳴てさはきぬ
右天平八年遣新羅使等熊浦船泊船作哥四首内

勝間浦

6159
おもひ出る千代の子日のけふことに
かつまの浦のきしのひめまつ　元輔
右家集、周防ニ侍ケル勝間ノムマヤニテ子日シテヨメルト云々

宮

6160
ちはやふるかつまのみやのひめ小松
おひに手向てつかへまつらん

98ウ

室戸見釜戸

6161
むろつみやかまとを過るふねなれは
ものをおもひにこかれてそゆく　俊成

長門国

奥津借嶋

6162
長門なる奥津かり嶋をくまへて
我おもふ君は千年にもかも

99オ

時浦

6163
おもひ出るときの浦にもうき人は
わすれかひこそひろはれにけれ

豊浦嶋

6164 後拾
よそに見しとよらの嶋のふたこゝろ
ありとしきけはさらにたのます

里

6165 後拾廿
しら浪の立なからたになかとなる
とよらのさとのとよられよかし　能因

6166 良玉
雪ふれはとよらの竹のうつもれて
一夜もみえすなりにけるかな　読人不知

宮

6167
つゝみをはとよらのみやにつき置て
代々をへぬれは水もゝらさす

99ウ

安武郡

6168 新六
長門なるあふの郡の杣坂は
もろこし人もすさめなりけり　光俊

松原　先達歌枕　播磨

6169
はりまかた浦みてのみそ過しかと
こよひとまらんあふの松原　顕季

6170 金
堀百
みちのくのおもひしのふにありなから
こゝろにかゝるあふのまつはら　長実

6171 千
はかなしやこゝろつくしにありなから

いつともしらぬあふのまつ原　経房

門司関

6172 金
恋すてふもしのせきもりいたつらに
我かきつらん心つくしに　頼輔

6173
春秋の雲井のかりもとゝまらす
たか玉章のもしの関守　西園寺入道

赤間 筑前国欤

6174
君こふとおさふる袖はあかまにて
海にしられぬ浪そたちける　俊頼

亀頸

6175
たつのゐるかめのくひより漕出て
こゝろほそくもなかめつるかな　同

100オ

一校了

100ウ

表紙

歌枕名寄　八
紀伊　淡路　阿波　讃岐　伊予
土左　筑前　筑後　豊前　豊後
肥前　肥後　日向　大隅　薩摩
壱岐　対馬

本文

目録

謌枕名寄巻第三十三
南海部
紀伊国
玉津嶋篇　嶋山　入江
（並）若浦　吹上　浜　小野　真沙山
真熊野篇　山又云／三山　河　浦　伊勢国　亘之／野　同湯
那智山　瀧　三重瀧／高嶺　神倉山　雄山
音無山　河　瀧／里　岩田河　発心門
2オ
雑篇
妹山　背山　妹与背山　妹背山　川　巨勢山　春野／冬野　道
乞巨勢山　川　名草山　浜　去来見山　或伊勢　大葉山
糸鹿山　里　小為手山　加信土山　高野山　嶺
今城峯　外山嶺／岡範兼卿勘国欤
石代　浜　岡　峯　尾上　野／岸　森　神／尾上峯アリ仍可用峯家欤
藤代御坂　左日鹿野　浦彼所　正字雑賀欤／今用万葉哥而詞矣　大我野
安布野　正字／可祥　木関　木河木海　黒牛海潟
阿故根浦　焉呼見浦　或利部於之美浦或列之阿美能野／網浦者讃岐也或伊勢也
2ウ
円方浦　飽浦　飽野浦　桜田　年魚市潟
知多浦妹嶋　像見浦　玉浦　離小嶋
三名信浦　並鹿嶋　名高浦　礒浦　白神礒浦　又水伝也
神嶋礒浦　結浦　但馬ニモ／在之　小江浦　堺浦
塩屋浦　里／宮　風莫浜　手縄浜　倉成浜
3オ
飽等浜　鳴耶浜　千刃浜　又有伊勢
五十奉（マヽ）児嶋　或伊良虎嶋也／然者伊勢也
浦初嶋　本哥異説摂津国／未決之間当国載之
白崎　湯羅崎　湊／戸　室江　哭沢森　三穂　不審
御越石神　八上　（并）三隅山　曝井　以下西行紀大峯在之
古畑深山　妹嶺　東屋　千草嶽　蟻戸渡
屏風嶽　行者還　児泊
3ウ

歌

紀伊国謌

玉津嶋篇

6176 万七　玉津嶋よく見ていませあをによし
ならなる人のまつといはゝいかに

6177 同　玉津しまみれともあかすいや（カイ）にして
つゝしみてゆかむ見ぬ人のため

6178 式部卿哥合　玉津嶋いその浦間のまなこにも
にほひてゆかむいもにつれけむ　人丸

6179 古十七　わたの原よせくる浪のしは／＼も
見まくのほしき玉つしまかも　読人不知

6180 金八　玉津嶋きし行浪の立かへり
せな（不審）（ぬイ）いてましめなこりこひしも　良季（顕イ）

6181　いか斗和哥の浦風身にしみて
みやはしめけむ玉つしまひめ　後京極—

6182 続古　このたひと浪よせ盡す玉つしま
みかくみやとは神はうつらし　内大臣
右一首本集詞云此集云テ奉トテ黒／衣紙ニ書付侍ケ
ル説御返事
4オ

6183 和哥の浦に浪よせかへるもしほ草
かきあつめてそ玉も見えける

6184 建保百 吹あくる和哥の浦風しるへせよ
玉津しまもる神のまに〳〵　知家

6185 **嶋山** やすみしる我おほ君のとこ宮に
つかひましれるたか鹿野ニ[本ノマヽ不審]

奥嶋
そかひに見ゆるをくのしまきよて
なきさに風吹は白波さはき
しほひれは玉もかりつゝ神代より　赤人
不神亀集詞云／右神亀元年十月五日　幸紀伊国時作
哥／反哥若浦載之

4ウ

6186 **嶋江** 良玉 にこりなき玉津嶋江の小松原
あらはに千代の数そみえける　相模

6187 **入江** 後十一 玉津嶋ふかき入江をこく船の
うきたる恋を我はするかな　黒主

6188 六帖 玉津嶋入江の小松人ならは
幾代かへしと問はまし物を

5オ

6189 続古 人とはゝ見すとやいはむ玉津嶋
やすむ入江の春のあけほの　為氏

若浦

6190 万七 和哥の浦に白波たちて奥津風
さむき夕へは大和しまみゆ[おもほゆイ]　式部卿宇合

6191 和哥の浦やしほひをさして行鶴の
つはさの浪にやとる月かけ　後久我―

6192 万六 和哥の浦に塩みちくれはかたをなみ
あしへをさしてたつなきわたる　赤人

6193 わかの浦に月の出しほのさすまゝに
夜なく鶴の声そかなしき　慈鎮

5ウ

6194 万十二 忘貝 和哥の浦に袖さへぬれて忘貝
ひろへといもはわすられなくに

6195 もしほ草かきおく事やいやならむ
我にはよらむわかの浦なみ　行念

6196 松葉を 新古 和哥の浦を松の葉越になかむれは
梢によするあまのつりふね　寂蓮

6197 和哥の浦は八重の風こそなけれとも
浪ふく色は月に見えけり　範光

6198 葦辺鶴 新古 和哥の浦あしへのたつの鳴声に
よわたる月の影そさひしき　堀川院之

6199 和哥の浦にふりつむ雪も今日しこそ
代々にかはらぬ跡は見ゆらめ　前関白之

6オ

6200 続古 和哥の浦やしらぬしほちにこき出て
身にあまるまて月をみるかな　光俊

6201 建保百 和哥の浦やはねうちかはし浜千鳥
浪にかきおくあとやのこらん　順徳院

6202 和哥の浦や奥津しほあひにうかひ出て
あはれ我身のゆくゑしらせよ

6203 わかのうらやみつのつとめの浪とめて
老のゆふへになく千鳥かな　後久我―

6204 続古 しま〳〵も跡とふ和哥の浦千鳥
いかなるなみに立わかれけん
右家隆卿十三年隆祐朝臣[本不見]　侍ケル哥云々

6205 和哥の浦に四方のもくつをかき置て
あまのしはさのほとやしられん　知家

6206 もしほ草焼とも盡し君か代の
数によみをく和哥の浦なみ　宗長

6ウ

6207 和哥の浦にしほ木かきおく契とは

あまのたくもの跡にこそみれ　西行

6208　あし原の跡と斗はしのへとも
よるかたしらぬ和哥の浦なみ　入道摂―

6209　藻塩木　契おきしちきりの上にそへをかむ
和哥の浦半のあまのもしほ木　俊成

6210　老の波よせしと人はいとへとも
待らん物と和哥のうらには

6211　和哥の浦やしほひの方にすむ千鳥
むかしの跡を見るもかしこし　常盤井之

7オ

6212　和哥の浦にひとり老ぬる夜の鶴の
子をおもふにそねはなかれける　為氏

三熊野

6213　建保百　君をいのるたよりにかけよ三熊野の
跡つれそむる和哥の浦なみ　行意

6214　人なみに心斗はさきたちて
さそはぬ和哥のうらみとそする　甲斐

6215　久米更山　みまさかやくめの更山おもへとも
和哥の浦とそいふへかりける

同　右顕季美作守ニ侍ケル時人々イサノイ／テ右近馬場
ニ時鳥尋ケルニ俊子内親王
家女房ノ車ヨリ出ラレケルトナム

7ウ

6216　和哥の浦や五代かさねて浜千鳥
な丶たひおなし跡をつけつる

6217　玉藻　数々にみかく玉もの跡はれて
御代しつかなる和哥の浦なみ　後花山院入道―
右文永三年三月続古今竟宴哥

6218　我世にはあつめぬ和哥のうら千鳥
むなしき名をや跡にのこさむ　院御哥

6219　和哥の浦に浪よせかくるもしほ草
かきあつめてそ玉もみえける　太上天皇

6220　跡たれてもとのちかひを忘すは
むかしにかへれ和哥の浦なみ　為家

8オ

6221　和哥の浦といふまてしりぬ風ふかは
波のよることおもひしるへし　長実

6222　建保　吹めくる和哥の浦風しるへせよ
玉津嶋もる神のまに〳〵　知家

6223　和哥のうらの道をは捨ぬ神なれや
あはれをかけよ住よしの神　俊成

6224　おもふ事はしなくさむ浜千鳥
跡こそかよへ和哥の浦なみ　有家

吹上　浜現在其次故並テ立ヲ之／寛平ノ菊合名所第八番

6225　古　秋風のふきあけに立るしら菊は
花かあらぬか浪のよするか　北之

8ウ

6226　今夜たれ松と浪とに夢さめて
吹上の月に袖ぬらすらん　後鳥羽院

6227　新古　月そすむ誰かはこ丶にきのくにや
吹上の千鳥ひとりなくらん　後京極―

6228　うちよする浪のこゑまてしるき哉
ふき上の浜の秋のはつ風　成仲

6229　都にていか丶かたらん紀伊の国や
ふき上のはまの秋の夜の月　基俊

6230　続拾　都にて吹上の浜を人とは丶
けふ見る斗いか丶かたらん　懐円

6231　新勅　時しあれはさくらとそ思春風の
吹上の浜にたてるしら波　家隆

9オ

6232　建保　春風のなを吹上のはま千鳥

色なき浪の花になくなり　範宗
6233 同　まさこ散ふき上の浜のあかぬ色を
都の春とおもはましかは
6234 同　夕霞ふきあけのはまのこの比は
みとりになひく奥津しほ風　順徳―
6235 新勅　浪よする吹上のはまのはま風に
時しもわかす雪そつもれる　教長
6236 奥津風吹上のはまの白妙に
なをすみのほる秋の夜の月　山階入道―
6237 久堅の雲井をかけて奥津風
ふき上のはまは月そさやけき
9ウ
6238 内裏根合　浪かくる吹上のはまのすたれ貝
風もそおろすいそきひろはむ　西行
6239 塩風の吹上にたてる浜ひさし
あるゝもしらす波のよするか　前内大臣基
6240 建保　わたつ海や秋なき花の浪風も
身にしむほとのふき上のはま　定家
6241 挿頭浪　けふそ見るかさしの波の花の上に
いとはぬ風のふきあけのはま　同
6242 藤代　続後　藤代の御坂をさして見わたせは
かすみもやまぬ吹上のはま　八意
6243 衣手にさへゆく霜のさ夜千鳥
かさねてわたる吹上のはま　具親
6244 夜とゝもに吹上の浜のしほ風に
10オ
なひくまさこのくたけてそ思ふ　同
6245 浅茅原　堀百　浜風の吹上の小野のあさち原
小野　古来　浪よるからに玉そしきける　国信
6246 古来歌合　紀伊の国や吹上の小野の浅茅原
なひく霜夜にさゆる松風　前内大臣基
6247 秋風の吹上の小野のくすかつら
さそうらかれて露こほるらん　光俊
6248 **○砂(真イ)山**　秋かせの吹上の浜のまさこやま
外には見けるつきの影かは　為家

真熊野篇　山又云三山

6249 苔　新古十九　岩にむすこけふみならすみくまの、
新古　山のかひあるゆく末もかな　後鳥羽―
10ウ
6250 万代　みくま野の南の山の瀧津瀬に
南山瀧　三年そぬれしこけの衣手　良守
6251 同十七　世をそむく山の南の松風に
こけの衣や夜さむなるらん　安法―
右ノ一首熊野ニ籠ケル人ノ許ヘ遣ける
6252 幾よろつ君の(をイ)めくまむきの国や
三の山にも千代をそへつゝ　俊成
6253 御熊野の駒の爪つく青つゝら
君こそまろかほたしなりけれ　読人―
6254 鬼ノシコ草　三熊野に雨そほ降て木かくれの
つか屋にたてる鬼のしこ草　俊頼
6255 みくまのゝかやか下なるおもひ草
またふたこゝろなしとしらすや
6256 世を照すかけとおもへはくまの山
こゝろの空にすめる月かな　鳥羽院
11オ

河

6257 水馴棹　熊野川くたす早瀬のみなれさほ
新古　さすかに(みイ)なれぬ波のかよひち　後鳥羽院―
6258 くまの川瀬切にわたすゝき船の
へなみに袖のぬれにけるかな　後嵯峨―

6259 忘しな君に契し友千鳥
みくまの川に(のイ)すまんかきりは　家隆

11ウ

浦　伊勢国立之彼国事ノ但道命佐同事—

6260 後拾十六　忘なよわするときかはみくま野の
浦のはまゆふうらみかさねん　道命

6261 みくま野の浦のはまゆふ幾かへり
春をかさねてかすみきぬらん　知家

6262 万代とみくまの浦のはまゆふの
かさねてもなを盡せさるへし　後鳥羽院
伊勢にも載り

野　堀百

6263 まくまの丶かやかしたなるおもひ草
またふたこゝろなしとしらすや　俊頼

6264 金八
駒　青蘿
みくま野の駒のつまつくあをつゝら
君こそ丸かほたしなりけれ　読人之

12オ

宮

6265 ちはやふるくま野の宮のなきの葉を
かはらぬ千代のためしにそ引　定家

6266 堀川百　みくま(まイ)の丶ゆこりの丸のさすさほの
ひろいゆく(いイ)らしかくていとなし　俊頼

湯

那智山　付瀧　三重

6267 續古　なち山のはるかにおつる瀧津瀬に
すゝく心のちりものこらし　式乾門院

6268 那智山の雲井に見ゆる岩ねより
千ひろにかゝる瀧のしら糸　入道摂政—

6269 三年へしなちの御山のかひあらは
たちかはりみむ瀧のしらいと　道招

6270 雪かゝる那智の瀧つせ風ふけは
ふるき軒端に玉そ散ける　家隆

12ウ

6271 身にかゝる(つもイ)ことの葉の罪もあらはれて
こゝろすみける三かさねのたき　西行

6272 雲かゝるなちの山かけいかならん
みそれはけしきなかき夜のやみ

高嶺

6273 木の本にすみける跡を見つる哉
なちのたかねの花をたつねて　西行
右那智ノ二ノ瀧へまいりて花山ノ庵室ノ／老木のも
とにてよめると

6274 雲消る那智の高根の月さえて
光を瀧のくたく(スイ)なりけり　同

6275 雲かゝるなちの高根に風吹て
花ぬきくたす瀧のしら糸　仲正

13オ

神倉山　拝

6276 續古　真熊の丶神くら山の岩たかみ(たゝイ)
のほりはて丶もなをのほる哉　常盤—

雄山　並三

6277 如何にしていかによは(るイ)らんおの山の
上よりをつるおとなしの瀧　元輔

音無山　拝七　西イ

6278 サ丶レ水　六帖　音無の山の下ゆくさゝれ水
あなかまわれし(ツシモイ)思ひこゝろあり

河

6279 六帖哥　君コフト人シラネハヤツノ国ノ
ヲトナシ川ノ音タニモセス
如此哥ハ摂津国又在此川欤

13ウ

6280 新古十七　わくらはになとかは人のとはらさん
おとなし川にすむ身なりとも　行意

6281 音無の川とそつねになかれける
いはて物おもふ人のなみたは　元輔

6282 続拾　名のみして岩根たかくそ聞ゆ也
をとなし川の五月雨の比　忠実

6283 懐中　熊野なる音無川にわたさはや
さゝやきのはしのひく〳〵に

6284 **瀧**　詞七　恋わひてひとりふせやに夜もすから
おつる涙やをとなしの瀧　俊成（権中納言俊忠イ）

6285 続古　音無の瀧の水上人とはゝ
しのひにしほる袖やとはまし　為家

6286 続拾　幾代とか袖のしからみせきつらん
契し人はをとなしの瀧　土御門―

6287 **里**　拾十二　恋わひて（ぬイ）ねをたになかし声たてゝ
いつくなるらんをと無のさと　読人―

6288 音無の里の秋風夜をさむみ
しのひに人やころもうつらん　中務卿親王

6289 うき事のしはし聞えぬ時やあると
いさをと無のさとをたつねん　為家

14オ

岩田川（並五）

6290 続拾廿　岩田川わたるこゝろのふかけれは
神も哀とおもはさらめや　花山院―

6291 六帖　岩田川いはさへさはきゆく水の
したはくつれておもふ比（心イ）かな

6292 谷川　現六　百瀬　岩田川いく谷河のおちあひを
もゝせにかはるならひなるらん

6293 淵瀬　君をわれおもふこゝろのいはた川
いはかきふちのせにかはるまて　読人―

6294 駒　同　岩田川谷の雲間にむらきえて
とゝめぬ（むるイ）こまのこゑもほのかに　後鳥羽―

6295 岸　松か根の岩ねの岸のゆふすゝみ

14ウ

君かあれなとおほゝゆるかな　西行
右熊野へ詣トテイワネトヨミテ六所／ニテヨミテ京
へ遣ケル

6296 **発心門**　うれしくも神のしるへをしるへにて
こゝろをおこす門に入ぬる　経房
右発心門王子ニテ

15オ

雑篇

6297 万七　**妹山**　紀路にこそいも山ありといへくし（不審）
かみのふたかみ山もこそ有けれ　人丸

6298 同一　**背山**　これやこの大和にしては我恋と
紀路に有てふ名におふせの山

6299 同七　いもにこひ我こえゆくはせの山の
いもに恋すとてあるかともしき

6300 同九　神岡　紅葉　せの山にもみちつねしくかみをかの
山の紅葉は今日やちるらん

6301 まきの葉の之奈布勢山　本不見
我こへゆけは木の葉ちるらん
右哥或哥枕背山分入也或奈布勢山ト／別名ニ立タリ

15ウ

6302 同七　打橋　勢の山にたゝにむかへるいもの山
こときこゆるもうちはし渡す

6303 鮑玉　紀の国の浜によるてふあわひ玉
ひろはむといひていもの山せの山

妹与背山　セノ山コエテユキシ君イツクマサムト

6304 万七　木川　人ならはおやのおもひ子（ソ）あさもよひ
紀の川つらのいもとせのやま

6305 わきもくにわかこひおれはともしくも
ならひもおるかいもとせのやま

妹背山　或云只是両山合名也／或云両山有山其名也

16オ

6306 スクナミ神
万十　拾
おほなんちすくなみ神の作りたる
いもせの山を見れはしよし《うれしき》も　人丸

6307 吉野川　古十五
なかれてはいもせの山の中におつる
よしのゝ川のよしや世の中　読人―

6308
おちたきつ吉のゝ川やいもせ山
くらきかなかのなみたなるらん　知家

6309 新古
末たえぬよしのゝ川のみなかみや
いもせの山の中をゆくらん　延喜―

6310 同
我なみたよしのゝ川のよしさらは
いもせの山のなかをなかれよ　慈鎮―

16ウ

6311
あはてふる涙の末やまさるらむ
いもせの山の中の瀧津瀬　土御門―

6312 後
君と我いもせの山も秋くれは
色かはりぬる物にそ有ける　読人―

6313 同
むつましきいもせの山の中にさへ
へたつる雲のはれすもある哉　読人―

6314 麻
あさ衣きれはなつかし紀の国の
いもせの山にあさまけわきもこ

6315 衣雁金　金二
いもせ山峯の嵐やさむからし
ころもかりかね空になくなり　長能《公実イ》

6316
もろともに我なもつまむいもせ山
山田のさはの水はぬるめり　行綱

17オ

6317
おちこちの花も見るへくいもせ山
かすみの衣たちなへたてそ　藤伊綱

6318
あひ見てもい《しイ》もせの山の《本ノマヽ》　かつら
くるゝよことに恋つゝそふる　隆祐

6319 新六
いもせ山中に生たるたまさかの
一夜のへたてさもそ露けき　信実朝臣

6320
朝みとりかすみわたれる絶間より
みれともあかぬいもせ山かな

6321 **河**
むつましきいもせの川としらねはや
はつ秋霧の立わたるらん　読人―

6322 続　続後十二
いもせ川なひく玉ものみかくれに
われはこふとも人はしらしな

17ウ

6323 続古十二
身のならむ淵瀬もしらぬいもせ川
おりたちぬへき心ちのみして　篁

巨勢山　或大和国人之　春野　冬野

6324 つら〳〵椿
こせの山つら〳〵つはきつら〳〵にみつゝ
おもふなこせのはるのを

6325
わかせこをこちこせ山と人はいへと
君もきまさぬ山のなゝらし

6326 **狭山**
誰きかむこせのさ山のすきかえに
雨もしめ〳〵くきらなくなり　俊頼

6327
霧はるゝ川上遠く月さえて
こ勢のさ山に鹿そなくなる　実伊

6328 **春野**
川上のつら〳〵椿つら〳〵に
こせの春野はみれともあかす

18オ

6329 新二　雉
霞立こせの春野になくきゝす
いつかありかを人にしらるゝ　光俊朝臣

6330 玉椿
玉つはきみとりも色も見えぬまて
こせの冬野は雪ふりにけり　範兼

冬野

6331 万十三　**道**
岩瀬
たゝにこすこのせちから岩瀬ふみとめて
我くるこひてすへなみ

6332 着置　万
なきおくれこちこせ山のほとゝきす
きなせの里の松のゐたまに　俊頼

巨勢山

6333 六帖　**河**
おちへゆくこちこせ川にたれしかも

色とりかたきみとりそめけん

6334 **名草山**
なくさ山ことにありけん我恋の
ちゑの一よのなくさまなくに

18ウ

6335 後　**浜**
紀の国のなくさの浜は君なれや
ことのいふかひありときゝつる

6336
きのくにのなくさのはまの貝ひろふ
あまのめさしのをとなかりせは

6337 新古　海松
あまのかるみるめを浪にまかへつゝ
なくさの浜をたつねわひぬる　俊成

6338
おもふことはしなくさのはま千鳥
跡こそかよへ和哥の浦のなみ　有家

6339
ことかよふあまのとまやもあとたえて
たれとなくさの浜のしら雪

19オ

6340
こゑをたにきけはなくさの浜千鳥
六帖　古巣　ふるすはなれぬ[モイ]つねにとひこよ

6341
跡見れは心なくさの浜千鳥
いまはこゑにそきかまほしけれ　読人―

去来見山　或云伊勢

6342 万一
わきもこをいさみの山をたかみかも
山の見えぬ国をとをみも

6343 新六
さきぬらんいさみの山のさくらはな
かすみはよそに立へたつとも　衣笠―

大葉山

6344 万七
大葉山霞たな引さ夜ふけて
わかふねとめむとまりしらすも

19ウ

人国山

6345 同
つねならぬ人くに山のあきつ野の
あかつき[かきつはたイ]かくれをし夢に見むかも

秋津野　大和国吉野篇ニ入之哥悉載り彼又／先達ノ哥枕ニハ当国ニ入之此野ワタル両国ニ歟

6346 藻苅舟　**浦**
もかり船秋津の浦にさほさして
おもふつまとちこきつゝそ行　恵業

6347 **切目山**　続詞
見渡せはきりめの山はかすみつゝ
里　秋津のさとは春めきにけり

6348
切め山行あふみちのあさかすみ
ほのかにたにやいもにあはさらん

糸鹿山

6349 万七
あしろすきいとかの山のさくら花
ちらすもあらむかへりくるまて

20オ

6350 金　呼子鳥
いとか山くる人もなきゆふくれに
おほつかなくもよふこ鳥かな

6351 苔衣
夏引のいとかの山のいはねとも
こけの衣をうすくやはをる　隆祐

6352
糸鹿山時雨に色をそめさせて
かつ〱をれるにしきなりけり　西行

6353 ひきまゆ
五月雨はいとかの里のひきまゆの
良玉　五月雨　たゝねとすこしさらす日もなし　源仲忠

小為手山

6354 万七
あたへ行おすての山の真木の葉は
久しく見ねは苔おひにけり

20ウ

6355 同
としつもるおすての山の槙の葉　下同前

6356 新六
見すひさに成そしにけるおすて山
槙のふる木の苔をふるまて　為家

6357
誰かまたそらにをすての山ならん
真木の葉分て月の小舟は　前内大臣基

6358 現六
白玉のをすての山の秋の露
つらぬく草もいまやかれなん

6359 **加信土山**
あさもよひきかたへ行にかしと山

万九　こゆらん今日そ雨なふりそね

6360 **高野山**
千十九　あかつきをたかの、山に待ほとや
こけの下にも有明の月　寂蓮

6361 新勅　奥　高野山奥まて人のとひこすは
しつかに峯の月は見てまし　成頼

21オ

6362 昔おもふたかの、山のふかき夜に
あかつき遠くすめる月かけ　知家

6363 岩屋　法　君か代はたかの、奥のいはのやに(むろイ)
あけぬ(むイ)あしたの法(おりイ)にあふまて　西行

6364 続古　法灯　我あらはよも消はてしたかの山
たかき御法の法のともし火
右一首彼山ノ明神ノトテ新観上人ノ／夢に給哥云々

6365 続拾八　いかはかり高野の夜半の時雨らん
都は雲のはる、間もなし　中務卿―

6366 時雨らん都の空におもひしれ
たかのは雪の雲そかさなる　性助法―

21ウ

6367 高野山あかつきを待鐘のをとも
いく夜の霜にこゑふりぬらん　心円法―

6368 すむ事は所からそといひなから
高野は物のあはれなるへき　西行

6369 哀さはあふやと君もおもひしれ
秋くれかたのおほ原のさと　寂蓮
右大原住侍ケル比西行高野より(ニ)／十首ヲクリ侍ケル
返事十首の内

6370 君もまた契ありてやたかのやま
そのあかつきをともにまつらん　真空上人

6371 高野山あかつきを待峯までも
ふくるはをしき秋の夜の月　西行

22オ

6372 **峯**
いまこそはたかの、峯の月を見て
ふかき御法のほともしらるれ　空観(具親朝臣イ)

今城峯　付外峯山欤

6373 松木　万九　いもかりと今きの峯になみ立る
つま松の木は昔人見けん

6374 続古十六　今城なる外山の峯の雲たにも
外山　読百　しるいしたらはなにかなけかん　斉明天

6375 誰をかはいまきの嶺といひをきて
つま松の木の年を経ぬらん

岡　先達之哥枕(ニ)未勘ノ国ト云々然而就／名目暫載之(スヲ)

6376 万十　藤なみの散まくもおしほと、きす
藤　郭公　いまきの岡になきてこすなり

6377 都出て今きの岡のほと、きす
人つてならてはつ音き、つる　衣笠―

22ウ

石代浜

6378 万二　石代のはま松かえをひきむすひ
まさしい(くイ)あらは又かへりこん(みけんかもイ)
右有間皇子傷(ヲ)法(ニ)松枝哥(ニ)二首内　有間皇子

6379 同　後見むと君かむすへるいはしろの
小松かうれをまたも見むかも　人丸

6380 結松　拾　わかことは人もいは代のむすひ松
千年をふともたれかとくへき　好忠

6381 我のみかとけぬこ、ろはいにしへの
代々にも有といはしろの松

23オ

6382 金四　石代のむすへる松にふる雪は
春もとけすやあらんとすらん　中納言女王

6383 石代の松ことしなき我身さへ
なにとうき世にむすほ、るらん　前中納言覚道

6384　年ふともなを石代のむすひ松
とけぬ物ゆへ人もこそしれ　顕輔

6385　年をへて又あひ見る契をも
むすひやをきし石代のまつ

6386　金七
かくとたに又いは代のむすひ松
むすほゝれたるわかこゝろかな　顕国

6387　正治五
石代のはま松かえのふちの花
これさへ誰かむすひかけゝん　守覚法―

岡

6388　万一
君か代も我代もしれや岩代の
おかのかやねを引(いさイ)むすひてな

6389　行末は今幾代とか石しろの
岡のかやねにまくらむすはん　式子内―

6390　さゝ竹のいくよの霜か岩代の
おかの草葉にむすほゝるらん　前大納言基良

6391　後拾八
岩代の尾上の風に年ふれと
松のみとりはかはらさりけり　資仲

尾上峯

野　付野中／清水

6392　岩代の野中にたてるむすひ松
こゝろもと(ニ)けすむかしおもへは
右万葉長之寸意吉丸見結松前洞哥／二首内拾遺作者
人丸

6393　万七
コトイタクハトニカクニセムヲイワシロノ
野ヘノ下草我シカリテハ

6394　六条大相国歌合
野中清水　万二
岩代の野中の清水むすへとも
恋をはけたぬ物にそありける　祐正(藤経兼イ)

6395　**岸**　松
万二
岩代の岸の松かえむすひけん
人はかへりて又見けんかも
右長之寸意吉(キキ)丸見結松前洞哥二首内

6396　後拾十四　**森**
岩代の森のいはしとおもへとも
しつくにぬるゝ身をいかにせん　恵慶

6397　金
物をこそしのへはいはぬ岩代の
森にのみもる我なみたかな　親房

6398　**神**
新古十九
岩代の松(神杜)はしるらんしるへせよ
たのむうき世の夢の行末　読人―

6399　**藤代**
万　続百―
藤代の御さかをこゆる白妙の
我衣手は(も)ぬれにけるかな　読人不知

6400　藤代のみさかをこえて見わたせは
かすみもあへぬふき上のはま　行意

6401　**左日鹿野**　雑賀万葉第六赤人長哥玉津嶋ノ篇(ニ)載(スヲ)之
さひかのにそかへに見ゆるおくのしま

6402　新古　**浦**
紀の国のさひかの浦のおきつもを
春の日くもれかつくあま人　頼尋

6403　万　海人灯
きの国のさひかのうらにいて見れは
あまのともし火浪間よりみゆ

大我野

6404　やまとにはきこゆらんかもおほかのゝ
たか(たイ)はかりしき旅ねせりかは(竹葉)

安布野

6405　別にし君にあふのとおもひせは
しけき露をもなけかさらまし　行意

6406　万七　**木関**
我せこを跡にはもとめおひ(ミイ)ゆかは
紀の関守やとゝめけんかも

6407　タツカ弓
朝もよひ紀の関守かたつか弓
ゆるす時なくまつゑめるきみ

6408　**木河**
朝もよひきの川かみを見わたせは
かねの御たけに雪ふりにけり

6409 万七　人ならはおやのおもひこそ朝もよひ
妹与背山　きの川つらのいもとせのやま
6410　朝もよひきの川ゆすり行水の
いつさやむさやいるさやむさや
6411 白トウ　別にしたつかのゆみの白とうを
紀の川ゆすりこひぬくはなし
6412　春たけき木川しろはなかるめり　俊頼
よしの、おくに花や散らん
6413 万十二　**木海**　紀の海の底をふかめてむすひてし
いもかこゝろはうたかひもなし
6414　紀の海のまさこふきあけ吹風に
はやくあひ見る人はわすれす
6415 鯛　網　浮　紀の海に鯛引あみのおきかけて
おくほと見ゆるうけの数かな
6416 伊勢海　伊勢嶋やあらきはまへの浦つたひ　衣笠前内大臣
きのうみかけて見つる月かな
6417 **黒牛海**　黒牛の海くれなゐにほふもゝしきの
おほみや人のあさりすらしも　人丸
6418 万九　黒牛かたしほひの浦をくれなゐの
玉裳　**潟**　たまもすそ引ゆくは誰か子(つまイ)そ
6419　いましゐにいもと我みしぬはまたの
もろこしかたをしれはさふしも
6420 **阿古根浦**　万一　我おもひしきしまはみせつ底ふかき
あこねの浦の玉をひろは(ぬイ)め
右中皇命往之紀伊ノ温泉時御／哥三首内又云右於山
上憶良(カ)類聚(ニ)／哥林田天皇御製　斉明
6421 万代　よしさらはおもひもたえししき嶋や
あこねの浦のたま〳〵もうし　季能

26ウ　26オ

焉呼見浦　或利之阿美之浦是讃岐ノ国也或云／伊勢国也
6422 玉裳　おほの浦に船のりすらむつまともの
玉ものすそにしほみつらんか　人丸
本集云持統幸云々紀伊国時(ニ)留京(テニ)／作哥云々家集云詞
云伊勢ノオホミユ／キニ京ニテヨメルト云ヘリ
6423 **円方浦**　まとかたの浦へのす鳥なみたては
万　つまよひたてゝつまちかつくも　人丸
6424 万七　あひきするあまとや見らんあきの浦の
網引　**飽浦**　きよきありいそを見にこし我を　同
6425　紀の国のあきのゝ浜のわすれ貝
我はわすれすとしはふれとも
6426　紀国の飽のゝ浦のうつせかひ
ひろいにゆかむ浪はたてとも
㉖右哥或云六帖無之六帖哥合(ニ)云ツノ国ノ／アキノゝ浜
ノ忘貝我ハ忘レス年ハフレトモ／　此哥摂津国載之
今哥可尋哥本欤
6427 **桜田**　**年魚市潟**　さくらたへたつ鳴渡るあゆちかた
しほひにちかくたつなきわたる
6428 現六　山風の色ふきおろすさくら田の
苗代水　花　苗代水を花にせきつゝ　光明峯寺入道―
6429 万七　あゆちかたしほひにけらし知多の浦に
知多浦　あさこく舟のおきによる見ゆ
6430 万代　浮抗　江　あゆちかたかちをとすなり知多の浦(江イ)に
江　あさけのきりはかちをかくして　覚性法―
6431 **妹嶋**　もかり船奥にこくらしいもかしま
かたみの浦にたつかけるみゆ
6432　有明の浦にわかれしいもかしま

27ウ　27オ

かたみのうらに月そのこれる　後嵯峨―

28オ

6433 新勅　浪まくら夢にもみえすいもかしま
なにをかたみの浦といふらん　知家

6434 同　風さむみ夜のふけ行はいもかしま
かたみのうらに千鳥なくなり　鎌倉右大臣

6435　面影の外にものこるいもかしま
これやかたみの浦のもしほ火

6436　いもか嶋あらいそによるうきみるの
うきをも見るはみるにまされり　顕照

像見浦

6437　よしやたゝかた見の浦のうつせ貝
むなしき中はふるかひもなし

6438 中務卿親王家哥合　わかれなは浪間に遠く行舟の
かた見の浦の春のかりかね　隆博

28ウ

玉浦

6439 万九　我こふるいもにあひますたまの浦に
衣かたしきひとりかもねん　人丸

6440 遣新羅使詠　むは玉の夜はあけぬらし玉の浦に
あさりするたつなきわたる也

同

6441　玉の浦のおきつ白玉ひそくれと
たまそうきつるみる人おなし

6442 万七　玉の浦に名にたつ物は秋の夜の
月にみかける光なりけり　為家

離小嶋　幷

6443 万七　あらいそもましておもへや玉の浦の
はなれ小嶋は夢にし見ゆる

6444 万代　さ夜ふけてけ(か)に月さむし玉の浦の
はなれこしまの(に)ちとりなくなり　中務卿―（平忠度朝臣イ）

29オ

6445　船出していまこそ見つれ玉の浦の
はなれ小嶋の秋の夜の月　忠家

三名倍浦　鹿嶋　摂津国立之

6446 万　釣海人　みつなへの浦しほみつなかしまなる
つりするあまのおみ(をイ)にかへりこむ

6447　浦人や波間をわけて紀の海の
みなへのかたにいそなつむらん　宗信

名高浦

6448 万十一　紀の海の名たかの浦による波の
おとたかしかもあはぬこゆへに

6449 同　むらさきの名高の浦のなひきもの
こゝろはいもによりにしものを

靡藻

6450　夜半の月なたかの浦の浪の上に
秋はなかす(はイ)となとかすむらん　信実

29ウ

6451 万廿　**礒浦**　いその浦につねよひきするおし鳥の
お○(しイ)きしあかみは君かまに〳〵

6452　はる〳〵といその浦風さへ〳〵(くれイ)て
こほれる雲のゆくかたそなき　関白前大臣

水伝礒浦　今案云水伝之礒浦名所歟未決

6453 万二　水つてのいその浦半の岩つゝし
きくさく道をまたもみむかも

白神礒浦

6454 万一　ゆらのさきしほひにけらし白神の
岩柄　いその浦みをあへてこきとは

神嶋　礒間浦

6455 万十五　月よみの光をきよみ神嶋の
いそ間の浦にふなてすわれは

6456 千五百番　夕かけて妻や恋しき神しまの
いそ間の浦に千鳥なくなり　顕照

30オ

6457 万　建保名所　神嶋や礒間の浦にあまのかる
もにすむむしの身をうらみつゝ　順徳―

6458 同百　かゝりける契むすふの神しまや
いそまの浦のうらめしの身や　知家

6459 建保百　かものよるいそ間の浦のゆふ波に
誰か面かけをかけてもつらん　康光

30ウ

6460　けふりたにおもふ斗のしるへせよ
いそ間の浦のあまのもしほ火

6461 建百　よるへなきいそ間の浦の岩なみに
なきてもぬるゝあまの袖かな　宗衡

6462 曾馴松　浪よする礒間の浦のそなれ松
秋風　ねをしほにのみぬるゝ袖かな　広兼

結浦　或哥枕当国ニ入ル之但於能宣哥詞ニ之／但馬欤不意之間但馬国ニ又載スヲ之

6463 網代すきむすふの浦の朝日かけ
はるかに出るあまのつりふね　衣笠―

6464 立かへりとふといそけはさらてこし
むすふの浦のかひもなきかな　能宣
右家集詞云但馬ノ湯へ行人結ノ浦／ニテヨムトイへ
リ

31オ

小江浦

6465 よそにきくむすふの浦による浪の
うちとけぬる中そくやしき

6466 正治万　紀の国や小江の浦半の友千鳥
現六　ゆふかけてこそ声は聞ゆれ　伊家

6467 現六　紀の海やさかひの浦の奥津もを
堺浦　奥津藻　春の日くらしかつくあま人

6468 新六　桜鯛　ゆく春のさかひの浦のさくら鯛
あかぬかたみに今日や引らん　為家

31ウ

6469 **塩屋浦**　千五百　奥津風しほ屋の浦を吹風に
のほりもやらぬゆふけふりかな　中務卿―

6470 **里**　事とはむ塩屋の里にすむあまも
我ことからきものやおもふと　中務卿親王

6471 **宮**　おもふ事くみてかなふる神なれは
しほ屋に跡をたるゝ成けり　後三条内大臣
右白川院熊野へ詣給ケル御共ニテ／塩屋ノ宮ノ御前
ニテヨメル

6472 「現六（細字補入）　きのうみのさかひのうらのおきつもを
春の日くらしかつくあま人」

風莫浜

6473 万　風なきの浜の白波いたつらに
こゝによりくるみる人なしに

6474 **手縄浜**　とをつましたかに有せはしらすとも
たつなのはまのたつねきなまし
右哥或人云高者郡ノ名也今案云当国ニ更無／高郡或抄
云高郡ハ奥州ニ在之云々彼国ニ又無之前ニ可祥

32オ

倉奈志浜

6475 拾十七　わきも子かあかもぬらして植し田を
かりておさめむくらなしのはま　人丸

飽等浜

6476 万十一　紀の国のあくらのはまのわすれ貝
我はわすれす年はふれとも

6477　日にそへて飽等の浜の忘貝
わすれはてぬと見るそかなしき　俊頼

6478 懐中　**鳴耶浜**（ナクヤハマ）　なくさます名を立人は夜とゝもに
ねをそなくやのはまのまに〳〵

千刃浜　伊勢国有同名後撰哥

6479 拾七　万代と（をイ）かそへん物か紀の国の
千ひろのはまのまさこなりとも（けりイ）　元輔
右冬時朝臣紀伊国守ニ侍ケル時チヒサキ子ヲ／イタキ

32ウ

テマレイノレ〳〵トイソ哥ヨメトイ、ケレハヨメル
トナン

五十等児嶋　或云伊良虞嶋也云々然ハ伊勢カ但万葉ノ哥ニハ／幸シ紀伊国時の哥也

6480 しゐさすにいとこの嶋へこく船の
いものからんかあしき嶋はを　人丸
右幸紀伊国ニ留京作哥三首内

浦初嶋　一義摂津国也八雲御抄等同シ之仍哥悉載彼／国ニ云々但又知家卿詠ス当国ニ重載ス之ヲ

6481 後　あな恋し行てや見まし紀の国に
いまもありてふ（そのイ）浦のはつ嶋

33オ

6482 続拾　おもひやる浦のはつ嶋おなしくは
行てや見まし秋の夜の月　平時清

6483 現六　今も又こふるもくるし尋みむ
いてそも紀路か浦の初嶋　知家

白崎

6484 万九　しらさきはみゆき（ニエキイ）あるまて大舟に
真梶　まかちしけぬき又かへりこむ
右幸シ紀伊国ニ時ノ作哥

湯羅篇　**崎**

6485 万七　いもかため玉をひろふときの国の
ゆらの御さきに此日くらしつ　式部卿宇合

6486 万九　白神　ゆらのさきしほひにけらしな白神の
礒浦　いそのうらみをあへてこきとこし　本ノマヽ

33ウ

6487 建保　ゆらのさき塩干にあまのひろふてふ
たまらぬ袖の春のあは雪　行意

6488 花鳥のにほひも声もさもあらはあれ
ゆらのみさきの春の日くらし　定家

6489 同　秋なから木の葉かくれもなかりけり
ゆらの御さきの在明の月　順徳院―

6490 同　浜清くすむ月影をあけぬとや
ゆらのみさきに舟よはふなり　後徳大寺―

6491 朝ほらけこきいてゝ我はゆらのさき
つりするあまを見てかへりこむ

6492 二月やゆらのみさきに風たちぬ
とわたる舟のぬさもとらなん　家隆

34オ

6493 なにとして月をまたましゆらの崎
なを雲かゝる紀路のとを山

湊

6494 新古　紀の国のゆらのみなとにひろふてふ
たまさかにたにあひみてしかな　長方

6495 続古　後　玉ひろふ湯羅の湊にてる月の
光をそへてよするしらなみ　平重時

6496 夜舟こくゆらの湊のしほ風に
おなしと渡秋の夜の月　忠景

6497 新古　かちをたへゆらの湊による舟の
たよりもしらすおきつしほ風　後京極―

6498 万代　行船のゆらの湊の奥津洲に
かちとりむけて出る舟人　平明時

34ウ

6499 紀の国やゆらのみなとの月清み
玉よせかくる奥津しら波

6500 建保　さくらさく山には春もなかりけり
ゆらのみなとのあけほのゝそら　定家

6501 玉荻同家哥合　判者俊成　日にみかき風になみよる玉荻の
ゆらのみなとに袖なひく春　俊成女

6502 上野鹿　幾しほちゆらのみなとをこき出ぬ
上野の鹿のこゑかすかなり　覚明法―

6503 遠さかるあまの小船もあはれなり
ゆらのみなとの秋のゆふくれ　中務卿―

6504 風わたるゆらの湊のゆふしほに

影さしのほる月のさやけさ　隆祐

35オ

6505 新勅　**渡**

湯羅のとをわたる舟人かちをたへ
ゆくえもしらぬこひのみちかな

6506 堀百

かちさかりゆらのとわたる柴舟の
こきおくれたるなけきをそする　顕仲

6507 現六

ゆらのとや遠き渡に船出して
いとふかけなき月とみるかな

6508 同

紀の海やゆらのとあるゝわたり舟
わかみさきよりいてかひもなし

6509 **室江**

紀伊国之室之江辺尓千年尓毛
障事無万世尓如此将
有登大舟之思時而出立之清瀲尓朝名寸来依
深海松夕難伎尓来依縄法

6510 （細字補入）「白崎　万九

しらさきは幸在待おほふねに
まかちしけぬき又かへりこん」

35ウ

哭沢森

6511 万三

なきさはの森にみはすれいのれとも
わかおほきみはたかひしられぬ　人丸
右高市皇子城上浜ノ宮之時作哥

三穂石屋

6512 万三

しのすゝきくめの我とかいましける
みほのいは屋はみれとあかぬかも

6513 同

ときはなる岩屋はいまも有けれは
すみけん人そつねなかりける

6514

岩やとに立たる松の木をみれは
むかしの人にあひ見つることし
右三首博道法師紀伊国三穂崛作哥

6515

紀のくにやみほのいは屋もさすか猶

36オ

風こそふるき松にこたふれ　法印定円

6516 御越石神

雲のゐる御こし石神こえむ日は
そふる心をかゝれてそおもふ　俊頼

八上宮　**三隅山**　正字可祥

6517

待きつる八上のさくらさきにけり
あらくおろすなみすの山風　西行
右熊詣テ侍ケルニヤカミノ皇子ノ桜ヲミテ

6518 万九　**曝井**

みくるすのなかにむかへるさらし井の
たえすかよはむそこにつましる

6519 堀百

さらし井の木のもとかけに雪ふれは
衣手さむしせみはなけとも　俊頼
以下西行記ノ中雖出之大峯在之坎仍別之ヲ

6520 新古　**古畑**

古はたのそはのたつ木にゐるはとの
ともよふこゑのすこきゆふくれ　西行
右大峯ニテ大和国チカク成テ古畑ト云／所ニテ山
鳩ノイトスコク鳴ケレハヨメリト

36ウ

深山

6521

ふかき山にすみける月をみさりせは
おもひ出もなき我身ならまし　西行
右大峯ノ深山ト云所ニテヨメル

6522 **娣峯**

おはすてはしなのならねといつくにも
月すむ峯の名にこそありけれ　同
右大峯ニテヲハカ峯ト云所ニテ

6523 **東屋峯**

神無月時雨はるれはあつま屋の
峯こそ月はむねとすみけれ　同
右大峯ニテアツマヤト云所ニテ

6524 **千草嶺**

わきて行色のみならはこすゑさへ
千草のたけはこゝろすみけり　同

37オ

6525 **霧越峯　蟻戸渡**

右千草ノタケトテ殊ニアワレニ木シケキ峯ニテ

さゝふかく霧（きイ）こす峯をあさたちて

なひきわつらふありのとわたり　同

右大峯ニテヨメル

6526 **行者還（カヘリ）　屛風嶽（ヒヤウフノタケ）　児泊（チコノトマリ）**

屛風にやこゝろをたてゝおもひけん

行者はかへりちこはとまれり　同

右大峯ニテ

37ウ

6527 **三重瀧**　那智ニテアリ

右大峯ニテ

身につもること葉の露もあらはれて

こゝろすみける三かさねのたき　同

38オ

歌枕名寄巻第三十四

南海部下　淡路　阿波　讃岐　伊予　土佐

目録

淡路国

淡路　嶋山　潟／廻門　瀛　野嶋　崎　浦／渡　絵嶋　浦　礒／瀧上　崎

（瀧上）朝野

阿波国

阿波山　嶋／嶋山　鳴門（小嶋）　浦／又有周防　木津上浦　里海人

讃岐国

狭峯嶋　佐美山　松山　浦幷　泊礒　綾川

網浦　弦打山

38ウ

伊予国

伊与高峯　幷時狭庭岡　嶋山　山岡　時狭庭／山岡云々

菅尾山

熟田津　飽田津　柔田津

以上三所／依其字／一加訓但去多津ハ可為正欤其旨見日本記或者非是名／

所別義也云々然而蹔他先達哥枕矣

箱潟　蓋／鹿堤／礒欤

風早　鳴門浦／当国未決　周防阿波共在之　岩木嶋　伊与海（嶋イ）　浜

由留宜橋　初学抄／又御抄　当国又懐中／美由流宜橋之　伊与湯

39オ

土佐国

土佐海　大崎　神小嶋　御座浦　室戸

打山八雲御抄哥／但万葉哥　石上丸配所／加訓有異説　名越山　夢野

39ウ

歌

淡路国謌

6528 明玉
うな原やおのころしまのあらはれて
我すへらきの御代そ久しき　中原覧

6529
ヌホコタレヲノコロ山ニヲリマシテ
神ノチヽハヽ国ヲウメレハ　藤波

唯津国別不可立名所歟然而別若一嶋／故不可准余国事可斟酌也

6530 新古十六
淡路にてあはとはるかに見し月の
ちかきこよひは所からかも　躬恒

6531 正治百
あはちふねきりかくれこくさほのうたの（本ノ字不審）
こゐはかりこそせとわたりけれ　守覚

40オ

嶋

6532 ミヌメノ浦　万　深海松
みけむかふ淡路の嶋ニたゝむきに
ミヌメノウラニオツニハフカミルトリテ
ウラハニハナノリソカリテ

6533
淡路しまとわたる船のかち間にも
我はわすれす家をしそおもふ

6534 同十五
わきも子を行てはや見むあはち嶋
雲井にみえぬいゐつくらしも

6535
あらいそこす浪をかしこみ淡路しま
見すてやすきむこゝたちかきを
右太宰師大伴卿任大納言上京之時侍従等作哥十首内

6536 新勅
淡路嶋とわたる舟やまよふらん
八重たちこむるゆふかすみかな　中院入―

6537 和哥所哥合
淡路嶋しるしの煙みせそひて
かすみをいとふ春のふな人　常盤井入―（後久我太政大臣イ）

40ウ

6538 正治百　須磨
あはち嶋かよふしるへに立けふり
かすみにまかふすまの明ほの　寂蓮―

6539 淡　万
難波かたしほひに立て見わたせは
続古十八
あはちの嶋に鶴わたる見ゆ　読人―

6540 諏方　関守
金
淡路嶋かよふ千鳥のなくこゑに
いく夜ねさめぬすまの関もり　兼昌

6541 続後　山端
あはちしま浪もてゆへる山の端に
こほりて月のさえわたるかな　忠良

6542
淡路嶋月の影もてゆふたすき
明てかさせるすまの浦なみ　定家

6543 新古
秋ふかき淡路の嶋の有明に
かたふく月をゝくるうら風　慈鎮―

6544 続拾
あはちしま夕立すらし住吉の
うらのむかひにかゝるむら雲

41オ

嶋

6545
なかめやる波路やいつこしら雪の
またふりうつむあはちしま山　惟言

6546 古十七
わたつ海のかさしにさせる白妙の
浪もてゆへるあはちしまやま　読人―

6547 広田社哥合
もしほ焼けふり立らし見渡せは
うす雲かゝるあはちしま山　安門法―

6548 続拾　新古一
春といへはかすみにけりな昨日まて
波間にみえしあはちしまやま　俊恵

41ウ

6549
浦とをき難波の春のゆふなきに
入日かすめるあはちしやま　中務卿―

6550
住吉の松の木間よりなかむれは
月おちかゝるあはちしまやま　頼政

潟
唯播磨潟近江木不可別立合所歟然而淡／路既為一所嶋定名所彼嶋潟故不可烈余国歟

6551 建保哥合
あはちかた小船こき出るゆふかせに
波路をゝくるさほしかのこゑ　宗長

6552
淡路かたかちをおすなりちたのゐの
あさけの霧にかたをかくして　覚性法―

6553 万代　秋風のをとかときけはあはちかた
時雨すくとてときたつすなり　長方

迫門　範兼類聚迫門渡部入之然者可レ用二渡ノ字一歟

6554 片帆　堀百　大嶋やあはちのせとのふきあけに
のほりくたりのかたほあくなり　運房

6555 滉　はる〳〵とあはちのおきにうくかもの
あまの小船にみそまかへつる　親祐

6556 真梶　**野嶋**　さくらかひまきたる舟に真梶ぬき
我こきくれはあはち嶋野嶋も過て

万一　いなつまにからかの嶋のしまかくれ

6557 アハヒタマ同　ミケツクニヒヽノミツキトアハチシマ
ノシマノアマノアワチタマ

6558 万六　あさなきにかちをと聞ゆみつけくに
野嶋のあまの舟にしあるらし

6559 阿古根浦　同　我思し野嶋は見せつそこふかき
あこねのうらの玉そひろはめ
右一首中皇命往二紀伊温泉一時ノ哥

6560 現六　淡路なる野嶋のあまのつり舟の
霞にうかふ春のあけほの

6561 **浦**　朝またきあはちの浦をこきゆけは
絵島もみえす霧にけたれて　仲正

6562 万三　**崎**　近江路の野嶋かさきの浜風に
いもかむすひしひも吹かへす　人丸

6563 千　近江路の野嶋かさきのはま風に
わかひもゆひしいもかゝほのみ
をもかけにみゆ　顕輔

6564 玉もかるとしまを過て夏草の
野嶋かさきに舟ちかつきぬ　人丸

42オ　42ウ　43オ

右羇旅哥八首也本集第十五遣新羅使詠

6565 千　哀なる野嶋かさきのいほりかな
露をく袖に波もかゝけり　俊成

6566 金九　しほみちて野嶋かさきのさゆり葉に
波こす風のふかぬ日そなき　俊頼

6567 建保　波のよる野嶋かさきのいとすゝき
みたれにけりなぬけるしら玉　範宗

6568 同　小萩さく野嶋かさきに風こえて
露ちる波にのこる月影　知家

6569 同　風ふけは波にや床のあれぬらん
野嶋かさきにうつらなくなり

6570 波かくる野嶋かさきのきり〳〵す
もにすむ虫のこゑかとそきく

6571 現六　浦人やかさしにおらん夏草の
野嶋かさきの大和なてしこ

6572 旅ねする野嶋かさきの浜風に
すゝきおしなみ雪はふりきぬ　家隆
裏書云顕輔哥アツマトイヘリ東国ニ又在之随テ或哥
枕哥近江国入之可祥但安房国野嶋ト云所在之彼ヲ
モ可祥仍当国ニ又載之是一旦ノ事也

浦

6573 千十二　玉藻かる野嶋か浦のあまにも
千十二　いとかく袖はぬるゝものかは　惟光

6574 **渡**　船人の野嶋の渡浪たかみ
すきわつらふや此世なるらん　中務卿—

絵嶋

6575 続古一　明石　あかしかた絵嶋をかけて見渡せは
かすみのうゑも奥つしら波　俊成

43ウ　44オ

6576 漆山　松　新古　みなと（なみイ）山とことはに吹しほ風に絵嶋のまつは浪やかくらん　後徳大寺―

6577 あさまたきあはちの浦をこき行は絵嶋もみえす霧こめにけり　仲正

6578 漣出てあれそ絵嶋をなかむれは波にけたるゝ松のむらたち　兼盛

6579 ゆふなきしかすめる方を見渡せはゑしまの浦に春は来にけり　定兼母

6580 ふる雪に絵嶋の松もうつもれてまた色とらぬこゝちこそすれ　顕昭

6581 正治　**浦**　色そふるゑ嶋か浦の月をまたうすたみわたる夕かすみかな　範光

6582 千鳥なく絵嶋か浦にすむ月を浪にうつして見る今夜哉　西行

6583 千十六　**礒**　小夜千鳥ふけゐの浦に音信てゑしまかいそに月かたふきぬ　家基

6584 吹居浦　広田　広田より淡路をかけて見わたせはゑ嶋かいそにさはくしら波　性阿法―

45オ

6585 堀百　淡路嶋ゑしまか礒にあさりするたなゝし小舟いくよへぬらん　師相（頼イ）

6586 縦曾保舟　千五百　紅葉はにこかれあひてもみゆる哉絵嶋かいそのあけのそほふね　顕昭法師

6587 同　**崎**　春霞ゑしまかさきをこめつれは浪のかくとも見えぬなりけり　重縄

6588 播磨潟　崎　はりまかたすまの月よめ空さえて絵嶋かさきに雪ふりにけり　前参議親隆

6589 瀧上　万三　瀧の上の朝のゝきゝす焼す（ぬイ）ともたちさわくらし○

朝野

6590 万代　岩そゝくたるひもとけぬ瀧の上の朝のゝ若菜今やつまゝし　光明峯―

45ウ

6591 狩人　現六　霜かれのあさのゝ雉ふみたてゝ瀧の上ゆくかり人やたれ　洞院摂政左

阿波国哥

6592 万六　まゆのこと雲井にみゆるあはの山あけて（かイ）こく舟とまりしらすも

6593 同二　**嶋**　さゝめかるひなのくまへにたゝむきしあはしまを過てあは嶋をそかひにみつゝ　赤人

6594 武庫の浦にこきまふを舟あは嶋をそむきみ見つゝともしきを舟

6595 明石大門　浪　あは嶋におきわたらむとおもへともあかしのとなみいまたさはけり　人丸

6596 同十三　広田社哥合　浪間より雲井に見ゆるあは嶋を（のイ）あはぬ物ゆへわれによりこそ（こしイ）

46オ

6597 武庫浦　武庫の浦をなきたるあさに見渡せはまゆもみたれぬあはの嶋かな　後徳大寺―

6598 武庫の浦や朝みつしほのおひ風にあはしまかけてわたるふな人　知家

6599 万九　もゝつてのやそしまめくりやそ嶋をあはの小嶋を見れとあかすかも　人丸

6600 **嶋山**　奥津浪たちゐる程そしられけるあはのしま山見えみみえすみ

6601 新六　播磨かたおきこく船のほのかにも見えたる嶋（山イ）はあはの嶋かも　光俊

46ウ

鳴門　大嶋鳴門周防国欤仍多載彼所ヲ

6602 後拾　なるとよりさし出されし船よりも我そよるへもなきこゝちする　滋幹

右在宮の嶋戸トイフトノモトニテ女ニ物申時／オヤ
ノトヲタテヽ入ケレハ又ノ日読テ遣シケルトナン

6603 里のあまはなるとの波にみゝなれて
たゝくいなにおとろかぬかな　仲正

6604 塩風になるとはるかにあはち嶋
そかひにみえてわたる船人

6605 淡路嶋
誰そこは鳴門の浦にをとするは
とまりもとむるあまのつり舟　俊成

6606 六帖　**浦**
日暮れはしのひもあへぬ我恋や
なるとの浦によるしほのをと

47オ

6607 **木津上浦**
こつ上の浦に年へてよる浪も
おなしこゝろにかへるなりけり　基房

6608 塩焼衣
里のあまのしほやき衣たち別
なれしもしらぬ春のかりかね　定家

里海人

6609 続後
里のあまの浪かけ衣よるさへや
月にも秋はもしほたるらん　寂蓮

6610 浦風になひきにけりな里のあまの
たくものけふりこゝろよはさは　実方

6611 浦風に花もにほはぬさとのあまの
しはのかきねもうくひすそなく　家隆

6612 とはゝやなうらみなれたる里の海人も
衣ほすまもなきおもひかと　法皇―

47ウ

6613 里のあまのかりそめなりし契より
やかてみるめのたよりをそとふ　雅経

6614 里のあまのつむやしほ木のいくへまて
かさねてからく物おもふらん　平重時

6615 いその間に浪からけなるおり〳〵は
うらみをかへるさとのあま人　西行

讃岐国

狭峯嶋　**佐美山**

6616 玉もかるさぬきの国はおちこちの
嶋はおほけれとなくはしきさみねの
反哥　シマノ跡ソモニ

6617 つまもあらはとりてたきましさみ山の
のかみのうはきすきにいらすや　人丸

48オ

右讃岐国ニ狭峯嶋観石屋中死人作哥／拾遺廿云サヌキ
ノサミ祢ノ嶋ニテイワヤノ中ニ／テナク成ニケル人

6618 ヲミテ人丸ヲキツ浪ヨルコソイ／ソラシキタヘノ枕
ニシテナレル君カナ

6619 **松山**　千十
君か代にくらへてうゑし松山の
松の葉かすはすくなかりけり　顕季

6620 後拾十八
松山の松かうら風ふきよせは
ひろひてしのへ恋わすれ貝　定頼
右橘俊縄讃岐国ニテ身マカリケル時ヨメルトナム

6621 松山の浪になかれてよる船の
やかてむなしく成にけるかな　西行

48ウ

6622 松山のなみの気色はかはらしを
かたくも君は成にけるかな　同
右二首崇徳院御墓前ニテ作哥也

6623 **浦**
松山の松の浦かせふきよせは
ひろひてしのへ恋わすれ貝　定頼

6624 たゝぬよりしほりもあへぬ衣手に
またきなかけそ松かうら嶋　光盛
右二首贈答

松浦　**泊礒**

6625 現六
松か浦とまりのいそときく物を
なにもさはらすかへるなみかな

6626 万　網津
焉乎見浦ニフナノリスラムオトメラカ　49オ
玉モノスソニシホミツラムカ
右幸紀伊国留京作哥三首ノ内仍焉乎見／浦載之紀
抄ノ阿美ノ浦ト和スルニ付テカサネテ／当国載之又
家集ニハ伊勢ノオホミユキニ京ニ罷／ト、マリテヨ
メルト云ヘリ伊勢可立欤遣新羅／使誦詠古哥ニハ阿
古浦トアリ末ハアマモノスソトアリ／

6627 網浦ノアマオト、ヌヲアヤクシホノ○

6628 アミノ浦ニ舟ノリスラシオトメラカタマモノスソニシホミ
ツラムカ○
右幸讃岐国安益郡時軍王見山作哥　人丸

6629 新勅
浪風ものとかなる世の春にあひて
あみの浦人たえぬ日そなき　家隆

6630 安益郡
霧はれぬあやの川へに鳴千鳥　49ウ
綾川
こゑにや友の行かたをしる　中宮内侍

6631 弓張
紘うちの山よりいつる月かけは
紘打山
弓はりとこそいふへかりける

伊予国哥　伊与　高嶺　幷時狭庭岡

6632 嶋山之宜国跡極此疑伊与能高嶺乃狭庭乃岡尓
立而歌思辞思為師三陽上乃樹村乎見者巨木
生継尓宗利鳴鳥之音毛不更追代尓神左備将往行幸処
右至伊与温泉時作哥

6633 道とをきいよのたかねを尋ても
人のゆくゑを我にしらせよ　洞院摂―　50オ

6634 現六　**嶋山**
雲間より入日にまかふしま山の
ふもとめくりはとまりとそきく　為家

6635 しま山に散かたちはなうすこさし　本ノマヽ
つかへまつるはまうち君たち

6636 **山岡**　或抄　大和国ノ哥枕出之
射狭庭乃岡尓立而○　如上
右哥或抄山岡之本哥出之而万葉実本無山字／只射狭
庭ノ岡ト在故射狭庭モテ岡名所出ヨリ可祥

6637 伊与路　明玉
朝なきにこき出て見れは伊与路より（なるイ）
菅尾山
すかをの山の雲のかゝれる

6638 **熨田津**
にきたつにふなのりせむとき、しなへ
なにその君か見えこさるらん
右或云熨田津　飽田津　柔田津　三所依其字　50ウ

6639 **箱潟**　万葉不見海　詠之云々／礒欤　立間宇　正字可祥
はこかたのいそきてきつる君やしる
ふたまてしはみつやみたすや

鳴門浦　万葉十五遣新羅使海路次第風速浦而備後国欤／
風早　仍哥載彼所ノ但古哥枕伊与国立之随彼国有／風早郡欤鳴門又周防阿波共在之

6640 堀川百
風早のなるとの浦のふねよりも
とまりさためぬ我身なりけり　大主

6641 堀百　武庫
風早の奥津しほさいかたくとも
いにてにはしれむこの浦まて　公実　51オ

6642 古哥
伊与の海いはきの嶋はわれなれや
岩木嶋
あふことかたきしほのみそやく

6643 新六　**浜**
つれなさは岩木のはまのしき浪の
なにとこゝろをかけはしめけん　衣笠―

6644 海人　狭衣
いかにしていかなるよにかしほたれて
岩木のはまのあまのさころも

6645 **由流宜橋**　八雲御抄在之　初学抄同／懐中抄　美由流―宜橋云々
みとり色に春はつれなくみゆるきの
はししも秋はまつもみちけり

6646 **伊与湯**
伊与の湯の井けたはいくついさしらす

かすへすよます君はしるらん

土佐国哥　万葉赤人長哥如上載之

土佐海　誰芸詞也哥可検

6647 万六　おほさきの神の小はまはせ（にィ）はけれは

大崎　**神小浜**　もをねすみもすくといはなくに

右上乙丸記ニ土佐時ノ作哥

6648 古来　千はやふる神の小浜に船とめて

おほさきみれは月のさやけさ　光俊

御座浦

6649 古哥　うちふせとみましの浦はあひもなし

衣かたしく人し（もィ）なけれは

6650 新勅　法性の室戸ときけと（くいへとィ）わかすめは

室戸　有為のなみ風よせぬ日そなき　弘法大―

右土佐国室戸云所ニテヨミ侍ケルトナム

6651 現六　むろのとま（とよりィ）ゐ南の岸につたひける

人の跡とふなみの上かな

打山　八雲御抄之　石上乙丸配所云々

6652　王命天思離（ヲホキミヲミカトカシヨシアサ、カルヒナタニカヘリフルコロモマタウチ山ニ）　夷　部退　古　衣又　村山従

還（アヘリキ）　来ヌカモ（ヌルカモ）

51ウ

6653 万十　呼子鳥　我せこをなこしの山のよふことり

名越山　君よひかへせ夜のふけぬさき　人丸

6654 後　吹風をなこしの山のさくらはな

いと（のィ）けくそ見る散しと思へは　読人―

6655 宝治百　みな月のみそき川原のかへるさに

ミソキ河原　なこしの山の雲そか（あィ）け行　頼氏

6656 寝覚　鹿　夜衣をのこすねさめに聞そ哀なる

夢野　夢のゝ鹿もかくやなくらん

52オ

52ウ

歌枕名寄巻第三十五

西海部上　筑前　筑後　豊前　豊後　肥前　肥後　日向

下　大隅　薩摩　壱岐　対馬

目録

筑前国

志賀篇　山又号　縁香　山　浦

嶋　小嶋　神

可思布江　大浦田沼

雑篇

御笠山　森　石踏河　大野山　在御笠／郡　大城山　大野嶺／号大城山云々

城山　八雲御抄有／御笠郡　大崎　府　許能伎乃山　御抄／在之

蘆城山　野／河　水城

萱山　野／関　名児山　五百重山　八雲御抄云筑前国／又只物山名歟云々

竈戸山　安野　夜須　大渡河　思河　染河

思染河　漆河　草香河　荒津　浜　海／崎

香椎潟　渡／宮　粉潟海　韓泊能古浦　泊

53オ

嶋野　八雲御抄／当国入之

美能宇浦　浜　有千潟　怡土浜　嶋　鶉浜　引津

也良崎　金御崎　箱崎　水崎　又許礼乃／水嶋

筑紫小嶋　鹿／嶋歟　博多　壱岐松原

湯原　幸橋　八雲御抄／伊勢入之　結河橋　垂間野橋

浪懸峯　葦屋　一夜河　筑後国

千年河　八雲／御抄　速見里　又遠江／在之

53ウ

豊前国

四極山　笠縫山　笠結嶋　鏡山　朽網山

54オ

荒山　八雲／御抄　企救池　浜　長浜／高浜

間之浜　或利之麻乃浜或加之麻能乃浜／範兼卿類聚等真野浜云々今案云万葉歌同浜

哥／同之若同間遠歟可祥

八刃浜　蓑島　宇佐宮　宇美宮

豊後国

木綿山　嶽　姫嶋　三穂浦　駿川有／同名

小竹嶋　顕照哥枕当国ニ／入之或云伊勢国也云々

54ウ

肥前国

松浦　山又号領巾麾／河海浦潟瀛道　玉嶋河浦／里　鏡神

和伎覇里　或云／名所　船坂山（雑篇）　白河　千香浦　嶋

美弥良久山　万葉／十六也　肥前国ニ　松浦県（カタ）　美弥良久嶋　発船云々　能因歌枕

之肥前千鹿嶋伝／比良古ノ崎等也所有之夜ニソ人現遇云々

肥後国

葦比野浦　里　風流嶋　宇土小嶋　鼓瀧　八代池

阿素山　上野山／北有也　阿素御瀛　池也云々

55オ

日向国

淡木原

大隅国

大隅浦　気色森　霧嶋　哥未勘

薩摩国

隼人薩摩迫門　薩摩潟　奥（興歟）　小嶋　唐漆

55ウ

壱岐国

壱岐嶋　保都年浦　海松和布浦

斑嶋　顕照哥枕／当国入之　伊波多野

対馬国

対馬嶺　幷　敷可牟乃浜　対馬渡　上方山

黄葉山　為名所乎否不分明歟若名所タラハ其国ニ何哉以管見当国テ／万葉哥ノ於竹敷ノ浦ニ

詠之云々故也

56オ

浅茅山　香之山　見山同御抄万葉哥枕也

56ウ

歌

筑前国哥

志賀篇　山又号縁香山　八雲御抄

6657 万十一（六イ）　しかの山いたくなきりそあしをしか（らイ）
よすか（イ）の山と見つゝしのはむ

右本集云筑前国志賀泉郎哥十首内

6658 海人同　志賀のあまのしほやく煙風をいたみ
たちはのほらて山にたな引

6659 同十五　**浦**　しかの浦にいさりするあまいゑ人の
まちこふらんにあかしつるやと

6660 同新勅　しかのあまの一日もおちすやくしほの
からき恋をもわれはするかな

6561 志賀の浦にあさりする海人今日くれは
浦にこくらんかちをときこゆ

右三首天平八新羅使至筑前舒（ヒ）遥望本郷懐／愴ノ作哥

57オ

6562 同新勅　しかのあまはめかりしほ焼いとまなみ
梳のおくしとりもみなくに　石河小童子

6663 和布苅　しかの海人の塩やき衣なれぬれと
こひてふ物はわすれかねつも　人丸

6664 しかの海人のつりすとともにいさり火の ほのかにいもを見むよしもかな

6665 志賀の海人のつり舟の縄たえすして こゝろにおもひ出て来にけり

6666 同 しかのあまのいそにかりほすなのりその なはつけてしをなそあひかたき

6667 同六 おほ舟に小ふね引かへかつくとも しかのあをゝにかつきあはんかも

6668 堀後　万 から人のしかのをしまに船出して はかたの奥にときつくるなり　俊頼

57ウ

嶋

6669 金　小嶋　連哥 弓はりの月のいるにもおとろかて つれなくたてるしかの嶋かな

6670 万　**神** 千はやふるかねの御さきを過れとも われはわすれすしかのすみかみ

6671 井一（マヽ）**可思有江** かしふゐにたつなきわたるしかの浦に おきつ白波たちひくらしも

大浦田沼

6662 右遣新羅不筑紫ノ舒作哥 あらおらかゆきにしひよりしかのあまの おほうらためにまたのしからすや

58オ

雑篇　**御笠山**　大和有同名

6673 苔嶋 万代 ふらはふれ御笠の山しちかけれは みのしまかてはさして行なん

森　或大和哥立入之

6674 大野なる御かさの森に時雨ふり そめ成紅葉いまさかりなり

6675 万　続古 おもはぬをおもふといはゝおほのなる 御かさの杜の神そしるらん　大伴百世

59ウ

6676 大野なる御かさの杜のほゝかし葉 神のひらてにいくよさすらん

58ウ

6677 万代 **石踏河** 海山のゆふこゐくれはみかさなる いはふみ川にこまなつむなり

6678 **大野山** 大野山ふもとの浦に霧こめて おきその風は月そさやけき　為頼

6679 万五 大野山きり立わたりわかなけく おきその風にきり立わたる　憶良

右神亀五七廿一筑前守山上億上序詞四偕／老遥於要期独飛生於半路云々別妻詠哥欤

大城山

大野嶺号回大城山也云々

6680 万八　郭公 いましかも大きの山のほとゝきす

万八　郭公 なきとよむらん我なけれとも

右於筑前国大城山大伴坂上良女作哥

6681 同十　六帖 いちしるく時雨の雨はふらなくに 大きの山はいろつきにけり

城山　八雲御抄有二御宜部大宰府云々

6682 いまよりはきやまの道はくるしけん 我かよはむとおもひしものを

許能記能山　八雲御抄在之

6683 梅花　同 梅の花散らすはいつこしかすかに このきの山に雪はふりつゝ

右太宰師大伴卿宅宴梅香哥廿六首内

59オ

蘆城山

6684 万十二 あしき山木すゐこそりてあすよりは なひきたるこそいもかあたり見む

6685 万八　萩 女郎花秋萩ましりあしき野に

59ウ

女郎花　**野**
けふをはしめて万代は見ん（にイ）

6686 同　**河**
右太宰従卿官人等宴筑前国遣城駅家時／作哥二首
玉くしけあしきの月（川イ）を今日みれは
万代までにわすれんかも

6687
降雨のしけき五月の玉くしけ
あしきの河は水まさるらし　前内大臣

6688
玉くしけあしきの川の瀬を早み
あけゆく月の影そなかるゝ　為氏

60オ

水城

6689 万
ますらをとおもへる我やみつくきの
みつきの上に涙のこ（はイ）さむ

6690
かき絶てみつきに成ぬこれやさは
こゝろつくしの門出なるらん　俊頼

6691 良玉
くもりなくすむと思しみつきより（とイ）
やみにまよひて立かへりぬる
右一首筑紫ニテ（ニテ）舟ヨセ侍テ後上リケルニミツキト云所
ヲ出トテヨメル

6692 万十五　**萱山**
草まくら旅をくるしみこひおれは
かやの山辺にさほしかなくも
右遣新羅使引津亭船泊之時作哥七首内

6693 六帖　**野**
かやの野辺はいともかなしき峯（かイ）の上の
松ゑた（かえイ）ともに久しきものを

60ウ

6694 **苅萱関**
かるかやの関守にしもみえつるは
人もゆるさぬ道辺なりけり

6695 **朝倉山**
花の色をあらはにめてはあためきぬ
朝くら山におりてとりてむ

6696
雲間よりよそにきくこそくやしけれ
あさくら山のうくひすのこゑ

6697 時鳥　朝倉山
とはねとも名のりて過ぬほとゝきす
あさくら山の雲井はるかに

6698
里わかすなのるなれともほとゝきす

6699
とふ人もなきなのりすらしも（アサクラ山ノタソカレノソラ）

61オ

6700 **関**
名のりして夜ふかく行ぬほとゝきす
われをゆるさぬあさくらの関　前摂政左大臣

6701 **木円殿**
ほとゝきすきの丸とのゝ雲井にて
あさくら山を思て行らん　西園寺入道

6702
朝倉や木の丸とのにわれをれは
なのりをしつゝゆくはたか子そ　天智天―

6703
橘の木の丸とのゝかほるかは
いはぬになのるものにそ有ける

6704
こゝろさしあさくら山のまろとのは
たつぬる人もあらしとそ思ひ　仲正

6705 **名児山**
名にのみは（をイ）なこ山と思ひ（おひイ）て我こそ（こふるイ）は
千ゑの一重し（もイ）なくさまなくに
右本集云筑前国（ノ ニ）宇刑部名児山ノ時ノ哥

61ウ

6706 **織面漆**
朝倉やをめのみなとにあひきする
あまのめさしにあひてあれにけり

6707 拾十八　連哥
竈戸山
春はもえ秋はこかるゝかまとやま
霞も霧もけふりなりけり（とそみるイ）
右本集云元輔筑紫へ罷リケルニ竈戸山ノフモトニ（ニ）／
ヤトリテ侍ケルニミチツラナル木ニフルク書付タリ
ケ／ル上句ニ元輔下句ハ付侍ケルトナム

6708 六帖
都より西に有てふかまとやま
けふりたえせぬ恋（すイ）もするかな

6709 同
世の中をなけくもくゆるかまと山
はれぬおもひをなにゝそむらん

62オ

6710 現六 火桜 散たひにもへこかれてもおしけきは　かまと山なる火さくらのはな　道信法—
6711 竈戸山また夜をこめて降つもる　嶺の白雪あけてこそ見め　匡房
㉗裏書云フル雪ノトケンコモナクツモリツ、カマトノ／山ノ山守ハ行エモミエヌミコモリノツマキコリタ
クア／サユフノ煙ノミコソ立ニケレ散木集云ツクシ
ヨリノ／ホルトテムロツミト云所ヲ出テカマト、云
6712 泊ヲマカル／トテムロツミヤカマトヲスクル舟ナレ
ヤ物思ニハコカ／レテソ行今案ニ室津見周防国入之
釜戸当也如何

安野　夜須郡　在之歟

6713 泊　万四　君かためしたみし酒とやすの、に
62ウ
独やのむらん友なしにして
右太宰師大伴卿贈大弐丹比碂守卿哥裏書／云範兼
卿聚安野ハ近江国野洲也尚万歌／於筑紫詠之推之
筑前国夜須郡歟

大渡河　六帖

6714 筑紫なる大わたり河おほかたは　我ひとりのみわたるうき世か

思河

6715 おもひ川せゝのうたかたいたつらに　あはてやみぬるなをなかせとや
6716 おもひ河身をはやなから水のあはの　きえてもあはむ浪の間もかな
6717 後　おもひ川たえすなかるゝ水のあはの　うたかた人にあはて消めや　伊勢
63オ
6718 思ひ川いつまて人になひきもの　下にみたれてあふせまつらん　栗田延行
6719 新勅　思ひ河岩間によとむ水くきの　かきなかすにも袖はぬれけり　皇嘉門院別当
6720 同　なかれての名をさへしのふ思ひかは　あはても消ぬ瀬々のうたかた　侍従具定女
6721 かけてたにしらしなよそに思ひ川　うかふみなはのきえわたるとも
6722 思ひ川みなはさかまき行水の　袖の堤もせきやかねけん　家隆
6723 もらさすよ人目せかるゝおもひ川　つらさにまさるなみたなりとも
63ウ
6724 ふけ行はおなしほたるのおもひ川　ひとりはもへぬかけや見ゆらん　信実
6725 いかにせん身をはやなからおもひ川　うたかた斗あるかひもなし　為定
6726 思ひ川あふせはいかにかはりてや　又はなみたのふちとなるらん　行家
6727 続後 款冬　山ふきの花にせかるゝおもひ川　色の千しほは下にそめつゝ　定家
6728 思川いかなるころの五月雨に　せかては袖のふちとなるらん　藻壁門院少輔
6729 万代 笠鷺橋烏鵲歟　思ひ川まれなる中になかるめり　これにもわたせかさゝきの橋　家隆
64オ
6730 よそにのみなをいつまてかおもひ川　わたらぬ中の契たのます

染河　思染川　遇染川

6731 後拾　つくしなるおもひ染川わたりなは　水まさりなんよとむときなく　藤真古
6732 同　わたりてはあたになるてふ染川の　こゝろつくしにありもこそすれ　読人—

6733
右二首贈答
山風のおろす紅葉のくれなゐに
また幾たひか染川の水

6734 拾十二
染川にやとかる波のはやけれは
無名たつとも今はうらみし

6735
染川をわたらん人のいかてかは
色になるてふ事のなからん　業平

6736 万代
あた人のたのめ渡しそめ川の
色のふかさを見てや、みなん　宗貞

6737 堀百
人こゝろかねてしりせはなか〳〵に
あひそめ川もわたらさらまし　隆源

6738 良玉
わきも子かあひそめ川の水をあさみ（ミネトヤイ）
こゝろつくしにさてや、みなん　光任（元イ）

6739 **漆川**
名にはいへと黒くも見えす漆川
さすかにわたる人はぬるめり　読人―

6740 万四　続後
草香江
草かへの入江にあさるあしたつの
あなたつかししともなしにして　本ノマヽ

6741 続古
草かへの入江のたつのたつきなく
友なきねをやひとりなくらん

6742
草かへの入江のたつも諸こゑに
千代にやちよと空になく也

6743 万十二
荒津
草まくら旅行人（君イ）をあら津まて
をくりてくれとあきことぬかも

6744 同　**海**
荒津の海我ぬさまつりいはひてん
はやかへりませ面かはりせて

6745
あら津の海しほひしほみ（つ歟）ち時はあれと
いつれのときか我こひさらん
右一首天平太宰師大伴卿任大納言上京／時侍従等羇

6746 万十二
旅陳所心哥十首内
白妙の袖のわかれを、かみして（かたみにイ）
あらつのはまにやとりするかも

6747 同十五
崎
神さふるあら津のさきによする波
まなくやいもにこひわたるらん（りなイ）

6748 同十五
粉潟海
むらさきのこかたの海にかつく鳥
たまかつきては我たまにせん　憶良

6749 同十五
韓亭能古浦
唐とまりのこの浦波たゝぬ日は
あれともいもにこひぬ日はなし
右遣新羅使到ニ筑前国志鹿郡之韓亭／船泊ニ各陳卿（隆）哥
六首内

6750 新六
今もかものこの浦しほのたかゝらし
とまる舟人おきにいつなゆめ　光俊

6751 万十五　**泊**
風吹は奥津しらなみかしこしと（みイ）
のこのとまりにあまた夜そぬる

6752
嶋浦　八雲抄　万葉哥ニ可シ勘之ヲ
大和路の嶋の浦半によする浪
あひたしなけんわかこひまくは

6753 万代
佐保山
大和路のさほの山風（山あらしイ）ふきにけり
嶋のうら半も紅葉散しく（けりイ）　素性

6754 後拾
美能宇浦　国雖不審ニ任ナリト一説ニ載之顕昭哥枕当国歟
うかりける身の宇の浦のうつせ貝
むなしき名のみたつはきゝきや　馬内侍

6755
懐中　**浜**
みのうはまなにかは波のよるをまつ
ひるこそ貝の色も見えけれ

6756 朝香橋　万六
香椎潟
いさやこゝ香椎のかたに白妙の
袖さへぬれてあさなつみてん　旅人

6757 同　奥津風吹へく成ぬ香椎かた
しほひのきはに玉もかりてな
右二首神亀五十一太宰官人等拝香椎宮退／帰之時各
述懐哥内

6758 続古六　奥津風さむく吹らし香椎かた
しほひの千鳥夜半になく也　為家

6759 箱崎の松はまことのみとりにて
かしゐのかたにつみはきこえす　俊頼
右二首ハ箱崎ノ神主ト香椎ノ神主ト年事
侍ケルヲコトハレル哥トミエタリ

6760 続古十
渡　船出する奥津しほさいしろ妙の
かしゐのわたり○たかく見ゆ　家持

6761 **宮**　千はやふる香椎の宮の梠の葉を
二たひかさす我君そきみ　神主大善義忠
右家隆卿太宰輔重任ノ時神主折テ杉葉ヲ柝／師ノ綵時哥

6762 新古　綾杉
神ノミソキ　千はやふる香椎の宮のあやすきは
神のみそきにたてるなりけり　読人—

6763 知さりし香椎のかさし年ふりて
すきにし跡にかへるへしとは

6764 **在千潟**
万十二　ありちかたありなくさめてゆかめとも
いゑなるいもやいふかれ見せん

6765 **桂潟**　秋の夜のしほひの月のかつらかた
山まてつゝくうみの中道　後京極—

6766 懐中　綱手縄
怡土浜　つなてなは引きる程に風ふけは
いとのはまゝて船もよりけり

6767 六帖　紐
下紐　**嶋**　下ひものゆふさりかけてときつれは
君かみそめりいとのしまみゆ

6768 懐中　**鶉**　かりにとはおもはぬ旅をいかなれは
うつらはまをはゆきくらすらん

6769 万十　**引津**
梓弓　ナノリソ　梓弓引津野にあるなのりその
花さくまてとあはぬ君かな

6770 同　新勅　あつさ弓引津野にあるなのりその
たれうきものとしらせそめけん

也良崎

6771 万十六
奥津鳥鴨　奥津鳥かもといふ船のかへりこは
やらのさきもりはやくつけこせ

6772 奥津鳥かもといふ舟はやらのさき
ためてまきつときこえぬかも
右二首筑前国志賀泉郎哥十首内

金御崎

6773 同七　千はやふるかねの御崎を過れとも
我はわすれすしかのすめ神

6774 おとにきく金の御崎はつきもせす
なくこゑひゝくわたり成けり　俊頼
右二首宗岳詞書アシ津ヲ過テ金ノ御崎／トイフ所ヲ
スキケルニヤウ〳〵筑紫ヲハナレヌ／ルヨト心ホソ
クミモアエラレヌ心ナシテトナン

6775 白浪の岩うつほとやひゝくらん
かねの御さきのあかつきのこゑ　衣笠—

筥崎

6776 拾十　幾代にか語つくさんはこさきの
松の千年の一ならねは　重之

6777 続古　千磐破る神代に植る箱崎の
松は久しきしるし成けり　行清

6778 後拾　其かみの人は残らしはこ崎の
右筑前国筥崎ノ宮ノシルシノ松ヲヨメルトナン

松はかりこそ我をしるらめ　中将尼
右オサナクテハ父ノ筑前国侍ヲ年へテ源ノ／順カ其
国成テ下侍ケレハヨミ侍ケルトナン

6779 箱さきの松はまことにみとりにて
かしゐのかたもつみそ聞えぬ　俊頼

水嶋

6780 あまはみな水嶋にゆけあしきたの
のさかの浦に舟ものこらす

6781 万三　聞しかとまことたうとくあやしくも
神さびをるかこれの水しま

6782 あしきたの野さかの浦に舟出して
みしまにゆかん浪たつなひめ
右二首ハ長田王被遣筑紫清水嶋時之哥

69ウ

筑紫小嶋

6783 万十五　大和路のきひの小嶋を過行は
つくしのこしまおほゝゑんかも　旅人

博多

6784 堀百　鹿島　唐人のしかの出しまに舟出して
はかたのおきにときうつるなり　俊頼

6785 同　唐船　うなはらや博多の奥にかゝりたる
もろこし船に時つくるなり

6786 舟出せし博多はいつこ対馬には
しらぬしらきの山そ見えける　国基

湯原　八雲御抄ニハ有太宰府辺云々

6787 ゆの原になくあしたつの我ことく
いもにこふれやときわかすなり
右宿吹田温泉聞鶴鳴作哥

70オ

壱岐松原

6788 拾六　むかし見しいきの松原事とはゝ
わすれぬ人も有とこたへよ　橘信平

6789 同十八　今日まではいきの松原いきたれと
我身のうさになけきてそふる　俊房女
右一首左大将済時アヒ知侍ケル女筑紫罷下／テ侍ケ
ルヲ実方以下宇佐ニテ下ケルニトフラ／ヒツカハシ
タリケル返事ニ

6790 同十九　都へといきの松原いくかへり
君か千年にあはんとすらん　重之

70ウ

6791 立別はるかにいきの松なれは
恋しかるへき千代のかけかな

6792 後撰八　末松　たひ／＼に千代をはるかに君やみん
末の松よりいきのまつはら　相模
右源頼清朝臣陸奥任ハテ、肥後成テ下ケルニヨメル

6793 おもひやる心つくしのはるけきに
いきの松こそかひなかりけれ

6794 いのりつゝちよをかけたる藤浪に
いきの松こそおもひやらるれ　為政
右三月斗筑後守ニテ国へ下侍ケルニ選子／内親王ヨ
リ扇ヲ給ケル御哥ノ返事ニヨメルトナン

71オ

6795 昔みし心はかりをしるへにて
おもひそをくるいきの松原

6796 金六　恋しなく心つくしにいまゝても
たのむれはこそいきの松原　政隆

6797 続古　涼しさはいきの松原まさるとも
そふるあふきの風はわすれそ　枇杷皇太后宮

6798 立別はるかにいきの松程は
ちとせをすこす心こそすれ

6799 音に聞君かりいつか生の松
まつらんものを心つくしに
右聞名(モンミヤウ)欲往生(ヨクワウシヤウ)ノ二文ヲヨメリ

6800 長哥 長柄橋
いきの松原いきたるになからの
はしのなからへて(マヽ)

幸橋 清輔抄哥　八雲御抄伊勢国ニ入(ルヲ)之懐中抄如何可祥也

6801 懐中
たのもしき名にも有かな道ゆけは
まつさひわひの橋をわたらん　高遠

71ウ

緒河橋

6802 拾七
筑紫よりこゝまてくれとつともなし
たちのおかはの橋のみそあか(るイ)　業平

垂間野橋 正字可祥

6803 懐中
嶋つたひ(かくれイ)とわたる船のかち間より
おつるしつくやたるまのゝはし

浪懸岸

6804 我袖のぬるゝをなにゝたとへまし
浪かけのはし(きしイ)世になかりせは

72オ

葦屋

6805 つくし船うらしほ(みをイ)つみてもとるには
あし屋にねてもしら(もゝイ)ねとそする　俊頼
右筑紫ノアシヤト云所ニテヨメルヨシ家集ニミヘタリ

筑後国歌

一夜河 八雲御抄

6806 名にたかき秋のなかはの一夜川
ことはりしるくすめる月かな　顕氏

千年河 同前

6807 我こひ(君イ)のなかれ久しき千年川
波しつかなる世につかへたる　洞院

速見里 又近江有之

6808 何事もゆかしけれはや道とをみ
はやみの里にいそき(つイ)ゝぬらん　高遠

6809 おほつかな我ことつけしほとゝきす
はやみの里にいかになくらん　実方

72ウ

豊前国

四極　**笠縫嶋**　**笠結嶋**

6810 万三(古廿イ)
しはつ山うちこ(てイ)ゑくれはかさぬ(みイ)ひの
嶋こきかへるたなゝし小舟
右高市王羇旅哥　八首内

6811 同
しはつ山うち出てみれはかさぬひの
嶋こきかへるたなゝし小舟
右シハツ山フリ

6812 続後 樽下葉
しはつ山ならの下葉をおりしきて
こよひいさねん宮古こひしも　俊成

6813 同
しはつ山風ふきすさむならの葉の
たえ〳〵のこるひくらしのこゑ　守覚法―

6814 同 一字抄
しはつ山ならの若葉にもる月の
影さゆるまて夜はふけにけり　俊頼

73オ

6815 古来哥合
塩風に空(くもイ)はれわたるしはつ山
こきかへ(出イ)る舟も月やも(みイ)るらん　頼定

6816 笠ぬいの嶋たちかくす朝霧に
はや遠さかるたなゝし小船　土御門院

鏡山

6817 万三
あつさ弓引豊国のかゝみ山
見て久さ(にあらはイ)ならは恋しからんかも
右従豊前国ニ上京之時田日益人作哥

73ウ

6818 同　おほ君のおほたま川や豊国の　か丶みの山をみやとさたむる

6819 同　岩戸　豊国の鏡の山に岩戸たて　かくれにけらしまてといまさす

6820 新六　豊国のか丶みの山のくもらぬに　光をそへていつる月かな　衣笠―

朽網山

6821 くたみ山夕居る雲のうすらかは　我はこひんなきみかめをほり

6822 くたみ山くちたりやとおもふらん　しられぬ谷の松のふる枝を　俊頼

74オ

荒山　八雲御抄有之　万葉哥枕

6823 万三　すへらきは神にもまかせ真木のたつ　あら山なかにうみをなすかも

6824 万九　足引をあら山なかてをはりきて　かへらふみしを心くるしも

6825 堀百　うはそくかおこなひすらし槙の立　あら山中にまふしさしつ丶

企救池

6826 万十五　豊国のきくの池なるひしのうれと　つむとやいもか袖ぬらすらん
右豊前国泉郎哥

6827 秋風　朝ことに氷そいまはむすひける　霜かれはつるきくの池水　後嵯峨―

6828 万七　豊国のきくの浜辺のまなこ路に　まをしもあらは何かなけかん

浜

6829 同十三　豊国のきくの浜松こ丶ろにも　なにとていもにあひ見そめけん　人丸

74ウ

6830 続拾　音に聞きくの浜松下葉さへ　うつろふころの人はたのまし　家隆

長浜

6831 万十二　豊国のきくの長浜ゆきめくり　日の暮行はいもおしそ思ふ

6832 豊国のきくのなかはまよる波の　うちもねぬ夜は数つもりつ丶　光明峯寺―

75オ

高浜

6833 豊国のきくのたかはまたからかに　君まつ夜等はさ夜ふけにけり
右上長浜ノ哥合ノ問答也

6834 天川　これよりや天の河瀬につ丶くらん　ほしかとみゆるきくの高はま　兼誉僧正

間之浜　或云麻之浜或云和麻能々浜或云麻志浜今／案云聞浜哥一説欤聞同相監欤可祥

6835 万七　豊国の間之浜辺のまなこ路に　まほにしあらはなにかなけかん

八刄浜

6836 懐中　春の日のはるかに道の見えつるは　やひろのはまをゆけはなりけり　高遠

蓑嶋

6837 村雨にぬる丶衣のあやなくに　けふみのしまの名をやからまし　重之

6838 万代　ふらはふれ三笠の山しちかけれは　みの嶋まてはさして行けむ

宇佐宮　**社**

6839 拾　いさや又うさの社はしらねとも　こやそなるらんすくなみの神　実方
右宇佐ヨリ帰テ人ニミテテト心サストテヨミテ遣ナル

75ウ

宇美宮

6840　諸人をはくゝむちかひありてこそ
うみの宮とは跡をたれけん　家隆

76オ

香春　神社名也

6841　とよくにのかはるわかいへ紐(ヒモ)の子(コ)の
いましてましなかはるわかいへ

6842　**亀頸**
たつの居るかめのくひよりこき出て
こゝろほそくもなかめつるかな　俊頼

豊後国哥

木綿山

6843　神垣にたか手向とはしらねとも
卯の花さけるゆふの山かけ

6844　万七　髪　未通女
乙女子(いもイ)かふり分かみをゆふの山
雲なかくしそ家のあたりみむ

76ウ

6845　同十
思ひ出るときはすへなみ(しイ)な豊国の
ゆふ山雪のけぬへくおもほゆ

6846　続古
誰しかも雲井はるかに豊国の
夕山いつる月を見る(まつイ)らむ　知家

6847　宝治百
春の日のゆふ山さくらさきにけり
あさゐる雲になかめせし間に　頼氏

6848　春かすみ(ハルカヽシ)ゆふ山すかた哀なり
たちなす雲のまゝにのみして

6849　朝ねかみゆふの深山のほとゝきす
はやうちとけよおもひみたれて　俊頼
裏書云頼氏卿(ニ)夕山桜ノ哥只夕ノ桜(ヲ)詠合／欤当世或是
只夕山也

77オ

6850　**嶽**　万代
神代よりおほくの年の雪つもり
しろくも見ゆるゆふのたけかな　為仲
右豊後国夕ノ嶽ノ雪ヲミテヨメルト

6851　**姫嶋**
いもか名は千代になかさん姫嶋の
小松かうれにこけおふるまて
右和銅四年阿辺ノ宮人姫嶋松原ヲ見テ娘／子尸悲歎
ノ作哥三首内

6852　続古
見渡せはしほ風あらしひめしまや
小松かうれにかゝるしら波　中務卿―

6853　万代
姫嶋や小松かうれにゐるたつの
千年はふともとしおいすけり　鎌倉右大臣

77ウ

三穂浦

6854　万二　白躑躅
かさは(まイ)やのみほの浦半の白つゝし
見れともあかすなき人おもへは
右和銅四河辺宮人姫嶋松原(ノ)見(ヲテ)娘子尸／悲歎哥三首内

6855　同　花
新六
浪かくるみほの浦人のしらつゝし
いつれを花と見てかたをらん

6856　万七
風早のみほの浦はをこく船の
ふな人さはく波たつらしも　光俊

6857　新六
たえすのみもしほやくてふかさはやの
みほの浦はにけふり立なり　信実朝臣
裏書云万葉ノ第二(ニ)第七多首哥範兼卿(ノ)／類聚(ニハ)駿河三
穂(ノニ)浦載之但和銅四年河
辺宮人姫嶋松見(ヲ)娘子尸作哥也仍当国(ニ)／載之凡五代集(ノ)
歌枕同名々所ノ歌一所載之(ニ)(ケル)／事不限之欤越中ノ多
胡浦哥駿河田児浦(ノ)(ハ)(スヲ)／載之範兼卿更不可誤有別所存
欤末学不／可是非者也

78オ

小竹島　顕昭哥枕当国入之一説伊勢国云々

6858　万七
夢にのみつきて見ゆるはさゝ(れイ)嶋の
いそこす波のしく(ひくイ)〳〵おもほゆ

6859 篠しまや世渡るつきの影さえて　いそこく波の秋風そふく　実基

6860 あま衣夏ともしらしさゝ嶋や　いそこす浪にやとる月影　通忠

78ウ

謌枕名寄巻第三十六

西海部下　肥前　肥後　日向　大隅　薩摩　壱岐　対馬

歌

肥前国哥

松浦篇　領巾麾山　嶺　嶽

6861 万五　山又号　〈5・871〉
とをつ人まつらさよひめ妻恋に　ひれふりしよりおへる山の名　憶良
右本集云大伴佐提比古郎女特被朝命／奉使倭国羈悼赴蒼波哥也松浦佐用姫面登高山之嶺貞離主之船悵然断腸就然／銷魂遂脱領巾麾之同号此曰領巾麾嶺作哥也

79オ

6862 同　〈5・873〉
万代にかたりつけこしこのたけに　ひれふりけらし松浦さよひめ

6863 同　〈5・868〉
松浦かたさよ姫の子かひれふりて　山の名のみやいひつゝおらん　憶良

6864 〈5・883〉
音にきく目にはまた見ぬさよ姫か　ひれふりきてふ君まつらやま
右三嶋王後追和松浦佐用姫歌一首

6865 建保名
浪風に秋をまつらの山のせみ　そめぬ木すゑの露になくなり　俊成女

6866 同
たのめてもまた遠海に松浦山　秋もやきなんあまの川なみ　家隆

6867 天津空たな引雲の西にある

79ウ

あきをまつらの山のはの月　忠定

6868 蝉の羽の衣に秋をまつらかた
ひれふる山のくれそ涼しき　定家

6869 時鳥もろこしまてやまつらやま
浪のはるかの雲になく也　範宗

6870 関白哥合
判者俊成
松浦山紅葉しぬれはくれなゐの
ひれは木すゑにふらせてそ見る　是　本不見

6871 尾花
佐用姫の神かとみれはまつらやま
すそのにまねく尾花なりけり　道信法師

6872 木の間よりひれふる神をよそに見て
いかゝはすへきまつら佐用ひめ　基俊

河

万葉第五云遊松浦河序余以蹔時松浦之縣逍／遥云
聊臨玉嶋之潭遊覧忽釣魚女子寺也花容／毛
契光俊無退ハ僕問曰誰家児等答云漁夫之／舎児草
庵之微者無郷無家何是称云下官／符云唯某被奉芳
命于時日落山面驪馬将去／遂申懐抱因贈作哥

6873 海人子共　万五　〈5・853〉
ムマ人
あさりするあまの子ともと人はいへと
見れはしられぬぬむまの人のこと
答詩曰ハ　下玉嶋河載之

6874 鮎釣　〈5・855〉
松浦川河の瀬ひかりあゆつるを
たゝせるいもがものすそぬれぬ

6875 遠つ人まつらの川にわかゆつる
いもかたもとをわれこそまかめ
右二首ハ逢客等更贈哥三首内

80オ　80ウ

6876 〈5・858〉
わかゆつるまつらの川の河なみの
なみにしおもはゝわれこひぬかも

6877 〈5・860〉
春されはわきはのさとのかはとには
あゆこさはしる君まちかてに

6878 松浦川なせのよとはよとむとも
われはよとまぬ君をしまたん
右娘等更報哥三首内

6879 〈5・861〉
松浦河かはのせはやみくれなゐの
ものすそぬれてあゆやつるらん
右師大伴卿追哥三首内

6880 （細字補入）「玉嶋浦
まつら川玉しまのうらにわかゆつる
いもらをみらん人のともしさ」

海

6881 〈15・3685〉
たらしひめふねいてけむ松浦の海
いもかまつへきときはへにつゝ
右天平八年遣新羅使等肥前国松浦郡柏嶋／亭船泊夜
作哥七首内

6882 あらたまのとしのをなかくまつら舟
いくよに成ぬ波たちへたてゝ　光明峯寺―

6883 広田哥合
松浦舟見え行程は我なから
たゝゑやこゑのおとそたえぬる　権大納言定国

6884 いまもなをまつらの海に見渡せは
はやとをさかる舟路かなしも　後嵯峨―

浦

6885 吹風になくねをそへてさ夜千鳥
たれかまつらの浦みかたらん　中納言宣兼

〈5・865〉

81オ　81ウ

6886 万五
君をまつまつらの浦のをとめらは(かイ)
とこよの国のあまをとめかも
右吉田連(ムラシ)宜(シ)和松浦他(ノ)媛哥　憶良

潟

6887 建保哥合
松浦かた佐用姫(ノ)子かひれふりし
山の名のみや聞つゝおらん　雅経

6888
秋といへは月をやしかのまつらかた
うらみわひぬる夕暮のこゑ　隆信

瀛

6889 新古
誰となくしらぬ別のかなしきは
松浦のをきをいつる舟人　慈鎮

82オ

6890 新勅
霞しく松浦の奥をこきいてゝ
もろこしまての春を見るかな　順徳—

6891
松山やまつらのおきのかせのうみ
そなたの風に秋は見えつゝ

道
〈5・870〉

6892 万五
もゝかしまゆかぬまつら路今日行て
あすはきなんをなにかさや(かれるイ)しる　憶良

玉嶋河
〈5・854〉

6893
玉嶋やこの川上に家はあれと
君をやさしみあらはさぬありき
右仙媛報答哥(ノ)子細松浦川(ニ)載(ス)之(ヲ)

6894 鮎釣
松浦なる玉嶋川にあゆつると
たゝせる君か家路しらすも

82ウ

6895 建保　新嶋守
玉嶋や新しまもりかことしより
川せほのめく春の夜の月　家隆

6896 建保百首
玉嶋や川せの浪の音はして
かすみにうかふ春の夜の月　順徳—

6897 万代　若鮎
わかゆつる玉嶋川の柳かけ
ゆふ風たちぬしはしふくらし　俊恵

6898
梅か香やまつうつるらん影清き
玉しま川の花のかゝみに　定家

6899 同
浪きよき玉嶋川にうつり来て
春の光も花に見えけり

6900 擣衣　珎土
家ゐして誰かすむらし玉嶋の
この河上にころもうつなり

83オ

6901
もくつせくやなせのさ浪こほりして
玉しま川に冬は来にけり

6902 新卅六人
五月雨は玉嶋河に御船こき
なゝせのよとにさほもおよはす　順徳—

6903
光さす玉嶋川に水きよき
乙女の衣袖さへそてる　定家

〈5・863〉

6904 百■　浦
松浦川たましまの浦わかゆつる
いもらをみてん(らイ)人のともしさ
右師大伴(ノ)卿追和哥三首内

里

6905 中務卿家哥合
なきぬなり心つくしのほとゝきす
おのか五月のたましまの里　藤原忠長

83ウ

6906
跡もなしこほれておつるしら雪の
玉嶋川の川上のさと　定家

6907
家居して誰すむならし玉嶋の
この川上に衣うつなり　中務卿—

和伎面朔里　八雲御抄里部入之推里名云々
〈5・859〉

6908 鮎子　廿五　はるされはわきはの里のかひと（はイ）を（にイ）は
あゆこさはしる君まて（ちイ）かてに

鏡神　右娘（ヲトメラ）等更報ノ哥三首内

6909 あゆ見（ひイ）むとおもふ心はまつらなる
鏡の神やそらに見ゆらん　紫式部

6910 ゆきめくりあふをまつらの鏡には
たれをかけつゝいのるとかしる　読人―
右二首ハ贈答歌紫式部家集（カノニ）ミヘタリ

6911 梅か香やまつうつるらん影きよき
玉嶋川の花のかゝみに　定家

84オ

雑篇

船坂山

6912 懐中　風はやみたつ白波をよそ人は
ふなさか山とみるとあやしき

白河

6913 黒髪　後十七　年ふれは我黒髪もしら川の
みつはくむまて成にけるかな　檜垣嫗
右詞云筑紫ノ白河ト云所ニスミ侍ケルニ一スヨリ
興範朝臣マカリ渡次（ニ）水タヘントテ打寄コヒ侍ケ／レ
ハ水ヲモテ出テヨミ侍ケルトナム女ニソ侍ケル／

84ウ

千香浦　正字可祥

6914 暁のちかの浦風をとさえて
友なし千鳥波になくなり　家隆

6915 後拾　千香の浦に浪よせまさる心ちして
ひるにな（まイ）くてもくらしつるかな　道信

6916 焼塩烟　千香の浦にやく塩けふり春はまた
一かすみにも成にけるかな　知家

6917 新六　勅　もろこしもちかの浦はの夜かの（ハ）夢

6918 おもはぬかたそとを（やイ）つ舟人（うのイ）
面影のさき立月にねをそへて　家隆

嶋

6919 古哥　別はちかのしまそかなしき
名をたのむ千香の嶋へをこきくれは
けふもしほけ（ちイ）にくらしつる哉

美弥良久嶋

6920 みゝらくの我日の花の嶋ならは
けふも御かけにあはまし物を　俊頼
能因哥枕云肥前国チカ（カニ）嶋ト云所アリ其／所ヨルニナ（ニ）
レハ死タル人アラハレテアフト云々／万葉十六巻詞（ノノニ）
云肥前国松浦県（ニ）美弥（カタミミ）／良久崎（ラクナキ）発舟云々

85オ

（細字補入）「**船坂山**

6921 懐中　風はやみたつしら波をよそ人は
ふなさか山とみるそあやしき」

海松和布浦　**斑嶋**

6922 あまのかるみるめの浦に白雪の
またらしまにもふりかゝるら

肥後国哥

葦北野坂浦　八雲御抄筑前国入之

〈3・246〉

6923 水嶋　万三　あしきたのゝさかの浦に舟出して
みしまにゆかむ浪たつなゆめ
右長田王被㆑遣㆓筑紫㆒渡㆓水嶋㆒（ヲ）之時哥三首内

6924 あまはみな三嶋にゆくやあしきたの
のさかの浦は舟ものこらす

里

6925 夜半に吹浦風寒し（みイ）あしきたの
野さかの里は衣（にイ）うつなり　中務卿親王

85ウ

風流嶋　八雲御抄当国　清輔抄　相模在之云々

6926　まめなれはあた名はたてぬたはれ嶋
霑衣　後十五　よるしら波をぬれきぬにして　大江朝綱

6927　同十九　名にしをへはあた名そおもふたはれ嶋
浪のぬれ衣いくよきつらん　読人―

宇土小嶋

6928　なかむれはおもひのこせる事そなき
うとの小嶋の秋の夜の月　法性―

八代池

6929　八代の池ののとけき水すみて
人の心も涼しかりけり　正家

鼓瀧

6930　拾八　おとにきくつゝみの瀧をうちみれは
たゝ山川のなるにそありける　檜垣嫗
右肥後守ニテ元輔侍ケル時彼国ノツヽミ／ノ瀧ト云
所ミニ罷タリケルニコト様ナル哥読侍ケル

阿素山　今云所詠哥万葉ノ哥云上野ノ安蘇山轆ト云之／仍上野ノ国載之卒当国所詠哥未
検之

6931　新六　青蘿　我恋はあそ山もとの青つゝら
夏野をひろみいまさかりなり　為家

6932　吹おろすあそ山嵐けさこえて
冬野をひろみ雪そつもれる　中務卿―

阿素真瀛　阿素山池在之

6933　世にわひてなみたちまちに色なれと
あそのみおきにぬさたちわたる　俊頼

日向国哥

詞華六云一条院皇后宮常侍ケル女房ノ／日向国へ下
ケルニ餞タフトテヨミ給ケル

6934　都　あかねさす日に向ひてはおもひいてよ
みやこははれぬなかめすらんと

淡木原

6935　住吉　続古七　西の海あは木か原のしほちより
あらはれ出しすみよしの神　卜部兼直

大隅国哥
（細字補入）「**高千穂嶽**

6936　万廿　〈20・4465〉　久かたのあまのとひらき多可知保の
多気尓あもりしすめろきのかみの御代より
波自ゆみをたにきりもたし○
右縁テ淡海真人三船ニ談言出雲守大伴古慈斐宿祢解任
是以家持作此哥也云々」

大隅浦

6937　懐中　我ためにつらき心はおほすみの
うらみんとたにおもほえぬかな

気色森

6938　六帖　我ためにつらき心はおほすみの
気色の森のさもしるきかな

6939　新古三　秋ちかき気色の森に鳴蟬の
涙の露や下葉そむらん　後京極―

6940　千四　秋のくる気色の森の下風に
たちそふものはあはれなりけり　待賢門院堀川

6941　夕すゝみ身にしむほとに成にけり
秋の気色の森の下かせ　成実

6942　続古　しるまゝにうつろひにけり時雨行
紅葉　けしきの森の秋のもみちは　範良

6943　なか〳〵に木の葉かくれは哀なり

秋の気色の森の月影　中務卿親王

霧嶋　懐中抄　可祥之

薩摩国哥

隼人薩摩迫門

〈3・248〉

6944 万三　はや人のさつまのせとを雲ゐなる
とをくも我は今日みつるかな

6945 吉野瀧　鮎　隼人のせとの岩ほに鮎走る
よしの丶瀧になをしかすけり　旅人
右長田王遣筑紫時作哥

薩摩潟奥小嶋

6946 千八　さつまかた奥の小嶋に我あると
おやにはつけよ八重のしほ風　平康頼

唐湊

6947 懐中　たのめともあまの子たにも見えぬ哉
いかかはすへきからの湊に

壱岐国哥

壱岐嶋　保都牟浦

〈15・3694〉

6948 由伎能志摩保都牟乃宇良敝乎可多夜伎
忌由加武登須流尓伊米能其等美知能蘇
良治尓和歌礼須流伎美
反哥

〈15・3696〉

6949 新羅奇敝可伊敝尓可久反留由吉能之摩由加
牟多登伎毛思比可祢都母
右天平遣新羅使等到壱岐嶋雪連宅湿勿／遇是病死
去之時件等作哥内

〈19・4232〉

6950 雪嶋巌尓植有奈泥之故波千世尓開奴可君之挿頭二
右哥今案云非壱岐嶋以雪作山植花欤／可見本
集若越中国名所欤彼国載之云々

6951 ソナレ松　詞　壱岐嶋のいはほにたてるそなれ松
まつとなき世にしほれてふる　衣笠―

6952 牧子牛　壱岐の嶋まきの子牛の三年へて
はなさすほとのたへかたの世や
顕昭哥枕当国入之

海松和布浦　**斑嶋**

6953 懐中　あまのかるみるめの浦に白雪の
またら嶋にもふりか丶るかな

伊波多野

〈15・3689〉

6954 万十五　いはた野にやとりする君家人の
いつらと我をとは丶いかにせん

〈15・3691〉

6955 萩　初尾花　秋萩のならへる野へのはつ尾花
かりほにふきていもはなれとをきつにくの
同　つゆしものさむき山辺やとりせるらむ
右遣新羅使雪連宅彼死去之時使等作哥内

引野

6956 梓弓　蘿　梓弓引野のつゝら末つゐに
古　我おもふ人にことのしけゝん　阿前啼　賜
近江女御哥

6957 鹿　遠所哥合　もの丶ふもあはれとおもへあつさ弓
ひき／＼夜半のさほしかのこゑ　前内大臣基

対馬国哥

対馬嶺　敷可牟ノ嶺　八雲御抄敷可牟乃弥ノ峯ノ部ニ在之

〈14・3516〉

6958　対馬能峯波之多具毛安良南敷可牟能
弥尓奈比久久母於美都々志能波牟

対馬渡

〈1・62〉
6959　万一　ありねよし対馬のわたり渡なくに
ぬさとりむけてはやかへりこね
右三野連眄入唐ノ時春日蔵老作哥

6960　舟人の対馬のわたり波たかみ
すきわつらふやこの世なるらん　中務卿―

竹敷浦

〈15・3702〉
6961　万十五　たかしきの浦まの紅葉我行て
かへりくるまでちりこすなゆめ

90ウ

〈15・3701〉
6962　竹敷の紅葉を見れはわきも子か
またんといひし時そ来にけり
右二首遣新羅使等到対馬国竹敷浦船泊／時各深心緒
哥十八首内

〈15・3705〉
6963　万十五　たかしきの玉もなひかしこきてなん
君かみ舟をいつとかまたん
右同時対馬娘子名玉槻作哥

上方山

〈15・3703〉
6964　万十五　たかしきのうへかた山はくれなゐの
八しほの色に成にけるかな

6965　紅八塩色　竹敷の上方山の紅葉はを
ふきなちらしそ奥津しほ風　智海法―

91オ

黄葉山

為名所乎否未決或人哥枕立之但其名所非当国欤
今案万哥枕於竹敷浦詠之仍以次載之矣

〈15・3716〉
6966　紅葉　万十五　天雲のたひく行はなか月の
紅葉の山もうつろひにけり
右遣新羅使竹敷浦船泊時作哥十八首内

6967　なか月の紅葉の山のゆふしくれ
のこる日かけも色はそめけり　定家

6968　時雨つる紅葉の山は雲はれて
ゆふ日うつろふ峯の松かせ　中務卿―

6969　六帖　春かけてかりかへるとも秋風に
紅葉の山をこえしさらめや

91ウ

6970　仙洞御哥合　たちさらす紅葉の山の朝露に
なけはしほるゝ鹿やいるらん　後鳥羽院―

6971　絶ぬかな秋はかきりの色みえぬ
紅葉の山の有明のころ

浅茅山

〈15・3697〉
6972　万十五　もゝ舟のはつる対馬のあさち山
時雨の雨にもみたひにけり
右遣新羅使到対馬嶋浅茅浦舟泊之／時作哥三首
内

6973　あさち山色かはり行秋風に
かれなて鹿の妻をこふらん　知家

香山　八雲御抄　万葉哥枕

〈11・2449〉
6974　かの山に雲井たな引おほゝしく
あひみしことをのちこひむかも

92オ

見山　八雲御抄　万葉哥枕

6975 万十
〈10・2346〉

うからふと見る山雪のいちしろく
こひはいもか名人しらむかも

一校了

92ウ

表紙

歌枕名寄第九
　未勘国部

本文

謌枕名寄　調巻　三十六軸外
　未勘国部上

目録

磐城山　幷古奴美浜　範兼卿類聚幷顕照歌枕／未勘国八雲御抄駿川国入或云陸奥ト
云々今案云／陸奥磐城郡歟或云伊与国也云々今案云伊与国岩木／浜幷嶋在之彼所歟但
先達多未勘国也仍未決也／問調巻之外置之矣
遊布麻山　河　矢野神山　益神山　志奈布勢山
養来山　能登香山
礒辺山　或云只是海辺山也云々但／八雲載之若越前歟／或云只是背山也但八雲御抄
ニハ／別立也

2オ

宇良野山　佐奴山　或讃岐／国也　児持山　安可見山
塩干山　借香山　或云春／日山也　五百隔山　或云筑前／歟　情山
面影山　習俗抄／長門国　物思山　恨山　来座山
妻恋山　片敷山　寝山　衣々山
暁山　誰彼山　夕陰山　煙山雨山　雪気山／可決
照月山　星思山　神塩山　御倉山
御階山　籬山　玉舎山　挿頭山　筑紫／在之歟
琴引山　習俗抄／但馬云々　松原山　里　竹原山　龍田／在之歟　爪木
山

2ウ

葦間山　石陰山　山城歟　峯越山　野路山　近江／在之
千里山　洗原山　正字／可祥　末野山　藪里山
佐夜方山　山陽道也／国可尋　諸輪山　入佐山　範兼卿未勘国御抄但馬云々
鳥住山　和泉式部抄／大和国也　嬰児山　思子山　或云／彦山也　呼子
山

古呂夫師山　麻機山　原佐山　長門国／郡名歟　和夫加山
半山　習俗云／美作云々　葉垂山　源師山　近見山
限山　都豆伎山　嶋　比弖山　武倍山
大山　中山　越前歟　阿比中山　冨山

3オ

語山　陸奥歟　畑山　原山　筑前国／大宰府歟　龍御山
打嶋山　破奈白嶺　管御嶽　熊嶽
吹曙峯　杉谷　八十隅坂　住坂　或云／上野云々
尾崎隈　真井隈　正字／可祥　水茎岡　範兼卿未勘国八雲近江云々
跡見岡　又云／冨岡　佐奈都良岡　伎波都久岡
美自呂岡　伊奈岡　五代集立之／或云非名所云々　切蒲岡　巣立岡
小野
指南岡　入日岡　須久藻岡　正字／可祥　牛屋岡
角岡　鞆岡　鞠岡　離岡　名所歟／未決

3ウ

安騎野　荒野　東野　信野
借高野　阿波野　敷野　薄野
小竹野　聞都賀野　末原野　等夜野
麻掃保久野　水久君野　津武賀野　沙額田野　或云／非名所
入野　或云／甲斐国　花野　小野　旗野　美津賀野
安治麻野　笠野　鈴野　洗田イ　朽師野　山／小川
御食師野　張野　清水　奥野　岡野
大野　蟹大野　或云／非名所　狩路小野　池
狩場小野　範兼卿名所／入之未審

4オ

久狩小野　押垂小野　上小野　巣立小野　岡
宇乃原　或上野或山城或／遠江今案非名所歟　青見原　児笠原　宇奈
比児原
朝田原　沙原　字／可祥　浮沼原　近江歟　不遇原
入佐原　山同所歟　歎森　茂森　花園森
風枯　雪森　雪山同所歟　名越森　山同／所歟　往合山

出入杜　苦虫杜　何然森　山下杜　或云非森／名也
田中杜　或云非／別名歟　須留毛宜森　字／可詳　耳森神　只神／名也／可尋
雪林

［歌］
歌

磐城山　範兼卿類聚幷ニ顕照ノ歌枕ニハ未勘国未勘国八雲御抄ニハ駿川国ニ／入ル或陸奥也今案ニ陸奥磐城郡歟或ハ伊与国也云々今案／伊与国磐木浜哥　岩木嶋（イワキノ）在之同所歟但先達／多未勘国也仍暫依之矣

4ウ

6976 万十二　いわき山たゝこえきませ礒さきの
こぬみのはまに我たちまたむ　法性寺入道

6977 古来哥合　磐城山こえてそ見つる礒さきの
こぬみのはまの秋のよの月

6978 秋風抄　駒なつむ岩木の山をこえかねて
人もこぬみのはまにかもねん　定家

6979 六帖　いつくにかありとき丶しや岩木やま
君かこゝろのなれるなりけり

6980　いたつらににほふもつらしこゝろなき
岩木の山の花のゆふはへ　家長

5オ

6981 石清水哥合　こゝろなき身にもなみたのこほるゝや
岩木の山のしつくなるらん　安嘉門院左衛門佐

古奴美浜

6982 続後　礒さきのこぬみの浜のうつせ貝
もに埋れていくよへぬらん　俊頼

6983 同　あとたえていまはこぬみの浜ひさき
いくよの浪の下にくちなん　家隆

6984 現六　風ふけはとはに波こすいそさきの（に）
こぬみのはまは舟もかよはす　良顕法師

木綿間山　万葉両根事也

5ウ

6985 万十二　おしくやしこひしとすれとゆふまやま
こゐにきみかおもほゆらくに

6986 同十四　恋つゝもおらんとすれはゆふまやま
かくれし君をおもひかねつも

6987 新古　さきもなをとられぬ秋の夕間山
空ふく風もみねに見ゆらん　家隆

6988　雲もなき夕のそらのゆふ間山
出ぬよりすむ月の色かな　常盤井入道

6989　つき草のはなたのおひのゆふ間山
たえぬるつまを鹿やなくらん　中務卿

6990 六帖百　ゆふま山まつの葉風にうちそへて
蟬のなく音にみねわたるなり　顕照―

6オ

河哥在下巻河分

矢野神山

6991 万十　つまかくすやのゝ神やまつゆ霜に
まほひそめたるちらまくもおしも　人丸

6992 鹿　現六　秋といへはなくやをしかのつまかくす
やのゝ神山つゆもそむらん　常盤井入道

6993 鴈　鴈なきてさむきあさけの露ちらし
やのゝ神山色つきにけり　鎌倉右―

6994 続拾　梓弓やのゝ神やまはるかけて
かすみは空にたな引にけり　行能

6995 宝治　鳥羽
新六　十三夜　名にたかき矢のゝ神山さ夜更て
はや弓はりの月も出らし　光俊

6996　つまかくす矢のゝ神山雲もなき
月になくなりさをしかのこゑ　常盤井入道

6ウ

益神山

6997 現六　つらさのみますの神山しめかけて

いかにいのりしるしなるらん

志奈布勢山　或類聚万葉哥紀国背山載之

6998 真木葉乃之奈布勢山能之奴（マキノハノシナフセヤマノシヌ）
波受而吾越走者木葉知家武（ハステワカコエユクハコノハシリケム）

6999 よゐのまに雪つもるらし槙の葉の
しなふせ山に風もおとせす　知家

巻来山

7000 万十 いもか袖まき〻の山のあつさゆみ
にほふ紅葉のちらまくもおし

7001 いもか袖まき〻の山のくれなゐに
千しほふり出て雨やそむらん　長方

7オ

能登香山

7002 ひもかかみのとかのやまもたかゆへに
君かきませるにひもとかすねん

礒辺山　或云只是海辺ノ山歟但八雲御抄載之今案云越前ノ国歟又建保哥忠定卿松嶋之礒辺山入云同名々所歟

7003 万十一 しらまゆみいそへの山のときわなる
いのちなれはやこひつゝおらむ

7004 藻壁門院入内屏風　新勅 なつ衣ゆきても冷しあつさゆみ
いそへの山の松の下かけ　家隆

7ウ

7005 新六 なみかくる礒辺の山のまつむしは
音にあらはれてこゑうらむなり　知家

7006 万十四 このころもねすやなりなむから衣
うらみの山につきかたよるも

佐奴山　或歌枕讃岐云々

7007 さぬ山にうつやおのこのとをるとも
ねもとかころかと（本ノママ、）ゆに（夢歟）見えつゝ

児持山

7008 万廿四 こもち山わか〻ゑるてのもみちまて
ねむとおもふを君かいかにそ

7009 六帖 こもち山たにふところにおひたちて
木々のはく〻むはなをこそみれ　俊頼

8オ

安可見山

7010 あかみ山草根かりふけ阿波須賀倍
あそふいもしあやにかなしも

塩干山

7011 万十六 いきしにのふたつの海をいとひ来て
しほひの山をしのひつるかな

借香山　或云是春日山也八雲別立之

7012 かりかねのきこゆるなへにあすよりは
かりかの山のもみちそめけれ

五百隔山

7013 万長哥 うちこえてたひゆく君はいほつ山

面影山　顕照哥枕長門国云々

7014 六帖 我せこが面影山のさかさまに
われのみこひてあわぬねたしも

7015 わかれにしつらさやいまものこるらん
面影山のありあけの月

8ウ

情山

7016 六百 たえはてぬなさけの山に雲消て
はる〻こ〻ろやほしあひの空

物思山

7017 六帖 見てもおもひみすても思ふ大方は
我身ひとつやものおもひの山

7018 六百 年をへてしける歎とこりもせて
なとふる恋しものおもひの山　顕照

9オ

7019 **来座山**

我せこを来座の山と人はいへと
君し来まさぬ山の名ゝるらし　人丸

7020 **妻恋山**

鹿

夕つく日くれゆくまゝに鳴まさる
秋のをしかのつまこひの山　衣笠

7021 **片敷山**

六帖　郭公

夏衣かたしきやまのほとゝきす
なくこゑしけく成まさるなり

7022 **寝山**

新古　擣衣

衣うつね山のいほのしは〱も
しらぬ夢路にまとふ手枕　西園寺入道

9ウ

7023
そゝやきけあくるね山のほとゝきす
名のりしつゝそしのはさりけり　知家

7024 郭公
ほとゝきすおのかね山の椎柴に
かへりたてはやをとつれもせぬ　俊頼

7025
わきも子かね山にかゝる玉かつら
くるとみゆるも夢路なりけり

7026 良玉
ねやまこるしつおの身にはあらねとも
あらぬなけきをもつそくるしき　孝吉

7027 **衣々山**

冬こもりきぬ〱山を見わたせは
はるゝよもなく雪はふりつゝ　好忠

10オ

7028 **暁山**

きぬ〱のあかつき山のほとゝきす
誰にわかれてねをはなくらん　中務卿―

7029 **誰彼山**

おもふにはくれなんなけのいそけとも
花におほめくたそかれの山

7030 **夕陰山**

続古

かれ〱に霜おきまよふ冬の日は
夕かけ山のみちしはのつゆ　前内大臣基

7031 **煙山**

六帖

世の中をなけきにくゆるけふり山
はれぬおもひをなにゝそめけむ

10ウ

7032 **雨山**

懐中

雨山のあたりの雲はうちつけに
くもりてのみそ見えわたりける

7033 **雪気山**

とひわふるけふりのすゑもはてそ無
雪けの山の奥のゆふくれ　兵衛

7034 **照月山**

朝日影てら月山に照月そ
面影にしてみんといふものを

7035 **星岡山**

代々をへていく代になりぬ久方の
天くたりけんほしあひの山　照門

11オ

7036 **神垣山**

後撰

ちはやふる神かき山の榊葉は
時雨に色もかわらさりけり

7037 **御倉山**

六帖

我こひは御くらの山にうつしてん
科なき身にはおき所なし

7038
御倉山真木の屋たてゝすむ民は
年をつむともくちしとそ思ふ

7039
もみちはをみくらの山にはつ霜は

朝戸あけてや置（八欤）もそめけん

御階山

7040 懐中
わたるとも丈をもつかし君か代は
御はしの山のうこきなけれは

11ウ

籬山

7041 万代
こえやらぬこゝろそしるき夕くれの
まかきの山の花のしたかけ

7042
夕暮のまかきのやまやこれならむ
月をへたてゝしかのなくなる　良教

7043
やへむくらまかきの山のゆふくれに
よるはこえしと松むしそなく　家持

玉垂山

7044
あらはにや内も見ゆらん玉たれの
山のはいつる月の光は　頼綱

琴引山

7045 六帖
いつくにかしらへのこゑの絶ぬらん
こと引山の音の聞えぬ

12オ

7046
しらなみのよりくるいとをよりかけて
風にしらふることひきの松

挿頭山　筑紫ニ在之云々可祥

7047
春の日のかさしの山のさくらはな
ちりかふ事そ面影にたつ　俊継

松原山

7048
色かへぬ松原山のかけよりも
しけきはきみかめくみ成けり

里

7049 懐中
君かため一木にちよをちきりつゝ
行末とをき松原のさと

12ウ

竹原山　龍田山欤

7050
あさな〳〵たつ川霧をさむみかも
竹原山のもみちそめけん

爪木山

7051
夜とともにすむは爪木の山なれは
なきてやしかの秋は過らん
右家集云石下ニテ鹿ヲ所ノ名ニヨミテヨマ／セ給ケルニ

葦間山　或云常陸国名所云々池ハ摂津ノ国難波云々／能因哥枕可検也

7052
ふねとむる入江のさほに音すかへて
あし間の山にのこる秋風

石陰山

7053
身をしれはあわれとそおもふちりうすき（テル）
いわかけ山にさける卯の花　俊成

13オ

峯越山

7054 懐中
たつねきてわれにそ君をゑはたみね
こし山路をはいつかわすれん

引野山　八雲御抄拾遺元輔哥云々
末野山

7055
朝日さす末のゝ山のみねつゝき
空行人は雲もかゝらす　家隆

千里山

7056
都にて月の雲井やなかむらん
千さとの山のいわのかけみち　法性寺入道

13ウ

7057
みやこおもふ我こゝろしれは夜半の月
ほとも千さとの山路こゆとも　直隆

渚原山　正字可祥

7058
人しれぬこひをのみこそすわら山

これよりふかく入ぬとおもへは

薮黒山

7059 むかしみし人をそ今はわすれ行
やふくろ山のふもとはかりにして

鞘方山　字可尋筑紫遠江可尋同詳之可入

7060 後拾　嵐ふくせとのしほあひに舟出して
はやくそ過るさやかたの山　通俊
右筑紫ヨリ上リケルニサヤ方ト云所ニテヨメルト云ヘリ

7061 嵐ふくさやかた山に雲きえて
月影たゝむせとのしら波　惟明親王

14オ

諸端山

7062 つらしとてもろはの山にかへるとも
我山ひこになりてたつねん

入佐山　範兼卿未勘国ノニ八雲御抄ニハ但馬国ト云々或抄ニ同之

7063 あつさゆみゐるさのやまは秋霧の
あしたことにや色まさるらん　宗打

7064 人工　こひわひておもひ入さの山のはに
出る月日のつもりぬるかな　公長

7065 同　梓弓春のけしきになりにけり
ゐるさの山に霞たな引　贈太政大臣長実

14ウ

7066 新古　千五百　春ふかくたつね入さの山のはに
ほのみし雲の色そのこれる　西園寺入―

7067 良玉　あつさ弓ゐるさの山にともしとて
鹿まつほとにあくるしのゝめ　道済

7068 新古　ほとゝきすなきてゐるさの山のはゝ
月ゆへよりもうらめしきかな　前太政大臣頼実

7069 あきちかきほとそしらるゝ夕つくひ
入さの山の松風のこゑ　中務卿―

7070 建保院御百　ゆふつく日入さのやまの高ねより
はるかにめくる初時雨哉　兼昌

7071 としふれとかわらしこゝろしらまゆみ
入さの山のみねのしい柴　忠信

15オ

原

7072 六百　梓弓春の日くらし引つれて
ゐるさの原にまとゐをそする　経家

鳥住山

7073 ふりけれはこゑもきこえす鳥住の
やとりは山の名にこそ有けれ

嬰児山

7074 わかことやうひねはなくとほとゝきす
みとりこ山に入てこそきけ

思子山　或云彦山也

7075 懐中　かくてのみわひおもひこの山ならは
身はいたつらに成ぬへきなり

15ウ

呼子山

7076 野宮　千アリ　名にたてる呼子の山のよふ子鳥
はやなき出ぬ春きたりとて　明教法―

子呂伏山

7077 いときなきこひはひ（とや）山はなかふらむ
このころふしの山ともえつゝ

麻機山

7078 夜とゝもにあさはた山にをるものは
木々の紅葉のにしきなりけり

熱佐山　今案ニ云長門国厚佐郡也或云梓山歟／懐中抄可検也

7079 天津風ふかすもあらし夏の日の

16オ

あつさの山に雲ものとけし

和夫加山　正字可詳

7080 良玉　身のうさをおもふなみたはわふか山
なけきにかゝるしくれなりけり

半山　習俗抄　美作云々

7081 はつ霜や染はつすらんもみちはの
むらこにみゆるはした山かな

葉垂山

7082 しくれする葉たれの山はもみちはの
色つくほとの名にこそ有けれ

深師山

7083 なへてそのふかしの山に入ぬれは
かへらん道もしられさりけり

近見山

7084 懐中　おもふ人ちかみのやまときくからに
ふもとの原もなつかしきかな

限山

7085 懐中　我ためにうき事見せは世の中に
いまはかきりの山に入なん

管木山　正字可詳

7086 荒いそのつゝきの山は風さへて
をちかた人にかへるしらなみ　前内大臣基

嶋

7087 あふ事のつゝくの嶋に引鯛の
たひかさならは人もしりなん

比弖山　正字可詳

7088 むかしわかかとてにしてしひてのやま
こゝろよわらすかへる物かは

17オ　16ウ

武倍山

7089 六帖　ひとよりもおもひのほれる君なれは
むへ山くちはしるへなりけり

大山

7090 六帖　我せこをわかこふらくはおほ山の
つゝしの花のことさかりなる

中山　美乃ノ中山歟

7091 懐中　きみもこすわれもゆかすの中山は
なけきのみこそしけるへらなれ

阿比中山　或云**安威中山**也云々

7092 あつまねやあひの中山ほとをはみ
こゝろのおくの見えはこそあらめ　西行

冨山

7093 懐中　むかしよりなつけそめける冨山は
我君の代のためにそ有ける

志古山　付小口村西行家集説本可祥也

7094 雲とりやしこの山路はさておきつ
をくちか原のさひしからぬか　西行

語山

7095 さ夜ふけてかたらひやまのほとゝきす
ひとりねさめの友ときくかな　肥後

畑山

7096 新六　はた山の尾上つゝきのたかゝやに
ふすゐありとや人とよむなり　為家

原　筑前　太宰府歟

7097 原山のさゝやのとこのかりふしに
鳥の音きこえあけぬこの夜は　同

龍御山

18オ　17ウ

7098
雲晴ぬれうの御山のほとゝきす
空をかけりてなくなみたかな　源忠正

故奈白嶺

7099 万十四
トヲシトフ故奈思良祢尓阿抱思太毛
安波ノ故思太毛ナニチルマサレ

管御嶽

7100 拾
かゝり火の所さためす見えつるは
なかれつゝのみたけはなりけり　輔時

熊山嶽

7101
ふもと行舟人いかにさむからし
くま山たけをおろすあらしに　西行

吹明峯

7102
あきのよを吹あけのみねの木からしに
よこ雲しらむ山のはの月　家隆

杉谷

7103
すき谷のふるすにやとるうくひすの
なくこそ春のしるしなりけれ　実仁法―

18ウ

八十隅坂

7104
ももたらぬやをすみ坂に手向せは
すきて行人にけたしあはむかも　俊頼

7105
も、たらぬやそすみさかのしらすらし
しらしな人は身にこふるとも　同

住坂　或抄或云上野国

7106
きみか家に我すみさかのいつちをも
我はわすれし命しなすは

19オ

尾崎隈

7107 正治百
野への草またあをしとや片岡の
尾崎の熊にきゝすなくらむ　六条太政大臣

19ウ

真井隈　正字可尋御抄近江云々

7108
まゐの隈はなつ日暮はわかれとも
みつのみなわにあはさらめやは　俊頼

水茎岡

或土佐国云々未決八雲御抄近江云々範兼未勘／国ウラ書云今案古今集アフミフリミツクキフリニ／並テ載之然ハ水茎岡ノ屋形即近江㉘歟随源兼氏／詠之現存六帖リウタントカクセル哥カキトムル／アフミフリヒタ昔ヨリイマモカワラス水クキノ跡／如此詠者水茎岡即近江振ト存歟但シ可尋之／範兼卿未勘国載之仍且用之

7109 万十
秋風の日ことにふけは水くきの
岡の木の葉も色つきにけり

7110 同
鴈かねのさむくなるより水茎の
岡の草葉は色つきにけり

7111
水くきの岡のくす原ふき返し
おもひかこもかみゐぬころかも（不審本ノマヽ）

7112 新古
水茎の岡のくす葉も色つきぬ
けさうらかなし秋の初風　顕照

7113 同
水茎の岡の木の葉をふき返し
たれかは君をこひんとおもひし

20オ

7114
水茎の岡の屋形にいもとあれと
ねてのあさけの霜のふりはも

7115 現六
篠の葉のさはく霜夜は水茎の
岡の屋形にふしそわひぬる　後嵯峨―

7116 続古
水くきの岡のあさちのきりくす
霜のふりはや夜さむなるらん　順徳院

7117 現六
かきやれる雪間をみれは水茎の
岡のかけ草下もえにけり　信実

7118 建保
水くきの岡のまくすをあまのすむ
さとのしるへと秋風そふく　定家

20ウ

7119 万 **湊** 或云筑前国也水茎分湊別所歟
あまきりあひゝかくふくらし水茎の
岡のみなとになみたちわたる

7120
水くきのをかのみなとの浪のうへに
かすかきすてゝかへる鴈かね　素還

7121 **跡見岡**
射目(ノリメ)立而(タテテ)跡見岡辺(トミノヲカヘ)ノナテシコノ花総(ハナフサ)
手折(タヲリ)吾者(ワレハ)持去(モテシムンム)寧楽人(ヲヒトノ)之為(タメ)
右典鋳正紀朝臣鹿人兼右衛門大尉大伴(トモノ)宿祢(スクネ)稲／公
跡見荘作

7122
霜かれのあとみのをかのした草も
かくろへはてゝつもるしら雪　隆寂

7123 万十四 **佐奈都良岡**
さなつらのをかにあわまきかなしきは
こまはたへともわはそともはし

7124 **伎波都久岡**
きはつくのをかのくきみゝふれつめと
こにものたれふせなとつまさね

7125 万十四 **美夜白呂岡**
みやしろの岡辺にたてるかほかはな
なさけいてかねこめてしのはむ

7126 **伊奈岡** 或云非名所只詞也云々
あひみては千とせかへぬるいなをかも
あれかしかおもふ君まちかちに

7127 **切蒲岡** 正字可尋
朝またきゝりふの岡に立きしは
千代の日つきの初なりけり　元輔
右詞云々云法皇后宮ノ御ウフヤノ七日ニ兵部卿致平ノ／ミコノ銀ノキシノカタヲツクリテ御前ニタレトモ
ナクテカキツケテ侍リケルトナン

7128
はし鷹の切蒲のをかの竹の杖を
おふさにすゝとみかく月かけ　家隆

7129 永　後番哥合 **巣立岡**
はるくれはすたちの岡のうくひすの
こゑならはしにいまそなくなる　伊家

7130 **小野**
子をおもふすたちの小野をあさ行は
あかりもやらすひはりなくなり　寂蓮

7131 **指南岡**
むらきえし雪も外には見えなくに
しるへのをかはなをそつもれる　隆源

7132 続古 **入日岡** 藪(ヤフ) 篠原或ハ云山城国ニ粟田口山城在日ノ岡ニト云所是也云々
はし鷹のすゝの篠原かりくれて
入日の岡にきゝすなくなり　土御門―

7133 現六 **渚久藻岡**
時しもあれはすくものをかのはつわらひ
したにたえてもしる人はなし　衣笠―

7134 六帖 **牛屋岡**
あわぬみを牛屋のをかにかわすれと
なをたてぬおり又もあるかな

7135 **角岡**
つのゝ岡みなみにかほるむめのはな
君か御ことにかよふなりけり　匡房

7136 **鞆岡**
とねりこか袖やつゆけきともをかの
しけきさゝふのいつさ入さに　顕氏

鞠岡

7137 遠近抄　まりのをかなにをかゝりとおもふらん
かたうつなみの音斗して　時用妻

離岡

7138 現六　片岡のすその、原のはなれをか
夏草しけみ鹿やなくらん　一條前摂政

安騎野

7139 さかとりのあさこゑましてあくれふり
ゆふさりいれは三雪ふるあまのおふのに
はたすゝきしのおをしなしくさまくら○

7140 あきの野にやとるたひ人うちなひき
いねられぬやもいにしへをおもふ　人丸
右軽皇子宿于安騎野時作哥

7141 すかるなくあきのおほのを来て見れは
今そ萩原にしきをりける

荒野　又云夷荒野顕照哥枕云私之非別名也云々

7142 みくさかるあら野はあれと葉すきさる
きみかたみのあとよりそこし　人丸
右軽皇子宿于安騎野時作哥三首内

7143 荒野にはさとはあれともおほ君の
しきますときはみやことなりぬ
右幸弐波宮笠朝臣金村作

7144 天離夷之荒野君ヲ、キテ
思ツ、アレハイケルトモナシ

7145 ふるさとはわかれなれころもかさぬらん
あき風さむしひなのあそのも　覚性法師

東野

7146 万一　あつまのゝけふりの立るところみて

かへりみすれは月かたふきぬ
右軽皇子宿于安騎野反哥三首内

7147 続古　雲こそは空になからめあつまのゝ
けふりも見えぬ夜半の月影　実伊

7148 光明峯寺恋十首哥合　あつまのゝ露のゆかりのかやむしろ
見ゆらむきえてしきしのふとは

信野

7149 みこもかるしなのゝまゆみわかひかは
うき人さひていなんといわんかも
右久米禅師娉石川郎女時哥十五首内

借高野

7150 ますらほかゆすへふりたてかるたけの
野へさへきよく照る月夜かも

阿波野

7151 かゝみなすわかみし君をあわのなる
はなたち花の玉にひろいつ

7152 ほとゝきすいまきなけとやかゝみなる
あわのゝ原にほふたち花　行家

敷野

7153 万八　きみにこひうらふれおれはしきのゝに
秋はきしのきさほしかなくも

佐額田野

7154 新六　このねぬる秋風さむしさぬかたの
野へのあきはき今やちるらんかも　為家

7155 古来哥合　今はゝや小雨もはれぬさぬかたの
野へなるまはきおりてかさゝん　康能

入野　或云甲斐国也云々

7156 万十　新古　さをしかの入のゝすゝきはつ尾はな

いつしかいもか手枕にせむ　人丸

7157 続古
さをしかの入のゝすゝきしもかれて
たまくらさむき秋の夜の月　素暹法師

7158
夕されはなみたやまさるさをしかの
入のゝすゝき袖そ露けき　親行

7159
誰かために入野ゝまくす其なから
まかきのすゝきとふ人もなし　家隆

7160
狩人の入野ゝつゆのしらまゆみ
すゑもとをりて秋風そふく　順徳―

7161 千二
みちとをみ入野ゝ原のつほすみれ
春のかたみにつみてかへらむ　顕国

花野　小野

7162
あきはきの花のゝすゝきほに出す
わかこひわたるかくれつまはも

7163
あきはきの花のゝすゝきうちなひき
をくしらつゆに月を見る哉　蓮生法師

7164
霧はれぬ花のゝこはきさきにけり
行かふ人の袖にほふまて

7165
おちぬともおらてやは見む秋萩の
花のゝ小野にをけるしらつゆ　為家

7166
ふる雪は花のにいてゝしつのめも
あさての若な今やつむらん　小宰相

旗野

7167
あられふりいまた風ふきさむき夜は
はたのに今や我かひとりねむ

7168 **小竹野**　万哥　左々野　シノ野　異説也／八雲抄名所部　左々野
きゝつやときみかとわせるほとゝきす
さゝのにぬれてこよなきわたる

25ウ　26オ　26ウ

原

7169
をしかふすさのゝ原のゝしのすゝき
うらさひしけに見ゆる山さと

薄野

7170
すゝきのゝみとりかすゑのはつ尾花
なひくにつけてよる方もなし

聞都賀野

7171
わかせこをきゝつかのへの靡合歓木（ナヒアフネカフ）
我はかくれてすまなくおもへは

末原野

7172
梓弓すゑの原野に御かりする
君か行日のたえしとおもへや

7173
ぬれつゝもしゐてみかりのあつさゆみ
すゑの原のにあられふるらし　光明峯寺―

7174
ますらほかゆふかり衣いとさむし
末の原のゝ木からしの風　光俊

7175
なか月のすゑの原のゝはしもみち
時雨もあへす色つきにけり　良善

7176
ちきりをきしすゑ原のゝもとかしは
それともしらしよそのしもかれ　定家

7177
とにかくにみかさと申せなつふかき
末の原のに日てり雨ふり　光俊

誰葉野

7178
誰葉野尓立志奈比垂神古菅（タカハノニタテシナヒタルミヨコスケ）
根惻隠誰故　吾不恋（ネカクレテタレユヘニワレコヒツラン）

等夜野

7179
とやのゝにをさきねくはりをこゝも（不審）
ねなはこゆへにはゝにころはへ

27オ　27ウ

麻掃保久野　或ハ非野名云々

7180 万十四　まとほくの野にもあはなれこゝろなく
さとのみなかにあくるせなかし

水久君野

7181 万十四　みつくのにかものはをのすころかうへに
ことおろはつていまたねなふも　以上本是

28オ

津武賀野

7182 つふらのにすたくときこゆかむゝたの
とのゝなかちしみかりすらしも

7183 春きぬと雪間の若なしつのめか
つむかの人そあさかすみ行　家隆

美都賀野　津武賀野ニハ一説也

7184 万十四　みつかのにすゝをときこゆかむゝたの
とのゝなかちしとかりすらしも

安治麻野　今案之越前国欤

7185 あちまのにやとれる君かかへりこし
ときのむかへをいつとかまたむ
右中臣朝臣宅守於越前国娘不意

28ウ

和射美野　今案美濃国和射美原欤阿波国入か

7186 万十二　わきも子かかさのかりてのわさみのに
我はいぬといもにつけこせ

7187 ますけよきかさのかりてのわさみ野を
うてきてのみやすきわたるへき　公実

鈴野　須陀異―

7188 きゝすなくすゝのに君かみちすへて
あさふますらんいさ行てみん　俊頼

朽師野　付山小川

7189 きみこふところものすそをいたしのゝ
山の小川のやとこそわたれ

29オ

御食師野

7190 父母にしられぬ子ゆへみけしのゝ
なつのゝ草をなつみくるかも

張野

7191 東路のはりのゝ清水ゑてしより
なみのやしろといわひそめてき　権中納言

奥野

7192 あさことにみれともあかぬしらつゆの
おくのゝ萩のあきのけしきは　顕仲

岡野

7193 あさまたき岡のゝ野へのつほすみれ
つむへき程になりもゆくかな　経衡

大野　所々在之所謂越大野宇陀大野前大野有
三足枯等在国ニ皆勘入卒今是大野名所欤未詠入

29ウ

7194 大野　小雨被敷木本　時依来我念　人

7195 おほもかたのわすれむしたは於抱野呂尓
たなひく雲を見つゝしのはむ

蟹大野　或云非野名也云々

7196 あしてなきかにの大野にはなたれて
するかたもなき身をいかにせん　俊頼

狩路小野

7197 わきもこかかりちの小野にしゝこそは
伊者比之拝目らつゝこそ伊去比廻礼

池

7198 万十二　とをつ人かりちの池にすむおしの
たちてもゐてもきみをしそおもふ

30オ

7199 正治百　君とのみたちても居てもおもふかな

かりちの池の鳥ならなくに　俊成

狩場小野　範兼卿類聚哥枕令之但非ノ名所歟

7200 御かりするかりはのをの丶ならしはの
なれはまさらて恋そまされる　光成

7201 夜をさむみかりはのをの丶なくしかの
なれはまさらぬつまを恋らし

7202 草ふかきかりはのをのヲたちいて丶
友まとわせるしかもなくなり
右一首真鳴听咽痛恋本群止観

夕狩小野　非野名歟未決

7203 続古
入日さすゆふかりをの丶したはれて
草とり鳥のあともかくれす　知家

30ウ

押垂小野　或抄　正字可祥

7204 万十六
ことさけをおしたれをのに出る水
ぬるくはいてすは

宇乃原　或ハ云上野或ハ山城今案云万哥枕名所モ又
遠江防人(サキモリ)集哥然者彼国歟

7205 おほきみのみことかしこみいつのまに
ふりうのはらわたるち丶は丶を丶きて
右防人部領使遠江国史生坂大朝臣／上進哥十一首内

7206 しらさりきたのめし事をわすれ草
身をうの原におふるものとは

31オ

(細字補入)「**青見原**

7207 みちしはも今日ははる〳〵青見原
おりゐるひはりかくろいぬへし」　好忠

児笠原

7208 六帖
きみかきる小笠のはらにゐる雲の
たえすはか丶る恋もするかな

宇奈比児原

7209 名におは丶いつれもかなしあさことに
なて丶おほみ丶うなひこか原

朝田原

7210 朝日さすあさたの原の霜よりも
きえて恋しき君かことの葉

朝原

7211 あさ原にさ夜うちふけてこひしきは
せこそしるらめひとりぬる夜は

不遇原

7212 こふれともあはすの原にさくはきの
花のちりなん名こそおしけれ　親房

31ウ

浮沼原

7213 あふ坂のせきをはしらて人こ丶ろ
うきぬの原になとまとふらん

歎森

7214 古
ねきことをさのみき丶けん社こそ　本不審
はてになけきの森と成けめ　讃岐

7215 金
いか丶ねむなけきのもりはし丶けれと
木の間の月のかくれなきかな　俊家女

7216 たねたえてかくれぬとおもひし木の下の
いかてなけきのもりと成らん　元輔
右一首兼成子ニヲクレテ歎トキ丶テツカハシケル

7217 ほと丶きすなかぬなけきの森にきて
いと丶もこゑをほしめつる哉　俊頼

7218 現六
まつはる丶なけきのもりのさねかつら
たえぬや人のこ丶ろなるらん　信実

7219 よのつねの秋のものかはわひ人の

32オ

なけきのもりの色のふかさは　入道二品親王

7220 葉かへせぬなけきのもりは見えつれと
つねにしかもなとこひなつうて

茂森

7221 おもふとはなにをかさのみ(らに)深山なる
しけりの森を我としりなむ

32ウ

7222 深山なるしけりの森のしたもみち
いつくをもりてそむるしつくそ

花園森

7223 春のくる今日をも我やわすれまし
はなそのもりのかすまさりせは　東宮春

風森

7224 恨しな風のもりなるさくらはな
さこそあたなる色にさくらめ　按察

湮森　湮同前歟可決

7225 ゆふたちのしつくのもりのした草は
あきのよそなる露やをくらん　衣笠―

33オ

名越森　名越山同所歟可尋

7226 みな月のなこしのもりのゆふすゝみ
みそきもまたぬあきの下風　季能

往合森　往合川在下巻

7227 風かよふかたえにつゆやこほるらん
夏とあきとのゆきあひのもり　中務卿―

出入森

7228 新六
君よいかにいつをいつとかたのむへき
はかなやいきて出入のもり　光俊

吉忠森

7229 よしたゝのもりのした草としをへて

33ウ

しけりさかりに見ゆるやとかな　資隆

何然森

7230 うくひすの春まちつけていつしかの
もりのたえ間にこゑもらすなり　俊頼

山下森　今案只在下森歟

7231 新六
ふり行は松のみとりも色つきて
こすゑさひたる山もとのもり　信実

田中森

7232 山きはの田中のもりにしめはへて
けふさと人の神まつるなり　為家

耳森神　只神名歟可決

7233 ちはやふるあまの岩つきおしひらき
われらをかたれみゝもりの神　長能

34オ

須留毛宜森　字可祥

7234 世の中はおもひみたれてふる雪の
かゝるかたなきするもきのもり　仲正

雪林　名所歟可決

7235 紅のかすみやけさはにほふらん
雪のはやしの春のあけほの

34ウ

歌枕名寄　三十六軸外

未勘国部下

目録

石河　顕照哥枕／丹後入之　痛背河　遊布麻河　出入河
潤和河　八雲御抄入之／或非名所　大野河原　沼名川　取替川
宮瀬川　息長川　飯合川　早川　八雲御抄／出之
真柴川　古瀬川　椋瀬川　宇津田川
伊佐良川　或常陸国在之或非ニ／名所又後拾遺序ニ近江ト云々　目無川
耳無川
有馴河　巻染川　無端川　忘川
昔川　夢路川　雲入川　寒川　或下野／或讃岐
黒河　田河　或云近江　礒野川　天戸川
戸河瀧　瀧屋川　糸羽川　字可／立　吹立川
佐田河　可祥　堺河　千草川　笠鷺川
御禊川　麻川　小竹川　御草川
葉白川　山小川　朽師野欤　岩瀧

35オ

放池　獦道池　小山田池　同上野／在之　浮沼池　習俗／丹後云々
浮田池　長居池　浦可／不欤　浦櫓池　字可／尋　絶間池　摂津国／
載之
隠池　伊勢欤　高池　習野池　三原池
卯沼池　細江池　宮地池　三川国／云々　枝池
笛竹池　朝露川　洗池　何為池
鏡池　他人池　奥海　周通入江　習俗抄／越中入之

35ウ

片刑入江　牧浦　御牧浦　貞浦
千江浦　古須気呂浦　或非／名所　曾古比浦　床浦
夜床浦　表浦　嶋里　琴浦　身関浦　我身浦
二古枝浦　名立浦　摂津国／入之　渡浦　浜　濡浦　森上巻／正一所欤
希香浦　浮津浦　波屋浦　干潟浦　習俗／摂津

36オ

夕崎浦　旅浦　気美浦　藻塩浦
葦若浦　荻浦　早見浦　里　遠津浦　浜欤
古奴美浜　千草浜　比多我多礒　津守崎
由古崎　御前崎　掻上栲嶋　角嶋　角門或云／筑前
床嶋　或云尾張／入之　袖嶋　衣嶋　浦／里　伏猪嶋
火焼嶋　管木嶋　山　求嶋　射去嶋
露嶋　加気嶋　加気漆　神漆
牧漆　恋漆　或伊賀　小山田関　池／上野入之　手迷関
妹関　妻関　鶩関　或河内云々能因哥枕／非名所云々
竹河水駅　谷分里　本哥不見／可尋　野口　丹波欤　礒野里　河

36ウ

末尾里　旅居里　夜寒里　花里
松原里　山　松風里　或／尾張欤　春木里　荻原里
桑畑里　煙里　顕照／丹後　玉無里　八田里
三穂古郷　稲積里　佐賀美郷　広橋
山菅橋　尾洗橋　信乃／美濃　転寝橋　行合橋　森
寺井　船井　逃水　在近　嶋根御湯
犬養御湯　佐波賀御湯　湯御田　高富
志津石室　新室　習俗／入之　奈末小松　小嶋神　顕照末勘／国入之
御子守神　清抄社部／入之　日本室生　或大和　小松
已上随尋明其国一篇入之

37オ

歌

哥

石河　顕照哥枕　丹後入之

7236 万二　たゝにあはゝあひもあきてん石川に
くもたちわたれみゝしのはむ

痛背川

7237 同四　世の中にをんなにしあらはわか渡る
あなせの川をわたりかねめや

37ウ

右紀伊女郎怨恨哥鹿人大夫女石同少麻

遊布麻川　定の上載之

7238 万七
我ひもを妹か手もちてゆふま川
またかへりみん万代までに　家隆

7239
夏暮てなるゝあまのゆふま川
誰水上にみそきしつらん　同

7240
ゆふ間川なつ行水の岩こすけ
ぬき（マタイ）もさらぬ玉そみたるゝ　同

38オ

7241 続後
ゆふ間川岩もとすけのねに立て
なかきあかすなく千鳥かな　行念

7242 万代
ゆふま川浪間もしろく明にけり
あまの小ふねのよるほともなく　猷同

出入川　森上巻　同前可決

7243 万七
いもか門出入かわのせをはやみ
わかむまつまつくいつそふしも

潤和河　或云ハ非ス名所ニ云々八雲御抄名所ニ入之

7244 万十一
あきら（カ歟）しはぬるやかわへのしのゝめに
人もあひ見すきみにまさらん

7245 同
あさかしはぬるや川へのしのゝめに
おもひ出（キ）ぬれはゆめに見えつる

38ウ

大野川原

7246
まこもかるおほのかわらのみこもりに
こひにしいもかひもとく我は

沼名川

7247
ぬま（な）川のそこなるたまころ（マヽ）

取替川

7248
あし引のとりかへ川の川よとの
たへなんこゝろおもひかねつも

宮瀬川

7249
うちひさすみやのせ川のかほはなの
こひてそぬかんきそもこよひも

39オ

奥長川

7250 万廿　六帖
鳰鳥の奥中川原たえぬとも
みゝかゝたらふことつてせめや

7251 明玉　洞院摂政家百
氷ゐておきなか川原たえしより
かよひしにほのあとをみるかな　定家

飯合川　万葉本哥於正点者非名所ニ歟

7252
山際の雪はきえぬるありやみつ
いひあひ川のそへはをくとも

7253
山際尓雪者名消有乎水（ヤ歟）
飯合川之副（イヒアヒカハノ）　自生（ヨフルシ）来鴨（エニフルカモ）

早河

7254 新六
はや川の瀬きりあやふき舟わたり
そかひにむかへみちとをくとも　信実

39ウ

7255 同
はや川の瀬あさにかゝるかたきしを
やなてつけたのたよりにはする

7256 現六
早川のせにゐる鳥のおほゐはや
わか袖のこと波のよるらん

真柴河

7257
高根には雪ふりぬらしましは川
ほきのかけ草たかひさかれる　公長

古瀬川

7258
袖ぬれてわたりしものをふるせ川
ふかくも人のおもひけるかな　俊頼

槡瀬川

7259 六帖
やなせ川淵せさためぬ世と聞けば
我身もふかくたのまれそする

7260 **打田上河**
白浪のうつたの上の河柳
もゆといふ春は昨日今日かも　衣笠―

7261 **伊佐良川**　或云常陸国後拾遺序近江国ナルイサラ／川ノ詞書欤可祥
懐中
せきとむる人もなき身はあやしくも
いさらの川の行もあられす

7262 **目無川**
六帖
目無川みゝなし川の見す聞す
ありせは人をうらみさらまし

7263 **耳無川**
見れはこそ色にもふけれ目無川
そことをしへよ我わたりなん　光俊

7264 **有馴川**
六番
聞渡る有なれ川の底にこそ
なけきならへてすまゝほしけん　顕照

7265 **巻染川**
うなゐこかはなちのかみをとり立て
まき染川よふち瀬かわるな　俊頼

7266 **無端川**
世の中はあちきな川のきしに生る
しはしはかりそなにおもふらん

7267 **忘川**
六帖
忘川よくみちなしときゝてこそ
いとふの神も立もよりけれ

7268 **昔川**
なにとしていひはしのける名なるらん
むかし川にや事をとはまし　能因

7269 **夢路川**
見るからにうつゝにはなし夢路川
さかまく水にやとる月影　光俊

7270 **雲入河**
水の面にやとれる月と見ぬ人や
くもり河とはいひはしめけん

7271 **寒川**　或云下野或云讃岐キ
懐中
唐衣ぬふさむ川の青柳の
いとよりかくる春は来にけり

7272 **色川**　或私撰入之
なかれてはよるせに成といふならは
いく代をへてか色かわるらん

7273 **黒河**　下野国欤
懐中
くろ川と人は見るらむすみ染の
衣の袖にかゝるなみたを

7274 **田川**　或近江ニアリ
新六
水わたる田川のゐてにうへし田の
かわくまなくてくつる袖かな　為家

7275 **礒野川**　里百在之
明玉
冬かれのいそのゝ川やこほるらん
いわまのみさし(本ノマゝ)みつきにけり　公長

7276 **里**
おほつかなこゝろは月にあくかれて
いかていそのゝさとに来ぬらん　俊頼

7277 **天戸川**
ちはやふる神も御まさ(本ノマゝ)は立さわき
天の戸川のひくらあけたへ　小町

戸河瀧
7278
石はしる戸川の瀧もむすふ手に
しはしはよとむものとこそきけ　俊頼

滝屋川
7279
落たきつたきやの川のいわにふれ
くたくるこゝろはならのゝめそは　光俊

42ウ

糸羽川　字可祥
7280
浪はみなこほりてむすふいとわ川
いわをこゆるはあられ成けり　前内大臣基

吹立河
7281 懐中
あき風のふき立川のもみちはを
にしきと見つゝわたりぬるかな

佐田川　本哥不審
7282
こまなへていさ見にゆかむさた川に
えたさしかわす大和なてしこ

堺川
7283 堀百
ふねもなく岩浪たかきさかひ川
水まさりなは人もかよはし　顕季

43オ

千草川
7284
水まさる千草の川は我ならぬ
きりもいたくそみえわたりける　顕仲

浜
7285
いろ〳〵の貝ありてこそひろいけれ
ち草のはまをあさるまに〳〵

笠鷺川
7286
かさゝきの川風立ぬたなはたの
紅葉のとはりなみやかくらん　前内大臣基

御禊川
7287 雲葉
みそき川行かふ袖やふけぬらん
露なからをるあさの一ふさ　後鳥羽院―

43ウ

7288 万代
みそき川瀬々の玉ものみかくれて
しられぬ秋や今夜くるらん　同

7289
あけぬとて御そき川原のあさの葉に
ゆふつけ鳥の夜半のはつこゑ　下野

7290
みそき川行せもはやく夏くれて
岩こす浪のよるそすゝしき　為家

7291 宝治百
六月の御そき川原のかへるさに
名こしの山のそらそあけ行　朝氏

麻河
7292 千五百
みそきするあさの川かせ吹わけて
秋をよせたるなみの夕こゑ　西園寺入―

44オ

篠河
7293
あさほらけ霜さへとつるさゝ川の
こほりふみわけかよふさと人　家隆

水草川
7294 明玉
霜むすふ水草川のあき風に
たれうらかれて衣うつらん　光俊

葉白川
7295 野宮十首
枝くひていまそなくらし青柳の
葉白川辺のうくひすのこゑ　同

山小川
7296
君こふと衣のすそをくたしのゝ
山の小川のやせこそわたれ

岩瀧　大嘗会哥欤
7297
むかしより名になかれたる岩瀧の
水のしらいと幾代へぬらん　顕輔

44ウ

放池

7298 万四
鴨とりのはなちの池に木葉ちりて
うきたるこゝろ我おもわくに

小山田池

7299 万四
小山田の池のつゝみにさす柳
なるもならすもなとふたりはも

獦路池

7300 万十二 新勅
遠つ人かり路の池にすむをしの
立てもゐても君おしそおもふ

45オ

浮沼池　習俗抄　丹後入之

7301 万七
君かためにうきぬの池にひしとると
我そめし袖ぬれにけるかな

浮田池　森一所歟可祥

7302
諸こゑにいたくなきそさもこそは
うき田の池のかわつなりとも　兼宗

長居池　長居浦一所歟　可祥

7303 堀後百
すへらきのなかゐの池は底すみて
のとかに千代の影そうつれる　常陸

隠池

7304
うき草にかくれの池のむもれ水
はらへは下に月のありあけ　後九条内大臣

45ウ

浦呂池

7305 雲葉
風吹は浦呂の池にゐるしほの
よるのこほりのたえ間なるらん　頼氏

高池

7306 六帖
水鳥のさわかすたかの池なれは
みなとにのみそなみも立ける

翠野池

7307 祐子内親王哥合
春ふかくなり行まゝに翠のゝ
池の玉もゝいろことにみゆ

御原池

7308 一字抄
今日よりは御原の池にこほりゐて
あけの村鳥ひまもとむらし　俊頼

46オ

7309
いひたらはさこそはたゝめなにかその
御原の池をつゝみしもせむ　紫式部
右一首今ハ物聞ヘシトハラ立ケル人ヲワツラヒテヨメルト

7310
たけからぬ人数なみはわきかへり
御原の池にたてるかひなし　同

卯沼池

7311
世にふるになそかひぬまのいけらしと
おもひそしつむかひぬまの池　紫式部
右ハツラフ事アル比ヨメル

7312
こゝろゆく水の気色はけふそ見る
こや世にかへるかいぬまの池　同

細見池

7313
あすいへはこゝろほそみの池におほ[生]る
ひしのうきねのなかれこそすれ

46ウ

枝池

7314
あき風に吹しかれたるしま松の
えたの池にや浪のこゆらん　行家

笛竹池

7315
笛竹の池のつゝみはとをくとも
こゝへといふ事をわすれさらなむ

朝露池

7316
おもへとも人めをつゝむなみたこそ

あさ露池となりぬへらなれ

洗池　正字未決暫用哥詞

7317　河上やあらふの池のうきぬなは　うき事なれやくる人もなし　好忠

何為池

7318　六帖　あふ事はなにしに池の水なれや　たえすみたれてとしのへぬらん

鏡池

7319　堀川後　みさひゐるかゝみの池にすむをしは　みつから影をならへてそみる　常陸

他人池

7320　明玉　あた人の池のこゝろもしらなくに　いさともかくもいひもはなたし　二条院摂津

奥海

7321　続古　うしとても身をはいつくに奥のうみの　鶚のすむ岩も浪はか（か敟）くらむ　順徳院（定家敟）

7322　新古　たつね見るつらきこゝろのおくの海よ　しほひのかたのいふかひもなし　定家

周通入江　習俗越中入之可移于後矣

荒礒松　安地

7323　万十一　あちのす（さ敟）むすまの入江の青いそ松　わかまつこらは（う）たゝひとりのみ

7324　あちのすむす（さ）まの入江のこもりぬの　あないきくるしみすひさにして

7325　続拾　風あらきすまの入江になみこえて　あちきなきまてぬるゝ袖哉

7326　こひをのみすまの入江にすむ魚の　うき沈てもあちきなの世や　家隆

水沙児

7327　万代　みさこゐるすまの入江にみつしほの　からしや人にわすらるゝ身は　登蓮

7328　夜をさむみすまの入江にたつ千鳥　空さへこほる月になくなり　公猷

籠沼

7329　続古　冬くれはすまの入江のこもりぬの　風さむからしつらゝゐにけり　顕朝

片舠入江

7330　万代　あしそよく塩風さむみかたそきの　入江につたふあちのむら鳥

牧（枚）浦

7331　万十一　中〱に君にこよひはす（ひら）まの浦の　あまならましを玉もかりつゝ

御牧浦

7332　かすみさへたな引にけり春駒の　みまきの浦のあまのたくなは　衣笠―

貞浦

7333　万十一　奥津なみ津なみのきよるさたの浦の　このさたすきてのちこひんかも

7334　同五　さたの浦によするしらなみひまもなく　おもふをいかにいもにあひかたき

千江浦

7335　万十一　あき風の千えの浦はのこつみなる　こゝろはよりぬのちはしらねと

7336　新古　おきつ風千江の浦はのしきなみに　おもふこゝろのかすはまさらし　知家

古須気呂浦

7337 万十四　こすけろの浦吹風のをとするは
かなしき比をおもひすこさむ

7338 **曾古比浦**　或非名所
あめつちのそこひのうらにある事を(コトク歟)
きみにこふらし人はさねなし

49ウ

床浦

7339 後撰　やくとのみ枕のうへにしほたれて
けふりもたえぬとこの浦風　相模

7340 続後　我袖にむなしきなみはかけそめつ
ちきりもしらぬとこの浦風　定家

7341 続古　さほ姫の床の浦風吹ぬらし
かすみを袖にかくるしら波　光俊

7342 同　しきたへの床の浦はのなみ枕
やとるや月のうきねなるらん　定円

7343 なみたのみもろこしふねもよりぬへし
身はうきしつむ床の浦波　光明峯寺—

夜床浦

7344 をし鳥の夜床の浦のうきまくら
こほらぬ水のひまもとむらし　為経

50オ

衣浦　里　尾張国也　一所歟　可祥

7345 なみあらふ衣の浦の袖貝を
みきわに風のたゝみをくかな　西行

嶋

7346 いやましに夜さむともあるかなみのうつ
衣の嶋のあきのうら風　中務卿—

琴浦

7347 松風に浪のしらふることのねは
かもめのあそふところなりけり　仲正

7348 **身関浦**　字可祥
数ならぬ身関の浦にうちよする
もにすむむしのこゝろあるらし

50ウ

我身浦

7349 いかにせむ我身の浦のうつせ貝
むなしき世とはおもふものから　嘉陽門—

名立浦

7350 かつきするなたちのうらのあま人は
浪のぬれきぬ幾よきつらん　摂津

7351 **二(阿イ)古伎浦**
しほ木つむあこきか浦によるなみの
たひかさならは人もこそしれ

涙浦

7352 ひとりぬるやとのひまより入月や
なみたの浦に影うつるらん

51オ

浜

7353 万代　我袖はなみたのはまにあさりせし
あまのたもとにをとりやはする

7354 いか斗あまのころもてしほるらん
なみたの浜の五月雨の空

7355 **澑浦**　森上巻中—山常陸入之一所歟可詳
手枕のしつくの浦にみつしほの
つもれるちりをよするしら波　九条内大臣

希香浦

7356 あふ事はまれかの浦にあさりする
あみもさのみや人めもるへき　俊頼

51ウ

浮津浦

7357 世の中のうき津の浦につらゝゐて

すかのむら鳥あくかれにけり　俊頼

浪屋浦

7358 懐中
なみの屋のうらにすむてふあまなれや
しほにさぬれて衣くちけり

干潟浦　習俗抄　摂津国

7359 新六
くるゝ間にすゝき(鱸)つるらし夕塩の
ひかたの浦のあまの袖みゆ　為家

7360 現六
しほかれのひかたの浦のはなれすに
たつそなくらし友よはふらし　同

夕崎浦

7361
立わたるなみ風いかに寒からし
千鳥むれゐる夕さきの浦　西行

旅浦

7362
嶋つたひあさな夕なに舟出して
やともさためぬ旅の浦人　肥後

気美浦

7363 六帖
こゝろさし君にふかくはけみの浦に
はちすの花もひらけさらめや

藻塩浦

7364 続古
たえつたつもしほの浦の夕けふり
いかなる時かおもひけたれん　光俊

葦若浦

7365
あし若の浦にきよするしらなみの
しらしな君は我おもふとも　読人―

荻浦

7366 将軍家哥合
いかゝせむとま屋にかゝるなみならは
なれし(ヲナシ)ね覚の荻の浦風
右題ニハ海辺ノ荻ト判ノ詞クスマノムカシモ思ヤラ／

レ侍上哥ノ体モ殊ニヨロシク

早見浦

7367 良玉
わきも子かはやみのうらのおもひ草
しけりもまさる恋もするかな　橘元任

早見浜

7368 万一
わかせこをはやみはま風やまとなる
わかまつらのきふるさるなゆめ
右本集ニ云石上ノ天皇幸難波宮時哥ト云々／今案然ハ摂津国ニ在之歟但先達皆未勘国ニ入之／早見里筑前ニ入之

遠津浜

7369 万
浪こえてとを津のはまの岩つゝし
わかみるまてにふるゑありけり

7370
あふ事はとをつのはまの岩つゝち
色にや出んそむるこゝろを

7371
ふるさとのとを津の浜のいそまくら
山こえてこそ浪になれけれ　中務卿

岩城山
古奴美浜

7372
いわき山たゝこえいませいそさきの
こぬみのはまにわれたちまたれ

7373 古来
岩城山こえてそ見つるいそさきの
こぬみのはまのあきの夜の月　法性寺入―

7374 続後
いそさきのこぬみのはまのうつせ貝
もにうつもれていく代へぬらん　俊頼

7375 同
あとたえて今はこぬみのはまひさき
いそせの浪の下にくちなん　家隆

7376 現六
風吹はとはになみこすいそさきの
こぬみのはまはふねも通はす　良歓法―

54オ

7377 いつとなくこぬみのはまに人まつと
たゝよふなみのたゝぬ日そなき　俊頼

千草浜　河哥在上

7378 色々の貝ありてこそひろいけれ
千草のはまのあさるまそ（マヽ）

7379 弘安百
さきにほふ千草の浜の塩風に
あきは色〳〵なみそよせける

比多我多礒

7380 万四
ひたかたのいそのわかめのうちみたれ
わらる（本ノマヽ）もまつなしこそもこよひも

津乎崎

7381 万三
あしへなみたつの鳴ゐてしほ風の

54ウ

さむくふくらしつほのさきはも

御前崎

7382 万三
玉よするみきはかさきのなみ間より
立出る月の影のさやけさ　長明

機上栲嶋　或出雲国名所嶋也

7383 おとめらかをるはたかみをまくらにて
かゝけたつしまなみまより見ゆ

角嶋　或筑然国欤

7384 つのしまのやとのわかめはひとのとも
すゝられしかはわかともわかす

床嶋　或尾張入之

7385 君なくてひとりぬる夜の床嶋は

55オ

よするなみたそはやしきりなる

袖嶋

7386 塩たるゝあまの袖嶋こきかへし
おさふる舟も人めまつらし

7387 からころも浦はのあまの袖しまに
春のかすみは立そひにけり

衣嶋　浦哥上書之　里哥下在之

7388 いやましに夜寒にも有かなみのたつ
衣の嶋のあきの浦風

伏猪嶋

7389 誰しかも見てしのふらんかるもかく
ふすゐの嶋のあきのよの月　前内大臣

55ウ

火焼嶋

7390 おもへともかひなくて世をすくすなる
ひたきの嶋のこひやわたらむ

筒木嶋　鯛山ノ哥上巻書之

7391 六帖
あふ事のつゝきの嶋にひくたいの
たひかさならは人もしりなん

求嶋

7392 懐中
しらなみのたちのみかくすつかめ草（本ノマヽ）
もとめし間にやあわて程へし

射去嶋

7393 懐中
ふねとむるいさりの嶋の風ふかて
浪もたゝてやのとかなるらん

56オ

露嶋　祐子内親王家哥合

7394 あふ事におきやまさらしにこりなき
玉をしけりとみゆる露嶋

可家嶋

7395 このはなよいてこと〳〵しかけしまの
波もさこそはいそねこえしか　俊頼

可家湊

7396 万十四
安治麻のかけのみなとに入しほの
たちたすくもかいりてねまくも

7397 新六
しほむすふかけのみなとにいりなみの
あはれ我身のいてかたの世や　為家

56ウ

水茎岡湊　哥上書或哥枕土佐国入之／或云筑前国此義可用之歟

秋湊

7398
をとにきくあきのみなとは風そちる
紅葉のふねのわたるなりけり　紀伊

救二湊

7499
誰しかものそかなしきさ夜千とり
くにのみなとになきてすくなり

手迷関

7400 新六
まてといは丶人しりみむやわかせこを
と丶めかねてそ手まよひの関

妻関

7401
あかつきの袖のわかれをしはしとて
とりたにとめよ妻の関守　知家

57オ

妹関

7402
是やこのみちさまたけのいもかせき
おもひ出すはた丶そすきまし　信実

鶯関　或云河内国也　能因哥枕可検之

7403 明玉
我おもふこ丶ろもつきぬ行はるを
こさてもとめようくひすの関　康資王女

小嶋関

7404 六帖
ありのまの小嶋のせきのかたみれは
いもかこ丶ろはうたかひもなし

押関

7405
雲路にもおさへのせきのあらませは

梨原駅

7406
やすくはかりのかへらさまし　仲正

57ウ

篠塚駅　陸奥歟可祥大和勅撰

7407
君はかりおほゆる人はなし原の
むまやいてなむたくひ無身を
しの塚のむまや〳〵と待わひし
人はむなしく成にけるかな　監命婦

歌方駅　或云非駅名之

7408 古六
うたかたのむまやは人のおもひつ丶
にほひ色こくそめてしものを

竹河水駅

7409
たはれをかこえしふけぬる竹河の
みつむまやにはかけしと丶めし　前摂政大臣―
右踏哥節会哥也

58オ

谷分里　本哥不審可祥

7410
いつのゐの谷分里にいもを丶きて
こひやわたらむなかき春日を　人丸

野口里　丹波入

7411
しらさりし野口の里にやとかりて
みちのしはふに今そあさたつ　信実

礒野里　河哥在上

7412
おほつかなこ丶ろは月にあくかれて
いかてかいその丶さとをすくらん　俊頼

末尾里

7413
山鳥の末尾のさともふしわひぬ
たけのしたかりなかき夜の霜　家隆

58ウ

旅居里

7414
みやこいてゝたひゐのさとになかむれは

月斗こそ恋しかりけれ　顕仲

7415 **夜寒里**

あらしふく夜寒のさとのね覚には
いとゝ人こそこひしかりけれ

7416 **花里**

くれなゐの末つむ花の里よりも
時雨にふかきみねの紅葉ゝ　家隆

7417 **松原里**　山哥上書

君かため一木に千代をちきりつゝ
行末遠き松原のさと

59オ

7418 **青木里**　近江在之名所詠未決

木からしの風はふくともちらすして
青木のさとやときはなるらん　顕朝

7419 明玉 **荻原里**

神無月や、霜さむし朝ことに
かれ葉すくなき荻原の里

7420

風ふかぬうらみやすらむおほつかな
のとかにおもへ荻原のさと　覚方

7421 **桑田里**

くわゝたのさとの引まゆひろいをきて
君か八代の衣いとにせん　重之

59ウ

7422 習俗抄 **煙里**　丹波

こひしきをおもひのかるとせしかとも
いとゝけふりのさとにこそすめ

7423 後撰 **玉無里**

なき人のくるよと聞は君もなし
我すむ里や玉なきの里　和泉式部
右トシノハテニ御タマヽツリテヨメル

7424

夏の夜は卯の花月夜ありけれは
夜るも見えつゝたまなきの里　匡房

7425 **八田里**

やたなるやもゝつからしはつかの間も
さひすそあらぬ花のみやこを　長能

60オ

7426 六帖 **古呂々里**

うなひこか氷の上をうちならす
いしなつふてのころ〳〵の里

7427 **三尾古里**　三尾者近江也三穂出雲也所詠所抄可在之

夏かりのあしまになみの音はして
月のみのこるみほのふるさと

7428 **稲積里**

あきの田のいなつみのさとの朝風に
さむ〳〵来なきぬ初鴈のこゑ　権少僧都光覚

7429 **佐賀美里**

布さらす是やさかみの市ならん
さゝ分衣ぬきもかへはや　四条太后宮下野

60ウ

7430 万十四 **広橋**

ひろ橋に馬こしかねてこゝろのみ
いもかりやりてはゝこゝにして

7431 懐中 **山菅橋**　習俗抄入之

おひ風にとしをわたりてこほれねは
いねよかりける山すけのはし

7432 現六 **尾総橋**　或常陸　信乃

かりそめに見し斗なるはし鷹の
尾ふさのはしを恋やわたらん　衣笠―

7433 明玉 **行合橋**

はるゝ夜はいかはかりかはさえわたる

7434 **転寝橋**

霜と月との行あひのはし　明教

橋の名をなをうたゝねと聞人の
行は夢路かうつゝなからに　兼宗

7435 **寺井**

もの、ふのやそのいもらかくみまよふ
寺井のうへのかたかしの花

7436 いもかくむ寺井のうへのかたかしの
花さく程に春そ成ぬる

7437 **船井**　丹波

万代の数をつみたる舟井たて
ひろきめくみをくみて知りぬる

7438 **逃水**

東路に有といふなる逃水の
にけかくれても世をすくすかな　俊頼

嶋根御湯

7439 堀川
夜とゝもにしたにたく火はなけれとも
島根の御ゆはたゆるよもなし　顕仲

犬養御湯

7440 拾
鳥の子はまたひなゝからたち出ぬ
かちの見ゆるは巣守なりけり　兼慶

7441 **佐波賀御湯**

あかすして別し人のすむさとは
さわかのみゆる山のあなたか　読人―

万　湯御田

7442 **高富**

夕まくれたかとみつれはあをいその
波間をわたるみさこ成けり　俊頼

61オ　61ウ　62オ

7443 **志津石室**　或紀伊或大和

おほなむちすゝのひこなのいましけむ
しつのいそ屋はいく代へぬらん

新室

7444 習俗抄
新室（ニヰムロノ）踏静子之手玉鳴裳（フムシツケコカテタマナルモ）玉如（タマノコト）
耻興公（チクセルキミヲ）乎内等白世（ウチニトマウセ）

7445 同十四
尓比むろのときにいたれははたすゝき
ほに出しきみか見えぬこのころ

奈志小社

7446 いのる事なしのおやしろこふ〳〵と
こらはせよ〳〵くちはしるなり　俊頼

小嶋神

7447 万七
雲かくれおしまの神のかしこくは
習俗抄　社部
日をへたつともこゝろくたかむ

御子守神

7448 清少
諸こひに今は成なむ御こもりを
枕草子
神のしるしは有とこそ聞　経家

7449 新六
いかにしてこゝろの末にあらはさむ
かけてちきりし御子守の神　衣笠―

7450 **日本室原**

日本之室原乃毛桃本繁（ヒノモトノムロフノケモヽモトシケミ）
吾大王物乎不成不止（ワカオホキミモノヲヲスハヤマシ）

7451 **小松**　**小松峯**　明玉／同所欤

朝ほらけおもひやるかなほともなく
小松は雪にうつもれぬらん
右小松ト云所ニ付テ侍ケル人ニ遣シケルト

一校了

62ウ　63オ　63ウ

第二部　陽明文庫蔵本

陽明文庫蔵『歌枕名寄』（略号―陽明本・陽）は次の基準に従って翻刻した。
概ね宮内庁本に準ずるが、異なる点もあるので、改めて記した。

凡例

翻刻にあたっては原本の形態を忠実に伝えるように努め、以下の方法を採った。

1、旧字体、異体字、略体字も陽明本の特徴の一つと考えて、原本通りとしたものもある。変体仮名は通行の平仮名に改めた。国名・地名は検索の便宜上ゴチック体で表した。

2、宛字、誤字、脱字、畳字、見セ消チや仮名遣い、送り仮名、振り仮名、振り漢字等はすべて原本通りとした。

3、踊り字については漢字は「々」、平仮名は「ゝ」、片仮名は「ヽ」を用いた。

4、陽明本は集付・歌・作者名の順に一行で書かれているが、編集の都合上二行に分け、一行目の初めに集付（まれに頭書）、次に万葉歌にのみ、私に国歌大観番号（旧）をアラビア数字で記し〈 〉で括り、その下に作者名を記した。集付・作者名は二行にわたっているものも全て一行とした。二行目以下に、歌の通し番号をアラビア数字で記し、その下に歌を一行で記した。長歌も原本通りとしたが、引用歌句が多い長歌は「／」で改行を示し、改行箇所を改めた。

5、集付、作者名、地名の注書（目録・本文とも）、歌の詞書（題詞）・左注、頭書もできるだけ原本通りとした。できるだけ原本を忠実に伝えるように努めたが、わかりやすくするためや統一性を持たせるために変更した箇所もある。

6、虫損・汚損の箇所は次のように処置をした。
虫損その他で判読が困難の場合は□で表した。残存箇所により推定できる箇所は□の右に「～カ」として記した。

例 判読困難の場合

□□法師
8さよ姫の袖かとみれは松浦山すそ野にまねく尾花也けり

例 判読推定できる場合

同　□□（定家カ）
5蟬のはの衣に秋をまつら山ひれふる山の暮そすゝしき

7、原本に「本マ、」「マ、」が書かれている場合はそのまま記した。

例 394嶋つたひ朝なた（本マ、）なに舟出して宿もさためぬ旅の浦人

8、地名の注書、歌の詞書（題詞）や左注は見分けがたい場合もあるので、地名の注書は文字を小さくし、題詞・左注は歌と同じ大きさの文字とした。注書・詞書（題詞）・左注が数行にわたる場合は「／」で改行を示し、改行箇所を改めた。また地名の下の小地名も区別するために文字を小さくした。注書・詞書・左注の位置は様々であるが、地名の注書は当該地名の下に、左注は歌より二字下げに統一した。

例「八雲御抄」以下は地名の注書

和伎覇里　八雲御抄里部入之　わきはの里とあり

例「右一首」以下は左注

万六〈3・248〉　長田王
61はや人のさつまのせとを雲ゐなすとをくも我はけふみつるかも
右一首師大伴卿遥思芳野離宮作哥

例「／」は改行を示す。

〈15・3696〉
65□□へ□いゑに□□□るゆきの嶋ゆかんをときもおもひかねつも
右天平八年遣新羅使等到壹岐嶋雪連／宅満死去之時作哥　六鯖（ムツサハ）作

9、細字補入の地名・歌は翻刻本文と同じ大きさとし、右肩に細字で補入したことを示す。

例「万代」以下は細字補入である。

「万代（玉垂山の下に細字補入）
135こめやらぬ心そつらき夕暮のまかきの山の花の下陰」

10、地名、地名の位置や歌、注書等の字の大きさが異なる場合も統一した。

11、丁数は各丁の表裏毎に（2オ・2ウ）で表した。巻三十六巻頭は遊紙があるので「2オ」から始まる。

翻刻

表紙

哥枕名寄

本文

哥枕名寄巻□（第カ）三十六

西海部下　肥前　肥後　日向　大隅

薩摩　壹岐　對馬

歌

肥前

松浦篇　**山又号領巾麾山**（ヒレフル）　**嶽**　**嶺**　**河**　**海**

浦　**潟**　**興**　**道**　**縣**　序詞

□〈5・871〉

1とをつ人まつらさよひめ妻こひにひれふりしよりおへる山の名

右此山をひれふる峯と云也と序の詞にあり

同〈5・873〉

2萬代にかたりつけとしこの嶽にひれふりけらし松浦さよひめ

同〈5・868〉

3松浦かた佐用姫のこかひれふりし山の名のみやきゝつゝおらん

建保　家隆

4たのめても又とを海に松浦山秋もき（本）なんあまの川なみ

同　□□（定家カ）

5蟬のはの衣に秋をまつら山ひれふる山の暮そすゝしき

同　範宗

6時鳥もろこしまてや松浦かた浪路はるかの雲に鳴也

7松浦山紅葉しぬれは紅のひれは木末にふ□（らカ）せてそみる

□□法師

8さよ姫の袖かとみれは松浦山すそ野にまねく尾花也けり

堀百

2オ

9木の間よりひれふる袖をよそにみていかゝはすへき松浦さよひめ

万五〈5・853〉

10あさりする海士のこともと人はいへとみるにしらへぬむま人のこら

万葉第五河部　遊松浦河序云

余以暫往松浦之縣逍遥聊臨（テ）二玉嶋潭一遊覧（ス）忽／値釣魚女子等也

万五〈5・855〉

11松浦河かはの瀬はしる鮎つるとたゝせる妹がものすそぬれぬ

□〈5・858〉

12わか（若）ゆ（鮎）つる松浦の河の河浪のなみにしおもはゝわれこめやも

同〈5・860〉

13松浦川七瀬のよとはよとむとも我はよとます君をしまたん

同〈5・861〉

14松浦河かはの瀬はやみ紅のものすそぬれて鮎かつるらん

同〈15・3685〉

15たらしひめ御舟はて□ん松浦の海いもかまつへき月はへにつゝ

右天平□□遣新羅使等肥前國松浦郡

狛の嶋亭□泊之遥望（ニ）二海浪一（ヲ）（本）慟旅

万五〈5・865〉

16□（君カ）をまつ松浦の浦のをとめらはとこよの國のあまをとめらは

右一首吉田連宜（ノムラシヨロシ）和（スル）松浦仙媛（ノヤマヒメ）歌

□□（建保カ）　雅経

17秋といへは月をや鹿の松浦かたうらみわひぬるたそかれのこゑ

□　隆信

18誰となくしらぬ別のかなしきは松浦の奥を出る舟人

□保　順徳院

19松山や松浦か奥の西の海そなたの風に秋は見えつゝ

□□〈5・870〉

20も（毛）ゝ（ゝ）か（可）し（斯）も（母）行ぬまつらちけふ行て明日はきなむをなにかさやれる

2ウ

玉嶋河　**浦**　**里**　潭　序の詞にあり

万五〈5・862〉

21 人みなの見らん松浦の玉嶋をみすてや我は戀つゝをらん

同〈5・854〉　□□

22 玉嶋のこの川上に家はあれと君をやさしみあらはさすありき

同〈5・857〉

23 とをつ人松浦の河□(にカ)□(かカ)□ゆつる妹かたもとをわれこそま□め

建保　家隆

24 玉嶋や新嶋守かことし行我せ(世欤)ほのめく春の三日月

建保　定家

25 梅か香やまつうつるらん影きよき玉嶋川の花の鏡に

同　□□(定カ)

26 浪きよき玉嶋河にうつりきて春の光も花に見えけり

俊恵

27 若鮎つる玉嶋川の柳かけ夕風たちぬしはしかへらん

中務卿

28 家ゐして誰すむならし玉嶋のこの川上にころもうつ也

29 もつくせくやなせのさてに氷して玉嶋河に冬はきにけり

順徳院

30 五月雨は玉嶋川に御舟さし七瀬の淀に棹もおよはす

□(万カ)五〈5・863〉

31 松浦河玉嶋の浦に若鮎つる妹らをみらん人のともしさ

□　基長

32 なきぬなり心つくしの時鳥をのか五月の玉嶋の里

定家

33 跡もなしこほれておつるしら雪の玉嶋川の河上のさと

和伎覇里　八雲御抄里部入之　わきはの里とあり

万五〈5・859〉

3オ

34 □□れはわきへの里□(のカ)かはとには鮎ねさはしる君まちかてに

娘等□□哥三首内

□□(神カ)

紫式部

35 あひみんとおもふ心□松浦なるかゝみの神や空にしるらん

読人不知

36 行めくりあふを松浦の鏡に□(はカ)誰をかけつゝ祈るとかみる

右二首贈答哥紫式部家集に見えたり

船坂山

□(懐カ)中

37 風はやみたつしら浪をよそ人はふなさか山とみるそあやしき

白河

38 年ふれはわかくろ髪もしら河のみつわくむまて老にける哉

千香浦　**嶋**

家隆

39 暁のちかのうら風をとさえて友なし千鳥なみに鳴な□

新六　知家

40 ちかの浦にやく塩煙春は又一霞□もなりにける哉

41 もろこしもちかの浦はのよるの夢おもはぬかたそとをつ舟人

42 面影のさきたつ月に音をそへて別はちかの嶋そかなしき

美弥良久嶋

俊頼

43 みゝく(本)らの我日本の嶋ならは今日もみかけにあはまし物そ

万葉第六詞云肥前國松浦縣美弥良久崎

海松和布浦　付斑嶋

44 あまのかるみるめの浦にしら雪のまたら嶋にもふりかゝるらん

肥後國哥

□□野坂浦　**里**　八雲御抄筑前入之

4オ

3ウ

〈3・246〉　長田王
45□□□野坂□□□舟出してみしまにゆかん浪たつなゆめ
□□長田の王□□遣筑紫渡水嶋之時哥二首内
4ウ
46□□□(吹カ)浦風さむ□あしきたの野坂の里に衣うつ也

風流嶋　八雲御抄當國　清輔抄相模國有之
□
47まめなれとあた名はたちぬたはれ嶋よるしら波をぬれきぬにして
48□浪のぬれ衣いくよきぬらん　後十九

宇土小嶋
49なかむれはおもひのこせることそなきうとの小嶋の秋のよの月　法性寺

八代池
50やつしろの池のゝとけき水すみて人の心もすゝしかりけり　正家

鼓瀧
拾九
51をとにのみつゝみの瀧をうちみれはたゝ山川のなるにそありける
5オ

阿蘇山　又上野國　池　真瀛有之
52我戀はあそ山本の青つゝら夏野をひろみいまさかりなり　為家
53吹おろすあそ山あらし今朝こえて冬野をひろみ雪そつもれる　中務卿
54世にわひて浪たちまちにすくるれとあそのみおきにぬさた□□る　俊頼

日向國謌
詞六
55あかねさす日に向てもおもひ出よ都はなれぬなかめすらんと
日向國へくたりけるに餞給とてよみ給けるとなん

淡木原
万五　卜部兼直
56□□□□あは木のはら□しほちよりあらはれ出し吉住の神
5ウ

□(大カ)隅國謌

□□浦
57あ□ためにつらき心は大すみの□□(うらカ)みんとたにおもほえぬ哉

氣色森
□
58□□かきけしきの森に鳴蟬の涙の露や下葉そむらん
続古五
59みるまゝにうつろひにけり時雨ゆくけしきの森の秋のもみちは　中務卿
60なか〱に木の葉かくれはあはれ也秋の氣色の森の月影

霧嶋　懐中抄　可検

薩摩國謌

隼人薩摩迫門
万六〈3・248〉　長田王
61はや人のさつまのせとを雲ゐなすとをくも我はけふみつるかも
6オ
右一首師大伴卿遥思芳野離宮作哥

薩摩潟瀛小嶋
千八　平康頼
62さつまかた奥の小嶋に我ありと親にはつけよやへの塩風

唐湊
63たのめとも海士の子たにも見えぬ哉いかゝはすへきからの□(湊カ)に

壹岐國謌

壹岐嶋　保都手浦
〈15・3694〉
64わたつみのかしこき道をやすけくもなくなやみきてい□/たにもなく

ゆかんとぬきのあまのほつてのうらへをかた／□□□かんとするにい
めのこと道のそらちに別する／□□□□むたとき□おもひかねつも
〈15・3696〉

6ウ

65□□へ□いゐに□□□るゆきの嶋ゆかんをときもおもひかねつも
右天平八年遣新羅使等到壹岐嶋雪連／宅満死去之時作哥　六鯖(ムツサハ)作
〈19・4232〉

66ゆき嶋の岩ほにおふるなてしこは千世にさきぬか君か挿頭に
右越中國之名所歟

67ゆき嶋のいはほにたてるそなれ松まつとなき世にしほれてそふる
新六　衣笠

68ゆきの嶋牧の子牛の三年まではなさすほともたへかたの世や
懐中

海松和布浦　斑嶋　顕昭哥枕當國入之

69海士のかるみるめの浦に白雪のまたら嶋にもふりかゝる哉

伊波多野

万十五〈15・3689〉
70いはた野にやとりする君いゑ人のいつらとわれをとはゝいかにいはん
同　長〈15・3691〉
71秋萩のちらへ□(るカ)野のへ(ホノマヽ)初尾花かりほにふきてたもはなれ
とをき國への露霜のさむき山へに
右天平八年遣新羅使等到壹岐嶋雪連宅／満死去之時作哥内
葛井連子老(カツラヰノムラシコオキナ)作哥

7オ

引野

古十四
72梓弓引のゝつゝら末つゐに我思ふ人にことのしけゝん
此哥ある人あめの御門の近江の采女にたまひ／けるとなん

對馬國詞

對馬嶺　敷可牟嶺　八雲御抄敷可牟能祢峯部有之

73對馬のねはしたくもあらなむふかむのねにたな引雲をみつゝしのはん
万十四〈14・3516〉

7ウ

對馬渡

万一〈1・62〉
74ありねよしつしまのわたり渡中にぬさとりむけてはやかへりこね
中務卿
75舟人のつしまの渡り浪たかみすきはつらふやこの世なるらん

竹敷浦

□(万カ)□(五カ)□〈15・3702〉
76たかしきの浦まの紅葉我行てかへりくるまでちりこすなゆめ
右二首遣新羅使等到對馬國竹敷浦船
泊之時各陳心緒作哥十八首内
同〈15・3705〉
77たかしきの玉もなひかしこきてなん君か御舟をいつとかまたん

上方山

同〈15・3703〉
78たかしきのうへかた山は紅のやしほの色になりにけるかな
79たかしきのうへかた山の紅葉はを吹なちらしそ奥つ塩風

黄葉山

同〈15・3716〉　智海法師
80天雲のたゆたひくれは長月の紅葉の山もうつろひにけり
中務卿
81時雨ふる紅葉の山は雲はれて夕日うつろふ峯の松かせ
後鳥羽院
82たちさらす紅葉の山の朝露になけはしほるゝ鹿やいるらん

浅茅山

〈15・3697〉
83百舟のはつるつしまのあさち山時雨の雨にもみたひにけり

8オ

新勅十九　正三位知家
84あさち山色かはり行秋風にかれなて鹿の妻をこふらん
香山　八雲御抄万葉哥枕
〈11・2449〉
85かの山に雲ゐたなひきおほゝしくあひみしことをのち戀んかも
見山　八雲御抄万葉哥枕
〈10・2346〉
86うからふとみる山雪のいちしろくこひはいもか名人し□（らカ）んかも

8ウ

謌枕名寄　調巻三十六軸外
未勘國部上
磐城山
〈12・3195〉
87いはき山たゝこえきませいそさきのこぬみの濱に我たちまたん
秋風抄　家持
88駒なつむ岩城の山をこえかねて人もこぬみの濱にひとりかもねん
定長
89いたつらにゝほふもつらし心なき岩木の山の花の夕はへ
古奴美濱
後十七　俊頼
90いほさきのこぬみの濱の空貝もにうつもれていく代へぬらん
続後十五　家隆
91跡たえて今はこぬみの濱楸いく世のなみの下にくちなむ
木綿間山　河哥下巻河部ニあり
中務卿
92つき草のはなたの帯のゆふま山たえぬる妻を鹿や鳴らん
六百番　顕昭

93ゆふま山松の葉風にうちはへて蟬のなくねも嶺わたるなり
矢野神　万十詠紅葉
現六〈10・2178〉
94つまかくすやのゝ神山露霜ににほひそめたりちらまくおしみも
常磐井入道
95秋といへは鳴や小鹿のつまかくすやのゝ神山露もそむらん
同　光俊
96名にたかきやのゝ神山さ夜ふけてはや弓張の月もいるらし
益神山
同
97つらさのみますの神山しめかけていかにいのりしるしなるらん
志奈布勢山　知家
98よゐのまに雪つもるらん槙のはのなゝふせ山に風も音せぬ
しなふせ山紀伊國背山に載之
〈3・291〉
99槙の葉のしなふせ山　万三
巻来山
万十〈10・2187〉
100妹が袖まきこの山の朝霧ににほふ紅葉のちらまくおしも

9オ

能登香山
万十一〈11・2424〉
101紐鏡のとかの山もわれゆへか君きませるにひもとかすねん
礒邊山　只是海辺山欤但八雲御抄越前欤又松嶋有之
新勅三　家隆
102夏衣ゆきてもすゝしあつさ弓礒邊の山の松の下陰
知家
103浪かゝる磯辺の山の松虫は音にあらはれて聲うらむ也

9ウ

万十一〈11・2444〉

104 白真弓いそへの山の常盤なるいのちならはや戀つゝおらん

佐奴山　或哥枕讃岐云々

〈14・3473〉

105 さの山にうつやをのとのとほかともねもとかころかおゆに見えつる

兒持山

俊頼

106 こもち山谷ふところにおひたちてきゝのはくゝむ花をこそ見れ

万十四〈14・3494〉

107 こもち山若蝦(ワカカヘルテ) 手のもみつまてねも(以下本ノマヽ)とはもふなはあとかもふ

安可見山

万十四〈14・3479〉

108 あかみ山草ねかりそけあはすかへあらそふいもしあやにかなしも

塩干山

万十四〈16・3849〉

109 いきしにの二の海をいとひみてしほひの山をしのひつる哉

借香山　或云是春日山也

万十〈10・2195〉

110 鴈金の聲きくなへに明日よりはかりかの山はもみちそめなし

五百隔山

万六　長〈6・971〉

111 白雲の龍田の山の露霜に色つく時にうちこえて
客行君(タヒユク)はいほへ山いゆきさくみて賊守(アタマモル)つくしにいたり
山のそき野のそきみよと伴部(トモノヘ)をわかちつかはし
やまひこのこたへむきはみ谷くゝのさわたるきはみ
国かたをみせしたまひて冬こなり春さりゆけは
とふ鳥のはやみきたりて龍田道の岡へのみち□(にカ)
につゝ(丹管士)しのにほはむ時の桜花さきなむ時に山たつの

10ウ　10オ

面影山

六帖

112 我せこかおもかけ山のさかさまにわれのみ戀てあはぬねたしも

伊頼母

113 別にしつらさや今ものこるらん面影山のありあけの月

情山

六百番

114 たえはてぬなさけの山に雲きえてはるゝ心やほしあひのそら

物思山

拾十三

115 年をへてしけきなけきをこりもせてなとふるこい(本)れ物おもひの山

来座山

同〈7・1097〉　人丸

116 我せこをきませの山と人はいへと君もきまさぬ山の名ならし

妻戀山

衣笠

117 ゆふつくよくれ行まゝに鳴まさる秋の小鹿の妻戀の山

片敷山

六帖

118 夏ころもかたしき山の時鳥なく聲しけくなりまさる哉

寝山

西園寺入道

119 ころもうつね山のいほのしは〳〵もしらぬ夢ちにまよふ手枕

知家

120 そゝやきけあくるね山の時鳥名のりしつゝそしのはさりける

衣々山

曾丹集　好忠

121 冬こもりきぬ〳〵山をみわたせははるゝまもなく雪はふりつゝ

11オ

暁山

中務卿
122きぬ〳〵のあかつき山の時鳥たれにわかれてねをはなくらん

誰彼山

定家
123おもふにはくれなむなけのいそけとも花におほめくたそかれの山

夕影山

続古　前内大臣
124かれ〳〵に霜をきまよふ冬の日は夕かけ山の道芝の露

煙山

六帖
125世中をなけきにくゆるけふり山はれぬ思ひをなにゝそめけん

雨山

懐中
126あめ山のあたりの雲はうちつけにくもりてのみそ見えわたりける

雪氣山

兵衛
127とひわたる煙の末もはてそなき雪氣の山の奥の夕暮

照月山

128朝日影てるつき山にてる月を面影にしてみむといふものを

星岡山

昭門
129よゝをへていくよになりぬ久方の天くたりけん星をかの山

神垣山

130千早振神垣山の榊葉はしくれも色もかはらさりけり

御倉山

千十八　物名　俊頼
131みくら山槙の屋たてゝすむ民は年をつむともくちしとそ思

12オ　11ウ

右一首まゝきのやたてといふ事をよめる

御階山

懐中　良教
132わたるともつえをもつかし君か代は御はしの山のうこきなければ

籬山

家持
133夕暮のまかきの山やこれならん月をへたてゝ鹿そなくなる

134八重葎まかきの山の夕暮によるはこえしと松虫そなく

玉垂山

（玉垂山の下に細字補入）「万代
135こめやらぬ心そつらき夕暮のまかきの山の花の下陰」

頼綱
136あらはにやうちもみゆらん玉たれの山のは出る月のひかりは

琴引山　顕昭哥枕但馬國入之

六帖
137いつくにかしらへの聲のたえぬらん琴ひき山のをとのきこえぬ

138しら浪のよりくる絲をよりかけて風にしらふる琴引の松

挿頭山

俊継
139春の日のかさしの山の桜花ちりかふことそ面影にたつ

松原山　里

140色かへぬ松はら山の陰よりもしけきは君かめくみ也けり

141君かため一木に千代をちきりつゝゆくすゑとをき松はらの里

爪木山

俊頼
142夜とゝもにすむはつま木の山なれやなかてや鹿の秋はすくらん

右家集云殿上にて鹿を所の名によめる

12ウ

芦間山　或云常陸国云々池は播州難波云々
143舟とむる入江の棹のをとすみてあしまの山にのこる秋かせ
石陰山
俊頼
144身をしれはあはれとそ思てる日うすきいはかけ山にさけるうの花
峯越山
145尋きて我こそ君をえはたみねこし山路をはいつかわすれん
引野山　八雲御抄拾遺元輔哥云々
末野山
家隆
146朝日さす末の野山の嶺つゝき空行人は雲もかゝらす
千里山
法性寺入道
147都にて月の雲井やなかむらん千さとの山の岩のかけ道
渚原山
能宣
148人しれぬ恋をのみこそすはら山これよりふかく入ぬと思へは
藪黒山
149むかしみし人をそ今はわすれ行やふくろ山のふもとはかりに
鞆方山　屋代嶋にあり周防有之
150嵐ふくさやかた山に雲消て月影たゝむ追門のしら波
諸端山
151つらしとてもろはの山にかへるともわれ山彦になりてたつねん
入佐山　**原**　八雲御抄但馬國云々
源兼昌
152ゆふつくひ入さの山の高根よりはるかにめくる初しくれかな
経家
153あつさゆみ春の日くらし引つれているさの原にまとゐをそする

13オ

13ウ

鳥住山
六百番
154ふかけれは聲もきこえす鳥すみのやとりは山の名にこそ有けれ
嬰児山
155我ことやうひねはなくと時鳥みとりこ山に入てこそきけ
思子山　或云彦山也
懐中
156かくてのみわひ思ひ子の山なれは身はいたつらになりぬへらなり
呼子山
明教法師
157名にたてるよふこの山のよふこ鳥はや鳴出ぬ春きたりとて
子呂伏山
158いときなき恋はいまやはならふらんこゝころふしの山ともえつゝ
麻機山
159ことゝもにあさはた山みをる物は木々の紅葉の錦也けり
熱佐山
160天津風ふかすもあらなん夏の日のあつさの山に雲ものとけし
今案云長門國厚郡也或云梓山欤懐中云々
和夫加山
良玉
161身のうさをおもふ涙はわふか山なけきにかゝる時雨也けり
半山
162初霜やそめはつすらん紅葉はのむらこにみゆるはした山かな
右半山習俗抄美作國云々此哥近江入之
葉垂山
163時雨するはたれの山は紅葉はの色つくほとの名にこそ有けれ
深師山
164なへてそのふかしの山にいりぬれはかへらん道もしられさりけり

14オ

14ウ

近見山
懐中
165 おもふ人ちかみの山ときくからにふもとのはらもなつかしきかな

限山
同
166 我ためによき事みせは世中に今はかきりの山に入なむ

管木山　嶋
167 あら礒のつゝきの山は風さえてをちかた人にかへるしらなみ
168 あふことのつゝきの嶋にひく鯛[本]のたひかさならは人もしりなん

比弖山
169 むかし我門出にしてしひての山心よはらすかくる物かは

武倍山
六帖
170 人よりも思のほれる君なれはむへ山くちはしるへなりけり

大山
同
171 我せこを我こふらくは大山のつゝしの花のことさかり也

中山　美濃国
懐中
172 君もこす我もゆかすの中山はなけきのみこそしけるへらなれ

阿比中山
173 あつまねやあひの中山ほとせはみ心のおくの見えはこそあらめ　西行
或云安威中山云々

冨山
174 むかしよりなつけそめけるとみ山は我君の代のためにそ有ける　西行

志古山　付小口原

175 雲鳥やしこの山路はさてをきつをくちかはらのさひしからめや　肥後

語山　奥州也

火田山　畑山歟
新六
176 小夜ふけてかたらひ山の時鳥ひとりねさめの友ときくかな　為家

原山　筑前國太宰府歟
177 はた山のおのへたかゝや――――　為家

龍御山
178 はら山のさゝ屋の床のかりふしに鳥の音きこゆ明ぬこのよは　源仲正

故奈白嶺
万十四〈14・3478〉
179 雲はれぬりうのみ山の時鳥て[以下本]んをかけたて鳴わたる哉

管御嶽
拾七　物名
180 とほしとふこなのしらねにあほしたもあは人したもなにこそよされ　紀輔時

熊山嶽
181 かゝり火のところさためすみえつるはなかれつゝみのみたけ也けり

吹明峯
182 ふもと行舟人いかにさむからしくま山たけをおろす嵐に　西行

杉谷
183 秋の夜を吹あけの峯の木枯に横雲しらむ山のはの月　家隆

184 すき谷のふるすにやとる鶯のなく聲春のしるしなりけり　実仁法し

八十隅坂

万三〈3・427〉

185 百(も)たらすやそすみ坂に手向せは過行人にけたしあはむかも

堀百　俊頼

186 もゝたらすやそすみ坂の白つゝししらしな人は身にこそふるとも

住坂　或云上野國

万四〈3・504〉

187 君か家に我すみ坂の家ちをもわれはわすれしいのちしなすは

尾崎隈

188 野への草またあをしとやかた岡のおさきの隈にきゝす鳴なり

真井隈　俊頼

189 ま井のくまはなつ日くれはわかるとも水のみなはにあはさらめやは

水茎岡　有近江　有筑前八雲御抄近江云々

古廿

190 水くきのおかのやかたに妹とあれとねてのあさけの霜のふりはも

万十〈10・2193〉

191 秋風の日にけにふけは水茎の岡の葛葉も色つきにけり

万十〈10・2208〉

192 鴈金のさむくなり行水茎の岡の葛葉は色つきにけり

現六　順徳院

193 さゝの葉のさやく霜夜は水くきのおかの屋形にふしそわひぬる

万七〈7・1231〉

194 水茎の岡のあさちのきり〳〵す霜のふりはや夜寒なるらん

195 天霧あひ日かたふくらし水茎の岡の水門に浪立わたる

跡見岡　澄寂

17オ

196 霜かれの跡みのおかの下草もかくろへはてゝつもる白雪

佐奈都良岡

万十四〈14・3451〉

197 さなつらの岡に粟まきかなしきかこまはたくとも我はそともはし

伎波都久岡

同〈14・3444〉

198 きはつくの岡のくゝみら我つめとこにものたまふせなとつまさね

美夜自呂岡

同〈14・3575〉

199 みやしろのすかへにたてるかほか花さきいてそね(以下本)こめてしのはん

伊奈岡

同〈11・2539　14・3470〉

200 あひみてや千とせやいぬるいな岡もあれやしかもふきみまちかてに

切蒲岡　元輔

201 朝またきゝりふの岡に立雉は千代のひつきのはじめ也けり　家隆

202 はし鷹のきりふのおかのたけの露をおふちの鈴とみかく月影

巣立岡　小野　伊家

203 春くれはすたちのおかの鶯のこゑならはしに今そ鳴なる　寂蓮

204 こをおもふすたちの小野を朝行はあかりもやらす雲雀なく也

指南岡　隆源

205 むらきえし雪も外にはみえなくにしるへの岡はなをそつもれる

入日岡　続古　土御門

17ウ

206 はし鷹のすゝのしのはらかり暮て入日のおかにきゝす鳴くなり
渚久藻岡　衣笠
207 時しあれはすくもの岡の初わらひ下にたへてもしる人はなし
角岡　匡房
208 つのゝ岡南にかへる梅の花君かみことにかよふ也けり
靹岡　顕氏
209 とねりこか袖や露けきとも岡のしけきさゝふのいつさいるさに
鞠岡　時用女
210 まりのおかなにをかゝりと思ふらんかたうつ浪の音はかりして
離岡　現六
211 かた山のすそ野のはらのはなれ岡夏草しけみ鹿やこもれる
安騎野
万一〈1・46〉
212 秋のゝにやとかる旅人うちなひきいもねせしやもいにしへ思に
大野
213 すかるなく秋の大野をきてみれはいまそ萩はら錦をりかく
荒野　又或**夷荒野**　顕昭哥枕云私云非別名云々
万一〈1・47〉
214 みくさかるあら野にはあれとはすき行君かゝたみの跡よりそかし
同二〈2・227〉
215 天さかるひなのあら野に君をゝきていもひつゝあれはいけりともなし
覚性法し
216 故郷は我なれ衣かさぬらし秋風さむしひなのあら野も

18オ　18ウ

東野　有吉野云々
万一〈1・48〉
217 あつまのゝ煙のたてるところにてかへりみすれは月かたふきぬ
法印実伊
218 雲こそは空になからめあつまのゝ煙もみえぬ夜はの月影
定家
219 あつまのゝ露のゆかりのかや莚見ゆらんきゝてしきのふ[本]とは
右光明峯寺十首哥合
信野
〈2・96〉
220 真鷹かるしなのゝ真弓我ひかは宇真[ウマ]人さひていなといはんかも
借高野
万七〈7・1070〉
221 ますらおか弓末ふりたてかるたかの野さへきよくてる月よかも
阿波野　**原**
〈7・1404〉
222 かゝみなる我見しかけをあはの野の花たち花の玉にひろはん
223 時鳥いまきなけともかゝみなるあはのゝはらにゝほふたち花
敷野
〈10・2143〉
224 君にこひうらふれをれはしきのゝの秋萩しのきさほ鹿なくも
沙額田野
225 今はゝや小雨もはぬさぬ[以下本]かたの野への秋萩おりてかさゝん
入野　**原**　或甲斐國
新古四〈10・2277〉
226 さをしかのいるのゝ薄はつ尾花いつしか妹か手まくらにせん
家隆
227 誰かために入野の真萩それなから籬のすゝきとふ人もなし

19オ　19ウ

228 かり人のいるの丶露のしらま弓末もとをくて秋かせそ吹　順徳院
229 みちとをみ入野のはらのつほすみれ春のかたみにつみてかへらん　源顕國

花野　小野

万十〈10・2285〉

230 秋萩の花の丶薄ほには出す我こひわたるこもりつまはも　宰相
231 ふる雪の花野に出てしつのめかあさての若菜今やつむらん

旗野

万十〈10・2338〉

232 みそれふり板間風ふきさむき夜やはた^本^の今夜わかひとりねん

小竹野　原　万哥には左々野　しの丶

〈10・1977〉

233 き丶つやと君がとはせる時鳥さ丶野にぬれて今夜鳴わたる
234 小鹿ふすさ丶の丶原のしの薄うらさひしけに見ゆる山さと　土御門

薄野

235 す丶きの丶みとりか末の初尾花なひくにつけてよるかたもなし

聞都賀野

万十一〈11・2752〉

236 わきもこをき丶つか野へのねふりの木我はしのひえすまなく思へは

末原野

同〈11・2638〉

237 梓弓すゑの丶原にとかりする君か弓つるのたへんと思へや　光明峯寺
238 ぬれつ丶もしゐてみかりの梓弓末の原野に霰ふるらん

誰葉野　八雲御抄載之

239 たかはのにたちしなひたるみわ小菅ねかくれてたれゆへにかは

わか恋さらん

〈12・2863〉

等夜野

堀百

240 しつのおか柴かりみたりとやの野に今朝そ霞はたなひきにける　源顕仲

麻掃保久野

〈14・3441〉

241 まとほくの雲ゐにみゆる妹か家にいつかいたらむあゆめあか駒

右或云非野名云々

水久君野

万十四〈14・3525〉

242 みく丶野にかものはほのすころかうへにことをろはへていまたねなふも

津武賀野

243 春きぬと雪まの若菜しつのめかつむかの丶へを朝かすみゆく　家隆

美都賀野　万十四雑哥にありみつか野に鷹狩

安治麻野　越前にあり

〈15・3770〉

244 あちま野にやとれる君かかへりこん　万十五

和射美野　今案云　美濃國　和射美原也

〈13・2722〉

245 わきもこか笠のかりてのわさみのに我は入ぬと妹につけこそ

鈴野　須陀^スタ^イ

246 き丶す鳴す丶のに君か道そへてあまふますらんいさ行てみん

朽師野　付山小河

247 君こふと衣のすそをくたしの丶山の小河のやせこそわたれ

御食師野

〈13・3296〉

248 ちゝ母にしられぬこゆへみけしの、夏野の草をなつみくるかも

張野

249 あつまちのはりの、清水えてしより神の社といはひそめてき　権中納言

奥野

堀百

250 あさにけ（よイ）に見れともあかす白露のおくの、萩の秋のけしきは　藤原顕仲

岡野

251 朝またきおか野の、へのつほ菫つむへきほとになりも行かな　経衡

大野　所々有之

万十一〈11・2457〉

252 大野らの小雨ふりしく木の本に時とよりこよ我思ふ人

蟹大野

253 あしてなきかにの大野にはなされてするかたもなき身をいかにせん　俊頼

狩場小野

新古十一〈12・3048〉

254 みかりするかりはの小野のなら柴のなれはまさらて恋こそまされ

同

255 草深きかりはの小野をたち出て友まとはせる鹿そ鳴なる　知家

続古

256 入日さすゆふかりをの、下はれて草とふ鳥の跡もかくれす

狩路小野　池

万三　長〈3・239〉

257 若草にかりちの小野にし（鹿）、こそはいはひふせらめ
うつらこそいはひもとほれ

21ウ

万十二〈12・3089〉

258 とをつ人かりちの池にすむ鳥のたちてもゐても君をしそ思

押垂小野

万十六〈16・3875〉

259 琴酒を、したれ小野に出る水ぬるくはいてす寒（ヒヤ）水
の心もけやにおもほゆる　略之

22オ

宇乃原　或上野　或山城

260 しらさりきたのめしことをわすれ草身のうのはらにおふる物とは

青見原

261 道芝も今日は春へとあをみ原おりゐるひはりかくろへぬへみ　好忠

児笠原

六帖

262 君かきるこかさの原にゐる雲のたえすはする、恋もするかな

宇奈比児原

同

263 名におは、いつれもかなし朝ことになて、おほし、うなひこかはら

朝田原

264 朝日さすあさたのはらの霜よりも消て恋しき君かことのは

朝原

265 あさ原にさ夜うちふけて恋しきはせこそしるらめひとりぬるよは

不遇原

266 戀ふともあはすのはらにさく萩の花のちりなん名こそおしけれ　親房

浮沼原　近江欤

267 相坂の関をはしらて人心うきぬの原になとまよふらん

歎森

268 ねきことをさのみき、けん社こそはてはなけきの森となるらめ

22ウ

現六　信実

269 まとはる、なけきの森のさねかつらたえぬや人の心なるらん

金八

270 いか、せん歎の森はしけ、れと木の間の月のかくれなきよを

茂森

271 み山なるしけ木の森の下紅葉いつくをもりてそむるしつくそ

花薗森　東宮

272 春のくるけふをわれやはわすれまし花その森のかすまさりせは

風森　按察

273 うらみしな風のもりなる櫻花さこそあたなる色にさくらめ

霤森（本ノマヽ）　衣笠

274 夕立のしつくの森の下草は秋のよそなる露やをくらん

名越森　**名越山**　同所歟　季能

275 六月のなこしの森の夕す、み御祓もまたぬ秋の夕かせ

往合森　中務卿

276 風かよふかた枝に露やこほるらん夏と秋とのゆきあひの森

出入森　〈新六カ〉□□　光俊

277 神よいかにいつをいつとかたのむへきはかなきいきの出入の森

吉忠杜　資隆

278 よした、の森の下草年をへてしけりさかりに見ゆる宿かな

何然杜

23オ　23ウ

俊頼

279 鶯は春まちつけていつしかに森のたえまに聲もらすなり

山下杜　信実

280 ふり行は杉のみとりも色つきて杪さひたる山もとの森

田中杜　今案非名所　為家

281 山きはの田中の森にしめはへて今日里人の神まつる也

耳森神　只神の名歟　長能

282 ちはやふる天のいはつきをしひらき我にそかたるみ、もりの神

須留毛宜森　仲正

283 世の中は思ひみたれてふる雪のか、るかたなきするもきの森

雪林　土御門院

284 紅のかすみや今朝はにほふらん雪の林の春の明ほの

謌枕名寄　三十六軸外

未勘國部下

石河

万二〈2・225〉

285 た、にあは、あひもかねてん石河に雲たちわたれみつ、しのはん

痛背河　顕昭哥枕丹後國入之

286 世中のおとめにしあらはわかわたるあなせの川をわたりかねめや

遊布麻河

〈2・225〉

24オ　24ウ

287 我ひもを妹か手もちてゆふは河又かへりみん万代までに
家隆

288 夏くれてなかる、麻のゆふは河誰水上に御祓しつらん
続後八　行念法し

289 ゆふは河岩もと菅のねにたて、なかき夜あかし鳴千鳥かな

出入河
万七〈7・1191〉

290 妹かかと出入の河の瀬をはやみわか馬つまつく家こふらん（らしもイ）か

潤和河　或云非名所　八雲御抄名所入之
万十一〈11・2478〉

291 秋柏（アキカシハ）ぬるや河へのしの、めに人もあひみし君にまさらし
新勅十二〈11・2754〉

292 朝柏ぬるや河へのしの、めにおもひてぬれは夢に見えけり

大野河原
万十一〈11・2703〉

293 真薦かるおふの河原のみこもりに恋こし妹かひもとくわれは

沼名河
〈13・3247〉

294 ぬな河のそこなる玉はめしめつ、えてし玉かもひろひつ、
えてし玉かもあたらしき君かおひらくおしみ

取替河
万十一〈12・3019〉

295 浣衣とりかへ河の河淀の

宮瀬河
万十四〈14・3505〉

296 うち日さす宮のせ河のかほ花のこひてかぬらんきそもこよひも

奥長河
万廿　新勅十四〈20・4458〉

25オ

297 鳰とりのおき中河はたえぬとも君にかくらんことつきぬやも

飯合河　万葉本哥如正點之非名所欤
〈10・1849〉

298 山きはの雪は消ぬるありや水いひあひ河のそへそせくかも

早河
新六　信実

299 早河の瀬きりあやうき舟わたりそかひにむかへ道とをくとも
現六

300 はや川のせにゐる鳥のおほひ羽や我袖のこと浪のよるらん

真柴河
金四

301 高根には雪ふりぬらし真柴河ほきのかけ草たるひすかれり

梁瀬河
六帖

302 やなせ河淵瀬たのめぬ世ときけは我身もふかくたのまれそする

打田上河
衣笠

303 しら河のうつたのうへの河柳もゆといふ春は昨日けふかも

伊佐良河　或云常陸國又後拾遺序に近江のいさら河
懐中

304 せきとむる人もなき世はあやしくていさらの河の行もやられす

目無河
六帖

305 めなし河耳なし河はみすきかすありせは人をうらみさらまし

耳無河

有馴河
顕昭

306 き、わたるありなし（れ欤）河の底にこそ影をならへてすま、ほしけれ

25ウ

26オ

巻染河

俊頼
307 うなひこかうなちの髪をとり立てまきそめ河の淵せかはるな

無端河

308 世中はあちきの河の岸に生るしはしはかりそなにおもふらん

忘河

六帖
309 わすれ川よく道なしとき、てこそいとふのかみもたちもよりけめ

昔河　陸奥　くり原の郡と詞にかけり

310 なにとしていひはしめける名なるらんむかし河にや事をとはまし

雲入河

寒河　或云下野　或云讃岐

懐中
311 水の面にやとれる月とみぬ人やくもり河とはいひはしめけん

色河

312 から衣ぬふさむ河のあを柳をいとよりかくる春は来にけり

黒河　下野国歟

懐中
313 なかれてはよる瀬になるといふならはいくよをへてか色かはるらん

田河　或云近江

314 くろ河と人はみるらん墨染の衣の袖にか、るなみたを

新六　為家
315 水わくるたかはのかけひ（うイ）うへし田にかはくまなくてくつる袖かな

礒野河　里

明玉
316 冬かれの礒の、河やこほるらん岩間の小篠しみつきにけり

俊頼
317 おほつかな心は月□（にカ）あこかれてい□（かカ）ていその、里をすくらん

天戸河

小町
318 千早振神もみまさはたちさはき天の戸河のひくらあけたへ

戸河瀧

俊頼
319 石はしると河の瀧もむすふ手にしはしはよとむ物とこそきけ

瀧屋河

光俊
320 おちたきる瀧屋の河の岩にふれくたく心はなにのためそは

吹立河

懐中
321 秋風のふきたち河の紅葉はを錦とみつ、わたりぬる哉

糸羽河

前内大臣
322 浪はみな氷てむすふいとは河いはほにこるは霰也けり

佐田河

俊頼
323 駒なへていさみにゆかんさた河のえたさしかはす大和なてしこ

堺河

堀□　顕季
324 舟もなく岩波たかきさかひ河水まさりなは人もかよはし

千草河　濱

顕仲
325 水まさるちくさの河は我ならぬ霧もいたくそみえわたりける

弘□百
326 色々の貝ありてこそひろひけれちくさの濱をあさるまに〳〵
327 さきにほふ千草の浜のしほ風に秋はいろ〳〵浪そよせける

笠鷺河

前内大臣基
328 かさゝきの河風たちぬ七夕の紅葉とはり浪やかくらん
御禊河　**河原**　顕昭哥枕近江國入之
後鳥羽院
329 みそき河ゆきかふ袖やふけぬらん露なからおる麻の一ふさ
同
330 御祓河せゝの玉藻のみかくれてしられぬ秋や今夜くるらん
下野
331 明ぬなりみそき河原の麻の葉にゆふつけ鳥のよはのはつ聲
寶治百　頼氏
332 六月の御祓河原のかへるさになこしの山の空そあけ行

28オ

麻河
千五百　西園寺入道
333 御祓するあさの河風吹分て秋をよせたる浪の夕こゑ
小竹河
家隆
334 あさほらけ霜さえとつるさゝ河の氷ふみ分かよふさと人
水草河
明玉
335 霜むすふ水くさ河の秋風にたれうらかれて衣うつらん
葉白河
野宮十首　家隆
336 枝くちていまそなくらし青柳の葉しろの河の鶯のこゑ
山小河
337 君こふと衣のすそをくたしのゝ山の小川のやせこそわたれ
岩瀧
顕昭
338 むかしより名になかれたる岩たきの水のしらいといく世へぬらん

28ウ

放池　此哥かも鳥のはなちの池とある本あり
万十四〈4・711〉
339 かも鳥のあそふこの池に木葉おちうかへる心わかおもはなくに
水鳥のあそふ此池に木葉おちとも　万十四
小山田池
□□（万十カ）四〈14・3492〉
340 をやまたの池のつゝみにさす柳なりもならすもなとふたりはも
獦路池
万十二　新勅三〈12・3089〉
341 とをつ人かりちの池にすむ鳥のたちてもゐても君をこそ思へ
浮沼池　丹後入之
〈7・1249〉
342 君かためうきぬの池に菱とると我そめる袖ぬれにける哉
知家
343 身はかくてうきぬの池のあやめ草引人もなきねこそつきせね
浮田池　森一所歟
兼宗
344 もろ聲にいたくな鳴そさもこそはうき田の池の蛙なりとも
長居池　**長居浦**
堀後百
345 すへらきの長居の池は底すみてのとかに千世の影そうつれる
隠池
後九条内大臣
346 うき草にかくれの池のう（む歟）もれ水はらへは下に月の有明
浦呂池
雲葉　頼氏
347 風吹はうらろの池に入しほのよるの氷のたえまさるらん
高池

348 水鳥のさはかぬたかの池なれはみなとにのみそ浪も立ける
□□（帖カ）

翠野池

349 春ふかくなり行まゝにみとりのゝ池の玉もゝ色ことにみゆ

御原池

一字抄　俊頼

350 けふよりはみはらの池に氷ゐてあちのむら鳥ひまもとむらん

29ウ

紫式部

351 いひたらぬさこそはあらめなにかそのみはらの池をつゝみしもせん

卯沼池

紫式部

352 心ゆく水のしけきはけふそみるこや世にかへるかひぬまの池

細見池

行家

353 あす（本）いへる心ほそみの池におふるひしのうき根のなかれこそすれ

笛竹池

354 笛竹の池のつゝみはとをくともこちくといふことを忘れさらなん

朝露池

355 思へとも人めをつゝむ涙こそあさ露池となりぬへらなれ

洗池

家隆

356 しら浪のあらふの池のあやめ草引根によきて玉そこほるゝ

後拾十五　曾祢好忠

357 川上やあらふの池のうきぬなはうき事あれやくる人もなし

30オ

何為池

六帖

358 あふことはなにしの池の水なれやたえす乱て年のへぬらん

鏡池

堀後百　常陸

359 みさひゐぬかゝみの池にすむ鴛はみつから影をならへてそみる

他人池

明玉

360 あた人の池の心もしらなくにいさともかくもいひははなたし

奥海

□（続カ）古十八

361 うしとても身をはいつくにおくの海鵜のゐる石も浪はかくらん

新古十四

362 たつねみるつらき心のおくの海よしほひのかたのいふかひもなし

周匝入江　習俗抄　越中入之

万十一〈11・2751〉

363 あちのすむすさの入江のあら礒松われをまつこらはたゝひとりのみ

30ウ

万十四〈14・3547〉

364 あちのすむすさの入江のこもりぬのあないきつかし

万代

365 睢ゐるすさの入江にみつしほの

続拾六　権律師公猷

366 夜さむみすさのいりえに立千鳥空さへ氷る月に鳴也

片刎入江

万代

367 芦そよく塩風さむみかたそきの入江につたふたつのむら鳥

牧浦

〈11・2743〉

368 中〳〵に君に恋すはまきの浦のあまならましを玉藻かりつゝ

御牧浦

衣笠

369 霞さへたなひきにけり春駒のみまきの浦の海士のたくなは

貞浦

〈12・3029〉
370 さたの浦によするしら浪あひなく思[本]ふをなにそいもにあひかたき

千江浦

〈11・2724〉
371 秋風の千えのうらはの木積[ツミ]なす心はよりぬのちはしらねと

31オ

古須氣呂浦

万十四〈14・3564〉
372 こすけろの浦ふく風の跡すゝかかなしきけころを思ひすこさん

曾古比浦　或非名所

万十五〈15・3750〉
373 天地のそこひの浦にあかことく君にこふらん人はさねあらし

床浦

続古　光俊
374 佐保姫の□(とカ)この浦風吹ぬらしかすみの袖にかゝるしら波

光明峯寺
375 涙のみもろこし舟もよりぬへし身はうきしつむとこの浦なみ

□(続カ)拾十四　相模
376 □□りのみ枕の上にしほたれて煙たえせぬ床のうら哉

衣浦　嶋　里　一所参河歟

西行
377 浪あらふ衣の浦の袖貝を汀に風のたゝみをく哉

中務卿
378 いやましに夜さむになるか浪のうつ衣の嶋の秋の浦かせ

夜床浦

為経
379 をし鳥のよ床の浦のうき枕こほらぬ水のひまもとむらし

琴浦

31ウ

仲正
380 松風に浪のしらふることの浦はかもめのあそふ所也けり

身関浦

□(懐カ)中
381 数ならぬ身関の浦にうちよする藻にすむ虫の心あるらん

我身浦

嘉陽門院
382 いかにせむ我身の浦の空貝むなしき世とは思ふ物から

名立浦

摂津
383 かつきする名立の浦の海士人は波のぬれ衣いくよきぬらん

二古[本]伎浦

384 しほ木つむみこきの浦による浪のたひかさならは人もこそしれ

32オ

涙浦　濱

385 我袖はなみたの濱にあさりせし海士のたもとにをとりやはする
386 ひとりぬる宿のひまより入月や涙の浦に影かよふ□(らカ)ん

霤浦　森　上巻入之　山常陸入之一所歟

九条内大臣
387 手枕のしつくの浦にみつしほのつもれる塵をよするしら波

希香浦

俊頼
388 逢事はまれかの浦にあさりする網もさのみや人めもるへき

浮津浦

同
389 世中のうきつのうらにつらゝゐてすかのむら鳥あくかれにけり

浪屋浦

懐中
390 なみの屋の浦にすむてふ海士なれやしほにさぬれて衣くちけり

干潟浦　摂津國

新六　為家

391 くるゝまにすゝきつるらん夕塩〔本〕ひかたの浦の海士の袖みゆ

現六

392 塩かれのひかたの浦のはなれすにたつそ鳴なる友よはふらし

夕崎浦

西行

393 立わたる浪風いかにさむからし千鳥むれゐるゆふさきのうら

旅浦

肥後

394 嶋つたひ朝なた〔本マヽ〕なに舟出して宿もさためぬ旅の浦人

氣美浦

□□〈帖カ〉

395 心さし君にふかくはけみの浦に蓮の花しひらけさらめや

藻塩浦

續古　光俊

396 たえすたつもしほの浦の夕煙いかなる時か思ひけたれん

芦若浦

新勅十一

397 あしわかのうらにきよするしら波のしらしな君はわれ思ふとも

荻浦

鷹司院師

398 いかゝせむとまやにかゝる浪ならてなれし寝覚の荻のうらかぜ

早見浦　濱

橘元任

399 わきもこをはやみの浦の思草しけりもまさる戀もする哉

〈1・73〉

400 わきもこをはやみ濱風大和なる我つま椿〔本〕ふかさるなゆめ

32ウ　33オ

遠津濱

〈7・1188〉

401 山こえてとをつの濱の岩つゝし我くるまてにふ〔本〕ゝみてありまて

中務卿

402 故郷のとをつの浜の礒枕山こえてこそなみになれけれ

比多我多磯

万十四〈14・3563〉

403 ひたかたの礒のわかめのたちみたえわをかまつなもきそもこよひも

津乎崎

〈3・352〉

404 芦へにはたつかねなきて湊風さむく吹らしつたのさきはも

御前崎

長明

405 玉よするみさきか崎の浪まよりたち出る月の影のさやけさ

機上栲嶋　或出雲國名所栲嶋也

万七〈7・1233〉

406 おとめらかをるはたの上をまくしもてかゝけたく嶋波まよりみゆ

角嶋　或筑前國

〈16・3871〉

407 つのしまのせとのわかめは人のともあれたりしかとわか〔吾〕とも〔共〕はわかぬ

床嶋　或尾張國入之

408 君なくてひとりぬるよの床の嶋よするなみたそはやしきりなる

袖嶋

409 から衣うらはの海士の袖しまに春の霞は立そひにけり

衣嶋　別浦の所有之

410 しほたるゝ海士の袖しまこきかくるを□ふる舟も人めまつらし

中務卿

411 いやましによさむもあるか浪の立衣の嶋の秋のうら風

33ウ　34オ

伏猪嶋
前内大臣基
412 誰しかもみてしのふらんかるもかくふすゐの島の秋のよの月

火焼嶋
好忠
413 おもへともかひなくて世をすくすなるひたきの嶋の恋やわたらん

筒木嶋
414 逢事のつゝきの嶋に引鯛[本]のたひかさならは人もしりなん

求嶋
懐中
415 しら浪のたちのみかくすつかめ草もとめ嶋にやあはて程へし

射去嶋
同
416 舟とむるいさりの嶋の風ふかて浪もたゝてやのとかなるらん

露嶋
祐子内親王家
417 あふことにをきやまさらんにこりなき玉をしけりとみゆる露嶋

可家嶋　湊
俊頼
418 卯花よいてこと〳〵しかけ嶋の浪もさこそは岩ほこえしか
新六　為家
419 塩むかふかけの湊の入なみにあはれ我身の出かたの世[よ]や

水茎岡湊　或歌枕土佐國入之　筑前國此儀可用之

秋湊
続後七　紀伊
420 をとにきく秋の湊は風にちる紅葉の舟のわたり也けり

救二湊
現六　人丸
421 誰しかも物そ□なしきさよ千鳥くにの湊に鳴てすくなり

34ウ

手迷関
六帖
422 まてといはゝ人しりみんやわかせこをとゝめかねてそてまとひの関

妹関
信実
423 これやこの道さまたれの妹か関おもひ出すはたゝそすきまし

妻関
知家
424 暁の袖の別をしはしとてとりたにとめよ妻の関守

鶯関　或云河内國
425 我おもふ心もつきす行春をこさてもとめようくひすの関

小嶋関
六帖
426 ありのまの小嶋の関のかたみては妹が心はうたかひもなし

35オ

押関
仲正
427 雲路にもをさへの関のあらませはやすくは鳫のかへらさらまし

梨原驛
428 君はかりおほゆる人はなしはらのむまやいてなんたくひなき身を

篠塚驛　陸奥歟
429 しのつかのむまや〳〵とまちわひし人はむなしくなりにける哉

歌方驛　或非驛歟
430 うたかたのむまやは人の思つゝにほひ色こくそめてしものを

竹河水驛
431 たはれをかこゑしふけぬる竹河の水驛には影もとゝめし

谷分郷
人丸

35ウ

432 いつの井の谷わけ里に妹をゝきて戀やわたらんなかき春日を

野口郷　丹波入之

信実

433 しらさりし野くちの里に宿かりて道の芝生に今そ鳴たつ

礒野郷　哥在前

末尾郷

434 山鳥の末おの里もふしわひぬ竹のしたしりなかき夜の霜

拾居郷

435 都いてゝひろゐの郷をなかむれは月はかりこそかはらさりけれ

夜寒郷　尾張入之

顕仲

436 嵐ふくよさむのさとのね覚にはいとゝ人こそ戀しかりけれ

松原郷　哥在上巻

花郷

36オ

家隆

437 紅のすゐつむ花の里よりも時雨にふかき峯のもみちは

青木郷　近江有之

438 木枯の風はふけともちらすしてあをきの里やときはなるらん

荻原郷

顕朝

439 神無月やゝ霜さむし朝ことにかれ葉すくなき荻はらのさと

桑田郷

□(重カ)之

440 くわゝたの里のひきまゆひろひをきて君かや千代の衣糸にせん

煙郷　習俗丹後

441 戀□(しカ)きを思ひのかるとせしかともいとゝ煙の里にこそすめ

玉無郷

和泉式部

36ウ

442 なき人のくる夜ときけと君もなし我すむ宿や玉なきのさと

匡房

443 夏の夜は卯花月夜ありけれはよるもみえつゝ玉無の里

八田雲

長能

444 やたなるやもゝつからしはつかのまもさひすくあらぬ花の都を

古呂々郷

445 うなひこか氷にうへにうちならへいしなつふてのころ〳〵のさと

稲積郷

権少僧都

446 秋の田のいなつみ里の朝風にさむくきなきぬ初鴈の□(こカ)ゑ

三尾故郷

447 夏かりの葦□(まカ)に浪の音は□(しカ)て月のみのこるみほのふるさと

佐賀美市

448 ぬのさらすこれやさかみの市ならしさゝわけ衣ぬきもかへはや

廣橋

〈14・3538〉

37オ

449 ひろ橋を馬こえかねて心のみ妹かりやりてわゝこゝにして

山菅橋　下野にあり

450 老か世に年をわたりてこほれねはつねよかりけり山すけの橋

尾綱(総欤)橋　美濃　信乃

衣笠

451 かりそめにみしはかりなるはし鷹のおふさの橋を恋やわたらん

転寝橋

兼景

452 橋の名を猶うたゝねときく人の行は夢路かうつゝなからか

行合橋

明玉

明教

37ウ

453 はるゝ夜はいかはかりかはさえわたる霜と月との行あひの橋

寺井

万十七〈19・4243〉

454 物のふのやそのいもらかくみまよふてら井のうへのかたかしの花

舟井　丹後有之

455 万代の数をつみたるふな井にてひろきめくみをくみてしりぬる

逃水

456 あつまちにありといふなるにけ水のにけかくれても世をす□(くカ)すかな

嶋根御湯

堀後百　顕仲

457 夜とともに下に焼火はなけれとも嶋根のみゆはたゆるよもなし

38オ

犬食御湯　信乃ニあり

拾七　物名　兼慶

458 鳥のこはまたひなゝから立ていぬかひのみゆるはすもり也けり

佐波賀御湯

459 あかすして別し人の住里はさはた(本)のみゆる山のあなたか

湯御田　不分明也

高富

460 夕□(まカ)暮たかとみつるはあら磯の浪まをわくるみさこ也けり　俊頼

右筑紫へまかりくたりけるにたかみといふ所／にてみさこの魚とるを見て

志津石室(屋欤)

万三〈3・355〉

461 おほなんちすくなひこなのいましけんしつの岩屋はいくよへぬらん

38ウ

新室　習俗抄

万十一〈11・2352〉

462 にひむろのふむつのこ□(しカ)た玉ならしもたまのことてりたるきみを内ニとまをせ

奈志小社

463 いのることなしのをやしろこふ〳〵とことはせよ〳〵くちはしるなり　俊頼

小嶋神

万七〈7・1310〉

464 雲□□しをしまの神しかしこくはめはへたつとも心へたつな

御子守神

465 いかにして心の末をあらはさんかけてちかひし御子守の神　衣笠

日本室原

〈11・2834〉

466 日本(ヒノモト)の室原(ムロフ)の毛桃(ケモ)もとしけみ我君ものをならすそや□(まカ)し

小松　**小松峯**　同□(所カ)也

467 あかねさす色こそまよへひのもとのむろふのけもゝ花□かりかも　光俊

39オ

468 朝ほらけ思ひやるかなほともなく小松は雪にうつもれぬらん

39ウ

第三部　重要文化財　冷泉家時雨亭文庫蔵本

冷泉家時雨亭文庫蔵重要文化財『歌枕名寄』（略号—冷泉本・冷）は次の基準に従って翻刻した。概ね宮内庁本に準ずるが、異なる点もあるので、改めて記した。

凡例

翻刻にあたっては、原本の形態を忠実に伝えるように努め、以下の方法を採った。

1、字体は原本通りとした。旧字体、異体字、略体字も冷泉本の特徴の一つと考えて、原本通りとしたものもある。変体仮名と古体の片仮名は通行の平仮名・片仮名に改めた。国名・地名は検索の便宜上ゴチック体で表した。

2、冷泉本の「六丁表」から「七丁表」にかけて青墨で訂正・加筆を施された箇所がある。淡くなった墨字と青墨の文字の区別が見分けにくくなっているが、冷泉家時雨亭文庫主任調査員藤本孝一氏のご教示を得て可能な限り判読を施した。

青墨の見セ消チは元の文字の左に「⁝」を記し、更に青墨であることを表すために、「⁝」の左に傍線を記す。訂正文字を元の文字の右に記し、青墨であることを示すために、訂正文字の右に傍線を記す。見セ消チでない訂正補入も青墨であることを表すために訂正・補入文字の右に傍線を記す。

例「はまの」の「の」の左に青墨で見セ消チが施され同じく青墨で「の」字の右に「に」と訂正の文字が記されていることを表す。

万葉十二〈12・3195〉

1いはき山たゝこゑ（え）きませいそさきの／こぬみのはまの（に）我（に）たちまたん

例 結句「に」の右に「に」が青墨で記されているところは、元の文字の上にはじめ別の文字が書かれ、その上に「に」が重ね書きされたが、見にくくなったので、右に青墨で改めて「に」と書かれたことを表す。青墨以外にも重ね書きをして見にくくなった文字の右に改めて重ね書きと同じ文字を書く例が他にもある。

秋風抄　権中納言定家

2こまなつむいはきの山をこえかねて／人もこぬみのはまに（に）かもねん

3、宛字、誤字、脱字、畳字、見セ消チや仮名違い、送り仮名、振り仮名・振り漢字等はすべて原本通りとした。

4、踊り字については漢字は「々」、平仮名は「ゝ」、片仮名は「ヽ」を用いた。

5、目録は原本では概ね一行二地名であるが、改行を「／」で表し二地名に限らず記した。

6、冷泉本は一行目の上に集付、下に作者名、二行目以下に歌を二行（長歌は三行以上にわたる場合もあり）で書いている。編集の都合上、一行目の初めに集付、次に万葉歌にのみ、私に国歌大観番号（旧）をアラビア数字で記し、〈 〉で括り、その下に作者名を記した。二行目は冷泉本の歌の通し番号をアラビア数字で記し、その下に歌を一行で記した。冷泉本の歌は凡ね二行で記されているが、改行箇所を「／」で表し一行で記した。一行に収まらない場合は改行を「／」で表し、二行目以下に記した。猶、注書・裏書中の歌は①②で示した。

7、集付、作者名、地名の注書（目録・本文とも）・左注（裏書を含む）、頭書もできるだけ原本通りとした。地名の注書と歌の左注は見分けがたい場合もあるので、地名の注書（目録・本文とも）は文字を小さくした。注書・詞書（題詞）・左注が数行に渡る場合は「／」で改行を示し、改行箇所を改めた。また地名の下の小地名も区別するために文字を小さくした。注書・詞書・左注の位置は様々であるが（目録を除く）、地名の注書は当該地名の下に、また左注は歌より二字下げに統一した。

8、虫損・見セ消チ・重ね書きの箇所は次のように処置をした。

（ア）青墨以外の見セ消チは元の文字の右に傍線を以て示し、その右に訂正した文字を示した（但し冷泉本の見セ消チと訂正は同じ文字の例が多くある）。

例　懐中

78タツネキテワレコソキミヲイ（エ）マ（ハ）タミネ（以下略）

（イ）重ね書きによる訂正は、翻刻本文には最終の文字を記した。

（ウ）虫損或いは崩し字で判読困難の場合は□で表した。虫損の場合は（虫損）□とした。

例　地名注書「詠之」に続く文字が判読困難であることを示す。

味野原　本哥堀川院百首　異本勝野／原云々　仍雖可□覧載之

（エ）墨滅は■で表した。

例　地名注書「云々」に続く文字が墨滅であることを表す。

挿頭山　筑紫在之云々■國可詳

9、誤字・脱字・衍字は原本通りとしたが、誤読、誤植の疑いを持たれそうな箇所には字の右に「（マヽ）」と私に付した。

例　集付「百治」の「百」の文字が原本の字であることを示す。

百（マヽ）治百首　六条太政大臣

136ノヘノ草マタアヲシトヤカタヲカノ／オサキノクマニキ、スナクラム

10、補入記号（○）による補入はそのままに記した。細字補入の地名・歌は翻刻本文と同じ大きさとし右肩に（細字補入）と記し、その範囲を「　」で示した。

例　補入歌句

143ミツクキノヲカノヤカタ○（ニイモト）アレトネテ／ノアサケノシモノフリハモ

例　細字補入歌

134「（細字補入）モ、タラヌヤソスミサカノシラツ、シ／シラシナ人ハミニコフルトモ」

11、地名、地名の位置や歌、注書等の字の大きさが異なる場合も統一した。

12、丁数は各丁の表裏毎に（1オ・1ウ）で表した。

翻刻

表紙

謌枕名寄
　未勘國上

本文

目録

謌枕名寄　調巻三十六／軸外
　未勘國部上

磐城山　幷古奴美濱　範兼卿類聚幷顕昭謌枕未勘國　八雲御抄駿河國入之或云陸奥也云々
　今案云陸奥磐城郡歟　或云伊与國也云々　今案云伊与國磐木濱幷磐木嶋在之同所歟　彼此難
決仍暫未勘國部立之矣」1オ　遊布麻山　河　矢野神山／益神山　志奈布勢山　本
哥或哥枕紀國背山接之　巻来山／能登香山　礒邊山　或云只是海邊山歟但八雲御抄
立之　宇良野山　佐奴山　或抄讃岐云々／兒持山　安可見山／塩干山
平郡山／借香山　御抄万葉哥枕　像見山　或云石見云々／五百隔山／面影山　日
本習俗抄　長門云々可尋　情山／物思山　思葉山　本哥雖有不審暫立之後可詳」1ウ
　来御山　里　妻戀山／片敷山　寝山／衣々山　暁山／朝氣山　今案伊勢
歟　夕陰山／雨山　雨降山　懐中抄幷習俗抄相模入之仍彼入之／照月山　正字未
決　暫哥詞　神垣山／御倉山　御階山／籬山　不審哥裏書注之　玉垂山／挿
頭山　筑紫在之云々■國可詳　琴引山　顕照哥枕但馬入之／笛吹山　松原山　里」
2オ　正木山　爪木山／葦間山　池　井塞山／石陰山　宮崎山　石瀬渡
峯越山　野路山／野路飛羽山　雖不審暫載之　追可詳　末野山／千里山　或類
聚載之　渚原山　正字可詳／藪黒山　鞘方山　筑紫道也　國可詳／諸輪山　正字
可詳　入佐山　範兼卿未勘國御抄但馬云々／身住山　正字未決　暫依哥詞和泉式部抄大
和國云々可尋　鳥住山　和泉式部抄大和國云々可尋／嬰兒山　思子山　或云彦山
云々／」2ウ　子呂伏山　正字可詳　男子呂山　字可詳／麻機山　字可詳　熱佐山
　今案長門厚佐郡也／和夫加山　半山　習俗抄美作云々　俊頼於近江詠之歟　可尋／
波太礼山　深師山／近見山　限山／管木山　嶋　字可詳　比弖山　字可詳
／武倍山　字可詳　大山／中山　阿比中山　字可詳／冨山　志古山　小
口原　雖不審暫載之追可詳／故奈白嶺」3オ　管御嶽　熊山嶽／吹曙峯　雖不審暫載
之　追可詳　杉谷／八十渚御坂　住坂／尾崎隈　真井隈　字可詳　水茎
岡　湊　子細哥裏書載之　跡見岡／佐奈都良岡　伎波都久岡／美夜自呂岡
　伊奈岡　有義暫依古哥就之／切符岡　巣立岡　小野　指南岡　入日岡
簀々篠原／須久藻岡　古岡」3ウ　牛屋岡　角岡／鞠岡　安騎野／荒野
夷荒野　顕照云非別名歟云々　東野／信野　借髙野／阿波野　敷野／沙額田
野　入野／花野　小野　旗野／小竹野　聞都賀野／末原野　等夜野／
麻掃保久野　水久君野／津武賀野　安治麻野」4オ　和射美野　三野國歟
鈴野／手枕野　今案大和可入歟　朽師野　副山小河／御食師野　張野　清水／
朝野　奥野／岡野　大野／蟹大野　狩路小野　池／狩場小野　範兼卿名所
入之　但不限一所歟　可詳　夕狩小野／押垂小野　上小野／巣立小野　岡　上
在之　小野篠原／味野原」4ウ　味経原　宮　万葉六哥　幸難波宮時作也　然者攝津國
歟　或抄山城云々／宇乃原　青柳原　森　橋　青見原　兒笠原／宇奈比兒原
　朝田原／麻原　雄鹿原　莿手原／莿手原　不遇原／比免須賀原　正
字可詳　佐久尾乃原　本哥不審　暫載　追可詳／鳥羽松原　茂森／青柳森　原
橋　花薗森／風森　雲森」5オ　溜森　名越森／往合森　出入森／吉忠
森　何然森／山本森　未決　田中森　未決／雪林」5ウ

歌

謌
　　磐城山　見上
　万葉十二〈12・3195〉
1いはき山たゝこゑきませいそさきの／こぬみのはまの我たちまたん
　秋風抄　権中納言定家
2こまなつむいはきの山をこえかねて／人もこぬみのはまにかもねん
　古来哥合　法性寺関白太政大臣
3いはき山こえてそみつるいそさきの／こぬみのはまの秋のよの月
　六帖

6オ

4 いつくにかありとき□□（虫損）やいはき山／君か心のなれるなりけり

石清水哥合　源家長

5 いたつらににほふもつらし心なき／いはきの山の花のゆふはへ

ここより片仮名書き

並　**古奴美濱**

続後十七　俊頼朝臣

6 イソサキノコヌミノハマノウツセカヒ／モニウツモレテイクヨヘヌラム

同十五　従二位家隆

7 アトタヘテイマハコヌミノハマヒサキ／イクヨノ波ノシタニクチナム

現存六帖　良顕法―

8 風フケハトハニ波コスイソサキノ／コヌミノハマハフネモカヨハス

6ウ

遊布麻山

万十二〈12・3191〉

9 オシヱヤシコヒストスレハユフマ山／コエニシ君カオモホユラクニ

同十四〈14・3475〉

10 コヒツヽモヲラムトスレハユフマ山／カクレシ君ヲオモヒカネツモ

新古今十四　従二位家隆

11 サテモナヲトハレヌ秋ノユフマ（ハ・ヒ）山／雲フク風モミネニミユラム

常盤井入道太政大臣

12 クモヽナキユフヘノ山（ソラ・ミ）ノユフマ（ハ・ヒ）ヤマ／イテヌヨリスム月ノ色カナ

中務卿親王宗―

13 ツキクサノハナダノオヒノユフマ（ハ・ヒ）山／タエヌルツモ（マ・ヒ）ヲシカヤナクラム

六百番哥合　法橋顕照

7オ

14 ユフマ（ハ・ヒ）山松ノハカセニウチソヘテ／セミの（マヽ）ナクネモミネワタルナリ

河　哥下巻河分載之

矢野神山

万十〈10・2178〉　柿本人丸

15 ツマカクスヤノヽ神山ツユシモニ／ニホヒソメタリチラマクオシミ

新勅五　鎌倉右大臣

16 カリナキテサムキアサケノツユナラシ／ヤノヽカミ山イロツキニケリ

続拾一　従三位行能

17 アツサユミヤノヽカミ山ハルカケテ／カスミハソラニタナヒキニケリ

7ウ

新撰六帖　光俊朝臣

18 ナニタカキヤノヽカミ山サヨフケテ／ハヤユミハリノ月モイルラシ

益神山

現存六帖

19 ツラサノミマスノカミ山シメカケテ／イカニイノリシヽルシナルラム

志奈布勢山　或類聚万葉哥／紀伊國背山接載之

万三〈3・291〉

20 真木葉乃之奈布勢山能（マキノハノシナフセヤマノ）／之奴波受而吾超去者木（シノハステワカコエユケハコノ）／葉知家武（ハシリケム）

現六　正三位知家

8オ

21 ヨヒノマニユキツモルラシマキノハノ／シナフセ山ハ風モヲトセス

巻来山

万十〈10・2187〉

22 イモカソテマキヽノ山ノアサツユニ／ニホフモミチノチラマクオシモ

能登香山

万十一〈11・2424〉

23 ヒモカヽミノトカノ山モタカユヱニ／キミキマセルニヒモトカスネム

礒邊山　或云只是海邊山歟／但八雲御抄立之

万十一〈11・2444〉

24 シラマユミイソヘノ山ノトキハナル／イノチナラハヤコヒツヽヲラム

新勅三　従二位家隆

25 夏衣ユクテモスヽシアツサ弓／イソヘノ山ノ松ノシタカケ

8ウ

新撰六帖　正三位知家

26 ナミカクルイソヘノ山ノ松虫ハ／ナミアラハレテコヱウラムナリ

宇良野山

万十四〈14・3565〉
27カノコロノネスヤナリナムカラ衣／ウラノ、山ニツクカタヨルモ

佐奴山　或讃岐

万十四〈14・3473〉
28サヌ山ニウツヤオノトノトホカトモ／ネモトカコロカオユニミエツ、

兒持山

〈14・3494〉
29コモチ山ワカ、ヘル[リ歟]テノモミツマテ／ネモトチリハモフナト[ハ]アトカトモフ
六帖末句　ネムトオモフヲキミハイカニソ　　俊頼朝臣
30コモチ山タニフトコロニオヒタチテ／キ、ノハク、ムハナヲコソミレ

安可見山

〈14・3479〉
31アカミ山クサネカリソケアハスカヘ／アラソフイモシアヤニカナシモ

塩干山

万十六〈16・3849〉
32イキシニノフタツノウミヲイトヒキテ／シホヒノヤマヲシノヒツルカナ

平群山

万十六〈16・3885〉
33ヤヘタ、ミヘクリノ山ニウツキサツキノ／ホトニ　○

借香山　八雲御抄立之

万十〈10・2195〉
34カリカネノキコユルナヘニアスヨリハ／カリカノ山ノモミチソメナム

五百隔山　或抄云山城又筑前歟云々

万六〈6・971〉
35ウチコエテタヒユクキミハイホヘヤマ
高田山云々

像見山　或云石見國也　拾遺哥異本／高田山云々　任一説石見國入之

9オ　9ウ

拾遺二　　読人不知
36ナケヤナケカタミノ山ノホト、キス／コノサミタレニコヱナオシミソ

面影山　顕照歌枕長門國云々

六帖
37ワカセコカオモカケ山ノサカサマニ／ワレノミコヒテアハヌネタシモ

情山

六百番哥合
38タエハテヌナサケノ山ニ雲キエテ／ハル、心ヤホシアヒノソラ

物思山

六帖
39ミテモオモヒミステモオモフオホカタハ／ワカミヒトツノモノオモヒノ山
六百番哥合　　法橋顕照
40トシヲヘテシケルナケキヲコリモセテ／ナトフカ、ラムモノオモヒノ山

思葉山　今案云不破山歟　或哥如此／或云只是葉山歟／但今本哥不慥覽載之　追
可詳

41ヒクラシノコヱウチソフルアキノヒハ／ハルニマサルトオモフハノ山
右應和二年宰相中将家春秋哥合／在之　證哥可詳

来御山

拾遺十三〈7・1097〉　　人丸
42ワカセコヲキマセノ山ト人ハイヘト／キミシキマサヌ山ノナ、ラシ

妻戀山　　衣笠前内大臣

43ユフツクヒクレユクマ、ニナキマサル／アキノヲシカノツマコヒノヤマ

片敷山

六帖
44夏衣カタシキ山ノ郭公／ナクコヱシケクナリマサルナリ

寝山

新古五　　西園寺入道太政大臣

10オ　10ウ

45 衣ウツネヤマノイホノシハ〳〵モ／シラヌユメチニマヨフタマクラ
新六帖　正三位知家
46 ソ、ヤキケアクルネヤマノ郭公／ナノリシツ、ソシノハサリケル
俊頼朝臣
47 郭公ヲノカネヤマノシヰシハノ〈ニ〉／カヘリウテハヤヲトツレモセヌ
良玉集　藤原孝善
48 ネヤマコルシツノオノミニハアラネトモ／アラヌナケキヲモツソクルシキ
現六
49 ワキモコカネヤマノカ〈ニ〉、ルタマカツラ／クルトミユルモユメチナリケリ

衣々山

曾祢好忠
50 フユコモリキヌ〳〵山ヲミワタセハ／ハル、ヨモナクユキハフリツ、

暁山

中務卿親王宗—
51 キヌ〳〵ノアカ月山ノ郭公／タレニワカレテネヲハナクラム

朝氣山　今案云伊勢欤

現葉集　行蓮法師
52 サ、ワクルアサケノ山ノシタツユニ／ヌレテス、シキ夏衣カナ

夕陰山

続古六　前内大臣基
53 カレ〳〵ニシモヲキマヨフ冬ノ日ノ／ユフカケ山ノミチノシハクサ

雨山

懐中抄
54 アメ山ノアタリノ雲ハウチツケニ／クモリテノミソミエワタリケル

雨降山　顕照歌枕相模國也　彼國／書入之

懐中
55 タチヨレトアメフリヤマノコノモトハ／タノムカケナクナリヌヘラナリ

照月山　正字未決　暫依歌詞書之

11オ　11ウ　12オ

56 アサヒカケテラツキ山ニテル月ノ／オモカケニシテミムトイフモノヲ

神垣山

後撰八
57 チハヤフルカミカキ山ノサカキハ、／シクレニ色モカハラサリケリ

御倉山

六帖　俊頼朝臣
58 ワカ戀ハミクラノ山ニウツシテム／ホトナキミニハヲキトコロナシ
59 ミクラ山マキノヤタテ、スムタミハ／トシヲツムトモクチシトソオモフ
同
60 モミチハヲミクラノ山ニハツシモハ／アサトアケテヤヲキソメツラム

御階山

懐中
61 ワタルトモツエヲモツカシ君カヨハ／ミハシノ山ノウコキナケレハ

籬山

万代集　石清水哥合　法印耀清
62 コエヤラヌ心ソシルキユフクレノ／マカキノ山ノハナノシタカケ
大納言良教
63 ユフクレノマカキノ山ヤコレナラム／月ヲヘタテ、シカソナクナル
従二位家隆
64 ヤヘムクラマカキノ山ヤコレナラム〈ノユフクレニ〉／ヨルハコエシトマツムシノナク
①裏書云古今哥ユフクレノマカキハ／山トミエナ、ムヨルハコエシトヤ
トリトル／ヘク　是籬山ノ本哥也　此哥全非名／所　仍石清水哥合耀
清法印哥　俊成／判云ユフクレノマカキノ山ノ本哥／ノ心ナラハマコ
トノ山ニハアラスモヤ／侍ラム云々　シカレトモ後人ノ所詠／ミナ山
ノ名ニニタリ　仍載之／実義何所卒

玉垂山

一字抄　簾中見月　源頼綱

12ウ　13オ

65 アラハニヤウチモミユラムタマタレノ／ヤマノハイツル月ノ光ニ

13ウ

挿頭山　筑紫在之云々　國可詳

橘俊綱

66 ハルノ日ノカサシノ山ノサクラ花／チリカフコトソオモカケニタツ

琴引山

67 イツカラカシラヘノコヱノタエヌラム／コトヒキ山ノヲトノキコエヌ

笛吹山

藤原正家

68 イハネサスフヱフキ山ノカヒアリテ／チトセヲフヘキコヱソキコユル

松原山

69 イロカヘヌ松ハラ山ノカケヨリモ／シケキハキミカメクミナリケリ

里

14オ

70 キミカタメヒトキニチヨヲ契ツヽ／ユクスヱトヲキ松ハラノサト

正木山

懐中

71 マサキ山マサキノカツラモミチシテ／シクレモトキヲタカヘサリケリ

爪木山

俊頼朝臣

72 ヨトヽモニスムハツマキノ山ナレハ／ナキテヤシカノアキハスクラム

右家集云　殿下ニテ鹿ヲ所ノ名ニヨ／セテヨマセ給ケルニトナム

葦間山

前内大臣基

73 フネトムルイリエノサヲノヲトスミテアシ／マノ山ニノコルアキ風

摂州ナニハニ入之／池哥下巻分載之

14ウ

井塞山

道命法印

74 ナカレイツルナミタハカリヲサキタテヽ／ヰセキノ山ヲケフコユルカナ

右ヰセキノ山ヲコユルト家集ニイヘリ

~~カミソチヽハヽキミヲウメレル~~

新六帖

光俊朝臣

75 アマノカハヰセキノ山ノタカネヨリ／月ノミフネノカケソサシコス

石陰山

皇太后宮大夫俊成

76 ミヲシレハアハシトソ思テルヒウスキ／イハカケ山ニサケルウノハナ

宮崎山　副**石瀬渡**

賀茂重政

77 フネトムルイハセノワタリサヨフケテ／ミヤサキ山ヲイツル月カケ

15オ

峯越山

懐中

78 タツネキテワレコソキミヲイ（エ）マ（ハ）タミネ／コシヤマチヲハイカニワスレム

野路山　近江坎

法橋顕照

79 タヒ人ノオリヰルアトモミユルカナ／ノチノ山ヘノユキノムラキエ

野路鳥羽山　本哥雖不審暫／載之　追可詳

前内大臣基

80 ソノマヽニマタモアヒミヌワカレユヘ／アキソカナシキノチノトハ山

末野山

従二位家隆

81 アラシ吹スヱノヽヤマノミネツヽキ／ソラユク月ハクモヽカヽラス

15ウ

千里山　或哥枕

続古十

橘直幹

82 ミヤコ思ワカ心シレヨハノ月／ホトハチサトノ山チコユトモ

法性寺関白太政大臣

83 ミヤコニヤ月ノクモヰヲナカムラム／チサトノ山ノイハノカケミチ

渚原山　正字可詳

能宣朝臣

84 人シレヌコヒヲ人ニコソスハラ山／コレヨリフカクイリヌト思ヘハ

藪黒山

六帖

85 ムカシミシ人ヲソイマハワスレユク／ヤフクロ山ノフモトハカリニ

16オ

鞘方山　筑紫道也　國可詳

後拾九　中納言通俊

86 アラシフクセトノシホチニフナテシテ／ハヤクソスクルサヤカタノ山

右ツクシヨリノホリクルニサヤカ／タトイフ所ニテヨメルトイヘリ

正治百首　雅成親王

87 アラシフクサヤカタ山ニ雲キエテ／月カケタヽムセトノシラナミ

諸輪山

六帖

88 ツラシトテモロワノ山ニカクルトモ／ワレヤマヒコニナリテタツネム

入佐山　範兼卿未勘國／八雲御抄但馬云々　或抄同之

後七　宗于朝臣

89 アツサ弓イルサノ山ハアキヽリノ／アタルコトニヤ色マサルラム

16ウ

金七　大中臣公長朝臣

90 コヒワヒテオモヒイルサノ山ノ葉ニ／イツル月日ノツモリヌルカナ

同一　贈左大臣長実

91 アツサユミハルノケシキニナリニケリ／イルサノ山ニカスミタナヒク

新古二　西園寺入道太政大臣

92 春フカクタツネイルサノ山ノハニ／ホノミシクモノイロソノコレル

良玉　源道済

93 アツサユミイルサノ山ニトモシヽテ／鹿マツホトニアクルシノヽメ

新古三　前太政大臣頼実

94 郭公ナキテイルサノ山ノハニ／月ユヘヨリモウラメシキカナ

中務卿親王

17オ

95 秋チカキホトソシラルヽユフツクヒ／イルサノ山ノ松風ノコヱ

新勅六　源兼昌

96 ユフツクヒイルサノ山ノタカネヨリ／ハルカニメクルハツシクレカナ

建保四年院御百首　権大納言忠信

97 トシフトモカハラシ心シラマ弓／イルサノ山ノミネノシキシハ

身住山　正字可詳

懐中

98 ユクサキノミスミノ山ヲタノムニハ／コレヲヤ神ニタムケツヽユク

鳥住山

懐中

99 フカケレハコヱモキコエストリスミノ／ヤトリハ山ノナニコソアリケレ

17ウ

嬰兒山

恵京法師

100 ワカコトヤウヰネハナ[ィ]クト郭公ミト／リコ山ニイリテコソキケ

思子山　或云彦山也

懐中

101 カクテノミワヒオモヒコノ山ナラハ／ミハイタツラニナリヌヘラナリ

子呂伏山

102 イトキナキコヒハイマヤハナラフラム／コノコロフシノヤマトモエツヽ

男子呂山

古哥　或作善淵豊成云々

103 ヌホコタレヲノコロ山ニオリマシテ／カミソチヽハヽキミヲウメレル

18オ

麻機山

懐中

104 ヨトヽモニアサハタ山ニヲルモノハ　○

熱佐山　今案―長門國厚佐郡歟

懐中

105 アマツ風フカスモアルラシ夏ノヒノ／アツサノ山ニクモヽノトケシ

和夫加山　正字可詳
良玉
106 ミノウサヲオモフナミタハワフカ山／ナケキニカヽルシクレナリケリ
定兼朝臣女
半山（ハシタ）　習俗抄美作云々　俊頼於近江田（田）上詠之／但田上並入之了　可
尋
俊頼朝臣
107 ハツシモヤソメノコスラムモミチハノ／ムラコニミユルハシタ山カナ
波太礼山
俊頼朝臣
108 シクレスルハタレノ山ハモミチハノ／イロツクホトノ名ニコソアリケレ
18ウ
深師山
109 ナヘテソノフカシノ山ニイリヌレハ／カヘラムミチモシラレサリケリ
近見山
懐中
110 オモフ人チカミノ山トキクカラニ／フモトノクサモナツカシキカナ
限（限）**山**
懐中
111 ワカタメニウキコトミセハヨノ中ニ／イマハカキリノ山ニイリナム
19オ
管木山　正字可詳
前内大臣基
112 アライソノツヽキノ山ハ風サエテ／ヲチカタ人ニカクル白波
嶋
六帖
113 アフコトノツヽキノシマニヒクタヒノ／タヒカサナラハ人モシリナム
比弓山　正字可詳
六帖
114 ムカシワカヽトテニシテシヒテノ山／コヽロヨハラスカヘルモノカハ
武倍山

懐中
115 人ヨリモオモヒノホレルキミナレハ／ムヘ山クチハシルクナリケリ
19ウ
大山
六帖
116 ワカセコヲワカコフラクハオホ山ノ／ツヽシノ山ノコトサカリナル
中山
117 キミモコスワレモユカスノナカ山ハ／ナケキノミコソシケルヘラナレ
阿比中山　正字可詳
西行法師
118 アツマネヤアヒノナカ山ホトセハミ／コヽロノオクノミエハコソアラメ
冨山
懐中
119 ムカシヨリナツケソメケルトミ山ハ／ワカキミノヨノタメニソアリケル
志古山　雖不審立之　證本可詳／於久知之原
西行法師
120 クモトリヤシコノ山チハサテヲキテ／ヲクチカハラノサヒシカラヌカ
20オ
裏書云阿比中山志古山等西行家／集任所見本載之了　但彼本／無支度
計　若相違事有之歟／以證本重可詳之
追入之　塩干山也次入之
太可原山　正字可詳
明玉
人丸
121 アサナ〳〵タツカハキリヲサムミカモ／タカハラ山ハモミチシニケリ
宇奈比山　付三垣原
明玉
家持
122 オホソラニカリソナクナルウナヒ山／ミカキカハラハモミチスラシモ
20ウ
誰彼山　暁山之次可入之
定家卿
123 オモフニハタレナムナケノイソケトモ／ハルニオホメクタソカレノ山

雪氣山　雨山之次可入之

建保百首　近衛

124 トヒワタルケフリノスヱモハテソナキ／ユキケノ山ノオクノユフクレ

語山

明玉　肥後

125 サヨフケテカタラヒ山ノ郭公／ヒトリネサメノトモトキクカナ

畑山

126 ハタ山ノオノヘツ、キノタカ、ヤマ（に）／フスヰアリヤト人トヨムナリ　為家卿

原山　同

127 ハラ山ノサ、ヤノトコノカリフシニ／トリノネキコユアケヌコノヨハ

古奈白嶺

万十四〈14・3478〉

128 トホシトフ故奈（コナ）ノシラネニアホシタモ／アハノヘシタモナニコソヨサレ

管御嶽

拾七　紀輔時

129 カ、リヒノトコロサタメスミエツルハ／ナカレツ、ノミタケハナリケリ

熊山嶽　西行法師

130 フモトユクフナ人イカニサムカラシ／クマ山タケヲオロスアラシニ

吹明峯　家隆卿哥異本フキア／カスミネ云々　然者非峯／名欤　暫載之　重可詳

従二位家隆

131 アキノヨヲフキアケノミネノコカラシニ／ヨコクモシラヌ山ノハノ月

杉谷　空仁法師

132 スキタニノフルスニヤトルウクヒスノ／ナクコソ春ノシルシナリケレ

八十渚御坂

21オ　21ウ　22オ

133 モ、タラヌヤソスミサカニタムケセハ／スキテユク人ニケタシアハムカモ

万三〈3・427〉　俊頼朝臣

134（細字補入）「モ、タラヌヤソスミサカノシラツ、シ／シラシナ人ハミニコフルトモ」

住坂　或抄立之　顕照抄等ニハ我住坂トアリ／或云上野國云々

万四〈3・504〉

135 キミカイヘニワレス（カ）ミサカノイヘチヲモ／ワレハワスレシイヘチシラスハ

尾崎隈

百治（マヽ）百首　六条太政大臣

136 ノヘノ草マタアヲシトヤカタヲカノ／オサキノクマニキ、スナクラム

真井隈　字可詳／八雲御抄近江入之欤　可尋

137 マキノクマハナツヒクレハワカルトモ／ミツノミナワニアハサラメヤハ　俊頼朝臣

水茎岡

裏書云　水茎岡或云土佐國名所／云々　未決　八雲御抄近江欤云々

今案／云古今集ニアフミフリミツクキフ／リト並テ載之　然者水茎岡

②屋／形ノ哥即近江欤随テ源兼氏／詠云　現存六帖リウタム　カキトム

ルアフミフ／リウタムカシ（ワシ）ヨリイマモカハラヌ水／茎ノ跡　如此詠者

水茎岡哥即近／江振ト存欤　可詳　範兼卿未勘／國入之　仍暫未定矣

万十〈10・2193〉

138 秋風ノヒコトニフケルミツクキノ／ヲカノコノハモイロツキニケリ

同〈10・2208〉

139 カリカネノサムクナクヨリミツク／キノヲカノクサハ、イロツキケリ

同十二〈12・3068〉

140 水クキノヲカノクスハヲフキカヘシ／オモシルコラハミエヌコロカモ

新古四　法橋顕照

141 ミツクキノヲカノクスハモイロツキヌ／ケサウラカナシアキノハツ風

同十二

22ウ　23オ

142 ミツクキノヲカノコノハヲフキカヘシ／タレカハキミヲコヒムトオモヒシ

古今ミツクキフリ

143 ミツクキノヲカノヤカタ○（ニイモト）アレトネテ／ノアサケノシモノフリハモ

続古四　順徳院御哥

144 ミツクキノヲカノアサケノキリ〳〵ス／シモノフリハヤヨサムナルラム

建保百首　権中納言定家

145 ミツクキノヲカノマクスヲアマノスム／サトノシルヘトアキ風ソフク

漆

万〈7・1231〉

146 アマキリアヒ、カタフクラシミツクキノ／ヲカノミナトニナミタチワタル

23ウ

雲葉　素暹法師

147 ミツクキノヲカノミナトノナミノウヘニ／カスカキステ、カヘルカリカネ

跡見岡

万八〈8・1549〉

148 イメタテ、アトミノヲカノナテシコノハ／ナテニオリテワレハユキナムナ
ラ人ノタメ

権小僧都澄舜

149 シモカレノアトミノヲカノフユクサモ／カクロヘハテ、ツモルシラユキ

佐奈都良岡（サナツラ）

〈14・3451〉

150 サナツラノヲカニアハマキカナシキカ／コマハタクトモワハソトモハシ

伎波都久岡

万十四〈14・3444〉

151 キハツクノヲカノクキミラワレツメ／トコニモノタナフセナトツマサネ

24オ

美夜自呂岡（ミヤシロ）

万十四〈14・3575〉

152 ミヤシロノヲカヘニタテルカホカハナ／ナサキイテソネコメテシノハム

伊奈岡（イナ）　或云非岡　只是詞也云々　但先達／哥枕立之

切符岡

拾五

153 アサマタキ、リフノヲカニタツキシハ／チヨノヒツキノハシメナリケリ

右詞云贈皇后宮ノ御ウフヤノ七日ニ／兵部卿致平ノミコノキシノ
カタヲツク／リテ御前ニタレトモナクテカキツケテ／侍リケルト
ナム

巣立岡

承暦二年後番哥合　藤原伊家

154 ハルクレハスタチノヲカノウクヒスモ／コヱナラハシニイマソナクナル

小野

六百番哥合　寂蓮法師

155 コヲオモフスタチノヲノヲアサユケハ／アカリモヤラスヒハリナクナリ

24ウ

指南岡（シルヘ）

堀川院百首　隆源法師―

156 ムラキエシユキモホカニハミエナクニシ／ルヘノヲカハナヲソツモレル

入日岡　**簀々篠原**

続古六　土御門院御哥

157 ハシタカノス、ノシノハラカリクレテ／イリヒノヲカニキ、スナクナリ

渚久藻岡

現六　衣笠前内大臣

158 トキシアレハスクモノヲカノハツワラヒ／シタニモエテモシル人ハナシ

牛屋岡

六帖

159 アハヌミヲウシヤノヲカニカハスレトナ／ヲタニタテヌトリニモアルカナ

25オ

角岡

中納言匡房

160 ツノ、ヲカミナミニカホルムメノハナ／キミカミコトニカヨフナリケリ

鞠岡

161 マリノヲカナニヲカ、リト思フラム／カタウツナミノヲトハカリシテ　時國妻

遠近抄載之

安騎野　**大野**

万一〈1・45〉

162 サカトリノアサコエマシテアラレフリ／ユフサリクレハミユキフ
ルアキノオホノ／ニハタス、キシノヲ、シナミクサマクラ○

反哥三首内

〈1・46〉

163 アキノ、ニヤトルタヒ人ウチナヒキ／イネラレメヤモイニシヘオモフニ

右軽皇子宿于安騎野時作哥

大弐経平家哥合

164 スカルナクアキノオホノヲキテミ／レハイマソハキハラニシキヲリケル

25ウ

荒野　**夷荒野**／顕照哥枕云　私云　非別名欤云々

万一〈1・47〉

165 ミクサカルアラノハアレト葉過去(ハスキサル)／キミカ、タミノアトヨリソコシ　人丸

右軽皇子宿于安騎野時反哥三首内

同六〈6・929〉

166 アラノニハサトハアレトモオホキミノ／シキマストキハミヤコトナリヌ

右幸難波宮時笠朝臣金村作

同二〈2・227〉

167 アマサカルヒナノアラノニキミヲ、キテ／オモヒハアレハイケルトモナシ

覚性法親王

168 フルサトハワカナレ衣カサヌラムア／キ風サムシヒナノアラノモ

東野

万一〈1・48〉　人丸

169 アツマノ、ケフリノタテルトコロニテ／カヘリミスレハ月カタフキヌ

右軽皇子宿于安騎時反哥三首内

26オ

続古四

170 イモ(雲)コソハソラニナカラメアツマノ、／ケフリモミエヌヨハノ月カケ　僧正実伊

光明峯寺摂政家十首哥合

171 アツマノ、ツユノユカリノカヤムシロ／ミユラムキエテシキシノフトハ　権中納言

信野

万二〈2・96〉

172 ミコモカルシナノ、マユミワカヒカハ／ウマ人サヒテイナトイハムカモ

右久米禅師娉石川郎女時哥十五首内

借高野

万七〈7・1070〉

173 マスラヲカユスヱフリタテカルタケノ／ノヘサヘキヨクテル月ヨカモ

阿波野

万〈7・1404〉

174 カ、ミナルワカミシキミヲアハノナル／ハナタチハナノタマニヒロヒツ

26ウ

敷野

万八〈10・2143〉

175 キミニコヒウラフレヲレハシキノ野ニ／アキハキシノキサヲシカナクモ

沙額田野

万〈10・2106〉

176 サヌカタノ野ヘノアキハキトキシアレハ／イマサカリナリオリテカサ、ム

新六帖

177 コノネヌルアキ風サムシサヌカタノ／ノヘノアキハキイマチラムヤモ

藤原康能朝臣

古来哥合

178 イマハ、ヤコサメモハレヌサヌカタノ／ノヘナルマハキオリテカサ、ム

入野ゝ原

万十　新古四〈10・2277〉

179 サヲシカノイル、ス、キハツオハナ／イツシカイモカタマクラニセム

続古五　素暹法師

27オ

180 サヲシカノイルノ、ス、キシモカレテ／タマクラサムキアキノヨノ月

続拾七　源親行

181 ユフサレハナミタヤアマルサヲシカノ／イルノ、ス、キソテソツユケキ

従二位家隆

182 タカタメニイルノ、マクスソレナカラ／マカキノス、キトフ人モナシ

続拾四　順徳院御哥

183 カリ人ノイルノ、ツユノシラマユミ／スヱモトヲ、ニアキ風ソフク

千二　嘉保二年后宮哥合哥　源顕國

184 ミチトヲミイルノ、ハラノツホスミレ／ハルノカタミニツミテカヘラム

花野　―小野

万十〈10・2285〉

185 アキハキノハナノ、ス、キホニイテス／ワカコヒワタルカクレツマハモ

修理大夫顕季

186 キリハレヌハナノ、コハキサキニケリ／ユキカフ人ノソテニホフマテ

前大納言為家

187 オチヌトモオラテヤハミムアキハキノ／ハナノ、ヲノニヲケルシラツユ

小宰相

188 フルユキノハナノニイテ、シツノメモ／アサテノワカナイマヤツムラム

旗野

万十〈10・2338〉

189 霰フリイタマ風フキサムキヨニ／ハタノニコヨヒワカヒトリネム

小竹野　―原　佐々野志能野異訓也　但御抄／名所ニ佐々野云々

万十〈10・1977〉

190 キ、ツヤトキミヤトハセル郭公／サ、ノニヌレテコ、ニナクナリ

六帖

191 ヲシカフスサ、ノ、ハラノシノス、キ／ウラサヒシケニミユル山サト

土御門院御哥

薄野

192 ス、キノ、ミトリカスヱノハツヲハナ／ナヒクニツケテヨルカタモナキ

聞都賀野

万十〈11・2752〉

193 ワカセコヲキ、ツカノヘノ靡合歓木（ナミカフカ）／ワレハカクレエスマナクオモヘハ

末原野

万十一　新古十四〈11・2638〉

194 アツサユミスヱノ腹野ニトカリスル／キミカユツルノタエムトオモヘヤ

続古六　光明峯寺入道摂政

195 ヌレツ、モシヰテトカリノアツサユミ／スヱノハラノニアラレフルラシ

新六帖　光俊朝臣

196 マスラヲカユフカリ衣イトサムシ／スヱノハラノ、コカラシノ風

続後七　法印良算

197 ナカ月ノスヱノハラノ、ハシモミチシ／クレモアヘス色ツキニケリ

同十四　前中納言定家

198 チキリヲキシスヱノハラノ、モトカシハ／ソレトモシラシヨソノシモカレ

新六帖　光俊朝臣

199 トニカクニミカサトマウセ夏フカキ／スヱノハラノニヒテリアメフル

誰葉野（タカハ）

万十二〈12・2863〉

200 誰葉野（タカハノ）尓（ニ）立志奈比（タチシナヒ）垂神古（タルミワコ）菅根（スケネ）惻隠（カクレテ）／誰故　吾不戀（タカユヱニカハワカコヒサラム）

等夜野

万十四〈14・3529〉

201 トヤノ野ニオサキネラハリオサ〳〵モ／ネナヘコユヱニハ、ニコロハエ

麻掃保久野（マトホク）

万十四〈14・3463〉

202 マトホクノ野ニモアハナムコ、ロナク／サトノミナカニアエルセナカモ

水久君野（ミクヽ）

万十四〈14・3525〉

203 ミク、ノニカモノハホノスコロカウヘニ／コトオロハヘテイマタネナフモ

津武賀野

万十四〈14・3438〉

204 ツムカ野ニス、ヲトキコユカムシタノ／トノ、ナカチモトカリスラシモ

安治麻野

〈15・3770〉

205 アチマノニヤトレルキミカ、ヘリコム／トキノムカヘヲイツトカマタム

右中臣朝臣宅守配越前國時娘子哥

和射美野（ワサミ）

万十二〈11・2722〉

206 ワキモコカカサノカリテノワサミノニ／ワレハイリヌトイモニツケコセ（吾妹子之笠乃借手之和射美野尓）

堀百　大納言公實

207 マスケヨキカサノカリテノワサミノニ（ワサミレニ）　ウチキテノミヤスキワタル（ル）ヘキ

裏書云　或云　カサノカリテノワサミノトイヘルハ／三ノ野ノ名也　而ヲ公實卿哥ハ笠ト装／トニソヘテヨメル也　カリテ野トイヘルハ笠／ノ緒ツクルモノヲカリテトイフナリ／而モ野ノ名ナレハカタ〳〵ソヘテヨメル也云々／或云　三共ニ野ノ名ニアラス　ワサミノト／イヘルハアタラシクヨキ装也　而ヲ笠ノ／緒ツクル所ヲカリテトイフ輪ヲシテ／其ニ緒ヲツクル也　故ニワサミノトイフワ／トイハムレウニカサノカリテトイタ、キ／モノニイヘル也　而モ装事ナレハイヒ／ツラネタルハカリ也云々／今案云　和射美野先達歌枕ニ野／名ニ立之歟　美濃國ニ和射美原／ト云名所アリ　彼所歟　但苅手野／ト笠野トハ不重　万葉哥野名ト／ハ不見歟／和射美野ハ野字ヲ用笠乃借手／之ハ共テニハノ字ナルヘシ

29ウ

鈴野　俊頼朝臣

208 キ、スナクス、野ニキミカクチスヱ／テアサフマスラムイサユキテミム

手枕野　或抄ニ万葉集ノ多奈久良乃／野ト云哥載之　然者彼多奈久良／ヲ多摩久良ト詠成歟　大和／國名所也

30オ

続古四　右近中将経平

209 シラツユノタマクラノ野ノヲミナヘシ／タレトカハセルケサノナコリソ

朽師野（クタシ）　副山小河

六帖

210 キミコフト衣ノスソヲクタシノ、／ヤマノヲカハノヤセコソワタレ

御食師野（ミケシ）

六帖〈13・3296〉

211 チ、ハ、ニシラレヌコユヱミケシノ、ナ／ツノ、クサヲナツミクルカモ

張野　権中納言

212 アツマチノハリノ、シミツエテシヨリ／カミノヤシロトイハヒソメテキ

朝野　遠近抄載之　出所可詳

正治百首　経家朝臣

213 アチキナヤアシタノ野ヘノクサカレニ／ムシコソカ、ルネヲハナキシカ

奥野　藤原顕仲

214 アサニヒニミレトモアカヌシラツユノ／ヲクノ、ハキノアキノケシキハ

岡野　藤原経衡

215 アサマタキヲカノ、ノヘノツホスミレ／ツムヘキホトニナリモユクカナ

大野　處々在之　所謂越大野　宇陀大野　花大野／大野道　大野河原大野有　三笠森／等也　其國ニ皆勘入之　今是大野／名所歟　未決

30ウ

万十一〈11・2457〉

216 大野（オホノラニコ）小雨被敷木本（サメフリシクコノモトニ）時（トキト）依来我念人（ヨリコヨワカオモフヒト）

同十四〈14・3520〉

217 オモカタノワスレムシタハ於抱野呂尓（オホノラニ）／タナヒク、モヲミツ、シノハム

蟹大野　俊頼朝臣

31オ

218 アシテカキカニノオホノニハナタレテ／スルカタモナキ身ヲイカニセム

狩路小野（カリチノヲノ）

万三〈3・239〉

219 ワカコモヲカリチノヲノニシ、コソハ／伊去比之拝目ウツラコソ伊去比廻礼○

池　哥下巻載之

狩場小野　範兼卿類聚歌枕載之／但非一所名欤

万十二　新古十一〈12・3408〉

220 ミカリスルカリハノヲノ、ナラシハノ／ナレハマサラテコヒソマサレル

続拾四　従三位光成

221 ヨヲサムミカリハノヲノニナクシカノ／ナレハマサラヌツマヲコフラシ

新古廿　素覚法師

222 クサフカキカリハノヲノヲタチイテ、／トモマトハセルシカソナクナル

右一首止観第七云　悲鳴呦咽痛戀本郡之文心也

夕狩小野

続古六　正三位知家

223 イリヒサスユフカリヲノ、シタハレテ／クサトルトリノアトモカクレス

押垂小野　或抄／正字可詳

万十六〈16・3875〉

224 コトサケルヲシタレヲノニイツル水ヌル／クハイテス○

上小野

仲実朝臣

225 アケヲノニヒサキマシリノアサチフモ／イマハスカロノフシトナリケリ

巣立小野　哥上載之

六百番歌合　寂蓮法師

226 コヲオモフスタチノヲノヲアサユケハ／アカリモヤラスヒハリナクナリ

小野篠原　範兼卿山城入之　可詳

後撰九　源等朝臣

31ウ　32オ

227 アサチフノヲノ、シノハラシノフレト／アマリテナトカ人ノコヒシキ

続古五　前関白左大臣近衛

228 シノヒカネツマヲコフラムサヲシカノ／ナミタモアマルヲノ、シノハラ

続後六　従二位家隆

229 シノヒワヒヌノ、シノハラヲクツユニ／アマリテタレヲマツムシノコヱ

続拾四　俊成卿女

230 ムシノネモワカミヒトツノアサチフニ／ツユワケワフルヲノ、シノハラ

同　藻壁門院少将

231 ユフサレハキリタツソラニカリナキテ／アキ風サムシヲノ、シノハラ

続古四　衣笠前内大臣

232 ユフサレハ露フキオトスアキ風ニ／ハスヱカタヨルヲノ、シハラ

続古四　従三位行能

233 風ノヲトモイツカハルラムアキハキテ／マタアサチフノヲノ、シノハラ

新古十　皇、、—俊成

234 フルサトモアキハユフヘヲカタミニテ／風ノミヲクルヲノ、シノハラ

続拾六　権律師定為

235 タヒ人ノヤトカリ衣ソテサエテ／ユフシモムスフヲノ、シノハラ

味野原　本哥堀川院百首　異本勝野／原云々　仍雖可□覧載之　追可詳　攝津國ニ入之

藤原顕仲朝臣

宇野原　或云上野　或云山城　今案云万葉／哥遠江防人進哥也　然者彼國名／所欤　但彼哥只海原欤　宇奈原／宇乃原同音故也　可尋之

万廿〈20・4328〉

236 オホキミノミコトカシコミイソニフリ／ウノハラワタルチ、ハ、ヲ、キテ

右防人部領使遠江國史生坂／本朝臣上進哥十一首内

助丁丈部造人麿

237 シラサリキタノメシコトヲワスレクサ／身ノウノハラニオフルモノトハ

青柳原

森

橋　哥在奥

32ウ　33オ

堀河院後百首

238 ハルノウチハカスミノナカトミエシカ／トキリモタツメリアヲヤキノハラ　仲実朝臣

青見原（アヲミ）

239 ミチシハモケフハハル〱アヲミハラ／オリキルヒハリカクロヒヌヘミ　曾祢好忠

兒笠原

六帖

240 キミカキルコカサノハラニキルクモノ／タエスワカル、コヒモスルカナ

宇奈比兒原

六帖

241 ナニオハ、イツレモカナシアサコトニ／ナテ、オホシ、ウナヒコカハラ

33ウ

朝田原

六帖

242 アサヒサスアサタノハラノシモヨリモ／キエテコヒシキ、ミカコトノハ

阿佐原

六帖

243 アサハラニサヨウチフケテタツシキノ／ハコソシルラメヒトリヌルヨハ

苅手原

244 アキ風ノサムサヲイソクシツハタヲ／カリテノハラノムシモヲルラシ

不遇原（アハス）

245 コフレトモアハスノハラニサクハキノ／ハナノチリナムナコソオシケレ　藤原親房

比免須賀原（ヒメスカ）　正字可詳

寶治百首

246 サノミナト袖ノヌルラムツユフカキ／ヒメスカハラノクサモカラヌニ　光俊朝臣

34オ

佐久於乃原　正字可詳

現六

247 アキ風ノフキタチヌレハヒコホシノ／サクヲノハラニツマヤコフラム　衣笠前内大臣

飛幡松原（トハノマツハラ）　或抄載之

万十二〈13・3346〉

248 雲井ニミエテウツクシヤトハノ／マツハラミトリコノ○

歎森（ナケキノ）

古十九

249 ネキコトヲサノミキ、ケムヤシロコソ／ハテハナケキノモリトナリケメ　讃岐

34ウ

索引

和歌初句索引　六〇五
地名索引　六六〇

和歌初句索引凡例

1、本索引は、資料編で翻刻を行った宮内庁書陵部蔵本（宮内庁本）、陽明文庫蔵本（陽明本）、冷泉家時雨亭文庫蔵本（冷泉本）所収の和歌の初句索引である。但し長歌・旋頭歌の一部引用は引用の第一句を掲出する。
2、掲出句が同一語句の時は第二句まで掲出する。
3、見セ消チ語・傍書・異本注記等は原則として取り扱わない。
4、仮名遣いは歴史的仮名遣いに統一する。誤っている場合は正した仮名遣いによって掲出する。仮名遣い以外は誤りであっても正さずそのまま掲出する。
5、掲出歌句に脱落がある場合は、他写本によって補い掲出する。補った歌句は（ ）で囲んで区別する。
6、漢字本文表記で訓の付されていない歌句は、他写本によって訓を補い掲出する。他写本によって補うことができない時は、『万葉集』は西本願寺本によって補う。『万葉集』以外は『新編国歌大観』によって補う。
7、濁音は取り扱わず、踊り字は改める。
8、宮内庁本及び冷泉本の注書・裏書にある片仮名書は平仮名書に改めて掲出する。
9、各写本の歌番号を左記の通り表し、区別した。

宮内庁本　100　陽明本　100　冷泉本　*100*

地名索引凡例

1、宮内庁本・陽明本・冷泉本に所収されている地名を可能な限り多く収集し、容易に検索できるようにするため、収載されている本文中の地名をすべて集め、歴史的仮名遣いによる五十音順に排列した。但し本文中の地名のみを取り扱い、目録は取り扱わない。
2、目録では名所を

木幡　山　峯　河　里　森

のようにまとめて掲出し、本文中の証歌の分類では、初めに「木幡」を掲げ、以下「山　峯　河　里」と示されているが、本索引ではこれらを

こはた〔木幡〕、こはたやま〔木幡山〕、こはた（の）みね〔木幡峯〕、こはたかは〔木幡河〕、こはたさと〔木幡里〕、（こはたのもり）〔木幡森〕

として掲出し、個々に検索できるようにした。なお「木幡森」は目録にはあり、本文には立項されていない（頭書としてあり）。このように脱落・省略などと目される箇所を補ったものについては掲出地名を（ ）で囲み区別した。国名は原則として取り扱わないが「日向国」の如く証歌が示されているものは掲出した。編名（賀茂編など）は証歌の有無に関わらず掲出した。
3、地名の所在は頁数で示した。
4、できるだけ多くの地名を掲出するために、本文中で地名のみで証歌が示されていないものも掲出した。また異本注記、本文中の地名の注書にある地名も掲出した。
5、地名の読み方は証歌に従った。漢字表記で読みの示されていない場合は他の写本の読みに従った。他写本にも読みが示されていない場合は、『万葉集』は西本願寺本に、『万葉集』以外は『新編国歌大観』の読みに従った。濁音は取り扱わない。
6、三写本ともそれぞれの表記・読みに従ったため、同じ地名でも表記・読みが異なる場合があるが、個々に掲出した。
7、地名の漢字表記は本文中に立項されたもののみ（地名の注書を含む）、〔 〕の中に示し、これと異なる表記が証歌中に用いられていても索引には示さなかった。
8、語形に二通りある場合は、次のように示した。
①「こはたやま―こはたのやま」は「こはた（の）やま」として一つにまとめ、「こはたやま」の位置に排列した。
②「こまつのさき―こまつかさき」は最初に出ているものを優先し一つにまとめ、「こまつの（か）さき」として「こまつのさき」の位置に排列した。
9、地名の読みに両説あるもの、異説のあるものも掲出した。
①「すみのえのほそえ（住吉細江）」と立項されているが、証歌に「すみよしのほそえ（住吉細江）」が詠まれている場合は両方とも掲出した。
②「神楽小野」に読みが「加久良　佐々良」と両説記されている場合は「かくらのをの（神楽小野）・ささらのをの（神楽小野）」と両方とも掲出した。
③「二古伎浦」は「にこきのうら」とよむべきと思われるが、宮内庁本では「二古伎浦」の「二」の右に「阿」と傍書され、証歌中では「あこきかうら」、同じくこの地名及び証歌を所収する陽明本では「二古伎浦」で立項するものの、証歌中では「みこき」とされ、「み」に「本」と傍書される（「み」と読むことへの疑問を示すもの）。このようなものは「にこきかうら（二古伎浦）・みこきかうら（二古伎浦）・あこきかうら（阿古伎浦）」の三通りを掲出した。
10、明かな誤りは他の写本によって改め掲出した。「むらかみ（村上）」と立項されているが、証歌中で「むらやま」と読まれているので「むらやま（村山（上））」と掲出し、底本の表記を（ ）内に示した。

和歌初句索引

あ

あいのかせ 5636
あかこひは 5051
あかこまを 4178
あかしかた
—あまのたくなは 5931
—あまのとまやの 5932
—いろなきひとの 5930
—なみのおとにや 5935
—むかしのあとを 5934
—ゑしまをかけて 6575 5936
あかすして
—なかるるなみた 1624
—わかれしひとの **459** 7441
あ(か)ために **57**
あかつきの
—かねのひひきも 4299
—そてのわかれを **424** 7401
—ちかのうらかせ **39** 6914
—ねさめのちとり 994
—ゆめにみえつつ 5800
あかつきや 5766
あかつきを 6360
あかねさす
—あさひのさとの 4702
—いろこそまよへ **467**
—ひおきのさとを 5747
—ひにむかひては 6934
—ひにむかひても **55**
—ひもゆふしほに 5848
—むらさきのゆき 2125 531
あかみこそ 4420
あかみやま
—くさねかりそけ *31* 108
—くさねかりふけ 7010
あきかけて
—つゆやはそむる 2009
—もりのしくれや 38
あきかしは **291**
あきかせに
—おもひみたれて 2084 568
—なくねそたてし 3814
—なひくさやまの 4182
—ふきしかれたる 7314
—またこそとはめ 3059
あきかせの
—うらふくことに 6026
—おとかときけは 6553
—さむきあさけに 2429
—さむさをいそく *244*
—せきふきこゆる 3211
—たつたかはらの 1462
—ちえのうらわの **371** 7335
—とはたのおもを 361
—ねさめのさとは 4937
—ひことにふけは 7109
—ひことにふける *138*
—ひにけにふけは **191**
—ふきあけにたてる 6225
—ふきあけのはまの 6248
—ふきあけのをのの 6247
—ふきたちかはの **321** 7281
—ふきたちぬれは *247*
—ふきとふきぬる 4151
—ふきにちりかふ 667
—ふくゆふくれは 463
—やまふきのせの 117
あきかせは
—すこくふくとも 2478
—ひことにふきぬ 1689
あきかへす 5056
あききては 3922
あききりに 1229
あききりの
—たちいるときは 450
—たちのこまを 4203
—みねにもをにも 1417
あききりは 970
あきくるる 2317
あきくれと
—いろもかはらぬ 409
—ふなをかやまの 566
あきくれは
—しめちかはらに 5088
—ときはのやまの 410
あきことに
—たれかそむらん 658
—たれきてみよと 571
あきされは
—いまもみること 2182
—かすかのやまの 719
あきさゐる 2958
あきしのや
—とやまのさとや 2380 2374
—とやまのすすき 2381
あきたつと 4678
(あきち)かき **58**
あきちかき
—けしきのもりに 6939
—ほとそしらるる *95* 7069
あきつきは 5623
あきつのの
—よひとのかくるは 1256
—をはなかりそへ 1257
あきつのに 1259
あきといへは
—つきをやしかの **17** 6888
—なくやをしかの **95** 6992
あきとたに 3065
あきなから 6489
あきのあめの 5692
あきのいろに
—しくれぬまつも 1325
—たちやはおとる 1968
あきのいろを
—かたののくれに 2399 2375
—はらふとみえし 4025
あきのくる 6940
あきのしか 3270
あきのたに 4925
あきのたの
—いなつみさとの **446**
—いなつみのさとの 7428
あきのつき 2483
あきののに
—やとかるたひと **212**
—やとるたひと *163* 7140
あきののの
—うつろひゆけは 2316
—をはなかりふき 4620 103
あきのよの
—しほひのつきの 6765
—つきのひかりし 4073 451
—つきのひかりの 4644
—つきやをしまの 5336
あきのよは 3219
あきのよを
—ふきあけのみねの *131* **183** 7102
あきはきに 3613
あきはきの
—したはのつゆも 5243
—ちらへ(る)ののへ **71**
—ならへるのへの 6955
—はなのすすき *185* **230** 7162 7163
あきはきを 672
あきはけさ
—いくたのもりも 3071
—いくたのもりを 2533
あきはけふ 1447

あきはさそ　4679
あきはつる　3397
あきはや
—いなふちやまの　2046
—よさむになりぬ　1963
あきふかき
—あはちのしまの　6543
—たまえのおきの　5459
—わかともふねや　3113
あきふかく　3495
あきまては　4058
あきまても　2226
あきらけき
—ひよしのみかみ　4523
—みよのはしめに　4698
あきらしは　7244
あきをおもふ　4814
あきをへて　378
あくかれて　4147
あくたかは　3160
あくるより　5797
あけかたに　2322
あけかたの
—ふしのけふりや　3903
—ふたみのうらに　3604　5991
—みそらのほかに　4179
—よさのいそまに　5764
あけくれて　3790
あけたらは　5794
あけぬとて　7289
あけぬなり　**331**
あけぬるか　5269
あけはつる　1552
あけほのの　3731
あけわたる　2765
あけをのに　*225*
あこしやま　3614
あこのうみの　3234
あこのうらに　3235
あさあけの　1926
あさかかた
—いもこひしきの　5314
—うけらかはなの　5988
あさかしは
—ぬるやかはへの　7245　**292**
あさかすみ
—たてるをみれは　5828
—やますたなひく　1401
あさかやま
—かけさへみゆる　5136
—かすみのたにに　5138
あさからす　4173
あさからぬ
—こころそみゆる　62
—やしほのをかの　430
あさきりや　1479
あさくこそ　4426
あさくもり　2055
あさくらや
—おめのみなとに　6706　4106　⑱
—きのまろとのに　6702
あさことに
—いはみのかはの　5860
—きけははるけし　5512
—こほりそいまは　6827
—みれともあかぬ　7192
あさころも　6314
あさちかる　1375
あさちはら　5177
あさちふの
—をののしのはら　150　*227*
あさちやま
—いろかはりゆく　6973　**84**
あさつまや
—くものをちかた　4479　4672
あさてさす　1006
あさとあけて
—ふしみのさとを　90　385
あさなあさな
—たつかはきりを　7050　*121*
—ひなみそなふる　197
あさなきに
—かちおときこゆ　6558
—こきいててみれは　6637
—さほさすよとの　592
—まかちこきいてて　2695
あさにけに　**250**
あさにひに　*214*
あさねかみ　6849
あさはのに
—たつみわこすけ　4195　5003
あさはらに
—さようちふけて　7211　**265**　*243*
あさひかけ
—あかしのうらの　5926
—てらつきやまに　7034　*56*
—てるつきやまに　**128**
あさひさす
—あさたのはらの　7210　**264**　*242*
—かすかのをのに　821
—かすかのをのの　804
—さたのをかへに　2059　2060
—すゑのやまの　7055　**146**
—たかねのみゆき　3931
—ふもとのさとの　108
あさひやま
—かすむこなたの　394
—ふもとをかけし　4697
あさひらき　3037
あさほらけ
—ありあけのつきと　1194
—うちのかはきり　85
—おもひやるかな　4844　7451　**468**
—こきいててわれは　6491
—しもさへとつる　7293　**334**
—とふひかくれの　2356　2379
—はまなのはしは　3853
あさましや
—あふせもしらぬ　5273
—なみのしはのに　1915
あさまたき
—あはちのうらを　6561　6577
—あらしのやまの　213
—ありあけのつきと　1089
—かすみのみをも　1461
—きりふのをかに　7127　**201**　*153*
—のはらしのはら　4785
—をかのののへの　7193　**251**　*215*
あさみとり
—かすみにけりな　1801
—かすみわたれる　6320
—かすめるそらの　404
—はるもきぬとや　1036
—まつにかすみの　1478
あさむつの　5446
あさもよい
—きかたへゆくきみか　1886
—きちにいりたち　1885
—きのうへちに　2025
—きひとともしも　1884
あさもよ　2301
あさもよひ
—きかたへゆくに　6359
—きのかはかみを　1253　6408
—きのかはゆすり　6410
—きのせきもりか　6407
あさゆふに
—あふくこころを　3471
—かはすそてしの　3676
—かるてふあまの　3680
—さためなきよを　5977
—つたふいたたの　3377
—なけきをすまに　3169
あさりする
—あまのこともと　6873　**10**
—いらこかさきの　3705
—うきしまめくる　5356
—まののいりえに　4812
あしかもの　5790
あしからし　2589

あしからの
―あきなのやまに　4078
―せきちこえゆく　4016
―せきちはれゆく　4017
―せきのやまちを　4055
―とひのかふちに　4080
―はこねとひこえ　4068
―はこねのねろの　4075
―はこねのやまに　4070
―みさか（かしこみ）　4061
―みさかたにいり　4064
―みさかにたちて　4062
―みさかにゆかん　4067
―やへやまこえて　4065
―やまちはみねと　4048
―やまのたうけに　3918 4049
―やまのふもとに　4052
―やまのもみちは　3948 4050
―わをかけやまの　4079
―をちもこのもに　4047
あしかりに　2577
（あしきたの）　**45**
あしきたの
―のさかのうらに　6782 6923
あしきやま　6684
あしそよく
―しほかせさむみ　7330 **367**
―しほせのなみの　2699
あしたつに　694
あしてかき　*218*
あしてなき
―かにのおほのに　7196 **253**
あしのうらの　3610
あしのつる　5127
あしのはに
―かくれてすみし　2782
―ゆきふりたちぬ　3026
―ゆふきりたちぬ　2629
あしのはの
―おとにもしるし　2779
―かれゆくみれは　2781
―しもかれはてし　2763
あしのはも　2614
あしのやに　2745
あしのやの
―あまのなはたく　2746
―いさこのやまの　2750
―かりそめふしは　2710
―こやのわたりに　2784
―さとのいりえに　2754
―なたのしほくむ　2768
―なたのしほやき　2767
―なたのしほやの　2769
―わかすむかたの　2749
あしはらの　6208
あしひきの
―いたくらやまの　4870
―いはくらやまの　426
―とりかへかはの　7248
―みみなしやまに　1992
―みやまもさやに　1136
―やまかもたかき　1716
―やまとにあらぬ　1420
―やまのやまもり　4642
あしひきを　6824
あしひたく
―なからのうらを　2732
―まやのすみかは　4582
あしへなみ　7381
あしへには　**404**
あしほやま
―はなさきぬらん　4338
―やもめこころは　4337
あしまより　2716
あしりして　4575
あしろきに　4581
あしろすき
―いとかのやまの　6349
―むすふのうらの　5810 6463
あしろもる　101
あしわかの
―うらにきよする　7365 **397**
あすいへは　7313
あすいへる　**353**
あすかかせ　2249
あすかかた
―しほひのみちを　5986
―しほひのゆたに　5987
あすかかは
―うききにつもる　2211
―かはおとふけて　2235
―かはせのきりも　2210
―かはよとさらす　2191
―かはらぬくもの　2221
―しからみわたし　2188
―したにこれるを　2194
―せせになみよる　1330 2218
―せせのいははし　2205
―せせのうきあわの　2219
―せせのたまもの　2186
―ななせのよとに　2193 2215
―ふちせにかはる　2203
―ふちせもいかか　2208
―ふちにもあらぬ　2200
―ふちはせになる　2197
―もみちはなかる　1329 2217
―ゆききのひとや　2244
―ゆききのをかの　2241 2242 2243
―ゆくせのなみに　2209
―わかみひとつの　2202
あすかなる　2246
あすかの　2250
あすからは
―わかなつまんと　2128 2154
あすかゐに　2222
あすしらぬ　1557
あすのうらに　5557
あすもこん
―かせしつかなる　1067
―のちのたまかは　4780
あすよりは
―いなみのかはに　5876
―かものかはなみ　23 535
―しかのはなその　4500
―われはこひんな　6055
あたこやま　472
あたしのの
―こころもしらぬ　2101
―つゆふきむすふ　2102
―はきのすゑこす　2107
あたしのや　2105
あたたらの
―ねにふすししの　5187
―のさはのますけ　5195
あたちのも　5196
あたなみの　2494
あたなみを　5201
あたならん　6142
あたなりと　2149
あたなりな　5277
あたにちる　4634
あたにのみ　2142
あたひとの
―いけのこころも　7320 **360**
―たのめわたりし　6736
―たむけにをれる　4379
あたひとは　1993
あたへゆく　6354
あたらよを　3553
あたりまて　527
あちあさの　7396
あちかまの　4692
あちきなく　295
あちきなや
―あしたののへの　2167 *213*
―いふきのやまの　4674 5084
あちさけの
―みむろのやまに　1528
―みわのはふりか　1797 1805
あちさけを

―かみなひやまの 2185
あちのすむ
―すさのいりえの 363 364
―すまのいりえの 7323 7324
あちまちの 7191
あちまのに
―やとれるきみか 7185 244 205
あつさの 4735
あつさやま 4737
あつさゆみ
―いそへにたてる 6122
―いちしのうらの 3596
―いるさのやまに 7067 93
―いるさのやまは 7063 89
―すゑのはらに 237
―すゑのはらのに 7172 194
―つるかのやまを 5438
―てにとりもちて 1682
―はるのけしきに 7065 91
―はるのこころに 1669
―はるのひくらし 7072 153
―ひきつのにある 6769 6770
―ひきののつつら 6956 72
―ひくとよくにの 6817
―やののかみやま 6994 17
―やはきのさとの 3819
―よらのやまへの 2032
あつまちに
―ありといふなる 7438 456
―ここをうるまと 4932
―はるやきぬらむ 4786
あつまちの
―あしからこえて 4053
―おいそのもりの 4794
―かほやかぬまの 5071
―かやつのはらの 3773
―さののふなはし 5059
―さやのなかやま 3827
―さよのなかやま 3825
―しねはさかひに 5308
―しるはのいそに 3871
―しるはのいその 3872
―そのはらからは 4388
―てこのよひさか 3989 3990
―なこそのせきの 5214
―なこのつきはし 5663
―のしまかさきの 4236 4237
―のちのくさはの 4774
―のちのゆきまを 4773
―はまなのはしの 3859
―はまなのはしを 3858
―はらたのさとに 4231
―はりのしみつ 249 212
―はるけきみちを 5238
―はるのゆくへを 3981
―ひとにとはや 5222
―ふしのしはやま 3936
―ふしのたかねに 920
―みちのなかちを 4091
―みなのせかはに 4093
―むろのやしまに 5091
―やまにやはるの 3778
あつまちは 5212
あつまちも 5226
あつまちや
―いしはさかひに 4303
―かれのすすき 4020
―しのふのさとに 5178
―はまなのはしに 3862
―ゆさかをこえて 4128
あつまちを 3844
あつまなる 4363
あつまねや
―あひのなかやま 7092 173 118
あつまのそまに 1278
あつまのの
―けふりのたてる 7146 217 169
―つゆのゆかりの 7148 219 171
あつまやま 4902
あとたえて
―いまはこぬみの 6983 7375 91 7
あとたえぬ 5156
あとたゆる 5395
あとたるる 3298
あとたれて
―いくよになりぬ 3457
―いくよへぬらん 3511
―もとのちかひを 6220
あととへは 4347
あとともに 2179
あとみれは 6341
あともたえ 5425
あともなき 2653
あともなし
―こほれておつる 6906 33
あとやなき 2278
あなこひし
―ゆきてやみまし 3341 6481
あなしかは
―かはなみたちぬ 1739 1742
あなしふく
―きよみかせきの 3949
―をしまかいその 5338
あなしやま 1732
あのくたら 4534
あのをとせす 4254
あはしまに 6595
あはすして 4267
あはちかた
―かちをおすなり 6552
―をふねこきいつる 6551
あはちしま
―かよふしるへに 6538
―かよふちとりの 3222 6540
―しるしのけむり 6537
―つきのかけもて 6542
―とわたるふねの 6533
―とわたるふねや 6536
―なみもてゆへる 6541
―むかへのくもの 2809
―ゆふたちすらし 6544
―ゑしまかいそに 6585
あはちなる 6560
あはちにて 6530
あはちふね 6531
あはつのの
―かやかしたをれ 4754
―こはきかはなに 4753
―すくろのすすき 4747
―ふかきくさはに 4751
あはてのみ 399
あはてふる 6311
あはぬみを
―うしやのをかに 7134 159
あはゆきの 721
あはれさは
―あふやときみも 6369
―かうやときみを 126
あはれてふ 3722
あはれとは 5102
あはれとや 4038
あはれなと 594
あはれなり
―いくたのおくの 3088
―こしのしらねに 5481
―なにとなるみの 3752
あはれなる 6565
あはれひと 2584
あひおひの 314
あひおもはぬ 3019
あひきする
―あまとやみらん 6424
―みつのはまへに 2685 3408
あひつねの 5151
あひなくも 454
あひにあひて 4527
あひみてし 4706
あひみての 5378
あひみては
―こころひとつを 3338

—はきかたえまの　2141
—はきのあさつゆ　2138
いはれのや　2140
いひたらぬ　**351**
いひたらは　7309
いふかけて　493
いへしまは　5973
いへにして　5866
いへのかせ　654
いへひとは
—かへりはやこと　6150
—こひすきぬやも　260
いへゐして
—たれかすむらし　6900
—たれすむならし　6907 **28**
いほさきの
—こぬみのはまの　**90**
—すみたかはらに　4221
いほはらの
—きよみかさきの　3958
—すみたかはらの　1883 ⑨
いほはらや　1898
いまきなる　6374
いまこそは　6372
いまさらに
—いもかへさめや　4273
—さらしなかはの　4974
—にすまのうらちの　3206
—たもとはあまと　2660
—にふのをかはを　1243
いましかも　6680
いましくは　1291
いましゐに　6419
いまそおもふ　2425
いまそこれ　755
いまたにも　*272*
いまつくる
—くにのみやこは　234 235
いまはさは
—うきよのさかの　161
—こひのやつこの　14
いまはしも　72
いまはたた
—かせをもいはし　1145
—たこのうらなみ　4003
いまはとて
—こころつくはの　4298
—たちかへりゆく　4908
いまはとも　845
いまははや
—こさめもはぬ　**225**
—こさめもはれぬ　7155 *178*
—とをちのいけの　2036
いまはまた
—さつききぬらし　1658
—はるのなかめも　5203
いまはわれ　1059
いまもかも
—さきにほふらん　113
—のこのうらしほの　6750
いまもなほ
—つまやこもれる　935
—まつらのうみに　6884
いまもまた
—こふるもくるし　6483
いまもゆきて　2190
—ゆきてもみはや　1623
いまよりは
—あみたかみねの　697
—いはくらやまに　425
—かすみもさこそ　3821
—きやまのみちは　6682
—ひのくまかはに　2072
いまよりや　3090
いみつかは
—いゆきめくれる　5513
—みなとのすとり　5510
—ゆきはへにまして　5511
いめたてて　*148*
いもかいへに
—いくりのもりの　5626
—くものふるまひ　5598
いもかいへも　2075
いもかかと
—いていりのかはの　7243 **290**
—いりいつみかはの　251
いもかかみ
—あくるささの　3406
—あけささはのの　3405 3407
いもかくむ　7436
いもかしま　6436
いもかそて
—まききのやまの　7000 7001 *22*
—まきこのやまの　**100**
いもかため
—かひをひろふと　3236 3241
—たまをひろふと　6485
いもかてを
—とりこのいけの　4807
—まきもくやまの　1714
いもかなは
—ちよになかさん　3330 6851
いもかひも　1412
いもかめを
—みそめのさきの　2184
—みまくほりえの　2566
いもかやと　4292
いもかりと
—いまきのみねに　6373
—うまにくらをき　2351
いもせかは　6322
いもせやま
—なかにおひたる　6319
—ふかきこころを　5301
—みねのあらしや　6315
いもとこし　3257
いもにあはす
—あらはすへなみ　2364
—あらんすへなみ　4704
—ひさしくなりぬ　5507
いもにこひ
—わかこえゆくは　6299
—わかのまつはら　3593
いもににる　2130
いもにより　4351
いもまつと　910
いももわれ　3818
いもをこそ　4177
いやひこの
—おのれかみさひ　5614
—かみのふもとに　5615
いやましに
—あしくまやまは　4349
—よさむともあるか　7346
—よさむにあるか　7388
—よさむにもなるか　**378**
—よさむもあるか　**411**
いよのうみ　6642
いよのゆの　6646
いりぬるを　3356
いりひさす
—さほのやまへの　972
—ゆふかりをのの　7203 **256** *223*
いりまちに　4209
いろいろの
—かひありてこそ　4246 7285 7378 **326**
—このはたむけて　3069
—みむろのもみち　1532
いろかはる
—いまやこのはの　1324
—みののなかやま　4899
いろかへて　4188
いろかへぬ
—ときはのやまの　5721
—まつのみとりは　2089
—まつはらやまの　7048 **140** *69*
—みわのかみすき　1804
いろそふる　6581
いろそむる　5578
いろまさる　4541

いろわかぬ 2416

う

うからふと
—みるやまゆきの 6975 **86**
うかりける
—ひとをはつせの 1831
—みかののはしの 4021
—みしまのうらの 3139
—みのうのうらの 6754
—みのおのうらの 3274
うきくさに
—かくれのいけの 7304 **346**
うきくらし 652
うきことの 6289
うきことを 3873
うきにいま 4906
うきにたへたる 3313
うきねする
—うなかみかたの 4243
—ゐなのみなとに 3007
うきみよに 4782
うきめをは 512
うきよには 674
うくひすの
—なきつるこゑに 4915
—なきつるなへに 801
—なくにつけてや 6092
—こゑもたかまも 1380
—たにをたちいてて 4987
—とふひののもり 947
—なきつるこゑに 5442
—はかせをさむみ 800
—はるにあるらむ 743
—はるまちつけて 7230
うくひすは **279**
うこきなき
—いはくらやまに 424
—おほくらやまを 4718
—さされいしやま 4724
—ちとせをいのる 6105
うさかはは 5611
うしとたに 4638
うしとても
—なほしかすかの 3815
—みをはいつくに 7321 **361**
うしほくむ 3198
うしまとの 6081
うしまとを 6082
うすくこく 4851
うたかたの
—むまやはひとの 7408 **430**
うたなての 5742
うたのしま 5975
うたののに 2115
うたののの 2113
うたののは 1989
うちかはに 83
うちかはの 91
うちかはは 86
うちきらし 1597
うちこえて
—たひゆくきみは 7013 *35*
うちしのひ 2835
うちしめり 1581
うちすくる 4778
うちたのむ 5402
うちたをる 2031
うちつけに
—なきさのをかの 2436
—みつのをやまの 5685
うちなひき 2339
うちのほる 986
うちはへて
—きみそこひしき 1655
—くるしきものを 5176
うちはらふ 2740
うちひさす
—みかきかはらの 1286
—みやけののへの 2180
—みやのせかはの 7249 **296**
うちひさつ 2178
うちひとの 78
うちふせと 6649
うちまやま
—あさかせさむし 79
—あさかせさむみ 2015
うちむれて
—こんひとはなほ 657
—たかくらやまに 6103
—をはなあしけの 5007
うちやまの
—もみちのいろを 116
—もみちをみすは 80
うちよする
—なみのこゑまて 6228
—みるかひありて 5769
うちわたし 3800
うちわたす
—おほかはのへの 1296
—こまなつむなり 1896
—さほのかははし 987
—しかのはまへに 4489
—たけたのはらに 583
—はまなのはしの 3857
うつせみの
—いのちををしみ 3698
—ひとにあるをや 1382
うつせみは 372
うつたへの 3010
うつつとて 4261
うつつには 6008
うつなみに 5995
うつなみの 2493
うつのやま
—みちゆきふりの 3982
—わかゆくさきも 3979
うつもれぬ 2528
うつらなく
—かたのにたてる 2387
—のちのたまかは 4781
—まののいりえの 4811
うつりゆく
—くもにあらしの 1327
—こころのいろの 2177
—まつをはたこの 5574
うつろはて
—しはしのたの 2477
—にはおもしろき 4866
うつろはぬ 5776
うつろはむ 5375
うつゑつき 941
うてるをく 3697
うとはまの
—あまのはころも 4012
—うとくのみやは 4014
うなはらの 2516
うなはらや
—おのころしまの 6528
—はかたのおきに 6785
うなはらを 727
うなゐこか
—うなちのかみを **307**
—こほりのうえを 7426
—こほりにうへに **445**
—はなちのかみを 7265
うのはなの
—いまたさかねは 967
—さけるかきねは 5363 5733
—さけるさかりは 1465
—ちりくるなつに 4664
—をりもやひとの 147
うのはなよ **418**
うはそくか 6825
うはたまの 1304
うへこほり 2058
うまくたの
—ねろにあへるゐ 4239
—ねろのさしはの 4238
うみつちの 4278

うみやまの 6677
うめかかや
—まつうつるらん 6898 6911 **25**
うめつかは 621
うめのはな
—さくもしらてや 1023
—ちらすはいつこ 6683
—にほふはるへは 447
—われはちらさし 708
うめやなき 957
うらかせに
—しほちのうへも 4374
—しほちのすゑも 4008
—なひきにけりな 6610
—なみやおるらん 5920
—はなもにほはぬ 6611
うらかせや 2522
うらかるる 3068
うらさむし 4223
うらしまを 5796
うらちかき 4101
うらちかく 5205
うらとほき
—なにはのはるの 2527 6549
うらなみの 3851
うらひとの
—こるやいさこも 5998
—ひもゆふくれに 3757
—よやさむからし 4276
うらひとや
—かさしにをらん 6571
—なみまをわけて 6447
うらふれて 4830
うらみしな
—かせのもりなる 7224 **273**
—なにはのみつに 2669
うらみのみ 5659
うらみても 4037
うらやまし
—いかみともかな 386
—ゆきのしたみち 939
うらわかす 2608
うらわこく 5827
うりふやま 521
うれしくも
—かみのしるへを 6296
—そのひとかすの 631
うれなから 6021
うゑしとき 5260
うゑてみる 5094
うゑをきし 5972

え

えたかはす 836
えたくちて **336**
えたくひて 7295
えたもなき 5802
えのしまや 4127

お

おいかよに **450**
おいつしま 3816
おいのなみ 6210
おいのよに 5095
おいもかは 5738
おいらくの 4662
おうのうみの
—おもはぬうらに 5820
—かはらのちとり 5818
—しほひのかたの 5819
おきかせに 6023
おきつかせ
—あらゐのさきに 4228
—さむくふくらし 6758
—しほやのうらを 6469
—たかしのうらの 3847
—ちえのうらわの 7336
—ふきあけのはまの 6236
—ふきにけらしな 2799
—ふくへくなりぬ 6757
—ふけゐのうらに 5449
—ふけゐのうらの 2502
—よさむになれや 4004
おきつしま 4455
おきつとり
—かもといふふねの 6771
—かもといふふねは 6772
おきつなみ
—あらゐのいその 4229
—たかしのはまの 2491
—たかしまめくり 4551
—たちゐるほとそ 6600
—つたのほそえの 5980 5981
—つなみのきよる 7333
—へなみをやすみ 5887
—よるこそいそら 6618
おきつより 6158
おきなさひ 156③
おきのゐて 5320
おきへなき 3422
おくしもと 3970
おくしもに
—おひたるあしの 2284
—かれにけらしな 4076
おくしもや 4590
おくつゆの
—あたのおほのの 2098
—たまつくりえに 5293
おくつゆも
—あはれはかけよ 819
—しつこころなき 2174
おくやまに
—たきりておつる 467
—まとふこころを 1189
おくれつつ 3996
おくれにし 3709
おくれゐて 5867
おこなふことを 3991
おさまれる 4799
おしてる 1193
おしてるや
—なにはすけかさ 2515
—なにはのうらに 2598 2785
—なにはのさきに 2633
—なにはのさきの 2634
—なにはのすけの 2514
—なにはのつより 2640
—なにはのみつに 2668
—なにはのをえに 2544
—なにはほりえの 2578
—なにはほりえを 2585
—なにはをすきて 2537 3383
—はまのみなみの 2659
—みつのほりえに 3413
—よさのはまこそ 5763
おしなへて
—うきみはさこそ 3753
—こころひろたの 3286
—このめもはるの 3980
—しくるるまては 2344
おしゑやし *9*
おそくとく 506
おちたきつ
—かたかひかはの 5593
—たきのみなかみ 63①
—たきやのかはの 7279
—はしりゐのみつの 4431
—やそうちかはの 84
—よしののかはや 6308
おちたきる **320**
おちぬとも
—をらてやはみむ 7165 *187*
おちはてし 856
おとそよく 5489
おとたかき
—なみたちよりて 5803
—ふちさかやまの 5715
おとたかく
—つつみのやまを 5690
—をはまのなみそ 3692

おとつれよ 5571
おとなしの
―かはとそつねに 6281
―さとのあきかせ 6288
―たきのみなかみ 6285
―やまのしたゆく 6278
おとにきき
―めにはまたみぬ 1297 5555
おとにきく
―あきのみなとは 7398 **420**
―あなうのさとや 5806
―うつのやしろの 3983
―かねのみさきは 6774
―きくのはままつ 6830
―きぬかさをかを 572
―きみかりいつか 6799
―こまのわたりの 270
―たかしのうらの 2496
―たかしのはまの 5543
―つつみのたきを 6930
―ひとにこころを 4319
―まつかうらしま 5339
―めにはまたみぬ 6864
―よしののさくら 1043
おとにのみ
―ききしはことの 3110
―ききわたりつる 2800
―つつみのたきを **51**
―ならしのをかの 2082
おとはかは
―せきいいれておとす 63
―たきのみなかみ 61
おとはやま
―もみちちるらし 60 4424
―ゆふゐるくもを 58
おとまかふ 477
おなしくは
―きみかならひの 569
―こえてやみまし 5227
おのかなみに 5570
おのかみに 3414
おのつから
―いそせのみゐや 3735
―かけてもそてに 1572
―きたにはのこる 5389
―こひつつなくや 1490
―すきかてにする 154
―のなかのしみつ 5897
―よはうけれとも 2886
おのれのみ 5164
おひかせに 7431
おひしけれ 550
おふのさき 5558
おほあらきの
―もりのこのはを 646
―もりのしたくさ 644 649
おほいそや 4126
おほうみに 3006
おほうみの 2304
おほうらの 3869
おほえもる 5731
おほえやま
―いくののみちの 5674 5771
―かけゆくみちの 5669
―かたふくつきの 5676
―こえていくのの 5724
―しくるるくもの 5677
―しけみかもとに 5670
―はるかにおくる 5675 5727
―ゆふたちすくる 5667
―われよりさきに 5668
おほかたの
―はるのひかけも 539
―まかはぬくもも 4655 4743
おほかたは 2349
おほかはの 6089
おほきみの
―おほたまかはや 6818
―みかさにぬへる 3023
―みかさのやまの 912
―みことかしこみ 3870 7205 *236*
おほきみは 1226
おほきみを 6652
おほくちの 2248
おほくもかは 5737
おほくらの
―いりえひひくなり 115 397
おほけなく 4536
おほさかを 1381
おほさきの
―ありそのわたり 5547 5548
―かみのをはまは 6647
おほさはの 169
おほしまに 6153
おほしまの 6155
おほしまや 6554
おほそらに
―かかれるつきも 1699
―かりそなくなる 924 *122*
おほたきを 1290
おほたけの 4538
おほつかな
―いかになるみの 3744
―いふきおろしの 4685
―くものかよひち 5279
―くらまのやまの 458
―こころはつき(に) **317**
―こころはつきに 7276 7412
―そとはなからに 1636
―みやこのそらや 5906
―わかことつけし 6809
―ゐなのわたりの 3012
おほつとり 3410
おほともの
―たかしのはまの 2700
―まつのはひねを 2701
―みつとはいはし 2671
―みつにふなのり 2670
―みつのとまりに 1439 2692
―みつのはまなる 2679
―みつのはまへを 2678
―みつのはままつ 2677
―みつのまつはら 2694
おほとりの 930
おほなむち
―すすのひこなの 7443
―すくなひこなの **461**
―すくなみかみの 6306
おほのうらに 6422
おほのちは 5621
おほのなる
―みかさのもりに 6674
―みかさのもりの 6676
おほののに 7194
おほのやま
―きりたちわたり 6679
おほのらに 6678
―ふもとのうらに *216*
おほのらの **252**
おほはしの 2446
おほはやま 6344
おほはらの
―かみもしるらん 308
―このいちしはの 124
おほはらは
―ひらのたかねの 119
―ゆきてやみまし 125
おほはらや
―せかゐのみつを 127
―のへのみゆきに 309
―ひらのたかねの 4615
―ほたたくしつか 122
―をしほのこまつ 315
おほひえや
―をひえのすきも 4521
―をひえのそまに 4520
おほふねに
―かしふりたてて 6149
―をふねひきかへ 6667
おほふねの

―かとりのうみに 4360
―つもりのうらに 2910
おほみたの 466
おほみふね
―きほひてさすてふ 4566
―ゐなのおきの 3004
おほみやの 2657
おほもかたの 7195
おほよとに 3669
おほよとの
―あまのおとこ 3661
―うらにかりほす 3664
―うらにたつなみ 3657
―うらにむれゐる 3666
―うらのみるめも 3662
―うらめしとなき 3660
―うらよりおきに 3665
―まつはつらくも 3658
―みそきいくよに 3656
―みるめはしたに 3663
―よものうらかひ 3655
おほろけの 3535
おほゐかは
―いはなみたかし 176
―うかへるふねの 174 219
―かはせのもみち 192
―きしにかすさす 181
―しもはかつらの 179
―そまやまかせの 183
―ちるもみちはに 190
―なつもあらしの 175
―ふるきなかれを 214
―ゐせきにふせる 204
―ゐせきのみつの 182
おもかけの
―さきたつつきに 6918 **42**
―ほかにものこる 6435
おもかけを 5582
おもかたの *217*
おもはさりき 4547
おもはぬを
―おもふといはは 925 6062 6675
おもひありと 4676
おもひいつや 4896
おもひいつる
―ちよのねのひの 6159
―ときのうらにも 6163
―ときはすへなみ 968 6845
―ときはのやまの 406
―ひともあらしの 212
おもひいてて
―いまもことへ 2650
―おもへはこひし 4220
―きみかあたりし 2231
―こひしくもあるか 4752
―なけきあかしの 5929
おもひいてよ 715
おもひかね
―こしけきうめの 573
―そのこのもとに 4532
―なかめしかとも 515
―ゆくやさほちの 1013
おもひかは
―あふせはいかに 6726
―いかなるころの 6728
―いつまてひとに 6718
―いはまによとむ 6719
―せせのうたかた 6715
―たえすなかるる 6717
―まれなるなかに 6729
―みなわさかまき 6722
―みをはやなから 6716
おもひきや
―うかりしほを 3424
―をしほのうらの 5491
おもひこそ 5309
おもひつつ 4561
おもひのみ
―あつまにしめて 5300
―つもりのあまの 2912
―ますたのいけの 2275
おもひやる
―あはれなにはの 2590
―うらのはつしま 3344 6482
―かたたのいけに 4835
―ここひのもりの 4042
―こころさへこそ 118 5403
―こころつくしの 6793
―こしのしらやま 5468
―むかしもとほし 5179
―よそのむらくも 5193
おもひやれ
―いくたのもりの 3063
―うきねをみをの 5836
―うきめをみをの 5864
―みかさのやまの 868
おもふこと
―ありそのうみの 5541
―おほえのやまに 5671
―おほえのやまの 5665
―くみてかなふる 6471
―しはしなくさの 6338
―しはしなくさむ 6224
―しらすはくちね 1981
―ちえにやしけき 2473
―なくてそみまし 5751
―なるかはかみに 465
―なるといふなる 3487
―みにあまるまて 622
―みわのやしろに 1807
―われそますたの 2277
おもふたに 4690
おもふとち 567
おもふとは 7221
おもふには
―くれなゐなけの 7029 **123**
―たれなむなけの *123*
おもふひと
―ありとなけれと 3810
―こさせまほしき 1280
―ちかみのやまと 7084 **165** *110*
おもへたた
―かみにもあらぬ *3297*
―たけのみやこは 3514
おもへとも
―いはてのやまに 5182
―かひなきみつの 607
―かひなくてよを 7390 **413**
―ひとめをつつむ 7316 **355**
おもほえす
―きませるきみを 997
―そてのみなとの 5125
おもやまに 4919
おやみせぬ 6009
おりたちて
―しみつのさとに 5024 5900
おりのほる 3372
おろかにそ 5559
おろかにも 4969

か

かかかしら 1176
かかみなす 7151
かかみなる
―わかみしかけを **222**
―わかみしきみを *174*
かかみのや 4667
かかみやま
―いさたちよりて 4656
―みかきそへたる 4666
―やまかきくもり 4661
かからんと 5530
かかりける 6458
かかりさす 2455
かかりひの
―ところさためす 7100 **181** *129*
かきあそふ 5516
かきくもり
―しくれふるなり 2320
―なとかおとせぬ 4086

かきくらし
—あめのふるよは　3742
—おもひもあへぬ　1795
かきくらす　2764
かきこしに　6051
かきたえし　4256
かきたえて　6690
かきつくる　3446
かきつはた　2960
かきとむる
—あふみふりうた　*137②*
—あふみふりひた　7108㉘
かきやれる　7117
かきりあれは　3721
かきりなき
—さきさかやまの　444
—ひとにあふよの　675
かきりなく
—おもふこころは　4318
—おもふこころを　5487
—とほくなりゆく　4215
かくされて　5049
かくしつつ
—いつかはつきむ　4723
—そむかんまても　3433
—よをやつくさむ　6010
かくしてや
—なほやおいなん　643
—なほやなりみなむ　647
かくてのみ
—ありそのうらの　5544
—こひやわたらん　1260
—わかみしくれは　4791
—わひおもひこの　7075 **156** *101*
かくとたに
—えやはいふきの　4675 5085
—おもふこころを　1583
—またいはしろの　6386
かくのみに　2999
かくはかり
—こひつつあらす　1995
—さくてふふちの　509
かくやまの
—しらくもかかる　1940
—みねのむすきの　1930
かくらくの
—とませのやまに　1811 1813
—とよはつせちは　1875
—はつせのおくに　1839
—はつせのかはに　1868
—はつせのやまに　1835
—はつせのやまの　1848
—はつせのやまは　1877
かくれぬと　283
かくれぬの
—はつせのやまの　1810 1847
かけうつす　6004
かけたえて　5896
かけてたに　6721
かけなひく　889
かけにたに　2086
かけみれは　3506
かけろふの
—はるになれは　922
—ゆふさりくれは　1743
—よひひとかくれは　1267
—をののふるえに　3558
—をはなかりそへ　1268
かこのしま
—まつはらこしに　5890 5891
かこやまの
—さかきはわけて　1947
—たきのこほりも　1124 1944
—ははかかした　1939
かさこしに　4965
かさこしの
—ふけぬるつきに　4964
—みねのうへにそ　4961
—みねよりおるる　4951
かさこしを　4962
かささきの
—かはかせたちぬ　7286 **328**
—はかひのやまの　933
かさしをる　1786
かさなきの　6473
かさぬひの　6816
かさはやな　6157
かさはやの
—おきつしほさき　6129
—おきつしほさゐ　6641
—なるとのうらの　6640
—みほのうらわの　3332 3961 3962 6854 6856
—みほのうらわを　3333
かしこきは　2709
かしこきひとと　4346
かしはきの
—もりのあたりを　914 2345
—もりのしたくさ　2342
かしふえに　6671
かしまなる
—つくはのかみの　4332
—つくはのやまの　4289
かしまのや　4286
かしまへは　3321
かしまより　5498
かすかすに　6217
かすかなる
—はかひのやまより　956
—はかひやまより　929
—みかさのやまに　859
—みかさのやまの　879 902
—ゆきあひひとに　858
かすかのに
—あさたつきしの　778
—あさゐるくもの　823
—あさゐるくもも　824
—あわまけりせは　815
—いつくみむろの　803
—おほくのとしは　785
—けふりたつみゆ　789
—さきたるはきの　817
—しくれふるみゆ　820 1670
—たつあさきりは　822
—わかなつみつつ　849
—わかなのたねは　784
かすかのの
—あさちかうへに　811 812
—おきのやけはら　793
—おとろのしたの　825
—かすみかくれの　796
—くさはやくも　791
—したもえいつる　777
—とふひのもり　936 937 949
—ねのひのまつに　852
—ねのひのまつは　797
—のへのあさかほ　813
—はきちりぬれは　818
—ふちはちりはて　808
—まつのかれすは　802
—まつのふるえの　798
—やまへのみちを　829
—ゆきけのさはに　951
—ゆきまをわけて　776
—ゆきをわかなに　781
—わかくさやまに　934
—わかなつみつつ　783
—わかなつみにや　782
—わかなもしるく　790
—わかむらさきの　806 807
かすかのは
—けふはなやきそ　792
—なのみなりけり　944
—またもえやらぬ　794
—ゆきのうつむと　780
—をはきつみけり　704
かすかのや　795
かすかやま
—あさたつくもの　765
—いかになかれし　767

―むろのえのへに　6509
―ゆらのみなとに　6494
きのくにや
―ふきあけのをのの　6246
―みほのいはやも　6515
―ゆらのみなとの　6499
―をえのうらわの　6466
きのふかも
―あきのたのもに　4921
―あられふりしは　4621
きのふこそ
―としはくれしか　739
―ふなてはせしか　5997
きのふたに　3060
きのふといひ　2195
きのふまて
―さえしけしきを　4353
―みたらしかはに　31
―みとりにみえし　964
きのもとに　6273
きはつくの
―をかのくきみみ　7124
―をかのくきみら　*151*
―をかのくくみら　**198**
きひのやま　6097
きふねかは　468
きへひとの　3878
きみかあたり
―くもゐにみつつ　3792
―みつつしのはん　6096
―みつつをおらん　2365
きみかいへに
―わかすみさかの　7106　**187**
―われすみさかの　*135*
きみかきる
―こかさのはらに　**262**　*240*
―みかさのやまに　893
―をかさのはらに　7208
きみかさす　871
きみかすむ
―くしたかはにや　3719
―ゆたのをすきて　3630
―よかはのみつや　4545
きみかため
―あふみのうみを　4435
―いのるかひへそ　3889
―うきぬのいけに　7301　**342**
―したみしさけと　6713
―なつけしこまを　5144
―ひときにちよを　7049　7417　**141**　*70*
―やよひになれは　4026
きみかなも　2667
きみかねに　449
きみかへん　530
きみかゆき　734
きみかゆく　3716
きみかよに
―あふかひありて　5713
―あふさかやまの　4393
―いまもつくらは　2725
―おほはつせちの　1876
―くもふきはらへ　5830
―くらへてうゑし　6619
―ためしとみゆる　3681
―つくりはててむ　5752　5779
―なほなからへて　2731
―ひかりをそへよ　366
―ひさしくにほへ　2803
きみかよの
―かすにくらへは　3579
―かすにはしかし　4827
―ためしにひかん　814
―ためしはいつら　3659
―なからのやまの　4472
―なかゐのうらに　2951
きみかよは
―あふくまかはの　5268
―あまてるかみの　3428
―あまのかくやま　1950
―いくよろつよか　4929
―いつれのさとも　5744
―おほつのはまの　4514
―かきりもあらし　899　3678
―かすかのみねの　771
―きふねのみやに　470
―しらくもかかる　4311
―たかののおくの　6363
―ちふねのとまる　3277
―つきしとそおもふ　3461
―つもりのうらに　2921
―つるのこほりに　3890
―とみのをかはの　2441
―なからのはしを　2724
―なかゐのはまの　2953
―ひさしかるへし　3450
―よさみのもりの　3416
きみかよも
―わかよもしれや　6388
きみかよを
―いのるいのりの　548
―いのれはまもる　3447
―わかたつそまに　4535
きみこすは　264
きみこふと
―おさふるそては　6174
―ころものすそを　7189　7296　**247**　**337**　*210*
―ひとしらねはや　6279
きみこふる
―なるみのうらの　3751
―ふかさくらへに　2581
きみすまは
―おくれんものか　3968
―とはましものを　3061
きみすみて　1283
きみといへは　3910
きみとのみ　7199
きみとわれ　6312
きみなくて
―あしかりけりと　2588
―ひとりぬるよの　3772　7385　**408**
きみにこひ
―いともすへなみ　699
―うらふれをれは　7153　**224**　*175*
きみにしも　3417
きみになほ　4394
きみにのみ　3337
きみにより
―ことのしけきを　2229　2684
―わかなはすてに　1434
きみにわか　1954
きみはかり
―おほゆるひとは　7406　**428**
きみまさて　5348
きみまさぬ　638
きみもこす
―われもゆかすの　7091　**172**　*117*
きみもまた　6370
きみよいかに　7228
きみをいのる
―こころのいろを　41
―たたひとことの　42
―たよりにかけよ　6213
―ねかひをそらに　16
きみをおきて　5199
きみをおもひ　2488
きみをおもふ　4114
きみをこそ
―あさはのはらに　4202　5006
きみをとふ　4423
きみをのみ
―いつはたおもふ　5437
―おもひこしちの　5464
―しのふのさとへ　5148
（きみ）をまつ　**16**
きみをまつ
―まつらのうらの　6886
きみをみねは　5126
きみをわれ
―おもふこころの　6293

—かたののさとに　349
きよきせに　1513
きよきせの
—しるしとこれを　1789
きよたきの
—せせのいはなみ　475
—せせのしらいと　476
きよみかた
—おきのいはこす　3954
—かねのこゑたに　3951
—せきにとまらて　3955
—つきすむよるは　3953
—つきにむかへる　3966
—つきはつれなき　3952
—よふねこきいてて　3965
きよみつの　627
きりかくれ　3993
きりたちて　2158
きりたふす
—たなかみやまの　93 4580
きりのまに　5944
きりはるる
—かはかみとほく　6327
—とはたのおもを　367
—ふしみのくれの　1850
—ゐなのをゆけは　2985 3042
きりはれぬ
—あやのかはへに　6630
—はなののこはき　7164 *186*
きりふかき
—こかのわたりの　4268
—たつたのさとの　1480
きりめやま　6348

く

くさかえの
—いりえにあさる　6740
—いりえのたつの　6741
—いりえのたつも　6742
くさかけの　4226
くさしけき　5899
くさのいほを　1120 ⑦
くさのなに　2887
くさふかき
—かすみのたにに　380
—かりはのをのを　7202 **255** *222*
くさふりて　602
くさまくら
—たひになれなは　2338
—たひねをしつつ　384
—たひのうれへを　4314
—たひゆくきみを　4487
—たひゆくひとを　6151 6743
—たひをくるしみ　6692
くさもきも　5958
くさもはも　5077
くさわかみ　4375
くさをなみ　2119
くしかはは　4369
くすのはを　5052
くすりひの　5292
くたみやま
—くちたりやと　6822
—ゆふゐるくもの　6821
くたらかは　2123
くたらのの
—ちかやかしたに　2121
—はきのふるえに　2120
—はらにたまはふり　2122
くたらのはらに　2302
くちたてる　6071 ㉕
くちなしの　6132
くちにける　2717
くちはてて　3378
くちにけり　1627
くにすらか　2124
くははたの
—さとのひきまゆ　7421 **440**
くまのかは
—くたすはやせの　6257
—せきりにわたす　6258
くまのなる
—おとなしかはに　6136 6283
くまもなく　2482
くみてしる
—ひとしもあらは　4875
—ひとはあらしな　4882 5701
くも(かく)し　**464**
くもおくる　3009
くもかかる
—あらちのやまを　5399
—とをちのさとの　2038
—なちのたかねに　6275
—なちのやまかけ　6272
—ひはらとみれは　1736
—むしあけのせとの　6005
くもかくれ　7447
くもきゆる　6274
くもこそは
—そらになからめ　7147 **218** *170*
くもさそふ
—みねのこからし　2439 4180
くもちにも
—おさへのせきの　7405 **427**
くもつより　5506
くもとみえ　692
くもとりや
—しこのやまちは　7094 **175** *120*
くもならぬ　865
くものたつ　523
くものなみ
—かからぬさよの　482
—けふりのなみに　1050
—をはなのなみの　4019
くものゐる
—(こすゑ)はるかに　3845
—こしのしらやま　5466
—ふしのなるさは　3943
—みこしいはかみ　6516
くもはらふ
—なこのいりえの　5646
—ひらやまかせに　4608
くもはれぬ
—あさまのたけの　4986
—あさまのやまの　4983
—いこまのやまの　2383
—りうのみやまの　7098 **179**
くもまなき　1120 ⑧
くもまなく　4763
くもまより
—いててみれは　1120 ⑥
—いりひにまかふ　6634
—よそにきくこそ　6696
くももなき
—ゆふへのそらの　6988 *12*
くもらしと　2464
くもりなき
—あまてるかみの　3431
—きみかみよには　5748
—とよのあかりに　4701
—ゆふつくよをも　4587
くもりなく
—すむとおもひし　6691
—つきみよとてや　3627
くもわけし　1945
くもゐとふ　363
くもゐにみえて　*248*
くもゐより
—かりのなみたや　226
—くるはつかりの　4832
—つらぬきかくる　3098
くやしくも　2814
くらはしの
—やまのゆきにも　1902
—やまをかたみか　1899
くらふやま
—したてるみちは　455 4878
—ふもとののへの　453
くらへはや　3899
くらゐやま

―はなをまつこそ　4943
―ひさしきまつの　4944
―みねまてつける　4941
くりかへし
―あまてるかみの　3429
―みかさのもりに　926
くりこまの
―まつにはいとと　5209
―やまにあさたつ　5210
くりはらや　5306
くることに　5152
くるしくも
―ふりくるあめか　1808 5065
くるひとも　5801
くるまふね　3282
くるるまに
―すすきつるらし　7359
―すすきつるらん　**391**
くるるまも　2103
くれいけは　828
くれたけの
―ふえふきやまは　5709
―ふしみのさとの　2311
―よよのみやこと　3513
くれてゆく
―あきやかなしき　525
―はるのみなとは　89
―はるやこれより　4886
くれなゐに
―あきやたむけて　496
―あさはののちに　5004
―ふかくそみゆる　2018
―ふかくそめにし　730
くれなゐの
―あさはののへに　4198
―あさはののらの　4199
―かすみやけさは　7235 **284**
―ころもにほひし　5629
―すゑつむはなの　7416 **437**
―やしほのあめそ　1421
くれにあひて　3612
くれぬとて
―いくたのいけを　3082
―いそきいくのの　5728
くれぬとも
―なほはるかせは　1081
―はるのなこりを　4175
くれぬとや　5726
くれはつる　436
くれはとく　2037
くれはとり
―あやにこひしく　3776
―ふたむらやまを　3785
くれはまた　4568
くれふねは　4673
くれやすき　1548
くれゆけは　955
くろうしかた　6418
くろうしのうみ　6417
くろかはと
―ひとはみるらむ　7273 **314**

け

けころもを　2112
けさたにも　582
けさのあさけ　758
けさのあらし　1092
けさのまに　5372
けさみれは
―うきねのかもは　2433
―かすみのころも　3985
―きそちのさくら　4957
―たつたのかはの　1458
―たるひのうへの　3370
―はまのみなみの　3295
―まゆみのもみち　1985
―ゆきもつもりの　2916
けさゆきて　4670
けたおちて　3379
けぬかうへに　5476
けひのうみの　5447
けひのうらに　5448
けふいくか　1651
けふけふと　2496 ⑭
けふこそは
―いはせのもりの　1574
―いはれののへの　2143
―みやこのかたの　3318
―ゆふとりしてて　3577
けふそみる　6241
けふとてや　3595
けふにてそ　840
けふのひに　4307
けふはいと　668
けふはまた　3710
けふひける　4410
けふまつる
―かみのこころや　1001
―しるしにとてや　928
けふまては　6789
けふみれは
―あらしのやまは　215
―なからのはしは　2721
―はなもすきふに　502
けふもうし　2196
けふもかも　2192
けふもまた
―さやのなかやま　3836
―とよらのてらの　1391
けふよりは
―かりにもいつな　2404
―ちちのまつはら　4788
―ぬさとりまつる　4361
―みはらのいけに　7308 **350**
けふりかと　5090
けふりたつ
―あまのとまやも　5350
―おもひならねと　3916
―おもひもしたや　3942
けふりたに　6460
けふりなほ　6087

こ

こえすきぬ　3497
こえかねて　5424
こえはやな　4419
こえひとの　5533
こえやらて　4051
こえやらぬ
―こころそしるき　7041 *62*
こからしの
―かせはふくとも　7418
―かせはふけとも　4862 **438**
―もりのしたくさ　4022
こからしも
―こころしてふけ　311
―しくれもしらし　1501
こきいつる　3345
こきいてて　6578
こきかへり　3609
こきたくも　921
こきまする　3672
こけむしろ　1246
ここにかく　320
ここにきて　835
ここにしも
―なにほふらん　159
―わけていてけん　331
ここにたに　4040
ここにのみ　1903
ここにまた　5480
ここのへに　405
ここのへの　4544
こころあらん　2591
こころありて　2760
こころある
―あまのもしほひ　5340
―あまやうゑけん　5342
―ありまのうらの　3021
―ひとのためとや　2665

こころから
―あたしののへに 2108
―あたのおほのに 2099
―たけたのさとに 584
―まかきのしまの 5366
こころこそ 1767
こころさし
―あさくらやまの 6704
―あささぬまの 2961
―きみにふかくは 7363 **395**
こころして 5813
こころとや
―ひとりあかしの 5918
―もみちはすらん 1425
こころなき
―みにもなみたの 6981
―わかみなれとも 2592
こころには
―そるひくほとに 5599
―ゆるふときなく 5576
こころにも 5153
こころみよ 5957
こころゆく
―みつのけしきは 7312
―みつのしけきは **352**
こころをは 3058
こしとのみ 3127
こしのうみ
―あゆのかせふく 5649
―しなののはまに 5655
―たゆひのうらを 5451
こしのうみの
―たけのとまりを 5490
―つるかのはまに 5440
こしやせん 5110
こすけろの
―うらふくかせの 7337 **372**
こせのやま 6324
こたかみや 4712
こたへぬに 966
こつかみの 6607
こといたくは 6393
ことかよふ 6339
ことさける *224*
ことさけを
―おしたれをのに 7204 **259**
ことしあらは 1840
ことしおひの 4839
ことしことに 841⑤
ことしより 5679
こととはむ 6470
こととへよ 2489
ことともに **159**
ことにいてて 344
ことのねに 165
ことのねも 5298
ことひのうしの 4277
こなきうゑし 5045
こなきつむ 681
こぬひとを
―まちかねやまの 3393
―まつちのやまの 1890
―まつよつもりの 2915 2966
このころの 2759
このころは
―しくれもゆきも 1000
―みふねのやまに 1233
―をののわたりに 149
このころも 7006
このさとは
―さくらのちかき 339
―すみたかはらも 4214
このたひと 6182
このたひは 1973
このねぬる
―あきかせさむし 7154 *177*
―あさけのかせの 1962
―あさけのやまの 3616
―あさつゆかけて 2093
このはちる
―いくたのもりの 3067 3070
このはなに 4425
このはなよ 7395
このはるは 3509
このまより
―ひれふるかみを 6872
―ひれふるそてを **9**
このもりを 1641
このやまの 669
このよをは 686
こはきさく
―あきまてあらは 158
―のしまかさきに 6568
こはきはら 5242
こはたかは 50
こはたやま 48
こひ(し)きを **441**
こひこひて 4383
こひころも 1916
こひしきを 7422
こひしくは
―なとかはとはぬ 5658
―はまなのはしを 3860
―みかたのはらを 5391
こひしけは 4132
こひしけみ 6138
こひしさを 2312
こひしなく 6796
こひしなん 5377
こひすてふ
―そてしのうらに 3674
―もしのせきもり 6172
こひすとも 36
こひせかは 4371
こひせしと
―なれるみかはの 3802
―みたらしかはに 30
こひそめし 1634
こひつつも
―おらんとすれは 6986 *10*
こひにもそ *342*
こひぬまは 1042
こひのやま 5106
こひわたる 5772
こひわひて
―おつるなみたの 3363
―おもひいるさの 7064 *90*
―ねをたになかし 6287
―ひとりふせやに 6284
こひわひぬ
―かなしきことも 2729 3310
―ちぬのますらを 3077
こひをのみ
―しかまのいちに 5956
―したのうきしま 4009
―すかたのいけに 2281
―すまのいりえに 7326
―すまのうらひと 3181
―すまのしほひに 3167
こふつくす 33
こふとも **266**
こふれとも
―あはすのはらに 7212 *245*
こほりこそ 1181
こほりわたる 5723
こほりゐし
―しかのからさき 4506
―みつのしらなみ 479
こほりゐて
―おきなかかはら 7251
―ちとせのなつも 529
こまとむる 2070
こまとめし 2071
こまとめて
―ここにはしはし 2223
―そてうちはらふ 1809 5066
―なほみつかはん 297
―ふもとののへを 227
こまなつむ
―いはきのやまを 6978 **88** *2*

こまなへて
—いくのおくの 5734
—いさうちゆかん 5528
—いさみにゆかむ 1475 7282 **323**
—みかさのやまに 906
—よしのかはを 1133
こまのあゆみ 2860
こまやまに
—いしふむみち 266
—なくほときす 250 267
こむらさき 4942
こめやらぬ **135**
こもちやま
—たにふところに 7009 **106** *30*
—わかかへるての 7008 **107** *29*
こもまくら
—たかせのよとに 2449 2451
—たかせのよとを 2450
こもりえの
—すきのみとりは 1825
—はつせのやまは 1824
こやのいけに
—おふるあやめの 3054
—おりゐるかもの 3050
こやのいけの
—あしまのみつに 3052
—あやめにましる 3055
—みきはにたてる 3056
こゆるきの
—いそきおきいつる 4115
—いそきていてし 4120
—いそへにかせや 4123
こよひたれ
—すすふくかせを 1123
—まつとなみとに 6226
こよひもや 2432
こよひわか 200
こよひわれ 1127
こよろきの 4112
こらかいはに 4671
こらかてを 1713
こりすまの 3228
こりつみて 120
これもさは 2772
これもまた
—おいのともとそ 1614
—かみよはきかす 1466
—すさめぬものを 2346
これやこの
—なにおふなるとに 6156
—みちさまたけの 7402
—みちさまたれの **423**
—やまとにしては 6298
—ゆくもかへるも 4414
これよりや 6834
これをみむ 1301
ころもうつ
—おとはまくらに 2310
—ねやまのいほの 7022 **119** *45*
ころもかは 5235
ころもてに
—さえゆくしもの 6243
—ゆふかせさむし 5493
—よこのうらかせ 4711 4821
ころもての
—いろまさりつつ 4945
—さえゆくままに 1336
—たなかみかはや 4586
—なきのかはへを 628
—ひたちのくにに 4290
ころもてを 2324
こゑたえて 4464
こゑたかく 898
こゑたてて 1573
こゑをたに 6340
こをおもふ
—すたちのをのを 7130 **204** *155* *226*
こんといひし 4977

さ

さえくらせ 3842
さえくれぬ 2212
さえのほる 5483
さえまさる
—いふきかたけに 4820
—いふきかたけの 4687 4822
さえわたる 1666
さかえゆく 2741
さかきさす
—しはのかきねの 167
—をしほののへの 319
さかきとり 1527
さかきとる
—むこのやまかせ 3025 3289
さかきはに 1519
さかきはの
—いろしかはらて 5706
—ちえたのむらに 4864
さかきはも 1949
さかきはや 3500
さかこえて 4027
さかとりの
—あさこえまして 7139 *162*
さかぬまは 1038
さかのはら 163
さかのほる 26
さかのやま
—ちよのふるみち 157
—みゆきたえにし 156 579 581
さかみなる
—たちのやまの 4094
—よろきのはまの 4110
さかみねの 4082
さきそむる 2161
さきたかは 5631
さきたまの
—つにはふふねの 4224
—をさきのぬまに 4225
さきにけり 2114
さきにほふ
—ちくさのはまの 7379 **327**
さきぬらん 6343
さきぬれは 114
さきのひに
—かつらのやとを 201 690
さきもなほ 6987
さきもりの 3994
さくはなも 2802
さくらあさの 3569
さくらかは 5892
さくらかひ 6556
さくらかり 2393
さくらさく
—あなしのやまの 1734
—おきつしまやま 4457
—ならのみやこを 710
—はるのやまへは 5482
—ひらのやまかせ 4478
—ひらやまかせの 4607
—みかさのやまの 862
—むろのやまかせ 3597 3623
—やまにははるも 6500
さくらたへ 6427
さくらはな
—いまさかりなり 2542 2658
—さきにしひより 1068
—さきぬるときは 1049 1317
—さきやしぬらん 4328
—たかよにわかき 3227
—ちりそめしまを 4462
—ふくやあらしの 4339
—みかさのやまの 860
さくらやま
—ちるへきはなも 5716
—はなさきにほふ 4742
—はなさへにほふ 5717
さころもの 4333
ささかにの 3801
ささしまや 6859
ささたけの

―いくよのしもか　6390
―おほみやひとの　978
ささなみの　4491
ささなみや
―あふみのうみの　4438
―あふみのみやは　4496
―いそこえちなる　4797
―おおやまもりは　4525
―おほつのみやは　4512
―おほやまもりに　4524
―くにつみかみの　4494 4495
―こまつにたちて　4562 4843
―しかのうらかせ　4533
―しかのおほわた　4515
―しかのからさき　4502 4503 4614
―しかのはなその　4499
―しかのはままつ　4488
―しかのみつうみ　4476
―しかのやまちの　4465
―なみくらやまに　4714
―ひらのたかねに　4823
―ひらのたかねの　4612
―ひらやまかせの　4606
―みゐのふるてら　4873
ささのくま　2069
ささのはの
―さやくしもよは　**193**
―さわくしもよは　7115
―しのたのもりも　2479
ささのはは　3832
ささふかく　6525
ささめかる　6593
さされいしの　2220
ささわくる
―あさけのやまの　3617 *52*
―おともさらの　2463
ささわけは　5074
さしされの　1604
さしすきの　541
さしのほる
―たかせのさとの　2456
―ゐなのみなとの　3008
さしはなれ　896
さすかなほ　927
さすなへに　4931
さすらふる　5116
さたのうらに
―よするしらなみ　7334 **370**
さためなき　5357
さためなく　271
さつきこは　2468
さつきまつ　2595
さつきまて　3945
さつきやま
―うのはなつくよ　3386
―うのはなもてし　3385
―うのはなわたし　6144
―こすゑをたかみ　3387
―このしたやみに　3388
さつきやみ
―くらはしやまの　1901
―ここひのもりの　4041
―さやまかみねに　4181
―ふたむらやまの　3783
さつまかた
―おきのこしまに　6946 **62**
さてもなを　*11*
さてもまた　5361
さてもわれ　3749
さとことに　1671
さととほき　5732
さとのあまの
―かりそめなりし　6613
―しほやきころも　6608
―つむやしほきの　6614
―なみかけころも　6609
さとのあまは　6603
さとのなも　364
さとひとの
―ほたきるたにの　1294
―ゆつきかたけの　1744
―われにつけらく　1493
さとひとは　141
さとひとも　923
さとわかす
―なのるなれとも　4106 6698
―はなさきぬれと　6079
さなつらの
―をかにあはまき　7123 **197** *150*
さなへとる
―あへのたのもに　4029
―あへのたのもの　4028
―そてはなほこそ　4699
―たこのうらひと　5573
―ふしみのをたに　395
―やすらのむらの　4867
さぬかたの　*176*
さぬやまに
―うつやをのとの　*28*
―うつやをのこの　7007
さぬらくは　3940
さののをか
―こえゆくひとの　2430
―ひとりやこえん　2431
さのみなと　*246*
さのみやは　3306
さのやまに　**105**
さはきなき　685
さはたかは
―せせのしらいと　279
―そてつくはかり　277
さひかのに　6401
さひしとも　239
さひのくま　2068
さほかはに
―ちるもみちはを　880
―なくなるちとり　5170 ㉒
さほかはの
―きしくたりなる　983
―きしのまにまに　985
―きしのわたりの　982
―きよきかはらに　996
―みきはにさける　1005
―みつをせきあけて　1003
―をしふみわたり　989
さほのわたり　1010
さほひめに　1970
さほひめの
―あそふところか　1247
―かすみのころも　1921
―かつらきやまの　1320
―たむけのやまの　1971
―とこのうらかせ　7341
―(と)このうらかせ　**374**
―なにおふやまも　960
さほやまに
―たなひくかすみ　959
―たなひくくもの　980
―はなさきぬれは　965
―やなきのいとを　962
さほやまの
―ならのかしはき　977
―ははそのいろは　971
―みねのかすみは　961
さほやまを　979
さほわたる　953
さほをすき　705
さまさまに　5244
さみたれに
―きしのまつかね　171
―くらまのやまの　459
―たくものけふり　3196
―たまえのみつや　3146
―にふのかはせの　1242
―にふのかはらの　1216
―ぬるともしらす　665
―ふるののをささ　1615
―みつのみなかみ　3101
―みつまさるなり　1791
―みつまさるらし　278

—ゆけのかはらの 2262
—よとのつきはし 3254
—ゐなのかはきし 3001
—をささかはらを 3057
さみたれの
—あまのかくやま 1948
—いくかになれは 5064
—つきてしふれは 2207
—はれぬひかすや 5672
—ひかすまされは 2206
—ひをふるままに 3474
—ふるかはのへの 1882
さみたれは
—あささはをのの 2957
—いとかのさとの 6353
—おふのかはらの 5822
—たましまかはに 6902 **30**
—つたのほそえの 5979
—はらののさはに 3805
—ひかすつもれと 3351
—ふるえのむらの 5575
—ふるかはのへに 1881
—ふるののをささ 1777
—みえしをささか 5141
—みなそこのはし 4849
—むつたのよとの 1300
さもこそは
—すみのえならめ 2841
—みるめかたたの 4486 4833
—やとはかはらめ 2801
さやかなる 3505
さやまなる 4185
さゆるよは
—みむろのやまの 1551
—ふるやしもの 1547
さよちとり
—こゑこそちかく 3755
—さわくあられの 3602
—なみやたちけん 6130
—ふけゐのうらに 2499 6583
さよなかに
—おもへはくるし 5147
—みみなしやまの 1991
さよひめの
—かみかとみれは 6871
—そてかとみれは **8**
さよふくる 464
さよふけて
—あられまつはら 2974
—かたらひやまの 7095 **176** *125*
—けにつきさむし 6444
—さひしくもあるか 1712
—たれそのもりの 3741
—なくやゆつはの 3727
—ほりえこくなる 2567
—ものそかなしき 5346
—よなかのかたに 4836
さらしなの 4952
さらしなや 4973
さらしゐの 6519
さらてたに
—さひしくみえし 3315
—つゆけきさかの 160
さらぬたに
—あきのたひねは 4635
—かはかぬそてを 3950
さりともと
—たのみそかくる 39
—たのむこころは 13
—たのむのかりを 4232
さるさはの
—いけのやなきは 2267
—たまものみつに 2269
さわらひは 3369
さをしかの
—いるののすすき 7156 7157 **226** *180*
—いるるすすき *179*
—たちのまゆみ 4204
—つのくみぬらし 4336
—つまなきこひを 6024
—よはのくさふし 4161

し

しかなから 5960
しかのあまの
—いそにかりほす 6666
—しほやきころも 6663
—しほやくけむり 6658
—つりすとともに 6664
—つりふねのなは 6665
—ひとひもおちす 6660
しかのあまは 6562
しかのうみ 4475
しかのうらに
—あさりするあま 6561
—いさりするあま 6659
—いつつのいろの 4482
しかのうらの 4481
しかのうらや 4484
しかのおきや 4490
しかのなく 6042
しかのねに 6016
しかのねの 2989
しかのねを 144
しかのやま
—あらしのつてに 4466
—いたくなきりそ 6657
しかまかは 5952
しからきの
—そまやまさくら 4622
—とやまのもみち 4625
—みねたちならす 4629
しきしまの 2329
しきしまや
—たかまとやまの 1673 1674 1676
—たまゐのぬまの 2263
—ふるのみやこは 1632 2087
—みわのひはらの 1773
しきたへの
—そてかへしきみ 2092
—たまくらのの 2137
—とこのうらわの 7342
しきのゐる 3155
しくらかは 5632
しくるらん 6366
しくれする
—はしたのやまは 4591
—はたれのやまは 7082 **163** *108*
しくれせぬ
—よしたのむらの 663 4855
しくれつつ
—そてたにほさぬ 1530
—ひかすふれとも 471
しくれつる 6968
しくれとも 2484
しくれには
—たつたのかはも 1445
—ぬれぬこのはも 875
しくれのあめ
—そめかねてけり 418
—まなくしふれは 3987
しくれふる
—いくたのもりの 3066
—みむらのやまの 4725
—もみちのやまは **81**
しくれゆく
—あきにしられぬ 1845
—いくたのもりの 3081
—くものよそなる 1326
しけやまの
—そかひのみちの 5618
—たにへにおふる 5617
しけりゆく
—あたのおほのの 2100
—しはらのやまの 3969
しけること 587
しけをかに 2088
したくさは 648
したさはく 2447
したさゆる 526

す

すめかみの
―うしはきいます　5585 5586
―すそにのやまの　5522
―すそまのやまの　5524
すめろきの　5130
するかなる
―うつのやまへに　3976
―うつのやまへの　3971
―たこのうらなみ　3997
―ふしのくはこの　3923
―むらしかいその　4011
するかのうみ　3992
すゑたえぬ　6309
すゑとをき　6115

せ

せきあらし　4758
せきこえて
―あはつのもりの　4756
―くるれはかへる　4510
せきとむる
―ひともなきみは　7261
―ひともなきよは　**304**
せきとめて　5859
せきなくは　4907
せきのとを　3834
せきやまの　4421
せきりせし　5063
せたのさと　4452
せとへちに　3668
せのやまに
―たたにむかへる　6302
―もみちつねしく　6300
せみかひの　3712
せみのはの
―ころもにあきを　6868 **5**
せりかはの　580
せりつみし　1276

そ

そこきよき　3482
そこきよみ　1002
そそやきけ
―あくるねやまの　7023 **120** *46*
そてぬらす
―しくれなりけり　2367
―をしまかいその　5337
そてぬれて　7258
そてのうら　5121
そとものくにの　4903
そのかみの
―ひかけのやまの　10
―ひとはのこらし　6778
そのかみを　679
そのはらの
―ふせやにおふる　4968
―ふせやにしのふ　4970
そのはらや　4967
そのままに
―またもあひみぬ　*80*
―やみなはつらし　4991
そまひとの　1785
そめかけて　269
そめかはに　6734
そめかはを　6735
そめてけり　1323
そめはつる　4306
そもたねの　5501
そらはるる　5371
そらめをそ　35
それとみる　911

た

たえすたつ　**396**
たえすのみ
―もしほやくてふ　3335 6857
たえすゆく　2198
たえたえに　2225
たえつたつ　7364
たえにきと　5289
たえぬかな　6971
たえはてぬ
―なさけのやまに　7016 **114** *38*
たかかたに　4155
たかくてる　2051
たかくらの　5718
たかさこと　6018
たかさこの
―ふもとのさとは　6035
―ほかにもあきは　6029
―まつにすむつる　6019
―まつになくなる　6045
―まつはかはらぬ　6022
―やまにははるや　6043
―やまのやまとり　6041
―をのへのかせや　6028
―をのへのさくら　6032 6033 6034
―をのへのはなに　6037
たかしきの
―うへかたやまの　6965 **79**
―うへかたやまは　6964 **78**
―うらまのもみち　6961 **76**
―たまもなひかし　6963 **77**
―もみちをみれは　6962
たかしまの
―あしりのうみを　4572 4691
―あとかはなみは　4573
―あとしらなみは　6109
―うらまのかせに　4555
―みをのうらなみ　4565
たかしまや
―みをのそまきの　4559
―みをのなかやま　4558
―ゆるきのもりの　4576
たかしやま　3850
たかせさす
―さほのかはらの　984
―むつたのよとの　1299
たかせなる　2457
たかためそ　3986
たかためめに
―いそくなるらん　111
―いるののまくす　7159 *182*
―いるののままはき　**227**
―しのひのをかの　4190
―われはいのちを　3679
たかためめの
―にしきなれはか　969
―わかなならねと　2129
たかてらす　2052
たかねには
―ゆきふりぬらし　7257 **301**
たかのこは　4755
たかのやま
―あかつきをまつ　6367 6371
―おくまてひとの　6361
たかはのに
―たちしなひたる　**239** *200*
―たてしなひたる　7178
たかはらの　1488
たかまきし　5014
たかまとと　1987
たかまとの
―あきののうへの　1696
―あきののかみの　1686
―あきののすすき　1695
―このみねさへに　1681
―のうへのみやは　1705
―のちのしのはら　1698
―のへのあきはき　1687 1688
―のへのうのはな　1701
―のへのかほはな　1685
―のへはふくすの　1697
―みやのすそみの　1704
―やまのたきつせ　1680
―をのへのみやの　1711
―をのへのゆきに　1707
―をはなふきこす　1693
たかみそき　1405
たかやすの　2384

たかやまに
—いてくるみつの 1996
—たかへさわたる 2001
—ちひろのうみも 2003
—みねふみならす 2002
たかやまの
—いはねにおふる 1999
—いはもとたきつ 1997
—みねゆくししの 2000
たかやまは 1986
たききこる 4084
たききつき 516
たきつなみ 1162
たきのうへの
—あさのきさす 6589
—みふねのやまに 1227 1235
—みふねのやまの 1230 1232
—みふねのやまより 1228
たきのみつ 497
たくふすま 5461
たけかはの 2459
たけからぬ 7310
たけくまの
—まつにはいとと 5264
—まつはこのたひ 5263
—まつはふたきを 5262
—まつをみつつや 5261
たけしまや 4842
たけのした 4081
たけのはも 1920
たこのあまの 4005
たこのうら
—かせものとけき 4001
—なみにかすみの 4000
たこのうらに
—うちいててみれは 3905 4006
—かすみのふかく 3999
たこのうらの 5564
たこのさき 5563
たこのねに 5050
たしまなる 5814
たたくれね 4057
たたけとも 5230
たたこえの
—このみちにして 2541 2793
たたしきを 333
たたしはし 1510
たたなはる 2004
たたにあはは
—あひもあきてん 7236
—あひもかねてん **285**
たたにこす 6331
たたぬより 6624
たたみちの 4010
たちかへり
—いくたのおくの 3091
—とくといそけと 5808
—とふといそけは 6464
—とやまそかすむ 6036
—なほみてゆかん 3822 6038
—ぬれてはひぬる 3085
—またもみまくの 3466
—みてこそゆかめ 3917
たちかへる
—なこりははるに 4100
—はるのしるしは 1853
たちさらす
—もみちのやまの 6970 **82**
たちしきり 4365
たちなるる 943
たちぬはぬ
—きぬきしひとも 693
—もみちのころも 3095
たちはきの 3711
たちはなの
—きのまろとのの 6703
—したふくかせの 4293
—しまにしをれは 2049
—しまのみやには 2050
—みをりのさとに 4030
たちはなれ 3740
たちまなる 5812
たちまよふ
—おなしたかまの 1368
—みなとのきりの 3865
—よしののさくら 1065
たちやとる 3855
たちやまに
—ふりをけるゆきの 5589
—ふりをけるゆきを 5587
たちやまの
—ゆきつくらしも 5590 5594
たちよらは 5216
たちよらむ 2085 5898
たちよれと *55*
たちよれは
—あめふりやまの 4095
—すすしかりけり 5384
たちわかれ
—いなはのさとに 2466
—いなはのやまの 4920 5815
—はつかあまりに 5218
—はるかにいきの 6791 6798
—ゆくみのさとに 664
たちわたる
—かすみへたてて 5421
—なみかせいかに 7361 **393**
—はまなのはしの 3852
たちゐなく 6044
たつあらし 1969
たつかなく 5643
たつかゆみ 2135
たつたかは
—あきにもなれは 1452
—あきはみつなく 1453
—あらしやみねに 1442
—いはこすなみの 1467
—くちなはきみか 1579
—しからみかけて 1457 1535
—たきのせはきに 1471
—たちなはきみか 1469
—ちらぬもみちの 1446
—みむろのきしの 1460 1555
—もみちはなかる 1455 1533
—もみちみたれて 1441
—わたるせしらぬ 1464
たつたひめ
—あきのみけしや 659
—ちへのにしきを 1514
—みわのひはらの 1771
たつたみは 4163
たつたやま
—あきゆくひとの 1419
—こすゑはなほも 1429
—こすゑまはらに 1484
—こえしむかしの 1427
—このはいろつく 1422
—このはふりしく 1423
—すそののきりは 1428
—なほうすころも 1406
—にしきをりかく 1418
—ねくらのこのは 1409
—ふもとににほふ 1431
—ふもとのさとは 1483
—まつのむらたち 1424
—みつつわかこし 1396
—もみちのにしき 1408
—ゆふこえくれて 2693
—ゆふこえくれは 1440
—よそのもみちの 1426
たつないま 5853
たつぬとも 543
たつぬへき 1784
たつぬれは 1768
たつねきて
—われこそきみを **145** *78*
—われにそきみを 7054
たつねはや
—あをはのやまの 5385
—けふりをなにに 5175

たつねみる
―つらきこころの 7322 **362**
たつのいち
―うるまのしみつ 2332 2333
たつのいちや
―ちとせをかへて 2330
―ひをまつしつの 2326
―ゆきかふひとも 2334
たつのむまも 725
たつのむまを 726
たつのゐる
―かめのくひより 6175 6842
―ふゆのあれたの 4767
たてきるや 4888
たてなめて 255
たとかはの 4918
たとふへき 2927
たなかみの
―ささふのたけも 4593
―やまのこのはに 4446
たなかみや 4447
たなくらの 919
たなはたの
―あかぬわかれの 3583
―あふせのうらに 4366
たにおろしの 3967
たにのとは 5523
たにはちの 5664
たねたえて 7216
たのむかけ 3824
たのめこし 1892
たのめつつ 2914
たのめても 6866 **4**
たのめとも 6947 **63**
たのめとや 4537
たのもしき 3728 6801
たのもしな
―ののみやひとの 164
―むしあけのせとを 6006
たはれをか 7409 **431**
たひころも
―なれてもつらき 5429
―ひもゆふかけて 4069
―またひとへなる 3202
たひたひに 6792
たひなれて 6126
たひなれは 4552
たひにして
―あきさりころも 3036
―つまこひすらし 1489
たひねする
―あしのまろやの 4585
―あまのうらちの 3204
―このしたつゆの 3839
―のしまかさきの 6572
―ゆめちはゆるせ 3974
たひのみち 5158
たひひとに 827
たひひとの
―おりゐるあとも *79*
―おりゐるかとも 4779
―そてのかにしむ 1956
―ますけのかさや 5035
―みちさまたけに 3074
―やとかりころも *235*
たひひとは 3210
たまえこく
―あしかりをふね 3142
―こもかりふねの 3143
たまえにや 3149
たまかきの 2691
たまかきは 494
たまかつま
―あへしまやまの 3326
―しまくまやまの 3329
たまかつら
―いふきのやまの 4681
―かつらきやまの 1321
たまかはと 5281
たまかはに 4210
たまかはの 299
たまきはる 2090
たまくしけ
―あけゆくそらや 3608
―あしきのかはの 6688
―あしきのつきを 6686
―いつしかあけん 5553
―なみのかけこを 3600
―ふたかみやまに 5514 5515
―ふたかみやまの 1383
―ふたみのうらに 3601
―ふたみのうらの 3599
―ふたみのさとの 5992
―みむまとやまの 434
―みむろとやまを 435
たまくせの 439
たまくらの 7355 **387**
たまさかに
―あふせはなくて 2259
―あられたはしる 5319
―とふひののもり 950
たましまの **22**
たましまや
―かはせのなみの 6896
―このかはかみに 6893
―にひしまもりか 6895 **24**
たまたすき
―うねひのやまに 2008
―うねひのやまの 2007
たまたれの
―こかめはむなし 4117
―こかめやいつら 4111
―こすのおほのの 2091 2094
たまつしま
―いそのうらまの 6178
―いりえのこまつ 6188
―きしゆくなみの 6180
―ふかきいりえを 6187
―みれともあかす 6177
―よくみていませ 6176
たまつはき
―かはらぬいろを 4652
―みとりもいろも 6330
たまにぬく 4140
たまのうらに 6442
たまのうらの 6441
たまのゐに 304 4858
たまはやす 3043
たまひろふ 6495
たまほこの 5131
たまもかる 2328
―いらこかあまも 3699
―いらこかさきの 3702
―いらこかしまの 3700
―おほえのうらの 3353
―からかのしまに 5893
―さぬきのくには 6616
―たまえのあしは 3154
―としまをすきて 3255 6564
―のしまかうらの 6573
―ゐてのしからみ 280
たまよする
―みきはかさきの 7382
―みさきかさきの **405**
たみのとも 2743
たみもまた 4087
たむけくさ 3156
たむけして 4060
たむけする
―あらちのやまの 5401
―ひろせのかみの 2254
たむけやま
―しももしくれも 1976
―ぬさはむかしに 1975
たもとより 5234
たゆひかた 5452
たゆらきの 6054
たよりあらは 5221
たらしひめ

ち

つ

―すはのみなとの 5013
―つもりのうらの 2922
―よはにさなから 2289
つきそすむ 6227
つきのこる
―あしやのさとの 2752
―むろのやしまの 5092
つきはなほ 2806
つきもなほ 2718
つきもひも 1550
つきもれ 3216
つきやとる
―いくたのいけの 3080
―みもすそかはの 3463
つきよには 3419 3687
つきをおもふ 5228
つきをたに 2509
つくしなる
―おほわたりかは 6714
―おもひそめかは 6731
つくしふね 6805
つくしより 6802
つくつくと 5917
つくはねに
―かかなくわしの 4325
―のほりてみれは 4329
―ゆきかもふらる 4316
―わかゆけりせは 4326
つくはねの
―いはもととろに 4327
―このもかのもに 4309
―このもとことに 4310
―さゆりのはなの 4313
―しらくもかかる 4312
―しらくもやまの 4340
―すそはのたゐに 4320
―そかひにみゆる 4335
―にひくはまゆの 4308
―ねろにかすみゐ 4315
―はやましけやま 4295 4296
―まつのすみかを 4324
―みねのさくらや 4342
―みねのもみちは 4321
―みねよりおつる 4341
―やまとりのをの 4322
つくはやま
―こかくれおほき 4301
―しけきまさきの 4297
―しけきめくみに 4305
―しつくにたへぬ 4300
―ふかくうれしと 3861 4302
つくまえに 4761
つくまえの 4760
つくまかは
―いりえにをしも 5018
―たゆることなく 5016
つくまのに 4759
つくよみの
―かみしてらさん 3504
―ひかりをきよみ 6455
つけのに 3412
つしまのねは
―したくもあらなむ 6958 73
つつきてふ 578
つつみをは 6167
つなてなは 6766
つなてひく 2536
つねならぬ
―ひとくにやまの 6345
―よをのみなとか 2504
つねよりも 4370
つのくにの
―あきのはまの 3307 6426 ㉖
―いくたのいけの 3078
―いくたのやまの 3073
―うらのはつしま 3346
―こやともひとを 2771
―こやのあしかき 2780
―すまのうらかせ 3187
―なからのはしの 2720
―なからふへくも 2711
―なにはおもはす 353 2538
―なにはたたまく 2526
―なにはのあしの 2517
―なにはのうらの 2597
―なにはのことか 2535
―なにはのさとの 2649
―なにはのはるは 2530
―なにはわたりに 2644 2770
―はつかのさとに 3400
―まちかねやまの 3392
―まろやはひとを 3161
―みつとはいひそ 354
―むこのおくなる 3015
―むろのはやわせ 3423
つのくにや 2748
つのくめる 2547
つのさふる
―いはきもすきす 1841
―いはみのうみの 5838 5849
―いはむらもすきぬ 2027
―いはむらやまに 2026
つのしまの
―せとのわかめは **407**
―やとのわかめは 7384
つのをか
―みなみにかへる **208**
―みなみにかをる 7135 *160*
つはいちの 2335
つはりせし 5081
つひにまた 4829
つふらのに 7182
つまかくす
―やのかみやま 6991 6996 94 *15*
つまきこる 134
つまこふと 4633
つまもあら 6617
つみふかき 5488
つむかのに *204*
つゆしくれ
―そめはてにけり 225
―もらぬみかさの 873
つゆしけき 2162
つゆしもの 2378
つゆのいろを 3064
つゆのほる 2599
つゆはらふ 3838
つゆふかき
―あさひののへに 4700
―くさかのやまを 3384
つゆむすふ
―まのこすけの 3243
―をかへのをささ 2159
つゆわくる 4776
つよくひく 5104
つらかりし 3641
つらくとも 4344
つらけれと
―おもひはなる 3879
―ひとにはいはす 5839
つらさのみ 6997 97 *19*
つらしとて
―もろはのやまに 7062 **151**
―もろわのやまに *88*
つらしとも 1578
つらゐて 298
つるうちの 6631
つるきたち 4705
つるのすむ 5712
つるはみの 1887
つれなさの 1161
つれなさは 6643
つれもなき 4317
つれもなし 2283

て

てしまなる 3390
てつくりや 4211
てにならす 2325
てるつきに 3279

てるつきの
—かつらのやまに 5688
—たひねのとこや 1332

と

とかきたて 2064
ときかけつ 2828
ときかへし 300
ときくれは 2321
ときしあれは
—さくらとそおもふ 6231
—すくものをかの **207** *158*
—たつのいちしの 2331
ときしもあれ
—あめにあらそふ 1051
—たのむのかりの 1205 4235
—みつのまこもを 597
—ゆきあふさかの 4405
ときしもあれは 7133
ときしらぬ
—やまとはきけと 3902
—やまはふしのね 3919
ときすくる 5373
ときつかせ 3232
ときはなる
—あをはのやまも 5382
—いはねのやまの 4880 5698
—いはやはいまも 6513
—かけはかはらし 4865
—かみなひやまの 5686
—きひのなかやま 6093
—たけのみやこの 3515
—まつゐのみつを 5750
—みかみのやまの 4650
ときはやま
—かすみわたれる 421
—しひのしたしは 412
—ふもとののへに 407
ときまちて 3615
とくきても 662
とくさかる 4950
とこよつつ 5793
ところから 5919
としことに
—あゆしはしれは 5630
—かはらぬものは 1402
—ますたのさとの 2279
—もみちはなかす 1450
—ゆきのふかさは 5720
—わかなつみつつ 786
としたけて 3828
としつきは 2214
としつきも 2189
としつもる 6355
としのうちに 1035
としふかく 5478
としふとも
—いろはかはらし 3460
—かはらしこころ *97*
—こしのしらやま 5474
—さのみはまたし 3002
—なほいはしろの 6384
としふれと
—かはらしこころ 7071
—しるしもみえぬ 411
—そてひつかはの 401
—ひともすさめぬ 4732
としふれは 6913 **38**
としへたる
—うちのはしもり 99
—つるかをかへの 4083
としへぬる 3253
としもへぬ 1830
としもよし 4719
としをふる 2047
としをへて
—いたくなめてり 511
—しけきなけきを **115**
—しけさまされは 4323
—しけるなけきと 7018
—しけるなけきを *40*
—すかのあらのに 4999
—すみこしさとを 373
—なにたのみけん 6069
—なほいくはると 866
—にこりたえせぬ 3308
—ふるかはのへに 1880
—またあひみる 6385
—まつのをやまの 492
—みしもむかしに 350
—よしののやまに 1097
ととこほる 4824
ととのへし 12
となせかは
—いはまにたたむ 188
—もみちをかくる 189
となせより 187
となみやま 5596
とにかくに
—ひとはいへとも 5369
—みかさとまうせ 7177 *199*
とねかはの 5073
とねかはは 5075
とねりこか
—そてやつゆけき 7136 **209**
とはすとも 65
とはねとも
—なのりてすきぬ 4105 6697
とははやな 6612
とはやまの 359
とひわたる
—けふりのすゑも 127 *124*
とひわふる 7033
とふことを 4118
とふさたち 5496
とふさたて 4045
とふとりの
—あすかのかはの 2187
—あすかのさとを *2227*
—あすかのてらは 2239
とふひとも
—あらしとおもふを 1759
—なきなのりすらしも 6699
とへかしな
—あしやのさとの *2757*
—きりまをわけて 4588
とへとおもふ 3640
とほさかる 6503
とほしとふ
—こなのしらねに 7099 **180** *128*
とほちには 1938
とほつあふみ 3866
とほつひと
—かりちのいけに 7198 7300 **258** **341**
—まつらさよひめ 6861 **1**
—まつらのかは（に） **23**
—まつらのかはに 6875
とほつまし 6474
とまりする 5767
とまりにし 1258
ともかくも 2144
ともしして
—こよひもあけぬ 3786
—はこねのやまに 4072
ともしする
—たかまとやまの 1679
—みやきかはらの 5250
ともしひの
—あかしのうらの 5927
—あかしのおきの 5939
—あかしのせとの 5943
ともすすめ 362
ともつるの 3123
とものうらに 6123
とものうらの 6120
とものうらや 6125
とやかへる
—たかのをやまの 4727
—つみをてにすゑ 4749
とやののに

―をさきねくはり 7179
―をさきねらはり *201*
とやまにて 1099
とよくにの
―かかみのやまに 6819
―かかみのやまの 6820
―かはるわかいへ 6841
―きくのいけなる 6826
―きくのたかはま 6833
―きくのなかはま 6831 6832
―きくのはまへの 6828
―きくのはままつ 6829
―まのはまへの 6835
とりかなく
―あつまのくにの 4063 5129
とりつなけ
―たまたよこのの 2438 5256
とりのこは
―またひななから 5026 7440 **458**
とりのねに 4056
とりのねも 6133
とりへのや 517
とりへやま 514
とりゐたつ 4399
とをちには 2039
とをつかは 1310

な

なかきひの 5000
なかきひも 545
なかきよの 3479
なかしくる 3047
なかしつる 5057
なかすとも 3518
なかたには 432
なかたゆる 1349
なかつきの
―きくのしらつゆ 5368
―しくれのあめの 759
―しもよのつきは 4623
―すゑのはらのの 7175 *197*
―つつきかはらの 576
―とをかあまりの *232*
―もみちのやまの 6967
なかとなる
―あふのこほりの 6168
―おきつかりしま 6162
なかなかに
―いひもはなたて 4955
―きみにこひすは 4618 **368**
―きみにこよひは 7331
―このはかくれは 6943 **60**
なかはちる 5387
なかむれは
―おもひのこせる 6928 **49**
―よものしらくも 1819
なかめつつ
―おもへはおなし 3835
―ゆふこえくれは 1844
なかめても 1702
なかめはや 3435
なかめやる
―うちのかはせの 88
―くものはたてや 1373
―こころのはてそ 5907 5938
―なみちやいつこ 6545
―はこねのやまを 4074
なかめわひぬ 1482
なからなる
―はしもとてらも 2727
―まつふくかせの 4471
なからのみ 2734
なからへむ 4637
なかれあしの 3131
なかれいつる *74*
なかれくる 3027
なかれたえぬ 3469
なかれての 6720
なかれては
―いもせのやまの 1172 6307
―たつたのかはの 1473
―よるせになると 4125 7272 **313**
なかれても 3932
なかゐせは 4847
なきおくれ 6332
なきことを 2148
なきさはの 6511
なきさより 5497
なきすみの 5982
なきなのみ
―たかをのやまと 474
―たつたのやまの 1433 1435
―たつのいちとは 2327
―をふのうらなし 3573
なきなをは 4825
なきぬなり 6905 **32**
なきひとの
―くるよときけと **442**
―くるよときけは 7423
なきわたる 2073
なきをくれ 1918
なくこゑを 1553
なくさます 6478
なくさやま 6334
なくちとり 5124
なくなるは 4396
なけかしな
―たむけのやまの 1978
―ふなきのやまの 4927
なけきのみ
―ありまのやまに 3017
―しけくなりゆく 3768
なけやなけ
―かたみのやまの *36*
―たかたのやまの 5858
なこのあまの 5637
なこのうみ 5634
なこのうみに 5639
なこのうみの
―あさけのなこり 2940
―おきつしらなみ 5635
―かすみのまより 2942
―しほのそやひは 5638
なこのうみや 2943
なこのうみを 2941
なこのうら 5640
なすのゆの 5098
なそもかく 4287
なちやまの
―くもゐにみゆる 6268
―はるかにおつる 6267
なつかあきか 4477
なつかりの
―あしのかりねも 5457
―あしふくこやに 2593
―あしふみわくる 2562
―あし(ま)になみの **447**
―あしまになみの 7427
―たまえのあしを 5456
―ゐなのささはら 2992
なつきては 446
なつくさの
―おもひしなへて 5847
―かりそめにとて 2594
なつくるる 1509
なつくれて
―なかるるあさの **288**
―なるるあまの 7239
なつくれは
―ふかくさやまの 370
―ふせやかしたに 5901
―みしまかはらに 5584
なつけたる 5505
なつころも
―いつかはときを 1955
―かたしきやまの 7021 **118** *44*
―かとりのうらの 4571
―たつたかはらの 1463
―たつたのやまの 1403
―ゆきてもすすし 7004 **102**

―ゆくてもすずし　25
なつそひく
―うなかみかたの　4240 4241
―うなかみやまの　4244
―うなひをさして　4230
なつちかく　261
なつとあきと　3565
なつのひの　4483
なつのひも　4801
なつのよは　7424
―いりてもつきは　5602
―うのはなつきよ　**443**
―うらしまかこの　5795
なつはまた　2935
なつひきの　6351
なつふかき　4989
なつふかみ　4750
なつもなほ　3938
なてしこの　616
なてしこは　2132
なとりかは
―いくせかわたる　5276
―せせのむもれき　5272
―はるのひかすは　5274
―やなせのなみそ　5275
ななそちに　4530
ななたひの　1167
ななわたに　5834
なにおはは　7209 **263** *241*
なにおもへと　520
なにかその　1192
なにことも　6808
なにことを　5168
なにしおはは
―あはてのもりの　3770
―あふさかやまの　4392
―いさことはん　4213
―しらしをわたの　3280
―つねはゆるきの　4577
―とらやふすらん　4096
―にしてふかみを　3293
なにしおへは
―たのみそかくる　3292
―はなにほふなり　536
なにしおふ　5933
なにしおへは　6927
なにしおを　5267
なにたかき
―あきのなかはの　6806
―あまのかくやま　1925
―いなみのうみの　5878
―たかつのうみの　2703
―にしきのうらを　3671
―やののかみやま　6995 **96** *18*
―よしののやまの　1070
なにたかく　522
なにたつる　*3767*
なにたてて
―ふしみのさとと　389
―よろつよふへき　203
なにたてる
―あはてのうらの　3750
―よふこのやまの　7076 **157**
なにとかは　57
なにとして
―いかにやけはか　2505
―いひはしのける　7268
―いひはしめける　**310**
―つきをまたまし　6493
なにとなく
―くちきのそまの　4731
―ものそかなしき　2314
なにとわれ　2789
なににかは　4806
なにのみは　6705
なにはいへと
―くろくもみえす　6739
―なるともみえす　620
なにはえに　2558
なにはえの
―あしかりをふね　2557
―あしのかれはの　2559
―あしのしのやも　2560
―あしのはなけの　2545
―あしまにやとる　2561
―あしもまこもも　2546
―くさはにすたく　2552
―こやによふけて　2556 2774
―しけきあしまを　2554
―しほひのかたや　2550
―もにうつもるる　2555
なにはえや
―かすみのしたの　2551
―よるみつしほの　2553
なにはかた
―あさみつしほに　2625
―あしのしのやの　2613
―あしのはしのき　2783
―あしまのいけの　2786
―あしまのこほり　2623
―あまのたくなは　2619
―いりえかくれに　2565
―いりえをめくる　2564
―うらかせさむみ　2790
―うらふくかせに　2615
―うらむへきまも　2607 2698
―おふるたまもを　2606
―かすまぬなみも　2617
―かりつむあしの　2611
―こやのやへふき　2777
―ささなみよする　2631
―しほちはるかに　2616
―しほひなありそ　2602
―しほひにあさる　2620
―しほひにいてて　2605
―しほひにたちて　2628 6539
―しほひのなこり　2603
―しほひはむれて　2632
―しほみちくらし　2736
―しほみちくれは　2618
―しほみつはまの　2627
―たつそなくなる　2738
―つなてになひく　2610
―まつのあらしに　2622
―みきはのかせも　2624
―みしかきあしの　2612
―みつのさきより　2689
―むれたるとりの　2626
なにはちを　2648
なにはつに
―いまやはるへと　2637
―さくやこのはな　2635
―さくやむかしの　2636
―ふゆこもりける　2638
―ふゆこもりせし　552
―みふねとまりぬと　2639
―わかまつふねは　2681
なにはつは　2642
なにはつを　2641
なにはとを
―こきいててみれは　2376 2646
なにはなる
―こやとはひとを　2778
―なからのはしも　2713
―みつとはいはし　2666
なにはのみやは　2655
なにはひと
―あしひたくやに　2521 2523
―あしひたくやは　2520
―すくもたくひの　2525
―すすふねとらせ　2534
―ふりさけみらむ　2377
なにはへに　2513
なにはめか
―あしのまろやも　2531
―こやにをりたく　2773
―ころもほすとて　2524
―すくもたくひも　2761
なにゆへか　3570
なにをかも　1765

なのみして
―いはねたかくそ　6282
―やまはみかさも　905
なのりして　6700
なはしろの　6118
なはのうらに
―しほやくけふり　3271
―そかひしみゆる　3272
―そむきにみゆる　3336
なへてその
―ふかしのやまに　7083 **164** *109*
なほさそへ　4946
なほさりに　403
なほしはし　3846
なほてらせ　322
なまよみの　3906
なみあらふ　7345 **377**
なみかかる
―いそへのやまの　7005 **103** *26*
―いそのとまやは　5913
―なにはのさとの　2651
―のしまかさきの　6570
―ふきあけのはまの　6238
―みほのうらはの　3963
―みほのうらひとの　6855
―みほのうらへの　3334
―むこのうらかせ　3032
なみかけて　3347
なみかけは　173
なみかすに　2867
なみかせに　6865
なみかせも　6629
なみきよき
―たましまかはに　6899 **26**
なみこえて　7369
なみこすと　3605
なみこゆる
―ありそのまくす　5549
―やそせやいつこ　3498
なみたかき　6003
なみたかは
―あさきせそなき　5295
―なにみなかみを　3715
―みなわをそてに　3718
なみたさへ　4162
なみたては
―しらゆふかかる　2896
―なこのうらまに　5647
なみたてる
―くぬきかはらに　2490
―まつのしつえを　5774
―よしたのさとの　4854
なみたにも　2353
なみたのみ
―おほかはしりの　3354
―ますたのいけの　2274
―もろこしふねも　7343 **375**
なみとのみ　2840
なみにたに　5122
なみのうつ
―おとのみそせし　3622
―みしまのうらの　3137
なみのうへに　5968
なみのおと
―うちのさとひと　100
―かせにかけたる　6086
―けさからことに　6084
なみのおとは
―まつのあらしに　5283
なみのたつ　3959
なみのぬれきぬ　**48**
なみのやの　7358 **390**
なみのよる
―いらこかさきを　3706
―のしまかさきの　6567
なみはみな
―こほりてむすふ　7280 **322**
なみまくら
―いかにうきねを　2276
―ゆめにもみえす　6433
なみまなき　5862
なみまには　6078
なみまより
―あかしのうらに　5903
―いりひかかれる　6030
―くもゐにみゆる　6596
―みえしけしきそ　5341
―みゆるこしまの　6073 6074
なみよする
―いそまのうらの　6462
―しららのはまの　3688
―ふきあけのはまの　6235
ならさかを　706
ならのはに　1504
ならのはの　723
ならやまの
―このてかしはの　702 3743
―みねのなほきる　703
ならやまを　946
なるかみの　1719
なるたきの　5749
なるたきや　624
なるとより　6602
なるみかた
―あさみつしほや　3754
―うのすむいはに　3758
―おきにとひゐる　3746
―しほひにうらや　3759
なるをなる　3314
なれてきし　4124
なれゆけは　3164
なをきけは　4469
なをたのむ　6919
なをたのめ　5087

に

にきたつに　6638
にこりなき
―かめゐのみつを　2661
―きよたきかはの　480
―たまつしまえの　6186
にしききは　5312
にしきのや　2175
にしけには　3281
(にしのうみ)　**56**
にしのうみ
―あはきかはらの　2891 6935
にはなかの　4274
にひたやま　5029
にひはりの　4359
にひむろの
―ときにいたれは　7445
―ふむしつけこか　7444
―ふむつのこ(し)　**462**
にふのかは　1239
にほうみや　4441
にほてるや
―いりえのあしの　4485
―やはせのわたり　4450 4848
にほとりの
―おきなかかはは　**297**
―おきなかかはら　7250
―かつしかわせを　4249
―なつさひゆけは　5974
にほのうみや　4442

ぬ

ぬしなくて
―さらせるぬのを　3094
―ふるのやまへの　1595
ぬすひとの　1438
ぬなかはの　**294**
ぬのさらす
―これやさかみの　7429 **448**
ぬのひきの
―たきのしらいと　3102
―たきもよさむに　3092
ぬはたまの　2683
ぬほこたれ　6529 *103*
ぬまかはの　*7247*

ぬれころも　5755
ぬれつつも
―しひてとかりの　*195*
―しひてみかりの　7173 **238**
―しひてやをらん　5565
ぬれてほす　2751

ね

ねきかくる　4522
ねきことを
―さのみきけむ　*249*
―さのみきけん　7214 **268**
ねぬなはの
―くるしかるらん　2270
―ねぬなはおほく　168
―ねぬなはかけて　2271
ねぬるよは　2788
ねやのうちに
―つきのひかりは　2042 ⑫
―ねさしととめよ　588
ねやまこる
―しつのをのみには　*48*
―しつをのみには　7026
ねらひする　2979
ねられすや　2126

の

のきはあれて　351
のちせのうらに　5379
のちせやま　5370
のちのよの　328
のちみむと　6379
のとかなる　6104
のとかはの
―あともあひみむ　2256
―みなそこなへて　2257
のとのうみの　5495
のとやまの　913
のへのくさ
―またあをしとや　7107 **188** *136*
のりめたてて　7121

は

はかなくて　45
はかなくも　3566
はかなしな　140
はかなしや　6171
はかへせし　3357
はかへせぬ　7220
はきかはな
―たれにかみせん　2139
―まそてにかけて　1709
はこかたの　6639
はこさきの
―まつはまことに　6779
―まつはまことの　6759
はこねちを
―わかこえくれは　4034 4077
はこねやま　4071
はしたかの
―きりふのをかの　7128 **202**
―すすのしのはら　7132 **206** *157*
―はかひのやまを　931
―みよりのつはさ　2117
はしたて
―くまきさけやに　5500
―くらはしかはら　5499
―くらはしかはに　1907
はしたての
―くらはしかはに　1906 5788
―くらはしかはの　1905
―くらはしやまに　1900
はしたてや
―くらはしかはに　5787
―くらはしやまに　5786
―まつかせかすむ　5775
―よさのうらなみ　5762
―よさのふけゐの　5784
はしのなを　7434 **452**
はしりゐの
―かけひのきりは　4430
―ほとをしらはや　4429
はたやまの
―おのへたかかや　**177**
―をのへつつきの　7096 *126*
はつかりの
―うきておもひの　3016
―きなくときはの　417
はつしくれ
―ふりさけみれは　*874*
―ふりにけらしな　6108
―ふるのやまさと　1628
―ふるほともなく　1322
―もみちとともに　1207
はつしもや
―そめのこすらむ　*107*
―そめはつすらん　7081 **162**
はつせかせ　1833
はつせかは
―いくせかわたる　1866
―きしのいはねの　1867
―しらゆふはなに　1859
―なかるるみをの　1860
―はなのささなみ　1873
―はなのなみわの　1872
―ふるかはのへに　1878
―ゆふわたりきて　1862
―わたるせたえや　1864
―ゐてこすなみの　1861
はつせちや　1874
はつせぬの　1826
はつせのや　1837
はつせめの　1178
はつせやま
―あらしのみちの　1832
―いはねそつつく　1846
―いりあひのかねの　1828
―うつろはむとや　1817
―うつろふはなに　1820
―くもゐにはなの　1816
―こけのころもに　1838
―たにそはかけて　1814
―はなにはるかせ　1818
―まつのとほその　1827
―みねのしかのね　1834
―ゆつきかしたも　1836
―ゆふこえくれて　1775 1843
はつみゆき　5405
はつゆきに　5472
はつゆきの　1650
はなかたみ　4497
はなかねの　1080
はなさかぬ　4730
はなさかは　1281
はなさかり
―あきつののへに　1265
―かすみのころも　1933
―すゑのまつやま　5204
はなさくら　2467
はなすすき　2160
はなそみる　1211
はなちての　2461
はなちとり　4390
はなとのみ　348
はなとりの　6488
はならて
―たたしはのとを　1061
―はなるものは　1728
―をらまほしきは　2549
はなにあかぬ　1082
はなにむかふ　787
はなのいろは
―いつもちくさに　673
―やよひのすゑに　4988
はなのいろを
―あらはにめては　4103 6695
―うつしととめよ　4660
はなのちる　1397
はなはなほ　4982
はなはみな　1851

はるはもえ　6707
はるはると
―あはちのおきに　6555
―いそのうらかせ　6452
―おまへのおきを　3303
―くもりなきよを　4837
―しららのはまの　3686
―つもりのおきを　2918
―としもゆたかに　4868
―ひさしかるへき　4741
はるふかき
―いろにもあるかな　2824
―さやまのいけの　4186
―ゐてのさはみつ　287
はるふかく
―たつねいるさの　7066 *92*
―なりゆくままに　7307 **349**
はるふかみ
―えたさしひちて　1506
―かみなひかはに　1508
―たまのはらの　4769
―またかすみなは　2035
―ゐてのかはなみ　284
はるめきぬ　4682
はるやまは　1752
はるよいかて　2045
はるるよの　2744
はるるよは
―いかはかりかは　7433 **453**
―いくへかしもも　5821
はるをまつ　5011
はれぬまに　5959
はれのほる　4610
はれやらぬ
―いこまのやまの　2372
―まきのをやまの　109

ひ

ひえのやま　4539
ひかけさす
―うのはなやまの　5603
―とよのあかりの　2411
ひかけやま　9
ひかすへて　5310
ひかりさす　6903
ひかりそふ　3833
ひきかくる　601
ひきつれて　2066
ひきてこし　3695
ひきわかれ　5439
ひきわたる　5008
ひくしまの　6131
ひくひとも
―あらはかくやは　4560
―なくてやみぬる　1016
ひくまの
―かやかしたなる　3796
―にほふはきはら　3794
ひくらしに　3920
ひくらしの　*41*
ひくるれは
―あはてのさとの　3771
―しのひもあへぬ　6606
―をちのいまさと　369 670
ひこほしの　252
ひさかたの
―あまつをとめか　3099
―あまてるかみの　3430 3432
―あまのかくやま　1922
―あまのさくめか　2702
―あまのつゆしも　3462
―あまのとひらき　6936
―あまのはやまの　1937
―あめのおもての　343
―くもゐにみえし　2355
―くもゐをかけて　6237
―そらもまかひぬ　1372
―たかまのもりの　1379
―つきのかつらの　194 323 5689
―てにとるはかり　691
―なかなるかはの　195
―なかにおひたる　199
ひさきおふる
―あとのかはらの　4574
―きよきかはらの　1308
ひさしさの
―しるしなるへし　4881 5699
ひたかたの　7380 **403**
ひたすらに　1109
ひたちなる
―あさかのぬまの　5146
―かしまのみやの　4284
―するかのうみの　4376
―たなへのいそに　4367
―なさかのうみの　4362
―をのみまきの　4372
ひたひとの　1240
ひつかはの　402
ひとかけも　4659
ひとこころ
―あささはぬまの　2962
―おもひいつるも　5835
―かねてしりせは　6737
―なにをたのみて　345
ひとこそは
―いほにもいはめ　5169 5170 ㉓
ひとことの　2518
ひとこふる　5484
ひとしれす
―あはれとそきく　4193
―おとすなみれは　3311
―おもひするかの　4013
―くるしきものと　5984
―くるしきものは　5162
―もみちしにけり　1984
―わかしめしの　2131
ひとしれぬ
―おほうちやまの　486
―おもひありその　5542
―おもひするかの　4023
―おもひをつねに　3896
―こころへたつな　293
―こひをのみこそ　7058 **148**
―こひをひとにこそ　*84*
―なみたのかはの　5183
ひとすまぬ
―ふはのせきやの　4909
―やまはふしのね　3908
ひとすまは　3079
ひとつして　5294
ひとつてに　4291
ひととはぬ　5166
ひととはは　6189
ひとなみに　6214
ひとならぬ　5325
ひとならは
―おやのおもひこ　6304
―おやのおもひこそ　6409
―とはましものを　2823 ⑮
ひとにつく　645
ひとのおやの　4641
ひとはいさ　3284
ひとふるす　731
ひとへやま　4980
ひとみなの
―ことはたゆれと　5021
―みらんまつらの　21
ひとめもる
―いはてのせきは　5185
―しのひのをかに　4189
ひとよりも
―おもひのほれる　7089 170 *115*
―まつきけとてや　2134
ひとりして　5620
ひとりぬる
―やとのひまより　7352 **386**
ひとりのみ
―いはれのいけの　2150
―おもふはやまの　4905 4938
―みつのほりえに　2696

―ふりにしさとの　2297
―ふるさとひとに　2298
ふちふのの　538
ふなきほふ　2573
ふなてして　6445
ふなてする
―あかしのおきに　5940
―おきつしほさゐ　6760
ふなてせし　6786
ふなてらに　3425
ふなはりの
―きにふりおほふ　1908
―なつみのうへの　1912
―ゐかひのやまに　1910
ふなひとの
―つしまのわたり　6960 **75**
―のしまのわたり　6574
ふなをかに　561
ふなをかの
―すそのつかの　565
―とほきわたりに　563
―のなかにたてる　560
ふねことに　2945
ふねとむる
―あかしのうらの　5914
―いさりのしまの　7393 **416**
―いはせのわたり　5509 *77*
―いりえのさをに　7052
―いりえのさをの　**143** *73*
―たこのうらはの　3927
―むしあけのいその　6007
ふねとめて　5773
ふねとめぬ
―ひとはあらしな　258 *275*
ふねなから　2930
ふねもなく
―いはなみたかき　7283 **324**
ふねよはふ
―こゑもおよはす　3350
―ふしのかはとに　3933
ふはのせき　4935
ふはのやま　4904
ふはやまこえて　4917
ふふきする　4470
ふまうき　5305
ふみそめて　5376
ふみみても
―ものおもふみとそ　3249 4255
ふみわけし
―さやまはゆきに　4183
―むかしはゆめか　3973
ふみわけて　5333
ふもとゆく
―ふなひといかに　7101 **182** *130*
ふもとをは　106
ふゆかれの
―いそのかはや　7275 **316**
ふゆきては
―おもひもあけし　5397
―ころもほすてふ　1942
ふゆくれは　7329
ふゆこなり　1476
ふゆこもり
―きぬきぬやまを　7027 *50* **121**
ふゆこもる
―よしののやまの　1119
―よのまのかせの　5409
ふゆさむし　1182
ふゆさむみ
―あさけのこほり　3618 3724
ふゆされは
―ころもてさむし　1087
―こゑをしけみに　2147
ふゆすきて　737
ふゆのきて　1541
ふゆのくる
―かみなひやまの　1497
―けしきなるらし　1515
ふゆはたた　2232
ふゆふかく　4683
ふゆふかみ　5445
ふゆもいま　2975
ふらはふれ
―みかさのやまし　6673 6838
ふりけれは　7073
ふりそめて　3475
ふりたてて　547
ふりつつく　5660
ふりつみし　478
ふりつもる　4066
ふりにける
―あすかのさとの　2230
―あとみえぬまて　1749
―まつものいはは　2832
ふりぬとて　4498
ふりぬれと　1212
ふりゆけは
―すきのみとりも　**280**
―まつのみとりも　7231
ふるあめの　6687
ふるかはの　2465
ふるころも　1888
ふるさとと　711
ふるさとに
―かはらさりけり　3760
―ききしあらしの　3830
―はなはちりつつ　1200
ふるさとの
―かはらのちとり　995
―さほのかはみつ　999
―たひねのゆめに　2508
―たよりおもはぬ　3975
―とほつのはまの　7371 **402**
―ならしのをかの　2080
―ならにあるてふ　988
―みかきかはらの　1284 1285
―みかきのやなき　1279
―みかさのやまは　908
―みわのやまへを　1757
―よしののかはの　1166
ふるさとは
―さむくなるらし　1218
―とほくもあらす　4981
―はるめきにけり　1274
―よしのやまし　1195
―わかなれころも　**216** *168*
―わかれなれころも　7145
ふるさとへ　2204
ふるさとも
―あきはゆふへを　152 *234*
ふるさとや　2233
ふるさとを　3829
ふるのやまに　1629
ふるはたの　6520
ふるままに　3496
ふるやまに　1605
ふるやまの　1600
ふるゆきに
―すきのあをはの　1762
―たくものけふり　5353
―とたえもみえす　1358
―ふゆもかたのの　2394
―みつのむらあし　2675
―ゑしまのまつも　6580
ふるゆきの
―いろのはまへの　5454
―ちへにももへに　3348
―とけんこもなく　6711 ㉗
―はなのにいてて　**231** *188*
―ゆふしてかくる　*3290*
ふるゆきは
―あはになふりそ　1909
―かつそけぬらし　1183
―はなのにいてて　7166
ふるるみは　2715

ほ

ほかのせは　2201
ほくしかけ　5149
ほしあひの　3582

ほしさきや　3763
ほしわひぬ　2486
ほそかはの　3793
ほそひれの　442
ほたるとふ　4516
ほつしやうの　6650
ほとちかく
—ころものさとは　3791 3823
ほとときす
—あつさのそまの　4736
—いかてきかまし　66
—いつるあなしの　1737
—いまいくかとか　945
—いまきなけとも　**223**
—いまきなけとや　7152
—いまやみやこへ　2471 2472
—うのはなやまの　5601
—おのかねやまの　7024 *47*
—きのまろとのの　6701
—ここひのもりに　4043
—こゑまつほとは　37
—しのはぬこゑを　3520
—しはしやすらへ　2308
—すゑのまつやま　5206
—そのかみやまの　6
—とはたのうらに　3652
—なかぬなけきの　7217
—なきているさの　7068 *94*
—なくねきかんと　556
—なくねのかけの　4665
—なこそのせきの　5215
—なほはつこゑは　5160
—なほひとこゑは　4790
—なれもこころや　4979
—ふたむらやまち　3784
—ふりいててなけ　414
—まちしわたらは　3804
—みわのかみすき　1803
—もろこしまてや　6869 **6**
ほとふれは　3723
ほとへてや　130
ほともなく　4121
ほにいつる　396
ほのかにも
—しらせてけりな　4356
—われをみしまの　3158
ほのほのと
—あかしのうらの　5904
—はなのよこくも　1052
—はるこそそらに　1923
—よさのふけゐの　5785
—わかすむかたは　2755
ほのみゆる　2931
ほりえこく
—いつてのふねの　2572
—かすみのをふね　2586
—たななしをふね　2580
ほりえには　2569
ほりえより
—あさしほみちに　2576
—みをさかのほる　2575
—みをひきしつつ　2570
ほりかねる　4171

ま

まかちぬき　6148
まかなしみ
—あらくはしけみ　3941 4031
—つねにはゆくか　4092
まかなもち　2261
まかねふく　6090
まかもいろの　5383
まきちらす　3096
まきなかす　1244
まきのいたも　4448
まきのたつ　238
まきのはの
—しなふせやま　6301 **99**
—しなふせやまの　6998 *20*
まきのはも　5695
まきもくに　1727
まきもくの
—あなしかはより　1738
—あなしのかはの　1740
—あなしのひはら　1735
—あなしのやまに　1731
—あなしのやまの　1733
—たまきのみやに　1750 1751
—ひはらにたてる　1720
—ひはらのあらし　1725 1746
—ひはらのかすみ　1726
—ひはらのしけみ　1729
—ひはらもいまた　1722
—やまへとよみて　1717
まくすはふ
—いくたのをのの　3076
—かすかのやまは　744
まくすはら
—あたのおほのの　2097
—なひくあきかせ　2095 5418
まくまのに　3632
まくまのの
—あめそほふりて　3633
—うらのはまゆふ　3635
—かやかしたなる　6263
—こまのつまつく　3631
まくらかの　4265
まことにや　4978
まこもかる
—いかほのぬまの　5046
—おふのかはらの　**293**
—おほのかはらの　7246
—しなのまゆみ　**220**
—ほりえにうきね　2579
—よとのさはみつ　590
まさきやま　*71*
まさこちる　6233
まさこより　5680
ましてかすかの　857
ましてかの
—よしのやまは　1101
—よしののやまや　2485
ましはかる　146
ましらの　3690
ますかかみ
—たためにはあらす　2028
—みつのはまへに　2686
—みなふちやまは　1980
—みぬめのうらは　3264 3265
ますけよき
—かさのかりての　7187 *207*
—そかのかはらに　5823
ますらをか
—たかまとやまに　1678
—ゆすゑふりたて　7150 **221** *173*
—ゆふかりころも　7174 *196*
ますらをと
—おもへるものを　676
—おもへるわれや　6689
ますらをの
—いてたちむかへる　1503
—たゆひのうらに　5450
またきえぬ　834
またしらぬ
—つきよりうへの　5012
—ひとをこふれは　5023
またたくひ　217
またもこむ　5374
またやみん　2407
またれこし　861
まちかてに　878
まちかねて　2498
まちきつる　6517
まちとほに　3209
まつかうら　6625
まつかえに
—おきつしほかせ　4002
—なみのかけたる　5572
まつかけの

—いりうみかけて　3864
—となせのみつに　185
まつかせに
—いけなみたちて　1932
—なみのしらふる　7347 **380**
—ひひきかよへる　166
まつかせの
—おとたにあきは　301
—さとにむれゐる　3775
まつかせも
—はけしくなりぬ　6025 6039
まつかねに　2898
まつかねの　6295
まつかねは　5760
まつさむき　2682
まつしまの
—あまのとまやも　3199 5331
—いそにむれゐる　5327
まつしまや
—あまのとまやの　5328
—こころあるあまの　5329
—をしまかいそに　5334
まつたてる　5765
まつちやま
—まつほとすきて　846
—ゆふこへゆけは　1897
まつならぬ　1919
まつのをの　495
まつはるる　7218
まつひとの　2245
まつひとは
—こころゆくとも　2885
—はつかのさとの　3399
まつひとを　4192
まつもおい　332
まつやたつ　6020
まつやまの
—なみになかれて　6621
—なみのけしきは　6622
—まつかうらかせ　6620
—まつのうらかせ　6623
まつやまや
—まつらかおきの　**19**
まつらかた
—まつらのおきの　6891
まつらかは
—さよひめのこか　6863 6887 **3**
—かはのせはしる　**11**
—かはのせはやみ　6879 **14**
—かはのせひかり　6874
—たましまのうら　6904
—たましまのうらに　6880 **31**
—なせのよとは　6878 **13**
まつらなる　6894
まつらふね
—みえゆくほとは　6883
—みたれほりえの　2568
まつらやま
—もみちしぬれは　6870 **7**
まてといはは
—いともかしこし　507
—ひとしりみむや　7400 **422**
まてといひて　5422
まとかたの　6423
まとはるる　**269**
まとほくの
—くもゐにみゆる　**241**
—のにもあはなむ　*202*
—のにもあはなれ　7180
まとほにそ　3171
まとりすむ　6061
まとろまし　5093
まとろまん　4098 5093
まとゐして　128
まののいけに　*3247*
まののいけの　3245
まののうらの
—いりえのすとり　4815
—よとのつきはし　3250 3251
まののうらを　4816
まはきさく　2965
まめなれと　**47**
まめなれは　6926
まゆのこと　6592
まゆみのをかに　2062
まりのをか
—なにをかかりと　7137 **210** *161*
まれにこし　132
まれにたに　3268
まゐのくま
—はなつひくれは　7108 **189** *137*

み

みあれやま　7
みかきける　4658
みかきもる　3150
みかさやま
—いのるこころは　904
—かすかのはらの　838 894
—かみのちかひに　892 2296
—さしけるつかひ　907
—さしてきにけり　900
—さしはなれぬと　895
—たかねのはなや　863
—つきさしのほる　891
—ほそたにかはに　890
—みちふみわけし　887
—もりくるつきの　886
みかのはら
—くにのみやこは　233 236
—たひのやとりに　231
—ふりにしさとの　242
みかはなる　3817
みかみなる　4654
みかみやま　4649
みかりすと　2414
みかりする
—かたののくれは　2396
—かたののへの　2395
—かたののはらに　2413
—かたののみのに　2403
—かりはのをのの　7200 **254** *220*
—きみかへるとて　1361
—たかのをやまに　4726
みかりせし　2397
みかりひと　809
みきはには　2286
みくくのに
—かものはほのす　**242** *203*
みくさおひし　5139
みくさかる
—あらのにはあれと　**214**
—あらのはあれと　7142 *165*
みくさゐし　129
みくにやま　3382
みくまのに　6254
みくまのの
—うらのはまゆふ　3636 3637 3638 6261
—うらのまつはら　3642
—うらはのまつの　3643
—うらよりをちに　3645
—かみくらやまの　6276
—かやかしたなる　6255
—こまのつまつく　6253 6264
—はまゆふかけて　3649
—はまゆふくれに　3650
—みなみのやまの　6250
—ゆこりのまろの　6266
みくまのや　3639
みくらやま
—まきのやたてて　7038 **131** *59*
みくるすの　6518
みけつくに　6557
みけむかふ
—あちはらのみや　3411
—あはちのしまに　3262 6532
—こかめのみやを　2300
みこしをか　558
みことのみ　5837
みこもかる

—しなのまゆみ 7149 *172*
みこもりに 3157
みこもりの
—たまえのあしの 3145
—ゐかひのをかの 1911
みさこゐる
—すさのいりえに **365**
—すまのいりえに 7327
みさひゐぬ **359**
みさひゐる 7319
みさふらひ 5239
みしかたの 3691
みしかよの
—ふけゆくままに 6012
—またふしなれぬ 2747
みしひとの
—おもかけとめよ 3956
—けふりとなりし 5349
みしひとも 5316
みしまえに 3132
みしまえの
—いりえにおふる 3128
—いりえのことを 3125
—いりえのまこも 3126
—かりそめにたに 3129
—たまえのこもに 3141
—たまえのまこも 3148
—なみにさをさす 3135
—にほのうきすの 3130
みしまえや
—しももまたひぬ 3133
—なきさにしつむ 3134
みしますけ 3119
みしまつに 1390
みしまのの 5581
みしまのを
—そかひにみつつ 5517 5583
みしめひく 1800
みしめゆふ 5687
みしよりも 1591
みすはいかに 5798
みすひさに 6356
みせはやな
—しかのからさき 4467 4548
みそきかは
—せせのたまもの 7288 **330**
—ゆきかふそてや 7287 **329**
—ゆくせもはやく 7290
みそきして 2255
みそきする
—あさのかはかせ 7292 **333**
—けふからさきに 4504
—をののみなとの 3560
みそれふり **232**
みそれふる
—あられまつはら 2973
—とほつおほうらに 4826
みたちゐし 2054
みちくにの 3646
みちしはも
—けふははるはる 7207 *239*
—けふははるへと **261**
みちしらは 2869
みちとほき 6633
みちとほみ
—いるののはらの 7161 **229** *184*
みちのおく 5259
みちのくち 5453
みちのくに
—ありといふなる 5257 5271 5280
みちのくの
—あこやのまつに 5307
—あさかのぬまの 5140
—あたたらまゆみ 5188 5189
—あたちのこまは 5194
—あたちのはらの 5191 5197
—あたちのまゆみ 5190 5192
—あふくまかはの 5220
—いちしのはらの 5253
—いはてしのふは 5181
—おくゆかしくそ 5315
—おもひしのふに 6170
—くちきのはしも 5303
—くりこまやまの 5208
—けふのこほりに 5313
—しのふのたかを 5157
—しのふもちすり 5154
—たまつくりえに 5290
—ちかのしほかま 5344
—つつしのをかの 5255
—とふのすかこも 5317
—ふたかたやまの 5219
—まのかやはら 5251
—をかはのはしの 5304
—をたえのはしや 5297
みちのくは
—いつくはあれと 5347
—よをうきしまも 4116 5358
みちのしり 5135
みちほそき 3494
みつうみに 4440
みつかきの
—かきのみたゆる 4897
—ひさしかるへき 3427
みつかのに 7184
みつかは 3798
みつきもの
—おほくらやまは 4717
—はこふちふねも 6114
—はこふよほろを 6117
みつくきの
—あとかきなかす 4219
—かきなかせとも 4271
—をかのあさけの *144*
—をかのあさちの 7116 **194**
—をかのくすはも 7112 *141*
—をかのくすはら 7111
—をかのくすはを *140*
—をかのこのはを 7113 *142*
—をかのまくすを 7118 *145*
—をかのみなとの 7120 *147*
—をかのやかたに 7114 **190** *143*
みつくのに 7181
みつくらき *2787*
みつしほに 5780
みつしほの 5894
みつつての 6453
みつとりの
—あそふこのいけに **339**
—あをはのやまも 5380
—さはかぬたかの **348**
—さわかすたかの 7306
—たまものとこや 5047
—つらのまくら 5318
みつなへに
—うらしほみつな 3320 6446
みつのあわの 3086
みつのいろの 3100
みつのうへに 177
みつのえの
—まこもいまは 5791
—よしののみやは 5829
みつのおもに
—やとれるつきと 7270 **311**
みつのさき 2690
みつのはま 2680
みつはよし 4856
みつはよを 306
みつひきの 1190
みつまさる
—たかせのよとの 2454
—ちくさのかはは 7284 **325**
—ちくまのかはは 5017
—なにはいりえの 2563
—にふのかはせの 1241
みつもなく
—ふねもかよはぬ 678
—みえこそわたれ 178
みつわくる **315**
みつわたる 7274

む

むかしおもふ
―そてこそぬるれ　4513
―たかつのみやの　2708
―たかのやまの　6362
―みわのひはらか　1774
むかしききし　4540
むかしきく　2418
むかしこそ　2652
むかしたれ　1063
むかしにも
―あらすなるみの　3761
―たちこそまされ　4089
むかしひと　5976
むかしみし
―いきのまつはら　6788
―かたえもいかか　3567
―きさのをかはを　1219
―こころはかりを　6795
―たるゐのみすは　4933
―ひとのなみたや　82
―ひとをそいまは　7059 **149** *85*
―ふるのさはの　1619
―みちたえはてて　2996
むかしより
―あはれをみする　2543
―いつきのみやに　24
―うゑけむとしを　1592
―おもふこころは　5537
―かよひしなかの　4059
―くらまのやまと　457
―なからのはしの　2719
―なつけそめける　7093 **174** *119*
―なになかれたる　7297 **338**
―なにふりつもる　5475
―めくみひろたの　3287
むかしわか
―かとてにしてし　7088 **169** *114*
むかしわれ　689
むこかはに　3046
むこかはの　3044
むこのうみ　3028
むこのうらに　6594
むこのうらの　3039
むこのうらや
―あさみつしほの　3031 6598
―こきいててみれは　2357
―こきててみれは　3033
―なきたるあさに　3030 6597
むさしなる　4184
むさしねの　4176
むさしのに
―あらぬかきねの　4141
―ことはおひよる　4142
むさしのの
―あきのはきはら　4164
―あさちいろつく　4153
―うらへかたやき　4131
―くさのはやまも　4166
―くさのゆかりも　4169
―くさはもろむき　4137
―のなかをのけて　4135
―はるのけしきも　4144
―ほりかねのゐの　4172
―ほりかねのゐも　4170
―むかひのをかの　4167
―をかへのはらの　4168
―をくきかきけを　4133
むさしのは
―いまたやかぬか　4143
―けふはなやきそ　4150
―そてひつはかり　4138
―つきのいるへき　4157
―つゆおくほとの　4148
―ゆくすゑちかく　4160
―ゆけともあきの　4158
むさしのを　4156
むしのねも　*230*
むしろたの　4930
むすひおく　2110
むすふてに　4876
むすふての
―しつくににこる　4519
―すすしきのみか　3367
むつのくに　5111
むつましき
―いもせのかはと　6321
―いもせのやまの　6313
むつましと　2907
むねはふし　3944
むはたまの
―くろかみやまに　5036
―くろかみやまの　5034
―くろかみやまを　5033
―よはあけぬらし　6440
―よはふけぬらし　5520
―よるさりくれは　1718
―よわたるつきの　5783
―よをへてこほる　3360
―わかくろかみや　632
むもれきは　5025
むらきえし
―ゆきもそとには　**205**
―ゆきもほかには　7131 *156*
むらくもの　5694
むらさきの
―いろになさきそ　4134
―かひあるうらの　3693
―くものはやしを　687
―こかたのうみに　6748
―しきなみよると　5569
―なたかのうらの　6449
―ねはふよこのの　5067 5069
―ひともとゆゑに　4129 4139
―ふちえのうらの　5888
―ふちさかやまに　5714
―みかりはさむし　532
むらさきは　2336
むらさめに
―うすくもかけて　4270
―ぬるるころもの　6837
むらしくれ　2437
むらむらに　3147
むろつみや
―かまとをすくる　6712
―かまとをよきる　6161
むろのうら　5965
むろのうらの
―せとのさきなる　5964
―せとのはやふね　5966
むろのうらを　3029
むろのとまゐ　6651

め

めつらしき
―けふのかすかの　847
―むかしなからの　4518
めつらしく　3020
めなしかは
―みみなしかはの　7262
―みみなしかはは　**305**
めにたてて　4840
めひかはに　5610
めひのの　5609

も

もえいつる　3884
もかみかは
―うきねはすれと　5100
―すかけせしより　5105
―せせのいはかと　5101
―つなてひくとも　5103
―のほれはくたる　5099
もかりふね
―あきつのうらに　6346
―おきにこくらし　6431
もくつせく　6901
もしほくさ
―かきおくことや　6195

や

やまきはの
―たなかのもりに　7232 **281**
―ゆきはきえぬる　7252 **298**
やまこえて　**401**
やましなの
―いはたのもりに　74
―いはたのもりの　4377
―いはたのをのの　73
―かかみのやまに　67
―こはたのもりに　54
―こはたのやまに　47
―みやのくちきと　46
―やまのいはねに　43
やましろの
―いはたのもりの　75 76
―くせのさきさか　441
―くせののはらの　440
―くせのもりなる　438 650
―くせのわかこか　437
―くにのみやこは　237 254
―こはたのさとに　52
―さからかやまの　423
―つつきのみやに　577
―ときはのもりの　416
―とはたのおもを　360
―とはにあひみる　355
―とはのわたりの　365
―みつののさとに　608
―やまふきのをに　77
―よとのわかこも　585
やまたかみ
―しらゆふはなに　1154 1289
やまたちを　5597
やまたもる　4971
やまとかは　1822 2260
やまとちの
―きひのこしまを　6080 6098 6783
―さほのやまかせ　6753
―さほやまあらし　975
―しまのうらはに　6752
やまとちや　2337
やまととも　268
やまとなる
―うたのまはにの　2111
―おほしまみねの　2076
―くちなしやまの　2043
やまとには
―きこゆらんかも　6404
―なきてかくらん　1217
―むらやまありと　1957 2012 2014
やまとりの
―すゑをのさとも　7413 **434**
―をたえのはしに　5299
やまなみの　240
やまのはに　5967
やまのはを　3152
やまのへの
―いそせのはらに　3733
―いそせのみゐは　3734
―みゐをかみとて　3732
―もりのこすゑの　2341
やまひとの
―ころもなるらし　3103
―すむめかしこき　1117
―むかしのあとを　696
やまひめの
―ちへのにしきを　1477
―みねのこすゑに　3104
やまふきの
―はなさへちよと　2460
―はなにせかるる　6727
―はなのさかりに　294
やまふきも　288
やまもとの
―かすみなかれて　1871
―さののふなはし　4890
やまもりは　6031
やまをきる　5591
やみなれと　145
やむさふる　5560
やをとめの　4528

ゆ

ゆかむひと　1398
ゆきかかる　6270
ゆきかくる　2672
ゆきかへり
―みつのかはをさ　605
―みれはあかんや　5983
ゆきかよふ　1904
ゆききえぬ　3926
ゆきしまの
―いはほにうつる　5656
―いはほにうゑたる　6950
―いはほにおふる　**66**
―いはほにたてる　5657 6951 **67**
ゆきてのみ　5990
ゆきてみぬ　3342
ゆきてみむ　2041
ゆきとなり　3787
ゆきとのみ　1601
ゆきのいろを　142
ゆきのしま
―ほとむのうらへを　6948
―まきのこうしの　6952 **68**
ゆきはれて　4036
ゆきふかき
―いはのかけみち　1197
―おまへのはまに　3299
―こはたのみねを　49 95
―よしのたけを　1125
―よしののやまの　1128
ゆきふかく　5398
ゆきふらは　916
ゆきふりに　29
ゆきふれは
―あしのうらはも　2792 3273
―いやたかやまの　6102
―しらぬおきなの　4663
―とよらのたけの　6166
―みねのまさかき　1946
―ゆるきのもりの　4578
ゆきまより　4104
ゆきめくり　6910 **36**
ゆきもとき　1015
ゆきゆかす　5805
ゆきわひぬ　3619
ゆきをれの　1706
ゆきをわけ　4684
ゆきをわけて　4914
ゆくさきの
―みすみのやまを　3620 *98*
ゆくすゑは
―いまいくよとか　6389
―そらもひとつの　4154
ゆくすゑも　2723
ゆくすゑを
―おもへはかなし　2722
―なかれてなにか　635
ゆくつきの　4449
ゆくとしを　5335
ゆくはるの
―さかひのうらの　6468
―せきにしとまる　4402
ゆくひとに　2145
ゆくひとの　1374
ゆくひとも　3811
ゆくひとを　519
ゆくふねの　6498
ゆくみつの　617
ゆけはあり　3812
ゆたねまく　3730
ゆつりはの　4348
ゆのはらに　6787
ゆふかけて
―つまやこひしき　6456
―まつるみむろの　1559
―をらはおしけむ　1588
ゆふかすみ　6234
ゆふきりに

よ

―かとてはしたり 155
―やまのみなみの 6251
よをてらす 6256
よをのこす
―ねさめにきくそ 3415 6656

わ

わかいのち
―つねにあらぬか 1220
―なかとのしまの 6137
―まことにさちも 4509
わかいほは 1764
わかおほきみ 2024
わかおもひし
―きしまはみせつ 6420
―のしまはみせつ 6559
わかおもふ
―こころもつきす **425**
―こころもつきぬ 2427 7403
―ひともわするな 5538
わかかたに 4234
わかかたへ 1026
わかかとに 958
わかきぬる 1529
わかきぬを
―すれるにはあらす 1690
―ひとになきせそ 2532
わかきみに
―つかへまつらん 4883 5700
わかきみの
―ちよのかすかも 4891
―なかれひさしき 5684
わかきみは 4828
わかきみを 2920
わかきもの 626
わかくさに **257**
わかここに 5616
わかこころ
―とほたふみなる 4109
―なくさめかねつ 4976
わかことく 5134
わかことは 6380
わかことや
―うひねはなくと 7074 155 *100*
わかこひに 448
わかこひの
―あらはにもゆる 3898
―かすにしとらは 5536
―なかれひさしき 6807
わかこひは
―あそやまもとの 6931 **52**
―あはてのうらの 3764
―あひそめてこそ 5949
―あふせもしらす 3606
―ありそのうみの 5539
―しのふのおくの 5155
―たかまとやまの 1675
―はりまかたにも 5937
―ますたのいけの 2272
―みくらのやまに 7037 *58*
―よしののやまの 1105
わかこひを 3998
わかこふる 3683
わかこまを 53
わかこもを *219*
わかさなる 5388
わかせこか
―おふるかをしさ 2061
―おもかけやまの 7014 112 *37*
―かりにのみくる 4748
―まつちのやまの 1893
―みらんさほちの 1012
わかせこは 3611
わかせこを
―あとにはもとめ 6406
―あをかもいふむ 4136
―ききつかのへの 7171 *193*
―きませのやまと 7019 116 *42*
―こちこせやまと 6325
―なこしのやまの 6653
―ならしのをかの 2081
―はやみはまかせ 7368
―ふるいへのさとの 2228
―みやこにやりて 5360
―やまとへやりて 4046
―わかこふらくは 7090 171 *116*
わかそてに 7340
わかそての
―うみとなるをは 3312
―ぬるるをなにに 6804
わかそては
―かりにもせめや 4200
―なにたつすゑの 5200
―なみたのはまに 7353 **385**
わかたたみ 3714
わかたたむ 3713
わかたのむ
―あかたのみやの 682
―かしまのみやの 4285
―やまはみかさの 897
わかために
―うきことみえは 4245
―うきことみせは 7085 *111*
―つらきこころは 6937 6938
―よきことみせは **166**
わかためは 5198
わかなつむ
―あしたのはらの 2166
―かすかのはらに 832
―かすかのはらは 831
―そてかとそみる 938
―としはへぬれと 839
―はるのたよりに 788
わかなはや 942
わかなみた
―つゆももらすな 2176
―よしののかはの 1173 6310
わかのうら 6198
わかのうらと 6221
わかのうらに
―しほきかきおく 6207
―しほみちくれは 6192
―しらなみたちて 6190
―そてさへぬれて 6194
―つきのてしほの 6193
―なみよせかくる 6219
―なみよせかへる 6183
―ひとりおいぬる 6212
―ふりつむゆきも 6199
―よものもくつを 6205
わかのうらの 6223
わかのうらは 6197
わかのうらや
―いつよかさねて 6216
―おきつしほあひに 6202
―しほひのかたに 6211
―しほひをさして 6191
―しらぬしほちに 6200
―はねうちかはし 6201
―みつのつとめの 6203
わかのうらを 6196
わかはさす 551
わかひもを
―いもかてもちて 7238 **287**
わかふねは
―あかしのはまに 5928
―ひらのみなとに 4617
わかみいま 3895
わかみさて 1603
わかみちを 2901
わかめかる
―はるやきぬらん 4113
―よさのいりうみ 5756 5768
わかものと 2127
わかやとと 1110
わかやとの
―あさちいろつく 1913 1914
―うめにならして 1039
―こすゑのなつに 2362
―はきさきにけり 707

ゐ

ゐ

ゐちかはに　4805

を

をかさきの　671
をかさはら
―みつのみまきに　3886
―みつのみまきの　3887
をかみかは
―うきつにうつる　5607
―かきのはひえに　5606
―くれなゐにほふ　5604
―ねしろたかかや　5605
をきはらや　5287
をくらやま
―すそののさとの　230
―すそののすすき　229
―ふもとのさとに　228
―ふもとをこむる　222
―みねのもみちは　224
をくるまの　3438
をくろさき
―あさきとたえの　5321
―ぬまのねぬなは　5322
―みつのこしまに　5324
―みつのこしまの　5323
をしかふす
―ささのはらの　*191*　**234**
―さののはらのの　7169
をしくやし　6985
をしとりの
―うきねのとこや　3049
―よとこのうらの　**379**　7344
をしねほす　1792
をしほやま
―かみよのはるの　313
―こすえもみえす　316
―ほかよりひとを　317
―まつのうははに　321
をしむとも　3809
をしめとも　5211
をちかたに　2609
をちかたや　3738
をちこちの　6317
をちへゆく　6333
をつくはの　4334
をとこやま
―おいのさかゆく　326
―かさしのはなも　325
をとめこか
―うみおかくといふ　243
―かさしのさくら　1961
―すかたのいけの　2280
―そてふるやまの　1958
―そてふるやまも　1959
―そてふるやまを　1960
―そてふるゆきの　1213
―ふりわけかみを　6844
をとめつる　3305
をとめらか
―おるはたかみを　7383
―おるはたのうえを　**406**
―をけにたれたる　3233
をのかみに　4373
をのとりて
―にふのひやまの　1237　1174
をのへなる　6013
をはきつむ　718
をはすての　5019
をはすては　6522
をはたたの
―いたたのはしの　3375
―みやのふるみち　3374
をはつせや　1856
をはなふく　104
をふのうみに　3575
をふのうらに　3563
をふのうらの　3574
をみなへし
―あきはきしのき　1694
―あきはきまじり　6685
―にほへるあきの　4152
―われにやとかせ　5868
をみのうらに　3651
をやまたの
―いけのつつみに　**340**　7299
をやまなる　4898
をらてゆく　4777
をりてこそ　289
ををみのうらに　6626

不読初句

□□りのみ　**376**

地名索引

あ

あかしかた〔明石潟〕 476
あかしのうら〔明石浦〕 475
あかしのおき〔明石瀛〕 477
あかしのと〔明石渡〕 477
あかしのとまり〔明石泊〕 477
あかしのはま〔明石浜〕 476
あかたのみや〔県宮〕 223
あかたのゐと〔県井戸〕 223
あかつきやま〔暁山〕 533 567 592
あかま〔赤間〕 489
あかみやま〔安可見山〕 532 566 591
あきさのやま〔秋佐山〕 485
あきしの〔秋篠〕 294
あきしのさと〔阿伎師之里〕 450
あきしののさと〔秋篠里〕 294
あきしののとやま〔秋篠外山〕 294
あきつの〔秋津野〕 247 497
あきつのうら〔秋津浦〕 497
あきつのかは〔秋津河〕 247
あきつのさと〔秋津里〕 247
あきなのやま〔秋名山〕 379
あきの〔安騎野〕 571 598
あきのいけ〔秋池〕 207
あきのおほの〔安騎大野〕 571
あきのおほの〔安騎野大野〕 598
あきのの〔安騎野〕 539
あきののうら〔飽浦〕 500
あきののはま〔秋野浜〕 341
あきののはま〔飽浜〕 500
あきのみなと〔秋漆〕 553
あきのみなと〔秋湊〕 581
あきのやま〔秋山〕 207
あきのやまさと〔秋山里〕 207
あきやま〔金山〕 435
あくたかは〔阿久刀河〕 333
あくらのはま〔飽等浜〕 502
あけさはの〔上小竹葉野〕 346
あけをの〔上小野〕 601
あこきかうら〔阿古枝浦〕 550
あこしやま〔網児之山〕 357
あこねのうら〔阿古根浦〕 500
あこのうみ〔阿胡海〕 336
あこのうら〔阿胡浦〕 336
あこやのまつ〔阿古耶松〕 444
あさかかた〔浅香潟〕 444
あさかのいはゐ〔安積石井〕 435
あさかのうら〔浅鹿浦〕 322
あさかのさと〔安積里〕 436
あさかのぬま〔安積沼〕 435
あさかのやま〔朝香山〕 357
あさかやま〔安積山〕 435
あさくまのみや〔朝熊宮〕 351
あさくらのせき〔朝倉関〕 514
あさくらやま〔朝倉山〕 380 514
あさけのこほり〔朝明郡〕 357
あさけのこほり〔朝気郡〕 362
あさけのやま〔朝明山〕 357
あさけのやま〔朝氣山〕 592
あさささはら〔朝小竹原〕 260
あささはぬま〔浅沢沼〕 323
あささはをの〔浅沢小野〕 323
あさたのはら〔朝田原〕 542 573 602
あさちやま〔浅茅山〕 528 565
あさつまやま〔朝妻山〕 409
あさつまわたり〔朝妻渡〕 409
あさつゆいけ〔朝露池〕 548 578
あさの〔朝野〕 508
あさのかは〔麻河〕 547 577
あさはたやま〔麻機山〕 535 568 594
あさはの〔朝羽野〕 385
あさはの〔浅葉野〕 427
あさはのはら〔朝羽原〕 385
あさはのはら〔浅葉原〕 427
あさはら〔朝原〕 542 573
あさはら〔阿佐原〕 602
あさひのさと〔朝日里〕 411
あさひのの〔朝日野〕 411
あさひやま〔朝日山〕 194 411
あさまのさと〔浅間里〕 426
あさまのたけ〔浅間嶽〕 426
あさまのやま〔浅間山〕 426
あさむつのはし〔浅水橋〕 451
あしうらやま〔足占山〕 469
あしから〔足柄〕 377
あしからのせき〔足柄関〕 378
あしからのみさか〔足柄御坂〕 378
あしからやま〔足柄山〕 377
あしきたののさかのうら〔葦北野坂浦・(葦北)野坂浦〕 525 563
あしきたののさかのさと〔葦北野坂里〕 525 563
あしきの〔蘆城野〕 514
あしきのかは〔蘆城河〕 514
あしきやま〔蘆城山〕 513
あしくまやま〔阿自久麻山〕 392
あしたのの〔朝野〕 285 600
あしたのはら〔朝原〕 285
あしのうら〔葦浦〕 355
あしのやのなた〔葦屋灘〕 313
あしほやま〔蘆穂山〕 391
あしまのいけ〔葦間池〕 314
あしまのやま〔葦間山〕 314 534 593
あしまのやま〔芦間山〕 568
あし(の)や〔葦屋〕 312 519
あしやのうみ〔葦屋海〕 313
あしやのおき〔葦屋瀛〕 313
あしやのさと〔葦屋里〕 312
あしりのうみ〔足利海〕 404
あしろのはま〔網代浜〕 360
あしわかのうら〔葦若浦〕 551
あしわかのうら〔芦若浦〕 580
あすかかた〔明香潟〕 479
あさかかた〔明香潟〕 479
あすか〔飛鳥〕 286
あすかのさと〔飛鳥里〕 288
あすかのてら〔飛鳥寺〕 288
あすかのふるさと〔飛鳥故郷〕 288
あすかゐ〔飛鳥井〕 287
あすはのかみ〔阿取波神〕 389
あすはのみや〔阿取波宮〕 389
あそのかはら〔阿素河原〕 432
あそのまそむら〔安蘇真麻村〕 429
あそのみおき〔阿素真瀛〕 526
あそひのうら〔遊浦〕 467
あそやま〔安蘇山〕 429
あそやま〔阿素山〕 526
あそやま〔阿蘇山〕 563
あたこのみね〔阿太胡峯〕 213
あたこ(の)やま〔阿太胡山〕 213
あたしの〔阿太師野〕 283
あたしののやま〔安太師野山〕 426
あたたらのね〔安達多良嶺〕 438
あたち(の)の〔安達野〕 438
あたちのはら〔安達原〕 438
あたのおほの〔阿太大野〕 283
あたひとのいけ〔他人池〕 549 578
あちきな(の)かは〔無端河・無端川〕 546 576
あちののはら〔味野原〕 346 601
あちはらのみや〔味原宮〕 346
あちふのはら〔味経原〕 346
あちまの〔安治麻野〕 541 572 600
あつさのそま〔梓杣〕 413

あつさのやま〔熱佐山〕　535 **568** *594*
あつさ(の)やま〔梓山〕　413
あつたのかた〔熱田潟〕　364
あつまの〔東野〕　539 **571** *598*
あつまやのみね〔東屋峯〕　504
あとかは〔吾跡河〕　369
あと(の)かは〔阿渡河〕　404
あとのみなと〔阿渡湊〕　404
あとみのをか〔跡見岡〕　538 **570** *597*
あなうのさと〔穴憂里〕　469
あなしかは〔痛足河〕　266
あなしのひはら〔痛足檜原〕　266
あなし(の)やま〔痛足山〕　266
あなせのかは〔痛背川〕　544
あなせのかは〔痛背河〕　**575**
あののとをやま〔阿野遠山〕　354
あは〔阿波〕　508
あはきか(の)はら〔淡木原〕　526 **563**
あはしま〔阿波嶋〕　508
あはすのはら〔不遇原〕　542 **573** *602*
あはたやま〔粟田山〕　214
あはち〔淡路〕　506
あはちかた〔淡路潟〕　506
あはち(の)しま〔淡路嶋〕　506
あはちしまやま〔淡路嶋(山)〕　506
あはちのうら〔淡路浦〕　507
あはちのせと〔淡路迫門〕　507
あはつの〔粟津野〕　413
あはつのさと〔粟津里〕　414
あはつのはら〔粟津原〕　414
あはつのもり〔粟津森〕　414
あはてのうら〔阿波堤浦〕　364
あはてのさと〔阿波堤里〕　364
あはてのもり〔阿波堤森〕　364
あはの〔阿波野〕　539 **571** *598*
あはのしまやま〔阿波嶋山〕　508
あはののはら〔阿波野原〕　**571**
あはれそのもり〔哀其森〕　363
あひそめかは〔遇染川〕　515
あひつかは〔会津河〕　436
あひつね〔会津嶺〕　436
あひつのせき〔会津関〕　436
あひつ(の)やま〔会津山〕　436
あひのなかやま〔阿比中山〕　536 **569** *595*
あふくま〔阿武隈〕　442
あふくまかは〔会隈川〕　392
あふくま(の)かは〔阿武隈河〕　442
あふさか〔会坂〕　394
あふさかのせき〔会坂関〕　395
あふせのうら〔会瀬浦〕　393
あふちのせき〔会地関〕　426
あふの〔安布野〕　499
あふのこほり〔安武郡〕　488
あふのまつはら〔安武松原〕　488
あふみのうみ〔近江海〕　396
あふみのみや〔近江宮〕　399
あへ(の)しま〔安倍嶋〕　341
あへしま(の)やま〔安倍嶋山〕　341
あへのいち〔安倍市〕　376
あほとのせき〔阿保登関〕　433
あほやま〔阿保山〕　279
あまてる〔天照〕　348
あまてるかみ〔天照神〕　348
あまてるやま〔天照山〕　348
あまのかは〔天河〕　296
あまのかはら〔天河原〕　296
あまのこほり〔安磨郡〕　361
あまのとかは〔天戸川・天戸河〕　546 **576**
あまのはしたて〔海橋立〕　468
あみたかみね〔阿弥陀峯〕　224
あめ(あま)のかくやま〔天香具山〕　275
あめのみや〔天宮〕　218
あめふりやま〔雨降山〕　380 *592*
あめやま〔雨山〕　533 **567** *592*
あやしのうら〔恠浦〕　393
あやのかは〔綾川〕　510
あゆちかた〔年魚市潟〕　500
あらいそまつ〔荒礒松〕　549
あらきた〔荒城田〕　362
あらしのやま〔嵐山〕　199
あらしのやまのふもとてら〔嵐山麓寺〕　200
あらしのやまふもとのさと〔嵐山麓里〕　200
あらちのたかね〔有乳高嶺〕　449
あらちのみね〔有乳峯〕　449
あらち(の)やま〔有乳山〕　449
あらつ〔荒津〕　516
あらつのうみ〔荒津海〕　516
あらつのさき〔荒津崎〕　516
あらの〔荒野〕　539 **571** *598*
あらののまき〔荒野牧〕　441
あらふねのみやしろ〔荒船御社〕　431
あらふのいけ〔洗池〕　549 **578**
あらやま〔荒山〕　520
あられまつはら〔霰松原〕　324
あらゐのいそ〔荒藺礒〕　386
あらゐのさき〔荒藺崎〕　386
ありあけのみね〔有曙峯〕　426
ありあけのやま〔有曙山〕　426
ありすかは〔有巣河〕　221
ありそ〔有礒〕　455
ありそうみ〔有礒海〕　455
ありそのさき〔有礒崎〕　455
ありそのはま〔有礒浜〕　456
ありそのわたり〔有礒渡〕　456
ありちかた〔在千潟〕　517
ありとほしのかみ〔蟻通神〕　471
ありなし(れ)かは〔有馴河〕　**576**
ありなれかは〔有馴川〕　546
ありのとわたり〔蟻戸渡〕　505
ありまのいてゆ〔有間出湯〕　326
ありまのうら〔有間浦〕　326
ありまのむら〔有間村〕　326
ありまやま〔有間(馬)山〕　326
あれのさき〔安礼崎〕　366
あゐのなかやま〔安威中山〕　536
あゐはたけ〔藍畠〕　478
あをかきやま〔青垣山〕　278
あをかくやま〔青香具山〕　278
あをきのさと〔青木里〕　419 554
あをきのさと〔青木郷〕　**582**
あをすけやま〔青菅山〕　278
あをねかみね〔青根峯〕　247
あをねやま〔青根山〕　247
あをのうら〔英遠浦〕　461
あをはのやま〔青羽山〕　448
あをみはら〔青見原〕　542 **573** *602*
あをやきのはし〔青柳橋〕　420 *601*
あをやきのはら〔青柳原〕　420 *601*
あをやきのもり〔青柳森〕　420 *601*
あをやま〔青山〕　481

い

いかかさき〔伊加賀(之)崎〕　298
いかこのうみ〔伊香海〕　411
いかこのうら〔伊香浦〕　411
いかこやま〔伊香山〕　411
いかつちのやま〔雷山〕　279
いかほ〔伊香保〕　429
いかほのぬま〔伊香保沼〕　430
いかほのね〔伊香保嶺〕　429
いかるかのとみのをかは〔斑鳩富緒川〕　297
いきしま〔生嶋〕　478
いきのまつはら〔壱岐松原〕　518
いくた〔生田〕　328
いくたのいけ〔生田池〕　329
いくたのうみ〔生田海〕　330
いくたのうら〔生田浦〕　330
いくたのかは〔生田河〕　329
いくたのさと〔生田里〕　330

いくたのもり〔生田森〕 328
いくたのやま〔生田山〕 329
いくたのをの〔生田小野〕 329
いくちやま〔活道山〕 482
いくの〔生野〕 465
いくらやま〔伊倉山〕 426
いくりのもり〔伊久里森〕 460
いこま〔射駒〕 293
いこまたかね〔射駒高嶺〕 294
いこまのたけ〔射駒嶽〕 294
いこまやま〔射駒山〕 293
いさにはのをか〔時(射)狭庭岡〕 510
いさみのやま〔去来見山〕 497
いさやかは〔不知也川〕 407
いさらのかは〔伊佐良川・伊佐良河〕 546 **575**
いさりのしま〔射去嶋〕 552 **581**
いしかは〔石河〕 191 544 **574**
いしやま〔石山〕 412
いしらかせ〔石良瀬〕 405
いすす(の)かは〔五十鈴川〕 349
いせしま〔伊勢嶋〕 354
いせのうみ〔伊勢海〕 352
いせのはまおき〔伊勢浜荻〕 353
いせをのみや〔伊勢雄宮〕 350
いそこえち〔礒越道〕 416
いそさき〔磯崎〕 398
いそしのみね〔五十師峯〕 405
いそせのはら〔五十瑞(湍)原〕 362
いそせのみゐ〔五十湍御井〕 362
いそのうら〔礒浦〕 501
いそのかみ〔石上〕 261
いそのかみてら〔石上寺〕 261
いそののかは〔礒野川〕 546
いそののかは〔礒野河〕 **576**
いそののさと〔礒野里〕 546 553 **576**
いそののさと〔礒野郷〕 **582**
いそのみや〔礒宮〕 349
いそへのやま〔礒辺山・礒邊山〕 532 **566** *590*
いそまのうら〔礒間浦〕 501
いたくらのはし〔板倉橋〕 486
いたくらのやまた〔板倉山田〕 419
いたの〔板野〕 370
いためやま〔板目山〕 404
いちかは〔市河〕 221
いちしのいけ〔一志池〕 355
いちしのうら〔一志浦〕 355
いちしのはら〔市(師)原〕 441
いちのす〔一渚〕 343
いちひつ〔櫟津〕 424
いつきのみや〔斎宮〕 349
いつくしま〔寵(寵)嶋〕 487
いつくのやま〔伊都敷山〕 459
いつしかのもり〔何然森・何然杜〕 543 **574**
いつしのさと〔五師里〕 470
いつぬきかは〔伊津脱河〕 423
いつのうみ〔伊豆海〕 377
いつのたかね〔伊豆高嶺〕 377
いつのをやま〔伊豆小山〕 377
いつはたのさか〔五幡坂〕 450
いつへのやま〔伊都敷山〕 459
いつみかは〔泉河〕 202
いつみのさと〔泉里〕 202
いつみのそま〔泉杣〕 202 301
いつみのむら〔泉村〕 466
いつもち〔出雲道〕 223
いつものうら〔出雲浦〕 471
いつものみや〔出雲宮〕 471
いつものもり〔出雲森〕 471
いていり(の)かは〔出入川・出入河〕 545 **575**
いていりのもり〔出入森〕 543 **574**
いてさき〔出崎〕 479
いててむまるるてら〔出生寺〕 367
いてみのはま〔出見浜〕 322
いてゆ〔出湯〕 379
いとか(の)やま〔糸鹿山〕 497
いとこのしま〔五十等児嶋〕 503
いとのしま〔怡土嶋〕 517
いとのはま〔怡土浜〕 517
いとはかは〔糸羽川・糸羽河〕 547 **576**
いなさほそえ〔引佐細江〕 369
いなつみさと〔稲積郷〕 **582**
いなつみのさと〔稲積里〕 554
いなのこほり〔伊那郡〕 428
いなはのさと〔稲葉里〕 298
いなはのみね〔因幡峯〕 423
いなはのやま〔因幡山〕 470
いなはのわたり〔稲葉渡〕 442
いなは(の)やま〔因幡山〕 423
いなふさのやま〔稲総山〕 485
いなふちのたき〔稲淵瀧〕 280
いなふちやま〔稲淵山〕 280
いなふやのせき〔伊那布耶関〕 433
いなみ〔印南〕 474
いなみの〔印南野〕 474
いなみのうみ〔印南海〕 474
いなむしま〔印南嶋〕 474
いなむやのせき〔伊那無耶関〕 433
いなむらをか〔稲村岡〕 466
いなやま〔猪名山〕 324
いならのぬま〔伊奈良沼〕 431
いなりさか〔稲荷坂〕 214
いなりのかみのやま〔稲荷神山〕 214
いなりやま〔稲荷山〕 214
いなゐ〔稲井〕 486
いなをか〔伊奈岡〕 538 **570** *597*
いぬかひのみゆ〔犬養御湯〕 428 555
いぬかひのみゆ〔犬食御湯〕 **583**
いねのうら〔伊祢浦〕 467
いはかけやま〔石陰山〕 534 **568** *593*
いはきのしま〔岩木嶋〕 510
いはきのはま〔岩木浜〕 510
いはきやま〔磐城山〕 531 **565** *589*
いはくにやま〔磐国山〕 487
いはくらのをの〔岩倉小野〕 210
いはくらのをの〔石蔵小野〕 248
いはくらやま〔岩倉山〕 210
いはさかのやま〔石坂山〕 465
いはさき〔石崎〕 486
いはしみつ〔石清水〕 206
いはしろの〔石代野〕 499
いはしろのかみ〔石代神〕 499
いはしろのきし〔石代岸〕 499
いはしろのはま〔石代浜〕 498
いはしろのもり〔石代森〕 499
いはしろのをか〔石代岡〕 499
いはせの〔石瀬野〕 460
いはせのもり〔岩瀬森〕 259
いはせのやま〔岩瀬山〕 260
いはせのわたり〔岩瀬渡〕 454
いはせのわたり〔石瀬渡〕 *593*
いはたかは〔岩田川〕 495
いはたき〔岩瀧〕 547 **577**
いはたの〔伊波多野〕 527 **564**
いはたのもり〔磐田森〕 193
いはたのをの〔磐田小野〕 193
いはて〔岩手〕 362
いはて〔磐堤(手)〕 437
いはてのさと〔磐堤里〕 438
いはてのせき〔磐堤関〕 437
いはてのもり〔岩手森〕 347
いはて(の)やま〔磐堤山〕 437
いはと(の)やま〔石戸山〕 412
いはねのいけ〔石根池〕 420 464
いはねのむら〔石根村〕 420
いはね(の)やま〔石根山〕 420 464
いはひしま〔祝嶋〕 487
いはふみかは〔石踏河〕 513

いはみかた〔石見潟〕 471
いはみのうみ〔石見海〕 471
いはみのかは〔石見河〕 473
いはむらやま〔石村山〕 279
いはやのやま〔石屋山〕 485
いはれ(の)の〔磐余野〕 284
いはれのいけ〔磐余池〕 285
いひあひかは〔飯合川・飯合河〕 545 575
いふきかたけ〔伊吹嶽〕 409
いふきのさと〔伊吹里〕 409
いふきのとやま〔伊吹外山〕 409
いふきのみね〔伊吹嶺〕 409
いふきのもり〔伊吹森〕 409
いふき(の)やま〔伊吹山〕 409 432
いへしま〔家嶋〕 478
いほのはま〔伊保浜〕 478
いほのみなと〔伊保湊〕 478
いほへ(つ)やま〔五百隔山〕 532
いほへやま〔五百隔山〕 566 591
いまきのみね〔今城峯〕 499
いまきのをか〔今城岡〕 498
いまさと〔今里〕 207 223
いみつかは〔射水河〕 454
いもかしま〔妹嶋〕 500
いもかせき〔妹関〕 553 581
いもせ(の)かは〔妹背河〕 496
いもせやま〔妹背山〕 495
いもとせのやま〔妹与背山〕 495
いもやま〔妹山〕 495
いやたかやま〔弥高山〕 412 485
いやひこのかみ〔弥彦神〕 459
いよ〔伊与〕 510
いよのたかね〔伊与高嶺〕 510
いよのゆ〔伊与湯〕 511
いらこかさま〔伊良虎之崎〕 360
いらこかしま〔伊良虎之嶋〕 360
いりののみや〔廬入野宮〕 281 297
いりひのをか〔入日岡〕 538 571 597
いるさのはら〔入佐原〕 535 568
いるさのやま〔入佐山〕 535 568 594
いるの〔入野〕 539 572
いるののはら〔入野原・入野、原〕 572 598
いるまのこほり〔入間郡〕 387
いろかは〔色川・色河〕 381 546 576
いろのはま〔色浜〕 451

う

うきしま〔浮嶋〕 446
うきしまかはら〔浮嶋原〕 376
うきたのいけ〔浮田池〕 548 577
うきたのはら〔浮田原〕 222
うきたのもり〔浮田杜〕 222
うきつのうら〔浮津浦〕 550 580
うきぬのいけ〔浮沼池〕 548 577
うきぬのはら〔浮沼原〕 542 574
うくひすのせき〔鶯関〕 297 553 581
うくひす(の)やま〔鶯山〕 280
うさかのもり〔鸕坂森〕 459
うさかは〔鸕坂河〕 459
うさのみや〔宇佐宮〕 520
うさのやしろ〔宇佐社〕 520
うしのをやま〔牛尾山〕 215
うしまと〔牛窓〕 484
うしやのをか〔牛屋岡〕 538 597
うすひのさか〔碓氷坂〕 429
うすひのやま〔碓氷山〕 429
うた〔宇田〕 362
うたかたのむまや〔歌方駅・歌方驛〕 553 582
うたたねのはし〔転寝橋〕 555 583
うたなてのむら〔歌撫村〕 466
うたの〔宇陀野〕 283
うたのおほの〔宇陀野大野〕 283
うたのしま〔訶嶋〕 478
うち〔宇治〕 193
うちいて〔打出〕 397
うちいてのはま〔打出浜〕 397
うち(の)かは〔宇治河〕 193
うちとのはま〔内外浜〕 468
うちとのみや〔内外宮〕 351
うちの〔内野〕 216
うちのおほの〔内大野〕 282
うちのさと〔宇治里〕 194
うちのはしひめ〔宇治橋姫〕 194
うちのはしもり〔宇治橋守〕 194
うちのみやこ〔宇治都〕 194
うちのわたり〔宇治渡〕 194
うちはし〔宇治橋〕 194
うちまやま〔宇治間山〕 278
うちやま〔宇治山〕 193
うちやま〔打山〕 511
うちわのさと〔打廻里〕 291
うつたのうへのかは〔打田上河〕 546 575
うつたのやま〔打歌山〕 472
うつのやしろ〔宇津社〕 375
うつのやま〔宇津山〕 374
うつらはま〔鶉(浜)〕 517
うとのこしま〔宇土小嶋〕 526 563
うとはま〔宇度浜〕 376
うなかみかた〔海上潟〕 387
うなかみやま〔海上山〕 387
うなてのもり〔卯名手杜〕 483
うなひ〔海比〕 387
うなひこかはら〔宇奈比児原・宇奈比兒原〕 542 573 602
うなひやま〔宇奈比山〕 595
うねのの〔宇祢野〕 414
うねひ(の)やま〔畝火山〕 278
うのはなやま〔卯花山〕 458
うのはら〔宇乃原〕 542 573
うのはら〔宇野原〕 601
うへかたやま〔上方山〕 528 564
うへの〔上野〕 197 301 364
うへのいけ〔上池〕 280
うまくたのね〔宇麻具多嶺〕 387
うみのみや〔宇美宮〕 520
うめつ〔梅津〕 220
うめつかは〔梅津河〕 220
うめのはら〔梅原〕 218
うやむやのせき〔有耶無耶関〕 433
うらしま〔浦嶋〕 469
うらてのやま〔古手山〕 260
うらののやま〔宇良野山〕 590
うらのはしりゆ〔浦走湯〕 360
うらのはつしま〔浦初嶋〕 342 503
うらの(み)やま〔宇良野山〕 532
うらろのいけ〔浦呂池〕 548 578
うりふさか〔瓜生坂〕 215
うりふのさと〔瓜生里〕 215
うりふやま〔瓜生山〕 215
うるしかは〔漆川〕 516
うるまのしみつ〔売間清水〕 292
うるまのわたり〔売間渡〕 424

え

えたのいけ〔枝池〕 548
えたのはま〔枝浜〕 387
えちかは〔愛智川〕 416
えなつ〔得名津〕 322
えのしま〔江嶋〕 381
えひす〔海老主〕 340

お

おいそのもり〔息礒松〕 415
おいつしま〔老津嶋〕 366
おいもかは〔大芋川〕 466
おうのうみ〔飫宇海〕 470
おうのかはら〔飫宇河原〕 470
おかの〔岡野〕 573
おきつかは〔奥津川〕 374
おきつかはら〔奥津河原〕 374
おきつかりしま〔奥津借嶋〕 488
おきつしま〔奥津嶋〕 397
おきつしまやま〔奥津嶋山〕 397
おきつのはま〔奥津浜〕 300

おきなかかは〔奥長川・奥長河〕 545 **575**
おきのうみ〔隠岐海〕 473
おきのうら〔荻浦〕 551 **580**
おきのこしま〔奥小嶋〕 377
おきのこしま〔隠岐小嶋〕 473
おきのゐ〔奥井〕 444
おきはらのさと〔荻原里〕〔荻原郷〕 554 **582**
おくの〔奥野〕 541 **573** *600*
おくのいはや〔奥岩屋〕 210
おくのうみ〔奥海〕 549 **578**
おくのしま〔奥嶋〕 342 491
おくらのもり〔巨椋森〕 195
おさへのせき〔押関〕 553 **581**
おしたれをの〔押垂小野〕 542 **573** *603*
おしてるはま〔忍照浜〕 308
おしてるみや〔忍照宮〕 308
おとこやま〔男山〕 205
おとたかやま〔音高山〕 413
おとなしかは〔音無河〕 494
おとなしのさと〔音無里〕 495
おとなしのたき〔音無瀧〕 495
おとなしのやま〔音無山〕 494
おとは〔音羽〕 192
おとはかは〔音羽河〕 192
おとはのさと〔音羽里〕 193
おとはのたき〔音羽瀧〕 192
おとは（の）やま〔音羽山〕 192
おふ（ほ）のうら〔苧生浦〕 353
おふのうら〔乎敷浦〕 456
おほあらきのの〔大荒木野〕 222
おほあらきのもり〔大荒木森〕 222
おほいそ〔大礒〕 381
おほうちやま〔大内山〕 213
おほ（ふ）うら〔大浦〕 369
おほうらたぬ（め）〔大浦田沼〕 513
おほえ（の）やま〔大江山〕 462
おほかの〔大我野〕 499
おほかは〔大河〕 484
おほかはのへ〔大河辺〕 249 349
おほかはよと〔大河淀〕 249
おほきのやま〔大城山〕 513
（おほくもかは）〔（大雲川）〕 466
おほくらのいりえ〔巨椋入江〕 195
おほくらのさと〔大倉里〕 412
おほくらやま〔大倉山〕 412
おほさか〔大坂〕 252
おほさき〔大崎〕 511
おほさはのいけ〔大沢池〕 198
おほしのやま〔多師山〕 405
おほしま〔大嶋〕 377 487
おほしまみね〔大嶋峯〕 281
おほすみのうら〔大隅浦〕 526 **563**
おほたけ〔大嶽〕 401
おほつのはま〔大津浜〕 400
おほつのみや〔大津宮〕 399 400
おほとものみつ〔大伴御津〕 308
おほの〔大野〕 541 **573** *600*
おほのうら〔焉呼見浦〕 500
おほのかはら〔大野川原・大野河原〕 545 **575**
おほのち〔大野道〕 459
おほのやま〔大野山〕 513
おほはし〔大橋〕 297
おほはやま〔大葉山〕 497
おほはら〔大原〕 195
おほはらかは〔大原川〕 196
おほはらの〔大原野〕 205
おほはらのさと〔大原里〕 196
おほはらのさと〔大原野里〕 205
おほはらのの〔大原野野〕 205
おほはらやま〔大原山〕 195
おほひえ〔大比叡〕 400
おほみあしち〔多未足道〕 223
おほやかはら〔大屋原〕 385
おほやま〔大山〕 468 536 **569** *595*
おほよと〔大淀〕 358
おほよとのはま〔大淀浜〕 359
おほろのさと〔朧里〕 196
おほろのしみつ〔朧清水〕 196
おほわたのはま〔大輪田浜〕 339
おほわたりかは〔大渡河〕 515
おほゐかは〔大井河〕 198
おほゐのよと〔大井淀〕 198
おまへのおき〔御前瀛〕 340
おまへのなた〔御前灘田〕 340
おまへのはま〔御前浜〕 340
おめのみなと〔織面湊〕 514
おもかけやま〔面影山〕 532 **566** *591*
おもののはま〔御物浜〕 417
おもはくのはし〔面和久橋〕 444
おもひかは〔思河〕 515
おもひこのやま〔思子山〕 535 **568** *594*
おもひそめかわ〔思染川〕 515
おもふはのやま〔思葉山〕 *591*
おもやま〔母山〕 423
おりたちのはま〔下立浜〕 417

か

かかのくに〔加賀国〕 451
かかみの〔鏡野〕 408
かかみのいけ〔鏡池〕 549 **578**
かかみのかみ〔鏡神〕 525 **562**
かかみのみや〔鏡宮〕 351
かかみ（の）やま〔鏡山〕 193 408 519
かきつたのいけ〔垣津田池〕 257
かきつのさと〔海津里〕 410
かきりのやま〔限山〕 387 536 **569** *595*
かくやま〔香具山〕 275
かくらのをの〔神楽小野〕 216
かくら（の）をか〔神楽岡〕 216
かくれの〔隠野〕 356
かくれのいけ〔隠池〕 548 **577**
かくれのやま〔隠山〕 356
かけしま〔可家嶋〕 552 **581**
かけのみなと〔可家漆〕 553
かけのみなと〔可家湊〕 **581**
かけろふの（をの）〔蜻野（賜大野）〕 248
かこのしま〔可古嶋〕 475
かこのわたり〔籠渡〕 453
かさきのやま〔笠置山〕 215
かさこし〔風越〕 425
かさこしのふもと〔風越麓〕 425
かさこしのみね〔風越嶺〕 425
かさささきのかは〔笠鷺川・笠鷺河〕 547 **577**
かさしのやま〔挿頭山〕 534 **567** *593*
かさしま〔笠嶋〕 386
かさとりやま〔笠取山〕 193
かさなきのはま〔風莫浜〕 502
かさぬひのしま〔笠縫嶋〕 519
かさはや〔風早〕 510
かさはやうら〔風早浦〕 486
かさやま〔笠山〕 279
かさゆひのしま〔笠結嶋〕 519
かしとやま〔加信土山〕 497
かしはきのもり〔柏木杜〕 292
かしはの〔柏野〕 363
かしひかた〔香椎潟〕 516
かしひのみや〔香椎宮〕 517
かしひのわたり〔香椎渡〕 517
かしふえ〔可思布（有）江〕 513
かしま〔香嶋〕 341 453
かしま〔鹿嶋〕 389 501
かしまの（か）さき〔鹿嶋崎〕 389
かしまのうら〔鹿嶋浦〕 389
かしまのかた〔鹿嶋潟〕 389
かしまのみや〔鹿嶋宮〕 389
かすか〔春日〕 226
かすか（の）の〔春日野〕 228
かすかのさと〔春日里〕 231
かすかのもり〔春日森〕 231
かすかのはら〔春日原〕 230

かすかのみね〔春日峯〕 228
かすかのをの〔春日小野〕 228
かすか(の)やま〔春日山〕 227
かすみのうら〔霞浦〕 392
かすみのさき〔霞崎〕 392
かすみのさと〔霞里〕 392
かすみのせき〔霞関〕 384
かすみのたに〔霞谷〕 208
かすみのやま〔霞山〕 392
かせのみや〔風宮〕 351
かせのもり〔風森〕 543 574
かせやま〔鹿脊山〕 201
かたあしはかは〔片足羽河〕 297
かたかひのかは〔片貝河〕 458
かたこひのもり〔片恋森〕 441
かたこひをか〔片恋岡〕 441
かたしきやま〔片敷山〕 533 566 591
かたせ(の)かは〔片瀬川〕 380
かたそきのいりえ〔片刎入江〕 549 578
かたたのいけ〔堅田池〕 418
かたたのうら〔堅田浦〕 417
かたたのおき〔堅田瀛〕 418
かたたのはま〔堅田浜〕 418
かたちかはら〔形原〕 216
かたちのをの〔形小野〕 248
かたの〔交野〕 295
かたののさと〔交野里〕 296
かたののはら〔交野原〕 296
かたののみの〔交野御野〕 295
かたののやま〔交野山〕 295
かたののをの〔交野小野〕 295
かたみのうら〔像見浦〕 501
かたみのやま〔像見山〕 591
かたらひやま〔語山〕 536 569 596
かたをか〔片岡〕 285
かたをかのかみ〔片岡神〕 191
かたをかのもり〔片岡森〕 191
かたをかやま〔片岡山〕 296
かちしま〔梶嶋〕 469
かちの〔勝野〕 403
かちののはら〔勝野原〕 403
かちののをの〔勝野小野〕 403
かつしかのうら〔勝鹿浦〕 387
かつまたのいけ〔勝間田池〕 483
かつまのうら〔勝間浦〕 488
かつまのみや〔勝間宮〕 488
かつらかた〔桂潟〕 517
かつらかは〔桂河〕 199
かつらき〔葛城〕 250
かつらきのいははし〔葛城石橋〕 251
かつらきのかみ〔葛城神〕 251
かつらきのたかま〔葛城高嶺〕 251
かつらきのたに〔葛城谷〕 252
かつらきのてら〔葛城寺〕 251
かつらきのみね〔葛城峯〕 251
かつらき(の)やま〔葛城山〕 250
かつらのさと〔桂里〕 199
かつらのやま〔桂山〕 463
かつらわたり〔桂渡〕 199
かとりのうみ〔香取海〕 392
かとりのうら〔香取浦〕 403
かとりのおき〔香取瀛〕 392
かなふのやま〔加納山〕 465
かなやま〔金山〕 435
かにのおほの〔蟹大野〕 541 573 600
かにはのたゐ〔可尓波乃田居〕 223
かねのみさき〔金御崎〕 517
かのやま〔香山〕 528 565
かはあひ〔河合〕 223
かはくちのせき〔河口関〕 357
かはくちのの〔河口野〕 357
かはしま〔河嶋〕 342 420
かはしり〔河尻〕 343
かはねしま〔屍嶋〕 478
かはる〔香春〕 521
かひかね〔甲斐嶺〕 369
かひぬまのいけ〔卵沼池〕 548 578
かひのしらね〔甲斐白嶺〕 369
かへてのやま〔蝦手山〕 385
かへのもり〔栢森〕 216
かへるのいち〔帰市〕 292
かへるやま〔海路山〕 450
かほのみなと〔顔湊〕 434
かほやかぬま〔可保夜沼〕 431
かまくらのさと〔鎌倉里〕 379
かまくらのやま〔神倉山〕 402
かまくらやま〔鎌倉山〕 379
かまとやま〔竈戸山〕 514
かまふの〔蒲生野〕 409
かまふののたまのをやま〔蒲生野玉小山〕 409
かみかきやま〔神垣山〕 533 567 592
かみくらやま〔神倉山〕 494
かみしま〔神嶋〕 485 501
かみたのさと〔神田郷〕 466
かみち(の)やま〔神道山〕 348
かみなひ〔神南備〕 256
かみなひ(の)かは〔神南備河〕 257
かみなひのかみ〔神南備神〕 258
かみなひのさと〔神南備里〕 257
かみなひのせ〔神南備瀬〕 257
かみなひのふち〔神南備淵〕 257
かみなひのみた〔神南備御田〕 257
かみなひのもり〔神南備杜・神南備森〕 222 257
かみなひやま〔神南備山〕 256 485
かみなひ(の)やま〔神南備山〕 463
かみなひをか〔神南備岡〕 257
かみのその〔祇園〕 223
かみのみこいし〔神御子石〕 470
かみのみさか〔神御坂〕 378
かみのみさか〔神々坂〕 425
かみのをはま〔神小浜〕 511
かみへのやま〔神辺山〕 260
かみやかは〔紙屋河〕 221
かみやま〔神山〕 190 404
かみをかのやま〔神岡山〕 279
かめのくひ〔亀頸〕 489 521
かめのをか〔亀岡〕 413
かめやま〔亀山〕 199
かめゐ〔亀井〕 308
かも〔賀茂〕 190
かも(の)かは〔賀茂河〕 190
かものかはら〔賀茂河原〕 190
かものはかは〔鴨羽河〕 191
かものやしろ〔賀茂社〕 190
かもやま〔鴨山〕 472
かやつのはら〔萱津原〕 364
かやのの〔萱野〕 514
かやのやま〔萱山〕 514
からかのしま〔辛荷嶋〕 475
からきのうら〔枯木浦〕 469
からことのとまり〔唐琴泊〕 484
からさきのはま〔辛崎浜〕 399
からとまりのこのうら〔韓亭能古浦〕 516
からのうら〔可良浦〕 488
からのさき〔辛崎〕 472
からのみなと〔唐湊〕 527 563
からはし〔唐橋〕 223
からひとのいけ〔唐人池〕 290
から(か)みのやま〔唐見山〕 465
かりかねのやま〔借香山〕 278
かりかのやま〔借香山〕 532 566 591
かりちのいけ〔狩路池〕 541 573 601
かりちのいけ〔獦路池〕 548 577
かりちのをの〔狩路小野〕 541 573 601
かりてのはら〔苅手原〕 602
かりののはし〔苅野橋〕 392
かりはのをの〔狩場小野〕 542 573 601
かるかやのせき〔苅萱関〕 514

かるしまのとよのあかりのみや〔軽嶋豊明宮〕 290
かるたかの〔借高野〕 539 **571**
かるたけの〔借高野〕 *598*
かるのいけ〔迦留池〕 290
かるのいち〔軽市〕 290
かるのみち〔軽道〕 290
かるのやしろ〔軽社〕 290
かれいひやま〔枯飯(甘飼)山〕 412

き

ききつかの〔聞都賀野〕 540 **572** *599*
ききりふのをか〔切蒲岡〕 **570**
きくのいけ〔企救池〕 520
きくのたかはま〔企救高浜〕 520
きくのなかはま〔企救長浜〕 520
きさかた〔蚶方〕 433
きさかたのかみ〔蚶方神〕 434
きさのなかやま〔象中山〕 246
きさのをかは〔象小河〕 246
きさ(の)やま〔象山〕 246
きしみかたかね〔吉志(美)我高嶺〕 281
きそ〔木曽〕 425
きそちのはし〔木曽路(岐)橋〕 425
きそね〔木曽嶺〕 425
きそのかけはし〔木曽(路)岐橋〕 425
きそのみさか〔木曽御坂〕 425
きたの〔北野〕 217
きならのさと〔着楢里〕 274
きならのやま〔着楢山〕 274
きには〔木庭〕 480
きぬかさをか〔衣笠岡〕 218
きぬかは〔絹河〕 416
きぬきぬやま〔衣々山〕 533 **567** *592*
きのうみ〔木海〕 500
きのかは〔木河〕 499
きのせき〔木関〕 499
きのへのみや〔城上宮〕 291
きのまろとの〔木円殿〕 514
きはつくのをか〔伎波都久岡〕 538 **570** *597*
きひのこしま〔吉備小嶋〕 485
きひのなかやま〔吉備中山〕 484
きふねのかは〔貴船河〕 212
きふねのかみ〔貴船神〕 212
きふね(の)やま〔貴船山〕 212
きへのはやし〔伎倍林〕 369
きませのやま〔来座山〕 533 **566**
きませのやま〔来御山〕 *591*
きやうしやかへり〔行者還〕 505
きやま〔城山〕 513
きよきかはら〔清河原〕 249
きよすみのいけ〔清澄池〕 290
きよたき〔清瀧〕 213
きよたきかは〔清瀧河〕 213
きよみ〔清見〕 373
きよみかさき〔清見崎〕 373
きよみかせき〔清見関〕 373
きよみかた〔清見潟〕 373
きよみつのたき〔清水瀧〕 221
きよみはら〔清見原〕 288
きりこすみね〔霧越峯〕 505
きりしま〔霧嶋〕 527 **563**
きりはらの〔桐原野〕 427
きりはらのまき〔桐原牧〕 427
きりふのをか〔切蒲岡〕 538
きりふのをか〔切符岡〕 *597*
きりめ(の)やま〔切目山〕 497

く

くきかさき〔岫崎〕 343
くきかさき〔玖岐崎〕 377
くきのわたり〔岫渡〕 343
くさかえ〔草香江〕 516
くさかのやま〔草香山〕 344
くさかは〔草河〕 221
くさかりのさと〔草苅里〕 298
くしかは〔久慈河〕 393
くしたかは〔櫛田河〕 361
くすはのみや〔楠葉宮〕 298
くせ〔来背〕 211
くせのかはら〔来背河原〕 211
くせのはら〔来背野原〕 211
くせのもり〔来背森・来背杜〕 211 222
くたしの〔朽師野〕 541 **573** *600*
くたみやま〔朽網山〕 520
くたらかは〔百済河〕 284
くたらの〔百済野〕 284
くたらのはら〔百済野原〕 284
くちきのそま〔朽木杣〕 413
くちきのはし〔朽木橋〕 443
くちきのやま〔朽木山〕 413
くちなしのとまり〔口無泊〕 486
くちなしやま〔口無山〕 280
くにのみなと〔救二漆〕 553
くにのみなと〔救二湊〕 **581**
くははたのさと〔桑田里・桑田郷〕 554 **582**
くまきのむら〔熊木村〕 453
くまのかは〔熊野河〕 493
くまのせき〔隈関〕 471
くまののみや〔熊野宮〕 494
くまのやま〔熊野山〕 493
くまやまたけ〔熊山嶽〕 537 **569** *596*
くめかは〔久米河〕 252
くめち〔久米道〕 251
くめちのはし〔久米道橋〕 251 428
くめのさらやま〔久米佐良山〕 483
くもたのむら〔雲田村〕 466
くもつ〔雲津〕 454
くものはま〔雲浜〕 449
くものはやし〔雲林〕 224
くものゐるてら〔雲居寺〕 224
くもりかは〔雲入河〕 546 **576**
くらなしのはま〔倉奈志浜〕 502
くらはしかは〔椋橋河〕 274 468
くらはしのみね〔椋橋峯〕 274
くらはしのをか〔椋橋岡〕 274
くらはし(の)やま〔椋橋山〕 274 468
くらふ(の)やま〔暗布山〕 211
くらふやま〔蔵部山〕 420
くらま(の)やま〔鞍馬山〕 212
くらゐ(の)やま〔位山〕 424
くりこまやま〔栗駒山〕 438
くりはら〔栗原〕 444
くるすのをの〔栗栖小野〕 216
くるま〔宗間〕 362
くるまのさと〔群馬里〕 431
くるもとのさと〔栗太里〕 419
くろうしのうみ〔黒牛海〕 500
くろうしのかた〔黒牛潟〕 500
くろかは〔黒河〕 546 **576**
くろかみやま〔黒髪山〕 429
くろつか〔黒塚〕 438
くろつのさと〔黒津里〕 405
くろとのはし〔黒戸橋〕 451
くろとのはま〔黒戸浜〕 432
くろほのね〔久路保嶺〕 430

け

けしきのもり〔気色森・氣色森〕 526 **563**
けなしのおか〔毛無岡〕 281
けひのうみ〔飼飯海〕 451
けひのうら〔飼飯浦〕 451
けふりのさと〔煙里〕 554
けふりのさと〔煙郷〕 **582**
けふりやま〔煙山〕 533 **567**
けみのうら〔気美浦・氣美浦〕 551 **580**

こ

こいそのうら〔小磯浦〕 381

こかさのはら〔兒笠原・兒笠原〕 542 573 602
こかたのうみ〔粉潟海〕 516
こかねやま〔金山〕 435
こかのもり〔久我森〕 222
こかのわたり〔許我渡〕 388
こかめのみや〔木瓺宮〕 290
こからしのもり〔木枯森〕 376
こころみのさき〔心見崎〕 418
こころをおこすかと〔発心門〕 495
ここゐのもり〔古々井森〕 377
こしのうら〔越浦〕 461
こしのおほやま〔越大山〕 452
こしのしらね〔越白嶺〕 452
こしのすかはら〔越菅原〕 461
こしのたかね〔越高嶺〕 453
こしのなかやま〔越中山〕 451
こしのまつはら〔越松原〕 461
こしのみつうみ〔越水海〕 461
こしま〔小嶋〕 484
こしまのせき〔小嶋関〕 553 581
こすけろのうら〔古須気呂浦・古須氣呂浦〕 550 579
こすのおほの〔越大野〕 283
こせのさやま〔巨勢狭山〕 496
こせのはるの〔巨勢春野〕 496
こせのふゆの〔巨勢冬野〕 496
こせのやま〔巨勢山〕 496
こたかみやま〔児田上山〕 411
こちこせかは〔(乙)巨勢河〕 496
こちこせやま〔(乙)巨勢山〕 496
こつかは〔木津河〕 202
こつかみうら〔木津上浦〕 509
こつのわたり〔木津渡〕 202
ことのうら〔琴浦〕 550 579
ことのまひ〔事舞〕 369
ことひきやま〔琴引山〕 534 567 593
こなのしらね〔故奈白嶺〕 537 569
こなのしらね〔古奈白嶺〕 596
こぬみのはま〔古奴美浜・古奴美濱〕 531 551 565 590
このきのやま〔許能記能山〕 513
このしたやま〔木下山〕 374
このしまのみやしろ〔木嶋御社〕 223
このせち〔巨勢道〕 496
このみつやま〔此美豆山(紫美山)〕 278
こはた〔木幡〕 192
こはたかは〔木幡河〕 192
こはたのさと〔木幡里〕 192
こはたのみね〔木幡峯〕 192
(こはたのもり)〔(木幡森)〕 192
こはた(の)やま〔木幡山〕 192
こはのさと〔木葉里〕 457
こはま〔粉浜(古浜　古波麻)〕 322
こひせかは〔恋瀬河〕 393
こひのはま〔恋浜〕 479
こひのまつはら〔恋松原〕 479
こひのやま〔恋山〕 433
こふのわたり〔国府渡〕 343
こほりかは〔氷川〕 386
こまつ〔小松〕 403 418 555 583
こまつの(か)さき〔小松崎〕 314
こまつ(か)みね〔小松峯〕 215 555 583
こまの〔狛野〕 203
こまのうりふ〔狛瓜生〕 203
こまのわたり〔狛渡〕 203
こまやま〔狛山〕 202
こもちやま〔児持山・兒持山〕 532 566 591
こもりぬ〔籠沼〕 549
こや〔児屋〕 313
こやのいけ〔児屋池〕 314
こやのいけ〔小屋池〕 327
こやのまつはら〔児屋松原〕 314
こやのわたり〔児屋渡〕 314
こよろきのいそ〔小余綾礒〕 380
ころころのさと〔古呂々々里・古呂々郷〕 554 582
ころふしのやま〔子呂伏山〕 535 568 594
ころもかは〔衣河〕 440
ころもてのさと〔衣手里〕 222
ころもてのもり〔衣手杜〕 222
ころもてのやま〔衣手山〕 357
ころものうら〔衣浦〕 550 579
ころものさと〔衣里〕 367 550 579
ころものしま〔衣嶋〕 550 552 579 581
ころものせき〔衣関〕 439
ころものたき〔衣瀧〕 221

さ

さか〔嵯峨〕 197
さかた〔坂田〕 420
さかの〔嵯峨野〕 197
さかのはら〔嵯峨原〕 197
さかのやま〔嵯峨山〕 197
さかひかは〔堺川・堺河〕 547 576
さかひのうら〔堺浦〕 502
さかみね〔相模嶺〕 379
さかみのいち〔佐賀美市〕 554 582
さかみのさと〔佐賀美里〕 554
さからかやま〔相楽山〕 210
さかゐのむら〔酒井村〕 466
さきさか〔鷺坂〕 211
さきさかやま〔鷺坂山〕 211
さきたかは〔崎田河〕 460
さきたまのつ〔前玉津〕 386
さきはひのはし〔幸橋〕 362 519
さきもりのほりえ〔崎守堀江〕 375
さくおのはら〔佐久於乃原〕 602
さくらかは〔桜川〕 393
さくらた〔桜田〕 500
さくらたに〔桜谷〕 413
さくらのみや〔桜宮〕 351
さくらもと〔桜本〕 223
さくら(の)やま〔桜山〕 408 413 465
さくらゐのさと〔桜井里〕 223
ささかは〔篠河〕 547
ささかは〔小竹河〕 577
ささしま〔小竹島〕 521
ささの〔小竹野〕 540 572 599
ささののはら〔小竹野原〕 572 599
ささのはら〔小竹原〕 540
ささふのたけ〔小竹生嶽〕 405
ささふのやま〔小竹生山〕 405
ささやきのはし〔密語橋〕 487
ささらのをの〔神楽小野〕 216
さされいしやま〔砂石山〕 412
さしてのいそ〔指出礒〕 370
さたかは〔佐田川・佐田河〕 547 576
さたのいけ〔佐太池〕 281
さたのうら〔佐太浦〕 471
さたのうら〔貞浦〕 549 579
さたのをか〔佐太岡〕 281
さつきやま〔五月山〕 344
さつきやま〔佐伯山〕 487
さつまかたおきのこしま〔薩摩潟奥小嶋・薩摩潟瀛小嶋〕 527 563
さてのさき〔佐堤崎〕 357
さとのあま〔里海人〕 509
さなつらのをか〔佐奈都良岡〕 538 570 597
さぬかたの〔沙額田野〕 571
さぬかたのの〔佐額田野〕 539
さぬかたのの〔沙額田野〕 598
さぬやま〔佐奴山〕 532 591
さの〔佐野〕 297 430
さのた〔佐野田〕 430
さののいけ〔佐野池〕 297
さののなかかは〔佐野中川〕 431

しめの〔標野〕 284
しらかは〔白河〕 220 525 562
しらかはのさと〔白河里〕 220
しらかはのせき〔白川関〕 439
しらかはのたき〔白河瀧〕 220
しらかはのの〔白河野〕 220
しらかはのわたり〔白河渡〕 220
しらかみのいそのうら〔白神礒浦〕 501
しらくもやま〔白雲山〕 391 420
しらさき〔白崎〕 503
しらすけのみなと〔白菅湊〕 368
しらたに〔白(本)谷〕 466
しらつきやま〔白月山〕 412
しらやま〔白山〕 452
しららのはま〔白良浜〕 360
しるはのいそ〔志流波礒〕 369
しるはのさき〔志流波崎〕 369
しるへのをか〔指南岡〕 538 571 597

す

すかしま〔酢我嶋〕 361
すかたのいけ〔菅田池〕 290
すかたのはし〔形橋〕 483
すかのあらの〔菅荒野〕 426
すかのやま〔菅山〕 457
すかはらのさと〔菅原里〕 291
すかをのやま〔菅尾山〕 510
すきたに〔杉谷〕 537 570 596
すきの〔椙野〕 460
すきのもり〔杉杜〕 396
すきむらのもり〔杉村森〕 396
すくせやま〔宿世山〕 433
すくものをか〔渚久藻岡〕 538 571 597
すさのいりえ〔周匝(通)入江〕 549 578
すすかかは〔鈴鹿河〕 350
すすかかはやそせ〔鈴鹿河八十瀬〕 350
すすかのせき〔鈴鹿関〕 351
すすかやま〔鈴鹿山〕 350
すすきかは〔濯河〕 361
すすきの〔薄野〕 540 572 599
すすの〔鈴野〕 541 573 600
すすのうみ〔珠洲海〕 453
すすのしのはら〔簀々篠原〕 597
すすのみまき〔珠洲御牧〕 454
すその〔裾野〕 436
すそまのやま〔須蘇末山〕 454
すそやま〔裾山〕 194
すたちのをか〔巣立岡〕 538 570 597
すたちのをの〔巣立小野〕 538 570 597 601
すたの〔須陀野〕 541 573
すはのうみ〔阪波海〕 427
すはのみなと〔阪波湊〕 427
すはのやま〔阪波山〕 427
すはのわたり〔阪波渡〕 427
すはらやま〔渚原山〕 534 568 593
すま〔諏磨〕 333
すまのいりえ〔諏磨入江〕 336
すまのいりえ〔周匝(通)入江〕 549
すまのうへの〔諏磨上野〕 336
すまのうみ〔諏磨海〕 334
すまのうら〔諏磨浦〕 334
すまのうら〔牧浦〕 549
すまのこもりえ〔諏磨籠江〕 336
すまのせき〔諏磨関〕 335
すみさか〔住坂〕 537 570 596
すみたかは〔角太河〕 273
すみたかは〔住田川〕 386
すみたかは〔澄田川〕 433
すみのえ〔住江〕 317
すみのえのほそえ〔住吉細江〕 318
すみよし〔住吉〕 316
すみよしのうら〔住吉浦〕 318
すみよしのかみ〔住吉神〕 320
すみよしのきし〔住吉岸〕 319
すみよしのきしの〔住吉岸野〕 320
すみよしのさと〔住吉里〕 320
すみよしのた〔住吉田〕 320
すみよしのはま〔住吉浜〕 318
すみよしのほそえ〔住江細江〕 318
すみよしのをか〔住吉岡〕 320
するかのうみ〔駿河海〕 375
するもきのもり〔須留毛宜森〕 543 574
すゑののやま〔末野山〕 534 568 593
すゑのはらの〔末原野〕 540 572 599
すゑのまつはら〔末之松原〕 438
すゑのまつやま〔末之松山〕 438
すゑをのさと〔末尾里・末尾郷〕 553 582

せ

せかゐのみつ〔清和井水〕 196
せきかは〔関川〕 396
せきかはら〔関原〕 423
せきてら〔関寺〕 396
せきのとやま〔関外山〕 396
せきのはら〔関原〕 451
せきのをかは〔関小川〕 396
せきのをやま〔関小山〕 396
せきやのさと〔関屋里〕 386
せきやま〔関山〕 396
せた〔勢多〕 397
せたのかは〔勢多河〕 397
せたのさと〔勢多里〕 397
せたのなかはし〔勢多長橋〕 397
せたのなかみち〔勢多中道〕 397
せたのなかみち〔勢多長道〕 397
せたのはし〔勢多橋〕 397
せたのわたり〔勢多渡〕 397
せのうみ〔石花海〕 373
せのやま〔背山〕 495
せはぬの〔狭布〕 444
せみのをかは〔瀬見小河〕 191
せりかは〔芹河〕 218
せりかはのの〔芹河野〕 218
せりふのさと〔芹生里〕 197

そ

そかのかはら〔素鵝川原〕 471
そこひのうら〔曾古比浦〕 550 579
そてしのうら〔袖師浦〕 359
そてしま〔袖嶋〕 552 581
そてのうら〔袖浦〕 434
そてのかはら〔袖河原〕 221
そてのみなと〔袖湊〕 434
そてのわたり〔袖渡〕 443
そてふるかは〔袖振川〕 262
そてふるやま〔袖振山〕 276
そとのはま〔素観浜〕 444
そのからかみ〔園韓神〕 223
そのはら〔園原〕 425
そのはらのの〔園原野〕 425
そひやま〔副山〕 470
そめかは〔染河〕 515

た

たえまのいけ〔絶間池〕 343
たかしま〔高嶋〕 485
たかかた〔高潟〕 479
たかきのやま〔高城山〕 246
たかくらやま〔高倉山〕 465 485
たかさこ〔高砂〕 480
たかさこのきし〔高砂岸〕 481
たかさこのはま〔高砂浜〕 481
たかさこのみなと〔高砂湊〕 481
たかさこのみね〔高砂峯〕 480
たかさこのやま〔高砂山〕 481
たかしきのうら〔竹敷浦〕 528 564
たかしのうら〔高志浦〕 300 310
たかしのうら〔高師浦〕 368
たかしのはま〔高志浜〕 300 310

たかしのはま〔高師浜〕 368
たかしま〔高嶋〕 403
たかしまかは〔高嶋河〕 403
たかしまのうら〔高嶋浦〕 403
たかしまのみや〔高嶋宮〕 485
たかしまやま〔高嶋山〕 403
たかし(の)やま〔高師山〕 368
たかせ(の)かは〔高瀬河〕 298
たかせのさと〔高瀬里〕 298
たかせのよと〔高瀬淀〕 298
たかたのむら〔高田村〕 421
たかたのやま〔高田山〕 472
たかちほのたけ〔高千穂嶽〕 526
たかつ〔高津〕 310
たかつきかは〔高槻(月)河〕 421
たかつきむら〔高槻村〕 222
たかつのうみ〔高津海〕 310
たかつのみや〔高津宮〕 310
たかつのやま〔高角山〕 472
たかとみ〔高富〕 555 **583**
たかのいけ〔高池〕 548 **578**
たかののの〔高野野〕 286
たかののみね〔高野峯〕 499
たかののむら〔高野村〕 421
たかののやま〔高野山〕 499
たかのはら〔高野原〕 286
たかのをやま〔鷹尾山〕 412
たかは〔田川・田河〕 546 **576**
たかはたやま〔(高機山)〕 485
たかはの〔誰葉野〕 540 **572** *599*
たかはま〔高浜〕 223 354
たかはらのいしゐ〔竹原石井〕 256
たかはらやま〔竹原山〕 534
たかはらやま〔太可原山〕 *595*
たかまかは〔高天河〕 252
たかまつやま〔高松山〕 464
たかまと(の)やま〔高円山〕 264
たかまとのの〔高円野〕 264
たかまとのみや〔高円宮〕 265
たかまとのをのへのみや〔高円尾上宮〕 265
たかまのうら〔高間浦〕 392
たかまのくさの〔高天草野〕 252
たかまのくさはら〔高天草原〕 252
たかまのはら〔高天原〕 252
たかまのみね〔高天峯〕 252
たかまのみや〔高天宮〕 252
たかまのもり〔高天森〕 252
たかまのやま〔高天山〕 252
たかみのそま〔高見杣〕 411
たかみのやま〔高見山〕 411
たかやすのさと〔高安里〕 294
たかやま〔高山〕 277
たかゐのやま〔高井山〕 426
たかをやま〔高雄山〕 213
たきの〔多芸野〕 423
たきのうら〔瀧浦〕 249
たきのこほり〔瀧郡〕 467
たきやのかは〔滝屋川・瀧屋河〕 547 **576**
たけかは〔竹河〕 298
たけかはのみつむまや〔竹河水駅・竹河水驛〕 553 **582**
たけくまのまつ〔武隈松〕 441
たけしま〔竹嶋〕 418
たけしま〔高嶋〕 485
たけたのさと〔竹田里〕 218
たけたのはら〔竹田原〕 218
たけちのこほり〔高市郡〕 290
たけちのみや〔高市宮〕 291
たけのうら〔竹浦〕 453
たけのした〔竹下〕 379
たけのとまり〔竹泊〕 453
たけのみやこ〔竹都〕 351
たこのいりの〔多胡入野〕 430
たこのうら〔田児浦〕 375
たこのうら〔多胡浦〕 456
たこのうらしま〔多胡浦嶋〕 445
たこのさき〔多胡崎〕 456
たこのね〔多胡嶺〕 430
たそかれのやま〔誰彼山〕 533 **567** *595*
たたこえ〔直越〕 314
たたすのみや〔多田須宮〕 191
たちつくりえ〔刀造江〕 341
たちの〔立野〕 385
たちのやま〔立野山〕 379
たちはなのこしま〔橘小嶋〕 195
たちはなのこしまかくま〔橘小嶋隈〕 195
たちはなのこしまかさき〔橘小嶋崎〕 195
たちはなのこしまかさと〔橘小嶋里〕 195
たちはなのこしまかせき〔橘小嶋関〕 195
たちはなのしま〔橘嶋〕 280
たちやま〔立山〕 457
たつた〔龍田〕 253
たつた(の)かは〔龍田河〕 255
たつたかはら〔龍田河原〕 255
たつた(の)やま〔龍田山〕 253
たつたち〔龍田道〕 256
たつたのおく〔龍田奥〕 253
たつたのきし〔龍田岸〕 256
たつたのふもと〔龍田麓〕 253
たつたのもり〔龍田森〕 256
たつなのはま〔手縄浜〕 502
たつのいち〔龍市〕 291
たつのかと〔龍門〕 224
たての(か)さき〔楯崎〕 479
たとかは〔田跡川〕 423
たなかのもり〔田中森・田中杜〕 543 **574**
たなかみ〔田上〕 404
たなかみかは〔田上河〕 404
たなかみのそまやま〔田上杣山〕 404
たなかみやま〔田上山〕 404
たなくらのの〔太奈久良野〕 284
たなへのいそ〔田辺礒〕 393
たにわけさと〔谷分里・谷分郷〕 553 **582**
たのめのさと〔憑里〕 428
たはれしま〔風流嶋〕 526 **563**
たひのうら〔旅浦〕 551 **580**
たひゐのさと〔旅居里〕 553
たふしのさき〔手節崎〕 361
たまえ〔玉江〕 332 451
たまえのぬま〔玉江沼〕 333
たまかは〔玉河〕 204 442
たまかは〔多麻川〕 386
たまかはのさと〔玉河里〕 204 443
たまかはのさと〔多麻川里〕 386
たまきのみや〔玉城宮〕 267
たまくらの〔手枕野〕 284
たまくらのの〔手枕野〕 *600*
たまさか〔玉坂〕 345
たまさかのやま〔玉坂山〕 345
たましまかは〔玉嶋河〕 524 **562**
たましまのうら〔玉嶋浦〕 **562**
たましまのさと〔玉嶋里〕 524 **562**
たまたよこの〔玉田横野〕 297
たまたれのやま〔玉垂山〕 534 **567** *592*
たまつくりえ〔玉造江〕 443
たまつくりかは〔玉造河〕 443
たまつしま〔玉津嶋〕 490
たまつしまいりえ〔玉津嶋入江〕 491
たまつしまえ〔玉津嶋江〕 491
たまつしまやま〔玉津嶋山〕 491
たまなきのさと〔玉無里・玉無郷〕 554 **582**
たまの〔多麻野〕 384
たまのうら〔玉浦〕 501
たまののはら〔玉野原〕 414
たまのむら〔玉村〕 419

たまのよこやま〔多麻横山〕 384
たまのゐ〔玉井〕 204
たまのゐのさと〔玉井里〕 204 419
たままつやま〔玉松山〕 413
たまゐのぬま〔玉井沼〕 289
たみののしま〔田蓑嶋〕 312
たむけ(の)やま〔手向山〕 276 407
たむのやま〔多武山〕 279
たもとのうら〔手本浦〕 381
たゆひかた〔手結潟〕 451
たゆひのうら〔手結浦〕 451
たゆらきのやま〔絶等寸山〕 482
たるひめのうら〔垂姫浦〕 456
たるひめのさき〔垂姫崎〕 456
たるまのはし〔垂間野橋〕 519
たるみ〔垂水〕 343
たるみのやしろ〔垂水社〕 344
たるゐ〔垂井〕 424
たれそのもり〔誰其森〕 363

ち

ちえたのむら〔千枝村〕 419
ちえのうら〔千江浦〕 549 579
ちかのうら〔千香浦〕 525 562
ちかのしほかま〔血鹿塩竈〕 445
ちかのしま〔千香嶋〕 525 562
ちかみのやま〔近見山〕 536 569 595
ちくさかは〔千草河〕 576
ちくさのかは〔千草川〕 547
ちくさのたけ〔千草嶽(嶺)〕 504
ちくさのはま〔千草浜・千草濱〕 387 547 552 576
ちくふしま〔筑夫嶋〕 418
ちくまのかは〔筑磨川〕 427
ちこのとまり〔児泊〕 505
ちさかのうら〔千坂浦〕 417
ちさとのやま〔千里山〕 534 568 593
ちたのうら〔知多浦〕 500
ちたのえ〔知多江〕 500
ちちのまつはら〔千松原〕 415
ちとせかは〔千年河〕 463 519
ちとせ(の)やま〔千年山〕 463
ちぬのうみ〔茅渟海〕 336
ちぬのうら〔茅渟浦〕 337
ちはのの〔千葉野〕 388
ちひろのはま〔千刃(尋)浜〕 354 502

つ

つきてかさき〔月出崎〕 418
つきのはやし〔月林〕 224
つきのわ〔月輪〕 224
つくえのしま〔机嶋〕 453
つくしのこしま〔筑紫小嶋〕 518
つくはかは〔筑波河〕 391
つくは(の)やま〔筑波山〕 389
つくはね〔筑波嶺〕 390
つくはのかみ〔筑波神〕 391
つくふしま〔筑夫嶋〕 418
つくまえ〔筑磨江〕 414
つくまの〔筑磨野〕 414
つくまのかみ〔筑磨神〕 414
つくまのぬま〔筑磨沼〕 414
つくよみのかみ〔月読神〕 351
つくよみのもり〔月読森〕 351
つけの〔闘鶏野〕 346
つけのやま〔都気山〕 453
つしまのね〔対馬嶺・對馬嶺〕 527 564
つしまのわたり〔対馬渡・對馬渡〕 362 528 564
つたのほそえ〔津田細江〕 478
つたのいりえ〔津田入江〕 478
つつきかはら〔綴喜原〕 218
つつきのしま〔管木嶋〕 536 569 595
つつきのしま〔筒木嶋〕 552 581
つつきのはら〔管(継)木原〕 384
つつきのみや〔綴喜宮〕 218
つつきのやま〔管木山〕 536 569 595
つつしのをか〔山榴岡〕 297 441
つつのみたけ〔管御嶽〕 537 596
つつ(み)のみたけ〔管御嶽〕 569
つつみのたき〔鼓瀧〕 526 563
つつみのたけ〔鼓嶽〕 357
つつみのやま〔鼓山〕 464
つつみゐ〔追都美井〕 362
つのうら〔角浦〕 472
つのしま〔角嶋〕 552 580
つののまつはら〔角松原〕 344
つののをか〔角岡〕 538 571 597
つはいち〔海石榴市〕 292
つふらえ〔円江〕 314
つほのいしふみ〔壺石文〕 444
つまきのやま〔爪木山〕 534 568 593
つまこひのやま〔妻恋山・妻戀山〕 533 566 591
つまのせき〔妻関〕 553 581
つむかの〔津武賀野〕 541 572 600
つもり〔津守〕 321
つもりのうら〔津守浦〕 321
つもりのおき〔津守瀛〕 321
つもりのかみ〔津守神〕 321
つゆしま〔露嶋〕 552 581
つるうちのやま〔絃打山〕 510
つるかのうら〔角鹿浦〕 451
つるかのはま〔角鹿浜〕 450
つるかのやま〔角鹿山〕 450
つるかをか〔鶴岡〕 379
つるしま〔鶴嶋〕 434
つるのこほり〔鶴郡(豆留郡)〕 370
つを(ほ)のさき〔津乎崎〕 552 580

て

てかたみのやま〔手像見山〕 472
てくらのもり〔手椋杜〕 347
てこのよひさか〔手児呼坂〕 375
てしま〔豊嶋〕 345
てまとひのせき〔手迷関〕 581
てまのせき〔手間関〕 471
てまよひのせき〔手迷関〕 553
てらつきやま〔照月山〕 533 592
てらゐ〔寺井〕 555 583
てるつきやま〔照月山〕 567

と

とかはのたき〔戸河瀧〕 547 576
とかみかはら〔砥上原〕 380
ときのうら〔時浦〕 488
ときはのさと〔常盤里〕 210
ときはのはし〔常盤橋〕 418
ときはのもり〔常盤森〕 210
ときは(の)やま〔常盤山〕 209 465
とこ(の)しま〔床嶋〕 364 552 580
とこのうら〔床浦〕 550 579
とこのやま〔鳥籠山〕 407
とこのやまかは〔鳥籠山川〕 407
とさのうみ〔土佐海〕 511
としま〔敏馬〕 338
としまかいそ〔敏馬礒〕 338
としまかさき〔敏馬崎〕 338
とたえのはし〔戸絶橋〕 443
ととろきのはし〔轟橋〕 419
となせ〔戸難瀬〕 198
となせかは〔戸難瀬川〕 198
となせのきし〔戸難瀬岸〕 199
となせのたき〔戸難瀬瀧〕 199
となみ〔砺波〕 458
となみのせき〔砺波関〕 458
となみやま〔砺波山〕 458
とねかは〔利根川〕 431
とは〔鳥羽〕 207
とはた〔鳥羽田〕 207
とはたのうら〔飛幡浦〕 358
とはたのさと〔鳥羽田里〕 207
とはのあはみ〔鳥羽淡海〕 392
とはのまつはら〔飛幡松原〕 602
とはのわたり〔鳥羽渡〕 207
とはやま〔鳥羽山〕 207
とひのかふち〔刀比乃河内〕 379

とふのうら〔十符浦〕 444
とふひかくれ〔飛火隈〕 294
とふひの〔飛火野〕 234
とふひのはら〔飛火野原〕 235
とふひのもり〔飛火野森〕 235
とほさとをの〔遠里小野〕 324
とほつおほうら〔遠津大浦〕 417
とほつのはま〔遠津浜・遠津濱〕 551 580
とほりのかは〔通河〕 298
とませのやま〔泊瀬山〕 269
とまりのいそ〔泊礒〕 509
とみのをやま〔富緒山〕 464
とみやま〔富山〕 536 569 595
とみをか〔跡見岡〕 538
とものうら〔鞆浦〕 486
ともをか〔鞆岡〕 538 571
とやの〔等夜野〕 540
とやのの〔等夜野〕 572 599
とよかは〔豊川〕 367
とよはつせち〔豊泊瀬道〕 271
とよらのさと〔豊浦里〕 488
とよらのしま〔豊浦嶋〕 488
とよらのてら〔豊浦寺〕 253
とよらのみや〔豊浦宮〕 488
とよらのやま〔豊浦山〕 253
とりかひ〔鳥養〕 347
とりかへかは〔取替川・取替河〕 545 575
とりこのいけ〔取古池〕 416
とりしのいけ〔取石池〕 416
とりすみのやま〔鳥住山〕 535 568 594
とりへの〔鳥戸野〕 215
とりへやま〔鳥戸山〕 215
とをちのいけ〔十市池〕 279
とをちのさと〔十市里〕 279
とをちのやま〔十市山〕 279
とをつかは〔十津川〕 249

な

なかかは〔中河〕 221
なかさか〔長坂〕 215
なかす〔長洲〕 341
なかすのはま〔長洲浜〕 341
なかたにかは〔長谷河〕 211
なかたにやま〔長谷山〕 211
なかたのむら〔長田村〕 466
なかたのやま〔長田山〕 485
なかとのしま〔長門嶋〕 487
なかはま〔長浜〕 359 369
なかはまのうら〔長浜浦〕 453
なかみねのやま〔長峯山〕 464
なかやま〔中山〕 536 569 595
なから〔長柄〕 311
なからのうら〔長柄浦〕 312
なからのはし〔長柄橋〕 311
なからのみち〔長柄道〕 312
なからのみや〔長柄宮〕 312
なからのむら〔長等村〕 419
なからのやま〔長等山〕 398 401
なかれえ〔流江〕 353
なかゐのいけ〔長居池〕 548 577
なかゐのうら〔長居浦〕 323 577
なかゐのかた〔長居潟〕 323
なかゐのはま〔長居浜〕 323
なかをやま〔長尾山〕 464
なきさのもり〔渚森〕 297
なきさのをか〔(渚)岡〕 297
なきさはのもり〔哭沢森〕 504
なきしま〔鳴嶋〕 478
なきのかは〔名木河〕 221
なくさのはま〔名草浜〕 497
なくさやま〔名草山〕 497
なくやのはま〔鳴耶浜〕 502
なけきのもり〔歎森〕 542 574 602
なこしのもり〔名越森〕 543 574
なこしのやま〔名越山〕 511 574
なこしのをか〔名越岡〕 324
なこそのせき〔奈古曾関〕 439
なこそのやま〔奈古曾山〕 439
なこのうみ〔名児海〕 322
なこのうみ〔奈呉海〕 460
なこのうら〔名児浦〕 323
なこのうら〔奈呉浦〕 461
なこのえ〔奈呉江〕 460
なこのつきはし〔奈古継橋〕 461
なこのはまえ〔名児浜江〕 323
なこのわたり〔奈呉渡〕 461
なこやま〔名児山〕 514
なさかのうみ〔奈佐可海〕 392
なさかのうら〔奈佐可浦〕 392
なさけのやま〔情山〕 532 566 591
なしのをやしろ〔奈志小社〕 555 583
なしはらのむまや〔梨原駅・梨原驛〕 553 581
なす〔那須〕 432
なすのゆのたき〔那須湯瀧〕 432
なそのしらはし〔奈曾白橋〕 433
なたかのうら〔名高浦〕 501
なたちのうら〔名立浦〕 339 550 579
なちのたかね〔那智高嶺〕 494
なちのたき〔那智瀧〕 494
なち(の)やま〔那智山〕 494
なつきやま〔名就山〕 344
なつみのうへのやま〔夏箕上山〕 274
なつみのうら〔夏見浦〕 361
なつみのかは〔夏箕河〕 248
なとりかは〔名取河〕 442
なとりのこほり〔名取郡〕 442
なとりのさと〔名取里〕 442
なとりのみゆ〔名取御湯〕 442
ななのやしろ〔七社〕 400
なにしにいけ〔何為池〕 549
なにしのいけ〔何為池〕 578
なには〔難波〕 302
なにはいりえ〔難波入江〕 304
なにはえのうら〔難波江之浦〕 305
なにはかた〔難波潟〕 305
なにはち〔難波道〕 308
なにはつ〔難波津〕 307
なにはのうみ〔難波海〕 303
なにはのうら〔難波浦〕 305
なにはのえ〔難波江〕 303
なにはのおき〔難波瀛〕 303
なにはのさき〔難波崎〕 307
なにはのさと〔難波里〕 308
なにはのてら〔難波寺〕 308
なにはのみつ〔難波御津〕 308
なにはのみなと〔難波湊〕 307
なにはのみや〔難波宮〕 308
なにはのみやこ〔難波都〕 308
なにはわたり〔難波渡〕 307
なはのうら〔縄浦〕 339
なほりやま〔奈保利山〕 482
なみかけのきし〔浪懸岸〕 519
なみかけのはし〔浪懸橋〕 519
なみくらやま〔連庫山〕 412
なみたかは〔涙河・涙川〕 361 434
なみたのうら〔涙浦〕 550 579
なみたのはま〔涙浜・涙濱〕 550 579
なみのしはの〔浪柴野〕 274
なみのせき〔浪関〕 335 373
なみのやのうら〔浪屋浦〕 551 580
なよやま〔名欲(奈与)山〕 482
ならさか〔奈良坂〕 225
ならしのをか〔奈良師岡〕 281
ならち〔奈良道〕 226
ならのさと〔奈良里〕 225
ならのみや〔奈良宮〕 225
ならのみやこ〔奈良都〕 225
ならひのいけ〔並池〕 217
ならひのをか〔並岡〕 217
ならひはま〔並浜〕 307
なら(の)やま〔奈良山〕 225
なるさは〔鳴沢〕 373 377

なるたきのかは〔鳴瀧河〕 221
なると〔鳴門〕 488 508
なるとのうら〔鳴門浦〕 488 509 510
なるみ〔鳴海〕 363
なるみかた〔鳴海潟〕 364
なるみのうら〔鳴海浦〕 363
なるみのおき〔鳴海瀛〕 363
なるみのさと〔鳴海里〕 364
なるみののへ〔鳴海野辺〕 364
なるみのはま〔鳴海浜〕 364
なるを〔鳴尾〕 341
なるをのおき〔鳴尾瀛〕 341

に

にきし（にしき）かは〔饒石河〕 454
にきたつ〔熟田津〕 510
にけみつ〔逃水〕 555 **583**
にこきかうら〔二古伎浦〕 550 **579**
にしきのうら〔錦浦〕 359
にしのかは〔西河〕 221
にしのみや〔西宮〕 340
にひかは〔新河〕 457
にひたやま〔新田山〕 429
にひむろ〔新室〕 555 **583**
にふのかは〔丹生河〕 246
にふのひやま〔丹生檜山〕 246
にふのやま〔丹生山〕 246 459
にふのをかは〔丹生小川〕 246
にほのうみ〔丹穂海〕 396
にほのうら〔丹穂浦〕 397
にまのさと〔二万郷〕 486

ぬ

ぬなかは〔沼名河〕 **575**
ぬのひきかは〔布引河〕 331
ぬのひきのたき〔布引瀧〕 330
ぬまなかは〔沼名川〕 545
ぬるやかは〔潤和河〕 545 **575**

ね

ねさめのさと〔寝覚里〕 424
ねぬなはのうら〔根蓴浦〕 469
ねのひのさき〔子日崎〕 469
ねやま〔寝山〕 533 **566** *591*

の

のかみ〔野上〕 424
のかみのさと〔野上里〕 424
のきのこほり〔能伎郡〕 471
のくちのさと〔野口里・野口郷〕 553 **582**
のこのとまり〔能古泊〕 516
のしま〔野嶋〕 507
のしまかうら〔野嶋浦〕 507
のしまかさき〔野嶋崎〕 387 507
のしまのわたり〔野嶋渡〕 507
のたのたまかは〔野田玉川〕 443
のち〔野路〕 415
のちせのうら〔後瀬浦〕 448
のちせ（の）やま〔後瀬山〕 448
のちのたまかは〔野路玉川〕 415
のちのとはやま〔野路鳥羽山〕 *593*
のちのやま〔野路山〕 415 *593*
のとかのやま〔能登香山〕 532 **565** *590*
のとかは〔能登河〕 289
のとせ（の）かは〔能登瀬河〕 298 416
のとのうみ〔能登海〕 453
のとのしまやま〔能登嶋山〕 453
のなかのしみつ〔野中清水〕 475 499
ののみや〔野宮〕 197

は

はかた〔博多〕 518
はくひのうみ〔波久比海〕 461
はくひのうら〔波久比浦〕 461
はこかた〔箱潟〕 510
はこさき〔筥崎〕 517
はこねち〔箱根道〕 379
はこねのね〔箱根嶺〕 379
はこね（の）やま〔箱根山〕 378
はしたやま〔半山〕 405 536 **568** *595*
はしもとてら〔橋下寺〕 311
はしりゐ〔走井〕 396
はしろ（の）かは〔葉白河〕 547 **577**
はたかみのたくしま〔機上栲嶋〕 552
はたの〔旗野〕 540 **572** *599*
はたのうへのたくしま〔機上栲嶋〕 **580**
はたやま〔畑山〕 536 *596*
はたやま〔火田山〕 **569**
はたれのやま〔葉垂山〕 536 **569**
はたれのやま〔波太礼山〕 *595*
はちすのうら〔蓮浦〕 453
はつかしのもり〔羽束志杜〕 222
はつかのさと〔羽束里〕 345
はつかのやま〔羽束山〕 345
はつせ（の）かは〔泊瀬河〕 271
はつせち〔泊瀬道〕 271
はつせ（の）やま〔泊瀬山〕 269
はな（の）やま〔花山〕 214
はなそのもり〔花園森〕 543
はなそのもり〔花薗森〕 **574**
はなそのやま〔花園山〕 365
はなちのいけ〔放池〕 548 **577**
はなの〔花野〕 540 **572** *599*
はなのさと〔花里・花郷〕 554 **582**
はなの（の）をの〔花野小野〕 540 **572** *599*
はなれこしま〔離小嶋〕 501
はなれをか〔離岡〕 539 **571**
はにしなのいしゐ〔埴（填）科石井〕 428
はにやすのいけ〔埴（填）安池〕 289
ははかりのせき〔憚関〕 440
ははそのもり〔柞森〕 203
ははそはら〔柞原〕 193
ははそやま〔柞山〕 203
はひつきのかは〔這（延）槻河〕 458
はまなかは〔浜名河〕 368
はまなのはし〔浜名橋〕 368
はまのはしりゆ〔浜走湯〕 360
はまむら〔浜村〕 357
はむろのさと〔葉室里〕 223
はやかは〔早川・早河〕 381 545 **575**
はやしさき〔林崎〕 357
はやひとのさつまのせと〔隼人薩摩迫門〕 527 **563**
はやみのうら〔早見浦〕 551 **580**
はやみのさと〔速見里〕 519
はやみのはま〔早見浜・早見濱〕 551 **580**
はらたのさと〔原田里〕 387
はらのいけ〔原池〕 343
はらやま〔原（山）・原山〕 536 **569** *596*
はりの〔張野〕 541 **573** *600*

ひ

ひえ〔比叡〕 400
ひえのやま〔比叡山〕 401
ひおきのさと〔日置里〕 466
ひかけやま〔日影山〕 190
ひかさのうら〔日笠浦〕 474
ひかたのうら〔干潟浦〕 551 **580**
ひきつ〔引津〕 517
ひきてのやま〔引手山〕 279
ひきの〔引野〕 527 **564**
ひきのやま〔引野山〕 534 **568**
ひくしま〔引嶋〕 486
ひくまの〔引真野〕 365
ひたかたのいそ〔比多我多礒〕 552 **580**

ひたきのしま〔火焼嶋〕 552 **581**
ひたのほそえ〔飛騨細江〕 424
ひつかは〔匱河〕 209
ひつかはのきし〔匱河岸〕 209
ひつかはのはし〔匱河橋〕 209
ひてのやま〔比弖山〕 536 **569** *595*
ひとくにやま〔人国山〕 497
ひとことのかみ〔一言神〕 191
ひとねかは〔比利根川〕 431
ひとへやま〔一重山〕 426
ひとよかは〔一夜河〕 519
ひなか〔日中〕 357
ひなのあらの〔夷荒野〕 **571** *598*
ひねのこほり〔日根郡〕 301
ひのくまかは〔檜隈河・檜隈川〕 281 297
ひのすきむら〔火野杉村〕 205
ひのもとのむろふ〔日本室原〕 555 **583**
ひはらのやま〔檜原山〕 266
ひひ(ち)き〔比治崎〕 479
ひひ(ち)きのなた〔比治崎灘田〕 479
ひむかのくに〔日向国・日向國〕 526 **563**
ひむろ(の)やま〔氷室山〕 215
ひめしま〔姫嶋〕 342 521
ひめすかはら〔比免須賀原〕 *602*
ひもののさと〔檜物里〕 419
ひやうふのうら〔屛風浦〕 421
ひやうふのたけ〔屛風嶽〕 505
ひよし〔日吉〕 400
ひよしのやま〔日吉山〕 401
ひらか〔平鹿〕 433
ひらの〔平野〕 216
ひらのうら〔比良浦(牧浦)〕 406
ひらのうら〔枚浦〕 549
ひらのたかね〔比良高嶺〕 406
ひらのたかやま〔比良高山〕 405
ひらのとほやま〔比良遠山〕 405
ひらのみなと〔比良湊〕 406
ひらのみやこ〔比良都〕 406
ひらまつ〔平松〕 301
ひらやま〔比良山〕 405
ひるめのかみ〔昼目神〕 348
ひれふるやま〔領巾麾山〕 522 **561**
ひろさはのいけ〔広沢池〕 198
ひろせかは〔広瀬河〕 289
ひろせのかみ〔広瀬神〕 289
ひろたのかみ〔広田神〕 339
ひろたのはま〔広田浜〕 339
ひろはし〔広橋・廣橋〕 554 **582**
ひろゐのさと〔拾居郷〕 **582**

ふ

ふえかは〔笛河〕 361
ふえたけのいけ〔笛竹池〕 548 **578**
ふえのうら〔笛浦〕 469
ふえふきのやま〔笛吹山〕 465
ふかきやま〔深山〕 504
ふかくさのさと〔深草里〕 208
ふかくさ(の)やま〔深草山〕 208
ふかしのやま〔深師山〕 536 **569** *595*
ふかつしまやま〔深津嶋山〕 435
ふかむのね〔敷可牟ノ嶺・敷可牟嶺〕 527 **564**
ふきあけ〔吹上〕 492
ふきあけのみね〔吹明峯〕 537 **570** *596*
ふきあけのをの〔吹上小野〕 493
ふきたちかは〔吹立河〕 **576**
ふきたてかは〔吹立河〕 547
ふけひのうら〔吹飯浦〕 451
ふけひのはま〔吹飯浜〕 451
ふけゐ〔吹居〕 468
ふけゐかた〔吹居潟〕 300
ふけゐのうら〔吹居浦〕 300
ふし〔富士〕 371
ふしのかは〔富士河〕 372
ふしのしはかは〔富士後川〕 373
ふしのしはやま〔富士後山〕 372
ふしのすその〔富士裾(須蘇)野〕 372
ふしのたかね〔富士高嶺〕 371
ふしのね〔富士嶺〕 371
ふしのはやま〔富士端山〕 373
ふしのみたけ〔富士御嶽〕 372
ふしのやま〔富士山〕 371
ふしみかたゐ〔伏見田居〕 209
ふしみのさと〔伏見里〕 208 291
ふしみのさは〔伏見沢〕 209
ふしみのた〔伏見田〕 209 291
ふしみのとやま〔伏見外山〕 291
ふしみのの〔伏見野〕 208
ふしみのみや〔伏見宮〕 291
ふしみのむら〔伏見村〕 208
ふしみのをた〔伏見小田〕 209
ふしみやま〔伏見山〕 208
ふすゐのしま〔伏猪嶋〕 552 **581**
ふせのうみ〔布勢海〕 456
ふせのうら〔布勢浦〕 456
ふせや〔伏屋〕 425
ふせやのへ〔伏屋野辺〕 425
ふたい〔布対〕 201
ふたいのの〔布対野〕 201
ふたいのはら〔布対原〕 201
ふたいのみや〔布対宮〕 201
ふたい(の)やま〔布対山〕 201
ふたかたやま〔二方山〕 439
ふたかみやま〔二上山〕 252 454
ふたこ(の)やま〔二子山〕 431
ふたまたかは〔二俣川〕 386
ふたみかた〔二見潟〕 355
ふたみのうら〔二見浦〕 355 470 479
ふたみみち〔二見道〕 367
ふたむら(の)やま〔二村山〕 365 464
ふちえのうら〔藤江浦〕 475
ふちゐのうら〔藤井浦〕 475
ふちかた〔藤潟〕 360
ふちかは〔藤河〕 423
ふちさかのやま〔藤坂山〕 465
ふちしろ〔藤代〕 499
ふちのもり〔藤森〕 208
ふちはらのさと〔藤原里〕 290
ふちはらのふりにしさと〔藤原故郷〕 290
ふちはらのみや〔藤原宮〕 290
ふちふの〔藤生野〕 216
ふちゐのさと〔藤井里〕 290
ふなきのはま〔船木浜〕 420
ふなきのやま〔船木山〕 423
ふなさかやま〔船坂山〕 479
ふなせのはま〔船瀬浜〕 525 **562**
ふなてら〔船寺〕 347
ふなはりのの〔吉魚張野〕 274
ふなゐ〔船井・舟井〕 555 **583**
ふなをかの〔船岡野〕 217
ふはのせき〔不破関〕 422
ふはのなかやま〔不破中山〕 422
ふはやま〔不破山〕 422
ふみまきかは〔書巻川〕 388
ふやふやのせき〔布耶々関〕 433
ふる〔布留〕 261
ふるえのむら〔古江村〕 457
ふるかは〔布留河〕 262
ふるかはのへ〔古川辺・古河辺〕 262 272
ふるかはをの〔古河小野〕 262
ふるせかは〔古瀬川〕 545
ふるの〔布留野〕 261
ふるのあらた〔布留荒田〕 263
ふるのかけはし〔布留懸橋〕 264
ふるのさと〔布留里〕 262
ふるのた〔布留田〕 263
ふるのたかはし〔布留高橋〕 264
ふるのたき〔布留瀧〕 262
ふるのなかみち〔布留中路〕 263
ふるののさと〔古野里〕 262

ふるののをの〔布留小野〕 261
ふるのみやこ〔布留都〕 262
ふるのもり〔布留森〕 263
ふるのやしろ〔布留社〕 263
ふるのやまさと〔古山里〕 262
ふるのわさた〔布留早田〕 263
ふるはし〔古橋〕 261
ふるはた〔古畑〕 504
ふゑふきやま〔笛吹山〕 593

へ

へくりのやま〔平群山〕 591
へみのみまき〔逸見御牧〕 369

ほ

ほさか〔穂坂〕 370
ほさかのをの〔穂坂小野〕 370
ほしあひのはま〔星合浜〕 354
ほしかは〔星河〕 361
ほしさき〔星崎〕 364
ほしをか（あひ）のやま〔星岡山〕 533
ほしをかのやま〔星岡山〕 567
ほそかは〔細川〕 279
ほそかはやま〔細川山〕 277
ほそみのいけ〔細見池〕 548 578
ほってのうら〔保都手浦〕 564
ほつのやま〔穂津山〕 465
ほとむのうら〔保都牟浦〕 527
ほや〔穂屋〕 427
ほりえ〔堀江〕 304
ほりえのかは〔堀江河〕 304
ほりかねのゐ〔堀難井〕 384
ほりかは〔堀河〕 221

ま

まかきのしま〔籬嶋〕 446
まかきのやま〔籬山〕 534 567 592
まかみかはら〔真神原〕 288
まかりのいけ〔勾池〕 280
まききのやま〔巻来山〕 532 590
まきこのやま〔巻来山〕 565
まきそめかは〔巻染川・巻染河〕 546 576
まきのうら〔牧浦〕 406 579
まきのしま〔真木嶋〕 195
まきのむら〔真木村〕 419
まきのをやま〔真木小山〕 194
まきもくのかは〔巻向河〕 266
まきもく（の）やま〔巻向山〕 265
まくまの〔真熊野〕 357 494
まくまののうら〔真熊野浦〕 358
まくまののゆ〔真熊野湯〕 494
まくゐ（の）やま〔馬咋山〕 211
まさきやま〔正木山〕 593
まさこやま〔（真）砂山〕 493
ましはかは〔真柴河〕 545 575
ましらのはま〔真白良浜〕 360
ますたのいけ〔益田池〕 289
ますたのさと〔益田里〕 290
ますのかみやま〔益神山〕 531 565 590
またらしま〔斑嶋〕 525 527 564
まちかね（の）やま〔待難山〕 345
まつかうらしま〔松浦嶋〕 445
まつかさき〔松崎〕 215
まつかせのさと〔松風里〕 365
まつしま〔松嶋〕 445
まつしまのうら〔松嶋浦〕 445
まつしまのはし〔松嶋橋〕 445
まつちのやまかは〔信土山河〕 273
まつちやま〔信土山〕 273
まつのうら〔松浦〕 509
まつのをのみね〔松尾峯〕 214
まつのをやま〔松尾山〕 214
まつはらのさと〔松原里・松原郷〕 534 554 568 582 593
まつはらやま〔松原山〕 534 568 593
まつやま〔松山〕 509
まつら〔松浦〕 522 561
まつらかた〔松浦潟〕 524 561
まつらかた〔松浦縣〕 561
まつら（の）かは〔松浦河〕 523 561
まつらち〔松浦道〕 524 561
まつらのうみ〔松浦海〕 523 561
まつらのうら〔松浦浦〕 523 561
まつらのおき〔松浦瀛・松浦興〕 524 561
まつらのたけ〔松浦嶽〕 522 561
まつらのみね〔松浦嶺〕 522 561
まつら（の）やま〔松浦山〕 522 561
まつゐ〔松井〕 467
まて〔間手〕 347
まとかたのうら〔円方浦〕 500
まとほく（の）の〔麻掃保久野〕 541 572 599
まなかのうら〔真長浦〕 403
まの〔真野〕 337 416
まののいけ〔真野池〕 337
まののいりえ〔真野入江〕 416
まののうら〔真野浦〕 337 417
まののかやはら〔真野萱原〕 441
まののつきはし〔真野継橋〕 337
まののはきはら〔真野芽原〕 285
まののはま〔真野浜〕 417
まののはま〔間之浜〕 520
ままのいりえ〔真間入江〕 388
ままのつきはし〔真間継橋〕 388
ままのゐ〔真間井〕 388
まゆみのやま〔檀山〕 281
まゆみのをか〔檀岡〕 281
まりのをか〔鞠岡〕 539 571 597
まりふのうら〔麻里布浦〕 487
まれかのうら〔希香浦〕 550 579
まゐのくま〔真井隈〕 537 570 596

み

みあれやま〔御所生山（三形山）〕 190
みうら〔御浦〕 380
みうらのさと〔御浦里〕 380
みおやのかみ〔御祖神〕 190
みかきかはら〔御垣原〕 248
みかきかはら〔三垣原〕 595
みかきののへ〔御垣野辺〕 248
みかきのやま〔三垣山〕 260
みかけのまつ〔御陰松〕 347
みかさねのたき〔三重瀧〕 494 505
みかさのさと〔三笠里〕 234
みかさのはら〔三笠原〕 234
みかさのもり〔三笠杜〕 234
みかさのもり〔御笠森〕 513
みかさのやま〔御笠山〕 513
みかさ（の）やま〔三笠山〕 232
みかたのうみ〔三形海〕 448
みかたのうら〔三形浦〕 448
みかたのはま〔三形浜〕 448
みかたのはら〔三形原〕 449
みかねのたけ〔御金嶽〕 247
みかののはし〔三香野橋〕 376
みかのはら〔三香原〕 201
みかのはらくにのみやこ〔三香原久迩都〕 201
みかほしやま〔見皃石山〕 392
みかほのせき〔美加保之関〕 432
みかみのたけ〔三神嶽〕 408
みかみのやま〔三神（上）山〕 408
みかものやま〔三毳山〕 431
みきはかさき〔御前崎〕 552
みくの〔水久君野〕 572 599
みくにやま〔三国山〕 344
みくまの〔三熊野〕 492
みくまの〔真熊野〕 493
みくまののうら〔真熊野浦〕 358 494
みくまののはま〔真熊野浜〕 358
みくまののゆ〔真熊野湯〕 494
みくらのやま〔御倉山〕 533 592
みくらやま〔御倉山〕 567

みけしの〔御食師野〕 541 **573** *600*
みこきのうら〔二古伎浦〕 **579**
みこしのさき〔美胡之乃崎〕 *379*
みこしをか〔御輿岡〕 217
みことかは〔御言河〕 428
みこもりのかみ〔御子守神〕 555 **583**
みさきかさき〔御前崎〕 **580**
みさこ〔水沙児〕 549
みしま〔三嶋〕 331
みしまえ〔三嶋江〕 331
みしまえのいりえ〔三嶋江入江〕 331
みしまえのわたり〔三嶋渡〕 332
みしまかはら〔三嶋原〕 457
みしまの〔三嶋野〕 457
みしまのうら〔三嶋浦〕 332
みしまのかみ〔三嶋神〕 377
みすのやま〔三隅山〕 504
みすみのやま〔御炭山〕 357
みすみのやま〔身住山〕 *594*
みせきのうら〔身関浦〕 550 **579**
みそきかは〔御禊川〕 547
みそきかは〔御禊河〕 **577**
みそきかはら〔御禊河原〕 **577**
みそめのさき〔見染崎〕 286
みそめのをか〔見染岡〕 286
みたらしかは〔御手洗川〕 191
みちのくちたけふのこふ〔道口武生国府〕 451
みちのくやま〔陸奥山〕 435
みつうみ〔水海〕 396
みつかの〔美都賀野〕 541 **572**
みつかは〔三河〕 366
みつかは〔三津河〕 401
みつかはのはし〔三津河橋〕 401
みつき〔水城〕 514
みつくきのをか〔水茎岡〕 537 **570** *596*
みつくきのをかのみなと〔水茎岡湊・水茎岡湊〕 538 553 **581** *597*
みつくの〔水久君野〕 541
みつくさかは〔水草川・水草河〕 547 **577**
みつしま〔水嶋〕 518
みつてのいそのうら〔水伝礒浦〕 501
みつなへのうら〔三名倍浦〕 501
みつの〔美豆野〕 219
みつのうへの〔美豆上野〕 219
みつのうら〔御津浦〕 309
みつのうら〔三津浦〕 401
みつのえ〔水江〕 468
みつのえのよしののみや〔水江能野宮〕 471
みつのかは〔美豆河〕 220
みつのこしま〔美豆小嶋〕 445
みつのさき〔御津崎〕 309
みつのさと〔三津里〕 401
みつのてら〔御津寺〕 310
みつのとまり〔御津泊〕 310
みつののさと〔美豆里〕 220
みつのはま〔御津浜〕 309
みつのはま〔三津浜〕 401
みつのほりえ〔御津堀江〕 310
みつのまつはら〔御津松原〕 310
みつのみなと〔御津湊〕 309
みつのみまき〔美豆御牧〕 220 370
みつのもり〔美豆森〕 220
みつのやま〔三山〕 493
みつのわたり〔美豆渡〕 220
みつのをやま〔水尾山〕 463
みつわけやま〔水分山〕 246
みてくら(の)しま〔御幣島〕 342
みとりこやま〔嬰児山・嬰兒山〕 535 **568** *594*
みとりののいけ〔翠野池〕 548 **578**
みなかは〔水名河〕 221
みなきしやま〔見奈疑之山〕 459
みなせ〔水無瀬〕 206
みなせかは〔水無瀬河〕 206
みなせのさと〔水無瀬里〕 207
みなそこのはし〔水底橋〕 418
みなとかは〔湊河〕 331
みなとやま〔湊山〕 331
みなのかは〔水無能川〕 391
みなのせかは〔美奈乃瀬川〕 379
みなふちやま〔南淵山〕 277
みなみのみや〔南宮〕 340
みなれかは〔見馴河〕 289
みぬめのうら〔三犬女浦〕 338
みねこしやま〔峯越山〕 534 **568** *593*
みのうのうら〔美能宇浦〕 516
みのうはま〔美能宇浜〕 516
みのおのうら〔箕面浦〕 339
みのさと〔箕之里〕 222
みのしま〔蓑嶋〕 520
みののなかみち〔美乃中道〕 422
みののなかやま〔美乃中山〕 422
みののをやま〔美濃小山〕 422
みのやま〔美乃山〕 422
みはかやま〔御廟山〕 280
みはしのやま〔御階山〕 534 **567** *592*
みはらのいけ〔御原池〕 548 **578**
みふねのやま〔三船山〕 246
みへのかはら〔三重川原〕 361
みほかさき〔三穂崎〕 374
みほのいはや〔三穂石屋〕 504
みほのうら〔三穂浦〕 342 374 521
みほのさき〔三穂崎〕 471
みまきのうら〔御牧浦〕 549 **579**
みましのうら〔御座浦〕 511
みみかのみね〔耳家嶺〕 247
みみとかは〔耳敏河〕 221
みみなしかは〔耳無川・耳無河〕 546 **576**
みみなし(の)やま〔耳梨山〕 277
みみもりのかみ〔耳森神〕 543 **574**
みみらくのしま〔美弥良久嶋〕 525 **562**
みむらのやま〔三村山〕 412
みむろと(の)やま〔御室戸山〕 211
みむろのかみ〔御室神〕 259
みむろのきし〔御室岸〕 259
みむろ(の)やま〔御室山〕 258
みもすそかは〔御裳濯河〕 349
みもすそのきし〔御裳濯岸〕 350
みやかは〔宮河〕 350
みやきかはら〔宮城原〕 441
みやきの〔宮城野〕 440
みやけち〔三宅道〕 286
みやけのの〔三宅野〕 286
みやけのはら〔三宅原〕 286
みやこしま〔都島〕 444
みやさきやま〔宮崎山〕 *593*
みやしろのをか〔美夜自(白)呂岡・美夜自呂岡〕 538 **570** *597*
みやたき〔宮瀧〕 244
みやちやま〔宮地山〕 365
みやのせかは〔宮瀬川・宮瀬河〕 545 **575**
みよしののさと〔三吉野里〕 387
みるめのうら〔海松和布浦〕 525 527 **564**
みるやま〔見山〕 529 **565**
みわかさき〔神崎〕 431
みわかは〔三輪河〕 268
みわのいち〔三輪市〕 269
みわのかみ〔三輪神〕 269
みわのさき〔三輪崎〕 269
みわのさと〔三輪里〕 268
みわのしけやま〔三輪茂山〕 268
みわのすきはら〔三輪杉原〕 267
みわのそまやま〔三輪杣山〕 268
みわのひはら〔三輪檜原〕 267
みわのやまた〔三輪山田〕 268
みわ(の)やま〔三輪山〕 267
みゐ〔三井〕 420
みをかさき〔三尾崎〕 403

みをつくし〔澪漂〕 314
みをのうみ〔三尾海〕 403
みをのうら〔三尾浦〕 403 471 473
みをのそまやま〔三尾杣山〕 403
みをのなかやま〔三尾中山〕 403
みをのふるさと〔三尾古里・三尾故郷〕 554 **582**
みをのみさき〔三尾御崎〕 403
みをのやま〔三尾山〕 404
みをやま〔三尾山〕 403
みをり〔美袁(赤)利里〕 377

む

むかしかは〔昔川・昔河〕 546 **576**
むかひのをか〔向岡〕 384
むこ〔武庫〕 326
むこかは〔武庫河〕 327
むこのいりえ〔武庫入江〕 326
むこのうら〔武庫浦〕 326
むこのさき〔武庫崎〕 327
むこのやま〔武庫山〕 326
むこのわたり〔武庫渡〕 327
むさしね〔武蔵嶺〕 384
むさしの〔武蔵野〕 382
むしあけのいそ〔武者章陽礒〕 480
むしあけのせと〔武者章陽門〕 480
むしろた〔席田〕 423
むすふのうら〔結浦〕 470 502
むつたのかは〔六田河〕 249
むつたのよと〔六田淀〕 249
むへ〔武倍〕 486
むへやま〔武倍山〕 536 **569** *595*
むやむやのせき〔無耶々関〕 433
むらくものさと〔村雲里〕 464
むらくも(の)やま〔村雲山〕 464
むらさきの〔紫野〕 216
むらしかいそ〔牟良自加礒〕 376
むらまつのきし〔村松岸〕 361
むらやま〔村山(上)〕 278
むろ〔室〕 347
むろつみのかまと〔室戸見釜戸〕 488
むろと〔室戸〕 511
むろの〔室野〕 486
むろのうら〔武庫浦〕 326
むろのうら〔室浦〕 478
むろのえ〔室江〕 504
むろのこほり〔牟呂郡〕 357
むろのやしま〔室八嶋〕 432
むろのやま〔牟呂山〕 357

め

めなしかは〔目無川・目無河〕 546 **575**
めひ〔婦眉〕 459
めひかは〔婦眉河〕 459
めひのの〔婦眉野〕 459

も

もかみかは〔最上河〕 433
もかみやま〔最上山〕 433
もしのせき〔門司関〕 489
もしほのうら〔藻塩浦〕 551 **580**
もたいのとまり〔甕泊〕 486
もちつきのみまきのはら〔望月御牧原〕 427
もちひのみや〔餅宮〕 405
もとめしま〔求嶋〕 552 **581**
もとめつか〔求女塚〕 345
もとりはし〔戻橋〕 223
ものおもひのやま〔物思山〕 532 **566** *591*
もみちのやま〔黄葉山〕 528 **564**
もももきやま〔百聞山〕 411
もやもやのせき〔母耶々関〕 433
もりやま〔毛利山〕 464
もるやま〔守山〕 407
もろかみのさと〔諸神郷〕 419
もろこしのはら〔諸越原〕 380
もろはのやま〔諸端山〕 535 **568**
もろよせかは〔諸寄河〕 470
もろわのやま〔諸輪山〕 *594*

や

やかみのみや〔八上宮〕 504
やかみのやま〔屋上山〕 472
やさかのゐて〔八坂井堤〕 430
やしほのをか〔八塩岡〕 211
やしま〔八嶋〕 405
やす(の)かは〔野洲河〕 416
やすの〔安野〕 515
やすのかはら〔野洲河原〕 416
やすらのむら〔安良村〕 419
やそすみさか〔八十隅坂〕 537 **570**
やそすみさか〔八十渚御坂〕 *596*
やそのみなと〔八十湊〕 398
やた(の)の〔矢田野〕 449
やたのくも〔八田雲〕 **582**
やたのさと〔八田里〕 554
やつ〔八津〕 337
やつしろのいけ〔八代池〕 526 **563**
やつはし〔八橋〕 366
やつはしかは〔八橋河〕 366
やつはしのわたり〔八橋渡〕 366
やつまつ〔八松〕 380
やつりかは〔矢釣河〕 279
やつりやま〔矢釣山〕 279
やなせかは〔椋瀬川〕 546
やなせかは〔梁瀬河〕 **575**
やののかみやま〔矢野神山〕 531 **565** *590*
やはきのさと〔矢矧里〕 367
やはせ〔八(矢)橋〕 418
やはせのわたり〔八橋渡〕 418
やはたのみや〔八幡宮〕 206
やはたやま〔八幡山〕 206
やひろのはま〔八刃浜〕 520
やふくろやま〔藪黒山〕 535 **568** *594*
やふなみのさと〔藪波里〕 459
やへやま〔八重山〕 378
やましな〔山科〕 191
やましなのさと〔山科里〕 191
やましなのみや〔山科宮〕 191
やましなのやま〔山科山〕 191
やましろかは〔山背河〕 218
やますけのはし〔山菅橋〕 432 554 **582**
やまたのさと〔山田里〕 352
やまたのはら〔山田原〕 352
やまとかは〔大和河〕 289
やまのへ〔山辺〕 292
やまのへのみゐ〔山辺御井〕 362
やまのへのもり〔山辺森〕 292
やまのゐ〔山井〕 400
やまのをかは〔山小川・山小河〕 541 547 **573** **577** *600*
やまふきのせ〔山吹瀬〕 195
やまふきのを〔山吹尾〕 193
やまもとのもり〔山下森・山下杜〕 543 **574**
やまをか〔山岡〕 510
やらのさき〔也良崎〕 517

ゆ

ゆきあひのはし〔行合橋〕 554 **583**
ゆきあひのもり〔往合森〕 543 **574**
ゆききのをか〔逝廻岡〕 288
ゆきけのさは〔雪消沢〕 235
ゆきけのやま〔雪気山・雪氣山〕 533 **567** *596*
ゆきしま〔雪嶋〕 461
ゆきのしま〔壱岐嶋・壹岐嶋〕 527 **564**
ゆきのしらはま〔雪白浜〕 470
ゆきのたかはま〔雪高浜〕 461
ゆきのはやし〔雪林〕 543 **574**

ゆけのかはら〔弓削河原〕 289
ゆさか〔湯坂〕 381
ゆたの〔湯田野〕 357
ゆつきかたけ〔弓槻嶽〕 267
ゆつはのむら〔湯津盤村〕 362
ゆつるはのみゐ〔弓絃葉御井〕 292
ゆのはら〔湯原〕 518
ゆのみた〔湯御田〕 555 **583**
ゆふかけやま〔夕陰山〕 533 *592*
ゆふかけやま〔夕影山〕 **567**
ゆふかりをの〔夕狩小野〕 542 *601*
ゆふさき〔木綿崎〕 479
ゆふさきのうら〔夕崎浦〕 551 **580**
ゆふその〔木綿園〕 420
ゆふのたけ〔木綿嶽〕 521
ゆふのやま〔遊布山〕 464
ゆふまかは〔遊布麻川・遊布麻河〕 545 **575** *590*
ゆふまやま〔木綿間山〕 531 **565**
ゆふまやま〔遊布麻山〕 *590*
ゆふ(の)やま〔木綿山〕 521
ゆめさきかは〔夢崎河〕 480
ゆめちかは〔夢路川〕 546
ゆめの〔夢野〕 346 511
ゆら〔湯羅〕 503
ゆらのさき〔湯羅崎〕 503
ゆらのと〔湯羅渡〕 504
ゆらのみなと〔湯羅湊〕 503
ゆらのやま〔湯羅山〕 465
ゆるきのはし〔由流伎橋〕 377
ゆるきのはし〔由流宜橋〕 510
ゆるきのもり〔万木杜〕 404

よ

よかは〔横川〕 401
よこたやま〔横田山〕 412
よこの〔横野〕 431
よこのいりえ〔横入江〕 417
よこのうちうみ〔余古内海〕 417
よこのうみ〔余古海〕 417
よこのうら〔余古浦〕 417
よこののつつみ〔横野堤〕 343
よこやま〔横山〕 301 384
よさ〔与謝〕 467
よさのいそ〔与謝礒〕 467
よさのいりうみ〔与謝入海〕 467
よさのうみ〔与謝海〕 467
よさのうら〔与謝浦〕 467
よさのはま〔与謝浜〕 467
よさのみなと〔与謝湊〕 467
よさみのはら〔依網原〕 414
よさみのもり〔依羅杜〕 346
よさむのさと〔夜寒里・夜寒郷〕 365 554 **582**
よしきかは〔宜木河〕 235
よしたたのもり〔吉忠森・吉忠杜〕 543 **574**
よしたのさと〔吉田里〕 419
よしたのむら〔吉田村〕 222 419
よしの〔吉野〕 238
よしの(の)かは〔吉野河〕 242
よしののおく〔吉野奥〕 239
よしののさと〔吉野里〕 245
よしののたかね〔吉野高嶺〕 242
よしののたき〔吉野瀧〕 244
よしののたけ〔吉野嶽〕 242
よしののたに〔吉野谷〕 242
よしののはら〔吉野原〕 242
よしののふるさと〔吉野故郷〕 245
よしののみや〔吉野宮〕 245
よしの(の)やま〔吉野山〕 239
よしみのさと〔吉見里〕 301
よすかのやま〔縁香山〕 512
よと〔淀〕 219
よと(の)かは〔淀河〕 219
よとこのうら〔夜床浦〕 550 **579**
よとの〔淀野〕 219
よとのさは〔淀沢〕 219
よとのつきはし〔淀継橋〕 337
よとのわたり〔淀渡〕 219
よなかのかた〔夜中潟〕 418
よふこのやま〔呼子山〕 535 **568**
よらのやま〔与良山〕 279
よるかのいけ〔因可池〕 297
よろきのはま〔余綾浜〕 380
よをのみなと〔余遠湊〕 300

り

りうのみやま〔龍御山〕 536 **569**

わ

わかくさやま〔若草山〕 234
わかしま〔我嶋〕 487
わかたつそま〔我立杣〕 401
わかのうら〔若浦〕 491
わかのまつはら〔若松原〕 355
わかまつのもり〔若松杜〕 416
わかみのうら〔我身浦〕 550 **579**
わかみや〔若宮〕 206
わかれのしま〔別嶋〕 434
わきはのさと〔和伎覇(面朔)里〕 524
わきへのさと〔和伎覇里〕 **562**
わけいかつちのかみ〔別雷神〕 190
わさみかはら〔和射美原〕 423
わさみの〔和射美野〕 423 541 **572** *600*
わさみのみね〔和射美嶺〕 423
わすれかは〔忘川・忘河〕 546 **576**
わすれすのやま〔不忘山〕 439
わすれゐ〔忘井〕 362
わたのいりえ〔輪田入江〕 339
わたのへのおほえのうら〔渡辺大江浦〕 343
わたのへのおほえのきし〔渡辺大江岸〕 343
わたのへのおほえのはし〔渡辺大江橋〕 343
わたのみさき〔輪田御崎〕 339
わたらゐ〔度会〕 349
わたりのやま〔渡山〕 472
わ(は)つかそまやま〔和豆香(番)杣山〕 279
わ(は)つかやま〔和豆香(番)山〕 279
わふかやま〔和夫加山〕 536 **568** *595*
わらはへのうら〔童部浦〕 366 397
わらはへのさき〔童部崎〕 397
わをかけやま〔和乎可鶏山〕 379

ゐ

ゐかひのやま〔猪養山〕 274
ゐかひのをか〔猪養岡〕 274
ゐせきのやま〔井塞山〕 *593*
ゐて〔井手〕 203
ゐて(の)かは〔井手河〕 203
ゐてのさと〔井手里〕 204
ゐてのさは〔井手沢〕 203
ゐてのなかみち〔井手中道〕 204
ゐてのやま〔井手山〕 204
ゐてのやまた〔井手山田〕 204
ゐてのわたり〔井手渡〕 204
ゐな〔猪名〕 324
ゐな(の)かは〔猪名河〕 325
ゐなの〔猪名野〕 324
ゐなのあをやま〔猪名青山〕 324
ゐなのうら〔猪名浦〕 325
ゐなのかはきし〔猪名川岸〕 325
ゐなのかはら〔猪名河原〕 325
ゐなのささはら〔猪名小竹原〕 325
ゐなのしはやま〔猪名後山〕 324
ゐなのなかやま〔猪名中山〕 324
ゐなののうみ〔猪名野海〕 325
ゐなののおき〔猪名野瀛〕 325
ゐなのはら〔猪名原〕 325
ゐなのふしはら〔猪名栞原〕 325
ゐなのふもとのやま〔猪名麓山〕

324
ゐなのみそかは〔猪名渠河〕 325
ゐなのみなと〔猪名湊〕 325
ゐなのわたり〔猪名渡〕 326

ゑ

ゑしま〔絵嶋〕 507
ゑしまかいそ〔絵嶋礒〕 508
ゑしまかうら〔絵嶋浦〕 508
ゑしまかさき〔絵嶋崎〕 508
ゑにかのいち〔会賀市〕 299
ゑみのかたをか〔咲片岡〕 375

を

をえのうら〔小江浦〕 502
をかさき〔岡崎〕 223
をかさはら〔小笠原〕 369
をかたのはら〔岡田原〕 415
をかの〔岡野〕 541 *600*
をかはのはし〔小河橋〕 444
をかはのはし〔緒河橋〕 519
をかへのさと〔岡辺里〕 375
をかへのはら〔岡辺原〕 384
をかみかは〔雄神河〕 458
をくちかはら〔小口原〕 **569**
をくらのみね〔小椋嶺〕 256
をくら（の）やま〔小倉山〕 200
をくらやますその〔小倉山裾野〕 200
をくらやますそのさと〔小倉山裾野里〕 200
をくらやまふもとのさと〔小倉山麓里〕 200
をくらやまふもとのへ〔小倉山麓野辺〕 200
をくろさき〔小黒崎〕 444
をさきのくま〔尾崎隈〕 537 **570** *596*
をさきのぬま〔小崎沼〕 386
をささかみね〔小竹峯〕 211
をしほのうら〔小塩浦〕 453
をしほのかひ〔小塩峡〕 205
をしほの〔小塩野〕 205
をしほのやま〔小塩山〕 205
をしま〔小嶋〕 445 467
をしまのかみ〔小嶋神〕 555 **583**
をすてのやま〔小為手山〕 497
をたえのはし〔緒絶橋〕 443
をたのさと〔小田里〕 486
をたのわたり〔小田渡〕 485
をつくは〔小筑波〕 391
をとめつか〔処女塚〕 345
をにひたやま〔小新田山〕 429
をの〔小野〕 415
をのかみ〔雄神〕 393
をのころやま〔男子呂山〕 *594*
をのさと〔小野里〕 196
をのしのはら〔小野篠原〕 197 *601*
をののふるえ〔小野古江〕 353
をののふるみち〔小野古道〕 197
をののほそみち〔小野細道〕 197
をののみち〔小野道〕 197
をののみなと〔小野湊〕 353
をののみまき〔小野御牧〕 393
をののやま〔小野山〕 415
をののやまた〔小野山田〕 196
をののわたり〔小野渡〕 197
をのへのみね〔尾上峯〕 499
をの（の）やま〔小野山〕 196
をのやま〔雄山〕 494
をはすてのみね〔姨峯〕 504
をはすてやま〔伯母棄山〕 426
をはたのいたたのぬま〔小墾田板田沼〕 344
をはたのいたたのはし〔小墾田板田橋〕 344
をはたのみや〔小墾田宮〕 344
をはつせ〔小泊瀬〕 270
をはつせのみね〔小泊瀬峯〕 271
をはま〔小浜〕 360
をひえ〔小比叡〕 400
をふさのはし〔尾総（綱）橋〕 424 554 **582**
をふのうみ〔苧生海〕 354
をふのかは〔苧生河〕 354
をふのさき〔乎敷崎〕 456
をみのうら〔麻績浦〕 358
をやまたのいけ〔小山田池〕 548 **577**
をやまのさと〔小山里〕 405

あとがき

本書は、平成二十三年三月、私が奈良女子大学に提出した博士学位申請論文に、加筆・訂正を施したものである。主査に奥村和美准教授、副査に坂本信幸名誉教授（現高岡市万葉歴史館館長）、奥村悦三教授、大谷俊太教授（現京都女子大学教授）という和歌文学・国語学の第一人者の先生方に審査していただいた。審査の過程では、各先生方より問題点や課題をご指摘いただいたが、加筆・訂正にあたっては、それを十分に活かしきれてはいない。今後の課題としていきたい。

卒業論文で「『歌枕名寄』静嘉堂本について」として現存写本の一つ静嘉堂本の価値と特色、修士論文で「『歌枕名寄』研究」として『歌枕名寄』の現存写本を校合、諸本の校定と各写本の特色（研究編の第一部第一章・第二章・第三章）の究明に取り組んだ。大学・大学院の指導教官は故渋谷虎雄博士（大阪教育大学名誉教授）である。大学院では細川本を底本として各写本を校合していったのだが、『歌枕名寄』は三十八巻八千五百首を超える歌を所収しており、中でも『萬葉集』は千四百首を超え、長歌も多くあり、漢字本文表記も含まれているので、当初は二年では終わりそうもないと思われた。一年も過ぎる頃、ある程度の見通しもつき、校合作業をしながら、各写本の特徴のメモをとっていたので、それを纏め修士論文とし、二年次の終わりに提出することができた。二年という短い期間であったが、宮内庁書陵部、国立公文書館、静嘉堂文庫、陽明文庫、故澤瀉久孝博士宅、京都大学附属図書館、熊本大学附属図書館、天理図書館などの写本を蔵する機関を訪問したことは、写本に接する作法を学ぶよい機会であり、今も鮮明に記憶している。

こうして修士課程を終えたのだが、この校定作業を通じて、渋谷先生から、どんな文献も一つの写本でものを言ってはならない、可能な限り写本を見て比較し、善本を比定するという過程を省略してはならないという研究姿勢の基礎を教わった。

その後も修士論文を中世文学会や万葉学会、和歌文学会関西例会で発表し、また『歌枕名寄』の成立や原撰本の考察（第二部第一章・第二章）、所収万葉歌の考察（第三部第一章）などを纏めたが、結婚・出産・育児に携わるうちに次第に研究から遠ざかっていった。

その間、渋谷虎雄先生が平成十二年四月に亡くなられ、茂子夫人から先生の蔵書を「何でも好きなものをもっていらっしゃい」とおっしゃっていただき、幾種類かの貴重な本をいただいた。茂子夫人も平成十九年二月に亡くなられ、お嬢様の守内公子氏から蔵書の整理を依頼され、すべてを引き取ってほしいという実にありがたいお申し出を受けた。その膨大な書籍・資料を整理しているうちに、そこに籠められた先生のお志を思い、再び研究をしてみたいと思うようになっていった。

その頃、平成二十年四月に大学院博士課程に進学した長男が、私にある本を示した。それは内舘牧子氏の『養老院より大学院』（講談社文庫）である。内舘氏も五十歳をすぎて東北大学の大学院に進学、修士課程を終えている。それを読んで、私の中の、漠然としたものであった学び直したいという気持が、さらに強くなった。一方三十年を超える空白に躊躇う気持もあったのだが、長男の励ましもあって漸く私は進学を決意した。家から通学でき、『萬葉集』のご指導をいただけるということで、坂本信幸先生のいらっしゃる奈良女子大学に決めたのが六月頃である。九月入試まで時間はなかったがとにかく挑戦してみようと思い、坂本先生にお会いすることにした。空白が長かったので修士課程から学び直したいと申し上げたのだが、先生は「修士は終えられているのだから、博士からでいいでしょう。」といってくださり、博士後期課程を受験したのである。そして入学を許可され、十月から通学を始めたのであった。

修士論文執筆時から三十数年経っていたが、『歌枕名寄』については刊本が一種（古典文庫と新編国歌大観）と静嘉堂本（古典文庫）のみが翻刻されているだけであった。『歌枕名寄』の現存写本十二本のうち、七本を占める流布本は一写本も翻刻されていなかった。そこで流布本の最善本である宮内庁書陵部蔵本（以下、宮内庁本）を翻刻し、それと刊本との関係の究明を学位論文の主要な主題とすることにし（その後翻刻の過程で主題は変わっていくのだが）、宮内庁本の翻刻を始めた。また修士論文執筆時に陽明文庫蔵本（以下陽明本）を見ることができず、写真による（不鮮明で判読不能な箇所を含む）校合に終わり、気にかかっていたが、坂本先生、大谷先生のご尽力で陽明本を閲覧することができた。修士論文執筆時より、三十数年を経てやっと手に取ることができたことは、実に感慨深いものであった。陽明文庫・文庫長名和修先生には深く感謝している。大谷先生は月に一度陽明文庫を訪問されていたが、私もその日に訪問し、じっくり閲覧させていただいた。いくつかの疑問も解決し、また実際に見ることで読み誤りをしていた箇所に気づくなど、写本を見ることの重要性を再認識したのであった。陽明本を見直して論文にまとめ、奈良女子大学国語国文学会発行の『叙説』（第三七号）の「坂本教授退休記念号」に掲載していただいた（第一部第四章）。

また冷泉家時雨亭文庫蔵の重要文化財指定の『歌枕名寄』（以下冷泉本）があることを知り、論文に纏めた（第一部第五章）。冷泉本は影印本のみでは不明の箇所があり、冷泉家時雨亭文庫主任調査員藤本孝一龍谷大学客員教授の懇切なるご指導をいただいた。

宮内庁本の翻刻は半年程で終えたが、改めてじっくりみることで読み誤りや新たな発見があり、それらを論文にまとめ、平成二十三年三月に学位申請をした。入学してから二年半が経っていた。

私は当初、できるだけ長く在学して勉強したいと考えていたのであるが、坂本先生が退官される時（平成二十二年三月）に「あと一年で出ること（学位論文を纏めること）を考えなさい、奥村和美先生にもそのように伝えてあるから。」とおっしゃった。私は驚くとともに可能とは思えなかったのであるが、兎に角挑戦してみることにした。こうして坂本先生の退官された後は奥村和美先生にご指導をいただくことになった。

平成二十三年の三月に学位を授与されてからは、これらの書き溜めた論文と宮内庁本・陽明本・冷泉本三写本の翻刻を何とか本に纏めることはできないものかと考えるようになった。坂本先生にご相談したところ、和泉書院をご紹介くださり、まず日本学術振興会の出版助成〔研究成果公開促進費〕を申請してみるようにとご助言をいただいた。

そして幸いにも、本書は独立行政法人日本学術振興会平成二十四年度科学研究費助成事業〔科学研究費補助金〈研究成果公開促進費〉〕の交付を受けることができた。本当にありがたいことである。

こうして漸く纏めたのが本書である。大勢の方々のご理解・ご指導・ご協力を得られなくては完成することは到底不可能であったという思いに至るとき、深い感謝の念を禁じ得ない。

なかでも私に学究の道を示してくださった故渋谷虎雄先生、博士課程に入学以来、ご退官後もご指導をいただき、この度身に余る序文をお寄せいただいた坂本信幸先生、坂本先生ご退官のあとご指導をいただいた奥村和美先生、また陽明文庫のご紹介だけではなく、論文執筆のご指導もいただいた大谷俊太先生、その他奈良女子大学の多くのお世話になった先生方に深謝申し上げたい。

また貴重な資料の調査・研究・翻刻掲載をご快諾下さったご所蔵機関とその関係の方々に深謝申し上げたい。

さらにこのような誠に面倒で地味な出版をお引き受けくださり、種々ご助言をいただき、諸事迅速的確にお取り計らい下さった和泉書院社長の廣橋研三氏に深く御礼申し上げたい。

最後に私事になるが、私の我儘に気長に付き合ってくれた夫久禮義一、願書の書き方に始まり、発表のレジュメの作成の仕方、論文の執筆に至るまで助言を常に与えてくれた長男久禮旦雄〔私と同じ平成二十三年三月に学位を取得〕にも感謝の意を表することをお許しいただきたい。

平成二十五年一月

著　者　識

■**著者紹介**

樋口百合子（ひぐち　ゆりこ）

大阪府生まれ。奈良女子大学大学院博士後期課程修了。博士（文学）。

奈良女子大学古代学学術研究センター協力研究員。武庫川女子大学非常勤講師。

著書

（単著）

『和泉国うたがたり—古代編—』（全国学校図書館協議会推薦図書）啓文社、『歌枕泉州』啓文社、『あかねさす紫野—万葉集恋歌の世界—』世界思想社、『いにしへの香り—古典にみる「にほひ」の世界—』淡交社

（共著）

『古文献所収万葉和歌集成　別巻』桜楓社

研究叢書430

『歌枕名寄』伝本の研究
研究編　資料編

二〇一三年二月二八日初版第一刷発行
（検印省略）

著　者　樋口百合子
発行者　廣橋研三
印刷所　亜細亜印刷
製本所　渋谷文泉閣
発行所　有限会社　和泉書院

大阪市天王寺区上之宮町七-六
〒五四三-〇〇三七
電話　〇六-六七七一-一四六七
振替　〇〇九七〇-八-一五〇四三

ISBN978-4-7576-0649-4　C3395